DANIELLE STEEL
Unter dem Regenbogen
Sternenfeuer

Autorin

Danielle Steel, als Tochter eines deutschstämmigen Vaters und einer portugiesischen Mutter in New York geboren, lebte als junges Mädchen lange Jahre in Europa. Seit 1977 schreibt Danielle Steel – die heute Mutter von neun Kindern ist und in San Francisco lebt – große Romane, die sie innerhalb weniger Jahre zur meistgelesenen Autorin der Welt machten.

Die Danielle Steel Collection:

Abschied von St. Petersburg. Roman (41351) · Alle Liebe dieser Erde. Roman (06671) · Auf den Flügeln der Freiheit. Roman (35219) · Das Geschenk. Roman (43741) · Das Haus hinter dem Wind. Roman (09412) · Das Haus hinter dem Wind/Es zählt nur die Liebe (35202) · Das Haus von San Gregorio. Roman (06802) · Der Preis des Glücks. Roman (09921) · Der Ring aus Stein. Roman (06402) · Die Liebe eines Sommers. Roman (06700) · Doch die Liebe bleibt. Roman (06412) · Ein zufälliges Ereignis. Roman (43970) · Es zählt nur die Liebe. Roman (08826) · Familienbilder. Roman (09230) · Fünf Tage in Paris. Roman (35273) · Gesegnete Umstände. Roman (35079) · Glück kennt keine Jahreszeit. Roman (06732) · Herzschlag für Herzschlag. Roman (42821) · Jenseits des Horizonts. Roman (09905) · Jenseits des Horizonts/Der Preis des Glücks (35112) · Juwelen. Roman (35160) · Liebe zählt keine Stunden. Roman (06692) · Nachricht aus der Ferne. Roman (43037) · Nichts ist stärker als die Liebe. Roman (35023) · Nie mehr allein. Roman (06716) · Nur einmal im Leben. Roman (06781) · Palomino. Roman (06882) · Sag niemals adieu. Roman (08917) · Schiff über dunklem Grund. Roman (08449) · Sternenfeuer. Roman (42391) · Töchter der Sehnsucht. Roman (41049) · Träume des Lebens. Roman (06860) · Unter dem Regenbogen. Roman (08634) · Väter. Roman (42199) · Verborgene Wünsche. Roman (09828) · Verlorene Spuren. Roman (43211) · Vertrauter Fremder. Roman (06763) · Vertrauter Fremder/Die Liebe eines Sommers (35055) · Wie ein Blitz aus heiterem Himmel (35284)

DANIELLE STEEL

UNTER DEM REGENBOGEN

STERNENFEUER

ZWEI ROMANE IN EINEM BAND

BLANVALET

Umwelthinweis:
Alle bedruckten Materialien dieses Taschenbuches
sind chlorfrei und umweltschonend.
Das Papier enthält Recycling-Anteile.

Blanvalet Taschenbücher erscheinen im Goldmann Verlag,
einem Unternehmen der Verlagsgruppe Bertelsmann.

Taschenbuchausgabe November 2000
Unter dem Regenbogen
Titel der Originalausgabe: Changes
Originalverlag: Delacorte Press, New York
Copyright © der Originalausgabe 1983 by Danielle Steel

Sternenfeuer
Titel der Originalausgabe: Star
Originalverlag: Delacorte Press, New York
Copyright © der Originalausgabe 1989 by Danielle Steel

Copyright © dieser Ausgabe 1997
by Wilhelm Goldmann Verlag, München
in der Verlagsgruppe Bertelsmann GmbH
Umschlaggestaltung: Design Team München
Druck: Elsnerdruck, Berlin
Verlagsnummer: 35376
Lektorat: Maria Dürig
Made in Germany
ISBN 3-442-35376-9
www.blanvalet-verlag.de

1 3 5 7 9 10 8 6 4 2

UNTER DEM REGENBOGEN

Aus dem Amerikanischen
von Willy Thaler

Beatrix, Trevor, Todd, Nicky und insbesondere John gewidmet, für alles, was ihr seid, und alles, was ihr mir gegeben habt.
Mit meiner ganzen Liebe D.S.

Und mit ganz besonderem Dank für Dr. Phillip Oyer

Mich verändernd, tanzend, hüpfend, gleitend,
Vom alten Leben in das neue,
Frage ich mich, was ich von dir denke,
Nie geschaute Träume und neugefaßte Pläne,
Zwei Leben, verschlungen, verflochten ineinander,
schließlich verdoppelt,

Und plötzlich das Herz gefangen,
Kein zurück, kein Loslassen,
Zum Fliehen zu spät,
Kein sicheres Wissen, wird alles gut.
Doch die Zeit wird es weisen,
In die Nacht ruf' ich leise deinen Namen.
Nichts ist mehr wie zuvor,
Um mich gestaltet sich alles neu,
Rings dreht sich alles,
Wandelt, bewegt und verändert sich.

I

»Dr. Hallam... Dr. Peter Hallam... Dr. Hallam... bitte zur Herz-Intensivstation. Dr. Hallam...« Die Stimme dröhnte blechern weiter, als Peter Hallam bereits durch die Vorhalle des Center-City-Krankenhauses lief und nicht erst stehenblieb, um zurückzurufen, da das Team schon wußte, daß er zu ihm unterwegs war. Er runzelte die Stirn, während er im Lift auf den Knopf Sechs drückte, denn in Gedanken beschäftigte er sich ausschließlich mit den medizinischen Daten, die man ihm vor zwanzig Minuten telefonisch übermittelt hatte. Sie hatten seit Wochen auf diesen Organspender gewartet, es war beinahe zu spät – beinahe! Seine Gedanken rasten, die Fahrstuhltüren öffneten sich, und er ging rasch zu der Schwesternstation mit der Aufschrift »Herz-Intensivbehandlung«.

»Hat man Sally Block schon heraufgebracht?« Die Schwester blickte auf und schien Haltung anzunehmen, als ihr Blick dem seinen begegnete. Immer, wenn sie ihn sah, setzte ihr Herz für den Bruchteil einer Sekunde aus. Der Mann war ungeheuer eindrucksvoll, er war groß, schlank, hatte graues Haar, blaue Augen und sprach immer leise und freundlich. Er sah aus wie die Ärzte in den Frauenromanen. Er hatte etwas grundsätzlich Nettes und Freundliches an sich und wirkte dennoch irgendwie kraftvollmännlich, fast wie ein in Hochform befindliches Rennpferd, das immer an den Zügeln zerrt und darauf brennt, schneller weiterzulaufen... mehr zu leisten... die Zeit zu überwinden... zu siegen, auch wenn die Chancen hoffnungslos sind... ein einziges Leben dem Tod abzulisten... einen Mann... eine Frau... ein Kind... noch eines. Und oft gewann er. Oft, aber nicht immer. Und das verdroß ihn, mehr noch, es quälte ihn. Das war die Ursache für die Falten um seine Augen, für den Kummer, den man ihm ansah. Es genügte ihm nicht, daß er fast täglich Wunder vollbrachte. Er wollte mehr erreichen, bessere Erfolgschancen haben, er wollte sie alle retten, und das war unmöglich.

»Ja, Doktor.« Die Schwester nickte rasch. »Sie kam soeben herauf.«

»War sie vorbereitet?« Das war die andere Seite an ihm, und die Schwester bewunderte die Frage. Sie wußte sofort, was er mit »vorbereitet« meinte, nicht die intravenöse Spritze in den Arm der Patientin oder das leichte Schlafmittel, das man ihr verabreicht hatte, bevor sie aus ihrem Zimmer in den Operationssaal gerollt wurde. Er wollte wissen, was sie dachte, fühlte, wer mit ihr gesprochen hatte, wer sie begleitete. Er wollte, daß jeder seiner Patienten genau wußte, was ihm bevorstand, wie schwer das Team arbeiten würde, wie sehr es sich bemühen, wie verzweifelt es alles daransetzen würde, um jedes Leben zu retten. Er wollte, daß jeder Kranke bereit war, den Kampf gemeinsam mit ihm aufzunehmen. »Wenn sie nicht glauben, daß sie dort drinnen gute Aussicht auf ein Überleben haben, haben wir sie von Anfang an verloren«, hatte er oft genug seinen Studenten erklärt, und er meinte es ernst. Er kämpfte mit jeder Faser seines Wesens, und es kam ihn teuer zu stehen, aber es lohnte sich. Die Erfolge, die er in den letzten Jahren erzielt hatte, waren erstaunlich, mit wenigen Ausnahmen. Ausnahmen, die für Peter Hallam allerdings schwer wogen. Alles wog bei ihm schwer. Er war ein bemerkenswerter, eifriger und hochbegabter Mensch... und er sah so ungeheuer gut aus, dachte die Schwester lächelnd, als er an ihr vorbei zu dem kleinen Fahrstuhl im Korridor eilte. Der Lift beförderte ihn rasch ein Stockwerk höher und hielt vor den Operationssälen, in denen er und sein Team Bypasses, Transplantationen und gelegentlich einfachere Herzoperationen durchführten. Meist nahmen Peter Hallam und sein Team große Operationen vor, wie heute abend.

Sally Block war ein zweiundzwanzigjähriges Mädchen, das den größten Teil seines Lebens als Invalide verbracht hatte. Rheumatisches Fieber quälte Sally schon als Kind, und bis jetzt hatte sie auf vier Bypass-Operationen und ein Jahrzehnt medikamentöser Behandlung kaum reagiert. Hallam und seine Kollegen waren sich schon vor Wochen, als sie ins Center City eingeliefert wurde, einig gewesen, daß es für sie nur eine einzige Lösung gab: eine Transplantation. Aber es hatte keinen Organspender gegeben, bis heute um zwei Uhr dreißig nicht, als eine Bande jugendlicher Verbrecher im San Fernando Valley eines ihrer privaten Autorennen beendet hatte; drei der Fahrer waren bei einem Zusammenstoß ums Leben gekommen, und nach den üblichen Formalitäten und Rückfragen des Krankenhauses, in das sie gebracht worden waren, hatte man Peter Hallam angerufen und ihm mitgeteilt, daß ein Spender vorhanden sei. Dr. Hallam hatte alle Krankenhäuser in Südkalifornien davon in Kenntnis gesetzt, daß er einen Organspender für Sally brauchte, und nun hatte er einen – wenn Sally nur die Operation lebend überstehen konnte und ihr Körper das neue Herz nicht ablehnte, das er ihr einsetzen würde.

Hallam schälte sich ohne Umstände aus seinem Straßenanzug, zog den losen, grünen, baumwollenen Chirurgenkittel an, schrubbte sich gründlich die Hände und wurde von Assistenten mit Mantel und Maske versehen. Drei weitere und zwei im Haus wohnende Ärzte taten das gleiche, ebenso eine Schar von Schwestern. Aber Peter Hallam schien sie nicht zu bemerken, als er den Operationsraum betrat. Seine Augen suchten sofort Sally, die stumm und regungslos auf dem Operationstisch lag, ihre Augen schienen durch die hellen Lampen über ihr hypnotisiert zu sein. Sogar in der sterilen Kleidung, das lange blonde Haar unter einer grünen Baumwollmütze versteckt, sah sie hübsch aus. Sie war nicht nur eine schöne junge Frau, sondern auch ein anständiges und menschliches Wesen. Sie sehnte sich verzweifelt danach, Künstlerin zu werden... ein College zu besuchen... auf einen Studentenball zu gehen... geküßt zu werden... Kinder zu bekommen... Sie erkannte Peter sogar mit Mütze und Maske und lächelte benommen durch den Nebelschleier, den die Medikamente in ihrem Gehirn verursachten.

»Hallo!« Ihre Augen wirkten in dem kleinen Gesicht riesig, sie sah zart wie eine zerbrochene Porzellanpuppe aus, die darauf wartete, daß er sie reparierte.

»Hallo, Sally. Wie fühlen Sie sich?«

»Komisch.« Ihre Augen blinzelten einen Augenblick, und sie

lächelte den wohlbekannten Augen zu. Sie hatte ihn in den letzten Wochen besser kennengelernt als irgendeinen anderen Menschen innerhalb vieler Jahre. Er hatte ihr Hoffnung gemacht, ihr Freundlichkeit und Aufmerksamkeit geschenkt; und die Einsamkeit und das Ausgeschlossensein, das sie jahrelang erlebt hatte, war ihr endlich weniger schmerzlich vorgekommen.

»Wir werden in den nächsten Stunden ziemlich fleißig sein müssen. Sie hingegen bleiben hier ganz ruhig liegen und machen ein Nickerchen.« Er betrachtete sie wieder, dann warf er einen Blick auf die Kontrollgeräte rundum, ehe er sie wieder ansah. »Angst?«

»Ein wenig.« Aber er wußte, daß sie gut vorbereitet war. Er hatte Wochen damit verbracht, ihr den chirurgischen Eingriff zu erklären, den komplizierten Vorgang, die Gefahren und die medikamentöse Behandlung nachher. Sie wußte jetzt, was sie erwartete, der große Augenblick war für sie gekommen. Es war beinahe wie eine Geburt. Er würde sie zur Welt bringen, fast als würde sie seiner Seele entspringen, seinen Fingerspitzen, während er darum kämpfte, ihr Leben zu retten.

Der Anästhesist rückte näher an ihren Kopf heran, und sein Blick suchte Peter Hallams Augen. Dieser nickte langsam, dann lächelte er wieder Sally zu. »Auf baldiges Wiedersehen.« Nur würde es nicht ganz so bald sein. Es würde fünf bis sechs Stunden dauern, bevor sie wieder langsam zu sich kam, während sie sie im Beobachtungsraum bewachten und bevor man sie in die Intensivstation zurückbrachte.

»Werden Sie anwesend sein, wenn ich aufwache?« Eine ängstliche Falte grub sich in ihre Stirn, und er nickte sofort.

»Sicherlich. Ich werde bei Ihnen sein, wenn Sie aufwachen. Ebenso wie ich jetzt bei Ihnen bin.« Dann nickte er dem Narkosearzt zu, und ihre Augenlider wurden schwer infolge des Schlafmittels, das sie zuvor erhalten hatte. Das Betäubungsmittel wurde ihr intravenös verabreicht; einen Augenblick später schlief Sally Block, und Minuten danach begann die schwierige Operation.

Während der nächsten vier Stunden arbeitete Peter Hallam unermüdlich daran, das fremde Herz zu transplantieren, und auf seinem Gesicht lag ein Ausdruck wundersamen Triumphes, als es zu pumpen begann. Nur den Bruchteil einer Sekunde begegnete sein Blick dem der Schwester, die ihm gegenüberstand, und er lächelte unter der Maske. »Jetzt schlägt es.« Aber sie hatten nur die erste Runde gewonnen, das wußte er nur allzugut. Es blieb abzuwarten, ob Sallys Körper das Herz akzeptieren oder abstoßen würde. Und wie bei allen Transplantationspatienten waren die Chancen nicht sehr groß. Aber sie waren besser, als wenn sie nicht operiert worden wäre. In ihrem Fall wie auch bei den anderen, die er operiert hatte, war es die einzige Hoffnung.

Um neun Uhr fünfzehn an diesem Morgen wurde Sally Block in den Beobachtungsraum geschoben, und Peter Hallam gönnte sich die erste Pause seit vier Uhr dreißig. Es würde eine Weile dauern, bis die Wirkung der Narkose abgeklungen war, und er hatte Zeit für eine Tasse Kaffee und ein paar Augenblicke, um nachzudenken. Operationen wie diese erschöpften ihn vollkommen.

»Das war fabelhaft, Doktor.« Ein junger Arzt des Spitals stand neben ihm, immer noch voll Bewunderung, während Peter sich eine Tasse schwarzen Kaffees einschenkte und sich dem jungen Mann zuwandte.

»Danke.« Peter lächelte und dachte dabei, wie sehr der junge Arzt seinem eigenen Sohn glich. Es hätte ihn unendlich gefreut, wenn Mark Interesse für ein Medizinstudium gezeigt hätte, aber er hatte schon andere Pläne: Wirtschaftsuniversität oder Jura. Er wollte mit der großen Welt in Verbindung stehen, nicht mit dieser kleinen, und hatte im Laufe der Jahre erlebt, wieviel sein Vater von seiner Substanz geopfert und wie sehr es ihn jedesmal seelisch mitgenommen hatte, wenn einer seiner Transplantationspatienten starb. Das war kein Beruf für ihn. Peter kniff die Augen zusammen, während er einen Schluck von dem pechschwarzen Gebräu trank, und dachte, daß es vielleicht so besser war. Dann wandte er sich wieder dem jungen Arzt zu.

»War das die erste Transplantation, die Sie mitgemacht haben?«

»Die zweite. Die erste haben auch Sie vollbracht.« Vollbracht schien irgendwie das passende Wort zu sein. Beide Transplantationen stellten für ihn die spektakulärste Form von Chirurgie dar. In dem Operationssaal herrschte mehr Spannung und Dramatik, als er jemals erlebt hatte, und Peter Hallam beim Operieren zu beobachten war, als ob man Nijinsky tanzen sähe. Er war der Beste, den es gab. »Was glauben Sie, wie diese Operation ausgehen wird?«

»Es ist zu früh, um etwas sagen zu können. Hoffen wir, daß es gutgeht.« Er betete, daß das, was er eben gesagt hatte, wahr würde, während er über den Operationskittel einen weiteren sterilen Mantel zog und den Beobachtungsraum aufsuchte. Er ließ den Kaffee draußen stehen und setzte sich ruhig in einen der Stühle in der Nähe von Sally. Eine Schwester und eine Batterie von Kontrollapparaten beobachteten jeden Atemzug Sallys, und bis jetzt verlief alles gut. Wenn es zu Komplikationen kam, so würden sie wahrscheinlich erst später eintreten, es sei denn, daß der Versuch von allem Anfang an schiefging. Das war auch schon früher vorgekommen. Aber diesmal nicht... diesmal nicht... lieber Gott... nicht jetzt... nicht ihr... sie ist so jung... nicht, daß es ihn persönlich weniger berührt hätte, wenn sie fünfundfünfzig gewesen wäre und nicht zweiundzwanzig.

Es war nicht anders gewesen, als er seine Frau verloren hatte. Jetzt sah er Sally an, versuchte, kein anderes Gesicht zu sehen... keine andere Zeit... und dennoch tat er es immer... sah seine Frau, wie sie in jenen letzten Stunden ausgesehen hatte, als sie weit weg von jedem Kampf, jeder Hoffnung... weit weg von ihm gewesen war. Sie hatte nicht einmal zugelassen, daß er es versuchte. Ganz gleich, was er sagte oder wie verzweifelt er sich bemüht hatte, sie zu überzeugen. Sie hatten sogar einen Organspender gehabt. Aber sie hatte alles abgelehnt. In jener Nacht hatte er in ihrem Zimmer mit den Fäusten an die Wand getrommelt und war mit hundertachtzig Sachen über die Autobahn heimgefahren. Als sie ihn wegen zu schnellen Fahrens aufhielten, war ihm das vollkommen egal. Damals war ihm alles egal gewesen... außer ihr... und der Operation, die sie nicht zulassen wollte. Er hatte so undeutlich geantwortet, als ihn die Autobahnpolizei angehalten hatte, daß sie ihn aussteigen und auf einer geraden Linie gehen ließen. Aber er war nicht betrunken, er war vom Kummer betäubt. Sie ließen es bei einer Mahnung und einer saftigen Geldstrafe bewenden, und er war dann im Haus herumgewandert, hatte an sie gedacht, sich nach ihr gesehnt, nach allem Glück verlangt, das sie ihm geben konnte und ihm nicht mehr geben würde. Er fragte sich, ob er ein Leben ohne sie ertragen konnte. Sogar die Kinder erschienen ihm damals weit entfernt... er konnte an nichts anderes denken als an Anne. Sie war so lange stark gewesen, nur ihr hatte er es zu danken, daß er sich im Laufe der Jahre zu dem Menschen entwickelt hatte, der er heute war. Sie erfüllte ihn mit einer Art zusätzlicher Kraft, aus der er in gleichem Maße schöpfte wie aus seinem eigenen Können. Das war plötzlich alles vorbei. Er hatte in dieser Nacht entsetzt allein und angstvoll dort gesessen wie ein kleines Kind, und dann plötzlich, im Morgengrauen, hatte ihn ein unwiderstehlicher Zwang erfaßt. Er mußte zu ihr zurück... mußte sie noch einmal in den Armen halten... mußte ihr die Worte sagen, die er nie zuvor gesagt hatte. Er war in das Krankenhaus zurückgerast und hatte sich leise in ihr Zimmer geschlichen, die Schwester weggeschickt und selbst die Wache übernommen, sanft ihre Hand gehalten und ihr blondes Haar aus der blassen Stirn gestrichen. Sie sah wie eine sehr zerbrechliche Porzellanpuppe aus, und dann, knapp bevor der Morgen graute, schlug sie die Augen auf.

»...Peter...« Ihre Stimme war kaum mehr als ein Flüstern in der Stille.

»Ich liebe dich, Anne...« Seine Augen hatten sich mit Tränen gefüllt, und er wollte schreien: »Geh nicht fort!« Das magische Lächeln, das immer sein Herz erfüllte, verklärte ihre Züge, und dann war sie mit einem leichten Seufzer entschlafen, während er hilflos und erschüttert an dem Bett stand und sie anstarrte. Warum kämpfte sie nicht? Warum ließ sie nicht zu, daß er es versuchte? Warum konnte er sich nicht mit ihrer Haltung abfinden, während er doch täglich Menschen von seiner Meinung und Handlungsweise überzeugte? Aber er konnte sich jetzt nicht damit abfinden. Er starrte sie an, schluchzte leise, bis ihn einer seiner Kollegen wegführte. Man hatte ihn dann nach Haus gefahren und zu Bett gebracht. In den nächsten Tagen und Wochen hatte er sich so verhalten, wie man es von ihm erwartete. Aber diese

Zeit war wie ein häßlicher Traum, in dem er sich unter Wasser befand und nur dann und wann an die Oberfläche kam, bis ihm schließlich klar wurde, wie verzweifelt seine Kinder ihn brauchten. Langsam war er ins Leben zurückgekehrt, drei Wochen später war er wieder an der Arbeit, doch immer fehlte ihm etwas. Ein Mensch, der ihm alles bedeutete. Und dieser Mensch war Anne. Es gelang ihm immer nur für kurze Zeit, nicht an sie zu denken. Tausendmal am Tag sah er sie vor sich, wenn er zur Arbeit fuhr, wenn er ein Krankenzimmer betrat oder verließ, wenn er in den Operationssaal kam oder am Spätnachmittag zu seinem Wagen zurückging. Und wenn er zu seiner Haustür kam, bohrte sich jedesmal ein Messer in sein Herz, denn er wußte, daß sie nicht da war.

Es war jetzt eineinhalb Jahre her, und der Schmerz hatte nachgelassen, war aber noch nicht vergangen. Peter hegte irgendwie den Verdacht, daß er dieses Erlebnis nie völlig überwinden würde. Er konnte nichts anderes tun, als sich in seine Arbeit stürzen, den Menschen, die sich um Hilfe an ihn wandten, alles geben... und dann gab es natürlich noch Matthew, Mark und Pam. Gott sei Dank hatte er Kinder. Ohne sie hätte er den Schicksalsschlag nie überlebt, aber sie hatten ihm geholfen. Er hatte es soweit geschafft, er würde weiterleben... doch das Leben war jetzt so anders... ohne Anne...

Er saß in der Stille des Beobachtungsraumes, hatte die langen Beine von sich gestreckt, sein Gesicht war angespannt, und er beobachtete, wie Sally atmete, endlich für einen Augenblick die Augen öffnete und sich benommen im Zimmer umsah.

»Sally... Sally, ich bin Peter Hallam... ich bin bei Ihnen, es geht Ihnen gut...« Vorläufig. Aber das sagte er nicht laut, er erlaubte sich nicht einmal, an Komplikationen zu denken. Sie lebte. Sie hatte sich gut gehalten. Sie würde am Leben bleiben. Er würde alles tun, was in seiner Macht stand, um das zu erreichen.

Er saß noch eine Stunde an ihrem Bett, beobachtete sie und sprach zu ihr, wann immer sie zu sich kam; und es gelang ihm sogar, ein leises, schwaches Lächeln auf ihr Gesicht zu zaubern, bevor er sie kurz nach ein Uhr mittag verließ. Er suchte eine Cafeteria auf und aß ein Sandwich, dann begab er sich kurz in sein

Büro, bevor er wieder ins Krankenhaus kam, um gegen vier Uhr die Visite bei seinen Patienten zu machen; um halb sechs trat er die Rückfahrt nach Haus über die Autobahn an, wobei seine Gedanken wieder bei Anne weilten. Es fiel ihm immer noch schwer zu glauben, daß sie ihn nicht erwarten würde, wenn er heimkam. Wann gewöhnt man sich eigentlich daran, daß man sie nicht mehr sieht, hatte er vor sechs Monaten einen Freund gefragt. Wann werde ich es endlich begreifen? Der Schmerz, den er in letzter Zeit durchgemacht hatte, hatte Spuren in seinem Gesicht hinterlassen. Sie waren vorher nicht vorhanden gewesen, diese sichtbaren Anzeichen von Verlust, Kummer und Schmerz. Vorher hatte sein Gesicht nur Stärke und Selbstvertrauen ausgedrückt, die Gewißheit, daß ihm nie etwas mißlingen konnte. Er hatte drei vorbildliche Kinder, die ideale Frau, eine Karriere, wie sie nur wenigen Menschen vergönnt war. Er hatte die Spitze erreicht, nicht mit Gewalt, sondern durch eindrucksvolle Leistungen, und er war damit zufrieden. Und was jetzt? Was blieb ihm noch, wohin konnte er noch gehen und mit wem?

2

Während Sally Block in ihrem Zimmer in der Intensivstation im Center-City-Krankenhaus in Los Angeles lag, strahlten die Scheinwerfer in einem Fernsehstudio in New York mit besonderer Intensität. Sie erzeugten ein so grellweißes Licht, daß sie an Verhörpraktiken in Agentenfilmen erinnerten. Außerhalb ihrer Strahlung war das Studio zugig und kalt, aber in ihrem blendenden Licht konnte man beinahe spüren, wie sich die Haut infolge der Hitze und der gleißenden Strahlen spannte. Es war, als wäre alles in diesem Raum auf den Gegenstand im Scheinwerferlicht ausgerichtet, alles konzentrierte sich immer mehr auf einen Punkt, sogar die Menschen im Studio schienen von dessen Mitte angezogen zu werden, einem schmalen Sims, einer kleinen Bühne, einem leuchtendblauen Hintergrund mit einem einzigen Symbol darauf. Aber es war nicht das Symbol, das die Blicke auf sich lenkte, sondern der thronartige, leere Stuhl, der auf seinen König oder seine Königin wartete. Überall trieben sich Menschen herum: Techniker, Kameraleute, ein Maskenbildner, ein Friseur, zwei Produktionsassistenten, ein Inspizient, die Neugierigen, die Wichtigen, die Notwendigen und die Mitläufer, alle standen möglichst nahe bei der leeren Bühne mit dem blanken Schreibtisch, auf den der unbarmherzige Scheinwerferstrahl fiel.

»Fünf Minuten!« Es war ein vertrauter Hinweis, eine gewohnte Szene, doch in ihrer eigenen, besonderen Weise hatten die Abendnachrichten etwas von Showbusineß an sich. Ein zarter Hauch von Zirkus und Zauber und der Welt der Stars war unter den grellen Lampen spürbar. Ein Dunstkreis von Macht und Geheimnis umgab die Szenerie, die Herzen der Beteiligten schlugen eine Spur rascher bei den Worten »fünf Minuten«, dann »drei!«, dann »zwei!«. Die gleichen Worte, die im Korridor, hinter einer Bühne auf dem Broadway oder in London erklungen wären, wenn die Hauptakteurin auftauchte. Hier war es nicht ganz so zauberhaft. Das Team wartete in Turnschuhen und Jeans, und dennoch wirkte die Atmosphäre, das Flüstern, das Warten geheimnisvoll; Melanie Adams spürte das, als sie rasch auf die Bühne trat. Ihr Auftritt war immer zeitlich exakt berechnet. Sie hatte genau hundert Sekunden, bis sie auf Sendung kam. Hundert Sekunden, um noch einmal einen Blick auf die Notizen zu werfen, vom Gesicht des Regisseurs abzulesen, ob in letzter Minute etwas passiert war, das sie wissen sollte, und zur Beruhigung von eins bis hundert zu zählen.

Es war wie gewöhnlich ein langer Tag gewesen. Sie hatte das letzte Interview für eine Sondersendung über mißhandelte Kinder gemacht, kein erfreuliches Thema, aber sie hatte es in den Griff bekommen. Dennoch fühlte sie sich um sechs Uhr schon arg mitgenommen.

Fünf... der Regieassistent hob die Finger zum abschließenden Countdown... vier... drei... zwei... eins...

»Guten Abend.« Das einstudierte Lächeln wirkte niemals mechanisch, und ihre kupferroten Haare glänzten. »Hier ist Melanie Adams mit den Abendnachrichten.« Der Präsident hatte eine Erklärung abgegeben, in Brasilien gab es einen Militärputsch, die Börsenkurse waren gefallen, und ein Lokalpolitiker war am Morgen bei hellichtem Tag überfallen worden, als er sein Haus verließ. Es gab auch noch andere Neuigkeiten zu berichten, und die Sendung lief wie immer glatt. Die Sprecherin wirkte glaubwürdig und kompetent, was die Einschaltziffern in die Höhe trieb und ihr große Popularität verschaffte. Sie war schon weit über fünf Jahre im ganzen Land bekannt – ein Erfolg, den sie ursprünglich gar nicht beabsichtigt hatte. Sie war im letzten Semester ihres Studiums der Staatswissenschaft von der Hochschule abgegangen und hatte mit neunzehn Jahren Zwillingen das Leben geschenkt. Aber das schien unendlich lange her zu sein. Seit langem bedeutete ihre Arbeit beim Fernsehen ihr Leben – der Beruf und die Zwillinge. Es gab noch anderen Zeitvertreib, aber zuerst kamen ihre Arbeit und ihre Kinder.

Sie ordnete die Notizen auf ihrem Tisch, als die Sendung ausgeblendet wurde, und der Regisseur sah wie immer zufrieden aus.
»Gute Arbeit, Mel.«
»Danke.« Ihre kühle Reserve überspielte die frühere Schüchternheit und wirkte nun als normale Zurückhaltung. Zu viele Leute wollten alles über sie wissen, würden sie gern anstarren oder peinliche Fragen stellen oder die Nase in ihre Angelegenheiten stecken. Sie war jetzt Melanie Adams, ein Name, der einen gewissen magischen Klang hatte... Ich kenne Sie... Ich habe Sie in den Nachrichten gesehen!... Sie fühlte sich jetzt seltsam, wenn sie Lebensmittel einkaufte, in einer Boutique ein Kleid aussuchte oder auch nur mit ihren Töchtern die Straße entlangging. Plötzlich sahen sie irgendwelche Leute gebannt an, und obwohl Melanie Adams immer beherrscht wirkte, beschlich sie ein merkwürdiges Gefühl.

Mel ging zu ihrem Büro, um sich abzuschminken, dann wollte sie nach Haus gehen, doch der Redakteur winkte sie zu sich.
»Kannst du noch einen Augenblick bleiben, Mel?« Er sah wie immer gehetzt und zerstreut aus, und Mel stöhnte innerlich auf. »Einen Augenblick bleiben«, konnte eine Story bedeuten, die sie die ganze Nacht hier festhalten würde. Abgesehen davon, daß sie die Hauptsprecherin der Abendnachrichten war, machte sie normalerweise nur die wichtigen Stories, die großen Neuigkeiten oder die Sondersendungen. Aber Gott allein wußte, was man

jetzt wieder für sie auf Lager hatte, und sie war wirklich nicht in der Stimmung dafür. Sie war jetzt schon so sehr Profi, daß sie keine Müdigkeit erkennen ließ, aber die Sondersendung über mißhandelte Kinder hatte sie ziemlich mitgenommen, wie frisch und lebhaft sie auch aussehen mochte.

»Ja? Was gibt es?«

»Ich habe etwas und möchte, daß du es siehst.« Der Redakteur nahm ein Videoband und legte es in einen Vorführapparat ein. »Das haben wir um ein Uhr gebracht. Meiner Meinung nach war es für die Abendnachrichten zu wenig, aber es könnte für dich interessant sein, nachzustoßen.« Mel starrte auf den Monitor, als das Band zu laufen begann, und sie sah ein Interview mit einem neunjährigen Mädchen, das nur mit Hilfe einer Herztransplantation überleben konnte, dessen Eltern jedoch bisher nicht in der Lage waren, ihm eine solche Operation zu ermöglichen. Nachbarn hatten für Pattie Lou Jones eine Sammlung veranstaltet, denn sie war ein reizendes, kleines schwarzes Mädchen, das einen sofort für sich einnahm. Als das Interview zu Ende war, bedauerte Mel fast, daß sie den Film gesehen hatte. Jetzt gab es noch einen weiteren Menschen, der ihr leid tat, um den sie sich kümmern sollte und für den man am Ende doch nichts tun konnte. Die mißhandelten Kinder in ihrem Bericht hatten bei ihr gleichfalls dieses Mitgefühl ausgelöst. Warum konnten sie ihr nicht einen saftigen politischen Skandal als Aufhänger für die anderen Nachrichten geben? Sie konnte dieses neuerliche menschliche Leid nicht verkraften.

»Ja.« Sie richtete ihre müden Augen auf den Mann, der das Band aus dem Apparat nahm. »Also?«

»Ich dachte nur, es könnte eine interessante Sondersendung für dich sein, Mel. Beschäftige dich eine Weile damit und sieh zu, was du daraus machen kannst. Zum Beispiel, wer von den Ärzten am Ort bereit wäre, Pattie Lou zu untersuchen.«

»Um Himmels willen, Jack ... Warum gerade ich? Was bin ich denn, eine neue Fürsorgestelle für Kinder?« Plötzlich sah sie müde und verärgert aus, und die feinen Linien um ihre Augen wurden sichtbar. Es war ein verdammt langer Tag gewesen, und sie war um sechs Uhr früh von daheim weggefahren.

»Hör zu« – er sah genauso erledigt aus wie sie –, »das könnte eine hochinteressante Sache werden. Wir bringen die Fernsehstation dazu, Pattie Lous Eltern bei der Suche nach einem Arzt zu helfen, wir verfolgen die Transplantation mit der Kamera. Verdammt, Mel, das ist ein Knüller!«

Sie nickte langsam. Es war tatsächlich ein Knüller. Aber es war auch makaber. »Hast du mit der Familie darüber gesprochen?«

»Nein, aber ich bin sicher, sie wäre Feuer und Flamme.«

»Das kann man nie wissen. Manchmal kümmern sich die Leute lieber selbst um ihre Angelegenheiten. Vielleicht wären sie gar nicht so erfreut darüber, Pattie dem Moloch Fernsehen vorzuwerfen.«

»Warum nicht? Sie haben heute mit uns gesprochen.« Mel nickte wieder. »Warum hörst du dich nicht morgen bei einigen von den Starchirurgen um, was sie dazu zu sagen haben? Manche von ihnen stehen gern im Blickpunkt der Öffentlichkeit, und danach kannst du morgen die Eltern der Kleinen anrufen.«

»Ich werde sehen, was ich tun kann, Jack. Ich muß noch meinen Bericht über die mißhandelten Kinder abschließen.«

»Ich dachte, du wärst schon damit fertig.« Er runzelte sofort die Stirn.

»Das stimmt, aber ich möchte wenigstens teilweise zuschauen, wie sie ihn fertig machen.«

»Quatsch. Das ist nicht deine Angelegenheit. Mach dich nur an die Arbeit an dem neuen Thema, das wird eine viel heißere Story als die Geschichte mit den mißhandelten Kindern.« Heißer als die Folterung eines zweijährigen Kindes mit brennenden Streichhölzern? Wenn man einem Vierjährigen das Ohr abschneidet? Es gab noch immer Dinge bei dem Geschäft mit den Nachrichten, bei denen ihr schlecht wurde. »Sieh zu, was du daraus machen kannst, Mel.«

»Okay, Jack. Okay. Ich werde sehen, was ich tun kann.« ... Hallo, Doktor, mein Name ist Melanie Adams, und ich möchte wissen, ob Sie eine Herztransplantation an einem neunjährigen Mädchen durchführen würden... wenn möglich, gratis... dann könnten wir mit dem Aufnahmeteam kommen, die Operation filmen und Sie und das Mädchen in der Sendung vorstellen...

Sie ging rasch zu ihrem Büro, tief in Gedanken versunken, und stieß beinahe mit einem hochgewachsenen, dunkelhaarigen Mann zusammen.

»Meine Güte, du siehst heute aber glücklich aus. Die Nachrichtensendung muß ja mächtigen Spaß machen.« Die tiefe Stimme, der man die lange Schulung beim Rundfunk anmerkte, ließ sie vom Boden aufblicken, und sie lächelte, als sie ihren alten Freund erblickte.

»Hallo, Grant. Was tust du um diese Zeit hier?« Grant Buckley moderierte eine Talk-Show, die jeden Abend nach den Spätnachrichten ausgestrahlt wurde, und war eine der umstrittensten Persönlichkeiten bei diesem Sender, er hatte ein Faible für Mel, und sie betrachtete ihn seit Jahren als einen ihrer engsten Freunde.

»Ich mußte noch mal hereinkommen und mir einige Bänder ansehen, die ich bei meiner Sendung verwenden will. Was ist mit dir? Ein bißchen spät für dich, nicht wahr, Kleine?« Sie war für gewöhnlich um diese Zeit nicht mehr im Haus, aber die Geschichte mit Pattie Lou Jones hatte sie eine halbe Stunde gekostet.

»Heute haben sie für mich was Besonderes ausgeheckt. Ich soll eine Herztransplantation an einem Kind arrangieren. Ist ja das übliche, nichts Besonderes.« Einige Wolken verschwanden von ihrer Stirn, als sie ihm in die Augen sah. Er war unwahrscheinlich klug, ein guter Freund, ein attraktiver Mann, und die Frauen im ganzen Sender beneideten sie um die offensichtliche Freundschaft, die die beiden verband. Sie waren nie mehr als gute Freunde gewesen, obwohl es von Zeit zu Zeit Gerüchte gab, von denen aber keines den Tatsachen entsprach. Sie belustigten Grant und Mel nur, wenn sie sich bei ein paar Drinks darüber unterhielten.

»Was gibt es also sonst Neues? Wie ist der Sonderbericht über mißhandelte Kinder gelaufen?«

Sie sah ihn ernst an. »Es war eine mörderische Arbeit, wird aber ein guter Bericht.«

»Du hast eine besondere Begabung dafür, dir die schwierigsten Themen auszusuchen, Kleine.«

»Entweder bin ich dran schuld, oder man schanzt sie mir zu, wie diese Herztransplantation, die ich arrangieren soll.«

»Meinst du es ernst?« Er hatte zuerst geglaubt, sie mache nur Spaß.

»Ich nicht, aber anscheinend ist es Jack Owens ernst damit. Fällt dir dazu etwas ein?«

Er überlegte eine Minute und legte die Stirn in Falten. »Ich habe voriges Jahr eine ähnliche Sache gemacht, es waren einige recht interessante Leute dabei. Ich werde in meinen Akten kramen und die Namen heraussuchen. Zwei fallen mir sofort ein, aber es gab noch zwei. Ich werde mich darum kümmern, Mel. Wie bald brauchst du das Zeug?«

Sie lächelte. »Gestern.«

Er fuhr ihr durch das Haar – er wußte, daß sie nicht mehr vor die Kamera treten mußte. »Willst du einen Hamburger mit mir essen, bevor du nach Haus fährst?«

»Eigentlich nicht. Ich sollte nach Haus zu den Mädchen fahren.«

»Diese beiden.« Er verdrehte die Augen, denn er kannte sie gut. Er hatte selbst drei Töchter, von drei verschiedenen Frauen, aber sie waren nicht so quirlig wie Mels Töchter. »Was haben sie in letzter Zeit angestellt?«

»Das übliche. Val war diese Woche nur viermal verliebt, und Jess versucht in der Schule nur ›Sehr gut‹ zu bekommen. Ihre vereinten Bemühungen sind darauf ausgerichtet, meine roten Haare, die ich noch möglichst lange behalten will, ergrauen zu lassen.« Sie war vor kurzem fünfunddreißig geworden, sah aber bedeutend jünger aus. Und dies trotz der Verantwortung, die sie trug, trotz des aufreibenden Jobs, der sie meist voll forderte, den sie aber liebte, und trotz der verschiedenen Krisen in ihrem Leben, die sie im Lauf der Jahre durchgestanden hatte. Grant wußte von den meisten, und sie hatte sich mehr als einmal an seiner Schulter ausgeweint – über eine Enttäuschung bei ihrer Arbeit oder eine in die Brüche gegangene Liebesaffäre. Es hatte allerdings nicht allzu viele gegeben; sie achtete darauf, mit wem sie zusammenkam, und war darauf bedacht, ihr Privatleben vor der Öffentlichkeit abzuschirmen, vor allem aber hatte sie Angst davor, eine neue Bindung einzugehen, nachdem sie vom Vater der Zwillinge vor der Geburt sitzengelassen worden war. Er hatte ihr gesagt, daß er keine Kinder haben wollte, und er hatte es wörtlich gemeint. Sie hatten sofort nach der Mittelschule geheiratet und hatten gleichzeitig die Columbia-Universität besucht, doch als sie ihm gestand, daß sie schwanger war, wollte er nichts davon hören.

»Laß es dir wegmachen.« Sein Gesicht war steinhart gewesen, und Mel erinnerte sich noch an die Kälte in seinem Ton.

»Ich will nicht. Es ist unser Kind ... es wäre falsch ...«

»Noch schlimmer wäre es, wenn wir so unser Leben verpfuschen.« Es gelang ihm, lediglich ihr Leben zu verpfuschen. Er war mit einem anderen Mädchen auf Urlaub nach Mexiko gefahren, und als er zurückkam, teilte er ihr mit, daß sie geschieden seien. Er hatte ihre Unterschrift auf den Formularen gefälscht, und sie war so entsetzt, daß sie nicht wußte, was sie dazu sagen sollte. Ihre Eltern wollten, daß sie sich zur Wehr setzte, aber sie war nicht dazu imstande. Was er getan hatte, hatte sie zu schwer getroffen. Die Aussicht, bei der Geburt ihres Kindes allein zu sein, bedrückte sie schwer ... und dann wurden es zwei Kinder. Ihre Eltern griffen ihr einige Zeit finanziell unter die Arme, dann machte sie sich selbständig und suchte einen Job; sie nahm zuerst alles, was sich ihr bot, von Sekretariatsarbeit bis zum Hausieren mit Vitaminprodukten. Schließlich war sie Empfangsdame für ein TV-Sendernetz geworden und dann eine von vielen Sekretärinnen, die Texte für die Nachrichten tippten.

Die Zwillinge hatten sich trotz der Schwierigkeiten prächtig entwickelt. Mels Aufstieg war mühsam und langsam, aber als sie Tag für Tag die geistigen Produkte anderer Leute tippte, erkannte sie, was sie tun wollte. Die politischen Sendungen interessierten sie am meisten, sie erinnerten sie an ihre Zeit am College, bevor sich ihr ganzes Leben verändert hatte. Und sie wollte Redakteurin für Nachrichtensendungen werden. Sie bewarb sich unzählige Male um diesen Job und begriff schließlich, daß sie in New York nicht die leiseste Chance hatte. Sie ging zuerst nach Buffalo, dann nach Chicago und schließlich wieder zurück nach New York, wo sie endlich einen Posten in einer Nachrichtenredaktion bekam. Bis zu einem größeren Streik, als die Direktion sie plötzlich entdeckte und jemand mit dem Daumen auf die Bühne zeigte. Sie war entsetzt, hatte aber keine Wahl. Entweder mußte sie zustimmen oder sie flog in hohem Bogen hinaus, und das konnte sie sich nicht leisten. Sie hatte zwei kleine Töchter zu erhalten, deren Vater zum Unterhalt nie auch nur zehn Cents beigesteuert, sondern sich fröhlich aus dem Staub gemacht und es Mel überlassen hatte, sich allein durchzuschlagen. Und das hatte sie auch getan. Aber sie wollte eigentlich nur genug für die beiden haben, sie träumte weder vom Ruhm, noch empfand sie den brennenden Wunsch, die Berichte, die sie schrieb, selbst zu sprechen, und dennoch erschien sie plötzlich auf dem Bildschirm, und das Komische daran war, sie fühlte sich dabei fabelhaft.

Danach wurde sie nach Philadelphia, dann wieder für einige Zeit nach Chicago, Washington und schließlich wieder zurück nach New York versetzt. Man war der Meinung, daß sie jetzt die richtige Vorbereitung hatte, und das stimmte so ziemlich. Sie war verdammt gut – einprägsam, interessant und markant, dazu ein erfreulicher Anblick auf dem Bildschirm. Bei ihr ging absolute Ehrlichkeit mit Mitgefühl und Geist Hand in Hand, so daß man mitunter tatsächlich vergaß, wie ausnehmend gut sie aussah. Mit achtundzwanzig befand sie sich beinahe an der Spitze, sie war mitverantwortlich für die Redaktion der Abendnachrichten. Mit dreißig löste sie ihren Vertrag, wechselte zu einer anderen Station, und plötzlich gelang ihr der Durchbruch. Sie war für die Texte allein verantwortlich und sprach die Abendnachrichten. Die Einschaltziffern erhöhten sich und stiegen seither immer noch weiter an.

Sie hatte von diesem Zeitpunkt an verbissen gearbeitet, und ihr Ruf als Topreporterin war ehrlich verdient – und noch mehr, sie war beliebt. Nun war sie abgesichert. Die Durststrecke lag hinter ihr, das Jonglieren, das Kämpfen, ihre Eltern wären wahnsinnig stolz gewesen, wenn sie noch gelebt hätten, und sie fragte sich dann und wann, was der Vater der Zwillinge dachte, ob er bedauerte, was er getan hatte, ob es ihn überhaupt interessierte. Sie hatte nie wieder etwas von ihm gehört. Aber er hatte ihr Wunden geschlagen, Wunden, die vernarbt, aber mit den Jahren nie ganz verschwunden waren. Wunden, die zur Vorsicht mahnten, wohl auch schmerzten und davor warnten, sich an jemanden zu binden, zu viel zu glauben, jemandem zu viel Gefühl entgegenzubringen... außer den Zwillingen. Sie war in einige unglückselige Affären geschlittert, mit Männern, die von ihrer Position beeindruckt waren oder ihre kühle Zurückhaltung ausnützten, ein Spiel mit ihr trieben, und beim letztenmal war es ein verheirateter Mann gewesen. Zuerst hatte Mel ihn für den Idealmann gehalten, er wollte nicht mehr als sie. Sie wollte nie wieder heiraten. Sie hatte alles, was sie anstrebte, ohne fremde Hilfe erreicht: Erfolg, Sicherheit, Kinder, ein Haus, an dem sie hing. »Wozu brauche ich eine Ehe?« hatte sie Grant gefragt, aber er war skeptisch geblieben.

»Vielleicht brauchst du sie tatsächlich nicht, aber such dir wenigstens einen Mann, der ledig ist.« Er hatte diese Meinung nachdrücklich vertreten.

»Warum? Wo liegt der Unterschied?«

»Der Unterschied, meine Liebe, wird darin bestehen, daß du schließlich Weihnachten und die Feiertage und Geburtstage und Wochenenden allein verbringen wirst, während er mit seiner Frau und den Kindern glückliche Familie spielt.«

»Möglich. Aber ich bin für ihn etwas Besonderes. Ich bin der Kaviar, nicht die saure Sahne.«

»Du bist vollkommen auf dem Holzweg, Mel. Es wird weh tun.« Er hatte recht behalten wie immer. Irgendwann tat es aus eben den Gründen weh, von denen er gesprochen hatte, und es kam schließlich zu einer schrecklichen Trennung, nach der Melanie wochenlang abgehärmt und unglücklich aussah. »Das nächste Mal hör auf Onkel Grant. Ich kenne mich aus.« Er wußte eine Menge über sie, vor allem sah er die Mauern, die sie sorgfältig um sich errichtet hatte. Er kannte sie seit fast zehn Jahren. Sie begegneten sich, als sie auf dem Weg zur Spitze war, und er wußte damals schon, daß er den Aufstieg eines strahlenden Sterns am Himmel der Fernsehnachrichten miterlebte, aber mehr als ihr beruflicher Erfolg interessierte sie ihn als Mensch und als Freundin. Sie interessierte ihn so sehr, daß er die freundschaftliche Beziehung, die sie erreicht hatten, nicht aufs Spiel setzen wollte. Sie hatten beide sorgfältig vermieden, ein Verhältnis einzugehen. Er war dreimal verheiratet gewesen, verfügte über eine Reserve von

Betthäschen, mit denen er gern seine Nächte verbrachte, aber Mel war für ihn viel mehr als ein Verhältnis. Sie war seine Freundin, und er war ihr Freund, und Mel gegenüber war es wichtig, ihr Vertrauen nicht zu enttäuschen. Sie war schon einmal im Stich gelassen worden, und er wollte nicht derjenige sein, der ihr wieder weh tat.

»In Wirklichkeit, Liebste, sind die meisten Männer Schweinehunde«, hatte er ihr einmal spät nachts gestanden, nachdem er sie in einer Talkshow interviewt hatte, was ein echter Hit gewesen war. Nachher waren sie auf einen Drink gegangen und hatten bis drei Uhr morgens bei Elaine's gesessen.

»Was veranlaßt dich zu dieser Feststellung?« Plötzlich hatte er Zurückhaltung und Vorsicht in ihren Augen gelesen. Sie kannte jedenfalls einen Mann, auf den die Bezeichnung zutraf, aber es war ein schrecklicher Gedanke, daß alle Männer so waren.

»Weil verdammt wenige Männer bereit sind, so viel zu geben, wie sie bekommen. Sie wollen, daß eine Frau sie von ganzem Herzen und ganzer Seele liebt, aber sie wollen sich nicht allzu sehr engagieren. Was du brauchst, ist ein Mann, der dir so viel Liebe gibt, wie du zu geben bereit bist.«

»Wieso glaubst du, daß mir noch so viel Liebe übriggeblieben ist?« Sie versuchte, belustigt dreinzusehen, aber er ließ sich nicht überzeugen. Der alte Schmerz bohrte noch immer, nicht mehr so quälend, aber er war noch da. Grant fragte sich, ob er jemals nachlassen würde.

»Ich kenne dich zu gut, Mel. Besser, als du dich kennst.«

»Und du glaubst, ich sehne mich noch immer danach, den richtigen Mann zu finden?« Diesmal lachte sie, und er lächelte.

»Nein. Ich glaube, du hast eine Heidenangst davor, den Mann deines Herzens zu finden.«

» *Touché.*«

»Es könnte dir aber guttun.«

»Warum? Ich bin auch allein glücklich.«

»Unsinn. Das ist niemand. Nicht wirklich.«

»Ich habe meine Zwillinge.«

»Das ist nicht dasselbe.«

Sie zuckte die Schultern. »Du bist auch allein und glücklich.«

Sie sah ihn an und fragte sich, was sie in seinen Augen lesen würde, und war überrascht, als sie einen Ausdruck der Einsamkeit in ihnen fand. Sie wurde erst nachts deutlicher erkennbar, wie ein Werwolf, der sich tagsüber versteckt. Sogar der begabte Grant war nur ein Mensch.

»Wenn ich allein so überaus glücklich wäre, hätte ich nicht dreimal geheiratet.« Darauf lachten sie beide, sie unterhielten sich weiter, und schließlich setzte er sie mit einem väterlichen Kuß auf die Wange vor ihrer Eingangstür ab. Manchmal fragte sie sich, wie es wäre, mit ihm ein Verhältnis zu haben, aber sie wußte, daß es das Ende ihrer Freundschaft bedeuten würde, und das wollten sie beide vermeiden. So wie es war, war es richtig.

Nun blickte sie im Korridor vor ihrem Büro zu ihm auf, müde, aber erleichtert, weil sie sein Gesicht am Ende eines langen Tages sah. Er gab ihr etwas, das ihr sonst niemand gab.

Die Zwillinge waren noch so jung, daß sie Ansprüche an sie stellten, sie hatten unaufhörlich das Bedürfnis nach Aufmerksamkeit, Liebe, Führung und nach neuen Schlittschuhen oder modischen Jeans. Er jedoch gab ihrer Seele etwas, und das tat wirklich kein anderer.

»Ich komme morgen abend auf das Angebot für die Hamburger zurück.«

»Geht nicht.« Er schüttelte bedauernd den Kopf. »Ich habe eine wichtige Verabredung mit einem sensationellen Superbusen.«

Sie verdrehte die Augen, und er grinste. »Du bist zweifellos der sexversessenste Mann, den ich kenne.«

»Ja.«

»Und auch noch stolz darauf.«

»Du hast verdammt recht.«

Sie lächelte und warf einen Blick auf die Uhr. »Ich muß mich nach Haus trollen, sonst sperrt mich Raquel, die Tyrannin, aus.« Sie hatte seit sieben Jahren dieselbe Haushälterin. Raquel war ein Segen für die Mädchen, aber sie führte ein strenges Regiment. Sie hatte eine grenzenlose Vorliebe für Grant und versuchte seit Jahren erfolglos, Mel zu einem Verhältnis mit ihm zu überreden.

»Beste Grüße an Raquel.«

»Ich werde ihr sagen, daß du an meiner Verspätung schuld bist.«

»In Ordnung, und ich gebe dir morgen die Liste der Herzchirurgen. Wirst du hier sein?«

»Ja, sicherlich.«

»Ich komme vorbei.«

»Danke.« Sie warf ihm eine Kußhand zu, und er ging seines Weges, während sie in ihr Büro trat und mit einem raschen Blick auf die Uhr nach ihrer Handtasche griff. Es war halb acht, und Raquel würde einen Anfall bekommen. Sie lief die Treppe hinunter, winkte einem Taxi, und fünfzehn Minuten später bog der Wagen in die Neunundsiebzigste Straße ein.

»Ich bin schon da!« rief sie in die Stille, während sie durch die vordere Halle ging. Die Tapete hatte ein zartes Blumenmuster, und der Fußboden war aus weißem Marmor. Schon beim Eintreten spürte man die freundliche, gediegene Atmosphäre des Hauses, und die hellen Farben, die großen Blumensträuße und die Tupfen von Gelb und Pastell versetzten einen sofort in angenehme Stimmung. Grant Buckley freute sich immer über das Haus. Es war deutlich spürbar das Heim einer Frau. Man hätte es von Grund auf umgestalten müssen, wenn sich ein Mann hier niedergelassen hätte. In der Vorderhalle befand sich ein großer, antiker Hutständer mit Mels Hüten und den beliebtesten Kopfbedeckungen der beiden Mädchen, die sie dort aufgehängt hatten.

Das Wohnzimmer war in zartem Pfirsichrosa eingerichtet, mit tiefen seidenbezogenen Couchen, die einen dazu einluden, sich in sie zu kuscheln, und Moirévorhängen in zarten Farben und üppigen Falten, und die Wände waren im gleichen zarten Farbton gehalten, mit cremefarbenen Randleisten, und überall befanden sich Pastellbilder. Die Couch, in die sich Melanie zufrieden seufzend fallen ließ, gab den idealen Hintergrund für sie, mit ihrer zarten Haut und ihrem leuchtend roten Haar, ab. Ihr Schlafzimmer war in zarten Blautönen gehalten, in moirierter Seide, das Speisezimmer war weiß, die Küche orange, gelb und blau. Melanies Haus vermittelte ein glückliches Wohlbefinden, das einem Lust machte, es zu betrachten und zu bewohnen. Es war elegant, aber nicht übertrieben, schick, ohne daß man Angst bekam, wenn man darin lebte.

Es war ein kleines Haus, aber hervorragend für ihre Zwecke geeignet, mit dem Wohnzimmer, dem Speisezimmer und der Küche im Erdgeschoß, Mels Schlafzimmer, Arbeitszimmer und Ankleidezimmer ein Stockwerk höher, und darüber lagen zwei große, sonnige Schlafzimmer für die beiden Mädchen. Kein Zoll der Räume war ungenutzt, und schon eine Person mehr im Haushalt wäre zuviel gewesen. Aber für die drei hatte es genau die richtige Größe, das hatte Melanie sofort erkannt, als sie es zum erstenmal gesehen und sich sofort in das Haus verliebt hatte.

Sie ging rasch die Treppe hinauf zu den Zimmern der Mädchen, dabei spürte sie einen leichten Schmerz im Rücken.

Es war ein verdammt langer Tag gewesen. Sie betrat das Arbeitszimmer vorerst nicht, denn sie wußte schon, was sie dort erwartete: ein Haufen Post, die sie jetzt nicht sehen wollte, zumeist Rechnungen von Einkäufen für die Mädchen und von einer Unzahl anderer Ausgaben. Aber das interessierte sie jetzt nicht. Sie wollte die Zwillinge sehen.

Im zweiten Stockwerk stellte sie fest, daß beide Türen geschlossen waren, aber die Musik, die durch sie hindurchdrang, war so laut, daß sie schon auf halbem Weg nach oben ihr Herz vor Ärger heftig schlagen spürte.

»Meine Güte, du lieber Gott!« schrie Melanie. »Dreh doch das Ding leiser!«

»Was?« Das hochgewachsene, magere, rothaarige Mädchen auf dem Bett wandte sich der Tür zu – überall lagen Schulbücher herum –, und Jessica drückte den Telefonhörer an das Ohr. Sie winkte ihrer Mutter zu und sprach weiter in die Muschel.

»Hast du denn keine Prüfungen?« Sie nickte stumm, und Melanie machte ein finsteres Gesicht. Jessica war immer die ernstere der beiden gewesen, aber in letzter Zeit hatte sie in der Schule nachgelassen. Die Schule langweilte sie, und die Liebschaft, die sie das ganze Jahr über unterhalten hatte, war vor kurzem in die Brüche gegangen, aber das war keine Entschuldigung, und sie mußte weiterhin für ihre Prüfungen lernen, jetzt sogar noch mehr. »Los, Jess, leg auf!« Sie lehnte sich mit verschränkten Armen an den Schreibtisch, Jessica sah irgendwie verärgert aus, murmelte etwas Unverständliches in die Muschel und legte auf, wobei sie ihre Mutter ansah, als stellte diese nicht nur übertriebene Ansprüche, sondern wäre ausgesprochen herzlos. »Jetzt dreh das Ding leise.« Jessica schwang die langen schlanken Beine vom Bett und ging zur Stereoanlage, dabei strich sie ihre lange Kupfermähne zurück, die voll auf ihre Schultern herabfiel. »Ich habe gerade eine Pause eingelegt.«

»Seit wann?«

»Um Himmels willen, was soll ich denn jetzt tun? Eine Kontrolluhr stechen?«

»Das ist nicht fair, Jess. Du kannst soviel Freiheit haben, wie du brauchst. Aber deine letzten Noten...«

»Ich weiß, ich weiß. Wie lange muß ich mir das noch anhören?«

»Bis sie besser werden.« Melanie war von dem Protest ihrer Tochter sichtlich unbeeindruckt. Jessica war seit dem Ende ihrer Liebesromanze, mit einem Jungen namens John, ziemlich reizbar. Wahrscheinlich hatte das auch ihre Noten beeinträchtigt, und das war bei Jessica etwas Neues. Aber Melanie hatte schon gespürt, daß es mit Jessica wieder aufwärts ging. Sie wollte noch nicht die Zügel schießen lassen, erst bis sie sicher war. »Wie war dein Tag?« Sie legte dem Mädchen den Arm um die Schultern und streichelte ihr Haar. Die Musik war abgedreht, und der Raum wirkte seltsam still.

»Er war in Ordnung. Wie war deiner?«

»Nicht übel.«

Jessie lächelte, und wenn sie das tat, hatte sie große Ähnlichkeit mit Melanie, als diese ein kleines Mädchen gewesen war. Sie war knochiger als ihre Mutter und schon fünf Zentimeter größer als Mel, aber sie hatte viel von ihrer Mutter an sich, was die seltene Harmonie erklärte, die zwischen den beiden bestand; es gab Zeiten, zu denen sie keiner Worte bedurften. Zu anderen Zeiten explodierte ihre Freundschaft infolge der Ähnlichkeiten, durch die sie einander fast allzu nahe kamen. »Ich habe deinen Bericht über die Gesetzgebung für die Behinderten in den Abendnachrichten gesehen.«

»Was hältst du davon?« Sie hörte immer gern die Meinung

ihrer Töchter, besonders die von Jess. Sie war ein kluger Kopf und sehr direkt in ihrer Ausdrucksweise, im Gegensatz zu ihrer Zwillingsschwester, die konzilianter, weniger kritisch und in vieler Hinsicht weicher war.

»Ich fand es gut, aber nicht scharf genug formuliert.«

»Du bist schwer zufriedenzustellen.« Aber das waren ihre Auftraggeber gleichfalls. Jessica beantwortete ihren Blick mit einem Achselzucken und einem Lächeln. »Du hast mir eingeprägt, in Frage zu stellen, was ich höre, und an die Nachrichten höchste Ansprüche zu stellen.«

»Wirklich?« Die beiden wechselten ein freundliches Lächeln. Mel war stolz auf Jess, doch Jessica war auch stolz auf sie. Das traf auf beide Zwillinge zu. Melanie war eine phantastische Mutter. Sie hatten miteinander ein paar verdammt harte Jahre erlebt. Das hatte sie in bezug auf Rücksichtnahme und Zusammenhalt einander näher gebracht.

Mutter und Tochter tauschten noch einen langen Blick. In gewissem Sinn war Melanie um eine Spur sanfter als ihr älteres Kind. Aber sie entstammte einer anderen Generation, einer anderen Lebenszeit, einer anderen Welt. Und für ihre Zeit hatte Melanie schon viel erreicht. Doch Jessica würde es weiter bringen, mit noch größerer Entschlossenheit ihren Weg gehen als Mel. »Wo ist Val?«

»In ihrem Zimmer.«

Melanie nickte. »Wie geht es in der Schule?«

»Okay.« Aber sie stellte fest, daß Jessica bei ihrer Frage ein wenig zusammengezuckt war; dann ahnte Jess die Gedanken ihrer Mutter und suchte wieder Blickkontakt mit Melanie. »Ich habe heute John gesehen.«

»Wie war das Wiedersehen?«

»Schmerzlich.«

Melanie nickte und setzte sich aufs Bett, dankbar für die gegenseitige Offenheit. »Was hat er gesagt?«

»Bloß ›hallo‹. Ich weiß nicht, ich habe gehört, daß er mit einem anderen Mädchen geht.«

»Das ist bitter.« Es war jetzt fast einen Monat her, und Melanie wußte, daß es der erste wirkliche Schlag war, den Jessica seit ihrem Schuleintritt hatte hinnehmen müssen. Sie war immer unter den Klassenbesten und von Freundinnen umgeben gewesen, und seit sie dreizehn war, hatten sich die nettesten Jungen in der Schule um sie bemüht. Nun, knapp vor ihrem sechzehnten Geburtstag, hatte sie ihre erste Enttäuschung erlebt, und es schmerzte Melanie fast ebensosehr, mitanzusehen, wie sehr es Jessica getroffen hatte. »Aber weißt du, du hast inzwischen vergessen, daß es auch Zeiten gab, in denen er dir ganz schön auf die Nerven ging.«

»Wirklich?« Jessicas Gesicht zeigte Überraschung.

»Ja, meine Liebe. Erinnerst du dich, wie er um eine Stunde zu spät kam, um dich zu diesem Tanzabend abzuholen? Wie er mit seinen Freunden skilaufen ging, statt mit dir das Fußballmatch zu besuchen? Wie er ...« Melanie schien sich an alles zu erinnern, sie kannte das Treiben ihrer Töchter in- und auswendig, und Jessica grinste.

»Okay, er ist also ein Ekel ... ich mag ihn aber trotzdem ... «

»Ihn, oder nur, daß jemand da ist?« Einen Augenblick lang war es still im Zimmer, und Jessica blickte sie erstaunt an.

»Weißt du, Mom ... ich bin nicht sicher.« Sie war verblüfft. Diese Unsicherheit war eine Offenbarung für sie.

Melanie lächelte. »Du brauchst dich nicht verlassen zu fühlen. Die Hälfte aller Beziehungen in der Welt dauern nur aus Bequemlichkeit an.«

Jessica legte den Kopf schief und sah Mel an; sie wußte, wie streng ihre Maßstäbe waren, wie tief verletzt sie gewesen war, wie sorgsam sie jetzt darauf bedacht war, keine neue Bindung einzugehen. Manchmal bedauerte Jess sie deshalb. Ihre Mutter brauchte einen Mann. Vor langer Zeit hatte sie gehofft, daß es Grant sein würde, aber sie hatte längst erkannt, daß daraus nichts werden würde. Bevor sie noch etwas sagen konnte, ging die Tür auf, und Valerie trat ein.

»Hallo, Mom.« Dann merkte sie, wie ernst die Gesichter der beiden waren.

»Nein.« Melanie schüttelte schnell den Kopf. »Hallo, Kleines.« Valerie beugte sich lächelnd zu ihr hinunter und küßte sie. Sie sah Melanie und Jess so gar nicht ähnlich, daß man sich beinahe fragte, ob sie mit den beiden verwandt war. Sie war kleiner als Melanie und ihre Zwillingsschwester, hatte aber einen sinnlichen Körper, bei dessen Anblick die Männer, wenn sie an ihr vorbeigingen, erstarrten; sie hatte große, volle Brüste, eine schmale Taille, kleine, rundliche Hüften, schöne Beine und eine Fülle von blondem Haar, das ihr fast bis zur Taille reichte. Manchmal zuckte Melanie sichtlich zusammen, wenn sie die Reaktion der Männer auf ihr Kind bemerkte. Sogar Grant war aus der Fassung geraten, als er sie vor kurzem gesehen hatte. »Um Himmels willen, Melanie, stülp dem Kind einen Sack über den Kopf, bis sie fünfundzwanzig ist, sonst macht sie die Nachbarschaft verrückt.« Melanie hatte mit einem bedauernden Lächeln erwidert: »Ich glaube nicht, daß es genügen würde, ihn ihr nur über den Kopf zu ziehen.« Zum Unterschied zu Jess ließ sie Valerie nicht aus den Augen, denn man spürte bei Valerie sofort, daß sie fast allzu offen und sehr naiv war. Val war aufgeweckt, aber nicht so intelligent wie ihre Zwillingsschwester, und ein Teil ihres Charmes bestand darin, daß sie sich ihrer Wirkung selbst fast nicht bewußt war. Sie stürmte mit der unbekümmerten Zwanglosigkeit eines kleinen Kindes in einen Raum und wieder hinaus, während die Männer wie elektrisiert zurückblieben, und ging dann unbeteiligt ihres Weges. In der Schule hatte Jessica auf sie achtgegeben und hatte jetzt ihre Wachsamkeit noch verstärkt. Jessica wußte sehr wohl, wie Valerie wirkte, und somit hatte Valerie zwei Mütter, die auf sie aufpaßten.

»Wir haben dir heute abend bei den Nachrichten zugesehen. Du warst gut.« Im Gegensatz zu Jessica begründete sie ihr Lob nicht, sie analysierte nicht, kritisierte nicht, und komischerweise machten die Denkvorgänge in Jessicas Kopf diese fast noch anziehender als ihre bezaubernde Schwester. Zusammen waren sie ein unvergleichliches Paar, die eine rothaarig, rank und schlank, die andere üppig, geschmeidig und blond. »Wirst du heute mit uns zu Abend essen?«

»Und ob. Ich habe Grants Einladung zum Abendessen abgelehnt, um mit euch zusammen zu sein.«

»Warum hast du ihn nicht mitgebracht?« Val zog sofort ein bekümmertes Gesicht.

»Weil ich mitunter gern mit euch allein bin. Ich kann ihn ja ein andermal treffen.« Val zuckte die Schultern, und Jessica nickte; in diesem Augenblick rief sie Raquel von unten über die Gegensprechanlage an. Val nahm als erste den Hörer ab, sagte »Okay« und legte dann auf; sie wandte sich zu ihrer Mutter und ihrer Schwester um.

»Das Abendessen ist bereit, und Raquel klingt stocksauer.«

»Val!« Melanie machte ein ärgerliches Gesicht. »Sprich nicht so!«

»Warum nicht? Das tun doch alle.«

»Das ist kein Grund, daß du es nachmachst.« Damit ging das Trio nach unten und plauderte darüber, wie sie den Tag verbracht hatten; Mel erzählte ihnen von dem Sonderbericht über Kindesmißhandlungen und sogar von Pattie Lou Jones, die so dringend eine Herztransplantation brauchte, die Mel in die Wege leiten sollte.

»Wie willst du das tun, Mom?« Jess wirkte interessiert. Sie liebte solche Geschichten und fand, daß ihre Mutter die Stories überaus gut brachte.

»Grant will mir einige Namen nennen, er hat im vorigen Jahr eine Sendung über vier große Spezialisten für Herztransplantationen gemacht, und die Nachforschungsleute in der Sendergruppe werden mir ein paar Tips geben.«

»Es müßte eine interessante Aufgabe werden.«

»Ich finde es abstoßend.« Val verzog das Gesicht, während sie ins Speisezimmer gingen, wo Raquel sie anfunkelte.

»Glaubt ihr, ich werde den ganzen Abend warten?« knurrte sie laut und huschte durch die Schwingtür hinaus, während die drei einander anlächelten.

»Sie würde durchdrehen, wenn sie sich nicht über etwas beklagen könnte«, flüsterte Jessica den beiden zu, und sie lachten, doch ihre Gesichter wurden ernst, als Raquel mit einer Platte mit Roastbeef erschien.

»Es sieht herrlich aus, Raquel!« lobte Val rasch, während sie sich als erste bediente.

»Hmmmph.« Raquel schlüpfte wieder hinaus und kam mit gebackenen Kartoffeln und gedünstetem Broccoli wieder, und die drei begannen einen beschaulichen Abend daheim. Es war der einzige Ort in Mels Leben, an dem sie sich vollkommen von dem Nachrichtenrummel freimachen konnte.

3

»Sally? ... Sally? ... « Sie war den Tag über immer wieder in Bewußtlosigkeit versunken, und Peter Hallam hatte sie fünf- oder sechsmal besucht. Es war erst ihr zweiter Tag nach der Operation, und es war noch schwierig, vorauszusagen, wie sie sich halten würde, aber er mußte sich selbst gegenüber zugeben, daß er nicht ganz zufrieden war. Endlich schlug sie die Augen auf, erkannte, wer er war, und begrüßte ihn mit einem freundlichen Lächeln, während er einen Stuhl an das Bett zog, sich setzte und ihre Hand ergriff. »Wie fühlen Sie sich heute?«

Sie konnte nur flüsternd mit ihm sprechen. »Nicht sehr gut.«

Er nickte. »Es ist auch noch zu knapp nach der Operation. Sie werden sich jeden Tag etwas kräftiger fühlen.« Er schien ihr durch seine Worte und seine Stimme Kraft einflößen zu wollen, aber sie schüttelte langsam den Kopf. »Habe ich Sie jemals angelogen?«

Sie schüttelte wieder den Kopf und sprach wieder, trotz der unangenehmen Kanüle, die in ihre Nase eingeführt worden war und die sie im Rachen kratzte. »Es wird nicht gelingen.«

»Wenn Sie es wollen, wird es gehen.« Sein Inneres verkrampfte sich. Sie konnte es sich nicht leisten, so zu denken. Nicht jetzt.

»Ich werde es abstoßen«, flüsterte sie wieder. Doch er schüttelte hartnäckig den Kopf, an seinem Kinn straffte sich ein Muskel. Verdammt, warum wollte sie aufgeben... und wieso wußte sie... das hatte er den ganzen Tag befürchtet. Aber sie konnte den Kampf nicht aufgeben... konnte nicht... verdammt, es war wie bei Anne... warum ließen sie plötzlich los? Es war der schwierigste Kampf, den er zu führen hatte. Schlimmer als die Narkotika, das Abstoßen, die Infektionen. Mit all den Schwierigkeiten konnte man fertigwerden, zumindest in einem gewissen Ausmaß, aber nur wenn der Patient noch den

Willen besaß zu leben... den Glauben, daß er am Leben bleiben würde. Ohne diesen Lebenswillen war alles verloren.

»Sally, Sie halten sich ganz fabelhaft.« Er sprach diese Worte bestimmt und ruhig, und er blieb über eine Stunde an ihrem Bett sitzen und hielt ihre Hand. Dann machte er Visite in den Krankenzimmern, konzentrierte seine ganze Aufmerksamkeit auf jeden einzelnen Patienten, ließ sich so lange, wie es notwendig war, Zeit, um den Patienten entweder die chirurgischen Eingriffe zu erklären, die bald durchgeführt werden sollten oder die bereits durchgeführt waren, ließ sich erzählen, was sie fühlten, erläuterte, warum sie es fühlten, was die Medikamente und Steroide bewirkt hatten. Dann kehrte er schließlich in Sallys Zimmer zurück, aber sie schlief wieder, und er beobachtete sie lange. Ihr Aussehen gefiel ihm nicht. Sie hatte recht, er spürte es intuitiv. Ihr Körper stieß das Herz des Spenders ab, und es gab eigentlich keinen Grund, weshalb er so reagierte. Alle Voraussetzungen waren günstig gewesen. Aber er spürte instinktiv, daß die Transplantation für sie zu spät gekommen war, und als er das Zimmer verließ, hatte er das Gefühl einer nahe bevorstehenden Krisis, das wie ein Bleigewicht auf ihm lastete. Er ging zu dem kleinen Raum, den er im Krankenhaus als Büro verwendete, und rief seine Praxis an, um zu erfahren, ob man ihn dort benötigte.

»Alles in Ordnung, Doktor«, meldete seine tüchtige Sprechstundenhilfe. »Sie wurden soeben aus New York angerufen.«

»Von wem?« Er schien sich nicht allzusehr für den Anruf zu interessieren, wahrscheinlich kam er von einem anderen Chirurgen, der ihn wegen eines schwierigen Falles um Rat fragen wollte, doch seine Gedanken waren mit Sally Block beschäftigt, und er hoffte, daß die Angelegenheit warten konnte.

»Von Melanie Adams, der Nachrichtenmoderatorin von Kanal Vier.« Auch Peter wußte, wer sie war, so sehr er sich manchmal von der Welt abkapselte. Er konnte sich nicht vorstellen, aus welchem Grund sie ihn anrief.

»Wissen Sie, warum?«

»Sie wollte es nicht sagen, zumindest keine Einzelheiten. Sie sagte nur, daß es dringend sei und daß es sich um ein kleines Mädchen handelt.« Er zog eine Braue hoch, sogar Fernseh-

Nachrichtenmoderatorinnen hatten Kinder, vielleicht handelte es sich um ihr eigenes Kind. Er notierte die Nummer, die sie hinterlassen hatte, warf einen Blick auf die Uhr und wählte.

Die Telefonistin stellte das Gespräch sofort durch, und Melanie lief durch den halben Nachrichtenraum zu einem Apparat.

»Dr. Hallam?« Ihre Stimme klang atemlos, während seine tief und kräftig war.

»Ja. Es wurde mir ausgerichtet, daß Sie angerufen haben.«

»Das stimmt. Ich hatte nicht erwartet, so bald von Ihnen zu hören. Unsere Recherchierabteilung hat mir Ihren Namen genannt.« Sie hatte ihn ebenfalls gekannt, aber da er an der Westküste lebte, war sie nicht auf den Gedanken gekommen, ihn anzurufen, und die vier Namen, die sie von Grant bekommen hatte, halfen ihr überhaupt nicht weiter. Keiner der Ärzte wollte sich bereit erklären, die Operation für das kleine schwarze Kind gratis durchzuführen, weder mit noch ohne Publicity. Sie hatte auch einen ziemlich bekannten Chirurgen in Chicago angerufen, doch er befand sich gerade auf einer Vortragsreise in England und Schottland. Sie erklärte Dr. Hallam rasch, worum es bei dem kleinen Mädchen ging, und er stellte ihr einige wichtige Fragen, die sie jetzt schon beantworten konnte. Sie hatte bereits in dem einen Tag durch die Gespräche mit den vier anderen Medizinern eine Menge gelernt.

»Das klingt wie ein interessanter Fall.« Dann fragte er unverblümt: »Was springt dabei für Sie heraus?«

Sie holte tief Atem, denn diese Frage war schwierig zu beantworten. »Im wesentlichen eine Story für meine Sendergruppe über einen mitfühlenden Arzt, ein hoffnungslos krankes, kleines Mädchen und darüber, wie die Transplantation durchgeführt wird.«

»Das klingt einleuchtend. Ich bin aber nicht sicher, ob mir die damit verbundene Publicity gefällt. Es ist verdammt schwierig, einen Organspender für ein Kind zu finden. Es wäre hier wahrscheinlich besser, etwas Außergewöhnliches zu versuchen.«

»Was?« fragte Mel fasziniert.

»Das hängt davon ab, wie schwierig der Fall ist. Ich möchte das Kind zuerst einmal sehen. Wir könnten nämlich auch eine tierische Herzklappe einpflanzen, vielleicht von einem Schwein, aber das läßt sich ohne Untersuchung unmöglich sagen.«

Mel zog die Stirn kraus, diese Operation konnte beträchtliches Aufsehen erregen.

»Sind ihre Ärzte der Ansicht, daß ihr die Reise zuzumuten wäre?«

»Das weiß ich nicht. Ich muß mich erkundigen. Würden Sie es tatsächlich übernehmen?«

»Vielleicht. Um ihretwillen, nicht für Ihre Sendung.« Seine Worte klangen unverblümt, aber Mel konnte es ihm nicht übelnehmen. Er bot ihr an, die Operation für das Kind durchzuführen, wollte aber selbst nicht im Mittelpunkt dieser Reportage stehen. Das rechnete sie ihm hoch an.

»Würden Sie uns ein Interview geben?«

»Ja.« Er sprach ohne falsche Scheu. »Ich möchte nur meine Motive deutlich machen. Ich tue als Arzt das, wozu ich verpflichtet bin. Ich bin nicht bereit, für jemanden einen Zirkus zu veranstalten.«

»Das würde ich Ihnen keinesfalls antun.« Er hatte ihre Stories im Fernsehen gesehen und hielt ihr Versprechen für aufrichtig.

»Aber ich würde Sie gern interviewen. Und wenn Sie die Transplantation bei Pattie durchführen, würde es mir einen Aufhänger für eine sehr interessante Serie liefern.«

»Worüber? Doch nicht über mich?« Es klang entsetzt, als hätte er nie zuvor an diese Möglichkeit gedacht, und Mel lächelte in den Hörer. War es möglich, daß ihm sein Bekanntheitsgrad nicht bewußt war? Vielleicht war er so von seiner Arbeit in Anspruch genommen, daß er es wirklich nicht wußte oder sich nicht darum kümmerte. Dieser Gedanke beeindruckte sie. »Über Organverpflanzungen im allgemeinen, wenn Ihnen das lieber ist.«

»Das würde ich tatsächlich vorziehen.« Sie hörte ein Lächeln aus seiner Stimme heraus – und fuhr fort:

»Das ließe sich einrichten. Wie steht es nun mit Pattie Lou?«

»Geben Sie mir den Namen des behandelnden Arztes. Ich werde ihn anrufen und sehen, was ich von ihm erfahren kann. Wenn man sie operieren kann, schicken Sie sie hierher, und wir werden dann weitersehen.« Dann fiel ihm noch etwas ein. »Werden ihre Eltern die Einwilligung geben?«

»Ich glaube, ja. Aber ich muß auch mit ihnen sprechen. Ich bin in dieser Angelegenheit eine Art Heiratsvermittlerin.«

»Offenbar. Nun, wenigstens geschieht ja alles für eine gute Sache. Ich hoffe, daß wir dem Kind helfen können.«

»Das hoffe ich auch.« Einen Moment herrschte Stille zwischen ihnen, und Mel hatte das Gefühl, daß sie und Pattie Lou wie durch ein Wunder an den richtigen Menschen geraten waren. »Soll ich Sie zurückrufen oder werden Sie mich verständigen?«

»Ich habe hier im Augenblick einen kritischen Fall. Ich werde sie anrufen.« Plötzlich klang seine Stimme wieder entsetzlich ernst, als würde ihn etwas ablenken. Mel dankte ihm, und unmittelbar danach legte er auf.

An diesem Nachmittag besuchte sie die Jones und ihr hoffnungslos krankes Kind, aber Pattie Lou war ein mutiges kleines Mädchen, und ihre Eltern waren sogar über die vage Hoffnung begeistert, die ihnen Mel bot. Ihre mageren Ersparnisse reichten für das Flugticket nach Los Angeles für Pattie Lou und eine Begleitperson, und der Vater des Kindes entschied sofort, daß seine Frau fliegen sollte. Pattie Lou hatte noch vier Geschwister, die alle älter waren, und Mr. Jones war davon überzeugt, daß sie allein zurechtkommen würden. Mrs. Jones weinte, und die Augen ihres Mannes waren feucht, als sie sich von Mel verabschiedeten. Zwei Stunden, nachdem sie in ihr Büro zurückgekehrt war, rief Dr. Peter Hallam wieder an. Er hatte mit Pattie Lous Arzt gesprochen, und seiner Ansicht nach würde es sich lohnen, das Risiko der Reise einzugehen. Es war ihre einzige Hoffnung. Peter Hallam war bereit, den Fall zu übernehmen.

Da Mel Pattie Lou am Nachmittag gesehen hatte, füllten sich ihre Augen sofort mit Tränen, und ihre Stimme klang kehlig. »Sie sind ein verdammt netter Mensch.«

»Danke.« Er lächelte. »Was glauben Sie, wie bald könnten Sie sie an Bord eines Flugzeugs bringen?«

»Ich weiß nicht. Ich werde die Einzelheiten von einem Mitarbeiter arrangieren lassen. Wann wollen Sie sie drüben haben?«

»Nach dem, was ihre Ärzte sagen, glaube ich nicht, daß morgen zu früh wäre.«

»Ich werde sehen, was sich tun läßt.« Sie warf einen Blick auf ihre Uhr, es war beinahe Zeit für die Abendnachrichten. »Wir werden Sie in ein paar Stunden wieder anrufen... und, Dr. Hallam... ich danke Ihnen...«

»Nicht nötig. Es gehört zu meinem Beruf. Ich hoffe, wir verstehen einander in allen Punkten. Ich werde das Kind ohne Honorar operieren, ich werde aber keine Kameras im Operationssaal dulden. Was für Sie herausschaut, ist ein Interview, nachdem alles vorbei ist. Einverstanden?«

»Einverstanden.« Dann konnte sie nicht anders, sie mußte ein bißchen mehr herausholen. Sie war schließlich der Sendergruppe und auch den Geldgebern verpflichtet. »Könnten wir Sie auch über ein paar andere Fälle interviewen?«

»In welcher Hinsicht?« Seine Stimme klang jetzt ein wenig argwöhnisch.

»Ich möchte sehr gern eine Story über Herztransplantationen machen, während ich drüben bei Ihnen bin, Doktor. Geht das in Ordnung?« Vielleicht hatte er ein Vorurteil ihr gegenüber. Sie hoffte, daß es nicht der Fall war, aber man konnte nie wissen. Vielleicht mißfiel ihm die Art, wie sie die Abendnachrichten gestaltete. Sie wurden ja nach Kalifornien ausgestrahlt, also konnte sie ihm nicht vollkommen fremd sein, und sie war es natürlich auch nicht. Aber ihre Befürchtungen waren unbegründet, denn er nickte.

»Selbstverständlich. Das geht in Ordnung.«

Einen Augenblick wurde es still zwischen ihnen, dann fuhr er mit nachdenklicher Stimme fort. »Es ist merkwürdig, ein Menschenleben als Gegenstand einer Story zu sehen.« Er dachte an Sally, die sich am Anfang einer massiven Abstoßungsreaktion befand. Sie war keine »Story«, sie war ein zweiundzwanzigjähriges Mädchen, ein lebender Mensch, wie dieses Kind in New York.

»Ob Sie es glauben oder nicht, aber nach all den Jahren fällt es auch mir immer noch schwer, es so zu sehen.« Sie holte tief Atem und fragte sich, ob er sie jetzt für gefühllos hielt. Aber der Beruf eines Nachrichtenkommentators wirkte sich manchmal so aus. »Ich werde später mit Ihnen Verbindung aufnehmen und Ihnen mitteilen, wann wir hinüberkommen.«

»Ich werde alle Vorkehrungen treffen, um Sie zu empfangen.«

»Danke, Doktor.«

»Das ist meine Pflicht, Sie haben mir nicht zu danken, Miß Adams.«

Mel hielt seine Arbeit für viel edler, als »Stories« zu kommentieren. Sie legte auf und dachte an ihre Äußerungen, während sie begann, die Vorbereitungen für den Flug Pattie Lous und ihrer Mutter nach Kalifornien zu treffen. In weniger als einer Stunde hatte sie alles unter Dach und Fach, angefangen von dem Krankenwagen, der Mutter und Tochter von ihrem Haus zum Flugplatz bringen würde, Spezialservice während des Flugs, eine Krankenschwester, die sie begleiten und vom Sender bezahlt werden würde, ein Kamerateam, das sie von der Abreise bis nach Kalifornien begleitete, ein zweites Team in Los Angeles sowie Hotelzimmer für sie selbst, das Team und Pattie Lous Mutter. Sie mußte nur noch Peter Hallam informieren, und sie hinterließ eine Nachricht auf seinem Tonband. Offensichtlich war er nicht erreichbar, als sie ihn einige Stunden später anrief, und am selben Abend teilte sie den Zwillingen mit, daß sie für ein paar Tage nach Kalifornien reisen würde.

»Wozu?« Wie immer fragte Jessica als erste, und sie erklärte den beiden Mädchen die Geschichte.

»Meine Güte, Mom, aus dir wird noch ein richtiger fliegender Notarzt.« Val sah belustigt aus, und Mel wandte sich mit einem matten Seufzer an sie.

»Genauso fühle ich mich heute abend. Es müßte dennoch eine gute Story werden.« Wieder dieses Wort »Story« in Verbindung mit einem Menschenleben. Wenn es sich um Valerie oder Jessie gehandelt hätte, was dann? Was würde sie dann fühlen? Würde es dann für sie auch nur eine »Story« sein? Es war ihr nicht sehr wohl bei dem Gedanken, und sie hatte noch mehr Verständnis für Peter Hallams Reaktion auf diese Bezeichnung. Sie fragte sich auch, wie ihr Zusammentreffen mit ihm vor sich gehen würde, ob er ein angenehmer Mensch war, ob man leicht mit ihm zusammenarbeiten konnte oder ob er vielleicht schrecklich ichbezogen sein würde. Am Telefon harte er nicht den Eindruck vermittelt, aber sie wußte, daß den meisten Herzchirurgen Starallüren nachgesagt wurden. Doch er hatte anders geklungen. Seine Art hatte ihr gefallen, ohne daß sie ihn je gesehen hatte, und sie hatte ihm seine Bereitwilligkeit, Pattie Lou Jones zu helfen, hoch angerechnet. Sie fragte sich jedoch, wie die Zuschauer darauf reagieren würden, daß Pattie Lou die Herzklappe eines Schweines eingesetzt wurde. Manche Leute würde es schockieren. Doch alles war akzeptabel, wenn es nur ein neunjähriges Kind vor dem Tod errettete.

»Du siehst müde aus, Mom.« Jessica hatte sie intensiv beobachtet.

»Ich bin es auch.«

»Um wieviel Uhr fliegst du morgen?« Sie waren an ihr Kommen und Gehen gewöhnt und fühlten sich in Raquels Gesellschaft wohl, wenn sie nicht da war.

»Ich sollte um halb sieben das Haus verlassen. Unser Flugzeug startet um neun, und ich treffe das Kamerateam vor dem Haus der Jones. Ich werde wahrscheinlich um fünf aufstehen.«

»Uff!« Beide Mädchen verzogen das Gesicht, und Mel lächelte ihnen zu.

»Genau! Das Leben ist nicht immer so zauberhaft, wie es scheint, nicht wahr, Kinder?«

»Du brauchst das nicht zweimal zu sagen«, antwortete Val rasch. Beide Mädchen kannten den Hintergrund von Mels Karriere, wieviel harte Arbeit dahintersteckte, wie oft sie vor dem Weißen Haus gestanden und im Schneesturm gefroren hatte, oder Kommentare zu scheußlichen Ereignissen im fernen Dschungel, politischen Morden und anderen Greueltaten verfaßt hatte. Beide Mädchen achteten sie deshalb um so mehr, aber keine von ihnen beneidete sie um ihre Arbeit oder strebte die gleiche Karriere an. Val hatte nur vor, bald zu heiraten, und Jessies Herzenswunsch war, Ärztin zu werden.

Nach dem Abendessen ging sie mit ihnen nach oben, packte ihre Reisetasche für den Flug an die Westküste. Kaum hatte sie das Licht ausgemacht, rief Grant an und fragte sie, ob ihr seine Liste von Ärzten am Vormittag weitergeholfen hätte.

»Keiner von ihnen war bereit zu helfen, aber die Recherchierabteilung gab mir Peter Hallams Telefonnummer. Ich rief ihn in Los Angeles an, und wir fliegen morgen hinüber.«

»Du und das Mädchen?« fragte er überrascht.

»Und ihre Mutter und eine Krankenschwester und das Kamerateam.«

»Der ganze Zirkus!«

»Ich glaube, diesen Eindruck hatte auch Hallam von uns.« Er hatte nämlich die gleiche Bezeichnung verwendet.

»Ich bin überrascht, daß er dazu bereit war.«

»Er scheint ein netter Mann zu sein.«

»Das hört man allgemein. Die Publicity hat er gewiß nicht nötig, obwohl er weniger bekannt ist als alle anderen. Aber ich glaube, das liegt in seiner Absicht. Wird er euch die Operation filmen lassen?«

»Nein. Aber er versprach mir ein Interview nach der Operation, und man kann nie wissen, vielleicht ändert er seine Meinung, wenn wir erst einmal dort sind.«

»Mag sein. Ruf mich an, wenn du zurückkommst, Kindchen, und bemüh dich, den Schwierigkeiten auszuweichen.« Es war seine übliche Mahnung, und sie lächelte, als sie wenige Minuten später das Licht wieder löschte.

An der Westküste hatte Hallam keinen Grund zum Lächeln. In Sallys Körper war die Immunreaktion weiter fortgeschritten, und sie verfiel innerhalb einer Stunde ins Koma. Er blieb bis kurz vor Mitternacht bei ihr, verließ das Krankenzimmer nur, um mit ihrer Mutter zu sprechen, und erlaubte schließlich der bekümmerten Frau, mit ihm an Sallys Bett zu kommen. Es gab keinen Grund, es ihr zu verweigern. Die Möglichkeit einer Infektion spielte keine Rolle mehr, und um ein Uhr morgens, kalifornischer Zeit, starb Sally Block, ohne das Bewußtsein wiedererlangt und ihre Mutter oder den Arzt noch einmal gesehen zu haben, dem sie so sehr vertraut hatte. Ihre Mutter verließ den Raum in hilflosem Schweigen, während ihr langsam Tränen über die Wangen liefen. Sallys Kampf war vorüber. Peter Hallam stellte den Totenschein aus und fuhr nach Haus, wo er sich in völliger Dunkelheit in sein Arbeitszimmer setzte, in die Nacht hinausstarrte, an Sally, Anne und an andere ähnliche Fälle dachte. Er saß noch zwei Stunden später dort, als Mel in New York ihre Wohnung verließ und zur Wohnung der Jones fuhr. In diesem

Augenblick dachte Peter Hallam gar nicht an Pattie Lou Jones oder Mel Adams... nur an Sally... das hübsche, zweiundzwanzigjährige blonde Mädchen... das nun gestorben war... gestorben... wie Anne... wie so viele andere. Dann ging er langsam, die drückende Schwere der ganzen Welt auf seinen Schultern fühlend, in sein Schlafzimmer, schloß die Tür und setzte sich auf sein Bett.

»Es tut mir leid...« Er flüsterte die Worte, und er wußte nicht einmal, an wen er sie richtete... an seine Frau... seine Kinder... an Sally... an ihre Eltern... an sich selbst... und dann kamen die Tränen, sie tropften sacht, während er sich im Dunkel niederlegte, zutiefst bekümmert über den Tod, den er diesmal nicht hatte abwenden können... diesmal nicht... aber nächstesmal... nächstesmal... vielleicht nächstesmal... Schließlich fiel ihm Pattie Lou Jones ein. Er konnte nichts anderes tun, als es immer wieder zu versuchen.

4

Das Flugzeug verließ den Kennedy-Flughafen mit Mel, dem Kamerateam, Pattie Lou, der Krankenschwester und Patties Mutter, die sich in einem gesonderten Abteil Erster Klasse eingerichtet hatten. Pattie erhielt eine intravenöse Dauerinfusion, und die Schwester schien eine speziell für Herzpatienten geschulte Kraft zu sein. Sie war von Patties behandelndem Arzt empfohlen worden, und Mel betete nur, daß keine Verschlimmerung eintreten möge, bevor sie Los Angeles erreichten. Mel wußte, daß Pattie Lou sich nach der Landung in Dr. Peter Hallams fähigen Händen befinden würde, doch bis dahin hatte Mel die alptraumhafte Vorstellung, daß sie etwa in Kansas mit einem Kind landen müßten, das einen Herzstillstand erlitten harte, bevor sie den Arzt in Kalifornien erreichen konnten. Sie konnte nur beten, daß es nicht dazu kommen würde, und trotz ihrer Befürchtungen verlief der Flug bis Los Angeles ohne Komplikationen.

Hallam hatte dafür gesorgt, daß zwei seiner Mitarbeiter und ein Krankenwagen Pattie Lou erwarteten und sie zusammen mit ihrer Mutter zum Center-City-Krankenhaus brachten. Gemäß vorheriger Übereinkunft mit Dr. Hallam sollte Melanie sie nicht begleiten. Er wollte dem Kind Zeit lassen, sich ungestört an die Krankenhausatmosphäre zu gewöhnen, und hatte mit Mel vereinbart, sie um sieben Uhr am nächsten Morgen in der Cafeteria zu treffen. Dort würde er sie über Patties Zustand und über die vorgesehene Behandlung informieren. Sie durfte zu dieser Besprechung einen Notizblock und ein Bandaufnahmegerät mitbringen, aber kein Kamerateam. Das offizielle Interview würde erst später stattfinden. Mel war für die Atempause nach der Anspannung dankbar, fuhr in ihr Hotel, rief die Zwillinge in New York an, duschte, zog sich um und ging in der lauen Frühlingsluft in der Umgebung des Hotels spazieren, wobei ihre Gedanken immer wieder zu Peter Hallam zurückkehrten. Sie war unglaublich neugierig auf das Zusammentreffen mit ihm, stand am nächsten Morgen um sechs Uhr auf und fuhr in ihrem Mietwagen zum Center-City-Krankenhaus.

Melanies Absätze klapperten rhythmisch auf dem Fliesenboden, während sie links in einen schier endlosen Korridor einbog und an zwei männlichen Reinigungskräften vorbeikam, die feuchte Scheuerbesen hinter sich herzogen. Sie sahen ihr bewundernd nach, während sie in der Ferne verschwand, bis sie vor der Cafeteria stehenblieb, das Schild las und die Doppeltür aufstieß. In ihre Nase drang das volle Aroma von frischem Kaffee. Als sie sich in dem hell erleuchteten Raum umsah, staunte sie, wie viele Leute zu so morgendlicher Stunde anwesend waren.

Es gab Tische mit Krankenschwestern, die vor oder nach ihren Diensten Kaffee und Frühstück zu sich nahmen, Ärzte, die eine kurze Pause einlegten, Assistenzärzte, die eine lange Nacht mit einer warmen Mahlzeit oder einem belegten Brot abschlossen, und zwei oder drei Leute, die blaß an Nebentischen saßen und zweifellos die ganze Nacht wachgeblieben waren, um Auskünfte über schwerkranke Verwandte oder Freunde zu erhalten. Eine Frau weinte leise und tupfte ihre Augen mit einem Taschentuch ab, während eine jüngere Frau ihre eigenen Tränen trocknete und sie zu trösten versuchte. Es war eine merkwürdig kontrastreiche Szene, die wortkargen, müden jungen Ärzte, die Heiterkeit und das Plaudern der Schwestern, der Schmerz und die Anspannung der Leute, die Patienten besuchten, und im Hintergrund das Klappern von Tabletts und das Geräusch von Wasser, das in leistungsfähigen Geschirrspülern auf schmutziges Geschirr spritzte. Es sah aus wie die Leitzentrale einer seltsamen, modernen Stadt, die Kommandobrücke eines durch den Weltraum gleitenden Raumschiffes, das vom Rest der Welt völlig getrennt war.

Während sich Melanie umsah, fragte sie sich, welche der Gestalten in weißen Kitteln Peter Hallam war. Es waren ein paar Männer mittleren Alters in gestärkten weißen Mänteln anwesend, die ernsthaft bei Krapfen und Kaffee an einem Tisch berieten, aber irgendwie entsprach keiner von ihnen dem Bild, das sie sich gemacht hatte, und keiner kam auf sie zu. Er würde zumindest wissen, wie sie aussah.

»Miß Adams?« Die Stimme eines Mannes unmittelbar hinter ihr erschreckte sie, und sie drehte sich rasch um und sah ihn an.

»Ja?«

Er streckte ihr die kräftige, kühle Hand hin. »Ich bin Peter Hallam.« Während sie ihm die Hand gab, blickte sie in das scharfgeschnittene, gutaussehende Gesicht eines Mannes mit zahlreichen Fältchen, blauen Augen, grauem Haar und einem Lächeln, das nur in seinen Augen lag, aber die Lippen nicht ganz erreichte. Trotz ihres Telefongesprächs sah er keineswegs so aus, wie sie erwartet hatte. Sie hatte sich ein vollkommen anderes Bild von ihm gemacht. Er war viel größer und sehr kräftig gebaut, seine Schultern spannten deutlich den gestärkten, weißen Kittel, den er über einem blauen Hemd, einem dunklen Schlips und einer grauen Hose trug, so daß man sofort erriet, daß er im College Rugby gespielt hatte. »Warten Sie schon lange?«

»Keineswegs.« Sie folgte ihm zu einem Tisch und hatte sich weniger in der Hand, als ihr lieb war. Sie war daran gewöhnt, einen starken Eindruck auf ihre Umgebung zu machen, und hier hatte sie das Gefühl, einfach in seinem Kielwasser zu schwimmen. Er hatte eine unglaubliche Ausstrahlung.

»Kaffee?«

»Bitte.« Ihre Blicke begegneten einander und blieben haften, beide fragten sich, als was sich der andere entpuppen würde, als Freund oder als Feind, Gleichgesinnter oder Gegner. Aber im Augenblick hatten sie ein Anliegen gemeinsam, Pattie Lou Jones, und Mel konnte es kaum erwarten, ihn nach ihr zu fragen.

»Sahne und Zucker?«

»Nein, danke.« Sie machte eine Bewegung, als wollte sie ihm zu der Schlange der Wartenden folgen, doch er deutete auf einen freien Stuhl.

»Bemühen Sie sich nicht. Ich bin gleich wieder da. Bleiben Sie nur am Tisch.« Dann lächelte er und wirkte in diesem Augenblick sehr sanft. Er schien ziemlich nett zu sein. Kurz darauf kam er mit einem Tablett zurück, auf dem sich zwei dampfende Tassen Kaffee, zwei Gläser mit Orangensaft und einige Stück Toast befanden. »Ich war nicht sicher, ob Sie schon gefrühstückt haben.« Er machte einen überaus offenen, rücksichtsvollen Eindruck. Sie stellte fest, daß er ihr auf Anhieb sympathisch war.

»Besten Dank.« Sie lächelte ihm zu, dann konnte sie nicht mehr warten. »Wie geht es Pattie Lou?«

»Sie fühlte sich hier gestern abend gleich wie zu Haus. Sie ist ein tapferes kleines Ding und hat nicht einmal nach ihrer Mutter verlangt, damit sie bei ihr bleibt.« Aber irgendwie gewann Mel den Eindruck, daß das die Folge des freundlichen Empfangs war, den ihr Peter Hallam und sein Team bereitet hatten, und sie hatte damit recht. Für ihn war auch das seelische Wohlbefinden seiner Patienten wesentlich; eine Einstellung, die man bei Chirurgen nicht immer antrifft. Er hatte mehrere Stunden bei Pattie Lou verbracht, um sie als Mensch, nicht nur als interessanten Fall kennenzulernen. Da Sally gestorben war, hatte Peter keinen anderen Risikopatienten zu betreuen, und nun dachte er nicht mehr an Sally, sondern nur noch an Pattie.

»Wie stehen ihre Chancen, Doktor?« Mel wollte hören, was er über den Fall dachte, und hoffte, daß die Prognose gut ausfallen würde.

»Ich würde gern sagen, daß sie gut stehen, aber das ist nicht der Fall. Wenn ich sage, leidlich, ist das eine realere Einschätzung der Situation.« Mel nickte ernst und trank einen Schluck Kaffee.

»Werden Sie bei ihr eine Transplantation vornehmen?«

»Wenn wir einen passenden Spender auftreiben, was aber nicht sehr wahrscheinlich ist. Für Kinder findet man selten geeignete Spender, Miß Adams. Mein erster Gedanke war der richtige. Eine andere Art von Transplantation.«

»Die Herzklappe von einem Schwein?« Der Gedanke ging ihr noch immer ein wenig gegen den Strich.

Er nickte »Allerdings, von einem Schwein oder einem Schaf.«

»Wann?«

Er seufzte, kniff die Augen zusammen und dachte darüber nach, während sie ihn beobachtete. »Wir werden sie heute einer Anzahl von Tests unterziehen und die Operation vielleicht für morgen ansetzen.«

»Ist sie kräftig genug, um es durchzustehen?«

»Ich glaube, ja.« Wieder trafen sich ihre Blicke und blieben aneinander haften. Es gab in diesem Beruf keine Garantie. Es gab nie sichere Erfolge, nur sichere Mißerfolge. Es war eine harte Belastung, Tag für Tag damit zu leben, und sie bewunderte seine Haltung. Sie hatte das Bedürfnis, ihm das zu sagen, doch irgendwie hielt sie es für eine zu persönliche Erklärung, also unterließ sie es und sprach weiter über Pattie Lou und die Fernsehstory. Nach einer Weile sah Peter Mel prüfend an. Sie wirkte so engagiert, so menschlich. Sie war mehr als nur eine Reporterin. »Worin besteht Ihr Interesse an dem Fall, Miß Adams? Ist es nur eine weitere Story oder etwas mehr?«

»Sie ist ein besonderes Mädchen, Doktor. Man muß sie einfach gern haben.«

»Nehmen Sie an allen Menschen in ihren Reportagen so viel Anteil? Das muß Sie ziemlich aufreiben.«

»Trifft das nicht auch auf Sie zu? Nehmen Sie nicht an allen Anteil, Doktor?«

»Fast immer.«

Er war ihr gegenüber vollkommen aufrichtig, und es war leicht, ihm Glauben zu schenken. Der Patient, dem er nicht sein Mitgefühl schenkte, war bestimmt eine sehr, sehr seltene Ausnahme. Das hatte sie schon herausgespürt. Und dann blickte er sie mit einem seltsamen Lächeln an – ihre Hände waren gefaltet, während sie ihn beobachtete. »Sie haben keinen Notizblock mitgebracht. Heißt das, daß Sie das Gespräch auf Band aufnehmen?«

»Nein.« Sie schüttelte ruhig den Kopf und lächelte. »Das ist nicht der Fall. Es ist mir lieber, wir lernen einander erst einmal kennen.«

Diese Antwort verwunderte ihn, und er konnte sich nicht enthalten noch eine Frage zu stellen. »Warum?«

»Weil ich besser über Ihre Arbeit berichten kann, wenn ich mehr über Ihre Person erfahre. Nicht indem ich Papier oder Tonband verwende, sondern indem ich Ihnen zuschaue, zuhöre und Sie kennenlerne.« Sie war tüchtig in ihrem Fach, das spürte er instinktiv. Es war gerecht, daß sie in ihrem Beruf einen guten Namen hatte, sogar ein Star war, sie war wirklich ein echter Profi, und noch dazu ein ungewöhnlich erfolgreicher. Das gefiel Peter Hallam. Es war, als stünde man in einem Wettbewerb einem gleichwertigen Gegner gegenüber, und das vermittelte ihm ein aufregendes Gefühl, das ihn plötzlich dazu veranlaßte, einen Vorschlag zu unterbreiten, den er ihr ursprünglich gar nicht hatte machen wollen.

»Würden Sie mich heute vormittag bei meiner Visite begleiten? Nur zu Ihrer Information.«

Ihre Augen leuchteten auf. Sie freute sich über sein unerwartetes Angebot und hoffte, daß es ein Zeichen seiner Sympathie war, oder noch besser, daß er schon anfing, ihr zu vertrauen. Das war für den glatten Ablauf jeder Story wichtig.

»Ich nehme Ihr Angebot gern an, Doktor.« Er konnte an ihren Augen merken, wie gerührt sie über sein Anerbieten war.

»Nennen Sie mich Peter.«

»Nur, wenn Sie mich Mel nennen.« Sie lächelten einander zu.

»Einverstanden.« Er berührte ihre Schulter, während er aufstand, und sie sprang aufgeregt auf, weil sie ihn bei seinem Rundgang begleiten durfte. Es war eine seltene Gelegenheit, und sie war ihm dankbar. Er wandte sich ihr wieder zu, diesmal mit einem Lächeln, während sie die Cafeteria verließen. »Meine Patienten werden sehr beeindruckt sein, wenn sie Sie hier sehen, Mel. Ich bin sicher, daß Sie schon einmal von allen auf dem Bildschirm gesehen wurden.« Die Bemerkung überraschte sie.

»Das bezweifle ich.« Ihr war eine Bescheidenheit eigen, derentwegen sie alle, die sie näher kannten, besonders Grant und ihre Töchter, immer neckten.

Aber diesmal lachte er. »Sie können hier kaum anonym bleiben, wissen Sie. Und auch Herzpatienten verfolgen die Fernsehnachrichten.«

»Ich nehme immer an, daß die Leute mich ohne das Drumherum im Fernsehstudio nicht erkennen.«

»Ich wette, daß sie es tun.« Wieder lächelte er, und Melanie antwortete mit einem Nicken. Er fand es schön, daß ihr der Erfolg im Laufe der Jahre nicht zu Kopf gestiegen war. Er hatte etwas ganz anderes erwartet.

»Jedenfalls sind hier Sie der Star, Doktor Hallam«, fuhr sie fort, »und das mit Recht.« Ihre Augen glänzten vor ehrlicher Bewunderung, doch diesmal zeigte er sich von der bescheidenen Seite.

»Ich bin kaum als Star zu bezeichnen, Mel.« Er meinte es ernst. »Ich arbeite einfach hier, als Teil eines bemerkenswert guten Teams. Glauben Sie mir, meine Patienten werden es viel aufregender finden, Sie persönlich zu Gesicht zu bekommen als mich, und das aus gutem Grund. Es wird ihnen guttun, ein neues Gesicht zu sehen.« Er drückte auf den Knopf für den Fahrstuhl, und als er kam, drückte er auf die Sechs; sie traten in eine Gruppe von Ärzten in weißen Kitteln und Schwestern mit freundlichen Gesichtern. Die Schichten wechselten gerade.

»Wissen Sie, ich habe mich immer mit Ihren Ansichten identifizieren können und der Art, wie Sie eine Story gestalten.« Er sprach leise, während der Fahrstuhl in jedem Stockwerk hielt, und Mel bemerkte, daß zwei Schwestern sie unauffällig musterten. »In Ihrer Haltung liegt etwas sehr Direktes und Aufrichtiges. Ich nehme an, das ist der Grund, warum ich einwilligte, bei dieser Sache mitzumachen.«

»Was immer auch Ihr Motiv war, ich bin froh, daß Sie sich dazu bereit erklärt haben. Pattie Lou braucht Sie dringend.« Er nickte, in diesem Punkt konnte er ihr nicht widersprechen. Aber nun ging es um mehr. Er hatte sich ihr für ein Interview bei der Nachrichtensendung ihrer Station zur Verfügung gestellt, und als sie einige Minuten später in seinem kleinen Büro im sechsten Stock saßen, schenkte er Mel reinen Wein ein und versuchte, ihr die Risiken und Gefahren von Organverpflanzungen zu erläutern. Er machte sie darauf aufmerksam, daß sie auch die negativen Seiten eines solchen Eingriffs kennenlernen würde. Es war eine Möglichkeit, an die er gedacht hatte, bevor er sich zu dem Interview entschlossen hatte, aber er war bereit, dieses Risiko einzugehen. Es war besser, wenn man alles zur Sprache brachte, als die Kehrseite der Medaille vor der Presse zu verbergen, und wenn sie die Reportage richtig durchführte, konnte sie mit großem öffentlichem Interesse rechnen, aber sie schien über die Risiken, die er schilderte, und die eingeschränkten Erfolgsaussichten zu erschrecken.

»Meinen Sie, ich könnte möglicherweise zu dem Schluß gelangen, daß Herztransplantationen keine gute Idee sind? Meinen Sie das, Peter?«

»Es wäre denkbar, obwohl das nicht meiner Ansicht entspräche. Die Tatsache bleibt bestehen, daß Transplantationspatienten trotzdem sterben, und zwar relativ früh. Wir geben ihnen nur eine Chance, die noch dazu manchmal nicht sehr groß ist. Das Risiko ist groß, meist sind die Erfolgsaussichten gering, aber es ist eine Chance, und der Patient faßt den Entschluß selbst. Manche Menschen wollen einfach all das nicht durchmachen, was ihnen bevorsteht, und sie entscheiden sich gegen das Risiko. Diese Haltung respektiere ich. Aber wenn sie mich operieren lassen, versuche ich es. Mehr kann man nicht tun. Ich bin nicht dafür, daß jeder Patient eine Transplantation bekommt, das wäre unverantwortlich. Es ist aber so, daß sie für manche Fälle die optimale Lösung ist, und gerade jetzt müssen wir neue Türen aufstoßen. Wir dürfen uns nicht ausschließlich auf die seltenen menschlichen Herzen beschränken, wir brauchen mehr Organe als anfallen, also suchen wir neue Wege, und da setzt der Widerstand der Öffentlichkeit ein. Sie glauben, daß wir Gott spielen wollen, was nicht der Fall ist; wir versuchen, Menschenleben zu retten, und geben dabei unser Bestes; das ist der Stand der Dinge.« Er stand auf, beinahe gleichzeitig mit ihr, und blickte von seiner beträchtlichen Höhe auf sie hinunter. »Sagen Sie mir am Ende des heutigen Tages, was Sie denken, und ob Sie mit den Methoden, die wir anwenden, einverstanden sind.« Er kniff die Augen zusammen, während er sie ansah. »Ihre Meinung würde mich ganz besonders interessieren. Sie sind eine intelligente Frau, jedoch verhältnismäßig wenig bewandert auf diesem Gebiet. Sie nähern sich ihm unbefangen. Sagen Sie mir, ob Sie schockiert, entsetzt oder einverstanden sind.« Während sie das kleine Zimmer verließen, fiel ihm noch etwas ein. »Sagen Sie mir eines, Mel, haben Sie sich schon vorher ein Urteil gebildet?« Er beobachtete ihr Gesicht aufmerksam, während sie nebeneinander hergingen und sie die Stirn runzelte.

»Aufrichtig gesagt, ich bin nicht ganz sicher. Grundsätzlich glaube ich natürlich, daß alles, was Sie machen, seinen guten Grund hat. Ich muß aber zugeben, daß die Risiken, von denen Sie sprechen, mich erschrecken. Die Aussicht, eine auch nur halbwegs ins Gewicht fallende Zeitspanne zu überleben, ist so gering.«

Er blickte sie lange scharf an. »Was Ihnen als unvernünftiger Aufwand erscheinen mag, ist vielleicht für einen Sterbenden, ganz gleich, ob Mann, Frau oder Kind, der letzte Strohhalm, an den er sich klammert. Für sie sind möglicherweise sogar zwei Monate ... zwei Tage ... zwei Stunden länger ein großer Gewinn. Zugegeben, die hohen Sterberaten erschrecken auch mich. Aber welche Wahl bleibt uns? Im Augenblick ist es das Beste, worüber wir verfügen.« Sie nickte und folgte ihm in die Halle; sie dachte an Pattie Lou und beobachtete ihn, während er mit aufmerksamem Gesicht und gefurchter Stirn die Krankengeschichten seiner Patienten prüfte, Fragen stellte, sich Testergebnisse ansah. Immer wieder hörte Melanie die Namen von Medikamenten, sie wußte, daß es stützende Medikamente waren, die den Herztransplantationspatienten verabreicht wurden, um die Immunreaktion des Körpers gegen das neue Herz herabzusetzen. Sie begann, sich Notizen zu machen über Fragen, die sie Peter stellen wollte, wenn er Zeit dazu fand, über die Risiken, die diese Medikamente mit sich brachten, ihre Wirkungen auf die Persönlichkeit und den Geist der Patienten.

Plötzlich sah sie, daß Peter Hallam sich aufrichtete und rasch durch den Korridor ging. Sie folgte ihm ein paar Schritte, dann blieb sie stehen, weil sie nicht wußte, ob ihm ihre Anwesenheit erwünscht war. Als hätte er ihre Unentschlossenheit bemerkt, wandte er sich plötzlich ihr zu und winkte.

»Kommen Sie.« Er zeigte auf einen Stoß weißer Mäntel, die auf einem schmalen Karren aus rostfreiem Stahl lagen, und bedeutete ihr, sich einen davon zu nehmen. Sie tat es im Laufen und holte ihn ein, während sie sich bemühte, den Mantel überzuziehen. Er hatte die Arme voller Krankengeschichten, zwei Ärzte und eine Schwester folgten ihm respektvoll. Peter Hallams Arbeitstag hatte begonnen. Er lächelte Mel einmal zu, stieß die erste Tür auf und sah einen älteren Mann vor sich. Man hatte vor zwei Wochen eine vierfache Bypass-Operation an ihm durchgeführt, und er behauptete, er fühle sich wieder wie ein Junge. Er sah zwar nicht so aus, sondern noch sehr müde, blaß und ein wenig matt, aber nachdem sie das Zimmer verlassen hatten, versicherte Peter, daß der Mann gesund werden würde, und sie gingen weiter zu dem nächsten Zimmer, wo es Melanie plötzlich einen Stich ins Herz versetzte. Sie starrte in das Gesicht eines kleinen Jungen. Er litt an einer angeborenen Herz- und Lungenkrankheit, und man hatte noch keinen chirurgischen Eingriff an ihm vorgenommen. Er keuchte entsetzlich und war so groß wie ein fünf- oder sechsjähriges Kind, aber ein Blick auf sein Krankenblatt verriet Mel, daß er bereits zehn war. Die Ärzte hatten in Betracht gezogen, bei ihm eine Herz-Lungen-Transplantation vorzunehmen, aber bisher hatte man so wenige durchgeführt, daß sie der Ansicht waren, sie hätten zuwenig Erfahrung, um sie bei einem kleinen Kind zu versuchen, und so wurden Überbrückungsmaßnahmen getroffen, um ihn am Leben zu erhalten. Melanie sah zu, während Peter sich neben dem Bett auf einen Stuhl setzte und lange mit dem kleinen Patienten sprach. Mehr als einmal mußte Melanie gegen aufsteigende Tränen ankämpfen, und sie drehte sich so, daß der Junge ihre feuchten Augen nicht bemerken konnte. Peter berührte wieder ihre Schulter, als sie das Zimmer verließen, diesmal zum Trost.

Dann besuchten sie einen Mann, dem man ein künstliches Herz eingepflanzt hatte, das, wie Melanie erfuhr, durch Luft in Gang gehalten wurde. Der Patient litt an einer massiven Infektion, die offenbar das Hauptproblem beim Einsetzen eines künstlichen Herzens war. Dann gab es einen sichtlich komatösen Patienten, und nachdem Peter sich kurz mit der Schwester besprochen hatte, hielt er sich nicht mehr lange in dem Zimmer auf. Dann kamen zwei Männer mit aufgeschwemmten Gesichtern, die im letzten Jahr Herztransplantationen überstanden hatten, und Melanie wußte schon aus den Unterlagen, die sie studiert hatte, daß die Steroide, die diese Patienten einnahmen, oft eine solche Nebenwirkung zeigten, die aber schließlich unter Kontrolle gebracht wurde. Plötzlich wurden aus diesen Fällen für sie Menschen aus Fleisch und Blut. Noch deutlicher kam ihr zu Bewußtsein, wie gering die Überlebenschancen waren. Peter beantwortete jetzt einige Fragen, als sie wieder in seinem kleinen Büro saßen. Als sie auf die Uhr blickte, merkte sie zu ihrer Überraschung, daß es fast zwölf Uhr mittags war. Sie hatten vier Stunden lang Visite gemacht, waren ungefähr in zwanzig Zimmern gewesen.

»Die Chancen?« Er blickte sie über die Kaffeetasse hinweg an. »Patienten mit Herztransplantationen haben eine fünfundsechzigprozentige Chance, nach der Operation noch ein Jahr lang zu leben. Das bedeutet grob gesprochen, daß zwei von drei Patienten es noch ein Jahr lang schaffen.«

»Und darüber hinaus?«

Er seufzte. Er haßte Statistiken. Denn gegen sie kämpfte er Tag für Tag an. »Die längste Überlebenszeit, die wir miterlebt haben, dauerte zwei Jahre.«

»Und danach?« Sie machte sich jetzt Notizen, entsetzt über diese Tatsachen und voll Verständnis für seinen trotzigen Ton.

»Das ist derzeit das Optimum. Bessere Ergebnisse sind momentan nicht zu erzielen.« Er sagte es voll Bedauern, und zugleich dachten beide an Pattie Lou und wünschten ihr bessere Aussichten. Sie hatte ein Recht auf ein längeres Leben. Das hatten allerdings alle. Fast war man versucht zu fragen, welchen Sinn es hatte; doch wenn es beispielsweise um einen selbst oder um das eigene Kind ginge, würde man dann nicht doch das Risiko eingehen, um einen Tag oder eine Woche oder sogar ein Jahr zu gewinnen?

»Warum sterben sie so früh?« fragte Mel bedrückt.

»Zumeist ist eine Abstoßungsreaktion dafür verantwortlich. Entweder glatte, totale Immunreaktion oder es kommt zu einer Verhärtung der Arterien, die zu einem Kollaps führt. Eine Transplantation beschleunigt diese Entwicklung gewissermaßen. Das nächste große Problem, dem wir gegenüberstehen, sind die Infektionen; die Medikamente, die die Patienten einnehmen, machen sie dafür nur noch anfälliger.«

»Und es gibt nichts, das Sie dagegen unternehmen können?« Als ob alles von ihm allein abhinge. Sie wies ihm praktisch die Rolle Gottes zu, ebenso wie manche seiner Patienten. Sie wußten beide, daß es nicht fair war, aber die Entscheidung über Tod und Leben schien in seiner Hand zu liegen, auch wenn dem nicht wirklich so war. Irgendwie wollte sie, daß es so wäre. Das hätte alles vereinfacht. Er war ein verantwortungsbewußter Mensch, er würde alles in Ordnung bringen... wenn er konnte.

»Wir können derzeit nichts tun. Obgleich einige der neuen Arzneimittel eine Besserung bringen. Wir haben in letzter Zeit Cyclosporin angewendet, ein in der Wirkung etwas andersartiges Mittel, und das könnte helfen. Sie dürfen nicht vergessen«, er sprach leicht belehrend zu ihr, als wäre sie ein Kind, »daß diese Menschen ohne ein neues Herz überhaupt keine Überlebenschance hätten. Was immer wir erreichen, ist ein Geschenk für sie.

Das begreifen sie. Sie werden sich mit allem einverstanden erklären, wenn sie den Willen zum Leben haben.«

»Was heißt das?«

»Manche sind nicht dazu bereit. Sie wollen einfach diese schwere Operation nicht durchmachen.« Er wies auf die Krankengeschichten und lehnte sich mit der Kaffeetasse in der Hand zurück. »Es erfordert allerhand Mut, wissen Sie.« Ihr wurde jetzt etwas anderes klar. Es erforderte auch von ihm allerhand Mut. Er war gewissermaßen ein Stierkämpfer, der mit einem Stier namens Tod in die Arena ging und versuchte, ihm Männer, Frauen und Kinder zu entreißen. Sie hätte gern gewußt, wie oft er durch fehlgeschlagene Hoffnungen deprimiert worden war, durch Patienten, die starben und denen er menschlich nähergekommen war. Irgendwie spürte man bei ihm, daß er ein Mann war, dem diese Mißerfolge wirklich nahegingen. Als hätte er ihre Gedanken geahnt, wurde seine Stimme plötzlich leise. »Meine Frau beschloß, das Risiko nicht einzugehen.« Er senkte den Blick, während Mel ihn betrachtete und sich plötzlich an ihrem Stuhl festgenagelt fühlte. Was hatte er gesagt? Seine Frau? Dann blickte er auf, bemerkte ihren Schrecken und sah ihr direkt in die Augen. Seine Augen waren nicht feucht, aber sie erkannte einen Kummer darin, der ihr vieles an seiner Haltung erklärte. »Sie litt ursprünglich unter Lungen-Hypertonie, ich weiß nicht, ob Ihnen das etwas sagt. Es greift zuerst die Lunge und schließlich das Herz an und macht eine Herz-Lungen-Transplantation erforderlich, aber damals waren erst zwei Großoperationen dieser Art in der ganzen Welt durchgeführt worden und keine davon in den USA. Ich hätte die Transplantation natürlich nicht selbst vorgenommen« – er seufzte und beugte sich vor – »sie wäre von einem meiner Kollegen und dem restlichen Team operiert worden, oder wir hätten sie zu irgendeinem der berühmten Chirurgen gebracht, aber sie lehnte ganz ruhig ab. Sie wollte so sterben, wie sie war, und weder sich selbst noch mich noch die Kinder das gleiche Hangen und Bangen durchmachen lassen wie meine Patienten, nur um in sechs Monaten oder einem Jahr oder zwei Jahren sowieso zu sterben. Sie sah mit erschreckender Ruhe ihrem Schicksal entgegen« – und nun merkte Mel, daß seine Augen doch feucht waren –, »ich habe nie eine Frau wie sie gekannt. Sie blieb bis zu ihrem Ende vollkommen ruhig.« Seine Stimme wurde heiser, dann fuhr er fort: »Es war vor anderthalb Jahren. Sie war damals zweiundvierzig.«

Dann blickte er Mel tief in die Augen, ohne Scheu davor, seine Gefühle zu zeigen, und die Stille in dem kleinen Raum wirkte betäubend. »Vielleicht hätten wir ihr Leben verlängern können. Aber nicht für lange.« Jetzt klangen seine Worte weniger persönlich. »Ich habe im letzten Jahr selbst zwei Herz-Lungen-Transplantationen durchgeführt. Aus verständlichen Gründen war ich dabei besonders stark gefühlsmäßig beteiligt. Es gibt keinen Grund, weshalb ein solcher Eingriff nicht gelingen sollte, und meist wird er gelingen.« Für seine Frau war es allerdings zu spät. Aber in seinem Herzen würde er den Kampf nie aufgeben, als könne er sie noch überreden, ihn das beinahe Unmögliche versuchen zu lassen. Mel beobachtete ihn bedauernd, weil er all das durchgemacht hatte; die Hilflosigkeit, die er gefühlt hatte, spiegelte sich noch immer in seinen Augen.

Sie sagte ganz leise: »Wie viele Kinder haben Sie?«

»Drei. Mark ist siebzehn, Pam wird im Juni vierzehn, und Matthew ist sechs.« Peter Hallam lächelte, als er an seinen Sohn dachte. »Sie sind alle prächtige Kinder, aber Matthew ist ein ganz komischer kleiner Junge.« Dann seufzte er und stand auf. »Ihn hat es am meisten getroffen, aber es war für sie alle ein schwerer Schlag. Pam ist in dem Alter, in dem sie ihre Mutter wirklich bräuchte, und ich bin da nur ein schwacher Ersatz. Ich versuche jeden Tag, möglichst früh nach Haus zu kommen, aber immer kommt etwas dazwischen. Wenn man allein ist, ist es verdammt schwer, Kindern die Nestwärme zu geben, die sie brauchen.«

»Ich weiß«, sagte sie leise. »Auch ich schlage mich mit diesem Problem herum.«

Er wandte sich um, schien jedoch nicht gehört zu haben, was sie gesagt hatte. »Sie hätte uns zumindest eine Chance einräumen sollen.«

»Sie wäre höchstwahrscheinlich jetzt dennoch nicht mehr am Leben.« Mels Stimme klang jetzt ganz sanft. »Es muß sehr schwierig sein, einen derartigen Verlust hinzunehmen.«

Er nickte bedächtig. »Das stimmt.« Als wäre er plötzlich über seine persönlichen Geständnisse erschrocken, nahm er die Krankengeschichten in die Hände, als wollte er wieder etwas Distanz zwischen sie beide legen. »Entschuldigen Sie, ich weiß nicht, warum ich Ihnen all das erzählt habe.«

Melanie war nicht überrascht, die Leute schütteten ihr häufig ihr Herz aus, es war nur diesmal schneller dazu gekommen. Er versuchte, mit einem Lächeln die bedrückte Stimmung wegzuwischen. »Warum gehen wir nicht durch den Korridor und besuchen Pattie?« Mel nickte, immer noch tief bewegt durch alles, was er gesagt hatte. Es war für sie schwierig, jetzt die richtigen Worte für ihn zu finden, und sie empfand es beinahe als Erleichterung, zu dem Kind zu gehen, das sie aus New York hierher gebracht hatte. Pattie war sichtlich begeistert, sie beide zu sehen, und Mel erinnerte sich daran, weshalb sie hier war. Sie verbrachten eine nette halbe Stunde im Gespräch mit dem Kind, und als Peter die Testergebnisse studierte, wirkte er zufrieden. Schließlich wandte er sich väterlich dem Kind zu.

»Morgen ist unser großer Tag, weißt du.«

»Wirklich?« Sie riß die Augen auf und schien zugleich aufgeregt und unsicher zu sein.

»Wir werden uns dein altes Herz vornehmen, Pattie, dann wird es so gut wie neu sein.«

»Kann ich dann Baseball spielen?« Mel und Peter lächelten bei der Frage.

»Möchtest du denn gern?«

»Ja, Sir!« Sie strahlte.

»Wir werden sehen.« Er erklärte ihr die Vorgänge des nächsten Tages mit Worten, die sie begreifen konnte, und obwohl sie ihn besorgt ansah, war sie offensichtlich nicht verzweifelt oder verängstigt. Es war nicht zu übersehen, daß sie Peter Hallam schon in ihr Herz geschlossen hatte. Es tat ihr leid, als beide ihr Zimmer verließen. Peter sah auf die Uhr, es war halb zwei.

»Was halten Sie von einem Lunch? Sie müssen schon halb verhungert sein.«

»Ich bin nahe dran.« Sie lächelte. »Aber ich war zu vertieft, um ans Essen zu denken.«

Er schien sich darüber zu freuen. »Ich auch.« Dann führte er sie ins Freie, und sie empfanden es als Erleichterung, die frische Luft zu atmen. Peter schlug vor, rasch außerhalb eine Kleinigkeit zu essen, und Mel war damit einverstanden, also gingen sie in Richtung Parkplatz.

»Arbeiten Sie immer so angestrengt?« fragte sie ihn, und er sah belustigt drein.

»Die meiste Zeit.«

»Da können Sie aber nicht viel Freizeit haben. Sie können sich nicht einmal erlauben, dem Krankenhaus nur für einen Tag den Rücken zu kehren. Wie steht es denn mit Ihrem Team? Können Sie die Verantwortung für Ihre Fälle nicht mit ihnen teilen?« Sonst wäre diese Last kaum zu ertragen.

»Natürlich ist das der Fall.« Doch die Art, wie er es sagte, ließ sie an seinen Worten zweifeln. Man hatte den Eindruck, daß er den Großteil der Verantwortung übernahm, und es gern tat.
»Was halten Ihre Kinder von Ihrem Beruf?«
Er dachte einen Moment nach, bevor er antwortete. »Wissen Sie, ich kann das nicht mit Sicherheit sagen. Mark will Jura studieren, Pam ändert ihre Berufswünsche jeden Tag, besonders jetzt, und Matthew ist natürlich noch zu klein, um eine Vorstellung davon zu haben, was er werden will, wenn er einmal groß ist, es sei denn Installateur, wofür er voriges Jahr schwärmte.« Dann lachte er. »Genau das bin ich auch, nicht wahr?« Er grinste Mel an. »Ein Installateur.« Beide lachten in der warmen Frühlingsluft. Die Sonne strahlte auf sie nieder, und Melanie bemerkte, daß er im Freien jünger wirkte. Plötzlich konnte sie ihn sich beinahe im Kreis seiner Kinder vorstellen.
»Wohin gehen wir zum Lunch?« Er lächelte auf sie herab, offenbar fühlte er sich in seinem Reich wohl, aber das war nicht der einzige Grund. Es war mehr. Zwischen ihnen herrschte jetzt ein neues, freundschaftliches Verhältnis. Er hatte ihr sein Innerstes offenbart und ihr von Anne erzählt. Deshalb fühlte er sich plötzlich zum erstenmal seit langer Zeit freier. Beinahe hätte er Lust gehabt, diese neuerworbene Leichtigkeit zu feiern, die er im Herzen fühlte. Mel erfaßte intuitiv seine Stimmung. Es war ein eigenartiger Gedanke, daß er über Leben und Tod entschied und daß sie nach Los Angeles gekommen war, um ihm ein schwer krankes Kind anzuvertrauen. Dennoch waren sie gemeinsam in diese Aufgabe eingespannt, waren noch immer jung und wurden langsam Freunde – eigentlich gar nicht so langsam. Etwas an seiner Art erinnerte sie an das sofortige Vertrauen, das sie hatte, als sie Grant kennenlernte, und doch war ihr klar, daß ihr Gefühl für diesen Mann tiefer ging. Er hatte möglicherweise eine außergewöhnliche Wirkung auf sie – seine Kraft, seine Freundlichkeit, seine Verwundbarkeit, seine Aufgeschlossenheit, seine Bescheidenheit, verbunden mit seinem ungeheuren Erfolg. Er war ein ungewöhnlicher Mensch, und Peter Hallam, der sie beobachtete, dachte in vieler Hinsicht ähnlich von ihr. Er war froh, daß er sie zum Lunch eingeladen hatte. Sie hatten sich eine Pause ver-

dient. Sie waren beide Menschen, die hart arbeiteten und ihren Verpflichtungen nachkamen, und es war durchaus angebracht, daß sie jetzt gemeinsam ein wenig abschalteten. Mel sagte sich, daß es für das Interview gut sein würde.

»Kennen Sie Los Angeles?« fragte er.

»Nicht sehr gut. Ich komme immer nur beruflich hierher und jage von einem Stadtteil in den anderen, bis ich wieder abreise. Ich habe nie viel Zeit für gemütliche Mahlzeiten.« Er lächelte, so ging es ihm ebenfalls, aber heute erschien ihm eine Ruhepause richtig. Er hatte auch das Gefühl, eine neue Freundin gefunden zu haben.

Sie fragte: »Ich nehme an, Sie gehen für gewöhnlich nicht zum Lunch außer Haus, nicht wahr?«

Er grinste. »Hier und da. Für gewöhnlich esse ich dort.« Er zeigte auf das Krankenhaus hinter ihnen und blieb bei seinem Wagen stehen. Es war ein großer, geräumiger, silbergrauer Mercedes, was sie überraschte. Der Wagen paßte eigentlich nicht zu seinem Lebensstil, und er erriet ihre Gedanken.

»Ich habe den Wagen vor zwei Jahren Anne geschenkt«, erklärte er ruhig, aber diesmal klang seine Stimme weniger schmerzlich. »Ich fahre meist meinen eigenen Wagen, einen kleinen BMW, aber der ist im Moment beim Service. Und den Kombi lasse ich zu Hause, den fahren meine Haushälterin und Mark.«

»Haben Sie eine Hilfe im Haushalt?« Sie waren jetzt nichts als zwei Bekannte, die gemeinsam zum Wilshire Boulevard fuhren.

»Eine fantastische Person. Ohne sie wäre ich wirklich verloren. Sie ist eine Deutsche, die wir aufnahmen, als Pam geboren wurde. Anne befaßte sich selbst mit Mark, aber als Pam zur Welt kam, hatte sie schon mit ihrer Herzschwäche zu kämpfen, und wir engagierten diese Frau, um das Baby zu betreuen. Sie sollte eigentlich nur sechs Monate bleiben, und das war vor vierzehn Jahren. Sie ist jetzt ein Geschenk des Himmels für uns« – er zögerte nur kurz –, »da Anne nicht mehr ist.« Er gewöhnte sich allmählich an solche Worte.

Mel nahm das angeschnittene Thema rasch auf und verbreitete sich darüber. »Ich habe eine wunderbare Haushaltshilfe aus Mittelamerika, die sich um meine Mädchen kümmert.«

»Wie alt sind sie?«

»Fast sechzehn. Im Juli.«

»Beide?« Er sah sie überrascht an, und diesmal lachte Mel.

»Ja. Es handelt sich um Zwillinge.«

»Eineiig?«

»Nein, zweieiig. Eine ist ein schlanker Rotkopf, von ihr behaupten die Leute, daß sie mir ähnlich sieht, aber ich glaube es nicht recht. Von der anderen weiß ich, daß sie nichts von mir hat, sie ist eine üppige Blondine, bei der ich jedesmal, wenn sie ausgeht, aus den Ängsten nicht herauskomme.« Sie lächelte, und Peter lachte.

»Ich bin in den letzten zwei Jahren zu dem Schluß gelangt, daß es leichter ist, Söhne aufzuziehen.« Sein Lächeln schwand, als er an Pam dachte. »Meine Tochter war zwölfeinhalb, als Anne starb. Der Verlust der Mutter fiel mit dem Einsetzen der Pubertät zusammen, und das war fast zu viel für sie.« Er seufzte. »Ich nehme nicht an, daß die Jugendzeit für irgendein Kind leicht ist, aber Mark war in ihrem Alter viel unbeschwerter. Er hatte zu dieser Zeit natürlich noch beide Eltern.«

»Das macht viel aus.« Eine lange Pause entstand.

»Sie leben mit den Zwillingen allein?« Sie hatte doch etwas Ähnliches gesagt, oder?

Mel nickte nur. »Ich bin allein für sie verantwortlich, seit sie auf die Welt kamen.«

»Ist ihr Vater gestorben?« Er sah aus, als empfände er Mitleid mit ihr. Das war ihr so noch selten bei einem Mann begegnet.

»Nein. Er hat mich verlassen. Er wollte keine Kinder und meinte es ernst. Als ich ihm mitteilte, daß ich schwanger sei, war es zwischen uns aus. Er hat die Zwillinge nie gesehen.«

Peter Hallam war empört. Er konnte sich nicht vorstellen, daß jemand so handelte. »Wie schrecklich für Sie, Mel. Sie müssen dazu noch sehr jung gewesen sein.«

Sie nickte. Es schmerzte eigentlich nicht mehr. Jetzt war es nur noch eine ferne Erinnerung. Einfach ein Kapitel ihres Lebens.« »Ich war neunzehn.«

»Mein Gott, wie haben Sie es allein geschafft? Haben Ihnen Ihre Eltern geholfen?«

»Eine Zeitlang. Als die Mädchen geboren wurden, hörte ich mit dem College auf, fand schließlich einen Arbeitsplatz, genauer verschiedene Jobs, dann landete ich als Empfangsdame bei einer Fernsehstation in New York und danach als Bürokraft in der Nachrichtenabteilung; das übrige kennen Sie vermutlich.« Sie dachte jetzt ohne Bitterkeit an diese Zeit zurück, aber er spürte, wie schwer ihr Aufstieg gewesen sein mußte, und empfand es als besonders positiv, daß dies alles ihr nicht geschadet hatte. Sie war weder verbittert noch verhärtet, sie sprach ganz objektiv über die Vergangenheit, und sie hatte schließlich den ganz großen Erfolg geschafft. Sie stand auf der Spitze des Berges und hatte die Mühen des Aufstiegs zum Großteil vergessen.

»Das klingt jetzt schrecklich einfach, aber es muß zeitweise ein Alptraum gewesen sein.«

»Das dürfte stimmen.« Sie seufzte und sah zu, wie die Straßenzüge vorbeiglitten. »Es fällt mir tatsächlich schwer, mich jetzt daran zu erinnern. Es ist komisch, wenn man mittendrin steckt, glaubt man zeitweise, daß man es nicht überleben wird, aber irgendwie gelingt es einem doch, und wenn man zurückblickt, erscheint es einem nicht mehr so schlimm.« Während er ihr zuhörte, fragte er sich, ob er eines Tages in ähnlicher Weise über den Verlust von Anne denken würde, aber er bezweifelte es.

»Wissen Sie, Mel, mich belastet das Bewußtsein schwer, daß ich meinen Kindern nie die Mutter ersetzen kann. Sie brauchen beide Elternteile, besonders Pam.«

»So viel können Sie von sich auch nicht erwarten. Sie sind nur ein Mensch, und Sie geben sicherlich Ihr Bestes. Mehr können Sie nicht tun.«

»Das nehme ich an.« Aber es klang nicht überzeugt. »Sie haben nie daran gedacht, den Mädchen zuliebe wieder zu heiraten?« Aber ihre Lage war anders, überlegte er, sie hatte nicht mit der Erinnerung an einen geliebten Menschen fertigzuwerden, oder vielleicht hatte sie ihn geliebt, aber sie konnte sich an ihrem Zorn aufrichten und war auf diese Weise freier als er, außerdem lag es für sie auch viel länger zurück.

»Ich glaube, ich bin nicht für die Ehe geschaffen, und die Mädchen verstehen mich jetzt. Früher haben sie mich deshalb oft gequält. Als sie noch jünger waren. Es gab wirklich Zeiten, in denen ich mich auch schuldbewußt fühlte. Aber es ging uns allein besser, als wenn ich mit dem falschen Mann zusammengelebt hätte, und das Komische ist, manchmal gefällt es mir so besser. Ich weiß nicht, ob ich mich jetzt damit abfinden würde, daß jemand die Zuneigung der Mädchen mit mir teilt. Vielleicht ist es schrecklich, so etwas zuzugeben, aber mitunter habe ich dieses Gefühl. Ich bin vermutlich ihnen gegenüber sehr besitzergreifend geworden.«

»Das ist verständlich, wenn Sie so lange mit ihnen allein gelebt haben.«

Er lehnte sich zurück und sah sie an.

»Möglich. Jessica und Val stellen die positiven Werte in meinem Leben dar. Sie sind zwei wunderbare Kinder.« Als sie dies sagte, war sie ganz Mutter. Er stieg aus, um ihr den Wagenschlag zu öffnen. Sie glitt von ihrem Sitz und sah zu ihm auf. Sie befanden sich im vornehmen Beverly Hills, nur zwei Blocks von dem berühmten Rodeo Drive entfernt. Melanie sah sich um. Das Bistro »Gardens« war ein schönes Restaurant, das in Art Deco möbliert war, und eine Menge Blattpflanzen säumten den Weg zu dem äußeren Patio. Wo Mel auch hinblickte, sah sie die Schicken, Reichen und Eleganten. Alle waren noch beim Lunch. Sie bemerkte an mehreren Tischen die Gesichter bekannter Filmstars, eine alternde Fernsehdiva, einen berühmten Schriftsteller, der ständig in den Bestsellerlisten an der Spitze lag, und dann nahm sie plötzlich, während sie sich umsah, wahr, daß die Leute ihrerseits sie musterten, daß zwei Frauen einer dritten etwas zuflüsterten, und als der Oberkellner lächelnd auf Peter zutrat, schloß er auch Melanie in die Begrüßung ein.

»Hallo, Doktor, hallo, Miß Adams, nett, Sie wieder einmal zu sehen.« Sie konnte sich nicht erinnern, ihm je zuvor begegnet zu sein, aber er wußte offensichtlich, wer sie war, und wollte es ihr zeigen. Sie lächelte belustigt, während sie ihm zu einem Tisch unter einem Sonnenschirm im Freien folgte und Peter ihr einen fragenden Blick zuwarf.

»Erkennen die Leute Sie immer?«

»Nicht immer. Es hängt davon ab, wo ich mich befinde. Ich

nehme an, in einem solchen Lokal wissen viele, wer ich bin. Es gehört zu ihrem Beruf.« Sie warf einen Blick auf die gut besetzten Tische rundum, das Bistro »Gardens« war die Futterkrippe der Vermögenden, der Schickeria, der Prominenz, der Arrivierten, der allgemein Bekannten. Dann lächelte sie wieder Peter zu. »Es ist genauso, als wenn man in Begleitung von Dr. Hallam im Krankenhaus herumgeht, wo alle Sie anstarren. Es hängt im wesentlichen davon ab, in welchem Milieu man sich bewegt.«

»Das nehme ich auch an.« Er hatte noch nie bewußt festgestellt, daß die Menschen ihn anstarrten. Er sah jetzt etliche Leute, die Melanie genau beobachteten, und es machte ihr offensichtlich nichts aus. Sie schien die neugierigen Blicke nicht zu bemerken.

»Das ist ein wunderbares Lokal.« Sie stieß einen Seufzer aus und drehte den Kopf so, daß die Sonnenstrahlen auf ihr Gesicht fielen. Man spürte hier in der milden Luft wirklich den Sommer und hatte nicht das Gefühl, in einer Stadt gefangen zu sein, wie es ihr in New York manchmal vorkam. Sie schloß die Augen und genoß die Sonne. »Es ist genau richtig.« Dann öffnete sie die Augen wieder. »Ich danke Ihnen, daß Sie mich hierher gebracht haben.«

Er lehnte sich zurück. »Ich fand, daß die Cafeteria nicht zu Ihnen paßt.«

»Ach, wissen Sie, meistens reicht meine Zeit nur für einen schnellen Imbiß. Das macht dann den Besuch eines Restaurants zu einem echten Genuß. Wenn ich arbeite, habe ich nicht viel Zeit zum Essen oder zum vollen Auskosten der Annehmlichkeiten eines so vorzüglichen Lokals.«

»Ich auch nicht.«

Sie lächelten einander an, und Melanie zog eine Braue hoch. »Nehmen Sie an, Doktor, daß wir beide zuviel arbeiten?«

»Den Verdacht hege ich. Aber ich habe auch den Eindruck, daß wir beide unsere Arbeit lieben. Das ist gewissermaßen ein Ausgleich.«

»Sicherlich.« Sie blickte ihn ruhig an, und er fühlte sich behaglicher, als jemals während der letzten beiden Jahre.

Als sie ihn beobachtete, fiel ihr wieder auf, daß sie ihn bewunderte. »Werden Sie heute noch einmal ins Krankenhaus zurückkehren?«

»Selbstverständlich. Ich will mich genau mit Pattie vertraut machen.« Mel runzelte die Stirn und dachte an das Kind.

»Wird es sehr schwer für sie sein?«

»Wir werden es ihr so angenehm wie möglich machen. Die Operation ist wirklich ihre einzige Chance.«

»Und Sie werden wirklich die Schweineherzklappe verwenden?«

»Vermutlich. Wir hatten seit Wochen keine Organspender, die für sie in Frage kämen, und es kann noch Monate dauern, bis wir einen Spender auftreiben. Es gibt schon sehr wenig geeignete Spender für Erwachsene, für die man aber noch leichter Organe beschaffen kann. Im Durchschnitt nehmen wir fünfundzwanzig bis dreißig Transplantationen im Jahr vor. Wie Sie bei unserer Krankenvisite heute gesehen haben, wenden wir meistens Bypass-Chirurgie an. Alles andere sind ganz spezielle Operationen, und wir führen nicht viele davon durch, obwohl man natürlich vor allem von diesen Fällen in der Presse berichtet.«

»Peter.« Sie sah verwirrt aus und nahm einen Schluck von dem Weißwein, den der Kellner gebracht hatte. Sie war von seiner Arbeit fasziniert, und unabhängig von der Story, die sie hier drehen sollte, wollte sie mehr darüber erfahren. »Warum können Sie nicht eine Klappe aus Plastik verwenden?«

»Bei tierischen Klappen brauchen wir keine gerinnungshemmenden Mittel. In Patties Fall ist das ein großer Vorteil.«

»Könnten Sie das ganze tierische Herz verwenden?«

Er schüttelte den Kopf. »Ausgeschlossen. Es würde sofort abgestoßen werden. Der menschliche Körper ist ein merkwürdiges kleines Wunder.«

Sie nickte in Gedanken an das kleine dunkelhäutige Mädchen. »Ich hoffe, Sie können ihr helfen.«

»Das hoffe ich auch. Wir haben derzeit drei weitere Patienten, die auf Organspender warten.«

»Wie entscheiden Sie, wer die erste Chance erhält?«

»Wir untersuchen, zu wem das Organ am besten paßt. Der Gewichtsunterschied zwischen Organspender und Empfänger sollte nicht mehr als dreißig Pfund betragen. Man kann das Herz eines neunzig Pfund schweren Mädchens nicht einem zweihundert Pfund schweren Mann einpflanzen oder umgekehrt. Im ersten Fall wäre das Herz zu schwach, und auch im zweiten Fall würde es nicht passen.«

Sie schüttelte den Kopf, von großer Ehrfurcht vor seiner Arbeit ergriffen. »Was Sie zuwege bringen, ist erstaunlich, mein Freund.«

»Ich wundere mich selbst immer wieder. Nicht so sehr über meine Rolle dabei, wie über das Wunder der Technik. Ich liebe meine Arbeit, ich nehme an, das hilft mir.« Sie musterte ihn einen Augenblick lang forschend und dann die eleganten Gäste im Restaurant. Er trug einen marineblauen Blazer über einem hellblauen Hemd, und sie fand, daß er zwanglos, aber vornehm wirkte.

»Es ist ein schönes Gefühl, wenn man seine Arbeit liebt, nicht wahr?« Er lächelte bei ihren Worten. Offensichtlich verlieh ihr ihre Arbeit dasselbe Gefühl. Plötzlich dachte Melanie an Anne.

»War Ihre Frau berufstätig?«

»Nein.« Er schüttelte den Kopf, erinnerte sich aber an die stetige Unterstützung, die sie ihm gegeben hatte. Sie war eine ganz andere Art von Mensch gewesen als Melanie, aber damals hatte er genau so eine Frau wie sie gebraucht.

»Nein, sie hat nicht gearbeitet. Sie blieb zu Haus und kümmerte sich um die Kinder. Dadurch war ihr Tod für die Kinder ein noch härterer Schlag.« Aber jetzt war er neugierig auf Mels Leben.

»Glauben Sie, daß Ihre Töchter auf Ihre Arbeit eifersüchtig sind, Mel?«

»Hoffentlich nicht.« Sie bemühte sich, zu ihm vollkommen aufrichtig zu sein. »Vielleicht manchmal, aber ich glaube, sie sind mit meinem Beruf einverstanden.« Sie lächelte und sah aus wie ein junges Mädchen. »Wahrscheinlich beeindruckt es ihre Freundinnen, und das genießen sie.« Er lächelte ebenfalls. Es beeindruckte sogar ihn.

»Warten Sie, bis meine Kinder erfahren, daß ich mit Ihnen geluncht habe.« Sie lachten beide, und er bezahlte die Rechnung.

Sie standen ungern auf und bedauerten, daß sie weggehen und das anregende Gespräch beenden mußten. Sie streckte sich, bevor sie in den Wagen stieg.

»Ich fühle mich so richtig faul. Man hat hier das Gefühl, daß Sommer ist.« Es war erst Mai, aber sie hätte sich gern an einem Swimming-pool ausgestreckt.

Während er den Motor startete, eilten seine Gedanken bereits voraus. »Wir fahren heuer, wie gewöhnlich, nach Aspen. Was unternehmen Sie im Sommer, Mel?«

»Wir fahren jedes Jahr nach Marthas Vineyard.«

»Wie ist es dort?«

Sie kniff die Augen zusammen und stützte das Kinn in die Hand. »Es ist ein bißchen so, als wäre man ein kleines Kind oder spielte Huckleberry Finn. Man läuft den ganzen Tag in Shorts und barfuß herum, die Kinder treiben sich am Strand herum, und die Häuser sehen aus, als wohnte die Großmutter oder die Großtante dort. Mir gefällt es, denn ich muß bei niemandem Eindruck schinden, während ich dort Ferien mache. Ich muß mich nicht zurechtmachen oder Leute treffen, wenn ich nicht will, ich kann einfach im Sand liegen und mich gehenlassen. Wir verbringen jedes Jahr zwei Monate dort.«

»Können Sie Ihre Arbeit so lange im Stich lassen?« Er schien überrascht.

»Ich habe es jetzt ausdrücklich in meinem Vertrag. Früher war es nur ein Monat, aber seit drei Jahren sind es zwei.«

»Nicht übel. Vielleicht wäre es die Erholung, die ich brauchte.«

»Zwei Monate im Vineyard?« Sie schien von der Idee begeistert. »Es würde Ihnen sehr gefallen, Peter! Es ist ein wirklich wunderbarer, zauberhafter Ort.«

Ihr Gesichtsausdruck gefiel ihm, und plötzlich bemerkte er, wie dicht ihr Haar war. Es glänzte in der Sonne wie Satin, und er hätte gern gewußt, wie es sich anfühlte. »Ich meinte einen Vertrag für meine Arbeit.« Er versuchte, seine Gedanken und seine Augen von ihrem kupferrot schimmernden Haar zu lösen. Ihre Augen waren von einem Grün, das er noch nie gesehen hatte, fast smaragd mit goldenen Tupfen in der Iris. Sie war eine schöne Frau, und tief in seinem Inneren wurde eine Saite angeschlagen.

Er brachte sie zum Krankenhaus zurück und versuchte, das Gespräch auf Pattie Lou zu konzentrieren. Sie waren einander in den letzten Stunden nahe genug gekommen, fast zu nahe, das bereitete ihm Sorgen. Er hatte den Eindruck, daß er durch sein Mitgefühl für Mel Anne verraten hatte. Während sie zum Krankenhaus gingen, fragte sich Mel, warum er plötzlich so kühl zu ihr war.

5

Am nächsten Morgen verließ Mel ihr Hotel genau um halb sieben und fuhr ins Center-City-Krankenhaus, wo Patties Mutter auf einem Stuhl vor dem Zimmer ihrer Tochter saß. Sie schwieg angespannt, während Mel ruhig auf den Stuhl neben sie glitt. Die Operation war für halb acht angesetzt.

»Kann ich Ihnen eine Tasse Kaffee bringen, Pearl?«

»Nein danke«, antwortete die Frau mit leiser Stimme, sie sah aus, als laste das Gewicht der Welt auf ihren zarten Schultern. »Ich möchte Ihnen für alles danken, was Sie für uns getan haben, Mel. Ohne Sie wären wir gar nicht hergekommen.«

»Das haben Sie nicht mir zu verdanken, sondern der Fernsehgesellschaft.«

»Davon bin ich nicht überzeugt.« Sie sah Mel an. »Soviel ich weiß, haben Sie Peter Hallam angerufen, und Sie haben uns auch hierher gebracht.«

»Ich hoffe nur, er kann ihr helfen, Pearl.«

»Das hoffe ich auch.« Die Augen der schwarzen Frau standen voll Tränen, und sie wandte sich ab, während Mel ihr sanft über die Schultern strich.

»Kann ich etwas für Sie tun?« Pearl Jones schüttelte nur den Kopf und trocknete ihre Augen. Sie hatte Pattie Lou schon an diesem Morgen gesehen, und nun bereitete man sie für die Operation vor. Nur zehn Minuten später kam Peter Hallam durch den Korridor, er sah trotz der frühen Stunde konzentriert und sehr wach aus.

»Guten Morgen, Mrs. Jones, Mel.« Mehr sagte er nicht und

verschwand gleich in Patties Zimmer. Einen Augenblick später hörten sie von drinnen einen leisen Schrei, Pearl Jones verkrampfte sich sichtlich und sagte fast zu sich selbst:

»Sie haben mir erklärt, daß ich nicht im Krankenzimmer sein darf, während sie sie vorbereiten.« Ihre Hände zitterten, und sie begann, ein Taschentuch zusammenzudrehen, als Mel fest eine ihrer Hände ergriff.

»Sie wird gesund werden, Pearl. Bleiben Sie ruhig hier sitzen.« Noch während sie sprach, rollten die Schwestern das Kind auf einem fahrbaren Bett heraus, und Peter Hallam ging neben ihr her. Sie hatten schon mit der intravenösen Infusion begonnen und ihr einen bedrohlich aussehenden Schlauch durch die Nase in den Magen eingeführt. Pearl nahm sich zusammen, während sie rasch zu ihrer Tochter ging, sich niederbeugte und sie küßte. Ihre Augen glänzten vor Tränen, aber sie sprach mit lauter, ruhiger Stimme zu ihrer Tochter:

»Ich liebe dich, mein kleines Baby. Wir sehen einander bald wieder.« Peter Hallam lächelte beiden zu, tätschelte Pearls Schulter und warf Mel einen raschen Blick zu. Einen Augenblick lang sprang ein kurzer, elektrischer Funke von ihm zu ihr, dann wandte er wieder seine volle Aufmerksamkeit Pattie zu. Sie war leicht betäubt durch die Spritze, die man ihr soeben verabreicht hatte, und sah Peter, Mel und ihre Mutter matt an. Hallam winkte den Schwestern, und das Krankenbett rollte langsam durch den Korridor. Peter hielt Patties Hand, und Mel und Pearl gingen hinterher. Einen Augenblick später wurde sie in den Fahrstuhl zum Operationssaal im Stockwerk darüber gerollt, während Pearl hilflos die Türen anstarrte und sich dann mit zuckenden Schultern zu Mel umdrehte. »O mein Gott.« Dann hielten die beiden Frauen einander lange in den Armen und kehrten schließlich zu ihren Stühlen zurück, um auf Nachrichten über Pattie zu warten.

Der Vormittag zog sich endlos hin: mit Schweigen, kurzen Gesprächen, zahllosen Papierbechern voll schwarzem Kaffee, langen Wanderungen durch den Korridor und Warten. Warten... unendlichem Warten... bis schließlich Peter Hallam wieder erschien, und während Mel den Atem anhielt, in seinem Gesicht forschte, erstarrte die Frau neben ihr in Erwartung des Ergebnisses. Er kam lächelnd auf sie zu, und als er Pattie Lous Mutter erreichte, strahlte er.

»Die Operation ist wunderbar verlaufen, Mrs. Jones. Es geht Pattie Lou sehr gut.« Sie begann wieder zu zittern und glitt plötzlich in seine Arme, während sie in Tränen ausbrach.

»O mein Gott... mein Baby... mein Gott...«

»Es ist wirklich sehr gut gegangen.«

»Sie glauben nicht, daß ihr Körper die Klappe abstoßen wird, die Sie eingesetzt haben?« Sie sah besorgt zu ihm auf.

»Das glaube ich nicht. Es ist natürlich zu früh, um absolut sicher zu sein, aber im Augenblick sieht alles sehr gut aus.« Mel wurden die Knie schwach, während sie die beiden beobachtete, und sie ließ sich erschöpft auf einen Stuhl fallen. Sie hatten viereinhalb Stunden gewartet, und ihr waren sie wie die längsten ihres Lebens erschienen. Sie hatte das kleine Mädchen wirklich liebgewonnen. Als ihr Blick dann dem Peters begegnete, der begeistert und glücklich aussah, setzte er sich neben sie.

»Ich wünschte, Sie hätten zuschauen können.«

»Ich auch.« Aber er hatte es ihr verboten und unnachgiebig darauf bestanden, daß er kein Kamerateam im Operationssaal zulassen würde.

»Vielleicht ein andermal, Mel.« Er verzichtete langsam auf alle Reserviertheit ihr gegenüber. »Was halten Sie davon, wenn wir unser Interview heute nachmittag durchführen?« Er hatte versprochen, es nach der Operation an Pattie Lou zu geben, hatte aber keinen bestimmten Zeitpunkt genannt.

»Ich werde das Team zusammentrommeln.« Dann sah sie ihn besorgt an. »Sind Sie sicher, daß es Ihnen nicht zuviel ist?«

»Verdammt noch mal, nein.« Er grinste wie ein Junge, der soeben ein Fußballmatch gewonnen hat. Dies Lächeln wog alle Enttäuschungen auf. Mel hoffte nur, daß Pattie Lous Körper die neue Herzklappe nicht abstoßen und all ihre Hoffnungen wieder zunichte machen würde. Pearl war zum Telefon gelaufen, um ihren Mann in New York anzurufen, und Mel und Peter blieben allein zurück. »Es ist wirklich ohne jede Komplikation abgegangen, Mel.«

»Ich freue mich so.«

»Ich mich auch.« Er warf einen Blick auf seine Uhr. »Ich werde jetzt lieber meine Visite machen, dann rufe ich mein Büro an, aber ich könnte gegen drei für die Aufnahme bereit sein. Paßt Ihnen diese Zeit für das Interview?«

»Ich werde sehen, wie schnell das Kamerateam herkommen kann.« Sie hatten zwei Tage lang im Hintergrund gewartet, und Mel war ziemlich sicher, daß es sich bewerkstelligen ließ. »Ich glaube nicht, daß es Probleme geben wird. Welchen Raum schlagen Sie vor?«

Er überlegte einen Augenblick. »In meinem Büro?«

»Ausgezeichnet. Das Kamerateam wird wahrscheinlich gegen zwei kommen und mit den Vorbereitungen beginnen.«

»Wie lange wird es Ihrer Ansicht nach dauern?«

»So lange Sie Zeit haben. Halten Sie zwei Stunden für zuviel?«

»Nein, das wird genau richtig.«

Dann fiel ihr etwas ein. »Wie steht es mit Pattie Lou? Wäre es möglich, heute ein paar Minuten bei ihr zu drehen?«

Er runzelte die Stirn und schüttelte den Kopf. »Ich glaube nicht, Mel. Aber vielleicht morgen einige Minuten, wenn es ihr weiterhin so gut geht, wie ich nach ihrem jetzigen Zustand annehme. Das Team wird sterile Mäntel tragen müssen, und die Drehzeit muß kurz sein.«

»In Ordnung.« Mel kritzelte noch ein paar Notizen auf einen Block, den sie immer in ihrer Handtasche trug. Sie hatte an diesem Nachmittag ein Interview mit Pearl Jones arrangiert, dann mit Peter, und am nächsten Morgen mit Pattie Lou, und das Kamerateam sollte dann noch ein paar Meter Backgroundaufnahmen machen, damit war die Sache dann erledigt. Sie konnte morgen noch den letzten Flug nach New York erreichen. Ende der Story. Und in einem Monat könnten sie vielleicht ein längeres Interview mit Pattie Lou darüber aufnehmen, wie sie sich gefühlt hatte und wie es ihr dann ging. Es war aber sicherlich verfrüht, darüber nachzudenken. Der Hauptteil der Story konnte jetzt erledigt werden, und es würde bestimmt einen eindrucksvollen Bericht für die Abendnachrichten darstellen. Sie blickte Peter an. »Ich würde gern einmal einen Talkshow mit Ihnen machen.«

Er lächelte freundlich und wirkte immer noch glücklich über die gelungene Operation an dem Kind. »Vielleicht ließe sich das gelegentlich bewerkstelligen. Ich hatte für derlei Publicity nie viel übrig.«

»Ich halte es für wichtig, daß die Leute erfahren, worum es sich bei Organverpflanzungen handelt.«

»Ich auch. Aber es muß in der richtigen Form geschehen und zum richtigen Zeitpunkt.« Sie nickte zustimmend, er tätschelte ihre Hand und stand auf. »Auf Wiedersehen in meinem Büro gegen zwei, Mel.«

»Wir werden Sie nicht vor drei stören. Sagen Sie nur Ihrer Sekretärin, wo wir uns aufstellen sollen, und wir werden uns daran halten.«

»In Ordnung.« Er hastete zur Schwesternstation, griff sich dort ein paar Krankengeschichten und verschwand gleich darauf, während Mel allein sitzen blieb, an die lange nervenzermürbende Wartezeit dachte, die Pearl und sie durchgemacht hatten, und tiefe Erleichterung empfand. Dann ging sie zu einer Reihe von Telefonzellen und winkte Pearl zu, die in der Zelle nebenan zugleich weinte und lachte.

Sie bestellte das Kamerateam für ein Uhr zu einem Interview mit Pearl. Das konnten sie in einer Ecke des Vestibüls im Krankenhaus abdrehen, so würde sie nicht allzuweit von Pattie Lou entfernt sein. Mel blickte auf ihre Uhr und arbeitete im Geist alles aus. Um zwei würden sie dann zu dem Trakt des Krankenhauses hinübergehen, in dem sich Peters Büro befand, und das Gespräch mit ihm vorbereiten. Sie erwartete keine Probleme bei den Interviews und dachte allmählich schon an den Rückflug und das Wiedersehen mit den Zwillingen am nächsten Abend. Es würde eine gute Story werden, und sie war nur drei Tage weggeblieben, obwohl sie eher das Gefühl hatte, es hätte sich um Wochen gehandelt.

Sie ging ins Erdgeschoß, um auf das Kamerateam zu warten. Es traf pünktlich ein und filmte die zutiefst dankbare, äußerst gerührte Pearl Jones. Mel hatte sich die Fragen vorher zurechtgelegt, während sie rasch ein Sandwich verschlang und mit einer Tasse Tee hinunterspülte, und alles verlief reibungslos. Um zwei fuhren sie in Peters Büro und waren um drei für die Aufnahme bereit. Der Raum, in dem er während des Interviews saß, war an zwei Wänden mit Regalen voll medizinischer Bücher verstellt und mit warmem, rötlichem Holz getäfelt. Er saß hinter einem mächtigen Schreibtisch und sprach ernst mit Mel über die Fallstricke seiner Arbeit, die Gefahren, die realistischen Befürchtungen und über die Aussichten, die sich den Patienten boten. Er erwähnte offen sowohl die Risiken als auch die Erfolgsaussichten, aber da die Leute, an denen er Transplantationen vornahm, sowieso keine andere Hoffnung besaßen, schien es sinnvoll, die Risiken einzudämmen, und darüber hinaus war für sie eine geringe Chance besser als gar keine.

»Und was ist mit den Leuten, die sich dafür entscheiden, dieses Risiko nicht einzugehen?« fragte sie sanft in der Hoffnung, daß die Frage nicht allzu persönlich klang und bei ihm nicht alte Wunden aufreißen würde.

Er antwortete ebenso sanft. »Sie sterben.« Nach einer kurzen Pause sprach er wieder über Pattie Lou im besonderen. Er zeichnete Diagramme, um zu erklären, wie er vorgegangen war, und wirkte äußerst sicher, als er die Operation vor der Kamera und Mel beschrieb.

Es war fünf Uhr, als sie das Gespräch endlich beendeten, und Peter wirkte sichtlich erleichtert. Es war ein langer Tag für ihn gewesen, und das zweistündige Interview hatte ihn ermüdet.

»Sie machen ihren Job ausgezeichnet, meine Liebe.« Der Ausdruck, den er verwendete, gefiel ihr. Der Kameramann schaltete die Scheinwerfer ab. Das Team war mit dem Ergebnis zufrieden. Peter würde gut ankommen, und Mel wußte instinktiv, daß sie genau den Bericht erhalten hatte, den sie im Anschluß an die Abendnachrichten brauchte. Das Interview sollte als fünfzehnminütige Information über ein Spezialthema gesendet werden, und Mel wartete schon ungeduldig darauf, die Bandaufzeichnung zu sehen. Peter Hallam hatte sich als redegewandt und bemerkenswert unbefangen erwiesen.

»Ich würde sagen, Sie machen es auch sehr routiniert. Sie waren sehr gut.«

»Ich hatte befürchtet, ich würde zu sehr fachsimpeln oder mich allzu persönlich beteiligt zeigen.« Er runzelte die Stirn, und sie schüttelte den Kopf.

»Es war genau richtig.« Ebenso wie das Interview mit Pearl. Sie hatte geweint und gelacht und dann sachlich erklärt, wie das Leben ihres Kindes in den letzten neun Jahren verlaufen war. Wenn der Eingriff so erfolgreich war, wie Peter erwartete, hatte sie sehr viel Hoffnung. Die Herzen der Zuschauer würden ihr sicherlich zufliegen, wie die Sympathie Mels und auch Peters. Es war sowieso unmöglich, nicht mit kranken Kindern zu fühlen, und Pattie Lou verfügte über eine geradezu magische Anziehungskraft, vielleicht, weil sie so lange krank gewesen war, oder vielleicht lag es in ihrer Art. In den vergangenen neun Jahren war sie mit Liebe sehr verwöhnt worden.

Peter beobachtete Mel, während sie dem Kamerateam Anweisungen erteilte, und in seinen Augen lag offene Bewunderung, genauso wie in den ihren, wann immer sie ihn beobachtet hatte. Doch sein Gedankengang wurde unterbrochen, als eine der Schwestern eintrat. Sie sprach leise zu ihm, er runzelte sofort die Stirn, gerade als sich Mel umdrehte; ihr Herz wurde schwer. Sie konnte nicht anders, sie mußte zu ihnen hinübergehen und sie fragen, ob Pattie Lou etwas zugestoßen war.

Doch Peter schüttelte sofort den Kopf. »Nein, es geht ihr gut. Einer meiner Kollegen hat sie erst vor einer Stunde besucht, hier handelt es sich um etwas anderes. Soeben ist eine weitere Transplantationspatientin eingeliefert worden. Ein äußerst dringender Fall. Sie braucht sofort einen Organspender, aber wir haben nichts für sie.« Er war sofort von dem neuen Problem in Anspruch genommen, das er zu lösen hatte. Er warf Mel einen raschen Blick zu. »Ich muß leider gehen.« Dann folgte er einer plötzlichen Eingebung und wandte sich Mel zu. »Wollen Sie mitkommen?«

»Um die Patientin mit Ihnen zu besuchen?« Sie freute sich über sein Angebot, und er nickte.

»Sicherlich. Nur verraten Sie niemandem, wer Sie sind. Ich kann Sie immer als Ärztin von einem Krankenhaus im Osten vorstellen, die zu Besuch hier ist. Es sei denn, Sie werden erkannt. Ich möchte nur nicht, daß die Familie außer Fassung gerät oder glaubt, daß ich den Fall ausschlachten will.« Es war einer der Gründe, weshalb er immer vor Publicity zurückgeschreckt war.

»Sicherlich. Das geht in Ordnung.« Sie griff nach ihrer Handtasche, gab dem Team ein paar Anweisungen und lief mit ihm zu seinem Wagen. Bald darauf waren sie wieder im sechsten Stockwerk des Center-City-Krankenhauses und hasteten durch den Korridor zu dem Zimmer der Patientin.

Als Peter Mel die Tür aufhielt, war sie über das Bild, das sich ihr bot, überrascht: ein bemerkenswert schönes Mädchen Ende Zwanzig.

Sie hatte ganz hellblondes Haar und große, traurige Augen, die zarteste, milchigweiße, bläulich durchäderte Haut, die Melanie je gesehen hatte, und als sie ihr vorgestellt wurde, schien sie sich jeden von ihnen einzuprägen, als wollte sie keines der Gesichter, der Augenpaare jemals vergessen. Dann lächelte sie, wirkte dadurch jünger, als sie war, und Melanie fühlte sich zu ihr hingezogen. Was machte dieses schöne Wesen in dieser schrecklichen Umgebung? Sie trug schon einen dicken Verband an einem Arm, der die Stelle bedeckte, an der Ärzte tiefe Stiche gemacht hatten, um die Venen zu erreichen, aus denen sie große Mengen Blut entnahmen, und der andere Arm war schwarz und blau, von einer Infusion, die sie vor wenigen Tagen erhalten hatte. Doch man vergaß das alles, wenn man sie sprechen hörte. Sie hatte eine melodiöse, fröhliche Stimme, das Atmen fiel ihr sichtlich schwer, und dennoch schien sie sich zu freuen, sie alle um sich versammelt zu sehen; sie sagte etwas Lustiges zu Mel, als sie einander vorgestellt wurden, und sie neckte Peter leichthin. Plötzlich betete Melanie im stillen um ein Ersatzherz für sie. Wieso konnten alle diese Menschen in eine so verzweifelte Situation geraten, und wie kam das Unrecht in diese Welt, daß die einen so schwer getroffen wurden und infolge ihrer schwachen Herzen langsam dahinsiechten, während andere Gräben aushoben, auf Berge kletterten, tanzen gingen, skifuhren? Warum waren sie so benachteiligt, während sie noch jung waren? Es erschien Mel ungerecht. Dennoch war in dem Gesicht des Mädchens keine Bitterkeit zu erkennen. Sie hieß Marie Dupret, und sie erzählte, daß ihre Eltern Franzosen gewesen waren.

»Ein schöner Name«, lächelte Peter. Doch sie war mehr als das, sie war ein schönes Mädchen.

»Danke, Dr. Hallam.«

Bei diesen Worten merkte Mel, daß sie die leicht gedehnte Sprechweise der Südstaatler hatte, und unmittelbar darauf erwähnte Marie, daß sie in New Orleans aufgewachsen war, aber seit fast fünf Jahren in Los Angeles lebte. »Ich würde gern einmal nach New Orleans zurückfahren« – sie sprach es so aus, daß die Melodie ihrer Sprache dem Ohr schmeichelte – »nachdem der gute Onkel Doktor hier mich wieder zusammengeflickt hat. Dann sah sie ihn fragend an, und man erkannte allmählich ihre Sorge und ihren Schmerz. »Was glauben Sie, wie lange wird es dauern?« Eine Frage, auf die niemand eine Antwort geben konnte, außer Gott, wie sie alle, Marie eingeschlossen, wußten.

»Wir hoffen, bald.« Schon der Ton seiner Stimme war zuversichtlich, und er beruhigte sie auch bezüglich anderer Ängste und erklärte ihr, was sie an diesem Tag mit ihr tun würden. Sie schien sich vor den endlosen Untersuchungen nicht zu fürchten, wollte aber immer auf die wesentliche Schicksalsfrage zurückkommen; ihre großen blauen Augen waren flehend auf ihn gerichtet, wie die eines Delinquenten auf dem Weg zum Schafott, der um Gnade für ein Verbrechen bittet, das er nicht begangen hat. »Sie werden in den nächsten Tagen sehr beschäftigt sein, Marie.« Er tätschelte ihren Arm. »Morgen schaue ich wieder herein, und wenn Ihnen noch etwas unklar ist, können Sie mich danach fragen.« Sie dankte ihm, er verließ mit Mel das Zimmer, und Mel war wieder darüber betroffen, wie jeder Patient unter einer ungeheuren Belastung stand, weil alle dem Schrecken am Ende allein die Stirn bieten mußten. Sie fragte sich, wen Marie wohl hatte, der ihre Hand halten würde, und sie spürte instinktiv, daß die junge Frau im Leben alleinstand. Wenn nicht, wären doch ihr Mann oder ihre Familie anwesend gewesen. In anderen Zimmern gab es stets Besuche von Ehemännern oder zumindest Freunden, hier aber nicht, und deshalb schien sie viel stärker von Peter abhängig zu sein als alle anderen, oder vielleicht war der Grund für ihre Einsamkeit auch nur, daß sie neu eingeliefert war. Während sie langsam durch den Korridor gingen, hatte Melanie das unbestimmte Gefühl, daß sie Marie jetzt im Stich ließen. Melanie sah Peter traurig an.

»Was wird mit ihr geschehen?«

»Wir müssen einen Organspender finden, und zwar bald.« Er schien ebenso gedankenverloren wie besorgt, dann erinnerte er sich an Mel. »Ich bin froh, daß Sie mitgekommen sind.«

»Ich auch. Sie scheint ein nettes Mädchen zu sein.« Er nickte; für ihn waren alle gleich, die Männer, die Frauen, die Kinder. Und sie waren alle so verzweifelt auf ihn angewiesen. Es hätte ihn erschreckt, wenn er zu sehr darüber nachgegrübelt hätte. Aber das war selten der Fall. Er tat einfach, was er für sie tun konnte. Obwohl es manchmal verdammt wenig war, was er an Hilfe anbieten konnte. Mel fragte sich schon seit Tagen, wie er die Last der Verantwortung tragen konnte. Mit so vielen Menschenleben und so wenig Hoffnung auf ein Ersatzorgan, und dennoch vermittelte der Mann nicht den Eindruck von Trostlosigkeit. Er schien beinahe selbst der Quell aller Hoffnungen zu sein, und wieder war sich Melanie bewußt, wie sehr sie ihn bewunderte.

»Es war kein leichter Tag, nicht wahr, Mel?« fragte er lächelnd, während sie nebeneinander hinausgingen.

»Ich verstehe nicht, wie Sie das jeden Tag durchhalten. Ich wäre in zwei Jahren total erledigt. Nein, schon in zwei Wochen. Mein Gott, Peter, die Verantwortung, die Beanspruchung. Sie gehen vom Operationssaal zum Krankenbett, ins Büro und wieder zurück, und es handelt sich dabei nicht nur um Menschen mit Hühneraugen, bei jedem von ihnen geht es um Leben und Tod.« Sie dachte wieder an Marie Dupret.

»Das eben macht es der Mühe wert. Wenn man Erfolg hat.« Beide dachten zugleich an Pattie Lou, der letzte Befund des Tages war noch immer gut gewesen.

»Ja, aber es ist unglaublich hart für Sie. Und zu allem übrigen haben Sie mir noch ein zweistündiges Interview gegeben.«

»Das hat mir allerdings Vergnügen bereitet.« Er lächelte, aber seine Gedanken waren noch mit Marie beschäftigt. Er hatte sich die Krankengeschichte angesehen, seine Kollegen betreuten sie inzwischen. Das Hauptproblem bestand darin, ob sie rechtzeitig einen Organspender finden würden, und diesbezüglich konnte er nichts tun, nur beten. Auch Mel stellte fest, daß sie nur daran dachte.

»Glauben Sie, daß Sie einen Organspender für Marie finden werden?«

»Ich kann darauf leider keine Antwort geben. Ich hoffe aber, wir finden einen. Sie hat nicht mehr viel Zeit.« Das hatte allerdings keiner von ihnen. Und das war das Schlimmste daran. Sie warteten darauf, daß jemand starb und ihnen das Geschenk des Überlebens machte, ohne daß sie zum Tod verurteilt waren.

»Ich hoffe es auch.« Sie zog die Frühlingsluft in ihre Lunge und blickte zu ihrem Mietwagen hinüber. »Nun« – sie streckte die Hand aus –, »ich denke, das wäre alles für heute. Für mich jedenfalls. Hoffentlich können Sie sich nach einem anstrengenden Tag wie diesem etwas ausruhen.«

»Das gelingt mir immer, wenn ich zu meinen Kindern nach Haus fahre.«

Darauf lachte sie offen heraus. »Ich weiß nicht, ob Sie das mit Berechtigung sagen können, denn dann müssen sie wesentlich anders sein als meine. Jedesmal, wenn ich nach einem absolut mörderischen Achtzehnstundentag auf allen vieren nach Haus gekrochen komme, kann Val sich nicht zwischen zwei Jungen entscheiden, über die sie unbedingt mit mir sprechen muß, und Jess hat einen fünfzig Seiten langen wissenschaftlichen Entwurf gefunden, den ich noch am selben Abend durchlesen soll. Beide reden zugleich auf mich ein, und ich explodiere und habe das Gefühl, eine Egoistin zu sein. Das ist die harte Seite des Alleinseins, daß man niemanden hat, der die Last mit einem teilt, wie müde man auch heimkommt.«

Das klang vertraut. »Es ist etwas Wahres dran an dem, was Sie sagen, Mel. Bei mir zu Haus sind es hauptsächlich Matt und Pam. Mark ist nun schon ziemlich selbständig.«

»Wie alt ist er?«

»Siebzehn.« Dann kam ihm plötzlich eine Idee. Er sah Melanie mit einem unmerklichen Lächeln an. Es war Viertel nach sechs. »Wie wäre es, wenn Sie mit zu mir kämen? Sie könnten noch rasch ein wenig im Pool schwimmen und dann mit uns zu Abend essen.«

»Das kann ich nicht.« Aber sie war durch die Einladung gerührt.

»Warum nicht? Es ist nicht lustig, in ein Hotelzimmer zurückzukehren, Mel. Warum kommen Sie nicht zu mir? Wir essen nicht spät zu Abend, und Sie könnten um neun wieder im Hotel sein.«

Sie wußte nicht genau warum, aber der Gedanke war verlockend. »Glauben Sie nicht, daß Ihre Kinder lieber mit Ihnen allein wären?«

»Nein. Ich glaube, sie würden Sie sehr gern kennenlernen.«

»Überschätzen Sie mich nicht.« Aber die Idee gefiel ihr immer besser. »Sie sind bestimmt nicht zu müde?«

»Keineswegs. Kommen Sie, Mel, es wird Ihnen Spaß machen.«

»Ganz bestimmt. Soll ich Ihnen mit meinem Wagen nachfahren?«

»Warum lassen Sie ihn nicht einfach hier stehen?«

»Dann müssen Sie mich wieder zurückbringen. Aber ich könnte auch ein Taxi nehmen.«

»Ich werde Sie wieder herbringen. Dann kann ich auch noch einen Blick auf Pattie Lou werfen.«

»Schalten Sie nie ab?« Sie setzte sich in seinen Wagen und freute sich, ihn nach Haus zu begleiten.

»Nein. Und Sie wohl auch nicht.« Er sah ebenso erfreut aus wie sie, während sie aus dem Parkplatz herausfuhren und die Richtung nach Bel-Air einschlugen.

Melanie lehnte sich seufzend zurück.

»Hier ist es so angenehm.« Es war, als würde man über Land fahren, während die Straße Kurven beschrieb und den Blick auf abseits liegende, palastartige Villen freigab.

»Mir gefällt es hier. Ich weiß nicht, wie Sie es in New York überhaupt aushalten können.«

»Der wilde Trubel macht den ganzen Reiz aus.«

»Gefällt es Ihnen wirklich, Mel?«

»Sehr. Ich liebe mein Haus, meinen Beruf, die Stadt, meine Bekannten. Ich bin der Stadt einfach verfallen, und ich glaube nicht, daß ich anderswo leben könnte.« Während sie sprach, wurde ihr plötzlich klar, daß es gar kein so schlechter Gedanke war, morgen nach Haus zu fliegen. Sie gehörte nach New York, wie sehr ihr auch Los Angeles gefiel, und wie sehr sie ihn bewunderte. Als er sie wieder ansah, wirkte sie entspannter, und da bog er auch schon nach links ab, in eine gepflegte Einfahrt, die zu einem großen, schönen Haus in französischem Stil führte, das von ordentlich geschnittenen Bäumen und gepflegten Blumenbeeten umgeben war. Es sah aus wie auf einer französischen Ansichtskarte, und Melanie blickte sich überrascht um. Das Anwesen war keineswegs, wie sie es erwartet hatte. Irgendwie hatte sie angenommen, er würde in einem ländlicheren Haus wohnen. Aber das Gebäude machte einen sehr eleganten Eindruck.

»Es ist schön, Peter.« Sie schaute zu dem Mansardendach hinauf und erwartete, seine Kinder zu erblicken, aber es war weit und breit niemand zu sehen.

»Sie sehen überrascht aus.« Er lachte.

»Nein.« Sie errötete. »Es entspricht nur gar nicht Ihrem Wesen.«

»Das war von Anfang an so. Es entstand nach Annes Plänen. Wir ließen es bauen, knapp bevor Matthew zur Welt kam.«

»Es ist wirklich eine prachtvolle Villa, Peter.« Das war sie in der Tat, und nun lernte sie ihn von einer ganz anderen Seite kennen.

»Kommen Sie weiter.« Er öffnete die Wagentür und sah einen Augenblick zu ihr zurück. »Gehen wir hinein, ich werde Ihnen die Kinder vorstellen. Wahrscheinlich sind sie mit einem Dutzend Freunden beim Swimming-pool. Machen Sie sich auf das Schlimmste gefaßt.« Damit stiegen sie beide aus dem Wagen, und Melanie sah sich um. Es war ganz anders als ihr Stadthaus in New York, aber es interessierte sie, zu sehen, wie er wohnte. Sie folgte ihm hinein und war ein bißchen befangen vor der Begegnung mit seinen Kindern, und doch war sie neugierig, ob sie sich von ihren Zwillingen sehr unterscheiden würden.

6

Peter schloß die Eingangstür auf und trat in eine Vorhalle, deren Boden aus schwarzweißem Marmor in gleichmäßigem Rankenmuster bestand und an deren Wänden Kristalleuchter befestigt waren. Sie enthielt auch einen Tisch aus schwarzem Marmor mit vergoldeten Louis-XIV.-Beinen, auf dem eine herrliche, mit frischen Schnittblumen gefüllte Kristallvase stand, die die Luft mit süßem Frühlingsduft erfüllten. Melanie sah sich um. Der Eindruck war irgendwie ganz anders, als sie erwartet hatte. Peter wirkte immer so gelöst und so ungekünstelt in seiner ganzen Art, daß sie nie daran gedacht hatte, er könnte in einem Haus wohnen, das wertvolle französische Antiquitäten enthielt. Es vermittelte keinen protzigen, verschwenderischen Eindruck, sondern war eindeutig kostbar eingerichtet, und als sie einen Blick in das Wohnzimmer warf, sah sie, daß dort die Stoffbezüge auf den zierlichen Fauteuils zumeist aus cremefarbenem Brokat bestanden. Die Wände waren in verschieden hellen Beigetönen gehalten, wobei die Leisten in helleren Abstufungen und die verschlungenen Stukkaturen auf der Decke in Eierschalenfarbe, weiß und einem zarten, pastellfarbenen Grauton schimmerten. Mels Gesichtsausdruck zeigte Überraschung, während sie sich umblickte und Peter sie in sein Arbeitszimmer führte, wo er sie aufforderte, Platz zu nehmen. Dort war alles in tiefem, sattem Rot gehalten, die antiken englischen Stühle, eine lange Ledercouch, sowie Stiche von Jagdszenen an den Wänden, alles schön gerahmt.

»Sie sehen so überrascht aus, Mel.« Er schien leicht belustigt, sie lachte und schüttelte den Kopf.

»Nein, ich habe Sie mir nur in einem ganz anderen Rahmen vorgestellt. Aber es ist ein prachtvolles Heim.«

»Anne hat zwei Jahre lang die Sorbonne besucht und hielt sich danach noch zwei Jahre in Frankreich auf. Ich glaube, das hat ihren Geschmack nachhaltig beeinflußt. Aber ich kann mich nicht beklagen. Das Haus ist in den oberen Stockwerken weniger aufwendig eingerichtet. Ich werde es Ihnen etwas später zeigen.« Er setzte sich an seinen Schreibtisch, warf einen Blick auf die Notizen auf dem Schreibblock, dann wandte er sich ihr zu und schlug sich mit der flachen Hand gegen den Kopf. »Verdammt, ich vergaß, bei Ihrem Hotel vorbeizufahren, damit Sie sich einen Badeanzug holen.« Dann kniff er die Augen zusammen und sah sie an. »Vielleicht kann Pam Ihnen aushelfen. Möchten Sie gern ein wenig schwimmen?« Es war erstaunlich. Sie hatten den ganzen Tag im Krankenhaus und mit dem Interview verbracht, er hatte Pattie Lou operiert, und nun sprachen sie vom Schwimmen, als hätten sie die ganze Zeit über nichts anderes getan. Es war verblüffend, und dennoch schien es in dieser Umgebung normal. Vielleicht konnte er auf diese Art und Weise das alles bewältigen, dachte sie.

Peter stand auf und ging voraus zu einem Stein-Patio, der einen großen, ovalen Swimming-pool umgab, und dort fühlte sich Mel schon eher zu Haus. Es liefen mindestens ein Dutzend Teenager und ein kleiner Junge umher, die klitschnaß waren und aus vollen Kehlen brüllten. Merkwürdigerweise hatte sie den Lärm vorher nicht bemerkt, aber jetzt erschien er ihr um so lauter, und sie begann zu lachen, als sie ihre Späße beobachtete; die Jungen gaben an, stießen einander ins Wasser, spielten am anderen Ende des Beckens Wasserball, trugen einander auf den Schultern und plumpsten ins Wasser. Mehrere gut gewachsene junge Mädchen sahen ihnen zu. Peter stand an der Seite, wurde angespritzt, als er in die Hände klatschte, aber niemand achtete auf ihn, und plötzlich lief der kleine Junge zu ihm und umfaßte Peters Beine mit seinen Armen, wobei er dort nasse Flecke auf Peters Hose hinterließ, wo er sie angefaßt hatte. Peter blickte grinsend zu ihm hinunter.

»Hallo, Dad. Komm doch auch!«

»Hallo, Matt. Darf ich mich zuerst noch umziehen?«

»Sicherlich.« Die beiden tauschten einen liebevollen Blick miteinander. Er war ein bezauberndes, schelmisch dreinblickendes Kind mit blondem, von der Sonne gebleichtem Haar, und seine Vorderzähne fehlten.

»Ich möchte dich einer Freundin von mir vorstellen.« Peter wandte sich zu Mel um, und sie trat näher. Der kleine Junge sah genauso aus wie Peter; er war das netteste Kind, das sie je zu Gesicht bekommen hatte. »Matthew, das ist meine Freundin Melanie Adams. Mel, das ist Matt.« Das Kind zog die Stirn kraus, und Peter grinste. »Verzeihung, Herr Matthew Hallam.«

»Guten Tag.« Er streckte ihr eine patschnasse Hand entgegen, und sie schüttelte sie feierlich, wobei ihr blitzartig einfiel, wie ihre Zwillinge in diesem Alter gewesen waren. Das lag schon zehn Jahre zurück, aber es gab Zeiten, da hatte sie den Eindruck, es wäre erst gestern gewesen.

»Wo ist deine Schwester, Matt?« Peter sah in die Runde. Um den Swimming-pool waren anscheinend nur Marks Freunde versammelt, aber es war ihm noch nicht gelungen, die Aufmerksamkeit seines ältesten Sohnes zu erregen, der zwei Mädchen zugleich ins Wasser warf und dann einen weiteren Freund untertauchte. Sie unterhielten sich jedenfalls blendend, während Mel amüsiert zusah.

»Sie ist in ihrem Zimmer.« Matthew machte ein mißbilligendes Gesicht. »Wahrscheinlich telefoniert sie.«

»An einem solchen Tag?« fragte Peter erstaunt. »War sie den ganzen Tag im Haus?«

»So ziemlich.« Dann verdrehte er die Augen und blickte seinen Vater und Mel an. »Sie ist fürchterlich albern.« Er hatte es nicht leicht mit Pam, das wußte Peter. Das ging zeitweise allen so mit ihr, aber sie machte eben ein schwieriges Stadium durch, besonders in einer Familie, in der die Männer in der Überzahl waren.

»Ich gehe hinein und sehe mal nach, was sie so treibt. Bitte, sei hier draußen vorsichtig.«

»Ich passe schon auf.«

»Wo ist Mrs. Hahn?«

»Soeben hineingegangen, aber ich passe auf, Dad. Wirklich.« Als wolle er diese Behauptung illustrieren, sprang er mit einem Anlauf ins Wasser und spritzte sie beide vom Kopf bis zu den Füßen an, während Melanie auflachte und zurücksprang und Peter sie entschuldigend ansah, als Matthew wieder auftauchte.

»Matthew, wirst du bitte nicht...« Aber der kleine Kopf verschwand wieder unter der Wasserfläche, und er schwamm wie ein kleiner Fisch unter Wasser zu den anderen, gerade als Mark seinen Vater erblickte, ihm etwas zurief und winkte. Er hatte genau die gleiche Figur wie sein Vater, seine Größe, seinen Charme und die langen Gliedmaßen.

»Tag, Dad!« Peter zeigte auf seinen jüngsten Sohn, der auf Mark zuschwamm; der ältere Junge nickte verständnisvoll, erwischte den Kleinen bei den Armen, als er auftauchte, und sagte ihm, er solle an den Rand des Bassins gehen, wo er nicht so leicht verletzt werden konnte. Jetzt fand Peter, daß alles in Ordnung war, und sie gingen zurück ins Haus, wo er sich Mel zuwandte.

»Sind Sie naß geworden?« Sie gab es zu, aber es machte ihr nichts aus. Es war ein angenehmer Ausgleich zu dem Ernst des vergangenen Teils des Tages.

»Mein Kleid wird schon wieder trocknen.«

»Manchmal habe ich es schon bereut, daß ich diesen Swimming-pool bauen ließ. Die halbe Nachbarschaft verbringt ihre Wochenenden hier.«

»Für die Kinder muß es aber herrlich sein.«

Er nickte. »Das ist es. Aber ich komme nicht oft dazu, ruhig zu schwimmen, außer wenn sie in der Schule sind. Mitunter komme ich zum Lunch nach Haus, wenn ich Zeit habe.«

»Wann ist das schon der Fall?« Jetzt neckte sie ihn. Plötzlich hatte man das Gefühl, daß die Fröhlichkeit auch auf ihn ansteckend wirkte.

»Ungefähr einmal im Jahr.«

»Das dachte ich mir.« Dann erinnerte sie sich an Matt und sein zahnloses, lachendes Gesicht. »Mir scheint, ich habe mich in Ihren kleinen Jungen verliebt.«

»Er ist ein braves Kind.« Peter schien sich über das Kompliment zu freuen, dann dachte er an seinen älteren Sohn. »Mark auch. Er ist sehr verantwortungsbewußt, manchmal direkt beängstigend.«

»Ich habe auch so eine Tochter. Jessica, die ältere Zwillingsschwester.«

»Welche ist das?« fragte Peter neugierig. »Die, die Ihnen so ähnlich sieht?«

»Wieso haben Sie sich das gemerkt?« Mel war überrascht.

»Ich merke mir alles, Mel. In meinem Beruf ist das sehr wichtig. Ein kleines vergessenes Detail, ein Hinweis, ein Anhaltspunkt. Es hilft einem, wenn man ständig Lebensaussichten gegen den Tod abwägt. Ich kann es mir nicht leisten, etwas zu vergessen.« Es war die erste offene Anspielung auf sein außergewöhnliches Können, und Mel betrachtete ihn wieder mit Interesse, während sie ihm in ein großes, sonniges Zimmer voller großer weißer Korbstühle, Korbcouches, einer Stereoanlage, einem riesigen Fernsehapparat und drei Meter hohen Palmen, die mit ihren Wedeln bis zur Decke reichten, folgte. Es schien ein Raum zu sein, der sich dazu eignete, dort einen sonnenheißen Tag zu verbringen. Hier sah Melanie plötzlich ein halbes Dutzend silbergerahmter Fotos von Anne im ganzen Zimmer verteilt, Anne beim Tennis, mit Peter vor dem Louvre, mit einem winzigen Baby, und eines mit allen Kindern vor dem Weihnachtsbaum. Es war, als ob plötzlich die Zeit stillstünde, und Melanie war von ihrem Gesicht, ihrem blonden Haar, den großen blauen Augen beinahe hypnotisiert. Sie war eine attraktive Frau mit einer langen, schlanken, sportlichen Figur. Irgendwie sahen sie und Peter einander ähnlich. Auf den Fotos wirkte sie wie seine ideale Ergänzung. Melanie wurde plötzlich klar, daß Peter neben ihr stand und auch auf eines der Fotos blickte.

»Es ist schwer zu glauben, daß sie nicht mehr am Leben ist«, sagte er leise.

»Das glaube ich.« Melanie wußte nicht recht, was sie sagen sollte. »Aber irgendwie lebt sie weiter. In Ihrem Herzen, in Ihren Gedanken, durch die Kinder, die sie zurückgelassen hat.« Sie wußten beide, daß es kein tatsächliches Fortleben war, aber es war alles, was von ihr geblieben war. Das und dieses Haus, das so sehr von ihrem Geschmack geprägt war. Melanie sah sich wieder im Zimmer um. Es bildete einen interessanten Gegensatz zu dem antiken Wohnzimmer und dem Arbeitszimmer, die sie zuerst gesehen hatte. »Wozu verwenden Sie diesen Raum, Peter?« Melanie war neugierig. Es war deutlich das Zimmer einer Frau.

»Die Kinder lungern hier gern herum. Sie können hier nicht viel Schaden anrichten, obwohl es größtenteils in Weiß gehalten ist.« Dann bemerkte Melanie eine Sitzgruppe, von der aus man den Blick auf den Swimming-pool hatte. »Dort hat sie viel gesessen. Ich verbringe den größten Teil meiner Zeit, wenn ich zu Haus bin, in meiner Bude oder im Oberstock.« Dann machte er eine Handbewegung zur Halle hin. »Kommen Sie, ich werde Sie im Haus herumführen. Vielleicht können wir Pam finden.«

Im Oberstock war wieder alles konventionell im französischen Stil gehalten. Der Boden des Korridors war aus hellbeigem Kunststein mit dazu passenden Wandtischen an beiden Enden und einem schönen französischen Kerzenleuchter aus Messing. Hier befand sich auch wieder ein kleineres, aber elegantes Wohnzimmer in zarten Blautönen. Die Bezüge waren aus Samt und Seide, außerdem gab es einen Marmorkamin, Wandleuchter und einen Kristallüster, hellblaue Seidenvorhänge mit hellgelben und blauen Randborten, die von schmalen Messingspangen zusammengehalten wurden und den Blick auf den Swimming-pool freigaben. Hinter dem kleinen Salon befand sich ein kleiner, in Altrosa gehaltener Arbeitsraum, aber Peters Blick verfinsterte sich, als sie durch ihn gingen, und Melanie spürte sofort, daß er derzeit nicht benützt wurde. Nicht nur das, sondern daß es Annes Zimmer gewesen war.

Dahinter lag die schöne Bibliothek, die in Dunkelgrün gehalten war, sichtlich Peters Wohnzimmer. Die Wände waren mit Bücherregalen bedeckt, ein paar Bücher lagen unordentlich auf dem Schreibtisch; an einer Wand hing ein Ölporträt von Anne, und eine doppelte Glastür führte zu ihrem gemeinsamen Schlafzimmer, das Peter nun allein benützte. Es war ganz mit beiger Seide tapeziert, mit französischen Kommoden, einer schönen Chaiselongue, üppigen Vorhängen und Wandleuchtern und einem weiteren schönen Deckenleuchter ausgestattet. Trotzdem hatte das Zimmer etwas an sich, das einen dazu verführte, die beengenden Kleider auszuziehen, herumzutanzen und sich über die Förmlichkeit und Feierlichkeit des Raumes hinwegzusetzen. Die Einrichtung des Hauses war fast zu erlesen, ganz gleich, wie schön es war, und je mehr Melanie zu sehen bekam, desto deutlicher wurde in ihr das Gefühl, daß es einfach nicht seinem Geschmack entsprach.

Dann stiegen sie noch eine Treppe höher, und im nächsten Stockwerk war alles in lebhaften Farben und heiter. Durch die offenen Türen sah man drei große, sonnige Kinderzimmer. Auf dem Fußboden von Matts Raum lag Spielzeug verstreut, hinter Marks halb geschlossener Tür ahnte man das totale Chaos; die dritte Tür war nur angelehnt, Mel konnte nur ein riesiges, weißes Himmelbett und den Rücken eines Mädchens sehen, das neben dem Bett auf dem Boden lag. Als Pam ihre Schritte im Korridor hörte, wandte sie sich um, stand auf, flüsterte etwas ins Telefon und legte auf. Melanie war darüber erstaunt, wie groß und erwachsen das Mädchen aussah. Wenn das Peters mittleres Kind war, konnte man nur schwer glauben, daß sie erst vierzehn war. Sie war lang, schlank und blond, hatte eine weizenblonde Mähne wie Val und große schmachtendblaue Augen.

»Was treibst du da eigentlich?« Peter sah ihr voll ins Gesicht, und Mel spürte die Spannung zwischen ihnen.

»Ich wollte eine Freundin anrufen.«

»Das hättest du auch vom Telefon beim Swimming-pool aus bewerkstelligen können.«

Zuerst antwortete sie nicht, dann zuckte sie die Schultern. »Na und?«

Er ignorierte die Bemerkung und wandte sich an Mel. »Ich möchte Ihnen meine Tochter Pam vorstellen. Pam, das ist Melanie Adams, die Nachrichtenmoderatorin aus New York, von der ich dir erzählt habe.«

»Ich weiß, wer sie ist.« Pamela rührte zuerst keinen Finger, doch Mel streckte ihre Hand aus, und Pamela schüttelte sie schließlich, während ihr Vater anfing wütend zu werden. Es belastete ihn, daß das Verhältnis zwischen ihnen so gespannt war, und er konnte es doch nicht verhindern. Sie verhielt sich immer wieder so, daß er sich ärgerte, zeigte sich zu seinen Bekannten unhöflich, war betont abweisend, auch wenn sie keinen Grund dazu hatte. Warum, verdammt noch mal, warum? Sie waren alle unglücklich darüber, daß Anne gestorben war, aber warum mußte sie ihren Kummer an ihm auslassen? Sie benahm sich seit anderthalb Jahren so, und jetzt war es noch schlimmer als am Anfang. Er redete sich ein, daß es die Pubertät, eine vorübergehende Phase war, aber manchmal war er sich dessen nicht so sicher.

»Pam, ich habe gedacht, du könntest Mel vielleicht einen von deinen Badeanzügen leihen. Sie hat ihren im Hotel gelassen.«

Wieder zögerte sie den Bruchteil einer Sekunde. »Sicherlich. Natürlich kann ich. Obwohl sie« – sie zögerte bei dem Wort. Mel war keineswegs kräftig, aber auch nicht so gertenschlank wie Pam – »größer ist als ich.« Es gab noch etwas, Peter und Mel hatten einen Blick getauscht, der Pam nicht gefallen hatte. Oder besser gesagt, die Art, wie ihr Vater Mel ansah, behagte ihr nicht.

Mel begriff schnell und lächelte dem Mädchen freundlich zu. »Es macht nichts, wenn du nicht gern etwas verleihst.«

»Nein, es geht schon in Ordnung.« Sie betrachtete Mels Gesicht sehr genau. »Sie sehen anders aus als auf dem Bildschirm.«

»Wirklich?« Sie lächelte dem ein wenig verlegenen, aber sehr reizvollen Mädchen zu. Sie sah Peter gar nicht und den Fotos von Anne nur wenig ähnlich. Aber es lag noch ein unbestimmter kindlicher Ausdruck in ihrem Gesicht, trotz der langen Beine, der vollen Büste und des Körpers, der über ihr wahres Alter hinaus entwickelt war. »Meine beiden Töchter behaupten immer, ich sehe auf dem Fernsehschirm ›erwachsener‹ aus.«

»Ja. Irgendwie ernster.«

»Das wollen sie vermutlich damit sagen.«

Die drei standen in dem hübschen weißen Zimmer, und Pam starrte Melanie weiter an, als suche sie in ihrem Gesicht nach einer Antwort auf eine Frage. »Wie alt sind Ihre Töchter?«

»Sie werden im Juli sechzehn.«

»Beide?« fragte Pam verwirrt.

»Sie sind Zwillinge.«

»Wirklich? Das ist toll! Sehen sie einander ähnlich?«

»Gar nicht. Sie sind zweieiige Zwillinge. Das heißt, daß sie nicht erbgleiche Zwillinge sind.«

»Wie sehen sie aus?« Sie war von Mels Zwillingen fasziniert.

»Wie sechzehnjährige Mädchen so aussehen.« Mel lachte. »Sie halten mich auf Trab. Eine ist rothaarig wie ich, die andere ist blond. Sie heißen Jessica und Valerie, sie gehen gerne tanzen und haben eine Menge Freunde.«

»Wo leben Sie?« Peter verfolgte das Gespräch aufmerksam, äußerte sich aber nicht dazu.

»In New York. In einem kleinen Stadthaus. Es ist in seiner Art ganz anders als dieses. Ihr habt ein schönes Haus, und es muß herrlich sein, einen eigenen Swimming-pool zu haben.«

»Er ist ganz in Ordnung.« Sie zuckte die Schultern ohne sichtliche Begeisterung. »Entweder belegen ihn die abscheulichen Freunde meines Bruders mit Beschlag, oder Matthew pinkelt ins Wasser.« Sie klang verärgert, und Mel lachte, aber auf Peter wirkte diese Äußerung nicht belustigend.

»Pam! So etwas sagt man nicht, und es ist auch nicht wahr.«

»Es stimmt aber, der kleine Balg hat es erst vor einer Stunde getan, sobald Mrs. Hahn ins Haus gegangen war. Noch dazu vom Beckenrand aus. Er hätte es wenigstens beim Herumschwimmen tun können.« Mel mußte ein Lachen verbeißen, und Peter wurde rot.

»Ich werde mit Matt ein ernstes Wort reden.«

»Wahrscheinlich sind Marks Freunde auch nicht besser.« Es war offensichtlich, daß sie keinen der Jungen mochte. Sie machte sich dann auf die Suche nach einem Badeanzug für Mel und kam mit einem weißen Einteiler zurück, von dem sie annahm, er könnte in der Größe passen. Mel dankte ihr und sah sich wieder um.

»Du hast wirklich ein hübsches Zimmer, Pam.«

»Meine Mutter hat es für mich eingerichtet, kurz bevor...« Ihre Worte verklangen, und es lag etwas von Verzweiflung und Trauer in ihren Augen, dann sah sie Peter trotzig an. »Es ist das einzige Zimmer in diesem Haus, das ganz mir gehört.« Es war merkwürdig, daß sie diese Tatsache so betonte, und sie tat Mel leid. Sie schien so unglücklich und mit der ganzen Welt zerfallen. Es war, als könnte sie den anderen ihren Schmerz nicht zeigen, und war auf alle zornig, als wären sie dafür verantwortlich, daß sie ihre Mutter verloren hatte.

»Es muß nett sein, mit Freundinnen in diesem Zimmer zusammen zu sein.« Mel dachte an ihre eigenen Töchter und deren Freundinnen, die in ihren Zimmern auf dem Fußboden saßen, Platten hörten, sich über Jungen unterhielten, lachten, kicherten und Geheimnisse austauschten, die sie schließlich doch Mel erzählten. Sie kamen ihr ganz anders vor als dieses schlaksige, bockige Mädchen mit dem Körper einer Frau und dem Geist eines Kindes. Es war offensichtlich eine sehr schwierige Zeit für sie, und Mel sah ein, daß Peter mit ihr viele Probleme hatte. Kein Wunder, daß er versuchte, jeden Tag zeitig nach Haus zu kommen. Ein sechsjähriges Kind, das besonders liebevolle Zuneigung brauchte, ein Teenager mit siebzehn, den man beaufsichtigen mußte, und ein junges Mädchen, das so unglücklich war – die Familie brauchte mehr als nur die Betreuung durch eine Haushälterin, sie brauchte einen Vater und auch eine Mutter. Nun verstand sie, warum Peter so verzweifelt bestrebt war, für sie alle da zu sein, und warum er manchmal das Gefühl hatte, daß er der Aufgabe nicht gewachsen war. Alle brauchten ihn, am meisten wohl dieses Mädchen. Am liebsten hätte Melanie nach ihr gegriffen, sie an sich gezogen und ihr gesagt, daß schließlich alles wieder gut werden würde. Als hätte Pam Mels Gedanken geahnt, trat sie zurück.

»Dann sehe ich dich also bald unten.« Es war ein Hinweis für die beiden, sie alleinzulassen. Peter bewegte sich langsam auf die Tür zu.

»Kommst du hinunter, Pam?«

»Ja.« Aber es klang eher beiläufig.

»Ich glaube nicht, daß es vernünftig ist, wenn du den Nachmittag in deinem Zimmer verbringst.« Das klang entschieden, aber sie schien die Absicht zu haben, ihm zu widersprechen, und Mel beneidete ihn nicht um seine Vaterrolle bei ihr. Sie war kein leicht lenkbares Kind, zumindest nicht in ihrer augenblicklichen Entwicklungsphase.

»Wirst du bald nachkommen?«

»Ja!« Sie sah noch streitbarer aus, und Mel und Peter verließen das Zimmer, Mel folgte ihm hinunter zu seinem Zimmer, und er öffnete eine Tür auf der gegenüberliegenden Seite des Korridors zu einem hübschen, blauweiß eingerichteten Gästezimmer.

»Hier können Sie sich umziehen, Mel.« Er verlor kein Wort über Pam, und als Melanie zehn Minuten später umgezogen herauskam, sah er bedeutend ruhiger aus als zuvor und führte sie wieder in das große Gartenzimmer mit den weißen Korbmöbeln. Dort befand sich, hinter weiß lackierten Türen verborgen, ein Kühlschrank; er nahm zwei Bierdosen heraus und reichte ihr eine, während er mit einer Hand zwei Gläser von einem Regal herunterholte und ihr dann bedeutete, sich zu setzen. »Wir können ebensogut ein paar Minuten warten, bis die Kinder genug haben.« Einige verließen schon den Swimming-pool, während Melanie hinausblickte. Dann bemerkte sie, wie gut Peter in der dunkelblauen Badehose, einem französischen T-Shirt und mit bloßen Füßen aussah. Er hatte beinahe gar keine Ähnlichkeit mit dem Mann, den sie während der beiden letzten Tage bei der Arbeit beobachtet hatte, sondern schien total verwandelt. Jetzt war er ein gewöhnlicher Sterblicher. Dann wurde sein Gesicht bei dem Gedanken an das Kind im Oberstock ernst. »Pam ist ein kompliziertes Kind. Sie war es schon, als ihre Mutter noch lebte. Aber jetzt durchläuft sie alle Spielarten ihres verletzten Gefühls, von Besitzanspruch auf mich bis zum Haß gegen die gesamte Familie. Sie glaubt, daß niemand versteht, was sie durchmacht, und benimmt sich meist so, als lebte sie inmitten von Feinden.« Er seufzte und trank sein Bier. »Mitunter ist es auch für die Jungen nicht ganz leicht.«

»Sie braucht wahrscheinlich sehr viel Zuwendung von euch allen, besonders von Ihnen.«

»Ich weiß. Aber sie schiebt uns für alle ihre Schwierigkeiten die Schuld zu. Und, nun ja...« Es schien ihm schwerzufallen, seine Gedanken auszusprechen. »Manchmal macht sie es einem schon recht schwer, sie zu lieben. Ich verstehe sie ja, aber die Jungen haben kein Verständnis für sie, zumindest nicht immer.« Es war das erste Mal, daß er Mel gestand, was für ein Problem sie für ihn darstellte.

»Sie wird schon wieder anders werden. Lassen Sie ihr Zeit.«

Peter seufzte wieder. »Dieser Zustand hält schon beinahe zwei Jahre an.« Doch Melanie wagte nicht, ihn darauf aufmerksam zu machen, daß er auch Fehler machte. Seit Annes Tod waren eineinhalb Jahre vergangen, und dennoch standen ihre Fotos noch überall herum, nichts in dem Haus war seither verändert worden, und Peter benahm sich so, als wäre sie erst diese Woche gestorben. Wie konnte man von dem Kind erwarten, sich an die neue Lage anzupassen, wenn er selbst noch nicht soweit war? Er machte sich noch immer Vorwürfe wegen der Operation, zu der er Anne nicht hatte überreden können, als ließe sich jetzt noch etwas daran ändern. Mel sagte nichts, während sie seine Augen beobachtete, die er nicht von ihr abwandte. »Ich weiß, was Sie denken. Auch ich komme nicht von der Vergangenheit los.«

»Wenn Sie die Tür zur Vergangenheit schließen, wird vielleicht auch sie es tun«, sagte Mel sanft, und Peters Augen wanderten unbewußt zum nächsten Foto von Anne. Plötzlich stellte Mel eine Frage, die sie eigentlich hatte für sich behalten wollen. »Warum ziehen Sie nicht um?«

»Weg von hier?« Er sah entsetzt aus. »Warum denn?«

»Um Ihren Kindern einen neuen Beginn zu bieten. Es würde für Sie alle eine Erleichterung bedeuten.« Doch er schüttelte rasch den Kopf.

»Das glaube ich nicht. Ich meine, es würde mehr zerstören als helfen, wenn wir in ein neues Haus umzögen. Wir haben es hier wenigstens behaglich und sind glücklich.«

»Sind Sie das?« Mel schien nicht überzeugt. Sie wußte, daß er sich weiter an das Vergangene klammern würde und Pam ebenso, und sie fragte sich, wie es mit den anderen diesbezüglich stand. Während sie überlegte, kam eine stämmige Frau in weißer Arbeitskleidung ins Zimmer und blickte beide an, insbesondere Mel. Ihr Gesicht war vor der Zeit gealtert, und ihre Hände waren von langen Jahren harter Arbeit runzlig, doch ihre Augen leuchteten und schienen alles zu erfassen.

»Guten Tag, Doktor.« Sie sprach »Doktor« so aus, als meinte sie »Gott«. Mel wußte sofort, wer sie war, und Peter stand auf, um sie Mel vorzustellen. Sie war die unschätzbare Haushälterin, von der er so begeistert gesprochen hatte, die unersetzbare Mrs. Hahn, die Mels Hand fast schmerzhaft schüttelte. Ihre Augen musterten den hübschen Rotschopf in dem geliehenen weißen Badeanzug, den sie sofort als Pams Eigentum erkannte. Sie wußte alles, was in dem Haus vorging, wer kam, wer ging, wohin und warum. Sie ging besonders vorsichtig mit Pam um. Es hatte mit ihr im Jahr nach dem Tod ihrer Mutter schon genug Schwierigkeiten gegeben, als sie zuerst sechs Monate lang kaum einen Bissen essen wollte und sich dann monatelang nach jeder Mahlzeit übergab. Aber jetzt war wenigstens dieses Problem unter Kontrolle, und es ging Pam viel besser als früher. Hilda Hahn wußte jedoch, daß das Mädchen eine schwere Zeit durchgemacht hatte und das wachsame Auge einer Frau brauchte, und dazu war ja Mrs. Hahn da. Sie sah sich Mel jetzt sorgfältig an und fand, daß sie alles in allem wie eine nette Frau aussah. Sie wußte, wer sie war, und daß sie eine Fernsehsendung über die Arbeit des Doktors machte, aber sie hatte erwartet, daß sie wegen ihrer Position ziemlich hochnäsig sein würde, und das schien nicht zuzutreffen. »Es ist nett, Sie kennenzulernen, Ma'am.« Sie benahm sich förmlich und wortkarg, ohne Melanies Lächeln zu erwidern, während diese beinahe gelacht hätte, als sie an den Gegensatz zu Raquel dachte. So ziemlich alles an ihren beiden Haushalten war völlig verschieden, von den Hausangestellten bis zur Einrichtung, zu den Kindern, und dennoch hatte sie das Gefühl, mit Peter eine Menge Interessen gemeinsam zu haben. Es war deshalb eigenartig, wie unterschiedlich ihre Lebensweisen waren. »Möchten Sie eine Tasse geeisten Tee?« Mrs. Hahn warf einen mißbilligenden Blick auf die Biergläser, und Mel hatte das Gefühl, ein ungeratenes Kind zu sein.

»Nein, danke vielmals.« Sie lächelte wieder, doch es nützte nichts, und Hilda Hahn verschwand mit einem kurzen Nicken in ihr Reich hinter den Schwingtüren, durch die man zu der Küche, dem Frühstückszimmer, der Vorratskammer und ihrer kleinen Wohnung auf der Hinterseite kam. Sie fühlte sich hier äußerst wohl. Als Mrs. Hallam das Haus plante, hatte sie Hilda eine eigene kleine Wohnung versprochen, und die bewohnte sie jetzt. Mrs. Hallam war eine wunderbare Frau gewesen, das betonte Hilda immer wieder und würde es bei jeder sich bietenden Gelegenheit wiederholen; sie lobte Anne auch später noch einmal in Mels Gegenwart, bevor sie das Abendessen auftrug. Melanie hatte bemerkt, wie Pams Augen sich verschleierten, als Hilda den Namen ihrer Mutter erwähnte. Es war, als kämpften sie alle noch darum, sich von ihr zu lösen, und dieser Zustand hielt schon so lange an. Fast war man versucht, die Fotos wegzuräumen, sie einzupacken und die Familie in ein anderes Haus zu übersiedeln. Sie hingen alle noch immer so sehr an Anne, als warteten sie darauf, daß sie heimkäme, und man hätte ihnen am liebsten deutlich klargemacht, daß sie nie mehr zurückkommen würde. Sie mußten ihr Leben ohne sie weiterführen, jeder einzelne von ihnen. Die beiden Jungen schienen sich allerdings mit dem Tod ihrer Mutter besser abgefunden zu haben. Matthew war so klein gewesen, als sie starb, daß seine Erinnerungen an sie schon verblaßten; er kletterte bereitwillig auf Mels Schoß, nachdem sie zusammen geschwommen waren, und sie erzählte ihm von ihren Töchtern. Er fand es ebenso wie Pam äußerst interessant, daß sie Zwillinge waren, und wollte wissen, ob sie wirklich ganz gleich aussähen. Mark schien ein heiterer, unbeschwerter Junge von siebzehn Jahren zu sein; in seinen Augen lag ein Ausdruck von größerer Reife, als man in seinem Alter vermuten würde, und dennoch schien er ausgeglichen, während er mit Peter und Mel plauderte. Er wurde nur einmal ärgerlich, als Pam sich darüber beschwerte, daß seine Freunde sich noch immer am Swimming-pool herumtrieben. Ein Streit zwischen ihnen schien unvermeidlich zu sein, bis Peter sich einmischte.

»Schluß, ihr beiden. Wir haben heute einen Gast. Mit euren Freunden eigentlich mehrere.« Er blickte Pam streng an, dann wanderte sein Blick wieder zu den letzten noch anwesenden Freunden Marks. Es waren nur noch zwei Jungen und ein Mädchen, und sie saßen ruhig in der Nähe auf dem Beton und trockneten ihre Haare. Doch es schien Pam zu stören, daß außer Peter, den Jungen und Mrs. Hahn sich noch jemand im Haus befand. Sie war mit dem Problem Mel fertiggeworden, indem sie sie, seit sie zum Swimming-pool gekommen war, vollkommen übersah, ausgenommen ein paar verstohlene, neugierige Blicke von Zeit zu Zeit, hauptsächlich, wenn sich Peter mit Mel unterhielt. Als ob sie sichergehen wollte, daß Mels Besuch nichts zu bedeuten hatte, obwohl ein Instinkt tief in ihrem Inneren ihr sagte, daß hier eine Gefahr lauerte.

»Das stimmt doch, Pam?« Peter hatte von ihrer Schule gesprochen, aber sie hatte Mel gebannt angestarrt und nicht gehört, was er gesagt hatte.

»Was?«

»Ich sagte, daß das Sporttraining dort hervorragend ist und du voriges Jahr zwei Laufwettbewerbe gewonnen hast. Und sie haben auch sehr gute Pferde.« Das war wieder ganz anders als die Schule, die ihre Mädchen besuchten, die eine mehr auf den Erwerb von Wissen ausgerichtete städtische Schule war. Der Lebensstil in Los Angeles war viel mehr auf die Natur eingestellt als im Osten.

»Gefällt es dir in deiner Schule, Pam?« fragte Mel sie freundlich.

»Sie ist soweit ganz in Ordnung. Ich habe nette Freundinnen.«

Darauf verdrehte Mark die Augen, um sofort seine gegenteilige Meinung zu zeigen, worauf Pam den Fehdehandschuh aufgriff. »Was soll das heißen?«

»Es heißt, daß du dich mit einem Haufen blöder, nervöser, appetitloser Mädchen herumtreibst.« Solche Redensarten brachten sie noch immer auf die Palme.

»Ich bin nicht appetitlos, du verdammter Lümmel!« Sie sprang auf, ihre Stimme wurde schrill, und Peter sah allmählich abgespannt aus.

»Hört endlich auf, ihr beiden!« Dann sagte er zu Mark: »Das war unnötig aggressiv!«

Mark nickte reumütig. »Tut mir leid.« Er wußte, daß das Wort jetzt tabu war, war aber noch immer nicht davon überzeugt, daß sie ganz normal aß. Sie erschien ihm unnatürlich mager, ganz gleich, was sie und Vater auch behaupteten. Mark sah Mel um Verzeihung bittend an, schlenderte davon und unterhielt sich mit seinen Freunden, während Pam ins Haus zurückkehrte, gefolgt von Matthew, der auf der Suche nach etwas Eßbarem war. Peter starrte längere Zeit in den Swimming-pool, dann wandte er sich an Mel.

»Nicht gerade eine sehr friedliche Familienszene, nehme ich an.« Er schien durch die Unbeherrschtheit seiner Kinder betroffen zu sein, als fühlte er sich für ihre Unausgeglichenheit und ihren Schmerz verantwortlich. »Es tut mir leid, wenn es für Sie peinlich war, Mel.«

»Keineswegs. Mit meinen ist es auch nicht immer ein Honiglecken.« Obwohl sie sich nicht erinnern konnte, wann die Zwillinge das letztemal miteinander gestritten hatten, aber diese Familie befand sich offenbar in einer Krise, und Pam war sichtlich ein sehr unglückliches Mädchen.

Er seufzte und lehnte seinen Kopf an die Stuhllehne, während er auf den Swimming-pool blickte. »Ich nehme an, sie werden sich schließlich alle einmal beruhigen. Mark kommt nächstes Jahr aufs College.« Aber das Hauptproblem war Pam und nicht Mark, das wußten sie beide. Sie würde ihm noch lange zur Last fallen. Peter sah Mel wieder an. »Von allen Kindern hat Pam unter dem Tod ihrer Mutter am schwersten gelitten.« Das sagte sich so leicht, aber für Peter war es noch schwerer, und er hatte noch immer daran zu tragen. Sie spürte, daß er eine Frau anstelle von Anne brauchte, die seine Sorgen mit ihm teilte. Und zwar sowohl für sich wie für seine Kinder. Die Vorstellung, daß er so viel allein war, schmerzte. Er war intelligent und gutaussehend, tüchtig und stark, er konnte jeder Frau eine Menge bieten. Während sie neben ihm saß, dachte sie lächelnd an Raquel und ihre Mädchen. Fast konnte sie hören, wie sie fragten: »Was ist mit dir, Mom? ... War er nett? ... Warum bist du nicht mit ihm ausgegangen? ...« Er hatte sie allerdings nicht eingeladen. Unvermittelt fragte sie sich, ob sie mit ihm eine Verabredung treffen würde, wenn sie Gelegenheit dazu bekäme. Es war ein komischer Gedanke, während sie so nebeneinander am Swimming-pool saßen. Er war vollkommen anders als die anderen Männer, die sie kannte. Die Männer, die sie sich früher ausgesucht hatte, waren alle für eine feste Bindung nicht in Frage gekommen, das hatte ihr eigentlich behagt. Aber Peter bildete da eine Ausnahme, er war offen und wirklichkeitsbezogen und ein passender Partner für sie, und was ausschlaggebend war, er gefiel ihr sehr. Er würde für sie ein Problem darstellen, wenn ihre Abreise nicht für den nächsten Tag festgelegt gewesen wäre.

»Woran dachten Sie eben?« Seine Stimme klang in der Spätnachmittagssonne leise, und sie riß sich zusammen.

»An nichts Besonderes.« Sie hatte keinen Grund, ihm von den Männern in ihrem Leben zu erzählen oder auch, was sie von ihm hielt. Es bestand kein persönliches Verhältnis zwischen ihnen, und doch gab es eine unbestimmte Spannung, die sie spürte, wenn sie sich in seiner Nähe befand. Es vermittelte ihr die Illusion, daß sie ihn besser kannte, als es tatsächlich der Fall war. Aber dieser Mann hatte auch etwas sehr Verwundbares an sich, wodurch sie sich ihm näher fühlte. Trotz seiner ausgeprägten Persönlichkeit und seiner gehobenen Stellung war er sehr menschlich geblieben, und nun, da sie ihn in seiner häuslichen Umgebung sah, gefiel er ihr noch besser.

»Sie waren eben mit Ihren Gedanken eine Million Meilen weit weg.«

»Nein, nicht ganz so weit. Ich dachte an meine Aufgabe in New York... meine Arbeit... die Mädchen...«

»Es muß hart für die beiden sein, wenn Sie wegen Ihrer Arbeit wegfahren müssen.«

»Manchmal. Aber sie verstehen es. Außerdem sind sie es schon gewöhnt. Und Raquel gibt auf sie acht, während ich abwesend bin.«

»Was ist sie für ein Mensch?« Er war unaufhörlich begierig, etwas über ihr Leben zu erfahren, und Melanie wandte sich ihm lächelnd zu.

»Ganz anders als Mrs. Hahn. Vorher dachte ich nämlich daran, wie vollkommen verschieden unser Lebensstil ist, zumindest äußerlich.«

»Wieso?«

»Zum Beispiel unsere Häuser. Ihres ist viel konservativer als meines. Meines ist sozusagen eine Art Hühnerstall. Es sieht deutlich wie das Haus einer Frau aus.« Sie warf einen Blick auf sein Haus. »Ihres ist viel stilvoller eingerichtet als meines. Das gilt auch für Mrs. Hahn. Raquel sieht aus, als hätte sie nie gelernt, sich zu kämmen, ihr Arbeitskittel ist immer falsch zugeknöpft, und sie widerspricht beinahe fortwährend. Aber wir lieben sie, und sie hat ein wunderbares Verhältnis zu den Mädchen.« Er lächelte über ihre Beschreibung Raquels.

»Wie sieht Ihr Haus aus?«

»Hell, heiter und klein, es ist für mich und die Mädchen maßgeschneidert. Ich habe es vor ein paar Jahren erstanden, der Preis hat mir damals eine Heidenangst eingejagt, aber ich bin froh, daß ich mich zu dem Kauf entschlossen habe.« Er nickte und dachte an die große Verantwortung, mit der sie allein fertig wurde. Das war eine der Eigenschaften, die er an ihr bewunderte. Es gab vieles in ihrer Art, das ihm gefiel. Und sie interessierte ihn um so mehr, weil sie ganz anders war als Anne. »Sie müssen mich einmal in New York besuchen«, lud sie ihn ein.

»Eines Tages.« Aber im selben Augenblick wünschte er sich, daß sich diese Gelegenheit bald ergeben möge; er wußte nicht genau, aus welchem Grund, er war sich nur darüber klar, daß sie seit langem der erste Mensch war, dem gegenüber er offen war. Bevor er weitersprechen konnte, kam Matthew mit einem neuen Tablett mit Backwerk zurück, nahm zwanglos neben Mel Platz und machte sich erbötig, das Backwerk mit ihr zu teilen. Das Gesicht und seine dicken Händchen waren voller Krümel, und er verstreute den Rest über sich und sie, aber es schien sie nicht zu stören. Kleine Jungen waren für sie eine neue Erfahrung. Sie begann ein ernsthaftes Gespräch mit ihm über seine Schule und seinen besten Freund, während Peter zuhörte und sie dann allein ließ, um ein wenig zu schwimmen; als er nach einer Weile zurückkam, waren sie noch in ihr Gespräch vertieft; Matthew war auf ihren Schoß geklettert und schmiegte sich an sie, er schien vollkommen glücklich zu sein.

Als Peter aus dem Swimming-pool stieg, blieb er einen Augenblick auf der obersten Sprosse der Leiter stehen und sah beide mit einem melancholischen Lächeln an. Der Junge brauchte ein mütterliches Wesen wie sie, und zum erstenmal seit fast zwei Jahren, kam ihm zu Bewußtsein, was in seinem Leben fehlte. Doch kaum, daß ihm der Gedanke durch den Kopf ging, wies er ihn auch schon von sich, ging mit raschen Schritten auf die beiden zu, nahm ein Handtuch von einem Tisch, gesellte sich zu ihnen und rubbelte sein Haar, als wollte er diese neuen Gedanken aus seinem Kopf verjagen. In diesem Moment verabschiedeten sich Marks Freunde, der Junge trat zu Melanie und Matthew und setzte sich in Peters leeren Stuhl.

»Ich hoffe, meine Freunde haben Sie nicht gestört.« Er lächelte ihr verlegen zu. »Sie sind mitunter ein bißchen ausgelassen.«

Sie lachte, weil sie an Vals und Jessies Freunde dachte, die gelegentlich nahe daran waren, ihr Haus in Trümmer zu schlagen, und sicherlich nicht weniger übermütig waren als Marks Freunde. »Ich hatte eigentlich nichts gegen sie einzuwenden.«

»Erklären Sie das einmal meinem Vater«, bat Mark dankbar und versuchte, nicht zu bemerken, wie anziehend Mel im Badeanzug seiner Schwester aussah.

»Wie war das? Hast du meinen Namen genannt?«

Mark sah ihn triumphierend an. Die neue Freundin seines Vaters gefiel ihm, und die Mädchen waren überaus beeindruckt gewesen, weil die berühmte Melanie Adams vom Fernsehen sich an ihrem Swimming-pool »herumtrieb«.

»Miß Adams findet, daß meine Clique gar nicht so übel ist.«

»Das sagt sie nur aus Höflichkeit. Glaub kein Wort davon.«

»Das stimmt nicht. Sie sollten einmal Val und Jessies Freunde erleben. Sie haben einmal eine Party gegeben, und einer der Besucher hatte den Einfall, einen Stuhl in Brand zu setzen.«

»Du meine Güte.« Peter war entsetzt, und Mark lächelte. Er mochte Mel. Sie war so einfach, offen und natürlich, gar nicht, wie man sich einen Fernsehstar vorstellt, und wenn sie seine Gedanken hätte lesen können, hätte sie herzlich gelacht. Sie dachte nie an ihre Popularität, und die Zwillinge ebenfalls nicht. »Was geschah danach?«

»Ich habe den Mädchen zwei Monate lang Beschränkungen auferlegt, aber nach einem Monat schon wieder die Zügel schießen lassen.«

»Sie hatten Glück, daß sie nicht in einer Besserungsanstalt gelandet sind.« Mark und Mel wechselten angesichts von Peters strenger Haltung verschwörerische Blicke, und Matthew, den all das nicht berührte, schmiegte sich ein wenig enger an sie, damit sie ihn nicht vergaß. Sie streichelte sanft über sein Haar, und es machte ihm offensichtlich nichts aus, daß sie sich nicht mehr mit ihm unterhielt, denn er wußte, daß sie ihm auf ihre Art noch immer Beachtung schenkte. In genau diesem Moment blickte Melanie zum Haus hinauf und sah Pam, die hinter ihrem Schlafzimmerfenster stand und auf sie herunterblickte. Ihre Blicke kreuzten einander, und einen Augenblick später verschwand Pam. Mel fragte sich, warum sie nicht zum Swimming-pool zurückkam.

Fast schien es, als wollte sie vergessen werden. Oder vielleicht wollte sie Peter für sich allein haben und ihn weder mit ihr noch mit den beiden Jungen teilen. Sie wollte Peter gegenüber eine diesbezügliche Bemerkung machen, entschloß sich aber dann, sich nicht einzumischen. Statt dessen plauderten sie weiter, bis eine leichte Brise aufkam und ihnen kalt wurde. Es war schon nach sechs Uhr, Mel warf einen Blick auf ihre Armbanduhr und stellte fest, daß sie bald aufbrechen mußte. Es war beinahe Zeit zum Abendessen, und Peter hatte ihren Blick auf die Uhr bemerkt.

»Sie sind noch gar nicht geschwommen, Mel. Warum springen Sie nicht für eine Minute ins Wasser? Dann werden wir essen. Mrs. Hahn wird ungehalten, wenn wir zu spät kommen.« Der Tagesablauf schien so vollkommen organisiert, bis ins letzte geordnet, und Mel wußte, ohne daß man es ihr gesagt hatte, daß all das eine Einführung von Anne war, die ihren Haushalt wie ein gut geöltes Uhrwerk hatte abschnurren lassen. Das war nicht nach Mels Geschmack, aber es war überaus eindrucksvoll. Und es hatte bewirkt, daß das Familienleben auch nach ihrem Tod in gleichbleibenden Bahnen verlief, obwohl es ihnen allen wahrscheinlich gut getan hätte, einiges daran zu ändern, falls sie dazu imstande waren. Doch alte Gewohnheiten waren schwer abzulegen, besonders für Peter und Mrs. Hahn. Im nächsten Augenblick verschwanden die Kinder, und Mel hechtete mit einem eleganten Sprung ins Wasser, während ihr Peter zusah. Es war so angenehm, sie in der Nähe zu wissen, und so erfreulich, sie anzusehen. In ihm stieg Verlangen auf, während sie geschickt und mühelos durch das Wasser glitt, schließlich schwamm sie an den Beckenrand, ihr Haar war tropfnaß, ihre Augen glänzten, auf ihrem Gesicht lag ein glückliches Lächeln, das ganz allein für ihn bestimmt war. »Sie hatten recht. Es war genau die Erfrischung, die ich gebraucht habe.«

»Ich habe immer recht. Auch das Dinner hier brauchen Sie.«

Sie beschloß, vollkommen aufrichtig zu sein. »Ich hoffe, daß es den Kindern nicht allzuviel ausmacht.« Sie hatte in Pams Augen schon eine Andeutung von Eifersucht gelesen – mehr als Peter recht gewesen wäre.

»Ich glaube nicht, daß sie genau wissen, was sie von meiner Anwesenheit hier halten sollen.«

Ihre Blicke begegneten einander, er näherte sich dem Becken und setzte sich hin; er war außerstande, seine Gefühle oder seine Gedanken für sich zu behalten. »Ich auch nicht. Aber müssen wir uns schon jetzt eine endgültige Meinung bilden?« Er war jetzt über seine Worte verblüfft, und Mel machte plötzlich ein erschrockenes Gesicht.

»Peter...« Sie hatte jetzt das Gefühl, daß sie ihm mehr über sich selbst erzählen sollte, über ihre alten Wunden, ihre Angst, sich allzu sehr an einen Mann zu binden. Und doch spürten sie beide, daß mit ihnen eine merkwürdige Veränderung vor sich ging.

»Es tut mir leid. Es war unbedacht, so persönlich zu werden.«

»Ich bin nicht sicher, daß es sich darum gehandelt hat... aber... Peter...« Und während sie von ihm wegblickte, nach Worten suchte, bemerkte sie wieder Pam kurz am Fenster, die gleich darauf verschwand. »Ich will mich nicht in Ihr Leben eindrängen.« Sie zwang sich, ihm wieder ins Gesicht zu sehen.

»Warum nicht?«

Sie holte tief Atem und zog sich auf dem Beckenrand in die Höhe. Er atmete schwer, als er ihre langen schlanken Glieder und das weiße Badekostüm vor sich sah. Diesmal blickte er weg, spürte aber eine Welle der Erregung, die ihn überlief. Ihre Stimme klang beinahe zu sanft, als sie wieder sprach. »Hat es seit Anne in Ihrem Leben eine andere Frau gegeben?«

Er wußte, was sie damit meinte, und schüttelte den Kopf. »Nein. Nicht in diesem Sinn.«

»Warum sollten wir dann alle durcheinanderbringen?«

»Wer ist durcheinander?« fragte Peter erstaunt, und Mel entschloß sich, diesmal direkt zu antworten.

»Pam.«

Daraufhin seufzte Peter. »Das hat bestimmt nichts mit Ihnen zu tun, Mel. Die letzten beiden Jahre waren für sie äußerst schwierig.«

»Das verstehe ich. Aber ich lebe schließlich fünftausend Kilometer von hier entfernt, und es ist sehr wahrscheinlich, daß wir einander lange Zeit nicht wiedersehen werden. Was wir wegen des Interviews über Ihre Tätigkeit und durch Pattie erlebt haben, war für uns beide interessant. Wenn Menschen solche Gemeinsamkeiten haben, passieren eben oft merkwürdige Dinge. Es ist, als treibe man auf einem Schiff dahin, man kommt einander erstaunlich nahe. Aber morgen ist das Interview abgeschlossen, und ich fliege nach Haus.« In ihrem Blick lag ein Anflug von Betrübnis.

»Kann das Abendessen deshalb Schaden anrichten?«

Sie saß lange nachdenklich neben ihm. »Ich weiß nicht. Ich will nur nicht etwas Unüberlegtes tun.« Wieder sah sie ihm in die Augen und stellte fest, daß auch er traurig aussah. Es war verrückt. Sie mochten einander, fast zu sehr, aber welche Zukunft hatten sie?

»Ich glaube, Mel, Sie messen den Reaktionen der Kinder zuviel Bedeutung bei.« Seine Stimme klang tief und beinahe etwas unfreundlich.

»Wirklich?« Ihr Blick ließ den seinen nicht los.

»Nein. Vielleicht liegt es an mir. Ich glaube, ich mag Sie sehr, Mel.«

»Ich mag Sie auch. Das schadet nichts, solange wir uns nicht zu etwas Unvernünftigem verleiten lassen.« Doch plötzlich wünschte sie sich, sie würden über ihren Schatten springen können. Es war wirklich verrückt, neben dem Swimming-pool zu sitzen und Gedanken auszusprechen, für die es nie eine Grundlage gegeben hatte und nie geben würde, und dennoch hatte sich zwischen ihnen etwas angesponnen. Mel konnte nicht entscheiden, ob es sich nur um eine Illusion, als Folge von zwei Tagen enger Zusammenarbeit, oder ob es sich um eine wirkliche Leidenschaft handelte. Es war unmöglich, das nach so kurzer Zeit zu beurteilen, und am nächsten Tag würde sie abfliegen. Vielleicht schadete ein Dinner letzten Endes wirklich nicht, und es wurde ja von ihr erwartet, daß sie blieb.

Peter sah sie wieder an und sagte leise: »Ich freue mich, daß ich Sie in meiner Nähe habe, Mel.« Es klang so, als hätte es Matt gesagt.

»Ich auch.« Längere Zeit trennten sich ihre Blicke nicht voneinander, Mel spürte einen Schauer ihren Rücken hinauflaufen.

Peter stand auf und streckte ihr die Hand hin. Er sah fast schüchtern aus, und sie folgte ihm ins Haus, wobei sie sich beglückwünschte, daß sie sich entschlossen hatte zu bleiben. Sie ging in das Gästezimmer, zog sich um, wusch den Badeanzug aus und ging nach oben, um ihn Pam zurückzugeben; sie hatte ihr nasses Haar im Nacken zu einem Knoten zusammengefaßt, die Wimpern leicht getuscht und Lippenstift aufgelegt. Es gab nicht viele Frauen in ihrem Alter, die mit so wenig Aufwand so gut aussahen. Pam saß in ihrem Zimmer und hörte mit verträumtem Gesichtsausdruck Musik. Sie wirkte fast erschrocken, als sie sich plötzlich Mel gegenübersah, die an die offene Tür klopfte und eintrat.

»Hallo, Pam. Danke für den Badeanzug. Soll ich ihn in dein Badezimmer legen?«

»Sicherlich... okay... danke.« Sie stand auf, war wegen Mels Anwesenheit verlegen, und Mel empfand plötzlich den gleichen überwältigenden Drang, das junge Mädchen, so groß und erwachsen es wirkte, in die Arme zu schließen. Ihrem Wesen nach war es immer noch ein einsames, unglückliches kleines Mädchen.

»Das ist eine nette Kassette. Val hat sie auch.«

»Welche ist das?« fragte Pam, wieder neugierig geworden.

»Die Blondine.«

»Ist sie nett?«

Mel lachte. »Das hoffe ich. Vielleicht kommst du einmal mit deinem Dad nach dem Osten, dann könntest du beide kennenlernen.«

Pam setzte sich wieder auf das Bett. »Ich würde gern einmal nach New York fliegen, aber es ergibt sich kaum jemals, daß wir wegfahren. Dad kann seine Arbeit nicht im Stich lassen. Es gibt immer jemanden, für den er dasein muß. Außer während der zwei Wochen im Sommer, und da spielt er verrückt, wenn er das Krankenhaus verläßt, und ruft alle zwei Stunden dort an. Wir fahren immer nach Aspen.

Sie sagte es gelangweilt, und Mel beobachtete dabei ihre Augen, die wie zerbrochene Spiegel wirkten. Sie sah so aus, als brauchte sie etwas Schwung, neue Anregungen, ein wenig mehr

Freude am Leben. Mel hatte den Eindruck, daß eine Frau an dem Mädchen Wunder wirken könnte. Das Kind sehnte sich nach Anne, und wie sehr sie sich auch gegen eine neue Bezugsperson wehren mochte, sie brauchte sie dringend. Diese spröde pedantische Deutsche in der Küche konnte ihr keine Liebe geben, und Peter tat sein Bestes, aber sie brauchte weibliche Anteilnahme.

»Aspen muß doch nett sein.« Mel bemühte sich, die Schranken zwischen sich und dem Mädchen zu überwinden. Ein- oder zweimal dachte sie schon, einen Hoffnungsschimmer zu sehen, aber dann verblaßte er wieder.

»Ja, es ist soweit in Ordnung, aber es langweilt mich, immer in dem gleichen Ort Ferien zu machen.«

»Wohin würdest du statt dessen lieber fahren?«

»An die Küste... Mexiko... Europa... New York... irgendwohin, wo etwas los ist.« Sie lächelte Mel verlegen an. »Irgendwohin, wo es interessante Leute gibt, nicht nur Naturapostel und Bergwanderer.« Sie verzog das Gesicht. »Bääh.«

Mel lächelte. »Wir fahren jeden Sommer nach Marthas Vineyard. Das liegt am Strand. Es ist nicht toll, aber sehr nett. Vielleicht könntest du uns einmal dort besuchen?« Doch daraufhin sah Pam sie wieder argwöhnisch an, und bevor Mel noch weiterreden konnte, stürmte Matthew ins Zimmer.

»Raus mit dir, du Wichtigtuer!« Sie sprang schnell auf, um ihre Intimsphäre zu verteidigen.

»Du bist ein Ekel.« Matthew sah eher verärgert als verletzt aus und blickte Mel eifersüchtig an. »Dad sagt, das Dinner steht bereit, und wir sollen hinunterkommen.« Er wartete, um sie nach unten zu begleiten, und Mel hatte keine Möglichkeit mehr, mit Pam allein zu sein und ihr zu versichern, daß die Einladung nur ein freundliches Anerbieten von ihr war und kein schlimmes Omen dafür, daß sie sich zwischen ihren Vater und sie drängen würde.

Mark schloß sich ihnen auf der Treppe an, und er und Pam tauschten die ganze Zeit bissige Bemerkungen aus, während Matthew mit Mel vorauslief. Peter wartete schon im Speisezimmer; als alle das Zimmer betraten, sah Mel einen Schatten über sein Gesicht huschen, doch er zog rasch vorbei. Es mußte die Erinnerung an einen vertrauten Anblick gewesen sein, den er lange nicht mehr erlebt hatte.

»Haben sie Sie oben als Geisel festgehalten? Das hatte ich nämlich befürchtet.«

»Nein. Ich unterhielt mich nur mit Pam.«

Er schien sich darüber zu freuen, alle nahmen ihre Plätze ein, während Mel zögerte und nicht ganz sicher war, wo sie sich setzen sollte. Peter zog schnell den Stuhl zu seiner Rechten unter dem Tisch hervor, worauf Pam schockiert dreinsah und sich halb vom Stuhl erhob. Sie saß am anderen Ende des Tisches, Peter gegenüber, die beiden Jungen auf einer Seite. »Das ist...«

»Schon gut!« Seine Stimme klang bestimmt, und Mel wußte sofort, was er angerichtet hatte. Er hatte sie auf dem Stuhl seiner verstorbenen Frau Platz nehmen lassen, und sie wünschte, er hätte es unterlassen. Es entstand eine lange, drückende Stille im Zimmer, und Mrs. Hahn erstarrte, als sie hereinkam, während Mel Peter flehentlich ansah. »Es ist schon so in Ordnung, Mel.« Er schaute sie beruhigend an und warf einen Blick in die Runde, dann setzte die Unterhaltung wieder ein. Gleich darauf war das Speisezimmer von dem üblichen Lärm erfüllt, und alle begannen Mrs. Hahns kalte Brunnenkressesuppe zu löffeln.

Der weitere Verlauf des Dinners war angenehm. Peter hatte bei der Platzverteilung richtig entschieden. Es war unnötig, daraus eine Staatsaffäre zu machen. Er und Mel tranken, als sie die Mahlzeit beendet hatten, in seinem Arbeitszimmer Kaffee, die Kinder gingen nach oben, und Mel sah sie erst wieder, als sie sich zum Weggehen anschickte. Pam schüttelte ihr förmlich die Hand, sie war deutlich erleichtert, weil Mel wieder aus ihrem Leben verschwand. Mark bat sie um ein Autogramm, Matthew legte ihr die Arme um den Hals und bat sie zu bleiben.

»Ich kann leider nicht. Aber ich verspreche dir, daß ich dir aus New York eine Ansichtskarte schicke.«

Seine Augen füllten sich mit Tränen. »Das ist nicht das gleiche.«

Er hatte recht, aber mehr konnte sie nicht tun. Sie hielt ihn lang umschlungen, dann küßte sie ihn sanft auf die Wange und streichelte über sein Haar.

»Vielleicht wirst du mich einmal in New York besuchen.« Als er ihr in die Augen sah, wußten sie beide, daß es wahrscheinlich lange nicht dazu kommen würde, wenn überhaupt, und er tat ihr schrecklich leid. Als sie schließlich abfuhren, winkte Matthew weiter, während der Wagen den Häuserblock entlangfuhr. Mel war den Tränen nahe. »Ich fühle mich so unwohl, weil ich ihn verlasse.« Sie sah Peter an, er war gerührt über die Zärtlichkeit, die er in ihren Augen las, und tätschelte ihre Hand. Es war das erste Mal, daß er sie zärtlich berührte, und er spürte, wie die Erregung seinen Arm elektrisierte. Er zog die Hand rasch zurück, während sie aus dem Fenster blickte. »Was für ein prima Kind er ist... sie alle...« Sogar Pam. Sie mochte sie alle und fühlte mit ihnen. Sie seufzte leise. »Ich bin froh, daß ich zum Abendessen geblieben bin.«

»Ich auch. Sie haben uns allen gutgetan. Wir hatten seit Jahren keine so harmonische Mahlzeit wie diese.« Auch ihr war es bewußt. Sie hatten in einer Gruft gelebt, und wieder dachte sie daran, daß er das Haus verkaufen sollte; sie wagte aber nicht, es ihm vorzuschlagen, sondern wandte sich an ihn und dachte wieder an seine Kinder.

»Ich danke Ihnen, daß Sie mich heute nachmittag zu sich eingeladen haben.«

»Ich bin froh, daß Sie die Einladung angenommen haben.«
»Auch ich bin froh.«

Sie kamen viel zu schnell beim Parkplatz des Krankenhauses an und standen verlegen vor ihrem Wagen, nach Worten suchend. »Ich danke Ihnen, Peter. Die Zeit, die ich mit Ihnen verbrachte, war wunderbar.« Sie nahm sich vor, am nächsten Tag Blumen zu schicken und vielleicht ein kleines Geschenk speziell für die Kinder, falls sie Zeit hatte, vor ihrem Abflug noch einzukaufen. Sie mußte auch noch ein Mitbringsel für die Zwillinge kaufen.

»Ich bin Ihnen Dank schuldig, Mel.« Er blickte ihr lange in die Augen, dann schüttelte er ihr die Hand. »Dann also auf Wiedersehen morgen.« Sie würde vor ihrem Abflug noch eine kurze Passage mit Pattie Lou drehen, ihre letzte Möglichkeit, mit ihm zusammenzukommen. Er begleitete sie zu ihrem Wagen, dort standen sie noch einen Augenblick, bevor sie einstieg.

»Ich danke Ihnen nochmals.«

»Gute Nacht, Mel.« Er ging ins Krankenhaus, um noch einen Blick auf Pattie zu werfen.

7

Am nächsten Tag verlief das kurze Filmen von Pattie Lou in der Intensivstation glatt. Trotz der Operation und der Sonden sah sie bereits wesentlich gesünder aus als vorher, und Melanie war überrascht. Vielleicht waren Transplantationen doch eine Wunderkur, und sie dachte nicht darüber nach, wie lang dieser Zustand anhalten würde. Sogar wenn es ihr nur für einige Jahre Erleichterung verschaffte, war es besser als ein paar Tage des Leidens. Mit Pattie Lou als lebendem Beweis seines Könnens hatte Peter Hallam sich vollkommen Mels Herz erobert.

Sie sah ihn, kurz nachdem sie Pattie Lou verließ, noch einmal im Vestibül. Das Team war schon gegangen, und sie war im Begriff, sich von Pearl zu verabschieden. Sie mußte sich noch im Hotel abmelden und hatte in Beverly Hills einiges zu besorgen, darunter ein Geschenk, das sie den Mädchen mitbringen wollte. Mel brachte ihnen möglichst immer etwas von ihren Reisen mit. Es war eine Art Tradition, die sich im Lauf der Jahre ergeben hatte. Sie würde sich also jetzt eine Stunde Zeit nehmen, um auf dem Rodeo Drive einzukaufen.

»Hallo.« Er sah gut und erholt aus, als ob er den ganzen Tag noch nicht gearbeitet hätte. »Was haben Sie heute vor?«

»Abschied nehmen. Ich war eben bei Pattie Lou. Sie sieht glänzend aus.«

»Ja, das stimmt.« Er strahlte. »Ich habe sie heute morgen auch besucht.« Eigentlich hatte er zweimal bei ihr hineingesehen, aber das erwähnte er nicht. Er wollte in ihr nicht die Befürchtung wecken, daß es zu einer Komplikation gekommen war.

»Ich wollte Sie heute nachmittag anrufen, um Ihnen für das Dinner gestern abend zu danken. Ich habe mich bei Ihnen sehr wohlgefühlt.« Sie forschte unmerklich in seinen Augen und fragte sich, was sie in ihnen lesen würde.

»Die Kinder haben sich gefreut, Sie kennenzulernen, Mel.«

»Es war auch nett, ihnen zu begegnen.« Aber sie hätte gern gewußt, ob es mit Pam vielleicht einen Auftritt gegeben hatte, als er wieder nach Haus gekommen war.

Dann bemerkte sie, daß er sie gedankenvoll betrachtete, und fragte sich, ob er etwas auf dem Herzen hatte. Er schien zu zögern, dann fragte er: »Sind Sie in Eile?«

»Eigentlich nicht. Mein Flug geht heute abend um zehn Uhr.« Sie erwähnte ihren geplanten Geschenkkauf für die Mädchen auf dem Rodeo Drive nicht, das wirkte in dieser Umgebung viel zu nebensächlich angesichts des Kampfes um Menschenleben. »Warum?«

»Ich fragte mich, ob Sie wieder einen kurzen Besuch bei Marie Dupret machen würden.« Sie merkte, daß ihm das Mädchen schon ans Herz gewachsen war. Sie war sein neuester kranker Schützling.

»Wie geht es ihr heute?« Mel sah ihm in die Augen und wunderte sich, daß ein Mann sich so viel Sorgen machen konnte. Das war eindeutig aus seiner Mimik und seinen Worten herauszulesen.

»Ziemlich unverändert. Es wird aber immer dringender, daß wir einen Organspender für sie finden.«

»Hoffentlich haben Sie dabei Glück.« Wieder bedrückte sie der Gedanke an den allgegenwärtigen Tod, während sie Peter zu Maries Zimmer folgte.

Das Mädchen wirkte bleicher und schwächer als am Vortag, und Peter setzte sich ruhig zu ihr und sprach mit ihr auf freundschaftliche Art, ohne auf alle anderen im Zimmer anwesenden Personen zu achten. Man gewann den Eindruck, daß es eine starke persönliche Bindung zwischen ihnen gab, und nur den Bruchteil eines Augenblicks fragte sich Mel, ob er sich vielleicht zu ihr hingezogen fühlte. Aber sein Verhalten Marie gegenüber hatte nichts Leidenschaftliches an sich, er war nur sehr um sie besorgt, und man hatte das Gefühl, daß sie einander seit Jahren kannten, was natürlich nicht der Fall war. Es war ein bemerkenswertes Beispiel eines ungewöhnlichen seelischen Gleichklangs zwischen zwei Menschen. Nach kurzer Zeit schien Marie ruhiger zu sein als zu Beginn und blickte zu Mel hinüber.

»Ich danke Ihnen, daß Sie mich wieder besuchen, Miß Adams.« Sie sah so schwach und blaß aus, man hatte das Gefühl, daß sie ohne die dringend nötige Operation nicht mehr am Leben bleiben würde. Ihr Zustand schien sich seit dem Vortag verschlechtert zu haben, es versetzte Mel einen Stich ins Herz, als sie ans Bett der jungen Frau trat.

»Ich fliege heute abend zurück nach New York, Marie. Aber ich freue mich darauf, gute Nachrichten über Sie zu bekommen.«

Die junge, durchscheinend blasse Frau sagte lange Zeit kein Wort, dann lächelte sie fast traurig. »Ich danke Ihnen.« Dann ließ sie sich, während Peter sie beobachtete, von ihrer Angst überwältigen, und zwei Tränen liefen ihr über die Wangen. »Ich weiß nicht, ob sich rechtzeitig ein Organspender findet.«

Peter trat wieder näher. »Dann werden Sie eben noch ein wenig bei uns bleiben müssen, nicht wahr?« Seine Augen waren beinahe hypnotisch auf dieses Mädchen gerichtet, so daß man fast den Eindruck hatte, er wolle mit seinem Willen erzwingen, daß sie am Leben blieb, und Mel glaubte die kraftvolle Verbindung zu spüren, die zwischen ihnen bestand.

»Es wird bestimmt gutgehen.« Melanie berührte Maries Hand und war erschrocken, wie kalt sie war. Bei dem Mädchen hatte die Blutzirkulation beinahe völlig ausgesetzt, was ihre bläuliche Blässe verursachte. »Ich weiß, es wird gelingen.«

Die Kranke sah daraufhin Mel an und schien fast zu schwach zu sein, um sich zu bewegen. »Wirklich?« Melanie nickte und kämpfte gegen ihre Tränen an. Sie hatte das schreckliche Gefühl, daß das Mädchen nicht solange durchhalten würde, und sie betete im stillen für sie, als sie das Zimmer verließen. Im Vestibül sah sie Peter besorgt an.

»Kann sie durchhalten, bis Sie operieren können?« Mel bezweifelte es jetzt, und auch Peter schien unsicher zu sein. Plötzlich wirkte er durch die große Anspannung erschöpft, das war nicht typisch für ihn.

»Ich hoffe es. Alles hängt davon ab, wie bald wir einen Organspender finden.« Melanie stellte die naheliegende Frage nicht:

»Und wenn nicht?«, weil sich die Antwort darauf aus dem Allgemeinzustand der Patientin zwangsläufig ergab. Sie war das schwächste, zarteste Mädchen, das Melanie je gesehen hatte, und es war allein schon ein Wunder, daß Marie überhaupt noch am Leben war. »Ich hoffe, daß sie es durchsteht.«

Peter sah sie aufmerksam an, dann nickte er. »Ich auch. Manchmal sind gefühlsbedingte Motivationen sehr hilfreich. Ich werde später wiederkommen und nach ihr sehen, und die Schwestern beobachten sie ebenfalls sehr genau, nicht nur über die Monitoren. Das Problem besteht darin, daß sie weder Familie noch andere Verwandte hat. Manchmal mangelt es so alleinstehenden Menschen an dem festen Willen, am Leben festzuhalten. Wir müssen ihnen diesen Lebenswillen so gut wie möglich einimpfen. Aber die Entscheidung hängt nicht allein von mir ab.« War es also Maries Entscheidung? Mußte dieses zarte Mädchen aus eigener Kraft den Willen zum Leben aufbringen? Es schien, als wäre das Mädchen mit der Mobilisierung ihres Überlebenswillens überfordert, und Melanie schwieg, während sie Peter fast schluchzend zur Schwesternstation folgte. Sie hatte keinen Grund mehr, sich im Krankenhaus aufzuhalten. Peter hatte zu tun, und sie mußte weiter, wie schwer es ihr auch fiel. Eigentlich wollte sie jetzt dort bleiben, Pattie Lou beobachten, mit Pearl sprechen, für Marie beten, die anderen Patienten besuchen, die sie kennengelernt hatte. Aber ihr hauptsächliches Motiv war keiner von den Kranken, das ahnte sie jetzt. Es war Peter selbst. Sie wollte ihn um keinen Preis verlassen. Das schien auch er deutlich zu spüren. Er verließ die Schwestern und die Krankengeschichten und trat zu ihr.

»Ich werde Sie ins Foyer bringen, Mel.«

»Danke.« Sie lehnte nicht ab. Sie wollte mit ihm allein sein, war sich aber ihrer Beweggründe nicht sicher. Vielleicht war es seine Art, die ihr so gefallen hatte, sein Eingehen auf die Patienten, seine Herzlichkeit, doch sie wußte, daß es im wesentlichen ein tieferes Gefühl war. Der Mann zog sie ungewöhnlich an, aber hatte es einen Sinn, sich enger zu binden? Sie lebte in New York, und er in Los Angeles. Würde es etwas ändern, wenn sie in derselben Stadt lebten? Sie war sich dessen nicht sicher, als er sie zu ihrem Wagen auf dem Parkplatz begleitet hatte, und sie wandte sich ihm wieder zu. »Ich danke Ihnen für alles.«

»Wofür?« Er lächelte freundlich.

»Für die Rettung von Pattie Lous Leben.«

»Das tat ich für Pattie Lou, nicht für Sie.«

»Dann für alles übrige, für Ihr Interesse, Ihre Zeit, Ihre Mitarbeit, das Dinner, den Lunch...« Plötzlich fehlten ihr die Worte, und er lachte belustigt.

»Wollen Sie noch etwas hinzufügen? Kaffee in der Halle?«

»Schon gut, schon gut...« Sie lächelte, und er ergriff ihre Hand.

»Ich sollte Ihnen danken, Mel. Sie haben mir viel mehr gegeben. Sie sind die erste Person seit zwei Jahren, der gegenüber ich aus mir herausgegangen bin. Dafür danke ich Ihnen.« Und dann, ehe sie antworten konnte. »Dürfte ich Sie einmal in New York anrufen, oder fänden Sie das aufdringlich?«

»Keineswegs. Ich würde mich sogar sehr freuen.« Ihr Herz klopfte heftig, und sie fühlte sich wie ein ganz junges Mädchen.

»Dann werde ich Sie anrufen. Ich wünsche Ihnen noch einen guten Heimflug.«

Er drückte ihr die Hand, dann drehte er sich um, winkte noch einmal und war verschwunden. So rasch und glatt ging das. Während sie zum Rodeo Drive fuhr, konnte sie den Gedanken daran nicht loswerden, ob sie ihn jemals wiedersehen würde.

8

Während Mel an diesem Nachmittag ihre Einkäufe erledigte, stellte sie fest, daß sie Peter Hallam immer wieder aus ihrem Gedächtnis verdrängen mußte. Es war nicht vernünftig, daß sie so viel an ihn dachte. Was bedeutete er schließlich für sie? Ein interessanter Mann, ein interessantes Thema für ein Interview, mehr nicht, wie anziehend er auch sein mochte. Sie versuchte, nur an Val und Jess zu denken, und plötzlich drängte Peter sich wieder dazwischen. Sie beschäftigte sich noch mit ihm, als sie um acht Uhr ihre Reisetasche in ein Taxi stellte und zum Flughafen fuhr. Plötzlich sah sie vor ihrem geistigen Auge kristallklar Pam, ein bekümmertes, einsames, untröstliches Mädchen.

»Scheiße«, murmelte sie laut, und der Fahrer warf ihr einen erstaunten Blick zu.

»Etwas nicht in Ordnung?«

Sie mußte über sich lachen und schüttelte den Kopf. »Verzeihen Sie, ich war mit meinen Gedanken weit weg.«

Er nickte verblüfft. Er hatte den Ausruf schon oft gehört, aber alles, was ihn wirklich interessierte, war ein anständiges Trinkgeld, und das gab sie ihm. Mehr brauchte er nicht.

Im Flughafen gab sie ihre Reisetasche beim Schalter auf, checkte sich ein, kaufte drei Illustrierte und setzte sich in die Nähe des Ausgangs, um auf den Aufruf zu ihrem Flug zu warten. Es war schon neun Uhr, und in zwanzig Minuten würde sie an Bord gehen. Sie sah sich um und stellte fest, daß die Maschine voll sein würde, da sie aber wie gewöhnlich erster Klasse flog, würde es wahrscheinlich nicht allzu schlimm werden. Sie blätterte die Magazine durch und wartete darauf, daß ihr Flug aufgerufen wurde, wobei sie mit einem Ohr auf die Flugnummer horchte. Es war der letzte Flug des Tages nach New York, den man scherzhaft »Rotes Auge« nannte, denn am nächsten Morgen um sechs Uhr kamen die Passagiere rotäugig und erschöpft an, aber man verlor wenigstens keinen ganzen Tag.

Während sie auf die Durchsagen hörte, schreckte sie plötzlich zusammen. Sie glaubte ihren Namen verstanden zu haben, sagte sich aber, sie müsse sich geirrt haben. Dann kam ihr Flug an die Reihe, und sie wartete den ersten Ansturm von Passagieren ab, um an Bord zu gehen, dann nahm sie ihren Aktenkoffer und die Handtasche, stellte sich mit ihrem Ticket und ihrer Bordkarte in der Hand an und hörte im Lautsprecher wieder ihren Namen. Doch diesmal war sie sicher, daß es keine Einbildung war.

»Melanie Adams, bitte kommen Sie zum weißen Kundentelefon... Melanie Adams... weißes Kundentelefon bitte... Melanie Adams...« Sie warf einen Blick auf die Uhr, um zu sehen, wieviel Zeit ihr noch blieb, dann stürzte sie zu dem weißen Telefon an der gegenüberliegenden Wand, nahm den Hörer ab und meldete sich bei der Telefonistin.

»Hallo, hier spricht Melanie Adams. Ich glaube, Sie haben mich ausgerufen.« Sie stellte ihre Tasche auf den Boden neben ihre Füße und horchte aufmerksam.

»Ein Dr. Peter Hallam hat Sie gesucht. Sie möchten bitte sofort zurückrufen, wenn es Ihnen möglich ist.« Dann gab sie Mel seine Privatnummer. Sie wiederholte sie immer wieder, während sie zur nächsten Telefonzelle rannte, in ihrer Handtasche nach einem Zehncentstück suchte und die große Wanduhr im Auge behielt. Sie hatte noch genau fünf Minuten Zeit, um an Bord ihrer Maschine zu kommen, sie durfte sie auf keinen Fall verpassen. Sie mußte am nächsten Morgen in New York sein. Sie steckte das Geldstück in den Schlitz des Telefons und wählte die Nummer.

»Hallo?« Ihr Herz klopfte, als er sich meldete. »Hier Mel. Ich habe bis zum Abflug nur ein paar Minuten Zeit.«

»Ich habe auch nicht mehr Zeit.« Seine Stimme klang überdeutlich. »Wir haben soeben einen Organspender für Marie Dupret bekommen. Ich fahre jetzt ins Krankenhaus. Ich wollte es Ihnen nur mitteilen, falls Sie vielleicht doch noch hierbleiben wollen.« Ihre Gedanken rasten, während sie ihm zuhörte, und sie war nur den Bruchteil einer Sekunde lang enttäuscht. Sie hatte gedacht, er habe angerufen, um sich noch einmal von ihr zu verabschieden, doch nun war sie sehr aufgeregt, als sie an die Transplantation dachte. Jetzt hatte Marie eine Chance. Sie hatten ein Herz für sie gefunden! »Ich wußte nicht, ob das ein ausreichender Grund ist, Ihre Pläne zu ändern, wollte es Ihnen aber für alle Fälle mitteilen. Ich war nicht einmal sicher, mit welcher Fluglinie Sie fliegen, und habe einfach geraten.« Er hatte richtig geraten.

»Sie haben mich gerade noch erreicht.« Dann runzelte sie die Stirn. »Könnten wir die Transplantation filmen?« Das würde eine sensationelle Ergänzung der Story sein und würde einen weiteren Tag in Los Angeles rechtfertigen.

Es folgte eine lange Pause. »In Ordnung. Können Sie das Kamerateam sofort ins Krankenhaus beordern?«

»Ich kann es versuchen. Ich muß aber von New York das Okay erhalten, länger zu bleiben.« Die Zeit, die sie brauchte, um anzurufen, konnte sie den Flug kosten. »Ich weiß nicht, was ich erreichen kann. Auf jeden Fall werde ich Ihnen eine Nachricht hinterlassen.«

»Ausgezeichnet. Ich muß jetzt fahren. Bis später.« Er sprach geschäftsmäßig und kurz angebunden und legte ohne ein weiteres Wort auf, während Melanie noch einen Augenblick in der Telefonzelle stehenblieb, um ihre Gedanken zu sammeln. Als erstes mußte sie an der Sperre mit dem Boden-Steward reden. Das hatte sie schon früher gemacht, und mit etwas Glück würde er den Abflug um fünf oder zehn Minuten hinausschieben, so daß sie Zeit hatte, New York anzurufen. Sie hoffte nur, daß sie in New York einen ihrer Vorgesetzten erreichen konnte, um das Okay zu erhalten. Sie griff nach Aktenkoffer und Handtasche und lief zu der Sperre, wo sie eine Stewardeß fand, der sie erklärte, wer sie war, und die Pressekarte der Sendergruppe zeigte.

»Können Sie meinen Flug zehn Minuten zurückhalten? Ich muß meinen Sender in New York wegen einer großen Sache anrufen.« Die Stewardeß war nicht sonderlich begeistert, aber Leuten von Mels Rang erwiesen die Fluggesellschaften oft besondere Gefälligkeiten, indem sie für sie Plätze in eigentlich ausgebuchten Flügen auftrieben, sogar wenn sie dafür einen ahnungslosen Passagier von der Liste streichen mußten oder einen Flug knapp vor dem Start zurückhielten wie in diesem Fall.

»Ich gebe Ihnen zehn Minuten Zeit, aber nicht mehr.« Es kostete die Fluglinien ein Vermögen, solche Ausnahmen zu machen und den Abflug zu verzögern. Sie wandte sich von Mel ab und sprach in das kleine Funkgerät, während Mel zum Telefon zurückrannte und den Anruf anmeldete. Man verband sie sofort mit der Nachrichtenzentrale, aber es dauerte vier kostbare Minuten, bis man einen stellvertretenden Produktionsleiter und einen Chefredakteur herbeiholte, die mit Mel verhandelten.

»Was ist los?«

»Eine großartige Gelegenheit. Einer meiner Interviewpartner war eine Patientin, die auf eine Transplantation wartet. Ich wurde eben von Hallam angerufen. Sie haben einen Organspender gefunden und werden sie jetzt operieren. Kann ich hierbleiben und mit einem Kamerateam ins Center-City-Krankenhaus fahren, um die Operation zu filmen?« Sie war atemlos vor Aufregung und weil sie zum Telefon gelaufen war.

»Haben Sie ihn noch nicht im Operationssaal gefilmt?«

»Nein.« Sie hielt den Atem an, denn sie wußte, das konnte der entscheidende Punkt sein.

»Dann bleiben Sie. Aber morgen abend müssen Sie zurückkommen!«

»Ja, Sir.« Sie grinste, während sie auflegte und zur Sperre zurückhastete.

Sie teilte der Stewardeß mit, daß sie nicht flog, dann rief sie die lokale Sendestation an und forderte ein Kamerateam an. Danach lief sie hinaus zu einem Taxi und hoffte nur, daß die Fluglinie ihre Reisetasche in New York aufbewahren würde, wie ihr versprochen worden war.

Als sie im Krankenhaus ankam, erwartete das Kamerateam sie im Vestibül, und sie fuhren sofort hinauf zum Operationssaal. Alle mußten sich schrubben, Masken und Mäntel überziehen, und man wies ihnen eine winzige Ecke in dem Raum zu, in der sie ihre Ausrüstung unterbringen mußten. Mel bestand energisch darauf, daß sie die für den OP geltenden Vorschriften einhielten, denn sie war Peter dankbar, daß er sie überhaupt dort arbeiten ließ, und wollte sein Entgegenkommen nicht mißbrauchen.

Schließlich erschien Marie, sie wurde auf einer Trage mit hochgezogenem Geländer in den Raum gerollt, hatte die Augen geschlossen und war totenbleich. Sie rührte sich überhaupt nicht, bis Peter in Maske und Mantel hereinkam und beruhigend auf sie einsprach. Er schien Mel gar nicht zu bemerken, obwohl er einmal einen Blick auf das Kamerateam warf und mit ihrem Standort zufrieden zu sein schien. Dann geriet alles in Bewegung, während Mel fasziniert zusah.

Peter blickte ständig auf die Monitoren und erteilte seinem Team laufend Anweisungen. Sie bewegten sich in vollkommener Übereinstimmung wie ein präzise einstudiertes Ballett, während ihm Instrumente von einem riesigen Tablett zugereicht wurden.

Melanie schaute weg, als Peter den ersten Schnitt machte, doch dann war sie gebannt von dem Geschehen und sah Stunde um Stunde zu, während sie still für Maries Leben betete und das Ärzteteam unermüdlich arbeitete, um ihr sterbendes Herz durch das neue der jungen Frau zu ersetzen, die nur Stunden zuvor gestorben war. Es war faszinierend, wie sie das alte Herz aus Maries Brust nahmen und es auf ein Tablett legten, und Melanie schnappte nicht einmal nach Luft, als sie das neue in die Höhlung des Brustkorbes senkten; Herzklappen, Arterien und Venen wurden angeschlossen, während sich die Hände unermüdlich über der Brust der Frau bewegten; Melanie hielt den Atem an, denn plötzlich erwachten die Monitoren wieder zum Leben, das Geräusch des Herzschlags dröhnte im Raum wie eine Trommel, und das Operationsteam jubelte laut. Es war wirklich erstaunlich. Das seit dem Tod der Organspenderin erschlaffte Herz erwachte in Maries Körper wieder zum Leben.

Die Operation dauerte danach noch zwei Stunden, und endlich wurde die letzte Naht geschlossen, Peter trat zurück, sein Kittel war schweißnaß, seine Arme schmerzten, und er beobachtete Marie gespannt, während man ihr Bett wieder aus dem Raum in eine Zelle in der Nähe rollte, wo sie mehrere Stunden lang beobachtet werden würde. Er würde sich während der nächsten sechs oder acht Stunden selbst in der Nähe aufhalten, um sich zu vergewissern, daß es keine Komplikationen gab, doch im Augenblick schien alles unter Kontrolle zu sein, und er ging hinaus in den Korridor, wo er tief Luft holte. Melanie folgte ihm. Es war ein außerordentliches Erlebnis gewesen, ihm bei der Arbeit zuzuschauen, und sie war ihm für seinen Anruf zutiefst dankbar. Er plauderte kurz mit seinen Mitarbeitern, immer noch in Mütze und Mantel, die Maske hatte er auf einen Tisch gelegt, und Mel unterhielt sich mit dem Kamerateam. Sie waren bereit, heimzufahren, und ungeheuer beeindruckt von dem medizinischen Wunder, das sie miterlebt hatten.

»Mein Gott, ist der Mann gut.« Der Kameramann zog den blauen Kittel aus und zündete sich eine Zigarette an. Plötzlich fragte er sich, ob das vernünftig war, aber er konnte nur an das Unglaubliche denken, das sie im Film festgehalten hatten, die sich unaufhörlich bewegenden Hände, die paarweise arbeiteten, manchmal mehrere gleichzeitig, die kleine Gewebeteilchen ergriffen und Venen versorgten, die kaum stärker waren als ein Haar. »Da beginnt man wirklich, an Wunder zu glauben, wenn man so etwas sieht.« Er blickte Mel beeindruckt an und schüttelte ihr die Hand. »Es war interessant, mit Ihnen zu arbeiten.«

»Ich danke Ihnen, daß Sie so schnell hierher kamen.« Sie lächelte, und sie sprachen ein paar Notizen durch. Er versicherte ihr, er würde den Film am nächsten Tag in New York abliefern, um ihn an den ersten Teil anzufügen, dann entfernte er sich mit seinem Team, und sie kleidete sich um. Zu ihrer Überraschung tauchte Peter im Straßenanzug auf. Sie hatte irgendwie angenommen, daß er in Operationskleidung dort bleiben würde, wußte aber nicht, warum sie auf diese Idee gekommen war. Es war jedenfalls merkwürdig, ihn in der Kleidung eines gewöhnlichen Sterblichen wiederzusehen. »Wie steht es mit ihr?« fragte sie ihn, als sie zusammen ins Vestibül hinausgingen. Es war, als hätte sie nie wegfahren wollen, und tief in ihrem Inneren saß die Freude, ihn wiederzusehen.

»Bis jetzt verläuft alles normal. Die nächsten vierundzwanzig Stunden werden für sie entscheidend sein. Wir können nur abwarten, wie sie sich hält. Sie war schrecklich schwach, als wir anfingen. Haben Sie dieses Herz gesehen? Es war hart wie ein Stück Stein, es besaß überhaupt keine Kontraktionsfähigkeit mehr. Ich glaube nicht, daß sie auch nur noch vierundzwanzig Stunden durchgehalten hätte. Sie hatte verdammtes Glück, daß wir diese Organspenderin rechtzeitig bekamen.« »Organspender« ... Organspender ... kein Gesicht ... kein Name ... keine Vergangenheit ... einfach »Organspender«, ein anonymes Herz in einem Körper, den man kannte, mit dem Gesicht von Marie. Es bereitete ihr noch immer Schwierigkeiten, damit fertig zu werden. Sogar nachdem sie die vier Stunden dauernde Operation verfolgt hatte. Mel blickte auf die Uhr und staunte, daß es schon weit nach sechs Uhr war; als sie hinausblickte, sah sie, daß die Sonne inzwischen aufgegangen war. Die lange Nacht war vorüber, und Marie war noch am Leben. »Sie müssen todmüde sein.« Er sah sie prüfend an und bemerkte die dunklen Schatten unter ihren Augen. »Wenn man nur dabeisteht und zusieht, nimmt es einen weit mehr her, als wenn man selbst operiert.«

»Das bezweifle ich.« Sie gähnte unwillkürlich und fragte sich, wie sich Marie fühlen würde, wenn sie aus der Narkose aufwachte. Das war das Schlimmste. Melanie bedauerte sie. Sie würde jetzt noch eine Menge durchzustehen haben, sogar mehr, als sie vorher erduldet hatte. Sie mußte Medikamente einnehmen, sie mußte gegen die Abstoßungsreaktion ihres Körpers und gegen Infektionen kämpfen, und sie mußte die Schmerzen der Operationswunden ertragen. Mel schauderte es bei dem Gedanken; Peter merkte, daß sie blaß wurde, und verfrachtete sie ohne weitere Umstände in einen Stuhl. Er hatte die Anzeichen dafür schon früher kommen sehen, noch bevor Mel selbst merkte, daß sie ohnmächtig wurde. Er drückte ihren Kopf mit seinen kräftigen Händen nach unten zu den Knien, und Mel war zu überrascht, um ein Wort herauszubringen.

»Atmen Sie langsam, tief ein und durch den Mund aus.« Sie wollte noch eine vorwitzige Bemerkung machen, stellte jedoch plötzlich fest, daß ihr so schlecht war, daß sie nicht sprechen konnte, und als sie sich wieder erholt hatte, sah sie ihn verwundert an.

»Ich habe nicht einmal gespürt, daß mir schlecht wird.«

»Offensichtlich nicht, meine Liebe, aber Sie bekamen etwa eine Minute lang einen interessant grünen Teint. Sie müssen unten etwas essen, dann fahren Sie zurück in Ihr Hotel und legen sich schlafen.« Da fiel ihm ein, daß sie aus dem Hotel ausgezogen war und kein Zimmer mehr hatte, und er hatte eine Idee. »Warum fahren Sie nicht zu mir nach Haus? Mrs. Hahn kann Sie im Gästezimmer unterbringen, und die Kinder werden gar nicht wissen, daß Sie dort sind.« Er sah auf seine Uhr, es war ein paar Minuten vor sieben. »Ich rufe sie an.«

»Nein, tun Sie das nicht, ich kann wieder in mein Hotel fahren.«

»Unsinn. Warum sollten Sie sich Umstände machen, wenn Sie bei mir zu Haus schlafen können? Den ganzen Tag über wird Sie niemand stören.« Es war ein großzügiges Angebot, aber sie war nicht sicher, ob sie es annehmen sollte. Doch als sie aufstand, war sie zu müde, um zu widersprechen oder auch nur das Hotel anzurufen, um ein Zimmer zu bestellen. Und während er zu einem Tisch ging und einen Telefonhörer abhob, sah sie ihm zu wie ein willenloses Kind. Er kam zu ihr zurück, sah ebenso frisch aus wie am vergangenen Morgen, obwohl auch er in dieser Nacht nicht geschlafen hatte, aber er schien daran gewöhnt zu sein und war angeregt durch seinen Erfolg. »Mrs. Hahn wird Sie erwarten. Die Kinder werden erst um acht aufstehen, nur Mark ist jetzt schon weg.« Er sah sich um, sprach rasch mit einer Schwester und kam dann zu Mel zurück. »Marie geht es ausgezeichnet, ich werde Sie hinunterbegleiten und Sie selbst in ein Taxi setzen, dann komme ich hierher zurück, um mir Marie anzusehen.«

»Sie brauchen wirklich nicht... es ist lächerlich...« Das war es auch, sie hatte Reportagen von Massenmorden und Straßenschlachten gemacht, aber jetzt hatte sie plötzlich das Gefühl, daß sich ihr ganzer Körper auflöste, und war dankbar für seinen kräftigen Arm, auf den sie sich stützte, als er sie nach unten führte. »Anscheinend werde ich alt.« Sie lächelte kläglich, während sie auf das Taxi wartete. »Ich dürfte nicht so müde sein.«

»Die Spannung läßt nach. So geht es uns allen. Es hat mich nur noch nicht erwischt.«

»Was tun Sie dann?«

»Ich bleibe in der Nähe und schlafe hier, wenn ich kann, ein paar Stunden. Gestern abend, nachdem ich Sie angerufen hatte, habe ich mit meiner Sekretärin telefoniert, sie wird alle meine Verabredungen für heute absagen. Heute vormittag wird jemand vom Team mich vertreten, und ich werde am Nachmittag die Visite machen.« Sie wußte, daß er jetzt todmüde sein mußte, obwohl man es ihm nicht ansah. Er war ebenso dynamisch und lebendig wie vor Stunden. Er sah sie freundlich an, während er sie ins Taxi setzte. »Wann fliegen Sie nach New York zurück?«

»Ich muß heute abend abreisen. Sie wollen mich keinen Tag länger hierbleiben lassen.«

Er nickte zufrieden, daß er sie am Abend zuvor erreicht hatte. »Es wird sowieso nichts mehr für Sie zu filmen geben, Mel. Von nun an beobachten wir, jonglieren mit der Dosierung der Medikamente, bis wir einen Punkt erreichen, den die Patientin vertragen kann. Sie haben in der letzten Nacht alles gesehen, was es zu sehen gibt.« Sie schaute ihm wieder in die Augen.

»Ich danke Ihnen, daß Sie uns erlaubt haben, dabei zu sein.«

»Es war gut, Sie in der Nähe zu haben. Fahren Sie jetzt und legen Sie sich schlafen.« Er gab dem Fahrer seine Adresse und schloß die Tür. Der Wagen tauchte im Verkehr von Los Angeles unter und verschwand in Richtung Bel-Air. Während er ihr nachsah, war er plötzlich dankbar dafür, daß sie noch da war und daß er sie in wenigen Stunden wiedersehen würde. Er war sich über seine Gefühle ebenso im unklaren, wie Mel über sich die ihren. Aber er empfand etwas für sie. Das war sicher.

9

In dem Haus in Bel-Air stand Mrs. Hahn am Fenster und erwartete Mel, begrüßte sie knapp und führte sie hinauf ins Gästezimmer. Mel dankte ihr und sah sich um, sie war hungrig und erschöpft und sehnte sich nach einem warmen Bad, war aber zu müde, um sich damit zu befassen. Sie ließ Aktenkoffer und Handtasche neben das Bett fallen und fragte sich, ob sie ihr Reisegepäck in New York wiederbekommen würde, doch im Augenblick war es ihr wirklich gleichgültig. Sie legte sich angekleidet auf das Bett, dachte an Peter und Marie und war im Begriff einzuschlafen; in diesem Augenblick hörte sie ein leises Klopfen an der Tür. Sie drehte sich überrascht um und zwang sich, wieder zu sich zu kommen. »Ja?«

Es war Mrs. Hahn mit einem kleinen Tablett. »Der Doktor meinte, Sie sollten etwas zu essen bekommen.« Mel fühlte sich wie eine Patientin, als sie den Teller mit dampfenden Rühreiern und Toast, sowie die Tasse heiße Schokolade sah. »Ich habe Ihnen keinen Kaffee gebracht, damit Sie schlafen können.«

»Ich danke Ihnen vielmals.« Es war ihr peinlich, sich bedienen zu lassen, aber das Essen duftete wunderbar. Sie setzte sich auf den Bettrand; ihre Jacke war zerknittert, die Bluse voller Falten, und ihr Haar zerrauft. Ohne ein weiteres Wort stellte Mrs. Hahn das Tablett auf ein Tischchen neben dem Bett und verließ wieder das Zimmer.

Während Mel, die plötzlich heißhungrig war, die Eier und den Toast verschlang, hörte sie über sich leise Geräusche und fragte sich, ob es Matthew und Pam waren, die sich für die Schule fertigmachten. Aber sie hatte nicht die Kraft, höflich zu sein, hinaufzugehen und sie zu begrüßen. Sie trank die heiße Schokolade, aß das letzte Stück Toast und legte sich gesättigt, erschöpft und zufrieden mit ihrer nächtlichen Arbeit wieder nieder; sie drehte sich auf den Rücken, schloß die Augen, legte den Kopf auf die verschränkten Arme, und als sie wieder erwachte, war es drei Uhr nachmittags. Sie warf erschrocken einen Blick auf ihre Uhr und sprang auf, doch dann fiel ihr ein, daß keinerlei Pflichten auf sie warteten. Sie fragte sich, was Mrs. Hahn dazu sagen würde, daß sie den ganzen Tag verschlafen hatte, und die Kinder mußten jeden Augenblick nach Haus kommen. Als sie schlafen gegangen war, waren sie gerade aufgestanden, um zur Schule zu gehen. Sie ging im Zimmer herum und dachte darüber nach, wie es Marie in den letzten Stunden ergangen war. Sie sah ein Telefon auf dem Schreibtisch an der gegenüberliegenden Wand, ging in Strümpfen hinüber und musterte dabei die zerknitterten Kleider, die sie trug. Sie wählte die Nummer des Krankenhauses, verlangte die Herzabteilung und dann Peter selbst, doch die Frau, mit der sie sprach, sagte ihr, daß man ihn nicht ans Telefon holen konnte. Melanie hoffte, daß er sich ebenfalls hingelegt hatte.

»Ich möchte wissen, wie es der Transplantationspatientin Marie Dupret geht.« Am anderen Ende blieb es still. »Hier spricht Melanie Adams. Ich war gestern nacht im Operationssaal.« Sie mußte keine weiteren Erklärungen abgeben. Alle im Krankenhaus wußten, wer sie war, und daß sie eine Story über Peter Hallam und Pattie Lou drehte.

»Einen Augenblick bitte.« Die Stimme war energisch; Mel wurde verbunden, und sofort darauf hörte sie eine vertraute Stimme.

»Sie sind wach?«

»Noch nicht ganz, aber ich bin etwas entsetzt, daß ich den ganzen Vor- und Nachmittag geschlafen habe.«

»Unsinn. Sie haben Ruhe gebraucht. Sie waren einer Ohnmacht nahe, als Sie von hier wegfuhren. Hat Ihnen Mrs. Hahn etwas zu essen gegeben?«

»Und ob. Ich befinde mich im besten Hotel der Stadt.« Sie sah sich in dem behaglichen, schön eingerichteten Zimmer um und stellte sich vor, daß auch hier alles von Anne geplant worden war. »Wie geht es Marie?«

»Ausgezeichnet.« Er klang zufrieden. »Ich konnte mir gestern abend nicht die Zeit nehmen, es Ihnen zu erklären, aber wir haben eine neue Technik versucht, und es hat funktioniert. Ich werde Ihnen später ein paar Skizzen machen, aber im Augenblick müssen Sie sich mit der Feststellung begnügen, daß bis jetzt alles in Ordnung ist. Noch kein Anzeichen von Abstoßung.«

»Wie lange dauert es, bis sie über den Berg ist?«

»Eine Weile.« Den Rest ihres Lebens, das wußte Mel, aber sie meinte die schrecklichen Momente unmittelbar nach der Transplantation, wenn die größte Wahrscheinlichkeit dafür bestand, daß eine Reaktion einsetzte. »Wir glauben, daß sie es schaffen wird. Sie hat alle Voraussetzungen, die für einen Erfolg maßgebend sind.«

»Ich hoffe, es bleibt weiterhin so.«

»Das tun wir auch.« Sie staunte wieder darüber, wie wenig Verdienst er für sich in Anspruch nahm, und konnte ihn wieder nur bewundern.

»Haben Sie auch geschlafen?«

Seine Antwort klang vage. »Ein wenig. Ich beschloß, die Visite heute vormittag selbst zu machen, und habe mich danach für eine Weile hingelegt. Wahrscheinlich komme ich heute abend zum Dinner nach Haus. Ich kann später jemand anderem die Aufsicht hier überlassen.« Dann fiel ihm etwas ein. »Bei dieser Gelegenheit werde ich Sie wiedersehen, Mel.« Er klang so freundlich und herzlich, daß sie es plötzlich nicht mehr erwarten konnte, ihn zu sehen.

»Ihre Kinder werden sehr bald genug von mir haben.«

»Das bezweifle ich. Sie werden begeistert sein, weil Sie noch hier sind, mir geht es nicht anders. Um welche Zeit geht Ihre Maschine, oder haben Sie noch nicht daran gedacht?«

»Ich werde den gleichen Flug nehmen wie gestern.« Sie fühlte sich genügend ausgeruht, um mit dem »Rotauge« fertig zu werden, nachdem sie den ganzen Tag geschlafen hatte. »Ich müßte um acht Uhr von hier wegfahren.«

»Das trifft sich gut. Mrs. Hahn serviert uns das Abendessen für gewöhnlich um sieben Uhr, und ich werde, wenn hier alles glattgeht, um sechs zu Haus sein. Sollte sich etwas ereignen, rufe ich Sie an.« Einen Augenblick lang dachte sie daran, daß er diese Worte bestimmt oft zu Anne gesagt hatte, und es war ein merkwürdiges Gefühl, ihm zuzuhören, als hätte sie die Absicht, den Platz der toten Frau einzunehmen, doch sie schalt sich albern, während sie sich verabschiedeten. Er hatte ganz normal mit ihr gesprochen, und sie ärgerte sich darüber, daß sie sich so einen Unsinn dachte. Als wollte sie den Gedanken an ihn wegwaschen, warf sie ihre Kleider auf das Bett und ging unter die Dusche, drehte sie voll auf und blieb unter dem dampfenden Wasser stehen.

Ihr kam der Gedanke, daß sie eigentlich auch den Swimmingpool benützen konnte, aber sie wollte noch nicht ins Freie gehen. Sie brauchte einige Zeit, um aufzuwachen und einen klaren Kopf zu bekommen, es war eine lange Nacht gewesen, und als sie aus dem Badezimmer kam, fiel ihr ein, daß sie das Studio in New York und dann Raquel anrufen mußte. Sie hatte am Abend zuvor den Chefredakteur gebeten, bei ihr zu Haus Bescheid zu sagen, und sie hoffte, daß er es getan hatte. Als sie endlich durchkam, war Raquel tatsächlich schon auf dem laufenden. Die Mädchen waren enttäuscht, daß sie nicht wie vorgesehen nach Haus gekommen war, sie versprach ihnen aber, daß sie am nächsten Morgen daheim sein würde. Dann rief sie ihre Redaktion an und berichtete, daß alles gutgegangen war. Sie versicherte, daß die Transplantation ein Riesenerfolg gewesen sei und daß sie jede Einzelheit im Kasten hatten.

»Es wird eine phantastische Sache, Jungs. Ihr werdet schon sehen.«

»Fein. Wir werden uns freuen, Sie wieder hier zu haben, Mel.«

Doch so fein war es gar nicht. Sie hatte es nicht eilig, Los Angeles oder Peter zu verlassen, es gab so viele Gründe dafür, daß sie hierblieb. Pattie Lou, Marie... alles Ausreden, aber sie wollte nicht fort.

Sie legte den Hörer auf, zog sich an und verließ dann ihr Zimmer, um Mrs. Hahn zu suchen. Sie fand sie in der Küche, wo sie Rinderbraten für das Abendessen zubereitete. Sie dankte ihr noch einmal für das Frühstück, das sie ihr gebracht hatte, und entschuldigte sich, weil sie den ganzen Tag geschlafen hatte.

Mrs. Hahn war unbeeindruckt. »Der Doktor sagte, daß er Sie deshalb hierher geschickt hat. Möchten Sie etwas essen?« Sie war tüchtig, aber nicht herzlich, und wie sie sprach und sich bewegte, machte sie irgendwie einen einschüchternden Eindruck. Sie war ganz eindeutig nicht die Art Frau, die Mel für ihre Kinder engagiert hätte, und es wunderte sie, daß sie Peter zusagte. Sie hielt ihn für einen warmherzigen Menschen, und wenn keine Mutter da ist... doch wieder erinnerte sich Mel, daß Mrs. Hahn von Anne engagiert worden war. Immer wieder Anne...

Mel lehnte das Angebot, etwas zu essen, ab, begnügte sich mit einer Tasse schwarzen Kaffee und röstete sich selbst eine Scheibe Toast. Sie setzte sich in das helle Gartenzimmer mit den weißen Korbstühlen.

Mel fand, daß es der sonnigste Raum im Haus war und der, in dem sie sich am behaglichsten fühlte. Die Förmlichkeit der übrigen Räume störte sie, doch hier war eine andere Atmosphäre. Sie legte sich auf eine Chaiselongue, aß ihren Toast und blickte hinaus auf den friedlichen Innenhof. Sie hörte die Schritte nicht und hatte keine Ahnung, daß sie nicht allein war, bis sie die Stimme hörte.

»Was machen Sie hier?«

Sie fuhr erschrocken hoch, verschüttete etwas Kaffee auf ihr Bein, doch dank der schwarzen Gabardinehose verbrannte sie sich nicht. Als sie sich umwandte, sah sie Pam. »Hallo. Du hast mich aber erschreckt.« Sie lächelte, aber Pam erwiderte das Lächeln nicht.

»Ich dachte, Sie wären in New York.«

»Ich war es beinahe. Aber ich blieb hier, um gestern nacht deinem Vater zuzusehen, während er eine Transplantation durchführte. Es war fabelhaft.« Ihre Augen leuchteten, als sie sich an Peters geschickte Hände erinnerte, aber Pam sah unbeeindruckt und verärgert aus.

»Ach so.«

»Wie war die Schule, Pam?«

Sie starrte Mel an. »Das war der Lieblingsraum meiner Mutter.«

»Das kann ich verstehen. Er gefällt mir auch, es gibt hier so viel

Sonnenschein.« Die Bemerkung hatte das Unbehagen zwischen ihnen verstärkt, und genau das hatte Pam beabsichtigt. Sie setzte sich langsam Mel gegenüber und blickte hinaus. »Sie pflegte jeden Tag hier zu sitzen und mir zuzuschauen, wenn ich am Swimming-pool spielte.« Das Zimmer eignete sich dafür ausgezeichnet und war überdies ein angenehmer Aufenthaltsort. Mel beobachtete das Gesicht des Mädchens, erkannte die Traurigkeit, die in ihm lag, und beschloß, den Stier bei den Hörnern zu packen.

»Sie muß dir sehr fehlen.«

Pams Gesicht verhärtete sich, und sie antwortete lange nicht. »Eine Operation hätte sie gerettet, aber sie hatte nicht genügend Vertrauen zu meinem Vater, um sie von ihm durchführen zu lassen.« Es war eine brutale Feststellung, und wenn Pam wirklich so zu Annes Entschluß stand, tat sie Mel zutiefst leid.

»Ich glaube nicht, daß es so einfach war.«

Pam sprang auf. »Was wissen Sie denn davon, außer dem, was er Ihnen erzählt hat?«

»Sie hatte das Recht, ihre eigene Entscheidung zu treffen.« Mel wußte, daß sie sich auf schwankendem Boden bewegte. »Manchmal fällt es einem schwer, zu verstehen, warum die anderen gewisse Dinge tun.«

»Er hätte sie sowieso nicht retten können.« Sie ging nervös im Zimmer umher und schaute Mel zu. »Sie wäre jetzt nicht mehr am Leben, nicht einmal mit einem transplantierten Herzen.« Mel nickte bedächtig, höchstwahrscheinlich stimmte es.

»Was hätte sie deiner Ansicht nach tun sollen?«

Pam zuckte die Achseln, wandte sich ab, und Mel sah, wie ihre Schultern zitterten. Ohne zu überlegen, trat sie zu ihr. »Pam...« Sie drehte sie langsam zu sich um und sah die Tränen über das Gesicht des jungen Mädchens fließen; daraufhin nahm sie sie sanft in die Arme und ließ sie weinen. Pam lehnte sich einige Minuten an Mel, während ihr Mel liebevoll über das Haar strich.

»Es tut mir so leid, Pam...«

»Ja. Mir auch.« Sie trat zurück, setzte sich wieder nieder, wischte sich das Gesicht mit dem Ärmel ab und sah Mel unglücklich an. »Ich habe sie so geliebt.«

»Ich bin sicher, daß sie dich auch geliebt hat.«

»Warum hat sie es dann nicht versucht? Sie wäre zumindest länger hier gewesen.«

»Die Antwort darauf kenne ich nicht, vielleicht kennt sie niemand. Ich glaube, dein Vater fragt sich die ganze Zeit dasselbe, aber du mußt weitermachen. Du kannst nichts anderes tun, wie sehr es auch schmerzt.«

»Ich habe eine Zeitlang aufgehört zu essen. Ich glaube, ich wollte auch sterben.« Zumindest hatte es der Psychiater behauptet. »Mark meint, ich hätte es nur getan, um Dad zu ärgern, aber das stimmt nicht. Ich konnte nicht anders.«

»Dein Vater versteht dich. Ist dir jetzt besser als damals?«

»Manchmal. Ich weiß nicht...« Sie sah sehr unglücklich aus, und es gab so wenig, was Mel sagen konnte, um sie zu trösten. Man konnte nichts anderes tun, als für sie da sein. Sie hatte zwei Brüder, von denen ihr keiner viel zu helfen vermochte, eine hartgesottene deutsche Haushälterin, die ihr keinerlei Wärme gab, und einen Vater, der damit beschäftigt war, anderen Menschen das Leben zu retten. Dieses Kind brauchte zweifellos noch jemanden, aber wen? Einen Augenblick lang hatte Mel das Bedürfnis, ihr zur Seite zu stehen, aber sie mußte in fünftausend Kilometer Entfernung ihr eigenes Leben führen, hatte ihre eigenen Kinder, ihre Probleme, ihre Arbeit.

»Es wäre schön, Pam, wenn du mich einmal in New York besuchtest.«

»Ihre Töchter würden mich wahrscheinlich für dumm halten. Das tun meine Brüder auch.« Sie schnüffelte wieder laut und sah aus wie ein kleines Mädchen.

Mel lächelte ihr freundlich zu. »Ich hoffe, daß sie nicht so unvernünftig sind, und Jungen begreifen so etwas nicht immer. Mark ist damit beschäftigt, erwachsen zu werden, und Matt ist zu klein, um eine große Hilfe zu sein.«

»Nein, das bin ich nicht«, piepste eine dünne Stimme. Keine von beiden hatte ihn ins Zimmer kommen hören. Er war gerade von der Schule nach Haus gekommen, wo ihn der Bus abgesetzt hatte, mit dem er jeden Tag fuhr. »Ich mache mein Bett, ich bade ganz allein, und ich kann Suppe kochen.« Sogar Pam mußte darüber lachen, und Mel lächelte ihm zu.

»Ich weiß, du bist ein phantastischer Junge.«

»Du bist zurückgekommen?« Er schien sich zu freuen, ging zu ihr und setzte sich hin.

»Nein, ich reise nur ein wenig später ab, als ich vorhatte. Wie hast du den Tag verbracht, mein Freund?«

»Recht gut.« Dann starrte er Pam an. »Wie kommt es, daß du schon wieder weinst?« Bevor sie antworten konnte, wandte er sich an Mel. »Sie weint immer. Mädchen sind dumm.«

»Nein, das sind sie nicht. Alle weinen. Sogar große Männer.«

»Mein Dad weint nie.« Er stellte es mit gewaltigem Stolz fest, und Mel hätte gern gewußt, ob Peter ihm das erzählt hatte.

»Ich wette, daß er es tut.«

»Nein«, behauptete er entschieden, aber Pam mischte sich ein.

»Doch, er tut es. Ich habe es einmal gesehen. Nachdem...« Aber sie sprach es nicht aus. Es war unnötig. Sie verstanden es alle, und Matt funkelte sie an.

»Das ist nicht wahr. Er ist hart. Mark ebenfalls.« In diesem Augenblick kam Mrs. Hahn ins Zimmer und zerrte Matthew weg, um ihm Hände und Gesicht zu waschen. Er versuchte sich zu wehren, aber sie ließ nicht locker, und Mel war wieder mit Pam allein.

»Pam« – sie berührte ihre Hand –, »wenn es jemals etwas gibt, das ich für dich tun kann, wenn du eine Freundin brauchst, ruf mich an. Ich lasse dir meine Nummer hier, wenn ich abreise. Du kannst mich jederzeit mit R-Gespräch anrufen. Ich bin eine recht gute Zuhörerin, und New York ist gar nicht so weit weg.« Pam sah sie aufmerksam an, dann nickte sie.

»Danke.«

»Ich meine es ernst. Jederzeit.«

Pam nickte wieder und stand auf. »Ich muß jetzt meine Hausaufgaben machen. Reisen Sie bald ab?« Es war halb hoffnungsvoll, halb nicht, so gemischt wie ihre übrigen Gefühle für Mel.

»Ich fliege heute abend nach New York. Wahrscheinlich werde ich bis acht Uhr hier bleiben.«

»Essen Sie mit uns?« Sie sah verärgert aus, und Mel erinnerte sich daran, was sie gesagt hatte.

»Vielleicht, ich bin nicht sicher. Macht es dir so viel aus?«

»Nein, es ist in Ordnung.« Als sie schon im Türrahmen stand, wandte sie sich noch um und fragte: »Wollen Sie sich meinen Badeanzug noch einmal ausleihen?«

»Heute vermutlich nicht, aber jedenfalls besten Dank.«

»Okay.« Pam nickte wieder und ging, und ein paar Minuten später hüpfte Matthew wieder ins Zimmer und brachte zwei Bücher mit, die sie ihm vorlesen sollte. Es war klar, daß sie beide sowohl nach Aufmerksamkeit als auch nach Liebe ausgehungert waren, und er beschäftigte und unterhielt sie, bis Peter nach Hause kam und Mel sah, daß der Tag schließlich seinen Tribut gefordert hatte. Er sah blaß und müde aus und tat ihr leid. Es gab auch hier so viel für ihn zu tun, die Kinder hatten so unterschiedliche Bedürfnisse, und seine Arbeit verbrauchte so viel von seiner Energie und Zeit. Es war ein Wunder, daß überhaupt noch etwas für die Kinder übrigblieb, aber er schaffte es, ihnen zumindest ein bißchen von sich zu geben.

»Wie geht es Marie?« Ihre Augen waren voller Sorge, und er lächelte müde.

»Es geht ihr gut. Hat Matthew Sie den ganzen Nachmittag zum Wahnsinn gebracht?«

»Gar nicht. Und mit Pam habe ich angenehm geplaudert.« Er schien überrascht.

»Das ist allerhand. Wollen Sie auf ein Glas Wein mit in mein Zimmer kommen?«

»Gern.« Sie folgte ihm durch das Haus, und als sie zu seinem Zimmer kamen, entschuldigte sie sich noch einmal, weil sie sich in seinem Haus niedergelassen hatte.

»Das ist lächerlich. Sie haben eine anstrengende Nacht hinter sich. Warum sollten Sie nicht einen Tag lang hier wohnen?«

»Es war schrecklich nett von Ihnen.«

»Gut.« Er reichte ihr ein Glas Wein. »Das sind Sie auch.« Er war ihr gegenüber wieder herzlicher und benahm sich ähnlich wie seine Tochter, er behandelte sie abwechselnd herzlich und zurückhaltend, aber auch Mel hatte einander widersprechende Gefühle und war keineswegs sicher, wie sie damit fertigwerden sollte. Sie blickte ihm in die Augen und trank den Wein, sie plauderten wieder über das Krankenhaus, das ihr jetzt fast wie ein zweites Zuhause vorkam, und bevor sie das zweite Glas ausgetrunken hatten, klopfte Mrs. Hahn energisch an die Tür.

»Das Dinner ist serviert, Doktor.«

»Danke.« Er stand auf, Mel folgte ihm und ging neben ihm ins Speisezimmer, wo Pam, Matt und auch Mark gleich darauf auftauchten, der vor kurzem ebenfalls nach Haus gekommen war, und Mel plauderte wieder angeregt mit ihnen. Sie fühlte sich in ihrer Gesellschaft erstaunlich wohl, und als es Zeit wurde, wegzufahren, damit sie das Flugzeug erreichte, tat es ihr ehrlich leid, daß sie gehen mußte. Sie umarmte Pam, gab Matt einen Abschiedskuß, schüttelte Mark die Hand, bedankte sich bei Mrs. Hahn und hatte wirklich das Gefühl, alte Freunde zu verlassen. Dann wandte sie sich an Peter und schüttelte auch ihm die Hand.

»Ich danke Ihnen noch einmal. Heute war wirklich der beste Tag von allen.«

Sie sah seine Kinder an, die neben ihnen standen, und dann wieder ihn. »Jetzt werde ich aber ein Taxi rufen, sonst haben Sie mich noch eine Nacht am Hals.«

»Machen Sie sich nicht lächerlich. Ich werde Sie selbst zum Flughafen bringen.«

»Das kommt nicht in Frage. Sie waren auch die ganze Nacht auf. Und Sie haben nicht wie ich den ganzen Tag geschlafen.«

»Ich habe genug geschlafen. Kommen Sie, machen Sie jetzt keinen Unsinn.« Seine Stimme klang fast scharf. »Wo ist Ihre Reisetasche?«

Mel lachte. »In New York, hoffentlich wartet sie dort auf mich.« Er sah sie verdutzt an, und sie erklärte. »Sie war gestern abend schon für den Flug eingecheckt, als Sie anriefen.« Er lachte ebenfalls.

»Sie sind wirklich keine Spielverderberin.«

»Zerknittert, aber keine Spielverderberin, und ich hätte diese Gelegenheit um nichts in der Welt versäumen wollen.«

Sie blickte auf die verdrückte Seidenbluse hinunter, die sie in den letzten Stunden vergessen hatte. Der Zustand ihrer Kleidung schien hier nicht sehr wichtig zu sein. »Aber seien Sie nicht dickköpfig. Lassen Sie mich ein Taxi rufen.« Sie sah auf die Uhr. Es war acht Uhr fünfzehn. »Ich muß wirklich fort.«

Er nahm die Autoschlüssel und schwenkte sie. »Kommen Sie, gehen wir.« Er wandte sich zu den Kindern und Mrs. Hahn. »Wenn das Krankenhaus anruft, ich werde in einer oder zwei Stunden zu Haus sein. Ich habe mein Funkgerät dabei, sie können mich also erreichen, wenn es unbedingt notwendig ist.« Zur Sicherheit rief er noch, bevor sie weggingen, im Krankenhaus an und erkundigte sich nach Marie und Pattie Lou, doch der diensthabende Assistenzarzt berichtete, daß es ihnen gutging; danach begleitete er Mel zur Tür, sie winkte den Kindern ein letztes Mal zu und stieg in den Wagen. Sie hatte das Gefühl, daß ihr alle Entscheidungen abgenommen wurden, aber es war eine angenehme Abwechslung von dem Zwang, selbst auf alles achten zu müssen.

»Sie haben etwas Besonderes an sich, Doktor. Sie scheinen für mich die Entschlüsse zu fassen, und ich kann nicht einmal behaupten, daß es mich stört.«

Er lachte. »Ich bin es gewohnt, die ganze Zeit über Anordnungen zu treffen, die auch befolgt werden.«

»Ich auch.« Sie lächelte. »Aber es ist irgendwie angenehm, zur Abwechslung von jemandem Anordnungen entgegenzunehmen, sogar wenn es um etwas so Einfaches wie ein Taxi geht.«

»Es ist das mindeste, was ich tun kann. Sie waren in den letzten vier Tagen mein Schatten und haben, nehme ich an, etwas absolut Wunderbares zustande gebracht.«

»Sagen Sie das erst, wenn Sie den fertigen Film sehen.«

»Ich erkenne es an der Art, wie Sie arbeiten.«

»Sie haben viel Vertrauen. Ich bin nicht sicher, daß ich es verdiene.«

Er sah sie wieder an. »Davon bin ich überzeugt.« Dann runzelte er die Stirn. »Übrigens, wie war Ihr Gespräch mit Pam?«

Mel seufzte. »Rührend. Sie ist kein sehr glückliches Kind, nicht wahr?«

»Leider ist das nur allzu wahr.«

»Sie quält sich selbst wegen Anne.« Es fiel ihr schwer, den Namen seiner Frau auszusprechen, er hinterließ auf ihren Lippen ein unangenehmes Gefühl. »Ich glaube, sie wird mit der Zeit darüber hinwegkommen. Vor allem braucht sie jemanden, mit dem sie sprechen kann.«

»Ich schicke sie zum Psychiater.« Es klang verteidigend.

»Sie braucht mehr. Und...« Sie zögerte, dann entschloß sie sich, offen zu sprechen. »Mrs. Hahn scheint nicht sehr warmherzig zu sein.«

»Das ist sie nicht, zumindest nicht äußerlich, aber sie liebt die Kinder. Und sie ist darüber hinaus außerordentlich tüchtig.«

»Pam braucht jemanden, mit dem sie sich aussprechen kann, Peter, und Matt ebenso.«

»Und was würden Sie vorschlagen?« Seine Stimme klang bitter. »Daß ich mir ihretwegen eine neue Frau suche?«

»Nein. Wenn Sie ein normales Leben führen, werden Sie mit der Zeit ganz von selbst eine finden.«

»Das habe ich aber nicht vor.« Sie merkte, daß er die Zähne zusammengebissen hatte, und begriff, daß sie beide abgespannter waren, als ihnen bewußt war.

»Warum nicht? Sie waren doch früher sehr glücklich verheiratet, Sie würden also kein großes Risiko eingehen.«

»Es würde nie wieder so werden, wie es war.« Er blickte Mel traurig an. »Ich will wirklich keine Ehe mehr eingehen.«

»Sie können nicht den Rest Ihres Lebens allein bleiben.«

»Warum nicht? Sie haben auch kein zweites Mal geheiratet. Warum sollte ich es also tun?« Es war ein treffendes Argument.

»Ich gehöre nicht zu den Frauen, die darauf aus sind, zu heiraten. Sie sind dafür bestimmt.«

Er lachte laut. »Sie sind mir schon eine! Warum denn nicht?«

»Ich bin einfach nicht dafür geschaffen. Ich bin zu sehr mit meinem Beruf verheiratet, um daneben noch eine Bindung einzugehen.«

»Das glaube ich nicht. Ich vermute, Sie haben Angst davor.« Fast wäre sie zusammengezuckt, als er das sagte; er hatte sie an einer empfindlichen Stelle getroffen.

»Angst?« Nichtsdestoweniger klang ihre Frage erstaunt. »Wovor?«

»Bindung, Liebe, zu vertraut sein. Ich bin nicht sicher. Ich kenne Sie dazu nicht gut genug.« Aber er hatte sie sehr eingehend beobachtet. Sie zögerte lange mit der Antwort, starrte eine Weile in die Nacht hinaus, und dann erst wandte sie sich ihm zu.

»Sie haben wahrscheinlich recht. Aber ich bin schon zu alt, um mich jetzt noch grundlegend zu ändern.«

»Mit zwei-, vier-, fünfunddreißig, oder wie alt Sie sind? Das ist doch Unsinn.«

»Nein, das stimmt nicht. Ich bin fünfunddreißig. Mir gefällt mein Leben so, wie es ist.«

»Das wird sich ändern, wenn Ihre Töchter nicht mehr bei Ihnen wohnen.«

»Darüber müßten auch Sie sich Gedanken machen. Aber in Ihrem Fall brauchen Ihre Kinder jetzt eine weibliche Bezugsperson, und Sie ebenfalls.« Dann fing sie plötzlich zu lachen an. »Das ist schon eine verrückte Situation, wir drängen einander, daß wir wieder heiraten sollten. Und wir kennen einander kaum.«

Er sah sie mit einem komischen Gesichtsausdruck an. »Das Merkwürdige ist, daß ich nicht das Gefühl loswerde, wir würden einander recht gut kennen. Als lebten Sie seit Jahren hier.«

Sie wurde nachdenklich. »Dieses Gefühl habe ich seltsamerweise auch, und es ist mir vollkommen unverständlich.«

Dann trafen sie viel zu rasch beim Flughafen ein; sie standen in der Menge und im hellen Licht. Er hatte einem Träger Trinkgeld gegeben, so daß er seinen Wagen am Gehsteigrand stehen lassen und Melanie in das Flughafengebäude folgen konnte; es tat ihm leid, daß sie nicht mehr Zeit gehabt hatten, ungestört miteinander zu sprechen. Nach der letzten Nacht fühlte er sich ihr noch mehr verbunden als zuvor. Sie hatten ein besonderes Ereignis gemeinsam erlebt, die Rettung des Lebens einer Frau. Als wären sie Kampfgenossen gegen den Tod oder über die Gemeinsamkeit beruflicher Interessen hinaus aneinander interessiert, und es tat ihm noch mehr leid als am Vortag, daß sie abflog.

»Lassen Sie mich wissen, wie Ihr Film geworden ist.« Sie standen verlegen an dem Gate, während ihr Flug aufgerufen wurde, und sie sehnte sich plötzlich danach, daß er sie in seine Arme nahm.

»Das verspreche ich. Geben Sie auf sich acht. Und grüßen Sie die Kinder.« Sie hatte den Eindruck, daß sie diese Szene schon einmal erlebt hatte, aber es war schmerzlicher als früher. »Auch Marie und Pattie Lou.«

»Passen Sie auf sich auf, Mel. Arbeiten Sie nicht zuviel.«

»Das gleiche gilt noch mehr für Sie.« Sein Blick ruhte auf ihr, doch er fand keine Worte für die Verwirrung seiner Gefühle, und er wußte nicht, wie er sich verhalten sollte. Man konnte hier nicht ungestört sprechen, und er wußte noch nicht, wie er zu ihr stand.

»Danke für alles.« Darauf tat sie etwas vollkommen Unvorhergesehenes, sie drückte ihm schnell einen Kuß auf die Wange, ging unmittelbar danach durch den Ausgang, winkte noch einmal, dann war sie verschwunden, während er verblüfft vor sich hinstarrte; sein Funkgerät, das er immer bei sich trug, piepste, und er mußte zum nächsten Telefon laufen. Er konnte nicht warten, bis die Maschine abhob. Er rief im Krankenhaus an, und der Assistenzarzt fragte wegen Marie an, sie hatte ein wenig Temperatur, und er wollte wissen, ob Peter der Meinung war, daß man die Dosierung ihrer Medikamente ändern sollte. Er erteilte die erforderlichen Anweisungen und ging zu seinem Wagen zurück, dachte aber nicht an Marie, sondern an Mel, deren Maschine eben startete; der silberne Riesenvogel erhob sich in die Luft. Mel starrte hinunter auf die unzähligen Parkplätze und fragte sich, wo er wohl in der Menge stand und ob sie ihn oder seine Kinder je wiedersehen würde. Jetzt hatte sie keinen Zweifel mehr über ihre Gefühle. Sie war traurig, weil sie wegflog, und noch trauriger, weil es nach Haus ging. An diesem Abend versuchte sie nicht einmal, sich einzureden, daß das nicht wahr war. Sie starrte nur aus dem Fenster, dachte an ihn und die letzten vier Tage, wußte, daß sie ihn sehr gern hatte, es aber zu nichts führen würde. Jeder lebte sein Leben in seiner Welt, in verschiedenen Städten, die fünftausend Kilometer voneinander entfernt waren, und so war es eben. Daran würde sich nie etwas ändern.

10

Der Flug nach New York verlief ohne Zwischenfall, Mel machte sich Notizen über die letzten Tage, solange ihr die Ereignisse noch frisch im Gedächtnis waren. Es gab etliche Punkte, auf die sie in ihrem Kommentar während der Sendung zu sprechen kommen wollte. Dann endlich fühlte sie sich hinlänglich müde, klappte den Block zu, lehnte den Kopf an die Rückenlehne und schloß die Augen. Die Stewardeß hatte ihr mehrmals Cocktails, Wein oder Champagner angeboten, aber Mel hatte abgelehnt. Sie wollte ihren Gedanken ungestört nachhängen, und nach einer Weile schlief sie für die letzten Stunden des Fluges ein. Die Reise von Westen nach Osten verlief immer zu schnell, um sich wirklich ausruhen zu können, die Flugzeit betrug weniger als fünf Stunden bis New York. Mel wachte auf, als die Landung der Maschine angekündigt wurde und eine Stewardeß leicht ihren Arm berührte und sie ersuchte, sich anzuschnallen.

»Danke.« Sie blinzelte die Stewardeß schläfrig an und unterdrückte ein Gähnen, während sie ihren Sicherheitsgurt festzog und dann ihre Handtasche öffnete, um einen Kamm herauszunehmen. Sie hatte das Gefühl, daß sie seit Tagen in denselben Kleidern steckte, und fragte sich wieder, ob sie ihre Reisetasche in New York vorfinden würde. Es schienen Ewigkeiten vergangen zu sein, seit sie vor dreißig Stunden in Los Angeles beinahe an Bord des Flugzeugs gestiegen wäre und durch Peters Anruf aufgehalten worden war. Wieder mußte sie an ihn denken, sah sein Gesicht vor sich, als sie die Augen schloß, dann zwang sie sich, sie wieder zu öffnen, während die Maschine auf der Landebahn in New York aufsetzte. Sie war daheim. Sie hatte einen Berg Arbeit vor sich – für die Nachrichtensendung und für den Film, den sie von Peter und Pattie Lou gedreht hatte, und sie hatte auch mit ihren beiden Töchtern eine Menge zu besprechen. Sie hatte ihre eigenen Probleme, aber dennoch wurde sie ein ganz merkwürdiges Gefühl des Bedauerns über ihre Rückkehr nicht los. Sie wäre gern länger in Los Angeles geblieben, aber das war nicht erforderlich gewesen, und sie hätte es der Fernsehgesellschaft in New York nicht erklären können.

Sie fand ihre Reisetasche am Gepäckaufbewahrungsschalter, nahm sie an sich, ging hinaus und winkte einem Taxi, das sie in rasantem Tempo nach New York brachte. Um halb sieben Uhr morgens war das Verkehrsaufkommen noch sehr gering, und die Sonne schoß goldene Pfeile vom Himmel, der sich in den Glasfassaden der Wolkenkratzer spiegelte, die ihren Weg säumten. Als sie über die Brücke kamen und auf dem East River Drive nach Süden fuhren, erfaßte sie ein heimatliches Gefühl. Der Anblick von New York löste bei ihr immer eine Art Erregung aus. Es war eine herrliche Stadt. Plötzlich kam es ihr gar nicht mehr so übel vor, wieder zu Haus zu sein. Sie gehörte hierher. Es war ihre Stadt. Sie bemerkte, daß sie der Fahrer im Rückspiegel mit merkwürdigem Gesichtsausdruck betrachtete. Sie kam ihm bekannt vor, und er wußte im Augenblick nicht woher, etwas Ähnliches hatte sie schon öfter erlebt. Vielleicht hatte er sie schon einmal in seinem Taxi befördert, dachte er, oder sie war die Frau eines bedeutenden Mannes, eines Politikers oder eines Filmstars, und er hatte sie in der Nachrichtensendung gesehen. Er wußte, daß er ihr Gesicht kannte, aber nicht woher.

»Waren Sie lange fort?« Er kramte weiter in seinem Gedächtnis, während er sie forschend anblickte.

»Nur ein paar Tage an der Westküste.«

»Ja.« Er nickte, bog bei der Neunundsiebzigsten nach rechts ab und fuhr nach Westen. »Ich war auch einmal dort drüben. Aber es gibt kein zweites New York.«

Sie lächelte. Die New Yorker waren eine Rasse für sich, immer loyal, trotz Hundedreck, Ruinen, Verbrechen auf offener Straße, Luftverschmutzung, Überbevölkerung und einer Unzahl weiterer Laster einer Großstadt. Dennoch hatte New York etwas an sich, was man nirgends sonst fand, eine prickelnde, elektrische Spannung, die jeden bis ins tiefste Innere ergriff. Melanie spürte sie sogar jetzt, da die Stadt langsam zum Leben erwachte, während sie durch die Straßen fuhren.

»Es ist eine großartige Stadt.« Wieder war die Liebe zu seiner Heimatstadt unüberhörbar, und Mel nickte.

»Und ob.« Plötzlich war sie richtig begeistert, wieder daheim zu sein, und ein Glücksgefühl erfüllte sie, als das Taxi vor ihrem Haus hielt. Sie dachte voll freudiger Erregung daran, daß sie in wenigen Augenblicken ihre Töchter wiedersehen würde. Sie bezahlte das Taxi, trug ihre Reisetasche ins Haus und stellte sie in der Vorhalle ab, dann lief sie nach oben, um die Mädchen zu sehen. Beide schliefen noch, sie ging auf Zehenspitzen in Jessicas

Zimmer, setzte sich auf den Bettrand und sah sie an. Ihr feuerrotes Haar war rings um ihren Kopf auf dem Kissen wie ein Tuch ausgebreitet; als sie die Stimme ihrer Mutter hörte, bewegte sie sich und schlug ein Auge auf. »Hallo, du Faulpelz.« Sie beugte sich nieder, küßte sie auf die Wange, und Jessica lächelte.

»Hallo, Mom. Du bist also wieder da.« Sie setzte sich auf und umarmte ihre Mutter noch ganz verschlafen. »Wie war die Reise?«

»Okay. Es ist ein schönes Gefühl, wieder bei euch zu sein.« Diesmal meinte sie, was sie sagte. Sie hatte Kalifornien hinter sich gelassen, samt Peter Hallam und Marie Dupret und dem Center-City-Krankenhaus und allen ihren Erlebnissen, seit sie New York verlassen hatte. »Wir haben einen tollen Film gedreht.«

»Hast du beim Operieren zugeschaut?« Jessie war sofort interessiert. Sie hätte alles dafür gegeben, selbst so etwas mitansehen zu können, während ihre Zwillingsschwester schon bei dem Gedanken daran blaß geworden wäre.

»Ja. Ich bin gestern nacht noch dort geblieben, um einer Organverpflanzung zuzuschauen... nein, die Nacht vorher...« Ihr Zeitgefühl war jetzt ganz durcheinander geraten, und sie lächelte. »Wann immer es war, es war ein voller Erfolg. Ein außerordentliches Erlebnis, Jess.«

»Kann ich den Film sehen?«

»Selbstverständlich. Du kannst in die Fernsehstation kommen, bevor wir die Story senden.«

»Danke, Mom.« Sie kletterte langsam aus dem Bett, ihre langen Beine wirkten unter dem kurzen rosa Nachthemd noch länger, und Melanie verließ das Zimmer, um den zweiten Zwilling zu besuchen. Valerie lag zusammengerollt im Bett, schlief wie ein Murmeltier, und es waren mehrere sanfte Stöße und Klapse erforderlich. Schließlich mußte ihr Melanie die Decke wegziehen und an den Laken zupfen, bis Val endlich mit schläfrigem Knurren erwachte.

»Gib doch endlich Ruhe, Jess...« Dann schlug sie die Augen auf und erblickte statt dessen Mel. Sie sah erstaunt und verwirrt aus und vergaß, daß ihre Mutter schon überfällig war. »Wie kommt es, daß du hier bist?«

»Das ist aber eine nette Begrüßung. Soviel ich weiß, wohne ich hier.«

Valerie lächelte schläfrig und wälzte sich auf die andere Seite. »Ich vergaß ganz, daß du heute zurückkommen solltest.«

»So, was hast du denn für heute vorgehabt? Den ganzen Tag schlafen und die Schule schwänzen?« Sie machte sich nicht ernstlich Sorgen darüber, bei keiner von den beiden, obwohl Valerie manchmal weniger gewissenhaft war.

»Das ist eine gute Idee. Schließlich sind ja doch bald Ferien.«

»Dann könntest du eigentlich die paar Wochen auch noch durchhalten, findest du nicht?«

»Oh, Mom...« Sie versuchte wieder einzuschlafen, und Melanie hinderte sie daran, indem sie sie kitzelte. »Hör auf!« Sie setzte sich kreischend auf und wehrte, so gut sie konnte, Mels flinke Hände ab. Mel kannte alle Stellen, an denen Valerie besonders empfindlich war, und eine Minute später lachten sie beide, und Valerie kreischte immer noch, als Jessica ins Zimmer kam; sie hüpfte mit einem Sprung ins Bett und unterstützte Mel, so daß es zu einer regelrechten Kissenschlacht kam, da Valerie begann, sich mit ihrem Kissen zu verteidigen; nach einer Weile lagen alle drei lachend und atemlos auf dem Bett, und Melanie schwelgte in höchster Glückseligkeit. Was immer sie auch unternahm, wohin sie auch reiste, es war immer wunderbar, wieder nach Haus zu kommen. Noch während sie sich diesem Gefühl überließ, fiel ihr Pam in Los Angeles ein, wie anders ihr Leben verlief als das ihrer Kinder. Wie gut ihr die Unbeschwertheit der Zwillinge täte, und wie einsam sie war. Nachdem sich die Mädchen angekleidet hatten, beschrieb Mel ihnen beim Frühstück die Hallam-Kinder, besonders Pam, und sie bemitleideten sie offenbar, als Mel ihnen von Annes Tod erzählte.

»Das muß wirklich ein schwerer Schlag für sie gewesen sein.« Die empfindsamere der beiden, Val, reagierte als erste mitfühlend, dann lächelte sie. »Und wie sieht ihr Bruder aus? Ich wette, großartig.«

»Val...«, mahnte Jessie mit einem tadelnden Blick. »Du denkst nur noch an das eine.«

»Na und? Ich wette, er sieht gut aus.«

»Wen interessiert das schon? Er lebt nicht hier. Es gibt wahrscheinlich jede Menge gutaussehender Jungen in Los Angeles. Was hast du schon hier in New York davon?« Jessie warf Val einen ärgerlichen Blick zu, worüber sich Mel amüsierte.

Während ihre jüngere Tochter den Tee austrank, wandte sich Mel an sie. »Soll das heißen, daß du alle jungen Männer in New York schon vernascht hast?«

Val lachte. »Es gibt in meinem Herzen immer noch Platz für einen mehr.«

»Ich verstehe nicht, wie du ihre Namen auseinanderhalten kannst.«

»Ich glaube auch nicht, daß sie es schafft«, warf Jessica rasch ein. In dieser Beziehung mißbilligte sie Vals Verhalten. Sie war eher nach ihrer Mutter geraten, unabhängig, kühl, zu überlegt, um sich mit dem erstbesten Jungen einzulassen – mitunter zu reserviert –, und das bereitete Mel sogar gelegentlich Sorgen. Ihr Beispiel hatte der älteren Zwillingsschwester deutlich seinen Stempel aufgeprägt. Vielleicht sogar beide beeinflußt. Möglicherweise war das der Grund, weshalb Val immer so ängstlich bestrebt war, nie ohne Verehrer zu sein. Sie wollte nicht in einer Sackgasse enden wie Mel. »Sie lächelt allen Jungen in den Schulkorridoren mit vielen Ahs und Ohs zu, und ich glaube nicht einmal, daß es ihnen etwas ausmacht, wenn sie ihre Namen verwechselt.« Das Motiv dieser Standpauke war eher Mißbilligung als Eifersucht, das wußte Mel. Vals gesteigertes Interesse am anderen Geschlecht erschien Jess reichlich oberflächlich, da sie selbst wichtigere Ziele intellektueller oder wissenschaftlicher Art verfolgte, aber sie hatte auch ihren Anhang von Freunden, woran Mel sie sanft erinnerte, als Val das Zimmer verließ, um ihre Schulbücher zu holen. »Ich weiß. Aber sie benimmt sich, als besäße sie keinen Funken Verstand. Sie denkt an nichts anderes, Mom.«

»In ein paar Jahren hat sie dieses Stadium überwunden.«

»Tja.« Jessie zuckte die Schultern. »Vielleicht.« Dann hasteten sie in die Schule in der Einundneunzigsten Straße, einer Nebenstraße der Fifth Avenue, zehn Häuserblocks weit entfernt, und Melanie blieb zurück, versuchte ihre Gedanken zu ordnen und packte aus. Sie wollte möglichst früh in die Fernsehstation kommen, um ihre Notizen zu vervollständigen, und sie kam um zehn Uhr gerade aus der Dusche, als das Telefon läutete; sie hob, noch triefendnaß, den Hörer ab. Es war Grant, und sie freute sich, seine Stimme zu hören.

»Du bist also zurück. Ich hatte schon den Verdacht, du seist uns untreu geworden.«

»So dramatisch war es gar nicht. Obwohl der letzte Tag, wenn auch in anderer Weise, ziemlich dramatisch verlief. Der Arzt fand eine Organspenderin für eine Patientin, deren Leben nur noch an einem Faden hing; ich ließ mein Flugzeug sausen und fuhr zurück, um bei der Operation dabeizusein.«

»Dein Magen ist anscheinend widerstandsfähiger als meiner.«

»Da bin ich nicht so sicher, aber es war faszinierend, das Operationsteam zu beobachten.« Wieder huschte ihr wie eine Vision das Bild von Peter durch den Kopf. »Alles in allem war es eine interessante Reise, und wie geht es dir?«

»Unverändert gut. Ich habe die Mädchen ein paarmal angerufen, um mich zu erkundigen, wie sie sich fühlen und ob alles in Ordnung ist. Leider kann ich bei ihrem gesellschaftlichen Leben nicht mithalten.«

»Ich auch nicht. Aber es war nett von dir, anzurufen.«

»Ich habe es dir ja versprochen.« Es schien ihn zu freuen, daß er wieder ihre Stimme hörte, und das beruhte auf Gegenseitigkeit. »Wie geht es dem kleinen Mädchen?«

»Großartig. Sie schien ein neuer Mensch zu sein, als ich sie das letzte Mal sah. Es ist einfach erstaunlich, Grant.«

»Und der gute Onkel Doktor, der das alles bewerkstelligte? War er auch erstaunlich?« Es war, als erriete er bereits, was in ihr vorging, aber sie fand es albern, ihm ihre Gefühle zu gestehen. Dafür war sie nun doch zu alt. Solche plötzlich aufflammenden Verliebtheiten paßten besser zu Val.

»Er war ein hochinteressanter Mann.«

»Das ist alles? Einer der führenden Herzchirurgen im Land, und das ist alles, was du über ihn zu sagen hast?« Dann plötzlich grinste er. Dafür kannte er sie zu gut. »Oder steckt mehr dahinter?«

»Es steckt nicht mehr dahinter. Es waren nur ein paar sehr hektische Tage.« Sie wollte ihre Gefühle für Peter Hallam nicht preisgeben. Es hatte keinen Sinn, sie einem Außenstehenden mitzuteilen, auch nicht Grant. Höchstwahrscheinlich würde sie Peter nie wiedersehen, und somit war jedes Wort überflüssig.

»Schön, Mel, wenn du wieder einigermaßen zur Ruhe gekommen bist, ruf mich an, und wir genehmigen uns ein paar Drinks.«

»Steht schon in meinem Terminkalender.« Aber sie hatte im Augenblick überhaupt keine Lust dazu. Sie war noch in ihrer Privatsphäre und verspürte nicht den Wunsch, sie zu verlassen.

»Bis später, Kleine.« Und nach einer kurzen Pause. »Ich freue mich, daß du zurück bist.«

»Danke, es geht mir genauso.« Das war eine Lüge. Diesmal überwog nicht einmal das erregende Bewußtsein, wieder in New York zu sein.

Als sie das Haus verließ, warf sie einen Blick auf die Uhr und stellte fest, daß es elf Uhr war. Nun würde Peter schon im Operationssaal arbeiten. Plötzlich empfand sie den den Wunsch, das Krankenhaus anzurufen und sich nach dem Befinden von Marie zu erkundigen, aber sie mußte jetzt in ihr Berufsleben zurückkehren. Sie konnte nicht alle Probleme der anderen zu ihren eigenen machen, Maries Herz, Peters Kinder, Pams unausgefülltes, einsames Leben, Matthew mit den großen, blauen Augen... plötzlich hatte sie wieder Sehnsucht nach ihnen. Doch dann verdrängte sie diese Erinnerungen aus ihren Gedanken, nahm ein Taxi und fuhr in das Zentrum; sie sah die Stadt, vorbeigleiten, Leute hasteten zu Bloomingdale's und hinunter zur U-Bahn, sie winkten Taxis heran, oder verschwanden auf dem Weg zur Arbeit in den Wolkenkratzern, verschwanden oder kamen heraus. Man hatte das Gefühl, als agiere man in einem Film. Obwohl sie kaum geschlafen hatte, war Mel heiter und beschwingt, als sie mit einem fröhlichen Lächeln auf den Lippen die Nachrichtenredaktion betrat.

»Was ist mit dir los?« knurrte der Chefredakteur, der mit zwei Filmrollen an ihr vorbeistürzte.

»Ich bin froh, wieder bei euch zu sein.«

Er schüttelte den Kopf, knurrte »total übergeschnappt«, und verschwand.

Sie fand einen Haufen Post auf ihrem Schreibtisch vor, Notizen, Zusammenfassungen von wichtigen Nachrichten, die sie versäumt hatte, während sie fort gewesen war. Sie ging hinaus in die Halle, um sich die Fernschreiben anzusehen, die hereinkamen. Es hatte ein Erdbeben in Brasilien gegeben, eine Überschwemmung in Italien mit hundertvierundsechzig Toten, der Präsident reiste für ein langes Wochenende auf die Bahamas, um dort zu angeln. Die Tagesneuigkeiten sahen weder besonders schlecht noch besonders gut aus, und als ihr ihre Sekretärin sagte, es sei ein Anruf für sie da, ging sie in ihr Büro zurück und hob den Telefonhörer ans Ohr, ohne sich hinzusetzen; sie meldete sich geistesabwesend, während sie die Notizen auf ihrem Schreibtisch überflog.

»Hier Adams.«

Es folgte eine kurze Pause, als hätte sie jemanden mit den brüsk hervorgestoßenen Worten erschreckt, dann hörte sie das typische Summen von Ferngesprächen. Sie hatte nicht einmal Zeit, sich zu fragen, wer der Anrufer war. »Sind Sie zur Zeit zu sehr beschäftigt?« Sie erkannte die Stimme sofort und setzte sich, überrascht, weil Peter sich bei ihr meldete. Er hatte inzwischen Zeit gehabt nachzudenken, und vielleicht machte er sich Gedanken wegen der Sendung.

»Keineswegs. Wie geht es Ihnen?« Ihre Stimme war sanft, und er empfand über die weite Entfernung hinweg die gleiche geheimnisvolle Erregung wie in dem Augenblick, als sie einander kennengelernt hatten.

»Ausgezeichnet. Ich war heute im OP früher fertig und dachte mir, ich rufe Sie einmal an, um mich zu vergewissern, daß Sie gut angekommen sind. Haben Sie Ihr Gepäck in New York vorgefunden?« Er klang irgendwie nervös, und sie freute sich über seinen Anruf.

»Ja. Wie geht es Marie?« Vielleicht hatte er angerufen, um ihr von eingetretenen Komplikationen zu berichten.

»Es geht ihr ausgezeichnet. Sie hat nämlich heute nach Ihnen gefragt. Pattie Lou ebenfalls. Sie ist eigentlich der Star hier.«

In Mels Augen brannten Tränen, und unvermittelt meldete sich der gleiche Schmerz wie im Flugzeug, sie wollte in Los Angeles sein und nicht in New York. »Übermitteln Sie ihr meine besten Grüße. Vielleicht werde ich sie anrufen, wenn es ihr ein wenig bessergeht.«

»Sie würde sich sicherlich sehr freuen. Und wie geht es Ihren Töchtern?« Er schien nach einem Gesprächsthema zu suchen, und Mel war gleichermaßen verwirrt und gerührt.

»Es geht ihnen ausgezeichnet. Ich glaube, Valerie hat sich, während ich weg war, noch ein paarmal verliebt, und Jessica ist schrecklich neidisch, weil ich bei der Transplantation zuschauen durfte. Sie ist die ernstere von den beiden.«

»Sie will Medizin studieren, wenn ich nicht irre, nicht wahr?« Melanie war überrascht, daß er sich an ihre beiläufige Bemerkung erinnerte.

»Ja, das stimmt. Sie hat ihrer Schwester heute morgen eine Standpauke gehalten, weil sie sich sechsmal pro Woche verliebt.«

Peter lachte in seinem winzigen Büro im Krankenhaus an der Westküste. »Wir hatten das gleiche Problem mit Mark, als er in Pams Alter war. Aber er ist in den letzten Jahren wesentlich ruhiger geworden.«

»Warten Sie nur, bis Matt soweit ist!« scherzte Mel. »Er wird der größte Ladykiller aller Zeiten werden.«

»Ich habe den leisen Verdacht, daß Sie recht behalten könnten.« Es entstand eine Pause, die Mel überbrückte.

»Wie geht es Pam?«

»Soweit ganz gut. Nichts Neues.« Er seufzte. »Wissen Sie, ich glaube, es hat ihr gutgetan, mit Ihnen zu sprechen. Allein die Möglichkeit, sich mit jemand anderem als Mrs. Hahn zu unterhalten, war für sie viel wert.« Mel wagte nicht, ihm zu sagen, was sie von der gefühlskalten Frau hielt. Sie fand, es stehe ihr nicht zu.

»Auch mir hat das Gespräch mit ihr viel gegeben.« Ihr Defizit an Streicheleinheiten war nicht zu übersehen, und außerdem schien sich eine Menge Dampf angestaut zu haben, den sie ablassen mußte. Mel konnte nicht anders, sie mußte fragen: »Haben die Kinder die Päckchen schon erhalten, die ich ihnen geschickt habe?«

»Päckchen?« fragte er verwundert. »Sie haben ihnen doch hoffentlich keine Geschenke geschickt? Das hätten Sie nicht tun sollen.«

»Ich konnte nicht widerstehen. Ich fand etwas Passendes für Pam und wollte Matthew und Mark nicht leer ausgehen lassen. Außerdem waren sie sehr tolerant, was meine Anwesenheit betrifft. Sie haben nach ihren eigenen Worten nicht viele Besucher erlebt, seit... in den letzten anderthalb Jahren« – sie beeilte sich, über ihr peinliches Stocken hinwegzugleiten –, »es muß ihnen also ziemlich merkwürdig vorgekommen sein, daß ich bei Ihnen auftauchte. Ich mußte ihnen doch wenigstens eine kleine Überraschung als Dank für ihre Gastfreundschaft übersenden.«

Er war gerührt über ihre Aufmerksamkeit. »Das hätten Sie nicht tun dürfen, Mel. Es hat uns wirklich Freude bereitet, Sie bei uns zu haben.« Seine Worte streichelten fast ihr Gesicht, und sie errötete. Dieser Mann behielt sogar am Telefon seine Ausstrahlung, hatte auf fünftausend Kilometer Entfernung eine ungeheuerliche Anziehungskraft, und wider Willen dachte sie auf eine viel zu gefühlsbetonte Art und Weise an ihn. Es war beinahe unmöglich, sich seinem Charme zu entziehen. Er war verwundbar und zugleich kraftvoll, tolerant und freundlich und doch so erfüllt von seiner medizinischen Kunst, mit der er beinahe Wunder vollbrachte. Sie hatte immer etwas für starke Männer übrig gehabt und war dennoch allzu oft vor ihnen zurückgeschreckt. Es war bequemer, sich mit geringeren Persönlichkeiten zu beschäftigen.

»Die Zusammenarbeit mit Ihnen war wirklich sehr angenehm, wissen Sie.« Sie wußte nicht, was sie noch sagen sollte, und ebensowenig, warum er angerufen hatte.

»Sie haben mir die Worte aus dem Mund genommen. Ich rief Sie an, um Ihnen das auch noch einmal zu sagen. Ich hatte anfänglich Bedenken, weil ich Ihnen leichtfertigerweise ein Interview zugesagt hatte, aber jetzt bin ich froh, daß es zustande gekommen ist. Alle freuen sich, daß Sie diese Reportage gemacht haben.« Aber nicht in dem Maß wie er selbst, doch das verschwieg er ihr.

»Warten Sie nur, bis Sie das Kunstwerk im Fernsehen sehen. Ich hoffe, es gefällt Ihnen dann noch ebenso.«

»Da bin ich vollkommen sicher.«

»Ich danke Ihnen für Ihr Vertrauen.« Es freute sie wirklich, aber sie glaubte noch etwas in seinem Tonfall zu hören, was sie nicht genau analysieren konnte.

»Es handelt sich nicht allein darum, Mel. Ich...« Er wußte nicht recht, wie er seinen Gefühlen Ausdruck verleihen sollte, und stellte sich plötzlich die Frage, ob es sinnvoll gewesen war, sie anzurufen. Sie war eine bekannte Persönlichkeit, die Autogramme gab und im Fernsehen auftrat. »Ich mag Sie einfach sehr.« Er war so verlegen wie ein fünfzehnjähriger Junge, und sie lächelten beide, er in Los Angeles und sie in New York.

»Ich mag Sie ebenfalls.« Vielleicht drückten diese einfachen Worte alles aus. Warum wehrte sie sich so heftig gegen ihre Gefühle? »Es machte mir Spaß, mit Ihnen zu arbeiten, Ihre Kinder kennenzulernen, Ihr Haus zu sehen.« Dann begriff sie noch etwas. »Ich glaube, es hat mich besonders berührt, daß Sie mir Zutritt zu Ihrem Privatleben gestatteten.«

»Ich hatte den Eindruck, daß ich es bei Ihnen gefahrlos wagen könnte. Das war von vornherein nicht beabsichtigt. Eigentlich hatte ich mir vorgenommen, daß ich Ihnen keine Details über mein Privatleben erzähle... oder etwa über Anne...« Wieder wurde seine Stimme ganz leise.

Mel antwortete nicht sofort.

»Ich bin aber sehr froh, daß Sie es taten.«

»Ich auch. Ich fand, daß Sie die Story über Pattie Lou sehr wirkungsvoll realisiert haben.«

»Schönen Dank für die Blumen, Peter.« Sein Lob schmeichelte ihr. Widerstrebend mußte sie sich eingestehen, daß er ihr immer mehr gefiel. Dann hörte sie ihn seufzen. »Ich sollte Sie eigentlich weiterarbeiten lassen. Ich war gar nicht sicher, ob Sie nach dem Flug mit dem ›Rotauge‹ einsatzfähig sein würden.«

Sie lachte leise. »Das Leben geht weiter. Um sechs Uhr habe ich die Nachrichtensendung zu machen. Ich habe mir eben die Fernschreiben angesehen, als Sie anriefen.«

»Ich hoffe, daß ich Sie bei der Arbeit nicht unterbrochen habe«, entschuldigte er sich zerknirscht.

»Nein, eine kleine Pause tut ganz gut. Nach einer Weile nimmt man sowieso nicht mehr auf, was man liest. Bis jetzt ist jedenfalls noch kein Knüller aufgetaucht.«

»Hier ist auch nichts Besonderes los. Ich gehe jetzt in mein Büro, wo ich eine Menge Papierkram aufzuarbeiten habe, nachdem ich die letzten Tage Marie und Pattie Lou gewidmet habe.« Sie waren beide zu ihrem alltäglichen Leben, ihrer Arbeit, ihren Kindern, ihren Pflichten an entgegengesetzten Küsten zurückgekehrt, und sie spürte wieder, wieviel sie mit ihm gemeinsam hatte. Er trug ebenso allein die Last der Verantwortung auf seinen Schultern wie sie, in gewisser Hinsicht sogar noch mehr. Es war tröstlich zu wissen, daß es noch andere Menschen auf der Welt gab, die wie sie eine schwere Bürde zu tragen hatten.

»Wissen Sie, es ist irgendwie beruhigend, jemanden zu kennen, der ebenso hart arbeitet wie man selbst.« Er hörte ihr mit einem seltsamen Gefühl zu. Er hatte von Anfang an das gleiche von ihr gedacht. Sogar im Zusammenleben mit Anne hatte es ihn manchmal gestört, daß sie eigentlich keine andere Aufgabe hatte, als das Haus einzurichten und Antiquitäten zu kaufen, im Elternverein mitzuarbeiten und die Kinder mit dem Wagen dahin und dorthin zu bringen. »Das soll nicht anmaßend klingen, weil es zum Beispiel nicht zu meiner Tätigkeit gehört, Menschenleben zu retten, dennoch ist mein Beruf verdammt aufreibend, und das verstehen Außenstehende nur schwer. An manchen Abenden, wenn ich hier Schluß mache, bin ich wie zerschlagen. Zu Haus könnte ich dann zu keiner lebenden Seele ein vernünftiges Wort sagen, selbst wenn mein Leben davon abhinge.«

Dies war einer der vielen Gründe, warum sie nie in Versuchung gekommen war, wieder zu heiraten. Sie glaubte nicht, daß sie den Anforderungen einer Ehe neben ihrem Beruf noch gerecht werden konnte.

Er fühlte sich durch ihr Geständnis ebenso erleichtert wie sie. »Ich kann sehr gut nachfühlen, was Sie meinen. Andererseits ist es jedoch manchmal schwer, niemanden zu haben, dem man sich mitteilen kann.«

»Das konnte ich nie richtig. Seit ich diesen Job habe, bin ich allein, jedenfalls mehr oder minder. Ich glaube, man schafft es so leichter.«

»Ja« – aber das klang nicht überzeugt –, »nur gibt es dann auch niemanden, mit dem man seine Erfolge feiern kann.« In dieser Hinsicht war Anne immer für ihn da gewesen, sie zeigte auch Anteilnahme an Kummer und Tragödien. Natürlich war ihr Leben nie so ausgefüllt gewesen wie das seine, aber vielleicht hatte ihr gerade das die Kraft gegeben, ihn moralisch zu unterstützen. Er konnte sich nur schwer eine berufstätige Frau an seiner Seite vorstellen, obwohl er immer die Ehepaare bewunderte, bei denen beide arbeiteten, Ärzte, die mit Ärztinnen, Rechtsanwälte, die mit weiblichen Bankmanagern, Professorinnen oder Wissenschaftlerinnen verheiratet waren. In solchen Verbindungen schienen die Partner sich gegenseitig anzuspornen und einander immer wieder neue Anregungen zu geben, obwohl die Belastung mitunter sehr groß sein mußte. »Ich habe auch kein Patentrezept für solche Probleme, meine Liebe. Ich weiß nur, daß es nicht immer leicht ist, allein zu leben.«

»Ebensowenig wie ständig beisammen zu sein.« Das war ihre feste Überzeugung.

»Nein. Aber eine Partnerschaft hat auch ihre guten Seiten.« Dessen war er sich sicher, besonders wenn er an seine Kinder dachte.

»Ich nehme an, Sie haben recht. Ich bin mir darüber nicht ganz im klaren. Ich weiß nur, daß es guttut, mit jemandem zu sprechen, der versteht, was es heißt, zu arbeiten wie ein Verrückter und dann nach Haus zu kommen und die Aufgaben von zwei Elternteilen ganz allein zu erfüllen.« Es hatte im Lauf der Jahre Zeiten gegeben, in denen sie so erschöpft war, daß sie glaubte, diese Doppelbelastung nicht länger bewältigen zu können, es war ihr aber schließlich doch gelungen, und sogar recht gut. Sie hatte eine gesicherte Stellung, Erfolg, und ihre Kinder waren glücklich und gut.

»Sie haben gute Arbeit geleistet, Mel.« Da dieses Lob von ihm kam, bedeuteten ihr diese Worte besonders viel.

»Sie aber auch.« Ihre Stimme war Musik in seinen Ohren.

»Aber ich habe es nur eineinhalb Jahre lang allein schaffen müssen. Sie sind schon seit fünfzehn Jahren in dieser Lage. Das will wirklich etwas heißen.«

»Dafür habe ich ein paar graue Haare mehr.« In diesem Augenblick machte ihr einer der Redakteure ein Zeichen. Sie bedeutete ihm, daß sie in wenigen Minuten kommen würde, worauf er wieder verschwand. »Es sieht so aus, als wollten meine Kollegen, daß ich wieder arbeite. Soeben hat einer der Redakteure bei mir hereingeschaut. Ich hoffe, daß unser Film aus Los Angeles eingetroffen ist.«

»So schnell?«

»Das Verfahren ist zwar kompliziert, aber die Computer arbeiten schnell, und so können die Filme innerhalb eines Tages überspielt werden. Ich lasse Sie wissen, wie das Ganze geworden ist.«

»Ich freue mich darauf.«

Sie war glücklich, seine Stimme gehört zu haben. »Ich danke Ihnen noch für Ihren Anruf, Peter. Ihr fehlt mir wirklich alle.« Das Wort »alle« entschärfte die spontane Äußerung etwas. Es bedeutete, daß ihr nicht nur er allein fehlte. Sie benahm sich wie Val und Jessie, wenn sie sich am Telefon mit ihren Freunden Wortgefechte lieferten, schalt sie sich selbst und lächelte dann. »Ich melde mich bald bei Ihnen.«

»Sehr gut. Sie fehlen uns auch.« »Uns« statt »mir«. Sie spielten das gleiche Spiel, und keiner von ihnen hätte sagen können, warum, offenbar waren beide noch nicht bereit, sich ihre Gefühle einzugestehen. »Geben Sie acht auf sich.«

»Ja, Sie auch.« Sie legten auf, Mel blieb noch eine Weile an ihrem Schreibtisch sitzen und dachte an Peter. Es war verrückt, aber sie war aufgeregt, weil er angerufen hatte, aufgeregt wie ein kleines Mädchen. Sie lief durch den Korridor zu den Filmlabors, dabei lächelte sie unwillkürlich. Sie strahlte immer noch, bis sie den Film vorgeführt bekam. Sie sah sich selbst, wie sie Peter anblickte, und Pattie Lou und Pearl und auch Marie während der Operation in der Nacht; Mels Herz klopfte jedesmal wild, wenn er sprach, jedesmal, wenn die Kamera auf sein Gesicht gerichtet war und sie sein Pflichtbewußtsein und seine Sorge darin lesen konnte. Sie war beinahe außer Atem, als endlich das Licht angeschaltet wurde. Es war ein geradezu sensationeller Film.

Im Rohzustand dauerte der Film mehrere Stunden, er würde

also noch viel Schneide- und Redaktionsarbeit erfordern. Aber als sie den Raum verließ, galten all ihre Gedanken nur Peter...

11

An diesem Abend moderierte Melanie wieder die Nachrichten, und alles lief so glatt ab wie immer. Sie beendete die Sendung mit dem freundlichen gewohnheitsmäßigen Lächeln, das die Leute überall in den Vereinigten Staaten kannten, und als sie das Studio verließ, hatte sie keine Ahnung, daß Peter ihr in seinem Zimmer in Los Angeles aufmerksam zugeschaut hatte und Pam etwa zur Mitte der Sendung ins Zimmer gekommen war, vor dem Fernsehapparat gestanden und gebannt auf den Bildschirm gestarrt hatte. Peter hatte sie nicht kommen hören.

»Hat jemand den Präsidenten erschossen oder dergleichen, Dad?«

Er sah sie ärgerlich an, er hatte einen langen Tag hinter sich und wollte lediglich Mel sehen. Er hatte die Sendung schon früher manchmal angeschaut, aber der Eindruck war nie so gewesen wie heute. Er kannte Mel nun persönlich, und es war wichtig für ihn, sie nach ihrem Telefonat an diesem Tag vor sich zu sehen. »Ich komme bald zu dir hinauf. Ich möchte mir nur die Nachrichten in Ruhe ansehen.«

Pam blieb eine Weile im Türrahmen stehen, wobei ihre Gefühle zu Mel zwischen Ärger und Zuneigung schwankten. Mel hatte ihr gefallen, als sie einander kennengelernt hatten, doch die Art, wie ihr Vater Mel auf dem Bildschirm anschaute, mißfiel ihr. »Ja, sicherlich... okay...« Aber er sah ihren Gesichtsausdruck nicht, als sie das Zimmer verließ, weil er auf den Fernseher starrte, während Mel ihre Sendung beendete. Er blieb noch eine Weile sitzen, dann schaltete er den Apparat aus und ging hinauf zu seinen Kindern, er war wirklich todmüde. Er hatte an diesem Nachmittag zwei Stunden im Krankenhaus bei Marie verbracht. Sie schien eine Infektion zu bekommen, und unerwünschte Reaktionen auf die ihr verabreichten Medikamente setzten ein. Obwohl er darauf vorbereitet war, würde es Schwierigkeiten geben.

In New York fuhr Mel nach der Nachrichtensendung nach Haus, aß mit den Mädchen zu Abend und fuhr dann wieder ins Studio zur Elf-Uhr-Show, nach der sie mit Grant zum erstenmal nach ihrer Rückkehr wieder zusammentraf. Er erwartete sie im Studio, als sie ausgeblendet wurde.

»Du warst heute abend gut in Form.« Er sah sie freundlich lächelnd an und merkte dann erst, wie müde sie aussah. Aber er bemerkte noch etwas: eine Art Leuchten, das er noch nie an ihr gesehen hatte. »Wie hältst du das nur durch, ohne zu schlafen?«

»Ich bin hundemüde«, gab sie zu, freute sich aber trotzdem, ihn zu sehen.

»Dann fahr nach Haus und leg dich aufs Ohr.«

»Ja, Dad.«

»Ich bin alt genug, um dein Dad zu sein, also nimm dir meine Worte zu Herzen.«

»Ja, Sir.« Sie salutierte schneidig, ging wenige Minuten später weg und döste bereits im Taxi vor sich hin.

Sie stieg die Treppe zu ihrem Zimmer hinauf, zog sich aus und ließ die Kleider neben dem Bett auf den Boden fallen; fünf Minuten später schlief sie ein, nackt und entspannt, zwischen ihren kühlen Laken, endlich konnte sie abschalten. Sie rührte sich erst wieder am Mittag des nächsten Tages, als das Telefon klingelte; es war wieder Peter.

»Guten Morgen. Ist es zu früh für einen Anruf?«

»Keineswegs.« Sie unterdrückte ein Gähnen und blickte auf die Uhr. Für ihn an der Westküste war es Viertel nach zehn. »Wie ist das Leben in Los Angeles?«

»Hektisch. Ich habe heute zwei dreifache Bypasses auf dem Programm.«

»Wie geht es Marie und Pattie Lou?« Sie setzte sich im Bett auf und sah sich in ihrem Zimmer um.

»Es geht beiden gut. Pattie Lou besser als Marie.« Die Operation war wirklich ein voller Erfolg gewesen. »Was noch wichtiger ist, wie geht es Ihnen?«

»Darf ich aufrichtig sein? Ich bin tot.«

»Sie sollten sich ausruhen. Sie arbeiten zuviel, Mel.«

»Ausgerechnet Sie sagen das?« Sie versuchte sich einzureden, daß dieser Anruf nichts zu bedeuten hatte, freute sich aber insgeheim sehr. »Ich mache sowieso bald ein wenig Urlaub.«

»Wirklich?« staunte er, sie hatte dies ihm gegenüber noch nicht erwähnt, aber wann hatten sie in den paar Tagen in Los Angeles Zeit dafür gehabt? »Wohin geht es?«

»Auf die Bermudas.« Es klang erwartungsvoll. Sie freute sich schon lange darauf. Eine Fernsehproduzentin, die sie kannte, wollte ihr ihr Haus für ein paar Tage vermieten, und da die Zwillinge noch keine Ferien hatten, hatte sie einfach beschlossen, allein hinzufahren.

Er fragte ein wenig irritiert: »Fahren Sie mit Bekannten hin?«

»Nein. Ganz allein.«

»Wirklich?« Es klang erstaunt und zugleich erleichtert. »Was für ein selbständiges Mädchen Sie doch sind.« Er bewunderte sie deshalb. Er war noch nicht soweit, einen Urlaub allein anzutreten.

Ohne die Kinder wäre er sich verloren vorgekommen, da Anne nicht mehr bei ihm war. Aber Mel lebte schon länger allein als er.

»Ich dachte mir, es wäre einmal etwas anderes. Die Mädchen sind übrigens ziemlich neidisch. Aber sie haben eine Menge Bekannte und sind zu einem großen Collegeball eingeladen.«

»Ich bin auch neidisch.«

»Sie haben keine Ursache. Wahrscheinlich wird es stinklangweilig sein.« In seiner Gesellschaft wäre das allerdings nicht der Fall. Sie verdrängte den Gedanken. »Aber es wird mir guttun.«

»Das stimmt.« Er gönnte es ihr von Herzen. Er wäre nur gern mit ihr dort hingefahren, so verrückt der Gedanke auch war. Sie waren einander dazu noch viel zu fremd, wenn auch bei weitem nicht mehr so fremd wie bei ihrer ersten Begegnung.

Sie plauderten noch eine Weile, dann wurde er in den Operationssaal gerufen, und Mel wollte im Studio nachsehen, wie weit sie mit ihrem Film waren.

12

Das Telefon läutete, als sie am Mittwochmorgen das Haus verlassen wollte. Sie war in Eile, denn sie wollte zu Bloomingdale's. Sie brauchte für den Aufenthalt auf den Bermudas unbedingt neue Badekleidung. Sie hatte ihre Sommergarderobe durchgesehen und bemerkt, daß ihre Badeanzüge abgetragen und ausgeleiert waren. Sie trug sie nahezu zwei Monate ununterbrochen, so daß sie jedes Jahr sehr strapaziert wurden.

»Hallo.«

»Ich bin es«, meldete sich Grant.

»Was ist los? Ich war im Begriff fortzugehen, um mir neue Badeanzüge für meinen Urlaub zu kaufen.« Allmählich freute sie sich auf die Abwechslung; in zwei Tagen wollte sie abreisen. »Soll ich dir etwas mitbringen? Ich gehe zu Bloomie's.«

»Nein, danke, ich hatte ganz vergessen, daß du wegfährst. Brauchst du einen Butler oder einen Sekretär, während du Ferien machst?«

»Nein, danke.« Ihm fiel auf, daß er sie kaum gesehen hatte, seit sie von Los Angeles zurück war.

»Ich wollte dich nur etwas bezüglich Marcia Evans fragen.« Das war die *grande dame* des Theaters, und Mel hatte sie vor sechs Monaten interviewt. »Sie kommt heute zu meiner Talkshow.«

Mel zuckte zusammen. »Viel Glück. Sie ist ein Drachen.«

»Verdammt. Ich hatte so eine Ahnung. Und der Produktionsleiter hatte mir noch gesagt, ich müsse mir keine Sorgen machen. Hast du Tips für mich, damit ich die Sendung lebend überstehe?«

»Bring ein Serum gegen Schlangenbisse mit. Sie hat die giftigste Zunge, die ich kenne. Gib nur acht, daß du sie nicht in Rage bringst. Denn dann kannst du dich auf etwas gefaßt machen.«

»Danke für die Warnung.« Er schien sich nicht sonderlich zu freuen und war wütend auf den Produzenten, der ihm das eingebrockt hatte.

»Ich werde beim Einkaufen über das Interview nachdenken und dich anrufen, wenn ich wieder zu Haus bin.«

»Willst du heute abend mit mir essen gehen, um mir Mut zu machen?«

»Warum kommst du nicht bei mir vorbei und besuchst die Mädchen?«

»Ich werde es versuchen – falls mir nicht etwas anderes dazwischenkommt.«

»Du und dein Harem, Grant.« Sie lachte.

»Ich kann es nicht ändern, ich werde bei jeder gleich schwach. Ich rufe dich später an, Kleines.«

»Okay.« Er legte auf, sie warf einen Blick in den Spiegel und nahm ihre Handtasche. Sie trug ein weißes Leinenkleid, dazu eine schwarze Seidenjacke und schwarz-weiße Lackschuhe, die sie im vergangenen Jahr in Rom gekauft hatte. Sie sah sehr elegant aus und fühlte sich gut. Eine Woche harter Arbeit an dem Film über Peter Hallam und Pattie Lou lag hinter ihr, und während des Schneidens hatte ihr die Reportage immer besser gefallen, denn die Story war immer dichter geworden. Kurz bevor sie das Haus verließ, läutete das Telefon noch einmal, und sie war versucht, sich nicht zu melden. Wahrscheinlich war es der verdammte Redakteur, der unbedingt wollte, daß sie ins Studio kam, aber diesmal brauchte sie dringend Zeit für ihre Einkäufe. Es klingelte aber so schrill und so hartnäckig, daß sie doch ins Wohnzimmer ging und sich an dem weißen Apparat meldete.

»Ja?« Sie befürchtete, die Stimme des Redakteurs zu hören. Aber es war nicht der Redakteur, sondern Peter Hallam. Er rief sie oft an.

»Hallo, Mel.« Er zögerte etwas wegen ihres unfreundlichen Tons, mit dem sie sich gemeldet hatte, und sie war verlegen.

»Hallo, Peter, tut mir leid, daß ich geknurrt habe, ich war im Weggehen, aber...« Sie fühlte sich wieder jung und aufgeregt wie bei seinem letzten Anruf. Er übte eine merkwürdige Anziehungskraft auf sie aus, die sie ihren Erfolg und ihr Selbstbewußtsein vergessen ließ. Wenn sie mit ihm sprach, war sie »nur« eine Frau. »...es ist nett, wieder von Ihnen zuhören.« Er hatte ein paar Tage nicht angerufen. »Wie geht es Marie?« Plötzlich befürchtete sie, daß er anrief, um ihr eine schlechte Nachricht zu übermitteln, doch er beruhigte sie schnell.

»Viel besser. Wir standen gestern abend vor einem Problem, und ich dachte schon, daß sich eine größere Abstoßungsreaktion ankündigte, aber alles ist wieder unter Kontrolle. Wir haben die Dosierung der Medikamente geändert. Wir glauben sogar, daß sie in wenigen Wochen nach Haus gehen kann.« Melanie hätte gern ihre Entlassung gefilmt, aber das war kein ausreichender Grund für einen Ausflug nach dem Westen, und ihr Produzent hätte ihr nie die Genehmigung dazu erteilt.

»Und die Kinder?«

»Es geht ihnen gut. Ich wollte hauptsächlich wissen, wie es Ihnen geht. Ich versuchte zuerst, Sie im Büro zu erreichen, aber man teilte mir mit, daß Sie nicht im Haus sind.«

»Ich schwänze.« Sie lachte, heiter und beschwingt. »Dieses Wochenende fliege ich doch auf die Bermudas, und ich muß noch einiges besorgen.«

»Klingt ja verlockend. Wir bleiben über das lange Wochenende hier, Mark spielt bei einem Tennisturnier mit, und Matt geht zu einer Geburtstagsparty.

»Die Mädchen besuchen den Collegeball und fahren dann mit einer Freundin und deren Eltern nach Cape Cod.« Sie schienen hinter ihrem Gespräch über ihre Kinder allerhand zu verbergen, und Mel hätte gern gewußt, wie es Peter ging, nicht Pam, Mark und Matthew. Dann beschloß sie, ihn direkt zu fragen. »Geht es Ihnen gut, Peter? Arbeiten Sie nicht zu viel?«

»Natürlich tue ich das«, lachte er, freute sich aber über ihre Besorgnis. »Ich wüßte nicht, was ich sonst tun sollte, und Sie wohl auch nicht.«

»Das stimmt. Wenn ich alt und runzlig bin und in Pension gehen muß, werde ich um alles in der Welt nicht wissen, was ich anfangen soll.«

»Es wird Ihnen schon etwas einfallen.«

»Ja, vielleicht Gehirnchirurgie.« Sie lachten beide, sie setzte sich hin und vergaß Bloomingdale's und ihre Badeanzüge vollkommen. »Eigentlich würde ich dann gern ein Buch schreiben.«

»Worüber?«

»Meine Memoiren«, scherzte sie.

»Nein, wirklich?«

Es kam nicht oft vor, daß sie jemandem ihre geheimen Wünsche preisgab, aber es war so angenehm, mit ihm zu plaudern. »Ich weiß nicht, ich glaube, ich würde gern ein Buch darüber schreiben, wie es einer Journalistin ergeht. Der Anfang war sehr schwer, wenn mir die Arbeit auch jetzt infolge der Routine viel leichter fällt, aber auch nicht immer. Die Leute nehmen es einem übel, wenn man Erfolg hat. Halb freuen sie sich, halb sind sie sauer. Es war eine Herausforderung, damit fertigzuwerden, und ich glaube, über den Weg zum Erfolg könnten viele Frauen Interessantes erzählen, egal welchen Beruf sie ausüben. Der springende Punkt ist der lange und mühsame Weg zur Spitze, und ich kenne ihn, weiß, wieviel Arbeit es erfordert und wie man sich fühlt, wenn man angelangt ist.«

»Das hört sich an wie ein sicherer Bestseller.«

»Vielleicht auch nicht, aber ich würde es gern versuchen.«

»Ich wollte schon immer ein populärwissenschaftliches Buch über Herzchirurgie schreiben, was man sich davon erwarten kann, was man von seinem behandelnden Arzt verlangen soll, welche Risiken man in speziellen Situationen eingeht. Ich weiß nicht, ob es irgend jemanden interessieren würde, aber zu viele Leute sind uninformiert und werden von ihren Ärzten nicht entsprechend beraten.«

»Das ist eine gute Idee.« Sie war beeindruckt, für ein solches Buch bestand bestimmt Bedarf, es wäre interessant, wie er das Thema behandeln würde.

»Vielleicht sollten wir uns gemeinsam in den Südpazifik absetzen und an unseren Büchern arbeiten – wenn die Kinder erwachsen sind«, fügte er einschränkend hinzu.

»Warum sollen wir warten?« Es war eine amüsante Vorstellung, es erinnerte sie an ihren Urlaub auf den Bermudas. »Ich war noch nie im Südpazifik.« Auf den Bermudas war sie schon gewesen. Die Vegetation dort war tropisch, und es lag weit weg, aber es war nicht aufregend – oder vielleicht lag das daran, daß sie allein dort war? Wäre es mit Peter anders? Sie hatte eine gewisse Scheu, dieser Frage auf den Grund zu gehen.

»Ich wollte immer schon nach Bora Bora fliegen«, gestand er, »aber ich kann mich nie von meinen Patienten losreißen.«

»Vielleicht wollen Sie nicht wirklich.« Das hatte ihn auch Anne immer wieder gefragt, und möglicherweise hatten beide recht.

»Kann sein.« Irgendwie fiel es ihm leicht, Mel gegenüber ehrlich zu sein. »Ich werde mir diesen Traum bewahren, bis ich pensioniert werde.« Es gab vieles, was er sich bis dahin aufgehoben hatte, aber nun, da Anne nicht mehr am Leben war, würde niemand gemeinsam mit ihm diese Pläne verwirklichen. Er hatte soviel auf »später« verschoben – das bedauerte er jetzt –, es gab kein »Später« mehr, zumindest nicht für Anne und ihn. Es wunderte ihn, daß er immer noch daran dachte, was er in Zukunft alles unternehmen wollte. Was, wenn ihn der Schlag träfe, wenn er sterben würde ... ? »Vielleicht fahre ich auch schon früher.«

»Das sollten Sie. Sie sind sich selbst einiges schuldig.« Aber was? Alles, was er sich wünschte, war Mel.

»Haben Sie Reisefieber, Mel?«

»Ja und nein.« Sie hatte schon öfter allein Ausflüge in romantische Gegenden unternommen, so eine Reise ohne Begleitung hatte jedoch auch ihre Schattenseiten.

»Schreiben Sie mir eine Postkarte?«

»Ja.«

»Besser nicht. Rufen Sie mich an, wenn Sie wieder zurück sind, und erholen Sie sich lieber!«

»Erholung hätten Sie auch dringend nötig, wahrscheinlich mehr als ich.«

»Das bezweifle ich.«

Sie schaute nach der Uhr und fragte sich, wo er sich gerade befand – es war in Kalifornien halb zehn. »Sind Sie im Krankenhaus?«

»Nein. Am letzten Mittwoch jeden Monats haben wir eine Konferenz, um das Team über die technischen Neuerungen auf dem laufenden zu halten. Wir besprechen die im ganzen Land gemachten Erfahrungen und was wir im vergangenen Monat im Operationssaal an neuen Erkenntnissen gewonnen haben.«

»Schade, daß ich davon nichts gewußt habe. Das hätte ich gern im Film festgehalten.« Aber sie hatte ohnehin genügend Material.

»Wir beginnen um zehn Uhr. Und ich habe meine Visite schon hinter mir.« Nun klang auch er jungenhaft. »Mit Ihnen zu plaudern, ist ein Genuß, auf den ich mich schon seit Tagen gefreut habe.« Es war leichter, solche Geständnisse am Telefon abzulegen, und er profitierte auf diese Art von der Entfernung, die zwischen ihnen lag.

»Ich fühle mich geschmeichelt.« Er wollte ihr gestehen, daß sie allen Grund hatte, stolz zu sein, denn er hatte seit seiner Heirat mit Anne kein derartiges Gespräch mit einer Frau geführt, aber er sagte nichts. »Ich dachte auch ein paarmal daran, Sie anzurufen, um mich über den Gesundheitszustand von Marie zu erkundigen, aber wegen des Zeitunterschieds hat es nie geklappt.«

»Mir ist es auch so ergangen. Ich bin jedenfalls froh, daß ich Sie noch erreicht habe. Ich wünsche Ihnen ein schönes Wochenende auf den Bermudas.«

»Danke. Das wünsche ich Ihnen auch. Ich werde Sie anrufen, sobald ich zurück bin.« Es war das erste Mal, daß sie ein Versprechen abgab, und sie freute sich tatsächlich schon darauf. »Übrigens, unser Film scheint eine kleine Sensation zu werden.«

»Das freut mich.« Aber das zu hören, war nicht der eigentliche Grund seines Anrufs. »Passen Sie gut auf sich auf, Mel.«

»Ich melde mich im Laufe der nächsten Woche.« Plötzlich wußte sie, daß ihre Beziehung enger geworden war als vorher, und während sie zu Bloomingdale's ging, fühlte sie sich jung, beschwingt und sorglos.

Sie probierte zwei blaue Badeanzüge, einen schwarzen und einen roten, doch rot hatte nie zu ihrem Haar gepaßt, und sie kaufte schließlich einen königsblauen und den schwarzen. Sie waren ein wenig gewagt, aber sie war heute in extravaganter Stimmung. Während sie an der Kasse stand und mit ihrer Scheckkarte und den beiden Badeanzügen in der Hand wartete, bis sie an die Reihe kam, sah sie eine Frau, die mit tränenüberströmtem Gesicht auf sie zugelaufen kam. »Man hat auf den Präsidenten geschossen!« schrie sie jedem zu, der es hören wollte. »Er wurde in Brust und Rücken getroffen und liegt im Sterben.« Plötzlich schien das ganze Kaufhaus vor elektrischer Spannung zu knistern, die Leute schrien einander die

Neuigkeit zu und begannen zu laufen, als könnten sie mit ihrer plötzlich ausbrechenden Geschäftigkeit etwas bewirken. Mel handelte ohne zu denken, ließ die Badeanzüge auf den Ladentisch fallen, lief die drei Stockwerke hinunter und durch die Tür hinaus. Sie sprang in das erste Taxi, das anhielt, gab dem Fahrer atemlos die Adresse des Studios und bat ihn, das Radio einzuschalten. Sie hörten beide schweigend die Nachrichten. Niemand schien schon mit Sicherheit zu wissen, ob der Präsident noch am Leben war oder nicht. Er hatte einen Tag in Los Angeles verbracht, wo er mit dem Gouverneur und verschiedenen führenden Politikern der Stadt verhandelt hatte. Er war lebensgefährlich verletzt mit einem Krankenwagen ins Krankenhaus gebracht worden, zwei Männer des Geheimdienstes waren sofort tot. Mel war blaß, sie drückte dem Fahrer einen Zehndollarschein in die Hand und rannte durch die Schwingtüren in das Gebäude der Fernsehanstalt. Dort war vom Vestibül bis zum Nachrichtenstudio das vollkommene Chaos ausgebrochen, und als sie sich zum Schreibtisch des Chefredakteurs durchgekämpft hatte, sah er sie erleichtert an.

»Mein Gott, ich hatte gehofft, daß Sie gleich hierherkommen, Mel.«

»Ich bin praktisch von Bloomingdale's bis hierher gerannt.« Auf alle Fälle fühlte sie sich wie nach einem langen Lauf, zu dem sie auch bereit gewesen wäre, wenn sich die Notwendigkeit ergeben hätte. Sie wußte, daß man sie jetzt hier brauchte.

»Ich möchte Sie sofort mit einem Sonderbericht auf Sendung gehen lassen.« Er musterte routinemäßig ihre Kleidung und war zufrieden, aber es wäre ihm im Augenblick verdammt gleichgültig gewesen, wenn sie nackt vor die Kamera getreten wäre. »Legen Sie noch etwas Make-up auf.«

»Weiß man schon etwas Neues?«

»Noch nicht. Er ist noch im Operationssaal, und es sieht böse aus, Mel.«

»Verdammt.« Sie lief in ihr Büro, wo sie ihr Schminkzeug aufbewahrte, und war fünf Minuten später zurück, bereit, auf Sendung zu gehen. Der Produktionsleiter folgte ihr ins Studio und reichte ihr einen Stoß Papiere, die sie schnell durchlesen sollte.

Sie überflog sie und sah ihn ernst an. »Es steht nicht gut, nicht wahr?« Der Präsident war dreimal in die Brust getroffen worden und seine Wirbelsäule schien dabei verletzt worden zu sein. Selbst wenn er am Leben blieb, konnte er gelähmt oder, noch schlimmer, geistig behindert bleiben. Er befand sich im Center-City-Krankenhaus und lag im Augenblick auf dem Operationstisch. Plötzlich fragte sich Mel, ob Peter Hallam darüber informiert war, hatte aber keine Zeit, ihn anzurufen, bevor sie auf Sendung ging.

Sie ging rasch zu ihrem Schreibtisch und begann einfach im Scheinwerferlicht vor der Kamera zu improvisieren und die Nachrichten zu verlesen. Sämtliche normalen Programme waren abgesetzt worden, damit man dem Publikum jederzeit Neuigkeiten übermitteln konnte, aber es lag noch nicht viel Konkretes vor. Sie mußte fast den ganzen Nachmittag allein gestalten und konnte erst nach drei Stunden eine Pause einlegen, als sie vom Sprecher der Wochenschau abgelöst wurde. Alle Verantwortlichen der Redaktion waren anwesend, es gab zwischen den Berichten der Reporter von der Westküste endlose Diskussionen und Vermutungen über das Ereignis. Immer wieder wurden Berichterstatter von Los Angeles eingeblendet, die im Vestibül des Center-City-Krankenhauses standen, das Mel so vertraut war. Sie wäre am liebsten dort gewesen, während sie den Nachrichten zuhörte. Aber um sechs Uhr gab es noch immer nichts Neues, außer, daß der Präsident noch lebte und die Operation gut überstanden hatte. Sie würden warten müssen ebenso wie die First Lady, die sich im Flugzeug nach Los Angeles befand, wo sie in einer Stunde ankommen sollte.

Mel brachte ihre übliche Sendung um sechs Uhr und berichtete fast ausschließlich über das Ereignis in Los Angeles; als ihre Sendung zu Ende war, erwartete sie der Produktionsleiter, um sich mit ihr zu beraten.

»Mel.« Er sah sie bekümmert an und überreichte ihr wieder ein Bündel Papiere. »Ich will, daß Sie hinüberfliegen.« Einen Moment lang war sie verblüfft. »Fahren Sie nach Haus, holen Sie Ihre Sachen, kommen Sie hierher zurück, geben Sie die Elf-Uhr-Nachrichten durch, und dann bringen wir Sie zum Flughafen.

Eine Maschine wird Ihretwegen später starten, und Sie können dann gleich morgen früh beginnen, von dort aus zu berichten. Gott allein weiß, was sich bis dahin ereignet!« Der Mann, der auf den Präsidenten geschossen hatte, war schon verhaftet worden. Immer wieder konnte man Berichte über seine abenteuerliche Vergangenheit und Interviews mit bedeutenden Chirurgen hören, die ihre Ansichten über die Überlebenschancen des Präsidenten äußerten. »Können Sie das übernehmen?« Sie wußten beide, daß es eine rein rethorische Frage war. Mel hatte keine Wahl. Dafür wurde sie schließlich bezahlt, und die Berichterstattung über nationale Ereignisse gehörte zu ihrem Ressort. Sie überdachte kurz ihren Zeitplan. Aus Erfahrung wußte sie, daß Raquel sich um die Mädchen kümmern würde, und sie konnte noch mit ihnen sprechen, wenn sie zwischen den beiden Nachrichtensendungen nach Haus fuhr, um zu packen.

Zu Haus fand sie die Zwillinge und Raquel in Tränen aufgelöst vor dem Fernseher. Jessica wandte sich als erste an sie: »Was wird jetzt geschehen, Mom?« Raquel putzte sich geräuschvoll die Nase.

»Wir wissen es noch nicht.« Dann erzählte sie ihnen von ihrer neuen Aufgabe. »Ich muß heute nacht noch nach Kalifornien fliegen. Werdet ihr es allein schaffen?« Sie wandte sich an Raquel, wußte jedoch genau, wie die Antwort lauten würde.

»Selbstverständlich.« Sie sah fast beleidigt drein.

»Ich komme zurück, sobald der Wirbel vorüber ist.«

Sie küßte alle, dann fuhr sie zur Sendeanstalt, um die Nachrichten zu verlesen, und sobald sie damit fertig war, folgte sie den beiden Polizisten, die auf sie gewartet hatten, zu ihrem Einsatzwagen. Sie hörten zu dritt gespannt die Radionachrichten, während sie mit heulenden Sirenen zum Flugplatz rasten. Es war eine Gefälligkeit, die die Polizei der Fernsehgesellschaft gelegentlich erwies. Sie erreichten den Kennedy-Flughafen Viertel nach zwölf, und die Maschine hob zehn Minuten, nachdem Mel an Bord gegangen war, ab. Die Stewardessen brachten ihr mehrmals Bulletins, die den Piloten von Kontrolltürmen und Fluglotsen per Funk übermittelt wurden, während sie den Kontinent überflogen. Der Präsident war noch am Leben, Genaueres war jedoch nicht bekannt. Die Nacht schien kein Ende zu nehmen, und als Mel schließlich in Los Angeles aus dem Flugzeug stieg, war sie wirklich erschöpft. Auf dem Flughafen erwartete sie wieder eine Polizeieskorte, und sie beschloß, gleich ins Center-City-Krankenhaus zu fahren, bevor sie ihr Hotel aufsuchte, um ein wenig zu schlafen. Sie würde um sieben im Studio beginnen müssen, und es war schon vier Uhr morgens in Los Angeles. Aber als sie ins Krankenhaus kamen, gab es keine Neuigkeiten, und sie traf kurz vor fünf Uhr in ihrem Hotel ein. Sie rechnete damit, noch etwa eine Stunde schlafen zu können, bevor sie mit der Arbeit begann. Sie würde eben eine Menge schwarzen Kaffee trinken müssen; dann bat sie noch die Telefonistin im Hotel, sie zu wecken, damit sie nicht verschlief. Der Sender hatte ihr ein Zimmer in einem Hotel reserviert, in dem sie noch nie gewohnt hatte, aber es befand sich in der Nähe des Center-City-Krankenhauses. Und plötzlich wurde ihr klar, was es bedeutete, daß sie schon so bald wieder in Los Angeles war, und sie fragte sich, ob sie Zeit haben würde, Peter zu sehen. Vielleicht, wenn alles vorbei war – außer natürlich, wenn der Präsident starb. Dann mußte sie gleich mit der *Air Force One* zum Begräbnis nach Washington fliegen, und dann würde sie Peter wahrscheinlich nicht mehr treffen können. Natürlich hoffte sie für den Präsidenten, daß es nicht dazu kommen würde, ganz abgesehen davon, daß sie in den nächsten Tagen mit Peter zusammengekommen wäre. Sie hätte gern gewußt, ob er ahnte, daß sie in seiner Nähe war.

Sie erwachte beim ersten Klingeln des Telefons, alle ihre Sinne waren angespannt, obwohl ihre Glieder schmerzten und sie das Gefühl hatte, keine Minute geschlafen zu haben. Sie mußte sich auf ihre Nervenkraft verlassen und sich irgendwie auf den Beinen halten. Sie hatte solche Anstrengungen schon öfter überstanden und wußte, daß es ihr auch diesmal gelingen würde. Sie zog rasch ihr dunkelgraues Kleid und schwarze Schuhe mit hohen Absätzen an, verließ um halb sieben das Hotel und kam zehn Minuten später in einem Streifenwagen im Krankenhaus an, wo sie die neuesten Einzelheiten erfuhr und dann auf Sendung ging. In New York war es fast zehn Uhr, und der Osten der USA hungerte seit Stunden nach Neuigkeiten.

Sie sah das Kamerateam, mit dem sie schon einmal gearbeitet hatte und das mit mindestens fünfzig anderen Kameraleuten und zwei Dutzend Reportern um den besten Platz kämpfte. Sie kampierten im Vestibül, und ein Sprecher des Krankenhauses gab ihnen jede halbe Stunde ärztliche Bulletins durch. Endlich um acht Uhr, eine Stunde, nachdem Mel mit ernstem Gesicht auf dem Bildschirm erschienen war, erreichte sie die erste gute Nachricht. Der Präsident war bei Bewußtsein, und seine Wirbelsäule war nicht verletzt. Wenn er überlebte, würde er also nicht gelähmt bleiben, und es war auch zu keiner Gehirnverletzung gekommen. Er schwebte jedoch noch immer in Lebensgefahr, seine Überlebenschancen waren noch nicht gesichert. Drei Stunden später traf die First Lady ein und sprach ein paar Worte zu der Bevölkerung. Mel gelang es, sie für drei Minuten vor die Kamera zu bekommen; die arme Frau sah bekümmert und erschöpft aus, doch sie sprach mit Mel voller Würde und mit fester Stimme. Als ihre Augen sich mit Tränen füllten, wandten sich ihr alle Sympathien zu, doch ihre Stimme bebte kein einziges Mal. Mel ließ sie sprechen, stellte nur wenige Fragen und versicherte ihr, daß die ganze Nation für das Leben des Präsidenten betete, dann gelang es ihr, wie durch ein Wunder, kurz mit dem Chirurgen des Präsidenten zu sprechen. Bis sechs Uhr abends kamen keine weiteren Nachrichten herein, und Mel wurde von einem Sprecher der lokalen Fernsehstation abgelöst. Sie bekam fünf Stunden frei, um in ihr Hotel zu fahren, sich zu erholen und möglichst zu schlafen. Inzwischen war sie aber schon so aufgeputscht, daß sie nicht mehr schlafen konnte, als sie in ihr Zimmer kam. Sie legte sich in der Dunkelheit nieder, während ihr tausend Dinge durch den Kopf gingen, und plötzlich griff sie nach dem Telefon und wählte eine Ortsnummer.

Mrs. Hahn meldete sich, und Mel verlangte ohne höfliche Einleitung Peter, der gleich darauf an den Apparat kam.

»Mel?«

»Hallo! Ich weiß gar nicht, ob ich noch vernünftig rede, ich habe ein gewaltiges Schlafdefizit, aber ich wollte trotzdem anrufen und Ihnen melden, daß ich in Ihrer Nähe bin.«

Ihre Stimme klang erschöpft. Er lächelte. »Erinnern Sie sich noch an mich? Ich arbeite auch im Center-City-Krankenhaus. Ganz zu schweigen von der Tatsache, daß wir hier einen Fernsehapparat besitzen. Ich habe Sie heute schon zweimal gesehen, aber Sie mich nicht. Können Sie durchhalten?«

»Es wird gehen. Ich bin an derlei Streß gewöhnt. Nach einer Weile muß man seinen Körper auf Automatik umstellen und hoffen, daß man nicht auf der Suche nach der Badezimmertür gegen eine Wand stößt.«

»Wo sind Sie im Augenblick?« Sie gab ihm den Namen ihres Hotels an, und es beglückte ihn, daß sie ihm wieder so nahe war. Er mußte trotz des entsetzlichen Anlasses zugeben, daß ihm das sehr recht war, obgleich er bezweifelte, daß es ihm möglich sein würde, sie zu treffen. »Kann ich etwas für Sie tun?«

»Im Augenblick nicht. Aber wenn es der Fall ist, werde ich auf Ihr Angebot zurückkommen.«

Die nächste Frage kam ihm geradezu idiotisch vor, aber er mußte sie einfach stellen. »Besteht irgendeine Möglichkeit, daß... ich Sie irgendwann treffen kann? Ich meine, nicht gerade in einem von Reportern überfüllten Vestibül?«

»Das kann ich jetzt noch nicht sagen.« Sie war ihm gegenüber aufrichtig. »Es hängt von den Ereignissen in den nächsten Stunden ab.« Dann seufzte sie. »Was glauben Sie, wie wird es weitergehen, Peter? Wie stehen seine Überlebenschancen wirklich?« Sie hätte ihn schon früher fragen sollen, aber sie war so müde, daß sie erst jetzt auf den naheliegenden Gedanken gekommen war.

»Günstig. Hängt davon ab, in welcher allgemeinen physischen Verfassung er sich befindet. Sein Herz ist nicht in Gefahr, sonst hätte man mich hinzugezogen. Ich war dabei, als sie operierten, für alle Fälle. Aber ich wurde nicht gebraucht.« Den Statements hatte sie das nicht entnehmen können, wohl aber geahnt, daß eine Reihe von Informationen zurückgehalten wurde. Einzig über den Attentäter wußte man alles. Er war ein dreiundzwanzigjähriger Mann, der die letzten fünf Jahre in einer geschlossenen Anstalt verbracht und seiner Schwester vor zwei Monaten mitgeteilt hatte, er würde den Präsidenten umbringen. Niemand hatte ihn ernstgenommen, denn er hielt seinen Zimmergenossen in der Klinik für den lieben Gott und die Oberschwester für Marilyn

Monroe. Niemand kam auf die Idee, daß er tatsächlich wußte, wer der Präsident war. Aber er erkannte ihn immerhin so genau, daß er ihn beinahe erschossen hatte, und es würde sich erst herausstellen, ob das Attentat vielleicht doch gelungen war. »Morgen werden wir bedeutend mehr wissen, Mel.«

»Würden Sie mich bitte anrufen, falls Sie direkte Informationen erhalten?«

»Gern. Warum gehen Sie eigentlich nicht schlafen, bevor Sie meine nächste Patientin werden?«

»Ich werde es versuchen, aber ich bin so verdammt aufgekratzt, daß ich nicht einschlafen kann.«

»Versuchen Sie es nur. Schließen Sie einfach die Augen und bleiben Sie ruhig liegen, denken Sie nicht an Schlafen.« Seine Stimme klang beruhigend, und sie war froh, daß sie ihn angerufen hatte. »Soll ich Sie morgen ins Krankenhaus fahren?«

»Morgen?« Sie lachte. »Ich habe heute um elf Uhr abends wieder eine Sendung.«

»Das ist ja unmenschlich!« Er war empört.

»Genauso unmenschlich wie der Mordanschlag auf den Präsidenten.« Sie waren sich einig, und sie legte auf. Melanie hoffte nur, daß sie zusammenkommen konnten, bevor sie Los Angeles wieder verließ.

13

Am Freitag verbrachten Mel und die übrigen Presseleute einen langen, bewegten Tag im Vestibül des Center-City-Krankenhauses. Ein halbes Dutzend Laufburschen waren angewiesen, ihnen belegte Brote und Kaffee zu bringen. Die Journalisten übermittelten in regelmäßigen Abständen den einzelnen Sendestationen die neuesten ärztlichen Bulletins über den Zustand des Präsidenten. Es änderte sich von sechs Uhr morgens bis sieben Uhr abends jedoch nichts. Mel hatte sich am Donnerstag abend um elf Uhr zum Dienst gemeldet und verließ das Krankenhaus erst am Freitagabend um acht Uhr; sie war so erschöpft, daß ihr Kopf dröhnte und ihre Augen brannten. Sie ging hinaus auf den Parkplatz, und als sie sich an das Lenkrad des Wagens setzte, den man ihr am vorhergehenden Abend zur Verfügung gestellt hatte, sah sie alles so verschwommen, daß sie Angst bekam, den Zündschlüssel zu drehen und in ihr Hotel zurückzufahren. Da hörte sie eine Stimme, die aus dichtem Nebel zu kommen schien; sie drehte sich nach dem Mann um, der neben dem Wagen stand und sie ansprach.

»Sie sind nicht in der Lage, einen Wagen zu lenken, Miß Adams.« Zuerst glaubte sie, es handle sich um einen Polizisten, aber als sie die Augen zusammenkniff, sah sie ein vertrautes Gesicht vor sich und lehnte den Kopf erleichtert an die Rückenlehne. Das Fenster war ganz hinuntergekurbelt. Sie hatte möglichst viel Luft bekommen wollen, um auf der Fahrt ins Hotel nicht einzuschlafen.

»Sieh mal einer an. Was machen Sie denn hier?« Obwohl sie einem Zusammenbruch nahe war, konnte sie erkennen, daß seine Augen tief blau waren, und es war wunderbar beruhigend, ihn in der Nähe zu wissen.

»Ich arbeite hier, oder haben Sie das schon wieder vergessen?«

»Aber ist es nicht reichlich spät für Sie, noch im Dienst zu sein?«

Er nickte und blickte sie an. Sie war glücklich über ihren rettenden Engel, aber sie war zu erledigt, um auch nur den kleinen Finger zu rühren. »Rücken Sie auf den Beifahrersitz, ich werde Sie in Ihr Hotel fahren.«

»Seien Sie nicht komisch. Ich bin in Topform. Ich muß nur...«

»Hören Sie, Mel, denken Sie doch mal in Ruhe nach. Wenn Sie sich, während der Präsident im Krankenhaus liegt, in diesem Wagen um einen Baum wickeln, wird man Ihnen in der Unfallstation nicht einmal einen Notverband anlegen. Alle im Haus kümmern sich um ihn. Also zerbrechen wir uns nicht weiter den Kopf, sondern lassen Sie zu, daß ich Sie ins Hotel bringe. Einverstanden?« Sie hatte nicht mehr genügend Kraft, um mit ihm zu streiten. Sie lächelte nur wie ein müdes Kind, nickte und rückte zur Seite. »So ist's brav.« Er blickte zu ihr hinüber, um zu sehen, ob sie etwas gegen den Ausdruck einzuwenden hatte, und war erleichtert, als sie nicht reagierte. Sie starrte nur mit glasigen

Augen vor sich hin und schien keine Einwände dagegen zu haben, daß er die Initiative ergriff. Er lenkte den Wagen geschickt durch den Verkehr, der zu dieser Tageszeit in Los Angeles noch immer sehr stark war, und blickte sie von Zeit zu Zeit an. Endlich fragte er: »Alles in Ordnung, Mel?«

»Ich bin nur kaputt. Ich brauche ein wenig Schlaf, dann bin ich wieder auf dem Damm.«

»Wann müssen Sie wieder zur Sendung?«

»Erst morgen früh um sechs, Gott sei Dank.« Dann richtete sie sich auf. »Wissen Sie etwas über den Zustand des Präsidenten, das für mich wichtig wäre?« Er schüttelte nur den Kopf. »Verdammt, ich hoffe, daß er es schafft.«

»Das hoffen alle anständigen Menschen im ganzen Land und ich auch. Man steht einer solchen Situation so schrecklich hilflos gegenüber. Eigentlich hat er dabei noch ziemliches Glück gehabt. Er hätte auch gleich tot sein können. Nach den Röntgenaufnahmen ist er verdammt knapp davongekommen. Um Haaresbreite hätte er das Leben oder den Verstand oder zumindest die Fähigkeit verlieren können, sich vom Hals abwärts zu bewegen. Wenn die Kugel nur in einem minimal veränderten Winkel eingedrungen wäre...« Er beendete den Satz nicht. Die Ärzte, die den Präsidenten behandelt hatten, waren alle seine Freunde, und er war daher über jedes Detail auf dem laufenden.

»Mir tut seine Frau so verdammt leid. Sie hält sich so tapfer, und sie sieht aus, als klammerte sie sich an den letzten Strohhalm.« Sie war keine junge Frau mehr, und die letzten zwei Tage waren eine schreckliche Zerreißprobe für sie gewesen.

»Sie hat mit ihrem Herzen Probleme. Sie sind nur leichter Art, aber diese starke Beanspruchung ist natürlich Gift für sie.«

Mel sah ihn mit einem müden Lächeln an. »Sie sind wenigstens zur Stelle, falls sie Hilfe braucht.« Sie war sehr froh darüber, daß er auch für sie selbst da war. Ihr war inzwischen klargeworden, daß sie die Rückfahrt zu ihrem Hotel auf der vollen Schnellstraße kaum unfallfrei geschafft hätte. Das gestand sie ihm auch, als sie vor dem Hotel hielten.

»Übertreiben Sie nicht gleich, ich hätte Sie auf keinen Fall in diesem Zustand fahren lassen.«

»Es war ein Glück, daß Sie zur Stelle waren, als ich herauskam.« Sie fühlte sich ein wenig besser, aber kaum spürbar. Sie hatte noch nicht begriffen, daß er auf sie gewartet hatte, weil er einen Zusammenbruch kommen sah. Er wollte etwas für sie tun und war froh, daß er ihr hatte helfen können. »Ich danke Ihnen vielmals, Peter.« Sie kletterte aus dem Wagen.

»Werden Sie es noch bis ins Hotel schaffen?« fragte er.

Sie lächelte über die Aufmerksamkeit, die er ihr gegenüber zeigte. Seit Jahren, wenn überhaupt jemals in ihrem Leben, hatte sich niemand auf diese Weise ihrer angenommen. »Das geht schon. Gehen kann ich noch. Nur mit dem Autofahren hätte es gehapert.« Sie hätte es dennoch versucht, wenn es notwendig gewesen wäre.

»Morgen werde ich Sie abholen. Um Viertel vor sechs?«

»Das kann ich nicht von Ihnen verlangen.«

»Warum denn nicht? Normalerweise fange ich um halb sieben im Krankenhaus an. Was macht eine halbe Stunde denn schon aus?«

»Ehrenwort, ich kann selbst fahren.« Sie geriet durch sein Angebot fast in Verlegenheit, aber er gab nicht nach.

»Ich sehe nicht ein, weshalb Sie selbst fahren müssen.«

Plötzlich fiel ihr etwas ein. »Wie kommen Sie eigentlich von hier nach Haus?«

»Machen Sie sich deswegen keine Sorgen. Ich werde mit einem Taxi zum Parkplatz zurückfahren und meinen Wagen holen. Ich bin ja hellwach, nur Sie schlafen beinahe schon im Stehen.«

»Ach, Peter, ich hatte nicht die Absicht...« Aber sie mußte so ausgiebig gähnen, daß sie nicht weitersprechen konnte, und er lachte.

»Ja? Gibt es noch etwas, das Sie Ihrem Publikum mitteilen wollen?« Er neckte sie, und es tat ihr leid, daß sie durch ihren langen Arbeitstag so benommen war.

»Ich sage vorläufig nur danke.« Sie blickten einander in die Augen. »Es ist schön, Sie wiederzusehen.«

»Nein, das stimmt nicht, denn Sie können gar nicht sehen, und eigentlich hat Sie ein Fremder ins Hotel gefahren.« Er führte sie zum Eingang und begleitete sie bis in die Halle.

»Alle Fremden sollten so nett sein wie Sie«, murmelte sie.

»Seien Sie jetzt lieb, fahren Sie hinauf in Ihr Zimmer und gehen Sie schlafen. Haben Sie etwas im Magen?«

»Ausreichend. Ich brauche nur mein Bett. Eigentlich genügt mir jedes Bett.« Sogar der Fußboden begann einladend auszusehen. Er drückte auf den Fahrstuhlknopf, schob sie dann sanft in die Kabine und trat zurück, bevor sie noch etwas sagen konnte.

»Auf Wiedersehen morgen früh.«

Sie hätte ihm widersprochen, aber die Türen schlossen sich, und der Fahrstuhl setzte sie in ihrem Stockwerk ab. Nun mußte sie nur noch zu ihrem Zimmer gehen, die Tür öffnen, sie hinter sich schließen und bis zu ihrem Bett tappen. Sie bewegte sich wie in Trance. Sie zog sich nicht einmal aus, rief nur vor dem Einschlafen die Telefonistin an, um sich um fünf Uhr früh wecken zu lassen; dann wußte sie nichts mehr, bis das Telefon klingelte.

»Fünf Uhr, Miß Adams.«

»Schon?« Ihre Stimme klang heiser, und sie schlief noch halb. Sie mußte sich mit Gewalt wachhalten, während sie sich mit dem Hörer in der Hand aufsetzte. »Haben Sie Nachrichten gehört? Ist der Präsident noch am Leben?«

»Ich glaube schon.« Wenn er gestorben wäre, hätte man sie bestimmt aus dem Krankenhaus oder von der Sendestation in Los Angeles angerufen.

Mel legte auf und wählte die lokale Fernsehstation. Der Präsident lebte noch, und es gab keine neuen Bulletins. Sein Zustand war unverändert, aber noch immer kritisch. Sie ging unter die Dusche. Es war noch zu früh, um Kaffee zu bestellen. Zwanzig Minuten vor sechs fuhr sie ins Erdgeschoß und wartete vor dem Hotel; dabei wurde sie das Gefühl nicht los, daß sie am Abend vorher darauf hätte bestehen müssen, daß Peter sie nicht abholte. Er hatte keinen Grund, ihren Chauffeur zu spielen. Es war wirklich vollkommen unnötig. Doch genau um fünf Uhr fünfundvierzig war er zur Stelle und öffnete ihr den Wagenschlag (er sah hellwach aus). Als sie auf den Beifahrersitz glitt, reichte er ihr eine Thermosflasche voll Kaffee.

»Du meine Güte, das ist der beste Taxiservice, den ich je erlebt habe.«

»In dieser Tüte sind belegte Brote.« Er zeigte auf eine braune Papiertüte auf dem Boden. »Guten Morgen.« Er hatte erraten, daß sie am Vorabend nichts mehr gegessen hatte, und bei Mrs. Hahn belegte Brote bestellt, um sie ihr mitzubringen.

»Es ist wirklich großartig, wenn man einen Freund hat.« Sie biß kräftig in ein Putensandwich und lehnte sich dankbar mit einer Tasse Kaffee in der Hand an die Rückenlehne. »So läßt es sich leben.« Dann blickte sie ihn schüchtern lächelnd an. »Als ich vor zwei Wochen von hier abflog, dachte ich wirklich nicht, daß wir einander wiedersehen würden. Oder zumindest nicht so schnell.«

»Das dachte ich auch. Es tut mir leid, daß es bei einem so ernsten Anlaß geschehen mußte. Aber ich bin richtig froh, daß Sie hier sind, Mel.

»Wissen Sie, was?« Sie trank noch einen Schluck von dem dampfenden Kaffee. »Ich auch. Es klingt zwar schrecklich, wenn man bedenkt, aus welchem Grund ich hier bin. Aber ich weiß nicht...« Sie blickte einen Moment zum Fenster hinaus und dann wieder zu ihm hin. »Ich habe viel an Sie denken müssen, seit ich nach Haus flog, und ich war mir nicht im klaren warum. Vielleicht wird das Wiedersehen mir helfen, das herauszufinden.«

Er nickte. Ihn hatte das gleiche Problem beschäftigt. »Ich kann Ihnen meine Gefühle nur schwer schildern. Ich hatte immer das Bedürfnis, Sie anzurufen, um Ihnen von den Ereignissen hier zu erzählen, Ihnen die letzten Neuigkeiten über Marie mitzuteilen... oder über eine Operation, die wir durchgeführt haben... oder über einen Ausspruch eines meiner Kinder.«

»Ich glaube, Sie waren in der letzten Zeit schrecklich allein, und ich habe eine Tür geöffnet. Jetzt wissen Sie nicht, ob Sie den Schritt ins Freie wagen sollen.« Mel überlegte eine Weile. »Das Komische ist, daß auch ich im Zweifel bin. Sie haben auch für mich eine Tür geöffnet, und ich dachte in New York immer wieder an Sie. Ich war so froh, als Sie mich das erste Mal anriefen.«

»Mir blieb keine Wahl. Es war fast eine Art Zwang.«

»Warum?« Beide suchten nach Antworten, die sich ihnen noch verschlossen.

»Ich weiß nicht, Mel. Es war wirklich eine große Erleichterung für mich, zu wissen, daß Sie wieder in meiner Nähe waren.

Vielleicht kann ich diesmal aussprechen, was ich sagen will...« oder vielleicht werde ich es auch nicht wagen...

Mel hatte den Mut, die heikelste Frage zu stellen. »Haben Sie Angst davor?«

»Ja.« Seine Stimme zitterte beinahe, und er sah sie dabei nicht an, sondern blickte auf die Fahrbahn. »Ich habe wirklich Angst.«

»Wenn es Sie tröstet, mir ergeht es ebenso.«

»Warum?« fragte er überrascht. »Sie haben dort drüben seit Jahren allein gelebt. Sie kennen diesen Zustand also genau. Ich noch nicht.«

»Das ist der springende Punkt. Ich war fünfzehn Jahre lang allein. Nie ist mir ein Mann allzu nahe gekommen. Wenn es soweit war, brach ich die Verbindung ab. Aber Sie haben etwas an sich... ich weiß nicht, was ich von Ihnen halten soll, und bei meinem letzten Aufenthalt hier übten Sie eine verdammte Anziehung auf mich aus.«

Er stoppte den Wagen auf dem Parkplatz des Center-City-Krankenhauses und wandte sich ihr zu. »Sie sind seit zwanzig Jahren die erste Frau, meine Frau selbstverständlich ausgenommen, die mich interessiert. Das beunruhigt mich sehr, Mel.«

»Warum?«

»Ich weiß nicht. Aber es ist eine Tatsache. Ich habe mich seit Annes Tod versteckt. Jetzt bin ich plötzlich nicht mehr sicher, ob ich diesen Zustand aufrechterhalten will.« Sie blieben lange schweigend sitzen, dann brach Mel das Schweigen.

»Warum warten wir nicht einfach, um zu sehen, was sich daraus entwickelt? Man soll nichts erzwingen. Keiner von uns hat bis jetzt etwas investiert. Sie haben ein paarmal bei mir angerufen, und ich bin hier, weil auf den Präsidenten geschossen wurde. Mehr ist vorläufig nicht geschehen.« Sie versuchte, sich ebenso zu beruhigen wie ihn, aber es gelang ihr nicht so recht.

»Sind Sie sicher, daß nicht mehr dahintersteckt?«.

»Nein, das ist ja der Haken. Aber wenn wir behutsam vorgehen, werden wir einander vielleicht eine Enttäuschung ersparen.«

»Ich hoffe, ich erschrecke Sie nicht mit meiner Offenheit, Mel. Ich mag Sie zu sehr, um Sie vor den Kopf zu stoßen.«

»Ich jage mir selbst mehr Schrecken ein, als Sie je könnten. Ich wollte nie wieder verletzt werden oder von einem Mann abhängig sein, nur von meiner eigenen Tüchtigkeit. Ich habe eine Mauer um mich errichtet, und wenn ich jemanden hereinlasse, könnte er zerstören, was ich aufgebaut habe, und ich habe so verdammt lange dazu gebraucht, bis ich etwas erreicht hatte.« Es war die ehrlichste Antwort, die sie ihm geben konnte, und sie hatte Tränen in den Augen stehen.

»Ich werde Sie niemals verletzen, Mel, wenn ich es irgendwie vermeiden kann. Wenn möglich, möchte ich Ihnen einen Teil Ihrer Last von den Schultern nehmen.«

»Ich bin nicht sicher, daß ich meine Selbständigkeit aufgeben will.«

»Und ich bin nicht sicher, ob ich bereit bin, die Verantwortung auf mich zu nehmen.«

»Das geht in Ordnung. So ist es besser.« Sie lehnte sich noch einen Moment zurück, bevor sie sich von ihm trennen mußte. »Nur eines ist schade, daß wir räumlich so weit voneinander entfernt sind. Sie leben im Westen, ich lebe im Osten. Bei dieser Distanz werden wir einander nie gründlich kennenlernen.«

»Vielleicht gelingt es uns während Ihres jetzigen Aufenthaltes«, meinte er hoffnungsvoll doch sie schüttelte den Kopf.

»Das ist ziemlich unwahrscheinlich, weil ich so intensiv beschäftigt bin.«

Er wollte sich nicht entmutigen lassen. Noch nicht. Er mußte sich über seine Gefühle zu dieser Frau klarwerden, die ihm so gut gefiel. Er blickte ihr in die großen, grünen Augen, die ihm so großen Eindruck gemacht hatten. »Als Sie das letzte Mal hier waren, haben Sie meine Arbeit beobachtet. Gestatten Sie mir, Ihnen diesmal zur Verfügung zu stehen, soweit es meine Zeit erlaubt. Vielleicht finden wir Gelegenheit, uns miteinander zu unterhalten.«

»Das wäre mir sehr recht. Aber Sie sehen ja, wie es hier zugeht. Ich arbeite praktisch Tag und Nacht.«

»Warten wir ab. Ich werde versuchen, Sie später, wenn ich im

OP und mit der Visite fertig bin, im Vestibül aufzustöbern. Vielleicht können wir zusammen eine Kleinigkeit essen.« Der Gedanke gefiel ihr, aber sie hatte keine Ahnung, ob sie sich freimachen konnte.

»Ich werde mich bemühen wegzukommen. Aber Sie müssen dafür Verständnis haben, Peter, daß es mir vielleicht nicht gelingen wird.«

»Natürlich.« Dann berührte er ihre Hand. »In Ordnung, Mel. Ich bin im Haus. Ich verlasse es nicht.« Möglicherweise mußte aber sie weg. Beide hofften im stillen, daß sie bleiben können würde.

Sie lächelte ihm zu; es tat ihr gut, seine Hand auf der ihren zu spüren. »Danke für die Fahrt, Peter.«

»Stets zu Diensten, Ma'am.« Er öffnete ihr die Tür, und gleich darauf wurden sie von der Menge im Vestibül verschluckt. Er drehte sich einmal nach ihr um, aber sie war bereits in ein Gespräch mit den Presseleuten vertieft, die die Nacht im Vestibül verbracht hatten, und die Fahrstuhltüren gingen hinter ihm zu, bevor sie nach ihm schauen konnte.

Die Neuigkeiten, die Mel erfuhr, waren vielversprechend. Der Präsident war noch am Leben, und vor einer halben Stunde hatte ein Sprecher des Krankenhauses den Journalisten mitgeteilt, daß sich der Zustand des Präsidenten gebessert hatte.

Um acht Uhr kam die First Lady wieder. Sie wohnte im Hotel Bel-Air und war von Geheimdienstleuten umgeben, die sich einen Weg durch das Vestibül bahnten. Es war unmöglich, sich ihr zu nähern, obwohl Mel und eine Menge anderer es versuchten. Die arme Frau sah verstört und matt aus, und sie tat Mel leid. Um halb neun ging Mel auf Sendung und um neun noch einmal, für die Mittagsnachrichten in New York. Sie konnte der Bevölkerung nur mitteilen, daß der Präsident noch am Leben war. Sie sammelte während des ganzen Tages weiterhin Bulletins, ohne einen Moment an sich selbst oder an Peter Hallam zu denken.

Sie traf ihn erst um drei Uhr wieder, als er plötzlich neben ihr auftauchte; er sah in dem gestärkten, weißen Mantel beeindruckend aus, und plötzlich drängten sich eine Menge Reporter um ihn. Sie nahmen an, daß er ihnen Neuigkeiten bringen wollte, und es war fast unmöglich, den Lärm zu überschreien und zu erklären, daß er kein behandelnder Arzt des Präsidenten war, sondern nur eine Freundin besuchte. Schließlich flüchtete er mit Mel in eine Ecke, und mehrere Presseleute glaubten, daß Melanie Adams ihnen eine Sensation wegschnappte. Peter zog verzweifelt den weißen Kittel aus und schob ihn hinter einen Abfallkorb im Vestibül.

»Mein Gott, ich glaubte schon, sie würden mich umbringen.«

»Das würden sie tun, wenn es nur irgendwie möglich wäre. Es tut mir leid.« Sie lächelte ihm müde zu. Sie hatte neun Stunden durchgearbeitet und nichts gegessen, außer dem Sandwich, das er ihr im Wagen gegeben hatte, wenn sie auch den ganzen Tag literweise Kaffee getrunken hatte.

»Haben Sie gegessen?«

»Noch nicht.«

»Können Sie jetzt fort?«

Sie sah auf die Uhr. »Ich muß in zehn Minuten hineingehen und die Sechs-Uhr-Nachrichten für New York sprechen. Aber danach müßte ich mich freimachen können.«

»Wie lange müssen Sie noch bleiben?«

»Noch ein paar Stunden. Ich werde wahrscheinlich gegen sechs Uhr abends fort können. Ich kann notfalls immer noch um acht wiederkommen, um die Elf-Uhr-Nachrichten für New York zu sprechen. Wahrscheinlich wird mir ohnehin nichts anderes übrigbleiben. Aber dann bin ich hoffentlich fertig, es sei denn, es zeichnet sich etwas Neues ab.«

Er überlegte. »Am besten wäre es, wenn ich jetzt gehe und Sie um sechs Uhr abhole. Wir können irgendwo in Ruhe zu Abend essen, ich bringe Sie rechtzeitig hierher zurück, damit Sie die Elf-Uhr-Nachrichten durchgeben können, und anschließend fahre ich Sie in Ihr Hotel.«

»Wahrscheinlich werde ich bis dahin eine wandelnde Leiche sein und womöglich beim Dinner einschlafen.«

»Das stört mich nicht. Es ist mir schon früher gelungen, andere beim Dinner einzuschläfern. Diesmal kann ich mich wenigstens damit trösten, daß etwas anderes daran schuld ist.« Er hätte sie am liebsten in die Arme genommen.

»Ich würde gern heute mit Ihnen ausgehen.«

»Gut. Dann also auf Wiedersehen um sechs.« Er kehrte in sein Büro zurück und kam genau drei Stunden später wieder. Inzwischen hatte Mel dunkle Ringe unter den Augen, und als sie in den Wagen stieg, sah er, daß sie vollkommen erschöpft war. Sie sah ihn müde lächelnd an.

»Wissen Sie, Peter, falls Sie jetzt etwas mit mir anfangen wollen, läuft es auf Leichenschändung hinaus.«

Er lachte gequält über die entsetzliche Vorstellung und verzog das Gesicht.

»Ich fühle mich wirklich tot. Und wie war Ihre Arbeit?«

»Gut. Wie geht es dem Präsidenten heute abend?« Er nahm an, daß sie jetzt mehr darüber wußte als er. Er war zu sehr mit seinen eigenen Patienten beschäftigt, um sich über jemand anderen Sorgen zu machen.

»Er hält sich gut. Allmählich glaube ich, daß er es schaffen wird, wenn er so lange durchgehalten hat. Was meinen Sie?«

»Sie könnten recht haben.« Dann lächelte er. » Ich hoffe nur, daß er nicht morgen früh aus dem Bett springt, so daß Sie gleich nach Haus fliegen müssen.«

»Ich glaube nicht, daß diese Gefahr sehr groß ist. Und Sie?«

»Ehrlich gesagt, nein.« Er sah zu ihr hinüber, während er mit ihr zu einem in der Nähe gelegenen Restaurant fuhr.

»Übrigens, wie geht es den Kindern?«

»Gut. Sie wissen, daß Sie hier sind, weil sie die Nachrichten gesehen haben, aber ich hatte noch keine Zeit, ihnen zu erzählen, daß ich mit Ihnen gesprochen habe.«

Sie schwieg einen Augenblick. »Vielleicht sollten Sie es nicht tun.«

»Warum nicht?« fragte er erstaunt.

»Vielleicht würde es sie auch nervös machen. Kinder haben außerordentlich gute Antennen. Ich weiß es von meinen Kindern. Besonders Jess. Val kann man eine Zeitlang täuschen, weil sie immer so von sich selbst in Anspruch genommen ist. Aber Jessica spürt die Dinge fast, bevor sie passieren.«

»Auch Pam ist manchmal so. Die Jungen sind anders.«

»Das stimmt. Und Pam muß mit genügend Schwierigkeiten

in ihrem Leben fertigwerden, ohne sich auch noch meinetwegen Sorgen zu machen.«

»Wie kommen Sie auf die Idee, daß sie sich Sorgen macht?«

»Wie kommen Sie auf die Idee, daß sie es nicht tut? Bedenken Sie doch, daß ihre ganze Welt in den letzten zwei Jahren auf den Kopf gestellt wurde, aber sie weiß wenigstens, daß sie Sie hat. Und es gab keine Frauen, mit denen sie konkurrieren mußte, zumindest ihrer Meinung nach. Dann trete ich auf den Plan und stelle sofort eine Bedrohung dar.«

»Warum glauben Sie das?«

»Ich bin eine Frau. Sie ist ein Mädchen, und Sie sind ihr Vater. Sie gehören ihr.«

»Der Umstand, daß ich mich für jemanden interessiere, würde nichts daran ändern.«

»Doch, fast unmerklich, in gewisser Hinsicht. Ich bin sicher, daß Ihre Beziehung zu Pam anders war, als Ihre Frau gelebt hat. Sie hatten weniger Zeit für sie, Sie hatten anderes zu tun. Jetzt plötzlich gehören Sie ganz ihr oder beinahe. Sie würde sich bestimmt nicht freuen, wenn sich dieser Zustand ändern würde, noch dazu wegen einer Fremden.«

Er hielt nachdenklich vor einem kleinen italienischen Restaurant. »So habe ich das nie gesehen. Bis jetzt hatte ich auch keinen Grund, mir darüber Gedanken zu machen. Vielleicht sollte ich ein wenig vorsichtig sein, wenn ich ihr etwas erzähle.«

»Das wäre gut. Verdammt, vielleicht werden Sie in den nächsten paar Tagen beschließen, mich nie wiederzusehen. Sie werden mich bald von meiner schlechtesten Seite kennenlernen. Wenn ich lange genug nicht schlafe, beginne ich mich aufzulösen.«

»Tun wir das nicht alle?«

»Sie sehen nicht so aus. Trotz Ihrer vielen Arbeit halten Sie sich wunderbar.«

»Auch ich habe meine Grenzen.«

»So wie ich, und ich habe die meinen vor zwei Tagen erreicht.«

»Kommen Sie, jetzt werden Sie etwas essen. Das wird Ihnen helfen.« Sie betraten das Lokal, und der Oberkellner führte sie zu einem ruhigen Tisch. »Wein, Mel?« Sie schüttelte sofort den Kopf.

»Ich würde über meinem Teller einschlafen.« Sie lachte und bestellte ein kleines Steak. Sie war nicht einmal mehr hungrig, wußte aber, daß ihr etwas Warmes guttun würde. Sie genossen die Mahlzeit und das Plaudern, sie wunderte sich, wie wohl sie sich in seiner Gesellschaft fühlte. Er schien sich für ihre Arbeit zu interessieren, und sie wußte schon ziemlich viel über die seine. Es war eine gemütliche, aber anregende Unterhaltung, und sie lehnte sich schließlich mit einer Kaffeetasse in der Hand zufrieden und gesättigt zurück. »Sie sind mir von Gott gesandt. Wissen Sie das?«

»Ich genieße unser Zusammensein auch.«

»Ich war eigentlich auf etwas ganz anderes gefaßt, als ich nach Los Angeles flog.«

»Ich weiß. Sie sollten jetzt schon auf den Bermudas sein.«

»War das für heute geplant?« Sie hatte den Überblick über die Zeit verloren und seit ihrer Ankunft nicht einmal mit den Mädchen telefoniert, wußte aber, daß sie Verständnis dafür haben würden. Außerdem waren die Zwillinge sowieso über das lange Wochenende in Cape Cod. Es war ihr gar nicht zu Bewußtsein gekommen, daß das Wochenende längst begonnen hatte. Sie hatte das Gefühl, schon seit Wochen in Los Angeles zu sein. Merkwürdigerweise hätte sie nichts dagegen gehabt. Es war eine vollkommen neue Erfahrung für sie. Für gewöhnlich stand New York im Mittelpunkt ihres Lebens, aber jetzt nicht, jetzt war sie mit Leib und Seele in Los Angeles.

»Es tut mir leid, daß Sie Ihre Reise nicht unternehmen konnten, Mel.«

»Mir nicht.« Sie sah ihn offen an. »Ich bin viel lieber hier.« Er wußte nicht genau, was er darauf antworten sollte, deshalb griff er nach ihrer Hand.

»Ich freue mich. Ich bin glücklich, daß Sie wieder hier sind, Mel. Ich bedaure nur, daß Sie so hart arbeiten müssen.«

Sie sah ihn tiefernst an. »Ein geringer Preis dafür, daß ich Sie sehen kann.«

Peters Gedanken wanderten zu dem Mann, dem er Mels Anwesenheit verdankte. »Ich bin sicher, daß der Präsident nicht dieser Ansicht ist.« Sie wurden beide für einen Moment ernst, dann sah Mel bedauernd auf die Uhr. Es war Zeit für sie, zu ihrem Arbeitsplatz zurückzukehren. Peter bot ihr an, sie zum Krankenhaus zurückzubringen und zu warten, aber sie protestierte. »Ich kann ein Taxi nehmen, nachdem ich die Nachrichten durchgegeben habe.« In Los Angeles war es dann erst acht Uhr.

»Ich sagte Ihnen doch, daß ich für die Dauer Ihres Aufenthaltes Ihr Chauffeur bin.« Dann meinte er verlegen: »Außer Sie wollen lieber nicht...«

Diesmal griff sie nach seiner Hand. »Es gibt nichts Schöneres für mich.«

»Gut.«

Er bezahlte die Rechnung, und sie fuhren zum Center-City-Krankenhaus, von wo aus sie den Zuschauern in New York mitteilte, daß der Präsident leichtes Fieber hatte, das jedoch nicht überraschend kam. Eine halbe Stunde später brachte sie Peter zu ihrem Hotel zurück, ließ sie aussteigen und versprach ihr, am nächsten Morgen um Viertel vor sechs wiederzukommen. Sie fuhr zu ihrem Zimmer hinauf und stieg wieder ins Bett, aber an diesem Abend brauchte sie länger, um einzuschlafen, und war noch wach, als Peter eine halbe Stunde später anrief.

»Hallo?« Sie befürchtete, daß jemand eine schlechte Nachricht über den Präsidenten durchgab.

»Ich bin es.« Es war Peter, sie stieß einen Seufzer der Erleichterung aus und sagte ihm, warum. »Tut mir leid, daß ich Sie erschreckt habe.«

»Schon gut. Ist etwas passiert?«

»Nein.« Er zögerte, und sie konnte ihn atmen hören. »Ich wollte Ihnen nur sagen, daß ich Sie phantastisch finde.« Er war selbst über seine Offenheit erschrocken und spürte, wie sein Herz rascher klopfte; Melanie setzte sich nervös und zugleich erfreut im Bett auf.

»Schon als ich das letzte Mal hier war, habe ich das gleiche von Ihnen gedacht.«

Er errötete, kam sich albern vor, und sie plauderten eine Zeitlang. Schließlich legten sie auf, waren aufgeregt, ängstlich und glücklich wie zwei Teenager. Sie begaben sich mit winzigen Schritten in eine gefährliche Situation, und es war noch nicht zu spät zur Umkehr, aber der Balanceakt wurde jeden Tag schwieriger, und keiner von beiden konnte sich vorstellen, was geschehen würde, wenn Mel nach New York zurückflog, doch es war noch zu früh, um sich deshalb Sorgen zu machen. Im Augenblick genossen sie es, einfach weiter zu balancieren.

Gute Nacht, Mel, bis morgen... sie hatte noch den Klang seiner Stimme in den Ohren, während sie im Dunkel lag und einzuschlafen versuchte... es kam ihr vor, als hätte der aufregendste Junge in der Gegend sie soeben zum Abschlußball im College eingeladen... es war komisch, wie jung sie sich wieder fühlte, wenn sie mit ihm beisammen war...

14

Am nächsten Morgen holte Peter sie wieder ab und brachte sie zum Krankenhaus, wo sie erfuhr, daß es dem Präsidenten etwas besser ging. Zum erstenmal seit Tagen hatte sie etwas Zeit für sich, rief, einer plötzlichen Eingebung folgend, die Herzstation an und fragte, ob sie Marie besuchen könnte. Sie fuhr mit dem Fahrstuhl zum sechsten Stockwerk; Marie saß im Bett, sah hübsch, aber ein wenig blaß aus, und ihr Gesicht wirkte jetzt etwas voller. Melanie erkannte bekümmert, daß sie infolge der Medikamente aufgedunsen war, wie alle Transplantations-Patienten, aber Maries Augen strahlten, und sie freute sich, Mel zu sehen.

»Was tun Sie hier?« Sie sah Melanie verwundert an, als sie ins Zimmer trat. In ihren Armen steckten noch Kanülen, aber sie sah gesünder aus als vor der Transplantation.

»Ich bin gekommen, um Sie zu besuchen. Aber leider nicht aus New York. Ich bin wegen des Präsidenten schon seit einigen Tagen hier im Vestibül.« Marie nickte ernst.

»Was für eine schreckliche Sache. Geht es ihm besser?«

»Heute ein wenig. Aber er ist noch nicht über den Berg.« Dann fiel ihr ein, daß diese Bemerkung taktlos war, denn auch Marie war noch nicht über den Berg. Sie lächelte der jungen Frau freundlich zu, die nur um wenige Jahre jünger war als sie und deren Leben nur an einem seidenen Faden hing. »Er hat nicht so viel Glück wie Sie, Marie.«

»Weil er nicht Peter Hallams Patient ist.« Ihre Augen leuchteten, als sie seinen Namen aussprach, und Mel begriff allmählich. Peter Hallam war für dieses Mädchen eine Art Gott geworden, und Mel ahnte, daß sie in ihn verliebt war. Es war zu erwarten gewesen, weil Marie von diesem Mann abhängig war und er ihr durch die Organverpflanzung das Leben gerettet hatte. Aber erst als Peter etwas später ebenfalls das Zimmer betrat und bei Mels Anblick rot wurde, erkannte sie noch etwas. Die starke Beziehung zwischen Arzt und Patientin. Er setzte sich an ihr Bett, sprach mit seiner ruhigen, tröstenden Stimme zu ihr, und es war, als wäre außer den beiden niemand im Raum.

Mel kam sich wie ein Eindringling vor, verabschiedete sich kurz darauf und kehrte zu den Presseleuten zurück, die noch im Vestibül herumlungerten. Sie sah Peter erst wieder, als er sie am Abend ins Hotel zurückbrachte. Wie am Abend zuvor hatte sie zwei Stunden Pause, dann mußte sie um acht Uhr zurück ins Krankenhaus, um für die Elf-Uhr-Nachrichten in New York eine Live-Sendung zu machen. Als sie zum Dinner fuhren, erwähnte sie ihm gegenüber Marie.

»Sie betet Sie einfach an, Peter.«

»Reden Sie keinen Unsinn. Sie ist nicht anders als jede andere Patientin.« Aber er wußte, was Melanie meinte, zwischen ihm und jedem seiner Patienten bestand eine besondere Bindung, die vielleicht in Maries Fall stärker war, weil sie niemanden sonst hatte, der ihr zur Seite stand. »Sie ist ein nettes Mädchen, Mel, und sie braucht jemanden, mit dem sie sprechen kann, während sie all das durchmacht. Da liegt man den ganzen Tag im Bett und denkt nach, manchmal zuviel. Sie braucht jemanden, bei dem sie ihren Kummer abladen kann.«

»Und Sie sind so unendlich geduldig.« Sie fragte sich, wie er das schaffte. Er gab und gab, beinahe über alle Maßen, von seinem Können, seinem Herzen, seiner Zeit, seiner Geduld. Es war unglaublich, daß er durchhielt.

Während des Dinners meldete sich sein Funkgerät, und er mußte zu einem Notfall zurück ins Krankenhaus.

»Marie?« fragte Mel besorgt, während sie zum Wagen liefen.

Er schüttelte den Kopf. »Nein, ein Mann, der vorige Woche eingeliefert wurde. Er braucht dringend ein Herz, und wir haben noch keinen Spender.« Das war offensichtlich sein Hauptproblem, daß er nicht immer ein Herz zur Verfügung hatte, wenn es dringend gebraucht wurde.

»Wird er durchkommen?«

»Ich weiß nicht. Hoffentlich.« Er bahnte sich geschickt einen Weg durch den Verkehr, und sie waren in weniger als zehn Minuten im Krankenhaus; an dem Abend sah sie ihn nicht mehr. Bevor sie auf Sendung ging, überbrachte man ihr im Vestibül die Nachricht, daß Dr. Hallam mehrere Stunden im Operationssaal beschäftigt sein würde, und sie hätte gern gewußt, ob das bedeutete, daß sie einen Organspender gefunden hatten, oder ob Peter inzwischen versuchte, den Patienten irgendwie am Leben zu erhalten. Sie fuhr allein im Taxi ins Hotel und stellte erstaunt fest, wie sehr er ihr fehlte. Sie nahm ein warmes Bad, starrte auf die Fliesenwand und bedauerte, daß sie ihm Fragen über Marie gestellt hatte. Als das Mädchen Peters Namen erwähnte, war Mel ihr Gesichtsausdruck aufgefallen – und er hatte in so vertrautem Ton mit Marie gesprochen. Dieser Eindruck nagte an Mel, und sie fragte sich, ob Peter die Situation richtig einschätzte. Sie war einfach erschöpft. Um halb zehn lag sie im Bett, schlief tief bis zum Weckruf am nächsten Morgen um fünf und war wie immer um halb sechs unten. An diesem Morgen sah Peter müde aus.

»Hallo!« Sie setzte sich rasch in den Wagen, und einen Augenblick lang wollte sie sich zu ihm beugen und ihm einen Kuß auf die Wange drücken, besann sich aber im letzten Moment. Sie suchte seine Augen und begriff sofort, daß etwas nicht stimmte. »Alles in Ordnung?« fragte sie.

»Mir geht es gut.«

Sie glaubte ihm nicht. »Was war gestern nacht?«

»Er ist gestorben.« Er ließ den Motor an, und Mel betrachtete Peters Profil. In seinen Augen lag ein harter, einsamer Ausdruck. »Wir taten unser Bestes, aber er war nicht mehr zu retten.« Plötzlich begriff Mel, was in ihm vorging.

»Sie müssen mich nicht überzeugen.« Ihre Stimme war sanft.

»Ich weiß, wie sehr Sie sich bemüht haben.«

»Ja. Vielleicht muß ich mich selbst überzeugen.«

Sie berührte seinen Arm. »Peter ...«

»Es tut mir leid, Mel.« Er sah sie mit müdem Lächeln an, und sie hätte so gern etwas für ihn getan, doch sie wußte nicht, was.

»Quälen Sie sich nicht selbst.«

»Ja« – dann: »Er hatte eine junge Frau und drei kleine Kinder.«

»Hören Sie auf, sich selbst Vorwürfe zu machen.«

»Wem denn sollte ich sie machen?« Er wandte sich ihr mit plötzlich aufwallendem Zorn zu.

»Sind Sie jemals auf die Idee gekommen, daß Sie nicht Gott sind? Daß Sie nicht dafür verantwortlich sind? Daß nicht Sie das Geschenk des Lebens verleihen?« Es waren harte Worte, aber sie sah, daß er zuhörte. »Es liegt nicht in Ihren Händen, so geschickt Sie auch sind.«

»Es wäre ein idealer Kandidat für eine Organverpflanzung gewesen, wenn wir einen Spender gehabt hätten.«

»Den hatten Sie aber nicht. Und es ist vorbei. Denken Sie nicht mehr daran.« Sie hielten auf dem Parkplatz des Krankenhauses, und er sah sie an.

»Sie haben recht, und ich weiß es. Ich sollte mich nach all den Jahren nicht mehr quälen, tue es aber immer wieder.« Er seufzte leise. »Haben Sie Zeit für eine Tasse Kaffee?« Ihre Anwesenheit hatte etwas Tröstendes, und er brauchte Trost.

Sie sah auf die Uhr und runzelte die Stirn. »Sicherlich. Ich muß mich nur melden. Wahrscheinlich gibt es nichts Neues.« Doch als sie hineinging, gab es etwas Neues. In drei Minuten sollte ein Bulletin gesendet werden. Der Zustand des Präsidenten war nicht mehr kritisch. Als die Nachricht verkündet wurde, ertönte im Vestibül Jubelgeschrei. Für die meisten Mitglieder der Presse bedeutete es, daß sie bald nach Haus reisen konnten und nicht mehr im Vestibül des Center-City-Krankenhauses kampieren mußten.

Mel ging auf Sendung, um dem Osten die Neuigkeit mitzuteilen, und Peter sah zu. Das ganze Land würde sich freuen, doch sie und Peter waren merkwürdig deprimiert. Ihre Blicke trafen sich, als sie ausgeblendet wurde.

»Müssen Sie jetzt nach Haus fliegen?« flüsterte er besorgt.

»Noch nicht. Ich habe soeben eine Nachricht erhalten. Ich soll heute ein Interview mit der First Lady machen, wenn ich es bekommen kann.« In diesem Augenblick piepste Peters Funkgerät, und er mußte sie verlassen.

Mel schickte eine Nachricht zur Frau des Präsidenten hinauf, die im Zimmer neben dem des Präsidenten geschlafen hatte. Wenig später kam die Antwort. Die First Lady würde Mel zu Mittag in einem Privatzimmer im dritten Stock ein Exklusiv-Interview gewähren, was jede Hoffnung auf einen Lunch mit Peter zunichte machte, aber das Interview verlief gut, und Mel war froh; an diesem Nachmittag wurde erneut ein hoffnungsvolles Bulletin herausgegeben. Der Präsident war über den Berg. Als Peter mit ihr am Abend zum Dinner fuhr, hatte sich die gespannte Atmosphäre wesentlich beruhigt.

»Wie war Ihr Tag?« Sie ließ sich auf den Sitz fallen und sah ihn lächelnd an. »Meiner hat mich beinahe umgebracht, aber die Lage wird allmählich besser.«

»Ich habe den ganzen Tag pausenlos gearbeitet. Marie läßt Sie grüßen.«

»Auch ich lasse sie grüßen.« Ihre Gedanken waren jedoch weit weg. Sie fragte sich, wann sie abreisen mußte. Es hieß, daß der Präsident in wenigen Tagen nach Washington ins Walter-Reed-Krankenhaus gebracht werden sollte, doch die First Lady hatte es nicht bestätigen können oder wollen.

»Worüber denken Sie nach, Mel?« Sie bemerkte, daß er weniger deprimiert aussah als am Morgen.

»Über zehntausend Dinge zugleich. Angeblich wird man den Präsidenten bald nach Washington verlegen. Glauben Sie, daß man ihm den Flug wirklich zumuten kann?«

»Im Augenblick wäre es riskant, aber wenn sein Zustand sich weiterhin bessert, wäre es möglich. Sie könnten die gesamte Ausrüstung, die sie brauchen, auf dem *Air Force One* unterbringen.« Die Neuigkeit bereitete ihm anscheinend keine Freude, Mel auch nicht, doch beim Dinner dachten sie nicht mehr daran; Peter erzählte lustige Geschichten von Matt, als er zwei oder drei Jahre alt gewesen war, und komische Episoden, die sich während seiner klinischen Ausbildung im Krankenhaus ereignet hatten. Sie waren so erschöpft, daß sie wie zwei alberne Kinder kicherten, und als er vor acht Uhr mit ihr zum Krankenhaus zurückfuhr, fiel es ihr schwer, die Nachrichten mit ernstem Gesicht zu bringen; erstaunlicherweise waren beide noch in gehobener Stimmung, als sie eine halbe Stunde später das Center-City-Krankenhaus verließen. Wenn sie beisammen waren, gab ihnen das Gefühl, das sie verband, Auftrieb und machte das Leben lebenswert.

»Wollen Sie auf einen Drink zu mir kommen?« Er wollte sie wirklich noch nicht verlassen, und plötzlich wurde ihm klar, daß sie vielleicht in wenigen Tagen fort sein würde. Er wollte jeden Augenblick ihrer Anwesenheit genießen.

»Ich glaube nicht, daß es vernünftig wäre. Meiner Ansicht nach würde es Ihre Kinder aus der Fassung bringen.«

»Und wer denkt an mich? Habe ich nicht das Recht, eine Freundin einzuladen?«

»Sicherlich, aber jemanden nach Haus mitzunehmen, kann ein folgenschwerer Entschluß sein. Wie würde Pam denn reagieren, wenn sie mich wiedersieht?«

»Sie wird ihre Einstellung einmal ändern müssen.«

»Sind die paar Tage eine solche Aufregung wirklich wert?« Mel war nicht dieser Ansicht. »Warum kommen Sie nicht lieber auf einen Drink in mein Hotel? Es ist häßlich wie die Sünde, aber die Bar sieht halbwegs annehmbar aus.« Keiner von ihnen hatte Lust, etwas zu trinken. Sie wollten nur beisammensitzen und stundenlang plaudern, bis sie nahe daran waren, vor Erschöpfung umzufallen.

»Wissen Sie, ich könnte die ganze Nacht mit Ihnen sprechen.« Er wunderte sich noch immer darüber, wie viele einander widersprechende Gefühle er für sie empfand, Verlangen, Achtung, Bewunderung, Angst, Abstand und alles gleichzeitig. Aber was immer das bedeutete, er konnte anscheinend nicht genug von ihr bekommen. Er war offensichtlich danach süchtig, daß er Mel Adams bei sich hatte. Er hing an der Angel und wußte nicht, was er jetzt anfangen sollte.

»Mir geht es genauso, und das Komische ist, daß wir einander kaum kennen und es mir vorkommt, als würde ich mit Ihnen seit Jahren befreundet sein.« Sie hatte sich noch nie so gern mit jemandem unterhalten, und es machte ihr ein wenig Angst, wenn sie darüber nachdachte. Es war ein Thema, über das keiner von ihnen sprach, an das aber beide dachten. Heute abend faßte sie Mut, als sie ihn über ihren zweiten Irish Coffee hinweg ansah. Das Getränk schien beide in Schwung zu bringen und gleichzeitig den Dingen die Schärfe zu nehmen, die Mischung von Kaffee und Whisky brachte das zuwege, und die berauschende Wirkung, die sie aufeinander hatten, verstärkte ihre Gefühle. »Wenn ich zurückfliege, werden Sie mir irrsinnig fehlen.«

Er sah sie eindringlich an. »Sie mir auch. Ich dachte heute morgen daran, als ich Sie ins Krankenhaus fuhr. Was Sie über den Patienten sagten, war sehr vernünftig. Sie holten gewissermaßen meinen Tag aus dem Graben und richteten mich wieder auf. Ich war im Begriff abzusacken. Es wird mir komisch vorkommen, wenn ich Sie nicht mehr jeden Morgen um sechs von Ihrem Hotel abholen werde.«

»Vielleicht werden Sie wieder ein bißchen Zeit für sich selbst finden und auch mit Ihren Kindern beisammensein können. Beschweren sie sich schon?«

»Sie scheinen von ihrem eigenen Leben in Anspruch genommen zu sein.«

»Wie die Zwillinge.« Sie sollten an diesem Abend aus Cape Cod zurückkommen. »Ich muß sie anrufen, sobald ich kann. Wenn ich aufwache, sind sie schon zur Schule gegangen, und wenn ich nach Haus komme, schlafen sie.«

»Sie werden bald zu Haus sein, Mel.« In seiner Stimme lag ein schmerzlicher Unterton, und sie antwortete eine Zeitlang nicht.

»Ich führe ein verrücktes Leben, Peter.« Sie sah ihm gerade in die Augen, als fragte sie ihn, was er davon halte.

»Aber es füllt Sie aus, nehme ich an. Wir scheinen beide pausenlos zu arbeiten, aber es ist nicht so schlimm, wenn einem gefällt, was man tut.«

»Dieser Ansicht war ich immer.« Sie griff über den Tisch nach seiner Hand. Das war die einzige Berührung, die sie sich jemals gestattet hatten, aber jetzt war es eine wohltuende Geste. »Ich danke Ihnen für alles, was Sie für mich getan haben, Peter.«

»Wofür? Daß ich Sie ein paarmal zum Krankenhaus und wieder zurück gefahren habe? Das ist kaum eine großartige Leistung.«

»Es war aber sehr nett.«

»Das war es auch für mich. Es wird seltsam sein, wenn Sie nicht mehr hier sind.«

Sie lachte. »Wahrscheinlich werde ich jeden Morgen um Viertel vor sechs vor meinem Haus in New York stehen und darauf warten, daß Sie mit Ihrem Mercedes um die Ecke biegen.«

»Ich wünschte...« Dann schwiegen sie, und die Rechnung kam. Er zahlte, und sie gingen langsam ins Vestibül. Es war spät, beide mußten am nächsten Morgen früh aufstehen, und als sie sich voneinander verabschiedeten, wünschte Melanie, daß sie es nicht tun müßten.

»Auf Wiedersehen bis morgen, Peter.« Er nickte und winkte, während sich die Fahrstuhltüren schlossen, dann fuhr er nach Haus und fragte sich, wie das Leben ohne Mel sein würde. Er wollte gar nicht daran denken, während er sich auskleidete. Mel stand lange in ihrem Hotelzimmer, starrte aus dem Fenster, dachte an Peter und die Dinge, die sie einander in den letzten Tagen gesagt hatten, und ohne Warnung überfiel sie das Bewußtsein ihrer Einsamkeit stärker denn je. Plötzlich wollte sie nicht zurück nach New York. Aber das war verrückt. Sie hatte das gleiche bei ihrem ersten Aufenthalt in Los Angeles empfunden, nur war es diesmal stärker. An diesem Abend ging sie mit dem unangenehmen Gefühl zu Bett, daß Peter Hallam ihr näherstand, als ihr recht war. Doch wenn sie mit ihm zusammen war, dachte sie nicht daran. Sie unterhielt sich mit ihm so ungezwungen, als würde sie ihn seit Jahren kennen. Dieses Gefühl vermittelte er ihr jedesmal, wenn sie mit ihm beisammen war, und sie fragte sich einen Moment, ob er sich vielleicht ihr gegenüber genauso verhielt wie seinen Patienten. Sie schlief in dieser Nacht schlecht und war erleichtert, als sie ihn am nächsten Morgen sah. Sie schlüpfte rasch in seinen Wagen, und sie plauderten ungezwungen während der nun schon gewohnten Fahrt zum Krankenhaus, dann plötzlich wandte sich Peter ihr zu.

»Es ist so, als wären wir verheiratet, nicht wahr?«

Sie spürte, wie sie blaß wurde. »Was ist so?«

»Daß wir jeden Tag zusammen zur Arbeit fahren.« Er machte ein verlegenes Gesicht. »Ich muß Ihnen etwas gestehen. Ich mag Routine. Ich bin ein Gewohnheitsmensch.«

»Das bin ich auch.« Sie fühlte sich wieder besser. Einen Augenblick war sie erschrocken gewesen. Sie lehnte sich zurück und sah das Krankenhaus näher kommen. »Ich möchte wissen, welche Neuigkeiten mich erwarten.« Der Zustand des Präsidenten hatte sich weiter gebessert, und man wartete nur auf die Nachricht, daß er nach Washington verlegt würde.

Nichtsdestoweniger war sie bestürzt, als bekanntgegeben wurde, daß der Präsident schon am nächsten Tag mit einem Ärzteteam an Bord der *Air Force One* nach Washington fliegen würde, und hatte das Gefühl, daß ihr jemand einen Schlag in die Magengrube versetzt hatte. Sie stieß keuchend ein einziges Wort aus – ein kaum hörbares »Nein«. Aber es war wahr. Er reiste ab. Wieder herrschte im Vestibül Chaos. Bulletins wurden durchgegeben, Interviews mit Ärzten, Mel mußte ein dutzendmal in New York anrufen. Ihre Redaktion versuchte durchzusetzen, daß sie den Flug an Bord der *Air Force One* mitmachte, doch bisher war nur bekannt, daß sechs Mitglieder der Presse in das Flugzeug zugelassen würden. Mel betete stumm den ganzen Tag nicht dabei zu sein, erhielt jedoch um fünf Uhr einen Anruf aus New York. Sie war eine der sechs Journalisten. Sie würden am nächsten Tag gegen zwölf Uhr mittag abfliegen. Sie sollte um neun Uhr im Krankenhaus sein und über sämtliche Vorbereitungen berichten. Als sie abends Peter auf dem Parkplatz traf, sank sie in sich zusammen, sobald sie im Wagen saß.

»Was ist los, Mel?« Er sah sofort, daß etwas nicht stimmte. Er hatte selbst einen schweren Tag hinter sich, an dem er in einer vierstündigen Operation ein Plastikherz eingepflanzt hatte, was er anfänglich nicht hatte tun wollen. Aber in diesem speziellen Fall hatte es keine andere Lösung gegeben. Alle anderen Versuche waren fehlgeschlagen, und es war kein Organspender für eine Transplantation in Sicht. Er wußte aber, wie groß das Risiko einer Infektion war. Auch Marie hatte ihn heute vor einige Probleme gestellt. Davon erzählte er jedoch Mel nichts, als sie sich ihm mit unglücklichem Gesicht zuwandte.

»Ich reise morgen ab.«

»Verdammt.« Er starrte sie lange an, dann nickte er. »Wir wußten ja, daß Sie nicht ewig hierbleiben würden.« Er brauchte einige Minuten, bis er sich wieder gefaßt hatte, dann startete er den Motor. »Müssen Sie heute abend noch zurückkommen?«

Sie schüttelte den Kopf. »Ich habe bis neun Uhr früh frei.«

Daraufhin lächelte er unternehmungslustig. »Dann schlage ich Ihnen etwas vor: gehen Sie in Ihr Hotel, ruhen Sie sich eine Weile aus und kleiden Sie sich um, wenn Sie wollen, und wir gehen zum Abendessen in ein nettes Lokal. Was halten Sie davon?«

»Wunderbar. Sind Sie sicher, daß Sie nicht zu müde sind?« Sie merkte jetzt, daß er abgespannt aussah.

»Absolut. Ich würde mich freuen. Gehen wir wieder ins Bistro?«

»Ja. Der einzige Ort, zu dem ich nicht zurückkehren will, ist New York. Ist das nicht schrecklich?« Sie war jetzt eine Woche fort, hatte aber das Gefühl, daß es ein Jahr war, und plötzlich tauchte ihr Leben in New York vor ihr auf. Die Sechs- und die Elf-Uhr-Nachrichten, die Zwillinge, ihre tägliche Routine. Im Augenblick erschien ihr nichts davon begehrenswert, und sie war noch immer deprimiert, als sie nach oben ging, um sich umzuziehen. Ihre Stimmung besserte sich erst, als Peter sie um halb acht abholte. Er trug einen dunkelgrauen, doppelreihigen Flanellanzug, und sie fand, daß er noch nie so gut ausgesehen hatte. Sie hatte nur ein beiges Seidenkleid und eine schwere, cremefarbene Seidenjacke, die sie für die Sendung mitgenommen, aber noch nicht einmal ausgepackt hatte, dabei.

Sie sahen sehr vornehm aus, als sie das Bistro betraten. Der Oberkellner führte sie zu einem schönen Tisch. Peter bestellte Drinks, und der Kellner brachte die schwarze Tafel zu ihrem Tisch, auf der das Menü mit Kreide geschrieben stand. Mel war nicht hungrig. Sie wollte nur mit Peter sprechen und bei ihm sein, und im Lauf des Abends stellte sie mehrmals fest, daß sie sich an ihn klammern wollte. Schließlich bestellte er nach dem Schokoladensoufflé und dem Kaffee für beide Brandy und blickte sie traurig an.

»Es wäre schön, Mel, wenn Sie hierbleiben könnten.«

»Das wäre wirklich schön. Es klingt verrückt, aber es war eine wundervolle Woche, trotz all der harten Arbeit.«

»Sie werden wiederkommen.« Aber Gott allein wußte, wann. Sie war seit über einem Jahr nicht in Los Angeles gewesen, bevor sie den Auftrag bekommen hatte, ihn zu interviewen. Es war Zufall gewesen, daß sie dann so bald wiederkommen konnte.

»Wenn wir nur nicht soweit voneinander entfernt lebten«, sagte sie traurig wie ein kleines Mädchen, das sich von seiner besten Freundin trennen muß, und er legte ihr lächelnd den Arm um die Schultern.

»Sie sprechen mir aus dem Herzen.« Und dann: »Ich werde Sie anrufen.« Aber was dann?

Es war unmöglich, eine Antwort zu finden, sie lebten an entgegengesetzten Enden des Landes, mit Kindern, Häusern, Karrieren und Freunden. Nichts davon konnte man in einem Koffer verstauen und mitnehmen. Die Telefonanrufe und gelegentlichen Besuche mußten Mel und Peter genügen. Sich damit abzufinden, war fast mehr, als Mel ertragen konnte. Nach dem Dinner gingen sie den Rodeo Drive entlang.

»Warum sind unsere Leben nicht anders verlaufen, Peter?«

»Möchten Sie das wirklich?« Er schien überrascht. »Wie?«

»Wir könnten zumindest in derselben Stadt leben.«

»Da bin ich Ihrer Meinung. Aber sonst würde ich sagen, daß wir eigentlich Glück gehabt haben, weil wir einander kennenlernten. Es hat mein Leben bereichert.«

»Meines ebenfalls.« Ihre Hände schlossen sich fester umeinander, beide waren eine Weile in Gedanken versunken.

Er sah zu ihr hinunter, ohne ihre Hand loszulassen. »Es wird ohne Sie hier verdammt einsam sein.« Er hörte sich sprechen und konnte nicht glauben, daß er das gesagt hatte, aber er hatte es getan, und jetzt machte es ihm kaum noch Angst. Der Brandy half ihm, und eine Woche in ihrer Gesellschaft war wie ein Geschenk gewesen, das er nie erwartet hatte. Er hatte sich jeden Tag mehr in sie verliebt, und daß sie ihn jetzt verließ, stimmte ihn trauriger, als er erwartet hatte.

Schließlich kehrten sie langsam zu dem Wagen zurück, und er brachte sie zu ihrem Hotel. Dort blieben sie im Auto sitzen und blickten einander im Licht der Straßenlampen an. »Werde ich Sie morgen noch sehen, Mel?«

»Ich muß erst um neun dort sein.«

»Ich bin für sieben im Operationssaal angesagt. Um wieviel Uhr startet das Flugzeug des Präsidenten?«

»Um die Mittagszeit.«

»Dann müssen wir jetzt wohl Abschied nehmen.« Er beugte sich wortlos zu ihr, nahm ihr Gesicht in die Hände und küßte sie. Sie schloß die Augen und spürte, wie ihre Lippen mit den seinen verschmolzen. Sie fühlte sich leicht benommen, als er sie wieder ansah, und klammerte sich noch lange an ihn, dann blickte sie ihm in die Augen, ihre Finger betasteten sein Gesicht und dann seine Lippen, während er ihre Fingerspitzen küßte. »Sie werden mir sehr fehlen, Mel.«

»Mir geht es genauso.«

»Ich werde Sie anrufen.« Und wie sollte es weitergehen? Keiner von ihnen wußte eine Antwort auf diese Frage.

Ohne ein weiteres Wort zog er sie an sich und hielt sie lange fest, schließlich begleitete er sie ins Vestibül und küßte sie noch einmal, bevor sie im Fahrstuhl verschwand. Dann ging er gedankenverloren zu seinem Wagen und fuhr weg. Seit Anne von ihm gegangen war, lastete auf seinem Herzen ein schweres Gewicht. Er hatte vermeiden wollen, je wieder so verletzt zu werden. Es erschreckte ihn, daß Mel ihm so viel bedeutete.

15

Als Mel am nächsten Tag ins Krankenhaus kam, durfte sie mit einem Zwei-Mann-Kamerateam nach oben gehen und kurz mit der First Lady sprechen, während Vorbereitungen für den Transport des Präsidenten getroffen wurden. Es war geplant, daß er das Krankenhaus um zehn Uhr verlassen und am Internationalen Flughafen von Los Angeles kurz vor elf eintreffen würde, um so bald wie möglich abzufliegen. Dem Präsidenten ging es den Umständen entsprechend gut, aber seine Frau war offensichtlich in größter Sorge. Sein Zustand war stabil, aber es war schwer vorauszusagen, wie er den Flug vertragen würde. Dessenungeachtet wollte er nach Washington zurückkehren, und seine Ärzte waren damit einverstanden.

Mel beendete das Interview und wartete im Vestibül, bis der Präsident fünfundvierzig Minuten später auf einer Trage vorbeigefahren wurde. Er winkte den Schwestern und Technikern zu, lächelte tapfer und murmelte Grußworte, war aber noch immer totenblaß, dick verbunden, und in seinem Arm steckte eine Kanüle. Die Trage war von einem Schwarm von Geheimdienstmännern, Ärzten und Schwestern umgeben, die ihn auf dem Flug nach Washington begleiten würden. Mel folgte ihnen in respektvollem Abstand und fuhr mit einem anderen Fahrstuhl ins Erdgeschoß, wo sie sich der Handvoll sorgfältig gesiebter Reporter anschloß, die an Bord der *Air Force One* nach Osten fliegen würden. Für sie war eine eigene Limousine reserviert worden; als sie sie bestieg, warf sie einen Blick zum Center-City-Krankenhaus zurück. Sie hätte gern eine Botschaft für Peter beim Portier hinterlassen, bevor sie abfuhr, hatte aber weder Gelegenheit noch Zeit dazu gehabt, und kurz darauf jagten sie zum Flughafen.

»Wie finden Sie, daß er aussah?« fragte sie der Reporter neben ihr kurz und überprüfte einige Notizen, während er sich mit einer Hand eine Zigarette anzündete. Sie waren eine Gruppe abgebrühter Profis, dennoch lag ein leises Prickeln in der Luft. Es war für sie alle eine endlose Woche gewesen, und sie freuten sich darauf, nach Haus zu kommen und sich zu erholen. Die meisten von ihnen würden, gleich nachdem sie Washington erreicht hatten, nach Haus zurückkehren, und die Sendeanstalt hatte für Mel bereits einen Platz für den Flug nach New York um zehn Uhr am selben Abend gebucht. Man würde sie um elf im La Guardia abholen und nach Haus fahren. Sie hatte das unbestimmte Gefühl, von einem anderen Planeten zur Erde zurückzukehren. Sie war keineswegs sicher, ob sie sich auf zu Haus freute, und ihre Gedanken waren ganz bei Peter, sie dachte an seine Worte, sein Gesicht und seine Lippen.

»Hm?« Sie hatte die an sie gerichtete Frage des Reporters überhört.

»Ich fragte, wie er aussah.« Der ältere Reporter machte ein

ärgerliches Gesicht, Mel kniff die Augen zusammen und rief sich das Bild des Präsidenten, wie er auf der Trage gelegen hatte, ins Gedächtnis.

»Miserabel. Aber er lebt.« Wenn auf dem Flug nach dem Osten nicht etwas Dramatisches passierte oder sich eine ernste Komplikation einstellte, würde er wahrscheinlich wieder gesund werden. Er hatte sehr viel Glück gehabt, das wurde bei den Sendungen immer wieder betont, dieses Attentat hätte weitaus schlimmer enden können.

Auf der Fahrt zum Flughafen gab es das unter Reportern übliche Gequatsche, unanständige Witze, Klatschgeschichten und alte Erlebnisse wurden zum besten gegeben. Keiner ließ sich je eine aktuelle Neuigkeit entreißen, aber dieser Flug war für sie alle nicht mehr so spannungsgeladen wie der nach Los Angeles. Mel überdachte die Woche vorher, und wie sie Peter kennengelernt hatte. Jetzt fragte sie sich, wann sie ihn wiedersehen würde. Sie konnte sich nicht vorstellen, daß sich in naher Zukunft noch eine solche Gelegenheit ergeben würde, und diese Erkenntnis deprimierte sie.

Der neben ihr sitzende Reporter sah sie an. »Es sieht ganz so aus, Mel, als wäre die letzte Woche für Sie zuviel gewesen.«

»Nein.« Sie schüttelte den Kopf und wandte den Blick ab. »Ich bin nur müde, nehme ich an.«

»Wem von uns geht es anders?«

Eine halbe Stunde später gingen die Journalisten an Bord des Flugzeugs und nahmen im Passagierabteil Platz. Für den Präsidenten war vorne eine Art Krankenzimmer eingerichtet worden, dem sich keiner von ihnen nähern durfte. Während des Fluges kam jede Stunde der Pressesprecher zu ihnen und verlas ein Bulletin über den Gesundheitszustand des Präsidenten; es war für alle ein ereignisloser Flug; sie erreichten Washington in viereinhalb Stunden, eine Stunde später war der Präsident im Walter-Reed-Krankenhaus untergebracht, und plötzlich wurde Mel klar, daß ihre Aufgabe damit beendet war. Der Washington-Korrespondent der Sendergruppe hatte sie auf dem Flughafen erwartet, und nachdem sie zusammen mit den anderen Berichterstattern, die aus Los Angeles gekommen waren, den Präsidenten zum Krankenhaus begleitet und dann noch einmal kurz die First Lady gesehen hatte, ging sie hinaus zu der auf sie wartenden Limousine und fuhr wieder zum Flughafen. Sie hatte eine Stunde Zeit bis zu ihrem Abflug nach New York; als sie sich in der Wartehalle hinsetzte, fühlte sie sich wie in Trance. Allmählich erschien ihr die vergangene Woche unwirklich wie ein Traum, sie fragte sich, ob sie Peter und die Zeit, die sie mit ihm verbracht hatte, nur in ihrer Vorstellung erlebt hatte.

Langsam ging sie zu einer Telefonzelle bei dem nächsten Gate, steckte ein Zehncentstück in den Schlitz und meldete ein R-Gespräch nach Haus an. Jessie meldete sich, und einen Moment traten Mel Tränen in die Augen; erst jetzt merkte sie, wie übermüdet sie war.

»Hallo, Jess.«

»Hallo, Mom, bist du in New York?« Sie klang wieder wie in ihrer Kinderzeit, in ihrer Stimme schwang Aufregung mit.

»Beinahe, Liebling. Ich bin auf dem Flughafen in Washington. Ich müßte gegen halb zwölf zu Haus sein. Mein Gott, es kommt mir so vor, als wäre ich ein Jahr weggewesen.«

»Wir haben dich ganz schlimm vermißt.« Sie machte ihrer Mutter nicht einmal Vorwürfe, weil sie nicht angerufen hatte. Sie wußte, wie unmöglich ihr Zeitplan gewesen war. »Geht es dir gut?«

»Ich bin am Boden zerstört. Ich kann es nicht erwarten, nach Haus zu kommen. Aber bleibt nicht auf. Ich werde mich ins Haus schleichen und gleich ins Bett fallen.« Es war nicht nur die Müdigkeit, die jetzt immer stärker wurde. Sie wurde sehr traurig, als ihr bewußt wurde, wie weit weg sie von Peter war. Das war zwar reichlich albern, aber anscheinend konnte sie ihre Gefühle nicht mehr unter Kontrolle halten.

»Machst du Witze?« Jess war richtig empört. »Wir haben dich eine Woche lang nicht gesehen! Natürlich warten wir auf dich. Wenn wir müssen, werden wir dich ins Schlafzimmer tragen.«

Mel lächelte unter Tränen ins Telefon. »Ich liebe dich, Jess. Wie geht es Val?«

»Gut. Du hast uns beiden gefehlt.«

»Ihr mir noch mehr, mein Liebling.« In Kalifornien hatte sie sehr viel Wichtiges erlebt. Jetzt mußte sie über vieles nachdenken und sich über manches Klarheit verschaffen, und die einzigen Menschen, die sie jetzt um sich haben oder mit denen sie sprechen wollte, waren ihre Zwillinge.

Als sie zu Haus ankam, erwarteten sie sie im Wohnzimmer, umarmten sie nacheinander voll Freude, sie wieder bei sich zu haben; als Mel sich so umsah, empfand sie beim Anblick des Hauses und ihrer Kinder ein Glücksgefühl wie nie zuvor.

»Mein Gott, Kinder, ist es schön, wieder zu Haus zu sein!« Doch eine leise Stimme in ihr widersprach. Eine leise Stimme in ihr sagte, daß sie eigentlich lieber in fünftausend Kilometer Entfernung mit Peter zu Abend essen wollte. Aber das lag jetzt alles weit hinter ihr, und sie mußte es vergessen, zumindest für den Augenblick.

»Es muß schrecklich gewesen sein, Mom. Nach den Nachrichten im Fernsehen hatten wir den Eindruck, daß du nie aus dem Vestibül des Krankenhauses hinausgekommen bist.«

»Beinahe nicht, außer für ein paar Stunden Schlaf dann und wann...« Und die Zeit, die sie mit Peter verbracht hatte... Sie schaute ihre Töchter an, fast erwartete sie, daß ihnen eine Veränderung an ihr auffallen würde. Aber das war kaum möglich. Ihr Äußeres hatte sich nicht verändert, nur ihre Gefühle waren anders geworden, und die verbarg sie sorgfältig. »Habt ihr beiden euch die ganze Woche anständig aufgeführt?« Val brachte ihr eine Coca-Cola, und sie lächelte ihr dankbar zu. »Danke, Liebling.« Dann grinste sie. »Hast du dich inzwischen wieder einmal verliebt, kontaktfreudige junge Dame?«

»Noch nicht.« Sie lachte. »Aber bald ist es wieder soweit.« Mel verdrehte die Augen, dann plauderten sie lange, so daß es ein Uhr morgens war, als sie alle schlafen gingen. Sie gaben ihrer Mutter vor ihrem Schlafzimmer einen Gutenachtkuß und gingen ein Stockwerk höher in ihre Zimmer, während Mel ihre Reisetasche auspackte und duschte; als sie wieder auf die Uhr sah, war es schon zwei Uhr morgens... elf Uhr an der Westküste... plötzlich war sie sehr neugierig, wo Peter eben war und was er im Augenblick machte. Sie fühlte sich total zerrissen. Das Leben würde kompliziert werden, zumindest im Augenblick, und sie mußte noch herausfinden, welchen Stellenwert das alles für sie hatte... was Peter Hallam ihr bedeutete... doch insgeheim wußte sie genau, was sie fühlte.

16

Am nächsten Tag rief Grant sie knapp vor zwölf Uhr mittags an und weckte sie; sie wälzte sich im Bett auf die andere Seite und blickte in den strahlend sonnigen Junitag hinaus.

»Willkommen daheim, altes Mädchen. Wie war es in Los Angeles?«

»Ach, reizend.« Sie streckte sich. »Ich habe mich die ganze Zeit am Swimming-pool geräkelt und Sonne und frische Luft getankt.« Beide lachten, sie wußten, was für eine Hetzjagd sie hinter sich hatte. »Wie ist es dir ergangen?«

»Streß, Tohuwabohu, das Übliche. Und dir?«

»Was meinst du, wenn dort drüben der Teufel los ist?«

»Du mußt todmüde sein.« Aber sie klang nicht übel.

»Du hast recht. Ich bin bereits tot.«

»Kommst du heute ins Büro?«

»Am Abend, für die Sechs-Uhr-Nachrichten. Ich glaube, früher schaffe ich es nicht.«

»Das müßte reichen. Ich werde nach dir Ausschau halten. Du hast mir gefehlt, Kleines. Wirst du Zeit für einen Drink haben?«

Zeit, ja, aber keine Lust. Sie wollte allein sein, um mit sich selbst ins reine zu kommen. Sie sah keine Veranlassung, Grant im gegenwärtigen Stadium etwas über Peter zu erzählen. »Nicht heute abend, mein Lieber. Vielleicht nächste Woche.«

»Okay. Bis später, Mel.«

Sie stieg aus dem Bett, streckte sich und dachte an Grant. Sie hatte Glück, einen Freund wie ihn zu haben, und gerade als sie ins Badezimmer ging, um zu duschen, hörte sie das Telefon klingeln; ob er wohl etwas vergessen hatte? Nicht viele Leute riefen sie zur Mittagszeit zu Haus an, und dazu wußte noch kaum jemand, daß sie zurück war. Das würde erst bekannt werden, wenn sie heute abend wieder auf dem Bildschirm erschien. Mel, die nackt vor dem Schreibtisch stand und auf den Garten hinter dem Haus blickte, nahm den Hörer mit gerunzelter Stirn ab. »Hallo?«

»Hallo, Mel.« Die Stimme klang etwas nervös, doch als sie sie erkannte, tat ihr Herz einen riesigen Sprung. Es war Peter, sie hörte das bei einem Ferngespräch typische Summen. »Ich war nicht sicher, ob Sie zu Haus sein würden, und ich habe auch nur ein paar Minuten Zeit, aber ich wollte es doch versuchen. Sind Sie gut nach Haus gekommen?«

»Ja ... sehr gut ...« Die Worte gingen ihr nicht glatt von den Lippen, und sie schloß die Augen, während sie ihm zuhörte.

»Wir haben heute zwischen den Operationen eine kleine Pause eingelegt, und ich wollte Ihnen nur sagen, wie sehr Sie mir fehlen.« Dieser kleine Satz ließ ihr Herz kurzzeitig aussetzen, daher antwortete sie nicht sofort. »Mel?«

»Ja ... ich dachte nur nach ...« Dann ließ sie alle Vorsicht fahren und setzte sich mit einem Seufzer an den Schreibtisch. »Sie fehlen mir auch. Sie bringen mein Leben ganz schön durcheinander, Doktor.«

»Ich?« Es klang erleichtert. Er selbst war auch ziemlich verwirrt und hatte in der letzten Nacht kaum ein Auge zugemacht, aber nicht gewagt anzurufen, um sie nicht aufzuwecken. Er wußte, wie erschöpft sie gewesen war, als sie abreiste. »Ist Ihnen klar, wie verrückt wir sind, Peter? Gott weiß, wann wir einander wiedersehen werden, und wir verlieben uns ineinander wie zwei Teenager.« Aber sie strahlte wieder vor Glück, während sie sich unterhielten. Sie hatte sich danach gesehnt, seine Stimme zu hören.

Er lachte über ihre Ausdrucksweise. »Stimmt das? Verliebt? Ich möchte es genau wissen.«

»Was glauben Sie?« Sie war nicht sicher, was sie von ihm hören wollte, und hatte ein bißchen Angst, wie seine Reaktion ausfallen würde. Sie konnte ihm noch keine ernsthafte Liebeserklärung machen, und er war auch noch nicht soweit. Sie hatte sich noch in der Hand. Doch das Schlimmste daran war, daß sie nicht einmal wußte, ob sie das überhaupt noch wollte.

»Ich glaube, das ist so ziemlich die richtige Formulierung, Mel. Ich bin in Sie verliebt, das sagt man doch in diesem Fall?« Beide lachten, und Mel fühlte sich wieder wie ein Backfisch. Er übte jedesmal die gleiche Wirkung auf sie aus. »Übrigens, wie geht es den Zwillingen?«

»Gut. Und Ihrer Rasselbande?«

»Es geht. Matthew beklagte sich gestern, daß er mich nie zu Gesicht bekommt. Wir werden am Wochenende angeln fahren oder ein Picknick machen, wenn ich mich freimachen kann. Aber es hängt davon ab, wie die heutige Operation verläuft.«

»Was ist es denn?«

»Ein dreifacher Bypass, aber es sollte eigentlich keine Komplikationen geben.« Dann sah er auf die Uhr in seinem winzigen Büro, aus dem er anrief. »Übrigens, ich muß zurückgehen und meine Hände schrubben. Ich werde dabei an Sie denken, Mel.«

»Besser nicht. Denken Sie lieber an Ihren Patienten. Vielleicht sollte ich von nun an die Nachrichten mit ›Gute Nacht, Peter, wo immer Sie sich aufhalten‹ abschließen.«

»Sie wissen doch, wo ich bin.« Seine Stimme klang so sanft, daß es beinahe schmerzte.

»Ja. Fünftausend Kilometer weit weg.«

»Warum kommen Sie nicht auf ein Wochenende herüber?«

»Sind Sie verrückt? Ich bin eben erst hier angekommen.« Aber die Idee gefiel ihr, so unmöglich ihre Ausführung auch war.

»Das war etwas anderes, Sie haben hier gearbeitet. Nehmen Sie sich ein paar Tage frei und kommen Sie zu Besuch hierher.«

»Einfach so?«

»Sicherlich. Warum nicht?« Aber sie hatte den Verdacht, daß es sie beide erschrecken würde, wenn sie etwas dergleichen unternähme, und sie war auch nicht bereit, ihm einen so großen Schritt entgegenzugehen.

»Vielleicht ist es neu für Sie, Dr. Hallam, aber ich lebe hier und habe zwei Kinder.«

»Und Sie nehmen jedes Jahr den Juli und den August frei. Das haben Sie mir selbst erzählt. Schicken Sie die Mädchen nach Disneyland oder sonst wohin.«

»Warum besuchen Sie uns nicht in Marthas Vineyard?« Sie trieben ein Spiel miteinander und wußten es beide, aber es gefiel ihnen.

»Zuerst, meine Liebe, muß ich meinen dreifachen Bypass hinkriegen.«

»Viel Glück; und danke für den Anruf.«

»Ich werde Sie später noch mal anrufen, Mel. Sind Sie heute abend zu Haus?«

»Ich werde zwischen den Nachrichtensendungen zu Haus sein.«

»Ich melde mich.« Er hielt Wort, und wieder tat ihr Herz einen kleinen Sprung. Sie hatte soeben mit den Mädchen zu Abend gegessen, und er war gerade vom Büro nach Haus gekommen.

Sein Anruf versetzte sie in Nervosität, bis sie zu den Elf-Uhr-Nachrichten wegfuhr, und sie schalt sich wegen ihrer lächerlichen Reaktion. Sie zwang sich mit Gewalt, nur an die Sendung zu denken, und während sie die Nachrichten sprach, blieb sie konzentriert, bis sie ausgeblendet wurde, aber als sie mit Grant vor seinem Studio zusammentraf, sah sie zerstreut aus.

»Hallo, Mel. Stimmt etwas nicht?« Seine Sendung begann in fünfzehn Minuten, und sie hatten nicht viel Zeit, miteinander zu sprechen.

»Nein. Warum?«

»Du siehst ganz eigenartig aus. Fühlst du dich nicht wohl?«

»Doch. Bestens.« Aber in ihren Augen lag ein träumerischer Blick, und er spürte, daß sie mit ihren Gedanken weit weg war. Dann ging ihm plötzlich ein Licht auf. Er hatte schon früher einen solchen Ausdruck in ihren Augen wahrgenommen, doch damals hatte sie nicht so mitgenommen ausgesehen wie jetzt. Er hätte gern gewußt, um wen es sich handelte, und konnte sich nicht vorstellen, wann sie dazu Zeit gefunden hatte – oder wo. In New York oder Los Angeles? Er war erstaunt, und Mel machte den Eindruck, als lebe sie in einer anderen Welt.

»Am besten ist, du fährst nach Haus und legst dich schlafen, Kleines. Du siehst aus, als wärst du noch halb benommen.«

»Ich glaube, du hast recht.« Sie blickte ihm nach, als er ins Studio ging, dann machte sie sich auf den Weg. Sie war sich bewußt, daß sie Peters Anrufe über das normale Maß hinaus beschäftigten. Wie in aller Welt sollte sie sich da auf ihre Arbeit konzentrieren? Sie konnte keinen vernünftigen Gedanken fassen.

Sie fuhr mit einem Taxi nach Haus. Die Mädchen waren schon zu Bett gegangen; Raquel hatte sich zum Ausgleich für die Mehrarbeit in der letzten Woche ein paar Tage freigenommen; Mel streckte sich auf der Couch im Wohnzimmer aus und grübelte. Sie erwog Peters Vorschlag, nach Los Angeles zu kommen, aber ein solches Unternehmen wäre verrückt. Das einzig Vernünftige war, die nächsten paar Wochen in New York zu bleiben und dann wie jedes Jahr nach Marthas Vineyard zu fahren. Vielleicht konnte sie dort einen klaren Kopf bekommen. Dort würde sie in der Sonne, am Meer und bei dem völlig unbeschwerten Leben, das sie in den Ferien führte, ihre Ausgeglichenheit wiederfinden.

17

»Seid ihr alle soweit?« rief Melanie aus der Vorhalle im Erdgeschoß nach oben und blickte sich ein letztes Mal um. Sie schloß das Haus in New York für den Sommer, die zwei großen Koffer standen schon in der Halle, ebenso drei Tennisschläger, zwei große Strohhüte, die den Mädchen gehörten – Mel hatte ihren aufgesetzt –, und Raquels kleiner grüner Kunstlederkoffer. Sie fuhr jedes Jahr für sechs Wochen mit ihnen weg, nahm sich die letzten zwei Wochen frei und kehrte nach New York zurück, um allein Urlaub zu machen. »Kommt schon, alle miteinander! Wir müssen in einer halben Stunde auf dem Flughafen sein!« Sie fuhren nur zum La Guardia und mußten sich also noch nicht so sehr beeilen.

Wie jedes Jahr herrschte eine wunderbar gehobene Stimmung bei ihrer Abreise, und Mel fühlte sich immer wieder wie ein junges Mädchen, wenn sie nach Marthas Vineyard flogen. Sie hatte sich bei den Nachrichten am Abend zuvor von den Zuschauern verabschiedet, und Grant war nach seiner Show mit ihr auf einen Drink gegangen, um ihre vorübergehende Freiheit zu feiern; beide waren entspannt, aber er hatte an ihren Augen erkannt, daß ihre Gedanken abschweiften, und sie wirkte auch in letzter Zeit müde und nervös. Sie hatte viele Stunden in der Sendestation gearbeitet, den Bericht über den Herzchirurgen in Kalifornien und zwei große Interviews sowie ein Feature fertiggestellt, bevor sie in Urlaub ging, damit man diese Beiträge während des Sommers senden konnte. Sie war wie immer sehr konzentriert, und es schien sie mehr angestrengt zu haben als sonst, aber Grant hegte den Verdacht, daß die Ursache dafür die gefühlsmäßige Verwirrung war, in der sie sich befand, obwohl er noch immer nichts Näheres darüber wußte. Peter rief sie nach wie vor jeden Tag an, und Melanie hatte noch immer keine Ahnung, wie sich ihre Beziehung entwickeln würde, wenn man überhaupt für die Zukunft planen konnte. In letzter Zeit hatte sie sich auch Sorgen wegen ihres Vertrags gemacht, der im Oktober erneuert werden mußte. Es gab eine Menge politisch bedingter, personeller Veränderungen in der Station, es wurde auch von einem Wechsel der Sendeleitung gemunkelt, und Gott allein wußte, was das für Auswirkungen haben würde. Doch Grant versicherte ihr, als sie gemeinsam ausgingen, daß sie sich deswegen absolut keine Sorgen machen müsse, und Peter war derselben Meinung, als sie ihm ihre Bedenken mitteilte. Dennoch belastete es sie, und nun konnte sie das alles für zwei Monate abschütteln und vergessen. Sie würde weder an ihre Arbeit noch an Peter oder Grant denken. Sie reiste mit ihren Töchtern nach Marthas Vineyard, um sich zu entspannen. Aber nun sollten sie sich doch beeilen, sagte sie sich, während sie mit Raquel in der Vorhalle wartete; endlich polterten die Kinder mit verschiedenen Spielen, Büchern und Taschen in den Armen die Treppe herunter. Valerie trug einen riesigen Teddybär im Arm.

»Val ... um Himmels willen ... «

»Ich muß, Mom. Josh hat ihn mir vorige Woche geschenkt, und seine Eltern haben ein Haus in Chappaquiddick, er wird zu uns herüberkommen und uns besuchen, und wenn ich nicht ... «

»Schon gut, schon gut. Nehmt bitte euren ganzen Kram zusammen, wir müssen uns endlich in ein Taxi setzen und zum Flughafen fahren, sonst werden wir nie ankommen.« Es war immer chaotisch, mit den Mädchen auf eine Reise zu gehen. Aber der Taxifahrer brachte tatsächlich alles im Gepäckraum des Wagens unter. Sie fuhren endlich ab, Mel und die Mädchen auf dem Rücksitz, Val mit dem riesigen Teddybären im Arm, und

Raquel saß vorne beim Fahrer von den Hüten und den Tennisschlägern eingekeilt. Während sie zum La-Guardia-Flughafen rasten, ging Mel im Geist eine lange Liste durch und vergewisserte sich, daß sie die Gartentür abgesperrt, alle Fenster verschlossen, die Glocke der Alarmanlage eingeschaltet, das Gas abgedreht hatte... immer hatte sie das unangenehme Gefühl, etwas vergessen zu haben. Aber als sie an Bord des Flugzeugs gingen, waren die vier glänzender Laune, und als sie abhoben, empfand Mel eine Erleichterung wie seit Wochen nicht, als hätte sie ihre verwirrten Gefühle in New York zurückgelassen und würde in Marthas Vineyard Frieden und Ruhe finden.

Peter hatte sie täglich ein-, manchmal sogar zweimal angerufen, und so sehr sie diese Gespräche genoß, beunruhigten sie sie auch. Was war der eigentliche Grund seiner Anrufe? Wann würden sie einander wiedersehen? Und schließlich, was für einen Sinn hatte es? Er bekannte, gleichermaßen beunruhigt zu sein wie sie, aber sie brachten es jeder für sich nicht fertig, den einmal eingeschlagenen Pfad zu verlassen, der sie zu einem unsichtbaren Ziel führte, das sie beide in Unruhe versetzte und das sie nicht zu erwähnen wagten. Sie blieben bei unverfänglichen Themen, nur dann und wann gaben sie zu, wie sehr sie einander fehlten. Aber warum, fragte sich Mel nur allzuoft, warum fehlt er mir? Die präzise Antwort darauf wußte sie noch immer nicht und wollte sie auch nicht wissen.

»Glaubst du, Mom, daß mein Fahrrad noch fahrbereit oder schon verrostet ist?«

Valerie starrte ins Leere, drückte den Teddy an sich und sah vollkommen glücklich aus, weil ein Mann auf der anderen Seite des Mittelgangs sie mit den Augen verschlang. Mel war nur froh, daß sie ihr nicht erlaubt hatte, die kurzen, blauen, französischen Shorts zu tragen, die sie zum Frühstück angehabt hatte. Sie hatte sie unbedingt auf dem Flug tragen wollen.

»Ich weiß nicht, Liebling. Wir werden alles sehen, wenn wir hinkommen.« Die Frau, von der sie jedes Jahr das Haus mieteten, erlaubte ihnen, ein paar Gegenstände im Keller zu deponieren.

In Boston nahmen sie einen Leihwagen und fuhren nach Woods Hole, dort setzten sie mit der Fähre zum Vineyard Haven über. Die Fahrt mit der Fähre war jener Teil der Reise, der ihnen allen am besten gefiel. Sie vermittelte einem den Eindruck, daß man die Alltagswelt weit hinter sich ließ und damit auch alle Verantwortung los war. Melanie stand einige Minuten allein an der Reling, ließ ihr Haar im Wind fliegen – seit Monaten hatte sie sich nicht mehr so frei gefühlt. Plötzlich wurde ihr klar, wie dringend sie einen Urlaub gebraucht hatte. Sie genoß die wenigen Momente des Alleinseins, bevor die Mädchen sie aufstöberten. Die beiden hatten Raquel, die in ein Gespräch mit einem Mann auf dem unteren Deck vertieft war, verlassen, und als die Haushälterin dann wieder zu ihnen stieß, neckten sie sie. Mel mußte plötzlich lachen, als sie an Peters Mrs. Hahn dachte, sie konnte sich kaum vorstellen, daß jemand sie neckte und schon gar nicht, daß sie auf einer Fähre mit einem Mann flirtete. Aber die Zwillinge liebten Raquel trotz ihrer unabhängigen Art, und Mel freute sich, weil Jess sie einmal umarmte, bevor sie an Land gingen. Sogar Raquel lächelte. Der Vineyard war für sie alle ein Zufluchtsort, und als sie das vertraute Haus in Chilmark erreichten, liefen die Mädchen gleich barfuß hinunter zum Strand und jagten hintereinander her, so weit sie konnten, während Mel ihnen dabei belustigt zusah.

Wie jedes Jahr machte es großen Spaß, sich einzurichten, und als es Abend wurde, sahen alle vier aus, als wohnten sie schon einen Monat hier, und sie fühlten sich auch so. Sie hatten durch die wenigen Stunden, die sie am Nachmittag am Strand verbracht hatten, rosige Wangen bekommen, sie hatten ausgepackt, und der Teddybär saß im Schaukelstuhl in Vals Zimmer. Das Haus war äußerst behaglich eingerichtet, aber durchaus nicht elegant. Es sah aus wie ein Haus aus Großmutters Zeiten, mit einer Veranda, einem Schaukelstuhl aus Rohr und mit geblümtem Chintz in allen Räumen. Zuerst herrschte in den Zimmern immer ein muffiger Geruch, den sie nach einigen Tagen nicht mehr bemerkten. Er gehörte einfach zu Chilmark. Die Mädchen waren schon als kleine Kinder hergekommen, und wie Mel Peter erklärte, als er am Abend anrief, betrachteten sie Chilmark als ihr Heim.

»Es gefällt ihnen hier, und mir auch.«

»Es klingt sehr nach New England, Mel.« Er versuchte sich

nach ihrer Beschreibung ein Bild von ihrem Leben dort zu machen. Lange Strände, weißer Sand, alles ganz zwanglos, Shorts, Sweatshirts, bloße Füße, eine Reihe von Intellektuellen, die von Zeit zu Zeit zu Hummerdinners und Muschelsuppen zusammenkamen. »Wir fahren jedes Jahr in die Berge, nach Aspen.« Das war allerdings ganz anders als Marthas Vineyard, klang aber auch einladend, als er es beschrieb. »Warum kommen Sie nicht einmal hin und bringen die Mädchen mit? Wir sind während der ersten zehn Augusttage dort.«

»Sie könnten die beiden nicht für eine Million Dollar oder eine Verabredung mit ihrem bevorzugten Rockstar von hier weglocken. Das heißt...« Sie dachte über ihre letzten Worte noch einmal nach, und sie lachten beide. Sie hielten über Telefon eine ungezwungene Verbindung aufrecht, die aber zeitweise unwirklich erschien. Sie waren nur noch körperlose Stimmen, die Abend für Abend per Telefon zusammen-, aber sich nie näherkamen.

»Ich nehme an, daß ich Sie auch nicht weglocken könnte.«

»Das stimmt.« Es folgte eine unerwartete Stille, und Mel lauschte, sie hätte zu gern gewußt, was er dachte, doch als er wieder sprach, klang es, als wollte er sie nur aufziehen.

»Das ist wirklich schade.«

»Was ist schade?« Es klang unbestimmt, und sie war nach dem Abendessen wunderbar entspannt. Sie wollte am Telefon keine Spielchen treiben, er jedoch war offensichtlich dazu aufgelegt.

»Daß Sie von dort nicht wegwollen.«

»Warum?« Ihr Herz begann unruhig zu klopfen. Er machte sie merkwürdig nervös.

»Weil ich aufgefordert wurde, zu einer Konferenz nach New York zu kommen, um vor einer Gruppe von Chirurgen von der Ostküste zu sprechen. Sie werden sich im Columbia Presbyterian versammeln.« Einen Moment lang antwortete sie nicht und hielt den Atem an, dann sprach sie rasch.

»Wirklich? Und Sie haben angenommen?«

»Ich könnte es auf alle Fälle einrichten. Normalerweise würde ich ablehnen, vor allem zu dieser Jahreszeit. New York im Juli ist kein Vergnügen, aber ich dachte, vielleicht unter gewissen Umständen...« Er errötete, und Mel schnappte nach Luft.

»Peter! Sie kommen?«

Er lachte leise, belustigt über ihr beiderseitiges Verhalten. Sie waren wirklich wie zwei Kinder. »Heute nachmittag um drei habe ich ihnen zugesagt. Was ist jetzt mit Ihnen und Marthas Vineyard?

»Verdammt« – sie sah sich lachend im Zimmer um –, »wir sind gerade erst angekommen.«

Er fragte sofort: »Wäre es Ihnen lieber, wenn ich nicht käme? Ich kann noch absagen.«

»Um Himmels willen, seien Sie nicht komisch. Wie lange, glauben Sie, kann das noch so weitergehen? Daß wir einander zweimal täglich anrufen und nie zusammenkommen?« Es war erst dreieinhalb Wochen her, daß sie Kalifornien verlassen hatte, aber es schien beiden eher wie drei Jahre, und sie mußten sich wieder einmal treffen, um sich wenigstens über einige ihrer Gefühle klar zu werden.

»Das dachte ich mir auch. Also...«

»Wann kommen Sie an?«

»Nächsten Dienstag.« Dann fügte er leise hinzu: »Ich wünschte, es wäre schon morgen.«

»Ich auch.« Ihr Gesicht wurde ernst. Dann stieß sie einen Pfiff aus. »Das ist ja schon in sechs Tagen.«

»Ich weiß.« Er grinste aufgeregt wie ein Schuljunge. »Man hat für mich ein Zimmer im Plaza reserviert.« Doch während er sprach, kam Mel eine Idee. Sie zögerte, sie auszusprechen, weil sie befürchtete, daß die Situation für beide peinlich werden könnte, aber wenn sie die richtige Einstellung zueinander fanden, konnte es gutgehen.

»Warum wohnen Sie nicht in meinem Haus? Die Mädchen werden nicht dort sein, und Sie könnten ein ganzes Stockwerk für sich allein haben. Es wäre viel behaglicher für Sie als im Hotel.«

Er schwieg einen Augenblick und überlegte jedes Für und Wider – wie sie, bevor sie das Angebot gemacht hatte. Daß sie unter einem Dach wohnten, konnte unter Umständen Komplikationen mit sich bringen, und es beinhaltete eine gewisse Verpflichtung... aber in getrennten Stockwerken... »Es würde Ihnen nichts ausmachen? Es wäre angenehmer, aber ich möchte Ihnen nicht zur Last fallen oder ...« Er stotterte, sie lachte und streckte sich auf dem Bett aus, ohne den Hörer vom Ohr zu nehmen.

»Es beunruhigt mich wahrscheinlich ebenso wie Sie, aber, zum Teufel, wir sind doch erwachsen und können mit Unvorhergesehenem fertig werden.«

»Können wir?« Er war sich nicht so sicher. »Und Sie können die Mädchen allein lassen?«

»Nein, aber Raquel ist bei ihnen, da gibt es keine Schwierigkeiten.« Plötzlich geriet sie aus dem Häuschen, weil er kommen wollte. »Ach Peter, ich kann es kaum erwarten!«

»Ich auch nicht.«

Die nächsten sechs Tage zogen sich für beide unerträglich in die Länge. Sie unterhielten sich zwei- und dreimal am Tag per Telefon miteinander, und Raquel begriff schließlich, daß die Anrufe für Mel wichtig waren, aber die Mädchen schienen nichts davon zu bemerken. Am Sonntagabend erwähnte Mel nebenbei, daß sie für ein paar Tage nach New York fahren müsse, sie würde am Dienstagmorgen abreisen; die Ankündigung wurde mit langen Gesichtern und erstaunten Blicken aufgenommen. Sie war noch nie aus irgendeinem Grund während der Ferien weggefahren, außer damals, als Jess sich den Arm gebrochen hatte und Mel wollte, daß sie sich von einem Orthopäden in New York den Gips anlegen ließ. Aber sie waren nur zwei Tage weggeblieben, und es war aus einem wichtigen Grund geschehen. Diesmal sagte Mel, sie würde Freitag nachmittag zurückkommen, das bedeutete, daß sie vier Tage wegblieb. Sie konnten kaum glauben, daß sie wirklich nach New York wollte, aber sie erklärte, es gebe ein Problem bei einer ihrer in Arbeit befindlichen Features, sie müsse hinfahren und beim Schnitt dabeisein. Die Mädchen rätselten noch immer herum, als sie am Abend zum Strand gingen, um einige Freunde zu treffen und ein Lagerfeuer zu machen, aber Raquel sah Mel verschwörerisch an, als sie den Tisch abräumte.

»Diesmal ist es ernst, wie?«

Mel wich ihrem Blick aus und trug einen Stoß Teller in die Küche. »Was denn?«

»Mich können Sie nicht hinters Licht führen. Sie haben einen neuen Mann.«

»Das ist nicht wahr. Mit dem Mann, den Sie meinen, habe ich nur ein Interview gemacht.« Sie konnte Raquel dabei nicht in die Augen sehen, und sie wußte, daß sie sie auch mit dem größten Aufwand an Worten nicht überzeugen konnte. »Geben Sie nur acht auf die Mädchen, während ich fort bin, insbesondere auf Val. Ich habe bemerkt, daß der Junge von Jacobs schon vollkommen erwachsen ist und ihm jedesmal das Wasser im Mund zusammenläuft, wenn er sie sieht.«

»Er wird ihr schon nichts tun. Ich werde sie nicht aus den Augen lassen.« Dann sah Raquel zu, wie Mel auf ihr Zimmer ging, und begab sich amüsiert lächelnd mit einer Zigarette in die Küche. Sie war ganz bestimmt keine perfekte Haushälterin wie Mrs. Hahn, sondern eine kluge ältere Frau, und sie liebte die drei.

Am Dienetagmorgen fuhr Mel mit der Fähre zum Festland und flog dann von Boston nach New York. Um vier Uhr nachmittags war sie schon zu Haus, dadurch hatte sie noch reichlich Zeit, die Zimmer zu lüften, die Klimaanlage einzuschalten, frische Blumen und Lebensmittel einzukaufen, was sie so für die nächsten Tage brauchen würden; dann kam sie zurück und machte sich fertig, um Peter abzuholen. Sein Flugzeug sollte um neun landen; sie fuhr vorsichtshalber schon um halb acht los, und das war richtig, denn der Verkehr war ungemein stark, die Wagen überholten rechts und links, und sie kam erst um Viertel vor neun beim Flughafen an. Sie hatte gerade noch genügend Zeit, um herauszufinden, an welchem Gate er ankommen würde, und dorthin zu laufen, stand trotzdem eine halbe Stunde herum und klopfte nervös mit dem Fuß auf den Boden, weil die Maschine fünfzehn Minuten Verspätung hatte. Um neun Uhr fünfzehn rollte der große Silbervogel zu dem Gate, und die Passagiere begannen über die Gangway herunterzukommen. Sie beobachtete aufmerksam den Strom der Reisenden: von der kalifornischen Sonne gebräunt, mit Strohhüten, nackten, goldfarbenen Beinen, Seidenhemden, die bis zur Taille offen standen, und Goldketten, dann erblickte sie plötzlich einen Mann, der deutlich aus der Menge hervorstach; er trug einen beigefarbenen Leinenanzug, ein blaues Hemd und einen korrekten marineblauen Schlips, sein Haar war nur leicht von der Sonne gebleicht und sein Gesicht war braungebrannt. Er sah so ungemein seriös aus, als er auf Mel zukam und aus seiner Höhe auf sie hinunterblickte, dann beugte er sich ohne weiteres zu ihr und küßte sie. Es kam ihnen sehr lange vor, daß sie dort standen, während die Ankömmlinge um sie herumwirbelten wie ein Fluß, der um einen Felsen strömt, dann sah er sie an und lächelte.

»Hallo.«

»Wie war der Flug?«

»Bei weitem nicht so nett wie mein Empfang.« Er grinste, dann holten sie Hand in Hand sein Gepäck vom Transportband und Mels Wagen aus dem Parkhaus. Doch immer wieder blieben sie stehen und küßten einander, während sie sich langsam aus dem Flughafengelände bewegten, und Mel fragte sich, wie sie jemals ohne ihn hatte leben können. »Du siehst wunderbar aus, Mel.« Sie war braungebrannt, was ihre grünen Augen und das kupferrote Haar noch besser zur Geltung brachte; sie trug ein weißes Seidenkleid mit einer Blume im Haar und weiße Sandalen mit hohen Absätzen. Sie sah sommerlich luftig, gesund und glücklich aus, und ihre Augen schienen sich an den seinen festzusaugen, als hätte sie ein ganzes Leben lang auf diesen Moment gewartet.

»Ich war jahrelang nicht mehr in New York.« Während sie in die Stadt fuhren, sah er auf die häßliche Umgebung, die vorbeizog, und schüttelte den Kopf. »Ich habe immer abgelehnt, aber diesmal dachte ich mir...« Er zuckte die Schultern und beugte sich zu ihr, um sie wieder zu küssen. Sie hatte nicht erwartet, daß er sich so natürlich benehmen oder sie selbst sich dabei so unbeschwert fühlen würde. Aber die endlosen Gespräche am Telefon hatten eine Atmosphäre der Ungezwungenheit geschaffen, die vorher nicht zwischen ihnen geherrscht hatte. Sie kannten einander erst seit zwei Monaten, hatten aber das Gefühl, es seien bereits zwei Jahre oder auch doppelt so viel.

»Ich bin froh, daß du diesmal nicht abgelehnt hast. Bist du eigentlich hungrig?«

»Nicht sehr.« Für ihn war es erst Viertel vor sieben, aber in New York war es schon kurz vor zehn.

»Ich habe zu Haus eine Kleinigkeit zu essen, aber wenn es dir lieber ist, können wir auf einen Happen in ein Lokal gehen.«

»Dein Wille geschehe.« Er konnte den Blick nicht von ihr wenden, an nichts anderes denken, während er nach ihrer Hand griff. »Ich bin so glücklich, dich wiederzusehen, Mel.« Sie konnten es kaum glauben, daß sie wieder beisammen waren.

»Es ist beinahe wie ein Traum, nicht wahr?« lächelte sie.

»So empfinde ich es auch. Der schönste Traum seit Jahren.« Sie schwiegen wieder, während sie in die Stadt hineinfuhren.

Er berührte mit der Hand ihren Hals. »Ich war dir doch zumindest einen Besuch im Osten schuldig, nachdem du schon zweimal in Los Angeles warst.« Er hatte trotz allem einen Anlaß, eine Begründung sich selbst gegenüber gebraucht, um zu kommen. Er konnte nicht einfach das nächste Flugzeug nehmen, um sie zu besuchen. Doch so war es für beide leichter, sie hatten die Möglichkeit, einander so wie früher allmählich näherzukommen. »Der Präsident ist wirklich erstaunlich rasch genesen.«

»Es ist erst fünf Wochen her, und er geht schon herum und arbeitet bereits einige Stunden täglich.« Mel schüttelte den Kopf, immer noch verwundert über die rasche Besserung; dann fiel ihr etwas anderes ein. »Wie geht es übrigens Marie?«

»Leidlich.« Er runzelte kurz die Stirn, schüttelte jedoch seine Besorgnis ab. »Ich habe zwei Kollegen mit ihrer Überwachung betraut, während ich fort bin. Es geht ihr gut, aber sie hatte ziemliche Schwierigkeiten mit den Medikamenten. Jetzt ist ihr Gesicht aufgedunsen wie ein Vollmond, und wir können vorläufig nichts dagegen unternehmen. Wir haben schon alles mögliche versucht. Und sie beklagt sich nie.« Er blickte Mel unglücklich an. »Ich wünschte, die Rekonvaleszenz würde problemloser verlaufen.« Einen Moment lang versuchte Mel, sich Marie vorzustellen, doch sie konnte eigentlich nur an ihn denken. Ihr tägliches Leben erschien beiden unendlich fern. Kinder, Patienten, Fernsehshows – wichtig waren nur Peter und Mel.

Sie fuhr die Schnellstraße entlang, bog bei der Neunundsiebzigsten Straße ab, und Peter sah zu, wie die Straßenzüge an ihnen vorbeiglitten, er war neugierig, wo sie wohnte, wie ihr Haus aussah; es interessierte ihn alles, was sie betraf. In mancher Hinsicht wußte er so genau, was sie fühlte und dachte, und andererseits so wenig, vor allem über ihre Lebensumstände.

Sie fanden dem Haus gegenüber einen Parkplatz, und sie lächelte insgeheim bei der Erinnerung daran, wie sie das Haus in Bel-Air das erste Mal besichtigt hatte und über dessen konventionelles Aussehen erstaunt gewesen war. Sie wußte, daß er ihr Haus ganz anders beurteilen würde, und sie behielt damit recht. Er war begeistert, als er eintrat und die frischen Blumen roch, die sie gekauft hatte, die lebhaften Farben überall sah und durch die Fenster in den hübschen kleinen Garten blickte. Er wandte sich ihr mit einem entzückten Lächeln zu. »Dieses Haus entspricht ganz deinem Wesen. Ich wußte, daß es so und nicht anders aussehen würde.« Er legte ihr die Arme um die Taille.

»Gefällt es dir?« Aber das war eine rhetorische Frage, und er nickte sogleich. »Ich liebe es.«

»Komm, ich zeige dir alles übrige.« Sie ergriff seine Hand und führte ihn nach oben, blieb im Türrahmen ihres Schlaf- und ihres Arbeitszimmers stehen, dann ging sie mit ihm hinauf zu den Zimmern der Mädchen, wo sie alles für seine Ankunft vorbereitet hatte. Frische Blumen auf dem Schreibtisch und an seinem Bett eine silberne Thermosflasche mit Eiswasser, ein Stoß flauschiger Handtücher im Badezimmer, und die Lampen verbreiteten einladendes Licht, als sie die Treppe hinaufgingen. Mel hatte ihn in Jessicas Zimmer untergebracht, weil Jessie ordentlicher war und es daher leichter wurde, es ihm dort gemütlich zu machen.

»Das ist wirklich reizend.« Er setzte sich an den Schreibtisch, blickte sich entzückt um, dann wandte er sich wieder Mel zu. »Du besitzt ein so bemerkenswertes Fingerspitzengefühl.« Sie sprach ihm das gleiche Einfühlungsvermögen zu, obwohl es in seinem Haus nicht so deutlich wahrnehmbar war, weil es den etwas unpersönlichen Stempel Annes trug. Als er die Hand jetzt nach ihr ausstreckte, las sie so viel Liebe in seinen Augen. Sie ging langsam auf ihn zu, und er ergriff ihre Hand. »Ich freue mich immer so, dich zu sehen, Mel.« Dann zog er sie auf seinen Schoß, küßte sie wieder. Sie war ganz außer Atem, als sie zurück ins Erdgeschoß gingen. Sie setzten sich an den Küchentisch und plauderten stundenlang, wie sie es in den letzten Wochen täglich am Telefon getan hatten; es war fast zwei Uhr, als sie wieder hinaufgingen, einander mit einem endlosen Kuß vor Mels Zimmer Gute Nacht sagten, und dann verschwand er, lächelnd und winkend, über die Treppe zu dem Zimmer ihrer Tochter. Als Mel ihr Zimmer betrat, wiederholte sie sich im Geist jedes Wort, das er an diesem Abend und vorher zu ihr gesagt hatte, und wieder empfand sie ganz deutlich, wie glücklich sie mit ihm war. Er bemühte sich rührend um sie und streckte ihr die Hand entgegen. Während sie sich die Zähne putzte und sich auskleidete, mußte sie unaufhörlich an ihn denken, dann glitt sie ins Bett und freute sich, daß er unter dem gleichen Dach mit ihr wohnte. Offensichtlich gestaltete sich ihr Zusammenleben problemlos, es gefiel ihr, daß sie ihn über sich herumgehen hörte. Infolge der Zeitverschiebung war er noch nicht müde, und seltsamerweise ging es ihr ebenso. Sie konnte nur still an ihn denken; es kam ihr vor, als wären Stunden vergangen, als sie hörte, wie er leise die Treppe nach unten und an ihrem Zimmer vorbeischlich. Sie horchte, hörte, wie die Küchentür geschlossen wurde, stand lächelnd auf und folgte ihm nach unten. Er saß am Küchentisch, aß ein Sandwich mit Schinken und Käse und trank Bier dazu.

»Ich sagte dir doch, wir sollten etwas essen.« Sie holte sich eine Limonade.

»Warum bist du noch munter, Mel?«

»Ich kann nicht einschlafen. Nur überdreht, nehme ich an.« Sie setzte sich ihm gegenüber.

»Ich auch. Ich könnte die ganze Nacht hier sitzen und mit dir plaudern, aber dann schlafe ich morgen früh ein, wenn ich meinen Vortrag halten soll.«

»Hast du eine Rede vorbereitet?«

»Mehr oder minder.« Er erklärte ihr das Thema seines Vortrags. Er verwendete Dias von verschiedenen Operationen, darunter auch einige von Marie. »Und wie läuft es bei dir? Was machst du diese Woche?«

»Absolut nichts. Ich brauche zwei Monate lang nicht zu arbeiten, werde also einfach faulenzen und rumsitzen, während du hier bist. Könnte ich dir zuhören, wenn du sprichst?«

»Morgen nicht. Aber am Freitag schon. Möchtest du kommen?«

»Selbstverständlich.« Er sah sie erstaunt an, und sie lachte. »Erinnerst du dich noch an mich? Ich bin die Reporterin, die im Center-City-Krankenhaus das Interview mit dir gemacht hat.«

Er schlug sich überrascht mit der Hand an die Stirn. »Also die bist du! Ich wußte, daß wir einander schon einmal begegnet sind, konnte mich aber nicht erinnern, wo.«

»Dummkopf.« Sie knabberte an seinem Ohr, und er gab ihr einen Klaps auf ihre Kehrseite. Es war so gemütlich, mitten in der Nacht beisammen zu sitzen; schließlich gingen sie nebeneinander die Treppe hinauf, hielten einander an den Händen, als lebten sie schon seit Jahren zusammen, und als sie vor ihrem Zimmer stehen blieben, beugte er sich nieder und küßte sie wieder.

»Gute Nacht, kleine Freundin.«

»Gute Nacht, mein Liebling.« Die Worte entschlüpften ihr einfach, sie sah ihn mit weit geöffneten, leicht erschrockenen Augen an, er nahm sie wieder in die Arme, und sie fühlte sich in ihnen geborgen.

»Gute Nacht.« Er flüsterte das Wort, küßte sie noch einmal auf die Lippen und verschwand nach oben, während sie in ihr Zimmer schlüpfte, das Licht ausmachte und ins Bett stieg; sie dachte wieder an ihn und an jenes Wort, das sie eben gesagt hatte. Das Erstaunliche daran war, daß sie wußte, daß sie die richtige Bezeichnung gewählt hatte. Und auch er wußte mit Bestimmtheit, daß er sie liebte.

18

Als Mel am nächsten Morgen erwachte, war Peter schon aus dem Haus; sie stand langsam auf und ging nach oben, um sein Bett zu machen, stellte aber fest, daß das Zimmer tadellos in Ordnung war, und als sie in die Küche kam, fand sie eine Nachricht vor, die er für sie zurückgelassen hatte.

»Ich bin um sechs wieder hier. Wünsche dir einen angenehmen Tag. In Liebe, P.« Sie lächelte bei den einfachen Worten, aber da sie von ihm stammten, hatten sie für sie eine besondere Bedeutung. Sie fühlte sich den ganzen Tag, als ginge sie auf Wolken. Sie suchte Bloomingdale's auf, kaufte einige Kleinigkeiten für sich, das Haus und die Mädchen, und als sie nach Haus zurückkam, empfand sie das wundervolle Gefühl, daß sie in wenigen Stunden nicht mehr allein sein würde.

Sie setzte sich ins Wohnzimmer, stellte eine Flasche Wein kalt und wartete auf ihn; als er endlich eintraf, sah er zerknittert und müde aus und freute sich dennoch sehr, Mel zu sehen. Sie sprang auf und lief ihm entgegen. »Hallo, Liebster, wie war dein Tag?«

»Jetzt ist er wundervoll.« Er betrat das Wohnzimmer. Das Zimmer war in strahlenden Sonnenschein getaucht. »Wie war es bei dir?«

»Ohne dich endlos.« Daß sie das zugab, war sehr ehrlich; sie setzte sich wieder hin und deutete neben sich auf die Couch. »Komm, setz dich zu mir und erzähle mir, was du heute gemacht hast.« Es war eine angenehme Abwechslung, am Ende eines Tages mit jemand anderem zu sprechen als mit den Zwillingen. Sie erzählte ihm, was sie eingekauft hatte, wohin sie gegangen war, und gestand ihm dann schüchtern, daß sie buchstäblich die Stunden bis zum Wiedersehen mit ihm gezählt hatte, was ihn natürlich freute.

»Mir ging es genauso. Ich konnte an nichts anderes denken als an dich. Es klingt verrückt, nicht wahr?« Damit legte er ihr einen Arm um die Schultern, zog sie an sich, und dann plötzlich fanden sich ihre Lippen, sie küßten einander, bis sie diesmal beide außer Atem gerieten, und als sie sich voneinander lösten, fehlten ihnen die Worte. Sie wollten einander nur wieder küssen.

»Vielleicht sollte ich etwas zum Abendessen herrichten oder mich hausfraulich betätigen?« Mel wollte offensichtlich ihn und sich ablenken.

»Wie wäre es mit einer kalten Dusche *à deux?* « schlug er vor.

»Kalte Dusche ist eine gute Therapie, aber das ›*à deux*‹ würde die heilsame Wirkung wieder aufheben.« Sie stand auf und ging im Raum herum, doch er zog sie wieder in die Arme.

»Ich liebe dich, Mel.« Dann schien die Welt für sie beide stillzustehen. Das hatte er außer Anne noch keiner Frau gesagt, und Mel hatte sich seit Jahren eingeredet, daß sie diesen Satz nie wieder hören oder selbst aussprechen wollte. Doch diesmal bedeuteten die einfachen Worte für beide alles, und als er sie wieder küßte, spürte sie, wie eine heiße Flamme in ihrem Körper hochstieg, sie klammerte sich an ihn, als würde sie ertrinken, wenn sie ihn losließ. Er küßte ihr Gesicht, ihre Lippen, ihren Hals, ihre Hände und dann stand Mel plötzlich auf, ohne lange zu überlegen, und führte ihn hinauf in ihr Zimmer. Dort wandte sie sich ihm zu.

»Ich liebe dich auch.« Sie sprach so leise, daß er die Worte fast von ihren Lippen ablesen mußte.

»Du brauchst keine Angst zu haben, Mel... bitte...« Er trat zu ihr und öffnete vorsichtig den Reißverschluß ihres Kleides, während sie langsam sein Hemd aufknöpfte, und als sie nackt war, legte er sie vorsichtig auf das Bett, seine Hände glitten langsam über ihre seidige Haut, bis sich schließlich ihr Körper ihm entgegenwölbte und sie sich eng aneinander drückten; sie genossen jeden Augenblick, bevor er in sie eindrang, und sie stöhnte – es schien ihm fast, als könne er sie schnurren hören, bis sie endlich aufschrie und er stöhnte, dann lagen sie schwer atmend still, während die Sonnenstrahlen helle Kringel auf den Fußboden zeichneten. Als Peter auf sie niederblickte, flossen lautlos Tränen aus ihren Augen. »O Liebling, es tut mir leid... ich...« Er war erschrocken, doch sie schüttelte den Kopf und küßte ihn wieder.

»Ich liebe dich so sehr, daß es mir manchmal Angst bereitet.«

»Auch mich ängstigt es.« Aber er hielt sie in dieser Nacht so fest umschlungen, während sie nebeneinander lagen, daß es unwahrscheinlich war, daß sie jemals etwas anderes als Freude aneinander finden würden.

Um neun Uhr gingen sie splitternackt Hand in Hand hinunter. Sie machte Sandwiches, dann kehrten sie nach oben zurück, sahen sich das Fernsehprogramm an und lachten. »Ganz wie alte Eheleute«, neckte er sie, sie verdrehte die Augen, tat, als würde sie in Ohnmacht fallen, und er tätschelte sie liebevoll. Mel war noch nie mit einem Mann so glücklich gewesen. In dieser Nacht schliefen sie gemeinsam in ihrem Bett, wachten mehrmals auf und liebten sich, und als er aufstehen mußte, um wieder zu seiner Konferenz zu fahren, ging sie in die Küche und machte ihm Kaffee und Rühreier. Als er fort war, setzte sie sich nackt und allein in die Küche und sehnte sich schon wieder nach dem Augenblick, da er zur Tür hereinkommen würde.

19

Am Freitag ging Mel mit Peter zu der Konferenz, hörte seinen Vortrag, war fasziniert von den Ausführungen und freute sich über die positive Reaktion der Zuhörer. Seine Kommentare, Dias und Erläuterungen von den neuesten Operationstechniken wurden mit anhaltendem Applaus aufgenommen, und nachher umringten ihn seine Kollegen fast eine Stunde lang, während sich Mel diskret im Hintergrund hielt und ihn stolz beobachtete.

»Was hältst du von meinem Vortrag?« fragte er, als sie am Abend wieder allein waren. Sie hatten sich entschlossen, das Abendessen daheim einzunehmen, da er am nächsten Tag zurückflog und sie die verbleibende Zeit allein verbringen wollten.

»Ich finde dich einmalig«, strahlte sie glücklich, während sie eine Flasche Weißwein öffnete. Sie hatte große Maine-Hummer für den Abend gekauft, um ihm zu zeigen, was sie in Marthas Vineyard gegessen hätte. Sie wollte sie kalt, mit Salat und Knoblauchbrot servieren und dazu gekühlten Pouilly-Fumé reichen. »Ich fand auch, daß die Reaktion außerordentlich gut war.«

Er lächelte zufrieden. »Das fand ich auch.« Dann beugte er sich zu ihr und küßte sie sanft auf die Lippen. »Ich freue mich, daß du dabei warst.«

»Ich auch.« Dann dachte sie an den nächsten Tag, wenn er wieder fort sein würde, und ein Schatten huschte über ihr Gesicht. Sie hatten beschlossen, zusammen um acht Uhr morgens zum Flughafen zu fahren. Sein Flugzeug ging um zehn, er würde um ein Uhr Ortszeit wieder in Los Angeles sein, rechtzeitig, um Pam zu sehen und einige Zeit mit ihr zu verbringen, bevor sie am nächsten Tag ins Ferienlager fuhr. Und Mel würde wieder nach Marthas Vineyard zu ihren Töchtern fahren.

»Was ist los, Liebste?« Er ergriff ihre Hand. »Du hast eben so bekümmert ausgesehen.« Er fragte sich zum hundertstenmal, seit sie einander geliebt hatten, ob sie bedauerte, daß sie sich mit ihm eingelassen hatte. Er reiste ja doch wieder ab, und beide wußten nicht, wann sie einander wiedersehen würden. Mit dieser Ungewißheit mußten sie sich wohl für immer abfinden.

»Ich dachte nur an den morgigen Tag, wenn du abreist.«

»Daran denke ich auch.« Er stellte sein Weinglas hin, danach auch das ihre und ergriff ihre Hand. »Wir führen ein ganz schön verrücktes Leben, du und ich.« Sie nickte. »Aber wir werden uns eine Lösung einfallen lassen.« Dann beschloß er, eine Idee weiterzuspinnen, die er schon früher gehabt hatte. »Wie wäre es, Mel, wenn du mit deinen Töchtern nach Aspen kämst? Wir werden in etwa drei Wochen dorthin fahren, und Valerie und Jessica wären sicherlich begeistert, Mel. Es ist ein wunderbarer Ferienaufenthalt für Kinder ... für uns ... eigentlich für alle.« Als er daran dachte, leuchteten seine Augen. »Außerdem würde es uns die Möglichkeit verschaffen, wieder beisammen zu sein.«

»Aber nicht so wie hier.« Sie seufzte. »Unsere Kinder würden wahrscheinlich verrückt spielen, wenn sie herausfänden, wie wir beide zueinander stehen.« Das träfe zumindest auf seine Tochter zu, aber sie wußte, daß es auch ihre Töchter irritieren würde. Sie hatte überhaupt keine Zeit gehabt, sie seelisch darauf vorzubereiten. Peter war für die Zwillinge ein Fremder, ein Name, den sie selten gehört hatten, und wenn, dann nur im Zusammenhang mit ihrer Arbeit. Und dann stellte sie sie plötzlich vor vollendete Tatsachen: »Wißt ihr, was, Mädchen, wir fahren mit Doktor Hallam und seinen Kindern nach Aspen!« Melanie wußte, daß die beiden hysterische Anfälle bekommen würden.

»Sie werden sich daran gewöhnen. Sie müssen schließlich nicht in alle Einzelheiten eingeweiht werden.« Er sprach so überzeugend, daß Mel sich zurücklehnte und ihn mit einem langen, müden, glücklichen Lächeln ansah. Für einen Mann, der in den letzten zwanzig Jahren keine andere Frau gekannt hatte als seine eigene, und überhaupt keine Liebschaften gehabt hatte, seit sie gestorben war, wirkte er jetzt bemerkenswert selbstsicher, und Mel überlegte, ob es ein Hinweis auf die Stärke seines Gefühls für sie war oder einfach der Ausdruck seiner Gelassenheit.

»Du bist diesbezüglich ja ungeheuer optimistisch, geliebter Pascha.«

Er lächelte über ihre Worte. »Ich habe mich noch nie so wohl gefühlt, Mel. Aber die ganze Entwicklung erscheint mir folgerichtig.« Zumindest unter den günstigen Verhältnissen in New York, in ihrem hübschen, sonnigen Haus, allein mit ihr. Vielleicht würde alles anders aussehen, wenn sie von Kindern umgeben waren, aber das nahm er eigentlich nicht an. »Ich glaube, unsere Kinder werden damit fertigwerden. Glaubst du nicht?«

»Wenn ich nur genauso sicher wie du sein könnte. Wie wird sich Pam dazu stellen?«

»Du hast auf sie Eindruck gemacht, als sie dich in Los Angeles kennenlernte. Und in Aspen ist jeder von uns beschäftigt mit Wandern, Spazierengehen, Schwimmen, Tennisspielen, Angeln, den Musikfestivals am Abend. Die Kinder treffen dort alte Freunde. In gewisser Hinsicht würden sie uns dort weniger genau beobachten, weil sie ihren eigenen Bekanntenkreis haben.« Aber Mel klang diese Darstellung zu einfach, und sie fragte sich, ob sie der Wirklichkeit standhalten konnte. »Außerdem« – er rückte näher zu ihr und zog sie an sich – »glaube ich nicht, daß ich länger als ein paar Wochen ohne dich überstehen kann.«

»Sieht aus wie echte Liebe, oder?« Ihre Stimme war weich und traurig, während sie den Kopf an seine Brust lehnte und spürte, wie seine Körperwärme sie einhüllte. »Aber ich weiß trotzdem nicht, ob wir nach Aspen kommen sollen, Peter. Das hieße, den Kindern sehr viel auf einmal zuzumuten.«

»Was? Daß wir befreundet sind?« Seine Frage klang überrascht und ärgerlich. »Du machst dir unnötige Sorgen, weil sie nichts bemerken werden.«

»Sie sind doch nicht blind, Peter. Sie sind praktisch erwachsen, ausgenommen Matt. Sie lassen sich nicht so einfach hinters Licht führen.«

»Wer will sie denn hintergehen?« Er rückte einen Moment von ihr weg, um ihr in die Augen zu blicken. »Ich liebe dich, Mel.« Jedesmal, wenn er ihr Gesicht sah, jedesmal, wenn sie ein Zimmer betrat ... wann immer er an sie dachte, hatte daneben nichts anderes Platz.

»Willst du, daß sie es erfahren.«

»Irgendwann einmal.«

»Und was dann? Wir gehen getrennte Wege, führen jeder sein Leben, fünftausend Kilometer voneinander entfernt, und sie wissen, daß wir ein Verhältnis hatten? Überlege doch mal, was für einen Eindruck das auf sie machen muß.« Sie dachte einen Moment nach und sah Pams gequältes Gesicht vor sich. »Vor allem auf Pam.«

Sie meinte es offensichtlich ehrlich, und er seufzte. »Du denkst zuviel nach.«

»Ich gehe den Problemen auf den Grund.«

»Nimm es nicht so schwer. Komm einfach nach Aspen, und wir verbringen zwei schöne Wochen miteinander, ohne uns der Kinder wegen Sorgen zu machen. Sie werden sich bestimmt wohl dabei fühlen. Vertraue mir.«

Seine Ahnungslosigkeit bedrückte Mel. Manchmal staunte sie über seine Naivität den Kindern gegenüber. Aber sie mußte zugeben, daß ihr trotz der Bedenken wegen des gemeinsamen Ferienaufenthalts daran gelegen war, ihn wiederzusehen, und Aspen würde eine ausgezeichnete Gelegenheit dazu bieten, wenn sie die Zwillinge dazu überreden konnte, sich für eine oder zwei Wochen von Marthas Vineyard zu trennen. Sie runzelte die Stirn, während sie überlegte, wie sie es ihnen beibringen konnte, wenn sie zu ihnen zurückkam.

»Mach dir nicht so viele Sorgen, Mel. Versuch es einfach einmal.«

Sie küßten einander, dann nippte sie nachdenklich an ihrem Wein. »Ich weiß nur nicht, wie ich die Mädchen dazu bringen soll, den Aufenthalt in Marthas Vineyard zu unterbrechen.«

»Erklär ihnen einfach, daß die Berge ihrer Gesundheit zuträglicher sind.«

Sie lachte und sah ihn mit schief geneigtem Kopf an. »Magst du das Strandleben nicht?«

»Doch, sicherlich, aber ich liebe die Berge. Die gute Luft, die herrliche Landschaft, die schönen Wanderungen.« Sie hatte sich ihn nie im Freien vorgestellt, aber es war verständlich, daß er nach seiner anstrengenden Arbeit einen entsprechenden Ausgleich brauchte. Den boten ihm die Berge, sie aber liebte den Strand schon seit ihrer Kindheit, und Marthas Vineyard war genau der Ferienort, den sie sich für den Urlaub mit ihren Töchtern wünschte.

»Ich könnte den beiden von Mark erzählen, das würde Val auf jeden Fall überzeugen, aber diese zusätzlichen Sorgen brauchen wir wirklich nicht.«

Darauf lachte er.

»Vielleicht sollte ich ihm von deinen Zwillingen erzählen, bevor wir auf Urlaub fahren.« Er wagte nicht, sie am selben Abend noch einmal zu fragen, ob sie sich dazu entschlossen hatte, aber am nächsten Morgen, als sie beim Kaffee saßen, wollte er Gewißheit haben. In einer Stunde würden sie zum Flughafen fahren, seine Reisetasche war schon gepackt und ihr kleiner Koffer auch. Sie hatte die Absicht, bis September nicht mehr in die Stadt zurückzukommen. »Also, Mel, werdet ihr kommen?«

»Wenn ich das nur wüßte.«

Er stellte seine Tasse hin, beugte sich zu ihr und küßte sie. »Wirst du Ende des Monats nach Aspen kommen, Mel?«

»Ich werde es versuchen. Ich muß es mir überlegen.« Sie hatte es sich immer wieder durch den Kopf gehen lassen, war aber noch unentschlossen. Aber wenn sie nicht hinfuhren, würde sie seine Gegenwart wieder monatelang entbehren müssen, und das wollte sie auch nicht.

Mit einem Seufzer stellte sie ihre Tasse ab und sah ihm in die Augen. »Ich weiß einfach nicht, ob es eine gute Idee ist, wenn wir unsere Kinder mit unserer neuen Beziehung konfrontieren.«

»Warum nicht?« fragte er aufgebracht.

»Weil sie damit vielleicht nicht fertig werden könnten.«

»Ich glaube, da unterschätzt du unsere Kinder.«

»Was willst du deinen dreien erzählen, weshalb wir kommen?«

»Muß ich es ihnen überhaupt erklären?«

»Um Himmels willen, was glaubst du denn? Natürlich ist es notwendig. Warum solltest du es ihnen nicht erklären?«

»Schon gut, schon gut. Wir werden es also klarstellen. Wir werden ihnen einfach sagen, daß wir alte Freunde sind.«

»Sie wissen aber verdammt genau, daß das nicht stimmt.« Es

schien, als ob sie langsam wütend wurde. Er warf einen Blick auf die Uhr. Es war halb acht, in einer halben Stunde mußten sie zum Flughafen fahren. Es blieb ihm nicht mehr viel Zeit, um sie zu überzeugen. Und wenn sie nicht nach Aspen kam, wußte Gott allein, wann er sie wiedersehen würde.

»Es ist mir gleichgültig, was du ihnen sagst, Mel, deinen Kindern oder meinen. Aber ich will, daß du nach Aspen kommst.« Er wurde allmählich starrköpfig, und das ärgerte sie.

»Ich muß es mir überlegen.«

»Nein, das mußt du nicht.« Unbeweglich wie eine Marmorsäule stand er da und sah von seiner Höhe auf sie hinunter. »Du triffst deine Entschlüsse seit so verdammt langer Zeit allein, daß du nicht mehr deinem Gefühl folgen und dich jemand anderem anvertrauen kannst.«

»Das hat damit überhaupt nichts zu tun.« Ihre Stimmen wurden lauter. »Deine Vorstellungen von der Reaktion unserer Kinder sind naiv.«

»Und wenn schon, verdammt noch mal. Haben wir nicht auch das Recht auf ein eigenes Leben? Habe ich nicht das Recht, dich zu lieben?«

»Doch, aber wir haben nicht das Recht, unsere Kinder wegen eines Verhältnisses, das keine Zukunft hat, einem seelischen Druck auszusetzen, Peter.«

»Wie kommst du denn auf die Idee?« Jetzt schrie er. »Hast du vielleicht andere Pläne?«

»Zufällig lebe ich in New York und du lebst in Los Angeles, oder hast du das vergessen?«

»Das weiß ich genau, und deshalb wollte ich, daß wir uns in drei Wochen auf halbem Weg treffen, oder ist das zuviel verlangt?«

»Ach, um Himmels willen... in Ordnung!« sie schrie ebenfalls. »Also gut! Ich werde nach Aspen kommen.«

»Gut!« Er sah wieder auf die Uhr. Es war fünf Minuten nach acht, und plötzlich zog er Mel an sich. Die Zeit verrann rasch. Sie hätten vor fünf Minuten wegfahren sollen, und er konnte sich nicht so von ihr trennen. Er küßte sie auf die Stirn, streichelte ihr Haar und lächelte über seine Gedanken. »Ich glaube, wir hatten eben unseren ersten Streit. Du bist aber auch eine verdammt eigensinnige Frau, Mel.«

»Ich weiß. Es tut mir leid.« Sie sah zu ihm auf, und er küßte sie. »Ich möchte nur gern das Richtige tun, und ich will unsere Kinder nicht durcheinanderbringen.«

Er nickte. »Ich weiß. Aber wir müssen jetzt auch einmal an uns denken.«

»Ich habe schon lange nicht mehr an mich gedacht. Außer um sicherzugehen, daß meine Gefühle nicht verletzt wurden.«

»Ich werde dich niemals verletzen, Mel.« Seine Stimme klang traurig, der Gedanke bedrückte ihn, daß sie vielleicht glaubte, sich auch gegen ihn verteidigen zu müssen. »Ich hoffe, verdammt noch mal, daß ich das nie tun werde.«

»Das kannst du nicht vermeiden. Wenn Menschen einander lieben, werden sie sich unweigerlich auch einmal weh tun. Es sei denn, man hält sich immer in sicherer Entfernung.«

»Das ist kein Leben.«

»Nein, aber so geht man kein Risiko ein.«

»Zum Teufel mit dem Risiko.« Er sah sie ernst an. »Ich liebe dich.«

»Ich liebe dich auch.« Es fiel ihr noch immer nicht leicht, das auszusprechen. »Wie schön wäre es, wenn wir uns noch nicht trennen müßten.« Sie würden sich unglaublich beeilen müssen, um sein Flugzeug noch zu erreichen; er blickte auf die Uhr, dann auf sie. »Ich habe einen Vorschlag.«

»Und zwar?«

»Ich rufe in der Klinik an und bestelle eine Vertretung für noch einen Tag. Wenn sie bis jetzt ohne mich ausgekommen sind, können sie auch noch einen weiteren Tag zurechtkommen. Was meinst du?«

Sie lächelte wie ein kleines Mädchen und lehnte sich an ihn. »Ich finde, es klingt wunderbar.« Dann fiel ihr etwas ein. »Was ist mit Pam? Willst du sie nicht sehen, bevor sie ins Lager fährt?«

»Ja, aber ich könnte vielleicht zum erstenmal seit fast zwei Jahren zur Abwechslung das tun, was ich will. Ich werde sie in drei Wochen sehen, wenn sie nach Haus kommt. Sie wird auch ohne meinen Abschiedskuß auskommen.«

»Bist du sicher?«

Er sah sie überrascht an. »Wie steht es mit dir? Kannst du erst morgen nach Vineyard zurückfahren?«

»Ist das dein Ernst, Peter?« Sie wandte sich ihm zu, erstaunt über seinen überraschenden Entschluß. Doch sie merkte sofort, daß er wirklich entschlossen war, zu bleiben.

»Ja, ich will dich nicht verlassen. Verbringen wir noch das Wochenende zusammen.« Langsam trat ein Lächeln in ihre Augen, und sie drückte ihn an sich.

»Du bist der ungewöhnlichste Mann, den ich je kannte.«

»Verliebt in die bemerkenswerteste Frau. Ich würde sagen, wir sind ein beeindruckendes Paar, nicht wahr?«

»Allerdings«, flüsterte sie. »Da du ohnehin nicht gleich abreist, was hältst du davon, Dr. Hallam, wenn wir uns für eine Weile nach oben zurückziehen?«

»Ausgezeichnete Idee, Miß Adams.« Sie ging hinauf, er folgte ihr etwas später. Er blieb nur so lange in der Küche, um seinen Kollegen anzurufen, der ihn derzeit in Los Angeles vertrat, und ihn zu fragen, ob es ihm etwas ausmachen würde, noch zwei Tage für ihn einzuspringen. Sein Vertreter neckte ihn natürlich deswegen, doch es schien ihm nichts auszumachen, und zwei Minuten später lief Peter die Treppe hinauf, nahm zwei Stufen auf einmal und stürzte grinsend in Melanies Zimmer. »Ich kann bleiben!«

Sie sagte kein Wort, ging nur auf ihn zu und zog ihm ein Kleidungsstück nach dem anderen aus, dann fielen sie aufs Bett und gaben sich einander vollkommen rückhaltlos hin – sie waren sich noch einen Schritt nähergekommen.

20

»Wieso kommst du denn nicht nach Haus?« Pam war dem Weinen nahe, als Peter sie vor dem Lunch anrief. »Du hast doch keine Patienten in New York!« Sie war zugleich verärgert und gekränkt, und ihre Stimme klang vorwurfsvoll.

»Ich wurde hier bei der Konferenz aufgehalten, Pam. Morgen abend komme ich nach Haus.«

»Aber ich fahre schon morgen früh ins Lager.«

»Ich weiß. Mrs. Hahn kann dich ja zum Bus bringen. Es ist doch nicht das erste Mal, daß du wegfährst.« Es ist merkwürdig, daß man sich gegen seine Kinder verteidigen muß, fand Mel, die danebenstand und zuhörte. »Das ist schon dein viertes Ferienlager. Du solltest inzwischen ein Profi sein, Pam. Und in drei Wochen bist du ja wieder zu Haus.«

»Ja.« Ihre Stimme klang zurückhaltend und traurig, er fühlte sich schuldbewußt, um so mehr, als sein Entschluß schon gefaßt war und er gerade zwei Liebesstunden mit Mel verlebt hatte. Es kam ihm jetzt weniger dringend vor, zu bleiben, und Pam brachte ihm seine Verantwortung seiner Familie gegenüber wieder zu Bewußtsein. »Okay.« Pam wandte sich von ihm ab, und das tat ihm leid.

»Liebling, es ließ sich wirklich nicht vermeiden.« Aber es hätte sich bewerkstelligen lassen, und das verstärkte sein Schuldgefühl. War es falsch gewesen, zu bleiben? Verdammt noch mal, hatte er denn kein Recht auf ein eigenes Leben und ein wenig Zweisamkeit mit Mel?

»Schon gut, Daddy.« Doch er hörte, wie verzagt und deprimiert sie war, und er wußte aus Erfahrung, wie unklug es war, sie so aus der Fassung zu bringen.

»Hör zu, ich werde dich am nächsten Wochenende besuchen.«

Das Lager befand sich in der Nähe von Santa Barbara, er konnte von Los Angeles leicht hinfahren, doch dann fiel ihm ein, daß er das ganze Wochenende Dienst machen würde. »Verdammt, ich kann nicht. Dann also übernächstes Wochenende.«

»Macht nichts. Laß es dir nur gutgehen.« Sie hatte es plötzlich eilig, das Gespräch zu beenden. Mel beobachtete Peters Gesicht, es war nicht schwer, seine Empfindungen zu erraten. Als er auflegte, setzte sie sich zu ihm.

»Du kannst noch immer den Nachmittagsflug erreichen.«

Doch er schüttelte verbissen den Kopf. »Ich glaube nicht, daß es richtig wäre, Mel. Was ich vorher sagte, meine ich ernst. Wir haben ein Recht darauf, einige Zeit zusammen zu verbringen.«

»Aber Pam braucht dich auch, und du fühlst dich auch nicht

wohl in deiner Haut.« Man mußte kein Psychoanalytiker sein, um seine Gefühle zu erkennen, und er nickte.

»Irgendwie bringt sie es immer fertig, daß ich mich schuldbewußt fühle. Das geht schon seit Annes Tod so. Es sieht so aus, als würde sie mich auch dafür verantwortlich machen und erwarten, daß ich den Rest meines Lebens meine Sünden wiedergutmache, ohne es natürlich jemals zu schaffen.«

»Das ist eine schwere Belastung für dich. Falls du bereit bist, sie auf dich zu nehmen.«

»Was bleibt mir übrig?« fragte er unglücklich. »Seit dem Tod ihrer Mutter hat sie alle Reaktionen durchgespielt, die es gibt, von Appetitlosigkeit über Akne bis zu Alpträumen.«

»Früher oder später muß jeder von uns mit einem Trauma fertigwerden. Sie wird sich mit den Tatsachen abfinden müssen, Peter. Sie kann dich nicht ewig für etwas büßen lassen.« Sie schien es jedoch vorzuhaben. Zumindest hatte Mel diesen Eindruck, doch sie äußerte sich Peter gegenüber nicht mehr zu diesem Thema. Er war entschlossen zu bleiben, und Pam mußte lernen, solche Entscheidungen zu akzeptieren. Etwas später rief Mel die Zwillinge und Raquel im Haus in Chilmark an.

Beide Zwillinge waren hörbar enttäuscht, weil sie nicht nach Haus kam, Jessica mehr als Val, aber beide erklärten sich damit einverstanden, Mel am nächsten Abend zu sehen, dann gaben sie den Hörer an Raquel weiter, die wartete, bis die Mädchen das Zimmer verlassen hatten, bevor sie ihre Meinung äußerte.

»Du meine Güte, der muß aber ein Kerl sein!«

»Wer?« Mels Gesicht zeigte keinerlei Reaktion, da Peter zusah.

»Ihr neuer Freund in New York.«

»Was für ein Freund?« Doch nun errötete sie. »Raquel, Sie können anscheinend nur an das eine denken. Wie geht es den Mädchen?«

»Gut. Val hat einen neuen Freund, den sie gestern am Strand kennengelernt hat, und ich glaube, es gibt auch einen jungen Herrn, der sich für Jessica interessiert, aber sie zeigt sich nicht allzu beeindruckt von ihm.«

»Das klingt ja so, als ginge alles seinen normalen Gang. Wie ist das Wetter?«

»Wunderbar. Ich sehe aus, als käme ich aus Jamaica.« Beide Frauen lachten, und Mel schloß die Augen und stellte sich den Vineyard vor. Wie schön wäre es, wenn sie und Peter dort sein könnten und nicht an einem Sonnabend im Juli in New York säßen. Sie wußte, daß es ihm gefallen würde, auch wenn er noch so ein Bergfan war.

»Auf Wiedersehen, bis morgen, Raquel. Und wenn Sie mich brauchen, erreichen Sie mich immer wieder hier im Haus.«

»Das wird nicht nötig sein.«

»Danke.« Es war immer beruhigend zu wissen, daß sich die Mädchen in guten Händen befanden, sie legte auf und versuchte, sich den Verlauf eines solchen Gesprächs mit Peters Haushälterin Mrs. Hahn auszumalen. Es überstieg ihre Vorstellungsgabe, und sie erzählte es ihm lachend.

»Du hast deine Haushälterin sehr gern, nicht wahr?« fragte er. Mel nickte. »Ich bin ihr verdammt dankbar für alles, was sie für uns getan hat. Mitunter kann sie auch ganz schön ruppig sein, aber sie hängt an meinen Kindern und sogar an mir.«

»Das ist kein Kunststück.« Er küßte Mel auf den Mund, lehnte sich zurück und betrachtete sie. Sie erzog ihre Kinder anders als er die seinen, sprach mit ihrer Haushälterin auf eine Art, die ihm nie in den Sinn gekommen wäre, und ihr Leben schien dabei bemerkenswert reibungslos zu verlaufen. Er fragte sich einen Augenblick, ob er vielleicht nur ein störendes Element war, und sie sah seinen Gesichtsausdruck, als sie aufstand und sich streckte. Sie hatten einen wunderbaren Vormittag verbracht, dazu kamen die geschenkten Stunden der Zweisamkeit, die an Wert gewannen, da sie nicht vorgesehen waren.

»Woran hast du eben gedacht, Peter?« Sie wollte jeden einzelnen seiner Gedanken kennen, war immer äußerst interessiert, wenn er sie ihr erzählte.

»Ich dachte, wie gut organisiert dein Leben ist und wie lange schon alles in geregelten Bahnen verläuft. Ich frage mich, ob mein Eindringen in dein Leben eher eine Störung als eine Bereicherung darstellt.«

»Wie meinst du das?« Sie lag nackt auf der Chaiselongue in ihrem Zimmer, und er spürte, daß er sie schon wieder begehrte, wurde gewahr, daß sein Körper immer aufs neue nach ihrem verlangte.

»Ich glaube, daß ich nicht vernünftig denken kann, wenn ich dich ohne alle Hüllen sehe.«

»Mir geht es genauso.« Sie grinste und winkte ihn mit einem Finger zu sich heran, er ging zu ihr und legte sich neben sie, gleich darauf wandte er sich zu ihr und zog ihre lange, schlanke Gestalt auf seinen Körper.

»Ich bin ganz verrückt nach dir, Mel.«

Sie konnte kaum atmen, so sehr erregte er sie wieder. »Ich auch...« Dann liebten sie einander und vergaßen alle ihre Probleme, Schuldgefühle und Verantwortung, sogar ihre Kinder.

Es war halb zwei, als sie endlich geduscht und sich angezogen hatten; Melanie sah aus wie eine zufriedene Katze, als sie aus dem Haus in den heißen Sonnenschein hinausschlenderte. »Wir sind wirklich faul.«

»Warum nicht? Wir arbeiten beide so verdammt hart. Ich kann mich nicht erinnern, je ein solch schönes Wochenende erlebt zu haben.«

»Ich auch nicht. Sonst wäre ich für meine Arbeit zu müde.«

»Sehr gut. Vielleicht muß ich dafür sorgen, daß du zu müde zum Arbeiten bist, damit du nicht die ganze Zeit an deinen verrückten Job denkst.«

Seine Bemerkung überraschte sie. »Tu ich das wirklich?« Sie war sich nicht bewußt, daß sie die ganze Zeit über auch nur einen Augenblick an ihre Arbeit gedacht hatte, und fragte sich, was er damit meinte.

»Eigentlich nicht, aber ich spüre bei dir das Bewußtsein, daß es für dich noch etwas anderes gibt außer deinen Kindern und deinem Haus, und einem Ehemann.«

»Aha.« Sie begriff allmählich. »Du meinst, ich bin kein Hausmütterchen. Stört dich das?«

»Nein.« Er schüttelte langsam den Kopf, dachte in Ruhe darüber nach, während sie ziellos durch die Lexington Avenue schlenderten. Es war ein heißer, sonniger Tag, und sie beide waren glücklich, ihn gemeinsam genießen zu können. »Es macht mir nichts aus. Ich bin von deinen Leistungen sehr beeindruckt und achte, was du in deinem Beruf erreicht hast. Aber es ist anders, als wenn du nur ...«, er suchte nach den Worten, »... eine gewöhnliche Sterbliche wärst.«

»Unsinn. Was ändert das schon?«

»Du könntest zum Beispiel nicht in sechs Monaten mit mir nach Europa reisen, oder?«

»Nein, mein Vertrag würde sich nämlich nicht in Luft auflösen, jedenfalls nicht ohne einen saftigen Prozeß. Aber du könntest es ja auch nicht tun.«

»Das ist etwas anderes. Ich bin schließlich ein Mann.«

»Ach, Peter!« jammerte sie. »Du bist wirklich ein gemeiner Chauvinist.«

»Ja« – er sah sie stolz an –, »das bin ich in der Tat. Aber ich achte dennoch deine Leistungen. Solange du dabei so weiblich bleibst, wie du bist, und auch keine deiner weiblichen Pflichten vernachlässigst.«

»Was heißt das schon wieder?« Plötzlich amüsierte sie sich königlich über ihn. Von jemand anderem hätte sie sich das nicht sagen lassen, aber von ihm klang es komisch. »Du meinst, Fußböden schrubben und Käsekuchen backen?«

»Nein, eine gute Mutter sein, Kinder kriegen, für einen Mann sorgen, ohne die eigene Arbeit in den Vordergrund zu stellen. Ich war immer glücklich, daß Anne nicht berufstätig war, weil es bedeutete, daß sie immer nur für mich da war. Es würde mich stören, wenn es bei der Frau, die ich liebe, nicht der Fall wäre.«

»Niemand ist die ganze Zeit über für den anderen da, Peter. Keine Frau und kein Mann. Wenn dir wirklich an jemandem gelegen ist, kannst du deine Arbeit die meiste Zeit so einteilen, daß du verfügbar bist, wenn man dich wirklich braucht. Es ist nur eine Frage der Organisation und der richtigen Einschätzung der Dringlichkeiten. Ich war zumeist im richtigen Augenblick für die Mädchen da, eigentlich fast immer.«

»Das weiß ich.« Das hatte er von Anfang an gespürt. »Aber für einen Mann wolltest du nicht da sein.«

»Das stimmt.« Sie war ihm gegenüber vollkommen aufrichtig.

»Und jetzt?« Er stellte die Frage beinahe ängstlich, wie ein kleiner Junge, der Angst hat, sich verlaufen zu haben.

»Warum fragst du mich das, Peter?« Plötzlich entstand eine Stille zwischen ihnen. Es gab eine Möglichkeit, an die sie beide dachten, die sie aber noch beunruhigte, aber Peter brachte eher den Mut auf, darauf hinzuweisen, und nun wollte er plötzlich wissen, welchen Standpunkt Mel einnahm, wollte sie aber von vornherein nicht abschrecken. Vielleicht war es auch noch zu früh, diese Frage zu stellen. Sie spürte seine Bedenken und beugte sich zu ihm. »Mach dir nicht so viel unnötige Sorgen.«

»Ich möchte nur manchmal wissen, was dir unsere Gemeinsamkeit bedeutet.«

»Das gleiche wie dir. Sie ist etwas Schönes, Wunderbares, das ich noch nie erlebt habe. Aber wenn du wissen willst, wohin es führen wird: das kann ich dir heute noch nicht sagen.«

Er nickte. »Ich weiß. Genau das stört mich. Es ist wie bei einer Operation, ich will nichts beschleunigen, ich will nur wissen, wohin ich gehe, was der nächste Schritt ist.« Er lächelte ihr zu. »Ich bin ein Planer, Mel.«

»Das bin ich auch. Aber wo es um Gefühle geht, kann man nicht planen.« Die Spannung zwischen ihnen ließ nach.

»Warum nicht?« neckte er sie jetzt, und sie feixte.

»Was willst du von mir, mich unter Vertrag nehmen?«

»Klar. Einen Vertrag über die Besitzrechte an deinem herrlichen Körper, der mir jederzeit zur Verfügung stehen muß, wenn ich will.«

Sie hielten sich an den Händen, und Mel sah ihn glücklich an.

»Ich bin so froh, daß du über das Wochenende bleibst.«

»Ich auch.«

Sie gingen zum Central Park, spazierten bis fünf Uhr darin herum, schlenderten dann die Fifth Avenue hinauf zum Stanhope-Hotel und nahmen einen Drink im Café im Freien. Dann legten sie die wenigen Blocks bis zu ihrem Haus zurück und schlossen sich wieder in ihrem behaglichen kleinen Refugium ein. Sie lagen auf dem Bett, liebten einander, bewunderten um acht Uhr den Sonnenuntergang, duschten ausgiebig und gingen zum Abendessen zu Elaine. Das Lokal war überfüllt, und Mel kannte die Hälfte der Anwesenden, obwohl die meisten ihrer Bekannten die Stadt gewöhnlich zum Wochenende verließen. Man spürte sofort, daß dies einen großen Teil ihres Lebens ausmachte; die Prominenten, die sie kannte und die sie kannten, das Sehen und Gesehenwerden und das ganze prickelnde Gesellschaftsleben von New York schienen ihr am Herzen zu liegen. Es war ein bestimmter Kreis, wie es ihn auch in Los Angeles gab, aber Peter hatte sich nie in seinem Leben darin bewegt. Er war viel zu sehr mit seinen Angelegenheiten, seiner Familie und seinen Patienten beschäftigt.

»Also, Doktor, was halten Sie von New York?« Sie gingen Arm in Arm durch die Second Avenue zu ihrem Haus.

»Ich glaube, du liebst es, und es liebt dich.«

»Ich denke, du hast recht.« Sie lächelte glücklich. »Aber zufällig liebe ich auch dich.«

»Auch wenn ich kein Gast bei deiner Talkshow, kein Politiker oder Schriftsteller bin?«

»Du bist besser als sie alle zusammen, Peter. Du bist eine Persönlichkeit.«

»Danke. Aber das sind die anderen doch auch.«

»Sie halten einem Vergleich mit dir nicht stand. Sie berühren nur eine Hälfte meiner Existenz, Peter. Es gibt einen anderen Teil, dem sie nie nahe kommen. Ich habe bisher noch nie jemanden gefunden, der beide Hälften meines Lebens gewürdigt hätte. Mein Familienleben und mein Berufsleben sind beide für mich wichtig, und sie sind gerade in meinem Fall völlig verschieden.«

»Du scheinst beides zu meistern.«

Sie nickte. »Aber es ist nicht immer leicht.«

»Was ist schon leicht?« Er dachte plötzlich an die Reaktion seiner Tochter auf sein längeres Ausbleiben in New York und hatte den Verdacht, daß sie es ihn fühlen lassen würde, wenn er sie wiedersah. Das war so ihre Art.

Aber Mel sah ihn lächelnd an; sie bogen nach Westen in die Einundachtzigste Straße ein, gingen zu ihrem Haus, legten sich ins Bett und plauderten bis zwei Uhr morgens.

Am nächsten Morgen gingen sie zum Brunch in die Tavernonthe-Green und dann ins Greenwich Village zu einem Jahrmarkt. Im Sommer war in New York nicht besonders viel los, doch das schien keinen von beiden zu stören. Sie wollten nur beisammen sein, gingen stundenlang spazieren, sprachen über ihre Vergangenheit, ihr jetziges Leben, ihre Arbeit, ihre Kinder, über sich selbst. Es war, als wollten sie einander bis ins kleinste Detail kennenlernen; um fünf Uhr mußten sie zu ihrem großen Bedauern zurück in Mels Haus, wo sie einander zum letztenmal liebten. Um sieben nahmen sie ein Taxi zum Flughafen. Und plötzlich begann die Zeit rasend schnell zu laufen. Einige Augenblicke später mußten sie sich voneinander verabschieden, sie hielten sich am Gate noch ein letztes Mal umschlungen.

»Du wirst mir so sehr fehlen.« Er sah auf sie nieder, unendlich glücklich, daß er sich entschlossen hatte, nach New York zu kommen. Er fühlte, daß der Aufenthalt hier sein ganzes Leben verändert hatte, und er hatte gar keine Angst mehr vor der Zukunft. Er legte seinen Zeigefinger unter ihr Kinn und hob ihr Gesicht zu sich empor. »Versprichst du mir, daß du nach Aspen kommst?«

Sie lächelte und unterdrückte die Tränen, die in ihrer Kehle hochstiegen. »Wir werden hinkommen.« Aber sie wußte noch immer nicht, wie sie es den Zwillingen begreiflich machen sollte.

»Das solltest du wohl.« Er hielt sie fest und küßte sie ein letztes Mal, dann winkte er ihr von der Gangway aus noch einmal zu. Als er abflog, hatte Mel das Gefühl, als hätte er ihr Herz mit sich genommen.

Die Reise nach Marthas Vineyard war an diesem Abend lang und einsam; sie kam erst nach Mitternacht im Haus in Chilmark an, und alle schliefen schon. Sie war darüber erleichtert. Sie wollte im Augenblick mit niemandem auf der ganzen Welt sprechen, außer mit Peter Hallam, und der saß noch in einem Flugzeug, das nach Westen, nach Los Angeles, flog.

In dieser Nacht saß Mel lange auf der Veranda des Hauses, lauschte dem Geräusch der Brandung und spürte die sanfte Brise auf ihrem Gesicht. Es war ein wunderbares, friedliches Gefühl, sich einfach dieser Stimmung überlassen zu können, und es tat ihr nur leid, daß Peter sie nicht gemeinsam mit ihr erleben konnte. Aber für den Augenblick war es auch so beglückend. Sie hatten die Zweisamkeit gebraucht. Wenn sie beide mit ihren Kindern nach Aspen kamen, würde es sowieso nicht immer leicht sein. Sie hatte sich noch immer nicht entschieden, zu welchem Zeitpunkt und auf welche Weise sie es den Mädchen sagen sollte, fand jedoch am nächsten Morgen, daß es das Beste wäre, ihnen möglichst viel Zeit zu lassen, um sich mit dem Gedanken anzufreunden. Sie hatten Vineyard noch nie mitten im Sommer verlassen, und sie wußte, daß sie es merkwürdig finden würden. Mehr als das. Sie würden dahinter etwas vermuten.

»Aspen?« Jessica starrte sie verwundert an. »Warum sollten wir nach Aspen fahren?«

Mel versuchte äußerlich gelassen zu wirken, spürte jedoch, wie ihr Herz rascher schlug. Teils, weil sie sie in Verlegenheit brachten, und teils, weil sie ihnen eine Lüge erzählen mußte. »Weil es eine sehr interessante Einladung ist und wir noch nie dort waren.« Raquel schnaubte wütend, während sie in die Küche ging, um den Ahornsirup zu holen, und Val starrte ihre Mutter entsetzt an.

»Aber wir können doch nicht weg von hier. Hier ist so viel los, und in Aspen kennen wir keinen Menschen.«

Mel blickte die jüngere Zwillingsschwester ruhig an. Sie würde sich leichter überreden lassen als ihre Schwester. »Alles nur mit der Ruhe, Val, auch in Aspen gibt es junge Männer.«

»Aber das ist etwas anderes. Hier kennen wir außerdem alle!« Sie sah aus, als würde sie zu weinen beginnen, doch Mel blieb ungerührt.

»Ich glaube, es ist eine Gelegenheit, die wir uns nicht entgehen lassen sollten.« Oder meinte sie »ich«? Sie fühlte sich schuldbewußt, weil sie ihnen den eigentlichen Grund verschwieg.

»Warum?« Jessica beobachtete jede ihrer Bewegungen. »Was gibt es denn so Besonderes in Aspen?«

»Nichts... ich meine... ach, um Himmels willen, Jess, benimm dich doch nicht wie bei einem Verhör. Es ist ein fabelhafter Urlaubsort, die Berge sind herrlich, es gibt eine Unmenge von jungen Leuten und Unterhaltungsmöglichkeiten wie Ausflüge, Reiten, Spaziergänge, Angeln...«

»Bääähh!« unterbrach sie Valerie angeekelt. »Ich hasse all das Zeug!«

»Es wird dir guttun.«

Doch diesmal mischte sich die immer praktisch denkende Jessica ein. »Aber das bedeutet, daß uns ein Teil des Sommeraufenthalts hier entgeht. Und wir haben das Haus für volle zwei Monate gemietet.«

»Wir werden nur zwei Wochen fort sein. Euch bleiben noch immer ganze sechs Wochen hier.«

»Ich verstehe diese plötzliche Änderung einfach nicht.« Jessica stand offensichtlich verärgert auf, Val brach in Tränen aus und rannte aus dem Zimmer.

»Ich komme nicht mit! Das ist der schönste Sommer, den ich hier je erlebt habe, und du versuchst, ihn mir zu vermiesen!«

»Ich versuche nicht –« Aber die Tür wurde zugeschlagen, bevor Mel den Satz zu Ende sprechen konnte, und sie sah sichtlich gereizt Raquel an, die den Tisch abräumte.

»Es muß ernst sein.« Sie schüttelte vielsagend den Kopf.

Mel stand auf und stöhnte verärgert. »Verdammt noch mal, Raquel!«

»Schon gut, schon gut. Erzählen Sie mir nichts. Aber warten Sie nur ab, in sechs Monaten werden Sie verheiratet sein, ich habe noch nie erlebt, daß Sie Vineyard im Sommer verlassen haben.«

»Es wird ein ganz wundervoller Aufenthalt in Aspen werden.« Sie versuchte, alle zu überzeugen, sich selbst eingeschlossen, und wünschte nur, es fiele ihr ein wenig leichter.

»Ich weiß. Und was ist mit mir? Muß ich auch mitkommen?« Sie zeigte ebenso wenig Begeisterung wie die Mädchen.

»Warum nehmen Sie nicht zu der Zeit Ihren Urlaub, statt auf das Sommerende zu warten?«

»Damit wäre ich einverstanden.«

So war Mel wenigstens eine Sorge los. Val vergrub sich zwei Stunden lang in ihrem Zimmer, dann erschien sie mit verweinten Augen und roter Nase, um ihre Freunde am Strand zu treffen, sie würdigte ihre Mutter keines Wortes. Eine halbe Stunde später fand Jessica Mel allein auf der Veranda, sie beantwortete einige Briefe. Jess setzte sich auf die Stufen zu Mels Füßen und wartete, bis ihre Mutter aufblickte.

»Wie kommt es, daß wir plötzlich nach Aspen fahren, Mom?«

Sie schaute Mel direkt in die Augen, und es war schwer, ihr die Wahrheit zu verschweigen ... weil ich mich in diesen Mann verliebt habe und er den Sommerurlaub dort verbringt.

»Ich dachte, es könnte eine nette Abwechslung für uns werden, Jess.« Doch sie sah an Jessica vorbei und merkte daher nicht, wie scharf diese ihre Mutter beobachtete.

»Gibt es noch einen weiteren Grund?«

»Zum Beispiel?« Sie suchte Zeit zu gewinnen und hielt die Feder über das Papier.

»Ich weiß nicht. Ich verstehe nur nicht, warum du aus heiterem Himmel nach Aspen fahren willst.«

»Wir wurden von Freunden eingeladen.« Das war wenigstens schon die halbe Wahrheit, aber alles zu erzählen, würde sich, wie Mel zu Recht befürchtet hatte, als ziemlich schwierig erweisen, und wenn Peter der Meinung war, daß es ihm bei seiner Familie leichter fallen würde, war er verrückt.

»Was für Freunde?« Jessica blickte sie noch forschender an, und Mel holte tief Luft. Es hatte keinen Sinn, ihr etwas vorzumachen, sie würde es sowieso bald genug herausfinden.

»Ein Mann namens Peter Hallam und seine Familie.«

Jessica war verblüfft. »Der Arzt, den du in Kalifornien interviewt hast?« Mel nickte. »Warum sollte er uns nach Aspen einladen?«

»Weil wir beide mit unseren Kindern allein sind; es war sehr nett, ihn zu interviewen, und wir sind Freunde geworden. Er hat drei Kinder, zwei davon sind ungefähr in eurem Alter.«

»Na und?« Jessicas Frage klang jetzt noch mißtrauischer.

»Ich glaube, es könnte ganz amüsant werden.«

»Für wen?« *Touché.* Jetzt war Jess ehrlich empört, und Mel fühlte sich plötzlich ganz matt. Vielleicht war es unsinnig, ihnen wegen Aspen gut zuzureden.

»Hör zu, Jess, ich will einfach nicht mehr mit dir darüber streiten. Wir fahren, und damit basta.«

»Was soll das?« Jess stand auf, stützte die Hände in die Hüften und starrte ihre Mutter an. »Haben wir eine Diktatur oder eine Demokratie?«

»Nenn es, wie du willst. Wir fahren jedenfalls in drei Wochen nach Aspen, ich hoffe, es wird euch gefallen, wenn nicht, betrachtet es meinetwegen als zwei verlorene Wochen in einem sehr langen, schönen Sommer. Ich darf dich daran erinnern, daß ihr euch hier verdammt gut unterhaltet, fast zwei Monate lang vollkommene Freiheit genießt, und daß du und Val nächste Woche eine ganz großartige Geburtstagsparty geben werdet. Ich glaube nicht, daß ihr einen Grund habt, euch zu beklagen.« Doch Jessica war anscheinend gegenteiliger Ansicht, denn sie stürmte verärgert davon, ohne ein weiteres Wort an ihre Mutter zu richten.

In den nächsten drei Wochen entspannte sich die Lage nicht sehr, trotz des Picknicks am Strand für fünfundsiebzig Jugendliche anläßlich von Jessies und Vals sechzehntem Geburtstag. Es war eine wunderbare Party, und alle unterhielten sich glänzend, was die Zwillinge noch wütender darüber machte, daß sie in der darauffolgenden Woche abreisen mußten. Mel hatte es schon gründlich satt, sich immer anhören zu müssen, wie sie sich über die Unterbrechung ihres Badeaufenthaltes beklagten.

»Wie steht es bei dir, Liebster?« Sie lag eines Abends auf ihrem Bett und sprach mit Peter. Sie telefonierten noch immer zweimal täglich und fühlten sich trotz der Gesellschaft ihrer Kinder allein.

»Ich habe es ihnen noch nicht beigebracht. Es hat ja noch Zeit.«

»Machst du Witze? Wir treffen euch nächste Woche!« Sie war entsetzt. Seit vierzehn Tagen hörte sie sich die Vorwürfe der Zwillinge an, und Peter hatte seiner Familie noch nicht einmal eine Andeutung gemacht, daß sie in Aspen Besuch erwarteten.

»Solche Ankündigungen muß man ganz beiläufig machen«, meinte er unbekümmert, und Mel war der Überzeugung, er sei nicht ganz bei Trost.

»Du mußt ihnen Zeit geben, sich an den Gedanken zu gewöhnen, Peter, daß wir dort mit euch zusammenkommen, sonst werden sie schrecklich überrascht sein und sich wahrscheinlich überrumpelt fühlen.«

»Es wird schon klappen. Jetzt erzähl mir von dir.« Sie erzählte ihm, was sie getan hatte, und er berichtete über eine neue Operationstechnik, die sie an dem Morgen im Operationssaal angewendet hatten. Marie ging es überaus gut, trotz einer geringfügigen Immunreaktion; sie sollte das Krankenhaus in wenigen Tagen verlassen, später als ursprünglich geplant, aber dafür in bester Laune.

»Ich kann es nicht erwarten, dich wiederzusehen, Liebster.

»Ich auch nicht.« Er lächelte bei der Vorstellung, und sie plauderten noch eine Weile. Aber er lächelte nicht mehr, als vier Tage später Pam vor ihm stand.

»Was meinst du damit, daß wir dieses Jahr Bekannte nach Aspen eingeladen haben?« Sie sah ihn über den Tisch hinweg an und wurde blaß. Er hatte es Mark am Abend zuvor gesagt, und dieser war sichtlich überrascht gewesen, hatte aber keine Zeit gehabt, sich dazu zu äußern. Und Peter hatte vor, es auch Matt zu sagen, nachdem er es Pam mitgeteilt hatte. Aber Pam sah ihren Vater an, als wäre sie im Begriff, in die Luft zu gehen. »Was für Bekannte?«

»Eine Familie, über die ihr euch bestimmt freuen werdet.« Er spürte, wie er aus allen Poren zu schwitzen begann, und ärgerte sich über seine übertriebene Reaktion. Warum ließ er sich von ihr nur so in die Enge treiben? »Es sind zwei Mädchen in deinem Alter dabei.« Er versuchte Zeit zu gewinnen, das wußten sie beide, aber er hatte Angst vor dem Geständnis, daß es sich um Mel und ihre Töchter handelte.

»Wie alt sind sie?«

»Sechzehn«, antwortete er hoffnungsvoll, doch er erhielt sofort eine kalte Dusche.

»Wahrscheinlich sind sie ekelhaft und werden mich geringschätzig behandeln, weil ich jünger bin als sie.«

»Das bezweifle ich.«

»Ich fahre nicht mit.«

»Pam... um Himmels willen...«

»Ich bleibe hier bei Mrs. Hahn.« Pam war hart wie Granit.

»Sie geht auf Urlaub.«

»Dann begleite ich sie. Ich fahre nicht mit dir nach Aspen, außer du wirst diese Leute los. Wer sind sie überhaupt?«

»Mel Adams und ihre Zwillinge.« Einmal mußte er damit herausrücken, und Pam riß die Augen weit auf.

»Sie? Ich komme nicht mit!« Endlich wurde ihm bewußt, in

was für einem Ton sie zu ihm sprach, er schlug wütend mit der Faust auf den Eßtisch.

»Du wirst tun, was ich dir sage, hast du verstanden? Und wenn ich sage, du fährst nach Aspen, wirst du fahren! Ist das klar?« Sie schwieg, ergriff ihren leeren Teller und warf ihn an die Wand; er zersplitterte auf dem Fußboden in unzählige Scherben, während sie aus dem Zimmer rannte. Wenn Anne noch am Leben gewesen wäre, hätte sie Pam gezwungen, zurückzukommen und Ordnung zu machen, aber Peter hatte nicht das Herz, so streng mit ihr zu sein – sie war ein Kind, das keine Mutter hatte. Er saß also im Speisezimmer und starrte auf seinen Teller; kurz darauf verließ er den Raum und schloß sich in seinem Zimmer ein. Er brauchte eine halbe Stunde, bis er den Mut fand, Mel anzurufen. Er mußte einfach ihre Stimme hören, erzählte ihr aber nichts von der Szene mit Pam. Am Morgen kam Pam nicht zum Frühstück, und Matthew, der am Abend zuvor nach dem Abendessen vom Besuch bei seiner Großmutter zurückgekommen war, fragte ihn neugierig:

»Wer kommt mit uns nach Aspen, Dad?«

Peter blickte ihm herausfordernd in die Augen. »Miß Adams. Die Dame, die einmal am Abend bei uns gegessen hat, und ihre beiden Töchter.« Er wartete kampfbereit auf die Explosion, denn bis jetzt war dies die erste Reaktion gewesen, doch Matthews Gesicht strahlte bei der Neuigkeit.

»Wirklich? Großartig! Wann kommt sie?«

Peter lehnte sich lächelnd und entspannt zurück und sah sein jüngstes Kind erleichtert an. Gott sei Dank, eines von ihnen nahm es positiv auf. Von Mark hatte er noch nichts gehört, aber vielleicht würde er sich ebenso merkwürdig benehmen wie Pam, obwohl das unwahrscheinlich war. Mark war derzeit zu sehr mit seinem eigenen Leben beschäftigt, um Schwierigkeiten zu machen. »Wir treffen sie in Aspen. Alle drei.«

»Hurra! Warum kommt sie nicht her, und wir fliegen zusammen hin?«

»Wohin fliegen?« Mark trat schlaftrunken ins Zimmer. Er war am vorhergehenden Abend spät heimgekommen und mußte sich beeilen, hatte aber einen Bärenhunger. Er hatte schon Mrs. Hahn um Spiegeleier mit Speck, Toast, Orangensaft und Kaffee gebeten.

»Wir sprachen über Aspen.« Peter sah Mark abwehrbereit an und wartete auf die Ablehnung, die jetzt kommen mußte. »Er meinte, daß Mel Adams und ihre Töchter hier mit uns zusammenkommen sollten.« Es erfolgte keine sofortige Reaktion, und er wandte sich wieder an Matt. »Aber sie kommen aus dem Osten, und es ist leichter für sie, nach Denver und von dort nach Aspen zu fliegen.«

»Sind sie hübsch?«

»Wer?« Peter sah Mark verständnislos an. Er konnte zur Zeit nicht mit seinen Kindern Schritt halten und war noch immer wegen Pams Reaktion am Abend zuvor verstört. Sie war noch nicht aus ihrem Zimmer aufgetaucht, ihre Tür war am Abend zuvor versperrt gewesen, als er mit ihr sprechen wollte, und sie hatte nicht geantwortet, als er ihren Namen gerufen hatte. Er beschloß, sie einen Tag in Ruhe zu lassen, damit sie sich beruhigte. Am Abend würde er mit ihr reden, wenn er aus dem Krankenhaus nach Haus kam.

»Sind ihre Töchter hübsch?« Marks Gesichtsausdruck verriet deutlich, daß er seinen Vater für ausgesprochen schwer von Begriff hielt. Peter lehnte sich lachend zurück, und im gleichen Augenblick traf Marks üppiges Frühstück ein.

»Gütiger Gott, für wen ist das alles?«

»Für mich. Also, sind sie hübsch?«

»Ob sie was sind? Ach, verzeih... ich weiß nicht. Ich nehme es an. Sie sieht gut aus, also sollten ihre Töchter auch hübsch sein.«

»Hmmm...« Mark war unschlüssig, ob er sich mit dem Frühstück befassen oder weitere Informationen über Mels Töchter einholen sollte. »Hoffentlich sind sie keine Vogelscheuchen.«

»Du bist ein Witzbold.« Matt sah ihn empört an. »Wahrscheinlich sind sie super.«

Darauf erhob sich Peter grinsend. »Und in diesem Sinne, meine Herren, wünsche ich euch einen guten Morgen. Wenn ihr eure Schwester seht, grüßt sie von mir. Auf Wiedersehen bis heute abend. Wirst du zu Haus sein, Mark?«

Mark nickte, schluckte ein halbes Stück Toast, sah mit einem Auge auf die Uhr und befürchtete, daß er noch mehr Verspätung haben würde. »Ich glaube schon, Dad.«

»Vergiß nicht, Mrs. Hahn zu sagen, was du vorhast.«

»Ich werde daran denken.« Damit verschwand Peter und fuhr ins Krankenhaus, um seine Visite zu machen. An diesem Morgen operierten sie nicht. Sie hielten wieder ihre monatliche Konferenz über Neuerungen ab und sprachen auch über Peters neueste Methode, die er am Nachmittag Mel in allen Einzelheiten erklärte, als er sie anrief. Als er damit fertig war, beschloß er, ihr ehrlich von Pams Reaktion zu berichten.

»Sie wird sich beruhigen. Ich glaube, sie empfindet es im Augenblick als Bedrohung.«

»Willst du immer noch, daß wir kommen?«

»Machst du Witze?« fragte er entsetzt, daß sie die Frage auch nur stellte. »Ich würde gar nicht in Betracht ziehen, ohne dich hinzufahren. Was ist mit deinem Nachwuchs? Gewöhnen sie sich schon an den Gedanken?«

»Widerwillig.«

Die »beiläufige« Ankündigung, von der er sich so viel versprochen hatte, war gründlich fehlgeschlagen. Mel hatte recht gehabt, zumindest was Pam betraf. »Matt ist begeistert. Und ich fürchte, daß Mark schon ganz begierig ist, die Zwillinge in Augenschein zu nehmen. Aber er ist harmlos.«

»Sag das nicht!« lachte Mel. »Warte, bis du Val siehst.«

»Sie kann gar nicht so exotisch sein.« Mel erwähnte immer die üppige Figur des Mädchens und wie verführerisch sie sei. Aber wahrscheinlich war sie als Mutter alles andere als objektiv.

»Peter.« Mel sprach in sehr entschiedenem Ton. »Valerie ist nicht exotisch, sondern schlicht und einfach sexy. Du solltest Mark lieber jetzt schon Beruhigungsmittel ins Essen tun.«

»Der arme Junge. Ich glaube, er hat noch keine sexuellen Erfahrungen und bemüht sich verzweifelt, dies zu ändern. Nächste Woche wird er achtzehn, im September kommt er aufs College, und dann will er auf keinen Fall mehr unberührt sein.«

»Schön, aber er soll bei jemand anderem üben, nicht bei meiner Tochter.«

»Einverstanden, solange ich bei ihrer Mutter üben kann.« Sie lachten beide und freuten sich auf Aspen, trotz ihrer Kinder.

»Meinst du, daß wir dieses Treffen überleben werden, Peter?«

»Ich habe nicht den geringsten Zweifel daran, mein Liebling. Wir werden uns alle großartig unterhalten.«

»Du glaubst, daß Pam sich damit abfinden wird?«

»Ich bin davon überzeugt. Wir müssen einmal auch an uns denken. Ich liebe dich, Mel.« Sie beteuerte das gleiche, dann legten sie auf.

Als sie einige Tage später an Bord der Maschine nach Denver gingen, mußte er einsehen, daß seine Diagnose bezüglich Pams Gemütszustand doch zu optimistisch war.

»Komm schon, Meckerziege, wir müssen an Bord gehen.« Mark fand Pam unerträglich, wenn sie so trotzte wie in den letzten Tagen. Sie sprach nicht einmal mehr mit ihrem Vater. »Du wirst dafür sorgen, daß wir einen unvergeßlichen Urlaub erleben, nicht wahr?«

»Du kannst mich...« Sie sprach zu ihrem älteren Bruder in einem Ton, bei dem jedem Zuhörer die Haare zu Berge gestanden wären, und Mark sah aus, als hätte er sie am liebsten geschlagen.

»Kommt jetzt, ihr beiden.« Peter trug ein kariertes Hemd, hatte sich einen roten Pullover über die Schultern gehängt und hatte einen kleinen Rucksack auf dem Rücken. Er hielt in einer Hand die Bordkarten der Familie und mit der anderen Matt fest. Matthew war so aufgekratzt, daß er Pams Laune wieder wettmachte. Pam fand einen einzelnen freien Sitz für sich auf der anderen Seite des Ganges, während die drei Männer nebeneinander saßen, Matthew am Fenster, damit er hinaussehen konnte, Peter am Mittelgang, um Pam im Auge zu behalten, aber sie wandte das Gesicht ab und blickte während der ersten Hälfte des Fluges aus dem Fenster. Dann las sie ein Buch, bis der Lunch serviert wurde, aber sie stocherte nur im Essen herum, und das Tablett wurde wieder abgeholt. Peter verbarg seine Besorgnis. Als er später die Süßigkeiten herausholte, die er für die Kinder mitgebracht hatte, und sie auch ihr anbot, lehnte sie ab, ohne ihn anzusehen.

»Sie benimmt sich wirklich idiotisch«, flüsterte Mark seinem Vater zu, bevor sie in Denver landeten.

»Sie wird sich schon beruhigen. Mels Töchter werden sie ablenken. Wahrscheinlich fühlt sie sich nur bedroht, weil sie für eine Weile nicht die Bienenkönigin spielen kann. Sie ist es gewohnt, das einzige Mädchen unter Männern zu sein, und jetzt kommen drei neue Frauen dazu. Das muß für sie ein Schock sein.«

»Sie will einfach, daß alles nach ihrem Kopf geht. So führt sie sich seit Moms Tod auf.« Er sah seinen Vater vorwurfsvoll an. »Mom hätte ihr das niemals durchgehen lassen.«

»Vielleicht nicht.« Sogar dieser Vorwurf verletzte Peter. Er gab sich so verdammt viel Mühe und bekam immer nur zu hören, daß Anne alles viel besser gemacht hatte.

Doch dann erforderte Matthew seine Aufmerksamkeit, als sie landeten und laufen mußten, um die andere Maschine nach Aspen zu erreichen. Es war ein kurzer, böiger Flug über die Berge, und der Pilot vollführte eine spektakuläre Landung, indem er zwischen den Bergen zu dem kleinen, mit Lear-Jets und kleinen Privatflugzeugen überfüllten Flughafen hinabtauchte. Aspen war Treffpunkt für die Superreichen und verschiedene interessante Leute. Es schien hier alles zu geben, alle möglichen Menschen, das war einer der Gründe, weshalb Aspen Peter gefiel. Er hatte mit Anne immer hier Urlaub gemacht und behielt die Tradition weiterhin bei, weil sie dort im Winter und Sommer glückliche Zeiten verbracht hatten.

»Wir sind da!« sagte er freudig erregt, die vier stiegen aus und mieteten auf dem Flughafen einen Wagen, um zu einem Apartmenthaus zu fahren, das sich kaum von dem unterschied, in dem sie in den letzten fünf Jahren eine Wohnung gemietet hatten. Diesmal hatten sie gefunden, daß es Zeit für eine Abwechslung war, und sogar Pam vergaß ihre schlechte Laune, als sie sich der Stadt näherten. Es hatte sich nichts verändert, und wie gewöhnlich war die Aussicht auf die Berge spektakulär. Sie hatten gerade noch Zeit, sich einzurichten und auszupacken sowie im Supermarkt Lebensmittel einzukaufen, bevor Peter zum Flughafen fahren und Mel abholen mußte. Er musterte die Gruppe, die die Einkaufstasche auspackte, und machte eines seiner scheinbar beiläufigen Angebote. »Will jemand mitkommen?«

»Ich komme mit.« Mark ließ alles fallen, was er gerade in der Hand hatte, und fuhr mit den nackten Füßen in Sandalen. Er trug Khakishorts und ein rotes T-Shirt, und sogar Peter fiel auf, daß der Junge mit seiner tiefen Sonnenbräune und dem von der Sonne gebleichten Haar auffallend gut aussah. Mels Zwillinge würden dahinschmelzen, und wenn nicht, stimmte mit ihnen etwas nicht; vor Stolz auf seinen ältesten Sohn grinste er in sich hinein.

»Ich auch!« quiekte Matt und griff nach seinem geliebten Weltraumgewehr.

»Brauchst du das Ding?« fragte Peter mit einem Blick auf die Waffe, die einen Lärm verursachte, der ihn verrückt machte.

»Sicherlich, wir könnten von Geschöpfen aus dem Weltraum überfallen werden.«

»Sie kommen mit dem nächsten Flugzeug«, bemerkte Pam bissig, und Peter funkelte sie an. »Jetzt reicht's mir. Eigentlich« – er sah Pam wütend an – »finde ich, daß du auch mitkommen solltest. Wir sind eine Familie, und wir unternehmen alles gemeinsam.«

»Wie rührend.« Sie stand unbeweglich in der Küche. »Ich glaube, ich bleibe hier.«

»Komm schon, du blödes Ding.« Mark stieß sie zur Tür, sie stieß zurück, und Peter brüllte.

»Verdammt noch mal! Benimm dich endlich einmal!« Das Gebrüll ihres Vaters beeindruckte Pam offenkundig, und die vier fuhren schweigend zum Flughafen, während Peter sich Sorgen darüber machte, wie sich Pam Mel und ihren Töchtern gegenüber verhalten würde. Aber als er Mel aus dem Flugzeug steigen sah, konnte er nur daran denken, wie sehr er sie liebte und wie verzweifelt er sich danach sehnte, sie in die Arme zu schließen. Sie mußten sich jedoch vor den Kindern beherrschen. Sie kam auf ihn zu, ihr rotes Haar war zu einem losen Knoten zusammengefaßt, ein Strohhut schützte ihre Augen, und sie trug ein hübsches, cremefarbenes Leinenkleid und Sandalen. »Es ist schön, dich zu sehen, Mel.« Er ergriff ihre Hand, während die Kinder zusahen, sie gab ihm einen leichten Kuß auf die Wange und wandte sich sofort seinen Kindern zu. Sie mußte sich mit Gewalt zurückhalten, um ihn nicht auf den Mund zu küssen.

»Hallo, Pam, es ist nett, dich wiederzusehen.« Sie berührte leicht ihre Schulter, beugte sich hinunter und küßte Matt, der ihr die Arme um den Hals schlang, dann wandte sie sich zu Mark und begrüßte ihn, doch er starrte unverwandt auf eine junge Frau hinter ihr. »Ich möchte euch meine Töchter vorstellen. Das ist Jessica.« Es war an ihrem roten Haar leicht zu sehen, daß sie Mutter und Tochter waren, aber es war Valerie, die Marks Aufmerksamkeit auf sich gezogen hatte. »Und das ist Valerie.«

Beide Mädchen sagten leise »Hallo«, und Mel machte sie mit Peter bekannt, dem es sichtlich schwerfiel, nicht laut zu lachen. Sein ältester Sohn sah aus, als würde er Val ohnmächtig zu Füßen sinken, und während er und Mel das Gepäck holten, schüttelte er grinsend den Kopf.

»Du hattest recht. Ich glaube, daß nicht einmal ein Beruhigungsmittel genützt hätte.« Das Mädchen besaß eine sinnliche Ausstrahlung, die jeder Beschreibung spottete und dadurch verstärkt wurde, daß sie so frisch und naiv aussah. »Du solltest sie nicht auf die Straße gehen lassen, Mel.«

»Ich versuche es, Liebster, ich versuche es. Wie geht es dir? Wie war der Flug?«

»Sehr gut.«

»Wie geht es Pam?« Sie blickte aus den Augenwinkeln zu ihr hinüber und sah, daß Jessica mit ihr sprach, während Matt Jessica in sprachloser Bewunderung anstarrte. »Ich würde annehmen, daß sich einiges positiv auswirken wird.« Val und Mark unterhielten sich angeregt, und Pam schien Jessica zu antworten, die Matts kleine Hand in der ihren hielt und während der Gesprächspausen das Weltraumgewehr bewunderte. »Sie sind alle brave Kinder, das wird dazu beitragen, daß sie die Schwierigkeiten überbrücken.«

»Wie ihre Mutter.«

»Ich liebe dich«, flüsterte sie mit dem Rücken zu den Kindern, und er hätte sie am liebsten umarmt.

»Ich liebe dich auch«, sagte er dicht an ihrem Ohr. Ein Träger half ihnen mit dem Gepäck. Es war gut, daß sie einen Kombiwagen hatten. Mit sieben Personen und den Reisetaschen der Adams war der Wagen bei der Heimfahrt randvoll. Alle schienen zugleich zu reden, sogar Pam streckte allmählich den Kopf aus ihrem Schneckenhaus, weil Jessica sich ihr voll widmete.

Sie erhob nicht einmal die heftigen Einwände, die Peter befürchtet hatte, als er die Einteilung der Schlafzimmer verkündete. Pam, Jess und Val würden den Raum mit den beiden Stockbetten benützen. Sie hatten zwar wenig Platz, aber es schien den Mädchen nichts auszumachen. Pam konnte wieder lachen, als Jessica sie neckte. Die beiden Jungen schliefen in einem Zimmer mit Doppelbett, während Peter und Mel die beiden kleinsten Zimmer nahmen, die nur je ein Bett enthielten. Für gewöhnlich hatte jedes von Peters Kindern sein eigenes Zimmer, doch dieses Jahr hatte er sich etwas einfallen lassen müssen, um alle unterzubringen und getrennte Schlafzimmer für ihn selbst und Mel zu schaffen, was auf diesem ersten Urlaub mit den Kindern unerläßlich war.

»Alle gut untergebracht?«

»Ausgezeichnet«, antwortete Valerie sofort, sah Peter bewundernd an und flüsterte später ihrer Mutter zu: »Er ist nett«, worauf Mel lachte. Leider war nicht zu übersehen, daß Mark Val noch besser gefiel als der Vater. Mel hatte sie zwar darauf aufmerksam gemacht, daß eine neue Liebelei während der nächsten zwei Wochen allen zusätzliche Probleme aufhalsen würde. Während des Flugs nach Denver hatte Val noch dazu pflichtgemäß genickt, aber als sie am Abend alle gemeinsam das Essen kochten, wobei Val und Mark für den Salat und die gebackenen Kartoffeln zuständig waren, gab Mel allmählich die Hoffnung auf, daß sie eine beginnende Liebelei im Keim ersticken konnte. Sie hoffte nur, daß sie einander in den nächsten zwei Wochen gründlich satt bekommen würden. Vals Liebeleien waren nie von langer Dauer, wie Jessica Pam gegenüber erwähnte, als sie am Kamin saßen, nachdem Jessica Pam geholfen hatte, Matt zu Bett zu bringen. Sie hatte sichtlich für Pams verletzte Gefühle Verständnis. »Ich glaube nicht, daß Mark sie auch nur einen Augenblick aus den Augen gelassen hat, seit ihr beiden hier seid«, meinte Peter grinsend; er war der älteren Zwillingsschwester dankbar, weil sie sich bemühte, seine Tochter zu beruhigen. Sie schien ein ganz besonderes Mädchen zu sein, und er erinnerte sich an alles, was

Mel über sie erzählt hatte. Es war lustig, die Zwillinge zu sehen, nachdem er so viel über sie gehört hatte, aber sie waren genauso, wie Mel sie beschrieben hatte, auch Val, die man sich tatsächlich eher auf der Mittelseite des *Playboy* vorstellen konnte als in der ersten Klasse der Mittelschule. Doch das Mädchen hatte trotz ihres sensationellen Körperbaus etwas wohltuend Unschuldiges an sich. »Wie ich höre, willst du Medizin studieren, Jess.« Ihre Augen leuchteten auf, und Pam machte ein gelangweiltes Gesicht.

»Wie abstoßend.«

»Ich weiß.« Sie sah Pam beschwichtigend an. »Alle reagieren so. Ich will Gynäkologin oder Kinderärztin werden.«

»Beides sind gute Spezialfächer, aber sehr anspruchsvoll.«

»Ich möchte Modell werden.« Pam gab sich reserviert, und Jess lächelte.

»Das würde ich natürlich auch gern tun, aber ich sehe nicht so gut aus wie du.«

Das stimmte nicht, aber Jessica glaubte es wirklich. Sie hatte zu lange in Vals Schatten gelebt.

»Du kannst alles werden, was du willst.« Mel saß entspannt am Kamin und war glücklich, wieder in Peters Nähe zu sein. Es schien tausend Jahre her zu sein, seit sie ihn zuletzt gesehen hatte.

»Hat jemand Lust zu einem Spaziergang?« Mark kam mit dem Vorschlag hereingestürmt, und nachdem er allen eine Zeitlang zugeredet hatte, war die ganze Gruppe damit einverstanden, außer Matt, der in seinem Bett tief und fest schlief.

»Können wir ihn alleinlassen?« fragte Mel besorgt, und Peter nickte.

»Zweifellos. Er schläft wie ein Murmeltier. Die Bergluft wirkt immer so auf ihn. Anne sagte immer...« Er brach ab und wurde blaß. Mel lief es eiskalt über den Rücken. Es war seltsam, in Annes Fußstapfen zu treten, mit ihren Kindern hier zu sein. Sie fragte sich, ob Pams Reaktion damit zusammenhing, und nahm sich vor, mit ihr darüber zu sprechen, während sie in der kühlen Bergluft spazierengingen, doch Pam wollte ganz eindeutig lieber mit Jessica plaudern. Sie wanderten etwa eine halbe Stunde lang durch die Gegend, und zwar paarweise: Val und Mark, Jessie und Pam, und Melanie und Peter.

»Siehst du, es klappt ausgezeichnet, nicht wahr?« meinte Peter stolz.

»Verteil das Fell des Bären noch nicht, wir sind eben erst angekommen.«

»Sei nicht albern. Was sollte jetzt noch passieren?«

Sie tat, als ducke sie sich vor dem Zorn der Götter, dann sah sie Peter an. »Machst du Witze? Alles mögliche kann passieren. Wir wollen nur hoffen, daß es nach diesem kleinen Abenteuer keine Morde, gebrochene Knochen oder unerwünschte Schwangerschaften gibt.«

»Du bist wirklich eine Optimistin.« Er zog sie hinter einen Baum und küßte sie schnell, ohne daß die Kinder es sahen, sie kicherten leise und gingen weiter. Es war herrlich, wieder beisammen zu sein, und es war nett, ihre Kinder zusammen zu sehen, ganz gleich, welche Greuel Mel voraussagte.

Endlich kehrten sie zu dem Haus zurück, waren glücklich, entspannt und müde nach der Reise und dem Auspacken, und jeder zog sich in sein Zimmer zurück. Jedes Zimmer besaß ein eigenes Badezimmer, sie mußten nicht zum Zähneputzen anstehen, und Mel hörte die Mädchen in ihrem Zimmer kichern, nachdem das Licht ausgemacht worden war. Sie sehnte sich danach, auf Zehenspitzen durch den Korridor zu Peter zu schleichen, hielt es aber nicht für klug. Noch nicht. Nicht, wenn die Kinder in der Nähe waren. Als sie im Bett lag und an ihre gemeinsame Zeit in New York dachte, sah sie, wie die Tür sich öffnete und ein Schatten das Zimmer durchquerte; sie setzte sich überrascht auf, in dem Augenblick, als er unter ihre Decke schlüpfte.

»Peter!« rief sie erstaunt.

»Woher weißt du das?«

»Du solltest nicht ... was ist, wenn die Kinder ...«

»Kümmre dich nicht um die Kinder ... die Mädchen sind zu beschäftigt und glauben, wir hören sie nicht, und Mark ist wahrscheinlich ebenso taub für die Welt wie Matt ... jetzt haben wir Zeit für uns, Kleines.« Er umarmte sie und schob die Hand unter ihr Nachthemd, während sie sich bemühte, kein Geräusch zu machen. »Gott, wie du mir gefehlt hast.«

Mel sprach kein Wort, zeigte ihm jedoch deutlich, daß auch

sie ihn vermißt hatte. Ihre Körper verschmolzen für Stunden in köstlicher Lust, dann verließ er sie widerstrebend. Sie schlich auf Zehenspitzen zur Tür, um ihm einen Gutenachtkuß zu geben, und sah ihm nach, als er auf leisen Sohlen durch den Korridor huschte. Aus den Zimmern der Kinder kam kein Geräusch. Sie schliefen alle tief, und Mel konnte sich nicht erinnern, je so glücklich gewesen zu sein. Sie schlich leise zum Bett zurück, das noch den süßen Duft ihrer Leidenschaft trug, und schlief ein.

21

Am nächsten Tag machten sie eine acht Kilometer lange Wanderung und picknickten unterwegs. Sie machten bei einem kleinen Bach Rast, in dem sie wateten, und Matt fing eine Schlange für Mark, worauf alle drei Mädchen sich schreiend zu Peter und Mel flüchteten, die sie auslachten. Schließlich ließ Matthew die Schlange wieder frei, und die große Familie wanderte weiter bis zum späten Nachmittag, dann kehrten sie zum Haus zurück, um im Pool zu schwimmen; die Kinder tollten herum wie alte Freunde, aber Mel bemerkte, daß Pam jedesmal, wenn Jessica sich nicht mit ihr unterhielt, nach ihr und Peter schielte.

»Sie bilden eine nette Gruppe, nicht wahr, Mel?«

Das ließ sich nicht leugnen. Und auch eine gutaussehende. Sie waren alle hübsche Kinder, aber in Pams Augen lag noch immer der unglückliche Ausdruck, besonders wenn sie Mel und ihren Vater zusammen sah. Mel war Jessie besonders dankbar, weil sie Pam ablenkte. Valerie und Mark waren selbstverständlich seit dem Frühstück unzertrennlich. »Auch sie bilden ein nettes Paar«, gab Mel mit müdem Lächeln zu. »Aber eines, das überwacht werden muß.«

»Fängst du schon wieder davon an? Worüber machst du dir jetzt Sorgen?« Ihre Reaktionen amüsierten ihn. Sie schien immerfort ein wachsames Auge auf ihre gemeinsame Nachkommenschaft zu haben, aber auch das gefiel ihm an ihr. Es war nicht zu übersehen, daß sie eine wunderbare Mutter war.

»Ich mache mir über nichts Sorgen. Aber ich behalte die Dinge im Auge.« Sie schmunzelte, und Peter blickte auf Val und Mark.

»Ich glaube, sie sind harmlos. So viel Energie und junges Fleisch, aber zum Glück sind beide noch nicht ganz sicher, was sie miteinander unternehmen könnten. Nächstes Jahr würden wir vielleicht nicht so viel Glück haben.«

»Meine Güte« – Mel verdrehte die Augen –, »hoffentlich stimmt das nicht. Warum habe ich dieses Kind nicht verheiratet, als es zwölf war? Ich glaube nicht, daß ich es noch vier oder fünf Jahre durchhalte, auf sie achtzugeben.«

»Ich glaube nicht, daß du das tun mußt. Sie ist ein schrecklich nettes Mädchen.«

Mel nickte, blieb jedoch vorsichtig. »Aber viel zu vertrauensselig. Sie ist ganz anders als Jessica.«

Er nickte zustimmend. Das hatte er schon bemerkt. »Pam scheint von Jess sehr eingenommen zu sein.«

»Sie versteht sich gut mit jüngeren Mädchen.«

»Ich weiß.« Er war seit zwei Jahren nicht mehr so glücklich gewesen. »Matt betet sie an.« Dann senkte er die Stimme und beugte sich zu Mels Ohr nieder. »Und ich bete dich an. Glaubst du, daß wir für immer hier bleiben könnten?«

»Liebend gern.« Aber auch das stimmte nicht ganz. Sie sehnte sich eigentlich nach der Zeit, die sie zu zweit in New York verbracht hatten. Hier konnte sie nicht tun und lassen, was sie wollte. Sie mußte auf die Kinder aufpassen und scheute sich nicht, energisch zu werden, wenn sie mußte. Sie ließ die vier Älteren am Abend ins Kino gehen, während sie mit Peter und Matt zu Haus blieb, aber als Mark und Val allein ausgehen wollten, nachdem sie Jessie und Pam nach Haus gebracht hatten, legte Mel unbarmherzig ein Veto ein. »Es wäre den anderen gegenüber nicht richtig, wir sind als Gruppe hier.« Es gab auch noch andere Gründe, auf die sie nicht einging. Gründe, weshalb sie jeden Tag genau achtgab, wenn sie spazierengingen, ausritten und auf blumenübersäten Wiesen Picknicks veranstalteten. Die beiden, Mark und Val, wirkten so natürlich und sinnlich, die engen T-Shirts, die kurzen Shorts, die knappen Badeanzüge – dazu die frische Bergluft und das ständige Beisammensein im Haus.

Sie hatte noch nie erlebt, daß Val von einem Jungen so eingenommen war, und sie machte sich deshalb mehr Sorgen, als sie Peter gestand. Sie sprach mit Jessie darüber, als sie einmal allein waren; Jessica hatte es ebenfalls bemerkt.

»Meinst du, daß sie okay ist, Mom?« Zwischen den Zwillingen bestand eine starke Bindung, und Jessica machte sich immer Sorgen um ihre Schwester.

»Ja. Aber man muß auf sie aufpassen.«

»Glaubst du, daß sie...« Jessica beschuldigte ihre Schwester nur ungern der Mutter gegenüber. »Ich glaube nicht, daß sie...«

»Ich glaube auch nicht, daß sie es tun würde, aber ich glaube, daß man sich auf Wiesen voller wilder Blumen, zwischen schneebedeckten Bergen oder nachts, wenn man allein ist, leicht dazu hinreißen lassen kann. Ich halte Mark für gefühlsbetonter als viele der Jungen, die sie kennt. Ich will nur sicher sein, daß sie nichts Unüberlegtes anstellt. Ich glaube eigentlich nicht, daß sie es tun würde, Jess.«

»Im Augenblick erzählt sie mir nicht viel, Mom«; das war für Val sehr ungewöhnlich. Normalerweise sprachen die beiden über alles, was sich in ihrem Leben abspielte, insbesondere was Jungen betraf. Aber in bezug auf Mark verhielt Val sich merkwürdig still.

»Vielleicht hält sie es für etwas Ernsteres, als es eigentlich ist. Erste Liebe.«

»Wenn sie nur keine Dummheiten anstellt.«

»Das wird sie schon nicht.« Mel vertraute ihrer eigenen Wachsamkeit und der Klugheit ihrer Tochter. »Was ist mit Pam? Was hältst du von ihr?« Für sie war nicht das Urteil Außenstehender maßgebend, sondern das ihrer Tochter; Peter bildete zwar eine Ausnahme, aber er war seiner einzigen Tochter gegenüber kaum objektiv.

»Um es vorsichtig auszudrücken: Ich glaube nicht, daß sie ein wirklich glückliches Mädchen ist. Wir haben über alles mögliche gesprochen, manchmal ist sie sehr offenherzig, dann wieder verschlossen. Ich glaube, ihre Mutter fehlt ihr wirklich, vielleicht mehr als den anderen. Mark ist älter, und Matthew war noch sehr klein, als sie starb, aber Pam verlor damals ihre einzige Bezugsperson. Manchmal wird sie deshalb auf ihren Vater böse.«

»Hat sie dir das gesagt, Jess?« Mels Stimme war leise und voller Besorgnis.

»Mehr oder minder. Ich glaube, sie ist vor allem verwirrt. Es ist kein einfaches Alter, Mom.« Jess wirkte älter und weiser, als sie wirklich war, und Mel war gerührt.

»Ich weiß. Und du bist sehr nett zu ihr. Ich danke dir, Jess.«

»Ich mag sie.« Sie meinte es ehrlich. »Sie ist ein wirklich aufgewecktes Mädchen. Mitunter ein bißchen verdreht, aber verdammt klug. Ich habe sie eingeladen, uns einmal in New York zu besuchen, und sie hat ja gesagt.« Mel sah sie überrascht an. »Macht es dir etwas aus?«

»Keineswegs. Jeder Hallam ist mir jederzeit willkommen.«

Jess schwieg einen Augenblick, dann sah sie ihre Mutter an. »Was spielt sich zwischen dir und Dr. Hallam ab, Mom?«

»Nicht viel. Wir sind gute Freunde.« Aber sie hatte das Gefühl, daß Jessica schon viel mehr wußte. »Ich mag ihn, Jess.«

»Sehr?« Jessica sah Mel in die Augen, und sie wußte, daß sie dem Kind gegenüber aufrichtig sein mußte.

»Ja.«

»Liebst du ihn?«

Mel hielt den Atem an. Was bedeuteten diese Worte? Was wollte Jess wissen? Die Wahrheit, sagte sie sich. Sie mußte ihr die Wahrheit sagen. »Ja, ich glaube schon.« Jessica sah aus, als hätte sie einen Schlag bekommen.

»Oh.«

»Bist du überrascht?«

»Irgendwie ja und irgendwie nicht. Ich habe es geahnt, war aber nicht sicher. Wenn es jemand ausspricht, geht es einem schon nahe.« Dann seufzte sie und sah Mel an. »Ich mag ihn.«

»Das freut mich.«

»Glaubst du, daß ihr heiraten werdet?«

Doch Mel schüttelte den Kopf. »Nein, das glaube ich nicht.«

»Warum nicht?«

»Weil wir zu weit voneinander entfernt leben. Ich kann meinen Job nicht aufgeben und nach Los Angeles übersiedeln, und er kann sich nicht in New York niederlassen. Jeden von uns hält zu vieles dort fest, wo wir wohnen.«

»Das ist traurig. Glaubst du, daß ihr heiraten würdet, wenn ihr in derselben Stadt lebtet?«

»Das weiß ich nicht. Dieses Problem stellt sich uns nicht. Deshalb versuchen wir, die Zeit zu genießen, die uns zur Verfügung steht.« Mel berührte die Hand ihrer Tochter. »Ich liebe dich, Jess.«

»Ich liebe dich auch, Mom. Und ich bin froh, daß wir doch hierher gefahren sind. Es tut mir leid, daß ich es dir so schwer gemacht habe.«

»Schon gut. Ich bin froh, daß alles so gut klappt.«

»Störe ich euch?« Peter trat ins Zimmer und sah, daß Mutter und Tochter einander an der Hand hielten, doch Mel schüttelte den Kopf.

»Wir hatten soeben ein angenehmes Gespräch.«

»Das ist schön.« Er freute sich sichtlich darüber. »Wo sind die anderen?«

»Ich weiß es nicht.« Es war ungefähr fünf Uhr, und Mel war gerade vom Supermarkt zurückgekommen, bevor sie sich mit Jess unterhalten hatte. Sie nahm an, daß die übrigen Kinder um diese Zeit beim Swimming-pool waren, wie jeden Tag.

»Val und Mark sind mit Matt spazierengegangen.«

»Wirklich?« fragte Mel überrascht. »Wo ist denn Pam?«

»In unserem Zimmer. Sie schläft. Sie hatte am Nachmittag Kopfschmerzen. Ich dachte, du wüßtest es.« Mel war noch immer erstaunt, und Peter tätschelte ihren Arm.

»Mark wird auf Val und Matt gut achtgeben. Mach dir ihretwegen keine Sorgen, Mel.« Aber als sie um sieben noch nicht zurück waren, war Mel ernstlich besorgt, und Peter sah nicht mehr so zuversichtlich aus wie zuvor.

Er suchte Jess und Pam in ihrem Zimmer auf. »Wißt ihr, wohin sie gegangen sind?« Jessica schüttelte den Kopf, und Pam sah ihn ausdruckslos an.

»Ich habe geschlafen, als sie weggingen.«

Er nickte und kehrte zu Mel zurück. Draußen war es noch hell, aber er wollte sich umsehen. »Ich bin bald wieder da.« Doch als auch er nach einer Stunde nicht auftauchte, war Mel ebenso bestürzt wie die Mädchen.

»Was glaubst du, daß passiert ist, Mom?« flüsterte Jessica. Pam saß mit bleichem Gesicht in ihrem Zimmer.

»Ich weiß es nicht, Liebling. Peter wird sie finden.« Doch er wanderte auf den Hügeln hinter dem Haus ziellos umher, ging querfeldein und rief laut ihre Namen. Es war schon dunkel, als er endlich Val und Mark fand, die zerkratzt, verängstigt und allein waren.

»Wo ist Matt?« Er wandte sich direkt an seinen Sohn, in seiner Stimme lagen Angst und Unruhe, er bemerkte, daß Vals Gesicht von Tränen und Kratzern bedeckt war.

Mark sah aus, als wäre er ebenfalls den Tränen nahe. »Wir wissen es nicht.«

»Wann habt ihr ihn zuletzt gesehen?« Peters Kiefer verkrampfte sich.

»Vor ungefähr zwei oder drei Stunden. Wir schlenderten einfach durch die Gegend, dann drehten wir um, und er war auf einmal nicht mehr da.« Val begann unvermittelt zu weinen, während sie ihre Version der Geschichte erzählte, und Peter sah, daß Mark noch immer ihre Hand hielt und ahnte allmählich, was geschehen war und warum sie Matthew aus den Augen verloren hatten.

»Habt ihr beiden miteinander geschmust?« Seine direkte Ausdrucksweise löste bei Val einen neuen Tränenstrom aus, und Mark ließ verlegen den Kopf hängen, und sein Vater versetzte ihm eine Ohrfeige. »Du kleiner Mistkerl, du bist für deinen Bruder verantwortlich, wenn du ihn mitnimmst!«

»Ich weiß, Dad.« Nun liefen auch über sein Gesicht Tränen. Sie setzten die Suche noch eine Stunde lang fort, doch sie blieb ergebnislos, und Peter führte die beiden zu dem Weg zurück, den sie verlassen hatten, und dann zu dem Haus unten am Berghang. Sie mußten den Sheriff anrufen und eine Suchaktion nach Matthew in die Wege leiten. Mel saß blaß mit den Mädchen in deren Zimmer, und als Peter nur mit Val und Mark zurückkam, brachen die drei Frauen in Tränen aus. Er ging rasch zum Telefon, Mel begleitete ihn, und der Suchtrupp kam knapp eine halbe Stunde später mit Seilen und einer Tragbahre, einem Notarztteam und riesigen Scheinwerfern.

»Wenn wir ihn heute nacht nicht finden, setzen wir die Suche morgen mit Hubschraubern fort.« Aber Peter wollte nicht, daß Matt die ganze Nacht allein im Freien verbrachte, er befürchtete, daß das Kind in eine Schlucht gestürzt war und sich ein Bein gebrochen hatte oder daß etwas Schlimmeres geschehen war. Vielleicht war Matt sogar ohnmächtig. Peter verließ das Haus gemeinsam mit dem Suchtrupp, und die Mädchen blieben mit Mel und Mark zu Haus. Der Junge weinte jetzt, ohne sich zu verstecken, während Mel versuchte, ihn zu beruhigen; er war jedoch viel zu schuldbewußt, und Mel hatte es fertiggebracht, beinahe überhaupt nicht mit Val zu sprechen. Es war nach zehn Uhr, es gab noch immer keine Spur von dem Kind, und Pam explodierte plötzlich und schrie Val an.

»Du bist ganz allein schuld daran, du geiles Miststück, wenn du nicht mit Mark gebumst hättest, hätte sich mein kleiner Bruder nicht verirrt.« Darauf fand Val keine Antwort, sie sank hysterisch schluchzend Jessie in die Arme, und in diesem Augenblick vernahm Mel Geschrei und Hornsignale hoch oben auf dem Berg; Scheinwerfer wurden eingeschaltet, und kurz darauf kam der ganze Trupp triumphierend herunter. Sie trugen Matthew, während Peter Tränen der Erleichterung unterdrückte und ihnen zuwinkte.

»Ist er verletzt?« Mel lief zu Peter, und endlich ließ er den Tränen freien Lauf. Er hielt Mel lange schluchzend umschlungen. Einer der Männer des Sheriffs kam endlich mit Matthew in den Armen in Sicht. Sie hatten ihn verängstigt, durchgefroren und unverletzt beim Eingang einer Höhle gefunden. Er behauptete, daß er eine Zeitlang auf eigene Faust herumgeschweift war und sich verirrt hatte. Er wollte sogar einen Bären gesehen haben.

»Ach, Mel« – Peter konnte sie nicht loslassen –, »ich dachte schon, wir hätten ihn verloren.«

Sie nickte, ihr liefen Tränen über das Gesicht. »Gott sei Dank, er ist unverletzt.« Dann sah sie Matt, er wurde hereingetragen, war ganz mit Schmutz bedeckt, sein Gesicht zerkratzt und seine Kleidung zerrissen; es war offensichtlich, daß er mehrmals gestürzt war, doch er wirkte sehr aufgeregt wegen der Gehilfen des Sheriffs und trug den Hut eines von ihnen. Mel nahm ihn in die

Arme und ließ ihn nicht mehr los. »Du hast uns einen schönen Schrecken eingejagt, Matt.«

»Mir geht es gut, Mel.« Plötzlich wirkte er sehr erwachsen und tapfer.

»Das freut mich aber.« Sie küßte ihn auf die Wange, dann reichte sie ihn seinem Vater, der den Männern des Sheriffs dankte, und endlich kehrten sie alle ins Haus zurück und brachen im Wohnzimmer förmlich zusammen. Mark drückte seinen kleinen Bruder an die Brust, Valerie weinte noch, lachte aber zwischendurch, und sogar Pam hatte erleichtert geweint; jetzt bemühten sich alle um Matt, und es wurde Mitternacht, bevor sich die Kinder beruhigten und Pam sich bei Val entschuldigt hatte, während Mark schwor, daß sie nie wieder allein auf und davon gehen würden. Während alle vor dem Kamin saßen und die Hamburger verzehrten, die Mel für sie gemacht hatte, hielt Peter eine Ansprache.

»Eines möchte ich jetzt klarstellen. Ich glaube, der heutige Tag hat uns alle etwas gelehrt.« Er blickte Val und Mark vielsagend an, dann Matt und schließlich Jessica und Pam. »Der Aufenthalt hier kann für uns alle wunderschön werden. Aber ihr dürft euch nicht allein herumtreiben, ihr könnt euch im Wald verirren, ihr könnt von Schlangen gebissen werden, und weiß Gott was noch. Ich will, daß sich jeder für die übrigen Angehörigen der Gruppe verantwortlich fühlt. Von nun an will ich euch fünf zusammen sehen. Wenn einer von euch irgendwohin geht, muß er unbedingt Bescheid sagen. Ist das klar?« Er blickte dabei seinen ältesten Sohn scharf an, der schuldbewußt nickte. Mark war so eifrig damit beschäftigt gewesen, seine Zunge in Vals Mund und seine Hand in ihre Shorts zu schieben, daß er Matthew vollkommen vergessen hatte. Als sie wieder Atem geschöpft hatten, war der Kleine verschwunden. »Wenn ich sehe, daß sich jemand absetzt, fährt er noch am selben Tag nach Haus, und es ist mir gleichgültig, um wen es sich handelt.« Alle wußten, daß er Val und Mark meinte. »Jetzt geht alle zu Bett und schlaft, es war ein aufregender Abend für uns alle.« Die Kinder verzogen sich schnell in ihre Zimmer, doch nun bestand zwischen ihnen eine neue Kameradschaft; Mel bemerkte, daß sich Val wieder enger an Jess, und

Pam an Mark, ja sogar Pam an Val anschlossen, und Matt war ihnen allen nähergekommen, da sie befürchtet hatten, er wäre für immer verloren. Dieses Ereignis war für alle eine gute Lehre gewesen, aber Mel und Peter wollten eine solche Angst nicht noch einmal durchstehen.

»Mein Gott, Mel, ich dachte dort draußen im Wald, wo ich nicht die geringste Spur von Matt fand, daß ich so etwas Schreckliches nicht überleben würde.« Er lag in dieser Nacht in ihrem Bett, überdachte noch einmal das grauenvolle Erlebnis, sie drückte ihn fest an sich und spürte, daß er immer noch zitterte:

»Es ist alles vorbei, Liebster. Er ist in Sicherheit, und es wird nicht wieder vorkommen.«

In dieser Nacht liebten sie einander nicht mehr. Sie hielten einander fest umfangen, und Mel lag den größten Teil der Nacht wach neben ihm, betrachtete ihn, wie er schlief, bis der Himmel im ersten Schein der Morgendämmerung heller wurde. Dann weckte sie ihn sanft, er ging in sein Bett zurück, und nun schlief auch sie endlich ein. Doch die ganze Nacht hatte sie nur daran gedacht, wie sehr sie ihn und Pam und Mark und Matt liebte und wie verzweifelt sie sich wünschte, daß keinem von ihnen jemals wieder etwas Schreckliches zustoßen solle. Es war das erste Mal, daß ihr klar wurde, wie sehr sie alle in ihr Herz geschlossen hatte. Als sie am nächsten Tag beim Frühstück saßen, wirkten sie wirklich wie eine große Familie. Die fünf Kinder waren von nun an unzertrennlich, und obwohl Mel häufig sah, wie Mark Vals Hand in der seinen hielt oder ihr mit einem Blick in die Augen sah, der ihr Gesicht aufleuchten ließ, gingen sie nie mehr allein weg, und die zweite Woche verging allen viel zu rasch.

An ihrem letzten Abend gingen alle zusammen aus, sie unterhielten sich großartig, lachten und plauderten wie alte Freunde. Wenn man sie so sah, hätte man nie vermutet, daß sie nicht unter einem Dach aufgewachsen waren, und niemand hätte vermutet, daß sie sich anfangs sehr gegen den gemeinsamen Urlaub gewehrt hatten. Es waren sehr schöne Ferien geworden, trotz der einen gräßlichen Nacht, in der sie Matt gesucht hatten, doch sogar diesen Schrecken hatten sie fast vergessen.

Sie saßen bis spät in die Nacht am Kamin, sogar Matt, der schließlich auf Jessicas Schoß einschlief, die ihn mit Pams Hilfe zu Bett brachte. Als sie sich an diesem letzten Abend trennten, bedauerten sie, daß ihre glückliche Zeit zu Ende war; Mel und Peter lagen in dieser Nacht noch stundenlang wach, beide waren wegen der bevorstehenden Trennung traurig.

»Ich kann nicht glauben, daß ich dich wieder verlassen muß.« Er stützte sich auf einen Ellbogen und blickte auf sie nieder, nachdem sie einander geliebt hatten.

»Da kann man nichts machen.« Plötzlich hatte sie einen Einfall und sah ihn mit hoffnungsvollem Lächeln an.

»Warum verbringt ihr nicht alle das Wochenende und den Labour Day mit uns in Marthas Vineyard?«

»Das ist eine verdammt weite Reise für nur drei Tage, Mel.« Er zögerte, wollte sich aber noch nicht endgültig dagegen entscheiden.

»Dann bleibt eben eine Woche. Bleibt einen Monat... bleibt ein Jahr...«

»Das kann ich nicht.«

»Aber die Kinder könnten doch bleiben.« Mel war von dem Gedanken begeistert.

»Pam und Matt könnten bleiben, und bis dahin würde Mark mit seinem Job auch fertig sein. Er könnte zum Wochenende zu euch hinüberfliegen. Die beiden anderen könnten schon früher kommen.«

»Das ist eine gute Idee.« In Wirklichkeit dachte er dabei weniger an die Kinder als an sich. Er wollte um jeden Preis mit Mel zusammensein, doch das war unmöglich. »Ich liebe dich so sehr, Mel.«

»Ich liebe dich auch.« Wieder lagen sie einander in den Armen und liebten sich bis zum Morgengrauen. Als sie am nächsten Morgen in ihren getrennten Zimmern aufstanden, sahen sie beide bedrückt aus. An diesem Abend würde es kein Liebesspiel mehr geben, keine Spaziergänge in den Wäldern oder auf den blumenübersäten Wiesen. Es war Zeit, wieder nach Haus zu fliegen. Zurück zum Alltag, mit der einzigen Verbindung: das Telefon. Sie erwähnte ihren Plan für den Labour Day, und die Kinder jubelten. »Damit ist es entschieden.« Sie blickte Peter triumphierend an, und er lachte. Auch er freute sich auf diesen Kurzurlaub.

»In Ordnung. Du hast gewonnen. Wir kommen.«

»Hurra!« Man konnte den Jubel bis zur halben Höhe der Berglehne hören, und sie plauderten während des Flugs von Aspen nach Denver darüber. Die Kinder belegten eine ganze Sitzreihe, Peter und Mel saßen zum letztenmal allein nebeneinander. In Denver waren alle traurig, Peter sah Mel in die Augen und flüsterte ihr zu:

»Ich liebe dich, Mel. Vergiß das nicht.«

»Denke daran, daß auch ich dich liebe.« Die Kinder taten so, als sähen sie nicht hin, doch Val und Mark lächelten wissend, und Pam wandte sich ab, um nichts mitzubekommen, aber sie und Jessica hielten einander an den Händen, was für Pam tröstlich war. Matt gab Mel einen saftigen Lebewohlkuß.

»Ich liebe dich, Mel.«

»Ich liebe dich auch.« Sie riß ihren Blick von ihm los, küßte jedes der Kinder und sagte zu Pam: »Kümmre dich um deinen Vater.« Am liebsten hätte sie gesagt: »Für mich.«

»Das werde ich tun.« In Pams Stimme lag eine bei ihr neue Freundlichkeit; alle waren recht schweigsam, als sich ihre Wege trennten; Matthew weinte hemmungslos, als ihn sein Vater zum Flugzeug führte.

»Ich will, daß sie mit uns kommen.«

»Du wirst sie bald wiedersehen.«

»Wann?«

»In ein paar Wochen, Matt.« Peter warf Mark einen Blick zu und bemerkte den verträumten Ausdruck auf seinem Gesicht. Er fragte sich, was alles zwischen ihm und Val vorgefallen war, hatte aber den Eindruck, ihre Beziehung sei eher harmloser Natur gewesen. In der Maschine, die fast zur gleichen Zeit nach Boston abging wie die nach Los Angeles, sprachen Jessica und Val kaum ein Wort, während Mel aus dem Fenster blickte und doch nichts anderes vor sich sah als Peters Gesicht. Die drei Wochen bis zum Labour Day erschienen ihr endlos, und was kam danach? Ein endloses Jahr, bis sie sich wieder in Aspen trafen? Es war ein Wahnsinn, den sie sich aufbürdeten, aber Mel wußte ebensogut wie Peter, daß es für sie beide jetzt zu spät war, um einen anderen Weg einzuschlagen.

22

Die Wochen in Marthas Vineyard wollten kein Ende nehmen, als die drei von Aspen zurückkehrten. Alles war ganz anders als im Juli, als sie sich voll und ganz in die Sommervergnügungen gestürzt hatten. Jetzt wußte Val mit ihrer Zeit nichts anderes anzufangen, als ins Leere zu starren, Mel saß meist beim Telefon, und Jessica neckte beide.

»Du meine Güte, ihr beide seid ja wirklich sehr unterhaltsam.« Valerie rannte jeden Tag in gestrecktem Galopp zum Postkasten, um nach Briefen von Mark zu sehen, und jedesmal, wenn Mel aus dem Haus ging, kam sie zurück und fragte nebenbei: »Hat jemand angerufen?«, worauf beide Mädchen in Lachen ausbrachen. Nur Raquel schien das verliebte Getue für eine ernste Krankheit zu halten, die in ihrem Haushalt ausgebrochen war. Sie machte alle immer wieder darauf aufmerksam, daß sie in sechs Monaten ... schon sehen würden! Sie beendete ihre Warnungen nie, aber sie klangen so viel bedrohlicher, und Mel hörte ihr immer belustigt zu.

»Aber Raquel, nehmen Sie es nicht zu schwer!«

»Diesmal ist es ernst, Mrs. Mel.«

»Ja. Aber ernst und endgültig ist nicht das gleiche.«

Grant rief auch einmal an, um sich nach ihrem Befinden zu erkundigen. Er war verrückt nach der Dame von der Wettervorhersage auf Kanal 5, es gab auch einen hübschen kleinen, rothaarigen weiblichen Jockey in White Plains, ganz zu schweigen von einer unerhört aufregenden Kubanerin. Mel neckte und ermahnte ihn, sich der Würde seines Alters entsprechend aufzuführen, und erzählte ihm schließlich von Peter, oder vielmehr die Mädchen taten es. Als Grant daraufhin wieder mit Mel sprach, klang er ziemlich beleidigt.

»Hättest du mir das nicht selbst schonend beibringen können? Ich dachte, wir wären Freunde.«

»Sind wir auch, aber ich brauche ein wenig Zeit, um mit mir ins reine zu kommen.«

»Ist es so ernst?« fragte Grant überrascht.

»Es könnte ernst werden, aber das Problem mit der Entfernung steht uns im Wege.«

»Entfernung?« Dann fiel der Groschen. »Du kleines Luder, es ist also der Herzchirurg von der Westküste, oder?«

Sie kicherte ins Telefon.

»Du verrücktes Huhn. Was werdet ihr jetzt anfangen? Du bist hier, er ist dort!«

»Ich habe noch keine befriedigende Lösung gefunden.«

»Was gibt es da groß zu lösen? Du hast es wieder einmal fertiggebracht und den ›Unmöglichen Traum‹ gefunden. Keiner von euch wird seinen Job aufgeben, und ihr seid beide dort einzementiert, wo ihr wohnt. Meine Liebe, du hast es wieder geschafft, dich in eine Sackgasse zu manövrieren. Du triffst auch immer mit Sicherheit daneben.«

Seine Worte machten sie noch lange nachdenklich, nachdem sie aufgelegt hatte, und sie verbrachte die Tage damit, zu überlegen, ob Grant mit seiner Ansicht richtig lag. War sie wirklich wieder in eine aussichtslose Affäre verwickelt?

Als wollte sie ihre Gefühle bestätigt bekommen, wählte sie Peters Nummer in Kalifornien.

Er berichtete aufgeregt über die Fortschritte, die Maries Genesung machte, er hatte sie heute gesehen, und es ging ihr ausgezeichnet. Mel betete, daß in der nächsten Woche kein neuer Transplantationspatient eingeliefert würde, sonst könnte er zum Labour Day nicht kommen.

Er berichtete, daß Pam und Matt für den Flug bereit waren und Matthew so aufgeregt war, daß er kaum ansprechbar war.

»Wie steht es mit Pam?«

»Sie ist äußerlich ruhiger als Matt, aber sie freut sich ebenso wie er.«

»Meine Mädchen freuen sich auch. Sie können es kaum erwarten, daß ihr herkommt.« Sie hatten Dutzende Pläne gemacht, um Pam besser in der Gruppe zu verankern, und Mel würde sich um Matthew kümmern. Sogar Raquel freute sich auf den bevorstehenden Besuch, obwohl sie so tat, als beschwere sie sich über die zusätzliche Arbeit. Die vier hatten Stunden damit verbracht, die Bettverteilung zu planen. Schließlich beschlossen sie, Mark auf der Couch im Wohnzimmer in einem Schlafsack unterzubringen. Pam würde auf einem Klappbett im Zimmer der Zwillinge nächtigen, und Matt im Doppelbett in Raquels Zimmer; wenn Peter kam, würde er das Gästezimmer erhalten. Es hatte einiger Vorbereitungen bedurft, aber das Haus würde allen Platz bieten.

Als Pam und Matthew eintrafen, herrschte im ganzen Haus Feststimmung, und alle Kinder gingen hinunter an den Strand, während Mel zusah, wie die Besucher mit den anderen Bekannten ihrer Mädchen zusammenkamen. Der Junge, den Val zu Beginn der Sommerferien aufgegabelt hatte, interessierte sie nicht mehr, und es gab ein halbes Dutzend anderer, die verrückt nach Jess waren, die jedoch keinen von ihnen auch nur grüßte. Einige fanden, daß Pam ein auffallend hübsches Mädchen war, und keiner wollte glauben, daß sie nicht älter als vierzehn war. Sie war ziemlich groß und sah um etliches älter aus, und Mel fühlte sich die ganze Zeit mit ihren nunmehr vier Kindern glücklich, sie erstattete Peter zweimal täglich Bericht.

»Wenn du nur schnell herkommen könntest.«

»Ich tue mein Bestes. Marks Nerven sind zum Zerreißen gespannt vor Erwartung.«

In der Nacht, bevor Peter und Mark Los Angeles verlassen sollten, passierte jedoch etwas, das die ganze Reise beinahe ins Wasser fallen ließ. Eine junge Frau wurde vier Monate nach einer Operation mit einer Abstoßungsreaktion auf das Transplantat sowie mit einer schweren Infektion ins Krankenhaus gebracht. Mel hörte die Nachricht mit einem flauen Gefühl im Magen, aber sie drängte Peter nicht zu der Reise und bat ihn auch nicht, die Frau unter der Obhut seiner überaus tüchtigen Kollegen zu lassen. Die arme Frau starb jedoch noch vor Morgengrauen. Peter rief Mel am nächsten Tag sehr deprimiert an.

»Wir konnten nichts mehr für sie tun.« Aber es bedrückte ihn trotzdem.

»Davon bin ich überzeugt. Es wird dir guttun, jetzt ein wenig von deiner Klinik wegzukommen.«

»Wahrscheinlich.« Aber der Reiz des Fluges ging zu einem Gutteil verloren, und er war ziemlich still, als er mit Mark nach Boston flog. Doch auf der zweiten Etappe der Reise schien er aufzuleben und plauderte mit Mark über Mel und ihre Töchter.

»Sie sind wirklich sehr nett, Dad.« Mark errötete, als er versuchte, gleichgültig zu wirken.

»Ich freue mich darüber, daß du diesen Eindruck hast, ich mag sie auch sehr.« Es würde wunderbar sein, Mel wiederzusehen, plötzlich konnte er an nichts anderes mehr denken. Während die kleine Maschine auf der schmalen Landebahn aufsetzte, stürzte er hinter Mark aus dem Flugzeug, der wie ein Wirbelwind aus der Tür und über die klappernde Gangway hinunterrannte, dann knapp vor Val zum Stehen kam und nicht wußte, ob er ihr die Hand schütteln, sie küssen oder nur Hallo sagen sollte. Er war förmlich zu dem Wiedersehen gestolpert und errötete heftig. Val wurde auch puterrot, und Peter umarmte Mel stürmisch und hielt sie fest, dann küßte er pflichtschuldig Pam, Jess und Val, und schließlich Matt; Val und Mark gingen zusammen zum Gepäckband; Peter sah, wie Mark verstohlen Vals Hand ergriff, und lächelte Mel zu. »Es geht schon wieder los.«

Sie warf einen Blick auf die beiden Unzertrennlichen, die weit vor ihnen gingen. »Hier können sie sich wenigstens nicht im Gebirge verirren.« Aber die beiden setzten sich während des Wochenendes meist mit einem Segelboot ab, und Peter mußte sie wieder an die Gruppenregeln erinnern, auf deren Einhaltung er in Aspen bestanden hatte.

»Hier gelten die gleichen Spielregeln.«

»Ach, Dad«, protestierte Mark fast flehend, was er seit Jahren nicht mehr getan hatte, er sehnte sich so sehr danach, mit Val allein zu sein. Sie hatten einander so viel zu erzählen. »Wir wollen nur miteinander reden.«

»Dann tu es in Gesellschaft der anderen.«

»Lächerlich.« Pam verdrehte die Augen und rümpfte die Nase. »Du solltest den Schmus hören, den sie verzapfen.« Aber Mel hatte bemerkt, daß es weiter unten am Strand einen vierzehnjährigen Jungen gab, den Pam nicht ausgesprochen »lächerlich« fand. Nur Jess und Matthew schienen ihren gesunden Menschenverstand über das ganze Wochenende beizubehalten. Jessica dachte schon an den ersten Schultag, und Matt war bei Mel und seinem Vater so glücklich, daß es mit ihm keine Schwierigkeiten gab. Er hatte sich seit Jahren nach Sicherheit gesehnt, ohne zu wissen, was ihm fehlte. Peter lächelte stillvergnügt über Raquel, der er sichtlich gefiel und die ihm immer wieder erklärte, was für ein Glückspilz er war, an Mel geraten zu sein, daß sie nur einen anständigen Mann brauche und jetzt heiraten sollte. Mel war entsetzt, als er es ihr am Sonntag am Strand erzählte.

»Willst du mich auf den Arm nehmen? Hat sie das wirklich gesagt?«

»Ja. Vielleicht hat sie recht. Vielleicht brauchst du wirklich nur das eine! Einen guten Mann, damit du barfuß herumlaufen und Kinder bekommen kannst.« Er schien sich darüber zu amüsieren, und es machte ihm Spaß, zu beobachten, wie die Kinder ihren Übermut auslebten. Er behielt Mark scharf im Auge. Er wollte nicht, daß er bei Val zu weit ging, und merkte deutlich, daß die beiden ziemlich durcheinander waren. Peter wandte sich Mel zu und dachte an Raquels Worte. »Was meinst du dazu?«

»Ich bin sicher, daß meine Fernsehgesellschaft begeistert wäre.« Sie amüsierte sich über diese Vorstellung, hielt sie aber für keine ernstliche Bedrohung. Im Augenblick war ihr nur daran gelegen, das Wochenende mit Peter zu genießen. Über die Zukunft würde sie später nachdenken, wie sie es anstellen würden, um einander wiederzusehen, und zu welchem Zeitpunkt. Dann fiel ihr noch etwas ein. »Du hast mich jetzt an etwas erinnert. Nächste Woche muß ich meinen Anwalt anrufen.«

»Warum denn?«

»Mein Vertrag läuft im Oktober ab, und ich möchte früh genug darauf hinweisen, wie ich mir den nächsten vorstelle.« Er bewunderte die Art, wie sie sich in ihrem Beruf durchzusetzen verstand, und es gab noch viel mehr, was er an ihr bewunderte.

»Du müßtest doch schon in der Lage sein, deine Bedingungen zu stellen.«

»Bis zu einem gewissen Grad. Nicht ganz. Aber jedenfalls will ich mich mit ihm in den nächsten paar Wochen zusammensetzen und mir seine Meinung anhören.«

Peter hatte das Gefühl, daß die mit dem Sommerende einsetzende Hektik allmählich auf sie alle übergriff. »Warum gibst du deinen Job nicht einfach auf?«

»Und was soll ich dann tun?« Sie fand die Idee gar nicht so lustig wie er.

»Nach Kalifornien übersiedeln.«

»Und am Strand gefüllte Tortillas verkaufen?«

»Nein, du wirst es nicht glauben, aber wir haben dort auch Fernsehsender, die sogar Nachrichten ausstrahlen.« Er lächelte, und sie fand, daß er nie besser ausgesehen hatte.

»Wirklich? Wie interessant.« Aber sie nahm das Ansinnen keinen Augenblick ernst, bis er ihren Arm berührte und sie merkwürdig ansah.

»Du könntest es in Erwägung ziehen, weißt du.«

»Was?« Trotz des strahlenden Sonnenscheins und des warmen Wetters lief es ihr eiskalt über den Rücken.

»New York den Rücken zu kehren und nach Kalifornien zu übersiedeln. Es würde sich dort schon jemand finden, der dich beim Fernsehen arbeiten läßt.«

Sie setzte sich kerzengerade auf und starrte auf ihn hinunter, während er vor ihr im Sand lag. »Hast du eine Ahnung, wie viele Jahre ich gebraucht habe, die Position zu erreichen, die ich hier im Fernsehbetrieb habe? Hast du auch nur die leiseste Ahnung, wie ich in Buffalo bei dreißig Grad unter Null oder in Chicago geschuftet habe? Ich habe mich für diesen Job halbtot gearbeitet, und ich werde ihn nicht jetzt aufgeben, also bitte mach keine Späße darüber, Peter. Niemals.«

Sie war immer noch aufgebracht, als sie sich wieder neben ihn in den Sand legte. Sie fand den Vorschlag nicht im geringsten amüsant. »Warum gibst du nicht deine Praxis auf und eröffnest eine neue in New York?«

Er sah sie aufmerksam an, und sie bedauerte, daß ihr Ton so scharf gewesen war. Er schien gekränkt zu sein. »Wenn es mir möglich wäre, würde ich es tun, Mel. Ich würde alles unternehmen, um in deiner Nähe zu sein.« Damit wollte er ausdrücken, daß er ihr mangelnde Bereitschaft vorwarf.

»Verstehst du denn nicht, daß es für mich um nichts leichter wäre?« Ihre Stimme klang jetzt freundlicher. »Wenn ich New York verlasse, ganz gleich, wohin ich gehe, bedeutet das für mich einen sozialen Abstieg.«

»Sogar in Los Angeles?« Er sah plötzlich traurig aus. Ihr Problem war anscheinend unlösbar. Dann folgte eine kurze Pause, in der sie aufs Meer hinausstarrten und ihre Positionen überdachten. »Wir müssen trotzdem einen Weg finden, um zusammenzukommen.«

»Was schlägst du vor? Gemeinsame Wochenenden in Kansas City?« Diesmal klang Peters Frage ärgerlich und bitter, seine blauen Augen blitzten. »Wozu soll das führen, Mel? Zu einer Ferienliebschaft? Sollen wir an langen Wochenenden gemeinsam mit unseren Kindern zusammenkommen?«

»Mir fällt kein vernünftiger Vorschlag ein. Ich kann gelegentlich nach Los Angeles fliegen, und du kannst mich besuchen.«

»Du weißt doch, wie selten es vorkommt, daß ich meine Patienten allein lassen kann.« Auch sie konnte die Zwillinge nicht die ganze Zeit sich selbst überlassen, das wußten sie beide.

»Was willst du damit ausdrücken? Daß ich jetzt aufgeben soll? Willst du das?« Plötzlich erschrak sie über die Wendung, die ihr Gespräch nahm. »Ich weiß darauf keine Antwort, Peter.«

»Ich auch nicht. Und ich habe das Gefühl, daß du keine finden willst.«

»Das ist nicht wahr. Aber wir nehmen nun einmal beide unseren Beruf an entgegengesetzten Enden des Landes sehr ernst, und keiner von uns kann einfach seine Stellung im Stich lassen und übersiedeln, und wir wären auch noch nicht dazu bereit.«

»Wirklich nicht?« fragte er wieder ärgerlich. »Warum nicht?«

»Weil wir einander erst seit vier Monaten kennen, und ich kenne deine Meinung dazu nicht, aber mir erscheint der Zeitraum zu kurz für eine endgültige Entscheidung.«

»Ich hätte Anne fünf Minuten, nachdem ich sie kennengelernt hatte, geheiratet, und ich hatte recht damit.«

»Das war eben Anne.« Jetzt schrie sie, aber sie waren glücklicherweise allein am Strand. Die Kinder spielten irgendwo Volleyball, und Matt suchte mit Raquel Muscheln. »Ich bin nicht Anne, Peter, ich bin ich. Und ich werde nicht deinetwegen in ihre verdammten Fußstapfen treten. Auch wenn du mich nach Aspen eingeladen hast, wo du jedes Jahr mit ihr Urlaub machtest.«

»Na und, verdammt noch mal. Hat es dir dort nicht gefallen?«

»Doch. Aber erst nachdem ich das unheimliche Gefühl überwunden hatte, das mich jedesmal überkam, wenn ich dachte, daß du mit ihr in jedem Winkel dieses Ortes gewesen bist und wahrscheinlich mit ihr sogar im selben Bett geschlafen hast.«

Er war jetzt aufgestanden, und sie auch. »Vielleicht interessiert es dich, daß ich diesmal eine andere Wohnung gemietet habe. Ich bin nicht so gefühllos, wie Sie zu glauben scheinen, Miß Adams.« Danach standen sie beide stille, und plötzlich ließ Melanie den Kopf hängen.

»Verzeih mir ... ich wollte dich nicht kränken ... « Sie blickte ihn wieder an. »Manchmal ist es schwirig für mich, wenn ich denke, wie sehr du an ihr gehangen hast.«

Peter zog sie langsam an sich. »Ich war achtzehn Jahre mit ihr verheiratet, Mel.«

»Ich weiß ... aber ich habe das Gefühl, daß du mich immer mit ihr vergleichst. Die vollkommene Gattin. Die vollkommene Frau. Ich bin nicht vollkommen, ich bin eben ich.«

»Wer vergleicht dich?« fragte er erschrocken. Nie hatte er auch nur andeutungsweise so etwas erwähnt. Aber das war auch nicht nötig gewesen.

Mel zuckte die Schultern, während sie sich wieder in den Sand setzten. »Du ... die Kinder ... vielleicht Mrs. Hahn.«

Peter beobachtete sie sehr genau. »Du magst Mrs. Hahn nicht, stimmt's? Warum?«

»Vielleicht, weil sie Annes Haushälterin war – oder weil sie so gefühlskalt ist. Ich glaube, sie mag mich auch nicht.« Mel dachte an Raquel, und Peter lachte, weil er ihre Gedanken erriet.

»Nein, sie ist sicherlich keine Raquel, aber das ist niemand, außer Raquel selbst.« Auch er fand sie sympathisch, war aber nicht sicher, ob er auf die Dauer ihre lose Zunge in seiner Nähe vertragen würde. Ihm gefiel Mrs. Hahns Zurückhaltung und die Gewissenhaftigkeit, mit der sie die Kinder beaufsichtigte. Raquel war eher wie eine Freundin, die in der einen Hand den Besen und in der anderen ein Mikrophon hielt.

»Hast du im Ernst gemeint, Peter, daß ich nach Kalifornien übersiedeln soll?« Ihr Gesicht war bekümmert, als sie die Frage stellte, und er schüttelte langsam den Kopf.

»Eigentlich nicht. Ich habe nur vor mich hingeträumt. Ich weiß, daß du deinen Job nicht aufgeben kannst. Ich würde es auch gar nicht von dir verlangen. Aber ich wünschte, es gäbe eine Möglichkeit für uns, zusammenzubleiben. Es wird jedenfalls eine Belastung sein, immer hin und her zu pendeln.«

Grants Worte hallten in ihren Ohren... Sackgasse... Sackgasse... Sie wollte nicht, daß es dazu kam.

»Ich weiß, es ist nicht leicht für dich, hierherzukommen. Ich werde mein Bestes tun, um zu dir zu fliegen, sooft ich nur kann.«

»Ich werde mich auch bemühen.« Aber es war beiden bewußt, daß sie häufiger zu ihm fliegen mußte. Sie sah keine andere Möglichkeit. Sie konnte die Zwillinge leichter allein lassen als er seine Patienten, und manchmal könnte sie die beiden auch mitnehmen. Wie um die Situation zu veranschaulichen, erhielt er am Sonntagabend einen Anruf. Einer seiner früheren Patienten hatte einen schweren Herzanfall erlitten, und er erteilte telefonisch alle notwendigen Ratschläge. Die Organverpflanzung war bereits vor zwei Jahren erfolgt, und die Überlebenschancen des Mannes waren nicht groß, ob Peter nun bei ihm war oder nicht; dennoch blieb Peter die ganze Nacht wach und machte sich Sorgen wegen seines Patienten; er fühlte sich schuldbewußt, weil er die Behandlung nicht überwachen konnte. »Ich habe eine Verantwortung diesen Menschen gegenüber, Mel. Sie erlischt nicht mit dem Augenblick, in dem ich nach der Operation die Maske und den Kittel ablege. Sie bleibt bestehen, solange sie am Leben sind. Zumindest ist das meine Auffassung von der Pflicht eines Arztes.«

»Deshalb bist du auch so erfolgreich.« Mel saß neben ihm auf der Veranda, die Arme um die Knie geschlungen, und sah zu, wie die Sonne aufging; eine Stunde später wurde aus der Klinik angerufen, daß sein Patient gestorben war. Dann unternahmen sie einen langen Spaziergang am Strand, schwiegen die meiste Zeit, und Mel hielt seine Hand; als sie zurückkehrten, fühlte er sich besser. Ihre tröstliche Gegenwart würde ihm vor allem fehlen, wenn er wieder zurückflog. Er brauchte sie an seiner Seite.

Montag war ihr letzter gemeinsamer Tag im Vineyard. Die Kinder hatten Pläne für den ganzen Tag, und Raquel machte das Haus sauber, bevor sie es übergaben. Mel hatte alle aufgefordert, am Tag vorher zu packen, damit sie nicht ihren letzten Ferientag damit vergeudeten. Es war schon beschlossene Sache, daß sie erst am Dienstagmorgen abreisen würden. Peter und seine Kinder würden um sieben Uhr morgens abfliegen, so daß sie um neun Uhr in Boston eine Maschine erreichten, die am nächsten Morgen in Los Angeles eintraf. Die Zeitdifferenz wirkte sich zu ihren Gunsten aus, und Peter konnte direkt vom Flughafen ins Krankenhaus fahren und seine Visite abhalten, nachdem er die Kinder daheim abgesetzt hatte. Für Pam und Matthew begann die Schule erst eine Woche später, und Mark hatte sogar noch drei Wochen Ferien, bevor er ins College mußte.

Mel und die Zwillinge würden die Fähre nach Woods Hole benützen, nach Boston fahren, ihren Mietwagen zurückgeben und dann nach New York fliegen, so daß sie sogar später zu Haus sein würden als Peters Familie. Doch als sie am Montagabend an die Abreise dachten, wurden alle recht still. Es war traurig, einander wieder verlassen zu müssen, sie waren jetzt wirklich zu einer Gemeinschaft geworden. Pam gab als erste zu, wie traurig sie darüber war, daß sie sich trennen mußten, und Mark pflichtete sofort seiner Schwester bei, wobei er Valeries Hand festhielt; daran hatten sich alle allmählich gewöhnt.

»Kannst du die beiden nicht irgendwie auseinanderbringen?« Peter machte sich noch immer ein wenig Sorgen, aber Mel entspannte sich langsam, während sie in ihrer letzten Nacht nebeneinander im Bett lagen.

»Sie sind schon in Ordnung. Ich glaube, je weniger Aufhebens wir davon machen, desto schneller wird es ihnen langweilig.«

»Wenn nur nichts Ernsthaftes passiert.«

»Keine Sorge, ich behalte Val im Auge, und Jess tut es auch. Offen gestanden glaube ich, daß Mark in dieser Hinsicht sehr verantwortungsbewußt ist. Ich glaube nicht, daß er Vals Zuneigung jemals ausnützen wird. Nicht einmal, wenn sie ihn verführen sollte, und ich hoffe sehr, daß sie es bleiben läßt.«

»Hoffentlich schätzt du ihn nicht zu hoch ein, Mel.« Er legte ihr den Arm um die Schultern und überdachte noch einmal das Wochenende. Dann blickte er sie zärtlich an. »Wann kommst du also zu uns?«

»In zwei Tagen nehme ich meine Arbeit wieder auf, laß mich erst sehen, was auf mich zukommt, dann können wir ja Pläne machen. Vielleicht können wir uns zum übernächsten Wochenende oder eine Woche später treffen.« Es klang hoffnungsvoll, doch er sah traurig aus.

»Das heißt, praktisch erst im Oktober.«

»Ich werde mein Bestes tun.«

Er nickte, denn er wollte zum Abschied nicht mit ihr streiten, aber was sie als ihr Bestes bezeichnete, war noch immer nicht das Optimum, das er anstrebte. Er wollte sie die ganze Zeit bei sich haben, sah aber im Augenblick keine Möglichkeit, dieses Ziel zu verwirklichen. Er war jedoch auch nicht bereit, die Flinte ins Korn zu werfen. Im letzten Monat war in ihm das Gefühl übermächtig geworden, daß er ohne sie nicht mehr leben konnte. Er wußte, daß es verrückt war, aber er konnte nicht dagegen ankämpfen. Er brauchte sie nahe bei sich, um die Freuden und Belastungen seines täglichen Lebens mit ihr zu teilen; Matts komische Aussprüche, die Patienten, die starben, die Tränen, die Pam vergoß, die Schönheit der Welt, seine Sorgen, einfach alles. Ohne sie bedeutete ihm das alles nichts, aber er sah keine Möglichkeit, sie nach Los Angeles zu bekommen. Als sie sich in dieser Nacht liebten, wollte er in ihren Geist eintauchen und in ihrer Seele ertrinken und sich jeden Winkel, jeden Zentimeter ihres Körpers unauslöschlich einprägen.

»Ist es endgültig, daß du nicht mit mir kommst?« flüsterte er, bevor er an Bord der Maschine nach Boston ging.

»Wenn ich es nur könnte. Aber ich werde dich bald besuchen.«

»Ich rufe dich noch heute abend an.« Doch schon der Gedanke, sie wieder nur anzurufen und nicht sehen zu können, deprimierte ihn. Er hatte endlich die Frau fürs Leben gefunden, und er konnte sie nicht ständig bei sich haben, nicht weil sie einem anderen Mann gehörte, sondern weil eine Fernsehgesellschaft sie für sich beanspruchte, und was noch schlimmer war, sie hatte nichts dagegen. Dennoch wußte er, daß sie ihn liebte. Es war eine ausweglose Situation, doch er hoffte, daß sich mit der Zeit eine Lösung abzeichnen würde. Vielleicht würde auch sie zu dem Schluß gelangen, daß sie ohne ihn nicht leben konnte. »Ich liebe dich, Mel.«

»Ich liebe dich noch mehr«, flüsterte sie, und sie sahen aus den Augenwinkeln, wie Val und Mark einander küßten und ihre Körper aneinanderdrückten und was für ein abweisendes Gesicht Pam machte.

»Greulich. Ich finde sie ekelhaft.« Der Junge, der ihr am Strand gefallen hatte, war aber auch erschienen, um sich von ihr zu verabschieden, und sie errötete heftig, als sie ihm Lebewohl sagte. Nur Matt bildete eine Ausnahme in dieser romantischen Szene, und alle küßten ihn immer wieder zum Abschied, Raquel, Mel, die Zwillinge. Dann küßten Mel und Peter einander wieder.

»Komm bald zu mir.«

»Ich verspreche es.«

Die beiden Familien winkten einander zu, während die Kalifornier an Bord des kleinen Flugzeugs gingen und versuchten, ihre Tränen zurückzuhalten; dann stiegen die Adams in ihren Wagen und fuhren zur Fähre, wobei die Zwillinge mit Taschentüchern winkten und unverhohlen weinten, während Mel versuchte, ihren Liebeskummer zu verbergen.

23

Das Interview, das Mel mit Peter aufgenommen hatte, als sie sich kennenlernten, wurde in der ersten Septemberwoche ausgestrahlt und als einer der gelungensten Dokumentarfilme in der Geschichte des Fernsehens gefeiert. Alle waren überzeugt, daß Mel dafür einen Preis erhalten würde, und plötzlich redete alle Welt über Dr. Peter Hallam. Was noch mehr wog, Pattie Lou war seit der Operation aufgeblüht. Ein kurzer Film über ihren Heilerfolg sollte als Ergänzungssendung gedreht werden.

Peter wurde von allen möglichen Leuten angerufen, die ihm immer wieder versicherten, was für ein interessantes Interview er gegeben hatte und wie wichtig es für eine erfolgreiche Aufklärung über Herztransplantationen und für ein größeres Verständnis in der Öffentlichkeit sei.

Doch Peter betonte wiederholt Mels Verdienst bei der Gestaltung der Sendung und hob hervor, welch hervorragende Regiearbeit sie geleistet hatte. Das hatte zur Folge, daß sie schließlich am letzten Wochenende im September nach Los Angeles kam und das gesamte Personal des Krankenhauses sie wie eine alte Bekannte behandelte, ebenso wie Matthew und Mark; Pam gab sich noch ein wenig zurückhaltend, und Mrs. Hahn war kein bißchen freundlicher als früher.

»Es ist fast, als käme ich nach Haus, Peter«, strahlte sie glücklich, während er sie in ihr Hotel brachte. Sie stieg im Bel-Air ab, weil es in der Nähe seines Hauses lag und sie gern Ruhe hatte; er wollte die Nacht mit ihr verbringen, und sie konnten es kaum erwarten. Sie fühlten sich wie zwei junge Liebesleute, die sich heimlich in ein Hotel zurückzogen, und Mel kicherte bei dem Gedanken. Er würde seinen Kindern am nächsten Tag erklären, daß er bei einem Patienten im Krankenhaus geblieben war, aber dort wußte man, wo er sich aufhielt, für den Fall, daß er während der Nacht gebraucht wurde. »Es tut gut, wieder hier zu sein.« Sie stolzierte durch das geräumige, freundliche Zimmer, zog ihr Kleid aus, setzte sich nur im Slip aufs Bett und betrachtete Peter. Es war dreieinhalb Wochen her, seit sie ihn das letzte Mal gesehen hatte; es war ihr nicht gelungen, früher zu kommen, obwohl sie sich sehr nach ihm gesehnt hatte. In der Fernsehstation war ein unvorhergesehenes Ereignis eingetreten, Jessica war krank geworden, und es hatte länger gedauert, als sie angenommen hatte, bis sich ihr Leben im Herbst wieder normalisiert hatte. Das war zwar immer so, aber dieses Jahr stand sie noch mehr unter Druck als gewöhnlich. Sie wünschte sich ganz schrecklich, mit ihm beisammen zu sein.

»Es ist so schön, Mel, dich wiederzusehen. Es ist furchtbar, fünftausend Kilometer von dir getrennt zu leben.«

»Ich weiß.« Aber dafür gab es vorläufig keine Lösung, das wußten sie. Sie ließen das Abendessen aufs Zimmer kommen, genossen es, zu zweit zu sein. Nachdem sie sich leidenschaftlich geliebt hatten, fragte Peter vorsichtig, wie es mit dem Entwurf ihres neuen Vertrags stand. »Wir wissen zumindest, was wir wollen. Die Frage ist jetzt, ob wir es bekommen werden.« Bei diesen Worten mußte er an seine Schwierigkeiten mit ihr denken, und er küßte sie sanft auf die Lippen.

»Sie sind verrückt, wenn sie dir nicht alles bewilligen, was du verlangst. Du bist ihr bestes Stück, und das wissen sie auch.«

Mel lächelte bei dem freigebig gespendeten Lob. »Vielleicht hätte ich dich anstelle meines Anwalts mit meiner Vertretung betrauen sollen.«

»Wann trittst du ernstlich in die Verhandlungen ein?«

»In ungefähr zwei Wochen.«

Er machte ein trauriges Gesicht und war beinahe bereit zu resignieren. »Das bedeutet, daß ich dich wieder einen Monat lang nicht zu Gesicht bekomme, nehme ich an.«

Sie konnte ihn nicht trösten. Während der Vertragsverhandlungen war sie immer sehr nervös, und sie wollte jederzeit verfügbar sein. Sie würde keine Lust haben auszugehen, wahrscheinlich wollte sie nicht einmal ihn sehen. »Kannst du zur Abwechslung einmal in den Osten kommen?«

Er schüttelte den Kopf. »Das bezweifle ich. Wir haben im letzten Monat an zwei Patienten Herztransplantationen vorgenommen« – das war ihr schon bekannt – »und erwarten noch eine Herz-Lungen-Verpflanzung. Ich werde für einige Zeit nicht in der Lage sein, irgendwohin zu reisen.«

»In der Lage schon«, erinnerte sie ihn, »aber nicht dazu bereit. Das ist ein Unterschied.« Aber sie akzeptierte seine Gründe. Sie waren beide durch Verantwortung, den Beruf und ihre Kinder an einen Ort gebunden. Es war ein verrückter Zustand, es war beinahe, als wäre jeder von ihnen mit einem anderen Partner verheiratet und als müßten sie jede Gelegenheit ergreifen, die sich ihnen bot.

Mel sah seine Kinder erst am Sonntagnachmittag wieder, bevor sie am Abend das »Rotauge« bestieg. Peter und sie hatten sich im Bel-Air beinahe versteckt. Sie wollten jeden sich bietenden Augenblick zusammen genießen, und Mel hielt es für das Beste, wenn sie nicht allzuviel mit den Kindern zusammenkam. Sie spürte, daß Pam jetzt, da sie sich wieder auf eigenem Grund

und Boden befand, ihr gegenüber nicht mehr so aufgeschlossen war. Sie hatte hier mehr Rückhalt und beanspruchte ihren Vater wieder für sich. Die Jungen dagegen hatten ihre Haltung nicht geändert. Mark fragte sie bis zur Erschöpfung über Val aus, und Matt wollte immer nur auf ihrem Schoß sitzen und sie liebkosen. Der Nachmittag und der Abend waren zu schnell vorbei, und es schienen nur Stunden seit ihrer Ankunft vergangen zu sein, als sie wieder mit Peter auf den Flughafen kam und mit Tränen in den Augen auf ihre Maschine wartete. Sie wollte ihn nicht verlassen, aber es blieb ihr nichts anderes übrig.

»Das ist schon ein verrücktes Leben, das wir da führen, nicht wahr?«

»Ja, das ist richtig.« Da meldete sich sein Funkgerät, und er lief zur nächsten Telefonzelle. Es gab eine Komplikation mit einem seiner Transplantationspatienten, und er mußte sofort in die Klinik fahren. Einen Moment lang erinnerte ihn die Situation an die Nacht, in der er Marie operiert und Mel im Flughafen angerufen hatte, bevor sie an Bord ihres Flugzeugs ging. Aber diesmal war sie unaufgefordert hier, sie drehte auch kein Feature, sie mußte am nächsten Morgen in New York sein. Er konnte nicht einmal auf ihren Abflug warten. Er gab ihr rasch noch einen Kuß und mußte dann durch die lange Halle des Flughafengebäudes laufen, wandte sich noch ein- oder zweimal um und winkte, bevor er verschwand und sie allein zurückließ. Das Verhängnis war, daß sie beide so anspruchsvolle Positionen einnahmen, dachte sie, als sie zu ihrem Platz in der Ersten Klasse des Flugzeugs ging, und sie beschloß, jedem, der sie um ein Autogramm bat, sofort den Arm zu brechen. Sie war ganz und gar nicht in der Stimmung, zu irgend jemandem nett zu sein. Doch zum Glück sprach sie von Los Angeles bis New York niemand an, und als sie am nächsten Morgen um halb sieben ihr Haus betrat, fühlte sie sich müde und abgespannt. Als sie Peter im Krankenhaus anrufen wollte, teilte man ihr mit, er sei soeben wieder in den OP gegangen. Sie waren beide zum Alleinsein verurteilt, doch dagegen ließ sich nichts unternehmen. Wie sich später herausstellte, konnte sie ihn im Oktober überhaupt nicht besuchen. Die Verhandlungen für den neuen Vertrag gestalteten sich hitzig und schwierig.

»Hast du mich schon vollkommen vergessen, oder besteht eine vage Hoffnung, daß wir uns im nächsten Monat sehen?« Peter beschwerte sich täglich am Telefon, und Mel war davon überzeugt, daß sie bei dem nächsten geblümten Briefumschlag von Mark an Val einen Schreikrampf bekommen würde. Er mußte sämtliche Kitschpostkarten im Staat Kalifornien aufgekauft haben, und sie konnte sie nicht mehr sehen, doch Val gefielen sie.

»Ich verspreche, ich werde dich noch diesen Monat besuchen.«

»Genau dasselbe hast du im vergangenen Monat auch gesagt.«

»Es ist wegen des verdammten Vertrags, und außerdem weißt du, daß ich an zwei Wochenenden gearbeitet habe.« Als der sowjetische Premierminister und seine Frau zu einem unerwarteten Besuch eingetroffen waren, war Mel nach Washington geschickt worden, um die russische First Lady zu interviewen, und sie hatte ihr gefallen. Am nächsten Wochenende wurde ein Ergänzungs-Interview über die Genesung des Präsidenten gedreht. »Es ließ sich nicht vermeiden, Peter.«

»Ich weiß, aber ich habe niemand anderen, bei dem ich mich beklagen kann.«

Sie lächelte. Es gab Zeiten, da dachte sie, daß er der einzige Gesprächspartner für seine Patienten war. »Ich verspreche aber, nächstes Wochenende zu dir zu kommen.« Sie hielt tatsächlich Wort, er verbrachte aber den größten Teil ihres Aufenthalts in der Klinik bei Marie, der es plötzlich schlechter ging. Sie hatten sie im letzten Monat zweimal operiert, aber sie bekam alle möglichen für Transplantationen typische Komplikationen. Mel verbrachte den größten Teil des Wochenendes damit, Einkäufe zu machen und mit Peters Kindern zusammen zu sein. Sie nahm Pam mit, als sie Mitbringsel für die Zwillinge einkaufte, sie lunchten in der Polo Lounge im Beverly-Hills-Hotel, das Pam sehr gut gefiel, obwohl sie es nicht zugeben wollte, und ihre Augen wurden so groß wie Untertassen, wann immer jemand ein Autogramm von Mel erbat, was vier- oder fünfmal vorkam, bevor sie ihren Lunch beendet hatten. Dann nahm sie Matt ins Kino mit. Endlich verbrachte sie am Sonntag einige Zeit mit Peter, der aber sehr zerstreut war, immer mit einem Ohr auf das Telefon horchte und die ganze Zeit an Marie dachte.

»Weißt du, wenn sie nicht so verdammt krank wäre, wäre ich eifersüchtig.«

Sie versuchte, mit ihm darüber zu scherzen, doch keiner von beiden hatte ernstlich Lust dazu.

»Sie ist sehr krank, Mel.«

»Das weiß ich doch. Aber es ist bitter, daß ich deine Zeit mit ihr teilen muß, wenn wir noch dazu so lange von einem Besuch zum nächsten warten müssen.« Das erinnerte ihn wieder an eine Frage, die er ihr hatte stellen wollen.

»Was ist mit Thanksgiving?«

»Was soll damit sein?« Sie sah ihn verständnislos an.

»Ich wollte dich fragen, ob du mit den Zwillingen herkommen kannst. Wir feiern jedes Jahr Thanksgiving, wie es sich gehört, und würden euch schrecklich gern dazu einladen. Es wäre dann für uns ein richtiges Familienfest.«

»Das ist in drei Wochen, nicht wahr?« Er sah auf seinen Kalender und nickte. »Bis dahin sollte der Vertrag unter Dach und Fach sein.«

»Wird denn alles von ihm beeinflußt, Mel, sogar die Feiertage?« Er sah sie entrüstet an, und sie versuchte ihn mit einem Kuß zu beschwichtigen.

»Ich stehe zur Zeit sehr unter Druck, das ist alles. Aber bis dahin müßten wir ihn in der Tasche haben.«

»Dann werdet ihr also kommen?«

»Ja.« Zuerst strahlte er, dann wurde er besorgt.

»Wenn ihr aber den Vertrag bis dahin nicht abgeschlossen habt, was dann?«

»Dann kommen wir trotzdem. Wofür hältst du mich? Für ein Ungeheuer?«

»Nein, für eine verdammt vielbeschäftigte Dame.«

»Liebst du mich trotzdem?« Gelegentlich befürchtete sie, daß der derzeitige Zustand ihm zu sehr auf die Nerven gehen und er das Handtuch werfen würde. Es hatte sie immer mit Sorge erfüllt, daß ihr beruflicher Erfolg sie die Liebe kosten könnte.

Doch er umarmte sie und drückte sie fest an sich. »Ich liebe dich mehr denn je.« Als er sie an diesem Abend zum Flugzeug brachte, wartete er, bis es startete.

Als sie am nächsten Morgen Jess und Val von dem bevorstehenden Besuch erzählte, stieß Val einen Freudenschrei aus und rannte nach oben, um Mark rasch eine Nachricht zukommen zu lassen, bevor sie zur Schule ging, während Mel ärgerlich auf die Treppe starrte und dann ihre ältere Tochter fragte:

»Denkt sie denn an nichts anderes?«

»Kaum«, antwortete Jessica wahrheitsgemäß.

»Ich bin schon sehr neugierig auf ihre Noten in diesem Semester.« Jessica erwiderte darauf nichts, denn sie wußte genau, wie schlecht sie sein würden. Das unaufhörliche Briefeschreiben an Mark hatte die Arbeit für die Schule sehr beeinträchtigt.

»Es wird ein Riesenspaß sein, zu Thanksgiving nach Kalifornien zu fliegen.«

»Hoffentlich«, meinte Mel abgekämpft, küßte die Mädchen, als sie zur Schule gingen, und rief ihren Anwalt an, bevor sie auspackte. Sie wußte, daß er jeden Morgen vor acht ins Büro fuhr, aber die Neuigkeiten, die er ihr berichtete, waren alles andere als gut. Die Fernsehanstalt hielt sie immer noch bezüglich des Vertrages hin und hoffte, daß sie nachgeben und einen Teil ihrer Forderungen streichen würde. Der Anwalt erinnerte Mel jedoch daran, daß sie nicht nachgeben mußte, daß die Fernsehleute wahrscheinlich ohnehin ihre Ansprüche erfüllen würden, und wenn nicht, würde sie in kürzester Zeit ein Dutzend neuer Angebote bekommen, wenn sie nur eine Andeutung machte, daß sie sich für etwas anderes interessierte.

»Das will ich keineswegs. Ich will dort bleiben, wo ich bin.«

»Dann bleiben Sie hart.«

»Das habe ich vor. Besteht eine Möglichkeit, daß wir vor Thanksgiving damit fertig sind?«

»Ich werde mein Bestes tun.«

Doch wie sich herausstellte, genügte sein Bestes nicht. Als sie drei Wochen später das Flugzeug nach Los Angeles bestieg, war nichts Entscheidendes geschehen. Mels Anwalt behauptete steif und fest, sie stünden vor dem Abschluß, aber der Vertrag war noch nicht unterzeichnet, und das machte sie wahnsinnig. Peter merkte an der nervösen Art, wie sie aus der Maschine stieg, daß es sie belastete, doch sie würden nun vier Tage miteinander verbringen, und er hoffte, daß sie sich in dieser Zeit erholen würde. Er betete nur, daß niemand auf den Präsidenten schießen und auch niemand während dieser Tage eine Organverpflanzung brauchen würde. Und siehe da, seine Gebete wurden erhört. Sie verbrachten ein friedliches Fest, alle fünf Kinder waren glücklich, wieder vereint zu sein, und Mrs. Hahn übertraf sich selbst mit einem Festmahl, nach dem alle kaum mehr fähig waren, sich vom Tisch zu erheben.

»Meine Güte, ich kann mich nicht mehr rühren.« Val starrte verzweifelt auf ihren Bauch, Mark kam ihr zu Hilfe und zog sie von ihrem Stuhl in die Höhe, während Pam und Jess nach oben gingen, um Schach zu spielen. Matthew rollte sich in der Nähe des Kamins in seine Lieblingsdecke und schlief mit seinem Teddybär im Arm ein. Peter und Mel zogen sich in das Arbeitszimmer zurück, um sich auszuruhen und zu plaudern. Sie hatte das Gefühl, daß sie nach Haus gekommen war. Peter hatte darauf bestanden, daß sie in seinem Haus die Gästezimmer benutzten. Und da Jess sich mit Pam befaßte, spürte Mel, daß diese nicht so irritiert reagieren würde, wenn sie dort wohnten. Jess war eigentlich die Garantie für einen harmonischen Ablauf des Besuchs.

»Es war ein herrliches Abendessen, Peter.«

»Ich bin sehr froh, daß ihr alle bei mir seid, Mel.« Er sah sie forschend an und bemerkte die müden Fältchen um ihre Augen. Vor der Kamera waren sie vom Make-up verdeckt, aber er wußte um ihr Vorhandensein, und sie beunruhigten ihn. Sie sollte nicht so angestrengt arbeiten, auch nicht unter soviel Streß stehen. »Du hast dich überanstrengt, mein Liebes.«

»Wie kommst du darauf?« Sie streckte die Beine zum Feuer.

»Du hast abgenommen und siehst müde aus.«

»Das kann stimmen... Es ist ein hartes Brot.« Sie wußte, daß auch er eine arbeitsreiche Zeit hinter sich hatte, mit zwei neuen Transplantationspatienten und Marie, die wieder Probleme hatte, der es aber wieder etwas besser ging.

»Nichts Neues mit dem Vertrag?«

»Mein Anwalt meint, es handelt sich nur noch um Stunden. Sie sollten ihn unterschreiben, wenn ich zurückkomme.«

Peter schwieg lange, dann blickte er Mel an. Er wußte nicht, wie er sein Anliegen formulieren sollte, aber er sagte sich: jetzt oder nie. Vielleicht war es seine endgültig letzte Chance oder zumindest die letzte für lange Zeit. Er mußte. »Mel...«

»Hmmm?« Sie hatte ins Feuer gestarrt, nun sah sie ihn lächelnd an, sie entspannte sich endlich nach Wochen voll Streß und Hetze. »Ja, Doktor?«

Er wollte näher zu ihr rücken, unterließ es aber. »Ich muß dich etwas fragen.«

»Etwas Unangenehmes?« Vielleicht etwas über Pam, aber die war in letzter Zeit ziemlich ausgeglichen gewesen. Sicherlich mehr als Val, deren Noten, wie Mel festgestellt hatte, noch nie so schlecht gewesen waren. Aber darüber wollte sie mit Peter später sprechen. Sie würden den beiden Unzertrennlichen doch gewisse Einschränkungen auferlegen müssen, bevor Val ganz aus der Schule flog, und Mel brauchte dazu Peters Unterstützung. Aber es hatte noch keine Eile. »Was ist los, Liebster?«

»Es gibt etwas, worüber ich schon lange mit dir sprechen wollte: über deinen Vertrag.«

Sie sah ihn überrascht an. Bis jetzt hatte er es strikt vermieden, ihr bezüglich ihrer Arbeit Ratschläge zu erteilen, und das war ihr nur recht gewesen. Er wußte über ihren Beruf um nichts besser Bescheid als sie über den seinen, und sie konnten sich nur moralisch unterstützen, was beiden guttat. »Was ist mit ihm?«

»Was wäre, wenn du ihn nicht unterschreibst?«

Sie lächelte. »Es liegt nicht an mir, sondern an ihnen. Ich würde sofort unterschreiben, wenn die Kerle mit allen unseren Bedingungen einverstanden wären. Ich glaube auch, daß sie es tun werden. Bis jetzt war es nur ein Nervenkrieg.«

»Das weiß ich. Aber wenn du nicht unterschreibst...«, er hielt den Atem an und fuhr im nächsten Augenblick fort, »sondern mit jemand anderem einen Vertrag abschließt?«

»Vielleicht werde ich das tun müssen, wenn meine Forderungen nicht erfüllt werden.« Aber sie hatte den springenden Punkt seiner Frage noch nicht erfaßt. »Warum? Worauf willst du hinaus?« Er wollte ihr sichtlich etwas beibringen, sie verstand aber nicht, was es war.

Er sah ihr in die Augen und sagte ein einziges Wort. »Heirat.«

Ihr Gesicht verlor jeden Ausdruck, dann erschrak sie, wurde blaß und starrte ihn an.

»Was meinst du?« Ihre Stimme war kaum ein Flüstern.

»Ich meine, daß ich dich heiraten will, Mel. Ich will schon seit Monaten all meinen Mut zusammennehmen, um dich zu fragen, aber ich wollte deiner Karriere nicht im Wege stehen. Doch da es so lange dauert, bis dein Vertrag unterzeichnet wird, dachte ich mir... ich frage mich...« Sie stand auf, ging durch das Zimmer, blieb mit dem Rücken zu ihm vor dem Kamin stehen und drehte sich dann langsam um.

»Ich weiß nicht, Peter, was ich dir darauf antworten soll.«

Er versuchte zu lächeln, hatte aber so schreckliche Angst, daß es ihm nicht gelang. »Ein einfaches Ja würde genügen.«

»Das kann ich nicht. Ich kann nicht alles aufgeben, was ich mir mühevoll in vielen Jahren aufgebaut habe. Ich kann einfach nicht...« Ihre Augen füllten sich mit Tränen. »Ich liebe dich, aber das kannst du nicht von mir verlangen...« Sie begann am ganzen Körper zu zittern, er trat zu ihr und nahm sie in die Arme, sie konnte die Tränen nicht sehen, die seine Augen verschleierten.

»Schon gut, Mel. Ich verstehe dich. Aber ich mußte dir diese Frage stellen.«

Sie löste sich von ihm und sah ihn voll an, und über ihre Wangen liefen Tränen, ebenso wie über die seinen. »Ich liebe dich... o Gott, verlang nicht von mir, daß ich das tue, Peter. Zwing mich nicht, etwas zu beweisen, das ich dir nicht beweisen kann.«

»Du mußt mir gar nichts beweisen, Mel.« Er wischte sich die Wangen ab und setzte sich auf die Couch. Es hatte andererseits keinen Sinn, daß sie sich etwas vormachten, sie konnten nicht immerfort einen ganzen Kontinent überfliegen, um zusammenzutreffen. Das Ende ihrer Affäre war unvermeidlich, das wußten beide. Seine Augen bohrten sich förmlich in die ihren, und er schüttelte langsam den Kopf. »Ich dachte immer, daß wir beide so glückliche Menschen sind, brave Kinder haben, hoch auf der Karriereleiter stehen und einander gefunden haben.« Er lächelte trübselig. »Nun glaube ich nicht mehr, daß wir so glücklich sind.«

Mel antwortete nicht, schließlich putzte sie sich die Nase und wischte die Tränen von ihren Wangen. »Ich weiß nicht, Peter, was ich sagen soll.«

»Sag lieber gar nichts. Du sollst nur wissen, wenn du es dir einmal anders überlegst, daß ich immer für dich da bin und dich liebe. Ich will dich heiraten. Ich werde mit allem einverstanden sein, was du vorschlägst, solange es Hand und Fuß hat. Du könntest bei jeder Fernsehgesellschaft in Los Angeles so hart und so viel arbeiten, wie du willst.«

»Aber Los Angeles ist nicht New York.« Er wollte sie schon fragen, ob New York ihr mehr bedeute als er, aber das war keine faire Frage, das wußte er.

»Das weiß ich. Darüber müssen wir nicht mehr sprechen. Ich mußte dir aber diese Frage einmal stellen.«

»Es sieht so aus, als würde ich mich für meinen Beruf entscheiden und gegen dich, und das kommt mir so häßlich vor.«

»Die Wahrheit ist manchmal häßlich.« Damit mußten sie sich abfinden.

»Wirst du unsere Beziehung aufrechterhalten wollen... mit uns... mit mir... wenn ich meinen neuen Vertrag unterschreibe und in New York bleibe?« Sie zitterte bei der Frage. Was würde ihr bleiben, wenn sie ihn verlor? Nichts.

»Ja, wir werden so weiterleben, solange wir beide es aushalten. Aber es kann nicht ewig so weitergehen, und das ist uns beiden wohl bewußt. Wenn es zu Ende geht, Mel, werden wir beide unsere wunderbare Liebe verlieren, die wir beide verzweifelt nötig haben. Ich habe nie jemanden so sehr geliebt wie dich.« Wieder flossen Tränen über ihre Wangen, und sie konnte es nicht länger ertragen. Sie ging hinaus, um frische Luft zu atmen, und Peter folgte ihr nach einer Weile. »Jetzt tut es mir leid, daß ich dich überhaupt gefragt habe, Mel. Ich wollte dich nicht unglücklich machen.«

»Das hast du ja nicht getan. Nur manchmal« – ihre Augen füllten sich erneut mit Tränen, und ihre Stimme wurde heiser –, »nur manchmal legt uns das Leben solch verdammt schwierige Entscheidungen auf. Ich wollte nur einen besseren Vertrag erreichen, und jetzt habe ich das Gefühl, daß ich dir das Herz breche, wenn ich ihn unterschreibe.«

»Das tust du nicht.« Er drückte sie an sich. »Du tust, was du für deine Karriere tun mußt, Mel, und das ist für dich schrecklich wichtig. Das respektiere ich.«

»Warum, zum Teufel, müssen wir solches Pech haben?« Sie schluchzte hemmungslos. »Warum konnten wir nicht beide in derselben Stadt leben?«

Jetzt fand er sich mit seinem Los ab. Sie war von allem Anbeginn in ihrem Beruf verwurzelt gewesen, und er hatte unrecht daran getan, diesen Zustand ändern zu wollen. »Weil das Leben voll immer neuer Herausforderungen ist, Mel. Wir werden es schaffen. Zum Teufel, und wenn ich fünfmal so weit reisen müßte, würde ich dennoch alles daran setzen, dich wiederzusehen.« Dann sah er sie im Dunkeln wieder an. »Wirst du zu Weihnachten wieder hierher kommen?«

»Ja, wenn ich nicht zu arbeiten habe.«

»Okay.« Er bemühte sich, sich damit zufriedenzugeben, aber es gelang ihm nicht. Doch es blieb ihm keine Alternative, und während sie in dieser Nacht nebeneinander lagen, dachten sie beide über ihre Probleme nach, und der nächste wie auch der übernächste Tag waren von einer schwermütigen Stimmung überschattet.

Die Kinder trugen auch nicht zu ihrer Aufheiterung bei. Val und Mark schienen jeden Augenblick ihres gemeinsamen Wochenendes vorgeplant zu haben, Jess, Pam und Matthew gingen ins Kino, besuchten Freunde, machten Besorgungen. Diesmal bestand Peter nicht einmal darauf, daß sie alle zusammenblieben, er war zu sehr mit sich selbst beschäftigt. Und Mel sah bei ihrer Abreise noch abgespannter aus als bei ihrer Ankunft, und ein Anruf ihres Anwalts am nächsten Morgen trug nichts dazu bei, ihre Stimmung zu ändern.

»Wir haben es geschafft.« Er schrie fast vor Freude über seinen Triumph, als er an diesem Morgen um elf anrief. Sie war ruhig im Zimmer umhergegangen und hatte an Peters Gesicht in dem Augenblick gedacht, da sie ihn verlassen hatte. Er sah niedergeschmettert aus, und sie fühlte sich noch schuldiger, aber es gab keine andere Lösung, das wußte er.

»Was geschafft?« Mel war an dem Vormittag fast zu überdreht, um klar denken zu können. Sie hatte die Mädchen trotz ihres Rückflugs mit dem »Rotauge« in die Schule geschickt.

»Mein Gott, Mel, was haben Sie in Kalifornien getrieben? Das ganze Wochenende mit Hasch oder LSD high gewesen? Sie haben Ihren Vertrag!« Er war ebenso nervös und erschöpft wie sie. Diesmal hatte es einen langen Kampf gegeben, aber es hatte sich gelohnt. Sie hatte den Mut gehabt durchzuhalten, und hatte alle ihre Ansprüche vertraglich zugesichert bekommen. Nicht allzu viele seiner Klienten hatten das Zeug, das durchzustehen, aber Mel gehörte dazu. »Wir unterschreiben heute mittag. Können Sie rechtzeitig kommen?«

»Zum Teufel, ja.« Es war das, worauf sie zwei Monate gewartet hatte, doch als sie auflegte, stellte sie fest, daß sie keine Freude darüber empfinden konnte. Der Triumph verlor jetzt, dank Peter, von seinem Glanz. Wenn sie den Vertrag unterzeichnete, würde sie das Gefühl haben, daß sie ihn verraten hatte.

Aber sie fuhr mittags zur Fernsehgesellschaft, wo der Anwalt und alle leitenden Angestellten auf sie warteten. Es waren zehn Leute im Raum, Mel kam als letzte, sie trug ein schwarzes Diorkleid, einen Nerzmantel über dem Arm und einen schwarzen Hut mit Schleier, der zu ihrer Stimmung paßte. Sie sah aus wie eine Witwe in einem alten Film, die der Verlesung eines Testaments beiwohnt. Ihr Auftritt war melodramatisch, und die Leute von der Fernsehstation zeigten sich zufrieden. Sie kamen bei Mel Adams immer auf ihre Kosten und respektierten sie sogar wegen des langen Kampfes. Sie verschenkte Lächeln rund um den Raum wie Reis bei einer Hochzeit, setzte sich und warf ihrem Anwalt einen Blick zu. Dieser nickte zurück. Er konnte es kaum erwarten, die Presse anzurufen und ihnen das Ereignis bekanntzugeben. Es war ein umwerfender Sondervertrag für Mel, das wußten alle Anwesenden, einschließlich Mel. Sie überflog, mit der Feder in der Hand, die Punkte. Die Leiter der Fernsehanstalt hatten schon unterschrieben, es fehlte nur noch ihre Unterschrift über der gestrichelten Linie. Sie nahm die Feder und spürte, wie ihre Handflächen feucht wurden, ihr Gesicht wurde blaß, während sie plötzlich Peters Gesicht vor sich sah. Sie hielt inne, schwieg, überlegte, wurde blaß und sah den Anwalt an. Er nickte wieder.

»Alles ist in Ordnung, Mel.« Er lächelte, sah dabei siegessicher aus, und sie wußte plötzlich, daß sie es nicht tun durfte. Sie stand auf, die Feder noch immer in der Hand, und schüttelte mit einem Blick auf die Männer, für die sie gearbeitet hatte, den Kopf.

»Es tut mir leid, ich kann es nicht unterschreiben.«

»Was ist denn nicht in Ordnung?« Alle waren verblüfft. War Melanie Adams verrückt geworden? Wenn man sie gefragt hätte, hätte sie mit ja geantwortet. »Wir haben alles darin aufgenommen, Mel. Alles, was Sie verlangt haben.«

»Ich weiß.« Sie setzte sich wieder hin und sah sie verzweifelt an. »Ich kann es Ihnen nicht erklären. Aber ich kann den Vertrag nicht unterschreiben.«

Ihre Gesichter sahen aus, als wären sie mit Masken bedeckt, auch das ihres Anwalts. »Was, zum Teufel...«

Sie sah, noch immer zitternd, jeden einzelnen von ihnen an, Tränen brannten in ihren Augen, aber sie konnte jetzt nicht weinen. Sie wollte den Vertrag mit aller Macht, daß sie es förmlich körperlich spürte, aber ihr war etwas anderes wichtiger, das ein Leben lang dauern würde, nicht nur ein Jahr. Peter hatte recht. Sie konnte auch in Kalifornien ihren Beruf ausüben. Ihre Karriere würde nicht zu Ende sein, nur weil sie New York verließ. Sie stand wieder auf und sagte mit lauter Stimme: »Meine Herren, ich übersiedle nach Kalifornien.«

Die Menschen im Raum schwiegen wie gelähmt. »Haben Sie schon bei der dortigen Fernsehanstalt unterschrieben?« Jetzt wußten sie, daß sie verrückt war. Man konnte ihr dort unmöglich mehr Geld geboten haben. Oder doch? Diese verflixten Mistkerle. Aber Mel hatte doch immer Charakter gezeigt. Keiner begriff, was geschehen war, am wenigsten von allen Mels Anwalt. Sie schluckte und verkündete den Anwesenden:

»Ich werde heiraten.« Dann verließ sie ohne ein weiteres Wort den Raum, ging schnell zum Fahrstuhl und verließ das Gebäude, bevor sie jemand zurückholen konnte. Sie legte den ganzen Weg nach Haus zu Fuß zurück, und als sie ankam, fühlte sie sich ein wenig besser. Sie hatte soeben ihre ganze Karriere zum Teufel gejagt, aber sie fand, daß Peter diesen Verzicht wert war. Sie hoffte nur, daß es kein Fehler war, während sie den Telefonhörer abhob, seine Nummer wählte, die Telefonistin im Krankenhaus Peter über Lautsprecher rief und ihn endlich fand. Er meldete sich nach etwa einer Minute, in Eile und mit Gedanken bei der Arbeit, aber glücklich über den Anruf.

»Geht es dir gut?« Er hörte nur halb auf ihre Antwort.

»Nein, nicht gut.«

Dann horchte er auf und erkannte, wie merkwürdig ihre Stimme klang. Mein Gott, es war etwas passiert. So hatte es geklungen, als Anne starb... die Zwillinge... »Was ist los?« Sein Herz klopfte, während er auf ihre Antwort wartete.

»Ich ging zur Fernsehanstalt, um den Vertrag zu unterschreiben...« Ihre Stimme klang dumpf. »Und ich habe es dann doch nicht getan.«

»Was hast du nicht getan?«

»Ich habe ihn nicht unterschrieben.«

»Was hast du?« Seine Knie wurden weich. »Bist du verrückt?«

»Das haben meine Bosse auch gesagt.« Plötzlich wurde sie von Panik erfaßt, befürchtete, daß er es sich überlegt hatte und es zu spät war. Sie hatte alle Brücken hinter sich abgebrochen. Sie flüsterte fast: »Bin ich es?«

Dann erst erfaßte er den vollen Umfang ihrer Entscheidung, während ihm Tränen in die Augen traten. »Ach, Liebste, das hatte ich nicht erwartet... doch, du bist verrückt... o Gott, ich liebe dich. Ist es dein voller Ernst?«

»Ich glaube, ja. Soeben habe ich einen Verdienst von einer Million Dollar zum Fenster hinausgeworfen. Ich glaube, da liegt die Vermutung nahe, daß es mir ernst sein muß.« Sie setzte sich hin und begann zu lachen, dann konnte sie nicht mehr aufhören, und er auch nicht. Sie nahm Hut und Schleier ab und warf beides in die Luft. »Dr. Hallam, vom einunddreißigsten Dezember an, das ist zufällig Silvester, bin ich arbeitslos. Eine Landstreicherin!«

»Phantastisch. Ich wollte immer schon eine Landstreicherin heiraten.«

Mels Lachen verklang. »Willst du es noch immer?«

Seine Stimme war sehr sanft. »Ja. Willst du mich heiraten, Mel?« Sie nickte, während er erschrocken wartete. »Ich kann dich plötzlich nicht mehr hören.«

»Ich habe genickt.« Und dann, verzweifelt, nervös: »Glaubst du, sie werden mich in Los Angeles beim Fernsehen anstellen?«

»Soll das ein Witz sein?« Er lachte wieder. »Ab heute abend werden sie dir die Tür einrennen.« Aber er dachte an etwas anderes. »Mel, laß uns schon zu Weihnachten heiraten.«

»Bewilligt.« Sie war noch halb betäubt, und alles erschien ihr jetzt in einem rosigen Licht. »Wann zu Weihnachten?« Es war wie ein Traum, und sie konnte nicht mit Sicherheit feststellen, seit wann sie träumte. Sie erinnerte sich an einen Raum voller Männer in dunklen Anzügen und daran, daß sie sich geweigert hatte, einen Vertrag zu unterschreiben, aber danach hatte sie alles nur in Trance erlebt, außer diesem Telefonanruf. Sie konnte sich jetzt zum Beispiel kaum daran erinnern, wie sie nach Haus gekommen war. War sie zu Fuß gegangen? Hatte sie ein Taxi genommen? War sie geflogen?

»Was hältst du vom Heiligen Abend?«

»Das geht sicherlich. Wann ist das?«

»In ungefähr dreieinhalb Wochen. Einverstanden?«

»Ja.« Sie nickte in Gedanken versunken. »Peter, glaubst du, daß ich verrückt bin?«

»Nein. Ich glaube, du bist die mutigste Frau, der ich jemals begegnet bin, und ich liebe dich gerade deswegen besonders.«

»Ich habe aber eine Heidenangst.«

»Dazu hast du keinen Grund. Du wirst hier eine prima Stellung bekommen, und wir werden sehr glücklich sein. Alles läuft wie am Schnürchen.« Sie hoffte, daß er recht hatte. Im Augenblick konnte sie nur an die möglichen Folgen denken, die sich daraus ergeben konnten, daß sie sich geweigert hatte, den Vertrag zu unterschreiben, aber wenn man sie noch einmal vor diese Entscheidung gestellt hätte, hätte sie genauso gehandelt. Sie hatte die Weichen ihres Lebens neu gestellt, nun würde sie auch alle Konsequenzen tragen müssen, wie immer sie ausfielen.

»Was soll ich mit meinem Haus anfangen?«

»Verkauf es.«

»Kann ich es nicht vermieten?« Bei dem Gedanken, es für immer aufzugeben, hatte sie kein gutes Gefühl. Sie mußte jetzt so wichtige Entscheidungen treffen.

»Hast du die Absicht, je wieder dort zu wohnen?«

»Selbstverständlich nicht, außer du bist dafür.«

»Warum solltest du es also behalten? Verkauf es, Mel. Du kannst das Geld hier anders anlegen.«

»Werden wir ein neues Haus kaufen?« Sie spürte, wie sie allmählich von Unsicherheit erfaßt wurde, während sie ins Leere starrte, sie hörte, daß ihre Türglocke läutete, öffnete aber nicht. Es war Raquels freier Tag, und sie wollte jetzt niemanden sehen, vor allem keine Reporter, falls sie die Neuigkeit schon erfahren hatten.

»Wir brauchen kein neues Haus, Mel. Wir haben doch meines.« Er klang so glücklich, doch während sie ihm zuhörte, wurde ihr bewußt, daß sie dort nicht wohnen wollte. Denn es war Annes Haus... das Haus der beiden... nicht ihr Haus... aber vielleicht konnte sie zunächst... »Hör zu, entspann dich. Mach dir einen Drink oder etwas Ähnliches. Ich muß jetzt zur Arbeit zurück. Ich rufe dich später noch mal an. Und vergiß nicht. Ich liebe dich.«

»Ich liebe dich auch.« Aber ihre Stimme war nur ein Flüstern, und sie rührte sich eine Stunde lang nicht von dem Stuhl, während sie versuchte, einen klaren Gedanken zu fassen, und als der Anwalt anrief, versuchte sie ihm ihren Entschluß zu erklären. Er sagte ihr, daß er sie für verrückt hielt, aber er respektierte ihre zutiefst persönliche Entscheidung. Er erklärte sich bereit, bei den Fernsehanstalten in Los Angeles vorzufühlen; bis zum Abend hatte sie drei Angebote, und in der folgenden Woche hatte sie einen Vertrag mit dem gleichen Einkommen, das sie in New York verlangt hatte und auf dessen Bewilligung sie zwei Monate gewartet hatte, in Aussicht. Die Empörung, die sie ausgelöst hatte, nahm ungeheure Ausmaße an, und es war natürlich kein Vergnügen, unter diesen Bedingungen zu arbeiten. Man hatte sie ersucht, bis zum 15. Dezember zu bleiben, dann konnte sie zwei Wochen vor Ablauf ihres Vertrags ausscheiden. Sie wurde aber überall wie eine Verräterin behandelt, sogar Grant hielt ihr vor Augen, daß sie verrückt war, nie zurechtkommen würde, daß sie als Spitzenkraft an die Verhältnisse in New York gewöhnt war und die Situation in Kalifornien nicht kannte, und daß eine Ehe nicht zu ihrem Lebensstil paßte. Sie hatte das Gefühl, daß sie in einem Alptraum lebte, und die Zwillinge sahen sie vorwurfsvoll an, als hätte sie sie im Stich gelassen.

»Hast du schon lange gewußt, daß du es tun wirst?« fragte Jess, als Mel ihnen mitteilte, daß sie Peters Antrag annehmen würde. Aber es klang fast so, als fragte Jess ihre Mutter, ob sie vorgehabt habe, einen Mord zu begehen.

»Nein, das war ein schneller Entschluß.«

»Wann hat er dir denn den Antrag gemacht?«

»Am letzten Wochenende.« Jedesmal, wenn Jess ihre Mutter ansah, war der Vorwurf in ihren Augen unübersehbar, und Valerie war so nervös, daß sie immer, wenn Mel sie anblickte, aussah, als müsse sie erbrechen, und nicht einmal sie schien sich über die Übersiedlung wirklich zu freuen. Sie mußten mitten im Schuljahr die Schule wechseln, von ihrem Heim, ihren Freundinnen Abschied nehmen. Als Mel das Haus zum Verkauf anbot, dachte sie, es würde ihr Tod sein. Der Hausverkauf wurde sehr rasch perfekt, und als sie es erfuhr, setzte sie sich auf die Treppe und weinte. Alles ging viel zu schnell. Nur Raquel schien die Situation zu übersehen, während sie unzählige Kisten für Kalifornien packte.

»Ich hab' es Ihnen ja gesagt, Mrs. Mel... letzten Sommer habe ich es gesagt... in sechs Monaten...«

»Ach, um Himmels willen, Raquel, halten Sie den Mund.« Während Mel packte, wurde es ihr klar, daß sie nicht wußte, was aus Raquel werden würde. In Peters Haus gab es keinen Platz für sie, und die Frau war jahrelang bei ihr gewesen. Eines Abends rief Mel in einer Panikstimmung Peter um Mitternacht in Kalifornien an.

»Was soll ich mit Raquel machen?«

»Ist sie krank?« Als sie ihn anrief, war er schon am Einschlafen gewesen.

»Nein. Es geht um die Frage, ob wir sie mitnehmen sollen.«

»Du kannst sie nicht mitnehmen, Mel.«

»Warum nicht?« Sie lehnte sich auf.

»Wir haben hier keinen Platz für sie, und Mrs. Hahn würde sie umbringen.«

»Mir persönlich wäre es lieber, wenn Raquel Mrs. Hahn umbrächte.«

»Mrs. Hahn hängt an meinen Kindern.« Es war das erste Mal, daß er in einem bestimmenden Ton mit ihr sprach, und das paßte Mel überhaupt nicht.

»Raquel hängt an meinen. Also was?«

»Sei doch vernünftig.« Wie vernünftig mußte sie denn noch sein? Sie hatte einen Job aufgegeben, ein Haus, ihre Kinder hatten ihre Freunde und ihre Schule verlassen, worauf sollte sie eigentlich noch verzichten? Auch auf Raquel?

»Wenn sie nicht mitkommen kann, Peter, kommen ich und die Kinder auch nicht.«

»Ach, um Himmels willen.« Dann fand er, daß es zu spät war, um darüber zu streiten. »In Ordnung. Wir werden eben eine Wohnung für sie mieten.«

»Danke.« Mel teilte Raquel die Neuigkeit am nächsten Morgen mit, immer noch über Peters Halsstarrigkeit verärgert, doch diesmal sorgte Raquel für eine Überraschung.

»Nach Kalifornien? Sind Sie noch bei Trost? Ich bin hier zu Haus, in New York.« Doch sie lächelte Mel zu und küßte sie auf die Wange. »Aber ich danke Ihnen. Sie werden mir fehlen, aber ich will nicht nach Kalifornien übersiedeln. Sie werden ab jetzt ein schönes Leben haben, Sie bekommen einen guten Ehemann. Ich habe hier einen Freund. Vielleicht werde ich auch früher oder später heiraten.« Sie sah hoffnungsvoll in die Zukunft und war felsenfest entschlossen, nicht nach Kalifornien zu ziehen.

»Sie werden uns sehr fehlen.« So würde sich ihr vertrauter Kreis auf die Familie selbst reduzieren. Sogar ihre altvertrauten Möbel wurden eingelagert. In Peters Haus gab es keinen Platz für sie. Mel wurde im Lauf der Zeit klar, daß es nicht leicht sein würde.

Am 15. Dezember, zwei Wochen vor Ablauf ihres Vertrages, sprach sie die Elf-Uhr-Nachrichten zum letztenmal aus New York. Sie wußte, daß sie ein paar Wochen später von einer anderen Fernsehanstalt aus wieder in Erscheinung treten würde, aber der mit New York verknüpfte Abschnitt ihres Lebens war zu Ende. Für immer. Sie weinte, als sie das Mikrophon weglegte, verließ das Studio, und draußen wartete Grant. Er umarmte sie, sie lehnte ihren Kopf schluchzend an seine Brust, er schüttelte über ihren Gefühlsausbruch wie ein verwunderter Vater den Kopf, aber gleichzeitig war er auch mächtig stolz auf sie. Sie hatte eine gute Wahl getroffen, und er war froh darüber. Peter Hallam war ein großartiger Mensch. Grant hoffte nur, daß sie alle Probleme meistern würde: die Karriere, die Kinder, die Übersiedlung. Es war ein bißchen viel auf einmal, aber wenn jemand es schaffen konnte, dann war es Mel.

»Viel Glück, Mel. Du wirst uns fehlen.« Ihre Mitarbeiter hatten eine Party veranstalten wollen, doch das hatte Mel abgelehnt. Sie konnte es nicht ertragen. Ihre seelischen Wunden waren jetzt noch zu frisch. Sie versprach, daß sie wieder einmal zu Besuch kommen und Peter vorstellen würde. Allen kam diese Romanze wie ein Märchen vor. Sie war zu einem Interview gereist und hatte sich in den gutaussehenden Doktor verliebt. Noch schmerzte Mel alles: die Kollegen zu verlassen, das Haus in fremde Hände zu geben, von New York wegzuziehen.

»Lebwohl, Grant. Halt die Ohren steif.« Sie küßte ihn auf die Wange, und Tränen liefen ihr über das Gesicht, während sie sich rasch umwandte und wegging. Sie ließ alles hinter sich, was ihr vertraut war, alle ihre alten Freunde; fünf Minuten später verließ sie auch das Gebäude, in dem sie so viel gearbeitet und auch so viel erreicht hatte. Als sie an diesem Abend nach Haus kam, sah sie nur einen großen Berg von Kisten. Die Spediteure würden erst am nächsten Morgen kommen, und das war auch Raquels letzter Arbeitstag. Sie würden das Wochenende über im Carlyle-Hotel wohnen, am Montag das Haus übergeben, Mel würde das weiße Bill-Blass-Kleid holen, das sie bei Bendel's gekauft hatte, und am Tag darauf, am 19. Dezember, würden sie nach Los Angeles fliegen, fünf Tage vor ihrer Hochzeit ... ihrer Hochzeit ... sie setzte sich in der Dunkelheit auf und fühlte, wie die Sorgen sie von allen Seiten bedrängten. Sie würde heiraten ...

»O mein Gott.« Sie saß im Bett und blickte auf das Chaos ringsum, während sie sich fragte, auf welchen Wahnsinn sie sich eingelassen hatte. Nicht einmal der Gedanke an Peter, der sie erwartete, war ein Trost.

24

Sonnabend, den 16. Dezember, stand Mel zum allerletztenmal in ihrem Schlafzimmer an der Einundachtzigsten Straße. Die Speditionsangestellten hatten zwei Tage lang das Haus beherrscht, und der letzte Lastwagen war soeben durch die Straße davongerumpelt, um ihr »Hab und Gut«, wie sie es nannte, nach Kalifornien zu bringen, wo alles, außer ihren Kleidern und ein paar kleinen Erinnerungsstücken, an denen sie hing, eingelagert werden würde. Peter hatte gemeint, daß die Möbel einfach nicht zu seiner Einrichtung paßten.

Die Mädchen erwarteten Mel mit Raquel unten in der Vorhalle, aber sie hatte noch ein letztes Mal den Ausblick von ihrem Schlafzimmer genießen wollen. Nie wieder würde sie am Morgen im Bett liegen, aus dem Fenster sehen und die Vögel in dem kleinen Garten zwitschern hören. In Kalifornien würde es andere Vögel geben, einen anderen Garten und auch ein ganz anderes Leben. Sie konnte einfach nicht vergessen, wieviel dieses Haus für sie bedeutet hatte, als sie es seinerzeit gekauft hatte. Es war schon sehr viel, was sie für den Mann, den sie liebte, aufgeben mußte, und dennoch war es schließlich nur ein Gebäude.

»Mom?« rief Val aus der Vorhalle. »Kommst du?«

»Ich komme gleich«, rief sie zurück, ihre Augen schweiften ein letztes Mal durch das Zimmer, dann lief sie rasch über die Treppe nach unten, wo sie schon erwartet wurde, die Kinder hatten die Arme voller Geschenke, die sie von Raquel bekommen hatten, und standen neben den Koffern, die sie ins Hotel mitnehmen würden. Als Mel hinausging, um ein Taxi zu rufen, merkte sie, daß Schnee gefallen war. Sie brauchte beinahe eine halbe Stunde, um ein Taxi aufzutreiben, und als sie zurückkam, um die Mädchen zu holen, lagen diese in Tränen aufgelöst in Raquels Armen.

»Ihr werdet mir alle fehlen«, sagte Raquel unter Tränen lächelnd. »Aber Sie haben die richtige Wahl getroffen, Mrs. Mel. Er ist ein sehr netter Mann.«

Mel nickte, fand einen Augenblick keine Worte, dann küßte sie Raquel auf die Wange und sagte zu den Zwillingen: »Das Taxi wartet draußen, Kinder, warum stellt ihr euer Zeug nicht auf den Vordersitz?« Sie stapften in Stiefeln, Parkas, Jeans und warmen Schals ins Freie, und Mel dachte, daß sie diese Ausrüstung auch nicht mehr benötigen würden, außer sie würden irgendwo skifahren.

»Raquel« – Mels Stimme klang heiser vor Erregung –, »wir haben Sie ins Herz geschlossen, vergessen Sie das nicht. Wenn Sie jemals etwas brauchen oder sich vielleicht doch noch entschließen, nachzukommen...« Ihre Augen füllten sich mit Tränen, und die beiden Frauen fielen einander in die Arme.

»Alles wird gutgehen, viel Glück... Sie werden dort drüben glücklich sein... weinen Sie nicht...« Aber sie weinte selbst. Sie hatten so viele Jahre miteinander verbracht und die Mädchen gemeinsam aufgezogen. Das gehörte jetzt der Vergangenheit an. Mel hatte für ihr neues Leben sehr viel aufgegeben, darunter auch Raquel.

»Sie werden uns so sehr fehlen.« Draußen erklang eine Hupe, Mel umarmte Raquel schnell noch einmal und sah sich in dem verdunkelten Haus um. Sie würde es am Montag übergeben, die neuen Besitzer wollten am folgenden Tag mit der Renovierung beginnen und alles ändern. Sie würden das ganze Haus frisch ausmalen und tapezieren, die Küche umbauen, einige Wände versetzen lassen. Sie schauderte bei dem Gedanken, während Raquel sie aufmerksam beobachtete.

»Kommen Sie, Mrs. Mel, gehen wir.« Sie faßte Mel behutsam bei der Hand, sie gingen hinaus, Mel drehte sich um und schloß zum letztenmal die Eingangstür ab, sie spürte, wie sie sich verkrampfte. Aber es war ihr freier Wille, und es gab jetzt kein Zurück mehr.

Sie standen nebeneinander auf dem Gehsteig, Raquel in dem neuen Mantel, den Mel ihr zu Weihnachten geschenkt hatte und den sie dieses Jahr vor dem Heiligen Abend ausgepackt hatte, dann ging Mel zum Taxi. Mel hatte Raquel auch einen Scheck übergeben, der ihr finanziell über die nächsten Monate hinweghelfen sollte, und ein Empfehlungsschreiben, das ihr überall Tür und Tor öffnen würde. Sie zog den Schlag des Taxis auf, glitt neben die Mädchen und winkte Raquel zu, während sie wegfuhren, alle drei weinten auf dem Rücksitz, und Raquel schluchzte und winkte im herabrieselnden Schnee.

Im Hotel angekommen, waren die Mädchen von der herrlichen Suite begeistert. Sie schalteten den Fernsehapparat ein und telefonierten mit ihren Freundinnen; endlich kam Mel ein wenig zur Ruhe. Sie rief Peter vom zweiten Anschluß in ihrem Zimmer aus an.

»Hallo, Liebster.«

»Deine Stimme klingt müde. Fühlst du dich auch gut?«

»Ja, es ist mir schrecklich schwergefallen, von Raquel Abschied zu nehmen.«

»Du wirst bald hier bei uns sein und hast dann den ganzen Trubel hinter dir, Mel.« Er erzählte ihr, daß er am Vormittag einen Haufen Papiere von der Fernsehgesellschaft für sie bekommen hatte. Sie sollte am ersten Januar anfangen und sofort nach ihrer Ankunft kurz in das Funkhaus kommen.

»Ich werde sie am Dienstag anrufen, sobald ich bei dir bin.«

»Das habe ich ihnen auch gesagt. Geht es dir gut, Schatz?« Er wußte, wie schwer es ihr fiel, New York zu verlassen, und er bewunderte sie wegen des mutigen Schrittes, zu dem sie sich entschlossen hatte. Obwohl er ihr einen Heiratsantrag gemacht hatte, hatte er fast nicht zu hoffen gewagt, daß sie sich dazu durchringen würde ihn anzunehmen. Das Ganze war ihm wie ein Traum erschienen, und nun wurde er Wirklichkeit.

»Mir geht es gut, Liebster. Ich bin nur müde.« Und deprimiert, aber das wollte sie ihm nicht sagen. Sie würde sich besser fühlen, sobald sie wieder mit ihm zusammen war, dann würde der Trennungsschmerz nicht mehr ganz so heftig sein wie jetzt. »Was macht deine Arbeit?«

»Im Augenblick bin ich sehr intensiv beschäftigt. Wir haben die Klinik voll mit Patienten, für die kein Organspender vorhanden ist. Es ist wie bei einem Jongleurkunststück, bei dem man zehn Bälle gleichzeitig in der Luft halten soll.« Doch sie wußte, wie gut er damit fertig wurde, und erkannte wieder, wie sehr sie ihn vermißt hatte. Sie hatte ihn seit ihrem Besuch zu Thanksgiving nicht mehr gesehen, nicht einmal, nachdem sie seinen Antrag angenommen hatte.

»Wie geht es Marie?«

»Wieder besser. Ich glaube, sie hat die Krise überstanden.« Er war sichtlich gehobener Stimmung, und auch Mel fühlte sich besser, als sie den Hörer auflegte. An diesem Abend bestellten sie und die Mädchen das Abendessen auf das Zimmer und gingen früh zu Bett, und als sie am nächsten Tag erwachten, lagen draußen fünfundzwanzig Zentimeter Schnee.

»Schau, Mom!« Diesmal vergaß Jessica ihren Abschiedsschmerz und freute sich wie ein kleines Kind. »Gehen wir doch in den Park und machen wir eine Schneeballschlacht.« Genau das taten sie, und nachher schlug Mel vor, daß sie sich Schlittschuhe ausleihen sollten; sie liefen auf dem Wollman Rink Eis, lachten und neckten sich und purzelten mitunter auch hin. Val war von dem Plan ihrer Mutter und ihrer Zwillingsschwester nicht so sehr entzückt, kam aber am Ende auch auf den Geschmack, und sie unterhielten sich blendend. Dann gingen sie langsam ins Hotel zurück und tranken Tassen voll heißer, dampfender Schokolade mit Schlagsahne.

»Ich komme mir jetzt wie ein Tourist vor«, meinte Mel lächelnd. Am Abend gingen alle drei ins Kino. Für den nächsten Tag hatten die Schwestern Verabredungen mit ihren Freundinnen getroffen, aber nicht für diesen Abend. Am Montagvormittag übergab Mel den neuen Besitzern die Hausschlüssel, dann holte sie vereinbarungsgemäß ihr Hochzeitskleid bei Bendel's ab. Es war ein einfaches weißes Wollkleid von Bill Blass mit dazu passender Jacke aus einem schön strukturierten cremefarbenen Stoff. Die Mädchen begleiteten sie, wählten für sich Kleider in hellblau aus und kauften auf Mels Vorschlag hin das gleiche Kleid auch für Pam.

Die Hochzeit war für den Weihnachtsabend in der St.-Albans-Kirche in Beverly Hills, in der Hilgard Avenue, angesetzt, es waren nur einige wenige Gäste eingeladen, alles Freunde von Peter, da Mel in Los Angeles niemanden kannte.

»Es wird ein eigenartiges Gefühl sein, wenn keiner unserer Freunde anwesend ist, nicht wahr, Mom?« fragte Val betrübt, doch Mel lächelte.

»Es wird eine Weile so bleiben, bis Peters Freunde auch unsere

Freunde geworden sind.« Val nickte, und Jessica sah niedergeschlagen drein. Ihr fiel wieder ein, daß sie in Los Angeles keine Menschenseele kannten und sich erst in der neuen Schule eingewöhnen mußten. Das freute sie ganz und gar nicht. Nur Val machte es weniger aus, die Freundschaft mit Mark machte ihr die Umstellung leichter.

Am Montagabend nahm Mel beide Töchter zu einem letzten Dinner in New York in den Klub »21« mit, und ein Taxi brachte sie zu ihrer letzten Übernachtung ins Hotel zurück. Bevor die drei zu Bett gingen, standen sie am Fenster und blickten auf die Silhouette der Stadt hinaus. Mel spürte wieder, wie ihr Tränen in die Augen stiegen. »Wir werden immer auf Besuch zurückkommen.« Aber sie wußte nicht genau, ob sie mit dieser Aussicht sich selbst oder die Mädchen trösten wollte. »Vielleicht wollt ihr hier das College besuchen.« Das würde in zwei Jahren der Fall sein, aber sie selbst... außer gelegentlichen Besuchen würde es zu keinem längeren Aufenthalt hier kommen. Sie hatte einen in jeder Hinsicht entscheidenden Schritt getan.

Der Abschied vom Carlyle war am nächsten Tag nicht so schmerzlich wie das Verlassen des Hauses. Bei ihrer Abreise am nächsten Tag hatten sie das Gefühl, sich in ein Abenteuer zu stürzen, und die Mädchen waren bester Laune, als sie in einer Limousine zum Flughafen fuhren und dann an Bord des Flugzeugs gingen. Zwei Collegestudenten, die nach Kalifornien heimflogen, hatten Jess und Val schon bemerkt, und nach dem Abflug sah Mel die beiden bis zur Landung kaum.

»Wo seid ihr beide gewesen?« Sie war nicht sonderlich besorgt, als sie sich zur Landung auf ihren Plätzen anschnallten. In einem Flugzeug konnten sie nicht gut abhanden kommen.

»Wir haben mit zwei Jungen aus Los Angeles im Heckabteil Bridge gespielt. Sie studieren an der Columbia-Universität und fliegen zu Weihnachten nach Haus; sie haben uns für morgen zu einer Party nach Malibu eingeladen.« Vals Augen glänzten, Jessica lachte und blickte Mel an.

»Ja, und ich wette, daß Mom nichts dagegen hat, wenn wir hingehen.« Sie kannte die ablehnende Haltung ihrer Mutter, und Mel lachte.

Val versuchte es noch einmal. »Wir könnten ja Mark mitnehmen.«

»Ich glaube, wir werden damit beschäftigt sein, uns einzurichten.«

»Ach, Mom...«

Doch da setzte die Maschine schon auf, draußen war heller Sonnenschein, und als die drei das Flugzeug verließen, sahen sie sich besorgt um, wer von den Hallams zur Begrüßung erschienen war. Val stieß einen Freudenschrei aus, denn sie erblickte Mark, und Mel sah, daß die ganze Familie vollzählig versammelt war, sogar Matthew war dabei. Sie stürzte in Peters Arme, und er hielt sie fest; in diesem Augenblick wußte sie, daß sie das Richtige getan hatte. Sie wußte, daß sie ihn mit jeder Faser ihres Herzens liebte.

25

Mel und die Mädchen wohnten bis zum vierundzwanzigsten Dezember im Bel-Air, und um fünf Uhr nachmittags holte sie eine gemietete Limousine ab und brachte sie zur St.-Albans-Kirche. Mel sah in dem weißen Wollkleid wunderschön aus, und die Mädchen waren in den blauen Kleidern bezaubernd. Mel trug einen Strauß aus weißen Freesien, weißen Orchideen und Schleierkraut, Jess und Val hatten kleine Buketts aus weißen Nelken und winzigen Frühlingsblumen und trugen kleine Gestecke aus den gleichen Blumen in ihren schimmernden Haaren.

Mel blickte sie noch ein letztes Mal prüfend an, bevor sie ausstiegen, und war mit dem Eindruck zufrieden. »Ihr seht prächtig aus, Mädchen.«

»Du auch, Mom.« Jessicas Augen leuchteten, als sie Blickkontakt mit ihrer Mutter suchte. »Hast du Angst?«

Sie zögerte, dann lachte sie. »Todesangst.«

Ein leichter Schatten zog über Jessicas Augen, vielleicht würden sie doch wieder nach Haus fliegen. »Willst du dich im letzten Moment drücken?«

Doch darauf lachte Mel hell auf. »Verdammt noch mal, nein.

Du weißt ja, daß es heißt: ›Es gibt kein Zurück‹.« Doch während sie das sagte, trübten sich Jessies Augen, und es tat Mel leid, daß sie sich so unbedacht geäußert hatte. Sie berührte die Hand des hübschen Rotschopfs. »Es tut mir leid, Jess.« Und dann leise: »Hier wird bald unser Zuhause sein.« Sie wußte, daß Jess die Übersiedlung am schwersten gefallen war, dennoch beklagte sie sich nie. Sie hatte in den letzten fünf Tagen Pam geholfen, ihr Zimmer neu einzurichten, und gemeinsam mit Val ihrer beider Sachen im Gästezimmer eingeräumt. Sie und ihre Zwillingsschwester sollten sich das Gästezimmer teilen, und es kam ihnen ein wenig merkwürdig vor, nicht mehr eigene Zimmer zu haben.

»Es würde mir nichts ausmachen, wenn sie nicht so schrecklich schlampig wäre«, vertraute Jess Pam an, dann zuckte sie die Schultern. Es gab einfach nicht genug Platz im Haus, um ihnen getrennte Zimmer einzurichten, und Jessica fand sich damit ab. Sie fand sich mit allem ab, sogar mit dem kühlen Empfang durch Mrs. Hahn, die immer wieder mit scharfen Augen in ihre Koffer und Schränke schaute. Der Rest ihrer Sachen war noch im Bel-Air, von wo sie am Abend geholt und ins Haus der Hallams gebracht werden sollten. Mel hatte erst an ihrem Hochzeitstag dort einziehen wollen.

»Also« – Jess blickte aus dem Autofenster auf die hübsche kleine Kirche –, »da wären wir, nehme ich an.«

Mel verstummte, warf nur einen raschen Blick auf die Kirche, und Val schnappte nach Luft, als sie Mark durch das Portal gehen sah, er sah so hübsch, jung und männlich zugleich aus. Peter und Matt waren vorausgegangen, und Pam erwartete sie im Vestibül. Sie würde als erste in ihrem blauen Kleid, dem gleichen wie dem der Zwillinge, mit dem gleichen Blumenstrauß wie diese durch den Mittelgang schreiten, dann würden Valerie und Jessica folgen, hinter ihnen, und mit einem kleinen Abstand, Mel. Peter und seine Söhne würden sie beim Altar erwarten, und beim Hinausgehen würde Pam mit Matt an der Hand den Hochzeitszug anführen, Mark würde hinter ihnen gehen, dann Peter und Mel. Sie hatten alles vorausgeplant, Mel hatte die von ihr gewünschten Hochzeitsanzeigen in New York bestellt, und Peters Sekretärin hatte sie an die engsten Freunde verschickt.

Während Mel den Gang entlangschritt, sah sie sich in der Kirche um, und ihr wurde klar, daß sie keinen einzigen der anwesenden Hochzeitsgäste kannte. Sie wurde getraut, ohne daß auch nur einer ihrer Freunde anwesend war, nur ihre Kinder waren bei ihr. Sie näherte sich totenblaß dem Altar, Erwartung und Aufregung zerrten an ihren Nerven, ihr Blick war auf Peter gerichtet, als er vortrat und ruhig ihren Arm ergriff, und plötzlich war nichts mehr auf der Welt für sie von Bedeutung, außer ihm; sanfte Röte verschönte ihr Gesicht. Vor Beginn der Zeremonie flüsterte er ihr zu.

»Ich liebe dich. Glaube mir, es wird alles gutgehen.«

»Ich liebe dich auch.« Das war alles, was sie stammeln konnte.

Dann erinnerte der Priester die Hochzeitsgesellschaft an den Anlaß der Feier. »Geliebte Gemeinde, wir sind heute am Weihnachtsabend hier versammelt, an diesem heiligen Tag, um diese Frau und diesen Mann im Bund der heiligen Ehe zu vereinen...« Mel hörte förmlich, wie ihr Herz klopfte; alle ein oder zwei Minuten tätschelte Peter ihre Hand, dann kam der Augenblick, in dem sie die Gelöbnisse ablegten und die Ringe tauschten. Er hatte die Eheringe ohne ihr Dabeisein bestellt, einen einfachen, schmalen Diamantreif. Sie hatte einen Verlobungsring energisch abgelehnt. Als sie auf den Ring blickte, füllten sich ihre Augen mit Tränen, und sie konnte Peter nur verschwommen sehen, während sie ihm einen einfachen, glatten goldenen Ehering an den Finger steckte.

»Dich von diesem Tag an zu ehren und zu lieben... in guten und schlechten Zeiten... bis daß der Tod uns scheidet.«

Ein Schauer lief ihr über den Rücken. Sie würde es nie ertragen, ihn zu verlieren. Dennoch – er hatte den Verlust von Anne überlebt, und nun standen sie vor dem Altar. Sie blickte ihm ins Gesicht, hinauf zu dem Mann, der von nun an ihr Gatte war. »Ich erkläre euch zu Mann und Frau.« Die Orgel rauschte auf, ein Chor setzte ein: »Stille Nacht, Heilige Nacht«, und während Mel in Peters Augen sah, hatte sie das Gefühl, daß sie dahinschmolz. »Sie können die Braut küssen«, wandte sich der beleibte Priester an den Bräutigam und lächelte Mel an, auch Peter strahlte sie an, und dann hatte sie den Eindruck, durch den

Gang zu schweben; während der nächsten Stunde schüttelte sie Dutzenden unbekannten Menschen die Hand, ihre Gesichter waren ihr fremd. Sie fand zwischendurch die Zeit, um Mark, Matthew und Pam zu küssen und ihnen zu gestehen, wie glücklich sie war, und in einiger Entfernung bemerkte sie Mrs. Hahn. Sogar an Peters Hochzeitstag sah diese Frau verdrossen aus, fand Mel, aber Peter legte Wert darauf, ihr die Hand zu schütteln, und dann sah Mel sie lächeln. Auf einmal stellte sich ihr die Frage, ob Mrs. Hahn die Heirat vielleicht mißbilligte. Vielleicht trauerte sie noch immer um Anne. Mel mußte wieder an Raquel denken und wünschte sich, sie wäre an Mrs. Hahns Stelle und würde ihre Hochzeit miterleben. Raquel hatte keine eigene Familie, daher war sie für Mel wie eine Mutter gewesen.

Dann stiegen die sieben in eine Limousine und fuhren zum Bel-Air-Hotel, wo ein Empfang stattfand, und Mel stellte fest, daß ihre Hochzeitsfeier größer war, als sie angenommen hatte. Die Einladungen zum Empfang lauteten für sechs Uhr, das Dinner war für halb acht vorgesehen, und als sie die weitläufigen Klubanlagen betraten, merkte Mel, daß sich mindestens hundert Leute versammelt hatten. Eine Kapelle von sieben Mann intonierte den »Hochzeitsmarsch«, Peter hielt Mel zurück und küßte sie auf den Mund.

»Guten Tag, Mrs. Hallam.« Plötzlich kam Mel alles verrückt, aber wunderbar vor, es spielte keine Rolle, wer die Gäste waren, Fremde oder nicht, oder sogar Menschen, die sie nie mehr im Leben wiedersehen würde. Alle hatten Anteil am glücklichsten Augenblick ihres Lebens. Unaufhörlich kamen Leute auf sie zu, schüttelten ihr die Hand, versicherten, wie sehr sie ihnen im Fernsehen gefiel und was für ein Glück Peter hatte. Dadurch erschienen sie ihr nicht mehr ganz so fremd.

»Nein, die Glücklichere bin ich«, erklärte sie immer wieder, es gab nur einen Moment, der ihre Freude trübte, als sie Val in der Ecke mit Mark sprechen und heimlich weinen sah, aber als sie zu ihnen trat, schien sich Val beruhigt zu haben, sie lächelte und umarmte Mel, während Jessica zusah und dann ihre Mutter gleichfalls in die Arme schloß.

»Wir lieben dich, Mom, und wir teilen dein Glück.« Doch sie

las auch in Jessicas Augen Schmerz. Sie würden alle Zeit brauchen, sich umzugewöhnen, auch sie selbst an Peters Seite. Aber sie war sicher, daß sie sich richtig entschieden hatte, besonders was Peter und sie selbst betraf; die Mädchen würden sich eben anpassen müssen. Sie wußte, daß es ihnen noch immer egoistisch vorkam, und sie war nur dankbar, daß sie es Peter nicht fühlen ließen. Das hätte bei Kindern, die weniger an ihrer Mutter hingen, leicht der Fall sein können.

Sie hatte ein- oder zweimal bemerkt, wie schnippisch sich Pam ihr gegenüber benahm. Aber Pam würde sich allmählich mit den Tatsachen abfinden; sobald sie sich an den Gedanken gewöhnt hatte, daß ihr Vater wieder verheiratet war. Alles zu seiner Zeit, redete sich Mel immer wieder gut zu.

Die Romanze zwischen Val und Mark schien noch anzudauern, obwohl sie nicht mehr ganz so glücklich wirkten wie ehedem, und Mel hegte den Verdacht, daß das dauernde Zusammenleben für beide von ihnen die Rose zum Welken bringen würde. Wenn er einmal sah, was für ein »schlampiges Ding« sie war, wie Jess sich ausdrückte, und sie ihn die ganze Zeit um sich herum hatte, mußten diese Umstände die romantischen Liebesgefühle abkühlen. Zumindest hoffte es Mel. Sie befaßte sich daraufhin mit Matt, der sich eben vor ihr verbeugte und sie zum Tanz aufforderte. Sie hüpfte eine Weile mit ihm herum, während die Leute lächelnd zuschauten, und schließlich kam Peter und entführte sie zu einem wirbelnden Walzer.

»Hast du eine Ahnung, wie schön du bist?«

»Nein, aber weißt du dafür, wie glücklich ich bin?« Sie strahlte ihn an.

»Sag es mir, ich möchte es hören.« Er sah ebenso glücklich aus wie sie. Aber für ihn waren die mit der Eheschließung verbundenen Veränderungen geringer gewesen. Sie fielen alle Mel zur Last, die ihre Stellung aufgegeben, ihre Kinder aus der Schule genommen, ihr Haus verkauft, Raquel entlassen, New York den Rücken gekehrt hatte...

»Ich war noch nie in meinem Leben glücklicher.«

»Fein. So soll es auch sein.« Er sah sich im Raum um, während sie sich drehten. »Auch unsere Kinder sehen hübsch aus.« Pam lachte über eine Bemerkung von Jess, und Mark tanzte mit Val, während Matthew die Gäste unterhielt.

»Ich glaube, sie sind recht froh. Außer Mrs. Hahn, sie sieht nicht gerade begeistert aus.«

»Laß ihr nur Zeit. Sie ist nicht sehr flexibel.« Das war die Untertreibung des Jahres, doch Mel verkniff sich eine Bemerkung dazu. »Sie liebt dich auch, wie alle meine Freunde.«

»Sie scheinen nette Leute zu sein.« Sie hätten aber überall als Gäste bei einer Hochzeitsfeier fungieren können, angemietet von einer Personalvermittlung, um zu essen, zu tanzen und strahlende Heiterkeit zu mimen.

»Später, wenn sich der Trubel gelegt hat, werde ich ein paar ruhige Abendgesellschaften arrangieren, damit du meine Bekannten in kleinen Gruppen kennenlernen kannst. Ich weiß, daß es im Augenblick für dich sehr schwer sein muß.«

»Es ist gar nicht so schlimm. Dank dir. Du bist hier der Mensch, auf den es ankommt, abgesehen von den Kindern.«

Er freute sich über diese Bemerkung, wollte aber, daß auch seine Freunde ihr gefielen. Sie wußten schon, wer sie war, Mel mußte sie aber noch kennenlernen. »Du wirst mit ihnen auskommen.« Dann war der Tanz zu Ende, und einer von Peters Kollegen schaltete sich in ihr Gespräch, sie unterhielten sich über das Interview, das Peter Mel seinerzeit gegeben hatte. Er war im Operationssaal anwesend gewesen, als die Transplantation bei Marie vorgenommen wurde, und Mel erinnerte sich an ihn.

Sie tanzte mit vielen Männern, die sie nicht kannte, lachte über ihre Witze, schüttelte Hände, versuchte sich Namen einzuprägen und gab es schließlich auf, da sie wußte, sie würde sie rettungslos durcheinanderbringen. Um elf Uhr fuhren endlich alle nach Haus. Die Limousine brachte die Familie zu Peters Haus in Bel-Air, und die Kinder marschierten im Gänsemarsch hinein. Mark trug Matt, der im Wagen eingeschlafen war, und die Mädchen plauderten noch, wobei sie heftig gähnten, während Peter Mels Arm ergriff und mit ihr vor der Haustür stehenblieb.

»Einen Augenblick bitte.«

»Ist etwas nicht in Ordnung?« fragte sie erstaunt. Der Chauffeur trug ihre Koffer hinein, aber Peter sah sie lächelnd an, dann hob er sie plötzlich hoch, trug sie über die Schwelle und setzte sie neben dem Christbaum ab.

»Willkommen zu Haus, mein Liebling.« Sie küßten sich, die Kinder schlichen auf Zehenspitzen nach oben, doch der einzige, der wirklich lächelte, war Mark. Die drei Mädchen wirkten verunsichert, weil sie versuchten, nicht daran zu denken, was dieser Tag bedeutete. Es war kein Spiel, es war Wirklichkeit. Pam und die Zwillinge sagten ruhig Gute Nacht, gingen nach oben in ihre Zimmer und schlossen die Türen hinter sich. Pam sah ungern Mel in Peters Armen, den Zwillingen gefiel es ebensowenig, daß ihre Mutter nicht mehr ihnen allein gehörte. Die Gräben waren aufgeworfen worden.

Peter und Mel blieben noch eine Weile im Erdgeschoß und sprachen über ihren Hochzeitstag. Es war eine schöne Party gewesen, und sie hatten sich gut unterhalten. Er schenkte ihr noch ein Glas Champagner ein und prostete ihr zu, während die Uhr auf dem Kamin schlug. »Fröhliche Weihnachten, Mel.« Sie stand auf, stellte ihr Glas hin, und sie küßten sich lange, sehr lange, dann hob er sie hoch und trug sie die Treppe hinauf.

26

Peter und Mel verbrachten Weihnachten mit ihren Kindern im Haus in Bel-Air. Mrs. Hahn bereitete ein wunderbares Weihnachtsdinner zu, Gänsebraten mit Reis, Kastanienpüree, junge Erbsen, mit Haschee gefüllte Pastete und Plumpudding.

»Kein Truthahn dieses Jahr?« fragte Jessie, als sie zum Essen nach unten kamen, und als Val den Gänsebraten roch, brach sie in Tränen aus und lief nach oben, doch als Mel ihr folgen wollte, hielt Mark sie zurück. »Überlaß es mir, Mel.« Er schien merkwürdig ruhig, doch niemand außer Jessica bemerkte es. Val weinte in letzter Zeit viel, zumindest war Jess dieser Meinung, und sie hatte sie in der vergangenen Nacht im Bett weinen hören, aber Val wollte ihr nicht sagen, was nicht in Ordnung war; Jessie wollte ihre Mutter nicht beunruhigen, der an Val anscheinend nichts Ungewöhnliches auffiel.

»Danke, Mark.« Dann wandte sie sich an Peter. »Tut mir leid. Ich glaube, wir sind alle müde.«

Er nickte, ohne besorgt zu wirken. Ihre Gewohnheiten waren für die Zwillinge neu. Sie aßen jedes Jahr Gänsebraten; Anne hatte diesen Brauch eingeführt, und Mrs. Hahn behielt ihn bei. Sie aßen Truthahn nur zu Thanksgiving, und zu Ostern gab es Schinken.

Doch als Mrs. Hahn die Pastete auftrug, stocherten Jessie und Val nur in ihr herum und sehnten sich nach dem warmen Apfelkuchen, den sie in New York immer zu Weihnachten bekommen hatten. Sogar der Baum kam ihnen fremdartig vor. Er war mit kleinen, blitzenden elektrischen Lichtern und nur mit großen goldenen Kugeln geschmückt. Ihr gesamter altmodischer Christbaumschmuck, den sie jahrelang gesammelt und geliebt hatten, sowie die bunten Kerzen waren mit ihren übrigen Sachen eingelagert worden.

»Ich platze.« Mel sah Peter verzweifelt an, als sie den Tisch verließen. Das einzig Gute, das sie über Mrs. Hahn sagen konnte, war, daß sie hervorragend kochte. Es war eine reichliche Mahlzeit gewesen, und alle waren zum Bersten satt, als sie ins Wohnzimmer gingen. Mel sah sich in ihrem neuen Heim um und stellte fest, daß noch immer sämtliche Fotos von Anne an den Wänden hingen und ein Ölbild über einem schmalen französischen Tisch. Peter bemerkte, daß sie Annes Fotos betrachtete, erstarrte einen Moment und wartete darauf, daß sie etwas sagte. Sie tat es nicht, sondern nahm sich im stillen vor, sie abzunehmen, wenn sie am Morgen des Silvestertages von ihrer Hochzeitsreise zurückkamen.

Peter hatte Puerto Vallarta vorgeschlagen, einen seiner Lieblingsorte, und sie nahmen alle fünf Kinder mit, obwohl Mel es bei dem Gedanken nicht ganz wohl war, Matt nach Mexiko mitzunehmen, weil sie Angst hatte, er könnte dort krank werden; Die anderen waren alt genug, um vorsichtig zu sein, aber sie würde auf Matt aufpassen müssen. Sie waren zu dem Schluß gelangt, daß es nicht diplomatisch wäre, die Kinder so bald alleinzulassen. Sie konnten später allein wegfahren, vielleicht nach Europa oder Hawaii, je nachdem, wann und wie lange sie sich freimachen konnten. Aufgrund ihres neuen Vertrages hatte Mel nicht mehr zwei Monate Urlaub wie in New York, sondern nur einen Monat und einen Schwangerschaftsurlaub. Es hatte sie belustigt, als sie darauf bestanden hatten, es im Vertrag festzuhalten. Sie hatte nicht die Absicht, noch ein Kind zu bekommen, die Zwillinge genügten ihr vollkommen. Sie hatte Peter lachend davon erzählt, und er meinte scherzhaft, daß er schon für Nachwuchs sorgen würde, wenn sie sich nicht ordentlich benahm. Worauf sie ihm im Scherz mit Kastration gedroht hatte.

Sie saßen im Wohnzimmer, und Mel stöhnte, wenn sie daran dachte, daß sie wieder packen mußte. Sie schien im letzten Monat nichts anderes getan zu haben, aber sie würden in Puerto Vallarta wenigstens nicht viel brauchen, und alle Kinder freuten sich auf den Badeurlaub. Sie liefen an diesem Abend noch lange von einem Zimmer ins andere, kicherten, hänselten einander und nahmen sich Dinge weg, Matt sprang auf Vals Bett, und Pam probierte auf Aufforderung ihrer neuen Schwester einige von Jessicas Pullovern an.

Peter und Mel hörten den Lärm aus ihren Zimmern, und Mel lächelte. »Ich glaube, sie werden es schaffen.« Aber sie war sich noch immer einer gewissen leichten Spannung zwischen den beiden Gruppen bewußt. Sie mußten sich an die neuen Gegebenheiten gewöhnen, und je eher sie es taten, desto besser.

»Du machst dir ihretwegen zu viele Sorgen, Mel. Sie sind in Ordnung«, erklärte er ihr, während er den Telefonhörer abhob, weil es klingelte. Dann setzte er sich mit gerunzelter Stirn und dem Hörer in der Hand an seinen Schreibtisch und stellte rasch eine Reihe von Fragen. Er legte den Hörer wieder auf, nahm seine Jacke vom Stuhl und erklärte Mel, was geschehen war. »Es handelt sich um Marie. Sie hat wieder eine Abstoßungsreaktion.«

»Ist es ernst?«

Er nickte, sein Gesicht war blaß. »Sie liegt im Koma. Ich weiß nicht, warum sie mich nicht früher angerufen haben. Sie haben mir einreden wollen, daß sie mich nicht stören wollten, weil Weihnachten ist und ich keinen Bereitschaftsdienst habe. Verdammt.« Er blieb im Türrahmen stehen und blickte Mel unglücklich an. »Ich werde nach Haus kommen, sobald ich kann.«

Als er das Haus verließ, war sie davon überzeugt, daß ihre Reise nach Mexiko ins Wasser fallen würde. Die Kinder kamen bald darauf, um gute Nacht zu sagen, doch sie erwähnte nichts, weil sie sie nicht durcheinanderbringen wollte. Sie erklärte nur, daß Peter ins Krankenhaus gefahren war, um nach einem Patienten zu sehen. Aber sobald sie das Zimmer verlassen hatten, dachte sie an Marie und betete für sie. Peter rief nicht an. Mel gab um halb drei das Warten auf und ging zu Bett; sie hoffte, daß sie die Reise nicht stornieren mußten. Und ohne ihn wollte sie nicht fahren. Es war schließlich ihre Hochzeitsreise.

Kurz nach fünf Uhr spürte sie, wie er neben ihr ins Bett glitt, und als sie die Hand nach ihm ausstreckte, reagierte er nicht. Das war für ihn so ungewöhnlich, daß sie ein Auge öffnete und näher zu ihm rückte.

»Hallo, Liebster. Alles in Ordnung?« Er antwortete nicht, und sie öffnete beide Augen. Etwas stimmte nicht. »Peter?«

»Sie ist um vier Uhr gestorben. Wir haben sie aufgemacht und festgestellt, daß es hoffnungslos war. Sie hatte den schlimmsten Fall von Arterienverhärtung, den ich je gesehen habe, und das mit einem neuen Herz, verdammt noch mal.« Es war klar, daß er sich Vorwürfe machte. Sie hatten ihr sieben Monate geschenkt, nicht mehr, aber auch die hätte sie ohne die Operation nicht erlebt.

»Es tut mir leid.« Es gab sowenig, das sie sagen konnte, und er entzog sich ihr, wehrte sich gegen ihre Bemühungen, ihn zu trösten. Um sechs Uhr stand er schließlich wieder auf. »Du solltest versuchen, ein wenig zu schlafen, bevor wir wegfahren.« Ihre Stimme war sanft, sie machte sich sichtlich seinetwegen Sorgen. Es ging auch ihr nahe. Marie war ihnen beiden von Anfang an ans Herz gewachsen. Mel hatte bei dieser Transplantation zugesehen. Es schmerzte sie, daß das Mädchen gestorben war. Aber sie war nicht auf Peters nächste Worte gefaßt. Er sprach wie ein zorniges, unglückliches Kind, das ungeduldig und gereizt war.

»Ich fahre nicht. Nimm du die Kinder mit.« Er ließ sich schwer in einen Stuhl fallen. Mel machte das Licht an, um ihn besser zu sehen. Er wirkte erschöpft und hatte dunkle Ringe unter den Augen. Es war ein scheußlicher Abschluß ihrer Hochzeit und ein miserabler Beginn ihrer Flitterwochen.

»Hier kannst du nichts mehr tun. Und ohne dich fahren wir nicht.«

»Ich bin nicht in der richtigen Stimmung, Mel.«

»Das ist nicht fair. Die Kinder werden schwer enttäuscht sein, und es ist unsere Hochzeitsreise.« Er war unvernünftig, aber sie wußte, daß er zu müde war, um vernünftig zu überlegen. »Bitte, Peter...«

»Verdammt noch mal« – er sprang auf und starrte sie an –, »wie würdest du darauf reagieren? Sieben schäbige Monate, das war alles... alles, was ich ihr geben konnte.«

»Du bist nicht der liebe Gott, Peter. Du hast getan, was in deinen Kräften lag, und hast es glänzend gemacht. Aber solche Entscheidungen trifft eben Gott, nicht du.«

»Quatsch! Wir hätten uns mehr Mühe geben müssen.«

»Das war nicht möglich, verdammt noch mal, und sie ist tot.« Mel schrie jetzt gleichfalls. »Du kannst nicht hier herumsitzen und schlechter Laune sein, du hast auch uns gegenüber eine Verantwortung.« Er funkelte sie an und stelzte aus dem Zimmer, kam aber eine halbe Stunde später mit zwei Tassen Kaffee wieder. Sie mußten erst mittags am Flughafen sein, sie hatte also noch Zeit, ihn zu überreden. Er reichte Mel verdrossen eine Tasse mit dem dampfenden Gebräu.

»Es tut mir leid, Mel... nur... ich kann es nie auf die leichte Schulter nehmen, wenn ich einen Patienten verliere; sie war ein so liebes Mädchen... es ist nicht fair...« Seine Stimme versagte, Mel stellte die Tasse hin und legte ihm die Arme um die Schultern.

»Dein Beruf ist nicht fair, mein Schatz. Das weißt du. Du weißt genau, wie gering die Chancen deiner Patienten sind. Du versuchst, das zu vergessen, aber trotzdem ist es so.« Er nickte, sie hatte recht. Sie kannte ihn gut. Er sah sie bedrückt an.

»Ich bin ein glücklicher Mann.«

»Und ein ausgezeichneter Chirurg. Das darfst du nie vergessen.« Sie erwähnte Mexiko erst wieder, nachdem er mit den Kindern gefrühstückt hatte. Er war merkwürdig still, und als Mel und Mark nebeneinander hinaufgingen, fragte er sie nach dem Grund für Peters Schweigsamkeit.

»Was ist mit Dad los?«

»Er hat heute nacht eine Patientin verloren.«

Mark nickte verständnisvoll. »So etwas nimmt er immer schwer, besonders wenn es Transplantationspatienten sind. War es eine?«

»Ja, die er im Mai operiert hat, als ich ihn interviewte.« Mark nickte wieder und sah Mel fragend an.

»Fliegen wir nach Mexiko?«

»Hoffentlich.«

Mark war nicht allzu sicher. »Du weißt nicht, wie er in solchen Fällen reagiert. Es ist möglich, daß wir hierbleiben.«

»Ich werde mein Bestes tun.«

Er sah sie an und schien noch etwas sagen zu wollen, aber Matt unterbrach sie. Er konnte seine Schwimmflossen nicht finden und wollte wissen, ob Mel sie gesehen hatte.

»Nein, ich habe sie nicht gesehen, aber ich werde mich umschauen. Hast du beim Swimming-pool gesucht?« Er nickte, lief weiter, und Mel ging in ihr Zimmer. Dort saß Peter auf einem Stuhl, starrte ins Leere und sah plötzlich älter aus, als er war. Sein ältester Sohn hatte ihn richtig eingeschätzt. Maries Tod ging ihm zu Herzen, und allmählich bezweifelte auch Mel, daß sie an diesem Tag irgendwohin reisen würden. »Also, Schatz« – sie setzte sich auf den Bettrand. »Was tun wir?«

»Womit?« Er sah sie ausdruckslos an, er dachte daran, wie Maries Herz ausgesehen hatte, als man sie obduziert hatte.

»Die Reise. Fliegen wir oder bleiben wir hier?«

Er zögerte eine Weile und sah Mel in die Augen. »Ich weiß nicht.« Er war im Augenblick sichtlich außerstande, eine Entscheidung zu treffen.

»Ich glaube, es würde dir guttun und den Kindern auch. Wir haben alle in letzter Zeit eine Menge durchgemacht, viele Anpassungen, viele Veränderungen, und das war noch lang nicht alles. Der Onkel Doktor wäre bestimmt der Meinung, daß eine Reise genau das richtige ist.« Sie machte ihn nicht darauf aufmerksam, daß sie in einer Woche in einer neuen Fernsehgesellschaft zu arbeiten beginnen und selbst unter gewaltigem Druck stehen würde. Sie brauchte den Urlaub noch dringender als er.

»Also gut. Wir fliegen. Du hast vermutlich recht. Wir dürfen die Kinder nicht enttäuschen, und ich habe schon dafür gesorgt, daß mich jemand vertritt.« Sie umarmte ihn und drückte ihn fest an sich.

»Ich danke dir.« Doch er reagierte kaum und sprach mit niemandem, während sie zum Flughafen fuhren. Mel und Mark wechselten ein paar vielsagende Blicke, doch sie sprachen erst miteinander, als sie nach dem Abflug einen Augenblick außer Hörweite der Familie waren.

Mark machte ihr klar, worauf sie gefaßt sein mußte. »Er kann längere Zeit so bleiben, weißt du.«

»Wie lang dauert es für gewöhnlich?«

»Eine Woche, manchmal zwei. Mitunter sogar einen Monat, es hängt davon ab, wie verantwortlich er sich fühlt und wie nahe ihm der Patient gestanden hat.«

Mel nickte. Die Aussichten auf glückliche Flitterwochen waren äußerst gering. Und Mark behielt recht. Sie landeten in Puerto Vallarta und drängten sich in zwei Jeeps zusammen, die sie zu ihrem Hotel brachten, in dem sie drei Zimmer mit Ausblick auf den Strand und das Wasser bestellt hatten. Im Freien befanden sich direkt unterhalb ihrer Fenster eine große Bar und drei Swimming-pools voll lachender, schreiender Menschen. Doch alle Geräusche wurden von den Klängen einer einheimischen Band übertönt, die dann und wann von Mariachis abgelöst wurde. Es war eine quirlige Atmosphäre, und die Kinder waren begeistert, vor allem Jessica und Val, die noch nie in Mexiko gewesen waren. Mark führte sie alle hinunter zum Swimming-pool und auf einen Drink an die Bar, doch Peter bestand darauf, im Zimmer zu bleiben. Mel versuchte, ihn aus seiner düsteren Stimmung zu reißen.

»Wie wäre es mit einem Spaziergang am Strand?«

»Ich habe keine Lust dazu, Mel. Ich möchte wirklich allein sein. Warum schließt du dich nicht den Kindern an?« Sie wollte ihn schon darauf aufmerksam machen, daß es ihre Flitterwochen waren, nicht die der Kinder, fand jedoch dann, daß es am vernünftigsten war, wenn sie nichts sagte. Vielleicht würde er dann rascher damit fertigwerden. Also ließ sie ihn allein.

Aber die Tage vergingen, und seine Stimmung wurde nicht besser. Mel unternahm mit Pam und den Zwillingen einen Einkaufsbummel; sie kauften schöngestickte Blusen und Kleider, die sie in Los Angeles am Swimming-pool tragen konnten, und Mark nahm Matthew zweimal zum Angeln mit. Mel ging mit allen Kindern außer Matt mehrmals zu Carlos O'Brien, wo sie Coca tranken und die Leute beobachteten, und besuchte mit den älteren sogar an einem Abend eine Disco, aber Peter begleitete sie nie. Er konnte den Schock, unter dem er seit Maries Tod stand, nicht überwinden, und versuchte mehrmals am Tag eine Stunde lang von seinem Zimmer aus mit der Klinik zu telefonieren, um sich nach seinen Patienten zu erkundigen.

»Es hat wirklich keinen Sinn gehabt, hierher zu kommen, wenn du die ganze Zeit in deinem Zimmer sitzt und das Center-City-Krankenhaus anrufst«, fauchte ihn Mel schließlich gegen Ende ihres Aufenthalts an, doch er sah sie nur ausdruckslos an.

»Das habe ich dir zu Haus gesagt, aber du wolltest die Kinder nicht enttäuschen.«

»Es sind unsere Flitterwochen, nicht die ihren.« Jetzt hatte sie es ausgesprochen. Sie war bitter enttäuscht. Er hatte sich die ganze Woche über nicht um sie bemüht, und sie hatten einander seit Maries Tod nicht einmal geliebt. Das waren keine Flitterwochen, an die man sich gern erinnert.

»Es tut mir leid, Mel. Es war der ungünstigste Zeitpunkt. Ich werde später alles wiedergutmachen.« Aber sie fragte sich, ob ihm das jemals möglich sein würde. Plötzlich wurde ihr klar, daß sie nicht einmal in ihr eigenes Haus zurückkehrte, wenn der Urlaub zu Ende war. Das Haus in New York fehlte ihr mehr denn je, und dabei fiel ihr ein, daß sie Annes Fotos entfernen wollte, sobald sie zurückkamen. Sie fragte sich auch, was Peter mit dem Porträt seiner ersten Frau machen würde. Es war jetzt auch ihr Haus, und sie wollte nicht jedesmal, wenn sie sich umdrehte, Anne vor Augen haben. Mel fand, daß sich jede Frau so verhalten würde wie sie, aber sie wollte das Thema erst anschneiden, wenn sie wieder in Los Angeles waren. Wenn sie davon sprach, sagte sie noch immer Los Angeles, und nie zu Haus, denn es war noch nicht ihr Heim. New York war es. Sie machte die gleiche Beobachtung bei den Zwillingen; als sie bei Carlos O'Brien waren, fragten einige Burschen Jessica, wo sie her war, und sie antwortete, ohne nachzudenken. »New York.« Mark zog sie damit auf, und sie erklärte, daß sie doch eben erst umgezogen waren. Andere Anpassungen erfolgten zum Glück rascher. Mel bemerkte, daß sie einander als Brüder und Schwestern bezeichneten, ausgenommen Mark und Val, die Grund hatten, den neuen Verwandtschaftsgrad nicht zu betonen.

Die einzige, die krank wurde, war Valerie, noch dazu am letzten Tag. Sie hatte sich am Strand Eiscreme gekauft. Als Mel von ihrem Unwohlsein erfuhr, betreute sie stöhnend Val, die sich stundenlang übergab und dann die ganze Nacht Durchfall hatte. Peter wollte ihr ein Medikament geben, doch sie weigerte sich hartnäckig, es zu nehmen, und als Mel endlich um vier Uhr morgens ins Bett kam, erwachte er.

»Wie geht es ihr?«

»Sie schläft endlich, das arme Kind. Ich habe noch nie jemanden gesehen, dem so übel war. Ich weiß nicht, warum sie das Lomotil nicht nehmen wollte, das du ihr angeboten hast, für gewöhnlich ist sie nicht so dickköpfig.«

»Ist sie vollkommen gesund, Mel?« Er runzelte die Stirn und dachte offensichtlich an etwas Bestimmtes.

»Was meinst du damit?«

»Ich weiß nicht recht. Ich kenne sie nicht gut genug. Aber sie sieht anders aus als in Aspen und zu Thanksgiving.«

»Inwiefern anders?«

»Wenn ich ehrlich bin, kann ich es nicht genau definieren. Es ist nur ein Gefühl. Ist sie in letzter Zeit untersucht worden?«

»Du machst mich nervös. Was befürchtest du eigentlich?« Sie war mindestens auf Leukämie gefaßt, aber er schüttelte den Kopf.

»Vielleicht Blutarmut. Sie scheint viel zu schlafen, und Pam behauptet, daß sie nach dem Weihnachtsdinner erbrochen hat.«

Mel seufzte. »Ich glaube, es sind die Nerven. Ich finde, daß auch Jess elend aussieht. Die Übersiedlung war eine große Veränderung für beide, und sie sind noch dazu in einem dummen Alter. Aber vielleicht hast du recht. Wenn wir zurück sind, werde ich mit beiden zum Arzt gehen.«

»Ich werde dir den Internisten nennen, den wir immer aufsuchen. Aber mach dir keine Sorgen.« Er küßte sie zum erstenmal seit Tagen. »Ich glaube nicht, daß es etwas Ernstes ist, und vielleicht hast du recht, Mädchen in diesem Alter neigen zu nervösen Erkrankungen. Seit Pam voriges Jahr an ihrer Appetitlosigkeit litt, male ich mir gleich alles mögliche aus, wenn die Kinder irgendwelche Beschwerden haben. Wahrscheinlich steckt nichts dahinter.«

Aber zur gleichen Zeit saß Mark an Vals Bett. Er hatte stundenlang darauf gewartet, daß Mel sie verließ, und Val war jetzt wach und durch den Anfall der für Touristen typischen Darmverstimmung sehr geschwächt. Sie weinte leise, Mark streichelte ihr Haar, und sie sprachen nur flüsternd, um Jessie oder Pam nicht aufzuwecken.

»Glaubst du, daß es dem Baby schaden kann?« fragte Val, und er sah sie unglücklich an. Sie hatte es zwei Tage, nachdem sie aus New York gekommen waren, festgestellt. Er hatte sie zu einem Schwangerschaftstest gebracht. Beide wußten genau, wann es passiert war. Als sie sich am Thanksgiving Day endlich zum erstenmal geliebt hatten. Val war jetzt verzweifelt. Sie hatten noch nicht beschlossen, was sie unternehmen würden, aber wenn sie sich dafür entschieden, es zu behalten, wollte sie kein geschädigtes Kind haben.

»Ich weiß nicht. Hast du ein Medikament genommen?«

»Nein. Dein Vater hat versucht, mir eines zu geben, aber ich habe es nicht geschluckt.« Mark nickte, doch dieses Problem war zweitrangig. Sie war erst seit fünf Wochen schwanger, was bedeutete, daß sie knapp zwei Monate Zeit hatten, etwas zu unternehmen, wenn sie sich dazu durchrang.

»Glaubst du, daß du jetzt schlafen kannst?« Sie nickte, ihre Augen fielen schon zu, und er beugte sich zu ihr hinunter und küßte sie. Dann verließ er das Zimmer auf Zehenspitzen. Er hatte es seinem Dad gestehen wollen, hatte aber wegen Weihnachten, der Hochzeit und allem übrigen noch nicht den Mut gefunden, und Val hatte ihn gebeten, es nicht zu tun. Er mußte sie zu einem guten Arzt bringen, wenn sie eine Abtreibung wollte, nicht in eine lausige Klinik, schob das Gespräch mit ihr aber auf, bis sie wieder zu Haus waren. Es hatte keinen Sinn, hier etwas zu besprechen. Sie konnten nichts unternehmen, und es würde sie nur noch nervöser machen.

»Mark?« Jessica drehte sich im Bett um, als er das Zimmer verlassen wollte, das Geräusch hatte sie geweckt. »Was ist los?« Sie setzte sich auf, ihr Blick ging von ihm zu ihrer Schwester.

»Ich wollte nur sehen, wie es Val geht.« Val schlief schon, und er blieb in der Tür stehen.

»Ist etwas nicht in Ordnung?« Jess war vollkommen schlaftrunken, fand Mark, wenn sie sich nicht daran erinnerte, daß Val den ganzen Tag über erbrochen hatte.

»Sie hat etwas Unrechtes gegessen und sich den Magen verdorben.«

»Ich meine, ob ihr noch etwas fehlt.«

»Nein, sie ist in Ordnung.« Aber er zitterte, als er sein Zimmer erreichte. Jessie merkte etwas, und er wußte, daß Zwillinge angeblich telepathische Fähigkeiten entwickelten. Es fehlte ihm nur noch, daß sie seinem Dad oder ihrer Mutter etwas sagte, dann würde die Hölle los sein. Er wollte selbst alles Notwendige unternehmen. Das mußte er, es gab keine andere Möglichkeit.

27

Am Morgen des 31. Dezember flogen sie nach Los Angeles; Val war noch geschwächt, fühlte sich aber gut genug, um den Flug durchzustehen. Um vier Uhr nachmittags waren sie zu Haus, müde, braungebrannt und mit dem Urlaub zufrieden. Peter hatte sich schließlich bereitgefunden, am letzten Tag sein Schneckenhaus zu verlassen, und so war es für alle noch ein schöner Abschluß geworden. Auch für Mel. Obwohl es für sie alles andere als Flitterwochen gewesen waren. Auf dem Heimflug entschuldigte Peter sich bei ihr, und sie versicherte ihm, daß sie ihn verstehe. Zumindest hatte sie sich ein wenig ausgeruht, bevor sie mit der Arbeit bei der Fernsehanstalt begann. Sie mußte sich am nächsten Tag, am Neujahrstag, zu Mittag zur Arbeit melden und würde um sechs Uhr abends zum erstenmal die Nachrichten gemeinsam mit Paul Stevens moderieren. Er arbeitete seit Jahren bei der Station, und obwohl er einige anhängliche Fans hatte, begannen seine Einschaltziffern abzunehmen; Mel war engagiert worden, um neuen Schwung in seine Sendung zu bringen. Die Fernsehgesellschaft war der Ansicht, daß sie zusammen ein unschlagbares Team bilden würden. Er war groß, grauhaarig und blauäugig, hatte eine tiefe, volltönende Stimme und einen Stil, der den Damen gefiel, wie die statistischen Umfragen ergaben. Auch Mel kam bei den Frauen gut an, und alle Umfragen bewiesen, daß sie auch bei Männern sehr beliebt war. Die Fernsehanstalt wußte, daß sie mit den beiden als Ko-Moderatoren über eine Spitzenshow verfügte, und auch wenn Stevens weiter abfiel, konnte Mel ihn wieder hinaufbringen. Es war aber das erste Mal, daß Stevens zu zweit moderierte, und er war darüber keineswegs begeistert; auch für Mel war es keine Verbesserung, denn sie hatte seit Jahren allein moderiert. Es würde für beide eine demütigende Erfahrung sein, das wußte sie, und sie würde ihre ganze Diplomatie benötigen, wenn sie mit Stevens zurechtkommen wollte.

Peter und Mel beschlossen, am Silvesterabend zu Haus zu bleiben und am Kamin Champagner zu trinken, während Mark Val und Jessie auf einige Parties mitnahm, zu denen er eingeladen war. Mel freute sich, daß er Jessie nicht ausschloß, obwohl sie kaum Begeisterung zeigte und Val noch nicht in Topform war. Mel schlug vor, sie sollten nicht allzulang ausbleiben, und bat sie, vorsichtig zu fahren, dann ging sie hinauf zu Pam, die eine Freundin über Nacht zu Besuch hatte. Matt schlief in seinem Bett, neben ihm lag eine Trompete. Er wollte, daß ihn jemand um Mitternacht aufweckte, damit er sich an dem allgemeinen Krach beteiligen konnte, doch Mel nahm ganz richtig an, daß um Mitternacht niemand im Haus wach sein würde, um ihn zu wecken. Sie war beinahe in Versuchung, auf Mark und die Zwillinge zu warten, doch sie und Peter waren todmüde. Während Peter im Bett saß und seine medizinischen Zeitschriften las, wanderte Mel durch das Haus und versuchte sich vorzustellen, daß es jetzt auch ihr Zuhause war, aber sie war einfach noch nicht soweit. Dann sah sie die Fotos von Anne in den Silberrahmen und erinnerte sich an ihren Vorsatz. Sie sammelte eines nach dem anderen ein, es waren im ganzen dreiundzwanzig, legte sie in eine Schublade in Peters Arbeitszimmer, und als sie mit dem letzten Stoß in den Händen durch das Wohnzimmer ging, sah sie Pam im Türeingang stehen.

»Was machst du da?«

»Ich räume einige Fotos weg.« Pam warf ihr einen merkwürdigen Blick zu und blieb stocksteif stehen.

»Von wem?«

»Von deiner Mutter.« Mels Stimme zitterte nicht.

»Stell sie wieder hin!« Ihre Stimme war beinahe ein Knurren, und Mel sah, daß die Freundin, die über Nacht im Haus schlief, unmittelbar hinter Pam stand.

»Wie bitte?«

»Leg sie zurück. Das hier ist das Haus meiner Mutter, nicht das deine.« Wenn Mel sie nicht gekannt hätte, hätte sie angenommen, daß sie betrunken war. Aber sie war es nicht. Sie war nur äußerst wütend und aufgebracht, so daß sie am ganzen Körper bebte.

»Ich glaube, wir sollten ein andermal darüber reden, Pam. Wenn wir allein sind.« Mel war entschlossen, ihre Selbstbeherrschung zu bewahren, stellte aber fest, daß auch sie zitterte.

»Gib sie mir!« Pam stürzte sich unvermittelt auf Mel, doch diese sah sie kommen, ließ die Fotos auf einen Stuhl fallen und packte Pam an den Armen, bevor sie etwas anstellen konnte. Sie hielt sie fest und sprach streng mit ihr:

»Geh in dein Zimmer! Augenblicklich!« Sie hätte es bei den Zwillingen ebenso gehalten. Aber Pam kümmerte sich nicht um sie und sammelte fieberhaft alle gerahmten Fotos ein, die Mel auf den Stuhl geworfen hatte. Dann funkelte sie Mel an, während sie die Bilder an sich drückte.

»Ich hasse dich!«

»Du kannst dir alle Fotos nehmen, die du haben willst. Die übrigen habe ich ins Arbeitszimmer deines Vaters gebracht.«

Pam beachtete sie nicht. »Das ist unser Haus, unseres und das meiner Mutter, vergiß das nie!« Mel empfand das unwiderstehliche Bedürfnis, ihr eine Ohrfeige zu geben, aber sie hielt es in

Gegenwart ihrer Freundin nicht für ratsam. Sie packte also Pam an der Schulter, drehte sie herum und stieß sie auf die Tür zu.

»Geh sofort hinauf in dein Zimmer, Pam. Sonst rufe ich die Mutter deiner Freundin an und sage ihr, sie soll sie abholen. Ist das klar?« Pam sagte kein Wort mehr, sie verzog sich mit den Fotos ihrer Mutter nach oben, und ihre verlegene Freundin Joan folgte ihr. Mel blieb noch unten, um die Lampen auszumachen, dann ging sie in ihr Schlafzimmer, wo Peter noch immer friedlich in seinen Zeitschriften schmökerte. Mel sah ihn eine Weile an, während ihr bewußt wurde, daß zumindest einige von Pams Feststellungen zutrafen. Es war das Haus der Hallams. Mel hatte nicht einmal ihre Möbel mitbringen dürfen. Das Haus war von Anne geprägt.

Mel zitterte noch, weil ihr Auftritt mit Pam sie doch aufgeregt hatte, und starrte Peter an, als er aufblickte. »Dieses Porträt muß morgen entfernt werden.«

»Welches Porträt?« Er blickte sie an, als wäre sie nicht bei Sinnen, und sie machte beinahe diesen Eindruck.

»Das deiner verstorbenen Frau«, zischte sie mit zusammengebissenen Zähnen, und er war vollkommen konsterniert. Vielleicht war ihr der Champagner zu Kopf gestiegen.

»Warum?«

»Weil hier jetzt auch mein Zuhause ist, nicht nur das deine. Ich verlange, daß das Bild abgenommen wird. Sofort!« Sie schrie ihn fast an.

»Es ist das Werk eines sehr berühmten Malers.« Nun wurde auch er starrköpfig. Ihr Verhalten erschien völlig unangebracht, denn er wußte nichts von Mels Auseinandersetzung mit Pam.

»Es ist mir scheißegal, von wem es ist. Weg damit! Wirf es hinaus. Verbrenn es! Verschenk es! Zum Teufel, tu mit ihm, was du willst, aber es muß raus aus meinem Wohnzimmer!« Plötzlich war sie am Rand eines Tränenausbruchs, während er sie ungläubig anstarrte.

»Was, zum Teufel, ist mit dir los, Mel?«

»Was mit mir los ist? Mit mir? Du bringst mich in ein Haus, in dem nicht einmal eine Stecknadel von mir ist, in dem alles dir und deinen Kindern gehört, in dem überall Fotos deiner ersten

Frau herumstehen und –hängen, und da soll ich mich zu Haus fühlen?«

Er begriff allmählich oder glaubte wenigstens zu begreifen, ihre Worte ergaben aber noch immer keinen rechten Sinn. Und warum ausgerechnet jetzt? »Dann räume die Fotos weg, wenn du willst. Aber du hast dich vorher offensichtlich nicht daran gestoßen.«

»Vorher habe ich nicht hier gewohnt. Aber jetzt ist das der Fall.«

»Das ist unübersehbar.« Er wurde ärgerlich. »Anscheinend hältst du die Einrichtung nicht für angemessen?« Plötzlich lag ein gehässiger Unterton in seiner Stimme.

»Vollkommen angemessen, wenn es einem nichts ausmacht, in einem Museum oder in Versailles zu leben. Ich persönlich würde lieber in einem Haus wohnen, das ein richtiges Zuhause mit etwas Wärme, mit ein wenig Menschlichkeit ist.«

»Wie das Puppenheim, das du in New York hattest, nehme ich an.«

»Genau.« Sie standen einander wutentbrannt gegenüber.

»Ausgezeichnet. Dann räume die Fotos weg, wenn du unbedingt willst. Das Porträt bleibt aber.« Er sagte es nur, um sie zu provozieren, denn die Art, wie sie das Thema zur Sprache gebracht hatte, brachte ihn auf, doch Mel war außer sich.

»Nein, zum Teufel!« Und dann: »Entweder das Porträt verschwindet oder ich gehe.«

»Kommt dir das nicht lächerlich vor? Du benimmst dich wie eine Idiotin, oder ist dir das nicht aufgefallen?«

»Und du benimmst dich wie ein typischer Macho. Du erwartest, daß ich mich in alles füge, mich anpasse, während du meinetwegen nicht das Geringste aufgibst oder veränderst, nicht einmal die Fotos deiner Frau wegräumst.«

»Dann laß eben Fotos von dir machen, und wir werden sie auch im ganzen Haus verteilen.« Er war jetzt gehässig, das war ihm bewußt, aber er konnte es nicht mehr anhören, wie sie wegen Annes Fotos keifte. Er hatte selbst schon ein- oder zweimal daran gedacht, sie wegzupacken, doch der Gedanke bedrückte ihn, und er wollte auch die Kinder nicht vor den Kopf stoßen.

Daran erinnerte er sie jetzt. »Ich nehme an, du hast dir nicht überlegt, wie die Kinder reagieren würden, wenn du das Porträt hinauswirfst.«

»O doch, das weiß ich schon.« Sie sah ihn boshaft an und ging auf ihn zu. »Ich brachte die Fotos soeben in dein Arbeitszimmer, und deine Tochter erklärte mir, daß dies euer Haus ist, oder genau, das ihrer Mutter, und nicht das meine.«

Plötzlich ging Peter ein Licht auf. Er setzte sich mit hängenden Schultern auf und sah Mel an. Er konnte sich die Szene mit Pam ziemlich genau vorstellen und verstand jetzt auch Mels Verhalten. Vorher war es ihm unsinnig erschienen. Er nahm nicht an, daß sie zu Wutanfällen neigte. »Hat sie das wörtlich gesagt, Mel?« Seine Stimme klang jetzt freundlicher, auch sein Blick war verständnisvoller.

»Genau das.« Mels Augen füllten sich mit Tränen.

»Das tut mir leid.« Er streckte ihr die Hand hin, aber sie kam nicht näher und weinte nun hemmungslos. Er trat zu ihr und nahm sie in die Arme. »Es tut mir so leid, Liebste. Du weißt, daß es auch dein Heim ist.« Sie begann zu schluchzen. »Ich werde das Porträt morgen abnehmen, es war gedankenlos von mir.«

»Nein, nein, das ist es nicht... nur...«

»Ich weiß.«

»Es fällt mir so schwer, mich daran zu gewöhnen, daß ich in einem fremden Haus lebe. Ich habe mich daran gewöhnt, mein eigenes zu haben.« Er zog sie neben sich auf das Bett.

»Ich weiß... aber das ist jetzt auch dein Haus.«

Sie sah zu ihm auf und schnüffelte. »Nein, eben nicht. Alles stammt von dir und Anne... ich habe nicht einmal ein Stück von mir hier.« Peter sah sie nachdenklich an.

»Alles, was mein ist, gehört auch dir, Mel.« Aber sie bestand auf ihren eigenen altvertrauten Gegenständen, nicht den seinen.

»Gib mir noch ein wenig Zeit. Ich werde mich an meine neue Umgebung gewöhnen. Ich bin jetzt nur müde, es ist so viel auf mich zugekommen, und Pam hat mich mit ihrer unbeherrschten Art aus der Fassung gebracht.« Peter küßte seine Frau und stand auf.

»Ich gehe hinauf und rede mit ihr.«

»Nein. Laß mich allein damit fertig werden. Wenn du dich einmischst, wird sie es mir nur noch mehr übelnehmen.«

»Sie liebt dich. Das weiß ich.« Aber sein Blick war besorgt.

»Jetzt ist die Situation aber anders. Vorher war ich nur ein Gast, und jetzt bin ich ein Eindringling in ihrem Zuhause.«

Peter geriet darüber noch mehr aus der Fassung. Empfand sie das wirklich so?

»Du bist doch kein Eindringling. Du bist meine Frau. Das hast du hoffentlich nicht vergessen.«

Sie lächelte unter Tränen. »Nein. Es ist nur so viel zugleich passiert, und morgen trete ich dazu noch meinen neuen Job an.«

»Ich weiß.« Er verstand sie, doch es bedrückte ihn, daß sie weinte, und er gelobte sich, Annes Porträt am nächsten Morgen abzunehmen. Sie hatte vollkommen recht. »Warum gehen wir heute abend nicht früh zu Bett? Wir sind beide müde, und es war eine anstrengende Woche.« Mel widersprach ihm nicht. Die Übersiedlung aus New York, ihre Hochzeit, die Flitterwochen, Maries Tod... Sie putzten sich die Zähne, gingen zu Bett, und er drückte sie in der Dunkelheit an sich, spürte ihren warmen Körper an dem seinen. Danach hatte er sich seit sechs Monaten gesehnt... sogar noch länger, seit zwei Jahren... und sogar vorher mit Anne war es niemals so gewesen wie mit ihr. Sie war um soviel zurückhaltender gewesen als Mel. Mel schien fast zu einem Teil seiner selbst zu werden, und zum erstenmal seit einer Woche spürte er, wie sich tief in seinem Innern etwas rührte, und während er sie an sich drückte, begehrte er sie wie nie zuvor. Als das alte Jahr in das neue überging, liebten sie sich.

28

Gemäß ihrem neuen Vertrag, der in New York ausgehandelt worden war, holte die Limousine Mel am frühen Nachmittag ab und brachte sie ins Fernsehstudio, in dem sie von nun an arbeiten würde. Während sie das Gelände betrat, war ihr bewußt, daß hundert Augenpaare sie anstarrten. Sie wurde mit unglaublicher Neugierde erwartet.

Dann begann sie ihre Arbeit. Sie wurde den Produktionsleitern, ihren Assistenten, den Regisseuren und Kameraleuten, den Redakteuren und dem Hilfspersonal vorgestellt, und plötzlich hatte Mel trotz der neuen Umgebung das Gefühl, daß sie sich in einer vertrauten Welt bewegte. Es war nicht anders als in New York oder Chicago oder vorher in Buffalo. Ein Studio sah dem anderen ähnlich, und während sie sich in dem ihr zugewiesenen Büro umsah, seufzte sie und setzte sich hin. Irgendwie war es, als wäre sie heimgekehrt. Sie verbrachte den ganzen Nachmittag damit, sich mit den Kollegen bekanntzumachen, die kamen und gingen, sah die Features und Interviews, die in letzter Zeit gesendet worden waren. Sie trank ein Glas Wein mit dem Produktionsleiter und seinem Team, und um halb sechs traf Paul Stevens ein. Der Produktionsleiter stellte sie einander sofort vor, und Mel lächelte, während sie ihm die Hand schüttelte.

»Es wird mir eine Freude sein, mit Ihnen zusammenzuarbeiten, Paul.«

»Leider kann ich das nicht behaupten.« Er schüttelte ihr die Hand und verschwand, während der Produktionsleiter versuchte, die peinliche Szene zu übergehen und Mel sich abwandte.

»Nun, jetzt weiß ich zumindest, woran ich bin«, meinte sie bedauernd. Aber es würde zweifellos nicht leicht sein, mit ihm zu arbeiten. Er war wütend, weil er seine Sendung mit einer Moderatorin teilen mußte, und entschlossen, es Mel auf jede ihm mögliche Weise fühlen zu lassen. Das merkte sie sofort, als sie an dem Abend auf Sendung gingen. Er war zuckersüß, wenn er mit ihr sprach, aber er stahl ihr die Pointen und drängte sie in den Hintergrund, wann immer er Gelegenheit dazu fand, versuchte ihre Konzentration zu stören, sie abzulenken und sie mit allen Mitteln zu verunsichern. Es war nicht zu übersehen, daß er vor Wut außer sich war; als sie ausgeblendet wurden, trat sie deshalb vor Pauls Schreibtisch und funkelte ihn an. »Gibt es nicht etwas, was wir gleich jetzt klarstellen sollten, bevor es zum ganz großen Krach kommt?«

»Sicherlich. Wie wäre es, wenn Sie Ihren Gehaltsscheck mit mir teilen? Ich teile meine Sendung mit Ihnen, das scheint mir also nur gerecht.« Seine Augen glänzten bösartig, und Mel begriff, worin das Problem bestand. Die Zeitungen hatten längst herausposaunt, wie ihr Vertrag aussah, sie bekam vermutlich dreimal so viel wie er, aber daran war nicht sie schuld.

»Ich bin für den Gehaltsabschluß, den ich mit der Fernsehanstalt getroffen habe, nur am Rande verantwortlich, Paul. Es war ein ständiges Überbieten von New York und Los Angeles. Sie wissen doch, wie das funktioniert.«

»Nein, aber ich würde so etwas auch gern einmal erleben.« Er bemühte sich seit Jahren, in New York Fuß zu fassen, und sie hatte ihren Posten dort aufgegeben, war hergekommen und machte ihm Konkurrenz. Er haßte das Biest, ganz gleich, wie gut sie fachlich sein mochte. Er brauchte keinen Wettbewerb mit einer Moderatorin. Nun stand er auf und knurrte sie fast an. »Kommen Sie mir nur nicht unter die Augen, dann werden wir schon miteinander auskommen. Klar?«

Sie sah ihn bedauernd an, drehte sich um und ging. Es würde kein Vergnügen werden, mit ihm zu arbeiten; dieser Gedanke ließ sie während der ganzen Heimfahrt nicht los. Sie hatte hier nur die Sechs-Uhr-Nachrichten zu betreuen und erhielt das gleiche Gehalt, das man ihr für die Sechs- und Elf-Uhr-Nachrichtensendungen in New York gezahlt hatte. Sie hatte wirklich gut abgeschnitten. Und Paul Stevens haßte sie deshalb.

»Wie ist es gelaufen? Du hast blendend ausgesehen.« Peter war stolz auf sie, als sie nach Haus kam, die ganze Familie saß noch vor dem Fernsehapparat, aber Mel war nicht zufrieden.

»Ich habe einen Ko-Moderator, der mich aus tiefster Seele haßt. Das kann heiter werden.« Nicht nur Ärger im Beruf, und dazu Pam, die sie ständig daran erinnerte, daß sie in Peters und Annes Haus lebte, nicht mehr in ihrem eigenen, dachte sie und hängte ihren Mantel auf.

»Er wird sich schon beruhigen.«

Davon war sie keineswegs überzeugt. »Ich würde nicht darauf wetten. Anscheinend hofft er, daß ich plötzlich tot umfalle oder nach New York zurückfahre.« Mels Blick wanderte zu Pam, weil sie auf deren Reaktion neugierig war, doch die Augen des Mädchens blieben vollkommen ausdruckslos. Als Mel zur Wohnzimmerwand blickte, bemerkte sie, daß das Porträt nicht mehr dort hing, und freute sich. Sie schlang Peter die Arme um den Hals, fühlte sich gleich besser und flüsterte ihm ins Ohr: »Danke, mein Schatz.« Pam wußte, wovon sie sprachen. Sie stand auf und verließ das Zimmer, die anderen sahen ihr nach, und Peter sagte ruhig:

»Ich habe Annes Porträt in die Vorhalle gehängt.«

Mel erstarrte. »Wirklich? Du hast doch gesagt, daß du es nicht mehr aufhängen wirst.«

»Dort stört es niemanden.« Ach nein? Ihre Blicke trafen sich. »Es macht dir doch nichts aus, oder?«

Sie antwortete sehr ruhig: »Eigentlich doch. Das hatten wir nämlich nicht vereinbart.«

»Ich weiß...« Dann wandte er sich ihr zu. »Es kommt ein wenig zu rasch für die Kinder, wenn wir alles auf einmal verändern. Die Fotos sind nämlich alle fort.« Mel nickte wortlos, ging nach oben in ihr Zimmer, wusch sich Gesicht und Hände, ging zum Abendessen hinunter, und danach klopfte sie an Pams Tür.

»Wer ist da?«

»Deine böse Stiefmutter.«

»Wer?«

»Mel.«

»Was willst du?«

»Ich möchte dir etwas geben.« Als Pam vorsichtig die Tür öffnete, reichte ihr Mel ein Dutzend Fotos von Anne in Silberrahmen. »Ich dachte, du möchtest sie vielleicht für dein Zimmer haben.«

Pam warf einen Blick darauf, dann nahm sie sie in Empfang. »Danke.« Das war alles. Sie drehte sich einfach um und schloß die Tür vor Mels Nase, die daraufhin wieder hinunterging.

»Warst du oben bei Pam?« fragte Peter gutgelaunt, als sie ins Schlafzimmer kam. Er las wieder seine Ärzte-Zeitschriften. Er mußte sich über die wissenschaftlichen und technischen Neuerungen in der Medizin auf dem laufenden halten.

»Ja. Ich brachte ihr einige Fotos von Anne.«

»Weißt du, Mel, das sollte eigentlich für dich kein solches Problem darstellen.«

»Ach, nein?« Er begriff anscheinend wirklich nicht, und sie war zu müde, um mit ihm darüber zu debattieren. »Warum nicht?«

»Weil sie nicht mehr bei uns ist.« Er sagte es so leise, daß Mel sich anstrengen mußte, um seine Worte zu verstehen.

»Ich weiß. Aber es ist schwer, hier zu leben, wenn mich ihre Fotos unaufhörlich anstarren.«

»Du übertreibst. So viele Bilder waren es gar nicht.«

»Ich habe gestern abend dreiundzwanzig in dein Arbeitszimmer gebracht. Das ist nicht übel. Soeben habe ich Pam ein Dutzend überreicht. Und ich werde einige in Matts und Marks Zimmer hängen. Dorthin gehören sie.« Peter blieb ihr die Antwort schuldig und wandte sich wieder den Zeitschriften auf seinem Schoß zu, während Mel sich auf dem Bett ausstreckte. Der Produktionsleiter hatte vorgeschlagen, sie solle im nächsten Monat so viele Features wie möglich machen. Sie bemühten sich verzweifelt, ihre Einschaltquote zu erhöhen, und in New York hatten Mels Interviews für die Nachrichtensendung Wunder gewirkt. Sie hatte versprochen, ihr Bestes zu tun, und sich bereits Notizen über ein halbes Dutzend Themen gemacht, die sie interessant fand. Aber sie konnte sich gut Paul Stevens Reaktion vorstellen, wenn er davon Wind bekam. Vielleicht blieb ihr nichts anderes übrig, als den Mann einfach zu ignorieren, doch am nächsten Abend benahm er sich ausgesprochen unverschämt, als er ins Studio kam, und trotz des Charmes, den er während der Sendung versprühte, hatte sie das Gefühl, daß er sie am liebsten hinausgeprügelt hätte, als sie ausgeblendet wurden. Es war ein wirklich unhaltbarer Zustand und entsprach überhaupt nicht dem Arbeitsklima, an das sie gewöhnt war. Trotzdem legte sie dem Produktionsleiter am Abend die Liste der möglichen Interviews vor, und sie fanden fast alle seine Zustimmung, was zugleich eine gute und eine schlechte Neuigkeit war. Es bedeutete, daß sie in den nächsten ein oder zwei Monaten Überstunden machen mußte, aber vielleicht war das eine Möglichkeit, sich einzuarbeiten. Es war zunächst immer schwierig, für eine neue Sendeanstalt tätig zu sein. Diesmal war es um etliches mühsamer für sie, weil sie sich auch noch zu Haus eingewöhnen mußte.

»Viel zu tun gehabt?« Peter schaute sie zerstreut an, als er eintrat. Sie war um Viertel nach sieben nach Haus gekommen, und er sogar noch später. Es war fast acht Uhr.

»Kann man sagen.« Sie war bedrückt. Die Reibereien mit Paul Stevens ermüdeten sie.

»Benimmt sich dieser Kerl schon besser? Wie heißt er noch?«

Sie lächelte. Jedermann in Los Angeles kannte seinen Namen, ob er ihn mochte oder nicht. »Nein. Ich glaube, er treibt es noch etwas schlimmer.«

Mistkerl.

»Wie geht es bei dir?« Die Kinder gingen wieder zur Schule und hatten schon um sechs zu Abend gegessen. Mel und Peter aßen um acht. »Drei Bypass-Operationen. Kein sehr aufregender Tag.«

»Ich mache ein Interview mit Louisa Garp.« Sie war derzeit der größte Star in Hollywood.

»Wirklich?«

»Ja.«

»Wann denn?«

»Nächste Woche. Sie hat heute zugestimmt.« Mel freute sich, und Peter war sichtlich beeindruckt. »Zum Teufel, ich habe doch sogar einmal einen Dr. Peter Hallam in der Sendung gehabt.« Er ergriff ihre Hand. Sie waren beide zur Zeit überlastet, hatten hektische Jobs, die sie ganz in Anspruch nahmen. Er hoffte, daß es nicht darauf hinauslief, daß sie niemals imstande sein würden, ihre Freizeit miteinander zu verbringen. Das war nicht die Art von Leben, die ihm vorschwebte. Er brauchte das Bewußtsein, daß seine Frau für ihn da war. Und er wollte auch für sie da sein.

»Du hast mir heute gefehlt, Mel.«

»Du mir ebenso.« Sie wußte aber auch, was in den nächsten zwei Monaten auf sie zukam. Sie würde ihn wahrscheinlich kaum einmal zu Gesicht bekommen. Doch vielleicht würde danach wieder eine ruhige Zeit kommen.

Nach dem Essen setzten sie sich ins Wohnzimmer und plauderten eine Weile, dann kam Pam herunter. Peter streckte ihr einen Arm entgegen. »Wie geht es meinem kleinen Mädchen?« Sie trat lächelnd zu ihm. »Weißt du, daß Mel Louisa Garp interviewt?«

»Na und?« Sie war jetzt die ganze Zeit über bissig, als stellte Mel für sie eine akute Bedrohung dar, und Peter war verstimmt.

»Deine Bemerkung ist nicht sehr nett, muß ich schon sagen.«

»Wirklich?« Sie forderte Mel offen heraus, aber diese sagte kein Wort. »Na und? Ich habe heute für meine Arbeit in Kunstgeschichte eine Eins bekommen.«

»Wunderbar!« Peter reagierte auf die andere Bemerkung überhaupt nicht. Mel war wütend, und sie verheimlichte es Peter nicht, als das Mädchen wieder ging. »Was hätte ich sagen sollen? Voriges Jahr hat sie total versagt, und jetzt erzählt sie mir, daß sie eine Eins bekommen hat.«

»Phantastisch. Aber das macht nicht wett, daß sie zu mir unhöflich gewesen ist.«

»Um Himmels willen, Mel, laß ihr noch ein wenig Zeit, sich anzupassen.« Er war jetzt müde. Er hatte einen langen Arbeitstag hinter sich. Und er wollte nicht nach Haus kommen, um mit Mel zu streiten. »Gehen wir hinauf in unser Zimmer und schließen wir die Tür hinter uns.« Doch kaum waren sie oben angelangt, schneite Jess herein, worauf Mel sie freundlich ersuchte, sie allein zu lassen.

»Warum?« fragte sie empört.

»Weil ich Peter den ganzen Tag nicht gesehen habe und wir miteinander sprechen wollen.«

»Ich habe dich auch nicht gesehen.« Sie war sichtlich gekränkt.

»Ich weiß. Aber wir können am Morgen beim Frühstück miteinander reden, Jess. Dann wird Peter schon im Krankenhaus sein.« Er verließ das Zimmer, um zu duschen, Mel wollte Jess auf die Wange küssen, doch sie entzog sich ihr.

»Macht nichts.«

»Aber Jess, komm doch ... es ist schwer, ich kann mich nicht für euch in Stücke schneiden. Laß mir Zeit.«

»Ja, gewiß.«

»Wie geht es Val?«

»Wie soll ich das wissen? Frag sie doch selbst. Sie redet nicht mehr mit mir, und du hast anscheinend auch keine Zeit für uns.«

»Das ist nicht fair von dir.«

»Wirklich nicht? Aber es entspricht doch der Wahrheit. Ich

nehme an, daß er zuerst kommt.« Sie wies auf die Badezimmertür.

»Jess, ich bin jetzt verheiratet. Wäre ich all die Jahre verheiratet gewesen, hätte unser Familienleben schon damals anders ausgesehen.«

»Das ist klar. Mir persönlich war der frühere Zustand lieber.«

»Jessie...« Mel sah ihr Kind an. »Was geht in dir vor?«

»Nichts.« Doch ihre Augen füllten sich mit Tränen, sie setzte sich auf das Bett ihrer Mutter und versuchte, nicht zu weinen. »Es ist nur... ich weiß nicht...« Sie schüttelte verzweifelt den Kopf und sah Mel an. »Alles ist anders... eine neue Schule, ein neues Zimmer... ich werde keine meiner ehemaligen Freundinnen jemals wiedersehen... ich muß mein Zimmer mit Val teilen, und sie ist so unordentlich. Sie benützt alle meine Sachen und gibt nie etwas zurück.« Für sie waren das große Probleme, sie tat Mel leid. »Und sie weint unaufhörlich.«

»Wirklich?« Jessies Bemerkung löste eine Flut von Überlegungen bei Mel aus. Jetzt erst fiel ihr auf, daß Val in den letzten Wochen viel geweint hatte. Vielleicht hatte Peter recht gehabt, und Val war krank. »Fehlt ihr etwas, Jess?«

»Ich weiß nicht, sie benimmt sich ziemlich merkwürdig. Und sie steckt immerfort mit Mark zusammen.« Mel nahm sich vor, sie diesbezüglich wieder einmal zu ermahnen.

»Ich werde mit ihnen ein ernstes Wörtchen reden.«

»Das wird nicht viel nützen. Sie hält sich ständig in seinem Zimmer auf.«

Mel runzelte die Stirn. »Das habe ich ihr ausdrücklich verboten.« Aber es gab noch andere Verbote, die ihr Mel ausdrücklich ans Herz gelegt hatte, und Jess wußte genau, daß Val sie nicht einhielt, doch das würde sie ihrer Mutter gegenüber nie erwähnen. Mel schloß Jessica in die Arme, küßte sie auf die Wange, und Jessie sah sie mit einem traurigen Lächeln an.

»Es tut mir leid, wenn ich unleidlich war.«

»Es ist für uns alle am Anfang schwierig, aber wir werden uns daran gewöhnen. Ich bin sicher, daß es auch für Pam, Mark und Matt schwer ist, uns ständig um sich zu haben. Wir wollen allen ein wenig Zeit lassen, sich einzugewöhnen.«

»Was ist los?« Peter kam in ein Handtuch gewickelt aus der Dusche und lächelte Jess zu. »Hallo, Jess. Alles okay?«

»Aber ja.« Jessie stand auf, denn sie wußte, daß sie die beiden jetzt alleinlassen sollte, und wandte sich an Mel. »Gute Nacht, Mom.« Als sie das Zimmer verließ, brach Mel das Herz, weil ihre Tochter so traurig war. Sie erwähnte nichts von ihrem Gespräch, aber es belastete sie zusätzlich, als sie am nächsten Tag zur Arbeit fuhr und von neuem mit Paul Stevens fertig werden mußte; als sie an diesem Abend nach Haus kam, rief Peter an. Es gab einen dringenden Fall, um den er sich selbst kümmern mußte, er würde erst in einer »Weile« nach Haus kommen, und das dauerte dann oft bis elf Uhr.

Sie schienen aus dem Teufelskreis nicht mehr herauszukommen, sie führte in den nächsten drei Wochen ununterbrochen Interviews durch, stritt mit Paul Stevens vor oder nach der Sendung oder hörte sich Jessie und Vals Beschwerden an, wenn sie nach Haus kam. Mrs. Hahn erlaubte nicht, daß sie eine Kleinigkeit in der Küche aßen, Pam trug ihre Kleider, Jess erwähnte, daß Val und Mark sich die ganze Zeit in seinem Zimmer einsperrten, und um allem die Krone aufzusetzen, erhielt Mel Ende Januar einen Anruf von Matts Schule. Er war auf dem Spielplatz von einer Schaukel gefallen und hatte sich den Arm gebrochen. Peter brachte einen befreundeten Orthopäden in die Unfallstation mit, und Mel meinte scherzend, es sei das erste Mal seit Wochen, daß sie einander zu Gesicht bekamen. Er hatte fast jede Nacht dringende Fälle behandelt, endlose Bypass-Operationen durchführen müssen, und zwei Transplantationspatienten waren gestorben, weil sie keinen geeigneten Organspender gefunden hatten.

»Glaubst du, daß wir es überstehen, Mel?«

Eines Abends brach sie erschöpft auf ihrem Doppelbett zusammen. »An manchen Tagen bin ich im Zweifel. Ich habe noch nie im Leben so viele gottverdammte Interviews gemacht.« Außerdem hatte sie noch immer den Eindruck, daß sie im Haus eines Fremden lebte, was auch nicht viel zur Besserung ihrer Stimmung beitrug, aber sie hatte noch keine Zeit gefunden, diesbezüglich etwas zu unternehmen. Sie war nicht einmal dazu gekommen, mit der unfreundlichen Mrs. Hahn fertigzuwerden. »Ich wäre froh, wenn du ihr kündigen würdest«, gestand Mel Peter eines Nachmittags.

»Mrs. Hahn?« fragte er entsetzt. »Sie ist seit Jahren im Haus.«

»Sie macht Val und Jess das Leben sauer, und zu mir verhält sie sich gewiß nicht gerade entgegenkommend. Es wäre jetzt eine gute Gelegenheit für eine Veränderung.« Es gab übrigens eine Menge Veränderungen, die sie im Haus vornehmen wollte, sie fand aber keine Zeit dazu.

»Das ist eine verrückte Idee, Mel.« Schon der Gedanke daran brachte ihn in Wut. »Sie gehört praktisch zu unserer Familie.«

»Ebenso wie Raquel zu unserer gehört hat, und sie mußte ich in New York zurücklassen.«

»Nimmst du mir das etwa übel?« Er fragte sich allmählich, ob er Mel nicht doch zuviel zugemutet hatte. Sie zeigte sich jetzt ihm gegenüber die ganze Zeit reizbar, und er wußte, daß sie auch von ihrem jetzigen Job nicht gerade begeistert war. Die Bezahlung war fantastisch, das ließ sich nicht leugnen, aber die Arbeitsbedingungen waren nicht so gut wie vorher, sie hatte nach eigenen Angaben unaufhörliche Auseinandersetzungen mit Stevens. »Du machst mich für alle Schwierigkeiten verantwortlich, nicht wahr?« Er suchte offensichtlich einen Streit. An diesem Morgen war aus einem für ihn unerklärlichen Grund ein Patient nach einer geglückten Bypass-Operation gestorben.

»Ich mache dich für überhaupt nichts verantwortlich.« Sie sah entsetzlich müde aus. »Aber es ist eine unbestreitbare Tatsache, daß wir beide schwere Jobs haben, die ungeheure Anforderungen an uns stellen, dazu haben wir fünf Kinder und führen ein sehr anstrengendes Leben. Ich möchte unser Zusammenleben in jeder möglichen Hinsicht für uns leichter gestalten. Und Mrs. Hahn neigt dazu, es zu komplizieren.«

»Vielleicht siehst du es so, wir sind jedoch anderer Meinung.« Er blickte Mel an, und sie hätte ihn am liebsten angeschrien.

»Lebe ich denn nicht auch hier? Mein Gott, zwischen dir und Pam ... «

»Was denn?« Diese Andeutung verfehlte ihre Wirkung nicht.

»Nichts. Sie nimmt meiner Familie nur übel, daß wir auch hier sind. Das habe ich erwartet.«

»Nimmst du vielleicht an, daß deine Töchter sich nicht über mich ärgern? Wenn du es nicht merkst, bist du blind. Sie sind gewöhnt, hundert Prozent deiner Zeit für sich zu beanspruchen, und sind jedesmal erbost, wenn wir unsere Schlafzimmertür vor ihnen verschließen.«

»Dagegen kann ich nichts unternehmen, ebensowenig wie du Pam ändern kannst. Sie alle brauchen Zeit, um sich anzupassen, aber Jess und Val sind die einzigen, die zum erstenmal ihr Leben total verändern müssen.«

»Das ist verdammt unrichtig. Pam hat ihre Mutter verloren.«

»Das tut mir leid.« Es hatte keinen Sinn, mit ihm darüber zu reden oder an das geheiligte Thema Anne zu rühren. Mel hatte bemerkt, daß einige von Annes Fotos wieder aufgetaucht waren, aber sie hatte dazu geschwiegen, und ihr Porträt hing weiterhin in der Vorhalle.

»Mir auch.«

»Nein, dir nicht.« Mel wollte den Streit nicht begraben, was natürlich unklug war. »Du erwartest von uns, daß wir allein uns anpassen müssen.«

»Wirklich? Was hätte ich eigentlich deiner Ansicht nach tun sollen? Nach New York übersiedeln?«

»Nein.« Sie sah ihm in die Augen. »In ein anderes Haus übersiedeln.«

»Das ist doch absurd.«

»Nein, das ist es nicht, aber schon der Gedanke an eine andere Umgebung löst bei dir Panikreaktionen aus. Als ich hierher kam, hast du untätig hier gesessen, und alles war noch beim alten, du hast darauf gewartet, daß Anne wieder nach Haus kommt. Und nun hast du mich in ihr Haus geholt. Du findest es ganz in Ordnung, daß ich mein ganzes Leben auf den Kopf gestellt habe, aber du willst, daß bei dir alles genauso bleibt wie früher. Und rate mal, ob das möglich ist! Nein, es geht nicht.«

»Vielleicht willst du dich aus unserer Ehe zurückziehen, Mel, nicht aus dem Haus.«

Sie starrte ihn enttäuscht und verzweifelt an. »Bist du bereit, unsere Gemeinschaft aufzugeben?«

Er ließ sich schwer in seinen Lieblingsstuhl fallen. »Manchmal bin ich fast soweit.« Er sah sie offen an. »Warum willst du alles verändern, Mel? Mrs. Hahn, das Haus, warum kannst du die Dinge nicht so lassen, wie sie sind?«

»Weil die Verhältnisse hier auch anders geworden sind, ob du es zugeben willst oder nicht. Ich bin nicht Anne. Ich bin ich, Mel, und ich will unser eigenes Leben leben, nicht das einer Toten.«

»Es ist ein neues Leben.« Aber er klang nicht ganz überzeugt.

»In einem alten Haus. Jess, Val und ich fühlen uns hier als Fremdkörper.«

»Vielleicht suchst du nur eine Ausrede, um nach New York zurückzukehren.« Sein Blick war zornig, und Mel hätte am liebsten geweint.

»Glaubst du das wirklich?«

»Manchmal.« Er war jedenfalls ehrlich zu ihr.

»Dann möchte ich dir etwas erklären. Ich habe hier einen Vertrag abgeschlossen. Wenn du und ich heute abend auseinandergingen, würde ich, ob ich will oder nicht, für zwei weitere Jahre hier festsitzen. Ich kann nicht nach New York zurück.«

»Und deshalb haßt du mich.« Er stellte die Tatsache einfach fest.

»Ich habe keinen Grund, dich zu hassen. Ich liebe dich.« Sie kniete neben seinem Stuhl nieder. »Und ich will, daß unsere Ehe funktioniert, aber das wird nicht von selbst geschehen. Wir müssen beide bereit sein, uns aufeinander einzustellen.« Sie hob die Hand und berührte zärtlich sein Gesicht.

»Ich nehme an...« Plötzlich traten ihm Tränen in die Augen, er wandte den Kopf ab und blickte sie dann wieder an. »Ich nehme an... wir können vieles... beim Alten lassen...«

»Ich weiß.« Sie küßte ihn. »Ich liebe dich sehr, aber es kommt so viel gleichzeitig auf mich zu, daß mir manchmal schwindelt.«

»Ich weiß.« Irgendwie fanden sie nach den Streitigkeiten immer wieder zueinander, aber es gab in letzter Zeit sehr viele Auseinandersetzungen. »Ich hätte darauf bestehen sollen, daß du den Vertrag in New York unterschreibst, Mel. Es war nicht fair, dich hierher zu locken.«

»Das war kein Fehler. Du hast mich nicht hierhergelockt. Ich wollte nicht in New York bleiben. Ich wollte bei dir sein.«

»Und jetzt?« Er wartete angstvoll auf ihre Antwort.

»Ich bin froh, daß ich herkam. Nach einer Weile wird alles in Ordnung kommen.«

Er ergriff ihre Hand, führte sie liebevoll zum Bett, und sie liebten einander wie früher, und Mel wußte, daß sie den Weg zu seinem Herzen wieder gefunden hatte. Sie bedauerte keine ihrer Entscheidungen, aber sie hatte den Preis dafür zahlen müssen, und sie standen alle unter dem gleichen Druck. Sie hoffte nur, daß sie es gut überstehen würden, aber wenn Peter unverrückbar auf ihrer Seite stand, war sie überzeugt, daß sich alles zum Guten wenden würde.

Das einzige wirkliche Übel, vor dem er sie nicht bewahren konnte, war das Arbeitsklima im Funkhaus, und als sie eines Abends im Februar fast in Tränen aufgelöst nach Haus kam, blickte Peter sie fragend an.

»Mein Gott, wenn du nur wüßtest, Peter, was für ein Scheusal dieser Kerl ist.« Paul Stevens trieb sie zum Wahnsinn. »Irgendwann werde ich ihn im Studio, vor den laufenden Kameras umbringen.

»Das wäre einmal etwas Neues.« Er sah sie mitfühlend an. Zur Zeit hatte er im Krankenhaus etwas weniger zu tun. »Ich habe eine Idee.«

»Ein bezahlter Killer. Es ist der einzige Vorschlag, den ich hören will.«

»Ich weiß etwas Besseres.«

»In Beton gießen und im Meer versenken.«

Peter lachte. »Wir fahren dieses Wochenende alle zum Skilaufen. Diese Abwechslung wird uns guttun. Ich habe keinen Dienst, und wie ich höre, ist die Schneelage großartig.«

Mel erschreckte der Gedanke. Schon die Vorstellung, daß sie alles zusammenpacken mußte, verdarb ihr den Spaß. »Was meinst du?«

»Ich weiß nicht.« Sie wollte keine Spielverderberin sein, und diesmal war Peter so guter Laune. Er schloß sie in die Arme. »Okay.« Sie würden zumindest ihre Probleme zu Haus lassen.

»Abgemacht?«

»Ja, Doktor.« Sie lächelte und ging nach oben, um es den Kindern zu sagen, fand aber Val im Bett vor; sie schien eine schwere Grippe zu haben. Sie war totenblaß, döste vor sich hin, und als Mel ihre Stirn berührte, fühlte sie sich schrecklich heiß an. Mark saß besorgt neben Vals Bett. Die äußeren Anzeichen waren die gleichen wie bei ihren bisherigen Grippeerkrankungen, die sie in New York öfter bekommen hatte. Sie war weniger widerstandsfähig als Jess. »Ich habe gute Nachrichten«, sagte Mel zu Mark und den Zwillingen. »Peter nimmt uns alle dieses Wochenende zum Skilaufen mit.« Sie freuten sich offensichtlich, aber ihre Reaktion war gedämpft. Mark schien um Val besorgt zu sein, und – Jessica sah ihre Schwester unsicher an.

»Das ist nett.« Val sprach als erste, doch ihre Stimme klang schrecklich dünn.

»Fühlst du dich nicht wohl, Liebling?« Mel setzte sich auf Vals Bett, und das Mädchen zuckte zusammen.

»Ich bin soweit in Ordnung, es ist nur die blöde Grippe.«

Mel nickte, war aber noch immer besorgt. »Glaubst du, daß du bis zum Wochenende wieder auf den Beinen bist?«

»Sicherlich.«

Mel ging durch den Korridor, um es Pam und Matt zu sagen, kam mit Aspirin und Fruchtsaft für Val zurück und ging dann wieder hinunter.

»Sind alle einverstanden?«

»Ja. Aber Val ist krank.«

»Was hat sie?« fragte er besorgt. »Soll ich sie mir ansehen?«

Mel kannte ihre Tochter besser. »Ich glaube, es würde sie nur verlegen machen. Es ist nichts als eine Grippe.«

Er nickte. »Bis zum Wochenende wird sie schon wieder gesund sein.«

»Ich müßte sie endlich zu dem Internisten bringen, den du erwähnt hast.« Aber jedesmal, wenn sie es Val vorgeschlagen hatte, war diese in Tränen ausgebrochen und hatte erklärt, daß es nicht nötig sei. Als sie zum Wochenende nach Reno flogen und sich in einem Kombi zusammendrängten, um nach Squaw Valley zu fahren, sah Val noch immer fürchterlich blaß aus, doch die übrigen Symptome schienen abgeklungen zu sein, und Mel hatte inzwischen andere Sorgen. Paul Stevens hatte am Abend, bevor sie nach Reno abflogen, im Studio eine größere Szene gemacht, kurz bevor sie auf Sendung gingen. Es wurde zu einer Qual für sie, mit dieser Belastung zur Arbeit zu gehen, und sie fürchtete sich jedesmal vor dem nächsten Tag, war aber entschlossen, die Kraftprobe durchzustehen, was immer auch geschah. Doch die Wochenenden waren jetzt eine wahre Erleichterung, besonders dieser Skiausflug nach Squaw Valley.

Peter hatte auf dem Flugplatz von Reno einen Kombi gemietet, in den sie sich in glänzender Laune hineindrängten, sangen und einander beim Verstauen der Skier und Taschen halfen. Peter küßte Mel noch rasch, bevor sie einstiegen, während die Kinder brüllend und jubelnd aus den Fenster hingen. Sogar Pam schien besser gelaunt zu sein, als den ganzen vergangenen Monat, und Val hatte ein wenig Farbe auf den Wangen, als sie abfuhren. Als sie Squaw Valley erreichten, lachten und scherzten alle, und Mel war froh, daß sie sich zu diesem Ausflug entschlossen hatten. Es würde ihnen allen guttun, aus Los Angeles und aus dem Haus herauszukommen, wegen dem es zwischen ihr und Peter so oft zu Streitigkeiten kam.

Er hatte in Squaw Valley eine nette kleine Wohnung in einem Apartmenthaus für sie gefunden, in dem er und die Kinder schon früher gewohnt hatten. Sie war klein, reichte aber für die Familie. Die Zimmerverteilung war die gleiche wie in Mexiko, die Mädchen schliefen in einem Zimmer, die Jungen im zweiten, und Mel und Peter im dritten. Zur Mittagszeit waren sie auf der Piste, schrien und lachten und jagten hintereinander her. Mark hielt sich wie gewöhnlich in Vals Nähe auf, aber sie waren nicht mehr so leichtsinnig wie früher; Jess und Pam fuhren die steilsten Abfahrten hinunter, und Matt folgte dicht hinter ihnen. Nach der ersten Abfahrt stoppte Mel atemlos am Fuß des Berges neben Peter, und sie warteten auf die anderen. Es tat gut, sich in der frischen Berglufft zu bewegen, und Mel hatte sich schon lange nicht mehr so jung gefühlt. Sie sah Peter voll dankbarer Freude an und beobachtete ihre Kinder, die über den Hang herunterschossen.

»Bist du nicht froh, Mel, daß wir hierhergekommen sind?«

Sie blickte ihm glücklich in die Augen. Er sah besser aus denn je, seine blauen Augen glänzten, seine Wangen waren gerötet, sein ganzer Körper drückte Lebenskraft aus. »Du machst mich so verdammt glücklich.«

»Wirklich?« Seine Zuneigung trat so offen zutage, er hatte sie nie unglücklich machen wollen, fürchtete aber dann und wann, daß er ihr das Leben sehr schwer gemacht hatte, einfach durch die Tatsache, daß er sie nach dem Westen verpflanzt hatte und indirekt an ihren erschwerten Arbeitsbedingungen schuld war. Manchmal fühlte er sich, als hätte er sich seine Frau von einem Versandhaus schicken lassen. »Hoffentlich. Es gibt so viel, das ich mit dir unternehmen und dir geben will.«

»Ich weiß.« Sie verstand ihn besser, als er ahnte. »Wir haben nur so wenig Zeit. Vielleicht wird es uns einmal gelingen, unsere Freizeit besser zu koordinieren.« Es würde aber immer Interviews, Features und Nachrichtensendungen geben, die sie zu moderieren hatte, und es würde immer Menschen geben, die ein neues Herz brauchten oder deren altes man »reparieren« mußte. »Die Kinder werden wenigstens zur Ruhe kommen.«

»Darauf würde ich allerdings nicht wetten.« Er lachte, während die fünf auf sie zuglitten, wobei Matthew die Nachhut bildete, aber nicht weit zurücklag. Er war fast so schnell wie die anderen. »Nicht übel, Kinder. Wollen wir es noch einmal versuchen? Oder wollt ihr jetzt zu Mittag essen?« Sie hatten im Flugzeug gegessen und Sandwiches gekauft, die sie auf der Fahrt von Reno hierher gegessen hatten, aber Jess meldete sich rasch.

»Ich glaube, Val sollte etwas in den Magen bekommen.« Mel war darüber gerührt, daß sie sich so um ihre Zwillingsschwester kümmerte, dann bemerkte sie, wie blaß das Mädchen aussah. Sie ging mit angeschnallten Skiern zu ihr und berührte ihre Stirn. Sie hatte kein Fieber.

»Alles okay, Val?«

»Klar, Mom.« Aber ihr Blick wirkte ein bißchen unsicher, und bei der Bergfahrt im Sessellift erwähnte Mel diese Tatsache Peter gegenüber.

»Ich muß mit ihr zum Arzt, sobald wir wieder zu Haus sind, ganz gleich, ob sie weint und protestiert. Ich weiß nicht, warum sie sich so schrecklich gegen einen neuen Arzt wehrt.«

Peter lächelte, während sie durch die Luft zur Bergstation schwebten, vorbei an den riesigen Kiefern. »Vor zwei Jahren mußte ich Pam wegen einer Kontrolluntersuchung für die Schule zu ihrem Kinderarzt bringen, und sie rannte dort schreiend im Behandlungsraum herum, damit er ihr die Tetanusspritze nicht verabreichen konnte. Wie sehr sie auch in die Höhe geschossen sind oder wie entwickelt ihr Busen ist, sie sind eigentlich doch noch Kinder. Man denkt nicht immer daran, weil sie so erfahren wirken. Aber das ist alles nur äußerlich. Darunter sind sie nicht reifer als Matthew.«

Mel nickte zustimmend, während ihre Skier in der Luft hin und her schlenkerten. »Was Val betrifft, hast du recht, aber ich glaube nicht, daß es auf Jess zutrifft. Dieses Kind schien von dem Tag ihrer Geburt an reif zu sein, und sie hat sich immer um ihre Schwester gekümmert. Manchmal glaube ich, daß ich mich allzusehr auf sie verlasse.«

»Das glaube ich manchmal auch«, antwortete Peter ruhig. »Seit ihr hier seid, wirkt sie verunsichert. Ist es meinetwegen, oder ist sie vielleicht auf Val und Mark eifersüchtig?« Mel war nicht bewußt gewesen, daß Jessies Abwehrhaltung ihr so sehr anzumerken war, als hätte sie sich ringsum mit Stacheldraht umgeben, und sie war überrascht, daß Peter es bemerkt hatte. Er war erstaunlich scharfsichtig, besonders wenn man in Betracht zog, wie wenig er wegen seiner langen Arbeitszeit im Krankenhaus und in der Praxis von ihnen zu sehen bekam.

»Es könnte ein wenig von beidem sein. Sie war daran gewöhnt, daß ich mich mehr mit ihr beschäftige. Außerdem habe ich versucht, bei Pam ein wenig Seelenmassage zu betreiben, und Matthew braucht mich natürlich noch mehr als alle anderen. Er hat sich zwei Jahre lang nach mütterlicher Zuwendung gesehnt.«

Peter sah beleidigt drein. »Ich habe mich auch um ihn gekümmert.

»Das weiß ich, aber du bist keine Mami.« Sie beugte sich zu ihm und küßte ihn, dann sprangen sie vom Sessellift. Es war herrlich, daß sie Zeit hatte, mit ihrem Mann ein wenig zu plaudern. Das fehlte ihnen zu Haus, dort waren beide immer überbeansprucht. Hier aber spürte sie sogar in den wenigen Stunden, daß der Kontakt wieder enger wurde. Während sie über die Hänge hinabglitten, sah sie sich ein- oder zweimal um, um sich zu vergewissern, ob die anderen mithalten konnten. Sie erkannte alle an der Farbzusammenstellung ihrer Kleidung und Ausrüstung. Jessica und Val trugen gelbe Skianzüge, Mark eine schwarz-rote Kombination, Pam war von Kopf bis Fuß rot, und Matthew königsblau und gelb. Sie trug eine Pelzjacke und –mütze zu schwarzen Skihosen, und Peter einen marineblauen Stretchanzug. Sie waren eine recht bunte Gruppe.

Am späten Nachmittag kehrten sie alle auf eine Tasse heißer Schokolade ein, dann gingen sie noch einmal auf die Piste. Diesmal fuhr die Jugend eine andere Abfahrt als Mel und Peter, aber da hatte Mel schon die Gewißheit gewonnen, daß sie alle gute Skiläufer waren und selbst auf sich aufpassen konnten, sogar Matthew; sie wußte auch, daß Jess ihn im Auge behalten würde, wenn Pam es nicht tat. Es war himmlisch, neben Peter in der frischen Bergluft skizufahren, und bei ihrer letzten Abfahrt fuhren sie um die Wette. Peter gewann mit mehreren Metern Vorsprung, Mel war außer Atem geraten und lachte, als sie ihn schließlich einholte.

»Du fährst fantastisch!« Sie starrte ihn bewundernd an, anscheinend meisterte er alles, woran ihm gelegen war.

»Jetzt nicht mehr so wie früher. Ich war im College im Skiteam, aber es ist schon Jahre her, daß ich mir richtig Mühe beim Skifahren gebe.«

»Ich bin froh, daß ich dich erst jetzt kennengelernt habe. Ich hätte nie mit dir mithalten können.«

»Du bist gar nicht übel.« Er verabreichte ihr mit dem Lederhandschuh einen Klaps auf die Kehrseite, sie kicherte, und sie küßten sich, dann verließen sie die Piste, nahmen die Skier ab und warteten an der Talstation auf die Kinder.

Die Wartezeit erschien ihnen lang, doch schließlich kamen sie alle heil herunter. Zuerst Mark, dann Jess, Pam, Matt, und Val diesmal als letzte. Sie war deutlich langsamer als die anderen, und Jess drehte sich mehrmals nach ihr um, während Mel die Augen zusammenkniff, um sie zu beobachten.

»Ist sie okay?«

»Wer?« Peter hatte Matthew beobachtet. Der Junge machte erstaunliche Fortschritte.

»Val.«

»Unmittelbar hinter Mark?« Er konnte ihre Haarfarbe unter der weißen Wollmütze nicht erkennen und hatte Jess mit ihrer Schwester verwechselt.

»Nein, sie ist die letzte, noch ein Stück weiter oben am Hang, im gleichen Anzug wie Jess.« Er blickte hinauf, und sie sahen beide, daß sie ein- oder zweimal schwankte, stolperte, sich wieder fing und knapp an zwei Skiläufern vorbei weiterfuhr. »Peter...« Mel griff instinktiv nach seinem Arm. »Etwas ist nicht in Ordnung.« Während sie das feststellte, schien Val einen Augenblick ihr Gleichgewicht zu verlieren, fand es wieder, dann taumelte sie und fiel plötzlich dicht vor dem Ende der Abfahrt seitlich hin, ihre Bindung ging auf, aber sie steckte mit dem Gesicht im Schnee. Mel stürzte zu ihr hin, und Peter folgte ihr. Er kniete sofort neben dem bewußtlosen Mädchen nieder, zog ihre Augenlider hoch, sah sich ihre Augäpfel an, fühlte ihren Puls und warf Mel einen fragenden Blick zu, da er sich nicht erklären konnte, was ihr zugestoßen war.

»Sie hat einen Schock.« Ohne ein weiteres Wort öffnete er den Reißverschluß seiner Jacke, zog sie ihr über, Mel tat instinktiv das gleiche und reichte ihre Jacke Peter, während die anderen sie ungläubig anstarrten, Jess neben ihr niederkniete und ihre Hand ergriff. Peter sah sich um, er hoffte, daß die Männer von der Bergrettung sie bald bemerken würden. »Weiß jemand, was geschehen ist? Ist sie schwer gestürzt? Oder hat sie sich etwas verstaucht?« Mark war merkwürdig still, und Pam schüttelte den Kopf, während Matt zu weinen begann und sich an Mel klammerte. Dann stieß Mel einen Schrei aus, als sie die regungslose Gestalt ihrer Tochter betrachtete: im Schritt ihrer Hose breitete sich ein großer roter Fleck aus, und sogar der Schnee rundherum war rot gefärbt.

»Mein Gott, Peter...« Sie zog ihre Handschuhe aus und berührte Vals Gesicht, es war eisig, aber die Kälte kam von innen.

Peter blickte seine Frau an und dann seine Stieftochter. »Sie hat einen Blutsturz.« Zum Glück traf in diesem Augenblick die

Bergrettung ein, und zwei kräftige junge Männer mit rotweißen Armbinden knieten neben Peter nieder.

»Ein schwerer Sturz?«

»Nein, ich bin Arzt. Sie hat einen Blutsturz. Wie rasch können Sie für sie eine Tragbahre organisieren?« Einer von ihnen nahm ein kleines Sprechfunkgerät heraus und gab einen dringenden Notruf mit genauer Angabe des Standorts durch.

»Die Trage müßte bald hier sein.« Fast noch bevor er zu Ende gesprochen hatte, tauchte in einiger Entfernung eine Trage auf einem Schlitten auf, der von zwei Skiläufern gezogen wurde. Mel kniete neben Val, ihre eigene Jacke lag jetzt auf dem bewußtlosen Mädchen, sie sah, wie ihre Lippen trotz aller Bemühungen blau wurden, und Mel blickte Peter verstört an.

»Kannst du nichts unternehmen?« Seine Augen standen voller Tränen, und er machte sich Vorwürfe. Wenn sie sie nicht retten konnten, würde Mel es ihm nie verzeihen. Aber er war im Augenblick vollkommen hilflos.

»Wir müssen die Blutung zum Stillstand bringen und ihr, so schnell wir können, eine Transfusion verabreichen.« Dann wandte er sich an den Jungen von der Bergrettung. »Wo befindet sich die nächste Erste-Hilfe-Station?« Der Mann zeigte auf den Fuß des Hügels. Es war kaum mehr als eine Minute von ihnen entfernt. »Habt ihr Blutplasma?«

»Ja, Sir.« Val lag schon auf dem Schlitten, sie hatte im Schnee eine große Blutlache hinterlassen; die ganze Familie folgte dem Schlitten zu dem kleinen Schutzraum.

Peter wandte sich wieder an Mel. »Welche Blutgruppe hat sie?«

»Null positiv.«

Jessie weinte leise vor sich hin, Pam ebenso, und Mark sah aus, als würde er als nächster Erste Hilfe brauchen. Sie luden Val ab, so rasch sie konnten, und trugen sie hinein. Dort befand sich eine geschulte Krankenschwester, und ein Arzt war herbeigerufen worden. Er war gerade draußen auf der Piste und holte einen Mann mit einem gebrochenen Bein, aber Peter lagerte Vals Hüften schnell höher als ihren Kopf, und die Schwester half ihm, sie aus den Kleidern zu schälen, während die anderen ringsherum standen. Sie gaben ihr eine Transfusion, aber Val zeigte keine Wirkung, und Mels Gesicht war düster und entsetzt.

»Mein Gott, Peter...« Alles war voller Blut, sie wandte sich plötzlich zu Jess, denn ihr war Matthew eingefallen, der mit weit aufgerissenen Augen seine Stiefschwester anstarrte. »Pam, geh mit deinem Bruder hinaus.« Sie nickte stumm, und die beiden verließen gemeinsam den Raum, während Mark und Jessica einander umklammert hielten, Peter und die Schwester verzweifelt um Vals Leben kämpften und Mel ihnen nur zusehen konnte.

Nur einige Minuten später traf der Arzt ein und half Peter bei seinen Bemühungen. Ein Krankenwagen war gerufen worden, sie mußten sie sofort in eine Klinik bringen, es war offenbar ein gynäkologisch bedingter Blutsturz, aber man konnte vorerst Anlaß oder Ursache nicht feststellen.

»Weiß jemand...«, begann der Arzt, und Mark verblüffte sie alle, indem er vortrat und mit zitternder Stimme sagte:

»Sie hat am Dienstag eine Abtreibung vornehmen lassen.«

»Was hat sie?« Der Raum begann sich um Mel zu drehen, sie starrte Mark und dann Peter an, und er fing sie gerade noch auf, bevor sie umfiel. Die Schwester brachte Riechsalz, und der Arzt bemühte sich weiter um Val. Offenbar konnte jedoch nur ein chirurgischer Eingriff die Blutung zum Stillstand bringen, und sogar das war jetzt nicht mehr gewiß. Sie hatte einen sehr großen Blutverlust erlitten, und Peter sah seinen Sohn entsetzt an.

»Wer um Himmels willen hat das gemacht?«

Marks Augen standen voll Tränen, seine Stimme zitterte so, daß sie beinahe unverständlich war, als er seinem Vater Auge in Auge gegenüberstand. »Wir wollten uns an niemanden wenden, den du kennst, und damit kam so ziemlich kein Arzt in Los Angeles in Frage. Val wollte unbedingt eine Klinik aufsuchen. Wir gingen in eine im Westen der Stadt.«

»Ach, um Himmels willen... bist du dir darüber im klaren, daß sie sie vielleicht umgebracht haben?« Peter schrie in dem kleinen Raum, und Mel begann zu schluchzen, während sich Jess an ihre Mutter klammerte.

»Sie wird sterben... o mein Gott... sie wird sterben...« Jessica hatte beim Anblick ihrer Zwillingsschwester alle Selbstbeherrschung verloren, und als Mel sah, was um sie herum vorging, riß sie sich zusammen.

Ihre Stimme war als einzige in dem kleinen Raum zu hören, als sie Jessica heftig anfuhr. »Sie wird nicht sterben, hörst du? Sie wird nicht sterben.« Sie beschwor damit ebenso Gott wie die Anwesenden. Dann blitzte sie Mark und Jess wütend an. »Warum, zum Teufel, hat mir das keiner von euch gesagt?« Es herrschte Totenstille, während sie Mark anblickte. Sie sah ein, daß es von ihm zuviel verlangt wäre, sich ihr anzuvertrauen, dann drehte sie sich zu Jess um. »Und du! Du wußtest es!« Es war eine bösartige Beschuldigung.

»Ich ahnte es. Sie haben mir nie ein Wort darüber gesagt.« Ihre Stimme klang ebenso wutentbrannt wie die ihrer Mutter. »Was hätte es denn daran geändert, wenn sie es dir gestanden hätten? Du bist ja immerzu mit deinem Job oder deinem Mann beschäftigt, und mit Pam und Matt. Ebensogut hättest du uns in New York zurücklassen können –« Eine heftige Ohrfeige ihrer Mutter brachte sie zum Schweigen, und sie verkroch sich schluchzend in eine Ecke, während die Sirene des Krankenwagens in der Ferne ertönte; einen Augenblick später waren sie damit beschäftigt, Val in den Wagen zu schaffen, wo zwei Sanitäter und Mel sich zu ihr setzten.

Peter sagte rasch zu seiner Frau: »Ich folge euch im Kombi.« Er lief hinaus und ließ alle Skier im Schutzraum zurück. Sie konnten sie später holen, das war im Augenblick das geringste Problem. Er startete den Motor, und die anderen sprangen schweigend in den Wagen: Jess und Mark vorne neben ihn, Pam und Matthew auf den Rücksitz, und keiner sprach ein Wort, während sie zum Krankenhaus in Truckee fuhren. Peter brach als erster das Schweigen.

»Du hättest es mir sagen müssen, Mark.« Seine ruhige Stimme erfüllte den stillen Wagen, und er stellte sich nur langsam vor, was sein Sohn in diesem Augenblick durchmachte.

»Ich weiß. Wird sie durchkommen, Dad?« Seine Stimme zitterte, und über sein Gesicht rannen die Tränen in Strömen.

»Ich glaube, ja, wenn sie sie schnell hinbringen. Sie hat viel Blut verloren, aber die Transfusion müßte ihr helfen.« Jessica saß starr und schweigend zwischen ihnen, die Finger ihrer Mutter waren noch rot in ihrem Gesicht zu sehen. Peter blickte sie an und legte ihr die Hand auf das Knie. »Sie wird wieder gesund werden, Jess. Es sieht immer schlimmer aus, als es dann tatsächlich ist. Man erschrickt natürlich, wenn man so eine Menge Blut sieht.«

Jessica nickte schweigend. Als sie beim Krankenhaus in Truckee ankamen, sprangen alle aus dem Wagen, aber die Jugend mußte im Warteraum bleiben. Peter und Mel gingen neben Vals Trage hinein, während man sie für den Eingriff vorbereitete. Peter verzichtete darauf, sich die Hände zu schrubben und dem Operateur zuzuschauen. Er wollte bei der wartenden Mel bleiben. Man hatte einen Gynäkologen kommen lassen, und Peter nahm an, daß er schon oft ähnliche Fälle operiert hatte. Man sagte ihnen nur, sie befände sich in akuter Gefahr, es bestehe allerdings die Möglichkeit, daß die Gebärmutter entfernt werden müsse. Sie würden erst bei der Operation eine Entscheidung treffen können. Mel nickte stumm, und Peter führte sie hinaus, gemeinsam mit den Kindern warteten sie. Mel hielt sichtlich Abstand zu Mark, und Jess saß ebenfalls abseits; nach einiger Zeit gab Peter seinem älteren Sohn zwanzig Dollar und sagte ihm, er solle mit den anderen in die Cafeteria gehen und etwas essen. Mark nickte und verließ mit dem Rest der Gruppe den Warteraum, aber keiner hatte Appetit. Sie mußten immer nur an Val denken, die auf dem Operationstisch lag. Als sie fort waren, sank Mel mit tränenüberströmtem Gesicht an Peters Brust und jammerte leise vor sich hin. Es war eine Szene, die er jeden Tag in den Korridoren des Center-City-Krankenhauses erlebte, aber diesmal war er daran beteiligt ... Mel ... Val, und er hatte das gleiche Gefühl wie damals, als Anne gestorben war, daß er vollkommen hilflos war. Jetzt konnte er wenigstens Mel trösten. Er hielt sie fest in seinen Armen und sprach leise auf sie ein.

»Sie wird gesund werden, Mel ... sie wird –«

»Und wenn sie keine Kinder bekommen kann?« Mel schluchzte unbeherrscht.

»Hauptsache, sie wird am Leben bleiben, und wir werden sie in unserer Mitte haben.« Das wäre zumindest etwas, wofür man dankbar sein mußte.

»Warum hat sie es mir nicht gesagt?«

»Sie hatten wahrscheinlich Angst. Sie wollten allein damit fertigwerden.« Es war bewundernswert mutig von ihnen gewesen, aber unklug.

»Sie ist doch erst sechzehn.«

»Ich weiß, Mel... ich weiß...« Er hatte schon vor einiger Zeit den Verdacht gehabt, daß sie und Mark jetzt doch miteinander schliefen, hatte aber nichts sagen wollen, um Mel nicht aufzuregen. Nun wurde ihm klar, daß er mit Mark ein ernstes Wort hätte sprechen müssen. Er dachte über das alles nach, als die Kinder aus der Cafeteria zurückkamen und Mark langsam auf Mel und seinen Vater zuging. Mel blickte unglücklich zu ihm auf und weinte weiter, während Mark sich niedersetzte und sie ebenso verzweifelt ansah.

»Ich weiß nicht, was ich sagen soll... es tut mir schrecklich leid... ich... ich dachte nie... ich hätte sie niemals...« Er senkte den Kopf, er fühlte sich in seinem Kummer schrecklich allein, während er vom Schluchzen geschüttelt wurde; er tat Peter unendlich leid, so daß er ihn in die Arme schloß. Im nächsten Augenblick umarmten Mark und Mel einander weinend, dann gesellten sich Jess, Pam und Matthew dazu. Es war eine schreckliche Szene; als der Arzt herauskam, stöhnte er bei diesem Anblick. Peter sah ihn als erster und löste sich von den anderen. Er sprach leise mit dem Chirurgen, und Mel beobachtete sie verängstigt.

»Wie ist es gelaufen?«

Der Chirurg nickte, und Mel hielt den Atem an. »Sie hat Glück gehabt. Wir mußten den Uterus nicht entfernen. Sie hatte nur eine schwere Blutung, aber daraus ergibt sich kein bleibender Schaden. Ich möchte aber vor einer nochmaligen Abtreibung dringend warnen.« Peter nickte. Hoffentlich würde es nicht notwendig sein. »Ich danke Ihnen.« Er hielt dem anderen die Hand hin, der sie schüttelte.

»Man hat mir gesagt, daß Sie Arzt sind.«

»Das stimmt. Herzchirurg. Wir sind aus Los Angeles.« Der andere Chirurg kniff die Augen zusammen und schlug sich mit der Hand an die Stirn.

»Ach, verdammt, jetzt weiß ich erst, mit wem ich es zu tun habe. Sie sind Dr. Hallam.« Er war so aufgeregt, daß er sich kaum beruhigen konnte. Dann lachte er. »Ich bin froh, daß ich es nicht wußte, bevor ich in den OP ging. Ich wäre dann nur nervös geworden.«

»Das haben Sie nicht nötig. Ich hätte es jedenfalls nicht so gut hingekriegt wie Sie.«

»Nun, ich bin froh, daß ich Ihrer Tochter helfen konnte.« Er schüttelte Peter noch einmal die Hand. »Es war mir eine Ehre.« Peter wußte, daß er keine Rechnung erhalten würde, was er bedauerte, denn der Chirurg hatte gute Arbeit geleistet, er hatte Vals Leben und das ihrer zukünftigen Kinder gerettet, und vielleicht sogar das von Mark. Er fragte sich, ob dieses schreckliche Erlebnis nun das Ende der Liebesbeziehung bedeuten oder ob es sie noch enger aneinander binden würde. Es hatte zweifellos die einzelnen Mitglieder der Familie in der letzten Stunde näher zusammengebracht, und während sie dort saßen und darauf warteten, daß Val aus der Narkose erwachte, kam wieder Leben in die Gruppe. Sie sprachen und scherzten sogar ein wenig, doch die Atmosphäre war allgemein gedämpft. Es war für sie alle eine schwere Lektion gewesen. Bevor Val zu sich kam, brachte Peter Pam und Matthew zurück in die Wohnung. Mark und Jess hatten darauf bestanden, bei Mel zu bleiben, sie wollten bei Vals Erwachen anwesend sein, aber die beiden Kleineren sahen jetzt noch schlechter aus als Val. Peter bestand darauf, daß sie auch in das Apartment gingen, wie sehr sie auch dagegen protestierten.

»Wir wollen Val sehen«, wimmerte Matthew.

»Der Arzt erlaubt es nicht, Matt, und es ist auch schon spät«, sagte sein Vater freundlich, aber entschieden. »Du wirst sie morgen sehen, sobald man sie besuchen darf.«

»Ich will sie noch heute abend sehen.« Peter führte ihn hinaus, und Pam folgte ihnen mit einem letzten Blick auf den Rest der Gruppe; als Peter zurückkam, war Val soeben aufgewacht und lag in ihrem Krankenzimmer, aber sie war noch zu benommen, um zu erfassen, was man ihr sagte. Sie lächelte nur und döste vor sich hin, und als sie Mark sah, griff sie nach seiner Hand und flüsterte: »Verzeih mir ... ich ...« Dann schlief sie von neuem ein, und eine Stunde später fuhren sie alle gemeinsam nach Haus. Es war fast Mitternacht, und alle waren todmüde.

Mel gab Jessie einen Gute-Nacht-Kuß und schloß sie lange in die Arme, ehe sie zu Bett ging, und Jessica sah ihre Mutter bedrückt an. »Es tut mir leid, daß ich das gesagt habe.«

»Vielleicht war ein Körnchen Wahrheit dabei. Vielleicht habe ich mich zuviel mit allem anderen beschäftigt.«

»Wir sind jetzt so viele, und du hast viele Sorgen, die dich belasten. Das weiß ich, Mom...« Ihre Stimme verklang, sie dachte an eine andere Zeit, an einen anderen Ort... als sie ihre Mutter nicht so wie jetzt mit den anderen Kindern teilen mußten.

»Das ist keine Entschuldigung für mich, Jess. Ich werde jedenfalls versuchen, es von nun an besser zu machen.« Aber wieviel mehr Zeit konnte sie ihr widmen? Auf wie viele Stunden konnte man einen Tag ausdehnen? Wie konnte sie jedem die Zuwendung zuteil werden lassen, die sie brauchten, ihre Arbeit gewissenhaft erledigen und auch noch Zeit haben, zu atmen? Sie war jetzt eine Mutter von fünf Kindern und die Frau eines berühmten Chirurgen, ganz zu schweigen von ihrer Tätigkeit als Mitmoderatorin einer Nachrichtensendung im Fernsehen. Da blieb ihr kaum noch Zeit, Luft zu holen. Ihre Tochter hatte ihr vorgeworfen, daß sie sich mehr für ihre Stiefkinder interessierte als für ihre eigenen. Vielleicht bemühte sie sich wirklich allzusehr, es ihnen allen recht zu machen. Sie gab auch Mark einen Gute-Nacht-Kuß, dann fiel sie mit Peter ins Bett, konnte aber nicht einschlafen, so müde sie auch war. Sie lag stundenlang wach, dachte daran, was Jess gesagt hatte, und an Val, wie sie blutend im Schnee gelegen hatte. Peter spürte, wie sie neben ihm fröstelte. »Ich werde es mir nie verzeihen, daß ich nicht erkannt habe, was vorging.«

»Du kannst doch nicht alles wissen, Mel. Sie sind fast erwachsene Menschen.«

»Du hast erst heute etwas anderes behauptet – daß sie ebenso wenig erwachsen sind wie Matthew.«

»Da hatte ich vielleicht unrecht.« Die Erkenntnis, daß sein Sohn beinahe Vater eines Kindes geworden wäre, hatte ihn erschreckt. Mark war im August achtzehn geworden, er war ein

Mann. »Ich weiß, daß sie jung sind, und auf jeden Fall sind sie zu jung, um diese Verantwortung allein zu tragen, miteinander zu schlafen, schwanger zu werden und abzutreiben, aber es geschieht doch, Mel.« Er stützte sich auf den Ellbogen und blickte auf seine Frau hinunter. »Sie haben versucht, allein damit fertig zu werden, das muß man ihnen zugute halten.« Sie war nicht bereit, jemandem irgend etwas zugute zu halten, auch nicht sich selbst.

»Jessie hat mit ihren Vorwürfen zum Teil recht gehabt. Ich war so sehr mit dir, Pam und Matthew beschäftigt, daß ich nicht viel Zeit für die Zwillinge hatte.«

»Du hast jetzt fünf Kinder, einen Job, einen größeren Haushalt, und du hast mich auf dem Hals. Wieviel kannst du denn von dir noch erwarten, Mel?«

»Mehr, nehme ich an.« Sie wurde sich bei diesem Gedanken ihrer Erschöpfung bewußt.

»Wieviel mehr kannst du dir noch aufbürden?«

»Ich weiß es nicht. Offenbar tue ich nicht genug, sonst hätte das mit Val nicht passieren können. Ich hätte sehen müssen, was sich abspielt, ich hätte es wissen müssen, ohne daß man es mir sagte.«

»Was willst du tun? Ständig aufpassen? Deinen Job aufgeben, damit du den Chauffeur unserer Kinder spielen kannst?«

Es war kein sehr erfreulicher Gedanke, das war beiden bewußt, aber etwas später antwortete Mel leise: »Das hat aber Anne getan, nicht wahr?«

»Ja, nur seid ihr völlig verschiedene Frauen, Mel. Ich glaube nicht, daß sie wirklich zufrieden war, wenn du die ganze Wahrheit wissen willst. Du hingegen bist es. Dadurch bist du ein glücklicherer Mensch.« Sie rechnete ihm dieses Geständnis hoch an und wandte sich ihm mit einem Lächeln zu; sie lagen im Dunkel, nur der Mondschein verteilte ein fahles Licht.

»Weißt du, Peter, ich verdanke es allein dir, daß ich mich jetzt besser fühle. In vieler Hinsicht stärkt es mein Selbstvertrauen.«

»Das wollte ich ja erreichen. Auch ich fühle mich, dank dir, besser. Ich spüre immer, daß du meine Arbeit anerkennst.« Er holte tief Atem. »Anne hat nie wirklich gebilligt, was ich tat. Sie fand Transplantationen ekelhaft und unrecht. Ihre Mutter war Anhängerin der Christian Science gewesen, und sie mißtraute grundsätzlich dem ärztlichen Berufsstand.«

»Das muß für dich schwierig gewesen sein.« Darüber hatte er noch nie gesprochen, und diese plötzliche Eröffnung verblüffte sie.

»Das stimmt. Ich hatte nie wirklich das Gefühl, daß sie mich voll anerkannte.«

»Meiner Anerkennung kannst du sicher sein, Peter, das weißt du.«

»Ich weiß es. Und es bedeutet mir sehr viel. Ich glaube, das war das erste, was mir an dir gefiel. Ich achtete dich, und ich konnte spüren, daß du mich ebenfalls achtetest.« Er küßte sie auf die Nasenspitze. »Und dann verliebte ich mich in deine Traumbeine und in deinen herrlichen Po, und da war's um mich geschehen.«

Sie lachte leise und wunderte sich, wie seltsam das Leben mitunter spielt. Nur wenige Stunden zuvor war sie hysterisch gewesen, der festen Überzeugung, daß sie ihre Tochter verlieren würde, und nun lagen sie in der Dunkelheit, tauschten ihre kleinen Geheimnisse aus und plauderten. Aber etwas wurde ihr jetzt klar, dessen sie sich früher nicht bewußt geworden war. Sie und Peter waren in den letzten Monaten Freunde geworden, enge Freunde, und sie hatte nie jemandem, Frau oder Mann, so nahegestanden. Er hatte die Mauer niedergerissen, die sie im Laufe der Jahre um sich errichtet hatte, und sie hatte es nicht einmal bemerkt. »Ich liebe dich, Peter Hallam, viel, viel mehr, als du ahnst.« Dann gähnte sie, schlief in seinen Armen ein, und als er auf sie hinabblickte, sah er, daß sie im Schlaf lächelte.

29

Sonntagabend flog Peter mit Mark, Pam, Jess und Matthew nach Haus, und Mel blieb bei Val in Truckee. Sie gab die Wohnung auf, nahm sich ein Zimmer in einem Motel, legte jeden Tag den Weg zum Krankenhaus zu Fuß zurück, und am Mittwoch erklärte der Arzt, Val könne mit ihrer Mutter nach Haus fliegen.

Erstaunlicherweise war es für die beiden eine ersprießliche Zeit, sie hatten dadurch die Möglichkeit, sich miteinander zu unterhalten wie schon seit Jahren nicht mehr, über das Leben, über junge Männer, über Mark, über Sex, Ehe und Peter, über Mels Leben. Als sie am Mittwochabend in Los Angeles landeten, hatte Mel das Gefühl, daß sie Val besser kannte als bisher. Es tat ihr nur leid, daß sie mit den Kindern nicht öfter solche ruhigen Zeiten verleben konnte.

Val schien das Erlebnis auch seelisch verkraftet zu haben. Sie bedauerte zutiefst, daß sie das Baby abgetrieben hatte, war jedoch zu dem Schluß gelangt, daß es ihr Leben ruiniert hätte, wenn sie mit sechzehn Mutter geworden wäre, und Mel mußte ihr diesbezüglich recht geben. Es hätte ihr ganzes Leben negativ beeinflußt, sie zu einer Dauerbeziehung mit Mark gezwungen, die vielleicht nicht der Vorstellung entsprochen hätte, die sie sich von ihrem Leben machte. Sie hatte sich ihrer Mutter gegenüber bereit erklärt, sich eine Weile nicht mit ihm zu beschäftigen und sich mit anderen Jungen zu verabreden. Die Intensität ihrer Beziehung erschreckte sie, und sie wollte nicht, daß das gleiche noch einmal passierte. Mel freute sich über Vals Einsicht, vielleicht war es eine zu drastische Lektion gewesen, die ihr aber für den Rest ihres Lebens von Nutzen sein würde. Sie würde bei der Empfängnisverhütung nie mehr leichtsinnig sein oder sich auf eine sexuelle Bindung einlassen, ohne sich diesen Schritt ernstlich zu überlegen. Mel bedauerte selbstverständlich, daß sie so viel hatte leiden müssen. Sie hatte Mel die Abtreibung geschildert, Mel bewunderte ihre Tapferkeit und sagte es ihr auch.

»Ich glaube nicht, daß ich dazu imstande gewesen wäre«, sagte Mel.

»Ich hatte das Gefühl, daß mir keine Wahl blieb. Außerdem war Mark bei mir.« Val versuchte, das Geschehene auf die leichte Schulter zu nehmen, aber sie wußten beide, daß sie so etwas nie wieder geschehen lassen würde. Mel hatte sie an sich gedrückt, und sie hatten zusammen geweint, als Val ihr alles erzählte.

»All das tut mir so leid, mein Kind.«

»Mir geht es auch so, Mom... es tut mir so fürchterlich leid...« Sie kehrte zerknirscht nach Haus zurück, und Mel bemerkte beim Abendessen, daß sie Mark jetzt eher wie einen Bruder behandelte; ihm schien es nicht viel auszumachen. Ihre Beziehung war fast unmerklich abgekühlt, und das war gut so. Auch Peter hatte es bemerkt und erwähnte es am Abend Mel gegenüber. »Ich weiß.« Sie nickte. »Ich glaube, die große Liebe ist vorbei.«

»Um so besser.« Peter hatte einen arbeitsreichen Tag hinter sich, denn er hatte am Vormittag fünf Stunden im OP gestanden. Er war ins Alltagsleben zurückgekehrt, und im Center-City-Krankenhaus hatte ihn ein Berg Arbeit erwartet. »Ich glaube, wir können Mark jetzt auf die weibliche Jugend in der Umgebung loslassen und ihm dazu Glück wünschen. Es war mir nie klar, was für eine Verantwortung es bedeutet, Töchter zu haben.« Obwohl er sich immer eine Menge Sorgen wegen Pam gemacht hatte, waren ihre Schwierigkeiten doch nicht mit denen von Val vergleichbar. Es war ihr verdammter Körper, der die Männer verrückt machte. »Es ist schade, daß sie nicht häßlich ist.«

»Das brauchst du mir nicht zusagen. Ich bekomme seit Jahren deshalb graue Haare.«

Am nächsten Tag im Nachrichtenstudio hatte Mel wieder Ärger. Paul Stevens hatte, während sie abwesend war, ein regelrechtes Chaos angerichtet. Sie hatte sich für drei Tage krank gemeldet, und als sie am Donnerstagmorgen zum Dienst erschien, war bereits alles getan, was in Pauls Macht stand, um ihre Arbeit zu sabotieren. Zum Glück wußte der Produktionsleiter, was Stevens im Schilde führte und daß er Mel leidenschaftlich haßte, deshalb hatte er keinen irreparablen Schaden anrichten können. Es war jedoch deprimierend, den Klatsch zu hören, den er über sie in Umlauf gesetzt hatte, und von den Schwierigkeiten zu erfahren, die er ihr machen wollte, indem er behauptete, daß sie in New York als die große Hure gelte, daß sie dort jeder ablehne, weil sie sich durch alle Betten zur Spitze hinaufgearbeitet hatte. Am Abend erzählte Mel alles Peter, der so mit ihr fühlte, daß er vor Wut weiß wie die Wand wurde.

»Dieser kleine Dreckskerl...« Er hatte die Fäuste geballt, und Mel lächelte müde über seine heftige Reaktion.

»Er ist wirklich ein Schweinehund.«
»Es tut mir leid, daß du das alles durchmachen mußt.«
»Mir auch. Aber so ist es eben.«
»Warum haßt er dich denn so?«
»Hauptsächlich wegen meines weitaus höheren Einkommens, und auch, weil er den Platz im Rampenlicht nicht mit mir teilen will. Er hat seit Jahren keinen Ko-Moderator gehabt und lehnt daher meine Mitarbeit ab. Ich will auch allein arbeiten, aber ich finde, daß man sich der Situation anpassen muß. Mir wäre nichts lieber, als ihn loszuwerden, aber er ist den Ärger nicht wert.«
»Schade, daß er nicht so denkt wie du.«
»Das kann man wohl sagen.«
Die Schwierigkeiten nahmen auch im folgenden Monat kein Ende, so daß sich Mel zumeist elend fühlte, sie hatte Kopfschmerzen und einen Kloß im Magen, den sie nicht loswurde, und sie bekam allmählich Angst davor, in die Fernsehstation zu fahren. Sie machte so viele Interviews wie nur möglich, nur um wegzukommen, versuchte aber auch, mehr Zeit für die Zwillinge aufzubringen. Was Jessica ihr beim Skifahren vorgeworfen hatte, hatte sich ihr ins Gedächtnis gebrannt. Sie hatte ihre Mutter beschuldigt, daß sie sich mehr für Peters Kinder interessiere als für ihre eigenen, und nun versuchte Mel, das Gleichgewicht wiederherzustellen. Sie spürte, daß Pam sich benachteiligt fühlte, und merkte, daß sie sich, wann immer sie nur konnte, mit Mrs. Hahn gegen Mel verbündete, und um das auszugleichen, bemühte Mel sich, Pam den Zwillingen gegenüber nicht zurückzustellen; es war jedoch schwierig, es allen recht zu machen. Sie selbst war in letzter Zeit in einer so schlechten Verfassung, daß es ihr schwer fiel, den Bedürfnissen der Kinder und auch ihren eigenen gerecht zu werden. Eines Tages ging sie mit Matt einkaufen und mußte sich unterwegs niedersetzen, um wieder zu Atem zu kommen. Sie fühlte sich so schwindlig und von Brechreiz geplagt, daß sie befürchtete, sie würde in der Fußgängerzone in Ohnmacht fallen. Matt mußte ihr versprechen, daß er seinem Vater nichts davon erzählen würde, aber er war so erschrocken, daß er es brühwarm Jess berichtete, die ihrerseits sofort Peter benachrichtigte, als er nach Haus kam. Peter beob-

achtete Mel während des Abendessens nachdenklich, dann kam er am Abend darauf zu sprechen.

»Bist du krank, Mel?«

»Nein, warum?« Sie wandte sich ab, damit ihr Gesicht im Dunkel lag.

»Ich weiß nicht. Ein Vögelchen hat mir erzählt, daß du dich heute gar nicht wohl gefühlt hast.« Er sah sie besorgt an, als sie sich zu ihm umdrehte.

»Und was hat das Vögelchen gesagt?« Sie wollte herausfinden, wieviel Peter wußte.

»Daß du im Delikatessenladen beinahe in Ohnmacht gefallen bist.« Er zog sie neben sich auf das Bett und sah sie forschend an. »Ist das wahr, Mel?«

»Mehr oder minder.«

»Was ist los?«

Sie seufzte, starrte auf den Boden, dann wieder auf ihn. »Dieser Schmutzfink Paul Stevens treibt mich noch zum Wahnsinn. Vielleicht habe ich ein Magengeschwür, ich habe mich in den letzten Wochen elend gefühlt.«

Peter sah sie unglücklich an. »Mel, versprichst du mir, daß du dich untersuchen läßt?«

»Ja«, seufzte sie, es klang jedoch nicht sehr bestimmt. »Ich habe aber wirklich keine Zeit dafür.«

Er ergriff ihren Arm. »Dann nimm dir eben Zeit.« Er hatte schon eine Frau verloren und konnte den Gedanken nicht ertragen, daß mit Mel etwas Ähnliches passieren könnte. »Ich meine es ernst, Mel! Entweder du gehst zum Arzt, oder ich werde dich eigenhändig im Krankenhaus untersuchen.«

»Sei nicht komisch. Mir ist nur schwindlig geworden.«

»Hattest du etwas gegessen?«

»Eine Zeitlang nicht.«

»Dann kann vielleicht das daran schuld gewesen sein. Aber ich möchte trotzdem, daß du dich untersuchen läßt.« Er bemerkte nun auch, daß sie abgenommen hatte, ihr Gesicht sah angegriffen und blaß aus. »Du siehst verdammt schlecht aus.«

»Danke für das Kompliment.«

Er beugte sich zu ihr und ergriff ihre Hand. »Ich mach mir

deinetwegen Sorgen, Mel.« Er zog sie an sich. »Ich liebe dich so schrecklich. Wirst du also morgen einen Arzt anrufen und dich gründlich untersuchen lassen?«

»Okay, okay.«

Am nächsten Morgen gab er ihr eine Namenliste von Internisten und Spezialisten.

»Soll ich die alle aufsuchen?« fragte sie entsetzt.

»Einer oder zwei werden genügen. Warum beginnst du nicht mit Sam Jones, dem Internisten, und er soll dir empfehlen, zu wem du noch gehen sollst.«

»Warum schickst du mich nicht auf eine Woche in die Mayo-Klinik?« Sie neckte ihn, doch er fand es gar nicht komisch. Sie sah noch schlechter aus, als am Abend vorher.

»Dazu hätte ich ohnehin Lust.«

»Verdammt noch mal, nein.«

Sie vereinbarte einen Besuch bei Sam Jones am Nachmittag. Sie hätte normalerweise vier Wochen auf einen freien Termin warten müssen, aber als sie der Schwester ihren Namen nannte, fand sie glücklicherweise bereits für sie noch am selben Tag eine Lücke im Terminkalender. Sie kam um zwei Uhr hin und mußte bereits um vier Uhr wieder im Studio sein; Jones nutzte die wenige Zeit, um ihr Blut abzunehmen, einen Urintest zu machen, sie zu untersuchen, ihre Krankengeschichte aufzunehmen, ihre Lunge abzuhören, ihren Blutdruck zu messen. Als er fertig war, hatte sie das Gefühl, daß er jeden Zoll von ihr abgeklopft und abgetastet hatte.

»Bisher konnte ich bei Ihnen keine Krankheit feststellen. Sie sind vielleicht übermüdet, aber im Grunde gesund. Warten wir noch ab, was die Labortests ergeben. Fühlen Sie sich schon lange so abgespannt?« Sie zählte ihm alle Symptome auf, die sich bei ihr zeigten, Übelkeit, Kopfschmerzen, der Streß, unter dem sie bei der Arbeit stand, die Übersiedlung aus New York, der neue Arbeitsplatz, Vals Abtreibung, ihre Hochzeit und die Anpassung an die Stiefkinder, während sie in einem Haus leben mußte, in dem der Geist von Peters Frau noch lebendig war und in dem sie sich noch immer nicht heimisch fühlte.

»Hören Sie auf!« Er lehnte sich stöhnend zurück und griff sich mit der Hand an den Kopf. »Ich fange auch schon an, mich krank zu fühlen. Ich glaube, Sie haben soeben selbst Ihre Diagnose gestellt. Sie hätten mich gar nicht gebraucht. Was Sie brauchen, sind sechs Wochen an einem ruhigen Sandstrand.«

»Wenn sich das nur einrichten ließe. Aber ich habe Peter gleich gesagt, daß es nur die Nerven sind.«

»Vielleicht haben Sie recht.« Er bot ihr Valium, Librium oder Schlafmittel an, die sie alle ablehnte. Als sie Peter am Abend sah, erzählte sie ihm, was Sam Jones gesagt hatte.

»Siehst du, es fehlt mir nichts. Ich bin nur überarbeitet.« Das wußten beide ohnehin, aber Peter war noch nicht ganz überzeugt. Er neigte dazu, ihr gegenüber übervorsichtig zu sein.

»Wir werden sehen, wie die Labortests ausfallen.«

Sie verdrehte die Augen und brachte Matthew zu Bett. Pam hatte bei sich die Stereoanlage laufen, die Zwillinge saßen in ihrem Zimmer bei den Aufgaben, Mark war ausgegangen. Mel hatte vor ein paar Tagen gehört, daß er sich eine neue Freundin angelacht hatte, eine Studentin im ersten Semester, und Val schien es nicht weiter zu stören. Sie erzählte, daß in ihrer Klasse ein Junge war, den sie als »wirklich reizend« bezeichnete, und Jessica hatte endlich jemanden gefunden, der sie bisher zweimal ins Kino ausgeführt hatte. Einmal war bei ihnen also alles in Ordnung. Sie kehrte mit einem glücklichen Seufzer zu Peter zurück. »Im Westen nichts Neues.« Sie berichtete über alle Kinder, und er freute sich. Endlich spielte sich das Familienleben ein, so glaubte er zumindest. Aber sie waren beide nicht auf die Neuigkeit gefaßt, die sie am nächsten Tag erwartete.

Mel vergaß, Dr. Jones anzurufen, bevor sie zur Arbeit fuhr, und als sie zurückkam, erwartete sie die Nachricht, sie solle ihn zu Haus anrufen. Peter hatte die Notiz auf dem Schreibblock beim Telefon als erster gesehen und rief Sam selbst an, doch sein alter Kollege und Freund rückte nicht mit der Sprache heraus. »Deine Frau soll mich anrufen, Peter, wenn sie nach Haus kommt.«

»Was ist los, Sam, mein Gott?« Er hatte Angst, aber Jones ließ sich nicht erweichen, und als Mel durch die Tür trat, stürzte er sich auf sie. »Ruf Jones gleich an!«

»Jetzt? Warum denn? Ich bin gerade erst gekommen, kann ich nicht zuerst meinen Mantel aufhängen?«

»Um Himmels willen, Mel ... «

»Du liebe Zeit.« Sie sah den besorgten Blick in seinen Augen und fragte sich, was er ihr verschwieg. »Was ist denn los?«

»Ich weiß nicht. Er will mir nichts verraten.«

»Hast du ihn angerufen?« fragte sie ärgerlich.

»Ja«, gestand er. »Aber er wollte mir nichts sagen.«

»Gut.«

»Um Himmels willen ... «

»Schon gut, schon gut.« Sie wählte die Privatnummer, die er angegeben hatte, und Mrs. Jones holte ihren Mann an den Apparat. Peter blieb neben Mel stehen, aber sie schickte ihn weg. Sie und der Arzt tauschten die üblichen Höflichkeitsfloskeln aus, bevor sie auf den Grund ihres Anrufs zu sprechen kam.

»Ich wollte es Peter nicht verraten, bevor ich mit Ihnen gesprochen habe.« Es klang ernst, und Mel hielt den Atem an. Vielleicht hatte Peter doch recht. Vielleicht litt sie an einer schrecklichen Krankheit. »Sie sind schwanger, Mel, aber ich dachte, Sie würden ihm die freudige Botschaft lieber selbst verkünden wollen.« Doch Mel war nicht so erfreut. Sie bekam glasige Augen, und Peter, der wieder hereingekommen war, starrte sie in der festen Überzeugung an, daß es sich um eine schlechte Nachricht handelte. Er sank langsam auf einen Stuhl und wartete, bis sie auflegte.

»Also?«

Es war schwierig, ihn abzuwehren. Er blieb einfach sitzen und beobachtete sie.

»Was hat er gesagt?«

»Nicht viel.«

»Unsinn!« Peter sprang auf. »Ich habe dein Gesicht beobachtet. Wirst du es mir jetzt sagen, oder muß ich ihn noch mal selbst anrufen?«

»Er wird dir nichts sagen.«

»Verdammt noch mal, das werden wir ja sehen.« Peter geriet in Zorn, und Mel fühlte den Schreck in ihren Gliedern. Sie starrte Peter an und stand dann auf.

»Können wir in dein Arbeitszimmer gehen und in Ruhe miteinander sprechen?« Er sagte kein Wort, sondern folgte ihr und schloß die Tür hinter sich. Sie setzte sich und starrte ihn an. »Ich verstehe es nicht.«

»Erzähl mir, was er gesagt hat, und ich werde versuchen, es dir zu erklären, Mel, aber um Gottes willen sag mir endlich, was los ist.«

Diesmal lächelte sie. Er erwartete, von einer komplizierten Krankheit zu hören, aber die Diagnose von Jones war die einfachste Sache von der Welt. Kompliziert waren nur die Folgen, die daraus für ihr Leben entstanden. »Ich bin schwanger.«

»Was bist du?« Er starrte sie ungläubig an. »Das kann doch nicht wahr sein.«

»O doch.«

Jetzt grinste er. »Da soll mich doch der Teufel holen. Wirklich?«

»Ja.« Sie sah aus, als wäre sie soeben von einem Zug überfahren worden. Er kam auf sie zu und nahm sie in die Arme.

»Das ist die beste Nachricht, die ich seit Jahren erhalten habe.«

»Wirklich?« Sie wirkte noch immer, als stünde sie unter einem Schock.

»Zum Teufel, ja.«

»Um Himmels willen, Peter, das hat uns gerade noch gefehlt. Auf uns lastet schon mehr Verantwortung, als wir tragen können. Und jetzt kommt noch ein Baby dazu. Ich bin sechsunddreißig Jahre alt, und wir haben zusammen fünf Kinder...« Sie dachte mit Schrecken an alle sich daraus ergebenden Konsequenzen, und Peter wirkte niedergeschmettert.

Er bemühte sich, seiner Stimme einen gleichgültigen Klang zu geben, als er fragte: »Willst du es abtreiben lassen?«

Sie starrte ins Leere und erinnerte sich an Vals Schilderung ihrer Gefühle, als sie mit Mark die Abtreibungsklinik aufgesucht hatte. »Ich weiß nicht. Ich weiß nicht, ob ich es könnte.«

»Dann müssen wir uns also gar nicht entscheiden, nicht wahr?«

»Bei dir klingt alles immer so furchtbar einfach.« Sie sah ihn unglücklich an. »Aber so einfach liegen die Dinge gar nicht.«

»O doch. Du hast eine Mutterschaftsklausel in deinem Vertrag. Das hast du einmal erwähnt.«

»Du meine Güte, das hatte ich ganz vergessen.« Dann lachte sie, als sie sich daran erinnerte, wie komisch sie diese Bestimmung gefunden hatte. Plötzlich kam ihr überhaupt alles sehr ulkig vor. Sie lachte in einem fort, Peter küßte sie auf die Wange und fischte eine Flasche Champagner aus dem Kühlschrank bei der Bar. Er entkorkte sie, schenkte jedem von ihnen ein Glas ein und prostete ihr zu.

»Auf uns.« Und dann: »Auf unser Baby.«

Sie nahm einen Schluck und stellte das Glas schnell wieder nieder. Ihr war sofort übel geworden. »Ich kann nicht.« Ihr Gesicht wurde buchstäblich gelb, er stellte sein Glas hin und trat zu ihr.

»Geht es dir gut, Schatz?«

»Alles in Ordnung.« Sie lehnte sich an ihn und konnte es noch immer nicht glauben, so komisch fand sie die Lage. »Meine Töchter sind fast siebzehn, und ich bin schwanger. Stell dir vor...« Sie begann wieder zu lachen. »Ich kann mir nicht vorstellen, wie es überhaupt passieren konnte, ich habe doch keine Vorsichtsmaßnahme versäumt.«

»Wen kümmert es? Betrachte es als Geschenk des Himmels.« Er sah seine Frau ernsthaft an. »Mel, ich steige jeden Tag der Woche mit dem Tod in den Ring. Ich kämpfe gegen ihn, ich hasse ihn, ich versuche ihn zu überlisten, indem ich Plastikherzen oder Herzklappen von Schweinen oder Schafen in die Brust von Menschen einsetze, ich mache Transplantationen, ich tue mein möglichstes, um dem alten Knaben ein Schnippchen zu schlagen, der mir bei jeder Operation immer über die Schulter schaut. Und da kommst du mit diesem kostbaren Geschenk von neuem Leben, das wir unverdienterweise erhalten. Es wäre ein Verbrechen, es zurückzuweisen.«

Sie nickte ruhig, gerührt über seine Worte. Sie hatte nicht das Recht, ein solches Glück zu verschenken. »Was werden wir den Kindern sagen?«

»Daß wir Zuwachs bekommen und uns darüber freuen. Zum Teufel, ich dachte, du bist krank.«

»Ich auch.« Sie fühlte sich besser, weil sie den Champagnergeschmack nicht mehr im Mund hatte. »Ich bin froh, daß ich gesund bin.«

»Nicht halb so froh wie ich, Mel. Ich könnte ohne dich nicht leben.«

»Das kommt im Augenblick sowieso nicht in Frage.« In diesem Moment klopfte Matthew an die Tür und meldete, daß es Zeit zum Abendessen war; doch bevor sie ins Speisezimmer gingen, rief Peter sie alle ins Wohnzimmer und hielt eine kleine Ansprache.

»Wir haben euch etwas Aufregendes mitzuteilen.« Peter strahlte und sah Mel an. »Wir besuchen nächste Woche das Disneyland!« warf Matt ein, alle lachten und begannen herumzuraten. Mark nahm an, daß sie einen Tennisplatz anlegen würden, Pam träumte von einer Jacht, die Zwillinge entschieden sich für einen Rolls-Royce und eine Reise nach Honolulu, eine Idee, mit der alle einverstanden waren, doch jedesmal schüttelte Peter den Kopf.

»Nein. Nicht ganz. Obwohl Honolulu verlockend klingt. Vielleicht zu Ostern. Aber wir haben etwas viel Wichtigeres zu verkünden.«

»Sag schon, Dad, was ist es?« Matthew konnte es kaum erwarten, die Neuigkeit zu erfahren, und Peter sah ihn geradewegs an.

»Wir bekommen ein Baby, Matt.« Dann blickte er sie alle an, und auch Mel beobachtete ihre Gesichter, aber sie war auf die Reaktionen ihrer Kinder ebensowenig vorbereitet wie auf die Testergebnisse von Doktor Sam Jones.

»Was bekommt ihr?« Pam sprang sichtlich entsetzt auf und starrte Mel ungläubig an. »Das ist das Widerlichste, was ich je gehört habe.« Sie brach in Tränen aus und stürzte aus dem Zimmer, während Matthew seine Eltern mit bebenden Lippen ansah.

»Wir brauchen nicht noch ein Kind hier. Wir sind ohnehin schon fünf.«

»Aber es könnte ein netter Spielgefährte für dich werden, Matt.« Peter sah, daß der Kleine Tränen in den Augen hatte. »Die anderen sind soviel älter als du.«

»Mir gefällt es so, wie es jetzt ist.« Er folgte seiner Schwester,

Mel wandte sich ihren eigenen Kindern zu und sah, daß auch Val in Tränen ausgebrochen war.

»Erwarte nicht von mir, daß ich mich für dich freue, Mom.« Sie stand auf, und ihr üppiger Busen wogte. »Vor zwei Monaten habe ich mein eigenes Kind umgebracht, und jetzt erwartest du wohl von mir, daß ich mich über deines freue?« Sie lief aufgelöst aus dem Zimmer; Mark zuckte die Schultern, aber er schien es auch nicht für eine glückliche Idee zu halten, und Jessica starrte Mel ziemlich betroffen an. Es war, als wüßte sie, wieviel Belastung ihre Mutter schon zu tragen hatte, und konnte nicht begreifen, wie sie eine weitere auf sich nehmen konnte. Das Schlimmste war, daß Mel ihr recht geben mußte. Jess zog sich mit der Ausrede zurück, sie wolle nach Val sehen, und Mark verschwand gleichfalls, also saßen sie allein im Wohnzimmer, und Mel wischte sich die Tränen aus den Augen.

»Das war es also.«

»Sie werden sich wieder beruhigen.« Er legte den Arm um seine Frau, und als er aufblickte, stand Hilda Hahn vor ihm und starrte ihn an.

»Das Abendessen wird kalt«, erklärte sie ärgerlich, und Mel stand sichtlich bekümmert auf. Sämtliche Kinder waren bei der Aussicht auf Familienzuwachs in Aufruhr geraten, und sie hatte noch immer Probleme in ihrem Beruf. Sie hatte im Augenblick den Eindruck, daß sie die Schwierigkeiten nicht mehr bewältigen konnte, und Mel war sehr bedrückt, als sie sich an den Tisch setzten. Dann sah sie, daß Mrs. Hahn sie fixierte.

»Ich habe, ohne zu wollen, die Neuigkeit gehört.« Ihr schwerer deutscher Akzent zerrte wie immer an Mels Nerven, ihre Art zu sprechen hatte nichts Warmes oder Freundliches an sich, im Gegensatz zu anderen Deutschen, die Mel kannte. »Ist es nicht gefährlich, in Ihrem Alter noch ein Kind zu bekommen?«

»Keineswegs« – Mel lächelte zuckersüß –, »ich bin erst zweiundfünfzig.« Sie wußte genau, daß Mrs. Hahn einundfünfzig war. Peter lächelte ihr zu. Was immer Mel jetzt auch tun mochte, er war damit einverstanden. Es war ihm vollkommen gleichgültig, wie sich ihre Kinder dazu stellten; er freute sich und wollte es Mel zeigen. Sie konnte keinen Bissen hinunterbringen, sie mußte an die Kinder und ihre Reaktionen denken. Sie ging zu ihnen hinauf, doch alle Türen waren geschlossen, nirgends wurde sie freudig empfangen. Als sie hinunter in ihr Schlafzimmer kam, bestand Peter darauf, daß sie sich erst einmal hinlegte. »Ich bin doch erst seit vier oder fünf Wochen schwanger«, lachte sie ihn aus.

»Macht nichts. Du kannst ebensogut gleich anfangen, dich darauf einzustellen.«

»Ich glaube, den Anfang haben wir vor zwei Stunden im Wohnzimmer gemacht.« Sie legte sich seufzend aufs Bett. »Das war vielleicht eine Begeisterung, die uns da entgegenschlug, was?« Die Reaktion der Kinder hatte sie verletzt, sie fühlte sich nun wehrlos, unerwünscht und alleingelassen.

»Gib ihnen eine Chance. Die einzigen, die wirklich Grund haben, betroffen zu sein, sind Val und Mark, und ich bin sicher, daß beide den Schock überleben werden.«

»Der arme Matt. Er will unser Nesthäkchen sein, und ich nehme ihm das überhaupt nicht übel.«

»Vielleicht wird es ein Mädchen«, meinte Peter, doch Mel stöhnte.

»Nicht noch eines. Wir haben ohnehin schon drei.« Sie freundete sich schon mit dem Gedanken an ein Baby an und empfand es nachgerade als kleines Wunder. Sie sprachen in der Nacht stundenlang darüber, und er küßte sie am nächsten Morgen zärtlich, ehe er in die Klinik fuhr. Als sie zum Frühstück nach unten kam und Matt, Pam und die Zwillinge sah, hatte sie das Gefühl, in ein feindliches Lager geraten zu sein. Sie sah einen nach dem anderen an und verlor ihren ganzen Lebensmut. Sie würden sich nie damit abfinden.

»Es tut mir leid, daß ihr alle so negativ eingestellt seid.« Val sah ihr nicht ins Gesicht, Jess wirkte deprimiert, Matthew rührte keinen Bissen von seinem Frühstück an, und als Mel in Pams Augen blickte, erschrak sie über das, was sie ausdrückten, denn es stand ein Gemisch von Haß, Wut und Angst darin. Als hätte sie sich im Geist an einen fernen Ort geflüchtet, an dem Mel sie nicht erreichen konnte.

Von allen war Pam am meisten außer Fassung geraten. Mel

versuchte, mit ihr darüber zu sprechen, als sie aus der Schule heimkam, aber als Mel ihr zu ihrem Zimmer folgte, schlug ihr Pam die Tür vor der Nase zu und schloß sich ein. Als Mel dann klopfte, weigerte sie sich zu öffnen.

Im ganzen Haus herrschte Kummer, Kränkung und Zorn. Es war, als wollten alle sie bestrafen, jeder auf seine Art, Mark, indem er zur Verzweiflung seines Vaters nie zu Haus war, die Zwillinge, indem sie sich von ihr absonderten und sie aus ihrem Leben ausschlossen, Matt, indem er unaufhörlich jammerte und Schwierigkeiten in der Schule hatte, und Pam, indem sie abschaltete und die Schule schwänzte. Die Schulleitung teilte Mel innerhalb von vier Wochen viermal telefonisch mit, daß Pam vor der zweiten Stunde verschwunden war, und als Mel sie zur Rede stellte, zuckte Pam nur die Schultern, verschwand auf ihr Zimmer und schloß ihre Tür ab. Ihre letzte Bosheit bestand darin, daß sie das Porträt ihrer Mutter als Provokation über dem Bett in Mels und Peters Zimmer an die Wand hängte. Als Mel nach Haus kam und es dort erblickte, schnappte sie ungläubig nach Luft.

»Wissen Sie, wann sie das getan hat?« fragte sie Mrs. Hahn, während sie das Porträt Annes in ihren zitternden Händen hielt.

»Ich habe nichts gesehen, Mrs. Hallam.« Doch Mel war sich im klaren, daß sie Pams Treiben gesehen und gebilligt hatte. Und als Mel wieder durch einen Anruf erfuhr, daß das Mädchen die Schule schwänzte, beschloß sie, an dem Tag zu Haus zu bleiben und zu warten, bis Pam auftauchte. Um vier Uhr war sie noch immer nicht erschienen. Diesmal fragte sich Mel ernstlich, ob nicht ein Junge im Spiel war. Um fünf Uhr schlenderte Pam grinsend herein und war sichtlich darüber belustigt, daß Mel den ganzen Tag auf sie gewartet hatte. Als Mel sie genauer in Augenschein nahm, merkte sie, daß das Mädchen high war. Sie stellte sie zur Rede, schickte sie dann auf ihr Zimmer und fuhr ins Studio. Später erzählte sie Peter von ihrem Verdacht.

»Das bezweifle ich wirklich, Mel. Das hat sie noch nie getan.«

»Du kannst es mir glauben.« Doch er schüttelte den Kopf. Er glaubte seiner Frau nicht, und als er Pam fragte, leugnete sie alles ab. Allmählich verursachte Pam einen ernsten Zwiespalt zwischen ihnen, und Mel spürte, daß sie im Begriff war, ihren einzigen Verbündeten zu verlieren. Peter ergriff immer Pams Partei gegen sie. Sie war im Haus von Feindseligkeit umgeben, es war noch dazu nicht einmal ihr Haus, und nun stand Peter auch noch auf Pams Seite. »Ich weiß, Peter, daß sie high war.«

»Ich glaube es einfach nicht.«

»Du solltest einmal mit den Lehrern in ihrer Schule sprechen.« Als Mel versuchte, mit Val und Jess darüber zu reden, verhielten sie sich reserviert, aber höflich. Sie wollten sich nicht einmischen, Mark ebensowenig. Mel war wegen des ungeborenen Kindes, das sie unter dem Herzen trug, zur Ausgestoßenen geworden. Sie hatte alle verraten.

Zwei Wochen später, als die Polizei anrief, war es ein trauriger Triumph für sie. Sie hatte recht gehabt. Pam war dabei ertappt worden, als sie in der Innenstadt Marihuana kaufte, während sie in der Schule sein sollte. Peter geriet völlig aus dem Häuschen und drohte, sie in ein Pensionat zu stecken, doch das Kind wandte sich wieder gegen Mel. »Du hast ihn gegen mich aufgehetzt. Du willst mich loswerden.«

»Das will ich keineswegs. Aber ich will, daß du dich anständig aufführst; es ist höchste Zeit dafür, vor allem mußt du aufhören, jeden zweiten Tag die Schule zu schwänzen, Marihuana zu rauchen und dich hier im Haus wie ein kleines Biest zu benehmen. Das ist dein Heim, und wir lieben dich, aber du kannst dich nicht einfach so benehmen, wie es dir gerade paßt. In jeder Gesellschaft, in jeder Gemeinschaft, in jedem Heim gibt es Regeln, an die man sich halten muß.«

Doch wie gewöhnlich ließ Peter Pam bald wieder die Zügel schießen, hielt sie eine Woche im Zaum und ließ es dann dabei bewenden. Er unterstützte Mels Bemühungen nicht, und zwei Wochen später wurde Pam wieder aufgegriffen. Diesmal nahm Peter die Sache ernst, rief ihren ehemaligen Psychiater an und machte mehrere Termine aus. Dann bat er Mel, Pam hinzubringen. Das Ergebnis war, daß Mel Pam viermal die Woche fast mit Gewalt hinschleppte, mit Mühe und Not rechtzeitig zur Arbeit kam und abends wieder nach Haus hetzte, wo sie versuchte,

Matt und den Zwillingen etwas Aufmerksamkeit zu widmen. Sie hatte nur einen einzigen Wunsch: auszuschlafen. Immer wieder erbrach sie die schwer verdaulichen Mahlzeiten, die Mrs. Hahn mit schöner Regelmäßigkeit zubereitete.

»Das gehört zu den Lieblingsspeisen des Doktors«, verkündete sie, wenn sie Mel wieder einen Teller Sauerkraut vorsetzte. Nachdem Mel diese Hetzjagd einen Monat lang mitgemacht hatte, wurde sie eines Freitagabends mit Blutungen und Krämpfen ins Krankenhaus eingeliefert, wo sie der Gynäkologe ernst ins Gebet nahm.

»Wenn Sie nicht kürzer treten, Mel, werden Sie Ihr Kind verlieren.«

Ihre Augen schwammen in Tränen. Im Augenblick bestand ihr Leben nur aus Kämpfen. »Ich glaube nicht, daß es jemandem etwas ausmachen würde.«

»Und Ihnen?«

Sie nickte müde, traurig. »Ja, mir schon, glaube ich.«

»Dann sollten Sie Ihrer gesamten Umgebung klarmachen, daß sie Rücksicht auf Ihren Zustand nehmen muß.«

Peter kam am nächsten Tag zu Mel in die Klinik und blickte sie bekümmert an. »Du willst das Baby eigentlich nicht, Mel, nicht wahr?«

»Du glaubst, ich möchte es loswerden?«

»Das hat jedenfalls Pam behauptet. Sie hat mir erzählt, daß du vorige Woche reiten warst.«

»Was? Bist du verrückt? Glaubst du, ich würde so etwas tun?«

»Ich weiß nicht. Ich weiß, daß es dich bei der Arbeit stört oder daß du glaubst, es könnte dich stören.« Sie starrte ihn ungläubig an, stand auf und packte ihren Koffer. »Wohin willst du?«

Sie wandte sich zu ihm um. »Nach Haus. Um deiner Tochter den Hintern zu versohlen.«

»Mel... bitte...« Doch sie verließ trotz Peters Bitten das Krankenhaus, fuhr nach Haus, legte sich ins Bett, ging am Nachmittag in die Küche und trug Mrs. Hahn auf, zum Abendessen Huhn und Reis zu kochen, etwas, das zur Abwechslung auch sie essen konnte, dann legte sie sich buchstäblich auf die Lauer, bis die Kinder nach Haus kamen. Um sechs waren sie alle versammelt und waren überrascht, daß Mel da war. Als sie zum Essen hinunter gingen, erwartete Mel sie mit blitzenden Augen bei Tisch.

»Guten Abend, Pam.« Sie machte mit ihr den Anfang. »Wie war dein heutiger Tag?«

»Gut.« Pam versuchte, selbstsicher zu wirken, warf Mel aber immer wieder nervöse Blicke zu. »Wie ich höre, hast du deinem Vater erzählt, ich sei vorige Woche geritten. Stimmt das?« Im Raum war es totenstill. »Ich wiederhole: Stimmt das?«

»Nein«, hauchte Pam kaum hörbar.

»Ich kann dich nicht verstehen, Pam.«

»Nein.« Sie schrie Mel an, und Peter griff nach dem Arm seiner Frau. »Bitte, Mel, reg dich nicht auf...«

Mel sah ihm in die Augen. »Wir müssen einige Dinge endlich klarstellen. Hast du gehört, was sie gesagt hat?«

»Ja.«

Mel wandte sich wieder an Pam. »Warum hast du deinem Vater eine Lüge aufgetischt? Wolltest du uns Schwierigkeiten bereiten?« Pam zuckte die Schultern. »Warum, Pam?« Sie berührte die Hand des Mädchens. »Weil ich ein Kind bekomme? Ist das etwas so Schreckliches, daß ihr mich dafür bestrafen müßt? Dazu möchte ich etwas feststellen: ganz gleich, wie viele Kinder wir noch bekommen, wir werden dich immer liebhaben.« Sie sah, wie Pams Augen sich mit Tränen füllten, während Peter Mels Arm nicht losließ. »Wenn du aber nicht mit dem Blödsinn aufhörst, den du treibst, seit ich hier eingezogen bin, werde ich dich mit Fußtritten in den Hintern bis ans andere Ende der Stadt treiben.« Pam lächelte unter Tränen.

»Würdest du das wirklich tun?« Die Frage klang fast heiter. Es bestätigte Mel, daß den Kindern noch immer an ihr lag.

»Und ob.«

Dann sah sich Mel am Tisch um. »Das gilt auch für die übrigen.« Ihre Stimme wurde sanfter, als sie Matt anblickte. »Du wirst immer unser Nesthäkchen bleiben, Matt. Das Kind in mir wird dir nie deinen Platz streitig machen.« Er sah nicht aus, als würde er ihr glauben. Dann wandte sie sich zu den Zwillingen. »Und ihr beiden.« Sie sah besonders Val an. »Ich bekomme das

Baby nicht gerade jetzt, um dich damit zu treffen, Val. Ich konnte nicht wissen, daß ich schwanger würde, ebensowenig wie du deine Schwangerschaft vorausgesehen hast. Euch beiden war es vollkommen gleichgültig, was ich fühle, und ich finde das niederträchtig von euch.« Dann wandte sie sich Mark zu. »Offengestanden wundert es mich, Mark, dich heute abend hier zu sehen. Wir bekommen dich nicht mehr oft zu Gesicht. Ist dir das Geld ausgegangen, so daß du heute zur Abwechslung zu Haus essen mußt?«

»Ja.« Er grinste.

»Ich finde, du solltest daran denken, daß du, solange du in unserer Gemeinschaft lebst, eine Verantwortung dieser Familie gegenüber trägst und dich mehr als einmal im Monat hier zeigen solltest. Wir erwarten, dich etwas häufiger hier zu sehen als in der letzten Zeit.«

Er schien erstaunt über diese Standpauke zu sein und antwortete beinahe schüchtern: »Ja, Ma'am.«

»Und Pam« – Peters einzige Tochter sah Mel prüfend an –, »von nun an wirst du allein zum Psychiater fahren. Du kannst den Bus nehmen wie alle anderen auch. Ich werde dich nicht durch die ganze Stadt kutschieren. Wenn du ihn aufsuchen willst, kannst du auch allein hinkommen, aber ich werde dich nicht an den Haaren hinschleppen. Du bist beinahe fünfzehn. Es ist an der Zeit, daß du ein wenig Verantwortung für dich selbst übernimmst.«

»Muß ich von der Schule mit dem Bus nach Haus fahren?« piepste Matt hoffnungsvoll. Er liebte den Bus, doch Mel schüttelte lächelnd den Kopf.

»Nein, du mußt nicht.« Sie warf wieder einen Blick in die Runde. »Ich hoffe, ihr habt mich verstanden. Ihr habt euch alle, jeder aus seinen persönlichen Gründen, benommen wie kleine Ungeheuer, seit euer Vater und ich euch mitgeteilt haben, daß ich schwanger bin, und ich persönlich finde euer Benehmen widerlich. Ich kann eure Gefühle nicht beeinflussen, aber ich kann verlangen, daß ihr euer Benehmen ändert, und ich bin nicht bereit, die Art, wie ihr mich behandelt, hinzunehmen, das gilt für euch alle« – ihr Blick schloß auch Mrs. Hahn ein. »Es ist Platz für alle hier, für euch, für mich, für euren Vater, für dieses Baby, aber wir müssen zueinander freundlich sein. Ich werde mich nicht« – plötzlich füllten sich ihre Augen mit Tränen – »wegen dieses ungeborenen Kindes weiterhin von euch bestrafen lassen.« Damit warf sie ihre Serviette auf den Tisch und ging auf ihr Zimmer, ohne einen Bissen angerührt zu haben. Aber sie hatte auch damit zumindest ihren Standpunkt durchgesetzt, denn Mrs. Hahn hatte tatsächlich Brathühnchen, Salat und Reis auf den Tisch gebracht. Peter sah alle in der Runde an. Sie wirkten verlegen und bedrückt, was ja beabsichtigt war, und sie sahen ihr Unrecht ein.

»Sie hat recht, wißt ihr. Ihr wart alle gemein zu ihr.«

Pam versuchte, seinem Blick standzuhalten, aber es gelang ihr nicht, und Mark rutschte verlegen auf seinem Sitz hin und her, während Val den Kopf hängen ließ. »Ich hatte nicht die Absicht...« Jess unterbrach sie: »Doch, die hattest du. Wie wir alle. Wir waren böse auf sie.«

»Es ist nicht fair, euren Zorn an ihr auszulassen.«

»In Ordnung, Dad. Wir werden jetzt brav sein.« Matt tätschelte den Arm seines Vaters, sie lächelten alle, und einige Minuten danach trug Peter einen Teller ins Schlafzimmer hinauf, in dem Mel weinend auf dem Bett lag.

»Komm, Liebling, reg dich nicht mehr auf. Ich habe dir etwas zu essen gebracht.«

»Ich will nicht essen, mir ist übel.«

»Du solltest dich nicht so aufregen, das ist schlecht für deinen Zustand.« Sie wandte sich um und sah ihn ungläubig an.

»Schlecht für meinen Zustand? Denkst du jemals daran, wie schlecht es für mich ist, wenn mich jeder in diesem Haus wie den letzten Dreck behandelt?«

»Sie werden sich jetzt bessern.« Sie gab ihm keine Antwort. »Und du solltest nicht so hart zu ihnen sein, Mel. Sie sind doch noch Kinder.«

Sie kniff die Augen zusammen und sah ihn an. »Ich schließe Matt aus, denn er ist erst sechs Jahre alt und hat das Recht, eifersüchtig zu sein, aber die anderen sind praktisch schon erwachsen und haben im letzten Monat auf meinen Nerven herumgetrampelt. Pam hat dir sogar eine haarsträubende Lüge erzählt, damit du annimmst, ich versuche unser Kind loszuwerden, und du hast ihr auch noch geglaubt. Plötzlich war sie wütend auf ihn, er ließ den Kopf hängen, dann sah er sie an.

»Ich weiß, daß dieses Baby dich bei deiner Arbeit stören wird, und du wolltest es zuerst nicht.«

»Ich bin nicht einmal jetzt sicher, daß ich es bekommen will. Aber es ist nun einmal vorhanden, und damit kommen wir zum nächsten Punkt. Wo sollen wir es deiner Meinung nach in diesem Haus unterbringen?«

»Daran hatte ich eigentlich noch nicht gedacht.«

»Das habe ich auch nicht angenommen.« Sie wollte nicht mit ihm streiten, aber auf seine Art war er auch nicht besser als die Kinder. Deshalb fragte sie. »Können wir nun endlich dieses Haus verkaufen?«

Er sah sie entsetzt an. »Hast du den Verstand verloren? Das ist das Heim meiner Kinder.«

»Und du hast es mit Anne gebaut.«

»Das ist jetzt Nebensache.«

»Nicht für mich. Außerdem gibt es hier keinen Platz für unser Baby.«

»Wir werden einen Flügel anbauen.«

»Wo? Über dem Swimming-pool?« Es war eine absurde Idee, und das wußte er.

»Ich werde einen Architekten kommen lassen und sehen, was er mir für Vorschläge machen kann.«

»Du bist mit diesem Kasten ja nicht verheiratet.«

»Ich bin auch nicht mit dir verheiratet. Du bist mit deinem verdammten Job verheiratet, über den du so viel meckerst.«

»Das ist unfair.«

Sein Zorn wuchs. »Du würdest deinen Beruf nicht einmal einen Tag unterbrechen, nicht wahr? Auch wenn er dich unser Kind kostet...« Man konnte ihre lauten Stimmen im ganzen Haus hören.

»Das tut er nicht.« Sie sprang aus dem Bett und stellte sich ihm gegenüber. »Du und die Kinder, ihr werdet es schaffen, wenn ihr mich nicht alle in Ruhe laßt und zur Abwechslung einmal etwas für mich tut. Ihr wollt mich alle mit Dreck bewerfen, weil ich gewagt habe, schwanger zu werden, und du willst mir dein altgewohntes Leben aufzwingen, während deine Tochter das Porträt ihrer Mutter über meinem Bett an die Wand hängt.«

»Einmal. Und wenn schon.« Er war unbeeindruckt.

»Das Ding gehört überhaupt nicht in dieses Haus.« Dann starrte sie ihn an. Es war zuviel. »Und ich auch nicht.« Sie marschierte zum Wandschrank, nahm einen Koffer heraus und warf ihn aufs Bett, dann ging sie zu ihrer Kommode und begann, Kleidungsstücke in den Koffer zu werfen. »Ich ziehe aus, bis ihr euer Verhältnis zu mir überdacht habt. Zum Teufel, die Kinder sollten sich anständig benehmen, und du solltest aufhören, Pam wie eine zarte, gläserne Blume zu behandeln, sonst wird sie tatsächlich rauschgiftsüchtig oder ausflippen. Ihr fehlt nichts, das nicht durch eine straffere Erziehung zu heilen wäre.«

»Darf ich dich daran erinnern, daß es deine Tochter war, die in diesem Jahr schwanger wurde.« Das war ein Tiefschlag, das war ihm klar, sobald er den Satz ausgesprochen hatte. Aber es war jetzt zu spät, um es rückgängig zu machen.

Mel starrte ihn haßerfüllt an. »*Touché*. Und das haben wir deinem Sohn zu verdanken.«

»Hör mal, Mel... beruhigen wir uns doch und sprechen wir...« Der Ausdruck in ihren Augen machte ihm Angst; er wußte, daß sie sich nicht aufregen sollte, aber sie hatte ihn zu sehr gereizt.

»Du hast zumindest teilweise recht. Ich werde mich beruhigen, aber wir werden nicht weiter diskutieren. Jedenfalls nicht jetzt. Ich verlasse heute dieses Haus, und du kannst sehen, wie du mit den Kindern fertig wirst. Eigentlich kannst du hier sitzen bleiben und darüber nachdenken, was du mit ihnen, diesem Haus und mir anfangen willst.«

»Ist das ein Ultimatum, Mel?« Seine Stimme klang ruhig.

»Ja.«

»Und was machst du inzwischen?«

»Ich werde mir auch verschiedenes überlegen. Wie ich mein Leben in diesem Haus gestalten will, ob ich meinen Job aufgeben oder behalten will und ob ich dieses ungeborene Kind loswerden will oder nicht.«

»Ist das dein Ernst?« fragte er empört, doch sie sah ihn jetzt mit erschreckender Ruhe an.

»Ja.«

»Du würdest unser Kind abtreiben lassen?«

»Vielleicht. Ihr scheint alle anzunehmen, daß ich tun muß, was ihr mir befehlt und von mir erwartet. Ich muß jeden Tag hier sein, ich muß mich mit Mrs. Hahn abfinden, ich muß mich danach richten, was die Kinder wollen, ich muß mit Annes Bildern leben, die mich vorwurfsvoll anstarren, ich muß Pam zum Psychiater fahren, ich muß dieses Kind zur Welt bringen, ganz gleich, ob... Ihr irrt euch. Auch ich kann Entscheidungen treffen.«

»Und ich habe zu allem ja und amen zu sagen?« Er geriet wieder in Zorn.

»Du hast schon genug gesagt. Du verteidigst Pam jedesmal, wenn ich den Mund aufmache. Du erzählst mir, wie wunderbar Mrs. Hahn ist, und ich erkläre dir, daß ich sie nicht ausstehen kann, worauf du feststellst, daß es dein Haus ist. Du findest, daß ich unser Kind bekommen muß. Das muß ich nicht. Ich bin sechsunddreißig Jahre alt und glaube, daß ich für eine Geburt zu alt bin. Auf jeden Fall aber bin ich viel zu alt, um mir diese niederträchtige Behandlung von irgend jemandem, dir oder den Kindern, gefallen zu lassen.«

»Mir war nicht bewußt, Mel, daß ich dich schlecht behandle.«

Sie sah ihn bedrückt an. »Ich habe dir zuliebe in den letzten sechs Monaten mein ganzes Leben umgekrempelt, meine Stellung, mein Haus, meine Stadt, meine Unabhängigkeit aufgegeben. Ich habe hier zwar einen Job, der sich für mich positiv entwickeln kann oder auch nicht, aber er ist alles in allem ein gewisser Rückschritt für mich, und ich arbeite mit einem wirklichen Schweinehund zusammen. Das alles läßt dich kalt. Für dich hat sich nichts geändert. Deine Kinder haben ihre eigenen Zimmer, ihr eigenes Haus, überall hängen Bilder von ihrer Mutter, sie haben ihre Haushälterin, ihren Dad. Die einzige Unannehmlichkeit besteht darin, daß sie sich jetzt mit meiner Anwesenheit abfinden müssen. Falls ihr erwartet, daß ich hierbleibe, solltet ihr lieber einmal darüber nachdenken, wie weit ihr mir entgegenkommen wollt. Oder ich benütze die Gelegenheit und fahre nach Haus.«

Er war erschrocken, doch seine Stimme blieb ruhig. »Verläßt du mich, Mel?«

»Nein. Aber ich fahre für eine Woche fort, um in Ruhe über unser Zusammenleben nachzudenken und zu entscheiden, was ich künftig tun will.«

»Wirst du in dieser Zeit eine Abtreibung vornehmen lassen?«

Sie schüttelte den Kopf und schluckte ihre Tränen hinunter. »Das würde ich dir nicht antun. Falls ich mich dazu entschließe, werde ich es dich vorher wissen lassen.«

»Es ist relativ spät dafür. Es könnte riskant werden.«

»Dann muß ich auch das in Betracht ziehen. Zunächst werde ich jedoch darüber nachdenken, was ich will, nicht was du willst oder erwartest, oder was dir genehm ist oder was die Kinder verlangen. Auch ich habe meine Bedürfnisse, und seit langer Zeit hat sich niemand einen Deut darum gekümmert, nicht einmal ich selbst.« Er nickte bedächtig, entsetzt darüber, daß sie mit dem Weggehen Ernst machen würde, und sei es nur für eine Woche.

»Wirst du mich wissen lassen, wo du dich aufhältst?«

»Das weiß ich noch nicht.«

»Weißt du, wohin du fährst?«

»Nein. Ich werde mich in den Wagen setzen und fahren, auf Wiedersehen in einer Woche.« Sie hinterließ ihm eine Menge Probleme, über die er nachdenken sollte. Sie würde jedenfalls nicht die einzige sein, die sich in dieser Woche den Kopf zerbrach.

»Was ist mit deiner Arbeit?«

»Ich werde ihnen einfach mitteilen, daß ich wieder krank geworden bin. Ich bin sicher, daß Paul Stevens begeistert sein wird.«

Er wußte, daß er ihr etwas auf den Weg mitgeben mußte, bevor sie wegfuhr, bevor sie in ihrer Erregung alles über Bord warf. »Ich werde mich jedenfalls nicht freuen, Mel. Du wirst mir schrecklich fehlen.«

Sie griff nach ihrem Koffer und ging traurig, aber entschlossen zur Tür. »Du mir auch. Aber vielleicht ist das der Sinn der ganzen Sache. Vielleicht ist es Zeit, daß wir uns beide klarmachen, wieviel uns unser Zusammenleben bedeutet, wieviel es uns wert ist, wieviel wir bereit sind, dafür aufzugeben. Ich weiß es nicht mehr, ich dachte, ich wüßte es, doch plötzlich stelle ich alles in Frage, und ich muß es mir einmal in Ruhe überlegen.« Er nickte, sah ihr nach, während sie hinausging, einen Augenblick später hörte er, wie sich die Eingangstür hinter ihr schloß. Er hatte sie in die Arme nehmen, ihr sagen wollen, daß er sie mehr liebte als sein Leben, daß er sich das gemeinsame Kind wünschte, aber er war zu stolz gewesen, es zuzugeben, er hatte nur stumm dagestanden. Und nun war sie fort. Für eine Woche? Für länger? Für immer?

»Wo ist Mom?« Val warf überrascht einen Blick ins Schlafzimmer, als sie vorbeikam.

»Weg.« Er starrte sie an. »Sie ist fort.« Er beschloß, ihr die Wahrheit zu sagen. Er würde sie ihnen allen sagen. Es geschah ihnen recht, denn sie waren auch daran beteiligt. Sie waren alle dafür verantwortlich, daß Mel sich im Stich gelassen fühlte. Er würde nicht allein die Schuld auf sich nehmen, obwohl ihm jetzt klar war, daß ein guter Teil davon auf sein Konto ging. Er war so verdammt uneinsichtig bezüglich des Hauses und auch sonst in vielerlei Hinsicht gewesen. Sie hatte alle Veränderungen auf sich genommen, die für ihr gemeinsames Leben erforderlich waren, er hatte dagegen kein einziges Opfer gebracht. Sie hatte recht, er hatte nicht fair gehandelt. Nun sah er Val traurig an, die offensichtlich nicht wußte, was er meinte.

»Fort? Wohin fort?«

»Das weiß ich nicht. Sie wird in einer Woche wieder hier sein.« Val starrte ihn an. Sie hatte begriffen. Sie waren alle zu weit gegangen. Aber sie waren so schrecklich wütend auf sie gewesen, sie selbst eingeschlossen. Es hatte sich nicht gelohnt.

»Wird sie okay sein?«

»Ich hoffe es, Val.« Er ging in die Vorhalle und legte einen Arm um sie, als Jess die Treppe herauf kam.

»Ist Mom ausgegangen?«

»Ja«, antwortete Val an seiner Statt. »Sie ist auf eine Woche weggefahren.« Die übrigen, die hinterher kamen, hörten, was Val sagte, blieben stehen und starrten Peter an.

30

Als Mel an diesem Abend das Haus verließ, stieg sie einfach in den Wagen und fuhr ohne bestimmtes Ziel los, sie wollte niemanden sehen. Sie wollte nur weg von diesem Haus, ihrem Beruf, ihren Kindern und ihrem Mann. Während der ersten achtzig Kilometer dachte sie nur daran, von wo sie weggefahren war, nicht wohin sie wollte.

Doch dann entspannte sie sich allmählich, nach fast zwei Stunden hielt sie an, um zu tanken, und lächelte still vor sich hin. Sie hatte noch nie in ihrem Leben etwas so Verrücktes gemacht – sie war ihrem Mann davongelaufen. Aber sie hatte genug. Alle wollten etwas von ihr, und es war an der Zeit, daß sie einmal auch an sich dachte, nicht nur an die anderen. Das betraf auch das Ungeborene. Verdammt noch mal, sie mußte nichts tun, das sie nicht wollte. Sie mußte nicht einmal in diesem Haus leben, wenn es ihr gegen den Strich ging. Zum Teufel, sie verdiente schließlich eine Million Dollar im Jahr, sie konnte sich ihr eigenes maßgeschneidertes Haus kaufen, fand sie richtigerweise. Sie mußte nicht mit Annes Geist zusammenleben, wenn sie nicht wollte, und das stand schon fest, daß sie dazu nicht bereit war. Als sie mit vollem Tank weiterfuhr, dachte sie an all die Veränderungen, die sie in den letzten sechs Monaten in ihrem Leben vorgenommen hatte, und wie wenig Peter davon betroffen war. Er arbeitete an der gleichen Klinik, mit den eingespielten Mitarbeitern, die sein fachliches Können entsprechend würdigten, schlief in dem Bett, das er seit vielen Jahren benützte. Seine Kinder hatten nicht ihr Haus verlassen. Er beschäftigte sogar noch dieselbe Haushälterin. Das einzige, was sich für ihn geändert hatte, war das Gesicht, das er küßte, bevor er aus dem Haus ging und zur Arbeit fuhr, und vielleicht hatte er nicht einmal das bemerkt. Als Mel Santa Barbara erreichte, kochte sie wieder vor Zorn und war froh, weggefahren zu sein. Sie bedauerte nur, daß sie es nicht schon früher getan hatte, doch sie war nicht dazu gekommen – sie hatte Pam zum Psychiater gefahren, die Zwillinge zu besänftigen versucht, Mark von ferne beobachtet, Matthew die Mami ersetzt und Peters Hand gehalten, wenn einer seiner Transplantationspatienten gestorben war, ganz zu schweigen von den Interviews, Spezialsendungen und den täglichen Sechs-Uhr-Nachrichten, die sie moderiert hatte, es war ein Wunder, daß sie die Zeit gefunden hatte, sich anzuziehen und zu frisieren. Zum Teufel mit allem, mit Peter, den Kindern und Paul Stevens. Sollte er doch für eine Weile allein herumwerken, sie war krank. Zum Teufel mit ihnen allen. Es kümmerte sie nicht.

Sie machte bei einem Motel halt und nahm ein Zimmer, das sich genausogut in jedem Teil der Welt befinden konnte, von Beirut bis New Orleans, wenn man den rostfarbenen Wollteppich auf dem Boden, die orangefarbenen Kunststoffstühle, das makellos weiß gekachelte Badezimmer, den rostfarbenen Bettvorleger betrachtete. Es war entschieden nicht mit dem Bel-Air zu vergleichen, auch nicht mit dem Santa Barbara Biltmore, in dem sie vor Jahren gewohnt hatte, aber es war ihr verdammt egal. Sie nahm ein heißes Bad, schaltete den Fernsehapparat ein, sah sich die Nachrichten um elf Uhr an, mehr aus Gewohnheit als aus Bedürfnis, dann löschte sie das Licht, ohne zu Haus anzurufen. Hol sie doch alle der Teufel, dachte sie, und zum erstenmal seit Monaten fühlte sie sich frei, jetzt war sie nur sie selbst, traf ihre eigenen Entschlüsse, ohne sich um eine Menschenseele kümmern zu müssen.

Als sie im Bett lag, dachte sie jedoch unvermittelt an das keimende Leben in ihrem Körper, und es wurde ihr klar, daß sie sogar auf ihrer Flucht nicht ganz allein war. Das Ungeborene war mitgekommen... ihr Kind... als wäre es schon eine von ihr unabhängige Persönlichkeit... Sie legte eine Hand auf ihren Bauch, der vor einem Monat noch ganz flach gewesen war und nun eine kleine, aber deutliche Rundung aufwies, wo vorher eine Delle zwischen ihren Hüftknochen gewesen war. Es war ein merkwürdiges Gefühl, daran zu denken, was geschehen würde, wenn sie ihre Schwangerschaft nicht unterbrach. Das Kind würde für sie zu einer Realität werden, in etwa sechs Wochen würde sie spüren, wie es sich bewegte... einen kurzen Augenblick überkam sie ein zärtliches Gefühl, dann verdrängte sie es. Sie wollte im Augenblick nicht daran denken. Sie wollte an gar nichts denken.

Sie schloß die Augen und schlief ein, ohne von Peter zu träumen oder von den Kindern oder von ihrem Ungeborenen oder sonst einem Menschen. Sie schlief, und als sie am nächsten Tag aufwachte, schien die Sonne in ihr Zimmer, sie konnte sich zuerst nicht erinnern, wo sie sich befand, doch als sie sich umsah und ihr klar wurde, wo sie war, lachte sie in sich hinein. Sie fühlte sich wohl, stark und frei.

Als Peter an diesem Morgen in Bel-Air die Augen aufmachte, tastete er instinktiv nach ihr, und als seine Hand und sein Bein nur glatte, leere Laken berührten, erinnerte er sich beklommen daran, daß Mel nicht da war. Er wälzte sich herum, starrte lange zur Decke und fragte sich, wo sie sein mochte, dann fiel ihm ein, warum sie fortgefahren war. Es war wirklich allein seine Schuld, gestand er sich reumütig ein, man konnte nicht den Kindern oder Paul Stevens oder Mrs. Hahn die Schuld geben. Er hatte eben von Anbeginn alles falsch gemacht. Er hatte zuviel von ihr erwartet, er hatte als selbstverständlich hingenommen, daß sie ihr gesamtes Leben von Grund auf veränderte... für ihn. Er wußte, daß sie alles bedauerte, was sie getan hatte, während er sich Vorwürfe machte. Er dachte daran, wie sehr sie an ihrem Leben in New York gehangen hatte, und fragte sich, wie er auf den Gedanken kommen konnte, sie könnte das alles leichten Herzens aufgeben. Einen Job, für den jeder Mensch im ganzen Land sich die Hacken abgelaufen hätte, ein Haus, an dem sie hing, ihre Freunde, ihren Bekanntenkreis, ihre Stadt...

Während Melanie langsam nach Norden fuhr, dachte sie an Peters Gesicht, als sie einander kennengelernt hatten, an jene endlosen ersten Tage während des Interviews, die anstrengenden Stunden, die sie wartend zusammen verbracht hatten, als der Präsident durch einen Schuß verletzt worden war... an Peters ersten Besuch in New York. Sie dachte eigentlich weniger an alles, was sie besessen hatte, als an alles, was sie dagegen eingetauscht hatte... das erste Mal, als Matt auf ihren Schoß geklettert war... ein- oder zweimal ein verstehender Blick in Pams Augen... die Augenblicke, als Mark sich an sie geklammert und geweint hatte, als Val beinahe verblutet wäre. Plötzlich fiel es ihr schwer, alle aus ihrem Leben zu verbannen. Ihr Zorn richtete sich nun eher gegen die Zwillinge, gegen Jess, die zuviel von ihr erwartet hatte, die glaubte, daß sie für alle und insbesondere für sie da sein müsse, gegen Val, die ihrer Mutter das Baby übelnahm, weil sie sich entschlossen hatte, ihr eigenes nicht zu bekommen.

Mel schuldete ihnen mehr als die normale mütterliche Zuwendung. Aber wieviel war sie imstande zu geben? Nicht mehr als sie ihnen ohnehin schon gegeben hatte, das war das Tragische an der Situation, es war trotzdem zu wenig, das war ihr voll bewußt. Nun würde es noch ein Augenpaar geben, das sie eines Tages anblicken und ihr sagen würde, daß sie ihm oder ihr zuwenig Aufmerksamkeit gewidmet hatte... und von ihrem eigenen Leben blieb nichts mehr übrig. Sie war erschöpft, wenn sie nur daran dachte, und fühlte sich erleichtert, als sie endlich Carmel erblickte. Sie wollte sich nur wieder ein Zimmer in einem Motel nehmen und schlafen... dem zermürbenden Alltag entkommen... träumen... flüchten.

»Wann kommt Mami endlich zurück?« Matthew starrte verdrossen auf seinen Teller und dann auf die übrigen am Tisch. Keiner hatte ein Wort gesprochen, seit sie sich an diesem Abend zum Essen hingesetzt hatten. Wenn Mel nicht da war, hatten sie nicht das Gefühl, daß es Sonntag abend war. Es war Mrs. Hahns freier Tag, und für gewöhnlich bereitete ihnen Mel ihre Lieblingsspeisen zu. Sie plauderte und lachte und hörte ihnen zu, hatte ein Auge auf alle und sprach über ihre Pläne für die kommende Woche, wobei sie genau wußte, daß sich doch wieder alles ändern würde, noch ehe die halbe Woche um war. Aber sie scherzte, neckte sie, und es gelang ihr, alle am Gespräch zu beteiligen, oder sie versuchte es zumindest. Dann sah Matthew Peter vorwurfsvoll an. »Warum hast du sie denn fortgehen lassen?«

»Sie wird wieder zurückkommen.« Jessica meldete sich als erste zu Wort, während ihr Tränen in die Augen traten. »Sie ist nur für eine Weile weggefahren, um sich zu erholen.«

»Warum kann sie sich nicht hier erholen?« Matt blickte sie anklagend an. Sie war die einzige, die mit ihm sprach. Die anderen schienen die Sprache verloren zu haben, doch nun wandte sich Mark an ihn:

»Weil wir sie zermürben, Matt. Wir erwarten verdammt viel von ihr.«

Mark blickte dabei ostentativ Pam an, dann wanderte sein Blick von einem zum anderen, und nach dem Essen hörte Peter, wie er Val zurief: »Verdammt, du hast sie für alles verantwortlich gemacht... daß du New York verlassen mußtest... deine Freundinnen... deine Schule... sogar für unsere Affäre mit allen Folgen. Es war nicht ihre Schuld, Val.« Die hübsche kleine Blondine ließ sich auf den Stuhl fallen und weinte so hemmungslos, daß er nicht das Herz hatte, weiterzusprechen. Peter ging langsam die Treppe zu Vals Zimmer hinauf und fand alle Kinder vollzählig versammelt bis auf Pam. Sie hatte gewollt, daß Mel sie verließ. Sie gestand es sich ein, wenn sie es auch ihrem Psychiater nicht anvertraut hatte. Sie wollte ihre eigene Mutter wiederhaben, aber sie hatte endlich begriffen, daß dieser Wunsch unerfüllbar war. Es gab nur die Alternative: entweder Mel oder diese unglaubliche Leere und Einsamkeit, genauso wie damals, als ihre Mutter gestorben war und nur Mrs. Hahn als Bezugsperson für sie alle fungiert hatte; plötzlich wußte Pam, daß das nicht der Zustand war, den sie für sie alle oder für sich selbst erstrebte. Sie stand auf und ging ins Zimmer der Zwillinge, wo alle, sogar Matt, traurig auf dem Boden saßen.

»Mein Gott, ist dieses Zimmer klein.« Sie blickte sich um. Ihr Zimmer war doppelt so groß. Val und Jess sagten kein Wort, wandten sich aber um, als Peter im Türrahmen erschien.

»Ja, das stimmt.« Dabei fiel ihm Mels Bemerkung ein, daß die Zwillinge nie in ihrem Leben ein gemeinsames Zimmer gehabt hatten. Und hier waren sie zusammengepfercht, während Pam ein doppelt so großes Zimmer für sich allein benützte. War alles richtig gewesen, was Mel behauptet hatte? Das meiste, mußte er zugeben. Nicht alles. Aber zu viel, als daß er imstande gewesen wäre, etwas zur Seite zu schieben.

»Ein Doppelzimmer?« fragte der Mann im Motel in Carmel.

»Nein. Ein Einzelzimmer genügt.« Er sah sie argwöhnisch an. Das sagten die Reisenden immer, und dann kamen noch ein Mann und womöglich zwei Kinder ins Zimmer gerannt und dachten, er würde nichts bemerken. Vermutlich hatte sie auch noch einen großen, sabbernden Hund. Aber diesmal hatte er unrecht. Sie nahm ihren kleinen Handkoffer aus dem Wagen, ging hinein, schloß die Tür und legte sich auf das Bett, ohne sich umzusehen. Das Zimmer sah fast genauso aus wie das am Abend zuvor. Alle Hotelzimmer waren nach dem gleichen Schema eingerichtet, orangefarbene Kunststoffmöbel und rostfarbener Wollteppich. Sie schlief erschöpft ein.

»Dr. Hallam?«

»Hmmm?« Eine Schwester hatte ihn angesprochen, er saß in seinem Zimmer, hatte einen Stoß Krankenblätter vor sich und war froh, daß sie an diesem Vormittag nur zwei Bypasses zu machen hatten.

»Ist etwas nicht in Ordnung?« Sie hatte förmlich Angst vor ihm. Er war ein großer Chirurg, und wenn sie einen Fehler machte, konnte es sie ihre Stellung kosten, doch er sah sie nur kurz an und schüttelte mit müdem Lächeln den Kopf.

»Alles in Ordnung. Was ist mit Iris Lee los? Hat sie auf die Medikamente angesprochen?«

»Noch nicht.« An ihr war vor zwei Wochen eine Transplantation durchgeführt worden, und alles schien vorerst gut zu verlaufen, aber Peter hatte trotzdem nicht viel Hoffnung für sie. Sie hatten nicht rechtzeitig ein passendes Ersatzherz bekommen können und hatten ein Kinderherz auf ihr eigenes aufsetzen müssen. Manchmal hatte er mit dieser Technik einen guten Erfolg erzielt, aber Iris war so zart, in ihrem Fall war es ein verzweifelter Versuch gewesen, und er war seit Tagen auf das Schlimmste gefaßt. Diesmal würde Mel ihm nicht Mut zusprechen. Er fühlte sich wie in den Tagen nach Annes Tod. Er war jetzt allein. Sogar noch einsamer als damals, als Anne gestorben war.

»Jess?«

»Ja?«

Val lag nach der Schule auf ihrem Bett, während Jess am Schreibtisch saß. »Möchtest du eigentlich, daß wir nach New York zurückkehren?«

»Und ob.« Sie wandte um. »Sehr oft. Das ist selbstverständlich. Wir haben doch lange Zeit dort gelebt.«

»Nimmst du an, daß Mom dorthin gefahren ist?« Dieser Gedanke hatte sie den ganzen Tag beschäftigt.

»Ich weiß nicht. Ich habe keine Ahnung, wohin sie gefahren ist. Vielleicht ist sie sogar noch in Los Angeles.«

»Und ruft uns nicht an?« fragte Val erschrocken.

»Würdest du anrufen, wenn du in dieser Stimmung wärst?«

Val schüttelte den Kopf. »Ich glaube nicht.«

»Ich auch nicht.« Dann starrte Jess mit einem leisen Seufzer aus dem Fenster. »Ich habe ihr alle Schwierigkeiten angelastet, Val. Das war verdammt unfair, aber diesmal hat sie alle Entscheidungen für uns getroffen. Sie hat uns früher immer gefragt, was wir von ihren Entschlüssen hielten, aber jetzt hat sie vollkommen überraschend gehandelt, uns aus der Schule genommen, ist hierher übersiedelt...« Sie machte eine nachdenkliche Pause. »Vermutlich war ich deshalb so wütend, weil sie uns die Entscheidungen aus der Hand genommen hat.«

»Sie muß davon überzeugt gewesen sein, daß sie das Richtige tut.« Val ließ ihrer Mutter endlich Gerechtigkeit widerfahren.

»Das Unangenehme bei der Angelegenheit ist, daß sie in allem recht hatte. Ich mag Peter, du nicht?«

Val nickte wieder. »Als ich hörte, daß wir hierher übersiedeln, konnte ich an nichts anderes denken als an Mark.«

»Das weiß ich«, pflichtete Jess ihr bei. »Für mich war es allerdings keine große Hilfe. Mom hatte Peter, du hattest Mark. Und ich hatte gar nichts.« Sie lächelte. Jetzt erschien ihr die Situation nicht mehr so schrecklich. Ihre neue Schule gefiel ihr, und sie hatte vor ungefähr einem Monat einen netten Jungen kennengelernt. Zum erstenmal in ihrem Leben lag ihr an einem Angehörigen des männlichen Geschlechts etwas. Er war einundzwanzig, und Jess hatte das Gefühl, daß sie ihrer Mutter Grund geben würde, sich aufzuregen, besonders nach dem Zwischenfall mit Val und Mark. Sie wußte, daß dieser Junge ihr ganz besonders viel bedeutete, und lächelte versonnen vor sich hin.

»Worüber lächelst du?« Val hatte sie beobachtet. »Was ist mit dir los?«

»Nicht viel.«

Doch Val begriff sofort. Jess mochte die besseren Noten haben, aber Val kannte sich besser mit Männern aus. Sie nahm ihre Schwester mit zusammengekniffenen Augen ins Visier. »Bist du vielleicht verliebt?«

Jess wollte es ihr noch nicht gestehen. »Noch nicht. Ich habe jemand sehr Netten kennengelernt.«

»Du?« wunderte sich Val, und Jess nickte, wollte aber nicht mehr verraten. Doch Val zeigte sich nicht beeindruckt. »Gib nur acht.« Beide wußten, was sie damit meinte. Sie hatte eine der härtesten Lektionen, die das Leben erteilen kann, gelernt und würde sie nicht vergessen.

Mrs. Hahn trug das Abendessen schweigend auf, und Peter traf erst um neun Uhr zu Haus ein. Matthew lag schon im Bett, Jess, Pam und Val hatten ihn gemeinsam zu Bett gebracht, und Peter ging hinauf, um noch rasch nach den Kindern zu sehen. »Alles in Ordnung?« Sie bildeten eine wenig gesprächige Gruppe, doch alle nickten ihm zu, als er von einem Zimmer zum anderen ging. Er hatte einen anstrengenden Arbeitstag hinter sich, aber es war niemand da, mit dem er sich aussprechen konnte. Im Zimmer der Zwillinge wandte er sich an Jess. »Etwas von eurer Mutter gehört?« Sie schüttelte nur den Kopf, und er ging wieder hinunter. Zur gleichen Zeit fuhr Mel in San Franzisko durch die California Street zum Nob Hill und nahm ein Zimmer im Stanford Court Hotel. Es war eine angenehme Abwechslung nach den Motels, in denen sie bisher genächtigt hatte, das Zimmer war in grauem Samt und Moiréseide gehalten, und sie fiel, vor Müdigkeit stöhnend, auf das Bett. Sie hatte das Gefühl, daß sie tagelang auf Überlandstraßen unterwegs gewesen war, und redete sich gut zu, ihr Tempo ein wenig zu drosseln. Sie hatte sich noch nicht entschlossen und wollte ihr Kind nicht gefährden, solange sie unschlüssig war. Wenn es am Leben blieb, war sie für das Baby verantwortlich. Sie lag lange wach und dachte in dieser Nacht über das in ihr wachsende Leben nach, auch über die Empörung Vals, über Jessies Ärger, weil sie ihnen so viele Veränderungen zugemutet hatte ... über Pams Feindseligkeit und ihre Versuche, auf sich aufmerksam zu machen, sogar über den Kummer des armen kleinen Matt und Peters Erwartung, daß sie trotz allem das Kind austragen würde, als Gegengewicht zu seinem dauernden Kampf gegen den Tod im Operationssaal. Das alles war so fürchterlich unfair. Sie mußte es behalten oder nicht, ganz wie die anderen Familienmitglieder es haben wollten. Wieder waren die Wünsche der anderen ausschlaggebend, nicht ihre eigenen.

Am nächsten Tag wanderte sie durch Chinatown, dann fuhr sie zum Golden Gate Park und spazierte durch die Blumenpracht. Es war beinahe Mai... Mai... sie hatte Peter vor fast einem Jahr kennengelernt, und nun war sie hier; als sie ins Hotel zurückkam, nahm sie ihr kleines Telefonverzeichnis aus der Handtasche, wählte die Fernwahl und dann die Nummer von Raquel. In New York war es acht Uhr, und sie hatten seit Monaten nichts von ihr gehört. Mel wußte nicht einmal, ob sie schon einen neuen Job gefunden hatte. Sie hätte auch ausgegangen sein können, doch Raquel hob beim ersten Klingeln den Hörer ab.

»Hallo?« Ihre Stimme klang genauso mißtrauisch wie immer, und Mel lächelte vor sich hin.

»Hallo, Raquel, ich bin es.« Es war wie in den alten Tagen, wenn sie von auswärts zu Haus angerufen hatte, und sie mußte sich zwingen, nicht zu fragen, wie es den Zwillingen ging. »Wie geht es Ihnen?«

»Mrs. Mel?«

»Natürlich.«

»Ist etwas passiert?«

»Nein, ich wollte mich nur erkundigen, wie es Ihnen geht.«

»Mir geht es gut«, antwortete sie zufrieden. »Wie geht es den Mädchen?«

»Wunderbar.« Sie wollte sie nicht mit Vals Abtreibung beunruhigen. Sie war ja jetzt wieder in Ordnung. »Ihre Schule gefällt ihnen, alles scheint sich gut zu entwickeln.« Doch während sie sprach, zitterte Mels Stimme, und ihre Augen brannten vor Tränen.

»Etwas stimmt aber doch nicht!« Diesmal klang es anklagend, und Mel spürte die Tränen in der Kehle.

»Keineswegs. Ich bin für ein paar Tage in San Franzisko und habe mich danach gesehnt, Ihre Stimme zu hören.«

»Was machen Sie dort drüben? Arbeiten Sie noch immer zuviel?«

»Nein, es ist hier besser. Ich habe nur die Sechs-Uhr-Nachrichten zu moderieren.« Sie verriet ihr nicht, was für eine Qual die Arbeit bisher gewesen war. »Ich bin nur hier, um ein paar Tage auszuspannen.«

»Warum? Sind Sie etwa krank?« Raquel hatte mit Sicherheit immer ins Schwarze getroffen. Es hatte keinen Sinn, sie täuschen zu wollen.

»Um die Wahrheit zu sagen, Sie alte Hexe, ich bin davongelaufen.«

»Vor wem?« fragte sie erschrocken.

»Vor allen. Peter, den Kindern, dem Job, vor mir selbst.«

»Was ist mit Ihnen los?« Offensichtlich war sie mit Mels Entschluß nicht einverstanden.

»Ich weiß nicht. Ich nehme an, ich brauche etwas Zeit zum Nachdenken.«

»Worüber?« Jetzt schien sie auf Mel böse zu sein. »Sie denken immer zuviel nach. Sie brauchen nicht zu denken.« Und dann: »Ist Ihr Mann bei Ihnen?«

»Nein. Ich bin allein hier.« Sie sah deutlich Raquels Gesicht vor sich und fragte sich, warum sie sie angerufen hatte, aber sie hatte ihre vertraute Stimme wieder einmal hören wollen, und in Los Angeles wollte sie nicht anrufen.

»Fahren Sie sofort nach Haus!«

»Das werde ich in einigen Tagen tun.«

»Ich meine, jetzt gleich. Was ist denn mit Ihnen los? Haben Sie dort drüben den Verstand verloren?«

»Ein bißchen.« Sie wollte ihr noch nicht von ihrer Schwangerschaft erzählen, wenn sie das Kind vielleicht abtreiben würde. Zu Haus konnte sie immer behaupten, daß sie es verloren habe, weil sie zu schwer gearbeitet hatte, und an ihrem Arbeitsplatz wußte noch niemand davon. »Ich wollte eigentlich nur hören, daß es Ihnen gut geht.«

»Ausgezeichnet. Jetzt fahren Sie aber schleunigst nach Haus.«

»Aber ja. Machen Sie sich meinetwegen keine Sorgen, Raquel. Ich schicke Ihnen einen kräftigen Kuß.«

»Küssen Sie nicht mich, sondern fahren Sie nach Haus und küssen Sie Ihren Mann. Sagen Sie ihm auch, es tut Ihnen leid, daß Sie davongelaufen sind.«

»Das werde ich tun. Und schreiben Sie mir einmal.«

»Okay, okay. Und Grüße an die Zwillinge.«

»Ich werde es ihnen ausrichten.« Sie legten auf, und Mel blieb noch lange auf dem Bett liegen. Raquel verstand sie auch nicht besser als die anderen. Ihrer Ansicht nach gehörte Mel nach Haus, ganz gleich, was dort passierte. Da war ihr Platz. Und in Wahrheit dachte Mel genauso.

Sie ließ sich das Essen aufs Zimmer bringen, nahm ein heißes Bad und sah sich ein paar Stunden lang das Fernsehprogramm an. Sie hatte keine Lust auszugehen. Nichts lockte sie, und um elf Uhr, bevor die Nachrichtensendung begann, wählte sie die Vorwahlnummer für ein Ferngespräch und hielt den Hörer lange in der Hand. Vielleicht hatte Raquel recht... aber sie wollte nicht anrufen, wenn sie nicht... Sie wählte die Nummer, war sich noch nicht sicher, ob sie auflegen oder mit Peter sprechen würde, doch als sie seine Stimme hörte, setzte ihr Herzschlag einen Augenblick aus, beinahe wie vor einem Jahr.

»Hallo?« Sie hörte an seiner Stimme, daß er noch nicht geschlafen hatte, und zögerte einen Moment.

»Hallo?« Es klang vorsichtig.

»Mel?«

»Nein. Miß Piggy. Ja, ich bin es.«

»Um Himmels willen, es geht dir doch gut? Ich bin ganz krank vor Sorge um dich.«

»Mir geht es gut.«

Er hatte erst nicht zu fragen gewagt, konnte aber nicht anders. »Das Kind? Hast du...? Hast du es vielleicht schon...?«

Sie war beleidigt. »Ich sagte dir doch, ich würde es nicht tun, ohne dir vorher zu sagen, wozu ich mich entschlossen habe.«

»Und hast du dich entschlossen?«

»Noch nicht. Ich habe vorerst nicht viel darüber nachgedacht.«

»Worüber, zum Teufel, hast du denn nachgedacht?«

»Über unsere Beziehung.«

»Oh.« Und dann: »Ich auch. Ich war wirklich hundsgemein zu dir, Mel. Die Kinder sind auch ganz betroffen.«

»Das stimmt nicht.« Er hatte sich schuldbewußt an die Brust geschlagen, während sie fort war, und das war wirklich nicht notwendig. »Das ist Unsinn, Peter. Wir mußten uns beide in vielerlei Hinsicht anpassen.«

»Ja, und ich habe dir alles aufgebürdet.«

»Das stimmt nicht ganz.« Jedoch teilweise, das war ihm jetzt voll bewußt. Sie wollte ihm nicht die Alleinschuld geben. »Einer von uns beiden mußte umziehen, wir selbst und unsere Kinder mußten unser altes Leben aufgeben. Für dich kam beruflich ein Ortswechsel nicht in Frage, daher entschloß ich mich dazu.«

»Und ich ließ es dabei bewenden. Ich lud die ganze Last auf deine Schultern. Ich erwartete sogar, daß du in Annes Fußstapfen trittst. Wenn ich jetzt daran denke, macht es mich noch ganz krank.«

Sie seufzte. Ganz unrecht hatte er ja nicht, aber es bestanden doch noch mehr ungelöste Probleme. »Ich habe anscheinend erwartet, daß ich mein früheres unabhängiges Leben fortsetze, meine Entschlüsse selbst treffe, ohne dich zu fragen, meine Kinder so erziehe, wie ich es für richtig halte, und dementsprechend auch die deinen. Ich nahm an, daß du und deine Kinder sofort eure alten Gewohnheiten ablegen würdet, weil ich es so verlangte. Das war nicht richtig.«

»Es war zumindest nicht unrichtig.« Er klang schrecklich zerknirscht, und sie war gerührt.

»Vielleicht hatten wir beide zur Hälfte recht und zur Hälfte unrecht.« Sie lächelte.

Ihm war noch nicht nach Lächeln zumute. Sie war nicht zu Haus. Er wußte noch immer nicht, wo sie sich aufhielt. »Wo stehen wir also jetzt?«

»Wir sind ein bißchen klüger geworden.«

Er wußte nicht ganz, was sie meinte. »Und du, Mel? Willst du nach New York zurückkehren?« Er hörte, wie sie nach Luft schnappte.

»Bist du verrückt?« Dann: »Willst du mich vielleicht hinauswerfen?«

Diesmal lachte er. »Ich weiß nicht, ob du es schon vergessen hast, aber als ich dich das letzte Mal sah, bist du vor mir davongelaufen. Ich weiß ja nicht einmal, wo du jetzt bist.«

Sie hatte tatsächlich vergessen, ihm zu sagen, von wo aus sie anrief.

»Ich bin in San Franzisko.«

»Wie bist du da hingekommen?« fragte er überrascht.

»Mit meinem Wagen.«

»Das ist zu weit, Mel.« Er dachte an ihre Schwangerschaft, wollte sie aber nicht daran erinnern.

»Ich habe in Santa Barbara und Carmel Station gemacht.«

»Fühlst du dich gut?«

»Ausgezeichnet. Du fehlst mir allerdings sehr.«

»Es tut gut, das zu hören.« Dann endlich wagte er zu fragen. »Wann kommst du nach Haus?«

»Warum?« fragte sie wieder mißtrauisch, und er stöhnte.

»Weil ich will, daß du das Haus saubermachst und den Rasen mähst, du Dummerchen. Warum glaubst du denn? Weil du mir fehlst.« Dann kam ihm eine Idee. »Warum bleibst du nicht noch ein paar Tage dort, und ich komme zu dir?«

Melanie war begeistert. »Das ist eine gute Idee, Liebster. Es war das erste Mal seit langer Zeit, daß sie ihn so nannte, und er strahlte.

»Ich liebe dich so, Mel. Und ich war so ein verdammter Idiot.«

»Nein. Wir waren beide unvernünftig. In so kurzer Zeit ist so viel geschehen, und unsere Arbeit setzt uns beide zu sehr unter Druck.« Er mußte ihr da recht geben.

»Was willst du bezüglich des Hauses unternehmen? Willst du noch immer umziehen? Ich bin dazu bereit, wenn du darauf bestehst.« Er hatte in den letzten Tagen viel darüber nachgedacht und wollte das Haus, das er liebte, nicht aufgeben, aber es war ein so dringendes Anliegen von ihr, und es gab wirklich nicht genug Platz für die Zwillinge, außer wenn Pam und sie die Zimmer tauschten, aber er wußte, daß Pam dann einen hysterischen Anfall bekommen würde. »Was meinst du?«

»Ich glaube, wir sollten noch eine Weile in eurem Haus wohnen bleiben, damit sich vorerst alle an das Zusammenleben gewöhnen, bevor wir Änderungen vornehmen. Das gilt auch für Mrs. Hahn.« Er war erleichtert und fand, daß sie mit ihren Ansichten recht hatte. Sie alle brauchten jetzt Zeit, um sich einzuleben. Alle Probleme waren also soweit gelöst, ausgenommen die Reibereien an ihrem Arbeitsplatz und die Frage, wie sie sich bezüglich ihres ungeborenen Kindes verhalten sollte. »Willst du wirklich hierher kommen?«

»Ja. Ich habe das Gefühl, daß wir seit Jahren nicht mehr für uns allein waren. Sogar auf unsere Hochzeitsreise nach Mexiko haben wir ein Rudel Kinder mitgenommen.«

Darüber lachte sie. »Wessen Idee war es denn?«

»Also gut... meine Schuld! Aber mir erscheint jetzt ein romantisches Wochenende sehr verlockend.«

»Ich werde mein Bestes tun.«

Er rief am nächsten Tag im Hotel an. Er hatte zwei Chirurgen seines Teams dazu überredet, auf ihr Wochenende zu verzichten und jeweils für einen Tag seinen Dienst zu übernehmen. Sie waren nicht gerade begeistert gewesen, aber er hatte nicht lockergelassen.

»In zwei Tagen bin ich bei dir.«

»Gut.« Sie brauchte diese Zeit, um herauszufinden, ob sie eine Abtreibung wollte oder nicht. Sie fühlte sich wirklich sehr unsicher. »Übrigens, wie geht es den Kindern?«

»Gut. Sie vermissen dich.« Ihm ging es ebenso. Er konnte es kaum mehr erwarten, sie am Freitag abend wiederzusehen. Es war wie zu der Zeit, als sie in New York gelebt hatte, nur noch schlimmer, weil er jetzt wußte, was er versäumte. Er gestand es ihr. »Du fehlst mir, Mel, mehr als du ahnst.« Es war für ihn eine scheußliche Woche gewesen. Iris Lee war noch dazu an diesem Tag gestorben, aber er hatte es erwartet. Er erwähnte es Mel gegenüber nicht. Sie hatten jetzt genug eigene Probleme und brauchten nicht noch mehr. Er machte sich ihretwegen mehr Sorgen als wegen seiner Patienten.

Er fragte sie nicht, was sie mit dem Baby vorhatte. Am nächsten Tag unternahm sie einen langen Spaziergang in den Muir Woods und versuchte, sich darüber klarzuwerden, wie es weitergehen sollte. Immer wieder fiel ihr ein, was sie zu Val gesagt hatte... »Ich glaube nicht, daß ich dazu imstande wäre...« Sie hatte Val nicht verurteilt, was immer diese sich damals dabei gedacht haben mochte. Es war bestimmt ein Problem, in Mels Alter ein Kind abtreiben zu lassen, zumal sie mit dem Mann verheiratet war, den sie liebte, und sie beide über reichlich Geldmittel verfügten. Es gab keinen Grund dafür, sie konnte es vor sich selbst nicht rechtfertigen, und vielleicht würde sie nicht damit leben können. »Willst du denn das Kind?« fragte sie sich und wußte keine Antwort. Doch welch eine Frivolität, ein Leben zu vernichten, weil sie gerade nicht in der Laune war, weil es sie bei ihrer Arbeit behindern würde, weil es die übrigen Kinder ablehnten... und da mengten sie sich wieder ein... die allmächtigen Familienmitglieder griffen in ihr Leben ein, der Ehemann, die Kinder erinnerten sie daran, was sie ihnen schuldig war. Was aber war sie sich selbst schuldig? Plötzlich hörte sie ihre eigene Stimme rufen: »Ich will dieses Kind.« Sie war so erschrocken, daß sie sich umwandte, als wolle sie sehen, wer diese Worte gesprochen hatte, doch sie wußte, daß sie es selbst gewesen war. Sie fühlte, wie eine tonnenschwere Last von ihrem Herzen fiel. Dann sah sie auf die Uhr. Es war Essenszeit. Sie mußte für ihr Kleines sorgen, wenn sie es behalten wollte... Ich will dieses Kind... die Worte hatten sie so überzeugt; sie war jetzt felsenfest entschlossen, während sie durch den Wald zu ihrem Wagen zurückging.

31

Als Mel am Flughafen auf Peter wartete, spürte sie die Feuchtigkeit auf ihren Handflächen und die gleiche kribbelnde Nervosität wie vor einem Jahr. Es war, als beginne alles wieder von neuem, nur würde sie es diesmal besser machen. Er stieg als dritter aus der Maschine, und sie warf sich ihm in die Arme. Sie hatte eine endlose Woche hinter sich.

»Ach, Mel...« Seine Augen wurden feucht, und er konnte kaum sprechen, während er sie umarmte. Es kümmerte ihn jetzt nicht einmal mehr, was sie bezüglich des Kindes unternehmen würde. Er wollte sie und nur sie... und sie wollte ihn genauso.

»Gott, du hast mir so sehr gefehlt.« Doch als sie sich, unter Tränen lächelnd, von ihm löste, sah er, daß sie erholter aussah als in den letzten Monaten. Sie wirkte ausgeruht, entspannt, und die Falte zwischen ihren Brauen war verschwunden.

»Du siehst fabelhaft aus, Mel.«

»Du auch.« Dann blickte sie hinunter auf den Reißverschluß ihrer Hose, den sie nur mit Mühe hatte schließen können, die Hose spannte jetzt. »Ich habe da und dort ein wenig zugenommen.« Er wußte nicht, was er sagen sollte. »Ich habe beschlossen, daß...« Sie hatte ein seltsames Gefühl, als sie zum Reden ansetzte. Wer war sie schon, um über ein Menschenleben zu entscheiden? Darüber entschied Gott, weder er noch sie hatten das Recht dazu. »Dem Baby wird es bei uns gutgehen.«

»Wirklich?« Er wollte sicher sein, daß er sie richtig verstanden hatte.

»Ja.« Sie strahlte.

»Bist du sicher?«

»Mir zuliebe?« Er wollte nicht, daß sie etwas gegen ihren Willen tat. Sie mußte es ebenfalls wollen, und es war eine schwere Entscheidung angesichts der Tatsache, daß sie bereits fünf Kinder zu Haus hatten und sie einen anstrengenden Beruf ausübte.

»Mir, dir, uns zuliebe... uns allen zuliebe...« Sie errötete, und er ergriff ihre Hand. »Aber vor allem mir zuliebe.« Sie erzählte ihm, daß sie sich entschlossen hatte, als sie im Wald spazierengegangen war, und er zog sie wieder an sich.

»O Mel.«

»Ich liebe dich.« Das war alles, was sie stammeln konnte, sie gingen Arm in Arm hinaus und verbrachten ein Wochenende miteinander wie noch keines zuvor.

Am Sonntagnachmittag machten sie sich langsam auf die Heimfahrt; sie kamen gegen zehn Uhr heim, und als Mel das Haus betrachtete, hatte sie das Gefühl, daß sie jahrelang fortgewesen war. Sie blieb einen Augenblick davor stehen, doch Peter ergriff ihre Hand und führte sie hinein. »Komm, mein Kleines, gehen wir zu Bett. Es war eine lange, anstrengende Fahrt für dich.« Er behandelte sie wie hauchdünnes venezianisches Glas.

»Ich glaube, ich werde es überleben.« Doch als sie das Haus

betrat, brach Geschrei aus. Die Kinder hatten gehört, wie sie vorgefahren waren, Pam hatte hinausgeschaut und laut gerufen.

»Sie sind daheim!« Sie war als erste unten am Fuß der Treppe und umarmte Mel. »Willkommen zu Haus!« Die Zwillinge drückten Mel an sich und auch Mark, und Matthew erwachte durch den Lärm und wollte in dieser Nacht in Mels Bett schlafen. Als sie nach einer Stunde des Plauderns, Lärmens und Erzählens endlich wieder in ihre Zimmer zurückgekehrt waren, legte sich Mel auf ihr Bett und blickte Peter glücklich an.

»Sie sind doch alle brave Kinder, nicht wahr?«

»Sie haben auch eine gute Mutter.« Er setzte sich auf den Bettrand und ergriff ihre Hand. »Ich verspreche dir, Mel, ich werde alles tun, was in meiner Macht steht, um dir das Leben in jeder Hinsicht zu erleichtern.« Aber seine diesbezüglichen Möglichkeiten hatten Grenzen, und in dieser Nacht kam um zwei Uhr morgens ein Anruf. Einer seiner Bypass-Fälle machte seine Anwesenheit in der Klinik erforderlich, Mel sah ihn erst wieder, als er zu Mittag nach Haus kam, um sich umzuziehen. Sie hatte den Haushalt wieder unter Kontrolle, hatte Mrs. Hahn die Speisenfolge für das Abendessen bekanntgegeben, und Peter stellte grinsend fest, daß Mrs. Hahn nicht gerade entzückt aussah. Aber sie beklagte sich nicht bei ihm. Peter zog sich um und fuhr eilig in die Klinik zurück, als Mel sich ebenfalls auf den Weg machte. Sie winkte ihm zu, als beide in ihren Wagen aus der Einfahrt fuhren. Pam ging allein zu ihrem Psychiater, wie schon in der ganzen letzten Woche, als Mel nicht dagewesen war. Mark hatte versprochen, nach dem Abendessen nach Haus zu kommen, aber nicht allzu spät, da er am nächsten Tag Prüfungen hatte, die Zwillinge spielten mit Freunden Tennis, würden aber um fünf Uhr zurück sein. Mrs. Hahn holte Matthew von der Schule ab, wie früher, und Mel ging zum erstenmal seit einer Woche wieder zur Arbeit; als sie ins Studio kam, konnte nicht einmal Paul Stevens' Bissigkeit ihre gute Laune dämpfen. Das Leben war einfach schön.

Aber um Viertel vor sieben, nachdem sie die Nachrichten moderiert hatte, suchte sie der Produzent in ihrem Büro auf, wo sie sich noch einige Notizen machte, bevor sie nach Haus fuhr. Er trat ein und schloß die Tür. Mel sah ihn an.

»Hallo, Tom. Was gibt es?«

Er zögerte, und Mel bekam eine Gänsehaut. Wollte man sie feuern? Konnten sie das? Hatte Stevens doch gesiegt? »Ich möchte mit Ihnen sprechen, Mel.« Ach, verdammt.

»Gern. Setzen Sie sich.« Das Büro war nicht gerade behaglich, aber sie hatte nur das eine zur Verfügung.

»Ich weiß nicht, wie ich es Ihnen beibringen soll, Mel...« Ihr Herz setzte aus. Mein Gott, sie wurde entlassen. Sie war in New York die gefeierte Topmoderatorin im Nachrichtendienst des Fernsehens gewesen, sie hatte vier Preise für Dokumentarfilme mit Interviews bekommen, die sie gemacht hatte, und dieser boshafte Giftzwerg, Paul Stevens, hatte es geschafft, daß sie hinausgeworfen würde.

»Ja?« Sie konnte es ihm ebensogut leichtmachen, sie hoffte nur, daß sie nicht zu weinen beginnen würde, und wollte jetzt nur heim zu Peter. Zum Teufel mit ihrem Scheißjob und mit ihrer blöden Sendung. Sie würde künftig zu Haus bleiben, ihr Kind zur Welt bringen und sich um ihre Rasselbande kümmern.

»Ich will Ihnen keine Angst einjagen.« Diese Einleitung war unverständlich. »Aber wir erhielten mehrere Drohungen...« Sie sah ihn verständnislos an. »Sie erreichten uns in der Woche, in der Sie krank waren. Und heute kam wieder eine.«

»Was für Drohungen?« Sie verstand ihn noch immer nicht. Drohte dieser miese Schweinehund mit seinem Ausscheiden? Um so besser. Die Einschaltziffern konnten daraufhin nur steigen. Aber das wollte sie Tom noch nicht sagen.

»Morddrohungen gegen Sie, Mel.« Sie starrte ihn an.

»Gegen mich?« Vor Jahren war es in New York vorgekommen, einem Irren hatte eine Sendung nicht gefallen, die sie gestaltet hatte, worauf er monatelang im Studio anrief und drohte, sie zu erwürgen, doch schließlich hatte es ihn gelangweilt, oder er hatte einfach aufgegeben. Mel war belustigt. »Wenigstens sieht hier auch jemand fern.«

»Ich meine es ernst, Mel. Wir hatten schon früher mal derartige Vorfälle. Wir sind hier in Kalifornien und nicht in New York. Bei uns wurden schon mehrere Attentate auf bedeutende Persönlichkeiten unternommen.«

Sie mußte einfach lächeln. »Ich fühle mich geschmeichelt, Tom, aber ich gehöre kaum zu dieser Schicht.«

»Für uns sind Sie wichtig.«

Sie war gerührt. »Danke, Tom.«

»Wir haben einen Leibwächter für Sie engagiert.«

»Was haben Sie? Das ist doch lächerlich... Sie glauben doch nicht wirklich...«

»Sie haben Kinder, Mel. Wollen Sie ein Risiko eingehen?« Seine Frage erschreckte sie.

»Nein, das will ich auf keinen Fall, aber...«

»Wir wollten Ihren Mann nicht in Unruhe versetzen, während Sie weg waren, aber wir nehmen die Drohung sehr ernst.«

»Warum?« Sie wirkte noch immer leicht belustigt. In ihrem Beruf kam so etwas immer wieder vor.

»Weil wir vorige Woche angerufen wurden, und der Mann sagte, es befinde sich eine Bombe in Ihrem Schreibtisch. Es war tatsächlich eine dort, Mel. Sie wäre genau dann explodiert, wenn Sie Ihren Schreibtisch geöffnet hätten, und sie hätte uns alle ins Jenseits befördert, wenn Sie hier gewesen wären.« Ihr wurde plötzlich übel.

»Die Polizei verfolgt eine Spur. Aber inzwischen, während die Ermittlungen laufen, wollen wir Sie in Sicherheit wissen. Wir waren sehr froh, daß Sie letzte Woche nicht hier waren.«

»Das bin ich nachträglich auch.« Unwillkürlich zuckte ihr linkes Augenlid, während sie sprach; ein hochgewachsener, finster blickender Mann betrat das Zimmer. Tom stellte ihn ihr sofort vor. Es war ihr Leibwächter, und es waren dazu noch zwei andere engagiert worden. Die Direktion wollte, daß sie, wann immer sie kam oder ging, einen Begleiter hatte, und überließ ihr zwar die Entscheidung darüber, war jedoch der Ansicht, daß sie auch zu Haus beschützt werden sollte. Es war kein Geheimnis, mit wem sie verheiratet war, und jedermann konnte ihre Adresse ausfindig machen. Der Leibwächter hieß Timothy Frank, und als er an ihrer Seite das Gebäude verließ, hatte Mel das Gefühl, sie würde von einem wandelnden Kleiderschrank begleitet. Er war der größte, breitschultrigste, kräftigste Mann, den sie je gesehen hatte. Als er sie nach Haus brachte, dankte sie ihm. Man hatte sie gebeten, ihren Wagen in dieser Nacht in der Fernsehstation zu lassen und mit Tim in einem Wagen nach Haus zu fahren. Als sie bei ihrem Haus vorfuhr, sah sie, daß Peter schon zu Haus war.

Er blickte von den Papieren auf, die er durchsah. Es war gut, sie wieder im Haus zu wissen, aber er bemerkte erneut die Falte auf ihrer Stirn, und sie sah erschöpft aus.

»Unannehmlichkeiten bei der Arbeit?«

»Das kann man wohl sagen.« Sie sah mitgenommen aus. Tim war wieder weggefahren.

»Was ist nicht in Ordnung?« Sie erzählte ihm von der Bombe, und er starrte sie an. »Meine Güte, Mel. So kannst du nicht leben, und wir auch nicht.«

»Und was soll ich tun?«

Er sprach es äußerst ungern aus, aber sie war jetzt schwanger, und der Streß war einfach zu groß für sie. Selbst wenn man den Kerl in ein oder zwei Wochen faßte, würde das Bewußtsein, daß so etwas immer wieder eintreten konnte, sie zu sehr belasten, und ihn natürlich auch. Er wollte nicht, daß sie dieser Belastung ausgesetzt war. Und wenn sie den Kerl nicht erwischten? ... Ihn schauderte bei dem Gedanken, er stand auf und schloß die Tür seines Arbeitszimmers. Dann sah er sie ruhig an. »Ich glaube, du solltest deine Stellung aufgeben.«

»Das kann ich nicht.« Ihr Gesicht wurde hart wie Stein. »Ich habe schon einmal in New York das Theater mitgemacht, und ich habe damals nicht aufgegeben. Ich werde einer solchen Drohung nicht nachgeben.«

»Was für einen Grund brauchst du denn noch, um damit Schluß zu machen?« schrie er sie an. Ihnen schien kein Leben in Frieden beschieden zu sein, sterbende Patienten, aufsässige Kinder, Bombendrohungen, unerwartete Schwangerschaften. Es war fast mehr, als er ertragen konnte. »Was würdest du sagen, wenn jemand eine Bombe in diesem Haus deponiert und eines der Kinder getötet wird?«

Sie zuckte bei seinen Worten zusammen und wurde leichenblaß. »Wir haben rund um die Uhr einen Leibwächter.«

»Reicht der für fünf Kinder?«

»Verdammt noch mal, ich weiß es nicht...« Sie sprang auf.

»Ich werde in ein Hotel ziehen, wenn du es willst. Aber wegen eines verdammten Irren werde ich meinen Job nicht aufgeben. Was weiß ich, vielleicht versucht Paul Stevens, mich ins Bockshorn zu jagen.«

»Ist das auch die Ansicht der Polizei?«

Sie war ihm eine ehrliche Antwort schuldig. »Nein. Aber sie haben einen Verdacht, wer der Kerl sein könnte.«

»Dann nimm dir Urlaub, bis sie ihn gefaßt haben.«

»Ich kann nicht, Peter. Verflixt, ich kann nicht. Ich muß meinen Verpflichtungen nachkommen.«

Er ging zu ihr und packte ihren Arm. »Man wird dich umbringen.«

»Das Risiko bin ich schon einmal eingegangen.« Ihre Augen blitzten. Er konnte sie nicht dazu bringen, ihre Arbeit aufzugeben, nicht nach all diesen Jahren. Ihr Job gehörte zu ihrer Persönlichkeit, und Peter hatte versprochen, das zu respektieren, in guten wie in schlechten Zeiten.

»Doch diesmal gefährdest du auch mein Kind. Daran mußt du denken!«

»Ich kann nicht ständig auf alles mögliche Rücksicht nehmen.«

»Du denkst nur an dich.«

»Hol dich der Teufel!« Sie rannte aus dem Zimmer und schlug die Tür zu, lief nach oben, und er sprach an diesem Abend kein Wort mehr mit ihr. Die Atmosphäre war wieder äußerst gespannt, und die Kinder spürten das deutlich. Mel rief am Abend den Produzenten an und nahm sein Angebot, ihr Leibwächter für sich selbst, ihren Mann und die Kinder zu stellen, an. Um ihre Sicherheit zu garantieren, war eine Armee erforderlich, aber die Fernsehstation war bereit, das Geld auszugeben. Das erzählte sie Peter, als sie zu Bett gingen. »Sie beginnen morgen früh um sechs.«

»Das ist doch lächerlich. Was soll ich tun? Einen Leibwächter zu der Visite mitnehmen?«

»Ich glaube nicht, daß du so sehr gefährdet bist. Vielleicht könnte er dich begleiten, wenn du das Krankenhaus verläßt. Das wirkliche Sicherheitsproblem bin ich.«

»Das ist mir klar.« Bei dem Gedanken wurde ihm übel. Am nächsten Morgen beim Frühstück erklärte Mel den Kindern die neue Situation. Sie rissen die Augen auf, und Mel versprach ihnen, daß für ihre Sicherheit gesorgt sein würde und daß man den Mann in ein paar Tagen fassen würde. Es war nur eine Bewachung für kurze Zeit, die sie auf sich nehmen mußten. Matt fand es aufregend. Mark war verlegen, weil ihn ein Leibwächter ins College begleiten mußte, und die Mädchen machten erschrockene Gesichter. Als schließlich alle mit den ihnen zugeteilten Polizisten zur Schule marschierten, suchte Mrs. Hahn Mel in ihrem Zimmer auf.

»Mrs. Hallum?« Sie sprach den Namen immer so aus, und Mel wandte sich zu ihr um.

»Ja, Mrs. Hahn?« Peter nannte sie mitunter auch Hilda, aber Mel tat das nie. Es gab auch kein »Mrs. Mel«, wie sie Raquel in New York immer genannt hatte.

»Ich wollte Ihnen sagen, daß ich infolge der Umstände kündige.«

Mel starrte sie an. »Wirklich?« Peter würde erschrecken und sich vielleicht sogar darüber ärgern. Sie brachte Unheil über sein Haus, aber es war nicht ihre Schuld.

»Ich glaube nicht, daß Sie hier einer Gefahr ausgesetzt sind, und wie ich den Kindern schon heute morgen erklärte, steht das Haus ständig unter Polizeischutz.«

»Ich habe noch niemals in einem Haus gearbeitet, in dem man die Polizei gebraucht hat.«

»Natürlich nicht, Mrs. Hahn. Aber wenn Sie es für einige Zeit über sich bringen könnten...« Sie war es Peter schuldig, wenigstens den Versuch zu unternehmen, sie umzustimmen.

»Nein.« Sie schüttelte entschieden den Kopf. »Das werde ich nicht tun. Ich verlasse dieses Haus sofort.«

»Ohne die Kündigungsfrist einzuhalten?«

Mrs. Hahn schüttelte wieder den Kopf und blickte Mel vorwurfsvoll an. »Als die Frau des Doktors noch lebte, ist nie so etwas vorgefallen.« Natürlich meinte sie Anne damit, sie war die Frau des Doktors, die wirkliche Mrs. Hallam, im Gegensatz zu Mel. Und nun konnte sich Mel nicht das Vergnügen versagen, sie mit einem kaum verhehlten Grinsen auf den Arm zu nehmen. Ihr brach kaum das Herz, weil diese Frau ging. Sie hatte sie von Beginn an nicht gemocht.

»Das Leben muß damals recht eintönig gewesen sein«, spottete sie lässig, und Hilda Hahn war sichtlich empört. Sie reichte Mel nicht einmal die Hand.

»Guten Tag. Ich habe in meinem Zimmer einen Brief für den Doktor hinterlassen.«

»Ich werde dafür sorgen, daß er ihn bekommt. Sie wollen nicht wenigstens bleiben, um sich von den Kindern zu verabschieden?« Das erschien Mel zwar gemein, aber sie wußte, daß Mrs. Hahn es überleben würde.

»Ich will keine Stunde länger in diesem Haus bleiben.«

»Ausgezeichnet«, stimmte Mel unbeeindruckt zu. Beinahe hätte sie Halleluja gerufen, als sich die Eingangstür hinter Mrs. Hahn schloß. Aber Peter war am Abend nicht so begeistert.

»Wer soll denn jetzt den Haushalt führen, Mel? Du hast doch keine Zeit dazu.« Sie suchte in seinem Blick eine Anklage gegen sie, fand aber eher Sorge.

»Wir werden jemand anderen finden.« Sie rief Raquel an, die aber noch immer nicht bereit war, nach Kalifornien zu kommen, und sie bat Mel, gut auf die Mädchen aufzupassen. »Inzwischen kann ich den Haushalt selbst mit Hilfe der Kinder meistern.«

»Großartig. Da gibt es jemanden, der Bomben legt, auf denen dein Name steht, und du mußt dafür sorgen, daß die Wäsche gewaschen und die Betten gemacht werden.«

»Du kannst mir ja auch dabei helfen.« Sie lächelte.

»Ich habe Wichtigeres zu tun.« Und die ständige Anwesenheit eines Leibwächters zu ertragen. Die gespannte Situation zerrte an seinen Nerven. Es hatte vier weitere Drohungen gegeben, und in Mels Schreibtisch war eine defekte Zeitzünderbombe gefunden worden; schließlich hatte sogar Paul Stevens Mitleid. Er wußte jetzt, daß Mel schwanger war, sie hatte dunkle Ringe unter den Augen, weil sie nachts wach lag und sich fragte, wann man endlich den Mann, der ihr nach dem Leben trachtete, verhaften würde. Irgendwann würde er sicher gefunden werden, so war es immer gewesen, aber wie lange würde es noch dauern?

»Es tut mir leid, Mel, daß Sie damit konfrontiert sind.« Paul schloß eines Tages einen Waffenstillstand mit ihr und reichte ihr die Hand.

»Mir tut es auch leid.« Sie lächelte müde, nachdem sie ausgeblendet waren. Der Leibwächter hatte sich die ganze Zeit in ihrer unmittelbaren Nähe aufgehalten. Er befand sich ständig in Reichweite, und am Morgen, wenn die Kinder zur Schule gingen, wimmelte das Haus von Polizisten. Sie trieben Peter zum Wahnsinn, und er stritt die ganze Zeit mit Mel. Er hatte sich an seinen Schatten beinahe gewöhnt, aber die anderen waren für ihn nervenaufreibend. »Es ist nicht gerade angenehm«, sagte sie zu Paul.

»Und ich habe Sie beneidet«, war sein Kommentar.

»Ich weiß.« Sie wußte auch, warum. »Aber Sie müssen wenigstens nicht mit so einer Drohung fertig werden.«

»Ich verstehe nicht, wie, zum Teufel, Sie dieser Belastung standhalten.«

»Vor allem mache ich mir wegen der Kinder Sorgen... meiner eigenen... seiner... wenn einem von ihnen etwas zustößt, würde ich es mir nie verzeihen.« Die Überwachung dauerte schon einen Monat, und sie begann im Ernst daran zu denken, ihre Arbeit aufzugeben. Sie hatte mit Peter noch nicht über diesen Gedanken gesprochen, weil sie nicht wollte, daß er ihn aufgriff oder glaubte, daß sie schon einen endgültigen Entschluß gefaßt hatte. Aber sie hatte sich geschworen, wenn der Bombenleger nicht in den nächsten zwei Wochen verhaftet wurde, würde sie kündigen.

Paul Stevens war ehrlich erschüttert, als er über Mels Lage nachdachte. »Wenn es etwas gibt, das ich tun kann...« Sie schüttelte den Kopf, verabschiedete sich von ihm und fuhr zu ihrer Familie, aber es war nicht die gleiche zwanglose Gemeinschaft wie früher. Draußen standen unauffällig Polizeiwagen, und im Haus waren sich alle der drohenden Gefahr bewußt, die täglich in ihrer unmittelbaren Nähe lauern konnte.

»Glaubst du, daß sie ihn erwischen werden, Mom?« fragte sie Matt an dem Abend.

»Ich hoffe es sehr, Matt.« Sie hatte ihn auf dem Schoß und betete, daß er nicht in Gefahr war... keiner von ihnen sollte Schaden nehmen... sie blickte von ihm zu Pam und den Zwillingen.

Mark war ausgegangen. An diesem Abend brachte Peter wieder das wichtigste Thema zur Sprache.

»Warum gibst du die Arbeit nicht auf?«

Sie wollte ihm nicht sagen, daß sie dies allmählich selbst wollte. »Ich bin kein Feigling, deshalb.« Aber ihr war etwas anderes eingefallen. »Wie wäre es, wenn wir wegfahren?«

»Wohin?«

Es war schon Juni, dachte sie mit einem Seufzer und sah Peter hoffnungsvoll an. »Warum fahren wir nicht alle für einige Zeit nach Marthas Vineyard?« Sie hatte das Haus dieses Jahr nicht gemietet, aber vielleicht war es dennoch für ein paar Wochen frei, sonst könnten sie auch ein anderes finden. Doch er schüttelte den Kopf.

»Das ist zu weit weg.« Sie war im vierten Monat, und man konnte ihr das schon ansehen. »Außerdem könnte ich dich nie zum Wochenende besuchen, wenn du dorthin fährst. Warum erholst du dich nicht hier in der Nähe?«

»Das vereitelt aber dann den ganzen Zweck der Reise.« Sie war alles leid und entsetzt über die hohen Kosten, die der Fernsehstation für die Leibwächter erwuchsen, aber niemand sprach von einem Ende der Bewachung. Die Polizisten waren auch sicherlich nicht schuld daran, daß sie ihr auf die Nerven gingen. Als sie am Morgen Matt ein Glas Milch eingeschenkt hatte, bat sie einer der Männer: »Bitte, treten Sie von dem Fenster zurück.« Man wurde Tag und Nacht an den Attentäter und an die ständige Bedrohung ihres Lebens erinnert. »Wie wäre es mit Aspen?« Sie blickte Peter hoffnungslos an.

»Ich glaube nicht, daß die Höhenlage gut für dich ist.«

»Ebensowenig wie die Spannung hier.«

»Ich weiß nicht. Ich werde darüber nachdenken.« Sie machte sich auch Gedanken, und dabei wurde ihr klar, daß sie eigentlich nur eines wollte: davonlaufen. Sie hatte seit einem Monat mit dem Alptraum gelebt, sie konnte es nicht länger ertragen. Am Nachmittag fuhr sie zur Arbeit, setzte sich an ihren Schreibtisch, und ihr Leibwächter stand vor dem Zimmer. Dann kam der Produktionsleiter herein und lächelte ihr zu.

»Mel, wir haben eine gute Nachricht für Sie.«

»Ihr schickt mich für ein Jahr nach Europa?« Zum erstenmal spürte sie, daß sich ihr Kind bewegte. Sie hatte ihre Schwangerschaft in der Öffentlichkeit noch nicht erwähnt, weil sie befürchtete, daß der Wahnsinnige, der sie bedrohte, dadurch noch mehr aufgebracht würde. So blieb das Geheimnis, das sie in sich trug, durch den Tisch vor ihr, für ihr Publikum unsichtbar.

»Etwas viel Besseres.« Sein Lächeln wurde breiter, und sie sah, daß Paul Stevens wohlwollend aus dem Korridor hereinschaute.

»Ihr gebt Paul meinen Job.« Paul grinste und nickte bestätigend, während Mel lachte. Sie waren jetzt fast Freunde als Folge der Qualen des letzten Monats.

»Sie haben den Wahnsinnigen verhaftet, der Sie bedroht hat.«

»Wirklich?« Ihre Augen weiteten sich und füllten sich mit Tränen. »Dann ist also der ganze Spuk vorbei?« Er nickte, und sie begann zu zittern.

»Du meine Güte.« Sie legte den Kopf auf den Tisch und schluchzte.

32

»Nun, mein Schatz«, Peter sah sie glücklich an, während sie am Swimming-pool saßen; alle Kinder waren ausgeflogen, und es herrschte bei ihnen wieder Friede. »Womit vertreiben wir uns diese Woche die Zeit? Wenigstens kann uns niemand vorwerfen, daß wir ein wenig abwechslungsreiches Leben führen.«

»Da sei Gott vor.« Sie legte sich zurück und schloß die Augen. Sie wußte, was sie unternehmen wollte. Sie wollte nach Marthas Vineyard fahren und im heißen Sand liegen, aber nun hatten schon alle Kinder andere Ferienpläne gemacht. Peter saß in seiner Klinik fest, und sie hatte sich bereit erklärt, in diesem Jahr auf einen Urlaub zu verzichten und statt dessen Mutterschaftsurlaub zu nehmen. Das Kind sollte zum Thanksgiving Day auf die Welt kommen, und sie würde ab ersten Oktober zu Haus bleiben.

»Ich habe eine Idee, Mel.«

»Wenn ich mehr tun soll, als mich in den Pool fallen zu lassen, dann verlege die Verkündung deiner Idee auf später.« Ihre Augen waren geschlossen, während er langsam auf sie zuging.

»Warum sehen wir uns heute nicht ein paar Häuser an?« Sie schlug die Augen auf.

»Du machst natürlich Witze.«

»Nein, ich meine es ganz ernst.«

Sie war vollkommen verblüfft. »Wirklich?«

»So ungern ich es zugebe, wir haben wirklich keinen Raum, in dem wir unser neues Familienmitglied unterbringen könnten, außer vielleicht in der Garage, und ich glaube, es würde uns zum Wahnsinn treiben, wenn wir uns mit einem Anbau befassen wollten. Deine Töchter brauchen auch ihre eigenen Zimmer...« Mel war es klar, wie schwer es ihm fiel, Irrtümer einzugestehen, und sie streckte die Arme aus. Er wußte, wie sehr sie sich danach sehnte, aus Annes Haus auszuziehen, und daß sie die Hoffnung längst aufgegeben hatte.

»Willst du nicht lieber hierbleiben? Mir würde es wirklich nichts ausmachen. Wir können uns für die nächsten Jahre etwas einfallen lassen, und Mark wird ohnehin bald ausziehen.« Er hatte beschlossen, seine Junior- und die beiden Senior-Collegejahre an einer Universität im Osten zu absolvieren, er würde also nur noch ein Jahr bei ihnen wohnen, und Jess hatte sich schon entschlossen, nach Yale zu gehen, wenn sie es schaffte... »Die Kinder sind praktisch erwachsen.«

»Das ist schön.«

»Du bist der netteste Mann, den ich kenne.« Sie küßte ihn zart auf die Lippen, und seine Finger glitten ihr Bein hinauf. »Hmmm... nimmst du an, daß uns hier jemand sieht?«

»Nur ein paar Nachbarn, und was ist schon ein bißchen Leidenschaft zwischen Freunden?«

Daraufhin führte er sie ins Haus, und sie liebten einander; ihr Gefühl war so stark wie am ersten Tag. Nachher brachte er ihr den Lunch auf einem Tablett, und sie lag bequem, glücklich und entspannt im Bett. »Warum bist du so gut zu mir?«

»Ich weiß nicht. Ich muß in dich verliebt sein.«

»Ich liebe dich auch. Hast du das mit dem neuen Haus ernst gemeint?« Sie fand die Idee herrlich, wollte ihn aber nicht drängen. Sie wußte, wieviel ihm das alte Haus bedeutete, und wieviel Mühe er, bescheiden hinter Anne zurücktretend, dafür aufgewendet hatte. Aber aus Mels Sicht würde es immer Annes Haus bleiben, nicht einmal seines, sondern nur Annes. Auch jetzt noch.

»Natürlich.« Sie beendete strahlend ihre Mahlzeit, dann standen sie auf und fuhren ein wenig umher, fanden da und dort ein Haus, das ihnen gefiel, doch keines davon war zu verkaufen.

»Auf diese Weise dauert es Jahre, bis wir das Richtige finden.«
»Wir haben ja Zeit.«

Sie nickte entspannt; sie genoß den Sonntagnachmittag. Das nächste Wochenende fiel auf den vierten Juli. An diesem Tag fanden sie wie durch Zufall das ideale Haus für sie. »Mein Gott« – Mel sah Peter an, während sie es zum zweitenmal besichtigten –, »es ist riesig.«

»Vielleicht bedeutet es einen Schock für dich, Mrs. Hallam, aber wir haben sechs Kinder.«

»Fünfeinhalb.« Es waren Zimmer für alle vorhanden, sowie je ein Arbeitszimmer für Peter und für Mel, die sie benutzen konnten, wenn sie zu Haus zu tun hatten; es gab einen schönen Garten, einen großen Swimming-pool und einen kleinen Pavillon für die Kinder und deren Freunde. Es verfügte über absolut alles, was sie brauchten, und es lag in Bel-Air, das gefiel Peter.

»Also, Mrs. Hallam?«

»Ich weiß nicht, Doktor. Was meinst du? Können wir es uns leisten?«

»Wahrscheinlich nicht. Aber wenn wir mein Haus verkaufen, wird es gehen.«

Er sprach zum erstenmal von seinem Haus. Die Villa gefiel Mel. »Warum leisten wir nicht gleich eine Anzahlung?« Es war ein Projekt, zu dem sie beide finanziell beitragen mußten, sonst konnten sie den Kaufpreis nicht aufbringen, und das fand Mel ausgezeichnet. Sie wollte ein Haus, das ihnen beiden zu gleichen Teilen gehörte, und sie konnte das Geld aus dem Verkauf ihres New Yorker Hauses investieren. In der darauffolgenden Woche boten sie Peters Villa zum Verkauf an; sie fanden erst am Labour Day einen Käufer, aber das andere war zum Glück noch nicht vergeben.

»Laß uns einmal nachsehen.« Peter warf einen Blick auf den Kalender, als sie den Kaufvertrag unterschrieben. »Das Baby sollte am achtundzwanzigsten November kommen... heute haben wir den dritten September... du nimmst in vier Wochen Urlaub von deiner Fernsehstation. Es bleiben dir also genau zwei Monate, um dieses Haus für uns einzurichten, und mit ein wenig Glück könnten wir zum Thanksgiving einziehen.« Er blickte Mel sachlich an, und sie lachte.

»Machst du einen Witz?« Obwohl das Haus in ausgezeichnetem Zustand war, wollten sie Fenster und Türen streichen, die Räume frisch tapezieren lassen, den Garten stellenweise verändern, sie mußten Möbelstoffe aussuchen und Vorhänge bestellen... neue Teppichböden... »Träum nur weiter.«

Peter sah sie überrascht an. »Willst du nicht, daß dein Kind schon in dem neuen Haus zur Welt kommt?« Sie hätte es gern geschafft, ihr Nestinstinkt war sehr ausgeprägt, aber sie hatte noch drei größere Interviews zu machen, bevor sie ihren viermonatigen Urlaub antrat.

»Es ist übrigens auch dein Kind.«

»Unser Kind.« Da meldete sich das Funkgerät, und der Immobilienmakler starrte die beiden an.

»Sind Sie beide eigentlich immer so beschäftigt?«

»Fast immer.« Mel lächelte. Nach acht Monaten Ehe waren sie beide schon an den Streß gewöhnt; in dieser Zeit hatte Peter neunzehn Herztransplantationen, zahllose Bypass-Operationen durchgeführt, und sie hatte einundzwanzig größere Interviews gemacht, sowie fünfmal wöchentlich die Abendnachrichten moderiert. Die Einschaltziffern waren, wie vorauszusehen war, gestiegen. Peter ging in ein anderes Zimmer, um sein Büro anzurufen, stürzte wieder herein und verabschiedete sich mit einem Kuß von Mel.

»Ich muß weg. Wir haben ein Herz.« Es handelte sich um den Organspender, auf den sie verzweifelt gewartet hatten; Peter hatte schon fast die Hoffnung aufgegeben. »Führst du die Verhandlungen zu Ende?« Sie nickte, er verschwand, und sie hörten seinen Wagen davonrasen, während der Immobilienmakler wieder den Kopf schüttelte.

33

»... und ich danke dir, lieber Gott, für meine Oma« – er sah sich hilflos um, grinste und sprach leiser – »und für mein neues Fahrrad. Amen.« Die gesamte Thanksgiving-Gesellschaft lachte. Matthew war in dieser Woche sieben geworden, und seine Großmutter hatte ihm ein funkelnagelneues, rotes Fahrrad geschenkt. Dann faltete Matt die Hände noch einmal und kniff die Augen zusammen. »Und ich danke dir auch für Mel.« Er warf Val und Jess einen entschuldigenden Blick zu, aber es war zu spät, um noch einmal von vorne zu beginnen. Alle brannten darauf, sich auf das Essen zu stürzen. Peter hatte den Truthahn schon tranchiert, und Pam hatte nach ihrem Lieblingsrezept kandierte Süßkartoffeln zubereitet. Die Zwillinge hatten den Rest besorgt, und alle waren in Festlaune, auch Mel, die behauptete, sie habe keinen Platz, um etwas zu essen. Das Kind gab ihr das Gefühl, aufgebläht zu sein. Seit zwei Monaten hänselte Peter sie damit, daß es wieder Zwillinge werden würden, doch der Arzt schwor, daß das nicht der Fall war. Er konnte die Herztöne von nur einem Kind hören. Mel hatte sich trotz ihres Alters dafür entschieden, den Fruchtwassertest nicht machen zu lassen, sie hatte keine Ahnung, welches Geschlecht das Kind haben würde. Wie auch immer, es war ziemlich groß. Es sollte in zwei Tagen zur Welt kommen, und Mel war froh, noch den Thanksgiving Day mit der Familie verbringen zu können. Sie hatte schon befürchtet, daß sie zu dieser Zeit im Krankenhaus liegen würde. Sie hatten zwar eine neue Haushälterin, die jedoch den Feiertag über frei haben wollte, so daß Mel selbst die Mahlzeit zubereitet hatte.

»Will jemand noch eine Portion?« Peter blickte mit zufriedenem Lächeln in die Runde. Seinem letzten Transplantationspatienten ging es gut. Und die große Familie war vor drei Wochen in das neue Haus eingezogen. Es roch zwar noch überall nach frischer Farbe, aber keiner beschwerte sich deswegen. Alles sah sauber und frisch aus, jeder hatte sein eigenes Zimmer, sogar für den erwarteten Familienzuwachs war vorgesorgt, und sein Zimmer war schon mit Spielzeug angefüllt. Matthew hatte einen Teddybären und einige alte Cowboycolts gestiftet. Pam hatte, ohne Mel ein Wort zu sagen, einen Strampelanzug für das Baby gestrickt, den es tragen sollte, wenn es vom Krankenhaus nach Haus kam. Sie war schrecklich nervös, ob sie auch die richtige Größe erwischt hatte; die ganze Familie wußte von ihrem Vorhaben, außer Mel, die weinte, als sie an ihrem letzten Arbeitstag nach Haus kam, das Geschenk auspackte und nach ihren für einige Zeit letzten Freitagabend-Nachrichten eine gewisse Leere spürte.

Es hatte fast ein Jahr gedauert, bis sich alle aneinander gewöhnt hatten, und in mancher Hinsicht würde es ihnen nie gelingen, sich ganz einig zu sein. Mel würde immer wieder aus dem Haus stürzen, um die Nachrichten zu moderieren, und Peter würde sich um zwei Uhr morgens davonschleichen, um ein geschädigtes Herz wieder in Gang zu setzen. Aber jetzt hatten sie ein anderes Verhältnis zueinander. Es gab einen stärkeren Zusammenhalt als früher. Sie hatten in einem Jahr vieles erlebt, die Drohungen gegen Mel, die katastrophalen Folgen der Romanze zwischen Val und Mark... das Ungeborene... die Belastung, die die neue Ehe für sie alle bedeutete... sogar der Geist Annes wurde bezwungen. Mel hatte das Porträt mitgenommen, es hing jetzt in Pams Zimmer, dort wirkte es gut. Mels Möbel aus New York waren endlich aus dem Lager gekommen und ausgepackt.

»Glücklich, Liebste?« fragte Peter, als sie in ihrem Zimmer vor dem Kamin saßen. Die Kinder befanden sich alle in dem großen Raum neben dem Swimming-pool, in dem sie fröhlich spielten. Mel sah Peter an und ergriff seine Hand.

»Ja, abgesehen davon, daß ich zuviel gegessen habe.«

»Das merkt man gar nicht.« Sie lachten beide über die riesige Wölbung, die sich ein wenig zu verschieben schien, wenn das Baby strampelte. Seit einigen Tagen war es besonders eifrig, und Mel wartete schon sehnsüchtig auf die Geburt. Besonders nach dem heutigen Abend. Nach diesem Feiertag war sie bereit, das Kind zu bekommen, das erklärte sie Peter, als sie zu Bett gingen. »Sag das nicht heute abend, sonst hört es dich und kommt heraus.« Beide lachten und gingen zu Bett, doch zwei Stunden später stand Mel auf und spürte einen wohlbekannten Schmerz im Unterleib. Sie setzte sich zuerst in einen Stuhl, hatte aber nur das Bedürfnis, herumzugehen. Sie wanderte ins Erdgeschoß und sah hinaus in den Garten, der im nächsten Frühjahr voller Blüten stehen würde und schon jetzt sehr hübsch aussah, setzte sich in das Wohnzimmer und fühlte, daß dies ein richtiges Zuhause war, nicht seines oder ihres, sondern etwas, das sie gemeinsam geschaffen und in Besitz genommen hatten, wie ein ganz neues Leben.

Dann wanderte sie wieder zurück in ihr Schlafzimmer und legte sich hin, doch das Baby strampelte zu wild, und plötzlich spürte sie einen kurzen brennenden Schmerz im Unterbauch und keuchte leise. Sie setzte sich auf und wartete ab, wie es weitergehen würde; der Schmerz kam wieder, und sie berührte glücklich Peters Hand.

»Hmmm?« Er reagierte kaum, es war erst vier Uhr früh.

»Peter?« Sie flüsterte seinen Namen nach der dritten Wehe. Sie wußte, daß es noch Stunden dauern würde, wollte aber nicht allein sein. Sie wollte die ganze Aufregung mit ihm teilen. Das war der Augenblick, auf den sie gewartet hatten, vor allem Peter.

»Was?« Plötzlich hob er den Kopf und sah sie aufmerksam an. »Vielleicht ist es nur falscher Alarm.« Sie blickte auf ihren dicken Bauch und lachte, aber das Lachen war nur kurz, denn es folgte eine neue Wehe, diesmal mit einem heftigen Schmerz in ihrem Rücken. Sie keuchte und griff nach seiner Hand, er stützte sie, während sie heftig atmete. Als der Schmerz abklang, sah er auf die Uhr. »In welchen Abständen kommen sie jetzt?«

Sie lachte wieder und sah ihn liebevoll an. »Ich weiß nicht. Ich vergaß, auf die Uhr zu sehen.«

»O Gott.« Er setzte sich im Bett auf. Mit Herzoperationen kannte er sich aus, aber der Geburt von Babies stand er vollkommen hilflos gegenüber, und er hatte sich neun Monate lang Mels wegen Sorgen gemacht. »Wie lange bist du denn schon munter?«

»Ich weiß es nicht. Beinahe die ganze Nacht.« Es war jetzt fünf Uhr.

»Wie lange haben deine Wehen bei den Zwillingen gedauert?«

»Verdammt noch mal, ich weiß es nicht mehr. Das war vor siebzehneinhalb Jahren. Ich nehme an, einige Zeit.«

»Du bist wirklich eine große Hilfe.« Er setzte sich auf, ließ sie aber dabei nicht aus den Augen. »Ich werde den Gynäkologen anrufen. Zieh dich an.« Sie hatte wieder eine Wehe, die kam ihr länger vor als die vorhergehenden. Er geriet in Panik, wollte es sich aber nicht anmerken lassen. Er wollte nicht, daß sein Kind zu Haus geboren wurde. Er wollte, daß Mel sich im Krankenhaus befand, für den Fall einer Komplikation. »Los!« Er half ihr beim Aufstehen, und sie fragte ihn eine Minute später verträumt:

»Was soll ich anziehen?«

»Um Himmels willen, Mel! Irgend etwas... Jeans... ein Kleid...« Sie watschelte davon, dann platzte die Fruchtblase, und sie rief aus dem Badezimmer nach ihm, wo sie sich in Handtücher gewickelt hatte. Der Gynäkologe riet Peter, sie sofort ins Krankenhaus zu bringen, und sie ließen für die Kinder eine Nachricht auf dem Küchentisch zurück, die sie alle sehen würden, wenn sie aufstanden. »Bin ins Krankenhaus gefahren, um mein Baby zu kriegen, Küsse, Mom«, schrieb sie lächelnd, während Peter sie zur Eile drängte. »Würdest du dich bitte beeilen?«

»Warum?« Sie sah vollkommen ruhig aus, und Peter beneidete sie.

»Weil ich unser Kind nicht im Wagen entbinden will.« Er hatte endlich Annes Mercedes verkauft und für Mel einen neuen Wagen gekauft.

»Warum nicht?«

»Kümmere dich nicht darum, du Neunmalkluge!« Er hatte sich ihr noch nie näher gefühlt, während er die vertraute Route fuhr, die er so oft spät nachts zurücklegte, und als er sie ins Krankenhaus führte und sie im Rollstuhl in den Kreißsaal fuhr, war er unsagbar stolz.

»Ich kann allein gehen, weißt du.«

»Warum sollst du gehen, wenn du fahren kannst?« Mit diesem Scherz überspielte er seine wahren Gefühle. Tausend Gedanken rasten durch seinen Kopf, und er betete darum, daß alles glatt verlaufen würde. Er hatte den Eindruck, daß das Kind sehr groß war, und hatte sich gefragt, ob man nicht einen Kaiserschnitt vornehmen sollte. Er stellte dem Gynäkologen diese Frage vor dem Kreißsaal noch einmal, und sein alter Freund tätschelte seinen Arm.

»Es geht ihr ausgezeichnet. Sie hält sich großartig.« Es war inzwischen acht Uhr geworden, und sie lag seit fünf oder sechs Stunden in den Wehen.

»Wie lange, glaubst du, wird es noch dauern?« Er sprach leise, damit Mel ihn nicht hörte, und der Arzt lächelte.

»Eine Weile.«

»Du redest genau wie Mel.« Peter funkelte ihn an, und sie gingen hinein. Mel sagte, sie wolle pressen, und der Gynäkologe meinte, es sei zu früh, aber als er wieder nachsah, stellte er fest, daß sich der Gebärvorgang in der letzten halben Stunde sprunghaft beschleunigt hatte, und ließ sie in den Kreißsaal fahren, wo sie so heftig preßte, daß sie krebsrot wurde, während Peter und die Schwestern ihr Mut zusprachen.

»Ich kann den Kopf des Kindes sehen, Mel«, rief der Arzt, und sie strahlte.

»Wirklich?« Ihr Gesicht war triefendnaß, und ihr Haar sah auf den weißen Laken mehr denn je wie eine Flamme aus; Peter hatte sie noch nie mehr geliebt als jetzt, während sie immer wieder preßte, und plötzlich hörten sie einen Schrei. Peter machte einen großen Schritt, um zu sehen, wie das Baby geboren wurde. Tränen liefen über seine Wangen, während er lächelte.

»O Mel... es ist so schön...«

»Was ist es?« Doch sie mußte wieder pressen.

»Wir wissen es noch nicht.« Alle lachten, dann kamen die Schultern heraus, der Körper, die Hüften und Beine... »Ein Mädchen!«

»Ach, Mel.« Peter ging an das Bettende, wo ihr Kopf lag, küßte sie mitten auf den Mund, und sie lachte und weinte mit ihm gemeinsam; sie reichten ihr das Neugeborene. Er wußte, wie sehr sie sich einen Sohn gewünscht hatte, aber sie erinnerte sich glücklicherweise nicht daran, während sie ihre Tochter in den Armen hielt. Dann verzog sie das Gesicht und faßte nach Peters Arm, während ihr jemand das Baby abnahm.

»O Gott... das tut weh...«

»Es handelt sich jetzt nur um die Nachgeburt.« Der Arzt war nicht besorgt. Dann sah Peter, wie er die Stirn runzelte, und panische Angst durchfuhr ihn.

Es ging etwas in Mel vor, sie hatte wieder entsetzliche Schmerzen, noch stärkere als zuvor.

»Ach... Peter... ich kann nicht...«

»Doch... du kannst«, sprach der Arzt ihr leise Mut zu, während Peter ihre Hand hielt, und er fragte sich, warum, zum Teufel, sie nicht nachsahen, was nicht in Ordnung war; sie preßte mit aller Kraft, und plötzlich ertönte noch ein Schrei, Peter riß die Augen weit auf, und Mel starrte ihn an, sie wußte in diesem Augenblick, was geschehen war.

»Nicht noch einmal...« Peter begriff noch immer nicht, und der Arzt lachte, dann ertönte noch ein Schrei. Jetzt begriff Peter und begann auch laut zu lachen. Sie hatten wieder Zwillinge, und niemand hatte es vorher gewußt, ebenso wie damals bei Jess und Val. Sie blickte halb kläglich, halb belustigt zu ihm hinauf. »Wieder zwei.«

»Ja, Ma'am.« Der Doktor reichte das neue Baby diesmal Peter, der es mit einem beinahe ehrfürchtigen Blick in den Händen hielt und es dann Mel reichte. »Madam« – aus seinen Augen strahlte die Liebe, als ihre Blicke sich trafen –, »Ihr Sohn.«

STERNENFEUER

Aus dem Amerikanischen
von Dr. Ingrid Rothmann

Für den einzigen Mann, der je
Donner und Blitze
und Regenbogen
in mein Leben gebracht hat.
Dergleichen passiert nur einmal,
und wenn es geschieht,
dann ist es für immer.
Für meine eine und einzige Liebe
von ganzem Herzen –
für meinen geliebten Popeye.
Ich liebe Dich!

                                              Olive

I

Die Vögel zwitscherten schon in der morgendlichen Stille des Alexander Valley, als sich die Sonne langsam über die Hügel erhob und mit goldenen Fingern einen Himmel abtastete, der sich innerhalb kürzester Zeit fast purpurrot färbte. Das Laub der Bäume rauschte leise von einem Lüftchen bewegt, während Crystal reglos im feuchten Gras stand und zusah, wie der leuchtende Himmel in schimmernder Farbenpracht zerbarst. Einige Augenblicke lang verstummten die Vögel, fast so, als empfänden sie Ehrfurcht vor der Schönheit des Tales. Üppiges, von zerklüfteten Hügeln umgebenes Weideland, auf denen Vieh graste, erstreckte sich, so weit das Auge reichte. Die Ranch von Crystals Vater umfaßte zweihundert Morgen fruchtbaren Bodens, der Mais, Walnüsse und Wein lieferte. Dazu kam die Rinderzucht, die den größten Gewinn brachte. Seit hundert Jahren warf die Wyatt Ranch stattliche Erträge ab, doch Crystal liebte die Ranch nicht deswegen, sie liebte sie der Bedeutung wegen, die sie ihr beimaß. Es war, als spräche sie wortlos mit den Geistern, von deren Vorhandensein sie allein wußte. Während sie dem hohen Gras zusah, das sich sanft in der Morgenbrise wiegte, und die Sonne warm auf ihr weizenblondes Haar schien, fing sie leise zu singen an. Ihre Augen hatten die Farbe des Sommerhimmels, und ihre Gestalt war langgliedrig und anmutig, als sie zum Fluß lief und ihre Füße im feuchten Gras versanken. Crystal kauerte auf einem glatten grauen Stein nieder und ließ das eisige Wasser über ihre Füße laufen. Dabei beobachtete sie, wie die Sonnenstrahlen sich immer näher an die Felsen heranschoben. Sie liebte es, den Sonnenaufgang zu erleben, so wie sie es liebte, über die Fluren zu laufen, einfach dazusein, lebendig, jung und frei, eins mit sich und der Natur. Und sie liebte es, dazusitzen und in der Morgenstille zu singen, sich von ihrer wohltönenden, vollen Stimme einhüllen zu lassen, die auch ohne Begleitmusik wie ein Zauber war. Ihr Gesang hatte etwas ganz Besonderes, wenn allein Gott ihn hörte.

Auf der Ranch gab es Hilfskräfte für das Zusammentreiben der Rinder, es gab Mexikaner, die unter der Aufsicht ihres Vaters auf den Maisfeldern und in den Weingärten arbeiteten. Doch es gab niemanden, der das Land so innig liebte wie sie oder ihr Vater, Tad Wyatt. Crystals Bruder Jared half ihm nach der Schule, war aber mit sechzehn Jahren mehr am Kombi des Vaters interessiert und an den Ausflügen nach Napa, die er mit Freunden unternahm. Von Jim Town aus waren es nur fünfzig Minuten Fahrt. Jared war ein hübscher Junge, der das dunkle Haar seines Vaters geerbt hatte und eine gute Hand bei der Zähmung wilder Pferde bewies. Aber weder er noch ihre Schwester Becky besaßen Crystals geradezu lyrische Schönheit. Heute war Beckys Hochzeit, und Crystal wußte, daß Mutter und Großmutter in der Küche schon emsig am Werk waren. Sie hatte die beiden gehört, als sie entwischt war, um zu beobachten, wie die Sonne über den Bergen emporstieg. Crystal watete in den Fluß. Das Wasser umspülte schon ihre Schenkel, als sie spürte, wie ihre Füße erstarrten und es in ihren Knien prickelte. Da lachte sie laut in den Sommermorgen hinein und zog das dünne Batistnachthemd über den Kopf, um es ans Ufer zu werfen. Sie wußte, daß kein Mensch sie sehen konnte, wie sie voller Anmut im Wasser stand. Ihr selbst war nicht bewußt, wie schön sie war, einer jungen Venus gleich. Von weitem sah sie sehr weiblich aus, als sie mit einer Hand ihr langes, hellblondes Haar auf dem Hinterkopf zusammenhielt und ihr makelloser Körper allmählich im eisigen Wasser versank. Nur wer sie kannte, wußte, daß Crystal blutjung war. Einem Fremden wäre sie erwachsen vorgekommen – etwa achtzehn oder zwanzig Jahre alt. Ihr Körper war ausgereift, und ihre Augen leuchteten groß und blau, als sie zur Frühmorgensonne aufblickte. Ihre schimmernde Nacktheit ließ an hellrosa Marmor denken. Und doch war sie keine Frau, sie war ein junges Mädchen, knapp vor dem fünfzehnten Geburtstag, den sie im Sommer feiern würde. Sie lachte wieder, als sie sich vorstellte, wie man sie in ihrem Zimmer suchen würde, um sie zu wecken, weil man sie in der

Küche brauchte. Sie malte sich die Wut ihrer Schwester aus, die kopfschüttelnde Empörung ihrer Großmutter. Wie so oft war sie ihnen auch heute entkommen. Ja, das tat sie am liebsten – lästigen Pflichten entfliehen und auf der Ranch umherzuschweifen, durch das hohe Gras zu wandern, im Winterregen die Wälder zu durchstreifen oder ohne Sattel zu reiten und zu singen, während sie über die Hügel sprengte, auf dem Weg zu den geheimen Plätzchen, die sie auf ausgedehnten Ritten mit ihrem Vater entdeckt hatte. Hier war sie zur Welt gekommen, und eines Tages, wenn sie sehr alt sein würde, so alt wie Grandma Minerva oder noch älter, würde sie hier sterben. Sie liebte die Ranch und dieses Tal von ganzem Herzen. Crystal hatte die Leidenschaft ihres Vaters für das Land geerbt, für die fruchtbare, braune Erde, für das üppige Grün, das im Frühling die Hügel überzog. Als sie ein Reh in der Nähe verharren sah, lächelte sie. In Crystals Welt gab es keine Feinde, keine Gefahren, keine geheimen Ängste. Sie gehörte hierher, wo sie zu Hause war und sich geborgen fühlte.

Sie sah zu, wie die Sonne höherstieg, und watete langsam zurück ans Ufer. Dort zog sie ihr Nachthemd wieder an und ließ es feucht am Körper haften, während die hellblonde Mähne ihr über die Schultern fiel. Höchste Zeit, daß sie sich auf den Heimweg machte. Inzwischen würden alle sehr ungehalten sein. Ihre Mutter würde sich bereits bei ihrem Vater beklagen, obwohl Crystal am Tag zuvor mitgeholfen hatte, als vierundzwanzig Apfelkuchen gebacken und sieben Schinken gekocht worden waren, wie sie auch mitgeholfen hatte, dicke, reife Tomaten mit Basilikum und Nüssen zu füllen... kurzum, sie hatte ihren Teil geleistet und wußte, daß es jetzt nichts mehr zu tun gab. Sie wäre ohnehin nur im Weg gestanden und hätte sich anhören müssen, wie Becky ihren Bruder herumkommandierte. Jetzt hatte sie noch ausreichend Zeit zum Duschen und Anziehen, um dann um elf in die Kirche zu fahren. Man brauchte sie jetzt nicht wirklich, man glaubte nur, sie zu brauchen. Sie war viel glücklicher, wenn sie draußen umherschweifen und sich im Licht des frühen Morgens im Fluß tummeln konnte. Inzwischen war es wärmer geworden, und der Wind hatte sich gelegt. Es würde für Becky ein schöner Hochzeitstag werden.

Schon von weitem hörte sie die Stimme ihrer Großmutter, die von der Veranda vor der Küche aus schrill nach ihr rief: »Crystal ...« Das Wort schien um sie herum widerzuhallen, während sie lachend auf das Haus zurannte wie ein langbeiniges Kind und das Haar hinter ihr herwehte.

»Crystal!« Ihre Großmutter stand noch immer auf der Veranda, als Crystal vor dem Haus ankam. Grandma Minerva trug das schwarze Kleid, das sie immer anhatte, wenn es in der Küche viel zu tun gab. Darüber hatte sie eine saubere weiße Schürze gebunden. Mit ärgerlich geschürzten Lippen tat sie ihren Unwillen kund, als sie Crystal auf das Haus zulaufen sah, im Nachthemd, das feucht an ihrem nackten Körper haftete. Das Mädchen hatte nichts Gekünsteltes an sich, nicht die Andeutung von Koketterie, sie besaß nur eine umwerfende Schönheit, der sie sich noch nicht bewußt war. Crystal fühlte sich selbst noch als Kind, Ewigkeiten entfernt von der Bürde des Frauseins. »Crystal! Wenn du dich sehen könntest! Das Nachthemd ist ja durchsichtig! Du bist doch kein Kind mehr! Wenn dich einer der Männer gesehen hätte!«

»Grandma, es ist doch Samstag ... kein Mensch ist da.« Als sie in das verwitterte Gesicht ihrer Großmutter blickte, zeigte ihr Lächeln keine Spur von Verlegenheit oder Zerknirschung.

»Du solltest dich schämen! Und jetzt rasch hinein ... du mußt dich für die Hochzeit deiner Schwester anziehen.« Grandma Minerva wischte sich die Hände an der Schürze ab und murmelte mißbilligend vor sich hin: »Läuft bei Sonnenaufgang wie ein Wildfang draußen herum ... Es gibt hier viel Arbeit zu tun, Crystal Wyatt. Und jetzt rasch ... schau zu, wie du deiner Mutter helfen kannst.« Crystal lief lächelnd die breite Veranda entlang und kletterte behende durch das Fenster in ihr Zimmer, während ihre Großmutter die mit Drahtgeflecht bespannte Tür zuknallte und in die Küche ging, um ihrer Tochter zur Hand zu gehen.

In ihrem Zimmer blieb Crystal kurz stehen. Sie streifte das Nachthemd ab und warf es als feuchtes Häufchen in eine Ecke. Vor ihr hing das Kleid, das sie zu Beckys Hochzeit tragen sollte: ein einfaches, weißes Baumwollkleid mit gebauschten Ärmeln und einem kleinen Spitzenkragen. Ihre Mutter hatte es genäht, betont schlicht, ohne Rüschen, ohne schmückende Details, die ihre Schönheit noch betont hätten – wie ein Kinderkleid eben. Crystal kümmerte das überhaupt nicht. Für die spärlichen geselligen Anlässe, zu denen sie es später tragen konnte, war es ausreichend. Ihre simplen weißen Pumps stammten aus Napa, und ihr Vater hatte ihr aus San Francisco ein Paar Nylonstrümpfe mitgebracht. Anlaß für ihre Großmutter, wieder einmal unwillig die Nase zu rümpfen. Auch Crystals Mutter hatte laut geschimpft, das Mädchen sei doch noch viel zu jung dafür. »Tad, sie ist schließlich noch ein Kind.«

Olivia sah es ungern, wenn Tad ihre Jüngste so verwöhnte. Ständig mußte er ihr etwas zum Naschen oder modischen Unfug aus Napa oder San Francisco mitbringen. »Das alles wird ihr noch zu Kopf steigen.«

Crystal war das Kind, das vom ersten Tag an Tads Herz erobert hatte, so sehr, daß es fast schmerzte, wenn er sie ansah. Schon als Baby hatte platinblondes Haar wie ein Heiligenschein ihr Köpfchen umgeben, und ihre Augen hatten ihn angeblickt, als wollte sie ihm etwas ganz Besonderes sagen, ihm und keinem anderen. Sie war ein Kind, das mit Träumen in den Augen geboren worden war, und dieser ganz eigene Zauber war es, der die Menschen innehalten und sie anstarren ließ. Sie sah anders aus als der Rest der Familie, sie war einzigartig, und sie brachte das Herz ihres Vaters zum Klingen. Er war es auch gewesen, der ihr den Namen gegeben hatte, als er sie gleich nach der Geburt in Olivias Arme geschmiegt gesehen hatte, strahlend und vollkommen. Crystal. Ein Name, wie geschaffen für sie, mit ihren strahlend blauen Augen und dem weichen, hellblonden Haar. Auch ihre Spielgefährten hatten gespürt, daß sie etwas Besonderes war – auf nicht greifbare Weise anders. Sie war freier, klüger und glücklicher als die anderen, nie gänzlich von fremden Regeln und Einschränkungen beherrscht wie ihre ständig nervöse und jammernde Mutter oder ihre viel unscheinbarere ältere Schwester oder auch ihr Bruder, der sie erbarmungslos aufzog, oder gar die strenge Großmutter, die seit Crystals siebentem Jahr bei ihnen lebte, nachdem Grandpa Hodges in Arizona gestorben war. Allein ihr Vater schien sie zu verstehen; nur er wußte, wie bemerkenswert sie war, gleich einem seltenen Vogel, dem man von Zeit zu Zeit die Freiheit gewähren mußte, damit er sich hoch über alles Gewöhnliche und Banale erheben konnte. Crystal war ein Geschöpf, das ihm direkt aus Gottes Hand gegeben worden war, deshalb brach er ständig für sie die Regeln, brachte ihr kleine Geschenke mit und ließ bei ihr Ausnahmen zu, zum großen Ärger aller anderen.

»Crystal!« Die scharfe Stimme ihrer Mutter drang von draußen in das Zimmer, das Crystal mit Becky teilte. Ehe sie Zeit hatte zu antworten, wurde die Tür geöffnet, und Olivia Wyatt sah sie nervös und verärgert an. »Wieso stehst du so da?« Das Mädchen war nackt, und sie war schön – das sah Olivia nicht gern. So wollte sie ihre Tochter nicht haben – fast schon Frau, doch mit den Unschuldsaugen eines Kindes, als sie sich nun zu ihrer Mutter umdrehte und diese in dem blauen Seidenkleid ansah, das sie zur Hochzeit angezogen hatte. Darüber hatte sie wie Grandma Minerva eine weiße Schürze gebunden. »Zieh dir etwas an! Dein Vater und dein Bruder sind schon auf!« Sie sah Crystal streng an und schloß die Tür hastig hinter sich, als stünden die zwei Männer draußen und warteten nur darauf, Crystals nackten jungen Körper zu sehen. In Wahrheit hätte ihr Vater sie nur bewundert, ein wenig erschrocken, sie weiblicher zu sehen, als sie dem Wesen nach war, und Jared hätte die hinreißende Schönheit seiner Schwester wie immer kaltgelassen.

»Ah, Mama ...« Crystal wußte, wie aufgebracht ihre Mutter gewesen wäre, hätte sie sie nackt im Fluß sehen können. »Sie kommen ja nicht hier herein.« Mit einem Lächeln zog sie die Schultern hoch, was Olivia nicht hinderte, sich in eine Gardinenpredigt zu stürzen.

»Weißt du denn nicht, wieviel es noch zu tun gibt? Deine Schwester braucht Hilfe beim Anziehen, Grandma braucht Hilfe beim Tranchieren des Puters und beim Aufschneiden der Schinken. Kannst du dich denn nicht nützlich machen, Crystal?« Beide wußten, daß sie es sehr wohl konnte, doch ihr lag wenig daran, in der Küche und im Haus Hand anzulegen. Sie fuhr viel lieber mit ihrem Vater auf dem Traktor oder half ihm, das Vieh zusammenzutreiben, wenn es an Hilfskräften mangelte. Sie hatte sogar bei heftigen Unwettern verlorengegangene Kälber eingefangen und war überhaupt im Umgang mit Tieren sehr geschickt. Doch für ihre Mutter war das gar nichts. »Zieh dich an«, befahl sie schroff und fügte dann mit einem Blick auf das an der offenen Schranktür hängende weiße Kleid hinzu: »Bis wir zur Kirche fahren, genügt dein altes blaues Kleid. In der Küche machst du dich ja doch nur schmutzig.«

Unter den Augen ihrer Mutter schlüpfte Crystal in ihre Unterwäsche und zog das alte blaue Kleid über den Kopf. Sie hatte es noch nicht ganz zugeknöpft, als die Tür aufgerissen wurde und Becky hereinplatzte, um sich sofort nervös und wortreich über ihren Bruder zu beklagen. Sie hatte braunes Haar wie ihre Mutter und weit auseinanderstehende braune Augen. Crystals Schwester war hübsch, aber unauffällig, groß und schlank und Crystal nicht ganz unähnlich. An ihren Zügen war indessen nichts Bemerkenswertes, und ihre Stimme klang schrill und jammernd, als sie Olivia eröffnete, Jared habe im einzigen Badezimmer des Ranchhauses sämtliche Handtücher benutzt und naß gemacht.

»Nicht mal die Haare kann man sich trocknen! Und das macht er täglich, Mama! Mit Absicht, das weiß ich.« Crystal beobachtete sie wortlos, fast so, als wären sie sich noch nie begegnet. Obwohl sie fast fünfzehn Jahre Seite an Seite verlebt hatten, waren sich die zwei Mädchen mehr Fremde als Schwestern. Rebecca war ihrer Mutter nicht nur äußerlich nachgeraten, sondern hatte auch ihre ständige Nervosität und ihr Gejammer geerbt. Und jetzt stand Becky im Begriff, den Jungen zu heiraten, in den sie sich verliebt hatte, als sie in Crystals Alter gewesen war. Den ganzen Krieg über hatte sie auf ihn gewartet. Und nun, fast genau ein Jahr, nachdem er wohlbehalten aus Japan zurückgekehrt war, wurde geheiratet. »Ich hasse ihn, Mama! Ich hasse ihn!« Damit meinte sie ihren Bruder. Das lange Haar hing ihr feucht über den Rücken, als sie, den tränenumflorten Blick wutentbrannt auf ihre Mutter gerichtet, ihrem Ärger Luft machte.

»Nun, ab heute brauchst du nicht mehr mit ihm zusammenzuleben.« Ihre Mutter lächelte. Am Tag zuvor hatte es zwischen ihr und Becky ein langes Gespräch gegeben, als Olivia, langsam an den Stallungen vorüberschlendernd, ihrer gerade achtzehnjährigen Tochter erklärte, was Tom von seiner jungen Frau in der Hochzeitsnacht in Mendocino erwartete. Becky war freilich bereits von ihren Freundinnen eingeweiht worden, die wenige Monate nach der Rückkehr ihrer Herzallerliebsten aus dem pazifischen Raum geheiratet hatten. Tom hatte zuerst Arbeit finden wollen, und Beckys Vater hatte darauf bestanden, daß sie ihren Schulabschluß machte. Das hatte sie nun vor fünf Wochen geschafft, und jetzt, an einem schönen sonnigen Tag Ende Juli, wurde ihr Traum Wirklichkeit. Sie würde endlich Mrs. Thomas Parker werden. Das hörte sich sehr erwachsen an und war zugleich ziemlich furchteinflößend. Insgeheim konnte Crystal sich nicht genug wundern, weshalb ihre Schwester Tom nahm, denn mit ihm würde Becky über Booneville nie hinauskommen. Ihr Leben, das hier begonnen hatte, würde auch hier enden, auf der Ranch, auf der sie großgeworden war. Crystal liebte zwar die Ranch – weit mehr als die anderen –, und sie wünschte sich nichts mehr, als hier zu leben – aber erst, nachdem sie ein Stück von der Welt gesehen hätte. Sie träumte von fremden Ländern, von anderen Dingen, von anderen Menschen als von denen, mit denen sie aufgewachsen war. Sie wollte mehr von der Welt sehen, nur ein wenig mehr als das Fleckchen Erde, das von den Mayacama-Bergen umschlossen wurde. An den Wänden von Crystals Zimmer hingen Fotos von Greta Garbo und Betty Grable, Vivien Leigh und Clark Gable. Daneben Fotos von San Francisco und Hollywood und New York. Einmal hatte ihr Vater ihr eine Ansichtskarte von Paris gezeigt. Mitunter träumte sie sogar davon, nach Hollywood zu gehen und Filmstar zu werden. Sie träumte davon, Orte zu besuchen, denen ein Zauber anhaftete, wie jenen, von denen sie mit ihrem Vater heimlich sprach. Sie wußte, daß sie sich das mehr wünschte als ein Leben, das sie an einen Mann wie Tom Parker gekettet verbringen müßte. Ihr Vater hatte Tom Arbeit auf der Ranch angeboten, da der junge Mann sonst nirgends einen Job bekommen hatte. Nach Pearl Harbor war er einfach von der Schule abgegangen und hatte sich freiwillig gemeldet. Becky hatte ihm jede Woche geschrieben und dann oft monatelang auf seine Briefe warten müssen. Nach seiner Rückkehr war Tom ihr so erwachsen vorgekommen, und er hatte so viel vom Krieg zu erzählen gehabt... Mit einundzwanzig war er ein Mann, zumindest in Beckys Augen. Und jetzt, ein Jahr später, wurde er ihr Mann.

»Wieso bist du noch nicht angezogen?« Mit einem Ruck wandte Becky sich ihrer Schwester zu, die barfuß in ihrem blauen Kleid dastand. »Du solltest längst fertig sein!« Es war sieben Uhr morgens. Erst für halb elf war die Abfahrt zur Kirche geplant.

»Mama will, daß ich Grandma in der Küche helfe«, antwortete Crystal mit ihrer leisen Stimme, die so anders klang als die von Olivia oder Becky und die heisere Sinnlichkeit ihres Gesangs ahnen ließ. Ihre Lieder waren unschuldig, ihre Stimme aber war von intuitiver Leidenschaft erfüllt. Becky warf ihr nasses Handtuch auf das Bett, das sie teilten und das noch nicht gemacht war, da Crystal entwischt war, um draußen auf der Weide den Sonnenaufgang zu beobachten. »Wie soll ich mich in diesem Durcheinander anziehen?«

»Crystal, mach das Bett«, sagte Olivia und half Becky beim Ankleiden. Den Brautschleier hatte sie selbst gemacht – ein weißes perlenbesticktes Satinkrönchen, von dem weißer Tüll üppig herabfiel.

Crystal zog die Laken glatt und strich über die schwere Steppdecke, die ihre Großmutter vor Jahren für sie angefertigt hatte. Olivia hatte als Hochzeitsgeschenk für Becky eine neue Decke genäht, die bereits in das kleine Haus geschafft worden war, ihr künftiges Heim auf der Ranch. Ihr Vater hatte es Becky und Tom zur Verfügung gestellt, bis sie sich etwas Eigenes leisten konnten. Olivia war froh, Becky in der Nähe zu wissen, und Tom erleichtert, nicht die Miete für ein eigenes Haus aufbringen zu müssen. Crystal hatte das Gefühl, daß Becky gar nicht fortging. Sie würde keine halbe Meile entfernt an dem Feldweg wohnen, den sie oft mit ihrem Vater auf dem Traktor entlangfuhr.

Olivia bürstete sorgfältig Beckys Haar und unterhielt sich mit ihr über Cliff Johnson und dessen französische Frau. Cliff hatte sie als Kriegsbraut mitgebracht, und Becky hatte lange und hart darum kämpfen müssen, daß die beiden zur Hochzeit eingeladen worden waren.

»Sie ist gar nicht so übel«, gestand Olivia zum erstenmal ein, während Crystal dastand und zuschaute. In Gegenwart der beiden fühlte sie sich unweigerlich als Außenseiterin, da sie in diese Gespräche nie mit einbezogen wurde. Sie fragte sich schon, ob ihre Mutter sie nun, da Becky das Haus verließ, stärker beachten würde, ob sie mehr darauf hören würde, was sie zu sagen hatte, oder ob Olivia jede freie Minute bei Becky in dem kleinen Häuschen verbringen würde. »Sie hat dir einen herrlichen Spitzenstoff mitgebracht. Er ist von ihrer Großmutter in Frankreich, sagt sie. Daraus kannst du dir mal etwas Hübsches machen.« Es waren die ersten freundlichen Worte, die jemand über Mireille seit ihrer Ankunft im Jahr zuvor äußerte. Sie mochte vielleicht nicht besonders hübsch sein, aber sie war sehr liebenswürdig und verzweifelt bemüht, sich trotz der anfänglichen Ablehnung, die ihr von Cliffs Freunden und Nachbarn entgegenschlug, anzupassen. Es warteten zu Hause so viele Mädchen auf die Heimkehrer, daß ausländische Kriegsbräute mit scheelen Blicken empfangen wurden. Wenigstens war sie eine Weiße. Nicht wie das Mädchen, das Boyd Webster aus Japan mitgebracht hatte. Das war eine Schande, die seine Familie nie verwinden würde. Niemals. Becky hatte mit Tom erbittert gestritten, weil sie Boyd und seine Frau nicht zur Hochzeit einladen wollte. Sie hatte geweint, gejammert, getobt und ihn sogar angefleht. Aber Tom hatte darauf beharrt, da Boyd sein bester Freund war. Vier Kriegsjahre hatten sie Seite an Seite überstanden. Auch wenn es eine Dummheit war, daß Boyd dieses Mädchen geheiratet hatte, wollte er ihn doch bei der Hochzeit dabeihaben. Er hatte Boyd sogar gebeten, sein Trauzeuge zu sein – ein Umstand, der Becky noch mehr erbost hatte. Aber schließlich hatte sie klein beigeben müssen. Tom Parker war noch eigensinniger als sie. Hirokos Anwesenheit würde sehr peinlich sein, zumal ihre schrägen Augen und das glatte schwarze Haar einen nicht vergessen ließen, woher sie kam. Schon Hirokos Anblick allein genügte, um alle an die Jungs zu erinnern, die sie im Pazifik verloren hatten. Eine richtige Schande, das alles... Auch Tom konnte sie nicht leiden, aber Boyd war nun einmal sein Freund. Boyd hatte für diese Heirat ohnehin teuer bezahlen müssen. Niemand hatte ihm Arbeit gegeben, und alle hatten ihm die Tür vor der Nase zugeschlagen. Schließlich hatte sich der alte Mr. Peterson erbarmt und ihn in seiner Tankstelle beschäftigt. Ein wahrer Jammer, denn Boyd war ein intelligenter Bursche. Vor dem Krieg hatte er aufs College gehen wollen – eine Hoffnung, die er sich jetzt aus dem Kopf schlagen konnte. Er mußte arbeiten, um sich und Hiroko zu ernähren. Jeder rechnete damit, daß sie sich bald entmutigen lassen und wegziehen würden. Zumindest hofften dies alle. Aber auf seine Art liebte Boyd das Tal genauso wie Tad Wyatt und Crystal.

Als Crystal Boyds hübsche kleine japanische Frau zum ersten Mal gesehen hatte, war sie fasziniert gewesen. Hirokos sanfte, behutsame Art, ihre zögernde Sprechweise, ihre übergroße Höflichkeit und ihr drolliges Englisch hatten sie geradezu magnetisch angezogen. Aber Olivia hatte nicht erlaubt, daß Crystal mit ihr sprach, und auch ihr Vater hielt es für besser, wenn sie sich von den Websters fernhielt. An manche Dinge rührte man lieber nicht, und in Zeiten wie diesen gehörten die Websters dazu.

»Was treibst du da ...? Stehst da und starrst deine Schwester an?« Olivia, die Crystals Gegenwart vergessen hatte, bemerkte plötzlich, daß ihre jüngste Tochter sie beobachtete. »Schon vor einer halben Stunde habe ich dir gesagt, daß du Grandma in der Küche helfen sollst.«

Wortlos verließ Crystal den Raum, während Becky nervös von der bevorstehenden Hochzeit plapperte. In der Küche waren bereits drei Frauen an der Arbeit. Sie waren von benachbarten Farmen und Ranches gekommen, um zu helfen. Beckys Hochzeit war das Ereignis des Jahres, die erste Festlichkeit des Sommers. Freunde und Nachbarn würden von weit her kommen, um dabeizusein. Zweihundert Gäste wurden erwartet. Kein Wunder also, daß die Frauen mit Feuereifer letzte Hand an das großartige Festmahl legten, das nach der Trauung angesetzt war.

»Mädchen, wo hast du bloß gesteckt?« empfing ihre Großmutter Crystal unwirsch und deutete auf einen großen Schinken, der aus der eigenen Schlachtung stammte und den sie auch selbst geräuchert hatten. Alles, was auf den Tisch kam, war hausgemacht, sogar der Wein, den ihr Vater einschenken würde.

Crystal machte sich wortlos an die Arbeit, von der sie nur

Augenblicke später durch einen Klaps auf ihre Kehrseite abgelenkt wurde: »Hübsches Kleid, Schwesterchen. Hat Dad es dir aus San Francisco mitgebracht?« Natürlich, das konnte nur Jared sein, der aus überlegener Höhe auf sie heruntergrinste. Mit sechzehn schien er nichts anderes im Sinn zu haben als Neckereien und Bosheiten. Er trug seine neueste Hose, aus der er schon wieder ein wenig herausgewachsen war, dazu ein weißes Hemd, das seine Großmutter so gestärkt und gebügelt hatte, daß es von allein hätte stehen können. Nur seine Füße waren noch bloß. Er hielt die Schuhe in der Hand, Jackett und Schlips hatte er lässig über die Schulter geworfen. Jahrelang hatten er und Becky sich wie Hund und Katze bekämpft, und erst im letzten Jahr war Crystal zum Opfer seiner boshaften Aufmerksamkeit aufgerückt. Als er eine Scheibe des saftigen Schinkens stibitzen wollte, schlug Crystal ihm auf die Finger.

»Gib acht, sonst schneide ich dir die Finger ab.« Sie drohte ihm mit dem Messer, und in ihrem Tonfall schwang mehr mit als nur Neckerei. Jared ärgerte sie ununterbrochen. Nichts tat er lieber, als sie aufzuziehen und seine Späße mit ihr zu treiben. Wie oft hatte er sie so bedrängt, bis sie gegen ihn zu einem Schlag ausholte, dem er immer mühelos auswich, um sich dann um so heftiger zu revanchieren. »Laß mich...! Such dir ein anderes Opfer für deine Späße, Jar.« Meist belegte sie ihn mit allerhand Namen. »Warum machst du dich nicht auch nützlich?«

»Für mich gibt es Besseres zu tun. Ich muß Dad helfen, den Wein heraufzuholen.«

»Ja, das kann ich mir vorstellen«, erwiderte Crystal in tadelndem Ton. Sie hatte wiederholt beobachtet, wie er sich mit seinen Freunden betrank, wäre aber lieber auf der Stelle tot umgefallen, als ihren Bruder zu verpetzen. Auch wenn sie hin und wieder auf Kriegsfuß standen, bestand zwischen ihnen eine herzliche Beziehung. »Gib nur acht, daß für die Gäste etwas übrigbleibt.«

»Und du gib acht, daß du nicht barfuß bleibst.« Wieder gab er ihr einen Klaps auf die Kehrseite, worauf sie das Messer fallen ließ und seinen Arm packen wollte – zu spät, er lief schon pfeifend den Flur entlang zu seinem Zimmer. Vor Beckys Tür blieb er kurz stehen und öffnete sie in dem Moment, als seine Schwester sich in ihren Strumpfbandgürtel quälte. »He, Kleine... Donnerwetter!« Er stieß einen gedehnten Pfiff aus, und Becky schrie entsetzt auf.

»Raus mit dir!« Sie schleuderte ihre Haarbürste nach ihm, er aber hatte die Tür schon zugeknallt. Es waren alltägliche Geräusche in diesem anheimelnden alten Ranchhaus, in dessen Küche niemand Tad Wyatt Beachtung schenkte, als er, schon feingemacht für die Kirche, in seinem dunkelblauen Anzug eintrat. Er war von einer Aura der Verläßlichkeit, Wärme und stillen Würde umgeben. Seine Familie war vermögend gewesen, sehr vermögend sogar, aber das Geld war schon vor vielen Jahren verlorengegangen, schon vor der Wirtschaftskrise. Die Wyatts hatten viele tausend Morgen Land verkauft, und Tad hatte die Ranch völlig neu organisieren müssen, damit sie wieder Gewinn brachte. Dies alles hatte viel Schweiß gekostet, seinen und den Olivias. Vor seiner Ehe hatte er sich die Welt ein wenig ansehen können und erzählte zuweilen Crystal auf ihren langen Spaziergängen oder wenn sie im Regen saßen oder im Winter darauf warteten, daß eine Kuh kalbte, von seinen Reisen. Mit Crystal teilte er längst Verschüttetes und fast Vergessenes. »Dort draußen wartet eine große Welt, Kleines, mit ihren vielen Schönheiten. Zwar gibt es nicht viel, was schöner wäre als unser Fleckchen hier, aber trotzdem gibt es sehenswerte Orte...« Er schwärmte ihr von New Orleans vor, von New York, von England. Wenn Olivia es hörte, schalt sie ihn, weil er Crystal Rosinen in den Kopf setze. Olivia war nicht weiter als ein Stück in den Südwesten gekommen und hatte sich dort schon fremd gefühlt. Ihre beiden Ältesten teilten ihre Ansicht von der Welt. Das Tal und die Menschen, die es bewohnten, genügten ihnen. Nur Crystal träumte von mehr, und sie fragte sich, ob sie es je sehen würde.

»Na, wie gehts meinem Mädel?« Tad Wyatt betrachtete stolz seine Jüngste. Sogar hier in der Küche, wo es von Frauen wimmelte, rührte Crystal in ihrem alten blauen Kleid an sein Herz. Daß ihre Schönheit ihm den Atem raubte, konnte er nicht verbergen. Er war nur froh, daß heute nicht ihr Hochzeitstag war. Das hätte er nicht ausgehalten. Und er hätte auch nie zugelassen, daß sie einen Mann wie Tom Parker heiratete. Für Becky war Tom der passende Ehemann. Becky hatte keine Träume... in den geheimen Himmeln ihres Herzens gab es keine Sterne... sie hatte keine geheimen Visionen. Sie wünschte sich einen Mann, Kinder und ein kleines Haus auf der Ranch; einen gewöhnlichen Mann wie Tom, ohne Ehrgeiz und Träume, und genau das würde sie auch bekommen.

»Hallo, Dad.« Crystal sah ihm mit einem sanften Lächeln in die Augen. Auch ohne Worte war die Liebe der beiden zueinander fast greifbar.

»Hat Ma dir für heute ein hübsches Kleid genäht?« Er hatte seine Frau dazu gedrängt wie immer, und er lächelte nun in Gedanken an die Strümpfe, die er Crystal geschenkt hatte, auch wenn Olivia ihn für verrückt erklärte. Crystal nickte. Das Kleid war ganz nett. Natürlich nicht mit den Roben zu vergleichen, die man in Filmen sah. Es war einfach ein Kleid, ein adrettes, weißes Kleid. Die Nylons waren das beste an ihrer Aufmachung, hauchdünn und aufregend. Aber Tad wußte, daß sie, was immer sie anzog, hinreißend aussehen würde.

»Wo ist Mama?« Tad sah sich suchend in der Küche um.

»Sie hilft Becky beim Anziehen.«

»Was – jetzt schon? Unsere Braut wird ganz welk werden, ehe wir in die Kirche kommen.« Sie tauschten ein Lächeln. Die Wärme war schon am Morgen spürbar, und die Küche dampfte. »Und wo steckt Jared? Ich suche ihn schon seit einer Stunde«, sagte er in gutmütigem Ton. Er war nicht leicht aus der Ruhe zu bringen und brachte für seine Kinder immer viel Geduld auf.

»Er hat behauptet, er müsse dir mit dem Wein helfen.« Wieder lächelte Crystal, als sich ihre Blicke trafen. Sie bot ihm eine Scheibe von dem Schinken an, den sie Augenblicke zuvor ihrem Bruder verwehrt hatte.

»Trinken helfen, meinte er wohl.« Beide lachten, und Tad ging den Flur entlang zu Jareds Zimmer. Jareds Leidenschaft waren Autos und nicht die Ranch, wie sein Vater wußte. Das einzige seiner Kinder, das die Ranch liebte, etwas davon verstand und an dem Land so hing wie er, war Crystal. Er ging an dem Zimmer vorüber, in dem Becky sich mit Hilfe ihrer Mutter anzog, und klopfte an die Tür seines Sohnes. »Komm und hilf mir mit den Tischen. Es gibt draußen noch viel zu tun.« Im Freien sollten lange, mit weißem Leinen gedeckte Tische aufgestellt werden, die noch von der Hochzeit seiner Mutter vor einem halben Jahrhundert stammten. Die Gäste würden im Schatten der Riesenbäume sitzen, die das Ranchhaus umgaben. Tad Wyatt steckte den Kopf in Jareds Zimmer. Sein Sohn lümmelte auf dem Bett, in ein Magazin mit Fotos schöner Frauen vertieft. »Könntest du dich losreißen und mir helfen?« Jared sprang mit einem nervösen Grinsen auf. Sein Schlips saß schief, sein Haar war mit Haarwasser angefeuchtet.

»Aber klar, Dad. Tut mir leid.«

Tad gab acht, das sorgsam zurechtgemachte Haar seines Sohnes nicht in Unordnung zu bringen, als er ihm den mächtigen Arm um die Schultern legte. Ihm kam es noch immer unfaßbar vor, daß eines seiner Kinder heiratete. Für ihn waren sie alle noch immer Babys. Er wußte noch, wie Jared laufen gelernt und Hühner gejagt hatte. Mit vier war er vom Traktor gepurzelt... Als der Junge sieben geworden war, hatte er ihm das Fahren beigebracht, und er hatte ihn auf die Jagd mitgenommen, als Jared kaum größer war als die Flinte. Und Becky war kaum älter als ihr Bruder, und doch würde sie jetzt heiraten.

»Ein schöner Hochzeitstag für deine Schwester.« Nach einem Blick zum Himmel lächelte er seinem Sohn zu, während er Jared und drei seiner Rancharbeiter anwies, wo sie die Tische aufstellen sollten. Es dauerte eine ganze Stunde, bis alles zu seiner Zufriedenheit hergerichtet war. Als er zurück in die Küche ging, um sich etwas Kühles zum Trinken zu genehmigen, war Crystal nicht mehr da, und auch die anderen Frauen waren verschwunden. Alle waren sie im Zimmer der Mädchen, bewunderten das Brautkleid mit entzückten Ausrufen, seufzten wehmütig und drückten Taschentücher an die Augen, als sie Becky prächtig in Tüll und Spitzen gekleidet sahen. Sie war eine schöne Braut, und alle umdrängten sie und wünschten ihr Glück, nicht ohne verhüllte Andeutungen über die Hochzeitsnacht fallenzulassen, die sie erröten ließen. Suchend blickte Becky sich nach Crystal um, die in einer Ecke unauffällig in ihr eigenes schlichtes Kleid schlüpfte. Die kostbaren Nylons lagen glatt an, und die flachen weißen Pumps verhinderten, daß sie noch größer wirkte, als sie war. Und während sie ruhig in der Ecke stand, wandten sich ihr alle zu. Mit ihrem hellblonden, mit einem Hauch Schleierkraut und weißen Rosen geschmückten Haar sah sie aus wie ein Engel. Neben ihr wirkte Becky aufgedonnert und längst nicht so schön. Crystal schien in einem kostbaren Augenblick zwischen Kindsein und Weiblichkeit zu schweben. An ihr war nichts Gekünsteltes, nichts Plumpes, nichts Rohes, nur der subtile Glanz ihrer strahlenden Schönheit.

»Ach, Crystal sieht aber nett aus«, sagte eine der Frauen, als könnten banale Worte ihr etwas von ihrem Glanz rauben. Doch das war nicht möglich. Crystal blieb die, die sie war. Nichts konnte sie herabmindern. Betrachtete man sie, dann war alles vergessen... man sah nur ihre Anmut und ihr schönes Antlitz unter dem Heiligenschein unschuldiger weißer Blüten. Auch Becky trug weiße Rosen, aber die Frauen mußten sich zwingen, wieder zu ihr hinzusehen und sie von neuem mit Komplimenten zu überschütten. Trotzdem stand fest, daß Crystal die Schönheit war.

»Gehen wir«, sagte Olivia schließlich und führte die Frauen hinaus. Ihr Mann und Jared warteten schon. Man wollte in getrennten Autos zur Kirche fahren, in der die Trauung im kleinsten Kreis stattfinden würde. Erst zum Essen sollten sich dann die zahlreichen Freunde einstellen. In die Kirche waren nur wenige geladen.

Tad sah den Frauen entgegen, die die Stufen der Veranda unter Gelächter, Gekicher und Geplapper herunterkamen wie junge Mädchen. Unwillkürlich wurde er an seine eigene Hochzeit erinnert. Olivia hatte damals im Brautkleid ihrer Mutter so reizend ausgesehen – wie lange das her war. Jetzt wirkte sie müde und verbraucht – ganz anders als seinerzeit. Das Leben war für sie beide nicht leicht gewesen, besonders während der Wirtschaftskrise, doch das lag jetzt alles hinter ihnen. Die Ranch lieferte gute Erträge, die Kinder waren fast erwachsen. Sie lebten in ihrer vertrauten kleinen Welt in dem abgeschiedenen Tal behütet und glücklich. Als Becky auf der Veranda erschien, scheu und stolz, das Gesicht vom Schleier verhüllt und einen Strauß Rosen in den bebenden Händen, hielt er unwillkürlich den Atem an. Sie sah so wundervoll aus, daß ihm heiße Tränen in die Augen stiegen.

»Ist sie nicht bildschön, Tad?« flüsterte Olivia voller Stolz, selig über die Wirkung, die ihre ältere Tochter sichtlich auf ihn ausübte. Jahrelang hatte sie versucht, Becky mehr Raum in seinen Gefühlen zu erkämpfen, und immer war es Crystal gewesen, die sein Herz erfreute... Crystal, mit ihrer ungestümen Art, mit ihrer ungezwungenen Anmut, mit der sie ihm überallhin folgte. Jetzt hatte Becky es endlich geschafft!

»Reizend siehst du aus, mein Schatz.« Zärtlich küßte er seine Tochter, deren Schleier er zugleich mit ihrer Wange auf den Lippen spürte. Er drückte ihr die Hand, während beide gegen Tränen ankämpften, und dann war der Augenblick vergangen, und sie liefen zu den Autos, die sie zur Kirche bringen sollten. Es war für alle ein großer Tag, besonders aber für Becky, und als Tad um den Wagen herumging, um sich ans Steuer zu setzen, hielt er plötzlich inne. Er spürte denselben Stich im Herzen, den er immer spürte, seitdem er seine Crystal zum erstenmal gesehen hatte. Scheu wie ein Reh stand sie in ihrem schlichten, weißen Kleid da, zögernd, scheu, während die Sonne ihr Haar schimmern ließ und ihre Augen blau wie der Himmel strahlten. Crystal sah ihn an. Er konnte gegen seine Gefühle nicht an, konnte nicht verbergen, was er für sie empfand, was sie ihm bedeutete und immer bedeutet hatte. Auch sie hielt einen Moment inne, und beide lächelten. Crystal fühlte sich in seiner Nähe stark und lebendig und geliebt. Er lächelte seiner Jüngsten zu, als sie ins Auto stieg, das Jared lenkte und in dem auch ihre Großmutter saß. Mit einer jähen Bewegung warf sie ihm eine ihrer weißen Rosen zu, die er mit kehligem Lachen auffing. Heute war Beckys Tag, das mußte Olivia ihm nicht eigens in Erinnerung rufen, und Crystal war so, wie sie immer war... nicht anders. Sie war sein ein und alles, das Liebste auf der Welt. Sie war einfach... Crystal.

2

Es war eine schlichte, bewegende Feier in der kleinen, weißen Kirche in Jim Town, wo die Brautleute ihr Ehegelübde tauschten. Becky sah hübsch und sehr stolz in dem Brautkleid aus, das ihre Mutter genäht hatte, während Tom in seinem eigens für die Hochzeit angeschafften blauen Anzug sehr aufgeregt und jung wirkte. Trauzeuge war der kupferhaarige und sommersprossige Boyd Webster. Tad, der sie von der ersten Kirchenbank aus beobachtete, kamen sie alle schrecklich jung vor – kaum den Kinderschuhen entwachsen.

Crystal, die einzige Brautjungfer ihrer Schwester, stand seitlich, den Blick schüchtern auf Boyd gerichtet. Sie war bemüht, nicht ständig ihrer Neugierde nachzugeben und zu seiner jungen Frau in der hintersten Reihe zu sehen. Hiroko trug ein einfaches grünes Seidenkleid, eine Perlenkette und schwarze Lackschuhe. Sie bemühte sich sehr, sich so westlich wie möglich zu kleiden, obwohl Boyd sich gewünscht hatte, sie würde im Kimono kommen. Bei ihrer eigenen Hochzeit in Japan war sie im Kimono erschienen und hatte wie eine Puppe ausgesehen, mit dem traditionellen Kanzashi im Haar, mit dem goldenen Dolch und der mit Münzen prallgefüllten Seidenbörse, die sie in ihren goldenen Obi gesteckt hatte. Aber das alles war jetzt vergessen. Tom küßte gerade die Braut, während Jared sie hochleben ließ. Olivia betupfte ihre Augen mit demselben Spitzentaschentuch, das sie schon bei ihrer eigenen Hochzeit bei sich gehabt hatte. Alles klappte reibungslos. Man blieb vor der Kirche noch eine Weile stehen, plauderte mit Angehörigen und Freunden und bewunderte Becky ausgiebig. Der Trauzeuge klopfte dem freudestrahlenden Bräutigam auf den Rücken, Händedrücke und Küsse wurden getauscht. Allen hatte die schlichte Trauung gefallen. Jared warf dem jungen Paar eine Handvoll Reis nach, als es in den Wagen stieg und sie alle im Konvoi zurück zur Wyatt Ranch fuhren, dem liebevoll zubereiteten Festmahl entgegen.

Kaum zu Hause angelangt, flatterte Olivia aufgeregt in der Küche umher und wies die Hilfskräfte an, wo Tabletts und Teller auf den Tischen zu plazieren waren. Die Frauen der Rancharbeiter waren zum Servieren und Saubermachen angeheuert worden. Die langen Tische bogen sich unter den Köstlichkeiten – Truthahn und Kapaune, Roastbeef, Rippchen und Schinken, schwarzäugige Erbsen und Süßkartoffeln, Gemüse und Salate, Aspik und pikante Eier, Plätzchen und Süßspeisen und Obstkuchen, und als Krönung ein riesiger weißer Hochzeitskuchen, der auf einem Extratisch stand. Es sah aus, als könne man ein ganzes Regiment mit den Speisen verköstigen. Tad ging den Männern beim Entkorken der Flaschen zur Hand. Tom lächelte seiner Braut zu, während der neben ihnen stehende Boyd sie scheu beobachtete. Boyd war ein gutaussehender Bursche von offener Wesensart und mit freundlichem Blick. Er hatte die Wyatts immer sehr gern gehabt. Seine Schwester Ginny war mit Becky zur Schule gegangen, und an Jared und Crystal konnte er sich noch als Babys erinnern, obwohl er kaum älter war. Aber mit zweiundzwanzig und nach vier Jahren Krieg auf dem Buckel kam er sich wesentlich bejahrter vor.

»Na, Tom, du hast es geschafft. Wie fühlt man sich als Ehemann?« Boyd Webster grinste seinen Freund breit an, während dieser mit unverhohlenem Wohlgefallen um sich blickte. In die Familie Wyatt einzuheiraten, bedeutete für Tom Parker einen großen Schritt vorwärts im Leben. Er freute sich, von nun an auf der Ranch zu leben und von dem stattlichen Gewinn zu profitieren, wenn schon nicht direkt, dann wenigstens, was den Lebensstil betraf. Tad hatte ihn seit Monaten an die Kandare genommen und ihm alles über Getreide, Vieh und Weinbau beigebracht. Die Walnüsse brachten der Ranch den geringsten Profit, aber auch sie waren nicht zu verachten. Und während der Walnußernte packten alle auf der Ranch tüchtig mit an, bis die Finger vom Pflücken und Schälen verfärbt waren. Doch in den ersten Monaten sollte Tom seinem Schwiegervater vor allem beim Weinbau helfen.

»Jede Wette, daß es jetzt eine Weinprobe gibt oder wie man das nennt«, zog ihn einer seiner Freunde an dem Tisch auf, auf dem Schinken und Truthahn standen. Der Bräutigam lachte gutgelaunt und mit verdächtig schimmernden Augen, während Becky inmitten einer Gruppe von Mädchen, mit denen sie aufgewachsen war, aufgeregt kicherte. Die meisten ihrer Freundinnen waren jetzt verheiratet. Im letzten Jahr hatte es viele Hochzeiten im Tal gegeben, und bei einigen Mädchen hatte sich sogar schon Nachwuchs eingestellt. Und jetzt zogen die Freundinnen Becky weidlich auf. »Becky Wyatt, lange wird es nicht dauern ... warte nur ... ein Monat oder zwei, und du wirst in froher Erwartung sein!« Die Mädchen lachten, während Autos und Lieferwagen ununterbrochen vorfuhren und die Nachbarn im Sonntagsstaat ausstiegen, ihre Kinder schalten, ihnen auftrugen, sich zu benehmen und sich nicht die Kleider beim Herumtollen zu zerreißen. Binnen einer Stunde hatten sich zweihundert Gratulanten und halb soviel Kinder um die Tische versammelt. Die ganz Kleinen klammerten sich an die Beine der Mütter, die die Babys in den Armen hielten, ein paar Jungen thronten auf den Schultern ihrer Väter, und in einiger Entfernung von den schön gedeckten Tischen spielte eine große Kinderschar unter Mißachtung der Ermahnung ihrer Eltern Fangen. Die größeren Jungen jagten sich um die Bäume herum, die von den Wagemutigeren erklettert wurden, und die Mädchen standen in Gruppen kichernd und schwatzend beisammen, während sie sich bei den Schaukeln abwechselten, die Tad vor Jahren für seine eigenen Sprößlinge gebaut hatte. Von Zeit zu Zeit gesellten sich die Kinder zu ihren Eltern, im großen und ganzen aber blieben die Gruppen für sich, die Eltern in dem Bewußtsein, daß die Kinder sich in sicherer Nähe befanden, und die Kinder zufrieden, daß die Eltern zu abgelenkt waren, um sich über das Tun und Lassen ihrer Sprößlinge den Kopf zu zerbrechen.

Und wie immer stand Crystal am Rande der jüngeren Gruppe, bis auf einen gelegentlichen Blick voller Neid oder Bewunderung fast vergessen. Die Mädchen beäugten sie verstohlen, und die Jungen waren schon seit einiger Zeit fasziniert von ihr, wenn sie ihrer Faszination zuweilen auch höchst merkwürdig Ausdruck verliehen, indem sie Crystal schubsten oder stießen, sie sogar am langen blonden Haar rissen und alles mögliche taten, um ihre Aufmerksamkeit zu erregen, ohne sie ansprechen zu müssen. Und die Mädchen waren um so mehr bemüht, jedem Gespräch auszuweichen. Crystals Aussehen machte sie zu einer Bedrohung. Sie war ausgestoßen, ohne zu verstehen, warum. Es war der Preis, den sie für ihre Schönheit zahlte. Sie nahm diese Behandlung als gegeben hin, ohne sie zu begreifen. Zuweilen, wenn die Jungen sie zu sehr behelligten und sie sich ein Herz nahm, setzte sie sich zur Wehr und schubste sie ebenfalls, schlug zurück oder stellte ihnen ein Bein. Es war ihre einzige Art der Kommunikation mit ihnen. Die übrige Zeit ignorierte man sie. Sie kannte alle seit ihrer frühesten Kindheit, und doch war sie in den letzten Jahren zur Fremden geworden. Die Kinder waren sich wie die Erwachsenen bewußt, wie hinreißend sie war, wie atemberaubend schön. Und keiner wußte, wie damit umzugehen war. Es waren einfache Menschen, und es war, als sei Crystal in den letzten ein, zwei Jahren eine andere geworden.

Ein Teil ihrer faszinierenden Ausstrahlung bestand darin, daß sie sich ihrer Wirkung auf Männer nicht bewußt war. Crystal war noch immer so geduldig und gutartig wie als Kind. Ihre Schüchternheit hatte sogar noch zugenommen, da sie die Wirkung, die sie ausübte, irgendwie spürte, sich über den Grund aber nicht im klaren war. Nur ihr Bruder behandelte sie wie immer schon, nämlich mit grober Zuneigung. Doch das Fehlen jeder Koketterie ließ ihre Unschuld noch sinnlicher erscheinen – eine Tatsache, der sich ihr Vater sehr wohl bewußt war. Schon vor zwei Jahren hatte er sie gebeten, sich nicht mehr so viel in der Nähe der Rancharbeiter aufzuhalten. Er wußte genau, was diese dachten und warum, und er wollte vermeiden, daß Crystal sie unbewußt provozierte. Ihre Sanftheit und ihre stille Art, mit der sie sich unter ihnen bewegte, wirkte aufreizender, als wenn sie splitternackt an ihnen vorübergegangen wäre.

Im Moment aber machte sich Tad ihretwegen keine Sorgen, während er mit seinen Freunden über Politik und Sport, über örtliche Vorkommnisse und die Traubenpreise debattierte. Es war ein glücklicher Tag für alle, als ihre Freunde aßen und tranken und lachten, die Kinder unbeschwert in der Nähe spielten und Crystal sie alle beobachtete.

Auch Hiroko hielt sich ein wenig abseits von den anderen, im Schatten eines Baums, still und allein, den Blick unausgesetzt auf ihren Mann gerichtet. Boyd tauschte, umgeben von einer Freundesschar, mit Tom Kriegserinnerungen aus. Unglaublich, daß der Krieg vor einem knappen Jahr zu Ende gegangen war, denn ihnen kam es vor, als läge er ein Menschenalter hinter ihnen, mit seinen Greueln, der Angst, den Freunden, die sie gewonnen und jenen, die sie verloren hatten. Nur Hiroko war noch eine lebendige Erinnerung daran, wo sie gewesen waren und was sie erlebt hatten. Man begegnete ihr mit offener Feindseligkeit, keine der Frauen ging auf sie zu. Sogar ihre Schwägerin Ginny legte es darauf an, sie zu schneiden, Ginny in ihrem knallengen rosa Kleid, mit dem tiefen Ausschnitt über dem vollen Busen. Das gezogene Schößchen der weißgepunkteten Jacke betonte ihre stramme Kehrseite. Sie lachte noch lauter als die anderen und flirtete mit sämtlichen Freunden von Boyd, wie schon vor Jahren, als sie versucht hatte, die Kumpel ihres Bruders zu erobern, wenn dieser sie mit nach Hause brachte. Mit ihrem fuchsroten Haar, dem knappen Kleid und dem übertriebenen Make-up strahlte sie unverhüllte Sinnlichkeit aus. Seit Jahren schon war sie im Gerede, und die Männer konnten es auch jetzt nicht lassen, immer wieder den Arm um ihre Schultern zu legen, um einen tiefen Einblick in ihren wohlgefüllten Ausschnitt zu bekommen. Dabei erwachten bei vielen von ihnen Erinnerungen. Seit ihrem dreizehnten Jahr war Ginny mit ihrer Gunst sehr freigiebig umgegangen.

»Na, Ginny, was hast du denn da?« Der Bräutigam machte sich an sie heran. Er roch nach Whiskey, dem ein paar der Männer heimlich in der Scheune zugesprochen hatten. Tom beäugte Ginny mit offenkundigem Interesse, als er sie an sich drückte und seine Hand unter ihr Jäckchen gleiten ließ. Sie hielt Beckys Brautstrauß in Händen, doch seine Frage hatte nicht den Blumen gegolten. Sein Blick war auf ihr Dekolleé gerichtet. »Hast du den Strauß aufgefangen? Sicher wirst du die nächste Braut sein.« Er lachte schallend und ließ blendende Zähne sehen. Sein Lächeln hatte Beckys Herz vor Jahren erobert. Aber Ginny kannte von ihm mehr als das Lächeln – ein Umstand, der für einige Anwesende kein Geheimnis war.

»Tom Parker, ich sagte dir schon, daß ich sehr bald heiraten werde.« Sie kicherte, und er zog sie noch enger an sich, während

Boyd errötend den Blick von seiner Schwester und seinem Freund abwendete. Er schaute zu seiner kleinen Elfenbeinbraut, die aus der Ferne zusah. Boyd spürte einen Stich bei ihrem Anblick. Er wich nur selten von ihrer Seite, heute aber, als Toms Trauzeuge, fiel es ihm schwer, ihr so viel Aufmerksamkeit zu schenken, wie er es gern getan hätte. Nun aber, während Ginny und Tom unter viel Gelächter Neckereien austauschten, machte Boyd sich unauffällig davon und ging zu Hiroko. Sie sah ihm lächelnd entgegen, und sein Herz machte einen Satz wie immer, wenn er in ihre sanften Augen sah. Sie hatte ihm fern der Heimat Trost gespendet, und sie war ihm zutiefst ergeben, jeden Augenblick seit ihrer Ankunft hier im Tal. Ihm brach das Herz, wenn er mit ansehen mußte, wie abweisend die Leute sie behandelten. Trotz der Warnungen seiner Freunde, die er schon in Japan zu hören bekommen hatte, war er auf diese Ablehnung nicht gefaßt gewesen, nicht auf die häßlichen Worte und auf die vor ihnen zugeschlagenen Türen. Mehrfach hatte er erwogen wegzuziehen, doch dies hier war seine Heimat, und er wollte nicht davonlaufen, egal, was man ihm antun oder zu ihm sagen mochte. Seine Sorge galt allein Hiroko. Die Frauen waren zu ihr unfreundlich, die Männer hingegen benahmen sich noch ärger. Sie nannten sie Schlitzauge und Japsin. Nicht einmal die Kinder wollten mit ihr reden, weil ihre Eltern es ihnen untersagt hatten. Der Gegensatz zu ihrer sanften, liebevollen Familie in Japan hätte nicht größer sein können.

»Alles in Ordnung?« Boyd lächelte Hiroko zu, und sie beugte den Kopf in einem Nicken, um ihn dann in ihrer scheuen Art anzusehen, die immer wieder sein Herz zum Schmelzen brachte.

»Ja, wunderbar, Boyd-san. Eine sehr gutaussehende Party.« Er lachte über ihre Wortwahl, und sie machte ein verlegenes Gesicht, um gleich darauf zu kichern. »Nein?«

»Doch.« Boyd beugte sich über sie und küßte sie sacht, ohne Rücksicht darauf, wer sie sehen konnte. Er liebte sie, und sie war seine Frau. Zum Teufel mit allen, wenn sie dafür kein Verständnis hatten. Sein rotes Haar und die Sommersprossen bildeten einen auffallenden Kontrast zu ihrer Elfenbeinhaut und ihrem lackschwarzen Haar, das im Nacken zu einem züchtigen Knoten zusammengefaßt war. Alles an ihr war einfach und adrett und kündete von Geschmack. Ihre Familie war über ihre Heiratspläne ähnlich entsetzt gewesen wie die seine. Ihr Vater hatte ihr verboten, Boyd wiederzusehen, doch angesichts von Boyds Güte und sanfter Wesensart und seiner aufrichtigen Liebe zu dem Mädchen hatte er sich trotz seiner Vorbehalte und der mütterlichen Tränen erweichen lassen. In ihren Briefen verschwieg Hiroko ihrer Familie, auf wieviel Ablehnung sie in ihrer neuen Heimat gestoßen war. Sie berichtete nur von dem Häuschen, in dem sie lebten, von der schönen Landschaft und von ihrer Liebe zu Boyd. Und sie beschrieb alles so, daß niemand den Eindruck haben konnte, sie hätte Probleme. Bei ihrer Ankunft hatte sie nichts von den Internierungslagern für Japaner geahnt, die während des Krieges errichtet worden waren, nichts von dem Haß und der Verachtung, die man ihr in Kalifornien entgegenbringen würde.

»Hast du gegessen?« Er hatte ein schlechtes Gewissen, weil er sie so lange allein gelassen hatte, und argwöhnte plötzlich völlig zu Recht, daß sie noch nichts zu sich genommen hatte. Sie war zu schüchtern gewesen, um an einen der großen, von Nachbarn umlagerten Tische zu treten.

»Ich bin nicht sehr hungrig, Boyd-san. Es ist sehr warm.«

»Ich hole dir gleich etwas.« Allmählich gewöhnte sie sich an westliches Essen, kochte aber meist japanisch, besonders jene Speisen, die Boyd in Japan schätzengelernt hatte und deren Zubereitung ihre Mutter ihr beigebracht hatte. »Gleich bin ich wieder da.« Wieder gab er ihr einen Kuß und ging zu einem der Tische, auf denen noch immer reichlich von allem vorhanden war. Aber als er mit dem vollen Teller zu seiner Frau zurück wollte, hielt er inne. Er wollte seinen Augen nicht trauen. Mit dem für Hiroko bestimmten Teller in der Hand lief Boyd auf einen großen, dunkelhaarigen Mann zu, der Tom Parker die Hand schüttelte. In seinem dunkelblauen Blazer, der weißen Hose und der bunten Krawatte stach er von den übrigen Gästen stark ab. Dazu kam eine gewisse Aura, die er ausstrahlte; eine Aura, die an eine Welt des Müßiggangs denken ließ, an eine Welt fern, ganz fern von diesem Tal. Er war nur fünf Jahre älter als Boyd und sah jetzt anders aus, doch im Pazifik waren sie enge Freunde gewesen.

Spencer Hill war der Vorgesetzte von Tom und Boyd gewesen. Er hatte sogar an der Hochzeit von Boyd und Hiroko in Kyoto teilgenommen. Und während Boyd mit breitem Grinsen auf ihn zusteuerte, schüttelte Spencer Toms Hand und sprach ihm Glückwünsche aus. Braungebrannt und lässig stand er da, ebenso lässig wie seinerzeit in Uniform in Japan. Er war ein Mensch, der sich überall zurechtfand und wohl fühlte. Seine tiefblauen Augen schienen mit einem Blick die ganze Szenerie zu erfassen, und im nächsten Moment lachte er Boyd Webster entgegen.

»Wen sehe ich da... Boyd Webster! Das Sommersprossengesicht! Wie gehts Hiroko?« Boyd war gerührt, daß Spencer ihren Namen noch wußte. Er lächelte, als er zu den Bäumen hindeutete, in deren Schatten sie stand.

»Gut geht es ihr. Herrgott, wie lange das her ist, Captain!« Ihre Blicke trafen sich in einem Aufflammen der Erinnerung an den geteilten Schmerz und die Ängste. Doch es hatte noch mehr gegeben, was sie verband; es hatte auch Wärme und Kameradschaft gegeben, die sich wieder einstellen würden. Eine Kameradschaft, geboren aus Angst und Schrecken, aber auch aus einem gewissen Triumphgefühl. Doch der Rausch des Sieges schien im Vergleich zu allem anderen nur ein kurzer Augenblick. Es waren die Jahre davor, die ihm vor allem im Gedächtnis hafteten.

»Kommen Sie und sagen Sie ihr guten Tag.« Spencer entschuldigte sich bei der Gruppe und überließ Tom seinen Freunden, die bereits spürbar angeheitert waren und es kaum erwarten konnten, wieder in die Scheune und zu ihrem Whiskey zu gelangen.

»Na, wie ist es gelaufen? Ich habe mich schon gefragt, ob du hier sein würdest oder ob ihr beide inzwischen in die Stadt gezogen seid.« Er war der Ansicht gewesen, sie hätten es in einer Stadt wie San Francisco oder Honolulu viel leichter, aber Boyd war entschlossen, in dem Tal zu leben, von dem er so oft gesprochen hatte.

Aus Hirokos Blick sprach große Verwunderung. Sie verbeugte sich tief, als sie den ehemaligen Offizier sah. Spencer, der sie anlächelte, erschien sie so klein und zart wie vor einem Jahr bei ihrer Hochzeit. Doch jetzt lag in ihren Augen mehr – eine Weisheit und Melancholie, die zuvor nicht da gewesen waren. Spencer konnte sich denken, daß das vergangene Jahr für sie weder gut noch einfach verlaufen war.

»Hiroko, Sie sehen wunderschön aus. Ich freue mich sehr, euch beide wiederzusehen.« Er faßte sanft nach ihrer Hand, und sie errötete und wagte kaum, den Blick zu ihm zu erheben, wie ihr Mann bemerkte, der die beiden beobachtete. Captain Hill hatte sich seinerzeit sehr anständig verhalten. Nachdem es ihm nicht gelungen war, ihnen die Ehe auszureden, hatte er fest zu Boyd gehalten, so wie er immer zu seinen Leuten gehalten hatte. Seine Männer wußten, daß er sie nie im Stich gelassen hätte. Er war verantwortungsbewußt, intelligent und gut, konnte aber auch rücksichtslose Härte zeigen, wenn sich jemand unfair benahm. Nie hatte er es sich leichtgemacht. Unermüdlich war er an ihrer Seite, mitten im Kampfgeschehen, wenn es um Tod und Leben ging, und das Merkwürdigste war, daß nun, da all das vorüber war, da sie eine halbe Welt davon entfernt und in Sicherheit waren, doch nichts davon vergessen war. »Es ist lange her, nicht?« Spencer begegnete Boyds Blick, und auch in dessen Augen las er Reife und Weisheit. Beide hatten sie im Krieg viel Leid mit ansehen müssen. Doch in Zivil wirkte der gutaussehende Captain viel jünger als bei ihrer letzten Begegnung, als Boyd Japan mit dem Ziel San Francisco verlassen hatte.

»Ich wußte gar nicht, daß Sie heute dasein würden«, sagte Boyd leise. Er war über das Wiedersehen glücklicher, als Spencer ahnte. Captain Hill war der erste Mensch, der Hiroko seit ihrer Ankunft in Kalifornien mit Menschlichkeit und Wärme begegnete. »Tom hat mir nichts davon gesagt.«

»Ach, der hat vermutlich nur seine Braut im Kopf.« Spencer bezog beide Websters in sein Lächeln ein. »Ich schrieb ihm, daß ich versuchen würde zu kommen, aber ich wußte es bis vor ein paar Tagen selbst noch nicht. Eigentlich sollte ich schon in New York sein. Aber jetzt möchte ich am liebsten für immer in Kalifornien bleiben.« Als Spencer suchend um sich blickte, reichte Boyd Hiroko den Teller und drängte sie, davon zu kosten. Die junge Frau stellte den Teller vorsichtig auf einem Baumstamm hinter sich ab.

»Machen Sie hier Urlaub, Sir?« Aus Boyds Blick sprachen die

Zuneigung und Achtung, die ihre Beziehung auch in Japan gekennzeichnet hatte. Spencer schüttelte lachend den Kopf.

»Nein, mache ich nicht, und, um Himmels willen, Webster, ich heiße Spencer, oder hast du das vergessen?«

Boyd Webster lief puterrot an, wie immer, wenn er erregt war – auch in der Hitze einer Schlacht. Diese Eigenschaft hatte ihm unzählige Spitznamen von seiten der Kameraden eingetragen. Die beiden Männer lachten. »Ich dachte, ich käme vor ein Kriegsgericht, wenn ich das sage.« Hiroko beobachtete die beiden lächelnd. Sie erinnerten sie an eine glücklichere, in weiter Ferne liegende Zeit, als sie noch in ihrer Heimat gewesen war.

»Ob du es glaubst oder nicht, ich habe wieder die Schulbank gedrückt. Gleich nach dem Krieg wußte ich nichts mit mir anzufangen. Also habe ich mich hingesetzt und Rechtswissenschaften studiert.« Es war ihm gelungen, das Pensum zweier Jahre in einem zu absolvieren, und er sollte im nächsten Sommer in Stanford promovieren.

»Im Osten?« Boyd nahm selbstverständlich an, ein Mann wie Spencer müsse in Yale oder Harvard studieren. Er wußte, daß er vermögend war, allerdings nicht, wie vermögend. Spencer erwähnte dergleichen nie. Man munkelte, er käme aus einer angesehenen Familie an der Ostküste. Er selbst sprach nie darüber. Man wußte nur, daß er College-Absolvent und Offizier war, mehr war nicht von ihm bekannt, und beim Überwinden eines Minenfeldes hatte dies alles auch nicht die geringste Rolle gespielt.

Spencer schüttelte den Kopf. Den Blick auf seinen jungen Freund gerichtet, dachte er bei sich, wie weit dieser Flecken von jener Welt, die er kannte, entfernt war. Hier war man Lichtjahre entfernt von der weltoffenen Atmosphäre San Franciscos. Hier lebte man in einer Abgeschiedenheit, wie er es sich bislang nie hätte vorstellen können, in einer Welt der Ranches und Farmen, der Menschen, die das Land bearbeiteten. Es war ein hartes Leben, das Boyds Gesicht trotz seiner erst zweiundzwanzig Jahre geprägt hatte. »Nein, ich bin in Stanford. Auf dem Heimweg habe ich dort Station gemacht und mich in den Ort verliebt. Ich schrieb mich in der Uni ein, ehe ich zurück nach

New York ging, wohl aus dem Gefühl heraus, daß ich mich nie wieder dazu entschließen würde, wenn ich zu lange wartete. Es gefällt mir dort sehr gut.« Daß Stanford nur drei Stunden entfernt war, erschien ihm geradezu phantastisch. Es hätte ebensogut in einem anderen Land liegen können. »Im Herbst komme ich zurück. Meiner Familie mußte ich versprechen, den Sommer im Osten zu verbringen. Nach der Entlassung aus der Armee waren wir nur ein paar Wochen zusammen, ehe ich zu studieren anfing. In meinem Alter ziemlich komisch, aber der Krieg hat ja diesbezüglich vielen einen Strich durch die Rechnung gemacht. Manche Studenten sind noch älter als ich. Und du, Boyd? Was treibst du so?« Hiroko hatte sich unauffällig gesetzt und hörte zu. Sie fragte sich, wieviel von ihren Schwierigkeiten Boyd preisgeben würde. Er klagte nie, vor ihr jedenfalls nicht, und in letzter Zeit war er kaum jemandem begegnet, mit dem er offen sprechen konnte. Als Tom ihn gebeten hatte, bei seiner Hochzeit als Trauzeuge zu fungieren, war es für sie eine große Überraschung gewesen. Ansonsten waren sie nie eingeladen worden, kein Mensch würdigte sie eines Wortes, und es konnte sogar geschehen, daß der alte Mr. Peterson die Kunden an der Tankstelle selbst bedienen mußte, wenn jemand nichts mit Boyd zu tun haben wollte.

»Ach, es läuft ganz gut. Es war zwar schwer, einen Job zu bekommen, weil alle gleichzeitig nach Hause kamen und Arbeit suchten. Aber jetzt geht es uns tadellos.« Hirokos Blick verriet nichts, während sie ihn ansah.

Spencer nickte. »Das freut mich.« Oft hatte er sorgenvoll an die beiden gedacht und sich Vorwürfe gemacht, weil die Verbindung zu ihnen abgerissen war. Im Krieg hatte er Boyd schätzengelernt, seine Heirat mit einer Japanerin aber mit gemischten Gefühlen betrachtet. Schön zu wissen, daß sich für die beiden alles zum Guten gewendet hatte. Er wußte, daß es andere gab, die es nicht so gut getroffen hatten: Männer, die sich ihrer Kriegsbräute wegen mit ihren Familien entzweit hatten, die Trinker geworden waren, in manchen Fällen Selbstmord begangen hatten und die Frauen in einem Land, das kein Vergessen zu kennen schien, allein ließen. Die Websters sahen gut aus und waren noch zusammen, das war immerhin etwas. »Kommst du je nach San Francisco?«

Boyd schüttelte lächelnd den Kopf. Das Leben war für sie hier schon schwer genug, und außerdem hatten sie kein Geld für das Benzin, aber das sagte er Spencer nicht. Er war jung und stolz, und er wußte, daß sie es mit der Zeit schaffen würden.

»Ihr müßt kommen und mich mal besuchen. Es dauert noch ein Jahr, bis ich Anwalt bin. Kaum zu glauben, wie?« Beide lachten, aber Boyd war keineswegs erstaunt. Der Captain war immer schon ein Erfolgstyp gewesen, bei der Mannschaft und den Offizieren gleichermaßen beliebt. Boyd hatte immer gewußt, daß Spencer Hill es eines Tages zu etwas bringen würde. Der Anwaltsberuf war sicher nur der erste Schritt auf der Erfolgsleiter. Spencer sah fragend um sich, und Boyd lächelte. Dann trafen ihre Blicke wieder aufeinander. »Wie ist denn Toms Braut? Scheint ein nettes Mädchen zu sein.«

»Die ist in Ordnung. Sie ist die Freundin meiner Schwester.« Eine Bemerkung, über die beide lachten. Ginny Webster war für Spencer schon lange ein Begriff. Sie hatte Boyd ständig mit ihren Badeanzug-Fotos bombardiert und ihn bestürmt, er solle Brieffreunde für sie suchen. Damals war sie noch ein sommersprossiger Teenager gewesen, rothaarig wie ihr Bruder und mit einer phänomenalen Figur ausgestattet. »Die Wyatts sind nette Leute. Tom wird Beckys Vater auf der Ranch helfen.« Boyd erschien dies als Geschenk des Himmels. Als ihm aufging, daß sich solche Dinge mit Stanford nicht messen konnten, wurde er verlegen. Aber Spencer blickte sich mit offenkundiger Bewunderung um. Die Ranch machte einen stattlichen, sauberen und erfolgreichen Eindruck. Sie konnte sich sehen lassen, und die Gäste, die schwatzend unter den Bäumen saßen, machten den Eindruck anständiger, solider Menschen. »Tad Wyatt ist ein feiner Kerl. Tom hat es gut getroffen.«

»Du auch.« Spencer sagte es ganz leise. Sein Blick galt erst Hiroko, dann Boyd. In seinen Augen lag Wärme und ein Anflug von Neid. Es gab niemanden, an dem ihm etwas lag, niemanden, den er liebte oder der ihn liebte wie Hiroko ihren Mann. Fast beneidete er die beiden. Andererseits hatte er es nicht sonderlich eilig. In seinem Leben gab es jede Menge Frauen, von Langeweile konnte also keine Rede sein. Mit siebenundzwanzig konnte er sich wahrlich noch Zeit lassen, ehe er sich festlegte. Es gab anderes, das er zuvor noch machen wollte. Erst wollte er sein Studium abschließen und nach New York gehen. Sein Vater war Richter und hatte ihm zum Anwaltsberuf geraten. Es sei das Vernünftigste, was er anfangen könnte. Mit einem abgeschlossenen Studium und den Verbindungen, die er sich auf einer Universität wie Stanford schaffen konnte, war ihm beruflicher Erfolg so gut wie sicher. Sein Aussehen und sein einnehmendes Wesen würden Spencer Hill viele zusätzliche Türen öffnen – für ihn nichts Neues, da er schon immer ein Leben geführt hatte, das von einem Zauber umgeben schien. Wo er auch hinkam, weckte er Sympathien. Er war anständig, sehr intelligent und hatte Lebensart. Im Pazifik hatte sein Verstand ihm mehr als einmal das Leben gerettet, ihm und seinen Leuten. Was ihm an Erfahrung fehlte, hatte er mit Intuition und Mut wettgemacht.

»Soll ich mich unter die Gäste mischen?«

Boyd lachte. »Klar. Kommen Sie, ich stelle Sie meiner Schwester vor.«

»Na endlich«, meinte Spencer Hill scherzhaft. »Ob ich sie ohne Badeanzug wiedererkenne?« Doch als sie langsam auf die Schar der Gäste zugingen, erkannte er sie auf den ersten Blick. Das lachende und ziemlich beschwipste Mädchen, das noch immer den welkenden Strauß umklammert hielt, den sie von Becky aufgefangen hatte, konnte nur Boyds Schwester Ginny sein. Boyd machte die beiden miteinander bekannt. Ginny lief zu einem Rosarot an, das beinahe zu ihrem rosafarbenen Kleid paßte, als Spencer ihre Hand schüttelte und ihr erklärte, wie tapfer ihr Bruder im Pazifik gewesen sei.

»Er hat mir nie verraten, wie toll Sie aussehen, Captain.« Sie drängte sich kichernd an ihn, und er roch billiges Parfüm und Wein, während Boyd ihn mit seinem Vater bekannt machte, dessen mißbilligender Blick Spencer verriet, daß er mit seinem Sohn nicht auf bestem Fuß stand. Daß Hiroko der Grund war, konnte man sich denken.

Spencer blieb eine Weile bei ihnen stehen und tauschte mit

Boyd und Tom Erinnerungen aus, ehe er zu einem Tisch ging und sich ein Glas Wein geben ließ. Er plauderte mit einigen Gästen und ging dann zu einem der Bäume, wo er allein stehenblieb. Diese friedliche Idylle rührte etwas in ihm an, das er längst vergessen geglaubt hatte. Es war wie ein Schritt in die Vergangenheit – die Erwachsenen unter Bäumen an Tischen, deren weiße Tischtücher sanft von der Brise bewegt wurden, Kinder, in einiger Entfernung tollend und lärmend. Schloß er die Augen, dann vermeinte er, sich irgendwo in Frankreich auf dem Land zu befinden oder gar in einem anderen Jahrhundert. Die Angehörigen und Freunde saßen da, sprachen und lachten, und hinter ihnen erstreckten sich die Hügel ...

Plötzlich spürte Spencer, daß ihn jemand beobachtete. Er drehte sich um und sah, wie ein schönes Kind ihn anstarrte, ein barfüßiges Mädchen, größer als die meisten anwesenden Frauen zwar, aber dennoch ein Kind. Daran zweifelte er keinen Augenblick – ein Kind mit dem Körper einer Frau und großen blauen Augen, die in seine Seele zu blicken schienen. Eine schmale, anmutige Hand strich eine weißblonde Strähne aus einem Gesicht von bemerkenswerter Schönheit. Reglos stand sie da, als ihre Blicke sich trafen. Keiner sagte ein Wort. Er sah sie nur an, nicht imstande, den Blick von ihr zu wenden. Noch nie hatte er ein weibliches Wesen gesehen, das so schön und so unschuldig schien. Am liebsten hätte er die Hand ausgestreckt und sie angefaßt.

»Hallo.« Er sprach als erster, und sie schien Angst zu haben, ihm zu antworten. Er hätte ihr gern zugelächelt, doch ihre Augen übten eine geradezu lähmende Wirkung auf ihn aus. Es waren Augen von einem Blau, wie er es noch nie gesehen hatte, von der Farbe eines lavendelfarbenen Sommerhimmels am frühen Morgen. »Na, amüsierst du dich?« Eine alberne Frage, aber er konnte ihr doch nicht sagen, wie schön sie war, obwohl es das einzige war, was ihm einfallen wollte. Und dann, ganz allmählich, leuchtete ihr Lächeln auf, und sie ging behutsam auf ihn zu wie ein Reh, das sich aus dem Wald wagt. Sie war neugierig, wer er sein mochte, das las er in ihren Augen, und er befürchtete schon, sie zu erschrecken, wenn er näher ging. Er würde warten müssen, bis sie zu ihm kam, und er verspürte das Verlangen, eine Hand auszustrecken, um sie zu sich zu ziehen.

»Sind Sie einer von Toms Freunden?« Ihre Stimme war tief und weich und so seidig wie das hellblonde Haar, das zur Berührung geradezu herausforderte. Doch er mußte sich zwingen, so zu tun, als sei alles ganz alltäglich. Sie war ja nur ein Kind, und er war selbst verblüfft über seine Gefühle. Da war nichts von dem aufdringlichen Reiz, den Ginny Webster in ihrem schrillen rosa Kleid ausstrahlte. Nein, dieses Mädchen war ganz zarte Sinnlichkeit wie eine duftende, wilde Bergblume.

»Wir waren in Japan zusammen in der Armee.«

Sie nickte, als wäre sie gar nicht verwundert. Sie wußte, daß sie ihn nie zuvor gesehen hatte, ja, daß sie noch nie jemandem wie ihm begegnet war – einem Mann, dem man ansah, daß er über Bildung und dezente Vornehmheit verfügte. Diese Eigenschaften faszinierten sie. Alles an ihm war ohne Tadel und erlesen, von dem perfekt sitzenden Blazer angefangen bis zu der fleckenlos weißen Hose, dem bunten Seidenschlips und seinen schmalen Händen. Aber mehr als alles andere gefielen ihr seine Augen. Dieser Mann hatte etwas an sich, das sie magnetisch anzog.

»Kennen Sie Boyd Webster?« Sie legte neugierig den Kopf zur Seite, so daß ihr Haar ihr kaskadengleich über die Schulter fiel. »Er war auch mit Tom in Japan.«

Spencer nickte, von dem Gefühl erfüllt, sich von ihr nicht mehr lösen zu können. Dabei fragte er sich, wer sie sein mochte – als ob dies von Bedeutung gewesen wäre. »Ich kenne beide.« Er verschwieg, daß er ihr Vorgesetzter gewesen war. Es war unwichtig. »Und auch Hiroko. Kennen Sie sie?«

Sie schüttelte gemessen den Kopf. »Mit ihr darf niemand reden.«

Spencer nickte bekümmert, wenn auch nicht sonderlich erstaunt. Genau dies hatte er von Anfang an befürchtet, und nun hatte dieses erstaunliche Geschöpf seine Vermutung bestätigt. »Zu schade. Sie ist ein nettes Mädchen. Ich war bei ihrer Hochzeit.« Es fiel ihm schwer, ein Gesprächsthema zu finden, weil sie noch so jung war und weil er spürte, daß sich in ihm vor Sehnsucht alles verkrampfte, wenn er sie ansah. Hatte er den Verstand verloren? Sie ist ein Kind, sagte er sich, ein blutjunges Mädchen, höchstens vierzehn oder fünfzehn, und doch raubte ihm alles an ihr den Atem.

»Sind Sie aus San Francisco?« Er mußte es sein. Die Leute aus der Gegend hier sahen nicht so aus wie er, und sie konnte sich nicht vorstellen, daß jemand von noch weiter her käme als von San Francisco.

»Gegenwärtig schon. Aber eigentlich stamme ich aus New York. Ich drücke hier noch die Schulbank.« Er lächelte, und sie lachte hell auf. Es war ein fröhliches Geräusch wie von einem Gebirgsbach, und sie kam ein Stück näher heran. Die anderen Kinder waren noch immer in ihre Spiele vertieft. Niemand schien sie zu vermissen.

»Was für eine Schule?« Ihre lebhaften Augen leuchteten. Er spürte, daß sich hinter ihrer Schüchternheit Schalkhaftigkeit verbarg.

»Ich studiere Rechtswissenschaften.«

»Das muß aber schwer sein.«

»Ja, das ist es. Aber es ist auch interessant und gefällt mir. Und was machst du?« Er wußte, daß es eine dumme Frage war. Was hätte sie in ihrem Alter schon machen sollen, außer zur Schule zu gehen und mit ihren Freundinnen zu spielen.

»Ich gehe noch zur Schule.« Sie zog einen langen Grashalm aus dem Rasen und spielte damit.

»Gefällt es dir?«

»Manchmal.«

»Das klingt ja richtig begeistert.« Wieder lächelte er ihr zu. Wie sie wohl heißen mochte? Vermutlich Sally oder Jane oder Mary. Hier mochte man keine ausgefallenen Namen. Und dann stellte Spencer Hill sich ihr förmlich vor, als ob das für sie eine Rolle gespielt hätte. Und sie nickte, ohne ihren Blick von ihm loszureißen.

»Ich bin Crystal Wyatt.« Ein Name, der ideal zu ihr paßte.

»Bist du mit der Braut verwandt?«

»Sie ist meine Schwester.«

Spencer fand es sonderbar, daß Tom nicht lieber auf Crystal

gewartet hatte, aber vielleicht war den Leuten hier gar nicht bewußt, welch außergewöhnliche Schönheit sie war, obwohl man sich das kaum vorstellen konnte.

»Eine wunderschöne Ranch. Ein herrlicher Ort, um hier zu leben.«

Sie lächelte weniger zurückhaltend als zuvor, so als hätte sie ein Geheimnis zu verraten. »In den Hügeln dort hinten ist es noch viel schöner, an einem kleinen Fluß, den man von hier nicht sehen kann. Ab und zu reite ich mit meinem Dad hin. Es ist dort wunderschön. Reiten Sie auch?«

»Nicht sehr gut, dafür aber gern. Vielleicht komme ich eines Tages zurück. Dann kannst du oder dein Dad mir das Plätzchen zeigen.« Sie nickte, als würde sie die Idee großartig finden. In diesem Moment rief jemand ihren Namen. Zuerst achtete sie nicht darauf, dann wandte sie sich zu Spencers Bedauern um. Es war ihr Bruder, der sie gerufen hatte. Spencer spürte, wie sein Herz sank. »Es war nett, mit dir zu plaudern.« Er wußte, daß sie im nächsten Moment fort sein würde, und wünschte sich, er könne die Hand ausstrecken und sie nur einen Augenblick berühren. Gleichzeitig empfand er Angst, sie nie wiederzusehen. Am liebsten hätte er die Zeit angehalten, damit ihm dieser Augenblick für immer in Erinnerung blieb; dieser Augenblick unter den Bäumen... ehe sie erwachsen wurde... ehe sie fortging... ehe das Leben sie verändern konnte.

»Crystal!« Jetzt war es ein ganzer Chor, der nach ihr rief. Sie konnte sich nicht mehr taub stellen und rief ihnen zu, daß sie gleich kommen würde.

»Werden Sie wirklich eines Tages wiederkommen?« Es war, als spürte auch sie es, als wollte auch sie nicht, daß er ging. Sie hatte noch nie einen so gutaussehenden Mann zu Gesicht bekommen, von den Filmstars abgesehen, die sie an ihre Zimmerwand geheftet hatte. Dieser Mann aber war anders; er war wirklich. Und er sprach mit ihr, als wäre sie kein Kind mehr.

»Ja, ich würde gern wiederkommen. Jetzt weiß ich ja, daß Boyd hier ist... Vielleicht besuche ich ihn einmal.« Sie nickte wie in stummem Einverständnis. »Bei dieser Gelegenheit werde ich auch Tom besuchen...« Er ließ den Satz unvollendet, denn er hatte sagen wollen »...und dich«, aber er wußte, daß er ihr das nicht sagen konnte. Sie hätte ihn für verrückt gehalten, und er wollte sie nicht erschrecken. Vielleicht ist es der Wein, sagte er sich, vielleicht ist sie gar nicht so schön, wie sie mir erscheint, vielleicht ist es nur die Stimmung, der Tag, die Hochzeitsatmosphäre. Doch er wußte, daß es mehr war, daß vor allem sie mehr war. Und dann winkte sie ihm mit einem letzten Blick und einem scheuen Lächeln zu und lief zu den anderen.

Spencer sah ihr lange nach. Ihr Bruder sagte etwas zu ihr und zog sie an den Haaren, worauf sie dem Jungen nachlief und ihn neckte, als hätte sie die kurze Begegnung vergessen. Doch als Spencer fortging, bemerkte er, daß sie sich nach ihm umdrehte und kurz stillstand, als wollte sie noch etwas sagen. Es blieb ungesagt. Sie sah wieder den anderen zu, während er zurück zu Boyd und Hiroko ging.

Ehe er das Fest verließ, sah er sie noch einmal auf der Veranda neben ihrer Mutter, von der sie ausgescholten wurde. Sie trug eine schwere Servierplatte in die Küche und kam nicht wieder heraus, und gleich darauf fuhr er los, noch immer in Gedanken bei dem großen Kind, dem er begegnet war. Sie war wie ein wildes Füllen, schön, ungezügelt und frei, ein Kind mit den Augen einer Frau. Er lachte über sich selbst. Einfach irre! Sein Leben spielte sich in einer Welt ab, die von hier sehr weit entfernt lag. Es besteht kein Grund, sich in der üppigen Wildnis des Alexander Valley zu einer Fünfzehnjährigen hingezogen zu fühlen, keinen Grund außer jenem, daß sie nicht irgendein Mädchen war. Allein der Name drückte ihr Anderssein aus. *Crystal.* Er sagte ihn sich beim Fahren vor, in Gedanken bei dem Versprechen, das er Boyd und Hiroko gegeben hatte. Er hatte versprochen, sie irgendwann zu besuchen, und vielleicht würde er es tatsächlich tun. Sonderbar, plötzlich spürte er, daß er es unbedingt tun mußte.

Und während Crystal ihrer Mutter half, die letzten Tabletts ins Haus zu tragen, ertappte sie sich dabei, daß sie an Spencer dachte, an den fabelhaft aussehenden Besucher aus San Francisco. Jetzt wußte sie, wer er war. Tom hatte ihn schon einmal erwähnt, seinen Vorgesetzten bei der Army. Tom, der sich sehr gefreut hatte, daß Spencer zur Hochzeit gekommen war, war im

Moment von wichtigeren Dingen in Anspruch genommen. Er und Becky waren in einem Hagelschauer von Reis in ihre Flitterwochen nach Mendocino ans Meer losgefahren. Sie wollten dort zwei Wochen verbringen. Dann würden sie das Häuschen auf der Ranch beziehen, mit ihrem Vater die Ranch bearbeiten und irgendwann Kinder bekommen. Wenn Crystal sich das alles vorstellte, kam es ihr unendlich langweilig vor, so vorgeplant und banal. Ein Leben in diesen Bahnen barg keinen Zauber, nichts Seltenes und Außergewöhnliches. Es war ein Leben, so ganz anders als das, von dem sie träumte. Ob sie auch einmal so enden würde? Verheiratet mit einem der Jungen aus der Umgebung, mit einem von Jareds Freunden, die sie nicht ausstehen konnte? Alles kam ihr sehr sonderbar vor, wenn sie es sich recht überlegte. Sie fühlte sich hin und her gerissen, ihrer vertrauten Welt verbunden, und doch von einer Welt träumend, die voller Geheimnisse und interessanter Männer war, ähnlich jenem, dem sie eben begegnet war.

Bis sie mit dem Geschirr fertig war und alles aufgeräumt hatte, war Mitternacht vorüber. Alles war wieder an seinem Platz, und Grandma schlief schon. Das Haus erschien sonderbar ruhig, als Crystal ihren Eltern gute Nacht wünschte und ihr Vater sie langsam zu ihrem Zimmer begleitete, um sich mit einem Kuß auf die Wange und einem zärtlichen Blick zu verabschieden.

»Eines Tages wirst du an der Reihe sein... so wie heute Becky.«

Sie zog unbeteiligt die Schultern hoch, und Jared, der an ihnen vorüber zu seinem Zimmer ging, ließ einen spöttischen Ausruf hören.

Ihr Vater sah sie lächelnd an.

»Möchtest du morgen mit mir ausreiten? Du könntest mir bei der Arbeit helfen.« Er war so stolz auf sie, viel stolzer als sie ahnte, als sie zu ihm aufblickte und sein Lächeln erwiderte.

»Ja, sehr gern, Dad.«

»Ich wecke dich um fünf. Und jetzt schlaf schön.« Er fuhr ihr durchs Haar, und sie schloß leise die Tür. Es war die erste Nacht, die sie allein in ihrem Zimmer schlief. Es kam ihr nun sehr friedlich vor. Endlich war es ihr Reich! Und während der Schlaf sie langsam übermannte, war sie in Gedanken wieder bei Spencer. Und Spencer Hill dachte in seinem Bett in einem Hotelzimmer in San Francisco an Crystal.

3

Tom und Beckys erstes Baby wurde auf den Tag zehn Monate nach der Hochzeit geboren. Es kam in dem Häuschen auf der Ranch zur Welt – mit Hilfe von Minerva und Olivia –, während Tom auf der Veranda des Haupthauses auf und ab lief. Das Baby, ein strammer Junge, wurde nach Toms Vater auf den Namen William getauft. Becky war unendlich stolz auf den Kleinen und Tom nicht minder. Es war ein strahlend erhellter Augenblick in einem Jahr, das ansonsten für die Wyatts viele Schwierigkeiten bereitgehalten hatte. Nach sintflutartigen Regenfällen war die Ernte sehr schlecht ausgefallen, und Tad hatte eine Lungenentzündung bekommen, von der er sich nicht wieder zu erholen schien. Als das Baby geboren wurde, war er noch immer sehr schwach, tat aber so, als wäre er völlig genesen. Nur Crystal wußte, wie matt er war. Die gemeinsamen Ritte fielen immer kürzer aus, und er schien immer froh zu sein, wenn er zu Hause wieder ins Bett gehen konnte, zuweilen sogar ohne Abendessen.

Erst vom Tag der Taufe an – es war zwei Tage vor Crystals sechzehntem Geburtstag – ging es mit ihm wieder bergauf. Das Baby wurde in derselben Kirche getauft, in der Tom und Becky im Jahr zuvor getraut worden waren. Olivia hatte diesmal sechzig Bekannte zum Lunch eingeladen. Es war eine viel einfachere Feier als die Hochzeit, aber immer noch sehr festlich. Ginny Webster fungierte als Patin, und Tom bat Boyd, als zweiter Pate zu fungieren – bei den Wyatts ein heikles Thema, da Hiroko noch immer gemieden wurde. Ihre einzige Freundin war Crystal, doch auch sie hatte keine Ahnung, daß Hiroko schwanger war. Der Arzt im Ort hatte sich geweigert, sie als Patientin anzunehmen. Da sein eigener Sohn in Japan umgekommen war, erklärte er ihr klipp und klar, daß er nicht daran dächte, ihr bei der Geburt beizustehen. Boyd hatte sie nach San Francisco zu einem Arzt bringen müssen. Es war abzusehen, daß er sich diese Arztbesuche nicht oft würde leisten können. Dr. Yoshikawa, ein wortkarger, gütiger Mensch, war in San Diego geboren und hatte sein ganzes Leben in San Francisco verbracht. Nach Pearl Harbor war er wie alle anderen in den USA ansässigen Japaner interniert worden. Vier Jahre hatte er seine Landsleute im Lager medizinisch versorgt und ihnen mit den spärlichen ihm zur Verfügung stehenden Mitteln zu helfen versucht, so gut es eben ging. Für ihn war es eine Zeit der Verzweiflung und der Enttäuschungen gewesen, in der er sich jedoch die Achtung und Zuneigung der Menschen erworben hatte, denen er zur Seite stand. Hiroko hatte durch die einzige Japanerin, die sie in San Francisco kannte, von ihm erfahren und war zitternd zu ihm gegangen, voller Angst, nachdem sie von dem im Alexander Valley so angesehenen Arzt auf demütigende Weise abgewiesen worden war. Boyd war während der Untersuchung nicht von ihrer Seite gewichen. Dr. Yoshikawa konnte ihnen versichern, daß alles ganz normal verlief. Ihm war bewußt, wie schwierig es für Hiroko war, in einem fremden Land unter Menschen, die sie ihrer Hautfarbe und ihrer schrägen Augen wegen haßten.

»Mr. Webster, im März werden Sie ein hübsches, gesundes Kind haben«, sagte er zu Boyd, um sodann Hiroko zuzulächeln. Mit ihr sprach er Japanisch. Boyd merkte ihr an, wie wohl es ihr tat, sich für wenige Augenblicke in die Heimat versetzt zu fühlen. Und was das Wichtigste war, sie konnte diesem Arzt vertrauen. Er riet ihr, jeden Nachmittag zu ruhen und sich vernünftig zu ernähren. Er empfahl ihr eine Diät aus allen ihren japanischen Lieblingsgerichten – ein Rat, den sie kichernd akzeptierte.

Boyd war im Begriff, ihr bei der Zubereitung einer dieser Köstlichkeiten zu helfen, als Crystal an dem Tag nach dem Arztbesuch in San Francisco an ihre Tür klopfte. Von Zeit zu Zeit schaute sie bei ihnen vorbei, nur um guten Tag zu sagen und ein wenig zu schwatzen. Seit Beckys Hochzeit hatte sie sich diese Besuche zur Gewohnheit gemacht. Kein Mensch wußte, daß sie kam, und Boyd war so klug, die Sache nicht an die große Glocke zu hängen.

»Hallo, ist jemand da?« Sie hatte ihr Pferd vor dem Haus angebunden und trat vorsichtig ein, das Haar unter einem Cowboyhut auf dem Hinterkopf hoch aufgetürmt. Crystal, deren lange Beine von den Jeans noch betont wurden, war noch hübscher als im Jahr zuvor, und vor allem viel weiblicher, ohne daß sie ihre Aura der Unschuld verloren hätte. Zu den Jeans trug sie eines von Tads alten Hemden, und als sie ihren Hut auf einen Stuhl warf und sich über die Stirn fuhr, fiel ihr die blonde Mähne wie ein Wasserfall über die Schultern.

»Hallo, Crystal.« Boyd trocknete sich die Hände an einem Küchentuch ab, und Hiroko bot ihr lächelnd eine Kostprobe von dem *sashimi* an, das sie eben zubereitete. »Hast du schon gegessen?« Es war Sonnabend, und sie hatte keine Schule. Ihr Vater pflegte der Ruhe, sie selbst hatte an dem Tag nichts zu tun. Eben kam sie von einem Besuch bei Becky und dem kleinen Willie, wie der Kleine genannt wurde. Er war ein rundliches Kerlchen, das schon lächeln konnte.

»Was ist denn das?« Crystal starrte den rohen Fisch fasziniert an.

»*Sashimi*«, antwortete Hiroko mit schüchternem Lächeln. Crystals helles Haar und ihre großen, blauen Augen erregten bei ihr immer wieder staunende Fassungslosigkeit. Sie wünschte sehnlichst ebenso auszusehen. Hiroko träumte davon, sich die schmalen Augen durch einen Eingriff vergrößern zu lassen, aber das konnten sie sich nicht leisten, und Boyd wäre außer sich geraten, hätte er geahnt, daß sie dies in Erwägung zog. Er liebte sie so, wie sie war, mit all ihrer zarten japanischen Schönheit.

Hiroko, die nur drei Jahre älter als Crystal war, war von viel ernsterem Wesen, das sich in der Abgeschiedenheit ihres Lebens im Tal noch vertieft hatte. »Möchtest du etwas *sashimi* kosten, Crystalsan?« Ihr Englisch hatte sich im Laufe des Jahres sehr verbessert. Abends las sie Boyd laut vor und arbeitete ernsthaft an ihrer Aussprache. Crystal hatte ihr sogar einige Schulbücher geborgt, und Hiroko vertiefte sich in die Texte und lernte rasch.

Crystal setzte sich zu ihnen in die winzige Küche und versuchte vorsichtig von dem rohen Fisch.

»Deinem Vater geht es besser?« fragte Hiroko leise, und Crystal nickte mit besorgtem Stirnrunzeln.

»Ja, viel besser. Der Winter war für ihn sehr hart. Heute war ich kurz bei Becky«, berichtete sie. »Das Baby wird richtig niedlich.« Da bemerkte sie, wie Hiroko und Boyd einen sonderbaren Blick wechselten. Boyd sah seine Frau aufmunternd an. Seine Sommersprossen leuchteten stärker als je auf seinem bleichen Gesicht. Er war so ganz anders als Crystal, deren Haut trotz ihrer hellen Haare und blauen Augen tiefbraun werden konnte. Doch er schien unempfänglich für ihre Schönheit zu sein. Boyd hatte nur für Hiroko Augen.

»Sag es ihr.« Er lächelte seiner Frau zu, denn er wollte, daß sie ihre einzige Freundin in die gute Nachricht mit einbezog, die nun keine so große Bürde mehr darstellte, seit sie Dr. Yoshikawa gefunden hatten. Sie konnten sich eigentlich kein Kind leisten, aber dennoch wünschten sie sich sehnlichst eines. Sie wunderten sich ohnehin, daß es so lange gedauert hatte. Über zwei Jahre hatte Hiroko warten müssen, bis sie schwanger geworden war. »Los ...« Boyd stieß sie an, und Hiroko machte ein verlegenes Gesicht, während Crystal wartete. Sie war noch zu jung, um sofort das Richtige zu ahnen. Kinderkriegen war etwas, woran Crystal wenig Gedanken verschwendete. Sie sah die beiden mit großen, erwartungsvollen Augen an, aber Hiroko brachte es nicht über die Lippen. Schließlich mußte Boyd einspringen. »Wir erwarten im Frühjahr ein Baby.« Er sah sehr stolz aus, als er das sagte, und Hiroko wandte sich schüchtern ab. Sie hatte sich an seine amerikanische Art noch immer nicht gewöhnt, an seine Offenheit, mit der er den Leuten ganz private Dinge anvertraute. Dennoch war sie so glücklich wie er.

»Das ist ja wunderbar.« Crystal lächelte. »Wann denn?«

»Voraussichtlich im März.« Er strahlte seine Frau voller Stolz an, und Hiroko legte Crystal noch *sashimi* auf den Teller.

»Ach, das ist ja noch eine lange Zeit.« Crystal kam es bis dahin wie eine Ewigkeit vor. Ihr war auch Beckys Schwangerschaft endlos vorgekommen. Ihre Schwester hatte unentwegt gejammert, wie schlecht es ihr ginge und wie unbehaglich sie sich fühlte. Schließlich hatte Crystal es in ihrer Nähe nicht mehr ausgehalten. Sogar Jared bekam das Gejammer satt, und Tom machte es sich zur Gewohnheit, abends noch öfter mit seinen

Freunden auszugehen. Nur Olivia zeigte Mitgefühl. Die zwei Frauen standen sich näher als je zuvor, aber das störte Crystal nicht im geringsten. Sie war am glücklichsten, wenn sie mit ihrem Vater zusammensein konnte. Und die Besuche bei Hiroko waren im vergangenen Jahr für sie zu einer lieben Gewohnheit geworden. Sie hatten sich über die Natur, das Leben und über ihre Gedanken unterhalten und nur sehr selten über andere Menschen. Hiroko hatte keine Bekannten, über die sie hätte sprechen können, nur ihre Familie in Japan, und auch von dieser erzählte sie nur sehr selten. Sie war so weit entfernt, daß sie für sie fast als verloren gelten konnte. Einmal aber gestand sie, daß sie ihre kleinen Schwestern vermißte. Und im Gegenzug für diese Vertraulichkeit hatte Crystal ihr gestanden, daß sie zuweilen träumte, zum Film zu gehen. Hiroko war fasziniert von dieser Idee, und vor allem war sie der Meinung, Crystal sei hübsch genug. Aber Hollywood schien Welten entfernt vom Alexander Valley zu sein. Es war so weit fort, daß es auf einem anderen Planeten hätte sein können.

Hiroko und Boyd waren zur Taufe des kleinen William eingeladen, der munter krähte, als der Geistliche sein Köpfchen mit Wasser benetzte. Der Kleine trug das Taufkleidchen, das schon Grandma Minervas Vater getragen hatte. Beim Verlassen der Kirche sah Hiroko ziemlich blaß aus, und Boyd nahm liebevoll ihren Arm, während er ihr mit den Augen eine Frage signalisierte. Ein Nicken war die Antwort. Nie beklagte sie sich über Übelkeit, doch er wußte, daß sie stark darunter litt. Sie kochte für ihn noch immer liebevoll die kompliziertesten Gerichte, während sie selbst kaum aß und in den Speisen nur herumstocherte. Er hatte auch einige Male mitbekommen, wie sie sich am Morgen übergeben mußte. Crystals Blick begegnete dem Hirokos, ehe Boyd mit ihr davonfuhr, und die zwei Frauen lächelten sich zu. Es fiel offenbar niemandem auf. Alle waren zu sehr damit beschäftigt, den kleinen Willie zu bewundern.

Auf der Ranch war das Festmahl so üppig wie an Beckys Hochzeitstag, diesmal aber war alles leichter, weil viel weniger Gäste geladen waren. Die Frauen saßen in kleinen Gruppen beisammen und besprachen, wer heiraten und wer ein Kind bekommen würde. Von Hiroko wußte man noch nichts, zudem galt das allgemeine Interesse Ginny Webster, über die viel getuschelt wurde. Sie hatte sichtbar zugenommen, und es wurde gemunkelt, daß sie mit Marshall Floyd eine Affäre hatte. Jemand wollte sogar beobachtet haben, wie die beiden ein Hotel in Napa verließen.

»Sie ist schwanger, möchte ich wetten«, verkündete Olivia im Verschwörerton, und Becky setzte hinzu, daß Ginny vor drei Wochen bei einem Kirchenfest in Ohnmacht gefallen war.

»Glaubst du, er wird sie heiraten?«

»Schon möglich«, gab eine der Frauen ihrer Meinung Ausdruck. »Aber er täte gut daran, es sehr rasch zu tun, ehe sie noch dicker wird.« Die Frauen schwatzten, während die Männer abgesondert dastanden und tranken und aßen und die Kinder wie im Jahr zuvor spielten. Zwei Jahre nach Kriegsende hatte sich nicht viel geändert, nur waren die Kinder etwas größer geworden. Crystal selbst wirkte nicht mehr so kindlich. Ihr Körper zeigte nun unverkennbar weibliche Formen, die ebenso wie ihre langen, anmutigen Beine die Blicke der Männer auf sich zogen. Ihre Kleider vermochten die Figur nicht mehr wie früher zu verbergen, und ihre Augen waren stiller und abgeklärter geworden. Den ganzen Winter über war sie in großer Sorge um ihren Vater gewesen. Jared hatte im Juni den Abschluß an der High School gemacht und wollte mit Tom und seinem Vater gemeinsam die Ranch bearbeiten. Sein Vater hatte sich gewünscht, daß er aufs College ginge, aber Jared wollte nicht. Er bastelte ständig an den Autos herum und raste mit seinen Freunden durch die Gegend. Neuerdings hatte er in Calistoga eine Freundin.

»Ein netter junger Mann«, bemerkte eine von Olivias Freundinnen mit bewunderndem Unterton. »Der heiratet als nächster, wette ich. Er soll sich mit der kleinen Thompson des öfteren treffen.« Seine Mutter lächelte stolz, doch als sie zu Crystal hinübersah, umwölkte sich ihr Blick. Das Mädchen trug das blaue Kleid, das ihr Vater ihr in San Francisco gekauft hatte. »Ein hübsches Mädchen... eine richtige Schönheit...« Die andere hatte Olivias Blick bemerkt, der ihrer Jüngsten galt. »Du wirst Crystal bald in die Scheune sperren müssen«, neckte sie Olivia, die so tat, als hätte sie nichts gehört. Ihr jüngstes Kind war ihr immer fremd geblieben. Crystal war so anders als die anderen Mädchen, vor allem anders als ihre Schwester. Sie war still und in sich gekehrt, eben anders als die anderen. Ständig neigte sie zum Grübeln, und wenn sie – selten genug – von ihren Gedanken sprach, dann sorgte sie damit bei ihrer Mutter unweigerlich für Verstimmung. Ein Mädchen brauchte nicht tiefsinnig zu sein, vor allem aber sollte es nicht von jenen Orten träumen, die Tad ihr schwärmerisch geschildert hatte. Das alles war sein Fehler; er hatte ihr diesen Unsinn in den Kopf gesetzt. Sein Fehler war es auch, daß sie so viel in den Hügeln umherstreifte, seine Pferde ritt, nackt in Bächen schwamm und wie ein richtiger Wildfang mitunter stundenlang verschwunden blieb.

Sie war nicht wie die anderen Mädchen, nicht wie Becky und ihre Mutter. Sie war es nie gewesen, und das trat nun, da sie langsam erwachsen wurde, immer deutlicher zutage. Die Jungen aus der Umgebung schienen für sie nicht zu existieren. Am liebsten war es ihr, wenn sie allein sein oder stundenlang mit ihrem Vater sprechen konnte – über die Ranch, die Bücher, die sie las, oder die Orte, die Tad kannte und die sie so gern kennenlernen wollte. Olivia hatte sogar einmal mitbekommen, wie von Hollywood die Rede gewesen war. Tad mußte doch wissen, daß es reiner Wahnsinn war. Unter diesen Umständen würde sich trotz ihrer Schönheit schwerlich ein Mann für sie finden. Das Aussehen war nicht ausschlaggebend. Crystal war zu schön, zu frei, zu andersgeartet. Sogar jetzt, während die Frauen schwatzten, saß Crystal allein auf der Schaukel. Sie schaukelte ganz hoch, während die anderen, die sie gar nicht zu bemerken oder zu sehen schien, in der Nähe spielten. Anstatt sich anzupassen, war sie im letzten Jahr noch mehr zur Einzelgängerin geworden. Sogar Jared, der jetzt ein selbständiges Leben führte, ließ Crystal in Ruhe. Nur wenn sie am Sonntag in der Kirche sang, wurde sie von den Leuten überhaupt wahrgenommen. Sie hatte eine Stimme, die jeden aufhorchen ließ. Man mußte zuhören, ob man wollte oder nicht. Es war das einzige, was es über sie zu sagen gab.

Auf der Schaukel durch die Luft schwebend, unbekümmert um das Gerede der Leute, ohne die Gesellschaft um sich herum wahrzunehmen, sang sie vor sich hin, als sie seinen Wagen vorfahren sah. Sie erkannte ihn sofort, als er ausstieg. Ein Jahr lang hatte sie ihn nicht gesehen, und doch hätte sie ihn überall wiedererkannt. Sie hatte ihn nicht vergessen, aber nur gelegentlich hatte sie gewagt, Boyd zu fragen, ob er von Spencer einen Brief bekommen hätte. Doch zur Taufe war er nun gekommen, und Crystal verstummte und ließ die Schaukel ausschwingen, während sie zusah, wie er die Hand ihres Vaters schüttelte und sich dann auf die Suche nach Boyd und Hiroko machte. Er sah so gut aus wie letztes Jahr, vielleicht sogar noch besser. Sie hatte Spencer Hill keine Sekunde vergessen, und als sie ihn nun sah, drohte ihr Herz auszusetzen.

Er trug einen Sommeranzug und auf dem Kopf einen Strohhut. Crystal sah, wie er lachte, als er zu Hiroko etwas sagte. Und dann ließ er langsam den Blick schweifen. Dann entdeckte er sie auf der Schaukel. Auch aus der Entfernung merkte er, daß sie zu ihm hinüberblickte, und er spürte, wie ihr Blick an ihm haftenblieb, während er langsam auf sie zuging. Seine Miene war ernst, und seine Augen waren tiefblau, als er vor ihr stehenblieb. Die Luft zwischen ihnen war unerträglich geladen, ohne daß einer der beiden es hätte erklären können. Etwas, das beide ein Jahr lang im Gedächtnis bewahrt hatten, ließ sich jetzt nicht mehr unterdrücken, als ihre Blicke sich trafen. Es war eine Spielart der Leidenschaft, die über Worte und über das einfache Begriffsvermögen hinausging. Und doch waren sie einander fremd, wie beiden wohl bewußt war.

»Hallo, Crystal... na, wie geht's?« Er spürte, wie seine Hände zitterten, als er sie in die Tasche steckte und sich an den Baum lehnte, an dem die Schaukel hing. Er war bestrebt, einen normalen Ton anzuschlagen, um seine Gefühle nicht preiszugeben. Leicht fiel es ihm nicht. Crystal rührte sich nicht, sie sah ihn nur an, und einen Augenblick war es, als seien alle anderen Anwesenden gar nicht vorhanden. In der Nähe stand ein Magnolienbaum, der die Luft mit seinem betäubenden Duft erfüllte. Fast war es, als hörte man aus der Ferne schicksalsschweren Trommelschlag.

»Ach, ganz gut.« Auch sie versuchte, beiläufig zu sprechen. Schon war sie nahe daran, ihn zu fragen, warum er sich nie hatte blicken lassen, unterließ es aber aus Schüchternheit. Sie konnte nichts tun, als ihn anstarren, wie er ähnlich makellos vor ihr stand, mit gepflegtem Haar, braungebranntem Gesicht und mit Augen, die etwas suchten, das sie noch nicht verstand. Sie wollte ein Leben lang in seiner Nähe bleiben, wollte seinen Duft riechen und seinen Blick auf sich spüren. Der schwüle Nachmittag war plötzlich noch viel drückender. Spencer hatte das Gefühl, sein Inneres sei am Schmelzen. Er mußte sich ernsthaft ermahnen, daß sie ja nur ein Kind war. Und doch wußten beide, daß er ihr seine Liebe gestehen wollte – auch wenn es im Grunde genommen unmöglich war, denn er kannte sie ja kaum. Es war niederschmetternd, daß das Mädchen, das er ein Jahr lang aus seinem Bewußtsein hatte streichen wollen, ihm nun noch begehrenswerter erschien.

»Und was macht das Studium?« Ihre Augen durchbohrten ihn, als sie ihm die Frage stellte. Sie war teils Kind, teils Sirene, und jetzt, nach einem Jahr, war sie in seinen Augen ganz Frau.

»Kürzlich habe ich mein Examen bestanden.« Sie nickte, und in ihrem Blick lagen tausend Fragen, die keiner von ihnen hätte beantworten können. Obwohl er das Gefühl hatte, innerlich zu vergehen, strahlte er nach außen eine ruhige Überlegenheit aus, als fürchte er nichts – nichts außer den Gefühlen, die er für dieses Kind empfand, das er kaum kannte. Davon las sie nichts in seiner Miene, während er sie ansah und beobachtete, wie ihr Haar in der leichten Sommerbrise wehte. »Und was ist mit dir?« Sehnsüchtig wünschte er sich, die Hand auszustrecken und sie zu berühren.

»Übermorgen werde ich sechzehn«, sagte sie ganz leise, und er spürte, wie sein Herz sank. Einen kurzen Augenblick hatte er gehofft, er hätte sich geirrt und sie sei in Wahrheit älter. Und doch hatte sie in dem vergangenen Jahr eine Veränderung durchgemacht. Sie wirkte nun erwachsener und in dem blauen Kleid viel weiblicher, mit einem Hauch Kindlichkeit, und er fragte sich erneut, welcher Wahnsinn ihn zu ihr hinzog. Heute war er nicht nur gekommen, um Boyd wiederzusehen. Er hatte gehofft, *sie* würde da sein, weil er sie noch einmal sehen wollte, bevor er Kalifornien den Rücken kehrte. Aber es hatte keinen Sinn, sich zu quälen. Mit sechzehn war sie ja noch ein Baby. Und doch... ihre Augen sagten ihm, daß sie ähnlich empfand wie er. Aber es war Wahnsinn, daß er, mit achtundzwanzig, sich in eine Sechzehnjährige verliebte. »Wird es eine Geburtstagsparty geben?« Er sprach wie mit einem Kind, und doch sagte ihm alles, was er vor sich sah, daß sie eine Frau war. Crystal schüttelte lachend den Kopf. »Nein...« Sie konnte ihm unmöglich erklären, daß sie kaum Freunde hatte, daß die Mädchen sie ihres Aussehens wegen haßten, was ihr selbst unbegreiflich war. »Dad hat gesagt, er würde vielleicht nächsten Monat mit mir nach San Francisco fahren.« Sie hätte Spencer gern gefragt, ob er noch dort sein würde, unterließ es aber. Keiner von ihnen konnte das sagen, was er gern sagen wollte. Sie mußten so tun, als sei gar nichts, als sei ihnen nicht klar, was sie trotz des Altersunterschiedes und all der Gegensätze, durch die das Leben sie trennte, füreinander empfanden.

Als könne er Gedanken lesen, beantwortete er die Frage, die zu stellen sie nicht gewagt hatte, nämlich, wohin er jetzt nach dem Examen gehen würde. »In ein paar Tagen kehre ich nach New York zurück. Ich werde in einer Anwaltsfirma an der Wall Street arbeiten.« Er kam sich ziemlich albern vor, weil er ihr dies alles erklärte. »Dort ist das Zentrum der Finanzwelt«, fuhr er lächelnd fort und verlagerte sein Gewicht auf den Baum, der ihn aufrecht zu halten schien. In diesem Moment war er nicht sicher, ob seine zitternden Knie ihn noch länger halten würden. »Es soll eine sehr renommierte Firma sein.« Er wollte sie unbedingt beeindrucken, hätte sich die Mühe aber getrost sparen können, da sie von ihm ohnehin sehr angetan war.

»Sind Sie aufgeregt?« Crystal sah Spencer mit aufgerissenen Augen an, als wolle sie tief in seine Seele blicken, und fast befürchtete er, sie könnte es. Er war nicht sicher, was sie darin entdecken würde – vielleicht einen Mann, der Angst vor dem hatte, was er für dieses Mädchen empfand. Er wußte nicht, ob es nur ihr Aussehen war oder das Geheimnis, das er in ihren Augen las. Aber er wußte, daß etwas Seltenes, um sie war. Trotz seiner Bemühungen, sie zu vergessen, hatte sie ihn das ganze vergangene Jahr verfolgt. Und jetzt, neben ihr, spürte er die Anspannung, die von ihrer Nähe herrührte, in seinem ganzen Körper.

»Ich bin ziemlich aufgeregt, und ein bißchen Angst habe ich auch.« Dieses Eingeständnis klang beiläufig. »Es ist ein guter Job, und meine Familie wäre enttäuscht, wenn ich die Erwartungen, die sie in mich setzen, nicht erfüllen würde.« Seine Familie kam ihm freilich im Moment ganz unwichtig vor. Jetzt war nur Crystal von Bedeutung.

»Werden Sie nie wieder nach Kalifornien zurückkommen?« Ihre Augen blickten so traurig, als stünde er im Begriff, sie zu verlassen, und beide empfanden den Verlust, noch ehe er eingetreten war.

»Ich werde gern bei Gelegenheit wiederkommen. Es kann freilich sein, daß es eine Weile dauert.« Das sagte er verhalten und bekümmert. In diesem Augenblick bedauerte er, daß er überhaupt gekommen war. Es wäre leichter gewesen, wenn er sie nicht wiedergesehen hätte. Ebenso wußte er, daß er dazu nicht imstande gewesen wäre. Seit Wochen schon hatte er sich danach gesehnt, sie wiederzusehen, und jetzt schaute sie ihn mit weisen und traurigen Augen an, mit Augen, in denen die Einsamkeit stand, in der sie lebte. Der heutige Tag war ein Geschenk, das sie immer hochhalten würde. Spencer war für sie zu einem Traum geworden, ähnlich den Träumen von den Filmstars, deren Fotos in ihrem Zimmer hingen. Genauso fern und unwirklich und unerreichbar war Spencer Hill. Der einzige Unterschied bestand darin, daß sie wußte, daß sie ihn liebte.

»Hiroko erwartet im Frühling ein Baby«, sagte sie, nur um das Schweigen zu brechen, und er seufzte und wandte den Blick ab, als versuche er tief durchzuatmen und sich zu zwingen, an etwas anderes als an Crystal zu denken.

»Das freut mich für die beiden.« Seine Worte waren von einem Lächeln begleitet. Dabei fragte er sich, wann Crystal heiraten und Kinder bekommen würde. Wenn er eines Tages wiederkäme, würde sie vielleicht schon verheiratet sein, ein halbes Dutzend Kinder würde an ihren Schürzenbändern hängen, und sie würde einen Mann haben, der zuviel Bier trank und sie am Wochenende ins Kino ausführte – wenn sie Glück hatte. Der Gedanke daran bereitete ihm fast Übelkeit. Er wollte nicht, daß ihr Leben so verlief. Sie verdiente so viel mehr als das. Doch er wußte, daß er nichts tun konnte, um sie zu retten. »Sie wird eine wundervolle Mutter sein.« Damit war Hiroko gemeint, doch einen Moment fragte er sich, ob er dabei nicht an Crystal gedacht hatte.

Crystal beschränkte sich auf ein Nicken und stieß die Schaukel sacht mit einem Fuß an. Sie trug dieselben weißen Pumps, die sie schon bei Beckys Hochzeit getragen hatte. Diesmal aber hatte sie die Schuhe anbehalten und trug dazu ihre kostbaren Nylonstrümpfe.

»Vielleicht wirst du eines Tages auch nach New York kommen.« Das sagte er, um sich Hoffnung zu machen. Beide wußten, daß es kaum wahrscheinlich war.

»Mein Vater war einmal dort. Er hat mir davon erzählt.«

Spencer lächelte. »Ich denke, es würde dir gefallen.« Wie gern hätte er ihr die Stadt gezeigt. Wenn sie nur etwas älter gewesen wäre.

»Ich würde lieber nach Hollywood gehen.« Verträumt blickte Crystal zum Himmel empor, und in diesem Moment schien sie wieder ein Kind zu sein. Ein Kind, das von Hollywood und davon träumte, ein Filmstar zu werden. Es war ein so unwahrscheinlicher Traum wie sein Traum, sie lieben zu dürfen, obschon er das nicht sagte.

»Und wem möchtest du in Hollywood begegnen?« Er wollte wissen, welches ihre Lieblingsstars waren, worüber sie gern sprach und wovon sie träumte. Er wollte alles von ihr wissen, vielleicht in der Hoffnung, daß der Zauber, mit dem sie ihn bannte, dann verfliegen würde. Er mußte dieses Mädchen vergessen, ein für allemal, ehe er Kalifornien verließ. Sie hatte seine Gedanken das ganze Jahr über beschäftigt, so sehr, daß er oft schon erwogen hatte, Boyd zu besuchen, obwohl er insgeheim wußte, daß er nur Crystal sehen wollte. Aber aus Angst vor dem Wahnsinn, in den sie ihn zu versetzen vermochte, war er absichtlich nicht gekommen – bis heute. Ein letztes Mal nur, ehe er fortging. Doch es war schon zu spät. Er wußte jetzt, daß er sie nie vergessen würde.

Crystal dachte über seine Frage, wen sie am liebsten in Hollywood kennenlernen würde, nach und sagte schließlich: »Clark Gable. Und vielleicht Gary Cooper.«

»Klingt recht vernünftig. Und was möchtest du in Hollywood tun?«

Crystal lachte hell auf. Sie spielte mit ihren eigenen Träumen und ein wenig mit ihm. »Ich möchte zum Film. Oder Sängerin werden.« Er hatte sie noch nie singen gehört, hatte noch nie die Stimme gehört, die alle Menschen hier im Tal bezauberte, auch jene, die Crystal sonst nicht mochten.

»Na, vielleicht glückt es dir eines schönen Tages.« Beide lachten über seine Bemerkung. Filme waren etwas für Filmstars, aber nichts für gewöhnliche Menschen. Und Crystal wußte, daß ihr keine Filmkarriere vorausbestimmt war.

»Hübsch bist du ja. Du bist sogar schön«, sagte Spencer leise, als die Schaukel langsam zum Stillstand kam und Crystal ihn anblickte. Seine Worte klangen irgendwie furchteinflößend, und das erstaunte beide so sehr, daß sie sekundenlang schwiegen. Dann schüttelte sie wehmütig den Kopf. Der Gedanke an seinen Abschied stimmte sie traurig.

»Hiroko ist schön. Aber du bist es auch«, sagte er so leise, daß sie es kaum hören konnte.

Da faßte sie sich ein Herz und stellte ihm die Frage, auf die sie zu gern die Antwort gewußt hätte, seitdem sie ihn an diesem Morgen entdeckt hatte.

»Warum sind Sie heute gekommen?« Um Boyd zu besuchen? Hiroko? Tom? Becky und ihr Baby? Es gab ein halbes Dutzend plausibler Gründe und nur einen, der ihn tatsächlich hierhergeführt hatte. Und als er ihr in die Augen sah, wußte er, daß er es ihr sagen mußte. Sie sollte es wissen.

»Ich wollte dich sehen, ehe ich endgültig fortgehe.« Wieder war seine Stimme leise, und sie nickte stumm. Es war das, was sie hatte hören wollen, nun aber jagten ihr seine Worte ein wenig Angst ein. Dieser attraktive Mann aus einer anderen Welt war tatsächlich gekommen, um sie zu sehen. Sie verstand gar nicht, was er von ihr wollte. Spencer selbst wußte es nicht, und das machte alles nur noch verwirrender.

Crystal löste sich von der Schaukel und ging auf ihn zu. Diese lavendelblauen Augen, mit denen sie ihn ansah, hatte er nie vergessen. »Danke.« Sie standen eine Zeitlang so beisammen, bis

Spencer aus dem Augenwinkel ihren Vater auf sie zukommen sah. Er winkte Crystal zu. Für eine Sekunde glaubte Spencer, Tad Wyatt sei ungehalten, so als könne er seine Gedanken lesen und mißbillige sie zutiefst. Tatsächlich hatte Crystals Vater die beiden lange beobachtet und sich gefragt, was sie zu besprechen hätten. Der junge Mann hatte etwas an sich, das ihm gefiel. Er wußte, daß er von auswärts war, und es war gut, wenn Crystal einem solchen Mann gefiel. Tad Wyatt fand es nur sehr bedauerlich, daß es in der Gegend nicht mehr Männer dieses Typs gab. Doch als er sich jetzt den beiden näherte, hatte er anderes im Sinn.

»Na, ihr beide macht aber ernste Gesichter. Ist die Jugend dabei, die Probleme der Welt zu lösen?« Seine Worte waren scherzhaft gemeint, doch die abgeklärten alten Augen von Tad musterten Spencer dabei sehr ernsthaft. Und Tad gefiel, was er vor sich sah. Spencer war ihm auf Anhieb sympathisch, wenngleich ihm klar war, daß er für Crystal wegen des Altersunterschiedes nicht in Frage kam. Andererseits sah er in ihrem Gesicht etwas, was er dort noch nie zuvor gesehen hatte, von ein oder zwei Malen abgesehen, wenn sie ihn mit unverhohlener Bewunderung angesehen hatte. Diesmal aber war es etwas anderes. In ihrer Miene spiegelte sich Glück und Wehmut zugleich. Und plötzlich war Tad Wyatt klar, daß aus seiner kleinen Tochter eine Frau geworden war. Er wandte sich an Spencer und sagte mit seiner tiefen, beruhigenden Stimme: »Captain Hill, jetzt steht Ihnen etwas Besonderes bevor.« Sein stolzes Lächeln galt Crystal. »Das heißt, wenn Crystal einverstanden ist. Die Leute möchten dich singen hören, Kleines. Na, wie wärs?«

Errötend schüttelte sie den Kopf, so daß ihr die lange, helle Mähne halb ins Gesicht fiel und in der Sonne schimmerte, während die andere Hälfte vom Baum beschattet wurde. Ihre Schönheit ließ die beiden Männer jäh verstummen. Sie sah zu ihrem Vater auf, und in ihren Augen lag ein schüchternes Lächeln. »Heute sind zu viele da... es ist nicht so wie in der Kirche...«

»Das macht doch nichts. Wenn du anfängst, vergißt du sie alle.« Er tat nichts lieber, als ihrem Gesang zuzuhören, wenn sie über die Hügel ritten. Ihre Stimme hatte dieselbe ehrfurchtgebietende, aufwühlende Wirkung wie ein strahlender Sonnenaufgang, und er wurde ihrer nie müde. »Ein paar Männer haben ihre Gitarren dabei. Nur ein Lied oder zwei, zur Belebung der Party.« Er sah sie bittend an, und sie konnte ihm keine Bitte abschlagen, obwohl es sie verlegen machte, in Spencers Gegenwart zu singen. Vermutlich würde er sie für sehr albern halten. Spencer freilich schloß sich Tads Bitten an und drängte sie, und als ihre Blicke sich trafen, trat Schweigen ein – ein Moment, der alles sagte, was die beiden nicht auszusprechen wagten. Vielleicht würde es für ihn wie ein Geschenk sein, eine Erinnerung. Crystal nickte stumm und folgte ihrem Vater zu den anderen. Spencer ging zurück zu Boyd und Hiroko, und als sie einen Blick über die Schulter warf, sah sie, daß er sie beobachtete, und sie spürte auch über diese Entfernung hinweg die Liebe, die aus seinen Augen sprach. Eine Liebe, die keiner der beiden verstand und die vor einem Jahr begonnen und ein ganzes Jahr überdauert hatte, bis sie sich wieder begegnet waren. Es war eine Liebe, die zu nichts führen würde, aber wenigstens hatten sie dies für sich, wenn er jetzt ging.

Einer der Männer reichte Crystal eine Gitarre, und sie setzte sich auf eine Bank, während zwei andere Gitarrespieler sich zu ihr gesellten. Olivia beobachtete sie von der Veranda aus – wie immer ungehalten, weil Tad sie bevorzugte und so ein Aufhebens um sie machte. Sie wußte aber, wie gern die Leute Crystal singen hörten. Sogar die Frauen wurden weich, wenn Crystal in der Kirche sang. Und wenn sie gar »Amazing Grace« anstimmte, bekamen alle feuchte Augen. Diesmal aber trug sie die Lieblingsballaden ihres Vaters vor, jene Lieder, die sie auf frühmorgendlichen Ritten sangen, und im Nu hatten sich alle um sie geschart. Wortlos lauschten sie und ließen sich von ihrer Stimme verzaubern, die ebenso unvergeßlich war wie ihr Gesicht. Spencer schloß die Augen und ließ sich von dem klaren, süßen Zauber forttragen, gebannt von der Macht ihrer Stimme. Sie sang vier Lieder, und die letzten Töne schienen engelsgleich zum Sommerhimmel emporzuschweben. Als sie verstummte, brach der Applaus explosionsartig los, und Tad wischte sich die Augen.

Bald darauf hatten sich die Zuhörer wieder zerstreut. Sie schwatzten und tranken wie vorher, nachdem Crystal einen Augenblick lang jeden dazu gebracht hatte, sich ein wenig in sie zu verlieben. Noch lange nachdem sie geendet hatte, brachte Spencer es nicht über sich, sich mit jemandem zu unterhalten. Er wollte unbedingt wieder mit ihr sprechen, nur mit ihr, sie aber war mit ihrem Vater verschwunden, und er sah sie nicht wieder, bis es für ihn Zeit zum Aufbruch war und sie neben ihren Eltern stehend die Hände der Gäste schüttelte, die sich für die Einladung bedankten und ihre Kinder um sich scharten.

Spencer bedankte sich höflich bei ihren Eltern und hielt dann plötzlich Crystals Hand in der seinen, erschrocken, daß der Augenblick so flüchtig war. Er würde sie womöglich nie mehr wiedersehen – ein unerträglicher Gedanke, als er ihr in die Augen sah und sie am liebsten für immer festgehalten hätte.

»Du hast mir ja gar nicht verraten, daß du so schön singen kannst.« Seine Stimme war leise wie ein Hauch, während seine Augen sie liebkosten. Crystal lachte und sah wieder ganz kindlich aus. Das unerwartete Kompliment machte sie verlegen. Sie hatte diese Lieder allein für ihn gesungen und fragte sich nun, ob er es gemerkt hatte. »Du könntest es in Hollywood tatsächlich schaffen.«

Wieder lachte sie, und ihr Lachen war so melodisch wie ihr Gesang. »Mr. Hill, das kann ich mir nicht vorstellen... wirklich nicht.«

»Ich hoffe sehr, daß wir uns eines Tages wiedersehen.« Die Blicke beider wurden ernst, und sie nickte.

»Ich auch.« Beide wußten, daß dies unwahrscheinlich war.

Und dann konnte er nicht an sich halten. »Crystal, ich werde dich nie vergessen... niemals... gib gut acht auf dich.« Gib acht, daß du es gut im Leben hast... heirate niemanden, der dich nicht verdient... vergiß mich nicht... Was hätte er ihr sonst sagen können, ohne wie ein kompletter Idiot dazustehen? Daß er sie liebte, wagte er nicht auszusprechen.

»Und Sie... geben Sie auch acht auf sich.« Ihre Worte waren von einem ernsten Nicken begleitet. Sie wußte, daß er in wenigen Tagen nach New York fuhr und daß ihre Wege sich nicht mehr kreuzen würden. Ein Kontinent, eine Welt, ein ganzes Leben würde sie für immer trennen.

Wortlos beugte er sich über sie und drückte ihr sanft einen Kuß auf die Wange. Dann stieg er in sein Auto und fuhr davon, fort von der Ranch, während sein Herz wie ein Felsbrocken in seiner Brust lag und Crystal abseits von den anderen stumm dastand und ihm nachblickte.

4

Auf der Heimfahrt nahm Spencer die Ausfahrt vor der Golden Gate Bridge und fuhr an den Straßenrand. Er brauchte einen Augenblick, um nachzudenken, sich zu fassen und seinen Erinnerungen nachzuhängen. Ein Jahr lang hatte Crystal ihm keine Ruhe gelassen, und jetzt, eine Stunde nachdem er sie verlassen hatte, war es nicht anders. Das Tal verschwamm für ihn zu einer undeutlichen Erinnerung. Das einzige, was er vor sich sah, war ihr Gesicht... ihre Augen... die Art, wie sie ihn anblickte... ihre Stimme, als sie die Balladen sang. Er hatte das Gefühl, einen seltenen Vogel für immer im Wald verloren zu haben. Es gab keine Möglichkeit, wieder zu ihr zurückzugelangen. Ein Wahnsinn, daran auch nur einen Gedanken zu verschwenden. Sie war ein sechzehnjähriges Mädchen, das in einem abgeschiedenen Tal Kaliforniens lebte. Von dem Leben, das er führte, hatte sie keine Ahnung. Und wenn sie davon gewußt hätte, dann hätte sie es doch nicht verstanden. Was wußte sie schon von der Wall Street und von New York und von den Verpflichtungen, denen er nachkommen mußte. Seine Familie setzte große Erwartungen in ihn. In ihren Plänen war kein Platz für das Mädchen vom Lande, für ein halbes Kind, in das er sich im Vorübergehen verliebt hatte. Ein Mädchen, das er kaum kannte, wie er sich selbst in Erinnerung rief. Seine Eltern hätten dafür nicht das geringste Verständnis aufgebracht. Wie auch, wenn er selbst es nicht ganz begriff? Wie Crystal von Hollywood und Filmstars träumte, so hatte auch Spencer seine Träume gehabt, Träume, die sich jäh geändert hatten, als sein Bruder auf Guam gefallen war. Jetzt hatte er nicht nur sein eigenes Leben zu führen, sondern sollte in die Fußstapfen seines Bruders treten. Seine Familie erwartete es, und er wollte es zumindest versuchen. Und was wußte Crystal von all dem? Nichts.

Spencer war klar, daß er Crystal vergessen mußte. Traurig blickte er über die Bucht zur Brücke, in Gedanken bei Crystal, bis er sich sagte, daß er ein Narr sei. Er hatte sich von einem hübschen Mädchen blenden lassen, ein Beweis dafür, daß er endlich etwas aus seinem Leben machen mußte. Sein Studium und die Hamburger, die er in Palo Alto in Gesellschaft hübscher Mitstudentinnen verdrückt hatte, lagen hinter ihm. Jetzt wartete auf ihn eine ganze Welt. Eine Welt, in der für Crystal Wyatt kein Platz war, mochte sie auch noch so schön und begehrenswert sein.

Spencer schlenderte zurück zu seinem Auto. »Adieu, kleines Mädchen«, flüsterte er vor sich hin, als er zum letztenmal über die Golden Gate Bridge fuhr. Am Abend stand ihm eine Dinnerparty bevor, eine Pflichtübung, die er seinem Vater schuldete. Er war nicht in Stimmung, wußte aber, daß er Ablenkung brauchte. Crystal war für ihn verloren. Aber verloren oder nicht, er wußte, daß er sie niemals vergessen würde.

Für die letzten Tage hatte er ein Zimmer im Fairmont Hotel genommen, von dem aus man das ganze herrliche Panorama der Stadt überblickte, nur um sich vor Augen zu führen, was ihm in New York fehlen würde. Fast bedauerte er, daß er sich nicht in San Francisco nach einer Stellung umgesehen hatte, doch das war ja nie geplant gewesen. Er hatte seinen Eltern fest versprochen, nach Hause zu kommen. Sein Vater war bis zum Kriegsausbruch als Anwalt tätig gewesen. Dann war er zum Richter ernannt worden und hatte damit sein Ziel erreicht. Aber für seine Söhne hatte er sich noch höhere Ziele gesteckt, besonders für Spencers älteren Bruder Robert, der dann im Krieg gefallen war und eine junge Witwe und zwei Kinder hinterlassen hatte. Robert hatte in Harvard politische Wissenschaften studiert, und sein Ziel war es gewesen, Kongreßabgeordneter zu werden. Spencer dagegen hatte von einem Medizinstudium geträumt, doch der Krieg hatte ihm einen Strich durch die Rechnung gemacht. Bei der Armee hatte er vier Jahre verloren und konnte sich nicht vorstellen, jetzt noch einige Jahre mit dem Medizinstudium zu vertun. Ein Jura-

Studium war ihm in seiner Situation als das geeignetere erschienen – eine Entscheidung, in der sein Vater ihn bestärkt hatte, der selbst noch insgeheim davon träumte, ans Appellationsgericht berufen zu werden. So oder so, die Last des elterlichen Ehrgeizes lag jetzt auf Spencers Schultern. Er war es, der nun Roberts Nachfolge antreten sollte.

Die Familie Hill genoß ein nicht geringes Ansehen; die Vorfahren seiner Mutter waren schon mit den Pilgervätern in die Neue Welt gelangt. Sein Vater war einfacherer Herkunft, hatte dies aber durch harte Arbeit wettgemacht und in Harvard Rechtswissenschaften studiert. Und nun lag beiden Eltern daran, daß Spencer etwas »Bedeutendes« in seinem Leben erreichte. Und für sie schloß dieses »Bedeutende« ein Mädchen wie Crystal nicht mit ein. Robert hatte natürlich standesgemäß geheiratet. Er hatte immer getan, was man von ihm erwartete, während es Spencer freistand, alles zu tun, was ihm beliebte. Seit dem Tod seines älteren Bruders hatte er das Gefühl, er müßte für seine Eltern den Verlust wettmachen und in Roberts Fußstapfen treten, die ihm nie zuvor gepaßt hatten, jetzt aber passen mußten. Dazu hatte auch sein Studium gehört. Und seine Rückkehr nach New York. Und die Wall Street.

Spencer konnte sich nicht vorstellen, dort zu arbeiten, obschon er – dieses Ziel vor Augen – den Stoff dreier Studienjahre in nur zwei Jahren gepaukt hatte. Aber Wall Street klang gar so seriös und steif. Nur die Aussicht, sich damit die Grundlage für eine größer angelegte Karriere zu schaffen, stimmte ihn einigermaßen zuversichtlich. Wieder starrte er bei diesen Gedanken aus dem Fenster, in Gedanken an jenem Ort, an dem er Crystal zurückgelassen hatte. Seufzend wandte er sich um. Die Teppiche waren weich, die Einrichtung vornehm, über ihm hing ein riesiger Lüster. Und doch konnte er an nichts anderes denken als an die Ranch... an die Hügel... und an das Mädchen auf der Schaukel. Noch zwei Abende, bis er den Schritt in jenes Leben tun mußte, das er so unvermittelt von Robert geerbt hatte. Warum hatte Robert den Krieg nicht überlebt? Warum konnte sein Bruder nicht für die Eltern und deren ehrgeizige Pläne dasein, für eine Karriere in der verdammten Wall Street.

Spencer knallte die Tür hinter sich zu, als er aus dem Zimmer ging. Um acht wurde er im Haus von Harrison Barclay erwartet, einem Freund seines Vaters und Bundesrichter mit weitreichenden politischen Verbindungen. Gerüchte wollten wissen, daß ihm eine Berufung an den Obersten Gerichtshof in Aussicht stand. Spencers Vater legte großen Wert auf diesen Kontakt. Schon im Jahr zuvor war Spencer bei den Barclays zu Besuch gewesen, und dann ein zweites Mal vor einigen Wochen, um dem Richter mitzuteilen, daß er sein Studium in Stanford abgeschlossen hätte und nun nach New York an die Wall Street gehen wolle. Harrison Barclay hatte sich für ihn gefreut und darauf bestanden, daß er vor seiner Abreise noch zum Dinner käme. Es war für Spencer eine reine Pflichtübung, die erste von sehr vielen, die ihm nun bevorstanden. Er war gerade noch rechtzeitig im Hotel angelangt, um sich zu duschen, zu rasieren und umzuziehen, und ging nun in die Lobby, überhaupt nicht in Stimmung für einen Besuch, am allerwenigsten bei Harrison Barclay.

Das Haus der Barclays, ein auffallend schöner Backsteinbau im Herrenhausstil, lag an der Ecke Divisadero und Broadway. Nachdem ein Butler ihm die Tür geöffnet hatte, umfingen ihn die Geräusche einer Party im fortgeschrittenen Stadium, und seine Laune sank beträchtlich. Im Moment wußte er nicht, ob er imstande war, dies alles über sich ergehen zu lassen. Er mußte Konversation treiben, charmant sein und intelligente Gespräche führen – lauter Dinge, für die er nicht im geringsten in Stimmung war. Er wollte nichts anderes, als irgendwo still sitzen, seinen eigenen Gedanken und seinen Träumen von einem Mädchen nachhängen, das er kaum kannte... einem Mädchen, das übermorgen sechzehn sein würde.

»Spencer!« Die dröhnende Stimme des Richters drang an sein Ohr, kaum daß er den Raum betreten hatte. Spencer kam sich vor wie ein Schuljunge, der in einen Raum voller Lehrer geschubst worden war.

»Guten Abend, Sir.« Spencers Lächeln war herzlich und sein Blick ernst, als er den Freund seines Vaters begrüßte und mit Mr. Barclay einen Händedruck wechselte. »Schön, Sie zu sehen. Guten Abend, Mrs. Barclay.«

Richter Barclay nahm ihn sofort ins Schlepptau und stellte ihn den Anwesenden vor. Er erwähnte, daß Spencer eben Stanford absolviert hatte, und erklärte, wer sein Vater war, und Spencer mußte sich zusammennehmen, um sich seinen Widerwillen nicht anmerken zu lassen. Das Haus der Barclays war der allerletzte Ort, an dem er jetzt sein wollte.

Von den an diesem Abend geladenen zwölf Gästen war einer nicht erschienen: die Frau eines Richters, die sich auf dem Heimweg vom Golfplatz den Knöchel verstaucht hatte. Ihr Mann war aber trotzdem gekommen; er war ein alter Freund der Barclays und wußte, daß sie nichts dagegen haben würden, wenn er allein käme. Priscilla Barclay geriet fast in Panik, als sie die Gäste zählte. Sie würden dreizehn bei Tisch sein, die Gastgeber mitgerechnet, und sie wußte, daß mindestens zwei der Gäste sehr abergläubisch waren. Es war zu spät, um etwas zu unternehmen; das Dinner sollte in einer halben Stunde serviert werden. Also mußte sie ihre Tochter bitten, an der Tischgesellschaft teilzunehmen. Es war der einzige Ausweg. Hastig lief sie hinauf und klopfte an. Elizabeth, die sich eben für eine Party zurechtmachte, war achtzehn und auf dezente Weise sehr hübsch. Heute hatte sie sich für ein schwarzes Cocktailkleid und eine Perlenkette entschieden. Ehe sie im Winter im Cotillon debütierte, wollte sie im Herbst ihre College-Ausbildung beginnen.

»Liebling, ich brauche dringend deine Hilfe.« Ein Blick in den Spiegel, und ihre Mutter schob ihre Perlen zurecht und strich sich übers Haar, um dann wieder flehentlich ihre Tochter anzusehen. »Die Frau von Richter Armistead hat sich den Knöchel verstaucht.«

»Du liebe Güte, ist sie unten?« Elizabeth Barclay wirkte kühl und gelassen, ganz im Gegensatz zu ihrer aufgeregten Mutter.

»Nein, natürlich nicht. Sie rief an, um abzusagen. Ihr Mann ist trotzdem gekommen. Und jetzt werden wir dreizehn bei Tisch sein.«

»Dann tu einfach so, als hättest du nichts bemerkt. Vielleicht fällt es niemandem auf.« Sie schlüpfte in die hochhackigen schwarzen Satinpumps, die sie größer aussehen ließen als ihre Mutter. Elizabeth hatte zwei ältere Brüder; der eine war Regierungsbeamter in Washington, D.C., der andere Anwalt in New York. Sie war die einzige Tochter der Barclays.

»Ausgeschlossen! Du kennst doch Penny und Jane. Eine von ihnen würde sicher auf der Stelle das Haus verlassen, und dann fehlen mir zwei Damen. Liebling, könntest du mir nicht aushelfen?«

»Jetzt?« Elizabeth schien verärgert. »Ich wollte doch ins Theater!« Sie war mit Freundinnen verabredet, eine Verlegenheitslösung und deshalb kein Abend, auf den sie sich sonderlich freute. Da sich ausnahmsweise heute kein anderes Rendezvous ergeben hatte, war ihr nichts anderes übriggeblieben, als sich ihren Freundinnen anzuschließen.

»Ist es denn so wichtig?« Ihre Mutter sah sie ernst an. »Ich brauche dich wirklich.«

»Na, dann meinetwegen.« Elizabeth warf einen Blick auf die Uhr und nickte. Vielleicht ganz gut. Sie hatte sich ohnehin nur halbherzig zu dem Theaterbesuch entschlossen, da sie erst um zwei Uhr morgens von einem jener Debütantinnenbälle nach Hause gekommen war, die sie seit ihrem Abgang vom Burke im letzten Monat fast täglich besuchte. Sie hatte sich blendend unterhalten, und für die nächste Woche war bereits der Urlaub in ihrem Haus am Lake Tahoe geplant. »Also gut, Mutter, ich rufe die anderen an.« Mit einem kleinen Lächeln schob sie die doppelreihige Perlenkette zurecht, das Gegenstück zur Kette ihrer Mutter. Elizabeth war ein ausnehmend hübsches Mädchen, für ihre achtzehn Jahre jedoch zu ernst und gesetzt, und dadurch wirkte sie viel reifer. Im Laufe ihres Lebens hatte sie es fast ausschließlich mit Erwachsenen zu tun gehabt. Ihre Eltern hatten immer großen Wert darauf gelegt, sie in die Gespräche mit ihren Freunden einzubeziehen. Da ihre Brüder zehn und zwölf Jahre älter waren, hatte man Elizabeth schon seit Jahren unwillkürlich als Erwachsene behandelt. Sie hatte sich schon seit langem jene kühle Zurückhaltung angewöhnt, die von einer Barclay erwartet wurde. Stets sehr besonnen und wohlerzogen, war sie bereits jeder Zoll eine Dame. »Ich komme gleich hinunter.«

Ihre Mutter ließ ein dankbares Lächeln sehen, das Elizabeth erwiderte. Ihr dichtes brünettes Haar trug sie als glatten Pagenkopf, die braunen Augen, groß und ausdrucksvoll, bildeten einen reizvollen Kontrast zu ihrem hellen Teint. Sie hatte eine zerbrechliche Taille und war eine ausgezeichnete Tennisspielerin. Was Elizabeth an Wärme fehlte, machte sie durch Haltung wett, die ihre Herkunft erkennen ließ, und nicht zuletzt durch ihren Verstand, der von den Freunden ihrer Eltern sehr bewundert wurde. Auch in ihrer eigenen Clique war sie gefürchtet und respektiert. Elizabeth Barclay war kein naives Ding, das sich viel vormachen ließ. Sie war ein ernsthaftes Mädchen, wißbegierig, scharfzüngig und mit einer Reihe festgefügter eigener Ansichten ausgestattet. Daß sie im Herbst mit einem College beginnen würde, war selbstverständlich. Selbstverständlich kam nur ein ganz angesehenes Institut in Frage.

Zehn Minuten später kam Elizabeth leise die Treppe herunter. Sie hatte ihre Freundinnen angerufen, sich wortreich entschuldigt und erklärt, eine kleine Krise sei ausgebrochen, zu deren Bewältigung sie dringend zu Hause benötigt werde. In dem Leben, das Elizabeth führte, bestanden die einzigen Krisen darin, daß ein Gast zum Dinner fehlte oder daß das richtige Kleid nicht zur Hand war, weil es außer Haus gereinigt oder geändert wurde. Echte Katastrophen hatte es für sie nie gegeben, sie hatte keine Ahnung, was Enttäuschung oder Härte hieß. Es gab nichts, was ihre Eltern nicht für sie getan hätten, nichts, was ihr Vater nicht für sie bereinigt oder ihr verschafft hätte. Und doch hätte man sie nicht als verzogen bezeichnen können. Elizabeth erwartete einfach einen gewissen Lebensstil, sie erwartete, daß ihre Umgebung Form wahrte. Sie war eine Ausnahme unter den Mädchen ihres Alters. Ihre Kindheit schien mit zehn oder elf zu Ende gegangen zu sein. Von da an hatte sie sich benommen wie eine Erwachsene, die jeder in seiner Loge oder beim Dinner gern als Gast gesehen hätte. Viel Spaß fiel dabei für sie nicht ab, aber Spaß und Vergnügen spielten für Elizabeth Barclay eine untergeordnete Rolle. Dazu war sie zu zielstrebig. Für sie zählten vor allem Zweck und Ziel... und Aktivitäten, die »bedeutend« waren.

Die Gäste hatten schon ihre Drinks eingenommen, als sie herunterkam und in durchwegs bekannte Gesichter blickte. Nur ein einziges Paar war anwesend, das sie nicht kannte: alte Freunde ihres Vaters aus Chicago. Und dann sah sie noch ein unbekanntes Gesicht – jemanden, der sich mit Richter Armistead und ihrem Vater unterhielt. Sie beobachtete ihn unauffällig, während sie ein Glas Champagner von dem Silbertablett nahm, mit dem der Butler vor ihr stand, und sie lächelte, als sie den Raum durchquerte und auf ihren Vater zustrebte.

»Na, heute abend haben wir aber großes Glück, Elizabeth.« Ihr Vater sagte es mit augenzwinkerndem Spott. »Hast du uns in deinem vollen Terminkalender ein Plätzchen eingeräumt? Wirklich erstaunlich.« Liebevoll legte er den Arm um ihre Schultern, und sie blickte lächelnd zu ihm auf. Elizabeth hatte ihm immer schon besonders nahegestanden; es war nicht zu übersehen, daß er sie vergötterte.

»Mutter war so nett und hat mich heruntergebeten.«

»Sehr vernünftig. Richter Armistead kennst du ja, Elizabeth, und das ist Spencer Hill aus New York. Er hat kürzlich sein Studium in Stanford abgeschlossen.«

»Meinen Glückwunsch.« Ihr Lächeln war distanziert, während Spencer sie abschätzend ansah. In seinen Augen war sie ein unterkühlter Typ, schätzungsweise ein- oder zweiundzwanzig. Ihr sicheres Auftreten ließ sie älter aussehen, dazu kam ihre Eleganz, die von dem exquisiten schwarzen Kleid noch unterstrichen wurde, und nicht zuletzt die Art, wie sie ihm in die Augen sah, als sie mit ihm einen Händedruck wechselte. Sie machte den Eindruck, ein Mädchen zu sein, das gewohnt war, alles zu erreichen, was es sich in den Kopf setzte. »Sie müssen ja überglücklich sein«, fügte sie mit höflichem Lächeln hinzu.

»Ja, danke, das bin ich.« Während sein Blick auf ihr ruhte, fragte er sich, was für ein Leben sie führte – ob sie häufig Tennis spielte, oft mit Freundinnen oder mit ihrer Mutter Einkaufsbummel unternahm. Die nächste Äußerung ihres Vaters überraschte ihn daher nicht wenig.

»Elizabeth geht im Herbst nach Vassar aufs College. Wir wollten sie überreden, lieber Stanford zu wählen, aber umsonst, sie hat sich für die Ostküste entschlossen und läßt uns hier allein und von Sehnsucht verzehrt zurück. Ich hoffe nur, die kalten Winter werden sie überzeugen, daß sie hierhergehört. Sie wird ihrer Mutter und mir sehr fehlen.« Seine Worte riefen bei Elizabeth ein Lächeln hervor, und Spencer stellte überrascht fest, daß sie blutjung war. In den letzten Jahren hatten achtzehnjährige Mädchen eine große Veränderung durchgemacht. Und während er sie anblickte, traf ihn wie ein Schlag der Gedanke, daß Elizabeth Barclay alles das war, was Crystal nicht war.

»Miß Barclay, Vassar ist sehr zu empfehlen.« Spencer sagte es mit kühler Freundlichkeit. »Meine Schwägerin war auch dort. Ich bin sicher, Sie werden sich wohl fühlen.« Aus irgendeinem Grund ließen seine Worte sie glauben, er sei verheiratet. Auf die Idee, daß er von der Frau seines Bruders gesprochen hatte, kam sie nicht. Enttäuschung regte sich flüchtig bei ihr. Er war ein auffallend gutaussehender Mann, der unbestreitbar anziehend wirkte.

Der Butler bat die Anwesenden zu Tisch, und Priscilla Barclay bugsierte ihre Gäste routiniert in den Speisesaal, einen Raum mit schwarz-weißem Marmorboden und kostbarer Wandvertäfelung; über dem massiven englischen Tisch hing ein herrlicher Kristallüster. In silbernen Leuchtern brannten Kerzen, weißgoldenes Limoges-Porzellan glänzte, Kristallgläser reflektierten das Kerzenlicht und ließen das Silberbesteck blinken. Auf den schweren Servietten prangte noch das eingestickte Monogramm von Priscilla Barclays Mutter. Unter der diskreten Anweisung der Gastgeberin fanden die Gäste mühelos ihre Plätze, die durch Tischkarten in zierlichen Silberständern gekennzeichnet waren. Elizabeth stellte zu ihrer Freude fest, daß sie neben Spencer zu sitzen kam. Ihr war sofort klar, daß ihre Mutter in aller Eile eine Umgruppierung vorgenommen haben mußte.

Der erste Gang bestand aus Räucherlachs und winzigen Olympia-Austern. Und als der Hauptgang serviert wurde, waren Elizabeth und Spencer schon angeregt in ein Gespräch vertieft. Wieder staunte er über ihre Intelligenz und darüber, wie gut sie informiert war. Es schien kein Gebiet zu geben, auf dem sie nicht beschlagen war, sei es Weltpolitik, Innenpolitik, Geschichte oder Kunst. Ein bemerkenswertes Mädchen, das sich am Vassar sehr gut machen würde, wie er insgeheim zugeben mußte. In mancher Hinsicht erinnerte sie ihn an die Frau seines Bruders, nur war Elizabeth noch um eine Spur brillanter. An ihr war nichts Aufdringliches und keine Angeberei zu entdecken. Sie war ganz Verstand und gute Manieren, so daß sie es sich nicht einmal nehmen ließ, mit dem Tischnachbarn zu ihrer Rechten, einem Freund ihres Vaters, zu plaudern, um sich dann wieder aufs liebenswürdigste Spencer zu widmen.

»Nun, Mr. Hill... was gedenken Sie nun als frischgebackener Stanford-Absolvent anzufangen?« Aus ihrem Blick sprachen Interesse und Gelassenheit. Hätte er weniger getrunken gehabt, ihr Blick hätte ihn tatsächlich aus der Ruhe gebracht.

»Ich werde in New York tätig sein.«

»Haben Sie schon eine Stelle?« fragte Elizabeth unverblümt. Sie redete nicht lange um die Dinge herum. Und sonderbar genug – es gefiel ihm an ihr. Bei ihr brauchte man nicht dummes Zeug reden, und wenn sie ihm Fragen stellte, dann konnte er dasselbe tun. Das war wesentlich einfacher als Flirten.

»Ja, bei der Kanzlei Anderson, Vincent und Sawbrook.«

»Alle Achtung.« Elizabeth nippte an ihrem Wein und lächelte ihm zu.

»Kennen Sie sie?«

»Mein Vater hat sie ein paarmal erwähnt. Es ist die größte an der Wall Street.«

»Jetzt ist es an mir, alle Achtung zu sagen«, zog er sie auf, obwohl er es irgendwie ernst meinte. »Für ein Mädchen von achtzehn Jahren wissen Sie erstaunlich gut Bescheid. Kein Wunder, daß Sie ans Vassar gehen wollen.«

»Danke. Aber ich hänge schon seit Jahren auf Dinnerpartys herum. Und mit der Zeit macht sich das bezahlt.« In Wahrheit steckte bei ihr mehr dahinter. Sie war sehr intelligent, und wenn er in besserer Stimmung gewesen wäre, hätte sie ihm vielleicht sogar gefallen können. Natürlich haftete ihr nichts Geheimnisvolles an, nichts Poetisches oder Zauberhaftes. Statt dessen verfügte sie über einen scharfen Verstand und eine Direktheit, die ihn reizte. Und auf etwas kühle, patrizierhafte Weise war sie sehr reizvoll, ein Eindruck, der sich mit dem Fortschreiten des Abends und je mehr er Harrison Barclays Wein zusprach, noch verfestigte. Was für ein sonderbarer Ausklang dieses Tages! Spencer mußte wieder an Crystal denken. Doch so sehr er sich bemühte, er konnte sich Crystal hier in dieser Umgebung beim besten Willen nicht vorstellen. Seine Gefühle für sie konnten nichts daran ändern, daß sie hier fehl am Platz gewesen wäre. In dieser Umgebung konnte er sich nur dieses Mädchen mit den offenen, braunen Augen und der direkten Art vorstellen. Aber während er Elizabeth zuhörte, sehnte sein Herz sich nach Crystal.

»Wann verlassen Sie San Francisco?«

»In zwei Tagen.« Das Bedauern, das in seiner Antwort mitschwang, war ihnen beiden nicht recht erklärlich. Er konnte den dumpfen Schmerz nicht verstehen, den er spürte, seitdem er die Fahrt von Alexander Valley nach San Francisco angetreten hatte. Und für Elizabeth gab es nichts Aufregenderes, als nach New York zu gehen. Sie konnte es bis zum September kaum erwarten.

»Ach, zu schade. Ich hatte schon gehofft, Sie könnten uns am Lake Tahoe besuchen.«

»Nichts lieber als das. Aber ich habe noch sehr viel zu tun. In zwei Wochen fange ich mit der Arbeit an. Da bleibt mir nicht viel Zeit, mich ein wenig zurechtzufinden, ehe ich mich unter einem Berg von Papier an der Wall Street begrabe.«

»Aufgeregt?« Ihre Augen sahen ihn eindringlich an. Er entschied sich für Aufrichtigkeit.

»Ehrlich gesagt, weiß ich es nicht. Ich versuche noch immer dahinterzukommen, weshalb ich eigentlich das Rechtsstudium gewählt habe.«

»Haben Sie eventuell an etwas anderes gedacht?«

»Ich hätte gern Medizin studiert, wenn mir nicht der Krieg dazwischengekommen wäre. Der Krieg hat für alle alles geändert... für einige allerdings viel ärger als für mich.« Er dachte an seinen Bruder, und seine Miene wurde ernst. »Ich hatte großes Glück.«

»Ich denke, Sie können sich glücklich schätzen, Anwalt zu werden.«

»Ach?« Er schien sich über sie zu amüsieren. Ein interessantes Mädchen. Man spürte, daß an Elizabeth Barclay kein Quentchen Weichheit oder Unentschlossenheit war. »Warum das?«

»Ich möchte im Anschluß an das Vassar auch Jura studieren.«

Er war beeindruckt, aber nicht völlig überrascht. »Ja, das sollten Sie tun. Aber möchten Sie nicht lieber heiraten und Kinder bekommen?« Ihm kam das viel natürlicher vor, und es war unwahrscheinlich, daß ein Mann zulassen würde, daß sie neben der Familie ihren Beruf ausübte; 1947 hieß es entweder – oder. Ihm erschien der Preis als zu hoch. An ihrer Stelle hätte er sich für Mann und Kinder entschieden, aber Elizabeth war offenbar nicht so überzeugt davon.

»Vielleicht.« Einen Augenblick lang wirkte sie jung und unsicher, dann kam das Dessert, und sie tat das Thema mit einem Schulterzucken ab. Mit ihrer nächsten Frage jagte sie ihm einen gelinden Schrecken ein. »Wie ist Ihre Frau, Mr. Hill?«

»Wie bitte?... Tut mir leid... Verzeihen Sie... wie kommen Sie auf die Idee, ich sei verheiratet?« Erst machte er ein entsetztes Gesicht, dann lachte er laut. Kam er ihr denn so alt vor, daß sie sich ihn nur als Ehemann vorstellen konnte?

Zum erstenmal schien Elizabeth nachdenklich, und er sah sogar, daß sie ein wenig errötete. »Ich dachte, Sie hätten erwähnt... Sie sprachen von Ihrer Schwägerin... da nahm ich an...« Er lachte, während sie stockend ihre Rechtfertigung vorbrachte, und schüttelte den Kopf. Seine blauen Augen funkelten lebendig im Kerzenlicht.

»Leider ein Mißverständnis. Ich sprach von der Witwe meines Bruders.«

»Ist er im Krieg gefallen?«

»Ja.«

»Das tut mir leid.«

Spencer nickte. Nun wurde der Kaffee serviert, woraufhin die Damen sich auf Priscilla Barclays Vorschlag hin zurückzogen. Sie bedankte sich bei ihrer Tochter, ehe sie den Raum verließ.

»Danke, Elizabeth. Ohne dich wären wir in eine schreckliche Klemme geraten.«

Elizabeth lächelte ihrer Mutter zu und legte den Arm um deren Schulter. Priscilla Barclay sah, obwohl über sechzig, noch immer gut aus. »Es war mir ein Vergnügen. Spencer Hill gefällt mir sehr. Und seit ich weiß, daß er noch unverheiratet ist, gefällt er mir noch viel besser.«

»Aber Elizabeth!« Ihre Mutter tat entrüstet. Elizabeth wußte, daß es nur gespielt war. »Er ist viel zu alt für dich. Spencer Hill muß an die Dreißig sein.«

»Also genau richtig. Ich kann mir vorstellen, daß es sehr nett wäre, sich in New York mit ihm zu treffen. Er wird bei Anderson, Vincent und Sawbrook eintreten.« Ihre Mutter nickte und ging zu den anderen Damen, um zu plaudern, und kurz danach gesellten sich die Herren wieder dazu. Es dauerte nicht lange, und die Gesellschaft löste sich auf. Spencer bedankte sich bei den Barclays für die Einladung und vergaß auch nicht, sich bei ihrer Tochter zu verabschieden.

»Viel Glück auf dem College«, wünschte er ihr.

»Danke.« Ihr Blick war warm, und zum erstenmal gefiel sie ihm wirklich. Sie war netter als Roberts Witwe und sehr viel klüger. »Viel Glück im Beruf. Sicher werden Sie sich großartig machen.«

»Ich will versuchen, mich in ein, zwei Monaten daran zu erinnern, wenn ich mich nach dem leichten Leben in Stanford verzehre. Vielleicht sieht man sich einmal in New York wieder.« Elizabeth lächelte ermutigend, als ihre Mutter nahte und ihm für seinen Besuch dankte.

»Sie müssen an unserer Stelle Elizabeth ein bißchen betreuen, wenn sie in New York ist.«

Er lächelte. Ein Wiedersehen war unwahrscheinlich, doch er wollte nicht unhöflich erscheinen. College-Anfängerinnen waren für ihn ein wenig zu jung, und außerdem... außerdem gab es natürlich Crystal.

»Rufen Sie mich an, wenn Sie in New York sind.«

»Das werde ich tun.« Sie lächelte voller Wärme und sah wieder um vieles jünger aus. Im nächsten Moment war er gegangen. Er fuhr nach Fairmont, in Gedanken bei Elizabeth und ihrem beständigen Fluß interessanter Konversation. Vielleicht hat sie recht, dachte er. Vielleicht sollte sie wirklich Jura studieren. Für ein Leben als Ehefrau mit Bridge und Klatsch war sie viel zu schade. Doch es war nicht Elizabeth, von der er träumte, als er schließlich lange nach Mitternacht einschlief. Es war das Mädchen mit dem platinblonden Haar und mit Augen von der Farbe des Sommerhimmels. In seinem Traum saß sie auf der Schaukel, sah ihn an, und er konnte sie nie ganz erreichen. Er schlief unruhig und nur kurz. Bei Tagesanbruch war er wach und sah zu, wie die Sonne langsam über die Bucht hochstieg. Hundert Meilen von ihm entfernt wanderte Crystal barfüßig über eine Wiese und dachte an ihn, während sie leise singend dem Flüßchen zustrebte.

5

Am nächsten Tag erledigte Spencer hunderterlei Dinge und sah bei einigen Freunden vorbei, um sich zu verabschieden. Plötzlich tat es ihm unendlich leid, fortzugehen, und er nahm sich fest vor, eines Tages wiederzukommen. Es war für ihn ein Tag voller Melancholie, an dem er zeitig zu Bett ging. Am nächsten Tag flog er nach New York. Es war Crystals sechzehnter Geburtstag.

Seine Eltern holten ihn ab. Er kam sich ziemlich albern vor, als siegreicher Held empfangen zu werden. Sogar Barbara, Roberts Witwe, war mit ihren zwei kleinen Töchtern gekommen. Sie nahmen im Haus seiner Eltern ein spätes Abendessen zu sich, und Barbara mußte anschließend gehen und die Mädchen nach Hause bringen, ehe sie bei Tisch einschliefen.

»Na, mein Sohn«, setzte Spencers Vater erwartungsvoll an, nachdem die anderen gegangen waren und seine Mutter sich zurückgezogen hatte. »Wie fühlt man sich so... nach langem wieder im Elternhaus?« Er wartete begierig, eine ermutigende Antwort zu bekommen. Spencer war zu lange fort gewesen, im Krieg und in Stanford, sechs lange Jahre alles in allem, und der alte Herr war sehr froh, ihn wieder in New York zu haben, dort, wo er hingehörte. Es war Zeit, daß Spencer seßhaft wurde und daß »etwas« aus ihm wurde, so wie aus Robert, wenn er noch am Leben wäre.

»Ich bin nicht sicher, wie ich mich fühle.« Spencer war ganz aufrichtig. »Mehr oder weniger sieht alles aus wie beim letzten Mal, als ich da war. New York hat sich nicht geändert.« Er ließ unausgesprochen, was er dachte: Aber ich habe mich geändert.

»Hoffentlich wirst du hier glücklich sein.« Aber William Hill zweifelte eigentlich nicht daran.

»Aber sicher, Vater, vielen Dank.« In Wahrheit aber war er unsicherer als je zuvor. Etwas in ihm strebte zurück nach Kalifornien. »Ach, übrigens, kurz vor meinem Abflug besuchte ich Richter Barclay. Er läßt dich grüßen.«

William Hill nickte erfreut. »Würde mich nicht wundern, wenn er eines Tages am Obersten Gericht landet. Denk an meine Worte. Auch seine Söhne können sich sehen lassen. Mit seinem Ältesten hatte ich erst unlängst bei Gericht zu tun. Ein fähiger Anwalt.«

»Na, hoffentlich wird man das eines Tages auch von mir sagen.« Spencer ließ sich auf die Couch im Arbeitszimmer seines Vaters nieder und fuhr sich matt seufzend durchs Haar. Es war ein langer Tag gewesen, eine lange Woche... ein langer Krieg... und plötzlich empfand er als bedrückend, was jetzt vor ihm lag.

»Spencer, du hast dich richtig entschieden. Deine Zweifel kannst du dir sparen.«

»Wie kannst du nur so sicher sein?« Ich bin nicht Robert... ich bin ich... Aber das konnte er nicht laut aussprechen. »Was, wenn ich Anderson, Vincent und Sawbrook hassen werde?«

»Dann gehst du eben in die Rechtsabteilung eines großen Unternehmens. Mit einem juristischen Abschlußexamen kannst du fast alles anfangen, was du möchtest. Eine Anwaltspraxis, ein Geschäft, Staatsdienst, Politik...« Das letzte Wort sprach er mit besonderer Hoffnung aus, denn darauf konzentrierten sich seine Wünsche und Erwartungen. Spencer war dafür wie geschaffen. So wie sein Bruder vor ihm. Robert, die glänzende Hoffnung, die so rasch untergegangen war. »Barbara sieht fabelhaft aus, findest du nicht auch?«

»Ja.« Spencer nickte. Er hegte ernste Zweifel, ob sein Vater ihn wirklich kannte. »Wie geht es ihr denn?«

»Es war für sie sehr schwer. Aber langsam erholt sie sich, glaube ich«, sagte er und wandte sich um, damit Spencer seine Tränen nicht sehen konnte. »Ich denke, wir alle kommen allmählich darüber hinweg.« Dann drehte er sich wieder um und lächelte Spencer an. »Wir haben auf Long Island ein Haus gemietet. Deine Mutter und ich dachten, dir würde Abwechslung guttun. Und Barbara und die Kinder werden den restlichen August mit uns verbringen.«

Es war so sonderbar, in den Schoß der Familie zurückzukehren, wenn man gar nicht sicher war, ob man noch hingehörte. Seit seiner Einberufung hatte sich so vieles verändert. Und so vieles war geschehen, was ihn verändert hatte. Und jetzt, nach Roberts Tod, wurde er das Gefühl nicht los, er sei zurückgekehrt, nicht um ein eigenes, sondern Roberts Leben zu leben.

»Dad, das war sehr lieb von euch, aber ich weiß nicht, wieviel freie Zeit ich haben werde, wenn ich erst mit der Arbeit anfange.«

»Nun, immerhin die Wochenenden.«

Spencer nickte. Man erwartete von ihm, daß er wieder der Junge war, ihr Jüngster. Er hatte das Gefühl, sein eigenes Leben irgendwo unterwegs verloren zu haben.

»Na, man wird sehen. Erst muß ich einmal eine Wohnung finden.«

»Bis du dich einigermaßen eingerichtet hast, kannst du bei uns wohnen.«

»Danke, Dad.« Er blickte auf, und zum erstenmal kam ihm sein Vater alt vor. Seine Hoffnungen waren mit Spencers Bruder gestorben. »Ich weiß es sehr zu schätzen.« Und dann fragte er aus reiner Neugierde: »Geht Barbara wieder aus?« Schließlich waren drei Jahre vergangen, und sie war ein hübsches Mädchen. Für Robert die ideale Frau. Ehrgeizig, kühl, intelligent, gut erzogen, die vollkommene Ergänzung für einen künftigen Politiker.

»Keine Ahnung«, gab sein Vater offen zurück. »Darüber wird nicht gesprochen. Du könntest sie ruhig einmal zum Dinner ausführen. Vermutlich ist sie noch immer sehr einsam.«

Spencer nickte. Er hätte auch gern seine Nichten wiedergesehen, aber im Moment hatte er zuviel um die Ohren.

Erschöpft fiel er an diesem Abend ins Bett. Am liebsten hätte er losgeheult, denn der Druck der Erwartungen, die man in ihn setzte, lastete schwer auf ihm. Er fühlte sich wie ein Kind, das sich auf dem Heimweg verlaufen hatte. Er wußte nur, daß er unbedingt eine eigene Wohnung finden und ein eigenes Leben führen mußte. Und zwar ganz rasch.

6

Der Rest des Sommers verging damit, daß Crystal auf der Ranch half und ab und zu bei ihrer Schwester vorbeisah, um mit dem Baby zu spielen. Tom war ständig unterwegs, sah gemeinsam mit Tad in den Weinbergen nach dem Rechten oder steckte in der Stadt mit seinen Freunden zusammen. Und Jared verbrachte jede freie Minute bei seiner Freundin in Calistoga. Plötzlich war es, als sei sie völlig allein. So kam es, daß sie immer häufiger zu Hiroko ritt. Crystal fand die junge Frau meist beim Lesen, beim Nähen oder mit Tinte und Feder über eine Zeichnung gebeugt vor. Sie brachte Crystal sogar das Schreiben von *haikus* bei. Sie war eine sanfte Frau, warmherzig und mit den Feinheiten einer Kultur vertraut, die Crystal faszinierte. Hiroko brachte ihr bei, kleine Origami-Vögel herzustellen, und zeigte ihr, wie ihre eigene Mutter sie das Arrangieren von Blumen gelehrt hatte. An alldem war nichts Aufgesetztes, nichts Übertriebenes, wie es in der westlichen Welt so oft zu finden war. Alles an Hiroko war leise, diskret und sehr subtil. Und wie Crystal war sie einsam und allein. Sie hatte noch immer keine anderen Freunde gefunden, und sie fürchtete schon, dies würde sich nie ändern. Um so dankbarer war sie für Crystals Gesellschaft.

Auch als die Schule wieder anfing, setzte Crystal ihre Besuche fort. Stundenlang saß sie bei Hiroko am Feuer und machte ihre Hausaufgaben. Zu Hause war sie nur sehr ungern. Ihre Mutter steckte ohnehin fast immer bei Becky, und ihre Großmutter schien nichts anderes im Sinn zu haben, als Crystal dauernd zu schelten. Der einzige, der ein freundliches Wort für sie übrighatte, war ihr Vater, und der war wieder sehr lange krank gewesen. Nach Thanksgiving vertraute Crystal Hiroko an, wie sehr sie sich um ihn sorgte. Er wirkte abgespannt und blaß und hustete ununterbrochen. Das alles machte ihr große Angst. Der Mann, der ihr ein Leben lang unbezwingbar erschienen war, zeigte plötzlich Schwäche. Er hatte sich erneut eine Lungenentzündung zugezogen und war seit Wochen nicht mehr ausgeritten. Am liebsten hätte Crystal sich ständig an ihn geklammert. Sie wußte, daß ihr Leben vorbei sein würde, falls es ihn nicht mehr gäbe. Er war ihr Freund, ihr Verbündeter, ihr aufrechter Verteidiger. Die anderen waren allzu rasch geneigt, sich gegen sie zu wenden, sie wegen Kleinigkeiten zu beschuldigen oder ihr etwas anzulasten, für das sie nichts konnte. Sie wollte nicht dasselbe tun, was Becky machte. Sie wollte nicht den ganzen Tag in der Küche hocken, Kaffee trinken, Plätzchen backen, sie wollte nicht mit den anderen Frauen klatschen, einen Mann wie Tom heiraten und Kinder bekommen. Tom Parker hatte in knapp zwei Jahren Fett angesetzt, roch ständig nach Bier, bis auf die Wochenenden, an denen er nach Whiskey roch.

Schon längst hatte Crystal der sanften Japanerin gestanden, daß sie von einer Filmkarriere träumte. Jetzt aber war sie außerstande, ihren Vater zu verlassen. Um nichts in der Welt hätte sie ihn im Stich gelassen. Aber eines Tages, vielleicht...

Der Traum von Hollywood war in ihr nie gestorben, und auch nicht die Träume von Spencer. Aber über ihn hatte sie niemals mit Hiroko oder Boyd gesprochen, obwohl sie ihnen sonst alles andere anvertraute.

Crystal gestand Hiroko auch ihre Befürchtungen ein, daß sie nie aus dem Tal herauskommen und keiner ihrer Träume sich erfüllen könne. Dabei hing sie an der Gegend. Sie liebte das Land, die Bäume, die sanften Hügel und die dahinter aufragenden Berge. Sogar den Geruch liebte sie, besonders im Sommer, wenn alles frisch und neu war und wenn der Regen alles in strahlendes Smaragdgrün tauchte. Das ganze Leben hier zu verbringen, war nicht das schlimmste denkbare Schicksal, auch wenn es bedeutete, daß sie ihre Träume vom Film begraben mußte. Aber einen Mann wie Tom Parker wollte sie auf keinen Fall heiraten. Allein der Gedanke daran ließ sie schaudern.

»Ist er denn nicht nett zu deiner Schwester?« Zuweilen zeigte Hiroko Neugierde, was die anderen betraf. Für sie waren alle fremd, auch die Schwester ihres Mannes, die endlich geheiratet hatte, gerade noch rechtzeitig, um ihr Baby ehelich auf die Welt zu bringen.

»Ich glaube, wenn er trinkt, ist er sehr brutal zu ihr. Nicht, daß sie davon sprechen würde. Aber vor ein paar Wochen hatte sie sogar ein blaues Auge. Angeblich ist sie über einen hohen Stuhl gestolpert. Aber Mama hat sie die Wahrheit gestanden, denke ich.«

Crystal und Hiroko gaben ein seltsames Paar ab, die eine groß und schlank, die andere zierlich, die eine mit einer Mähne so lang und üppig wie bei einem Palomino-Pferd, die andere mit schimmerndem schwarzem Haar. Die eine Angehörige eines Kulturkreises, in dem Ungezwungenheit in Gesten und Worten selbstverständlich war, die andere sparsam und zurückhaltend in jeder Hinsicht. Sie kamen aus verschiedenen Welten und waren an einem Ort zusammengetroffen, wo sie Schwestern geworden waren.

»Vielleicht gehst du eines Tages doch noch nach Hollywood, und Boyd und ich besuchen dich dort.« Beide lachten, während sie vom Haus wegschlenderten und von ihren Träumen sprachen. Hiroko wünschte sich eines Tages ein hübsches Haus und viele Kinder zu dem einen, das sie unter dem Herzen trug. Crystal wollte singen und an einem Ort leben, wo die Menschen ihr nicht mit Ablehnung begegneten. Aus unterschiedlichen Gründen waren beide Ausgestoßene, und ihre Träume verbanden sie.

Hiroko verschaffte sich gern Bewegung, traute sich aber allein kaum außer Haus, und Crystal genoß die langen Spaziergänge mit ihr. Hiroko fielen unterwegs auch die winzigsten Einzelheiten auf, die kleinsten Blümchen, die unscheinbarste Pflanze, der zarteste Schmetterling. Aus der Erinnerung pflegte sie dann alles nachzuzeichnen. Die Liebe zur Natur war beiden gemeinsam.

Crystal stand nun mit Hiroko auf so vertrautem Fuß, daß sie ihre Freundin gelegentlich aufzog. »Du siehst diese Dinge nur, weil du der Erde näher bist als ich, Hiroko.« Hiroko reagierte darauf immer mit einem Kichern. Beide wünschten sich, einmal in die Stadt fahren zu können, konnten sich aber gemeinsam nirgends blicken lassen. Das hätte einen Sturm der Entrüstung hervorgerufen. Boyd lud Crystal ein, mit ihnen nach San Francisco zu fahren, doch sie wagte nicht, für längere Zeit einfach zu verschwinden, denn das wäre ihrer Mutter sicher aufgefallen, zudem brauchte ihr Vater sie vielleicht.

Da er zu Weihnachten zu schwach war, um aufzustehen,

mußte Crystal ihre Besuche bei den Websters für viele Wochen einstellen, und als sie Ende Januar wieder zu ihnen kam, sprach ihre Miene Bände. In Hirokos Küche weinte sie sich aus, während ihre Freundin mitfühlend den Arm um ihre Schulter legte. Sie hatte das Gefühl, ihr Herz müsse brechen, während sie zusah, wie ihr Vater von Tag zu Tag mehr verfiel. Auch auf der Ranch wurden viele Tränen vergossen. Ihre Großmutter, Olivia, Becky, alle weinten sie, und Jared hielt sich kaum mehr zu Hause auf, weil er das Sterben seines Vaters nicht mit ansehen konnte. Crystal saß stundenlang bei ihm, redete ihm zu, er solle essen, sprach leise auf ihn ein, während sie ihn sorgfältig zudeckte. Manchmal saß sie einfach da, während er schlief, tränenüberströmt und ohne den Blick von ihm zu wenden. Es war Crystal, nach deren Nähe er immer verlangte, Crystal, nach der er im Fieber rief, Crystal, die er suchte, wenn er die Augen wieder aufschlug. Selten seine Frau und niemals Becky. Die waren ihm nun fremd, wie Crystal ihnen fremd war.

Becky war wieder schwanger, und Tom bemühte sich, die Ranch allein zu führen, obwohl er meist zu betrunken war, um etwas fertigzubringen. Crystal brach fast das Herz, wenn sie ihn zum Haupthaus fahren sah. Nur mit Aufbietung ihrer ganzen Willenskraft gelang es ihr, ihm nicht ins Gesicht zu sagen, was sie von ihm hielt. Sie schwieg, ihrem Vater zuliebe. Sie wollte ihn nicht aufregen, sie wollte, daß alles so blieb, wie es war, doch im Februar wußte sie, daß es nicht der Fall sein würde.

Tag und Nacht saß sie still am Bett ihres Vaters und hielt seine Hand. Sie wich nicht von seiner Seite, außer wenn sie sich wusch oder in der Küche hastig etwas zu sich nahm. Sie befürchtete, er könnte in ihrer Abwesenheit sterben. Sie ging auch nicht mehr zur Schule, ja, sie verließ das Haus überhaupt nicht mehr, außer um auf der Veranda tüchtig Luft zu schöpfen oder vor Einbruch der Dunkelheit rasch zum Fluß zu laufen. Einmal folgte Tom ihr bis dorthin und belauerte sie lüstern, während sie auf einer Lichtung saß und in Gedanken bei ihrem Vater und bei Spencer war. Seit der Taufe des kleinen Willie hatte sie nichts mehr von ihm gehört, aber das hatte sie auch nicht erwartet. Boyd hatte zu Weihnachten einen Brief von ihm erhalten. Spencer schien in New York glücklich zu sein und sich im Beruf wohl zu fühlen. Außerdem schrieb er, er würde sich melden, falls er jemals nach Kalifornien käme. Doch er war viel zu weit weg, um ihr jetzt zu helfen.

An jenem Abend nahm sie wieder ihren Platz am Bett ihres Vaters ein und beobachtete, wie er einschlief. Nach Mitternacht schlug er die Augen auf und blickte sich um. Er sah besser aus als seit langem, war bei klarem Verstand und lächelte Crystal zu. Ihre Mutter schlief auf der Couch im Wohnzimmer. Crystal erwachte sofort, als er sich rührte, und bot ihm einen Schluck Wasser an. »Danke, Baby.« Seine Stimme hörte sich kräftiger an. »Du solltest jetzt zu Bett gehen.«

»Ich bin noch nicht müde«, flüsterte sie im Halbdunkel. Sie wollte nicht von seiner Seite weichen. Wenn sie ihn allein ließ, starb er womöglich, aber solange sie ausharrte, blieb er vielleicht am Leben... »Möchtest du etwas Suppe? Grandma hat heute Truthahnsuppe gekocht, sie schmeckt köstlich.« Das blonde Haar hing wie ein Spinnwebvorhang über ihre Schultern, als ihr Vater sie mit jener Liebe anblickte, die er sechzehn Jahre lang für sie empfunden hatte. Er wollte immer zur Stelle sein und sie schützen. Er wußte, wie lieblos die anderen waren und wie eifersüchtig und kleinlich sogar die eigene Mutter war. Und das alles nur, weil Crystal so schön war. Sogar die jungen Männer im Tal hatten Angst vor ihr. Sie war zu schön, um wirklich zu sein, und doch war sie wirklich, sehr sogar. Tad war stolz darauf, was aus ihr geworden war.

Er lehnte die Suppe ab und sah zu ihr auf, von dem innigen Wunsch erfüllt, das Leben möge gnädig zu ihr sein und sie eines Tages einen guten Mann finden und glücklich werden lassen.

»Gib das hier niemals auf, Kleines...« Sein Flüstern war kaum hörbar, so daß Crystal Mühe hatte, ihn zu verstehen.

»Was denn, Daddy?« Ihre Stimme war ebenso leise wie seine, aber ihre Finger, die mit seinen verschränkt waren, hatten viel mehr Kraft.

»Die Ranch, das Tal. Du gehörst hierher, so wie ich. Ich möchte, daß du mehr von der Welt siehst... als nur das...« Das Atmen bereitete ihm große Mühe, »...doch die Ranch... sie wird immer für dich dasein...«

»Das weiß ich, Daddy.« Sie wollte jetzt nicht darüber sprechen. In ihren Ohren klang es wie ein Abschied, und sie wollte ihn nicht gehenlassen. »Versuch jetzt zu schlafen.«

Er schüttelte den Kopf. Es war keine Zeit. Er hatte schon zu lange geschlafen und wollte nun mit seiner Jüngsten sprechen, mit seinem Lieblingskind, seinem Baby. »Tom versteht nichts von der Ranch.« Das wußte sie selbst, aber sie sagte nichts und beschränkte sich auf ein Nicken. »Und Jared wird eines schönen Tages etwas anderes machen wollen. Er liebt das Land nicht, nicht so wie du und ich... Wenn du etwas von der Welt gesehen hast und Mutter nicht mehr ist, dann möchte ich, daß du zurückkommst... und einen guten Mann findest, jemanden, der lieb zu meinem Baby ist...« Er lächelte ihr zu, und in ihre Augen stiegen Tränen, als sie seine Hand drückte. »Und dann richte dir hier ein gutes Leben ein...«

»Daddy, sprich nicht so...« Ihre Tränen machten ihr das Sprechen schwer, als sie ihre Wange an seine legte und ihm einen Kuß auf die feuchtkalte Stirn drückte. Sie lehnte sich zurück und blickte ihn an. »Du bist der einzige Mann, den ich möchte.«

Einen verrückten Moment lang verspürte sie den Wunsch, ihm von Spencer zu erzählen, ihm zu gestehen, daß es jemanden gab, der ihr sehr gefiel, den sie mochte, viel zu sehr mochte, und in den sie sich hätte verlieben können. Doch Spencer war nur ein Traum wie die Filmstars an den Wänden ihres Zimmers. »Ruh dich jetzt aus.« Was sonst hätte sie zu ihm sagen sollen? Die wenigen Worte, die er gesprochen hatte, waren so anstrengend gewesen, daß er atemlos und erschöpft war. »Ich hab dich lieb, Daddy.« Sie flüsterte diese Worte, und seine Lider schlossen sich bebend. Dann schlug er wieder die Augen auf und lächelte.

»Ich hab dich auch lieb, Kleines. Du wirst immer... mein kleines Mädchen sein... Crystal...« Und damit fielen ihm wieder die Augen zu. Er sah im Schlaf sehr friedlich aus, und sie hielt seine Hand fest und ließ ihn nicht aus den Augen. In ihren Sessel zurückgelehnt, schlief sie nach wenigen Minuten ein, erschöpft von der tagelangen Pflege. Als sie erwachte, war der Himmel verhangen, der Raum kalt. Ihr Vater war gestorben, ohne ihre Hand loszulassen.

Ganz sachte löste Crystal ihre Hand aus der seinen. Nach einem letzten Blick durch tränenblinde Augen ging sie hinaus, schloß die Tür und lief, ohne jemandem ein Wort zu sagen, so schnell sie konnte an den Fluß. Sie weinte so hemmungslos, daß ihr Körper vom Schluchzen geschüttelt wurde. Crystal blieb sehr lange am Fluß, und als sie zurückkam, weinte ihre Mutter laut in der Küche, während Minerva stumm Kaffee kochte. Sie hatten ihn gefunden.

»Dein Vater ist tot.« Bei Crystals Eintreten stieß ihre Mutter die Worte fast zornig hervor. Es war mehr Anklage als Trauer, als ob Crystal seinen Tod hätte verhindern können. Sie nickte und behielt es lieber für sich, daß sie es schon vor Verlassen des Hauses gewußt hatte. Sie dachte an seine letzten Worte: Ich möchte, daß du zurückkommst ... Er hatte gewußt, wie sehr sie dieses Fleckchen Erde liebte, es war Teil von ihr, so wie es Teil von ihm gewesen war. Fortan würde sie hier ihren Vater stets vor sich sehen, in diesem Haus, aber mehr noch draußen in den Hügeln, zu Pferd oder auf dem Traktor in den Weinbergen.

Jared wurde in die Stadt geschickt. Dann kam der Bestattungsunternehmer, um Tad zu holen. Freunde und Nachbarn erwiesen ihm die letzte Ehre, während Frau und Schwiegermutter dastanden, Hände schüttelten und weinten. Olivia warf Tom unter Tränen dankbare Blicke zu, während Crystal den Haß, den sie gegen ihn empfand, zu unterdrücken versuchte. Die Vorstellung, die Ranch würde nun völlig in seine Hände übergehen, ließ sie schaudern. Crystal durfte nicht daran denken.

Die Beerdigung war am nächsten Tag. Tad Wyatt fand auf einer Lichtung am Fluß seine letzte Ruhestätte. Es war eine Stelle, die Crystal sehr gut kannte. Wie oft hatte sie sich dorthin zurückgezogen, um dazusitzen, zu grübeln oder zu schwimmen, und es war für sie tröstlich, den Vater, der über sie wachte, in der Nähe zu wissen. Sie wußte, daß er immer bei ihr sein würde.

An jenem Nachmittag verschwand Crystal unauffällig und besuchte Hiroko. Das Baby sollte schon in zwei Wochen kommen, deshalb stand Hiroko etwas schwerfällig auf, als Crystal leise das Wohnzimmer betrat. Ihr Blick sagte alles. Boyd hatte Hiroko gesagt, daß Tad Wyatt gestorben war, aber man hätte sie nicht ins

Haus gelassen. Und nun war Crystal da – wie ein verzweifeltes Kind – und brach in Tränen aus und streckte Hiroko die Arme entgegen. Ohne den Vater würde das Leben nie wieder so sein wie früher. Er hatte sie inmitten von Menschen zurückgelassen, von denen sie instinktiv wußte, daß sie sie nie geliebt hatten.

Crystal blieb mehrere Stunden bei Hiroko und Boyd, und als sie auf die Ranch zurückkehrte, war es dunkel. Ihre Mutter erwartete sie bereits. Mit steinerner Miene saß sie auf dem Sofa im Wohnzimmer und starrte Crystal zornig an.

»Wo warst du?«

»Ich mußte hier raus.« Es war die Wahrheit. Sie hielt die bedrückende Atmosphäre nicht aus und auch nicht die Menschen, die sich die Klinke in die Hand gaben, Geschenke und Essen brachten, um ihnen im Kummer beizustehen. Crystal wollte kein Essen. Sie wollte ihren Daddy.

»Ich fragte, wo du warst.«

»Fort, Mama, ist doch egal, wo.«

»Du schläfst mit irgendeinem Jungen, habe ich recht?«

Crystal starrte ihre Mutter verblüfft an. Seit Wochen war sie nirgends hingegangen, war kaum einen Augenblick von der Seite ihres Vaters gewichen.

»Natürlich nicht. Wie kannst du so etwas sagen?« Ihre Augen füllten sich mit Tränen.

»Ich weiß doch, daß du dich herumtreibst, Crystal. Ich weiß, wann die Schule aus ist. Du kommst meist erst in der Dunkelheit nach Hause. Hältst du mich für dumm?« Crystals Mutter war außer sich vor Empörung.

»Mama... nicht, bitte...« Ihr Vater war erst am Morgen beerdigt worden, und schon ging es mit Haß und Beschuldigungen los.

»Du wirst enden wie Ginny Webster. Im siebten Monat! Dabei kann sie noch von Glück reden, daß sie unter die Haube gekommen ist.«

»Das ist nicht wahr!« Vor Tränen brachte Crystal die Worte kaum heraus. Unfaßbar, daß ihre eigene Mutter ihr diese Anschuldigungen an den Kopf warf. Wie konnte sie Crystals heimliche Besuche bei Hiroko nur so bösartig mißdeuten.

»Dein Vater, den du anlügen konntest, ist nicht mehr da. Glaub ja nicht, du könntest mich genauso zum Narren halten. Wenn du denkst, du könntest es bei mir auch so wild treiben, dann verlasse sofort das Haus. Ich werde nicht dulden, daß du über die Stränge schlägst. Wir sind eine anständige Familie, vergiß das nicht!« Crystal starrte ihrer Mutter nach, die steif in den Raum ging, in dem ihr Mann gestorben war. Crystal aber stand im Wohnzimmer und lauschte der Stille. Langsam ging sie auf ihr Zimmer und ließ sich aufs Bett sinken. Warum begegneten ihr nur alle mit so viel Haß? Nie wäre ihr der Gedanke gekommen, daß man ihr die Liebe des Vaters neidete, ihr Aussehen, die Art, wie sie sich bewegte, ihre Denkweise. Als sie sich im Dunkeln aufs Bett legte, wußte sie, daß ihr Leben nie wieder so sein würde wie früher. Ihr Vater hatte sie mit den anderen allein gelassen. Von Angst erfüllt, gab sie sich ihren Tränen hin.

7

Hirokos Baby kam mit Verspätung am dritten April. An jenem Nachmittag besuchte Crystal Hiroko, die sich müde und unwohl fühlte, im Gegensatz zu Becky aber keine Klage laut werden ließ. Immer war sie von gleicher Freundlichkeit und Wärme und hieß ihre Freundin herzlich willkommen.

Seit dem Tod von Crystals Vater waren nun sechs Wochen vergangen. Sie hatte Hiroko seither fast täglich besucht, da sie sich auf der Ranch verloren fühlte und ihre Mutter wie immer rasch mit Kritik und scharfen Worten bei der Hand war. Crystal fühlte sich einsamer als zuvor. Sie überlegte, ob ihre Mutter nur so reagierte, weil sie ohne Tad so einsam war und es nicht verstand, sich anders zu artikulieren. Hiroko war geneigt, ihr recht zu geben, insgeheim wußte sie, daß es anders war. Olivia hatte Crystal nie geliebt.

Hiroko und Crystal verbrachten einen ruhigen Nachmittag, und bei Anbruch der Dämmerung ging Crystal nach Hause. Ihre Mutter war nicht da. Sie war mit Becky in die Stadt gefahren, und Crystal half ihrer Großmutter, das Abendessen auf den Tisch zu bringen. Seit dem Tod ihres Vaters hatte sie stark abgenommen, da sie an Appetitlosigkeit litt. An jenem Abend ging sie zeitig zu Bett und sattelte schon bei Sonnenaufgang ihr Pferd, um wieder zu den Websters zu reiten. Es war Samstag und schulfrei. Sie wußte auch, daß ihre Freundin Frühaufsteherin war. Doch als sie ankam, empfing sie Boyd an der Tür. Er wirkte besorgt und erschöpft. Hiroko hatte seit dem Abend Wehen, aber das Baby wollte nicht kommen. Er hatte den Arzt in der Stadt angerufen, doch dieser hatte sich geweigert zu kommen. Mrs. Webster sei nicht seine Patientin. Boyd mußte daher die Entbindung selbst durchführen, denn nach San Francisco konnte er Hiroko nicht mehr schaffen. Dr. Yoshikawa hatte ihm für alle Fälle ein einschlägiges Buch mitgegeben, doch jetzt verlief die Geburt nicht programmgemäß, und Hiroko litt große Schmerzen. Der Kopf des Kindes war schon zu sehen, aber trotz heftigen Pressens wollte er nicht austreten. Das alles erklärte er hastig Crystal, die Hiroko im Schlafzimmer stöhnen hörte.

»Was ist mit dem alten Dr. Chandler?« Er hatte sich schon vor Jahren zurückgezogen und war fast blind, aber er war immerhin Arzt. In Calistoga gab es außerdem eine Hebamme, aber auch sie hatte sich geweigert, Hiroko als Patientin zu akzeptieren.

»Der ist auf Besuch bei seiner Tochter in Texas. Gestern habe ich von der Tankstelle aus versucht, ihn zu erreichen.« Boyd erwog allen Ernstes, Hiroko nach San Francisco zu bringen, befürchtete aber, sie könnte das Kind verlieren.

»Kann ich sie sehen?« Crystal hatte Tiergeburten miterlebt, aber noch nie eine Frau in den Wehen gesehen, deshalb spürte sie, wie ihr ein Schauer über den Rücken lief, als sie Boyd ins Schlafzimmer folgte. Hiroko kauerte, halb in Hockstellung, auf dem Bett. Sie keuchte, verzweifelt bemüht, das Kind herauszupressen, ließ sich aber mit einem hilflosen Blick zu Crystal in die Kissen zurücksinken.

»Das Baby kommt nicht ...« Wieder wurde sie von einer Wehe erfaßt, und Boyd hielt ihre Hände fest. Als Crystal sie so sah, befürchtete sie, das Kind könne sterben – oder Hiroko.

Ohne zu überlegen eilte Crystal in die Küche und wusch sich die Hände. Mit einem Stapel sauberer Handtücher kam sie wieder. Das Bett war voller Blut. Hiroko fiel ihr langes, schwarzes Haar übers Gesicht, als sie sich von neuem unter einer Wehe zusammenkrümmte, abermals vergebens. Mit einer Zuversicht, die sie nicht empfand, redete Crystal auf sie ein.

»Hiroko, laß dir von uns helfen...« Sie sah ihrer Freundin eindringlich in die Augen, als wolle sie sie zum Leben überreden. Insgeheim stieß sie ein Stoßgebet für das Baby aus. Sie ließ die Fohlengeburten, die sie erlebt hatte, im Geist Revue passieren. Hoffentlich würde das Wissen, das sie dabei gewonnen hatte, von Nutzen sein. Tränen liefen Crystal über die Wangen, doch es entschlüpfte ihr kein Laut, als sie nach dem Köpfchen des Kindes schaute. Es hatte rötlich-braunes Haar, eine Mischung aus Boyds und Hirokos Haarfarbe.

»Das Baby kommt nicht...« Hiroko stieß die Worte unter Schmerzen hervor, als Boyd ihr riet, sich wieder hinzulegen. Dabei sah Crystal, wie der Kopf des Kindes langsam weiter austrat.

»Los, Hiroko... es kommt schon. Jetzt mußt du pressen.« Hiroko war zu schwach, um es zu verstehen, als die Wehe nachließ. Auf einmal wurde Crystal klar, was nicht in Ordnung war. Man mußte das Kind drehen. Bei Tieren hatte sie es getan, doch die Vorstellung, es bei ihrer Freundin tun zu müssen, erschreckte sie. Leise erklärte sie Boyd, was zu tun sei. Wurde das Kind nicht gedreht, bestand Lebensgefahr für Mutter und Kind. Für das Baby war es vielleicht ohnehin schon zu spät. Crystal wußte, daß Eile not tat. Wieder wurde ihre Freundin von einer Wehe erfaßt, und diesmal riet sie ihr, nicht zu pressen, sondern sie griff ihr in den Schoß und befühlte das Kind, wobei sie kaum zu atmen wagte. Mit äußerster Vorsicht drehte sie das Kind, während Hiroko gepeinigt aufschrie und Boyd sie festhielt. Wieder kam eine Wehe, und Hiroko preßte erneut, als wolle sie Crystals Hände hinausdrängen, und als Crystal sich zurückzog, preßte sie so heftig, wie sie es selbst nie für möglich gehalten hatte. Ein unerträglicher Schmerz erfüllte sie, und dann mit einemmal war der ganze Kopf des Babys zu sehen. Crystal stieß einen Triumphschrei aus, und im selben Augenblick schrie auch das Baby, obwohl sein Körper noch im Mutterleib steckte. Tränen liefen Crystal über die Wangen. Unter gespannter Stille preßte Hiroko erneut, lachend und weinend zugleich, als sie ihr Baby schreien hörte, und plötzlich glitt das Kind aus ihr heraus. Es war ein kleines Mädchen, auf das sie nun zu dritt erschöpft niederstarrten. Crystal hatte das Leben des Kindes gerettet und betrachtete nun voll Bangigkeit das Kleine. Es sah aus wie seine Mutter, die es vor Freude weinend in den Armen hielt.

»Danke... danke...« Mehr brachte Hiroko vor Erschöpfung nicht hervor. Mit geschlossenen Augen hielt sie ihr Kind an sich gedrückt. Boyd sah es unter Tränen. Er hielt den Blick zärtlich auf die beiden gerichtet und berührte sanft die Wange des Neugeborenen, ehe sein Blick zu Crystal wanderte.

»Du hast sie gerettet... beide...« Seine Tränen waren auch Tränen der Erleichterung. Crystal beeilte sich, die beiden allein zu lassen. Inzwischen stand die Sonne schon hoch am Himmel, und sie erschrak, als sie merkte, wie lange sie hier gewesen war. Die Stunden waren verflogen, während sie darum gekämpft hatte, ihre Freundin und das winzige Baby zu retten.

Nach einer Weile kam Boyd zu Crystal ins Freie, wo sie im Gras saß. Wie bemerkenswert doch die Natur war. Noch nie hatte sie etwas so Schönes gesehen wie das Baby. Wie Hiroko sah es aus, wie eine Elfenbeinschnitzerei. Die Augen hatten den fernöstlichen Schnitt ihrer Mutter, aber daneben hatte es auch etwas von Boyd an sich. Mit einem unmerklichen Lächeln überlegte Crystal, ob die Kleine eines Tages Sommersprossen haben würde wie ihr Vater. Boyd sah plötzlich ganz erwachsen aus, als er auf Crystal hinunterstarrte, so dankbar, daß ihm die Worte fehlten.

»Wie geht es ihr?« fragte Crystal voller Sorge. Ihr wäre wohler zumute gewesen, wenn man einen Arzt hätte rufen können, da das Risiko einer Infektion nie auszuschließen war.

»Beide schlafen.« Er lächelte, als er sich neben Crystal niederließ. »Sie sehen wunderschön aus.«

Crystal lächelte ihm zu. Sie waren zwei Kinder, die an diesem Morgen erwachsen geworden waren. Das Leben würde nie wieder so sein wie früher, und nachdem sie das Wunder der Geburt des Kindes miterlebt hatten, erschien es ihnen im Moment unendlich kostbar. »Wie werdet ihr sie nennen?«

»Jane Keiko Webster. Ich wollte sie ja nur Keiko nennen, aber Hiroko wollte, daß sie einen amerikanischen Namen trägt. Vielleicht hat sie recht.« Bei diesen Worten verdüsterte sich seine Miene, und er richtete den Blick über das Tal, in dem sie beide aufgewachsen waren. »Keiko war ihre Schwester. Sie ist in Hiroshima umgekommen.« Crystal nickte; das wußte sie bereits von Hiroko.

»Sie ist ein bildhübsches, kleines Ding, Boyd. Sei gut zu ihr.« Merkwürdig, daß sie dies zu ihm sagte. Er war vierundzwanzig, sie kannten sich von Kindesbeinen an. Becky war einst ein wenig verliebt in ihn gewesen, ohne daß sich etwas daraus entsponnen hätte – das hatte Crystal immer bedauert. Boyd war ein netter, anständiger Mann, ganz anders als Tom Parker. Verträumt sah sie zu den Hügeln hin. Es war ein herrlicher, sonniger Frühlingstag. »Mein Daddy war immer gut zu mir. Er war der beste Mensch, den ich kannte.« Ihre Augen waren voller Tränen, als sie Boyd wieder ansah. Mit einem Zipfel ihres Arbeitshemdes trocknete sie sich die Augen.

»Er muß dir sehr fehlen.«

»Ja, das auch... aber... alles hat sich so verändert. Mama und ich standen ja nie auf sehr vertrautem Fuß. Sie hat immer schon Becky vorgezogen.« Das sagte sie ganz nüchtern mit einem kleinen Seufzen, als sie sich ins warme Gras zurücklegte. Die Erinnerung ließ sie lächeln. »Ich glaube, sie dachte immer, Daddy hat mich verwöhnt. Und das hat er ja wirklich. Aber ich kann nicht sagen, daß es mich gestört hat.« Sie lachte und sah wieder wie ein Kind aus. Boyd empfand Mitleid mit ihr.

»Ich glaube, ich muß jetzt zu den beiden. Soll ich Hiroko etwas zum Essen machen?« fragte er unsicher, und Crystal lächelte.

»Ja, wenn sie Hunger hat. Mama sagt, Becky hätte hinterher mit Heißhunger gegessen, aber sie hatte es bei Willies Geburt leicht. Sag Hiroko, sie soll sich nicht übernehmen.« Sie stand auf. »Heute nachmittag oder morgen komme ich wieder, wenn ich mich davonstehlen kann.« Ihre Mutter fand immer irgendwelche Arbeiten im Haushalt für sie. Und da Becky nun wieder schwanger war, drängte ihre Mutter Crystal ständig, das Haus für Becky sauberzumachen oder ihr mit der Wäsche zu helfen.

Zuweilen kam Crystal sich wie eine Sklavin vor, wenn sie Beckys Wohnzimmer schrubbte, während diese und ihre Mutter in der Küche Kaffee tranken.

»Gib acht auf dich.« Verlegen stand er einen Moment da, ehe er zu ihrem Pferd ging und es losband. Dann drückte er ihr errötend einen Kuß auf die Wange. »Danke, Crystal.« Seine Stimme war heiser vor Rührung. »Das werde ich dir nie vergessen.«

Crystal sah ihn offen an, die Zügel ihres alten Pinto in der Hand. »Gib Jane einen Kuß von mir.« Damit schwang sie sich in den Sattel, und als sie auf Boyd hinuntersah, wurde sie merkwürdigerweise an Spencer erinnert. Nachdem sie Hiroko geholfen hatte, fühlte sie sich Boyd so nahe, daß sie sich ihm fast anvertraut hätte. Aber was hätte sie eigentlich zu sagen gehabt? Daß sie in einen Mann verliebt war, der sie wahrscheinlich längst vergessen hatte? Schließlich waren sie sich nur zweimal begegnet. Auf dem Ritt nach Hause war sie in Gedanken bei dem Baby in Hirokos Armen und lächelte. Gleich darauf drängten sich ihr Träume von Spencer auf. Das war alles, was sie hatte: Träume von Spencer, Erinnerungen an ihren Vater, die Filmstarfotos in ihrem Zimmer.

8

»Wo hast du nur den ganzen Tag über gesteckt? Ich habe dich überall gesucht.« Als Crystal nach Hause kam, wurde sie von ihrer Mutter in der Küche erwartet. Einen verrückten Augenblick lang drängte es Crystal, ihr zu erzählen, was sich zugetragen hatte. Es war schön und aufregend gewesen – und sehr, sehr beängstigend. Mit ihren siebzehn Jahren begriff sie nun, was es bedeutete, eine Frau zu sein.

»Ich bin einfach losgeritten. Daß du mich brauchst, wußte ich nicht.«

»Deine Schwester fühlt sich nicht wohl. Ich wollte, daß du rübergehst und ihr hilfst.« Crystal nickte. Becky fühlte sich nie wohl, zumindest tat sie so. »Sie möchte, daß du Willie hütest.« Immer dasselbe.

»Na schön.«

In der Spüle war Geschirr, das Olivia ihr überließ, und nachdem alles gespült und abgetrocknet war, ging Crystal über die Wiesen zum Häuschen der jungen Leute. Tom hörte Radio, er roch nach Bier. Klein Willie tappte in Hemdchen und Windel hin und her. Der Raum war unaufgeräumt, Becky lag im Bett, eine Zigarette im Mund, in der Hand eine Zeitschrift. Crystal fragte, ob sie etwas zu essen bringen solle, und Becky nickte, ohne aufzublicken, als Crystal in der Küche verschwand, um Sandwiches zu machen.

»Mach mir auch eines, Süße«, rief Tom ihr bierselig nach. »Und gib mir noch eine Flasche aus dem Kühlschrank, ja?« Sie ging mit Willie in den Armen ins Wohnzimmer, um ihm sein Bier zu bringen. Der Kleine hatte im Aschenbecher mit der Milch aus seiner halbleeren Flasche einen Brei angerührt. Er gluckste selig, als Crystal ihn liebevoll an sich drückte. »Wo hast du bloß gesteckt? Deine Ma hat dich überall gesucht.« Tom trug ein Unterhemd, unter dessen Ärmeln sich zwei Halbmonde aus Schweiß abzeichneten. Er stank. Er hielt den Blick unbewegt auf sie gerichtet, sichtlich angetan von Crystal. Seine eigene Frau war aus dem Leim gegangen, ständig müde und am Jammern. Die zwei Mädchen hätten gar nicht verschiedener sein können. Kein Mensch hätte Schwestern in ihnen vermutet.

»Ich war bei Freunden«, ließ sie nichtssagend verlauten. Noch immer hielt sie das Baby in den Armen.

»Einen neuen Freund?«

»Nein«, schleuderte sie ihm brüsk entgegen, ehe sie kehrtmachte und in der Küche verschwand. Toms Blick ruhte wohlgefällig auf ihrer Kehrseite, während sie daranging, sein Sandwich zurechtzumachen.

Nach Hause kam sie erst, nachdem sie saubergemacht, das Essen zubereitet und den kleinen Willie gebadet hatte. Crystal konnte nicht mit ansehen, wie wenig sich die beiden um das Kind kümmerten. Und jetzt erwarteten sie ein zweites Kind. Tom war schon vor Crystal gegangen, ein Umstand, der bei ihr Erleichterung hervorrief. Ihr behagten seine Blicke nicht – ebensowenig wie die Fragen, die er ihr über »Freunde« stellte. Sie hatte nie einen Freund gehabt. Sie besaß nichts, außer ihre harmlosen Träume von Spencer.

Becky fand es nicht einmal der Mühe wert, sich zu bedanken, als Crystal ging, und zu Hause trug ihre Mutter ihr sofort auf, Kartoffeln zu schälen. Als Crystal damit fertig war, ging sie zu Bett, zu müde, um überhaupt einen Gedanken ans Abendessen zu verschwenden. Vor dem Einschlafen dachte sie noch an Hiroko und nahm sich fest vor, ihre Freundin am nächsten Morgen nach der Kirche zu besuchen. Sie mußte sich etwas ausdenken, um von Mutter und Schwester wegzukommen. Die beiden schienen erpicht darauf zu sein, ständig neue Arbeiten für sie zu finden. Es war alles so anders als zu Lebzeiten ihres Vaters. Innerhalb von zwei Monaten war sie zu einer Hilfskraft auf der Ranch degradiert worden. Sie war jemand, der sich für die anderen abarbeitete und hinter ihnen saubermachte, jemand, den sie anbrüllen und ansonsten ignorieren konnten.

Die Schulferien begannen im Juni. Sie hatte jetzt nur mehr ein Jahr vor sich, dann war sie mit der Schule fertig. Und was dann? Das Leben würde sich für sie nicht ändern. Sie würde auf der Ranch arbeiten und zusehen, wie Tom zugrunde gehen ließ, was ihr Vater und ihr Großvater aufgebaut hatten. In diesem Jahr wollte Tom die Trauben unterpflügen, da man sie zum erstenmal seit Jahren nicht mehr hatte verkaufen können. Einen großen Teil des Viehs hatte er verkauft, weil Viehhaltung angeblich zu arbeitsintensiv war. Damit hatte er zwar Geld auf der Bank, doch der Ertrag der Ranch wurde geschmälert, und das bekamen sie alle zu spüren.

Beckys Baby kam zur Welt. Ein kleines Mädchen diesmal, das seinem Vater wie aus dem Gesicht geschnitten war. Doch es war Hirokos Baby, das Crystals Herz zum Klingen brachte. Die Kleine wurde in einer Kirche in San Francisco getauft, und die stolzen Eltern hatten Crystal gebeten, Taufpatin zu sein. Es hatte Crystal etliche Lügen gekostet, um ihrer Mutter zu erklären, wo sie sich den ganzen Tag aufhalten würde, doch sie war mit ihnen gefahren, fasziniert von den Sehenswürdigkeiten der Stadt. Frisch und belebt kehrte sie wieder nach Hause zurück.

In dem Jahr, als Crystal siebzehn wurde, war der Sommer sehr schön. Crystal lag stundenlang bei Boyd und Hiroko im Gras unter dem Baum im Garten, spielte mit dem Baby, hielt es in den Armen und spürte die Wärme des fröhlich glucksenden und krähenden Kindes. Diese Besuche waren die Glanzlichter ihres Lebens. Erst spät am Nachmittag ging sie nach Hause, um bei der Zubereitung des Abendessens zu helfen. Wie Tom, so beschuldigte auch ihre Mutter sie, einen Freund zu haben, und verlangte von ihr, sie solle ihrer Schwester öfter mit den Kindern helfen. Aber Crystal hatte anderes im Kopf und Becky ebenso. Im Tal wurde allgemein geklatscht, daß Ginny Webster eine Affäre mit Tom hätte. Und Crystal argwöhnte, daß etwas Wahres daran sein könne. Einmal fragte sie Boyd danach, aber er zog die Schultern hoch und antwortete, er glaube nicht, was die Leute redeten. Dabei lief er feuerrot an. Also stimmte es. Nicht, daß es Crystal gewundert hätte, doch sie fragte sich, ob Tom das gewagt hätte, wenn ihr Vater noch am Leben gewesen wäre. Doch Tad war nicht mehr, und Tom Parker konnte tun und lassen, was ihm beliebte.

Tom und Becky tauften das Neugeborene im Spätsommer, kurz bevor Crystal wieder zur Schule mußte. Aber diesmal kam Spencer nicht zur Taufe, und ihre Mutter gab auch keine große Party. Nur ein paar Freunde wurden zu einem Umtrunk nach der Kirche eingeladen, und Tom ließ sich prompt vollaufen und ging sehr zeitig, während Becky in der Küche mit ihrer Mutter weinte. Nachher wanderte Crystal ganz langsam zum Fluß, um sich nahe der Stelle niederzulassen, wo ihr Vater begraben lag. Nicht zu fassen, daß er vor einem Jahr noch gelebt hatte und daß sie auf der Schaukel gesessen und mit Spencer geplaudert hatte. Damals war sie noch ein Kind gewesen, das wußte sie jetzt. Nun war sie es nicht mehr. Das vergangene Jahr war zu hart gewesen, die Verluste zu groß, der Schmerz zu tief. Crystal Wyatt war erst siebzehn, doch sie war eine Frau.

9

Die Einladung erreichte ihn in seinem Büro, und als Spencer sie las, lächelte er. Sein Vater hatte recht behalten. Harrison Barclay war an den Obersten Gerichtshof berufen worden, und Spencer hatte eine Einladung zu seiner Amtseinführung bekommen.

Für ihn war es ein gutes Jahr gewesen, voll harter Arbeit, aber auch voller Begegnungen mit Menschen, die ihm gefielen. Bei Anderson, Vincent und Sawbrook ging es zwar sehr konservativ zu, doch zu seiner eigenen Verwunderung gefiel es ihm in der Kanzlei. Er hatte sich sehr gut eingearbeitet und war inzwischen zum Assistenten eines der Gesellschafter aufgerückt. Sein Vater konnte mit ihm sehr zufrieden sein. Anfangs hatte es zwischen den beiden Auseinandersetzungen gegeben, deren Grund meist Barbara war. Seine Eltern hatten im vergangenen Sommer ein Haus auf Long Island gemietet gehabt, und Barbara hatte mit ihren Töchtern den größten Teil des August dort verbracht. Alicia und William Hill hatten fest damit gerechnet, daß auch Spencer kommen würde. Schließlich gab es für ihn kein Entrinnen mehr, und er hatte zwei Wochenenden draußen verbracht. Barbara hatte mit Aufmunterung nicht gespart, und seine Eltern hatten eine unverkennbar erwartungsvolle Haltung an den Tag gelegt. Barbara habe auf ihn gewartet, behauptete seine Mutter. Sie liebt dich, drängte sein Vater. Schließlich war Spencer der Kragen geplatzt. Barbara hatte auf Robert gewartet und nicht auf ihn, und es war nicht seine Schuld, daß sein Bruder im Pazifik gefallen war. Seine Schwägerin war eine nette Person, und er hatte seine kleinen Nichten liebgewonnen, doch sie war die Frau seines Bruders. Spencer fand es ausreichend, daß er Rechtswissenschaften studiert hatte und Anwalt geworden war. Er war es seinen Eltern und seinem gefallenen Bruder nicht schuldig, auch noch dessen Witwe zu heiraten.

Barbara war unter Tränen abgereist, und eine häßliche Szene mit seinen Eltern war die Folge. Kurz darauf hatte er Long Island verlassen, um nicht wiederzukehren. Seine Eltern sah er erst im

Herbst wieder. Barbara war mit den Kindern zurück nach Boston gegangen. Vor kurzem hatte er von einem Freund gehört, daß sie sich oft mit dem Sohn eines sehr einflußreichen Politikers traf. Es war für sie die ideale Wahl, und er hoffte sehr, daß sie ihr Glück gefunden hatte. Er selbst wollte nichts, als in aller Ruhe ein Leben nach seiner Fasson zu leben. New York gefiel ihm, dennoch zog es ihn zurück nach Kalifornien. Und einige Male ertappte er sich dabei, wie er an Crystal dachte. In letzter Zeit aber schon viel weniger. Sie war zu weit entfernt, und sie war nicht wirklich. Sie war für ihn nur eine seltene und schöne Vision, wie eine Wildblume, die man in den Bergen bewundert und dann niemals wiedersieht, aber ständig in Erinnerung behält. Boyd hatte ihm einen Brief geschrieben, als seine Tochter zur Welt gekommen war. Und er hatte eine Anzeige bekommen, in der Tom und Becky die Geburt ihres zweiten Kindes bekanntgaben. Das alles kam ihm nun sehr fern und entrückt vor.

Er nahm seine Arbeit in der Anwaltsfirma ungemein ernst und beschäftigte sich sehr mit den neuen Steuergesetzen. Sein eigentliches Interesse galt dem Strafrecht, ein Gebiet, mit dem sich seine Kanzlei nicht befaßte. Spencer hatte es meist mit Vermögenstransaktionen und der Abfassung von komplizierten Testamenten zu tun, eine interessante Tätigkeit, über die er oft mit seinem Vater sprach.

Als er mit seinen Eltern an jenem Abend speiste, stellte sich heraus, daß sie ebenfalls eine Einladung bekommen hatten. Sein Vater war jedoch zu beschäftigt, um ihr Folge zu leisten.

»Und was ist mit dir? Fährst du hin?« fragte er Spencer.

»Das bezweifle ich. Ich kenne ihn ja kaum.« Spencer lächelte seinem Vater zu, der im Moment einen aufsehenerregenden Kriminalfall bearbeitete. Spencer konnte es kaum erwarten, mehr darüber zu erfahren, als die Presse brachte.

»Du solltest hinfahren. Es ist für dich nicht unwichtig, den Kontakt mit ihm zu pflegen.«

»Nun ja, ich kann es versuchen, aber ich bezweifle, daß ich vom Büro loskomme.« Spencer lächelte. Er sah viel jünger aus als neunundzwanzig. Die Wochenenden am Strand und auf dem Tennisplatz hatten ihm Sonnenbräune beschert. »Dad, ich komme mir komisch vor, wenn ich hinfahre. Er kennt mich gar nicht. Und Zeit habe ich auch keine.«

»Die kannst du dir verschaffen. Sicher wird es die Kanzlei nicht ungern sehen, wenn du an der Amtseinführung teilnimmst.« Immer diese Verpflichtungen! Mitunter war ihm alles zuviel. Dauernd wurde etwas von ihm »erwartet«, aber er war nicht immer sicher, ob es ihm zusagte.

»Ich will mal sehen.«

Zu seiner Verblüffung entpuppte sich sein Chef als Echo seines Vaters, als Spencer bei einem Drink im River Club beiläufig die Einladung erwähnte.

»Eine solche Einladung bedeutet eine Ehre.«

»Sir, ich kenne Richter Barclay kaum.«

Spencers Chef schüttelte den Kopf. »Macht nichts. Er kann eines Tages für Sie sehr wichtig werden. Das müssen Sie sich ständig vor Augen halten. Ehrlich gesagt, ich rate Ihnen dringend, hinzufahren.« Spencer nickte und hielt sich an den Rat, obwohl er sich reichlich dämlich vorkam, als er auf die Einladung antwortete. Sein Büro ging sogar so weit, für ihn im *Shoreham* ein Zimmer zu reservieren. Am Tag vor der Amtseinführung fuhr er mit der Bahn nach Washington.

Sein Zimmer war geräumig und komfortabel. Er lächelte, als er in einem bequemen Ledersessel Platz nahm und beim Zimmer-Service einen Scotch bestellte. Nicht übel. Vielleicht würde es doch ganz nett sein, die Barclays wiederzusehen. Schließlich war Elizabeth wahrscheinlich auch zugegen. Seitdem sie das Vassar-College besuchte, hatte er nichts mehr von ihr gehört. Vermutlich hatte sie viele andere Eisen im Feuer. Aber er konnte sich selbst auch nicht über mangelnde weibliche Aufmerksamkeit beklagen. Im vergangenen Jahr war er mit einem Dutzend verschiedener Frauen ausgegangen, in den »21«, in »Le Pavillon« und ins »Waldorf«. Er hatte mit ihnen Partys besucht, war ins Theater gegangen, hatte Tennis in Connecticut und East Hampton gespielt, doch es war keine darunter, die ihm etwas bedeutet hätte. Drei Jahre nach Kriegsende schien alle Welt es noch immer sehr eilig zu haben, im Hafen der Ehe zu landen. Nur für ihn traf das überhaupt nicht zu, denn es gab so vieles, worüber er sich erst selbst Klarheit verschaffen wollte. Seine gegenwärtige juristische Tätigkeit war für ihn nicht die Erfüllung. Die Arbeit sagte ihm zwar mehr zu als erwartet, insgeheim aber mußte er sich eingestehen, daß sie ziemlich langweilig war, und er wußte noch nicht, wie er sie mit einer anspruchsvolleren und abwechslungsreicheren Tätigkeit in Einklang bringen sollte. Und mit neunundzwanzig blieb ihm noch viel Zeit, um sich ein vergnügtes Leben zu machen, ehe er sich endgültig häuslich niederließ. Erst mußte er das richtige Mädchen finden, und die Richtige war ihm noch nicht begegnet.

Am nächsten Tag, einem kühlen, aber sonnigen Septembertag, ging Spencer zum Gebäude des Obersten Gerichtshofes, um der offiziellen Amtseinführung beizuwohnen. In seinem dunklen Nadelstreifenanzug mit der dezenten Krawatte wirkte Spencer sehr seriös. Das glänzende, dunkle Haar und die blauen Augen bewirkten, daß nicht wenige Frauen sich nach ihm umdrehten und ihm Blicke zuwarfen, die er geflissentlich übersah. Im Anschluß an die Zeremonie konnte er mit Richter Barclay einen kurzen Händedruck wechseln, ehe die Menge ihn verschluckte und er weitergedrängt wurde. Bekannte sah er keine, so daß er schon bedauerte, daß sein Vater nicht hatte mitkommen können.

Am Nachmittag besuchte er das Washington Monument und das Lincoln Memorial und begab sich anschließend wieder ins Hotel, um eine Stärkung zu sich zu nehmen, ehe er sich für die Party umzog, zu der er abends eingeladen war. Zur Feier der Amtseinführung gaben die Barclays ein Dinner mit anschließendem Tanz im Mayflower Hotel.

Spencer verließ das Hotel im Abendanzug und fuhr mit dem Taxi zum Mayflower. Beim Empfang wartete er geduldig, bis die Reihe an ihn kam und er wärmstens von Priscilla Barclay begrüßt wurde.

»Ach, wie nett, daß Sie kommen konnten, Mr. Hill. Haben Sie Elizabeth schon gesehen?«

»Sehr liebenswürdig... nein, ich habe sie nicht gesehen.«

»Gerade war sie noch da. Sicher wird sie sich sehr freuen, Sie wiederzusehen.« Er ging einen Schritt weiter, um Richter Barclay zu begrüßen, und dann verließ er die Reihe, um den hinter ihm Stehenden Platz zu machen. An der Bar bestellte er Scotch mit Wasser, während er den Blick über die Schar der geladenen Gäste schweifen ließ. Die meisten der anwesenden Herren waren in vorgerückten Jahren, und die Frauen waren erlesen gekleidet. Es war eine interessante Ansammlung sehr bekannter und bedeutender Gesichter, und plötzlich erfaßte ihn eine Woge der Erregung, weil er hier sein durfte. Er nippte an seinem Glas, als er einen der anderen Richter des Obersten Gerichtes erkannte, und beobachtete eine jüngere Frau im Gespräch mit einem älteren Herrn. Als sich die Dame umdrehte, erkannte er in ihr Elizabeth. Sie wirkte um vieles älter als im Jahr zuvor und irgendwie auch viel hübscher, und als sie ihn mit einem Lächeln des Erkennens bedachte, fiel ihm ein, wieviel Haltung sie bei ihrer ersten Begegnung gezeigt hatte und wie anziehend sie ihm erschienen war. Nun war sie noch viel hübscher, als er sie in Erinnerung hatte. Er näherte sich ihr mit einem Lächeln, und dabei sah er, daß ihre glänzenden braunen Augen aufleuchteten. Elizabeth trug das brünette Haar kürzer, und das raffinierte, weiße Satinkleid brachte ihre Sonnenbräune vollendet zur Geltung. Spencer konnte nicht umhin, sie zu bewundern. Elizabeth Barclay war unbestreitbar eine attraktive Erscheinung.

»Ach, hallo, wie geht's? Wie ist es am Vassar?«

»Öde.« Lächelnd blickte sie zu ihm auf und hielt seinem Blick stand. »Ich glaube, fürs College bin ich schon zu alt.« Das Vassar kam ihr so kindisch vor. Schon nach knapp drei Monaten hatte sie das Ende des Studienjahres herbeigesehnt, damit sie andere Fächer belegen konnte. Jetzt, am Beginn des zweiten Jahres, war sie nicht mehr sicher, ob sie überhaupt bis zum Abschluß durchhalten würde.

»Nach Kalifornien kommt einem New York ab und zu auch ziemlich gräßlich vor. Die Winter sind besonders schlimm, finden Sie nicht?« Im Jahr zuvor hatte er sich selbst bitter über die Umstellung beklagt. Mittlerweile hatte er sich an alles gewöhnt und fand die Hektik New Yorks sehr anregend.

»Nett, daß Sie gekommen sind. Sicher hat mein Vater sich sehr gefreut«, gab Elizabeth förmlich von sich. Spencer hätte fast gelacht. Angesichts des Gedränges der Gäste, meist Kollegen und

Freunde, war schwer vorstellbar, daß sich Richter Barclay über die Anwesenheit eines jungen, unbedeutenden Anwalts besonders freute.

»Es war reizend von ihm, mich einzuladen. Die Ernennung muß für ihn sehr befriedigend sein.«

Sie sah ihn lächelnd an, während sie an ihrem Gin Tonic nippte. »Das stimmt. Für meine Mutter auch. Sie liebt Washington. Es ist ihr Geburtsort, müssen Sie wissen.«

»Das wußte ich nicht. Ich könnte mir denken, daß es für Sie auch herrlich ist. Kommen Sie leicht vom College fort?« Insgeheim bewunderte er die weiche Rundung ihrer Schultern und ihre schicke neue Frisur.

»Leider nicht so oft, wie ich möchte. Letztes Jahr konnte ich kaum einmal nach New York. Aber ich werde versuchen, in den Ferien hier zu ihnen zu kommen. Das ist viel einfacher, als nach Kalifornien zu fliegen.« So plauderten sie eine Weile, und als die Gäste sich ihre Plätze suchten und Spencer auf einem der Tischpläne nachsah, entdeckte er, daß er mit Elizabeth an einem Tisch saß. Er nahm an, daß ihre Mutter dabei die Hand im Spiel hatte. Daß Elizabeth selbst dahintersteckte, die mit ihrer Mutter die Gästeliste durchgegangen war und seinen Namen entdeckt hatte, konnte er nicht ahnen. Er hatte schon bei der ersten Begegnung einen unauslöschlichen Eindruck auf sie gemacht. Um so enttäuschter war sie, daß er nie den Versuch unternommen hatte, sie am Vassar zu erreichen. »Und wie gefällt es Ihnen in Ihrer Kanzlei?« Sie konnte sich an die Namen der Anwälte nicht mehr erinnern, sie wußte nur, daß es eine sehr angesehene Praxis war.

»Es gefällt mir.« Er lächelte, als er sie zu Tisch führte, und sie lachte ihn an.

»Das klingt ja sehr begeistert.«

Seine Augen erwiderten ihr Lächeln, als er an ihrer Seite Platz nahm. »Das bin ich tatsächlich. Ich war ja gar nicht sicher, ob ich überhaupt Anwalt sein wollte.«

»Und jetzt sind Sie sicher?«

»Mehr oder weniger. Anfangs dachte ich, es würde mir schwerfallen, aber bislang ist es nicht der Fall. Es läuft so locker dahin.«

Sie nickte und schickte ein stilles Lächeln in die Richtung ihres Vaters an einem der benachbarten Tische.

»Sie sehen ja, wohin das führen kann.«

»Das gilt nicht für alle, fürchte ich. Aber im Moment bin ich zufrieden mit dem, was ich tue.«

»Haben Sie je daran gedacht, in die Politik zu gehen?« erkundigte Elizabeth sich beim ersten Gang. Es war Hummer in Weißwein. Spencer sah sie belustigt an. Sie hatte noch immer diesen forschenden Blick, der ihn zu durchdringen schien, und scheute sich nicht, ernsthafte Fragen zu stellen. Das hatte ihm schon seinerzeit an ihr gefallen. Sie hatte keine Bedenken, auch verfängliche Themen anzuschneiden. Elizabeth war trotz ihrer Jugend ein Typ, der die Initiative übernahm und lospreschte. Sie war eine Frau, die sich selbst und nach Möglichkeit ihre Umgebung beherrschte.

»Mein Bruder zeigte in dieser Richtung Ambitionen, oder zumindest bildete er es sich ein. Aber ich bin nicht sicher, ob mir die Politik liegen würde.« Das Schwierige war, daß er noch überhaupt nicht wußte, was er eigentlich anstrebte.

»Wenn ich ein Mann wäre, würde ich genau das anpeilen.« Das klang so überzeugt, daß er sie beneidete. Ihm fiel ein, daß sie bei ihrer letzten Begegnung gesagt hatte, sie wolle Anwältin werden.

»Welche Fächer haben Sie am Vassar belegt?«

»Kunst, Literatur, Französisch, Geschichte. Nichts Aufregendes.«

»Was wäre Ihnen denn lieber?«

»Ich möchte das College lassen und etwas Nützliches tun. Ich dachte daran, eventuell für eine Weile nach Washington zu ziehen, aber Vater drehte fast durch, als er es hörte. Er möchte, daß ich unbedingt das College abschließe.«

»Das wäre nicht unvernünftig. Es sind ja nur mehr drei Jahre.« Das kam ihm selbst sehr lang vor.

»Waren Sie wieder mal in Kalifornien?«

»Nein, niemals.« Er sagte es bedauernd. »Ich hatte keine Zeit, und das letzte Jahr verging wie im Flug.« Elizabeth nickte. Ihr war es in gewisser Weise ähnlich ergangen, in anderer Hinsicht wieder anders. Sie war nach San Francisco zurückgekehrt, um zu Weihnachten ihr Debüt im Cotillon zu feiern, und kurz davor hatten ihre Eltern im Burlingame Country Club einen Ball veranstaltet. Den Sommer hatte sie natürlich am Lake Tahoe verbracht, den kommenden Winter wollte sie mehr darauf verwenden, New York und Washington kennenzulernen. Die Weihnachtsfeiertage würde sie in Palm Beach verbringen, wohin ihre Eltern sie eingeladen hatten.

Die Band fing zu spielen an, und Spencer forderte sie zum Tanzen auf, während sie auf den Hauptgang warteten. Spencer, der sie formvollendet zur Tanzfläche geleitete, stellte fest, daß sie wundervoll tanzte. Er hielt den Blick auf ihr schimmerndes brünettes Haar und ihre sonnengebräunten Schultern gerichtet. Alles an ihr atmete Gesundheit, Wohlbefinden und Einfluß. Sie erwähnte beiläufig, daß sie im kommenden Sommer mit ihren Eltern auf der *Ile de France* nach Europa fahren würde, und fragte ihn, ob er je dort gewesen sei, was er verneinte. Sein Vater hatte ihm nach seinem Collegeabschluß einen Europatrip versprochen, der Krieg hatte ihm jedoch einen Strich durch die Rechnung gemacht. Er war statt dessen im pazifischen Raum gelandet. Elizabeth erwähnte auch, daß sie in einigen Wochen einen Besuch bei einem ihrer Brüder in New York plante. Ian Barclay war in einem Anwaltsbüro tätig, das noch angesehener war als das von Spencer.

»Kennen Sie die Kanzlei?« Erwartungsvoll blickte sie zu ihm auf und sah dabei sehr jung und sehr hübsch aus. Spencer spürte bereits die Wirkung des Scotch. Ihre Haut fühlte sich so angenehm an, und zum erstenmal nahm er beim Tanzen bewußt ihr Parfüm wahr.

»Nein, ich kenne sie nicht. Aber mein Vater kennt sie.« Ihm fiel ein, daß ihm sein Vater gesagt hatte, er habe mit dem jungen Barclay bei Gericht zu tun gehabt. »Sie müssen mich mit ihm bekannt machen.« Es war das erste Mal, daß er andeutungsweise den Wunsch nach einer weiteren Begegnung äußerte.

»Sehr gern.« Elizabeth sah aus wie eine Siegerin, als sie sich in königlicher Haltung von ihm an den Tisch zurückbringen ließ. Sie setzten sich und plauderten mit den Freunden ihrer Eltern, und als der Abend zu Ende war, hatte er das Gefühl, sie etwas besser zu kennen. Sie spielte Tennis, sie lief gern Ski, sie sprach etwas Französisch, sie haßte Hunde und schien für Kinder kein besonderes Interesse zu haben. Beim Nachtisch gestand sie ihm, daß sie im Leben etwas erreichen wollte und nicht die Absicht hatte, sich auf Bridge und Babys zu beschränken.

Ihr war anzumerken, daß sie geradezu versessen auf ihren Vater war und am liebsten einen Mann wie ihn heiraten wollte, einen, der »ein Ziel vor Augen hatte«, wie sie es formulierte, und keinen, der sich mit einem beschaulichen Dasein begnügte und das Leben nutzlos verrinnen ließ. Sie wollte einen Mann, der bedeutend war.

»Möchten Sie noch irgendwohin auf einen Drink?« hörte Spencer sich zu seiner eigenen Verwunderung sagen, als sie gemeinsam den Ballsaal verließen. Es war unleugbar angenehm, mit ihr zu plaudern.

»Ja, gern. Wo wohnen Sie?« Ihre braunen Augen sahen ihn offen an. Sie fürchtete nichts, am allerwenigsten Spencer.

»Im Shoreham.«

»Wir auch. Wir könnten in der Bar einen Drink nehmen. Ich sage nur meiner Mutter Bescheid.«

Wenig später verließen sie den Empfang. Die meisten Gäste waren bereits gegangen; es war fast ein Uhr. Mrs. Barclay winkte ihnen zu, als sie gingen. Sie nahmen ein Taxi zum Hotel, wo sie sich an einen ruhigen Tisch in der Bar setzten. Spencer bemerkte, daß man sich nach ihnen umdrehte. Sie waren ein auffallend schönes Paar.

Er bestellte Champagner, und sie unterhielten sich eine Weile über New York, seine Arbeit und über Kalifornien. Er gestand ihr, wie sehr es ihm in Kalifornien gefallen hatte und daß er eines Tages gern dort leben würde, obwohl er nicht wußte, wie er dies mit seiner Arbeit für eine Wall-Street-Firma in Einklang bringen sollte. Elizabeth lachte ihn aus, denn sie wollte nichts lieber, als nach dem College nach New York ziehen oder vielleicht nach Washington, da ihre Eltern nun die meiste Zeit des Jahres dort verbringen würden. Sie ließ sogar durchblicken, daß sie sich sehnlichst ein eigenes Haus in Georgetown wünschte.

Man merkte ihr an, daß es ihr nie an etwas gefehlt hatte. Es kam ihr auch nicht in den Sinn, daß ein Wunsch nicht in Erfüllung gehen könne. Das hatte er schon bei der ersten Begegnung in ihrem Elternhaus in San Francisco registriert.

»Sie müssen unbedingt einmal an den Lake Tahoe kommen. Mein Großvater hat direkt am See ein herrliches Haus gebaut. Ich liebe es über alles.« Sonderbar, als sie es erwähnte, dachte er an das Alexander Valley, und er fragte sie unwillkürlich, ob sie jemals dort gewesen war. »Nein, ich war einmal in Napa, um Freunde von Dad zu besuchen. Dort gibt es nicht viel bis auf Weinberge und ein paar viktorianische Häuser.« Die ganze Gegend war ihr sehr langweilig erschienen. Jetzt freilich schien sich ihr Interesse zu regen, als Spencer ihr das Tal nördlich davon beschrieb, denn sie sah in seinen Augen etwas, das ihre Neugierde reizte. Es war ein Ausdruck des Erinnerns, ein Ausdruck, der ihr sagte, daß mehr dahinter war, als seine Worte vermuten ließen. »Haben Sie dort Freunde?«

Spencer nickte gedankenvoll. »Zwei meiner Leute, die zusammen mit mir in der Armee waren.« Er erzählte ihr von Boyd und Hiroko, und Elizabeths Blick wurde hart.

»Wie dumm von ihm, sie zu heiraten. Kein Mensch wird vergessen, was in Japan passierte.«

Das klang plötzlich sehr überheblich und gefühllos und ärgerte ihn. Es war genau jene Reaktion, der sich Hiroko seit ihrer Ankunft in Kalifornien gegenübersah. Ganz leise und ohne seinen Ärger zu verhehlen, sagte er: »Ich kann mir nicht denken, daß die Japaner Hiroshima vergessen werden.«

»Sagten Sie nicht, Ihr Bruder wäre im Pazifik gefallen?« Ihr Blick tastete ihn ab, und er sah sie offen an.

»Ja, das stimmt, aber ich empfinde deshalb keinen Haß. Wir haben dort selbst genug Menschen getötet.« Es war eine pazifistische Ansicht, die ihr ungewohnt klang und sich von der Meinung ihres Vaters gewaltig unterschied, der unbeugsam konservativ war und den Bombenabwurf über Hiroshima billigte. »Ich habe alles, was wir dort angestellt haben, mit Abscheu betrachtet. Niemand gewinnt einen Krieg, Regierungen ausgenommen. Die Menschen verlieren immer, auf beiden Seiten.«

»Da bin ich anderer Ansicht.« Elizabeth machte ein zugeknöpftes Gesicht, und Spencer versuchte die Stimmung zu entschärfen, indem er einen lockeren Ton anschlug.

»Das hört sich ja an, als wären Sie gern selbst zur Army gegangen.«

»Meine Mutter war für das Rote Kreuz tätig, und ich hätte mich auch gern nützlich gemacht. Aber ich war noch zu jung.«

Er seufzte. Sie war noch immer sehr jung und naiv und von den Ansichten ihrer Eltern beeinflußt. Er hatte seine eigene Meinung über den Krieg, die von der seines Vaters sehr abwich. Spencer war heilfroh, daß alles vorüber war, dachte aber immer noch an die Freunde, die er verloren hatte, die Männer, die mit ihm gedient hatten... und an seinen Bruder. Da sah er Elizabeth an und hatte das Gefühl, ihr Vater sein zu können, obwohl er nur zehn Jahre älter war. »Das Leben kann seltsame Wendungen nehmen, Elizabeth. Wäre mein Bruder nicht gefallen, hätte ich nie Rechtswissenschaften studiert.« Er lächelte. »Dann hätte ich Sie auch nicht kennengelernt.«

»Eine sonderbare Art, die Dinge zu sehen.« Spencer Hill reizte sie gewaltig. Er war aufrichtig und sanft und intelligent, jedoch nicht so ehrgeizig, wie sie es sich gewünscht hätte. Er schien die Dinge gemächlich an sich herankommen zu lassen und abzuwarten, was ihm das Leben bringen mochte. »Glauben Sie nicht, daß der Mensch sein Schicksal in der Hand hat?«

»Nicht immer.« Er kannte die Welt zu gut, um dieser Meinung anzuhängen. Und wenn er Herr seines Geschickes gewesen wäre, dann hätte sein Leben ganz anders ausgesehen. »Glauben Sie denn, Sie hätten Ihr Schicksal in der Hand?« Er war von ihr ebenso fasziniert wie sie von ihm, aber sie hätten nicht verschiedener sein können.

»Vermutlich.« Das klang sicher, und er konnte nicht umhin, ihr Selbstvertrauen und ihre Entschlossenheit zu bewundern.

»Ich glaube tatsächlich, bei Ihnen könnte es zutreffen.«

»Wundert Sie das?« Sie war sich ihrer selbst so sicher, so ungerührt und so beherrscht nach dem langen Abend.

»Eigentlich nicht. Sie haben wohl immer alles bekommen, was Sie sich wünschten.«

»Und Sie?« Elizabeths Ton wurde sanfter. »Sind Sie enttäuscht worden, Spencer?« Sie hätte zu gern gewußt, ob er eine geliebte Frau verloren hatte oder ob eine gelöste Verlobung hinter ihm lag, doch das war nicht der Fall.

Lächelnd überlegte er, ehe er antwortete: »Nicht enttäuscht, nur vom Weg abgebracht, könnte man sagen.« Daraufhin lachte er lauthals und schenkte sich den Rest des Champagners ein. Die Bar würde bald schließen, und er mußte sie zu ihren Eltern oder zu deren Suite bringen. Beide wußten, daß der Abend für sie zu Ende ging. »Meine Eltern wollten, daß ich die Frau – besser gesagt die Witwe – meines Bruders heirate, als ich heimkehrte. Es gab da ziemliche Reibereien zwischen uns.«

»Und warum haben Sie sie nicht geheiratet?« Elizabeth wollte alles von ihm wissen.

Er sah sie aufrichtig an. »Ich habe sie nicht geliebt. Sie war Roberts Frau, nicht meine. Ich bin nicht er. Ich bin ein anderer.«

»Und wer sind Sie, Spencer?« Ihre Stimme klang wie eine Liebkosung in dem dunklen Raum, als sie seinen Blick suchte. »Was möchten Sie?«

»Jemanden, den ich liebe und achte und an dem mir liegt. Jemanden, mit dem ich lachen kann, wenn etwas schiefgeht ... jemanden, der keine Angst hat, mich zu lieben ... jemanden, der mich braucht.« Spencer fühlte sich sehr verwundbar, als er dies sagte, und er war sich nicht im klaren, weshalb er ihr gegenüber so offen war. Unwillkürlich fragte er sich, ob Crystal seinem Idealbild entsprach. Es war sehr unwahrscheinlich. Dennoch merkwürdig, daß ihn die Erinnerung an sie nicht losließ. Sie war ein Mädchen von wilder Schönheit, das an einem fernen Ort lebte. Er wußte von ihr nur, wie verlockend und sanft sie war und welche Gefühle er in ihrer Nähe hatte. Er wußte hingegen nicht, was in ihr steckte, was sie dachte oder wer sie sein würde, wenn sie erst einmal erwachsen war. Was in Elizabeth steckte, wußte er auch nicht, vermutete aber, daß es nichts Weiches und Nachgiebiges war. Sie war aus härterem Holz geschnitzt, und er konnte sich nicht vorstellen, daß sie jemals einen Menschen brauchen würde, ihren Vater ausgenommen. »Und wenn es nach Ihnen ginge, wen würden Sie wollen, Elizabeth?«

Sie lächelte und war ebenso aufrichtig wie er. »Jemanden von Bedeutung.«

»Das sagt wohl alles, nicht?« Er lachte, aber ihre Worte hatten ins Schwarze getroffen. Sie war genau so, wie er sie eingeschätzt hatte. Hart, intelligent, interessant, lebenslustig, ehrgeizig und unabhängig.

Spencer begleitete Elizabeth zu ihrem Zimmer und wünschte ihr auf dem Korridor gute Nacht. Sie drehte sich noch einmal um, als sie die Tür aufschloß und sah ihn mit warmem Lächeln an. »Wann fahren Sie zurück nach New York?«

»Morgen in aller Herrgottsfrühe.«

»Ich bleibe noch ein paar Tage. Ich möchte Mom bei der Haussuche helfen. Aber nächste Woche bin ich wieder auf dem College, Spencer...« So leise, daß er es kaum hören konnte, schloß sie: »Rufen Sie mich an, ja?«

»Wie erreiche ich Sie?« Zum erstenmal zog er in Erwägung, sie anzurufen, obschon er nicht sicher war, weshalb. Sie kam ihm reichlich hochgestochen vor, dennoch konnte es vielleicht ganz amüsant sein, sie zum Dinner oder ins Theater auszuführen. Sie würde ihn ganz gewiß nicht in Verlegenheit bringen und war eine interessante Gesprächspartnerin, zudem hatte es für ihn einen besonderen Reiz, mit der Tochter eines Bundesrichters auszugehen.

Sie nannte ihm die Telefonnummer, und er versprach, sie sich zu merken. Und dann dankte er ihr für den Abend. »Es war großartig.« Er schien zu zögern, ratlos, was er als nächstes tun sollte, sie aber wirkte völlig selbstsicher, als sie in der Tür stand.

»Ja, finde ich auch. Gute Nacht, Spencer.« Damit schloß sie leise die Tür und war verschwunden. Er ging langsam zum Lift, sehr im Zweifel, ob er sie tatsächlich anrufen sollte.

10

In Spencers Anwaltsbüro hörte man gern, was er von der Amtseinführung und dem anschließenden Dinner zu berichten hatte. Es konnte der Kanzlei keinesfalls schaden, wenn die jungen Mitarbeiter in Tuchfühlung mit bedeutenden Persönlichkeiten kamen. Die Tatsache, daß Spencers Vater Richter war, war seinem Ansehen bei seinen Seniorpartnern ebenfalls nicht abträglich gewesen. Auch sein Vater zeigte sich befriedigt, als Spencer Bericht erstattete. Elizabeth ließ er unerwähnt, da er es für unerheblich hielt. Vor allem aber wollte er vermeiden, daß sich bei seinen Eltern wieder bestimmte Hoffnungen regten.

Und nachdem er sich die Sache eine Zeitlang reiflich überlegt hatte, gelangte er schließlich zu dem Entschluß, sie doch nicht anzurufen.

Elizabeth nahm die Sache selbst in die Hand, als sie einen Monat später nach New York kam, um ihren Bruder zu besuchen. Sie suchte sich Spencers Nummer aus dem Telefonbuch heraus und rief ihn einfach an. Es war ein Samstag, und er staunte nicht schlecht, als er ihre Stimme erkannte. Er war auf dem Sprung zu einem Squash-Match mit Bürokollegen.

»Störe ich?« Wie immer machte sie einen sehr gewandten Eindruck. Er sah lächelnd aus dem Fenster und spielte mit seinem Racket.

»Aber gar nicht. Wie gehts?«

»Gut. In diesem Semester hat Vassar sich gebessert.« Daß sie mit einem der Professoren ausging, sagte sie nicht. Die jungen Männer ihrer Altersstufe ödeten sie an.

»Ich dachte nur, Sie hätten heute vielleicht Lust, ins Theater zu gehen. Wir haben eine Karte übrig.«

»Sind Sie mit Ihren Eltern da?«

»Nein, ich besuche meinen Bruder und seine Frau. Wir wollen uns im Music Box Theater *Summer and Smoke* ansehen. Kennen Sie das Stück schon?«

»Nein, ich würde es gerne sehen.« Er lächelte. Was konnte schon passieren, wenn ihr Bruder dabei war? Er selbst traute sich nicht über den Weg und wollte sich nicht mit jemandem einlassen, der so ausgeprägte Zukunftsvorstellungen hatte. Er wußte noch, was sie geantwortet hatte, als er sie gefragt hatte, wen sie im Leben suchte. »Jemanden von Bedeutung«, hatte sie gesagt.

»Vor der Vorstellung essen wir im Chambord. Wie wärs, wenn wir uns dort treffen würden? Wäre es Ihnen um sechs recht?«

»Wunderbar. Wir treffen uns also im Restaurant. Und vielen Dank, Elizabeth.« Er war unsicher, ob eine Entschuldigung angebracht war, weil er sie nicht angerufen hatte, entschied dann aber, daß es besser war, die Sache gar nicht zu erwähnen. Elizabeth machte ihm alles sehr leicht. Das beste Restaurant, die beste Show und die Bekanntschaft mit ihrem fabelhaften Bruder Ian Barclay.

Als Spencer das Restaurant pünktlich betrat, erkannte er Elizabeth sofort. Sie trug ein schwarzes Abendkostüm, das ihr wie angegossen saß, und ein schwarzes Samthütchen, das auf ihrer todschicken neuen Frisur thronte. Auf ihr Aussehen schien Elizabeth großen Wert zu legen, eine Eigenschaft, die ihm zusagte. Sie war sehr hübsch, elegant, und sie machte immer Furore. Für ein Mädchen von nicht ganz zwanzig Jahren verfügte sie über einen ausgeprägten Geschmack und ihr Bruder Ian ebenso. Spencer lernte ihn als intelligenten und interessanten Mann kennen, der ihm aber in seinen politischen Ansichten zu engstirnig war. Dennoch fand Spencer ihn sympathisch. Ian hatte seine Frau, eine hübsche Engländerin, kennengelernt, als er mit der Royal Air Force Bombereinsätze flog. Sie war die Tochter Lord Winghams, und Elizabeth sorgte dafür, daß Spencer dies nicht entging. In ihrem Leben tummelten sich viele prominente Namen und hochrangige Persönlichkeiten in wichtigen Positionen. Ihm kam es sehr sonderbar vor, daß er allein durch das Zusammensein mit ihr das Gefühl bekam, einflußreich zu sein, als färbe ihre Umgebung auf ihn ab. Die Barclays waren alle von sich und ihrem Wert so überzeugt – und von ihren Zielen ebenso. Jetzt wurde ihm auch klar, weshalb ihr dies alles so viel bedeutete. Ian und Sarah erwähnten nebenbei St. Moritz, wo sie die kommenden Weihnachten verbringen wollten, und im vergangenen Sommer waren sie in Venedig gewesen. Anschließend hatten sie Rom besucht und waren in Privataudienz von Papst Pius empfangen worden, da dieser ihren Vater kannte. Elizabeth verfügte über die angeborene Nonchalance der Aristokraten und schien zu erwarten, daß alle Welt die Leute kannte, die sie kannte.

Nach der Theatervorstellung, bei der sie sich blendend amüsiert hatten, lud Spencer sie in den Stork Club ein, wo sie tanzten und sich unterhielten und viel lachten. Danach fuhren sie zur Wohnung der Barclays am Sutton Place. Die jungen Barclays waren noch kinderlos. Sarahs Interesse galt in erster Linie ihren Pferden. Immer wieder kam die Rede auf Spring- und Jagdpferde, und Spencer wurde eingeladen, bei Gelegenheit mit ihnen auszureiten. Das alles war sehr angenehm und unterhaltsam, und als Spencer zu Elizabeth sagte, er würde sie anrufen, meinte er es ernst. Er hatte das Gefühl, es ihr nach diesem schönen Abend schuldig zu sein, und genau das hatte sie bezweckt.

Zwei Wochen später lud er sie ein. Er hätte sich schon eher bei ihr gemeldet, erklärte er ihr, nur hätte es im Büro zuviel Arbeit gegeben. Elizabeth sagte kein Wort dazu. Sie verabredeten sich für das kommende Wochenende, das Elizabeth wieder bei ihrem Bruder verbringen wollte. Spencer führte sie zum Dinner und zum Tanzen in den Stork Club aus, nicht weil er sie besonders beeindrucken wollte, sondern weil Elizabeth ein Mädchen war, das nur die besten Adressen gewohnt war. Er schilderte ihr die Fälle, die er beruflich bearbeitete, meist Rechtsstreitigkeiten, bei denen es um Steuergesetze und ähnliches ging. Es war eine interessante Tätigkeit, die sie intelligent kommentierte. Und als er sie an jenem Abend nach Hause brachte und sie vor der Wohnung ihres Bruders standen, küßte er sie.

»Ich habe mich sehr gut unterhalten«, sagte sie leise. In ihrem Blick lag eine Wärme, die allein ihm galt und die ihm nicht entging.

»Ich auch.« Er meinte es aufrichtig. Es war sehr angenehm, mit ihr zu plaudern, und sie sah umwerfend aus in dem silbrig glänzenden Kleid, das ihre Schwägerin ihr aus Paris mitgebracht hatte.

»Was machst du kommendes Wochenende?«

»Mir stehen mehrere Prüfungen bevor.« Sie lachte. »Dumm, nicht wahr? Sie bringen mein ganzes gesellschaftliches Leben durcheinander.« Daraufhin lachten beide, und er schlug vor, sie solle am folgenden Wochenende wieder nach New York kommen.

Elizabeth kam tatsächlich, und sie gingen wieder aus, und diesmal fielen die Küsse schon leidenschaftlicher aus. Elizabeths Bruder und seine Frau hatten übers Wochenende in New Jersey eine Einladung zu einer Jagd, und Elizabeth bat Spencer zum Abschied auf einen Drink in die Wohnung hinauf. Sie saßen lange auf der Couch, küßten sich und unterhielten sich. Im nachhinein fühlte er sich schuldig. Sie war viel zu jung für eine Affäre, und er konnte sich nicht vorstellen, daß ihre Beziehung zu irgend etwas führen könnte. Ihre Welt war so anders als die seine. Er war nicht in sie verliebt, aber er fühlte sich zu ihr sehr hingezogen und fand sie sehr anregend. Ihm gefiel das Gefühl der Macht, das in ihrer Welt spürbar war, ohne gleichzeitig zu übersehen, daß es ihr dafür an Wärme fehlte. Alles war sehr berechnet und kühl. Doch als Außenseiter konnte er es sich leisten, dies alles mit distanziertem Amüsement zu betrachten.

Elizabeth wollte mit ihren Eltern zu Thanksgiving nach Hause nach San Francisco fahren, und Spencer versprach, sie nach ihrer Rückkehr wieder anzurufen. Als er es tat, lud sie ihn über Weihnachten nach Palm Beach ein.

»Werden deine Eltern sich nicht wundern?« fragte er ziemlich verdutzt.

»Sei nicht albern, Spencer. Sie mögen dich sehr gern.«

»Ich sollte wohl lieber zu Hause bleiben. Weihnachten ist für meine Eltern noch immer ein ziemlich trauriges Fest.« Seine Schwägerin hatte ihm anvertraut, daß sie nicht die Absicht hatte, die Kinder von Boston nach New York zu bringen, da sie inzwischen eine ernsthafte Beziehung eingegangen war und die Kinder bei sich haben wollte. Seine Eltern würden sehr einsam sein, da das Weihnachtsfest immer die Erinnerung an den verlorenen Sohn weckte und sie in Gedanken bei ihm waren, mehr als bei dem Sohn, der ihnen geblieben war. Dies alles schoß Spencer durch den Kopf, während er die unerwartete Einladung erwog.

»Dann komm doch nach den Feiertagen. Ich werde bis nach Neujahr da sein. Du kannst bei uns wohnen, wir haben Dutzende von Gästezimmern.«

Zu seiner eigenen Verwunderung nahm er schließlich die Einladung an. Noch immer wußte er nicht, was er eigentlich mit ihr vorhatte, aber was immer es sein mochte, es war sehr angenehm.

Die Weihnachtsfeiertage vergingen wie immer, und zwei Tage

später trat er einen einwöchigen Urlaub an und flog nach Palm Beach zu den Barclays, die ihn herzlich und liebenswürdig in ihrem Haus empfingen, das voller Gäste war. Auch Elizabeths ältester Bruder Gregory war gekommen. Im Finanzministerium tätig, war er das Urbild des nüchternen, konservativen Bankers. Er war verheiratet, doch ohne seine Frau gekommen. Kein Mensch fand es nötig, darüber ein Wort zu verlieren, und Spencer stellte keine Fragen. Er war mit Elizabeth zu stark ausgelastet, da sie keine Party in der Stadt ausließen. So viele Juwelen an einem Fleck hatte er noch nie zu sehen bekommen. Elizabeth glänzte jeden Abend in einem anderen Abendkleid, dazu trug sie ein hübsches kleines Diadem, ein Geschenk ihrer Eltern zu ihrem Debüt im letzten Jahr.

»Na, amüsierst du dich auch?« fragte sie ihn, als sie nebeneinander am Strand lagen.

Spencer mußte lachen. »Natürlich amüsiere ich mich. Was glaubst du denn? Für mich ist es der reinste Himmel. Am liebsten möchte ich gar nicht mehr zurück nach New York.«

»Sehr schön. Dann lasse ich das College sausen, und wir brennen nach Kuba durch.« Sie waren für einen Abend nach Kuba geflogen, um zu tanzen und zu spielen. Es war eine zauberhafte Woche. Spencer mußte sich eingestehen, daß er großen Gefallen an diesem Leben fand. Es war ein sehr angenehmes Leben voller kultivierter Menschen, die interessant zu diskutieren verstanden, und voller schöner Frauen. Man hätte sich sehr leicht daran gewöhnen können, aber wozu? Es war ihr Leben und nicht das seine. Für kurze Zeit aber war es ungeheuer amüsant und anregend.

»Gefällt dir das College schon besser?« Er drehte sich um, auf einen Ellbogen gestützt, um sie ansehen zu können. Elizabeth sah in ihrem roten Badeanzug, der ihre Sonnenbräune, ihr brünettes Haar und die dunklen Augen betonte, fabelhaft aus.

»Nicht sonderlich. Ich werde das Gefühl nicht los, daß ich dort meine Zeit vertue.«

»Das kann ich gut verstehen.« Er warf einen Blick zu dem Butler, der sich mit einem Silbertablett näherte. Er bot ihnen Limonade und Rumpunsch an. »Es muß schwer sein, sich von diesem

Leben hier loszureißen und sich dann ständig ins Gedächtnis zu rufen, weshalb man eigentlich aufs College wollte.«

»Um ehrlich zu ein, weiß ich es nicht mehr.« Sie lächelte.

»Ohne College kann man nicht Anwältin werden.« Spencer nahm sich eine Limonade, während Elizabeth sich mit einem Rumpunsch bediente und ihm unter der breiten Krempe ihres Sonnenhutes hervor spitzbübisch zulächelte.

»Na, dann werde ich eben keine Anwältin.« Das hörte sich an, als sei es im Spaß gemeint, und er lachte wieder.

»Und was haben Sie statt dessen vor, Miß Barclay? Werden Sie für das Präsidentenamt kandidieren?«

»Ach, vielleicht werde ich einen Präsidentschaftskandidaten heiraten.«

In seinem Blick mischten sich Ernst und Belustigung. »Das würde zu dir passen.«

»Möchten Sie eines Tages Präsidentschaftskandidat werden, Mr. Hill?« Die Wendung, die das Gespräch unvermutet genommen hatte, bereitete Spencer leises Unbehagen. Er lächelte, schüttelte den Kopf und spielte mit seinem Glas. Elizabeth war ein willensstarkes Mädchen, und ihre Familie besaß Einfluß. Lange ließen die sich nicht an der Nase herumführen. Vor einer bewußten Irreführung hätte Spencer ohnehin zurückgeschreckt. Denn in seinem Inneren, unter der lässigen Fassade, die er ihr zuliebe zur Schau trug, war er weich und empfindsam. Er legte Wert auf ganz andere Dinge, auf Dinge, von denen die Barclays nicht einmal träumten.

»Das Präsidentenamt war nie mein Ziel.«

»Und das Amt eines Senators? Du bist wie geschaffen für eine Spitzenposition in der Regierung.«

»Wie kommst du darauf?«

»Du kannst mit Menschen umgehen, du scheust Arbeit nicht, du bist ehrlich, direkt und intelligent.« Wieder lächelte sie. »Und du kennst die richtigen Leute.« Er war nicht sicher, ob ihm gefiel, was sie da sagte. Wortlos blickte er auf den Ozean und überlegte dabei, ob er mit ihr zu weit gegangen war. Vielleicht war es ein Fehler gewesen, nach Palm Beach zu kommen, aber daran ließ sich nun nichts ändern. In zwei Tagen würde er wieder nach

New York abreisen, und danach würde er sie vielleicht eine ganze Weile nicht sehen. Elizabeth ließ ihn nicht aus den Augen, während ihm dies alles durch den Kopf ging. »Spencer, sei nicht so nervös«, sagte sie lachend. »Ich gehe nicht zum Angriff über. Ich sagte nur, was ich mir denke.«

»Elizabeth, manchmal hast du eine ziemlich beunruhigende Art, das zu tun. Ich werde das Gefühl nicht los, daß du immer bekommst, was du willst. Ich meine *immer*.« Und er wollte nicht ihr Wunschobjekt sein. Wenigstens nicht im Moment. Nicht bevor er mehr für sie empfand. Ob es jemals mehr sein würde, war nicht abzusehen. Sie waren gute Freunde, aber von sehr verschiedener Wesensart.

»Und was ist schlimm daran, wenn man bekommt, was man möchte?«

»Nichts, solange die anderen damit einverstanden sind.« Er sagte es ganz leise – Grund für sie, ihn forschend anzusehen.

»Und sind die anderen damit einverstanden?« Diese Worte sagte sie mit einer so eindeutigen Betonung, daß er beinahe ins Zittern geriet.

»Warum schwimmen wir nicht ein Stück?« Er wollte ihr keine Antwort geben. Er war noch nicht bereit zu sagen, was sie hören wollte, und er konnte nicht abschätzen, ob er jemals bereit sein würde, denn er träumte noch immer von einer Frau, die ihn brauchte, die sanft, herzlich, warm und liebevoll war. Elizabeth besaß einige dieser Eigenschaften, aber nicht alle. Sie verfügte über andere Qualitäten, andere Eigenschaften, mit denen er sich noch nicht angefreundet hatte.

»Du hast meine Frage nicht beantwortet.« Sie blickte zu Spencer auf, der jetzt neben ihr stand. Es gab kein Entrinnen, das wußte er. Um die Wahrheit kam er nicht herum. Elizabeth verlangte die Wahrheit von jedem, besonders von Spencer.

»Ich weiß es noch nicht.«

Sie nickte, so als müßte sie es überdenken, und sah ihm dann wieder in die Augen. »Ich glaube, du und ich, wir gäben ein gutes Team ab. Wir haben genug Kraft und Verstand, um gemeinsam interessante Dinge zu tun.« Es hörte sich an wie eine geschäftliche Vereinbarung, und das fand er bedrückend.

»Was denn? Etwa einen Konzern leiten?«

»Vielleicht. Oder in die Politik gehen. Oder einfach so sein wie Ian und Sarah.«

»Mit ihren Pferden und Freunden, ihren Jagdpartien und Clubs und dem Schloß ihres Vaters. Elizabeth«, er setzte sich wieder hin und schaute sie ernst an, »ich bin nicht wie diese beiden. Ich bin anders. Ich möchte andere Dinge.«

»Was denn?« Sie schien erstaunt.

»Kinder. An Kinder denkst du wohl nie, oder?« Elizabeth schien erschrocken zu sein. Kinder hatten ihr nie etwas bedeutet.

»Wir könnten auch Kinder haben.« Wie Diamanten oder Rennpferde oder Geldanlagen. Aus ihrem Mund klang es wie ein Besitz, den man ganz hinten in den Schrank stellte. »Aber es gibt andere, wichtigere Dinge im Leben.«

»Was denn?« Er staunte über ihre Ansichten. »Was ist wichtiger als Kinder?«

»Spencer, mach dich nicht lächerlich. Seine Ziele erreichen, Karriere machen, es zu etwas bringen.«

»Wie dein Vater?« Die verschleierte Kritik hörte sie nicht heraus.

»Genau. Du könntest in seine Fußstapfen treten, wenn du mich heiratest.«

»Das Schlimme ist, daß ich nicht sicher bin, was ich möchte.« Er sah sie reumütig an. »Kannst du das verstehen?«

»Ja.« Sie nickte nachdenklich. »Weißt du, ich glaube, du hast nur Angst. Du fürchtest, die Stelle deines Bruders einnehmen zu müssen. Aber du bist nicht er, Spencer, du bist du, und auf dich wartet im Leben sehr viel. Du mußt nur darauf zugehen und zugreifen.« Spencer war noch immer nicht sicher, ob er je nennenswerten Ehrgeiz entwickeln würde. Andererseits konnte er sich nicht vorstellen, sein ganzes Leben lang Steuersachen für Anderson, Vincent und Sawbrook zu bearbeiten. Was würde er tatsächlich tun, wenn er endlich erwachsen geworden war? Die Entscheidung darüber hatte er bislang noch nicht gefällt.

»Ich möchte die richtige Entscheidung treffen.«

»Ich auch. Aber ich denke, daß ich die Dinge besser sehe als du.«

»Was macht dich so sicher? Du bist erst zwanzig. Du weißt vom Leben so gut wie nichts.« Plötzlich regte sich Ärger in ihm. Auf verhüllte Art wollte sie ihm einen Antrag machen. Dabei wollte er derjenige sein, der sie fragte, falls er jemals den Entschluß dazu fassen sollte. Aber noch war es nicht soweit, und er bezweifelte sehr, ob es jemals dazu kommen würde. Er liebte sie nicht.

»Ich weiß mehr vom Leben, als du denkst. Zumindest weiß ich, was ich will, und das ist mehr, als du weißt.«

»Mag sein, daß du recht hast.« Er stand wieder auf und blickte auf den Ozean. »Ich möchte schwimmen.« Er ging ins Wasser und schwamm eine halbe Stunde. Elizabeth drängte ihn nicht wieder, doch was sie gesagt hatte, erschütterte ihn einigermaßen. Danach wählte er seine Worte mit Bedacht, um nicht etwas zu sagen, was mißverstanden werden konnte. Doch ehe er sich vor der Abreise verabschiedete, kam sie auf sein Zimmer und stellte ihn noch einmal zur Rede. Diesmal gab es kein Entrinnen, ihr Blick sprach Bände. Spencer sah sie an und fühlte sich gejagt.

»Du sollst wissen, daß ich dich liebe.«

»Elizabeth, nicht... bitte...« Es tat ihm weh, ihr nicht sagen zu können, daß er ihre Liebe erwidere. »Laß das.«

»Warum denn? Und was ich unlängst am Strand gesagt habe, ist mein voller Ernst gewesen. Ich bin der Meinung, daß wir gemeinsam Großes erreichen könnten.«

Lachend strich Spencer sich durchs Haar. »Ich bin derjenige, der dir den Antrag machen sollte, Kleines, und wenn es soweit ist, dann wirst du es merken.«

»Ach?« Ihre Augen blickten ihn voller Spott an, als er auf sie zuging.

»Worauf du Gift nehmen kannst.« Er zog sie an sich und küßte sie. Sie war so verdammt selbstbewußt und stark, daß er sie am liebsten verführt hätte, nur um ihr zu beweisen, wer der Boß war, wer hier das Sagen hatte. Andererseits hätte er, wenn es nach ihm gegangen wäre, Elizabeth Barclay jetzt nicht im Arm gehalten. Doch seine Pläne wurden einmal mehr durchkreuzt. Die Liebe mit ihr war ein Spiel mit dem Feuer, und im nachhinein war er nicht mehr sicher, wer wen verführt hatte. Er wußte nur, daß sie sich geliebt hatten und daß er es sehr genossen hatte. Ihr Körper hatte ihn mit Begierde und Leidenschaft erfüllt, dazu war das unwiderstehliche Verlangen gekommen, sie zu beherrschen, zumindest im Bett, wenn schon sonst nirgends. Sie war eine interessante Geliebte, und er hatte, ohne daß darüber ein Wort verloren worden wäre, gewußt, daß sie keine Jungfrau war.

Als Elizabeth ihn zum Flughafen brachte, sah er sie immer wieder lange an, ratlos, was er tun sollte. Er brauchte Zeit zum Nachdenken und hatte es jetzt sehr eilig, nach New York zu kommen.

»Nächste Woche bin ich wieder auf dem College.«

Er küßte sie sanft und hätte sie am liebsten wieder leidenschaftlich geliebt, obwohl es ihn zugleich ärgerte, daß sie, wenn auch nur für einen Moment, Macht über ihn gehabt hatte. Sie war in vielerlei Hinsicht stärker, als er ahnte.

»Ich werde mich melden.«

Er winkte, als er an Bord ging. Und als die Maschine die Piste entlangrollte, sah er sie dastehen in ihrem Sommerkleid mit dem großen Hut. Ihr Blick folgte ihm, auch als sie abhoben. Er hatte das Gefühl, sich nie wieder von ihr lösen zu können. Und er war gar nicht sicher, ob er das wollte. Vielleicht hatte Elizabeth recht. Vielleicht konnte sie ihm helfen, herauszufinden, was er eigentlich anstrebte. Er war jetzt unschlüssiger denn je, und das Schlimmste war, daß er, als sie im Schnee New Yorks landeten, spürte, daß sie ihm fehlte.

11

Weihnachten verlief in diesem Jahr auf der Ranch in bedrückender Atmosphäre. Es war das erste Weihnachtsfest nach dem Tod von Crystals Vater. Becky verbrachte mit den Kindern den Tag bei ihnen. Der nach Fusel riechende Tom kam erst knapp vor dem Dinner und beäugte Crystal ungeniert. Als er wieder gegangen war, brach Becky in Tränen aus und klagte ihre Schwester an, mit ihm zu flirten. Crystal war entsetzt. Sie konnte gar nicht in Worte fassen, wie sehr sie Tom verabscheute.

Am nächsten Tag ging die Familie gemeinsam zur Kirche, und Crystals Mutter vergoß bittere Tränen um den verstorbenen Ehemann und um ihr Leben, das sich so verändert hatte. Anschließend fuhren sie nach Hause, und Crystal stahl sich davon, um Boyd und Hiroko ihre Geschenke zu bringen. Die kleine Jane, die acht Monate alt war und fröhlich krähend im Wohnzimmer umherkrabbelte, konnte sich schon an Crystals Knien hochziehen. Die Websters, bei denen nur ein winziger Weihnachtsbaum stand, freuten sich sehr über die Sachen, die Crystal ihnen schenkte. Für Hiroko hatte sie eine Jacke gestrickt – es war ihr erster Versuch in dieser Richtung – und einen Schal für Boyd. Für Jane hatte sie eine Puppe gekauft, an der die Kleine begeistert zu nagen anfing. Crystal erlebte Weihnachten hier viel bewußter und glücklicher, in einem Haus, in dem Liebe und Warmherzigkeit den Ton angaben und nicht kaltes Schweigen herrschte wie in ihrem Elternhaus.

Becky wußte inzwischen, daß Tom sie betrog. Ihr waren auch die Gerüchte um Ginny Webster zu Ohren gekommen, doch sie schien entschlossen zu sein, die Schuld auf Crystal abzuwälzen, als ginge alles von ihr aus. Immer wieder fing sie damit an, daß ihre Schwester ihrem Mann schöne Augen mache, und auch Olivia hatte Crystal mehrmals beschuldigt, daß sie Tom ermuntere, eine Anschuldigung, die Crystal unweigerlich in Tränen ausbrechen ließ. Sie hatte nichts getan, womit sie sich diese Verdächtigungen verdient hätte, und doch war sie ihnen hilflos ausgeliefert.

Sogar Jared wandte sich gegen sie. Durch einen seiner Freunde hatte er erfahren, daß sie Boyd und seine Frau besuchte. Er drohte ihr einige Male, es ihrer Mutter zu verraten. Es war, als haßten sie alle, so daß sie es kaum von einem Tag zum anderen ausgehalten hätte, wären da nicht ihre Besuche bei den Websters gewesen.

»Ich weiß nicht, was ich ihnen angetan habe«, klagte sie eines Abends, nachdem sie sich nach einem schrecklichen Tag im Ranchhaus unter Tränen zu Hiroko und Boyd geflüchtet hatte. »Warum hassen sie mich?« Sie machte, was man ihr auftrug, sie arbeitete fleißig, sie ließ sich nur ganz selten auf Auseinandersetzungen mit ihnen ein, und doch hatten sich alle gegen sie verschworen.

»Weil du anders bist«, gab Boyd leise zur Antwort, während Hiroko still das Kind in den Armen wiegte.

Nachdenklich putzte Crystal sich die Nase. Das Leben zu Hause war nahezu unerträglich geworden, doch wo hätte sie hingehen sollen? Irgendwann würde sie das Tal verlassen müssen, aber zuvor wollte sie ihren Schulabschluß machen, weil sie es ihrem Vater versprochen hatte. Sie träumte noch immer davon, nach Hollywood zu gehen. Aber es war noch zu früh. Erst mußte sie die Schule hinter sich bringen, falls sie es hier so lange aushielt. Insgeheim wußte sie, daß sie es schaffen würde. Sie würde nicht zulassen, daß Leute wie ihre Mutter oder Tom Parker ihr Leben zerstörten. Dazu hatte sie zuviel vom Wesen ihres Vaters mitbekommen. Im Moment war sie gezwungen, alles zu schlucken, aber sobald sie das Abschlußzeugnis in der Tasche hatte, wollte sie fort. Egal, wohin.

Um fortzukommen, mußte sie Geld verdienen.

Deshalb nahm sie im Januar eine Stelle als Bedienung in einem Schnellrestaurant an. Auch damit erntete sie bei ihrer Mutter nur Ablehnung. Sie beschimpfte Crystal als Schlampe und Luder und beschuldigte sie, die Arbeit nur angenommen zu haben, um Männerbekanntschaften zu machen. Gelegentlich ließ sich Tom in dem Lokal blicken und machte ihr das Leben schwer. Wenn es sich einrichten ließ, verschwand sie dann in der Küche und übernahm ihren Anteil am Geschirrspülen. Der Besitzer war sehr nett, sie bekam reichlich Trinkgeld und auch eine stattliche Zahl von zweideutigen Anträgen. Sie stellte sich einfach dumm oder verteilte, wenn es nicht anders ging, unmißverständlich Körbe. Damit sicherte sie sich das Wohlwollen des Besitzers, der dafür sorgte, daß niemand zu weit ging. Sie war ein nettes Mädchen, er hatte schon ihren Vater sehr geschätzt. Von Tom Parker hingegen hielt er nicht viel, vor allem mißfiel ihm die Art, wie dieser sie behandelte. Er riet Crystal wiederholt, sich von Parker fernzuhalten, wenn dieser angetrunken war, und fuhr sie abends einige Male persönlich nach Hause und ließ sie nicht aus den Augen, bis sie das Ranchhaus sicher erreicht hatte. Ihr Geld hielt Crystal unter dem Bett versteckt. Ende April hatte sie vierhundert Dollar beisammen. Das war ihr Ticket nach Hollywood oder sonstwohin in die Freiheit. Sie hütete die Scheine und zählte sie abends im Mondschein, wenn sie ihre Tür abgeschlossen hatte. Jetzt hieß es nur noch, den richtigen Zeitpunkt abzuwarten. Lange würde es nicht mehr dauern, doch es kam ihr vor wie eine Ewigkeit.

Inzwischen war die kleine Jane ein Jahr alt geworden, und Crystal ritt an einem herrlichen Sonntagmorgen auf ihrem Pinto zu den Websters. Sie verbrachte den ganzen Tag bei ihren Freunden und machte sich erst spät auf den Heimweg, aber sie kannte die Strecke ja in- und auswendig. Kurzentschlossen wählte sie eine Abkürzung und ritt querfeldein. Sie atmete tief die würzige Luft ein, während sie leise ihre alten Lieblingsballaden vor sich hin trällerte. Zum erstenmal seit langem fühlte sie sich wieder besser. Ihr Vater war nun seit über einem Jahr tot, der ärgste Schmerz war überwunden. Sie fühlte sich stark und jung und lebensfroh. Alle ihre Gedanken galten der Zukunft.

Als sie ihr Pferd in seiner Stallbox festband und ihm leise summend den Sattel abnahm, hörte sie hinter sich ein Geräusch. Erschrocken fuhr sie herum. Es war Tom. Er hockte auf einem Futtersack und ließ sich vollaufen. »Na, schönen Tag gehabt, Schwesterchen?« Seine Augen verhießen nichts Gutes. Crystal sah weg und tat, als hätte sie ihn nicht bemerkt. Doch ihre Hände zitterten, als sie das Zaumzeug aufhängte. Da hörte sie dicht hinter sich seinen Schritt. »Wohin bist du denn auf diesem alten Klepper geritten? Hast du einen Geliebten in der Stadt?«

»Nein.« Sie drehte sich um und blickte Tom an. Was sie sah, gefiel ihr gar nicht. Seine Augen waren gerötet, die Flasche zur Hälfte geleert. »Ich habe Freunde besucht.«

»Wieder diese Japsin?« Auch ihm waren die Gerüchte zu Ohren gekommen, und er hatte Becky davon erzählt, die mit ihrer Mutter darüber gesprochen hatte.

»Nein«, log Crystal. »Schulfreundinnen.«

»Ach? Wen denn?« Toms Stimme war rauh vom Alkohol.

»Ach, nicht wichtig.« Sie wollte aus dem Stall gehen, als er grob ihren Arm packte. Sie wurde überrumpelt und geriet ins Straucheln, so daß sie um ihr Gleichgewicht kämpfen mußte.

»Warum so eilig?«

»Ich muß zu Mom.« Crystal versuchte, Tom in die Augen zu sehen, so sehr sie sich auch davor fürchtete. Trotz ihrer Größe konnte sie es mit ihm niemals aufnehmen. Er prahlte vor seinen Freunden, er sei stark wie ein Bulle, und dort, wo es darauf ankäme, sogar noch größer.

»Zu Mom... wie süß«, höhnte er. »Nach Hause zur Mama. Deiner Mutter ist es einerlei. Sie ist ohnehin bei Becky. Die blöde Kuh bekommt schon wieder einen dicken Bauch. Himmelherrgott, man möchte meinen, inzwischen müßte sie es besser wissen. Wir treiben es kaum noch miteinander, und wenn wir es tun, wird sie schwanger.«

Crystal versuchte sich loszumachen, aber Tom hielt ihren Arm fest wie ein Schraubstock. Es war unverkennbar, daß er nicht die Absicht hatte, sie loszulassen, zumindest nicht im Moment.

»Ich sagte dir doch, du sollst bleiben!« Sie nickte starr vor Angst. Bis jetzt hatte sie noch niemand körperlich bedroht. »Einen Drink?«

»Nein, danke.« Bleich vor Angst schüttelte Crystal den Kopf.

»Doch, du möchtest einen.« Mit einer Hand ihre Arme festhaltend, zwang er ihr mit der anderen den Flaschenhals an den Mund, kippte die Flasche und goß die Flüssigkeit über ihre Bluse. Trotz ihrer Gegenwehr gelang es Tom, ihr einen tüchtigen Schluck durch die zusammengebissenen Zähne zu schütten.

»Hör auf! Laß mich los!«

Tom lachte nur und weidete sich an ihrer Angst. Dann warf er sie auf einen Heuhaufen, der für die Pferde vorbereitet war.

»Zieh dich aus!«

»Tom... bitte...« Sie wollte sich hochkämpfen und sich ihm entziehen, aber Tom packte ihre Beine und zwang Crystal auf den Boden zurück. Die Flasche war fortgerollt, der Stall vom Geruch billigen Whiskeys erfüllt. »Bitte... nicht...« Als er ihre Bluse aufriß, schrie sie auf.

»Du mußt sie ja doch loswerden. Also, Schwesterchen, komm, sei ein liebes Mädchen zu deinem Bruder.«

»Du bist nicht mein Bruder... hör auf!« Und dann schlug sie ihm in Todesangst mit der Faust ins Gesicht und traf ihn aufs Auge. Tom stöhnte, was ihn nicht abhielt, sie von neuem zu packen und ihr einen Hieb ins Gesicht zu versetzen, so fest, daß ihr die Luft wegblieb.

»Luder! Ich hab dir gesagt, du sollst dich ausziehen.« Mit einer Hand zerrte er an ihren Jeans, mit der anderen drückte er sie zu Boden, um sich mit seinem ganzen Gewicht auf sie zu legen. Sie fürchtete schon, er würde ihr den Arm brechen. Es war ihr einerlei. Er würde sie töten müssen, ehe sie zuließ, daß er sie in Besitz nahm. Crystal kämpfte wie ein wildes Tier, doch immer wieder warf Tom sie zu Boden, bis er plötzlich mit einem dumpfen Reißgeräusch ihre Jeans aufriß und ihre blassen Schenkel enthüllt wurden.

»Nein, nicht... Tom... bitte...« Crystal schluchzte, als er an der Unterwäsche zerrte, während er immer noch mit der anderen Hand ihre Arme hoch über ihren Kopf streckte und zu Boden drückte. Dann saß er rittlings über ihr, und ungerührt von ihrem Schluchzen und Flehen zog er seine Hose herunter. Ohne Zögern fand er sein Ziel, drängte sich in sie und preßte Crystal, die angstvoll schrie und stöhnte, mit jedem Stoß fester zu Boden. Wieder schlug er sie, diesmal noch fester. Blut lief ihr aus dem Mund, unter ihr bildete sich eine Blutlache, als er sie vergewaltigte. Ihr Rücken wurde vom Stroh und vom rauhen Boden aufgeschürft, atemlos vor Schmerz und Angst lag sie da, als er kam und ihr noch einmal fest ins Gesicht schlug. Ihr Widerstand war gebrochen. Es war sinnlos. Zusammengekauert und gebrochen bot sie ein Bild des Jammers, als Tom aufstand und seine Hose hochzog. Wieder griff er zur Flasche und trank einen Schluck. Grinsend blickte er auf Crystal nieder.

»Besser du wäschst dich, ehe du heimgehst, Schwesterchen.« Wieder lachte er. Dann ging er und knallte die Stalltür hinter sich zu. Crystal blieb blutend und wie ein Häufchen Elend auf dem Boden zurück. Verzweifelt wünschte sie sich den Tod herbei, während sie dalag und schluchzte, bis sie keine Tränen mehr hatte. Sie hatte nichts mehr, nur den Tod. Schließlich gelang es ihr, sich aufzurichten und sich zu dem Schlauch zu schleppen, den sie zum Füllen der Pferdetränken benutzten. Sie ließ das Wasser rinnen, während sie sich übergab. Dann wusch sie sich Gesicht und Arme. Ihr Blick fiel auf ihre zerrissenen Jeans, ihre zerfetzte Unterwäsche und das Blut. Wieder ließ sie sich leise wimmernd auf die Knie sinken. Sie konnte nicht nach Hause. Sie konnte ihnen keine Erklärung liefern. Sie konnte niemandem davon erzählen. Man würde die Schuld unweigerlich bei ihr suchen. Mit zitternden Knien taumelte sie in die Box zu ihrem bejahrten Pinto, packte ihn an der Mähne und führte ihn hinaus. Vor dem Stall schwang sie sich auf seinen Rücken und ritt langsam über die Felder zu den Websters, wo sie sich schluchzend vom Pferd gleiten ließ. Boyd erspähte sie vom Fenster aus und lief zu ihr heraus. Hiroko war ihm dicht auf den Fersen.

»Crys... o Gott... o mein Gott...« Boyd glaubte, daß sie jemand überfallen und zu töten versucht hatte, als sie bewußtlos und blutverschmiert zu seinen Füßen zusammenbrach.

12

Boyd trug Crystal ins Haus und legte sie aufs Ehebett. Er übernahm das Baby, während Hiroko sich neben Crystal setzte und sie mit warmen Handtüchern säuberte. Sie behandelte die Schwellungen mit äußerster Vorsicht. Rücken und Beine waren aufgeschürft, eine Platzwunde an der Lippe... ein Wunder, daß er sie nicht getötet hatte. Crystal lag da und weinte in dem Bett, in dem das Kind zur Welt gekommen war, bei dessen Geburt sie geholfen hatte. Am nächsten Morgen saß sie in der Küche und starrte Hiroko und Boyd mit leerem Blick an. Als Boyd ihr eine Tasse Kaffee hinstellte, brach sie wieder in Tränen aus.

»Ich bringe dich nach Hause. Du kannst deiner Mutter sagen, wo du warst. Und dann fahren wir zum Sheriff.«

Crystal schüttelte niedergeschlagen den Kopf. Sie konnte sich vor Schmerzen kaum rühren und hatte die ganze Nacht kein Auge zugetan. Und mit dem blauen Auge, das Tom ihr verpaßt hatte, konnte sie kaum sehen. Wäre ihr helles Haar nicht gewesen, man hätte sie kaum erkannt. Dennoch war ihr klar, daß sie sich nicht an den Sheriff wenden konnte. Tom würde sie töten, wenn sie es täte. »Das geht nicht.«

»Sei nicht albern«, grollte Boyd. Am liebsten hätte er sich Tom selbst vorgeknöpft.

»Das kann ich Becky und meiner Mutter nicht antun.«

»Bist du noch bei Trost? Der Mann hat dich vergewaltigt.« Wieder fing Crystal zu weinen an, und Hiroko faßte nach ihrer Hand.

»Er muß bestraft werden. Boyd hat recht.«

Aber Crystal sah sie wortlos und unter Tränen an. Sie hatte auch Schande über sich selbst gebracht. In ihrem Durcheinander von Gefühlen empfand sie Zorn, Angst, Demütigung, und sie fühlte sich aus einem unerfindlichen Grund irgendwie mitschuldig. War es ihre Schuld? Hatte sie ihn im Laufe der Jahre unwissentlich gereizt? Oder war es abermals eine Strafe für ihr Aussehen? Sie wußte es nicht, und es spielte auch keine Rolle. Es war eben passiert. Ein Grund mehr, dem Tal schleunigst den Rücken zu kehren, jenem Tal, das sie einst geliebt hatte und das sie nun haßte. Hier ließ sie nichts zurück als das Gefühl des Verlustes, Schmerz und Kummer... und die Websters.

»Crystal, du darfst nicht zulassen, daß er ungeschoren davonkommt«, sagte Boyd ganz leise. Innerlich bebte er vor Zorn. »Ich bringe dich nach Hause.«

Am Abend zuvor hatten sie ihre Mutter gar nicht angerufen, da sie mit Crystal zu beschäftigt gewesen waren. Sie ließ das Pferd stehen und stieg mit Boyd in den Wagen. Unterwegs sprach sie kein Wort. Ihre Gedanken kreisten um das, was nun vor ihr lag. Hiroko umfing sie stumm, ehe sie losfuhren, und blieb mit Jane zu Hause. Crystal hatte vor Kummer, Scham und Angst nicht einmal zum Abschied ein Wort herausgebracht.

Boyd folgte Crystal ins Haus. Ihre Großmutter stand in der Küche. Ein Blick auf Crystal, die mit verschwollenem Gesicht und verfilztem Haar in Boyds Jeans vor ihr stand, genügte. Sofort lief sie, um ihre Tochter zu holen. Gleich darauf stürzte ihre Mutter herein, hastig ihren Bademantel um sich raffend.

»Wo hast du gesteckt?« Und mit einem Blick zu Boyd: »Was treibst du denn hier?« Seit der Heirat mit Hiroko war er in ihrem Haus nicht willkommen, von der Hochzeit und der Taufe abgesehen. Seit damals war er nie wieder eingeladen worden.

»Ich habe sie hergebracht. Die letzte Nacht war sie bei uns.« Olivias Blick gefiel ihm nicht. Es lag keine Spur von Mitgefühl darin, sondern nur Anklage. Sie machte keinerlei Anstalten, auf Crystal zuzugehen, während das Mädchen dastand und sie leer anstarrte. Boyd half Crystal zu einem Stuhl, während ihre Mutter sich nicht vom Fleck rührte.

»Wie hast du es angestellt, daß so etwas passieren konnte?«

Boyd wandte sich zu Olivia Wyatt um und sagte ihr wutentbrannten Blickes, was Crystal nicht über die Lippen brachte. »Dein Schwiegersohn hat sie vergewaltigt.«

»Das ist eine Lüge!« schleuderte sie beiden entgegen. Dann fauchte sie Boyd an: »Raus mit dir! Ich kümmere mich um die Sache.« Und Crystal herrschte sie an: »Wie kannst du es wagen, ihm solche Lügen über den Mann deiner Schwester aufzutischen?«

Crystal blickte in stummer Verwunderung zu ihrer Mutter auf. Egal, was ihr auch zustieß, ihre Mutter berührte es nicht. Diese Frau haßte sie und hatte sie wahrscheinlich immer schon gehaßt. Aber das war nicht mehr wichtig. Für Crystal war alles vorbei. In einer einzigen Nacht war sie erwachsen geworden, und die letzte Bindung an ihre Familie war zerrissen.

Boyd hingegen konnte mit seiner Empörung nicht an sich halten. »Olivia, sieh sie doch an! Sie sollte längst im Krankenhaus sein, hatte aber Angst, in der Nacht dort hinzugehen.« Und er hatte Angst gehabt, sie zu zwingen.

»Sie ist ein liederliches Frauenzimmer. Mit wem warst du gestern zusammen? Du bist gar nicht nach Hause gekommen.«

»Doch... ich war da... Tom war im Stall... er hat mich nicht gehen lassen. Er war betrunken.« Ihre Stimme war so stumpf wie ihr Blick. In ihr war etwas in dieser Nacht abgestorben. Mit einem Teil ihres Herzens hatte sie trotz allem ihre Mutter immer geliebt, aber diese Liebe war für immer verloren. Sie war betrogen worden.

»Ich sollte dich aus dem Haus werfen. Geh auf dein Zimmer!« Boyd traute seinen Ohren nicht. Er sah Crystal an. »Komm mit mir, Crystal. Bleib nicht da!«

Doch Crystal schüttelte nur den Kopf. Sie mußte die Sache

hier zu einem Ende bringen und wollte nicht vorher gehen. Was immer dies bedeutete und was immer es sie kosten würde. Sie würde bleiben, bis sie dann endgültig das Haus verließ. Und irgendwie argwöhnte sie, daß ihre Mutter es ahnte und froh darüber war. Sie wußte nicht, warum, doch sie spürte deutlich, daß ihre Mutter sich wünschte, sie würde für immer von der Ranch verschwinden.

Boyd schaute sie an. »Crystal, bitte ... bleib nicht hier.« Aber sie rührte sich nicht. Sie starrte ihn an, ohne ihn richtig anzusehen, in Gedanken bei dem, was sie tun mußte. Ihre Mutter ging steif auf die Tür zu und riß sie auf.

»Boyd Webster, ich sagte, du sollst dich hinausscheren, oder hast du mich nicht verstanden?«

Er stand breitbeinig da, gewillt, es mit ihr aufzunehmen. »Ich gehe nicht.«

»Muß ich den Sheriff rufen?«

»Ich wünschte, du würdest es tun.«

»Schon gut, Boyd ...« Crystal hatte ihre Sprache wiedergefunden. »Es geht schon in Ordnung. Geh jetzt ...« Er wollte sie nicht allein lassen, obwohl ihre Blicke ihn baten, zu gehen. »Es ist alles in Ordnung ... geh nur nach Hause ...« Das hörte sich ruhig und gelassen an, nur ihre Augen wirkten bekümmert. Er zögerte noch, ehe er langsam zur Tür ging.

»Ich komme später wieder«, verkündete er mit einem Blick über die Schulter. Damit knallte er die Tür zu, und im nächsten Moment hörte man seinen Wagen davonfahren. Sofort stürzte sich Olivia auf Crystal. Sie hatte schon den Arm erhoben, um zuzuschlagen, als Crystal ihren Arm packte und ihn so festhielt, daß ihre Mutter zusammenzuckte und plötzlich angsterfüllt vor ihr zurückwich.

»Faß mich nicht an, hörst du? Ich lasse mir von dir nichts mehr gefallen ... nicht von dir und auch nicht von Tom und allen anderen hier.« Crystal sagte es mit bebender Stimme und flammendem Blick. Sie haßte alle dafür, was sie ihr angetan hatten, für die mangelnde Liebe und für den Schmerz, den sie ihr so oft zugefügt hatten. Toms Schandtat von letzter Nacht war der Höhepunkt gewesen. Und die Frage schoß ihr durch den Kopf, ob

Tom gewagt hätte, sie auch nur anzufassen, wenn ihre Mutter sie seit dem Tod des Vaters anders behandelt hätte. Er wußte, daß niemand ihre Partei ergreifen würde... was also hatte er zu verlieren? Nun aber würde er es zu spüren bekommen. Sie ging an ihrer Mutter vorüber zum Schrank, in dem ihr Vater seine Jagdwaffen aufbewahrte. Sie waren noch vollständig vorhanden, bis auf jene, die Jared benutzte. Sie griff nach einer Flinte, als ihre Mutter zu schreien anfing und ihr Bruder hereinkam.

»Was zum Teufel... Crystal, um Himmels willen... was soll das?«

»Jar, du hältst dich raus!« Als er den Ausdruck in Crystals Augen sah, glaubte Jared fast, sie hätte den Verstand verloren, so furchterregend war ihr Blick.

»Gib mir das Ding!« Er wollte nach der Waffe fassen, aber Crystal versetzte ihm mit dem Lauf einen Schlag, nur so fest, daß er merkte, wie ernst es ihr war.

»Sie will Tom töten!« schrie ihre Mutter. Crystal wandte sich nun wieder ihr zu, mit einer Wut, die noch niemand an ihr je erlebt hatte, einer Wut, die sich seit Monaten in ihr aufgestaut hatte. Eine Wut, geboren aus Hilflosigkeit, Verzweiflung und aus Trauer um den verlorenen Vater. Und nicht zuletzt aus dem Schmerz heraus, mit ansehen zu müssen, wie Tom alles zugrunde richtete, was ihr Vater so mühsam aufgebaut hatte. Aber das verstanden sie nicht.

»Da hast du verdammt recht!« Crystal sah Jared direkt an. Alles Kindliche war von ihr abgefallen. Lodernd vor Zorn stand sie da, schön, trotz ihrer wirren Haare und der häßlich verfärbten Schwellungen. »Und wenn du wissen möchtest, weshalb, dann sieh im Stall nach.«

»Was hat er denn jetzt wieder angerichtet?« Jared hatte noch immer nicht begriffen, was geschehen war.

»Warum fragst du ihn nicht?« Crystals lavendelblaue Augen verbreiteten Eiseskälte, als sie von ihrer Mutter zu Jared blickte.

Olivia fing wieder zu toben an. »Glaub ihr nicht! Sie lügt!«

»Mom, warum glaubst du das?« Crystals Ton war sonderbar ruhig. Während sie die Waffe auf die beiden gerichtet hielt, schien sie ihre Fassung wiedergewonnen zu haben. Sie war nicht mehr

Toms hilfloses Opfer, sie stand im Begriff, ihn für das zu töten, was er ihr angetan hatte. Ein wohltuender Gedanke. »Warum glaubst du nicht, daß er es getan hat? Warum bin immer ich diejenige, die unrecht hat?« Ihre letzten Worte mischten sich mit Schluchzen. Nun waren es Zornestränen, die sich in ihre Trauer mischten. Es war so schmerzlich, sich ein für allemal eingestehen zu müssen, daß die eigene Mutter sie haßte. »Denk daran ...« Die Jagdflinte ihres Vaters, mit zitternden Händen gehalten, richtete sich abwechselnd auf Jared und ihre Mutter. Egal, was die beiden nun tun mochten, sie ließ sich nicht mehr bremsen. »Denk daran... als ich noch klein war, hattest du mich lieb, weißt du noch? Du hast immer gesagt, ich hätte dich nie angelogen wie Jared und Becky... und es stimmte... ich habe nie gelogen... damals hatte ich dich auch lieb...« Einen Augenblick versagte ihr beinahe die Stimme. »Warum haßt du mich jetzt so sehr? Seit Dad tot ist, tust du so, als hätte ich dir etwas angetan... aber das habe ich nie... niemals, oder?« Sie stellte diese Frage an den Raum als Ganzes, und zuerst gab es keine Antwort. Doch der ganze unterdrückte Haß lag in der Stimme ihrer Mutter, als diese zornbebend hervorstieß:

»Du weißt genau, was du getan hast... du hast dich bei deinem Vater eingeschmeichelt... Wie ein kleines Luder bist du ständig mit ihm ausgeritten... und schließlich... du mußt ihn ja richtig herumgekriegt haben...« Verbittert sah sie Crystal an, der die Wut und die Ablehnung ihrer Mutter noch immer unbegreiflich waren.

Was Olivia da vorbrachte, ergab keinen Sinn. »Wovon redest du da?«

»Du weißt genau, was ich meine, du kleine, berechnende Schlampe. Du hast bekommen, was du wolltest, ist es nicht so? Aber von mir wirst du nichts kriegen, jedenfalls nicht zu meinen Lebzeiten.« Plötzlich stieg ihr Entsetzen in die Augen. Ganz klar, sie glaubte, Crystal wollte sie töten, als diese nervös die Waffe betastete. Aber Crystal stürzte zur Tür, während Jared seine Mutter noch verwirrt anstarrte. Dann eilte er Crystal nach, doch sie war für ihn zu schnell – sie war immer schon schneller gewesen. Er folgte ihr über die Felder, und sie schwang noch immer die Flinte, gab Schüsse in die Luft ab und rief ihm warnend zu, sich von ihr fernzuhalten. Daß etwas passiert sein mußte, das wußte er, aber was es war, konnte er nicht ahnen. Er wußte nur, daß er sie aufhalten mußte, ehe sie Tom oder Becky und den Kindern etwas antat. Sie schien den Verstand verloren zu haben, und er hatte keine Ahnung, weshalb.

Tom hörte sie, lange bevor sie das Haus erreichten. Ein Blick aus dem Fenster zeigte ihm, daß sie über das Feld gelaufen kam, ein Gewehr in der Hand. Er nahm vorsorglich die eigene Flinte vom Ständer und erwartete Crystal, die bereits zwei Schüsse in die Luft abgegeben hatte. Vier Kugeln waren übrig, als Becky schreiend hinter Tom aus dem Haus trat und ihn verzweifelt aufzuhalten versuchte. Sie wußte nicht, was vor sich ging, ahnte aber instinktiv, daß etwas Schreckliches passieren würde.

»Was hast du vor?« Becky zitterte am ganzen Leib, als Tom sie brüsk zurückstieß und sie anherrschte, sie solle ins Haus gehen und bei den Kindern bleiben. Sie wartete ängstlich im Wohnzimmer, als Crystal Tom gegenübertrat und mit bebenden Händen die Waffe auf ihn richtete. Jared war ihr atemlos auf den Fersen.

»Tu das Ding weg, Schwester.« Das sagte er ganz leise, aus Angst davor, was sie tun würde, aber Tom grinste nur. Wie gewöhnlich schien er angetrunken zu sein, aber seine Hände waren beängstigend sicher, als er auf Crystal zielte.

»Nett, dich wiederzusehen, Crystal. Soll das ein Besuch sein, oder gehst du mit Jared auf die Jagd?« Tom schien die Ruhe selbst, während Jared hilflos und nervös neben ihr stand.

»Tom, runter mit der Waffe. Hört mit diesem Unfug auf!«

Jared war entsetzt. Beide mußten den Verstand verloren haben, und plötzlich ging ihm nach einem Blick auf seine Schwester ein Licht auf. Er konnte sich denken, was passiert war, und in ihm erwachte der Wunsch, ihr die Waffe abzunehmen und seinen Schwager selbst zu töten. Aber er sah keine Möglichkeit, Crystal die Flinte zu entreißen, die sie erst auf Toms Kopf gerichtet hielt, um dann mit sichtlicher Genugtuung auf seinen Schritt zu zielen.

»Ich bin gekommen, um mich für letzte Nacht gebührend zu bedanken.« Ihre Stimme bebte: »Du wirst das niemals wieder jemandem antun, hörst du, Tom?« Sie wollte, daß er es mit der Angst zu tun bekam, daß er heulte, sie anflehte und bettelte, wie sie es in der Nacht getan hatte. Er aber feixte nur unverschämt, ihren Geschmack noch frisch auf den Lippen wie das häßliche Grinsen, das er zur Schau trug. Und dann schoß sie ihm ohne Vorwarnung zwischen die Beine. Doch sie verfehlte ihn. Und im selben Augenblick gab Tom zwei Schüsse auf sie ab. Einer pfiff an ihrem Ohr vorüber, und als sie sich erschrocken umdrehte, sah sie neben sich Jared zu Boden sinken. Die Kugel hatte ihn in den Kopf getroffen, und er war auf der Stelle tot. Crystal kniete an der Seite des blutüberströmten Jared nieder. Von weitem war ein Schrei zu hören, doch ihre letzte Erinnerung war Tom, der sich mit gemeinem Grinsen über sie beugte, und die schreiende Becky. Sie selbst lag da und hielt Jared in ihrem Schoß. Schluchzend hielt sie ihn an sich gedrückt. Er war tot. Und es war ihre Schuld. Ebensogut hätte sie ihn selbst erschießen können... er war tot... tot... und Tom ging zu ihr und nahm ihr die Flinte ihres Vaters ab. Dann ging er ins Haus, um den Sheriff zu verständigen.

13

Als der Sheriff eine halbe Stunde später kam, lag Jared noch immer in Crystals Armen auf der Wiese. Man mußte sie wegführen. Die Fragen, die man ihr stellte, verschwammen in ihrem Kopf. Sie wußte noch, daß der Krankenwagen kam, um Jared abzuholen, und daß ihre Mutter hysterisch schluchzend in Beckys Armen zusammenbrach.

Sie wußte auch noch, daß die Kinder sie anstarrten und der Sheriff zu ihr sagte, sie hätte etwas Schreckliches getan... daß sie ihm zu erklären versuchte, daß nicht sie Jared erschossen hatte... Sie wußten es ohnehin. Und dann kam heraus, was Tom getan hatte. Man untersuchte den Stall, wo auf dem Boden noch ihr Blut zu sehen war, und man brachte sie ins Krankenhaus. Boyd und Hiroko begleiteten sie und gaben zu Protokoll, in welchem Zustand Crystal in der Nacht zuvor zu ihnen gekommen war. Alle ihre Verletzungen wurden fotografiert. Der Sheriff verzichtete daraufhin auf einen Haftbefehl und gestattete, daß Crystal bei den Websters blieb. Hiroko und Boyd begleiteten Crystal auch zum Gerichtstermin. Ihr drohte eine Anklage wegen versuchten Mordes, Tom aber wollte, daß die Anklage gegen sie fallengelassen wurde, weil er befürchtete, daß er wegen Vergewaltigung und Mord unter Anklage gestellt werden würde, wenn der Fall erst genauer aufgerollt würde. So begnügte sich der Richter damit, den Fall als Unfall einzustufen. Am Ende wurden alle Anklagepunkte fallengelassen und Jareds Tod als Folge einer Verkettung unglückseliger Umstände abgetan. Gemeinsam verließen sie das Gerichtsgebäude, und Crystal sah Tom und ihre Mutter erst bei Jareds Beerdigung wieder. In der Kirche saß sie mit Boyd und Hiroko in der letzten Bankreihe. Inzwischen hatten die Lokalblätter den Fall groß herausgebracht.

Die Freunde von Jared waren vollzählig versammelt, auch sein Mädchen aus Calistoga war da. Alle weinten, auch Tom, der Crystal beim Verlassen der Kirche anklagend ansah. Er war einer der Sargträger gewesen, weil Olivia darauf bestanden hatte. Crystal wurde übel bei diesem Anblick. In den Augen ihrer Mutter war Jareds Tod nicht Toms Schuld, sondern die von Crystal. Jared fand in einem schlichten Grab neben dem seines Vaters die letzte Ruhe. Es war ein Tag, den Crystal nie vergessen würde. Sie stand da und starrte zum Himmel empor, in Gedanken bei Vater und Bruder. Wie anders das Leben einst gewesen war. Jetzt war alles vorbei. Für alle. Es war nichts mehr übrig als Haß, Schuld und Lügen und Trauer um die Toten. Als Boyd sie wegführte, hielt Crystal einen Augenblick inne und sah ihre Mutter an.

»Komm nie wieder zurück auf die Ranch, Crystal. Du bist eine Mörderin und ein Luder. Du gehörst nicht zu uns. Und was du deinem Pa vor seinem Tod eingeredet hast, nützt dir jetzt nichts mehr.« Olivias Haß kannte keine Grenzen. Crystal schüttelte nur den Kopf dazu. Ihr eigener heißer Zorn war längst verraucht. Sie mußte damit leben, daß ihr Wutausbruch ihren Bruder das Leben gekostet hatte. Jetzt hätte sie alles getan, um es ungeschehen zu machen, auch wenn es bedeutet hätte, daß Tom ganz ungeschoren davongekommen wäre. Was er getan hatte, ließ sich ohnehin nicht wieder gutmachen, so wie man auch Jared nicht wieder zum Leben erwecken konnte.

»Mom, jedes Wort ist überflüssig.« Sie sagte es ganz leise. »Ich komme nie wieder zurück. Ich möchte die Ranch nicht mehr wiedersehen. Sie gehört dir. Auf Wiedersehen.«

»Wie wärs, wenn du das für mich und deine Mama schriftlich niederlegen würdest?« hörte sie Tom hinter sich sagen. Seine Ausdünstung bereitete ihr so starke Übelkeit, daß sie gegen Brechreiz ankämpfen mußte.

»Du brauchst es nicht schriftlich. Morgen kehre ich der Ranch für immer den Rücken.« Sie hatte hier nichts mehr zu suchen. Die Menschen, die ihr etwas bedeutet hatten, waren tot, und die, die sie zurückließ, hätten ebensogut Fremde sein können.

»Tu das und gib acht, daß du nie wieder zurückkommst.«

Tom äußerte es in leise grollendem Ton, als Boyd vortrat und ihren Arm nahm. »Komm, Crystal, gehen wir.« Er führte sie fort, und als sie losfuhren, liefen Crystal die Tränen über die Wangen. Hiroko tätschelte fürsorglich ihre Hand, während sie mit tränenverhangenen Augen zum Fenster hinausstarrte. Zu sagen gab es nichts. Ihr Lebensweg hatte eine andere Richtung genommen, und Jared war tot. Kaum erwachsen geworden, hatte er sterben müssen. Auf der Fahrt zu den Websters sprach Crystal kein Wort, und als sie angekommen waren, ließ sie die beiden allein und unternahm einen langen Spaziergang. Sie wanderte durch das hohe Gras hinter dem Haus, folgte meilenweit dem Fluß, leise die Lieder vor sich hinsingend, die ihr Vater und ihr Bruder einst so gern gehört hatten, und als sie »Amazing Grace« sang, wurde sie von ihren Erinnerungen überwältigt. Nun gab es niemanden mehr, der ihr zuhörte, niemanden, dem sie etwas bedeutete oder der sie liebte. Als sie zum Haus der Websters zurückschlenderte, empfand sie eine Einsamkeit wie nie zuvor. Doch sie wußte, daß sie weitermachen mußte. Sie mußte tun, was sie ihrem Vater und sich selbst vor Jahren versprochen hatte. Sie mußte andere Welten und andere Orte kennenlernen. Allein mit ihren Erinnerungen, die sie stets begleiten würden. Und mit der Erinnerung an Jared war die Schuld verknüpft, die sie ihr Leben lang mit sich herumtragen würde. Nichts würde daran etwas ändern oder ihren Schmerz lindern können. Was ihr im Leben auch zustoßen mochte, für sie war es, als hätte sie ihren Bruder auf dem Gewissen, als hätte sie selbst abgedrückt.

Und als sie durch das hohe Gras zurückwanderte, sang sie die Lieder, die sie als Kinder zusammen gesungen hatten. Tränenblind sah sie in ihrer einsamen Trauer zum Himmel empor.

»Leb wohl, Jar ...« Die Worte, die sie so lange nicht mehr zu ihm gesagt hatte, kamen im Flüsterton: » ...ich hab dich lieb ...«

14. Kapital

Crystal blieb noch einige Tage bei Boyd und Hiroko. Eigentlich hatte sie gleich am Tag nach der Beerdigung gehen wollen, aber das Schuldgefühl und ihr Kummer waren so überwältigend, daß sie sich nicht aufraffen konnte. Um wieder zur Besinnung zu kommen, brauchte sie eine gewisse Zeit, die sie damit verbrachte, mit Jane zu spielen und lange, einsame Spaziergänge zu unternehmen. Hiroko ließ sie gewähren, da sie genau wußte, was ihr jetzt not tat.

Vor der Beerdigung war Crystal kurz nach Hause gegangen, um ihre Sachen abzuholen. Sie hatte auch ihren kleinen gehorteten Geldschatz unter der Matratze hervorgezogen. Boyd und Hiroko hatten sie überreden wollen, noch so lange zu bleiben, bis sie die Schule absolviert hätte. Doch Crystal wußte, daß sie das nicht konnte. Ihr waren die Menschen hier unerträglich, mehr noch, sie war ihnen über Nacht entwachsen. In sechs Wochen hätte sie ihr Abschlußzeugnis bekommen sollen. Es war ihr nicht mehr wichtig. Sie spürte, daß sie schleunigst die Gegend und ihr Elternhaus verlassen mußte.

»Aber wohin willst du?« fragte Hiroko besorgt.

»Nach San Francisco.« Crystals Entschluß stand fest. Mit ihrem Geld konnte sie sich ein Zimmer mieten. Und dann wollte sie sich einen Job als Kellnerin besorgen und so lange arbeiten, bis sie genug Geld für Hollywood beisammen hatte. Sie hatte nichts mehr zu verlieren und wußte, daß sie einen Versuch wagen mußte.

»Du bist viel zu jung, um allein in die Großstadt zu ziehen.« Boyd sah sie besorgt an, Hiroko hatte Tränen in den Augen. Crystal wußte, daß sie alles durchstehen würde, denn das Kind in ihr war tot, so gewiß wie Jared von Toms Kugel getötet worden war.

»Boyd, wie alt warst du, als man dich eingezogen hat?«

»Achtzehn.«

Crystal lächelte traurig. »Bei der Army muß es viel härter gewesen sein als in San Francisco.«

»Darum geht es gar nicht. Außerdem ist mir nichts anderes übriggeblieben.«

»Mir doch auch nicht«, flüsterte sie. Crystal hatte ihr Haar glatt aus dem Gesicht gekämmt und im Nacken zu einem Pferdeschwanz zusammengefaßt. Die Schwellungen waren zurückgegangen, nur das blaue Auge war noch sehr auffällig. Es war Zeit für sie, weiterzuschreiten, das wußte sie besser als jeder andere. Die Tage im Tal waren für sie Vergangenheit.

Am Tag ihrer Abfahrt brachte Boyd sie zur Busstation. Gemeinsam warteten sie auf den Bus. Crystal versprach, ihm zu schreiben, sobald sie eine Bleibe gefunden hatte. Beide mußten gegen die Tränen ankämpfen, als er sie umarmte. Von Hiroko hatte sie sich schon im Haus verabschiedet, was ihr noch schwerergefallen war.

»Gib acht auf dich, Kleines«, sagte Boyd mit belegter Stimme. Crystal war ihm wie eine Schwester, und er und Hiroko waren die einzigen Menschen, die ihr geblieben waren.

Es schmerzte Crystal tief, sie zu verlassen. Doch eine ganze Welt wartete auf sie, eine Welt voll neuer Hoffnung und Verheißung. Und sie war jung genug, um sich irgendwo ein neues Leben zu schaffen, in dem Menschen wie Tom Parker keinen Platz hatten.

Sie winkte Boyd beim Einsteigen und warf ihm eine Kußhand zu. Die Männer im Bus registrierten es neidvoll. Und dann sah sie still mit an, wie das Tal davonglitt, und spürte trotz der schmerzlichen Erinnerungen, die sie mit sich nahm, so etwas wie freudige Erregung.

15

Der Bus hielt an der Ecke Third Street und Townsend an. Crystal stieg aus und ließ beklommen den Blick wandern. Sie war erst zweimal in San Francisco gewesen, einmal als Kind mit ihrem Vater, das zweite Mal mit Hiroko und Boyd bei Janes Taufe. Dies hier aber war für sie ein fremdes und schäbiges und heruntergekommenes Viertel. Auf dem Gehsteig lagen Betrunkene, Autos sausten vorüber, der Geruch von Alkohol und ungewaschenen Körpern lag in der Luft, daneben aber witterte sie Abenteuer und Erregung. An der Busstation besorgte sie sich einen Stadtplan und eine Zeitung und ließ sich unter den neugierigen Blicken der Passanten nieder, um beides zu studieren. Einfach gekleidet, den alten Koffer in der Hand, wirkte sie in dieser Umgebung ziemlich auffallend. Ihr war klar, daß sie vor Einbruch der Dunkelheit unbedingt ein Zimmer finden mußte. Die Frage war nur, wo. Sie hatte keinen Schimmer, wo sie mit ihrer Suche beginnen sollte. An Inseraten, in denen Zimmer angeboten wurden, war kein Mangel, vor allem in Pensionen in Chinatown, doch sie wußte nicht, wie sie es anfangen sollte. Am besten, sie versuchte es einfach auf gut Glück irgendwo. Crystal suchte zwei Adressen heraus und winkte ein Taxi herbei, bei dessen Fahrer sie sich erkundigte, welches der zwei Viertel sicherer sei. Der Fahrer musterte Crystal in ihrem blauen Kleid und mit ihrem Pferdeschwanz. Blutjung war sie, und so hübsch, wie man es selten zu sehen bekam. Zu gern hätte er gewußt, was sie allein in San Francisco trieb. Seine Enkeltochter war ungefähr in ihrem Alter. Wenn die sich an der Ecke Third Street und Townsend herumgetrieben hätte, wäre es ihm alles andere als geheuer vorgekommen.

Er warf für sie einen Blick in die Zeitung und schlug eine Anzeige vor, die Crystal ganz übersehen hatte. Ein Zimmer im Italienerviertel unweit Telegraph Hill in North Beach.

»Versuchen wir es erst bei dieser Adresse. Klingt besser als die beiden anderen und dürfte nicht zu teuer sein.« Crystal entging dabei ganz, daß er das Taxameter ausschaltete. Einem Mädchen wie ihr ein kleines Geschenk zu machen, konnte er sich allemal leisten. Nein, von ihr würde er keinen Cent verlangen, sie war so jung und hübsch, daß er ihr unbedingt helfen wollte. »Wollen Sie hier Bekannte besuchen?« Plötzlich regte sich bei ihm der Verdacht, daß sie eine Ausreißerin sein könnte, obwohl sie eigentlich gar nicht so aussah, als wäre sie vor jemandem davongelaufen. Sie sah einfach aus wie ein beliebiges junges Mädchen, das zum erstenmal allein in der Großstadt war.

Crystal erklärte ihm, daß sie nicht zu Besuch da sei.

»Ich will hier leben«, sagte sie leise, den Blick aus dem Fenster gerichtet. »Eine Zeitlang wenigstens.«

Sie überquerten die Market Street und fuhren in östlicher Richtung weiter, an den Piers des Embarcadero vorüber, dann durch Chinatown und endlich nach North Beach zu der angegebenen Adresse. Es war ein kleines, einfaches Haus mit sauberen Gardinen an den Fenstern. Auf den Stufen saßen zwei alte Frauen, die lebhaft miteinander schwatzten. Ihr Haar war zu straffen Nackenknoten zusammengefaßt, über den schwarzen Kleidern trugen sie Schürzen. Crystal fiel spontan Grandma Minerva ein, aber sie verdrängte die Erinnerung sofort wieder. Das Leben im Tal lag nun hinter ihr. Sie bedankte sich beim Fahrer und fragte, wieviel er zu bekommen habe.

»Nichts... schon gut...«, erwiderte er brüsk und machte ein verlegenes Gesicht. Er wollte nichts von ihr nehmen. Schließlich war sie noch ein Kind und dazu so hübsch. Es war nett gewesen, sie einfach anzusehen. Crystal bedankte sich, und er sah noch, wie sie auf die zwei alten Damen zuging, den Koffer in der Hand. Dann fuhr er los. Hoffentlich würde sie es schaffen.

Die zwei alten Frauen starrten Crystal, als sie sich nach dem Zimmer erkundigte, einen Augenblick an, ehe sie antworteten, und wechselten dann ein paar Worte auf italienisch miteinander.

»Wie bitte?« Crystal sah noch jünger aus, als sie den Koffer abstellte. Ein blonder Heiligenschein schien ihr Gesicht zu umgeben. »Das Zimmer... können Sie mir Auskunft geben?«

»Wie kommt es, daß Sie nicht zur Schule gehen?« Die Ältere beäugte sie argwöhnisch und strich über ihre Schürze. Sie hatte große schwarze Augen und ein runzeliges Gesicht.

»Ich habe letztes Jahr meinen Abschluß gemacht«, log Crystal. Die Frauen musterten sie weiter. »Könnte ich das Zimmer sehen?« Crystal ließ sich nicht so leicht einschüchtern.

»Vielleicht. Haben Sie einen Job?« Die Frau lehnte sich an die Stufe. Crystals Lächeln täuschte ein Selbstvertrauen vor, das sie nicht besaß. Was, wenn sie Arbeit nachweisen mußte, um ein Zimmer zu bekommen? Was dann? Panik drohte sie zu erfassen, doch sie entschied sich, bei der Wahrheit zu bleiben – teilweise wenigstens.

»Noch nicht. Ich bin eben erst angekommen. Sobald ich ein Zimmer habe, gehe ich auf Arbeitssuche.«

»Woher kommen Sie?«

»Aus dem Norden, ein paar Stunden von hier.«

»Wissen Ihre Eltern, daß Sie hier sind?« Wie der Taxifahrer fragten auch diese Frauen sich, ob sie eine Ausreißerin vor sich hatten. Crystal schüttelte den Kopf mit einem Blick, der nichts verriet.

»Meine Eltern sind tot.« Das brachte sie mit soviel stiller Kraft heraus, daß die Frau eine Weile nichts darauf zu sagen wußte. Dann stand sie mühsam auf, ohne den Blick von Crystal zu wenden. Noch nie war ihr ein Mädchen wie Crystal untergekommen, blondes Haar, lange Beine, feingeschnittenes Gesicht. Sie sieht aus wie ein Filmstar, hatte sie auf sizilianisch zu ihrer Freundin gesagt.

»Ich zeige Ihnen das Zimmer. Sehen Sie selbst, ob es Ihnen gefällt.«

»Danke.« Crystal wirkte still und beherrscht, als sie den Koffer hochhob.

Es war ein winziges, stickiges Kämmerchen. Die alte Frau hatte das Haus früher mit ihrer Familie bewohnt und vermietete jetzt die Zimmer. Die Bewohner benutzten alle gemeinsam ein Bad. Die Hausherrin selbst bewohnte das einzige Zimmer mit eigenem Bad. Es lag im Erdgeschoß neben der Küche, die die Mieter für zusätzliche fünf Dollar im Monat benutzen durften. Das Zimmer selbst kostete fünfundvierzig Dollar im Monat. Es wirkte ziemlich spartanisch und bot nur Ausblick auf das Haus dahinter. Aber Crystal genügte es. Wohin sonst hätte sie auch gehen sollen? Sauber war das Zimmer auch. An der Tür war ein massives Schloß angebracht, außerdem hatte sie das Gefühl, hier unter den Augen der alten Frau, die das Kommen und Gehen ihrer Mieter im Auge behielt, in Sicherheit zu sein.

»Sie bezahlen einen Monat im voraus – bar. Und wenn Sie ausziehen, dann geben Sie mir zwei Wochen vorher Bescheid.« Daran hielt sich zwar kaum einer ihrer Mieter, die kamen und gingen. Doch Mrs. Castagna hielt das Haus in Schuß und duldete nur anständige Leute. Keine Säufer, keine Prostituierten, keine Männer, die Frauen aufs Zimmer nahmen. Sie nahm nur ordentliche, stille Wesen wie Crystal. Zur Zeit wohnten bei ihr zwei ältere Männer und ein junges Mädchen im zweiten Stock, und zusammen mit Crystal wohnten drei Mädchen und ein Versicherungsvertreter im ersten Stock. »Wenn Sie keine Arbeit finden, können Sie das Zimmer nicht behalten, falls Sie nicht genug Geld bei sich haben.«

»Ich werde mir sofort Arbeit suchen.« Crystal sah sie direkt an. Sie zählte vier Zehner und fünf Eindollarscheine aus ihrer Brieftasche hervor. »Gibt es hier in der Nähe Restaurants, die Aushilfen suchen?«

Die alte Frau ließ ein kurzes Lachen hören. Lokale gab es viele, aber sie kannte keines, daß Crystal nehmen würde. »Sprechen Sie Italienisch?«

Crystal schüttelte den Kopf. »Nein.«

»Dann müssen Sie sich anderswo umsehen. Hier in der Gegend stellt kein Mensch junge Mädchen ein.« Sie war zu hübsch und zu jung. Die Lokale in North Beach beschäftigten ausschließlich Männer, und zwar Italiener. »Vielleicht im Zentrum.« Doch als Crystal am nächsten Nachmittag mit der Suche begann, wurde sie überall abgewiesen, obwohl sie über Erfahrung im Servieren verfügte, wie sie immer wieder betonte. Man lachte sie nur aus. Entmutigt kaufte sie sich ein Sandwich, das sie mit nach Hause nahm. Mrs. Castagna saß wie immer auf den Stufen, beobachtete das Kommen und Gehen ihrer Mieter und schwatzte auf italienisch mit den Nachbarinnen.

»Haben Sie Arbeit gefunden?« Sie sah Crystal, die langsam die Stufen heraufkam, aufmerksam an. Ihre Füße schmerzten in den unbequemen Schuhen, und das blaue Kleid sah so schlapp aus, wie sie sich fühlte. Sie fröstelte in der kühlen Luft, als der Nebel aufkam. Es war Mai und sehr viel kälter als im Tal. Crystal setzte den Gasofen in ihrem Zimmer mit einer Münze in Gang. Mrs. Castagna sorgte dafür, daß ihre Mieter nichts umsonst bekamen. Sie dachte gar nicht daran, jemandem etwas zu schenken. Sie selbst hatte in diesem Haus zehn Kinder großgezogen, die jetzt erwachsen und längst ausgeflogen waren. Die Zimmer konnte sie anderweitig nutzen, so daß das Haus ihr ein anständiges Einkommen bescherte. Anders als Crystal, die mit nervösen Fingern ihre rasch schwindende Barschaft zählte, saß Mrs. Castagna im einzigen Sessel des Zimmers, den Blick auf das Kruzifix über dem Bett gerichtet. Der einzige andere Wandschmuck war eine farbige Zeichnung der Jungfrau Maria, von einer der Töchter Mrs. Castagnas angefertigt, die, wie Crystal später erfahren sollte, ins Kloster gegangen war. Alle anderen waren verheiratet und hatten Kinder, mit denen sie an Sonntagen häufig zu Besuch kamen.

Zwei Wochen lang lief sich Crystal die Sohlen ab und war schon der Verzweiflung nahe, weil sie noch immer keine Arbeit gefunden hatte. Sie hegte Zweifel, ob sie je Glück haben würde, als sie eines Abends spät nach Hause ging. Sie hatte in Chinatown versucht, Arbeit als Kassiererin oder sogar als Tellerwäscherin zu finden, aber man hatte sie wieder nur ausgelacht. Immer hatte sie die falsche Hautfarbe, das falsche Geschlecht und sprach die falsche Sprache. An jenem Abend aber ging sie auf dem Heimweg durch das als Barbary Coast bekannte Viertel, in dem sich Nachtclubs und Restaurants aneinanderreihen. Pärchen schlenderten Arm in Arm dahin, lachten und plauderten. Anders als in North Beach war hier alles hell und lebendig und um vieles schicker. Crystal trug zu ihrem blauen Rock eine weiße Bluse und ihre uralten weißen Pumps, darüber eine Jacke, die ihr Mrs. Castagna geborgt hatte. Sie war schwarz, wie alle Kleidungsstücke der älteren Frau, und für Crystal zu groß, doch Mrs. Castagna hatte Mitleid empfunden, als sie Crystal abends in der Kälte frösteln sah. Crystal hatte sonst nur noch eine alte Schafffelljacke, die sie auf ihren Morgenritten mit ihrem Vater getragen hatte.

Ihre Garderobe war Welten entfernt von dem, was sie an den eleganten Frauen sah, von denen es in San Francisco wimmelte. Aber sie hatte ganz andere Sorgen. Sie wollte Arbeit, irgendeine Arbeit. Notfalls hätte sie auch Böden geschrubbt. Das sagte sie sich gerade wieder einmal, als sie vor einem eleganten Restaurant mit dem schlichten Namen »Harrys« stehenblieb. Ansonsten war hier von Schlichtheit keine Rede; alles war auffallend und prunkvoll. In kleineren Lettern wurden Show-Einlagen angekündigt.

Unter Herzklopfen wagte sich Crystal hinein, ohne auf die ihr geltenden Blicke der Paare zu achten, die herauskamen. Alle waren gut gekleidet, die Frauen meist tiefdekolletiert. Da sie eine Weile warten mußte, hörte sie einem Sänger zu, der, begleitet von zwei Musikern, auf der Bühne stand und Cole Porters »Too Darn Hot« zum besten gab. Dann kam der Ober auf sie zu und fragte sie ziemlich unfreundlich, was sie wollte.

»Hier kommt man nur in Gesellschaft rein«, erklärte er schroff. Bei Harrys war kein Bedarf an Aufreißerinnen oder an Zaungästen, die in der Tür stehend die Show gratis haben wollten. Aber er konnte auf den ersten Blick erkennen, daß Crystal kein Flittchen war. In ihrer riesigen Jacke und den abgetragenen Sachen sah sie eher aus wie ein Waisenkind. »Was wollen Sie?«

Sie hielt mühsam seinem Blick stand und versuchte, ihr Kniezittern zu ignorieren. »Einen Job. Ich mache alles... Teller waschen, servieren, alles... ich suche ganz dringend Arbeit.« Er wollte etwas sagen, unterzog sie aber erst einer eingehenderen Betrachtung. Das Mädchen war so hübsch, daß allein ihr Anblick schon Herzweh hervorrief. Besonders ihr Blick war anrührend. Erst hatte er die Kleine einfach abwimmeln wollen, jetzt aber besann er sich anders. Vielleicht würde sie Harry gefallen. Er sah auf die Uhr, um festzustellen, ob der Boß noch da war. Zu spät, Harry war sicher schon gegangen.

»Haben Sie schon mal in einem Restaurant gearbeitet?« Er rückte sich die Fliege zurecht und ließ den Blick über die Tische schweifen, dann sah er wieder Crystal an. Sie hatte ein Gesicht, das einen innehalten ließ und den Wunsch weckte, sie ein Leben lang anzusehen. Dennoch schien sie sich ihrer Wirkung nicht bewußt zu sein. Sie hatte etwas völlig Ungekünsteltes an sich und zeigte sich trotz ihrer unübersehbaren Nervosität sehr beherzt. Sein Mitgefühl regte sich. »Schon mal als Serviererin gearbeitet?«

»Ja.« Aus Angst vor Ablehnung verschwieg sie, daß es nur eine Imbißstube auf dem Land gewesen war.

Er sah sie prüfend an. »Wie alt?«

»Achtzehn«, log sie, als könne sie kein Wässerchen trüben.

Kopfschüttelnd sah er zu der Tür, durch die sie hereingekommen war. »Hier dürfen Sie erst mit einundzwanzig arbeiten. Gesetz ist Gesetz.«

»Dann bin ich eben einundzwanzig... bitte...« Ihr Ton war eindringlich, und ihre unglaublich blauen Augen ließen ihn dahinschmelzen. »Bitte... kein Mensch wird es erfahren.«

»O Gott«, stöhnte er, »der Boß bringt mich glatt um.« Crystal spürte, daß er weich wurde.

»Ich werde hart arbeiten, das schwöre ich. Versuchen Sie es doch ein paar Tage mit mir... eine Woche... wie Sie wollen.« Crystals Blick flehte ihn an. Jetzt konnte er nicht anders. Sie war einfach zu hübsch, zu verletzlich und zu jung, und sein Gespür sagte ihm, daß sie den Job brauchte und sich tüchtig anstrengen würde. Zum Teufel, er konnte Harry ja notfalls weismachen, er habe keine Ahnung gehabt. Und wenn sie nichts taugte, konnte man sie immer noch rauswerfen.

»Also gut... meinetwegen. Kommen Sie morgen nachmittag wieder vorbei. Eines der Mädchen wird Ihnen eine Uniform verpassen. Und legen Sie etwas Make-up auf, damit Sie nicht aussehen wie ein Kind. Und um Himmels willen«, grollte er, »werfen Sie dieses Monstrum von Jacke weg.«

»Ja, Sir.« Ihr Lächeln ließ sie noch kindlicher aussehen. Er hatte noch nie ein so hübsches Mädchen gesehen. Und dabei war sie erst achtzehn...

»Also, Punkt vier Uhr.«

»Ja... vielen Dank.« Crystals Stimme klang heiser. Ein wahres Wunder, daß sich noch niemand die Kleine geschnappt hatte. So, wie sie aussah, hätte sie Tänzerin oder Stripperin werden können. Aber dazu war sie wohl zu unschuldig. Als sie aus der Tür rannte, ehe er seine Meinung ändern konnte, und die ganze Strecke zu Mrs. Castagnas Haus im Laufschritt zurücklegte, konnte er nicht ahnen, daß in Crystal Wyatt sehr viel mehr steckte.

Als erstes gab sie Mrs. Castagna dankend die Jacke zurück und berichtete ihr, daß sie Arbeit gefunden habe. Sie sagte es mit so viel Stolz und Zuversicht, als hätte sie einen Sitz im Vorstand von General Motors bekommen.

»Ist es ein anständiger Job?« Mrs. Castagna sah sie mißtrauisch an. Das Mädchen war zu hübsch, viel hübscher, als ihr guttat. Der junge Versicherungsvertreter lungerte ständig auf dem Korridor herum, in der Hoffnung, Crystal zu begegnen, wenn sie ins Bad ging. Aber das Mädchen schien ihn gar nicht zu bemerken. Sie war still und benahm sich ordentlich, lungerte nicht herum und flirtete auch nicht. Aus Gründen, die Mrs. Castagna nicht zu erklären vermocht hätte, war ihr Crystal sympathisch.

»Ich werde in einem Restaurant arbeiten«, erklärte Crystal stolz, und die alte Frau lächelte ihr zu. Ein reizendes Kind, das sie an eine ihrer Enkelinnen erinnerte.

»Was machen Sie da?«

»Ich bediene die Gäste.«

»Gut.« Trotz ihres unwirschen Tons konnte sie ihre Sympathie nicht verhehlen. Die Kleine war ein braves Kind, das ihr keine Schwierigkeiten machte. »Achten Sie darauf, daß Sie pünktlich Ihr Geld kriegen. In zehn Tagen ist die Miete fällig. Und in diesem Monat ist es zu spät für eine Kündigung.« Man konnte die Leute nicht oft genug darauf hinweisen, was für ein Geist hier herrschte. Damit hielt man sie im Zaum. Aber Crystal lächelte nur. Sie durchschaute die alte Frau, die sie liebgewonnen hatte.

»Ich weiß, Mrs. Castagna. Ich will nicht ausziehen.«

»Gut, gut.« Mit einem ungeduldigen Winken verschwand Mrs. Castagna in der Küche und ließ Crystal stehen.

Am nächsten Nachmittag lief sie das Dutzend Blocks zu Harrys zu Fuß, aufgeregt und in Gedanken schon bei der Arbeit. Sie war gespannt, ob es hier ganz anders zugehen würde als in der Imbißstube.

Punkt vier war sie zur Stelle, das Haar straff zu einem Knoten zusammengefaßt, den Mund mit dem Lippenstift bemalt, den sie sich am Morgen bei Woolworth besorgt hatte und der viel zu grell für ihren zarten Teint war, sie dafür aber viel älter aussehen ließ.

Der Ober, der sie am Tag zuvor eingestellt hatte, hieß Charlie. Er überließ sie der Obhut einer etwas älteren, aber überaus attraktiven Person namens Pearl. Pearl erklärte Crystal lachend, daß sie eigentlich Phyllis hieße, aber seit ihrer Kindheit nicht mehr so gerufen wurde. Sie sagte auch, sie arbeitete schon seit Jahren hier und sei vorher Tänzerin gewesen. Fiel eine der Tänzerinnen aus, dann half sie Harry auch jetzt noch ab und zu aus und sang nötigenfalls auch. Pearl kannte Harry schon seit Jahren. Daß sie vor langer Zeit seine Geliebte gewesen war, verschwieg sie lieber. Nachdem sie Crystal mit kritischem Blick angesehen hatte, suchte sie eine saubere Uniform für sie heraus und erklärte ihr anschließend, wie alles in der Küche ablief.

»So um acht geht es hier ziemlich hektisch zu. Erst um zehn wird es etwas ruhiger, und zur Mitternachtsshow belebt sich alles wieder.« Daß das Restaurant auch als Nachtclub geführt wurde, begriff Crystal erst jetzt richtig, und als sie sich umsah, wurde sie nervös, weil sie befürchten mußte, daß man sie nicht hierbehalten würde. Pearl lud sie ein, mit dem Personal zu essen, ehe geöffnet wurde. Und als sie um sich herum das Geplauder hörte, wußte sie, daß es ihr hier gefallen würde. Es gab Kellner und Kellnerinnen, Kellnerlehrlinge und in der Küche Köche und Kräfte fürs Geschirrspülen. Der Betrieb war größer, als sie auf den ersten Blick angenommen hatte, ein Glück für sie. Sie lächelte, als ihr einfiel, daß sie gar nicht wußte, was man ihr bezahlen würde. Pearl sagte ihr, daß sie das Trinkgeld behalten dürfe, und falls einer der Gäste im betrunkenen Zustand zudringlich wurde, sollte sie sich an Charlie, den Ober, oder an einen der Barkeeper wenden.

»Das Arbeitsklima ist gut«, erklärte Pearl. »Harry ist großartig.« In ihre Augen trat die Wärme der Erinnerung. Crystal entging es nicht. »Hast du Erfahrung?« fragte Pearl dann zu Crystals Entsetzen. Wortlos starrte Crystal sie an, und Pearl lachte.

»Nein, so war das nicht gemeint. Ich meine, ob du je in einem Lokal wie diesem gearbeitet hast?«

Crystal lachte befreit auf. Leise und im Verschwörerton gestand sie: »Daheim war ich Kellnerin in einem Imbißlokal.«

Pearl tätschelte verständnisvoll Crystals Hand. »Dann heißt es noch viel lernen, Schätzchen. Halte dich immer an mich, ich bringe dir alles bei.«

Crystal hatte allen Grund, dem Schicksal für Pearl zu danken, besonders später, als der Betrieb losging. Das Bedienen der Gäste fiel ihr anfangs schwer, da Charlie sie dauernd im Auge behielt und die Leute erwarteten, daß sie sich die Bestellungen merkte. Sie mußte sich sehr zusammennehmen, und als sie ihre letzte Bestellung servierte, wußte sie, daß sie sich gut gehalten hatte. Pearl bestätigte es ihr. Crystal hatte einundzwanzig Dollar Trinkgeld bekommen. Fast die halbe Monatsmiete. Sie konnte es kaum erwarten, Mrs. Castagna alles zu erzählen.

»Soll ich dich mitnehmen?« Pearl besaß ein altes Auto. Sie machten an jenem Abend gemeinsam Schluß, und Crystal nahm dankbar das Angebot an. Ihre Füße taten so weh, daß sie erwog, sich neue Schuhe zu kaufen, ehe sie am nächsten Tag mit der Arbeit anfing.

»Danke fürs Mitnehmen.« Sie lächelte gewinnend ihrer neuen Freundin zu, als sie vor Mrs. Castagnas Haus anhielten.

»Aber gern. Hier wohnst du?« Pearl warf einen neugierigen Blick zum Haus. »Lebst du bei deiner Familie?«

»Nein. Ich habe hier ein Zimmer gemietet.«

Pearl nickte. Die Kleine hätte es viel besser haben können. Sie war genau der Typ, dem die Männer gern großzügige Trinkgelder gaben, nur für das Vergnügen, sich mit ihr unterhalten zu können, und in der Hoffnung, ihre Gunst zu gewinnen.

»Gute Nacht«, rief Crystal und winkte, während sie die Tür aufschloß und Pearl in dem alten Chevy davonfuhr. Zum erstenmal seit Wochen schlief Crystal sofort ein, so erschöpft war sie. Sie hatte Arbeit, und sie hatte heute fast ein Vermögen verdient. Ich liebe San Francisco, dachte sie fast schon im Halbschlaf. Es war zwar weit weg von zu Hause, aber genau das hatte sie ja gewollt.

16

Erst zwei Wochen nachdem sie mit der Arbeit im Restaurant angefangen hatte, sollte Crystal Harry kennenlernen. Ihre Arbeit war hart, die Bezahlung jedoch anständig, und die Trinkgelder, die sie jeden Abend bekam, waren geradezu überwältigend. Das übrige Personal war sehr nett zu ihr, und viele, die ahnten, wie jung sie tatsächlich war, nahmen sie unter ihre Fittiche und behandelten sie wie die eigene Tochter. Zum erstenmal seit dem Tod ihres Vaters wurde sie gut behandelt und kam sich nicht wie eine Ausgestoßene vor. Crystal blühte förmlich auf. Niemand schrie sie an, niemand war ihr feindlich gesinnt. Grund genug, ständig vor sich hinzusummen und die Arbeit lächelnd zu tun. Harry hatte schon viel von ihr gehört und war neugierig auf das Mädchen, von dem alle Wunderdinge behaupteten. Er hielt das für glatte Übertreibung. Kaum aber hatte er Crystal gesehen, wußte er, daß alles stimmte. Er beobachtete sie über die ganze Länge des Raumes hinweg, und später sah Crystal ihn mit Pearl ein paar Worte wechseln. Aber sie hatte keine Zeit, sich den Kopf zu zerbrechen, worum es ging. Kurz darauf gab Pearl ihr ein Zeichen, und Crystal ging auf beide zu, von plötzlicher Nervosität erfaßt. Mit einemmal fürchtete sie, Harry könne sie entlassen, weil er erfahren hatte, daß sie noch nicht einundzwanzig war.

»Crystal, das ist Harry, unser Boß.« Crystal reichte Harry die Hand, ohne daß ihr Lächeln etwas von ihren Befürchtungen verraten hätte. Harry war so fasziniert, daß er den Blick nicht von ihr losreißen konnte. Das Mädchen war ja noch hübscher, als er sich vorgestellt hatte. Sie war absolut umwerfend.

»Wie ich höre, erledigen Sie Ihre Arbeit tadellos.« Daß er viel mehr gehört hatte, sagte er nicht. »Gefällt es Ihnen bei uns?«

»Ja, sehr gut.« Scheu lächelte Crystal Pearl zu, in deren Blick ein Anflug von Stolz lag. Sie hatte die Kleine in ihr Herz geschlossen und so gut wie adoptiert.

»Pearl sagte mir, Sie könnten ein bißchen singen.« Das war eine Untertreibung, aber er wollte sie nicht kopfscheu machen.

»Haben Sie schon daran gedacht, einmal auf der Bühne zu singen?« Crystals Kopfschütteln deutete an, daß sie sich darüber amüsierte. »Vielleicht würde es Ihnen gefallen.« Crystal schien unschlüssig. Sein Blick wanderte zu Pearl hin. »Pearl könnte Ihnen noch einiges beibringen. So wie Sie aussehen, könnten wir Sie glatt an einem Abend herausbringen. Mal sehen, wie Sie sich machen.« Das alles brachte er ganz beiläufig vor, um sie nicht einzuschüchtern. Sie konnte nicht ahnen, daß er schon mit Pearl einen Plan ausgearbeitet hatte. Es war reiner Wahnsinn, ein Mädchen mit diesem Aussehen Tabletts hin und her schleppen zu lassen.

»Na, wäre das nicht einen Versuch wert?«

Als Crystal in seinem Blick Ermutigung las, wurde sie von einer Woge der Freude erfaßt. Singen war ihre Leidenschaft, und die Vorstellung, dieser Leidenschaft vor Publikum in einem Nachtclub frönen zu können, erfüllte sie mit prickelnder Erregung.

Am liebsten hätte sie Harry umarmt, weil er ihr diese Chance bot. Statt dessen sagte sie mit kühlem Nicken: »Ja, gern.« Und dann lachte sie gedämpft und heiser. »Und was ist, wenn man mit faulen Eiern nach mir wirft?«

»Dann holen wir Sie ganz rasch von der Bühne.« Er grinste. Harry war ein netter Kerl. Crystal mochte ihn auf Anhieb. »Also, möchten Sie sich von Pearl ein, zwei Tips geben lassen? Sie singt sehr hübsch und ist eine exzellente Tänzerin.« Er hatte Pearl vor Jahren kennengelernt, als sie am Fox Theater engagiert war. Lange Zeit waren sie ein Paar gewesen, aber das war schon eine Ewigkeit her. Dann hatte sie sich den Knöchel verletzt und das Tanzen aufgeben müssen, worauf Harry ihr die Stelle als Serviererin gegeben hatte. Eine gewisse Schwäche für Pearl hatte er sich bewahrt. Das merkte man an der Art, wie er sie ansah oder wie er über ihre tänzerischen Qualitäten sprach. »Also, Sie lassen sich von Pearl ein bißchen einweisen, ja?«

»Okay.« Crystal, die ganz atemlos war, sah Pearl lächelnd an, als Harry sich empfahl. Sie wartete, bis Harry außer Hörweite war. »Glaubst du, daß ich es kann?« fragte sie, den Blick ängstlich auf Pearl gerichtet. Sie wünschte sich, singen zu dürfen, aber sie hatte auch Angst, zu scheitern.

»Keine Angst, du wirst dich wunderbar machen. Und wenn die Leute deine Stimme hören, werden sie vor Begeisterung rasen. Ich bringe dir ein paar Tricks und ein paar Tanzschritte bei. Warte nur, das Publikum wird begeistert sein. Komm morgen schon um zwei, dann können wir am Klavier ein bißchen klimpern.«

»Willst du das wirklich für mich tun?« Crystal sah sie voller Dankbarkeit an.

Pearl lachte. »Was denkst du? Für mich ist es ein Vergnügen.« Mit einem wehmütigen Lächeln zog sie die Schultern hoch. »Außerdem tu ich es auch für Harry.«

Am nächsten Nachmittag brachte Pearl ihr ein paar einfache Tanzschritte bei.

»Du tanzt ja fabelhaft«, sagte Crystal voll aufrichtiger Bewunderung.

Pearl schüttelte gerührt und fast scheu den Kopf.

»Jetzt nicht mehr. Früher war es anders. Obwohl, eigentlich war ich immer nur ein ganz gewöhnliches Tanzgirl.«

Eine Stunde lang probierten sie auf der Bühne. Pearl brachte Crystal bei, wie man sich anmutig bewegte, wie man das Mikro hielt, wie man mit ein paar Schritten zur Musik tanzte. Dann bat sie Crystal ans Klavier. »Jetzt laß mal hören, wie du singst. Dazu brauchst du mich nicht als Lehrerin. Laß es einfach raus. Sing, was dir gefällt, und laß dich davon mittragen.« Sie einigten sich auf einen Song, den Crystals Vater sich oft gewünscht hatte, und Pearl begleitete sie. Crystal fing leise an, ließ sich von Erinnerungen an ihren Vater und ihre Kindheit forttragen, bis ihre Stimme mit dem Schmerz und der Zärtlichkeit, die sie empfand, an Volumen gewann. Sie hielt die Augen geschlossen, und als das Lied zu Ende war, liefen ihr Tränen über die Wangen. Pearl saß da und starrte sie schweigend und voll banger Verwunderung an. Crystal war noch viel besser, als sie vermutet hatte. Die Reinheit und Kraft ihrer Stimme würde jedes Publikum in Bann schlagen. »Allmächtiger, ich wußte ja nicht, daß du *so* singen kannst. Du solltest nach Los Angeles gehen und eine Platte aufnehmen.«

Achselzuckend trocknete Crystal sich die Tränen, als auch schon die anderen Mädchen zur Arbeit erschienen. »Ja, vielleicht irgendwann.« Doch sie hatte Zweifel, ob es jemals soweit kommen würde. Am Abend eröffnete Pearl Harry die gute Nachricht. »Du hast dir da eine ganz große Nummer an Land gezogen. Sie weiß es noch nicht, und ich möchte ihr nicht die Unbefangenheit nehmen, aber sie ist einfach phantastisch. Sie hat eine umwerfende Stimme. Ein bißchen Ausbildung, und sie könnte eines Tages ein großer Star werden. Warte nur, bis du sie gehört hast.« Am nächsten Tag spielte Harry den heimlichen Zaungast. Diesmal war er es, der Tränen in den Augen hatte, aber als er die Treppe zu seinem Büro emporstieg, lächelte er vor sich hin.

Den ganzen Mai und bis in den Juni hinein probte Pearl mit Crystal, und an einem geruhsamen Donnerstagabend wußten beide, daß Crystal soweit war. Sie hatte nun über zwanzig Titel im Repertoire, ihre Auftritte klappten tadellos. Harry wußte, daß sie an diesem Abend singen sollte, und bezog unauffällig Posten, um sie zu beobachten. Er war nervös. Ein Talent wie sie zu finden, passierte einem nur einmal im Leben.

»Viel Glück«, sagte er vor sich hin, als Crystal in einem hellblauen Abendkleid, das Pearl ihr geborgt hatte, die Bühne betrat.

Sie trat zögernd an die Rampe, nicht ohne einen ängstlichen Blick in Pearls Richtung zu werfen. Doch Pearl spreizte die Finger zum Siegeszeichen, während das Personal sich an den Seiten drängte, um zuzuhören. Als der Scheinwerfer Crystal erfaßte und die ersten Takte erklangen, vergaß sie alles und sang sich buchstäblich die Seele aus dem Leib. Sie begann mit dem Billie-Holliday-Titel »God bless the Child«, und alle hörten fasziniert zu. Ihre Freunde konnten sich vor Freude nicht fassen. Es war genauso, wie Pearl es vorausgesagt hatte, genauso, wie Harry es erhofft hatte: Crystal war eine Ausnahmeerscheinung, sie sang, daß einem die Tränen in die Augen stiegen. Als sie geendet hatte, gab es nicht enden wollenden Applaus. Nun wußte Crystal, wohin sie gehörte. Von einem Moment wie diesem hatte sie immer schon geträumt, und jetzt war er gekommen. Jetzt brauchte sie Hollywood nicht mehr, sie brauchte nur diese Menschen, diesen Ort und diesen Augenblick.

Nach der Show lud Harry sie zu Champagner ein. Sie saß mit ihm und Pearl an einem Tisch. Harry strahlte sie an.

»Dachtest du je daran, Sängerin zu werden, Kleines?«

»Nein, Sir.« Sie hatte von einer Filmkarriere geträumt, niemals von einer Karriere als Sängerin.

Er tätschelte ihre Hand, schenkte ihr Champagner nach und blinzelte Pearl zu, ehe er sagte: »Nenn mich einfach Harry.«

Crystal spürte ein Prickeln am ganzen Körper. Es war herrlich gewesen. Ein Traum war Wirklichkeit geworden, und alle Schrecknisse der letzten Monate waren vergessen. Und als sie an jenem Abend nach Hause ging, kam sie sich vor wie Aschenbrödel. Sie war kein Serviermädchen mehr. Sie war jetzt jemand. Sie war eine Sängerin. Noch immer lächelnd ging sie die Treppe hinauf, da quietschte unter ihr laut eine Tür. Mrs. Castagna sah finster zu ihr hinauf. Sie spielte zu gern den Drachen, obwohl sie längst eine Schwäche für Crystal entwickelt hatte.

»Na, wieso diese strahlende Miene? Haben Sie einen Freund?« Ihre Stimme hallte laut durchs Treppenhaus. Crystal beugte sich übers Geländer, um ihr zuzulächeln.

»Noch viel besser ...« Sie wußte nicht recht, wie sie es ihr erklären sollte. »Heute abend habe ich mit etwas anderem angefangen.« Die Erinnerung an ihren Auftritt und den schier endlosen Beifall zauberte wieder ein Lächeln auf ihre Lippen.

Mrs. Castagnas Stirnrunzeln vertiefte sich. »Sie machen doch nichts Unrechtes, oder?« In der kurzen Zeit, die Crystal in ihrem Haus lebte, war sie zur selbsternannten Mutter aufgerückt.

Das Mädchen schüttelte den Kopf. »Natürlich nicht.«

»Was machen Sie dann?«

»Heute durfte ich singen.« Bei diesen Worten strahlte sie, und die alte Frau staunte nicht wenig. Ein Talent hatte sie in Crystal nicht vermutet. Für sie war sie nur jung und hübsch und arbeitete irgendwo als Serviermädchen. Sie bezahlte pünktlich ihre Miete, und hin und wieder, wenn sie bei Kasse war, brachte sie Mrs. Castagna Blumen mit.

»Was singen Sie denn?« Die alte Frau blieb mißtrauisch.

»Was man so im Nachtclub singt, wissen Sie.«

»Ich weiß gar nichts. Ich war nie in solchen Clubs.« Ganz klar, daß diese neue Entwicklung Grund zur Mißbilligung war. »Kommen Sie, und erzählen Sie mir mehr darüber.«

Crystal hatte trotz ihrer Erschöpfung nicht das Herz, diese Bitte abzuschlagen. Sie ging langsam wieder hinunter.

Mrs. Castagna erwartete sie am Fuß der Treppe, und Crystal sah auf sie hinunter wie ein Mädchen, das vom ersten Ball heimkommt, so verträumt und selig blickten ihre Augen.

»Miß Crystal Wyatt, Sie sehen aber aus, als hätten Sie weiß Gott was getrieben. Was hat man in dem Club von Ihnen verlangt?«

»Nichts hat man von mir verlangt. Ich durfte singen, auf einer Bühne, in einem schönen blauen Kleid.«

»Singen Sie schön?« Mrs. Castagna kniff die Augen zusammen, als erwarte sie, etwas anderes zu sehen, doch sie sah nur, daß Crystal glücklich war.

»Ich denke schon. Dem Publikum hat es gefallen.«

Mrs. Castagna nickte, als hätte sie sich entschieden, Crystal zu glauben. Dann musterte sie Crystal wieder.

»Kommen Sie herein, und lassen Sie es mich auch hören.« Damit drehte sie sich um und ging in ihr eigenes kleines Zimmer, gefolgt von Crystal, die sich köstlich amüsierte. Die alte Frau ließ sich in ihrem Lieblingssessel nieder und sah erwartungsvoll zu ihr auf. »Sie singen mir vor, und ich sage Ihnen, ob es mir gefällt.«

Crystal fing an zu lachen und ließ sich auf einem Stuhl nieder. »Ich kann nicht einfach so singen. Hier ist es nicht dasselbe.«

»Warum nicht?« fragte Mrs. Castagna verblüfft. »Ich habe doch auch Ohren. Also singen Sie.«

Wieder lächelte Crystal, die an ihre eigene Großmutter und an ihre Kindheit erinnert wurde. Auch Grandma Minerva hatte sie gern singen gehört, mit Vorliebe fromme Lieder. »Amazing Grace« war immer ihr Lieblingslied gewesen. »Was möchten Sie hören? Meiner Großmutter hat Amazing Grace am besten gefallen. Das könnte ich Ihnen vorsingen.«

Doch Mrs. Castagna verfügte über einen differenzierteren Geschmack als Minerva. »Haben Sie das heute im Club gesungen?«

»Nein... dort habe ich andere Lieder gesungen.«

»Gut. Dann singen Sie die jetzt für mich. Ich warte.«

Crystal schloß kurz die Augen. Sie versuchte, das Gefühl wieder aufleben zu lassen, das sie auf der Bühne verspürt hatte...

die Erregung... die Spannung... die Musik, die ihr zu Kopf gestiegen war. Und dann, ganz langsam, stimmte sie eine ihrer Lieblingsballaden an. Sie hatte sie zum Abschluß ihres Auftritts vorgetragen, und alle hatten wie gebannt gelauscht. Dieses Lied sang sie jetzt, ohne Scheinwerfer, ohne Begleitmusik, ohne das blaue Abendkleid. Irgendwie war das alles nicht mehr wichtig. Wichtig waren nur das Lied und die Worte, die sie seit ihrer Kindheit liebte. Mrs. Castagna schien zu verblassen; Crystal sah an ihrer Stelle ihren Vater dasitzen, während sie das Lied vortrug. Und als sie geendet hatte, verharrten beide reglos unter dem Zauber des Gesanges. Crystal sah Tränen auf Mrs. Castagnas Wangen. Sie registrierte es mit Rührung. Zunächst sagte keine der beiden ein Wort, dann nickte die alte Frau.

»Sie singen sehr gut... sehr gut. Das haben Sie mir ja nie gesagt.«

»Sie haben mich auch nie gefragt.« Crystal lächelte sanft. Sie war jetzt müde, müder als je zuvor. Die Erregung des Abends verwandelte sich in bittersüße Wehmut. Sie dachte an ihren Vater, die Ranch und an die ungezählten Male, die sie ihm vorgesungen hatte. Und als Mrs. Castagna sie anschaute, war es, als könne sie dies alles sehen. Die alte Frau stand wortlos auf und tastete sich steif zu ihrer altertümlichen Kommode. Gebeugt blieb sie eine Weile davor stehen, und als sie sich umdrehte, hatte sie eine Flasche und zwei Gläser in Händen.

»Jetzt trinken wir ein Gläschen. Zur Feier des Tages. Eines schönen Tages werden Sie sehr berühmt sein.«

Crystal lachte und sah ihr beim Öffnen der Flasche zu, die schon halb leer war. Mrs. Castagna sparte das Getränk für besondere Anlässe auf. Crystal sah, daß es Sherry war.

»Sie haben eine herrliche Stimme. Ein wahres Gottesgeschenk. Gehen Sie behutsam damit um, denn Sie haben da eine Kostbarkeit mitbekommen.«

»Danke.« Sie stießen kurz an, und Mrs. Castagna trank den ersten Schluck mit einem Ausdruck freudiger Befriedigung. Dann setzten beide die Gläser ab.

»Wieviel bekommen Sie dafür?«

»Nichts... ich meine, nicht mehr als zuvor. Es ist ja nur ein

Spaß... es hat mir große Freude bereitet.« Sie war verlegen, weil sie kein Geld dafür wollte, daß man sie tun ließ, was ihr Freude bereitete, aber es hörte sich so albern an, wenn man es aussprach.

»Sie werden den Besitzer reich machen. Die Leute werden von weiß Gott woher kommen, nur um Sie zu hören.«

»Ach, Harry hat immer viele Gäste.« Crystal wurde richtig verlegen. Die alte Frau aber griff wieder zu ihrem Glas und riet ihr mit schlauer Miene: »Verlangen Sie einfach mehr Geld. Sie haben eine Engelsstimme. Hören Sie auf mich... verlangen Sie mehr Geld, viel mehr. Großes Geld, nicht nur Kleinigkeiten. Eines Tages werden Sie berühmt sein. Und wenn Sie es sind, denken Sie an meine Worte.« Lächelnd sah sie zu, wie Crystal ihren Sherry austrank, und sie redete mit ihr wie zu einer ihrer Enkeltöchter. Dann sah sie das junge Mädchen liebevoll an. »Werden Sie wieder einmal für mich singen?«

»Wann immer Sie wollen, Mrs. Castagna.«

»Gut.« Sie erhob sich mit einem Ausdruck der Befriedigung. »Gehen Sie jetzt zu Bett. Ich bin auch müde.«

»Danke für den Sherry«, sagte Crystal ganz leise. Am liebsten hätte sie der alten Frau einen Kuß gegeben. Es war lange her, seitdem sie jemanden geküßt hatte oder daß jemand sie in den Arm genommen hatte... nicht seit dem Tod ihres Vaters... oder seit sie die Websters verlassen hatte. Doch die alte Frau sah sie ernst an und kam ihr nicht entgegen. »Gute Nacht... und vielen Dank noch mal.«

»Ins Bett jetzt...!« Sie drohte Crystal mit ihrem Stock. »Geben Sie bloß acht auf Ihre Stimme... Sie brauchen jetzt Ruhe.« Crystal wünschte ihr lachend gute Nacht und schloß leise die Tür.

Langsam ging sie die Treppe hinauf. Noch beim Ausziehen dachte sie an Mrs. Castagna. Unter der rauhen äußeren Schale steckte ein gutes Herz. Deswegen hatte Crystal sie liebgewonnen. Dann dachte sie an Pearl und die Güte, die sie ihr entgegengebracht hatte, aber als sie das Licht löschte und im Bett lag, wanderten ihre Gedanken zurück ins Tal. Sie fühlte sich Welten entfernt, und nach all der Aufregung des Abends verspürte sie Heimweh. Als sie die Augen schloß, dachte sie an einen längst vergangenen Tag, als sie auf der Schaukel gesessen hatte und sich mit Spencer unterhalten hatte. Zwei Jahre waren seither vergangen. Sie fragte sich, wo er jetzt sein mochte und ob er sich an sie noch erinnern konnte. Es kam ihr sehr unwahrscheinlich vor. Noch im Einschlafen wußte sie, daß sie ihn nie vergessen würde.

17

Das Dinner für die Mitarbeiter von Anderson, Vincent und Sawbrook war eine öde Angelegenheit, die alljährlich im Club über die Bühne ging. Für die jüngeren Firmenangehörigen war das Erscheinen eine reine Pflichtübung. Nach reiflicher Überlegung entschloß sich Spencer, Elizabeth Barclay dazu einzuladen. Seit Palm Beach hatte er sie nur einige Male getroffen. Das College hielt sie so auf Trab, daß sie höchstens einmal im Monat nach New York kam – angeblich, um ihren Bruder zu besuchen. Aber wenn sie in der Stadt war, versäumte sie es nie, Spencer anzurufen, der sie dann meist zum Abendessen einlud. Nun war es nicht so, daß er ihre Gesellschaft nicht geschätzt hätte – im Gegenteil, er schätzte sie mehr, als ihm lieb war. Aber irgendwie ergab es sich immer, daß sie im Bett landeten. Und irgendwie benahm sie sich immer so, daß er sich unter Druck gesetzt fühlte. Er wußte, daß sie mehr wollte, als er zu geben hatte. Er wollte sich nicht ernsthaft mit ihr einlassen. Aber er wollte sie auch nicht enttäuschen. Noch immer hatte er seine eigenen Vorstellungen von dem Mädchen, das er suchte. Und Elizabeth war dieses Mädchen nicht, obgleich er in ihrer Nähe dessen nicht so sicher war. Unter ihrer kühlen Fassade verbarg sich wilde Sinnlichkeit, die ihn wahnsinnig machte. Doch er wollte mehr als das. Er wollte das, was er ihr von Anfang an gesagt hatte: eine Frau, die ihn brauchte, die ihn so liebte, wie er war. Eine Frau, die sanft, lieb und voller Mitgefühl war. Eine Frau, in die er bis über beide Ohren verliebt war. Er wollte keine Frau, die ihn nach ihren eigenen Vorstellungen umformen wollte.

Trotzdem lud er sie zum Dinner seines Anwaltsbüros ein, und anschließend führte er sie zum Tanzen aus, und wie immer liebten sie sich danach, während er sich einzureden versuchte, daß die Tatsache, daß er mit ihr schlief, keine weiteren Verpflichtungen beinhaltete. In Palm Beach hatte sie selbst es ähnlich formuliert, aber er war nie ganz sicher gewesen, ob sie es tatsächlich so meinte.

Es war Ende Juni. Elizabeth hatte ihr zweites Jahr am Vassar beendet. In der folgenden Woche wollte sie nach San Francisco fahren und von dort für den ganzen Sommer an den Lake Tahoe.

»Warum kommst du nicht auch hin?« fragte sie ganz harmlos.

»Ich kann nicht weg.«

»Spencer, sei nicht albern, natürlich kannst du.« Sie war eine Frau, die sich mit einem Nein nicht abfinden konnte. Elizabeth war nun einundzwanzig und anspruchsvoller denn je. Und sie zog ihn andauernd auf, weil er sie nicht seinen Eltern vorgestellt hatte. Spencer hatte es vermieden, weil er die Reaktion voraussah. Besonders sein Vater würde ihm sehr zusetzen. Elizabeth war genau jener Typ Mädchen, den sich seine Eltern als Schwiegertochter wünschten.

»Nicht jeder kann es sich leisten, den Sommer über freizunehmen, meine Liebe«, neckte er sie, als sie zusammen im Bett lagen. »Außerdem bin ich ein richtiges Arbeitstier.«

»Das ist mein Vater auch, aber er nimmt sich zwei Monate frei.« Sie sah glücklich zu Spencer auf. Ihr machte Sex viel Spaß.

»Ich passe nicht in die Schuhe deines Vaters.« Er grinste sie an. »Oder ist dir das noch nicht aufgefallen?« Er küßte sie und nahm sie von neuem in Besitz. Wie immer war es sehr befriedigend, aber gleichzeitig kam er sich vor wie ein Schuft, weil er mit ihr schlief, ohne sie zu lieben. Es war Lust, was er empfand, göttliche Lust. Gut möglich, daß es für den Moment genügte.

»Also ... kommst du nach Tahoe?« fing Elizabeth von neuem an, eine Zigarette in der Hand. »Komm für eine Woche oder für zwei, wenn es sich machen läßt. Mein Vater wird sich freuen, dich zu sehen.«

»Na, ob er sich auch freuen würde, wenn er uns so sehen könnte?«

»Nein.« Lächelnd blies sie Rauch in seine Richtung. »Da hast du recht. Aber Daddy ist eben altmodisch.«

»Ach, wie drollig.« Spencer grinste. Sie war wirklich erstaunlich.

»Du übrigens auch.«

»Ich? Altmodisch?« Er war erstaunt. »Wie kommst du darauf?«

»Ich werde das Gefühl nicht los, du erwartest, daß Blitz und Donner vom Himmel fahren, bevor du die Sache für richtig hältst. Was mich betrifft, Mr. Hill, so reicht mir das, was ich habe. Mehr kann man auf dieser Welt nicht erwarten als Kameradschaft, Sex, gute Freunde und einen Beruf, der Freude macht. Auf himmlische Geigen, Harfen und Engelschöre braucht man gar nicht erst zu warten. Darum geht es im Leben nicht.«

»Vielleicht hast du recht.« Sanft strich Spencer über die Innenseite ihres Schenkels, aber er war nicht überzeugt. Von Zeit zu Zeit verfolgte ihn noch immer das Bild des Kindes, das er vor zwei Jahren gesehen hatte – auf einer Schaukel, im blauen Kleid, den Blick auf ihn gerichtet, als wolle sie sich ihn ewig in ihr Herz einprägen. Er hatte die Farbe ihrer Augen noch genau in Erinnerung, und wie sich ihre Haut angefühlt hatte, als er ihr die Hand geschüttelt hatte. Zugleich wußte er, daß er verrückt war.

Elizabeth sah ihn so eindringlich an, daß er sich schon fragte, ob sie seine Gedanken lesen konnte. »Spencer, mein Liebling, im Bett bist du großartig, ansonsten bist du ein Traumtänzer.«

»Sollte ich mich für ersteres bei dir bedanken und mich für letzteres entschuldigen?« Zuweilen störte es ihn sehr, daß sie so unverblümt war. Bei Elizabeth gab es keine Poesie, keinen Zauber, nur nackte Tatsachen. Vielleicht sollte sie tatsächlich Anwältin werden.

»Laß die Entschuldigungen. Komm an den Lake Tahoe.«

»Wenn ich komme, dann werden deine Eltern glauben, wir wollen uns verloben.« Auch das bereitete ihm Kopfzerbrechen. Elizabeth Barclay war kein Mädchen, mit dem man sich nur amüsierte.

»Überlaß das mir.«

»Was willst du ihnen sagen?«

»Daß du beruflich in San Francisco zu tun hättest und ich dich an den See eingeladen habe. Na, wie hört sich das an?«

»Ganz passabel, nur ist dein Vater nicht auf den Kopf gefallen, oder?«

»Ja, aber ich auch nicht. Ich verrate schon nichts, das verspreche ich.«

Während er sich die Sache beim Anziehen durch den Kopf gehen ließ, fiel ihm ein, daß er die Websters bei dieser Gelegenheit besuchen konnte und daß er vielleicht Crystal wiedersehen würde. Der Gedanke schoß ihm nur flüchtig durch den Kopf, und ebenso rasch verdrängte er ihn.

»Ich will es mir überlegen«, meinte er, den Blick auf Elizabeth gerichtet, die sich nach dem Duschen abtrocknete.

»Gut. Ich werde Mutter ankündigen, daß du kommst. Wie wär's mit August?«

»Elizabeth! Ich hab gesagt, daß ich es mir überlegen möchte.« Sie aber lächelte nur, und da mußte er lachen. Dieses Mädchen war unglaublich. Sie hatte soviel Feingefühl wie ein Zementmischer. Dafür hatte sie phantastische Beine, wie er zugeben mußte, als er zusah, wie sie ihre Strümpfe anzog. Ihre Beine waren schuld, daß er die Beherrschung wieder verlor.

An jenem Morgen wurde es vier Uhr, bis er sie nach Hause zur Wohnung ihres Bruders brachte. Erschöpft verabschiedete er sich mit einem Kuß und versprach ihr, sie anzurufen.

18

Auf dem Flug nach Kalifornien saß Spencer gedankenverloren da und starrte aus dem Fenster der Maschine. Schließlich hatte er sich doch entschlossen – nach einigen drängenden Anrufen von Elizabeth aus San Francisco. Sie ließ nicht locker. Der Urlaub würde ein einziger toller Spaß sein, beide Brüder und einige ihrer Freunde würden ebenfalls kommen. Nun war es nicht so, daß Spencer keine Lust gehabt hätte; er hatte nur Angst vor dem, was er tun würde, wenn er dort war. Auf ganz subtile Art und Weise hatte Elizabeth ihn unsicher gemacht und ihn zu überzeugen versucht, sie hätte damals in Palm Beach recht gehabt, als sie behauptet hatte, daß sie ein gutes Gespann abgäben und das

Leben mehr nicht zu bieten hätte. Und er mußte ja auch immerhin zugeben, daß sie sich in puncto Sex blendend verstanden und daß es nur wenige Frauen gab, die es mit ihr an Intelligenz aufnehmen konnten. Und wie oft Spencer in den vergangenen Monaten auch mit anderen Frauen ausgegangen war, so war es ihm doch kein einziges Mal geschehen, daß er die Sphärenklänge und die Poesie erlebt hätte, die er erträumte. Oder Donner und Blitz, wie Elizabeth es formulierte. Statt dessen hatten ihn alle Frauen tödlich gelangweilt. Keine hatte Elizabeths Temperament gehabt, und zudem war ein Mädchen, das so großen Wert darauf legte, ihn zum Ehemann zu bekommen, auch etwas sehr Schmeichelhaftes. Sie waren jetzt fast ein Jahr befreundet, und er mußte zugeben, daß er sich mit ihr noch nie gelangweilt hatte. Dennoch hatte er sich vorgenommen, in Kalifornien keinen Unsinn zu machen. Er hatte sich nur eine Woche freinehmen können und wollte unbedingt Boyd und Hiroko besuchen... und vielleicht... aber nur vielleicht... würde er bei dieser Gelegenheit Crystal wiedersehen. Er wußte noch, wie sie ihn angeblickt hatte, und er empfand ein komisches Gefühl bei dem Gedanken an sie. Elizabeth hätte ihn ausgelacht, das wußte er. Im Vergleich zu ihr war Crystal ein Kind gewesen, und zweifellos war sie es auch jetzt noch, auch wenn sie inzwischen vielleicht schon etwas erwachsener geworden sein mochte.

Nach der Landung in San Francisco wollte Spencer einen Mietwagen nehmen und direkt an den See fahren. Elizabeth hatte ihm gesagt, es sei eine Fahrt von sechs Stunden, deswegen wollte er keine Zeit in der Stadt verlieren. Da ihm nur sechs Tage zur Verfügung standen, wollte er möglichst rasch ans Ziel kommen. Aber als er im Flughafengebäude auf die Vertretung der Mietwagenfirma zusteuerte, hörte er hinter sich eine vertraute Stimme. Er zuckte zusammen.

»Na, brauchst du eine Fahrgelegenheit?« Er drehte sich um, und Elizabeth stand da und lächelte ihn an. Sie trug eine weiße Hose, dazu eine rote Jacke und ihre Perlenkette. Das glänzende, brünette Haar unter dem Strohhut war perfekt frisiert, und an den Ohren blitzten winzige Diamantohrringe, ein Geschenk ihrer Mutter. Elizabeth war also zum Flughafen gekommen, um ihn abzuholen. Er war gerührt. Ihr Stilgefühl war sehr ausgeprägt, und auch das gefiel ihm an ihr. Plötzlich aber ärgerte er sich über sich. Immer wieder lief es bei ihm auf eine Bestandsaufnahme hinaus, als müsse er ihre Mängel gegen ihre Pluspunkte aufrechnen. Alles lief so rational ab, dabei war er sein Leben lang ein Romantiker gewesen. Aber bei Elizabeth war für Romantik kein Platz, sie zählte für sie nicht.

»Was machst du denn hier?« fragte er und gab ihr einen Kuß.

»Ich hole dich ab, weil ich mir dachte, du würdest zum Fahren zu müde sein. Wie war der Flug?« Kein »Du hast mir gefehlt... ich liebe dich...«, aber sie war immerhin gekommen, und das war schon viel.

»Danke, daß du gekommen bist, Elizabeth.« Mit sanften Augen, die blau waren wie der Pazifik, blickte er auf sie nieder. »Für dich eine lange Fahrt, nicht?«

»Ich war über Nacht in der Stadt.« Immer praktisch und gut organisiert, eine von Elizabeths Eigenschaften, die er am meisten bewunderte.

Hand in Hand gingen sie zum Gepäckband, und sie zog ihn auf, weil er einen Aktenkoffer mitgebracht hatte.

»Ich wollte während des Fluges nicht untätig sein.«

»Zu schade, daß du nicht mit mir geflogen bist, ich hätte eine andere Beschäftigung für dich gefunden.« Es gefiel ihm, daß sie das war, was man unter einer heißen Nummer verstand.

»Hast du deine Golfschläger dabei?«

»Nein, nur den Tennisschläger.«

»Ach, das geht schon in Ordnung. Meine Brüder können dir ihre borgen.« In Wahrheit haßte er Golf, aber er wollte ihre Gefühle nicht verletzen. Alle Männer in ihrer Familie spielten Golf. »Außerdem ist eine Rucksackwanderung geplant, und meine Mutter will unbedingt einen rustikalen Tanzabend und eine Heuwagenfahrt veranstalten.«

»Na, das hört sich ja sehr vergnüglich an. Wie im Sommerlager. Bekomme ich womöglich auch ein Hemd mit Namensetikett, ein Pfadfindermesser und einen Erste-Hilfe-Beutel?«

»Ach, halt den Mund.« Sie drückte ihm einen Kuß auf den Hals. Mit seiner Reisetasche in der Hand ging er mit ihr zum

Wagen. Es war ein nagelneuer Chevrolet-Kombi mit Holztüren, der eigens für die Sommerurlaube am See angeschafft worden war. Elizabeth berichtete ihm sämtliche Familienneuigkeiten, unter anderem auch, daß Ian und Sarah tags zuvor eingetroffen waren. Die beiden beabsichtigten nach zwei Wochen am See einen Europatrip zu unternehmen und Sarahs Eltern auf ihrem schottischen Schloß zu besuchen.

Spencer bot Elizabeth an, das Steuer zu übernehmen, nachdem er seinen Koffer in den Wagen geworfen hatte.

»Bist du nicht zu müde?« Sie machte dazu ein Gesicht, als sei sie ernsthaft besorgt, und er lächelte. Jetzt war er froh, daß er trotz aller seiner Einwände gekommen war.

Die Grandeur ihres Sommersitzes traf Spencer dennoch völlig unvorbereitet. Es war ein weitläufiges Herrenhaus inmitten von makellos gepflegten Gartenanlagen, über die ein halbes Dutzend »Hütten« für Gäste verteilt waren. Diese sogenannten Hütten waren größer als die Häuser gewöhnlicher Sterblicher. Ihre Ankunft nach Mitternacht hielt den Butler nicht ab, ihnen heiße Schokolade und Sandwiches zu servieren, die Spencer mit Heißhunger verschlang. Wenig später kamen Ian und Sarah hereinspaziert, zusammen mit Elizabeths älterem Bruder Greg. Alle waren bester Stimmung. Für den nächsten Tag war eine Angeltour geplant, zu der Spencer gleich eingeladen wurde.

Es war ein beschwingtes, lässiges Leben, voller Amüsement und interessanter Menschen. Aus San Francisco kamen noch weitere Gäste, und allabendlich traf man sich bei einem opulenten Mahl an der langen Tafel. Elizabeth sah im weichen Kerzenlicht fabelhaft aus, und Spencer kam in den Genuß einiger tiefschürfender Gespräche mit ihrem Vater. Er spielte sogar Golf mit ihm und mußte sich für sein elendes Spiel entschuldigen. Aber Richter Barclay schien das nichts auszumachen, er unterhielt sich gern mit ihm und war insgeheim der Meinung, daß seine Tochter eine gute Wahl getroffen hatte – Grund für ihn, aus seiner Sympathie für Spencer kein Hehl zu machen.

Spencer registrierte mit Enttäuschung, daß die Woche rasch dem Ende zuging. Ursprünglich hatte er einen Tag früher abreisen wollen, nun aber hatte er keine Lust mehr, anderswo hinzufahren. Es zog ihn auch nicht zurück nach New York. »Wieso bittest du nicht um eine weitere Woche Urlaub?« schlug Elizabeth vor, als sie im Boot lagen und sich sonnten. Spencer lachte. Trotz ihrer Intelligenz schien sie zu glauben, jeder sei so einflußreich wie ihr Vater.

»Ich glaube nicht, daß meine Kanzlei sehr erbaut darüber wäre.«

»Ich sehe es gar nicht gern, daß du schon abreist«, sagte sie ganz leise und sah ihn einen sonderbaren Augenblick lang traurig an. »Ohne dich wird es hier sehr einsam sein.«

»Im Kreise deiner Familie und unzähliger Freunde, Liz, sei nicht albern.« Doch er mußte sich eingestehen, daß auch sie ihm fehlen würde. Er hatte sogar seinen Plan, die Websters zu besuchen, aufgegeben. Dazu war jetzt keine Zeit mehr, und die Tage mit all diesen charmanten Menschen waren ungeheuer anregend. So sehr, daß er allmählich zu der Meinung gelangte, er liebe Elizabeth. »Wann kommst du wieder nach New York?« Sie mußten heimlich im Haupthaus zueinander schleichen, und plötzlich fand er die Aussicht, noch einen Monat ohne sie in New York verbringen zu müssen, sehr bedrückend.

»Nach dem Labor Day. Und dann muß ich wieder auf dieses gottverdammte College.« Elizabeth drehte sich auf den Bauch und bedachte ihn mit einem verdrossenen Blick. Sie lagen in einem der zwei Rennbote der Barclays.

»Das hört sich ja an, als müßtest du hinter Gitter.« Er lachte verhalten auf. Sie lächelte und berührte sanft seine Lippen.

»Ist es nicht so? Ohne dich habe ich dort wirklich das Gefühl, eingesperrt zu sein.« Plötzlich war Spencer nicht mehr sicher, ob nicht doch der Blitz endlich eingeschlagen hatte. Er saß da, hörte in sich hinein und wartete, ob sich nun auch Donner melden würde.

»Woran hast du eben gedacht?« Elizabeth kniff die Augen zusammen, besorgt, was ihm durch den Kopf gehen mochte. Spencer war immer so zugeknöpft.

»Ich dachte daran, wie sehr du mir fehlen wirst.« Lake Tahoe hatte ihn überwältigt. Mit den hohen Fichten, den großen Seen und den herrlichen Bergen dahinter war es der schönste Ort, den man sich denken konnte. Alles hier war so ungezwungen, so gesund, natürlich und glücklich. Es war ein Ort, den man lieben mußte, und er wünschte, diese Woche würde nie zu Ende gehen.

»Spencer, du wirst mir auch fehlen.«

Wortlos zog er Elizabeth in die Arme. Als er sich wieder von ihr löste, sagte er, was sie seit ihrer ersten Begegnung hören wollte: »Ich glaube, ich bin in dich verliebt.«

Sie lächelte beglückt. »Lang genug hast du dazu gebraucht.«

Er lachte. »Komm, sei nicht so! Mir wird endlich klar, daß ich dich liebe, und du beklagst dich, daß ich zu langsam war.«

»Ich hab schon befürchtet, aus mir würde eine alte Jungfer.«

»Mit einundzwanzig halte ich diese Befürchtung für übertrieben.« Nun ging ihm erst richtig auf, was er geäußert hatte, und er wußte mit absoluter Sicherheit, daß er etwas tun mußte, um seine Gefühle durch Taten zu beweisen. Er konnte Elizabeth ja nicht ewig hängenlassen. Ihre Beziehung dauerte nun schon lange genug, und er fühlte sich ihr verbundener denn je. Sie ist die Richtige, sagte er sich. Sie war ein großartiges Mädchen, und sie hatte ganz richtig gesagt, daß sie gemeinsam Großes erreichen konnten. »Elizabeth, möchtest du mich heiraten?«

»Soll das ein förmlicher Antrag sein?« Man sah ihr an, wie entzückt sie war. Spencer drehte sich um.

»Jetzt ist es einer. Also, willst du?«

»Ja, und wie!« Mit einem Freudenschrei schlang sie die Arme um seinen Nacken, wobei das Boot fast kenterte.

»Moment mal, ertränk uns nicht! Es soll ja keine Tragödie werden!«

»Das wird es mit Sicherheit nicht, mein Schatz. Ich verspreche es dir. Es wir ein Happy End geben.« Auch er war zuversichtlich, als er sie küßte. Dann starteten sie das Boot und fuhren ans Ufer, um ihre Familie einzuweihen.

Sie trafen Elizabeths Vater im Wohnzimmer an, in ein Telefonat vertieft. Er drehte sich lächelnd um und legte auf. Spencer sah ihm an, daß er etwas ahnte, denn Elizabeth machte ein Gesicht, als hätte sie einen Haupttreffer gelandet.

»Ja, was ist, Elizabeth?« Der alte Herr sah sie liebevoll an. Seine Tochter wußte, daß er von Spencer hellauf begeistert war.

Sie wartete nicht erst ab, bis Spencer zum Sprechen ansetzte. Sie wollte es als erste sagen. »Spencer hat mich eben gebeten, ihn zu heiraten.«

Strahlend und bestätigungsheischend wandte sie sich an ihren künftigen Ehemann.

»Ich hätte ihr diese Frage schon viel früher stellen sollen, Sir. Dürfen wir Sie um Ihren Segen bitten?«

Harrison Barclay sprang auf und schüttelte Spencer die Hand, wobei sein Blick wohlwollend über Spencer und seine Tochter glitt. »Den habt ihr schon lange. Ich wünsche euch beiden viel Glück.« Damit zog er Elizabeth an sich und richtete an beide die Frage: »Und wann soll das große Ereignis stattfinden?«

»So weit sind wir noch nicht. Das müssen wir erst besprechen.«

»Wenn es nach mir ginge, sollte Elizabeth das College beenden, aber euch zwei Turteltäubchen werden zwei Jahre vermutlich zu lange sein... also, wie wär's mit einem Jahr? Ihr könntet im Juni heiraten, und das letzte Jahr könnte Elizabeth an der Columbia University absolvieren, falls ihr vorhabt, in New York zu bleiben.«

»Soviel ich weiß, bleiben wir in New York. Juni wäre wunderbar.« Spencer schien erfreut, Elizabeth aber machte ihrer Enttäuschung Luft.

»Warum muß ich das College beenden?« klagte sie fast kindlich schmollend.

»Weil du zu gescheit bist«, antwortete ihr Vater mit Nachdruck, »und weil das Vassar ein großartiges College ist. Bis Juni sind es nur zehn Monate. Im Herbst gibt es eine Verlobungsparty und eine formelle Ankündigung. Anschließend wirst du mit deiner Mutter alle Hände voll zu tun haben, um die Hochzeit zu planen.« Wie auf ein Stichwort hin trat in diesem Moment seine Frau mit strahlendem Lächeln ein. »Priscilla, eine großartige Neuigkeit...« Er sah von seiner Tochter zu Spencer, während seine Frau gespannt wartete. »Die Kinder haben sich eben verlobt.«

»Ach... Liebling...« Priscilla Barclay schloß ihre Tochter in die Arme und küßte ihren künftigen Schwiegersohn, der dastand und das Gefühl hatte, ihn hätte eine Woge erfaßt und ins offene Meer hinausgetragen. Aber er hatte es ja so gewollt.

Alles redete nun aufgeregt durcheinander, und beim Lunch erfuhren es auch die anderen. Ian war begeistert und Sarah außer sich vor Entzücken. Spencer rief seine Eltern an. Man kam überein, daß die Verlobungsparty am Tag nach Thanksgiving in San Francisco stattfinden sollte. Spencer versprach, er wolle seine Eltern überreden, nach Kalifornien zu kommen. Und Elizabeth tat kund, daß sie in der Grace Cathedral getraut werden wollte.

Es war für Spencer ein sehr ermüdender Tag gewesen, und als er am Abend ins Bett sank und auf Elizabeth wartete, wurde er von seinen eigenen Gefühlen fast überwältigt. Er hatte kaum mehr die Kraft, sie zu lieben, und schlief in ihren Armen fast ein. Er mußte sich richtig zwingen, wach zu bleiben, um sie rechtzeitig zu erinnern, daß sie wieder in ihr Zimmer mußte. Und als er erwachte, war es Morgen.

Elizabeth fuhr ihn zum Flughafen. Sie sagte, sie hätte in San Francisco Einkäufe zu erledigen und wolle ohnedies einige Tage in der Stadt verbringen. Als er sie zum Abschied küßte und an Bord der Maschine ging, war er noch immer wie betäubt. Er saß da und beobachtete, wie San Francisco immer kleiner wurde, während die Maschine Kurs nach Osten nahm. Nun erst wurde ihm richtig klar, daß er tatsächlich im Begriff stand, Elizabeth Barclay zu heiraten.

19

Wie vorauszusehen, waren Spencers Eltern von seinem Entschluß hingerissen, und sie versprachen prompt, über Thanksgiving zur Verlobungsfeier nach San Francisco zu kommen. Zu dem Zeitpunkt, als Spencer abflog, wurden im Hause Barclay bereits eifrig Pläne für die Verlobungsparty geschmiedet, und es sah ganz so aus, als würde es nicht ohne mindestens fünfhundert Gäste abgehen.

»Sie muß ein ganz reizendes Mädchen sein, mein Lieber«, sagte Spencers Mutter. »Wann werden wir sie endlich kennenlernen?« Es kränkte sie nicht wenig, daß er ihnen Elizabeth noch nicht vorgestellt hatte. Er versprach, dies nachzuholen, sobald sie das nächste Mal nach New York kam.

Die nächsten Wochen vergingen wie im Flug, so daß Spencer das Gefühl hatte, es sei kaum Zeit vergangen, als er Elizabeth in Idlewild abholte und sie zum Vassar brachte. Den Verlobungsring hatte er bei Tiffany besorgt, einen schönen, von zwei Saphiren flankierten Diamanten. Mehr konnte er sich nicht leisten. Elizabeth reagierte mit einem entzückten Ausruf. Die Steine waren zwar nicht groß, aber lupenrein, und der Ring als Ganzes sehr geschmackvoll und edel.

»Ach, Spencer, genau das, was ich wollte!« Nachdem er ihr den Ring im Auto über den Finger gestreift hatte, entschlossen sie sich, einige Stunden in seiner Wohnung zu verbringen, ehe sie zum College fuhr. In seinem Bett liegend, kicherte Elizabeth ausgelassen und spielte mit dem funkelnden Ring. Plötzlich wirkte sie ganz jung und sehr glücklich. »Du ahnst ja nicht, wie sehr du mir gefehlt hast.«

»Ich war hier auch sehr einsam.« Da er sie nun bei sich hatte, war ihm bedeutend wohler zumute. Ernsthafte Zweifel an seinem Entschluß hatten ihn nächtelang in Angst und Schrecken versetzt. Er wußte nicht, ob er das Richtige getan hatte. Einer seiner besten Freunde hatte ihn beruhigen müssen und ihm versichert, dies sei völlig normal. Jetzt, da Elizabeth in seiner Nähe war, wußte er, daß sein Entschluß richtig gewesen war. Stundenlang liebten sie sich, und kaum hatte er sie am nächsten Morgen im College abgeliefert, sehnte er sich schon wieder nach ihr. Am nächsten Wochenende wollte sie wieder nach New York kommen, um seine Eltern kennenzulernen.

Als Elizabeth ihnen vorgestellt wurde, schlossen sie sie auf den ersten Blick ins Herz. Sie war genau jener Typ, den sein Vater sich für Spencer erhofft hatte. Auch Spencers Mutter war von Elizabeth begeistert, von ihrer Eleganz, Intelligenz und Damenhaftigkeit. Kurzum, es war eine Verbindung, die den vollen Beifall seiner Eltern fand.

Von nun an kam Elizabeth fast jedes Wochenende nach New York, und im November flogen sie alle gemeinsam nach Kalifornien. Die Barclays gaben ein so stimmungsvolles Thanksgiving-Dinner für alle, daß die Gäste sich sofort heimisch fühlten. Beide Elternpaare kamen blendend miteinander aus, besonders die Mütter verstanden sich auf Anhieb. Es war eine Verbindung, bei der die glückliche Vorsehung ihre Hand im Spiel gehabt zu haben schien. Sarah und Ian waren zur Verlobungsparty gekommen, während Gregory sich in Washington nicht hatte loseisen können, worüber Elizabeth nur mäßige Enttäuschung zeigte. Sie und Greg standen sich nicht besonders nahe. Er führte ein eigenes, von der Familie getrenntes Leben und nahm an Familienfesten und gemeinsamen Ferien nicht teil. Außerdem steckte Greg gerade mitten in einer äußerst unangenehmen Scheidungsaffäre.

Die Party am folgenden Tag wurde ein spektakuläres Ereignis. Zum Cocktail mit festlichem Büffet erschienen nicht weniger als vierhundert Gäste. Im Haus der Barclays drängte sich, was in San Francisco Rang und Namen hatte, sogar der Bürgermeister war gekommen. Bis spät in die Nacht wurde gefeiert und getanzt. In Spencers Augen hatte Elizabeth, die für diesen Anlaß ein schwarzes Samtkleid gewählt hatte, nie verführerischer ausgesehen. Beim Tanzen drückte er sie fest an sich, und Elizabeth strahlte ihn an.

»Na, glücklich, meine Liebe?«

»Ich war nie glücklicher.«

Am nächsten Tag unternahmen die jungen Leute einen Ausflug nach Sausalito. Es war Samstag, und alle waren blendender Laune, wenn auch nach der langen Nacht ziemlich ermattet. Für den Montag war bereits die allgemeine Abreise geplant. Die jungen Leute und das Ehepaar Hill nach New York, Richter Barclay und Frau nach Washington. Blieben also nur zwei Tage und Nächte, die sie voll auskosten wollten.

»War das gestern nicht eine tolle Party?« sagte Ian zu seinem zukünftigen Schwager, als sie von Sausalito aus den Blick über die Bucht genossen.

»Sagenhaft«, erwiderte Spencer, der noch immer zu träumen glaubte. Alles kam ihm so unwirklich vor, die Menschen, die Umgebung. Er erwog flüchtig, seine alten Freunde im Alexander

Valley zu besuchen. Aber wieder war die Zeit viel zu knapp. Der Aufenthalt in San Francisco war nicht mehr als ein Blitzbesuch.

»Warte nur, du wirst staunen, was für eine Hochzeit Mutter plant«, bemerkte Sarah, die bei der Trauung als Elizabeths Ehrendame fungieren sollte.

Am späten Nachmittag ruhten sich alle zu Hause kurz aus, damit man abends wieder mit frischem Schwung ausgehen konnte. Sarah erschien in einer auffallenden Kreation in Pink, Elizabeth in einem dunkelblauen Chiffonkleid von I. Magnin. Sie erklärte, die Farbe brächte ihren Verlobungsring erst richtig zur Geltung, woraufhin Spencer sie lächelnd küßte.

Nach einem vortrefflichen Dinner fuhren sie auf Drinks zum »Top of the Mark«, wo sie wieder Gelegenheit hatten, die prachtvolle Aussicht zu bewundern. Spencer blickte hinaus in die funkelnde Nacht und drückte liebevoll Elizabeths Hand. Es war ein herrliches Panorama, Elizabeth war ein schönes Mädchen, und er liebte sie. Bis elf Uhr blieben sie dort, und als sie gingen, erklärte Ian, von einem stimmungsvollen kleinen Tanzlokal ganz in der Nähe gehört zu haben, in dem es sogar Show-Einlagen gäbe. Alle fanden übereinstimmend, daß dies eine großartige Idee sei, und so fuhren sie zu der angegebenen Adresse. Das Lokal war gedrängt voll, als sie ankamen. Erst ein großzügiges Trinkgeld, das Spencer dem Ober in die Hand drückte, verschaffte ihnen einen Tisch. Eine kleine Band spielte »Some Enchanted Evening«, und Spencer forderte Elizabeth sofort zum Tanz auf. Von Verlangen nach ihrer Nähe getrieben, drückte er sie eng an sich, und als sie sich wieder setzten, griff er zärtlich nach ihrer Hand und ließ sie nicht los. Es wurde dunkel, und ein Mädchen betrat die Tanzfläche, ein Mikrofon in der Hand. Sie trug ein hellblaues Satinkleid, das blonde Haar fiel ihr ins Gesicht und verdeckte es fast zur Gänze, als der Scheinwerfer sie erfaßte. Spencer starrte mit angehaltenem Atem zur Tanzfläche. Und als er die Stimme hörte, war er wie vom Donner gerührt. Sein Herz fing schmerzhaft zu schlagen an. Die junge blonde Sängerin war Crystal.

Sie war noch schöner, als er sie in Erinnerung hatte. Während er dasaß und ihr wie betäubt zuhörte, war er zu keinem klaren Gedanken fähig. Crystal wirkte zehn Jahre älter als seinerzeit. Ihr Körper, der mit dem schmiegsamen Material des Kleides zu verschmelzen schien, wies Formen auf, die er nie an ihr vermutet hätte. Aber es war nicht so sehr ihr Körper, der seinen Blick bannte, es war vielmehr das Gesicht, das ihn nicht losließ, die Augen von der Farbe des Augusthimmels, die ihm unvergeßlich geblieben waren. Und ihre Stimme, die voller Sehnsucht und Schmerz war, rührte ihn bis ins Innerste an. Spencer wagte kaum zu atmen, während er sie anstarrte, und er bemerkte nicht, daß Elizabeth ihn aufmerksam im Auge behielt. Er wünschte, daß dieser Augenblick nie enden möge, doch dann war Crystals Nummer zu Ende. Es wurde hell, und die Band hob zu einer neuen Tanzmelodie an. Spencer brachte kein Wort über die Lippen. Er wollte nur eines – die Arme ausstrecken und Crystal berühren. Elizabeth bemerkte, wie bleich er geworden war. Schon längst hatte er ihr seine Hand entzogen, ohne es wahrzunehmen.

»Kennst du das Mädchen?« fragte Elizabeth mit gerunzelter Stirn, beunruhigt von der Art, wie er auf die Sängerin reagiert hatte. Sie hatte auch das Mädchen genau beobachtet, ohne etwas entdecken zu können, was auf ein Erkennen hingedeutet hätte. Crystal hatte das Publikum wegen der Scheinwerfer nicht sehen können. So ahnte sie nicht, daß Spencer ihr zugehört hatte, als sie herzergreifend von einer verlorenen Liebe und einem zerbrochenen Leben sang.

»Nein... das nicht... aber sie war doch sehr gut, oder?« Verwirrt griff Spencer zu seinem Glas und trank einen großen Schluck Scotch. Ian war indessen in ein angeregtes Gespräch mit Sarah vertieft.

»Sie ist auffallend schön, falls du das meinst.« Elizabeth war spürbar verstimmt. Spencer mußte betrunken sein – ein Irrtum, wie sie dann gleich merkte. Aber was immer in ihn gefahren sein mochte, er war wie elektrisiert gewesen – ein Zustand, der dann tiefer Verstörung wich. Er tanzte noch einmal mit Elizabeth, nachher aber war er sonderbar wortkarg, und kurz danach brachen sie auf. Es war schon halb zwei Uhr morgens, und als Ian verkündete, er sei todmüde, waren sich alle einig, daß es Zeit zum Gehen war.

Im Auto beteiligte sich Spencer am allgemeinen Gespräch, bei dem es um Belanglosigkeiten ging, aber Elizabeth spürte, daß er nicht bei der Sache war. Sie wartete mit einer neuerlichen Frage, bis sie zu Hause angelangt waren. Diesmal sah sie ihm dabei tief in die Augen. »Spencer... diese Sängerin in der Bar... hast du sie gekannt?«

»Nein«, sagte er ganz leise. Er mußte lügen, denn die Wahrheit hätte für sie keinen Sinn ergeben, sie ergab nicht einmal Sinn für ihn. Es hatte nie einen Sinn gegeben. Doch das Gefühl war noch vorhanden. Stärker als zuvor. »Sie ähnelte jemandem, den ich früher kannte.«

»So wie dieses Mädchen hast du mich noch nie angesehen.« Es war das erste Mal, daß sie sich richtig verstimmt zeigte. Spencer wußte nicht, was er darauf erwidern sollte.

»Ach, sei nicht albern.« Er versuchte, die Sache leichthin abzutun, und gab ihr einen Gutenachtkuß. Doch diese Nacht ließ sie ihren gewohnten Besuch in seinem Zimmer ausfallen. Es kam ihm nicht ungelegen, denn er stand fast eine ganze Stunde am Fenster, starrte über die Bucht und dachte an Crystal. Sie war noch viel schöner, als er sie in Erinnerung hatte, und dazu hatte sie jetzt etwas sehr Anrührendes an sich. Gewiß, sie hatte nur in einem Lied dieses innere Flehen zum Ausdruck gebracht, und doch spürte er sehr deutlich, was sich dahinter verbarg, nämlich Angst, Schmerz und Einsamkeit. Er vermeinte, dies alles noch jetzt zu hören... und dazu Donner und Blitz vom Himmel fahren zu spüren. Er lächelte gedankenverloren, als er sich Engelsstimmen und den Himmel voller Geigen und Harfen vorstellte. Total verrückt, versuchte er sich zur Vernunft zu bringen. Aber als er im Bett die Augen schloß, war Crystal das einzige, was er vor sich sah.

20

Am Sonntagmorgen kam Spencer sehr früh zum Frühstück. Bei Rührei, knusprig gebratenem Speck und Kaffee führte er ein angeregtes Gespräch mit Richter Barclay und Ian, denn Elizabeth nahm wie ihre Mutter das Frühstück auf ihrem Zimmer ein und traf mit ihrem künftigen Ehemann erst am Vormittag zusammen. Über den vorangegangenen Abend wurde kein Wort verloren, und Elizabeth fragte ihn auch nie wieder nach dem Mädchen aus dem Nachtclub. Dennoch blieb zwischen ihnen eine gewisse Spannung spürbar, die bis zum Abend anhielt.

Es war das letzte gemeinsame Abendessen im Kreis der Familie. Für den nächsten Tag war der allgemeine Aufbruch geplant. Von einem Anflug von Panik erfüllt, wurde Spencer klar, daß sich keine Möglichkeit mehr bieten würde, Crystal noch einmal wiederzusehen. Den ganzen Tag hatte er hin und her überlegt und erst am späten Nachmittag einen Anruf gewagt und erfahren, daß das Lokal auch am Sonntagabend geöffnet hatte. Er faßte einen Entschluß. So schwer es ihm fiel, Elizabeth anzulügen – er mußte es tun. Als er den kleinen Raum verließ, in dem sich das Telefon befand, erklärte er, er habe eben einen Studienkollegen angerufen.

»Möchtest du ihn hierher auf einen Drink einladen?« fragte Elizabeth, die sich wieder beruhigt hatte. Spencer war den ganzen Tag besonders aufmerksam zu ihr gewesen. Sie war nun überzeugt, daß sie sich am Abend zuvor geirrt hatte und kein Grund zur Besorgnis vorlag. Vermutlich war Spencer beschwipst gewesen, und das Mädchen hatte ihm gefallen.

Spencer schüttelte den Kopf. »Nein, ich gehe nach dem Dinner auf einen Sprung bei ihm vorbei.« Er lud sie nicht ein mitzukommen. Aber sie mußte ohnehin packen, und es gab noch so vieles, was sie mit ihrer Mutter wegen der Hochzeit besprechen mußte, bevor sie wieder aufs College ging.

Spencer verließ das Haus um neun und nahm ein Taxi zu »Harrys«. Unterwegs starrte er, von Gewissensbissen geplagt, aus dem Fenster. Er war frisch verlobt und stahl sich davon, um sich mit einer anderen Frau zu treffen. Niemals hätte er dergleichen für möglich gehalten, aber er mußte Crystal unbedingt sprechen, bevor er San Francisco verließ. Zumindest mußte er es versuchen. Vielleicht hatte sie sich mehr verändert, als er glaubte, vielleicht war sie jetzt nur eine Schönheit ohne Verstand oder gar ein Flittchen. Er wünschte sich sogar, daß sie billig, fad und dumm sein und ganz und gar nicht seinen Träumen entsprechen würde. Er wünschte sich, sie endlich vergessen zu können. Aber dazu mußte er sie wiedersehen – nur ein einziges Mal, das schwor er sich, als er den Fahrer bezahlte und überhastet das Lokal betrat.

Während er auf ihren Auftritt wartete, bestellte er einen Scotch. Ehe sie nicht gesungen hatte, wollte er sich ihr nicht nähern. Ein einziges Mal wollte er sie noch singen hören. Und als Crystal ihren Auftritt hatte, raubte sie ihm wieder den Verstand. Sie sang sich direkt in seine Seele, während er dasaß und sie anstarrte. Und als sie von der Bühne ging, bat er den Ober, ihr eine Nachricht zu überbringen. Darin erinnerte er sie an die Begegnungen im Alexander Valley, das erste Mal bei der Hochzeit ihrer Schwester, das zweite Mal bei der Taufe von deren Baby. Eigenartig, sich vorzustellen, daß sie sich womöglich gar nicht an ihn erinnern konnte. Aber als sie das Restaurant betrat, sah sie ihn an, als hätte sie ein Gespenst vor sich. Er wußte sofort, daß Crystal ähnlich wie er die Erinnerung an diese Begegnungen über Jahre hinweg bewahrt hatte. In ihrem schlichten weißen Kleid und mit dem langen hellblonden Haar, sah sie aus wie ein Engel. Sie stand lange da und sah ihn nur an, bevor sie ihn mit einer Stimme, die tiefer war, als er sie in Erinnerung hatte, begrüßte. Groß und anmutig stand sie vor ihm und blickte ihn mit Augen an, wie er sie noch nie gesehen hatte. Es waren Augen voller Liebe und Leid. Er streckte ihr die Hand entgegen, und als Crystal sie erfaßte, glaubte er, unter ihrer Berührung dahinzuschmelzen. Er mußte sich zwingen, ihre Hand wieder loszulassen.

»Hallo, Crystal.« Spencer fürchtete, sie könne das Beben aus seiner Stimme heraushören. »Es ist lange her.«

»Ja, das ist es.« Ihr Lächeln deutete an, wie schüchtern sie war. »Ich... ich hätte nicht gedacht, daß Sie sich an mich erinnern würden.« Er hatte dasselbe von ihr geglaubt. Daß er sie niemals vergessen hatte, ließ er unausgesprochen.

»Natürlich erinnere ich mich.« Er war bemüht, sie wie ein Kind zu behandeln, aber es wollte ihm nicht gelingen. Crystal hatte nichts Kindliches mehr an sich. »Können Sie sich kurz zu mir setzen?«

»Aber sicher.« Sie nahm neben ihm Platz. Ihren nächsten Auftritt hatte sie erst um Mitternacht.

»Seit wann sind Sie in San Francisco?« Er versuchte sich zu erinnern, wie alt sie war, seiner Berechnung nach jedenfalls nicht viel über achtzehn, obwohl sie älter wirkte. Und er spürte instinktiv, daß das Leben es bisher nicht gut mit ihr gemeint hatte. Das klang schon in ihren Liedern an, und als sie ihm jetzt antwortete, las er es in ihrem Blick, in dem etwas Schreckliches und Schmerzliches verborgen war. Er ahnte es, ohne daß sie es aussprechen mußte. Es war, als hätte er immer schon alles von ihr gewußt.

»Ich bin seit vergangenem Frühjahr hier«, gab sie zur Antwort. »Zuerst habe ich als Serviermädchen gearbeitet. Mit den Auftritten fing es erst im Sommer an.«

»Sie singen ja noch besser, als ich in Erinnerung hatte.«

»Danke.« In seiner Nähe fühlte sie sich sehr befangen. Am liebsten hätte sie einfach dagesessen und seine Gegenwart genossen. »Es fällt mir auch gar nicht schwer... vermutlich, weil ich es gern tue.« Die Worte, die sie wechselten, waren bedeutungslos. Aber sie schauten sich dabei unverwandt an und fragten sich, was der andere denken mochte. Plötzlich konnte er nicht mehr an sich halten, er mußte wissen, wie es ihr ging und weshalb er das Gefühl nicht loswurde, daß sie viel gelitten hatte.

»Geht es Ihnen gut?« Seine Stimme war so sanft, daß es sie rührte. Diese Frage hatte ihr schon lange niemand mehr gestellt, und schon gar nicht in diesem liebevollen Ton. Mit Tränen in den Augen nickte sie.

»Es geht mir gut.«

Doch Spencer spürte, daß damit nicht alles gesagt war. »Was hat Sie nach San Francisco geführt?«

Crystal zögerte. Dann warf sie seufzend das Haar über die Schulter. In diesem Augenblick sah sie aus wie das Mädchen, das auf der Schaukel sitzend mit ihm gesprochen hatte, an einem anderen Ort, in einem anderen Leben. »Mein Vater ist gestorben. Mit seinem Tod hat sich alles für mich geändert.«

»Hat Ihre Mutter die Ranch verkauft?«

Sie schüttelte den Kopf. An den nächsten Worten erstickte Crystal beinahe. »Nein, Tom hat die Ranch übernommen.«

»Und Ihr Bruder?« Spencer hatte Jared als zerzausten, langbeinigen Jungen in Erinnerung, der nichts lieber tat, als seine Schwester zu necken. Er wußte noch, daß er sie an den Haaren gezogen hatte und wie Crystals Revanche ausgefallen war – harmlose Hänseleien von beiden Seiten. Seinerzeit waren sie ihm wie Kinder vorgekommen, aber das war längst Vergangenheit.

»Jared ist im Frühjahr gestorben.« Crystal brachte die Worte kaum über die Lippen. Spencer starrte sie fassungslos an. Das Schicksal hatte sie hart getroffen, doch um wieviel härter noch alles in Wahrheit gewesen war, verriet sie nicht. Auch nicht die Umstände und die Ursache von Jareds Tod oder ihre Schuldgefühle, die sie nie losgeworden war.

»Das tut mir aber leid ... ein Unfall?« Krank konnte er nicht gewesen sein, dazu war er zu jung gewesen. Spencer brach fast das Herz, als sie nach einigem Zögern nickte, den Blick auf ihre Hände gerichtet, damit sie ihn nicht ansehen mußte. Dann schaute sie langsam auf, und die Stärke des Gefühls, das er in ihrem Blick las, überwältigte ihn beinahe. Er erkannte in ihren Augen Wut, Haß, Angst und den Kummer um verlorene Träume. Das alles ballte sich mit ungeheurer Wucht in ihr zusammen. Stumm griff er nach ihrer Hand und hielt sie fest.

»Tom hat ihn erschossen.« In ihren Augen loderte es.

»Mein Gott ... Wie konnte das nur passieren?«

Crystal schüttelte den Kopf. Daß Tom sie vergewaltigt hatte, konnte sie ihm nicht sagen. Außer Boyd und Hiroko hatte sie es keiner Menschenseele anvertraut, und daran würde sich nichts ändern. Mit dieser Schande mußte sie leben. »Es war meine Schuld«, kam es fast unhörbar über ihre Lippen. Ihr Schuldgefühl war so intensiv, daß ihr die Tränen fehlten. »Zwischen Tom und mir gab es eine Auseinandersetzung, und ich verlor den Kopf.« Sie holte so tief Luft, als müsse sie um Atem ringen. Spencer umfaßte ihre Hand noch fester. »Ich habe ihn mit dem Gewehr meines Vaters bedroht, und Tom hat daraufhin einen Schuß auf mich abgegeben und unglücklicherweise Jared getroffen.«

»Allmächtiger ...« Entsetzt starrte Spencer sie an. Er wagte kaum, sich auszumalen, was sie bewogen haben konnte, ihren Schwager mit der Flinte ihres Vaters zu bedrohen. Zugleich ging ihm auf, was für ein gewaltiges Schuldgefühl auf ihr lasten mußte.

»Der Sheriff stellte fest, daß Jareds Tod durch eine Verkettung unglücklicher Umstände eingetreten sei. Einige Tage nach der Beerdigung verließ ich mein Elternhaus.« Sie machte eine Pause. Dann fuhr sie fort: »Nach dem Tod meines Vaters stand es zwischen mir und Mom nicht zum besten. Und jetzt glaubt sie, ich hätte Jared getötet, was in gewisser Weise auch zutrifft. Es war wirklich meine Schuld. Ich hätte Tom nicht bedrohen dürfen, aber...« Tränen glitzerten in ihren Augen. Sie konnte es ihm nicht sagen. In Spencer erwachte das Verlangen, sie festzuhalten und zu küssen. »Mutter und ich sind nie sehr gut miteinander ausgekommen, müssen Sie wissen. Ich glaube, es hat ihr nicht gefallen, daß ich mit meinem Vater eine so enge Beziehung gehabt habe.«

»Haben Sie je wieder etwas von ihr gehört?«

»Nein. Das alles liegt jetzt hinter mir.« Sie lächelte tapfer. »Jetzt ist das hier mein Leben. Alles andere ist Vergangenheit. Ich muß an das denken, was ich hier mache.«

Schweigend sah sie zu Spencer auf und überlegte, ob er inzwischen einmal die Websters besucht hatte. »Waren Sie bei Boyd und Hiroko?«

Schuldbewußt mußte er verneinen. Es war das zweite Mal, daß er die Chance nicht genutzt hatte. »Ich hatte zwar die feste Absicht, aber die Zeit war zu knapp. Wissen Sie, wie es den beiden in letzter Zeit ergangen ist?«

Ihr wehmütiges Lächeln rührte an sein Innerstes. Aus einem ungewöhnlichen jungen Mädchen war eine ungewöhnliche Frau geworden. Von Crystal ging eine Sinnlichkeit aus, die ihn völlig in ihren Bann schlug. Ihre sanfte Weiblichkeit weckte in ihm den Wunsch, immer an ihrer Seite zu sein und sie zu beschützen. Zugleich ging von ihr eine unglaubliche Kraft aus. Diese Kraft war es auch, die ihr geholfen hatte, alles zu überstehen. »Letzte Woche kam ein Brief von Hiroko«, sagte sie auf seine Frage. »Sie erwartet wieder ein Kind. Diesmal wünschen sie sich sicher einen Jungen, obwohl man sich nichts Niedlicheres vorstellen kann als die kleine Jane.« Dann wurde es wieder Zeit für ihren Auftritt.

Spencer versprach, auf sie zu warten. Stundenlang hätte er so mit ihr plaudern können. Am liebsten wäre er gar nicht fortgegangen – niemals wieder. Er spürte, daß sie ihn brauchte, und er wollte für sie dasein.

Als sie auftrat, war es, als sänge sie allein für ihn. Ihre Stimme schien nach ihm zu greifen. Crystal vereinte in sich Unschuld und Sex-Appeal, eine Mischung, die in Spencer das Verlangen weckte, sie festzuhalten und nicht wieder loszulassen. Kurz vor eins war ihr Auftritt zu Ende. Sie unterhielten sich noch eine Stunde, bis das Lokal geschlossen wurde. Spencer bot ihr an, sie nach Hause zu bringen, und wartete, bis sie sich umgezogen hatte. Für ihn war es fast wie ein Blick in die Vergangenheit, als sie in Wollrock und weißer Bluse erschien. Darüber trug sie eine billige karierte Jacke. Sie sah nun wieder aus wie ein kleines Mädchen. Nur die Augen, die ihn betrachteten, waren die einer Frau, jener Frau, von der er jahrelang geträumt und die er nie vergessen hatte, so wie sie – in dem Bewußtsein, ihn über alles zu lieben – von ihm geträumt hatte.

Langsamen Schrittes begleitete er sie zu Mrs. Castagnas Haus. Sie blieben lange davor stehen und sprachen über sein Leben in New York, über seine Freunde – nur, um noch eine Weile beisammenzusein. Und dann zog er sie schließlich an sich und küßte sie, als hätten sie den ganzen Abend nur darauf gewartet.

»Spencer...« Crystals Stimme drang wie ein leises Flüstern durch die kalte Nacht. »All die Jahre habe ich von dir geträumt... und manchmal habe ich mir eingeredet, alles wäre anders gekommen, wenn du bei mir gewesen wärst.«

»Ich wünschte, ich hätte bei dir sein können.« Spencer schob ihr sacht einen Finger unters Kinn und hob ihr Gesicht hoch. »Ich hab dich nie vergessen und sehr oft an dich gedacht... Ich hätte es nie geglaubt, daß du dich noch an mich erinnerst. Ich hab geglaubt, du hättest dich sehr verändert oder wärst inzwischen sogar schon verheiratet.« Das war die schlimmste Schreckensvision gewesen. Doch am allerwenigsten hätte er sich vorstellen können, sie allein in San Francisco zu finden – als Nachtclubsängerin, und er konnte sich nicht genug über die Schicksalsfügung wundern, die ihn zu ihr geführt hatte. Fast wäre er nach New

York zurückgekehrt, ohne je zu erfahren, daß sie in San Francisco lebte. Und nun hatte er sie gefunden und wußte nicht, was er tun sollte. Er hatte sich eben mit Elizabeth Barclay verlobt, und jetzt stand er vor einem Haus an der Green Street und küßte Crystal Wyatt.

»Spencer, ich liebe dich.« Crystal flüsterte, als fürchte sie, nie wieder eine Chance zu diesem Geständnis zu haben. Er spürte, wie sein Herz schmolz. Aber wie konnte er ihr gestehen, daß es eine andere gab? Eine andere, mit der er verlobt war?

Spencer nahm Crystal in die Arme und hielt sie ganz fest. Ich liebe dich auch... o Gott, Crystal, ich liebe dich..., wollte er sagen. Aber wie konnte er ihr seine Liebe gestehen? Er konnte ihr nichts versprechen. Er durfte sie nur einen kurzen Augenblick umarmen und mußte am nächsten Morgen mit Elizabeth nach New York zurückkehren. Aber mußte er das alles wirklich tun? Warum konnte er nicht Crystal haben? Es war doch nichts Schlimmes. Einen strahlend hellen Moment lang wußte er mit absoluter Sicherheit, daß er sie immer geliebt hatte. Und das mußte er ihr unbedingt sagen, koste es, was es wolle. »Ich habe dich geliebt vom ersten Augenblick an, als ich dich sah.« Es tat gut, das auszusprechen, so als hätte er drei Jahre nur darauf gewartet, sie zu finden und ihr seine Liebe zu gestehen. Nichts anderes zählte mehr daneben. Nichts und niemand.

Sie rückte ein wenig von ihm ab, um ihn anzusehen, und lächelte. Das Kind, das er einst auf der Schaukel gesehen hatte, war zur Frau herangewachsen, und während er sie so umschlungen hielt, wußte er, daß er sie verzweifelt liebte. Jenseits aller Worte und aller Vernunft. Jenseits von allem. Crystal war alles, was er wollte.

»Ich hab an dich denken müssen... als du auf der Ranch aufgetaucht bist, in weißer Hose, mit rotem Schlips... noch nie war ich jemandem begegnet, der so fabelhaft ausgesehen hat.« Spencer wußte gar nicht mehr, was er damals getragen hatte, sie aber erinnerte sich um so genauer, genauso wie er sich an ihr weißes Kleid beim erstenmal und an das blaue beim zweiten Besuch erinnerte. Als ob sie Gedanken lesen und seinen Kummer erahnen konnte, fragte sie: »Wann fliegst du nach New York?«

»Schon morgen.« Das kam ihm vor wie der völlige Wahnsinn, denn er wollte nichts lieber, als bei ihr bleiben. Aber zuerst mußte er sein Leben neu ordnen. Und dabei hatte er es mit einer Frau wie Elizabeth zu tun. Aber das spielte jetzt keine Rolle. Neben Crystal existierte von nun an nichts mehr. Sie war, worauf er in der langen Zeit der Unschlüssigkeit gewartet hatte. Auf einmal war ihm klar, warum er so lange gezögert hatte. Er hatte immer nur Crystal gewollt. Allen anderen mochte es verrückt erscheinen, nicht aber ihm selbst. Für ihn war es völlig selbstverständlich, daß er sie in den Armen hielt.

»Kommst du wieder einmal nach Kalifornien?« fragte Crystal bang.

»Ja.« Ihre Blicke hingen aneinander. Er wußte, daß er wiederkommen würde. Aber zuvor mußte er Elizabeth alles erklären. Doch um mit Crystal zusammensein zu können, wäre er auch über glühende Kohlen gegangen.

»Ich komme wieder, sobald es sich einrichten läßt. Erst muß ich in New York einiges regeln. Ich rufe dich bald an.« Er ließ sich von ihr die Telefonnummer geben und küßte sie noch einmal. In der Süße ihrer Lippen glaubte er die Verheißung der Zukunft zu spüren, einer Zukunft, der er freudig und furchtlos entgegensah. Die Leidenschaft des Augenblicks hatte alle Zweifel verfliegen lassen.

Hastig schrieb er ihr die Adresse seiner Anwaltskanzlei auf und notierte sich ihre Adresse, ehe er Crystal ein letztes Mal in die Arme nahm. Es widerstrebte ihm, sie zu verlassen. Er spürte, daß seine ganze Zukunft in wenigen Stunden eine neue Richtung eingeschlagen hatte; diesmal eine Richtung, die er selbst wollte.

»Ich möchte nicht fort...«, hauchte er in ihr Haar. Crystal schloß die Augen und dachte beglückt, wie gut es tat, von jemandem umarmt zu werden, den man liebte. Bei Spencer fühlte sie sich glücklich und geborgen. Dennoch wagte sie nicht, alles zu glauben, was er sagte. Es war wie ein Traum, der wahr geworden war – so schön, daß sie es mit der Angst zu tun bekam. Was, wenn Spencer nicht wiederkam? Wenn er völlig aus ihrem Leben verschwand? Insgeheim spürte sie, daß er das nie tun würde. Sie löste sich von ihm, und es war für beide wie ein körperlicher Schmerz. Sie sah ihn so eindringlich an, als versuche sie, sich Spencer ins Bewußtsein einzuprägen, um ihn stets in ihrer Nähe zu haben – wenigstens so lange, bis er hoffentlich wieder zu ihr zurückkam.

»Spencer, ich liebe dich.«

»Dann mach kein so trauriges Gesicht.«

»Ich habe Angst«, sagte sie ganz offen, da sie instinktiv wußte, daß sie ihm gegenüber ganz ehrlich sein konnte.

»Angst? Wovor denn?«

»Davor, daß du nicht zurückkommst.«

»Ich komme wieder, das verspreche ich«, sagte Spencer aus tiefster Überzeugung und bis ins letzte von Leben und Hoffnung erfüllt. Crystal war alles, was er sich wünschte. »Ich liebe dich«, flüsterte er, als sie schon an der Tür standen und er sie wieder küßte. Noch eine Umarmung, und gleich darauf war Crystal im Haus verschwunden. Spencer konnte ihre Schritte auf der Treppe hören, als sie hinauflief, und er sah von der Straße aus, daß sie Licht machte. Sie trat ans Fenster, um ihm zuzuwinken. Erst jetzt machte er sich auf den Weg zu dem Haus am Broadway – zu Fuß wie ein Mensch, der endlich seinem Traum begegnet war. Einen wahnwitzigen Augenblick lang erwog er, Elizabeth sofort alles zu gestehen, obwohl ihm klar war, daß er sich seine Worte erst zurechtlegen mußte, um ihr dann bei Tag und in aller Ruhe alles zu erklären, ohne Gefahr zu laufen, daß sie ihn nicht für angetrunken oder gar für übergeschnappt hielt. Nein, er war nicht verrückt, er war vernünftiger als je zuvor in seinem Leben, und er wußte auf einmal genau, was er wollte. Nun galt es, einen Weg zu finden, das Ersehnte zu bekommen.

21

Als Spencer am nächsten Morgen zum Frühstück kam, waren alle bereits um den Tisch versammelt. Seine Eltern, Elizabeth, die Barclays. Vielleicht wäre dies der ideale Augenblick gewesen, sein Gewissen zu erleichtern. Doch als er nach nur zwei Stunden Schlaf glattrasiert und bleich den Raum betrat, traute er sich nicht, das angeregte Gespräch zu stören. Außerdem war er es Elizabeth schuldig, daß sie es als erste und unter vier Augen erfuhr.

Spencer goß sich aus der silbernen Kanne Tee ein und nahm sein Frühstück ein, ohne sich an dem Gespräch zu beteiligen. Ian war der erste, dem seine Schweigsamkeit auffiel. Er konnte der Versuchung nicht widerstehen, Spencer aufzuziehen.

»Ist mein künftiger Schwager etwa heute verkatert? Aus eigener Erfahrung weiß ich nur zu gut, wie ehemalige Studienkollegen sich auswirken können. Wenn ich mich mit einem von ihnen treffe, komme ich immer so angeschlagen nach Hause, daß Sarah mir mit der Scheidung droht.«

»Stimmt doch gar nicht!« widersprach Sarah lebhaft und sah Ian liebevoll an. »Das war nur einmal der Fall – damals, als man dich verhaftet hat.« Alle Anwesenden quittierten diese Antwort mit herzlichem Lachen – alle außer Spencer, der unerklärlich bedrückt wirkte.

»Laß den Kopf nicht hängen, mein Junge! Bald wirst du dich wieder besser fühlen, und in der Maschine kannst du dir schon wieder einen Drink geben lassen.« Aber Spencer wollte keinen Drink, er wollte Crystal.

Unmittelbar danach verabschiedeten sie sich von den Barclays, die direkt nach Washington flogen.

Elizabeth würdigte Spencer kaum eines Wortes, bis sie in der Maschine saßen. Dann erst sah sie ihn an, ganz ernst und eindringlich. Sie spürte, daß etwas mit ihm nicht stimmte. So in sich gekehrt und bedrückt hatte sie ihn noch nie erlebt.

»Ist etwas passiert?« fragte sie und lieferte ihm damit das ideale Stichwort. Aber Spencer hatte keinen Mut für ein Geständnis. Seine Eltern saßen auf der anderen Seite des Mittelgangs, Ian und Sarah direkt hinter ihnen. Spencer wollte Elizabeth die Schmach ersparen, seine Eröffnung in Gegenwart anderer anhören zu müssen.

Sein Kopfschütteln fiel nicht sehr überzeugend aus. Es bewirkte, daß Elizabeth sich abwandte und aus dem Fenster sah. Trotz ihres Unmuts sagte sie nichts mehr, und wenig später nickte sie ein. Wenn er sie ansah, fühlte er sich schuldig, aber seine Schuldgefühle waren nicht so stark, daß er sie deswegen geheiratet hätte. Er liebte sie nicht, das wußte er jetzt genau. Seine Liebe galt Crystal.

Er vermeinte noch immer, ihr seidiges Haar an seiner Wange, ihre Lippen auf den seinen, die Berührung ihrer Hand zu fühlen, und er fürchtete, noch vor der Landung den Verstand zu verlieren. Sie hatten ausgemacht, daß er Elizabeth noch am selben Abend zum College bringen sollte. Und jetzt hatte er Angst, mit ihr allein zu sein. Er wußte, daß er ihr die Wahrheit sagen mußte, aber es war ihm aus tiefster Seele zuwider, sie zu kränken. Und doch war es unvermeidlich. Der Gedanke daran, wie enttäuscht seine Eltern und wie empört die Barclays sein würden, belastete ihn sehr. Es nützte nichts... er mußte sich diesen Problemen stellen, und er war entschlossen, es zu tun.

Nach der Ankunft nahmen seine Eltern mit Ian und Sarah gemeinsam ein Taxi nach New York. Spencer hatte seinen Wagen am Flughafen geparkt und verstaute Elizabeths Koffer und sein Gepäck im Kofferraum. Die ersten paar Meilen legten sie wortlos zurück, bis Elizabeth es nicht mehr aushielt.

»Spencer, was ist in dich gefahren? Was ist passiert? Als du das Haus verlassen hast, warst du noch guter Dinge.« Und jetzt war er es nicht mehr. Beide wußten es, aber nur er kannte den Grund. Und er wußte, daß er eine Erklärung schuldig war...

Einen verrückten Augenblick lang dachte Elizabeth an das Mädchen, das im Nachtclub aufgetreten war, und an Spencers Miene, als er dem Mädchen zugehört hatte. Sie fragte sich, ob da ein Zusammenhang bestand. Aber das konnte nicht sein. Oder doch? Spencer hatte ausgesehen wie vom Donner gerührt. »Gibt es etwas, das ich wissen müßte?« Sie wandte ihm den Blick zu, aber Spencer starrte einige Zeit geradeaus, ehe er an den Straßenrand fuhr und anhielt. Er war noch immer blaß und wirkte irgendwie gequält, denn alles in allem kam er sich ziemlich verrückt vor. Zugleich erfüllte ihn eine sonderbare Ruhe. Elizabeth hingegen konnte ihre Ungeduld kaum zügeln.

»Ich kann dich nicht heiraten.« Unglaublich, daß er diese Worte aussprach, und doch waren sie endlich gesagt. Noch unglaublicher aber war Elizabeths Reaktion. Sie schien interessiert, ließ jedoch nicht die Spur von Bestürzung erkennen.

»Und warum nicht? Kannst du mir das erklären?«

»Da bin ich nicht sicher.« Daß er sie nicht liebte, wollte er ihr nicht gestehen. Es wäre für sie zu demütigend gewesen und auch sehr unfair, denn es war ja nicht ihre Schuld, daß sie nicht Crystal war. So wie es auch nicht ihre Schuld war, daß Donner, Blitz und Sphärenklänge ausgeblieben waren, als er sie kennengelernt hatte. Elizabeth hatte vieles zu bieten, und er mochte sie sehr gern. Aber er liebte sie nicht. »Ich weiß nur, daß ich es nicht kann. Wir würden nie glücklich miteinander werden.«

Als sie ihn anschaute, hatte er den Eindruck, daß die Situation sie amüsierte. »Das ist doch wirklich das Dümmste, was ich je gehört habe. Nie hätte ich gedacht, daß du so feige sein könntest.«

»Was hat Feigheit damit zu tun?« Er wirkte noch jämmerlicher als zuvor.

Elizabeth zündete sich eine Zigarette an.

»Sehr viel, Spencer. Du hast kalte Füße bekommen, und jetzt hast du Angst, die Sache bis zum Schluß durchzustehen. Lieber machst du einen Rückzieher und nimmst Reißaus. Aber Angst hat doch fast jeder vor der Ehe, also was soll's? Reiß dich zusammen, um Himmels willen, und sei ein Mann. Laß dich irgendwo vollaufen, wein dich bei deinen Freunden aus, aber lauf nicht davon. Glaubst du denn, anderen Männern ginge es anders?« Elizabeth strahlte eine beängstigende Kühle aus, während sie ihn ausschalt. »Warum nimmst du dir nicht eine Woche frei, siehst zu, daß du zu Atem kommst, und wenn ich dich übers Wochenende besuche, können wir alles in Ruhe besprechen.«

»Elizabeth, so einfach geht das nicht.« Er war noch nicht mit der ganzen Wahrheit herausgerückt. Er wollte ihr nicht gestehen, daß er Crystal wiedergesehen hatte und daß er sich schon vor Jahren in sie verliebt hatte, als sie noch fast ein Kind gewesen war. Das hätte ihn nur zum kompletten Idioten gestempelt.

»Es ist so einfach, wenn man nur will.« Elizabeth sah ihn mit einem Lächeln an, während sie ihre Zigarette ausdrückte. »Warum tun wir nicht einfach so, als hätte es diese Aussprache nie gegeben?«

Spencer ließ einen resignierten Seufzer hören. Er lehnte sich zurück und sah aus dem Fenster. »Allmählich glaube ich, daß du noch verrückter bist als ich.«

»Prima... dann passen wir um so besser zusammen, oder etwa nicht?«

»Nein, das ist es ja, wir passen gar nicht zusammen!« Spencer drehte sich aufgebracht zu ihr um. »Ich bin nicht der, für den du mich hältst. Ich werde es nie sein. Mir bedeuten die Dinge, die dir erstrebenswert erscheinen, nichts. Ich möchte weder Ruhm noch Reichtum erlangen, noch das, was du Bedeutung nennst. Ich werde nie der Mann sein, zu dem du mich machen möchtest. Ich will es nicht sein.«

»Und wie steht es mit mir, wenn wir schon dabei sind? Was fehlt mir? ...Denn darum geht es ja eigentlich, oder etwa nicht? Wir sprechen in Wahrheit davon, was ich nicht bin, und nicht, was du nicht bist.« Wie immer war sie von schmerzlicher Offenheit, und sie war klug genug, die Wahrheit klar zu erkennen, auch wenn sie die Gründe dafür nicht ahnen konnte.

»Du brauchst mich nicht.« Es war ein derart lahmer Vorwand für die Lösung einer Verlobung, daß Spencer sich unwillkürlich reichlich dämlich vorkam.

»Natürlich brauche ich dich. Aber nachlaufen werde ich dir deswegen nicht. Zufällig liebe ich dich, falls das für dich etwas ausmachen sollte. Aber ich laufe nicht herum und tue so, als würde ich an Regenbogen oder an Wunder und harfenspielende Engel glauben, deren Erscheinen mir anzeigen müßte, daß ich dich liebe. Du gefällst mir, du bist sehr intelligent und amüsant, und du könntest es noch sehr weit bringen, wenn du dich nur einigermaßen bemühen würdest. Und wenn du ganz oben angelangt bist, dann werden wir ein wunderbares Leben haben. Mehr will ich nicht. Ist das so schlimm?«

»Nein, ist es nicht. Nichts ist schlimm, auch du nicht. Und ich habe dich gern, sehr sogar... aber wir brauchen mehr.« Seine Stimme war viel zu laut in dem beengten Inneren des Autos. Elizabeth schien es nicht aufzufallen. Spencer flehte um sein Leben, und es sah aus, als begriffe sie es nicht. »Ich brauche nämlich Himmelsgeigen, Engelsharfen und Regenbogen. Ich glaube daran. Mag ja sein, daß ich ein hoffnungsloser Romantiker bin, aber wenn wir uns mit weniger begnügen, werden wir es in zehn... was sage ich, in fünf oder gar schon in zwei Jahren bitter bereuen.«

»Zufällig haben wir auch verdammt guten Sex miteinander, vergiß das nicht.«

Ihre direkte Art entlockte ihm wider Willen ein Lächeln. Sie hatte ja recht. Um so wahnsinniger war es, daß er bis über beide Ohren in ein Mädchen verliebt war, mit dem er nie geschlafen hatte. Und während er Elizabeth und sich selbst zuhörte, fragte er sich insgeheim, ob all seine Träume von Crystal nicht nur Illusionen waren. Bei ihr gab es himmlische Sphärenklänge, Träume, Erinnerungen und Visionen. Bei Elizabeth dagegen hatte alles Hand und Fuß. Und er brauchte beides, zumindest bildete er sich das ein.

»Oder spielt Sex für dich keine Rolle, Spencer? Nach allem, was ich von dir weiß, würde es mich sehr wundern.« Als sie ihn anlachte, reagierte er unwillkürlich mit einem Lächeln.

»Doch, er spielt eine Rolle.«

»Na, wenigstens bist du ehrlich. Nicht sehr tapfer, aber ehrlich.« Und dann beugte sie sich zu ihm und küßte ihn auf den Hals, während sie mit der Hand seinen Schenkel entlangfuhr. »Warum machen wir nicht in einem Motel Station und unterhalten uns dort weiter über dieses Thema?«

»Um Himmels willen, Elizabeth, mir ist es bitterernst. Gerade habe ich dir eröffnet, daß ich dich nicht heiraten kann, und du willst in ein Motel gehen. Hast du mir nicht zugehört? Hast du mich nicht verstanden? Ist dir denn alles egal?«

»Natürlich ist es mir nicht egal. Aber ich denke nicht daran, deshalb zum Taschentuch zu greifen. Meiner Meinung nach führst du dich auf wie ein Zehnjähriger, und ich habe nicht die Absicht, deinen Launen nachzugeben. Außerdem glaube ich, daß gestern etwas geschehen ist, was dir eine Riesenangst eingejagt hat. Woran ich das gemerkt habe, könnte ich nicht einmal sagen. Und in dieser Verfassung, die einem Wahn religiöser Art oder ähnlichem Schwachsinn gleicht, willst du auf und davon, einfach so. Also, kein Wort mehr davon. Setz mich beim College ab, fahr nach Hause und sieh zu, daß du zur Vernunft kommst.

Und wenn es soweit ist, ruf mich an.« In gewisser Weise nötigte ihm Elizabeths beherrschte Reaktion Respekt ab. Aber zugleich ängstigte sie ihn. Während er mit verzweifeltem Ausdruck den Wagen startete, beobachtete Elizabeth ihn genau. »Willst du mir wegen letzter Nacht etwas beichten? Warum wendest du dich nicht an einen Priester und läßt dir die Absolution erteilen? Dann könnten wir unser Leben weiterführen wie normale Menschen.«

»Das hat damit nichts zu tun.«

»Ich denke schon, und ich glaube, das weißt du sehr gut. Weißt du, was, Spencer?« Sie steckte sich noch eine Zigarette an und sah aus dem Fenster. »Ich möchte nichts mehr davon hören. Meinetwegen kannst du deine *crise de conscience*, wie es die Franzosen nennen, allein durchmachen. Ich will nicht, daß du unser gemeinsames Leben zerstörst.«

»Unser Leben würde durch eine Ehe zerstört werden. Glaube mir, ich weiß, wovon ich spreche.« Das hörte sich sehr ernst an, aber noch immer war Elizabeth nicht überzeugt.

»Ein Seitensprung ist kein ausreichender Grund für eine Trennung, egal, was das Gesetz sagt. Falls es sich also darum handelt, daß du mit deinen Freunden gestern über die Stränge geschlagen hast, dann verschon mich mit unerquicklichen Geständnissen. Mach es wie jeder andere normale und anständige Mann mit Selbstachtung – warte, bis du wieder nüchtern bist, kauf mir ein hübsches Schmuckstück und hör mit dem Gejammer auf.« Spencer drehte sich mit dem Ausdruck totaler Verblüffung zu ihr um.

»Ist das dein Ernst?«

»Nicht ganz. Aber zum großen Teil. Wir sind noch nicht mal verheiratet. Wenn du jetzt gelegentlich verrückt spielst, werde ich Verständnis zeigen. Sind wir erst verheiratet, könnte es sein, daß ich weniger gutmütig reagiere.«

»Ich will es mir notieren.« Ein wirklich außergewöhnliches Mädchen. Und plötzlich tat er so, als würde er noch immer Elizabeth und nicht Crystal heiraten wollen. »Du bist wirklich ungewöhnlich aufgeschlossen.«

»Darum geht es doch eigentlich, oder?«

»Nicht unbedingt.« Noch immer widerstrebte es ihm, ihr von Crystal zu erzählen. Es ging sie nichts an. Indem sie die Sache als schnelle Nummer für eine Nacht einstufte und gewillt war, sich damit abzufinden, würdigte sie alles herab. Diese Einstellung erschwerte das Gespräch. »Ich bin der Meinung, es hat mehr mit unseren unterschiedlichen Ansichten über das Leben zu tun. In mancher Hinsicht erwarte ich mehr vom Leben als du, in anderer erwartest du mehr, als ich je möchte. Daraus wird keine im Himmel geschlossene Ehe.«

»Die gibt es gar nicht.« Sie fuhren wieder auf dem Highway dahin, und Elizabeth schmiegte sich an ihn.

»Das stimmt nicht. Ich glaube, daß es sie gibt.«

»Du bist verrückt.« Sie faßte mit ihrer Hand zwischen seine Beine. Spencer erschrak so sehr, daß er das Steuer verriß und der Wagen schleuderte.

»Elizabeth, laß das!«

»Warum denn? Sonst bist du nicht so abweisend«, sagte sie lachend – offensichtlich noch immer nicht gewillt, ihn ernst zu nehmen.

»Hast du mir nicht zugehört?«

»Ich habe alles gehört und halte es offen gesagt für ausgesprochenen Mist.« Wieder küßte sie ihn auf den Hals. Unwillkürlich erwachte in ihm unbezähmbare Leidenschaft. Er verspürte den irren Drang, sie zu lieben, nur um sie zu überzeugen. Aber wovon? Daß alles aus war? Warum wollte sie ihm nicht glauben? Was wußte sie, wovon er keine Ahnung hatte? Elizabeth verfügte über viel Willensstärke und Eigensinn.

»Es ist kein Unsinn. Ich meine alles ganz ernst.«

»Ja, im Moment vielleicht. Aber schon morgen dürfte dir alles ganz schön peinlich sein. Diese Verlegenheit erspare ich dir, indem ich kein Wort glaube. Na, ist das nicht richtig kameradschaftlich?«

Wieder fuhr er an den Straßenrand, um sie anzusehen, mußte aber lachen. Er hatte doch tatsächlich geglaubt, sie würde verzweifelt reagieren. Statt dessen zeigte sie sich von seiner Eröffnung und seinen Argumenten gänzlich ungerührt. Und was das Schlimmste war: Irgendwie imponierte ihm diese Haltung.

»Du bist viel verrückter als ich.«

»Danke.« Damit beugte sie sich zu ihm hin und drückte ihm einen festen Kuß auf den Mund. Ihre Zunge drängte sich zwischen seine Lippen, während sie gleichzeitig den Reißverschluß seiner Hose aufzog. Spencer versuchte auszuweichen, aber irgendwie wollte er es selbst.

»Elizabeth, nicht...« Sie küßte und liebkoste ihn, so daß er ihr nicht länger widerstehen konnte, auch nicht unter diesen eher peinlichen Umständen. Und im nächsten Moment lagen sie übereinander auf dem Sitz und kämpften sich unter ihren Mänteln hervor. Elizabeths Rock glitt über ihre Schenkel hoch, und die beschlagenen Scheiben waren Gradmesser ihrer Leidenschaft. Der Akt war kurz und wild, und Spencer verlor völlig die Beherrschung. Als sie sich anschließend wieder zurechtmachten, erfüllte ihn tiefe Niedergeschlagenheit. Elizabeth hingegen war bester Stimmung.

»Das war einfach lächerlich.« Ich benehme mich verrückt, schalt er sich. Womöglich handelte es sich um die Vorboten eines echten Nervenzusammenbruches.

»Ach, ich fand es riesig nett. Tu nicht so erhaben.« Während der gesamten Fahrt zum College war sie bester Laune. Dort angekommen, küßte sie den widerstrebenden Spencer auf den Mund und versprach, sich am nächsten Wochenende in New York ernsthaft mit ihm auseinanderzusetzen.

Anstatt Erleichterung, Reue oder Bedauern zu spüren, kam Spencer sich auf der Fahrt nach New York wie ein ausgemachter Idiot vor. Erst in der Nacht, als er im Bett an Crystal dachte, ging ihm auf, wie verfahren die Sache mit Elizabeth in Wirklichkeit war. Nachdem sie ihn endlich dazu gebracht hatte, ihr einen Heiratsantrag zu machen, war sie nun nicht gewillt, eine Zurückweisung hinzunehmen. Dabei wünschte er sich nichts sehnlicher, als nach Kalifornien zu flüchten und mit einer anderen Frau durchzubrennen. Diese Situation hätte in eine komische Oper gepaßt, nur war es ihm verdammt ernst. Er war sogar versucht, seinen Vater anzurufen und sich mit ihm auszusprechen. Doch der alte Herr hätte ihn nur für übergeschnappt gehalten. Und im Moment war Spencer nicht sicher, ob er noch bei Verstand war.

Am nächsten Morgen erwog er, Crystal bei Mrs. Castagna anzurufen, aber er konnte ihr noch nichts Definitives sagen. Sie wußte ja nicht einmal, daß er verlobt war. Plötzlich hatte er das Gefühl, daß er erst mit ihr sprechen durfte, wenn er sich endgültig von Elizabeth getrennt hatte. Er hätte sich ohrfeigen können, weil er auf dem Weg zum College seiner Leidenschaft nachgegeben hatte. Jetzt fehlte nur, daß Elizabeth schwanger wurde. Dann wäre das Chaos perfekt gewesen. Aus Erfahrung wußte er jedoch, daß sie sich nur zur Liebe hinreißen ließ, wenn sie sicher sein konnte, daß keine Gefahr drohte. Aber auch ohne diese zusätzliche Komplikation steckte Spencer in einem unerträglichen Dilemma. Die ganze darauffolgende Woche konnte er weder essen noch schlafen und war bei seiner Arbeit unkonzentriert. Er konnte nur an Crystal und an seinen erfolglosen Versuch, die Verlobung zu lösen, denken. Ab und zu verfiel er ins Grübeln und überlegte, ob Elizabeth nicht doch recht hatte: Sie kamen prächtig miteinander aus – im Bett und außerhalb. Sie war klug, sie fanden Gefallen aneinander... aber Crystal war so unendlich viel mehr... zumindest bildete er es sich ein, obwohl er sich eingestehen mußte, daß er sie kaum kannte. Kurz vor dem Wochenende konnte er kaum noch einen klaren Gedanken fassen. Spencer hatte alles so oft, so gründlich und sorgfältig erwogen, daß für ihn nichts mehr einen Sinn ergab. Er wußte nur, daß er schon seit Jahren von romantischen Träumen heimgesucht wurde, in denen Crystal die Hauptrolle spielte und die in scharfem Gegensatz zu der Frau standen, mit der er noch verlobt war.

Die ganze Woche über machte Spencer einen so erbärmlichen Eindruck, daß einer seiner Kollegen im Büro eine Bemerkung fallenließ.

»Das muß ja ein turbulentes Wochenende gewesen sein.« Spencer quittierte die Worte mit einem Lächeln. Aber am nächsten Tag, als die beiden zusammen Squash spielten, war er so unkonzentriert, daß er beide Spiele verlor, und bei den anschließenden Drinks wirkte er ziemlich niedergeschlagen. Er spürte, daß er unbedingt jemandem sein Herz ausschütten mußte. George Montgomery, der erst seit kurzem in der Kanzlei arbeitete, war in Spencers Alter und hatte als Neffe von Brewster Vincent, einem der Seniorpartner der Kanzlei, eine große Zukunft vor sich.

George spürte, wie verzweifelt Spencer war. »Los, sag schon, was an dir nagt.«

»Ich glaube, ich bin total verrückt.«

»Vermutlich hast du recht, aber wer ist das nicht?« George bestellte für jeden ein Bier. »Liegt ein besonderer Grund vor, daß dir das gerade jetzt aufgefallen ist?«

Spencer wußte nicht, wie er es formulieren sollte. Wie konnte er George die Sache mit Crystal auch nur andeutungsweise erklären? »Am Wochenende habe ich jemanden getroffen, den ich von früher her kenne.«

George nahm sofort die richtige Witterung auf, als er Spencers Miene sah. »Eine Frau?«

Sein Gegenüber nickte jämmerlich. »Ich habe sie seit Jahren nicht mehr gesehen und schon geglaubt, ich hätte sie vergessen... Und plötzlich... o Gott, ich weiß gar nicht, wie ich es erklären soll...«

»Du bist mit ihr im Bett gelandet«, half George mit einem Grinsen aus. Zwei Tage vor seiner eigenen Hochzeit war ihm ähnliches passiert. »Keine Sorge, du leidest nur an Torschlußpanik. Das gibt sich wieder.«

»Und wenn nicht? Was dann? Außerdem – nur der Genauigkeit halber –, ich habe nicht mit ihr geschlafen.« Das sagte er mehr, um ihren Ruf zu retten als seinen, so als ob das eine Rolle gespielt hätte – George kannte sie ja gar nicht.

»Dann mein herzliches Beileid. Keine Angst, Spencer, du wirst sie vergessen. Elizabeth ist ein großartiges Mädchen. Du könntest es schlechter treffen, als in die Familie Barclay einzuheiraten.« Dachten denn alle nur daran, was es bedeutete, den alten Barclay zum Schwiegervater zu bekommen?

»Ich habe Elizabeth gesagt, daß ich die Verlobung lösen möchte.« Spencers Blick verriet George, daß es ihm ernst war.

George setzte das Glas ab und stieß einen Pfiff aus. »Du hast recht... du spinnst total. Und was hat sie gesagt?«

Spencer schüttelte den Kopf. »Sie will nichts davon hören.

Auch sie glaubt, ich hätte nur kalte Füße bekommen. Sie hat gesagt, ich soll mit dem wehleidigen Getue aufhören.« An sich mangelte es der Sache nicht an Komik, aber Spencer war nicht zum Lachen zumute.

»Na, das nenne ich aber richtig sportlich. Weiß sie von der anderen?«

Wieder schüttelte Spencer den Kopf. »Das habe ich lieber verschwiegen. Aber sie hat so ihre Ahnungen. Wie ernst es ist, kann sie natürlich nicht wissen.«

George sah ihn eindringlich an. »Es ist nicht ernst.«

»Doch, ich liebe sie... die andere, meine ich.«

»Dafür ist es zu spät. Denk an das Spektakel, das es geben wird, wenn du die Verlobung löst.«

»Und wenn nicht? Soll ich mein Leben lang an eine andere denken?«

»Das wirst du schon nicht. Du wirst sie vergessen.« George verfügte über eine Sicherheit, die Spencer fehlte. »Du mußt.«

»Andere Leute lösen auch Verlobungen.« Spencer wirkte richtig aufgewühlt, und was das Schlimmste war – er hatte seit Tagen nicht geschlafen, was seine niedergeschlagene Stimmung noch vertiefte.

»Man löst nicht die Verlobung mit Richter Barclays Tochter«, behauptete George mit großer Bestimmtheit – eine Haltung, die Spencer erbitterte. Alle waren so verdammt beeindruckt von Elizabeths Familie. Spencer selbst war dieser Umstand nie wichtig erschienen. Er hatte ihr einen Antrag gemacht, weil er sie irgendwie gern hatte.

»Warum ist das alles so wichtig, George? Was macht es schon aus, wer ihr Vater ist?«

»Du machst mir Spaß! Man heiratet mit Elizabeth nicht irgendein Mädchen, man heiratet einen ganzen Lebensstil, einen Namen, eine angesehene Familie. Man bricht nicht in ein Leben wie ihres einfach ein und stiehlt sich dann wieder davon. Irgendwie würden es die Barclays dir heimzahlen. Aber auch wenn sie es nicht tun, ist dein Name von hier bis zur Westküste ein für allemal erledigt.«

Spencer dachte an seine Eltern und ihre Enttäuschung. Aber

er konnte Elizabeth nicht heiraten, nur um ihnen eine Freude zu machen.

»Wenn es sein müßte, könnte ich damit leben.« Konnte er das wirklich? Und was, wenn Crystal auch nicht die Richtige war? Wenn alles nur jugendliche Verblendung war? Er kannte sie ja kaum. »Wichtig ist nur, ob ich Elizabeth liebe oder nicht. Und ehrlich gesagt, George, ich weiß es nicht. Wie kann ich sie lieben, wenn ich leidenschaftlich in eine andere verliebt bin?«

»Ich glaube, du solltest die andere vergessen und wieder Vernunft annehmen. Komm, ich lade dich zum Essen ein. Gönn dir ein paar anständige Drinks, geh zu Bett und sprich mit Elizabeth kein Wort mehr über die Sache. In ein paar Tagen wirst du dich besser fühlen. Wahrscheinlich hat deine Verlobte recht... Torschlußpanik, sonst gar nichts. Das passiert fast jedem.« Spencer war da nicht so überzeugt. Aber zumindest schlief er friedlich in dieser Nacht, und am Morgen las er die Ankündigung seiner Verlobung in der New York Times. Das hübsche Foto von Elizabeth war bei der Amtseinführung ihres Vaters aufgenommen worden. Damit war die ganze Sache publik geworden, und auf dem Weg ins Büro fragte er sich, ob George mit seinem Ratschlag recht gehabt hatte und alles ausgestanden war, wenn ihm gelang, sich Crystal ein für allemal aus dem Kopf zu schlagen. Aber wie sollte er es Crystal sagen? Sollte er behaupten, er habe sich geirrt und liebe sie doch nicht? Daß er eine andere heiraten müsse? Und was sollte aus Crystal werden? Sie brauchte ihn. Es war so schrecklich unfair, und der Gedanke, sie aufgeben zu müssen, zerriß ihm fast das Herz.

Eine Aussprache blieb ihm erspart, denn Crystal las die Verlobungsanzeige in der Zeitung. An diese Möglichkeit hatte Spencer in seiner Seelenqual gar nicht gedacht. Crystal saß mit dem übrigen Personal von »Harrys« beim Abendessen, als Pearl ihr ganz aufgeregt den *Chronicle* reichte. Pearls Erstaunen wurde jedoch bei weitem von dem Crystals übertroffen, als ihr Spencers Gesicht aus der Zeitung entgegenlächelte.

»Waren die nicht unlängst bei uns? Wenn ich nicht irre, habe ich an ihrem Tisch bedient.« Pearl versuchte sich zu erinnern. Presseberichte über Prominente waren für sie eine faszinierende

Lektüre. »Ja, ich glaube, es war am Samstag. Sie war irgendwie affektiert, dafür war er um so netter – übrigens war er ganz verrückt nach dir, Crystal. Du hättest sein Gesicht während deines Auftritts sehen sollen.«

Crystal bekam eiskalte Hände. Mit zitternden Fingern gab sie die Zeitung zurück. Ihr reichte, was sie gelesen hatte.

Fassungslos starrte Crystal auf ihren Teller. Von einer Verlobung hatte Spencer kein Wort gesagt. Er hatte ihr nur mehrfach versichert, daß er sie liebe und daß er nach Kalifornien zurückkommen würde. Er hatte sie angelogen. Wenn sie daran dachte, was er alles gesagt hatte, und vor allem, wie, dann tat ihr das Herz weh. Sie hatte ihm rückhaltlos geglaubt.

»Hast du schon mal von ihm gehört?« fragte Pearl, während sie an einem Bissen kaute. In letzter Zeit war sie ein wenig füllig geworden.

»Nein.« Crystal schüttelte den Kopf und machte sich über ihr Essen her. Ihr Teller war noch fast unangetastet, aber der Hunger war ihr vergangen. An jenem Abend sang sie sich die Seele aus dem Leib, krampfhaft bemüht, nicht an Spencer zu denken – allein umsonst.

Als er sie zwei Tage später anrief, hätte sie den Anruf um ein Haar nicht entgegengenommen, aber Mrs. Castagna drängte sie. »Ein Ferngespräch!« rief sie höchst beeindruckt, und Crystal übernahm den Hörer.

»Ja?« Spencers Stimme. Sie schloß die Augen und schwieg. Erst als er besorgt und ziemlich beklommen noch einmal ihren Namen nannte, hauchte sie: »Ja?«

»Hier Spencer.«

»Herzlichen Glückwunsch«, hörte er sie sagen, und sein Herz drohte auszusetzen. Spencer wußte sofort, worauf sie anspielte. Er hatte es ihr selbst sagen wollen, und jetzt war es zu spät. Sie wußte es bereits.

»Ich bin mit der Absicht, die Verlobung zu lösen, nach New York geflogen, das schwöre ich dir. Gleich nach der Ankunft habe ich mit Elizabeth gesprochen.«

»Und? Seid ihr beide zu der Einsicht gelangt, daß alles nicht so ernst gemeint war?«

»Nein, so war es nicht... Es... ach, ich weiß nicht, wie ich es dir erklären soll.«

»Du mußt mir gar nichts erklären.« Wie gern hätte sie Wut empfunden, und irgendwie war sie auch zornig, aber während sie ihm zuhörte, spürte sie eigentlich nur große Traurigkeit. Sie hatte so viele Menschen verloren, die sie liebte, und das war nun ein Verlust mehr. Spencer war für immer aus ihrem Leben entschwunden. Wie alle anderen. Dabei hätte diesmal alles anders sein können. »Spencer, du bist mir nichts schuldig.«

»Darum geht es nicht... Crystal, ich liebe dich...« Angesichts der Verlobungsanzeige war das das denkbar Dümmste, was er sagen konnte. »Ich möchte die Dinge nicht noch komplizierter machen. Das sollst du wissen. Vielleicht liegen unsere Lebensbahnen zu weit auseinander. Wir hatten nie die Chance, uns näher kennenzulernen.« Eine kläglich Ausflucht. In Wahrheit spürte er instinktiv, wie gut sie miteinander auskommen würden, wie ideal sie zusammenpaßten. Aber er hatte sich für die kühle Realität und nicht für seinen Traum entschieden. »Seit meiner Rückkehr ist alles so schwierig geworden.« Damals war sie ihm völlig unwirklich vorgekommen, nun aber, während er mit ihr sprach, sehnte er sich leidenschaftlich danach, sie in den Armen zu halten und ihre Nähe zu spüren.

Am anderen Ende der Leitung weinte Crystal lautlos, während sie seine Erklärungsversuche hörte. Sie wollte ihn hassen und konnte es doch nicht. »Sie muß eine ganz besondere Frau sein«, sagte sie.

Er zögerte kurz, da es ihn drängte, ihr zu gestehen, daß Crystal ihm viel mehr bedeutete als Elizabeth, auch wenn er sie nicht besitzen durfte. »Mit ihr ist es so ganz anders als das, was zwischen uns beiden ist. Es fehlt jeglicher Zauber.«

»Warum tust du es dann?« Sie verstand es nicht. Es war zu verwirrend.

»Ehrlich gesagt, ich weiß es selbst nicht. Vielleicht weil es einfach zu kompliziert ist, es nicht zu tun.«

»Das ist doch kein Grund für eine Ehe.« Das war ihm selbst klar, und es gab wenig, was er darauf hätte antworten können.

»Ich weiß... hör zu, es klingt verrückt, aber ich möchte dir schreiben... nur, um zu erfahren, wie es dir geht... oder kann ich dich anrufen?« Der Gedanke, sie erneut aus den Augen zu verlieren, war ihm unerträglich. Nein, nicht wieder. Er mußte unbedingt wissen, ob es ihr gutging, und er wollte zur Stelle sein, wenn sie ihn brauchte.

Crystal aber wollte das nicht zulassen. Sie schüttelte den Kopf, während ihr Tränen über die Wangen liefen. »Nein... du bist bald verheiratet... und zwischen uns war ja nichts... nur ein Traum. Ich möchte nichts mehr von dir hören. Es würde mir immer nur in Erinnerung rufen, was wir nie hatten.«

Spencer schnürte es das Herz ab. »Wirst du mich anrufen, falls du etwas brauchst?«

»Was sollte ich brauchen?« Sie lächelte unter Tränen. »Etwa einen Filmvertrag mit Hollywood? Kannst du mir einen besorgen?«

»Aber sicher...« Auch er lächelte unter Tränen. »Für dich besorge ich alles.« Alles, bis auf das eine, das sie beide sich aus ganzem Herzen wünschten. Er selbst hatte alles zerstört. »Wer weiß, vielleicht wird mir dein Name bald schon ganz groß in Leuchtschrift entgegenstrahlen. Oder ich werde deine erste Platte in den Auslagen der Musikgeschäfte sehen.« Das war sein voller Ernst.

»Ja, vielleicht... eines schönen Tages.« Doch daran dachte Crystal jetzt nicht. Ihre Gedanken galten allein ihm und wie sehr er ihr fehlen würde. »Ich finde es schön, daß es dieses Wiedersehen gegeben hat... trotz allem... es hat sich gelohnt.« Auch wenn es nur ein paar Tage voller Träume gewesen waren. Sie hatte ihn wenigstens gesehen, in den Armen gehalten und berührt. Und er hatte ihr gesagt, daß er sie liebte.

Crystal ließ ihren Tränen freien Lauf, während sie darum kämpfte, Stärke zu beweisen, doch es tat so unendlich weh, ihm für immer Lebwohl sagen zu müssen. »Hoffentlich wirst du glücklich mit ihr.«

»Ja, hoffentlich!« Sehr überzeugt klang das nicht. »Versprich mir, daß du mich anrufst, falls du mich brauchen solltest. Ganz im Ernst, Crystal.« Er wußte, daß sie außer den Websters niemanden mehr hatte, und Hiroko und Boyd hätten ihr im Ernstfall nicht viel helfen können.

»Ach, mir wird schon nichts passieren.« Lächelnd schluckte sie die Tränen hinunter. »Ich halte viel aus, wie du weißt.«

»Ja, ich weiß. Lebwohl, Crystal, ich liebe dich.« In seinen Augen standen Tränen. Ihre geflüsterten Worte konnte er kaum verstehen.

»Ich liebe dich auch, Spencer ...« Die Verbindung brach ab, Crystal war fort – für immer.

Ein einziges Mal schrieb er ihr noch, um sie wissen zu lassen, wie leid ihm alles tat und wieviel sie ihm bedeutet hatte. Es fiel ihm schwer, dies alles in Worte zu fassen. Der Brief kam ungeöffnet zurück. Er wußte nicht, ob sie umgezogen war, hielt dies aber eher für unwahrscheinlich. Sie war nur klug genug, nicht wieder eine Sache anzufangen, die keiner von ihnen zu einem Ende bringen konnte. Und sie wußte, daß sie ihn endgültig vergessen mußte. Leicht fiel es ihr nicht. Es war sogar das Schwerste, das sie je in ihrem Leben zu bewältigen gehabt hatte, das Verlassen der Ranch und ihrer Heimat ausgenommen. Crystal zwang sich mit aller Kraft, Spencer zu vergessen, und sie wollte auch die Songs nicht mehr singen, die sie an jenem Abend vorgetragen hatte, als er gekommen war. Alles erinnerte sie an Spencer, jeder Morgen, jeder Tag, jede Nacht, jedes Lied, jeder Sonnenuntergang. Jeden wachen Augenblick dachte sie an ihn. In den vergangenen Jahren waren ihre Träume das einzige gewesen, was sie besessen hatte, und jetzt besaß sie gerade soviel mehr, daß es unerträglich schmerzlich wurde. Sie kannte den genauen Farbton seiner Augen, den Duft seines Haares, das Gefühl seiner Lippen, die Berührung seiner Hände, den Klang seiner Stimme, wenn er ihr Zärtlichkeiten zuflüsterte. Und auf einmal mußte sie dies alles wieder aus ihrem Bewußtsein streichen. Ihr ganzes Leben lag vor ihr, und sie hatte niemanden, den sie lieben konnte. Aber sie besaß das, was Gott ihr mitgegeben hatte, wie Mrs. Castagna ihr regelmäßig vorhielt, und sie hatte Pearl, die sie immer wieder erinnerte, daß Hollywood auf sie wartete. Ohne Spencer freilich erschien ihr das alles nicht mehr so wichtig.

22

Bei Spencer glätteten sich schließlich die Wogen des inneren Aufruhrs. Zwar dachte er noch immer oft an Crystal, aber er war entschlossen, aus seiner Verbindung mit Elizabeth etwas Ehrliches und Anständiges zu machen. Als er über Weihnachten mit ihr nach Palm Beach fuhr, hatte er wieder Tritt gefaßt. Mehrfach erwog er noch, Crystal zu schreiben, unterließ es dann aber. Er wußte, daß sie in Ruhe gelassen werden wollte, zudem waren seine Schuldgefühle zu drückend. Elizabeth übersah dies alles wie einen Fauxpas, dessen Erwähnung unter ihrer Würde war.

Trotz allem wurde es ein wunderschönes Weihnachtsfest. Erholt und sonnengebräunt kehrte er aus Florida zurück. Bis zur Hochzeit war es nur mehr ein halbes Jahr.

Elizabeth hielt ihn ständig mit Partys in New York und Ausflügen nach Washington zu ihren Eltern in Trab. Im Frühjahr hatte er kaum Zeit, wurde aber dennoch immer wieder von quälenden Gedanken heimgesucht, die Crystal galten. Er tat sein Bestes, um ihnen auszuweichen. Es hatte keinen Sinn, völlig den Verstand zu verlieren, und er stand im Begriff, das Richtige zu tun. Wenigstens redete er sich das tagtäglich ein.

Anfang Mai fuhr Mrs. Barclay nach San Francisco, um die letzten Vorbereitungen für die Feier selbst in die Hand zu nehmen. Die Trauung sollte auf Elizabeths Wunsch hin in der Grace Cathedral stattfinden, der anschließende Empfang im St. Francis Hotel. Eigentlich hatte sie den Empfang in ihrem Elternhaus geplant, da aber siebenhundert Personen geladen waren, mußte man in ein Hotel ausweichen. Elizabeth sollte ein Dutzend Brautjungfern haben, für die eine entsprechende Zahl von Brautführern vorgesehen war. Es würde eine jener glanzvollen Hochzeiten werden, wie Spencer sie sonst nur aus Presseberichten kannte.

Im Juni, einen Tag nach Semesterende, flog Spencer mit Elizabeth nach San Francisco. Es war das Ende ihres dritten College-Jahres. Nach der Heirat wollte Elizabeth ihren Abschluß machen und im Herbst an die Columbia wechseln. Es war die einzige Bedingung, die ihr Vater an seine Einwilligung zur Ehe geknüpft hatte. Er wollte, daß Elizabeth ihre Ausbildung abschloß. Für Elizabeth hingegen war das Eheleben wichtiger. Schon auf dem Flug waren sie bester Laune. Spencer wußte, daß in Kalifornien eine Party die andere jagen würde. Die Hochzeit war erst für den siebzehnten Juni angesetzt, also blieb ihnen noch eine Woche Zeit. Für die Flitterwochen war ein Urlaub auf Hawaii geplant, und Elizabeth konnte es kaum erwarten. In der Woche zuvor hatte sie hochtrabend erklärt, sie wolle Spencer vor der Hochzeit »auf Entzug« setzen. Spencer neckte sie während des Fluges deswegen und erklärte ihr, daß er dann für sein Verhalten keine Verantwortung übernehmen könne. Die Möglichkeiten für Heimlichkeiten waren in San Francisco allerdings ohnehin sehr beschränkt, da Elizabeths Vater für ihn ein Zimmer im Bohemian Club reserviert hatte. Dort sollten auch die von auswärts kommenden Brautführer wohnen, unter ihnen auch George aus Spencers Büro. Spencer erinnerte sich an Georges Überzeugung, daß er das Richtige tat, und jetzt war er selbst dieser Ansicht – bis zur Landung in San Francisco.

Plötzlich dachte er nur mehr an Crystal, und verzweifelt wünschte er sich, sie wiederzusehen. Er trank mehr als sonst und verlor diesmal kein Wort über die Sache und zwang sich, sein Verlangen zu unterdrücken. Es wäre Elizabeth gegenüber zu grausam gewesen. Deshalb stürzte er sich auch Hals über Kopf in die Vorbereitungen und suchte Vergessen bei den aufwendigen Gesellschaften, die dem jungen Paar zu Ehren gegeben wurden.

Die Barclays veranstalteten am Tag vor der Hochzeit im Pacific Union Club einen großen Empfang mit anschließendem Dinner für die Hochzeitsgäste. Elizabeth sah strahlend aus wie immer. Nie hatte sie schöner ausgesehen. Sie glänzte in ihrem pinkfarbenen Abendkleid, und der französische Nackenknoten, zu dem sie ihr nun etwas längeres Haar geschlungen hatte, brachte das prachtvolle Diamantohrgehänge, ein Hochzeitsgeschenk ihrer Eltern, fabelhaft zur Geltung. Spencer hatte von den Barclays eine Patek-Philippe-Uhr und ein mit Saphiren und Diamanten eingelegtes Zigarettenetui aus Platin bekommen. Sein Geschenk an Elizabeths Eltern war ein Goldetui mit dem eingravierten Vers eines Gedichtes, das Richter Barclay sehr schätzte, wie Spencer wußte. Elizabeth bekam von ihm ein Rubinhalsband mit passendem Ohrgehänge – Schmuckstücke, deren Abzahlung sich über Jahre ziehen würde. Er wußte inzwischen, wie sehr sie Rubine liebte und daß sie nur das Feinste gewöhnt war. Und als er ihr an jenem Abend im Pacific Union Club zulächelte, wußte er, daß sie es verdiente.

Die Trauung fand am nächsten Tag um zwölf statt. Vom Bohemian Club aus setzte sich ein ganzer Limousinenkonvoi in Bewegung, der die Brautführer zur Kirche brachte. Die Braut würde im Rolls Royce ihres Großvaters vorfahren, einem betagten Auto, das sich noch in tadellosem Zustand befand und von den Barclays nur für formelle Anlässe benutzt wurde. Elizabeth strahlte, als der Butler und zwei Hausmädchen ihr halfen, die fünf Meter lange Schleppe sorgsam im Wagen zu drapieren, während ihr Vater sich stumm vor Bewunderung an ihr nicht satt sehen konnte. Der hauchdünne französische Schleier, der sie nebelfein umfloß, war an einem mit winzigen Perlen besetzten Spitzenkrönchen befestigt, in das ihr elegantes kleines Diadem geschickt eingebettet worden war. Das hochgeschlossene Spitzenkleid zeichnete ihre schlanke Gestalt vollendet nach. Es war ein traumhaftes Kleid, und auf der Fahrt zur Kathedrale drehten sich die Kinder auf der Straße nach ihnen um und zeigten mit dem Finger auf die Braut. Elizabeth sah wunderschön aus, und ihr Vater mußte gegen seine Rührung ankämpfen, als sie unter den Klängen des Hochzeitsmarsches aus Lohengrin, den ein Kinderchor wie mit Engelsstimmen sang, zum Altar schritten.

Klopfenden Herzens blickte Spencer seiner Braut entgegen. Dies war der entscheidende Augenblick. Es war soweit. Und als er ihr Lächeln durch den Schleier sah, wußte er, daß seine Entscheidung richtig gewesen war. Sie sah einfach zauberhaft aus. Wenige Augenblicke noch, und sie würde seine Frau sein – für immer.

Nach der Trauung gingen sie strahlend den Mittelgang entlang, gefolgt von den Brautjungfern und den Brautführern. Anschließend folgte ein endloses Händeschütteln. Um halb zwei trafen sie endlich im St. Francis ein, wo sie schon von der Presse erwartet wurden. Es war die größte Hochzeit, die San Francisco seit Jahren erlebt hatte. Vor dem Hotel drängten sich die Schaulustigen, um sich die Auffahrt der Limousinen nicht entgehen zu lassen. Keine Frage, Elizabeth kam aus einer der angesehensten Familien der Stadt. Im Hotel folgte dann ein Nachmittag, an dem reichlich gegessen, getrunken und getanzt wurde. Spencer wurde den Eindruck nicht los, auf einen politischen Empfang geraten zu sein, so viele Gäste aus Washington und New York hatten sich eingefunden. Einige hohe Richter waren anwesend sowie die einflußreichsten Demokraten der Westküste. Von Präsident Truman persönlich traf ein Glückwunschtelegramm ein.

Um sechs Uhr stahl sich das junge Paar davon, um sich umzuziehen. Elizabeth mußte sich nun von dem Kleid trennen, das sie niemals wieder tragen würde. Ein wenig traurig sah sie es an und dachte an die endlosen Anproben. Wieviel Mühe man sich mit allen Details gemacht hatte, und jetzt mußte sie es gut aufbewahren, für ihre Töchter... In einem weißen Seidenkostüm, das von einem Chanel-Hütchen komplettiert wurde, kam sie wieder zu den Gästen, die über das junge Paar beim Verlassen des Hotels Rosenblätter regnen ließen. Die Fahrt zum Flughafen legten sie im alten Rolls zurück. Da die Maschine nach Hawaii erst um acht Uhr starten sollte, nutzten sie die Zeit für einen Drink im Restaurant. Elizabeth schenkte ihrem Mann ein triumphierendes Siegerlächeln.

»Na, mein Lieber, geschafft«, flüsterte sie ihm zu.

»Es war wunderschön, mein Schatz.« Er beugte sich zu ihr und küßte sie. »Nie werde ich vergessen, wie zauberhaft du im Brautkleid ausgesehen hast.«

»Ich habe es sehr ungern ausgezogen. Eigenartig... nach all der Aufregung und Mühe, die es gemacht hat, soll ich es nie wieder tragen.« Sie schwelgte in zärtlichen und wehmütigen Gefühlen und schlief in der Maschine prompt ein, den Kopf an seine Schulter gelehnt. Spencer lächelte beglückt und von der Überzeugung erfüllt, daß er sie liebte. Nach den Flitterwochen in Hawaii war eine Woche am Lake Tahoe eingeplant, wo sie Elizabeths Eltern Gesellschaft leisten sollten, bevor ihr Vater wieder nach Washington ging. Anschließend mußten sie in New York eine Wohnung suchen. Bis sie etwas Passendes gefunden hatten, wollte Elizabeth zu Spencer in sein kleines Appartement ziehen. Sie träumte von einer Wohnung an der Park Avenue, die er sich von seinem Gehalt nicht leisten konnte, deshalb bestand sie darauf, etwas zur Miete beizutragen. Sie war mit einundzwanzig Jahren in den Genuß eines Trust-Fonds gelangt, der ihr dies ermöglichte. Spencer freilich war es unangenehm, daß sie sich an den Unkosten beteiligen wollte. In diesem Punkt waren sie sich noch nicht einig, deshalb war es einfacher, wenn sie zu ihm zog, bis alles geregelt war.

Während Elizabeth schlief und die Maschine stetig Kurs auf Hawaii hielt, wußte er, daß alles gut und klaglos ablaufen würde. Sie stiegen in Waikiki im Halekulani ab und brachten die Tage, die wie im Flug zu vergehen schienen, damit zu, am Strand zu liegen oder sich auf ihrem Zimmer zu lieben. Elizabeths Vater rief einmal an, um zu fragen, wie es ihnen ging – trotz heftiger Proteste von seiten seiner Frau, die der Meinung war, man solle die Jungvermählten in Ruhe lassen. Aber er wollte unbedingt wissen, ob es ihnen gutging, und konnte es kaum erwarten, sie am Lake Tahoe wiederzusehen.

Am dreiundzwanzigsten Juni trafen sie glückstrahlend und sonnengebräunt wieder in San Francisco ein. Es war der Tag, an dem Pearl Crystal die Zeitungsfotos von der Hochzeit zeigte. Sie hatte ihr den Artikel schon lange zu lesen geben wollen. Elizabeths Traumkleid mit der überlangen Schleppe wurde darin eingehend beschrieben, und Crystal spürte, wie sich ihr Herz zusammenkrampfte, als sie die Einzelheiten las. Ihr Blick war lange unverwandt auf Spencers Bild gerichtet. Auf Spencer, wie er lächelnd die Hand seiner Braut hielt.

»Ein fabelhaftes Paar, findest du nicht?«

Crystal gab keine Antwort. Sie faltete die Zeitung und gab sie zurück, krampfhaft bemüht zu vergessen, daß sie Spencer noch immer liebte. Es war für sie ein trauriger Tag, an dem sie schon früh am Abend nach Hause ging. Da sie elend aussah, schwindelte sie Harry vor, an Kopfschmerzen zu leiden. Die Show-Einlagen waren ausreichend besetzt, und viele Gäste waren im Sommer ohnehin nicht da. »Harrys« hatte sich zu einem sehr beliebten Nachtclub entwickelt – ein Aufstieg, den das Lokal größtenteils Crystals wachsender Popularität zu verdanken hatte.

Während sie an diesem Abend im Bett lag und die Zeitungsfotos zu vergessen suchte, saßen Elizabeth und Spencer ruhig am Seeufer und redeten miteinander. Es war schon spät, ihre Eltern waren bereits zu Bett gegangen, aber es gab noch so viel zu besprechen. Vor allem bewegte sie das, was Elizabeths Vater von den Prozessen gegen antiamerikanische Umtriebe erzählt hatte, die McCarthy veranstaltete. Spencer hatte sich sehr erregt und Richter Barclay vorgehalten, daß seiner Meinung nach viele der erhobenen Anschuldigungen ungerechtfertigt und unfair waren. Elizabeth zog ihn deshalb auf und bezeichnete ihn als Idealisten und Träumer.

»Elizabeth, das alles ist doch Unfug. Der Untersuchungsausschuß spielt verrückt und beschuldigt völlig harmlose Menschen, Kommunisten zu sein. Eine Schande ist das!«

»Wieso bist du so sicher, daß sie unschuldig sind?« fragte sie lächelnd. Elizabeth teilte die Ansichten ihres Vaters hundertprozentig.

»Herrgott, das ganze Land kann doch nicht rot unterwandert sein! Und außerdem geht es niemanden etwas an, welcher politischen Richtung die Menschen anhängen.«

»Wie kannst du angesichts der Unruhen im Fernen Osten so sprechen? Heutzutage stellt der Kommunismus die größte Bedrohung für unsere Welt dar. Möchtest du noch einen Krieg?«

»Das nicht, aber von Krieg ist nicht die Rede. Wir sprechen von gewissen Tendenzen in unserem Land. Wo ist die Meinungsfreiheit geblieben? Wozu gibt es eine Verfassung?« Er debattierte mit ihr nur ungern über Politik. Viel lieber war es ihm, wenn sie ihrer Leidenschaft nachgaben oder händchenhaltend im Mondschein saßen. »Wie dem auch sei! Ich teile halt einfach nicht die Meinung deines Vaters.« Sie hatten bereits stundenlang darüber diskutiert, und nach dem langen Flug und der Fahrt zum See war er rechtschaffen müde. »Laß uns zu Bett gehen.«

»Das wird meine Meinung auch nicht ändern«, meinte sie lachend.

»Mag ja sein, aber wenigstens wirst du vorübergehend von der Politik abgelenkt.«

Am nächsten Tag fuhren sie zusammen Wasserski und trafen sich abends mit Bekannten zum Essen. Und am Tag darauf traf die Nachricht vom Ausbruch des Krieges in Korea ein. Es war für alle ein Schock. Die Regierung sprach zwar bloß von einer raschen Hilfsaktion, aber nach Spencers Ansicht sah es viel mehr nach einem richtigen Krieg aus. Als er die Nachrichten hörte, ging ihm auf, was dies für ihn bedeutete. Er drehte sich zu seiner Frau um und sagte es ihr. Elizabeth war kreidebleich.

»Du hast was getan?« Ihre braunen Augen starrten ihn groß an. Sie war den Tränen nahe.

»Ich dachte, es würde nie mehr ernst werden, und wollte meinen Offiziersrang nicht verlieren.« Er war Reserveoffizier geblieben, und jetzt wurden die Reservisten eingezogen. Der Einsatzbefehl für Korea konnte jeden Moment eintreffen.

»Läßt sich die Sache nicht rückgängig machen?«

»Dafür ist es jetzt zu spät.«

Spencer wußte nicht, daß ihn das Telegramm, das ihn zur Army rief, bereits im Büro erwartete. George Montgomery rief ihn noch am selben Nachmittag an, und Spencer gab die Nachricht mit ernster Miene an Elizabeth weiter. Er selbst hatte keine Angst. Es war eigenartig, irgendwie wünschte er sich sogar, in den Krieg zu müssen, aber Elizabeth tat ihm unendlich leid. Sie waren erst so kurz verheiratet, und jetzt mußte er nach Korea. Er hatte Order, sich zunächst in Fort Ord bei Monterey zu melden. Zwei Tage blieben ihnen noch füreinander. Elizabeth war wie vom Donner gerührt, und Richter Barclay wurde nachdenklich, als er die Neuigkeit hörte.

»Soll ich versuchen, dich da herauszupauken, mein Junge?«

»Nein, Sir, vielen Dank. Es wäre unrecht, wenn ich mich vor meiner Pflicht drücken würde.« Sein Ehrbegriff ließ das nicht zu, auch wenn Elizabeth ihm in der Nacht erbitterte Vorwürfe machte. Sie waren jung verheiratet, und sie wollte ihn nicht verlieren. Aber Spencer blieb fest. »Mein Schatz, die Sache wird sicher rasch vorbei sein. Es ist ja kein richtiger Krieg, sondern wir spielen nur mal wieder Weltpolizist.«

»Das läuft doch auf dasselbe hinaus!« jammerte Elizabeth. »Warum willst du nicht zulassen, daß Daddy die Sache für dich regelt?« Sie war wütend und hatte ihren Vater angefleht, ihr zu helfen, doch dieser wollte nichts ohne Spencers Einverständnis unternehmen. Insgeheim bewunderte er seinen Schwiegersohn für seine Haltung, aber seine Tochter tat ihm leid. In seinen Augen hatte die Sache allerdings auch ein Gutes – vielleicht konnte er jetzt Elizabeth überreden, vorerst ans Vassar zurückzugehen. Sie hatte nur mehr ein Jahr bis zum Diplom vor sich, und das Studium würde sie während Spencers Abwesenheit beschäftigen. Am nächsten Tag erledigte er die nötigen Anrufe am College. Elizabeths Aufregung kannte keine Grenzen, als sie erfuhr, daß er hinter ihrem Rücken alles arrangiert hatte. Sie lag in ihrem Zimmer, schluchzte und beklagte die Grausamkeit des Schicksals. Innerhalb weniger Tage war ihr alles, was sie sich gewünscht hatte, wieder entglitten. Sie hatte Spencer geheiratet, und jetzt mußte er in den Krieg, und sie sollte zurück aufs College, als sei nichts passiert, als hätte ihre Hochzeit nie stattgefunden. Ihr Vater wollte nicht einmal zulassen, daß sie Spencers New Yorker Wohnung bezog.

»Spencer, ich möchte nicht, daß du gehst.«

»Liebling, ich muß.« Und dann liebten sie sich zärtlich, und Spencer war insgeheim von dem Wunsch erfüllt, Elizabeth würde einmal nicht ganz soviel Vorsicht dabei an den Tag legen. Wie gern hätte er sie mit einem Baby zurückgelassen. Dann hätte sie etwas gehabt, was sie beschäftigte, auf das sie sich hätte freuen können, und er wäre aus Korea noch um vieles lieber nach Hause zurückgekehrt. Doch Elizabeth vergaß sich in dieser Beziehung nie.

»Könnte ich nicht wenigstens bei dir bleiben, solange du in Monterey bist?« fragte Elizabeth anschließend.

»Ich darf dich nicht mal besuchsweise sehen. Es hat also keinen Sinn. Flieg du mit deinen Eltern nach Washington und erhole dich noch ein wenig, bis das College anfängt. Und ehe du weißt, wie dir geschieht, bin ich schon wieder zu Hause. Die Wochenenden kannst du immer in New York in meiner Wohnung verbringen.« Für Elizabeth war alles wie ein Alptraum. Spencer bedauerte sie von ganzem Herzen, andererseits konnte er es kaum erwarten, wegzukommen. Er freute sich auf die Kameradschaft unter den Soldaten, die ihm seinerzeit viel gegeben hatte. Das vergangene Jahr an seinem Schreibtisch an der Wall Street hatte ihm gräßliche Langeweile beschert. Zwar hätte er dies niemals zugegeben und schon gar nicht Elizabeth gegenüber, doch die Aussicht, nach Korea zu kommen, reizte ihn ungemein.

Sie begleitete ihn nach Monterey und fuhr nach einem langen, tränenreichen Abschied zurück zu ihren Eltern an den See. Noch zwei Tage, und sie würden alle gemeinsam nach Washington fliegen. Um diese Zeit steckte Spencer bereits knietief in einem Auffrischungslehrgang und durchlief ein hartes Kampftraining. Er kam nicht einmal dazu, Elizabeth vor ihrem Abflug anzurufen, und als sie zwischen ihren Eltern sitzend nach Washington flog, weinte sie bittere Tränen um ihren Mann. Ihre Mutter drückte ihr mitfühlend die Hand und sorgte für Nachschub an Taschentüchern, während ihr Vater schlief. Er war müde und wußte, daß ihn nach der Ankunft viel Arbeit erwartete. Für sie alle sollte es ein sehr langer Sommer werden. Elizabeth gab die Hoffnung auf eine rasche Beendigung des Krieges nicht auf. Sie wollte endlich das gemeinsame Leben mit ihrem Mann beginnen.

23

Volle sieben Wochen blieb Spencer in Fort Ord. In dieser Zeit wurde er in allen möglichen Kampftechniken gedrillt. Er staunte immer wieder, wieviel man in fünf Jahren vergessen konnte, doch mit jeder Woche fühlte er sich beweglicher und gesünder und stellte fest, daß sein Körper sich schneller wieder ins Soldatenleben fügte als sein Verstand. Allabendlich sank er erschöpft auf seine Pritsche, zu müde, um sich zu rühren, zu sprechen, zu essen oder seine Frau anzurufen. Er mußte sich richtig zwingen, sich alle paar Tage bei ihr zu melden, nur damit sie sich keine unnötigen Sorgen machte. Aber Elizabeth beklagte sich mehr, als daß sie sich Sorgen gemacht hätte. Sie verzieh ihm nicht, daß er fort war, obwohl er mit etwas gutem Willen seiner

Einberufung entgehen und bei ihr hätte sein können. So hatte sie sich ihre Ehe nicht vorgestellt. Aber wer hatte auch nur ahnen können, daß der Koreakrieg alles verändern würde? Auf sonderbare Weise war der Krieg für Spencer so etwas wie ein Aufschub; ein Aufschub, von dem er gar nicht gewußt hatte, daß er ihn herbeigesehnt hatte. Bei der Hochzeit war er noch ganz sicher gewesen, das Richtige zu tun, aber wenn er jetzt mit Elizabeth telefonierte, hatte er mitunter das Gefühl, es mit einer Fremden zu tun zu haben. Sie sprach von Partys, die sie mit Bekannten ihrer Eltern besuchte, von dem Dinner im Weißen Haus, zu dem die Trumans sie geladen hatten. Für Elizabeth war es eine eigenartige Zeit. Sie war zwar verheiratet, und doch kam es ihr vor, als wäre sie frei. Sie hatte Freunde in Virginia besucht, und in der kommenden Woche wollte ihre Mutter sie zum College bringen.

»Du fehlst mir so sehr, mein Liebling.« Sie klang ganz jung, und er lächelte.

»Du fehlst mir auch sehr. Warte nur, bald bin ich wieder bei dir.« Wann das sein würde, stand in den Sternen. Es konnte Monate oder Jahre dauern. Allein der Gedanke daran versetzte Elizabeth in tiefe Niedergeschlagenheit. Sie wollte nicht wieder ans Vassar, und sie wollte nicht, daß Spencer fortging. Immer wieder machte sie ihm Vorwürfe, weil er Reserveoffizier geblieben war. Doch es war zu spät. Der Schaden war nicht wiedergutzumachen, Spencer war bei der Army.

Vor dem Einsatz in Korea bekam er zwei Wochen Urlaub mit der Auflage, sich nicht weiter als zweihundert Meilen von Monterey zu entfernen, für den Fall, daß das Einsatzdatum vorverlegt würde. Er erzählte Elizabeth nur ungern davon, da er wußte, daß sie sich nicht davon abhalten lassen würde, zu ihm zu kommen, obwohl er der Meinung war, daß es nicht lohnte. Bis zum Semesterbeginn waren es nur mehr wenige Tage, und ein neuerlicher Abschied brachte nur neuen Kummer mit sich. Schließlich sprach er doch mit ihr darüber, und sie gab ihm recht. Es war sinnlos, zu ihm zu kommen, zumal er ja jeden Tag vorzeitig abberufen werden konnte. Statt dessen machte sie den Vorschlag, er solle die Zeit in ihrem Haus in San Francisco verbringen, ein Vorschlag, den er mit nachdenklichem Nicken akzeptierte.

Spencer fuhr mit einem Mietwagen nach San Francisco und bezog eines der eleganten Gästezimmer im Haus der Barclays. Er hatte zwei Wochen ganz für sich und hatte sich nicht viel vorgenommen. Vor allem war er froh, eine Weile die Kameraden nicht sehen zu müssen und der Welt der Militärstiefel und Erkennungsmarken zu entfliehen. Das Kriegsgeschehen in Korea war für ihn Anlaß zu größter Besorgnis. Es sah ganz nach einem häßlichen kleinen Krieg aus, und die Aussicht, wieder wie damals im pazifischen Raum eingesetzt zu werden, hatte für ihn an Reiz verloren. Er war neun Jahre älter als beim erstenmal und hatte mit seinen einunddreißig Jahren kein Verlangen nach Tapferkeit und Heldentum. Es gab jetzt für ihn zuviel, für das es sich zu leben lohnte, so daß die Aussicht auf einen Heldentod in einem fremden Land ihn weiß Gott nicht lockte. Andererseits war er erleichtert, wieder frei zu sein. Er hatte in seiner Kanzlei angerufen, nachdem er die Einberufung bekommen hatte. Alle hatten sich teilnehmend und verständnisvoll gezeigt. Man hatte ihm viel Glück gewünscht und ihm versichert, daß sein Job auf ihn warten würde. Dabei war Spencer gar nicht mehr sicher, ob er jemals wieder zurück an die Wall Street wollte. Sein Interesse galt nach wie vor dem Strafrecht, und in seiner jetzigen Kanzlei bestand nicht die geringste Aussicht, jemals damit zu tun zu bekommen. Aber bevor er einen entscheidenden Schritt unternahm, mußte er ohnehin mit Elizabeth darüber sprechen. Er hatte so eine Ahnung, daß sie ihn bestürmen würde, in seinem alten Anwaltsbüro zu bleiben.

Seinen ersten Nachmittag in San Francisco nutzte Spencer zu einem ausgedehnten Stadtbummel. Es war ein warmer Augusttag, genau der Tag, an dem Crystal neunzehn wurde. Sie feierte im »Harrys« mit ihren Freunden, für die sie eine kleine Geburtstagstorte anschnitt. Harry gab ihr den Abend frei, und Crystal besorgte eine Flasche Champagner, um mit Mrs. Castagna noch ein wenig zu feiern. Seit einiger Zeit bewohnte sie eines der besseren Zimmer im Haus, da der Versicherungsvertreter seine Einberufung erhalten hatte und nach Korea mußte. Das Zimmer war etwas geräumiger und bot Aussicht auf den Nachbargarten. Ansonsten hatte sich für Crystal nicht viel verändert. Sie trat sehr erfolgreich als Sängerin auf und hatte auch schon überaus wohlwollende Pressekritiken geerntet und Einladungen für glänzende Partys bekommen, auf denen sie auftreten sollte.

Zweimal hatten Boyd und Hiroko sie mit der kleinen Jane besucht, immer dann, wenn Hiroko Dr. Yoshikawa aufsuchte. Vor einem Monat war ihr zweites Kind zur Welt gekommen, diesmal ohne fremde Hilfe. Es war eine Sturzgeburt, und das Kind starb, bevor Boyd Hilfe holen konnte. Während er den langen Weg nach Calistoga zurücklegte, um eine Hebamme zu holen, war Hiroko mit Jane allein zu Hause geblieben. Daß die Hebamme überhaupt gekommen war, war ein Glücksfall gewesen – Boyd hatte ihr verschwiegen, daß seine Frau Japanerin war. Sie hatte Hiroko das Leben gerettet, die nach der Entbindung einen ganzen Monat ans Bett gefesselt gewesen war. Crystal hatte ihr versprochen, sie zu besuchen, aber insgeheim fürchtete sie sich davor, das Tal wiederzusehen. Es wäre für sie zu schmerzlich gewesen. Sie wußte, daß Tom noch immer ein Verhältnis mit Boyds Schwester hatte – allerdings hatte in Hirokos letztem Brief gestanden, daß auch er nach Korea abkommandiert war. Boyd hatte sich gleichfalls stellen müssen, da er aber in den letzten Jahren stark an Asthma gelitten hatte, war er wieder nach Hause geschickt worden – ein Glück für Hiroko, für die ein Leben allein in der ihr feindlich gesonnenen Umwelt unerträglich gewesen wäre. Die Herzen der Menschen waren immer noch kalt, besonders seit dem Ausbruch der Feindseligkeiten mit Korea. Für die meisten waren Japaner und Koreaner ein und dasselbe.

Nachdem Crystal sich von Mrs. Castagna verabschiedet hatte, legte sie sich aufs Bett und gab sich ihren Gedanken hin. Nach zwei Gläsern Champagner fühlte sie sich entspannt und glücklich – so sehr, daß sie sich die Überlegung gestattete, was aus Spencer geworden sein mochte und ob man auch ihn einberufen hatte. Nicht, daß es von Bedeutung gewesen wäre. Er war aus ihrem Leben verschwunden, so gründlich, als würde er nicht mehr existieren – aber er lebte in ihrem Herzen. Immer wieder hatte Crystal versucht, ihn völlig aus ihrem Bewußtsein zu verbannen, aber jetzt, nachdem sie Champagner getrunken hatte, stahl er sich wieder in ihre Gedanken, und sie gönnte sich die Erinnerung an ihn als Geburtstagsgeschenk.

Der Abend war so schön, daß sie es schließlich in ihrem Zimmer nicht mehr aushielt und einen Spaziergang unternahm. Die Menschen saßen in den Kneipen oder standen auf dem Gehsteig und unterhielten sich laut auf italienisch. Kinder rannten hin und her, spielten und entwischten ihren Müttern immer wieder. All dies erinnerte Crystal an ihre eigene Kindheit und an Jared, der sie immer mit seinen Hänseleien verfolgt hatte. Sie hatte das Haus in Jeans und einem alten Hemd verlassen und ihre Cowboystiefel angezogen. Das lange Haar fiel ihr als Pferdeschwanz über den Rücken. Vor dem Laden an der Ecke blieb sie stehen, trat ein und kaufte eine Eistüte.

»Alles Gute zum Geburtstag«, sagte sie leise vor sich hin, dann schlenderte sie langsam wieder nach Hause zurück. Das Eis tropfte, und sie kämpfte darum, zu retten, was noch zu retten war, und beugte sich nach Kinderart ganz weit vor, um das Eis nicht auf die Stiefel rinnen zu lassen. Als sie bemerkte, daß sie von einem kleinen Mädchen beobachtet wurde, lächelte sie spitzbübisch. Dabei entging ihr, daß ein hochgewachsener dunkelhaariger Soldat sie aus einiger Entfernung beobachtete.

Im leeren Haus der Barclays hatte die Einsamkeit Spencer so heftig übermannt, daß er meilenweit gelaufen war, in Gedanken bei Crystal und bei seiner Frau. Zum erstenmal seit langer Zeit spürte er das Verlangen, Crystal aufzusuchen, dann aber begnügte er sich damit, an dem Haus vorüberzuspazieren, in dem sie damals gewohnt hatte. Er hatte angenommen, daß sie um diese Zeit in der Bar war. Um so heftiger pochte sein Herz, als er sie zufällig sah. Es war wie ein Wiedersehen mit einem Traum, das Mädchen in Jeans und Cowboystiefeln, das am Rinnstein vorgebeugt stand und an ihrem Eis lutschte. Einen Augenblick war er unsicher, ob er auf sie zugehen sollte. Sie kam ihm vor wie ein kleines Mädchen, während er dastand und sie anstarrte. Als würde sie seinen Blick spüren, wandte sie sich um und verharrte wie versteinert. Die Eistüte entglitt ihr. Crystal richtete sich auf, den Blick noch immer auf ihn gerichtet, dann fing sie zu laufen an, aber er erreichte die Eingangsstufen zum Haus vor ihr.

»Crystal, so warte doch ...« Er wußte nicht, was er sagen sollte, aber nun war es zu spät, sich zurückzuziehen. Er mußte unbedingt mit ihr reden.

»Spencer, nicht ...« Sie drehte sich zu ihm um und sah ihn mit all der Sehnsucht an, die sie erfüllte. Auf einmal wußte er mit absoluter Gewißheit, daß es ein Fehler gewesen war, sie zu verlassen. Wortlos streckte er die Hand aus. So sehr Crystal sich wünschte, ihm zu widerstehen, sie vermochte es nicht.

»Crystal, bitte ...«, flehte Spencer. Er mußte sie sprechen, auch wenn es nur ganz kurz war, er mußte sie ansehen, sie berühren, ihr nahe sein. Als sie ihn anblickte, wußten beide, daß sich an ihren Gefühlen füreinander nichts geändert hatte. Wortlos zog er sie an sich und hielt sie fest, und diesmal wehrte sie sich nicht.

Was für ein Dummkopf war er doch gewesen, auf Elizabeth und George zu hören und nicht auf sein Herz! Was für ein Fehler, Elizabeth zu heiraten, wo doch sein ganzes Sinnen und Trachten Crystal galt. Alles, was er wollte, war dieses Mädchen mit dem platinblonden Haar und den Lavendelaugen. Das Mädchen, das er nun schon seit vier Jahren liebte.

»Spencer, was sollen wir tun?« flüsterte sie in seinen Armen.

»Ich weiß es nicht. Uns nehmen, was wir können, schätze ich, solange es möglich ist.« Es war wie eine Sucht, die von neuem ausbrach. Elizabeth war vergessen, wenn er Crystal ansah.

»Warum bist du hierhergekommen?«

»Weil ich mußte. Ich wollte dich wiedersehen oder zumindest den Ort unseres letzten Zusammenseins.«

»Und was dann?« Traurig blickte sie zu ihm auf. Ihre Kraft und ihr Widerstandsgeist waren dahin, geblieben war nur die Liebe, die sie seit der ersten Begegnung für ihn fühlte. »Du bist jetzt verheiratet.« Sie dachte an die Zeitungsberichte. »Wo ist deine Frau?« Sie haßte dieses Wort so sehr, daß sie sich zwingen mußte, es auszusprechen. Wie einfach war es, sich jetzt weiszumachen, alles wäre ganz anders gekommen, wenn er seine Verlobung gelöst hätte. Beiden kam derselbe Gedanke, während er sie ansah und ihre Hand festhielt, von dem unbezähmbaren Verlangen erfüllt, sie zu küssen.

»Sie ist in New York.« Er vermied es, ihren Namen vor Crystal auszusprechen. »In einigen Tagen muß ich nach Korea, bis dahin habe ich Urlaub... Ich, ach Gott, Crystal, ich weiß gar nicht, was ich sagen soll... Ich komme mir vor wie der erbärmlichste Schuft. Alles war ein Riesenfehler. Das weiß ich jetzt genau. Scheußlich, so etwas kurz nach der Hochzeit zu sagen. Ich war wirklich überzeugt, ich würde das Richtige tun. Zumindest hab ich es mir eingeredet, weil ich es glauben wollte. Aber wenn ich dich sehe, dann weiß ich wieder ganz genau, was das eigentlich Richtige gewesen wäre.« Man konnte ihm ansehen, wie sehr ihm sein Problem zu schaffen machte und wie sehr er darunter litt.

In Crystals blauen Augen blitzte es zornig auf. »Und was ist mit mir, Spencer? Soll ich dir jetzt als Zeitvertreib zur Verfügung stehen, wenn du Urlaub hast? Wenn ein freies Wochenende winkt? Wenn du dich mal freimachen kannst? Was ist mit mir und meinem Leben, wenn du mich wieder verläßt?« Sie hatte sich fest vorgenommen, ihn nicht wiederzusehen, auch wenn sich ihr eine Möglichkeit geboten hätte. Es hatte alles keinen Sinn. Spencer hatte seine Entscheidung getroffen, und sie mußte damit leben, auch wenn er selbst dazu nicht imstande zu sein schien. Aus diesem Grund hatte sie ihm seinen Brief ungeöffnet zurückgeschickt. »Was hast du dir eigentlich vorgestellt?« Sie war richtig wütend, was sie für Spencer noch viel begehrenswerter machte. »Ein kleines Vergnügen, ehe du wieder gehst? Vergiß es und geh zum Teufel... oder zurück zu ihr... aber das wirst du ohnehin tun, so wie das letzte Mal.«

Er sah sie unglücklich an, denn er konnte beim besten Willen nicht abstreiten, was sie ihm vorwarf. Am liebsten hätte er ihr hoch und heilig versprochen, nie wieder zu Elizabeth zurückzukehren, aber er war mit ihr verheiratet und hatte keine Ahnung, wie es mit ihnen beiden weitergehen sollte. Er konnte doch Elizabeth unmöglich sagen, daß ihre Ehe gescheitert war, noch ehe sie richtig begonnen hatte. Dabei war es genau das, was er wollte. Er wollte für immer bei Crystal bleiben. »Ich kann dir nichts versprechen. Im Moment kann ich dir nichts geben, ... nur das, was ich bin, Minute für Minute. Das mag nicht viel sein... aber mehr habe ich nicht zu bieten, dies und die Tatsache, daß ich dich liebe.«

»Was soll das nun wieder heißen?« In Crystals Augen standen Tränen, und ihre Stimme klang rauh und tief. »Ich liebe dich auch. Aber was für einen Sinn hat das schon? Was ist mit uns in einem halben Jahr?«

»Im Moment...« Er lächelte traurig. Keinesfalls wollte er ihr wieder weh tun. Vielleicht war es ohnehin falsch gewesen, sie wieder aufzusuchen, aber er hatte sich nicht dagegen wehren können. »Im Moment kann ich dir nur stapelweise Briefe aus Korea versprechen... falls du sie überhaupt lesen willst.« Sie wandte sich ab, damit er ihre Tränen nicht sehen konnte. Sie liebte ihn so sehr und schon seit so langer Zeit. Als sie wieder zu ihm aufblickte, wurde ihr klar, daß es sie tief in ihrem Herzen nicht berührte, ob er verheiratet war. Er gehörte ihr jetzt, solange ihnen Zeit vergönnt war, und vielleicht, aber nur vielleicht, lohnte es sich, daß sie ihn festhielt, bis er nach Korea mußte.

Mit gesenktem Kopf dachte Crystal über seine Worte nach. Dann sah sie ihn wieder an. »Ich wünschte, ich hätte den Mut, dich zum Teufel zu schicken.«

»Wenn du willst, dann gehe ich. Ich werde immer tun, was du möchtest.« ...und den Rest meines Lebens von dir träumen. »Möchtest du das, Crystal?« Er strich ihr zärtlich über die Wange.

Crystal schüttelte den Kopf. »Nein, ich möchte es nicht«, sagte sie schließlich ehrlich. Er verstand ihre leisen Worte kaum, aber sein Herz bebte, als sie sagte: »Vielleicht haben wir ein Recht darauf... auf die wenigen Tage... auf ein paar gestohlene Augenblicke...« Viel war es nicht, und dennoch waren sie beide überglücklich über das wenige, was ihnen vergönnt war.

»Vielleicht wird eines Tages mehr daraus... aber versprechen kann ich es noch nicht. Ich kann dir gar nichts versprechen, weil ich nicht weiß, was geschehen wird.« Er war ziemlich durcheinander und wollte sie nicht belügen. Sie sah ihn mit eigenartigem Lächeln an und nahm seine Hand, um ihn langsam die Stufen hinaufzuführen.

»Ich weiß.«

Spencer fühlte sich wieder ganz jung, als er ihr ins Haus folgte. Er hielt ihre Hand fest und betrachtete die schimmernde Haarflut und ihren schlanken Körper, als sie vor ihm die Treppe hinaufging. Nur einmal drehte sie sich um und legte einen Finger an ihre Lippen, um ihn zur Stille zu mahnen. Dann holte sie ihren Schlüssel aus der Jeanstasche und ließ ihn in ihr Zimmer. Mrs. Castagna durfte nichts hören, andernfalls hätte es eine Szene gegeben.

»Zieh die Schuhe aus«, flüsterte Crystal, als sie ihre Cowboystiefel abstreifte. Mit dem Lächeln eines kleinen Mädchens ließ sie sich auf der Bettkante nieder. Es gab Augenblicke, da glaubte er, das Kind, das sie gewesen war, vor sich zu sehen, und im nächsten Moment war sie wieder eine höchst begehrenswerte junge Frau.

Er flüsterte ihr Worte der Liebe ins Ohr, als er sich neben sie setzte, und sie lächelte scheu, während er ihr zärtlich übers Haar strich. Dann küßte er sie. Es war ein sanfter Kuß voller Sehnsucht und voller Dankbarkeit, weil sie sich mit dem wenigen begnügte, das er ihr geben konnte. »Ich liebe dich so sehr«, raunte er in ihr Haar. »Du bist so schön ... so gut ...« Er begehrte sie schmerzlich, und es bedurfte großer Willenskraft, ihr nicht die Kleider vom Leib zu reißen. Doch als er mit zaghaften Fingern ihre Bluse öffnen wollte, spürte er, daß sie zurückzuckte. Er rückte ab und fragte sich, was er falsch gemacht hatte. Crystal versöhnte ihn mit einem leidenschaftlichen Kuß und brachte ihn dazu, ihren Körper zu erkunden. Dabei beobachtete er sie beklommen. Auf keinen Fall wollte er sie erschrecken. Spencer war überzeugt, daß sie noch unberührt war. »Hast du Angst?« Sie schüttelte den Kopf und hielt die Augen geschlossen, als er sie sanft ins Kissen drückte und langsam auszog. Er hielt nur inne, um die Rollos herunterzuziehen. Als sie nackt auf dem schmalen Bett lag, streifte er seine Kleider ab und half ihr, unter die Decke zu schlüpfen. Er wußte noch, wie scheu sie als Mädchen gewesen war, und nahm sich vor, behutsam zu sein, ihr Schmerzen und Verlegenheit zu ersparen. Diese Nacht sollte für sie vollkommen sein und ihnen auf ewig im Gedächtnis bleiben. Crystal war noch schöner, als er es sich erträumt hatte, und als er schließlich in sie drang, stöhnten beide verhalten auf. Sie bebte vor Wonne in seinen Armen, und er hörte nicht auf, sie zu küssen und ihr zärtliche Worte zuzuraunen. Lange blieben sie so beisammen, und als es vorüber war, drückte er sie fest an sich, als könnten sie dadurch eins werden, körperlich und seelisch, als könne sie von nun an nichts und niemand mehr trennen.

Mit verträumtem Blick lag Crystal da, und eine einzelne Träne lief ihr über die Wange. Spencer sah es voller Besorgnis. »Crystal ... ist etwas?« Sein schlechtes Gewissen verleitete ihn zu der Frage: »Tut es dir leid?« Er hatte ihr so wenig zu bieten, er hatte kein Recht ... und doch liebte er sie über alles.

Sie schüttelte den Kopf. »Nein ... ich liebe dich«, flüsterte sie.

»Was ist dann?«

»Nichts.« Wieder schüttelte sie den Kopf. Die Erinnerung an Tom hatte sie eingeholt, obwohl es mit Spencer völlig anders gewesen war.

»Sag schon.« Er zog sie noch enger an sich, so daß ihre Tränen seine nackte Schulter benetzten. Sie wischte sie ab, aber die Tränen strömten nur noch reichlicher. Sie brauchte ihn so sehr, weil sie verletzlich und jung war und außer ihm niemanden hatte, der sie beschützte. Es war nicht fair, daß er sie so bald verlassen mußte. »Ich lasse dich nicht los, bevor du mir nicht sagst, woran du denkst.«

»Ich hab daran gedacht, wie glücklich ich bin.« Crystal lächelte unter Tränen, aber Spencer glaubte ihr nicht.

»Fast hätte ich mich täuschen lassen. Ich hätte geschworen, du weinst.« Er genoß es, bei ihr zu sein, genoß den süßen Duft ihrer Haut und ihres seidigen Haars. Er liebte alles an ihr. »Dir ist etwas zugestoßen, habe ich recht?« Sein liebevoller Ton bewirkte, daß sie nun hemmungslos schluchzte. Er hatte es vermutet, hatte aber nicht gewagt, sie danach zu fragen, und die Geschichte, daß sie Tom Parker mit dem Gewehr ihres Vaters bedroht hatte, war ihm noch gut in Erinnerung.

Sie sah ihn mit traurigen Augen an und nickte.

»Möchtest du darüber sprechen?«

Crystal schüttelte den Kopf. Wieder sah sie aus wie ein Kind. »Ich kann nicht. Es war zu schrecklich.«

»Gewiß ... Aber das spielt jetzt keine Rolle mehr, mein Liebling. Was auch immer es war, es ist vorüber. Vielleicht erleichtert es dich, wenn du darüber sprichst.«

Crystal sah ihn lange und unschlüssig an. Was würde er von ihr denken, wenn sie ihm alles anvertraute? Dann berichtete sie ihm stockend die ganze schreckliche Geschichte. Spencer lag wie erstarrt da und hielt sie fest, während sich Crystal schluchzend an ihn schmiegte und ihm ihren Kummer anvertraute. Sein Blick verfinsterte sich, seine Stimme aber war unverändert sanft und liebevoll. Nie hatte sie sich geborgener gefühlt als in seinen Armen.

»Du hättest ihn wirklich umlegen sollen. Ein Jammer, daß du es nicht getan hast. Wäre ich zur Stelle gewesen, dann hätte ich es getan.« Das war sein voller Ernst, aber Crystal schüttelte den Kopf. Sie wußte es jetzt besser. Und für Jared war es ohnedies zu spät.

»Es war meine Schuld. Wenn ich nicht ... wenn ...« Es fiel ihr schwer, die Worte auszusprechen. »Wenn ich ihn nicht bedroht hätte, dann hätte Tom Jared nicht getötet ... Ach, Spencer, es war allein meine Schuld ... ich bin für seinen Tod verantwortlich.« Sie schluchzte in seinen Armen, während er sie küßte und umarmte.

»Es ist nicht deine Schuld ... das war es nie ... nichts davon war deine Schuld ... Jareds Tod war ein Unfall, den Tom verursacht hat und nicht du. Er hat auf Jared geschossen. Er hat dich vergewaltigt, und auch daran trifft dich keine Schuld.« Allein der Gedanke daran bereitete ihm Höllenqualen, und er ballte unwillkürlich die Fäuste, wenn er sich dies alles vorstellte: den Stall, das feixende Gesicht über ihr, Toms Brutalität und dann den Schuß, der ihren Bruder getötet hatte.

Die ganze Zeit über hielt Crystal den Blick auf Spencer gerichtet. »Ich wollte ihn töten. Ich wollte ihm weh tun, wie er mir weh getan hatte. Aber das war schlecht ... und deshalb mußte Jared sterben.«

»Du darfst jetzt nicht mehr daran denken«, sagte Spencer. »Es ist ohnehin nicht mehr zu ändern. Du kannst dir nur vornehmen, dich nicht mehr damit zu belasten.«

»Das werde ich niemals können. Was ich getan habe, hat meinen Bruder das Leben gekostet.«

»Das ist nicht wahr.« Er setzte sich auf, und sie kuschelte sich an ihn, als er den Arm um ihre Schultern legte. »Crystal, das ist nicht wahr – begreifst du das nicht?« Wieder schüttelte sie den Kopf. Ihr Leben lang würde sie darunter leiden und insgeheim glauben, daß allein sie die Schuld an dieser Tragödie und daran, daß Tom sie vergewaltigt hatte, trug. Es war ihr zur fixen Idee geworden. Spencer aber wollte nicht, daß sie weiterhin darunter zu leiden hatte. »Du mußt vorwärtsschauen und an all die guten Dinge denken, die vor dir liegen.« Mit einem Lächeln fuhr er fort: »Jetzt hast du ja mich.« Für eine Minute oder einen Tag ... vielleicht aber für ein ganzes Leben.

Sie lächelte ihn an und küßte ihn auf die Wange. Er erwiderte die Liebkosung, indem er sie mit frischerwachter Leidenschaft küßte. Bei diesem Kuß fragten sich beide, was wohl die Zukunft für sie bereithielt – falls sie überhaupt etwas erwarten konnten. Doch es war zu früh, daran zu denken. Zwischen ihnen war alles noch ganz neu. Crystal brauchte ziemlich lange, bis sie sich beruhigt hatte und ihre Tränen versiegten. Dann lag sie wieder an ihn geschmiegt da.

»Glaubst du wirklich, daß ich eines Tages Karriere mache?« Ihr selbst kam es unglaublich vor, aber sie hörte es gern. Er schien davon überzeugt zu sein, und das gefiel ihr.

»Ja, darüber besteht kein Zweifel. Ganz im Ernst. Du hast eine tolle Stimme und wirst eines Tages ein großer Star sein. Ich bin mir da ganz sicher.«

»Ich wüßte nicht, wie ich das schaffen sollte.« Obwohl sie ihre Träume noch nicht begraben hatte und nur für ihre Auftritte lebte, schienen für sie Lichtjahre zwischen San Francisco und Hollywood zu liegen.

»Wart's ab! Du stehst ja noch am Anfang, und das Leben hat für dich erst begonnen. Wenn du erst so alt bist wie ich, werden die Menschen Schlange stehen, um dich zu hören.« Diese Vorstellung brachte sie zum Lachen.

»Vielen Dank, Opa«, neckte sie ihn. Ihr langes blondes Haar streifte seine Schulter.

»Etwas mehr Respekt, wenn ich bitten darf.« Seine Hand, die ihren Schenkel berührte, erforderte nun ihre ganze Aufmerksamkeit, und gleich darauf lag sie wieder in seinen Armen, und alles andere rückte in den Hintergrund, während sie sich ihm hingab. Was brauchte sie mehr als ihn?

Am Morgen unternahmen sie einen langen Spaziergang und frühstückten unterwegs. Crystal erzählte Spencer ausführlich von ihren Auftritten bei Harry und davon, wieviel Freude ihr das Singen machte. Es war, als seien sie immer schon zusammengewesen. Spencer hörte ihr gern zu. Das verschüchterte junge Ding gab es nicht mehr, an seiner Seite war die Frau, von der er immer geträumt hatte.

Wer die beiden sah, hielt sie für ein junges Ehepaar. Kein Mensch wäre auf den Gedanken verfallen, daß Spencer mit einer anderen verheiratet war. Crystal, die ihre Befangenheit abgelegt hatte, hörte nicht auf zu reden, und er beugte sich lachend über sie und küßte sie. Er fand es beglückend, daß es bei ihr nicht um Politik ging oder um die anderen Themen, über die er mit Elizabeth diskutierte, sondern um das Leben an sich, um die Dinge, die für ihn und Crystal zählten.

Anschließend gingen sie wieder nach Hause in ihr Zimmer und liebten sich, und nachdem er sie nachmittags zu »Harrys« begleitet hatte, stellte er fest, daß sie ihm schrecklich fehlte. Jede Stunde ohne sie erschien ihm unerträglich. Er fuhr zum Haus der Barclays, um sich ein paar Sachen zu holen, damit er die restliche Zeit in San Francisco bei Crystal verbringen konnte. Beim Packen fiel ihm Elizabeth ein. Sie war für ihn bedeutungslos geworden wie alles andere auch. Nur Crystal zählte noch für ihn.

Aus purem Pflichtgefühl rief er an jenem Abend Elizabeth an und riß sie aus dem Schlaf, obwohl es erst halb elf war. Sie beklagte sich, daß sie unter Langeweile litt, und fragte im Jammerton, wann er nach Korea ging.

»Ich weiß es noch nicht. Wenn es soweit ist, rufe ich dich an.« Dann schwindelte er ihr vor, daß er bei Freunden wohne, weil es ihm im Haus am Broadway zu einsam geworden sei. Elizabeth lächelte, und er versprach ihr, sich bald wieder zu melden. Daß sein Ton insgesamt sehr kühl war, schien ihr zu entgehen.

Eine halbe Stunde später ging er aus dem Haus, und Elizabeth schwand aus seinem Bewußtsein, so vollständig, wie sie aus seinem Leben geschwunden zu sein schien. Fast war es, als hätten sie nie geheiratet.

24

Am dritten September wurde Spencer nach Monterey zurückberufen. Zwei Tage später sollte er über Tokio nach Taegu fliegen. Noch einmal fuhr er zurück nach San Francisco, um eine letzte Nacht mit Crystal zu verbringen. Harry hatte ihr für diesen Abend freigegeben, so daß sie stundenlang spazierengehen konnten, sich an den Händen hielten und redeten. Sie wünschten, daß die Nacht nie zu Ende ging, und wollten jeden Augenblick für immer im Gedächtnis bewahren. Die Zeit, die sie zusammen verbracht hatten, war vollkommen gewesen.

»Es tut dir doch nicht etwa leid, oder?« Crystal würde fortan viel Stärke zeigen müssen... womöglich für immer. Aber an Kraft hatte es ihr nie gemangelt. Dennoch machte er sich Sorgen, weil es niemanden gab, der sich so um sie kümmerte, wie er es gern getan hätte.

»Nein, es tut mir nicht leid. Ich liebe dich zu sehr, als daß ich etwas bedauern würde.« Aus ihrem Lächeln sprach Gelassenheit. In den letzten zwei Wochen schien sie an Reife gewonnen zu haben. Das Zusammensein mit Spencer und die Liebe, die er ihr schenkte, waren ihr gut bekommen. »Aber du wirst mir sehr fehlen.« Und mit besorgtem Blick setzte sie hinzu: »Spencer, sei vorsichtig... es darf dir nichts passieren.«

»Mir passiert schon nichts, mein Angsthäschen. Ich bin wieder zurück, ehe du weißt, wie dir geschieht.« Keiner der beiden wußte, wie es weitergehen sollte, wenn er aus Korea zurückkam. Es gab keine einfachen Lösungen – die würde es vermutlich nie geben. Spencer hoffte allerdings, daß er fern von beiden Frauen einer Lösung vielleicht näher kam. Daß er etwas unternehmen mußte, war klar, denn so konnte es nicht ewig weitergehen. Bislang hatte er Crystal keine Versprechungen für die Zukunft gemacht, und sie wollte auch keine. Sie wollte nur das, was er ihr in den letzten zwei Wochen gegeben hatte.

Wieder suchten sie ihr Zimmer auf, und sie liebten sich ein allerletztes Mal, und als Spencer sich anzog, standen in Crystals Augen Tränen. Ihn in Uniform zu sehen, tat ihr weh. Als er dann ging, um nach Monterey zu fahren, begleitete sie ihn verstohlen die Treppe hinunter. Auf den Stufen vor der Haustür blieb sie barfüßig und im Nachthemd stehen.

»Rasch hinein mit dir. Ich rufe dich sofort an, wenn ich angekommen bin«, flüsterte Spencer. Zwei Wochen lang war es ihnen gelungen, von Mrs. Castagna nicht ertappt zu werden.

»Ich liebe dich«, sagte sie mit tränenerstickter Stimme. Spencer hielt sie ganz fest, von dem Wunsch beseelt, ihr Bild für immer seinem Bewußtsein einzuprägen. Und er wollte, daß sie ihn und die zwei gemeinsamen Wochen nie vergaß, für den Fall, daß er nicht wiederkam. Schließlich zog er in einen Krieg, und wer wußte, was ihm zustoßen mochte.

»Crystal, ich hab dich lieb.« Mehr brachte er nicht heraus, ehe er die Stufen hinunter und um die Ecke zu seinem geparkten Auto lief. Im nächsten Moment winkte er Crystal aus dem fahrenden Wagen zu, und sie huschte in ihr Zimmer, das ihr mit einemmal entsetzlich leer vorkam. Er war fort, und sie mußte sich damit abfinden, daß sie ihn vielleicht niemals wiedersah. Sicher war nur, daß sie ihn nie vergessen konnte. Er war für sie zu kostbar, zu tief in ihrem Herzen eingebettet, als daß er jemals wieder daraus schwinden konnte, ganz egal, was passieren mochte.

Von Monterey aus rief er sie sofort an. Und dann war die endgültig letzte Stunde gekommen. Spencers Einheit sollte am nächsten Morgen abfliegen. Als er Elizabeth zu erreichen versuchte, mußte er sich damit begnügen, für sie eine Nachricht zu hinterlassen. Er war erleichtert, als er hörte, daß sie eine Vorlesung besuchte. Seit einiger Zeit mied er Gespräche mit ihr und meldete sich nur bei ihr, wenn es unumgänglich war – eine heikle Sache, da sie ihn zu gut kannte und jedes Schwanken in seiner Stimme, jede Stimmung erfaßte und jeden seiner Sätze zerpflückte. Aber bislang war es ihm geglückt, sie zu täuschen – ein Umstand, der ihm eigentlich schwer auf der Seele hätte lasten müssen. Es war ganz anders als das, was er eigentlich für die Ehe geplant hatte, aber alle seine Vorsätze waren seit der Wiederbegegnung mit Crystal zunichte. Er hatte die Gelegenheit, mit ihr zusammenzusein, ergriffen, und jeder einzelne Augenblick mit ihr war ihm kostbar.

Als die Maschine in Monterey abhob und Kurs auf Hawaii nahm, blickte Spencer aus dem Fenster. Während er die Westküste verschwinden sah, war er in Gedanken bei Crystal, dem Mädchen seiner Träume, der Frau, die er wider alle Vernunft liebte.

Zur gleichen Zeit hatte Crystal den Blick zum Himmel erhoben, obwohl sie wußte, daß seine Route viel weiter südlich lag. Mit geschlossenen Augen betete sie um seine sichere Heimkehr. Gegen Tränen ankämpfend ging sie ins Haus zurück und auf ihr Zimmer. Plötzlich war ihr, als seien die zwei Wochen mit Spencer viel zu kurz gewesen. So vieles war ungesagt geblieben, so vieles gab es, das sie noch gern unternommen hätten und wofür ihnen die Zeit gefehlt hatte. Spencer hatte mit ihr ins Alexander Valley fahren wollen, aber Crystal hatte gezögert. So sehr sie Boyd und Hiroko wiedersehen wollte, so wenig konnte sie den Gedanken an eine Begegnung mit ihrer Mutter, Becky oder Tom ertragen. Sie verspürte kein Verlangen, zurückzukehren. Als Boyd sie zwei Wochen später von der Tankstelle aus anrief, um ihr zu sagen, daß ihre Großmutter gestorben sei, nahm sie es zur Kenntnis, ohne einen Gedanken an die Rückkehr zu verschwenden.

Grandma Minerva sollte auf dem Gelände der Ranch bestattet werden, wie ihr Vater und Jared. Sie sei im Schlaf gestorben, sagte Boyd, der Crystal auch zu verstehen gab, daß ihre Mutter auf den Todesfall mit totaler Verzweiflung reagiert hätte. Aber Crystals Herz verhärtete sich. Sie dankte Boyd für den Anruf, erklärte jedoch, daß sie auf keinen Fall kommen würde.

Wieder war ein Kapitel abgeschlossen. Wieder war jemand dahingegangen. Ihre einzigen Angehörigen waren nun Mutter und Becky, und beide waren für sie so gut wie tot. »Wie geht's Hiroko?«

»Sie ist wieder auf den Beinen. Diesmal war es ziemlich hart für sie ... du weißt schon.« Hiroko trauerte seit zwei Monaten um das tote Kind und konnte keinen Trost finden, denn der Arzt hatte ihr eröffnet, daß sie keine Kinder mehr bekommen konnte. Jane würde ihr einziges Kind bleiben ... ihr Patenkind.

»Warum kommt ihr nicht her und besucht mich einmal?«

»Ja, vielleicht kommen wir wirklich eines schönen Tages.« Zögernd setzte er hinzu: »Du weißt sicher schon, daß Tom seit zwei Wochen in Korea ist. Becky war ziemlich außer sich, meint meine Schwester. Aber eigentlich kann sie von Glück sagen, daß sie den Schurken los ist.« Crystal hörte versteinert zu. Sie haßte alle, alle außer Boyd, Hiroko und Jane.

»Wer bewirtschaftet jetzt die Ranch?«

»Tja ... deine Mutter und Becky, denke ich. Sie haben noch ausreichend Arbeitskräfte, solange nicht alle einberufen werden.« Es sah ganz danach aus, als würde alles wieder so verlaufen wie im letzten Krieg – nach einer nur fünf Jahre währenden Atempause eine grausame Wendung des Schicksals. Wenigstens mußte Boyd nicht zur Army. Crystal war auch Hirokos wegen froh darüber. »Und dir geht es gut, Crystal?«

»Sehr gut. Ich kann mir hier richtig die Seele aus dem Leib singen.« Es gab sehr viel mehr zu berichten, aber das wollte sie nicht einmal den Websters anvertrauen. »Also, wann kommt ihr?«

»Wir werden sehen ... Noch etwas, Crystal ... das mit deiner Großmutter tut mir aufrichtig leid ...« Fast hätte sie vergessen, daß der Todesfall der eigentliche Anlaß seines Anrufes gewesen war, und auch er hatte nicht mehr daran gedacht, aber jetzt gab ihm der alte Peterson schon ein Zeichen, daß er Schluß machen sollte. Boyd mußte sich beeilen.

»Danke, Boyd. Grüß Hiroko und Jane von mir. Und laß mich wissen, wann ihr kommt.«

»Mach ich.« Er legte auf, und Crystal starrte in Mrs. Castagnas Hausflur ins Leere.

»Ist etwas passiert?« Die alte Frau tauchte auf wie ein Gespenst, wenn sie interessante Neuigkeiten witterte.

Mit einem Seufzer drehte sich Crystal um. »Meine Großmutter ist gestorben.«

»Ach, wie traurig. War sie sehr alt?« Mrs. Castagna empfand aufrichtiges Mitgefühl. Crystal war immer so allein, und sie war so jung und hübsch und anständig.

»Fast achtzig, glaube ich.« Ausgesehen hatte sie wie eine Hundertjährige, und ein Wiedersehen mit ihrer Enkelin war ihr nicht mehr vergönnt gewesen. Daran wollte Crystal jetzt lieber nicht denken. Dafür war es zu spät. Grandma Minerva war tot. Und Crystal hatte genug andere Sorgen, jetzt, da Spencer in Korea war.

»Fahren Sie zum Begräbnis nach Hause?«

»Nein, ich glaube nicht.«

»Sie stehen mit Ihrer Familie nicht auf gutem Fuß, wie?« Nie kam ein Anruf, nie ein Brief, abgesehen von jenen, deren Absender Webster hießen. Das Mädchen ging auch nie aus, von den letzten Wochen abgesehen, als sie den jungen Mann in ihrem Zimmer versteckt hatte. Mrs. Castagna hatte getan, als würde sie nichts merken – aus Sympathie für Crystal.

»Ich hab ja schon gesagt, daß meine Eltern tot sind.« Mrs. Castagna nickte. Geglaubt hatte sie es nie. Aber Crystals Blick verriet nichts, als die Alte sie ansah. Mrs. Castagna war noch älter als Grandma Minerva, steckte aber noch voller Lebenslust und hatte keineswegs die Absicht, bald das Zeitliche zu segnen.

»Wie geht es Ihrem Freund?« Crystal wurde von dieser Frage überrumpelt und holte überrascht Luft. Ihr war klar, daß die alte Frau damit Spencer meinte. Mit gleichmütigem Ausdruck ging sie zur Treppe.

»Es geht ihm gut.«

»Ist er fort?«

Auf der obersten Stufe blieb Crystal stehen und warf einen wehmütigen Blick auf Mrs. Castagna, und dieser Blick sagte alles. »Ja, er mußte nach Korea.«

Die Alte nickte, bevor sie sich in ihre Küche zurückzog, wo sie ihren Beobachtungsposten am Fenster wieder einnahm. Die Neugier hatte ihr keine Ruhe gelassen. Sie hatte genau gewußt, daß der junge Mann in Crystals Zimmer gewesen war, aber das Mädchen war so lange allein gewesen, daß sie nichts unternommen hatte. Mrs. Castagna staunte selbst über sich. Aber Crystal hatte ihr über ein Jahr nicht den geringsten Verdruß bereitet, und der Bursche hatte einen tadellosen Eindruck gemacht. Ein Jammer, daß das Mädchen mit ihm schlief, aber bei einem hübschen

Ding ohne Eltern, ohne eine Menschenseele, die sich um sie kümmerte, war es eigentlich kein Wunder. Der junge Mann war der einzige, mit dem sie Crystal jemals gesehen hatte. Zu schade, daß er nun in den Krieg ziehen mußte.

25

Das nächste halbe Jahr erschien ihnen allen endlos – Crystal, die Abend für Abend sang, Elizabeth, die auf dem College studierte, und Spencer in Korea. Sooft es ihm möglich war, schrieb er beiden, daß er sich manchmal schon komisch vorkam, wenn er die Briefe aufgab. Was, wenn er sich einmal irrte und die Briefe verwechselte? Und ständig grübelte er über eine Lösung seines Problems nach, ohne je zu einer Entscheidung zu gelangen.

Er schrieb Crystal von seinen Gefühlen, gestand ihr, daß er sich nach ihr verzehrte und sie leidenschaftlich liebte. Dennoch ließ er sich zu keinem Versprechen für die Zeit nach dem Krieg hinreißen, da er sich noch immer nicht im klaren darüber war, wie er sich Elizabeth gegenüber verhalten sollte und ob er überhaupt eine Scheidung wollte. Er wußte zwar, daß er Crystal liebte, ebenso wie er wußte, daß er eine der beiden aufgeben mußte. Aber er stand irgendwie in Elizabeths Schuld. Er hatte mit ihr gemeinsam etwas begonnen, und sie konnte nichts dafür, daß er sie nicht liebte. Niemand konnte etwas dafür. So schrieb er auch Elizabeth, schrieb von seinen Erlebnissen, von den exotischen Trachten, den Sehenswürdigkeiten, den fremden Sitten und den Menschen. Er wußte, daß sie sich für solche Dinge ebenso interessierte wie für die politischen Einzelheiten. Sicherlich war auch Crystal begierig darauf, alles über sein Leben in Korea zu erfahren, aber ihre Interessen galten anderen Dingen, und seine Sehnsucht nach ihrer Herzenswärme überwog alles andere. Elizabeth wiederum schrieb ihm, wie satt sie das College hatte – das alte Lied, das er schon auswendig kannte –, und sie beschrieb ihm die Dinnerpartys ihrer Eltern, die sie in den Ferien besuchte. Einige Male war sie bei Ian und Sarah in

New York gewesen, die sich nun aber an der Organisation einer neuen Jagd in Connecticut beteiligten und deshalb die Wochenenden meist in Kentucky verbrachten, wo sie neue Pferde für Sarah aussuchten. Wiederholt schrieb ihm Elizabeth, wie froh sie sei, daß sie nicht schwanger war. Das war das genaue Gegenteil dessen, was Crystal erhofft hatte, der ungeklärten Situation wegen aber war Spencer erleichtert, daß keine der beiden ein Kind erwartete.

Elizabeths Briefe lasen sich wie die Gesellschaftsnachrichten, Crystals Briefe hingegen waren eine Labsal für seine Seele und machten ihm Mut.

Im Juni fand Elizabeths Graduierung in Anwesenheit ihrer Eltern statt. Auch Spencers Eltern hatten eine Einladung bekommen. Elizabeth schien zufrieden mit sich zu sein und war erleichtert, daß die Qual vorüber war. Ihr Brief erreichte ihn in Pusan, wo er sich vor Hitze halbtot mit seinen Leuten mühsam durch die Reisfelder kämpfte. Immer wieder kam es zu verlustreichen Scharmützeln, und allmählich wuchs in ihm das Gefühl, daß die amerikanischen Truppen hier nichts zu suchen hatten.

In jenem Sommer, in dem Elizabeth wie immer an den Lake Tahoe fuhr, entschloß sich Crystal endlich zu einem Besuch im Tal. Der Plan hatte ihr schon lange Kopfzerbrechen bereitet, aber da Tom Parker jetzt in Korea war, wollte sie einen Besuch wagen. Sie brauchte jetzt nur noch die eigenen schmerzlichen Erinnerungen an ihren Vater und Jared zu fürchten. Es kam ihr selbst merkwürdig vor, dort zu sein und die Ranch nicht zu besuchen, aber sie hatte kein Verlangen nach einem Wiedersehen mit ihrer Mutter und Becky.

Sie verbrachte einige Tage bei Hiroko und Boyd, und es tat ihr wohl, wieder in der Heimat zu sein, in der Sonne zu liegen und die Gerüche des Tales einzuatmen. Einmal zwang sie sich sogar, an der Ranch vorbeizufahren, die verlassen und verwildert wirkte. Alle Hilfskräfte waren eingezogen worden. Von Boyd wußte sie, daß ihre Mutter die Wein- und Getreideanbauflächen nur mit Hilfe mexikanischer Tagelöhner bewirtschaften konnte. Das Vieh war schon längst verkauft. Von Spencer sollte sie später erfahren, daß Tom beim Kampf um Seoul gefallen war. Als

Crystal die Nachricht las, empfand sie Erleichterung. Sie konnte ihm nicht verzeihen, daß er ihren Bruder getötet hatte. Dennoch fragte sie sich, wie Becky die Nachricht aufnehmen würde und ob sie nun vorhatte, mit ihren drei Kindern und ihrer Mutter weiterhin auf der Ranch zu leben. Ein Verkauf war nicht auszuschließen – ein unerträglicher Gedanke für Crystal, aber sie hätte nicht verhindern können, daß die Ranch in fremde Hände geriet. Es gehörte nicht mehr zu ihrem Leben. Zuweilen erschien es ihr unglaublich, daß sie dort aufgewachsen war.

Zu Weihnachten kamen Boyd und Hiroko endlich nach San Francisco, um Crystal singen zu hören. Die beiden sahen so glücklich und gut aus wie schon lange nicht mehr. Die kleine Jane hatten sie in der Obhut von Mr. Petersons Frau zurückgelassen, die diese Aufgabe gern übernahm. Jane war dreieinhalb und sah Hiroko ähnlicher denn je, wenn man den Bildern glauben wollte, die Crystal zu sehen bekam.

Boyd und Hiroko erlebten Crystals Auftritt mit Staunen und Verwunderung. Harrys Nachtclub hatte sich dank seines Gesangstars zu einer wahren Goldgrube entwickelt, und er brüstete sich vor seinen Freunden mit seinem Star. So fand er es nicht weiter verwunderlich, als Ende Februar zwei Agenten aus L.A. auftauchten, Crystal ihre Karte hinterließen und sie um ihren Anruf baten. Sie solle sich bei ihnen melden, falls sie nach Hollywood käme. Man würde dann Probeaufnahmen mit ihr machen. Sie zeigte Pearl ganz aufgeregt die Karte. Eigentlich fühlte sie sich Hollywood noch nicht gewachsen, und sie zog es vor, hier auf Spencer zu warten. In ihrem nächsten Brief an ihn erwähnte sie die Agenten. Das Schreiben erreichte ihn einen Monat später, im März, als er unweit des 38. Breitengrades festsaß.

Spencer hätte zu gern erfahren, wie ihre Entscheidung ausgefallen war. Einerseits war er dafür, daß sie nach Hollywood ging, andererseits hätte er sich gewünscht, sie würde mit ihrem neuen Leben bis zu seiner Rückkehr warten. Ein unfaires Ansinnen, wie ihm wohl bewußt war, aber er fürchtete einfach, sie zu verlieren. Sie war jung und schön, und sie hatte ein Recht auf ein erfülltes Leben, dennoch brachte ihn der Gedanke, daß sie ihn aus ihrem Leben verbannen könnte, zur Verzweiflung.

In Wahrheit kreisten Crystals Gedanken nur um ihn, und das, obwohl sie nun viel seltener Post von ihm bekam. Sie wußte aus seinen spärlichen Briefen, daß sich die Lage in Korea zunehmend verschlechterte: Die Waffenstillstandsverhandlungen blieben ergebnislos, die Kämpfe wurden immer erbitterter, und die Zahl der Opfer stieg. Was Spencer ihr davon schrieb, ließ ahnen, daß er an tiefen Depressionen litt. Wie seine Kameraden auch sehnte er das Ende dieses Krieges herbei, der sich nun schon eine ganze Ewigkeit dahinzuschleppen schien. Um so fassungsloser war Crystal, als sie einem seiner Briefe entnahm, daß Spencer sich während eines Urlaubs in Tokio mit Elizabeth getroffen hatte. Sowie er die Begegnung schilderte, hätte Elizabeth ebensogut eine flüchtige Zufallsbekanntschaft sein können, aber allein der Gedanke an ihr Treffen weckte in Crystal glühende Eifersucht. Warum konnte sie nicht auch nach Tokio fliegen? Spencer war schon so lange fort, und sie wartete so sehnsüchtig auf ihn. In ihrem Leben gab es keinen anderen Mann, denn sie wollte niemanden außer Spencer. Keiner der Männer, die sie kennenlernte, hielt dem Vergleich mit ihm stand. Crystal war jung und schön, und sie liebte ihn über alles. Sein einziger Fehler bestand darin, daß er verheiratet war. Ihre Freundin Pearl ermunterte sie immer wieder, sich einen anderen Freund zu suchen – vergebens. Crystal war trotz zahlreicher Anträge an keinem Mann interessiert. Die Männer, die kamen, um sie singen zu hören, gerieten förmlich in Ekstase und überhäuften sie mit Einladungen, die sie prompt ausschlug. Sie hielt Spencer die Treue.

Mit jedem Jahr wurde Crystal schöner, und in diesem Sommer sah sie besser aus denn je. Wenn sie auftrat und ihre Songs vortrug, strahlte sie etwas Sanftes und unendlich Liebenswertes aus, das ihre Schönheit noch unterstrich und das Publikum bezauberte.

Elizabeth war indessen in Washington als Mitarbeiterin des Untersuchungsausschusses für unamerikanische Aktivitäten für McCarthy tätig – eine anspruchsvolle Arbeit, in der sie aufging. Die Ermittlungen dieses Ausschusses hatten schon das Leben so manchen Hollywood-Stars zerstört, aber Elizabeth sah nur das

Wohl des Landes, das es vermeintlich zu retten galt. In ihren Briefen beschrieb sie Spencer eingehend, worin ihre Aufgabe bestand und was sie von McCarthy hielt. In seinen Antwortbriefen wich er diesem Thema aus und erkundigte sich statt dessen nach ihrem Befinden und dem ihrer Eltern, nur um nicht auf ihre Tätigkeit für den Ausschuß eingehen zu müssen. Alles, was sie tat, mißfiel ihm gründlich. Und sie wußte, daß er es nicht billigte, doch sie mußte tun, woran sie glaubte.

Im Herbst 1952 entschloß Elizabeth sich, Spencers Wohnung in New York aufzulösen, seine Sachen in braune Kartons zu packen und in Washington ein Haus an der N-Street in Georgetown zu kaufen. Es war ein wunderschönes Backsteinhaus ganz nach ihren Wünschen, und es lag unweit der noblen Geschäfte der Wisconsin Avenue, in denen sie, wenn ihre Zeit es erlaubte, Streifzüge in Begleitung ihrer Mutter unternahm und Antiquitäten für das neue Haus erstand. Im Winter brachte die Zeitschrift *Look* Aufnahmen der Inneneinrichtung ihres Hauses, und Elizabeth schickte Spencer eine Ausgabe. Als er die Bilder sah, fiel ihm auf, daß kein einziges Stück seiner eigenen Einrichtung vorhanden war. Was hatte sie wohl mit seinen Sachen gemacht? Plötzlich überfiel ihn das Gefühl, nach dem Krieg kein Zuhause mehr zu haben, in das es sich zurückzukehren lohnte. Er wußte nicht einmal, wo genau das Haus lag, konnte es sich auch nicht vorstellen, da er außer den Fotos in der Zeitschrift nichts in der Hand hatte. Alles sah so steril und perfekt aus. Auf einem der Fotos posierte Elizabeth in dem verspielt und übertrieben luxuriös wirkenden kleinen Boudoir, und Spencer konnte sich beim besten Willen nicht mehr vorstellen, mit ihr zu schlafen.

Elizabeth verbrachte Weihnachten wie immer bei ihren Eltern in Palm Beach. Anschließend flog sie nach Tokio, wo sie sich mit Spencer treffen wollte. Diesmal sah er der Begegnung mit so großer Beklemmung entgegen, daß er sich selbst energisch ermahnen mußte, daß es sich schließlich um seine Frau handelte. Trotzdem kostete es ihn Überwindung, sie zu berühren, als sie nebeneinander im Bett lagen. Sie ging ihm mit ihrem ständigen Gerede, bei dem es sich immer um ihre Arbeit und McCarthy drehte, auf die Nerven.

»Warum wechseln wir nicht das Thema?« schlug er höflich vor. Müde und abgespannt, wie er war, wollte er nichts von dem Kampf hören, den sie in McCarthys Namen gegen vermeintliche Kommunisten führte. Spencer wußte, wo die wirklichen Kommunisten waren, und er hatte es satt, gegen sie zu kämpfen. Seit nunmehr zwei Jahren war er in Korea und wollte heim in die Staaten. Da der jüngste Waffenstillstand erneut verletzt worden war, bekam er langsam das Gefühl, aus Korea nie wieder herauszukommen. Mehr als ein bißchen Wärme und Zuwendung erwartete er von Elizabeth ohnehin nicht. Nun zeigte es sich aber deutlich, daß sie dazu nicht die richtige Frau war. Sie ging überhaupt nicht auf ihn ein, ihr ganzes Denken kreiste ständig um ihre Arbeit, ihre Bekannten, ihre Eltern. Ihm kam es vor, als seien sie gar nicht verheiratet, und doch war Elizabeth seine Frau und nicht Crystal.

Seinen Versuch, mit ihr über den Krieg und über seine verlorenen Illusionen zu sprechen, tat sie ab, als sei dies alles eine Belanglosigkeit.

»Ach was, du wirst bald schon wieder an deinem Schreibtisch in der Wall Street sitzen...« Zuerst wollte er nichts darauf sagen, dann aber gestand er ihr, welche Gedanken er sich in dieser Beziehung gemacht hatte. Er wollte schauen, wie sie reagierte.

»Ich glaube nicht, daß ich wieder dort anfange.« Elizabeth nickte befriedigt. Das paßte wunderbar zu ihren Plänen. Sie wollte für immer in Washington bleiben.

»In Washington hast du die Auswahl unter vielen renommierten Anwaltsbüros. Du wirst dich dort sehr wohl fühlen, Spencer.«

»Ich möchte mein Leben gründlich überdenken, wenn ich nach Hause komme.« Er sah sie ganz ernst an und war einen Moment lang versucht, ihr alles zu gestehen. Dieses Versteckspiel dauerte schon zu lange und war zu kräfteraubend. Und doch zögerte er erneut und schlug ihr lieber vor, auszugehen, einen Bummel durch Tokio zu unternehmen und den Luxus des Imperial Hotels zu genießen.

Die meisten Fronturlauber erholten sich am Lake Biwa, Elizabeths Vater aber hatte für sie eine Reservierung im Imperial vornehmen lassen. Er wünschte, daß sie erstklassig untergebracht waren. Elizabeth erwähnte zu gern die Großzügigkeit ihres Vaters. Immer wieder zählte sie die Kostbarkeiten auf, die er ihnen für das neue Haus geschenkt hatte: den kleinen französischen Lüster, den prachtvollen Orientteppich. Spencer konnte das alles nicht mehr hören. Er kam sich richtig schäbig vor, wenn er Interesse, Freude und Dankbarkeit heucheln mußte. Nun erst ging ihm richtig auf, daß er zu lebenslanger Dankbarkeit verpflichtet war. Er kam sich gedemütigt und unbedeutend vor. Geld und Einfluß waren die einzigen Werte, die für Elizabeth und ihre Eltern zählten, und er hatte kein Verlangen, mit ihnen in Wettstreit zu treten. Er wollte ein eigenes Leben führen, in einer Welt, in der er respektiert wurde. Doch das alles konnte er Elizabeth nicht sagen, jedenfalls nicht während der kurzen Zeit, die ihnen vergönnt war, ehe er wieder an die Front mußte. Alles, was Elizabeth redete, kam ihm unendlich banal vor, nachdem er mit angesehen hatte, wie Frauen und Kinder im Krieg umkamen, nachdem er über die toten Babys, die er am Straßenrand gefunden und begraben hatte, Tränen vergossen hatte. Er hatte schon zu lange mit zerbrochenen Idealen und unerfüllbaren Träumen gelebt. Und wenn er ihr dies zu erklären versuchte, wollte sie ihm nicht zuhören. Völlig auf sich fixiert, hatte sie keinen Begriff von seinen Qualen in den letzten zwei Jahren. Und am Ende bedauerte Spencer, daß er sich mit ihr getroffen hatte. Er war entschlossen, es nicht mehr zu einer Begegnung kommen zu lassen, falls der Krieg noch länger dauerte. Er wollte warten und nach seiner Heimkehr alle strittigen Fragen lösen. Hier war alles zu unwirklich, zu fremdartig und zu schmerzlich.

Diesmal fühlte Spencer sich noch erbärmlicher, als er an den Kriegsschauplatz zurückkehrte. Er war allen entfremdet und hatte einen inbrünstigen Haß auf Korea und auf das Elend, das er dort erleben mußte, entwickelt. Anfangs unternahm er noch den Versuch, Crystal davon in seinen Briefen zu erzählen, aber immer, wenn er das Geschriebene noch einmal durchlas, faßte er den Entschluß, den Brief gar nicht erst abzuschicken. Was er geschrieben hatte, kam ihm so wehleidig, feige und unmännlich vor. Statt dessen schickte er ihr nach längerem Schweigen immer wieder einen kurzen Brief, in dem er ihr nur mitteilte, daß er noch am Leben war, und ihr am Ende in dürren Worten versicherte, daß er sie noch liebte. Spencer hatte die Fähigkeit verloren, sich jemandem mitzuteilen. Er war nicht imstande zu beschreiben, wie entsetzlich erschöpft er war, wie heftig ihm die Ruhr zusetzte, wie tief ihn der ständige Zwang des Tötenmüssens erschütterte und wie sehr ihn der Tod seiner Kameraden erbitterte. Das alles brodelte in ihm so heftig, daß er schließlich in völliges Schweigen versank.

Immer wenn Spencer so lange nichts von sich hören ließ, befürchtete Crystal schon, daß er gefallen sei. Aber sie konnte seinen Namen nicht auf den Gefallenenlisten entdecken und auch nicht unter den Verwundeten und Vermißten. Spencer war am Leben, aber er schrieb ihr nicht mehr. Monate vergingen, bis sie dies begreifen wollte. Er war nicht tot, die Briefe waren nicht verlorengegangen... nein, er schrieb ihr nicht mehr. Sie nahm das als Zeichen dafür, daß ihre Liebe zu Ende war. Zunächst konnte sie sich sehr schwer damit abfinden nach allem, was zwischen ihnen gesagt worden war und was sie gemeinsam erlebt hatten. Aber nach einigen Monaten mußte sie sich der Wahrheit stellen: Es war vorüber. Nachdem sie jahrelang gewartet hatte, hatte er sich einfach entschieden, nicht mehr zu schreiben. Wahrscheinlich hatte er sich nach einem erneuten Treffen mit seiner Frau dazu durchgerungen, an seiner Ehe festzuhalten. Aber er hätte es ihr wenigstens mitteilen können, er hätte ihr ein Wort zukommen lassen können, statt sich in Schweigen zu flüchten. Sie litt unbeschreiblich unter seinem Verhalten. Allein gelassen mit ihren verwirrenden Gefühlen, gab sie sich ihrem Kummer hin und betrauerte Spencer wie einen Gefallenen, und eine Zeitlang hatte sie tatsächlich das Gefühl, daß er nicht mehr am Leben war. Sie mußte sich zwei Wochen Urlaub nehmen, die sie in Mendocino verbrachte und zum Nachdenken nutzte. Bei ihrer Rückkehr wußte sie, daß es weitergehen mußte, mit oder ohne ihn.

Sie rief die Agenten an, die vor Monaten mit ihr Kontakt gesucht hatten, und erklärte sich nach einem kurzen Gespräch bereit, zu Probeaufnahmen nach Hollywood zu kommen.

Das teilte sie Harry an dem Abend mit, als sie wieder zur Arbeit erschien.

»Wer sind diese Typen?« fragte Harry und machte kein Hehl aus seinem Mißtrauen. Seit Jahren hatte er Crystal wie eine Tochter behütet, hatte betrunkene Gäste und alle Männer, die immer wieder versuchten, sie zu belästigen, verscheucht. »Was weißt du über sie?«

»Nur daß es Agenten aus L. A. sind«, mußte sie gestehen. Sie hatte sich einiges von ihrer Unschuld und Arglosigkeit bewahrt.

»Hm, mir wäre wohler, wenn du Pearl mitnehmen würdest. Sie kann bei dir bleiben, solange du sie brauchst. Wenn die Sache nicht klappt, dann kommst du einfach wieder mit ihr zurück. Eines Tages wird sich sicher wieder eine Chance bieten. Ich möchte, daß du dir Zeit für das richtige Angebot läßt.«

»Ja, Sir.« Ihr Lächeln ließ sie wieder wie ein Kind aussehen. Sie freute sich riesig, daß Pearl sie begleiten sollte, denn im Grunde ihres Herzens hatte sie Angst vor Hollywood, obwohl sie mehr denn je überzeugt war, daß die Filmstadt die Erfüllung all ihrer Träume bedeutete. Seit Jahren schon hatte sie zu hören bekommen, daß einmal ein Star aus ihr werden würde. Boyd, Harry, Spencer, Pearl – alle hatten es ihr prophezeit, und jetzt gedachte sie, die Probe aufs Exempel zu machen.

Harry, der für sie eine Abschiedsparty gab, stellte ihr ausreichend Geld für ein anständiges Hotel zur Verfügung, so daß sie ihre eigenen Ersparnisse in einer neuen Garderobe anlegen konnte. Der Abschied von Harry und den anderen fiel ihr sehr schwer, denn sie hatte hier Freunde und Geborgenheit gefunden.

Auch der Abschied von Mrs. Castagna fiel ihr nicht leicht. Crystal gab zwar ihr Zimmer auf, ließ aber einige von ihren Sachen im Haus zurück. Bei einem letzten Glas Sherry, das ihr die alte Frau anbot, versprach Crystal, ihr aus Hollywood zu schreiben und von den Filmstars zu berichten – falls sie welchen begegnen sollte. Es brach Crystal fast das Herz, als sie schließlich gehen mußte.

»Sollten Sie Clark Gable sehen, dann richten Sie ihm Grüße von mir aus!« trug Mrs. Castagna Crystal auf. »Und geben Sie schön acht auf sich, hören Sie!«

Als sie schließlich mit Pearl losfuhr, hätten ihre Hoffnungen nicht hochgespannter sein können. Sie hatten sich in L.A. ein Hotelzimmer reservieren lassen, und schon am Morgen nach ihrer Ankunft war Crystal zu einem Termin bei ihren Agenten bestellt.

Ihre Knie zitterten, als sie in einem schlichten weißen Kleid und mit weißen Schuhen im Büro der Agenten vorsprach. Ihr Haar hatte sie aus dem Gesicht gekämmt, ihr Make-up war dezent. Sie sah zart und unschuldig und wunderschön aus. Jetzt, mit einundzwanzig, war sie noch umwerfender, als die beiden sie in Erinnerung hatten. Kein Wunder, daß sie Crystal zunächst sprachlos anstarrten. Die Kleine war für sie ein Glücksfall.

Pearl spürte sofort, daß die beiden nicht gerade zu den erfolgreichsten Agenten der Filmmetropole gehörten. Dessenungeachtet gelang es ihnen, bereits für den nächsten Tag Probeaufnahmen anzusetzen und einen Termin mit jemandem zu vereinbaren, dem sie Crystal vorstellen wollten. Sie wollten seinen Namen nicht nennen und erzählten nur, daß er ihr gegebenenfalls sehr weiterhelfen konnte.

Die Probeaufnahmen waren für Crystal ziemlich beängstigend. Dann wieder fand sie alles sehr aufregend, und nachdem sie ihr inneres Gleichgewicht wiedergefunden hatte, lief alles sehr gut. Den Rest des Tages brachten Crystal und Pearl damit zu, Sehenswürdigkeiten zu besuchen. Sie sahen sich die Villen der Filmstars an und besuchten Graumans Chinesisches Theater. Nachdem sie den Sunset Boulevard hinauf- und hintergelaufen waren, machten sie an einer Ecke halt, wo Crystal sich lachend von Pearl ablichten ließ. Beide amüsierten sich köstlich, als sie bemerkten, daß sie von Passanten angestarrt wurden, die in Crystal einen aufgehenden Stern am Filmhimmel vermuteten. Sie fand es herrlich, daß sie hier Aufsehen erregte, und war entzückt, als zwei kleine Mädchen sie um ein Autogramm baten.

Ihre nächste Station war wieder das Büro der Agenten. Man hatte Crystal gebeten, gegen Abend noch einmal vorbeizusehen, ohne ihr den Grund zu nennen. Sie hatte sich umgezogen und erschien nun in einem schwarzen Kleid, das Pearl für sie ausgesucht hatte. Dazu trug sie hohe schwarze Lacksandaletten. Ein gestärkter Petticoat verlieh dem Rock des Kleides bauschige Fülle. Das trägerlose Oberteil ließ ihre hellen, seidenglatten Schultern frei. Pearl hatte ihr zugeredet, einen breitkrempigen Hut zu tragen, und sie hatte ihr beigebracht, wie man das Haar mit einer einzigen anmutigen Bewegung im Hut unterbrachte und ihn effektvoll abnahm.

Der Mann, von dem die Agenten gesprochen hatten, wartete bereits, als Pearl und Crystal eintrafen. Er war hochgewachsen, dunkel und gutaussehend. Sein dunkler Anzug, zu dem er ein weißes Hemd und eine schmale Krawatte trug, saß phantastisch. Alles an ihm ließ auf Einfluß und Bedeutung schließen. Crystal schätzte den Mann auf Mitte Vierzig, und er wußte auf den ersten Blick, daß er auf eine Goldgrube gestoßen war.

Ihre Probeaufnahmen hatte er schon gesehen. Gewiß, sie war unerfahren und bar aller Raffinessen, aber ihre Stimme war gut. Mit diesem Aussehen hätte sie auch taubstumm sein können. Das Mädchen war eine Augenweide.

Ihr Lächeln und ihre Art, sich zu bewegen, erregten sein Wohlgefallen, und als sie den schwarzen Rock hochwirbeln ließ, erhaschte er einen Blick auf ihre Beine, die sie berühmt machen sollten. Crystal blickte ihn an und nahm den Hut ab, genau so, wie Pearl es ihr gezeigt hatte. Eine einzige schwungvolle Bewegung, und ihre blonde Mähne löste sich und fiel gleich Engelsschwingen über ihre Schultern. Der Mann im dunklen Anzug ließ ein Lächeln aufblitzen. Nun erst stand er auf, um sich vorzustellen. Dieses Mädchen war eines Ernesto Salvatore würdig. Langsam ging er auf Crystal zu. In seinem Blick lag etwas Bezwingendes, als könne er durch sie hindurchsehen und die Geheimnisse tief in ihrem Innern lesen. Sie aber hatte nichts vor ihm zu verbergen. Vor niemandem.

»Hallo, Crystal«, sagte er ruhig. »Ich bin Ernesto Salvatore. Nennen Sie mich ruhig Ernie.« Er reichte ihr die Hand, während sein Blick zu Pearl wanderte. In der nicht mehr ganz taufrischen Rothaarigen vermutete er zunächst ihre Mutter. Auch sie hatte gute Beine, wie er registrierte, als sie sie anmutig kreuzte, sie waren aber nicht halb so gut wie Crystals Beine, die auffallend lang waren und an eine langstielige Rose denken ließen. Aber ihr unschuldiger Blick hatte es ihm besonders angetan. Was ihr fehlte, waren ein gekonntes Make-up und ein wenig Schliff – sie brauchte jemanden, der ihre Stimme schulte, der ihr zeigte, wie man sich richtig bewegte und vor der Kamera agierte. Dann würde es mit ihr im Blitztempo nach oben gehen ... ganz an die Spitze! Aber davon sagte er kein Wort zu ihr und den Agenten. Crystal war sichtlich nervös. Sie wußte nicht, wer er war und weshalb er sie sehen wollte.

»Könnten Sie am Montagnachmittag in mein Büro kommen?« Obwohl sie nicht sicher war, ob man ihm trauen konnte, nickte sie.

»Ich denke schon.« Crystals Gelassenheit entlockte Pearl ein Lächeln. Ihr entging auch nicht der beifällige Blick von Salvatore, der Crystal seine Adresse nannte und ihr mit einem befriedigten Nicken zu den Agenten hin seine Karte gab. Diesmal waren sie fündig geworden. Nach vielen Nieten und totalen Versagern waren sie endlich auf einen lupenreinen Diamanten gestoßen.

Salvatore war ein bekannter Manager. Bei ihm hatten einige große Stars begonnen – aber nicht sehr viele. Und es hatte sehr unerquickliche Skandale um seine Person gegeben, zwei von der Presse weidlich ausgeschlachtete Selbstmorde junger Schauspielerinnen, die er gemanagt hatte und die mit ihm liiert gewesen waren. Es hatte noch andere Zwischenfälle gegeben, über die er lieber Gras wachsen ließ. Weitaus bedeutsamer war aber, daß Ernie Salvatore die Spitze eines Eisberges darstellte, der vielen Angst einflößte. Seine Verbindungen waren jedenfalls anerkannt gut. Das war schon zu spüren, wenn man ihn ansah. Nur Crystal war sich dessen nicht bewußt. Sie war zu naiv, um an Ernie Salvatore etwas Zwielichtiges zu wittern.

»Könnten Sie nach L.A. ziehen?« fragte er sie nach einem intensiven Blick.

»Ja, ich könnte nach L.A. ziehen.« Ihr Leben lang hatte sie davon geträumt, nach Hollywood zu kommen, und war jetzt bereit, fast alles dafür zu tun, was von ihr verlangt wurde. Es gab niemanden mehr, vor dem sie sich hätte rechtfertigen müssen ... außer vor sich selbst ... nicht einmal Spencer war sie Rechenschaft schuldig.

Salvatore, der über eine tiefe, sonore Stimme verfügte, hatte etwas Bezwingendes und Befehlsgewohntes an sich. Fasziniert ließ sie es geschehen, daß er ganz nahe an sie herantrat und sie einer gründlichen Musterung unterzog. Was er sah, hätte gar nicht besser sein können. Sie war von makelloser Schönheit. »Wie alt sind Sie?«

»Einundzwanzig«, antwortete sie ganz ruhig. »Im August werde ich zweiundzwanzig.« Also nicht minderjährig. Geradezu ideal.

Sie war unschuldig und adrett – sie war genau das, was er schon eine ganze Ewigkeit suchte. Dieses Mädchen lohnte einen gebührenden Einsatz. Er hatte sogar schon den richtigen Film für sie parat. Es kostete ihn nur einen Anruf beim Regisseur, der den dafür vorgesehenen Star von der Besetzungsliste streichen mußte – für Ernesto ein Detail am Rande. Gleich am nächsten Morgen wollte er die Sache in die Wege leiten.

Dann trug er ihr auf, einige Kleider zu kaufen, und holte eine Rolle Geldscheine hervor. Am Montag sollte sie zu ihm ins Büro kommen. Der Regisseur würde auch da sein, um sie selbst unter die Lupe zu nehmen, und schon am Nachmittag desselben Tages sollte sie vor der Kamera stehen. Insgeheim flehte er den Himmel an, daß sie den Text behalten konnte. Die Schauspiellehrerin würde ihr rasch ein paar Tricks beibringen, damit sie nicht hängenblieb. Nun hätte er noch zu gern in Erfahrung gebracht, ob ihre Begleiterin ständig um sie sein würde. Entschlossen drehte er sich um und fragte Pearl, ob sie Crystals Mutter sei.

Pearl lächelte und schüttelte den Kopf. »Nein, ich bin nur eine Freundin.«

»Und Ihre Mutter?« Er wandte sich wieder zu Crystal um. »Wo ist sie?«

»Tot«, antwortete Crystal knapp.

»Und Ihr Vater?«

»Auch er lebt nicht mehr.« Ein Blick in ihre traurigen Augen sagte ihm, daß sie die Wahrheit sagte. Das war ja noch günstiger, als er zunächst angenommen hatte. Mit ihr konnte er ganz nach Belieben umspringen. Er würde sie völlig ummodeln und zu dem machen, was sicher immer schon ihr Wunschtraum gewesen war. Zu einem Star. Einem ganz großen Star.

Sogar ihr Name war ideal. Genau der richtige Klang für eine Filmkarriere. Crystal Wyatt. Ja, sie würde ganz groß werden. Er bedankte sich bei allen und empfahl sich. Kurz darauf gingen auch Pearl und Crystal, die einen total verwirrten Eindruck machte und ihre Freundin entgeistert fragte: »Was soll das alles?«

»Ich glaube, du hast es geschafft«, gab Pearl zurück. Im Überschwang ihrer Gefühle mußte sie sich die Augen trockentupfen. »Warte, bis ich das alles Harry berichte.« In diesem Moment spürte Crystal fast so etwas wie Enttäuschung. Die Erfüllung ihrer Träume bedeutete, daß sie nie wieder in die gesicherte und behagliche Welt von Harrys Restaurant zurückkehren würde. Das hier war nun die wirkliche, die rauhe Welt, und da sie nicht wußte, was auf sie zukommen würde, bekam sie plötzlich Angst. Ernie Salvatore war von anderem Zuschnitt als Harry ...

»Was tut eigentlich ein künstlerischer Manager?«

»Genau weiß ich das auch nicht. Ich denke, er ist so eine Art Agent.«

»Dieser Salvatore sieht nicht sehr vertraueneinflößend aus, findest du nicht auch?« Crystal war einem Mann wie Salvatore noch nie begegnet. Sie wußte noch immer nicht, was sie von ihm halten sollte.

»Sei nicht albern«, tat Pearl ihre Zweifel ab. »Er sieht sehr gut aus.«

Am Montag erschien Crystal in einem der Kleider, die sie sich von Ernies Geld gekauft hatte. Als er ihr die fünfhundert Dollar in die Hand gedrückt hatte, war von einem Vorschuß die Rede gewesen. Crystal war die Sache nicht geheuer. Die Vorstellung, mit seinem Geld einzukaufen, war irgendwie angsterregend. Warum tat er dies alles für sie? Was wollte er von ihr? Ihr fielen sämtliche Schauergeschichten ein, die sie über Agenten und Manager in Hollywood gehört hatte, aber sie versuchte sich damit zu beruhigen, daß sie einen Traum erlebte, der in Erfüllung ging. Wenn sie schon nicht den Mann bekommen konnte, den sie liebte, dann wollte sie sich wenigstens den Traum von der Filmkarriere erfüllen. Und Ernie würde ihr dazu verhelfen.

Crystal hatte vier Kleider gekauft, eine Handtasche, zwei Paar

Schuhe, drei Hüte, und sie besaß noch immer an die zweihundert Dollar. Sie hatte Modelle gewählt, die ihren mädchenhaften Typ unterstrichen, ohne auf einen Hauch von Erotik zu verzichten. Ein verführerischer Schlitz dort, ein Einblick da, ein Stückchen Schleier, ein offener Knopf. Die Absätze waren hoch, die Röcke weit und die Rocklänge so, daß ausreichend von den Beinen zu sehen war, die Salvatore so begeistert hatten. Der Regisseur, der sie in Ernies Büro erwartete, zeigte sich so beeindruckt wie erwartet. Er war Ernie ohnehin einen Gefallen schuldig, so daß von Anfang an kein Zweifel am Ausgang des Gespräches bestanden hatte. Er versprach, seinen Star zu feuern, falls Crystal einigermaßen sprechen und ihren Text behalten konnte. Die Rolle war nicht schwierig, die Story simpel.

»Baby, du hast es geschafft.« Der Regisseur sah sie wohlwollend an. »Nächsten Montag ist Drehbeginn. Bleibt also knapp eine Woche zum Studium des Drehbuchs und zur Vorbereitung auf die Rolle.«

Verdutzt sah sie ihn an. Ihr Traum war plötzlich wahr geworden. Dank Ernie. Mit einemmal kam ihr alles so unwirklich vor, daß sie das Gefühl hatte, sich unter Wasser zu bewegen.

Gleich nachdem der Regisseur wieder gegangen war, reichte Ernie Crystal ein Vertragsformular.

»Was soll ich damit?« Sie wußte nicht, wie ihr geschah. Alles ging viel zu rasch. Sie hätte sich gern noch mit jemandem besprochen, aber es gab niemanden. Pearl schien ebenso ratlos und überwältigt wie sie selbst zu sein, und einem Ernie Salvatore wäre auch Harry vermutlich nicht gewachsen gewesen.

Eine innere Stimme riet Crystal, Salvatore nicht zu trauen. Wie gern hätte sie Spencers Rat eingeholt, aber er befand sich in einer anderen Welt, und sein langes Schweigen hatte ihr zu verstehen gegeben, daß ihre Beziehung zu Ende war. Trotz der drei Jahre, die vergangen waren, sehnte sie sich noch immer nach ihm. Als er sie damals verlassen hatte, war sie kaum mehr als ein Kind gewesen, und schon damals hatte er ihr geraten, nach Hollywood zu gehen. Vielleicht würde es ihn beeindrucken, wenn er eines Tages ihren Namen in Leuchtschrift las ... und vielleicht kam er zu ihr zurück, wenn sie ein Star geworden war ... aber auch das hörte sich verrückt an. Er war fort – bei Elizabeth. Er mußte mittlerweile längst wieder in den Staaten sein und hatte sich nicht bei ihr gemeldet. Ihre Zeit mit Spencer war endgültig vorbei, sie mußte jetzt an ihre lang ersehnte Karriere denken. Endlich ... Es kam ihr vor wie Weihnachten.

Salvatore reichte ihr mit wissendem Lächeln einen Füller. »Keine Angst, meine Liebe. Aus Ihnen wird noch ein großer Star. Das hier ist erst der Anfang.« Er tätschelte ihre Hand.

»Ist es der Vertrag für diesen Film?« Trotz ihrer Verwirrung erschien es ihr seltsam, daß er den Vertrag so flink zur Hand hatte. Wie hatte er wissen können, daß sie die Rolle tatsächlich bekommen würde? Oder hatte der Regisseur den Vertrag mitgebracht?

»Das ist ein Abkommen zwischen uns beiden. Auf diese Weise kann ich alle Verträge für Sie aushandeln, für sämtliche Filme, die Sie drehen werden. So ist es am einfachsten. Ein Abkommen zwischen Ihnen und mir, und ich regle den ganzen Kram für Sie.«

»Welchen Kram?« Ihr eindringlicher Blick bereitete ihm Unbehagen. Ein kluges Kind. Aber sie gierte nach dem, was er zu bieten hatte. Sie hatte sich die Kleider gekauft, war das ganze Wochenende in seiner Limousine herumgekreuzt und hätte wie alle anderen Anfängerinnen in Hollywood ihr Leben für eine Filmrolle gegeben. Alle Köder waren ausgelegt. Sie brauchte jetzt nur noch zu unterschreiben. Und sie würde es tun. Er war ganz sicher. Alle unterschrieben.

»Crystal, Sie wollen doch sicher nicht, daß ich Sie mit Details langweile?« Er lachte, als fände er sie unglaublich kindisch. »Sie vertrauen mir doch, oder?« Noch einmal warf Crystal Pearl einen Blick zu, die ihr kaum merklich zunickte, dann griff sie zum Füller, betrachtete den für sie unverständlichen Vertrag und unterschrieb. »Perfekt.« Salvatore nahm ihr den Füller aus der Hand, erfaßte sie und drückte einen Kuß auf ihre Finger. Langsam wanderte sein Blick höher, bis er ihr voll ins Gesicht sah. Crystal spürte, wie ein Schaudern sie überlief. Sein Blick war beunruhigend. Doch als er sich abwandte, schalt sie sich töricht. Er wußte, was er tat, und er verstand offensichtlich etwas von seinem Geschäft. Immerhin hatte er ihr im Handumdrehen eine Rolle verschafft.

Dann eröffnete Ernie Crystal, daß er sie in einem anderen Hotel unterzubringen gedachte, in einem viel besseren als jenem, in dem Harry ein Zimmer für sie reserviert hatte. Das Hotel lag in Westwood.

»Kann ich es mir leisten?« Sie wußte noch gar nicht, welche Rolle sie in dem Film spielen sollte.

Ernie lachte über ihre Zweifel. »Natürlich.« Sein Blick umfaßte Pearl. »Und Sie ... bleiben Sie hier?« In seinem Blick lag etwas, das ihr auf subtile Weise andeutete, daß sie unerwünscht war.

»Ich ... nun.« Pearl sah Crystal unschlüssig an. Fast schien es, als sei sie in den letzten Minuten völlig überflüssig geworden. »Ich glaube, ich muß zurück nach San Francisco.« Ihr entschuldigender Blick galt beiden. Crystal war sichtlich enttäuscht, das entging Salvatore nicht. Er lächelte beiden zu, als er den Vertrag wegschloß. Er legte ihn in ein Schubfach, in dem er seine kostbarsten Besitztümer aufbewahrte, wie er Crystal versicherte.

»Warum bleiben Sie nicht, bis Crystal nächste Woche mit der Arbeit anfängt? Dann wird sie ohnehin sehr beschäftigt sein. Leider wird sie allerdings in der laufenden Woche auch schon sehr viel zu tun haben.« Mit väterlicher Miene wandte er sich an Crystal und erklärte ihr, sie täte gut daran, Sprechunterricht zu nehmen. Natürlich stünde es ihr frei, zugleich Schauspielunterricht zu nehmen, aber wenn sie bei den Dreharbeiten aufmerksam aufpasse, könne sie auch im Studio viel lernen.

Pearl war einverstanden, bis zum übernächsten Wochenende zu bleiben, und Ernie riet ihnen, den Umzug in das andere Hotel am besten noch am gleichen Tag zu erledigen. Sein Fahrer würde sie zu ihrer neuen Bleibe bringen. Ihr Einverständnis vorausgesetzt, würde er sie nachmittags zum Cocktail besuchen.

Fünf Minuten später saßen sie im Wagen. Crystal war merkwürdig still, denn ihr ging alles, was sich eben zugetragen hatte, durch den Kopf. Sie konnte es noch immer nicht fassen. Pearl redete ununterbrochen ... wie gut Ernie aussah, wie weltmännisch er war, was für eine große Chance sich Crystal bot und wie rasch ein Star aus ihr werden würde. Crystal hätte es nicht definieren können, aber sie traute ihm nicht. Davon sagte sie kein Wort, bevor sie im Hotel angelangt waren. Erst als sie ihre Koffer packten, wandte sie sich mit der Frage an Pearl: »Glaubst du wirklich, er ist in Ordnung? Ich meine... ach, ich weiß nicht...« Sie setzte sich, um ihre hochhackigen Schuhe von sich zu schleudern. Wie gern hätte sie für die abendliche Einladung ihre Jeans angezogen. Aber Salvatore hatte sie ermahnt, daß sie von nun an sorgfältig auf ihr Image zu achten hätte. Sie mußte elegante, verführerische Kleider tragen, durfte nie ungeschminkt oder ohne tadellose Frisur erscheinen, und sie mußte sich auf jeder Party in der Stadt, zu der sie eine Einladung bekam, sehen lassen. Er würde schon dafür sorgen, daß sie überall eingeladen wurde. Das hörte sich ungeheuer aufregend an, aber die Frage, weshalb er sich so intensiv einsetzte, machte ihr sehr zu schaffen. Pearl erklärte sie für verrückt, als sie ihr diese Bedenken anvertraute.

»Natürlich ist er in Ordnung! Spinnst du oder was? Hast du dir sein Büro angesehen? Allein die Einrichtung muß eine Million gekostet haben. Glaubst du, er hätte ein so tolles Büro, wenn er kein großer Manager wäre? Baby... du hast dich mitten ins große Geld gesetzt und merkst es nicht mal. Und das alles tut er für dich, weil er genau weiß, daß du eines Tages ein Weltstar bist. Die einzige, die es offenbar noch nicht kapiert hat, bist du, du Dummchen.« Sie lächelte aufmunternd, und Crystal lachte erleichtert. Pearls Worte hatten sie beruhigt, und nachdem sie Harry noch rasch vor dem Auszug aus dem Hotel angerufen hatte, fühlte sie sich blendend. Er sagte ihr, wie stolz er auf sie sei und was für ein großer Durchbruch ihr bevorstünde. Deshalb war sie nach Hollywood gekommen, und sie hatte genau das bekommen, was sie wollte. Die beiden hatten recht. Es war verrückt, sich Sorgen zu machen. Es lag kein vernünftiger Grund dafür vor. Sie brauchte jetzt nichts weiter tun, als sich zurückzulehnen und alles nach Herzenslust zu genießen.

Die Suite in ihrem neuen Hotel sah aus wie im Film, ebenso die in weißem Marmor gehaltene und mit einem roten Teppich ausgelegte große Empfangshalle. Es war ein mittelgroßes Hotel in einer guten Gegend und unleugbar sehr elegant.

Als Crystal all den Glamour sah, wurde sie mit einem unwillkürlichen Gefühl der Dankbarkeit gegenüber Pearl erfüllt. Crystal drehte sich langsam zu ihr um und ging auf sie zu, um sie zu umarmen. Pearl war ihr in den vergangenen vier Jahren eine treue Freundin gewesen. Wenn sie nun zurück nach San Francisco fuhr und sie hier allein zurückblieb, würde sie sich sehr sonderbar fühlen.

»Danke«, sagte Crystal leise und gefühlvoll.

»Wofür?« Pearls schroffer Ton sollte verbergen, wie sehr sie an Crystal hing, die für sie zu der Tochter geworden war, die sie nie gehabt hatte. Nicht auszudenken, daß sie sie schon nächsten Sonntag allein lassen mußte.

»Ich danke dir, daß du an mich geglaubt hast. Du und Harry ... wenn ihr nicht gewesen wärt, wäre ich jetzt nicht hier.«

»Also, etwas Dümmeres habe ich noch nie gehört. Die Agenten haben deine Lieder gehört. *Sie* haben dich entdeckt – damit haben wir nichts zu tun.«

»Und ob ihr etwas damit zu tun habt. Harry hat mich engagiert, und du hast mir alles beigebracht, was ich für meine Nummern brauche. All die Jahre hast du an mich geglaubt, und jetzt hast du mich bis hierher begleitet. Wenn du mich fragst, ist das verdammt viel.«

»Sei nicht albern, Crystal, sieh lieber zu, daß du die Zeit hier richtig genießt.« Sie ging an die rot-goldene Bar, um sich ein Bier aus dem Kühlschrank zu holen. Von einem der hohen, mit schwarzem Velours bezogenen Hocker aus prostete sie Crystal mit der Flasche zu. »Auf dich, Kleines ...« Und mit einer weitausholenden, die ganze Suite umfassenden Bewegung rief sie aus: »Und auf Ernie!«

»Auf Ernie!« wiederholte Crystal, die sich ein Coke nahm. Sie konnte jetzt viel unbelasteter an Ernie denken als am Morgen. Irgendwie war ihr jetzt nicht mehr klar, warum sie sich Sorgen gemacht hatte. Sie wußte nur, daß sie es getan hatte, aber jetzt sah sie ein, daß sie keinen Grund dafür gehabt hatte.

Als Ernie um sechs wie vereinbart auf einen Drink kam, war Pearl ziemlich angesäuselt, und Crystal, die Jeans trug, hatte das Gefühl, daß er sie dabei ertappt hatte, daß sie ihre Hausaufgaben nicht richtig erledigt hatte. Von nun an wurde von ihr erwartet, daß sie immer Glamour ausstrahlte und sich tadellos benahm.

Ernie hatte sie über die Moralklausel der Studioverträge genau informiert. Und da war sie nun, in Jeans, wenige Stunden nach der Unterzeichnung. Doch er lachte und schien sich über Pearl zu amüsieren. Crystal fand, daß er sehr viel netter zu sein schien, als er ihr ursprünglich vorgekommen war. Und als sie ihn verstohlen musterte, mußte sie widerstrebend zugeben, daß er recht gut aussah.

Ernie beachtete Pearl kaum und konzentrierte sich ganz auf Crystal. Mit sanfter Zunge redete er auf Crystal ein und sagte ihr, wie glücklich er über den Vertrag war. Dann drückte er ihr einen dicken grauen Umschlag in die Hand, auf dem sein Name stand.

»Ich habe heute morgen vergessen, Ihnen das zu geben. Tut mir leid. Solche Fehler unterlaufen mir normalerweise nicht.« Sein Lächeln zeigte an, daß er es gewöhnt war, daß man ihm alles nachsah. Er war an sehr vieles gewöhnt, an Dinge, auf die Crystal nicht im Traum gekommen wäre.

»Was ist das?« Behutsam öffnete sie den Umschlag. Ihr Erstaunen war groß, als sie einen Scheck von Ernie darin vorfand. Warum gab er ihr noch mehr Geld? Sie hatte ja schon fünfhundert Dollar als Vorschuß bekommen, auch wenn sie nicht genau wußte, wofür. Als sie aufblickte, sah sie in sein lächelndes Gesicht.

»Es ist das Geld, das ich Ihnen für die Vertragsunterzeichnung schulde. Sie glauben doch nicht etwa, daß man einen größeren Vertrag bloß mit einem Kuß besiegelt? Obwohl ich gestehen muß, daß mir dies nicht schlecht gefallen würde.« Crystal sah ihn verlegen an. Sie hatte keinen Schimmer, worum es bei diesem Arrangement ging.

»Sie sind mir das schuldig?« Sie fand das irgendwie komisch, und plötzlich war sie entzückt... Sie hatte mit dem Filmen noch gar nicht angefangen und verdiente schon Geld. Und sie wohnte wie eine Königin in einem feudalen Hotel. Wer hatte je behauptet, Hollywood sei ein beinhartes Pflaster? Das mußte ein Verrückter gewesen sein, der Ernie Salvatore nicht kannte. Wie Pearl ihr prophezeit hatte, fing Crystal ganz oben an.

»Eigentlich schulde ich Ihnen zweitausendfünfhundert, liebe

Crystal. Da aber die Fünfhundert ein Vorschuß waren, habe ich sie von der Summe abgezogen.« Er wollte verhindern, daß sich bei ihr das Gefühl einstellte, sie schulde ihm zuviel, denn er hatte Angst, daß sie kopfscheu werden könnte. Das wollte er keinesfalls. Sie sollte das Gefühl haben, das Geld zu verdienen, und das tat sie auch. Er hatte an jenem Nachmittag für ihren allerersten Film einen stattlichen Betrag eingestrichen. Von nun an würde er ihr ein kleines Gehalt bezahlen und den Rest behalten – so besagte es die Vereinbarung, die sie unterschrieben hatte. »Crystal, ich werde Sie bei meiner Bank einführen. Schon morgen können Sie dort ein Konto eröffnen.« Da sie noch nie ein Bankkonto gehabt hatte, fand sie die Aussicht sehr aufregend. Sie nippte eifrig an dem Champagner, den er ihr eingeschenkt hatte. Er blieb noch eine Weile, dann wünschte er ihnen einen guten Abend. Ehe er ging, küßte er Crystal, die ihn zur Tür brachte, auf die Wange. Diesmal war nichts Merkwürdiges an ihm, im Gegenteil, sie fing an, ihn zu mögen. Aber wer hätte ihn nicht gemocht? fragte Pearl. Er war so gut zu ihnen. Das tolle Hotel, die Suite, der Champagner. Crystal strahlte übers ganze Gesicht, als sie den Scheck schwenkte, nachdem sie die Tür hinter Ernie geschlossen hatte.

»Jetzt weiß ich nicht: Soll ich ihn einlösen oder einrahmen?« Am nächsten Morgen entschied sie sich jedoch leichten Herzens für ersteres. Nachdem Ernies Sekretärin sie am Morgen angerufen und ihr seine Bank genannt hatte, löste sie den Scheck ein und ging schnurstracks zu einem Juwelier auf der anderen Straßenseite, um Pearl ein Bettelarmband zu kaufen, das diese ausgiebig bewundert hatte. Es hatte Pearl fasziniert, weil sämtliche Anhänger mit dem Film in Zusammenhang standen – dunkle Brillen, ein Megafon, winzige Scheinwerfer mit einem Diamanten, ein goldener Regiesessel und eine Tafel mit Klappe, die sich tatsächlich öffnen ließ. Pearl weinte, als Crystal es ihr ums Handgelenk legte. Den Rest des Tages verbrachten sie ausgelassen und guter Dinge und benahmen sich wie Touristen. Ernie hatte ihnen wieder seine Limousine angeboten. Keine der beiden wäre auf den Gedanken gekommen, daß er es nur tat, um so über Crystals Tun und Treiben genau informiert zu sein. In ihren Augen war es eine große Gefälligkeit und der Chauffeur ein reizender Mensch.

Dann kamen die Sprechlehrerin und der Gesangslehrer, und als sie ihm am Flügel, der in der Suite stand, vorsang, staunte er, wie gut sie war. Er fand es sehr bedauerlich, daß sie in ihrem ersten Film nicht singen durfte. Der Mann sollte ihr auch Schauspielunterricht erteilen und gab ihr ein paar Tips für das Drehbuch. Vor allem aber riet er ihr, sich keine Sorgen zu machen. Die Woche verging wie im Flug, und es kam der Augenblick, an dem Pearl sich unter Tränen und Umarmungen verabschieden mußte, nicht ohne zu versprechen, daß sie anrufen würde.

Und plötzlich war Crystal mutterseelenallein in Hollywood.

Ihre Träume waren wahr geworden; morgen sollte sie vor der Kamera stehen. Und als sie in der kühlen Abendluft einen Spaziergang unternahm, dachte sie an Spencer. Sie fragte sich, wo er sein mochte, was er wohl machte und mit wem er zusammen war. Ob er in Korea war oder zu Hause und ob er sie vermißte. Einerlei ... doch so sehr sie sich bemühte, sie vermochte es nicht, ihn aus dem Bewußtsein zu verdrängen oder die zwei zauberhaften Wochen mit ihm zu vergessen. Sie wußte, daß sie ihn immer lieben würde, mochte kommen, was da wollte. Er stand ihr so lebhaft vor Augen wie am Tag des Abschieds und bei den Begegnungen davor ... wie damals, als sie sich auf den ersten Blick in ihn verliebt hatte – auf der Hochzeit ihrer Schwester.

»Meine Güte, was für ein ernstes Gesicht ... das sollten Sie sich für eine dramatische Rolle sparen.« Sie hörte die Stimme unmittelbar hinter sich und drehte sich erstaunt um. Es war Ernie. Sie hatte sein Näherkommen nicht gehört. »Ich dachte, Sie würden sich ohne Ihre Freundin vielleicht einsam fühlen. Deshalb wollte ich kurz vorbeischauen und sehen, wie es Ihnen geht. Am Empfang sagte man mir, Sie seien spazierengegangen. Hätten Sie etwas dagegen, wenn ich Sie ein Stück begleite?«

»Aber nein.« Wie hätte sie ablehnen können, nach allem, was er für sie getan hatte? Und sie hatte sich tatsächlich sehr einsam gefühlt. Die Erinnerung an Spencer war da kein Gegenmittel. Ganz im Gegenteil, es war für sie noch immer demütigend, wenn sie daran dachte, wie er sich einfach in Nichts aufgelöst hatte und verstummt war. Zwar hatte es dieses Verstummen schon einmal zwischen ihnen gegeben ... zwischen Beckys Hochzeit und der

Taufe ihres Kindes, dann, bis sie sich in San Francisco trafen ... und dann wieder einmal, kurz bevor er nach Korea gegangen war. Diesmal aber war es anders. Denn damals hatte sie mit ihm noch nicht geschlafen. Sie hatte ihn nicht geliebt, wie sie ihn jetzt liebte. Doch es hatte jetzt keinen Sinn mehr, sich darüber den Kopf zu zerbrechen. Sie konnte ja doch nichts tun. Er hatte sie aufgegeben und aufgehört, ihr zu schreiben oder auch nur ihre Briefe zu beantworten, und sie wußte insgeheim, daß er schon vorher das Interesse an ihr verloren hatte. Die glühenden Briefe, in denen er ihr seine Liebe und seine Sehnsucht nach ihr gestanden hatte, waren erst zu knappen Postkarten geschrumpft und schließlich ... war gar keine Post mehr gekommen.

»Sind Sie aufgeregt wegen morgen?« Ernie blickte gönnerhaft auf sie nieder ...

»Ja, sehr.« Sie war wenigstens ehrlich, und ihm gefiel diese Eigenschaft. Eine nette Abwechslung nach den vielen blasierten Starlets, an deren Seite er sich meist in der Öffentlichkeit zeigte.

»Sie werden sehr gut ankommen. Nächstesmal werden wir vielleicht eine Gesangsrolle für Sie bekommen, und dann können Sie richtig zeigen, was in Ihnen steckt.« Er kannte ihre Singstimme von den Probeaufnahmen und wußte, welche Möglichkeiten sie hatte. Aber zuerst wollte er ihr Gesicht bekannt machen, bevor er sich über den Rest Gedanken machte. Er ging mit großer Zielstrebigkeit vor.

»Ja, das würde mir sehr zusagen.« Die Auftritte als Sängerin fehlten Crystal, obwohl sie erst ein paar Tage in Hollywood war.

»Ihr Lehrer sagt, Sie seien einmalig.«

»Danke.« Als sie ihm zulächelte, glaubte er, ein Beben am ganzen Leib zu spüren. Plötzlich kam ihm eine Idee. Solange er den Beichtvater und wohlwollenden Gönner spielte, würde es sich gut machen, wenn er sie zum Dinner ausführte.

»Waren Sie schon im Brown Derby?« fragte er, obwohl er von seinem Chauffeur wußte, daß sie das Restaurant nicht kannte. Ihm wurde täglich über ihre Aktivitäten eingehend Bericht erstattet. Er wollte sich damit absichern, daß sie kein Flittchen war und sich nicht mit Männern abgab und seinen und ihren Ruf ruinierte. Bislang hatte sie sich anständig aufgeführt, vielleicht, weil ihre Freundin dabeigewesen war. Aber er vermutete, daß sie wirklich so war, wie sie sich gab. Es hätte ihn nicht gewundert, wenn sie noch Jungfrau gewesen wäre. Sie war dieser Typ, und das sagte ihm sehr zu. Auf diese Weise ließ sie sich leichter formen.

»Nein.« Crystal lächelte – ganz Unschuld und Schönheit. Das Mädchen war große Klasse – und zwar bei jeder Beleuchtung und in jeder Aufmachung, elegant oder salopp.

»Hätten Sie Lust, dort mit mir zu Abend zu essen? Allerdings müssen Sie sich darauf gefaßt machen, daß ich Sie sehr zeitig nach Hause bringe. Wenn Sie morgen im Studio anfangen, müssen Sie ausgeschlafen sein.«

»Ja, Sir.« Ihre Augen strahlten wie Weihnachtskerzen. »Das würde ich sehr gern.« Ihre Naivität und ihre spontane Art waren bezaubernd. Ein Typ wie sie mußte groß einschlagen, das stand für ihn fest.

Nach einem Blick auf die Uhr und einiger Überlegung schlug er vor, sie zum Hotel zurückzubegleiten und sie nach einer Stunde abzuholen, wenn er sich umgezogen hatte. »Um acht bin ich wieder da. Und um zehn setze ich Sie vor dem Hotel ab, damit Sie rechtzeitig ins Bett kommen.« Leider ohne ihn. Ernie war viel zu klug, um die Dinge zu überstürzen. »Ist es Ihnen recht?«

»Sehr recht.« Sie neigte sich zu ihm hin, um ihm einen Kuß auf die Wange zu geben wie einem Großvater.

Als sie später das »Brown Derby« betraten, plauderte Crystal völlig zwanglos mit ihm. Dann blieb sie plötzlich wie angewurzelt stehen, da ihr bewußt wurde, daß alle sie anstarrten. Und die Gäste starrten noch verwunderter, als sie bemerkten, in wessen Begleitung dieses bildschöne Geschöpf war. Der Bursche hatte unbestreitbar die Gabe, die hübschesten Mädchen der Stadt aufzugabeln. Und dieses Mädchen war die absolute Krönung. Ernie schien sämtliche Anwesenden zu kennen, und Crystal fiel fast in Ohnmacht, als sie jemanden vorübergehen sah, der aussah wie Frank Sinatra. Ernie geleitete sie gemächlich an den Tisch, grüßte nach allen Seiten und stellte sie Leuten vor, von denen sie bisher nur geträumt hatte.

»Machen Sie doch kein so ängstliches Gesicht«, flüsterte Ernie ihr aufmunternd zu. Die Reaktionen der Gäste entzückten ihn. Crystal hatte sich gut gehalten. Das weiße Kleid erregte Aufmerksamkeit und lenkte die Blicke aller auf sie, besonders, als er Crystal dazu brachte, das Jäckchen abzulegen und man ihr Dekolltée sah.

Crystal mußte mit dem Fortschreiten des Abends entdecken, daß sie sich in Ernies Gesellschaft ausgesprochen wohl fühlte.

Er war reizend und zuvorkommend und benahm sich tadellos. An seiner Art, mit ihr zu plaudern, war nicht ein Hauch von Anzüglichkeit. Er war also doch kein Ausbeuter und Sklavenhalter, sondern nur ein Manager, wie er sich selbst zu nennen pflegte. Crystal ließ sich zu dem Geständnis hinreißen, daß sie sich ihr Leben lang gewünscht hatte, Filmstar zu werden. Es war eine Geschichte, die er schon sehr oft zu hören bekommen hatte, aber er lächelte, als hörte er sie zum erstenmal.

Crystal konnte noch immer nicht fassen, welche Wende ihr Leben genommen hatte. Mit staunenden Augen beobachtete sie das Treiben um sie herum. Es war viel mehr, als sie je zu hoffen gewagt hatte. Tränen brannten in ihren Augen, so daß Ernie sie besorgt ansah.

»Stimmt etwas nicht?«

»Ich kann es nicht glauben, daß dies alles mir passiert.« Ernie lächelte. So hatte er sie am liebsten. Unverdorben und blutjung. Zu gern wäre er noch länger mit ihr zusammengeblieben, aber er wollte, daß sie für die Dreharbeiten ausgeruht war. Crystal war für ihn mehr als nur irgendein Mädchen. Sie war eine Investition.

Beim Kaffee ließen sie sich Zeit, so daß er ihr ausführlich erklären konnte, weshalb er wünschte, daß sie sich in Begleitung der richtigen Leute in der Stadt zeigte. Er nannte sogar die Namen der Männer, die sie anrufen würden. Einige waren ihr bekannt. Erst glaubte sie, er erlaube sich einen Scherz, aber als sie seinen Blick sah, wußte sie, daß es ihm ernst war. »Warum tun Sie das alles für mich?« Sie begriff es noch immer nicht. Warum ausgerechnet sie? Aber Ernie wußte genau, was er tat.

»Sie werden uns beide eines Tages – in nicht allzu ferner Zukunft – reich machen.« Er lächelte, als hätte er einen Edelstein in der Tasse entdeckt. »Sie werden sehr berühmt werden.«

»Woher wollen Sie das so genau wissen?«

»Ich habe mich noch nie getäuscht«, sagte er trocken und tätschelte ihre Hand, als er die Rechnung verlangte. Dann stellte er die Frage, die ihm von Anfang an keine Ruhe gelassen hatte: »Sind Sie liiert?« Ihre nachdenkliche Miene, die sich auf die Frage hin einstellte, entlockte ihm ein Lächeln. »Mit anderen Worten, haben Sie einen Freund?« Sie hatte ihn sehr wohl verstanden, war aber um Worte verlegen.

»Nein«, sagte sie leise. Der Gedanke an Spencer ließ einen Schatten über ihr Gesicht huschen.

»Sind Sie ganz sicher?«

»Ja.«

»Gut. Aber Sie hatten einen Freund?« Sie nickte. »Und wo ist er jetzt?« Ernie wollte sicher sein, daß sie frei war und es keinen Ärger geben würde. Natürlich hätte er auch diese Hürde genommen, aber lieber war es ihm anders.

»Ich weiß nicht, wo er ist«, sagte Crystal. »In Korea ... oder zurück in New York. So oder so, es ist nicht wichtig.« Einen Augenblick mußte sie gegen aufsteigende Tränen ankämpfen, dann konnte sie sich wieder einigermaßen gefaßt zurücklehnen und beobachten, wie Ernie Bekannte begrüßte, die an ihrem Tisch vorüberschlenderten. Er war attraktiv, charmant und hatte Lebensart – Eigenschaften, die auf Crystal gebührend Eindruck machten, zumal sie jemandem wie ihm noch nie begegnet war. Ihr fiel auf, daß er nur einen Ring trug, einen schweren Goldring mit einem auffallenden Stein. Sein Anzug war teure Maßarbeit, und sein weißes Hemd, das von einem Schneider aus Las Vegas stammte, sah aus, als sei es von einem Londoner Herrenausstatter angefertigt worden. Ernie Salvatores modische Kleidung verriet, daß er auf seine äußere Erscheinung größten Wert legte. Dazu ging eine unverhüllte Sinnlichkeit von ihm aus, für die Crystal nicht unempfänglich war. Aber er strahlte noch etwas aus – eine Willenskraft, die ihr ein wenig angst machte. Obwohl er es unter einer einnehmenden Fassade verbarg, spürte man, daß Ernesto Salvatore ein Mann war, der sich stets durchzusetzen verstand. Davon war ihm jedoch nichts anzumerken, als er sich mit liebenswürdigem Lächeln an sie wandte.

»Gehen wir?« fragte er. Er stand auf und führte sie an mindestens einem Dutzend berühmter Gesichter vorüber zur Tür. Es waren Leute darunter, die er kannte, doch er blieb nicht stehen, sondern ging weiter, als würde er gar nicht merken, wie die Leute Crystal anstarrten. Wenige Minuten später setzte er sie vor ihrem Hotel ab. Sie bedankte sich und ging auf ihr Zimmer, um sich auszuschlafen, ehe sie morgen mit dem Filmen begann.

26

Wie ihr Lehrer es ihr prophezeit hatte, lief bei den Dreharbeiten für Crystal alles glatter, als sie es sich vorgestellt hatte. Die Arbeitszeit war zwar sehr lang, und die Anforderungen waren hoch, aber der ganze Stab war bemüht, ihr zu helfen. Die Abende widmete sie dem Drehbuchstudium und nahm sich immer wieder vor, rechtzeitig zu Bett zu gehen, was ihr allerdings nur selten gelang. Denn zu ihrer großen Überraschung wurde sie mit Einladungen überschüttet. Ernie hatte es ihr zwar prophezeit, daß sich jede Menge Männer bei ihr melden würden, um sie auszuführen. Und sie ahnte auch, daß er das alles für sie arrangiert hatte. Dennoch war sie überrascht, wie liebenswürdig ihre Begleiter waren und was für angenehme und charmante Gesprächspartner sie waren. Sie kamen in Dinnerjacketts, fuhren teure Autos – Schauspieler, Sänger, Tanzstars, die sie zum Teil aus Filmen kannte. Diese Männer führten sie in die besten Lokale: zu »Chasen«, ins »Cocoanut Grove«, ins »Mocambo«. Für Crystal war es märchenhaft, und fast fehlten ihr die Worte, alle Erlebnisse in ihren Briefen an Pearl zu schildern. Sie berichtete ihrer Freundin gewissenhaft von allen Partys und von den Menschen, denen sie dort begegnete, wobei sie sich oft fragte, ob Pearl ihr überhaupt glaubte. Geschichten dieser Art las man in Filmmagazinen, und doch war es die Wahrheit. Alles.

Als der Film zur Hälfte abgedreht war, rief Ernie sie eines Tages selbst an. »Na, amüsieren Sie sich auch richtig?«

»Ich gehe fast jeden Abend aus.« Sie stieß ein atemloses Lachen aus, auf das er ebenfalls mit Lachen reagierte.

»Wie kommt es dann, daß Sie jetzt zu Hause sind?«

»Ich war so müde, daß ich die heutige Verabredung abgesagt habe. Noch einmal umziehen hätte ich nicht geschafft.« Ihm lag eine passende Erwiderung auf der Zunge, aber er hielt sie zurück, weil er der Meinung war, daß Crystal dafür noch nicht bereit war. Um sie nicht zu verstimmen, gab er eine harmlose Antwort.

»Auch nicht ein einziges Mal mehr? Nur für mich?«

»Ach, Mr. Salvatore ...« Sie sprach den Satz nicht zu Ende. Sie war so unendlich müde. Täglich mußte sie um vier aus dem Bett und um halb sechs im Studio sein, damit für Maske und Kostüm ausreichend Zeit blieb.

»Ich dachte, wir hätten uns auf Ernie geeinigt ... Habe ich etwas ausgefressen?«

»Aber nein, tut mir leid ...« Er war so nett, und sie stand so tief in seiner Schuld, daß sie ihm beim besten Willen keinen Korb geben konnte. Sie wünschte, er hätte sie nicht angerufen. Sie war wirklich erschöpft.

»Leid braucht es Ihnen nicht zu tun, aber denken Sie nächstesmal daran. Also, was halten Sie von einem stillen Abendessen irgendwo? Sie brauchen sich nicht eigens umzuziehen.«

Crystal atmete auf. Eigentlich war es sehr nett von ihm, daß er sie anrief. Sie blickte aus dem Fenster. »Kann ich in Jeans kommen?«

»Es wäre mir eine Ehre. Und wenn Sie einen Badeanzug haben, bringen Sie ihn mit.«

»Wohin gehen wir?« Das klang neugierig. Ihr anfängliches Unbehagen war in den Hintergrund gerückt.

»Nach Malibu. Dort gibt es ein stilles Plätzchen, das ich gut kenne. Da können Sie sich entspannen. Und ich verspreche, Sie auch früh genug nach Hause zu bringen.«

»Ich freue mich.« Hastig machte sie sich zurecht, bürstete ihr Haar zurück und schlang es zu einem Knoten. Dann zog sie ihre Jeans und eines der Hemden an, die sie von zu Hause mitgebracht hatte. Zuletzt schlüpfte sie in ihre alten Cowboystiefel. Als sie in den Spiegel sah, erkannte sie sich wieder ... Wie gut tat es doch, einmal nicht geschminkt und so aufgedonnert zu sein.

Zehn Minuten später kam Ernie in seinem Rolls Royce an, und sie sah, daß auch er Jeans anhatte. Ihre überraschte Miene brachte ihn zum Lachen. »Das Publikum ist richtig dumm«, bemerkte er. »Wie gern würde ich Sie so ungekünstelt in einem Film präsentieren, aber das würde ja doch niemand verstehen.«

Crystal fühlte sich in Ernies Gegenwart diesmal viel unbefangener als früher. Nie wäre sie auf die Idee gekommen, ihn zu fragen, wohin die Fahrt ging. Sie unterhielten sich, sprachen von Crystals Kindheit und von der seinen, die er in New York verlebt hatte. Mit einemmal sah sie, daß sie in der Zufahrt eines Hauses angehalten hatten, das direkt über dem Ozean thronte. »Wo sind wir?«

»Bei mir in Malibu. Haben Sie einen Badeanzug dabei? Im Haus ist ein Pool. Der Ozean ist hier zu kalt.« Sie spürte, wie ihr unwillkürlich ein Angstschauer über den Rücken lief; sie wußte selbst nicht genau, warum. Einen Augenblick fragte sie sich, was Spencer denken würde, wenn er sie hier mit Ernie sähe. Doch dann sagte sie sich, daß es ohne Belang war. Er war verheiratet. Und es war schließlich ihr Leben, und es gehörte ihr allein.

Crystal verdrängte den Gedanken an Spencer und folgte Ernie an die Haustür. Im Haus befand sich keine Menschenseele, und Crystals Unbehagen wuchs. »Du brauchst dich nicht zu fürchten, Kleine.« Er lächelte, als er merkte, daß er zu dem vertraulichen Du übergegangen war, und beschloß, dabei zu bleiben. »Ich tue dir nichts. Ich dachte nur, du hättest einen freien Abend nötig.« Er hatte recht, den brauchte sie wirklich, aber sie war nicht überzeugt, daß sie hier sicher war, nicht zuletzt, weil sein Ton ihr so sonderbar zutraulich vorkam. Ihr Instinkt riet ihr, das Haus nicht zu betreten. Andererseits kam sie sich töricht vor, sich so zu zieren. Er war so nett und zeigte sich ihr gegenüber so zuvorkommend. Also folgte sie ihm in das traumhafte Haus. Hohe Räume mit Glaswänden waren das erste, was ihr auffiel. Auf dem Boden lagen weiche weiße Teppiche, ausladende weiße Ledergarnituren schienen wie geschaffen zur Entspannung. Durch geschickt angebrachte Spiegel wirkte alles noch größer. Hinter den Panoramafenstern ging eben die Sonne über dem Pazifik unter. Es war wunderschön hier, und der Sonnenuntergang erinnerte sie an all die Sonnenuntergänge, die sie in glücklicheren Tagen auf der Ranch zusammen mit ihrem Vater beobachtet hatte.

»Möchtest du einen Drink?« Ernie war an die Bar gegangen und öffnete ein hinter einer Spiegeltür verborgenes Kühlfach. Crystal schüttelte den Kopf. Sie hatte die feste Absicht, nüchtern zu bleiben.

»Nein, danke ...«

»Vielleicht ein Soda?« Schließlich bat sie ihn um ein Coke. Er lächelte. In diesem herrlichen Körper steckte ein Kind. Noch nie hatte er ein Mädchen von so vollkommener Schönheit gesehen. Er konnte sein Glück noch immer nicht fassen. »Traust du mir nicht, oder trinkst du keinen Alkohol?«

Nach kurzem Zögern lachte sie verlegen auf. »Beides, denke ich.«

»Kluges Kind.« Er goß sich einen Wodka mit Soda ein. Dann bat er sie, auf der Couch Platz zu nehmen.

»Ich habe für uns ein Dinner bestellt. Sicher ist es irgendwo gut versteckt. Ich habe hier jemanden, der täglich nach dem Rechten sieht, obwohl ich nicht oft hier bin. Ich lebe in Beverly Hills.« Er blickte sie an. »Crystal, das Haus steht dir nach Belieben zur Verfügung. Komm einfach heraus, wenn du Ruhe brauchst. Nach einem harten Tag im Studio ist es vielleicht nötig.« Seine Güte rührte sie. Ernie hatte schon so viel für sie getan. Der Grund dafür war ihr allerdings nicht ganz klar. Natürlich wollte er Geld durch sie verdienen, aber da steckte mehr dahinter. Er verwöhnte sie mit kleinen Überraschungen, Blumen, Geschenken, mit der Auswahl ihrer Begleiter und jetzt mit diesem Abend am Strand in Jeans. Es war genau das, was sie sich gewünscht hätte. Es war eine seiner Stärken – er hatte einen ausgeprägten Instinkt für Menschen. Das war das Gebiet, auf dem er brillierte.

Crystal ließ den Kopf an die Rückenlehne der Couch sinken. »Ich glaube, das ist der schönste Tag, den ich bis jetzt hier erlebt habe«, sagte sie mit einem glückseligen Seufzen.

»Prima ... Möchtest du vor dem Essen schwimmen oder lieber warten? Sollen wir am Strand spazierengehen?«

Ihr Lächeln zeigte, daß sie sich beruhigt hatte. »Ja, gern.« Ernie stellte sein Glas ab und öffnete die Terrassentür. Eine kühle

Brise wehte herein. Sie gingen hintereinander die Stufen zum Sandstrand hinunter. Crystal, die zu laufen anfing, spürte den Wind im Gesicht und im Haar, und zum erstenmal seit langem empfand sie ein echtes Glücksgefühl. Während sie mal ging und mal lief und schließlich ihre Stiefel auszog, um die Zehen ins Wasser zu halten, sah sie wie ein Kind aus. Es wurde langsam dunkel, aber Ernie folgte ihr geduldig und beobachtete sie mit Vergnügen wie ein stolzer Vater. Schließlich kam sie zurück, mit einem Gesicht, das die kühle Luft und der Wind zum Glühen gebracht hatten.

»Kalt?«

»Nein, es geht.« Doch er merkte ihr an, daß sie fror, und zog seine Jacke aus, um sie Crystal um die Schultern zu legen. An der Jacke hing der Duft seines Rasierwassers. Crystal fiel auf, wie angenehm es roch. Sie fragte sich, ob er verheiratet war und ob er Kinder hatte... Was für ein Mensch mochte hinter dieser Fassade stecken? Nie gab er etwas von sich preis. Seine einzige Aufgabe schien es zu sein, sie zu verwöhnen.

Im Haus angekommen, machte er sich auf die Suche nach dem vorbereiteten Dinner. Er entdeckte, daß frischer Hummer mit einer delikaten Soße auf sie wartete, dazu eine Schüssel Spinatsalat. In einem silbernen Eimer mit Eis stand eine Flasche Champagner, und als besondere Delikatesse stand eine Platte mit kaviargefüllten harten Eiern bereit.

»Hast du schon einmal Kaviar gegessen?« Crystal schüttelte den Kopf. Kaviar kannte sie nur vom Hörensagen. Ernie zeigte ein väterliches Lächeln. »Gut möglich, daß er dir anfangs gar nicht schmeckt. Bei manchen Dingen ist das so.« Sie kostete davon, um ihm eine Freude zu machen. Gar nicht übel. Aber als sie sich auf weichen Sesseln vor einem niedrigen Tisch niederließ, schmeckten ihr Hummer und Champagner viel besser. Sie trank nur ganz vorsichtig, und er drängte sie nicht. Er hatte Zeit, sehr viel Zeit, und er wollte sie nicht, bevor sie ihn nicht auch wollte. Und daß es dazu kommen würde, wußte er. Sie stand schon viel zu tief in seiner Schuld.

Sie redeten von ihrer Kindheit, von ihrem Vater, von den Dingen, auf die sie Wert legte, und er hörte ihr zu, als hinge die Welt von dem ab, was sie sagte. Eine halbe Stunde nach dem Essen bot er ihr an, ein paar Längen zu schwimmen. »Zur Entspannung«, sagte er mit gewinnendem Lächeln.

Sein Vorschlag brachte sie zum Lachen. »Wenn ich mich noch mehr entspanne, schlafe ich glatt im Sitzen ein.« Hinter ihr lag ein arbeitsreicher Tag, der seinen Tribut forderte. Und die frische Seeluft hatte sie zusätzlich ermüdet. »Schwimmen täte mir vielleicht gut, falls ich nicht von dem vielen Hummer untergehe.«

»Keine Angst, ich werde dich retten.«

Ernie zeigte ihr, wo sie sich umziehen konnte, und ging, um die Pool-Beleuchtung einzuschalten. Als sie wenig später in einem weißen Badeanzug wieder erschien, stockte ihm der Atem. Sie ahnte ja nicht, wie umwerfend sie aussah, und das war gut so. Es faszinierte ihn. Und auch das Publikum würde sich faszinieren lassen wie er – das vergaß er keinen Augenblick.

»Hoffentlich ist das Wasser warm genug.« Er sah ihr zu, wie sie sich ins Wasser gleiten ließ. Während sie losschwamm, ging er, um sich umzuziehen. Crystal hatte das Gefühl, sich noch nie so wohl gefühlt zu haben wie in diesem riesigen, warmen Schwimmbecken. In ein weiches Badetuch gehüllt, kam Ernie wieder. Er hatte das Tuch fest um die Hüften gewickelt, und als er es nun vor ihren Augen löste, blieb Crystal die Luft weg. Er war nackt. Diskret wandte sie den Blick ab, um ihn nicht in Verlegenheit zu bringen. Sein verhaltenes Lachen drang an ihr Ohr. »Keine Angst, Crystal, ich werde dich nicht vergewaltigen. Das konnte mir noch keine Frau anlasten.« Dafür hatte man ihn anderer Dinge beschuldigt, von denen sie nichts ahnte. Geschmeidig ließ er sich ins Wasser gleiten. Crystal schwamm unwillkürlich schneller, so als fürchtete sie, etwas zu sehen zu bekommen, was sie nicht sehen sollte. Ernie glitt behende an ihr vorüber und lächelte ihr aufmunternd zu. »Warum legst du nicht auch den Badeanzug ab? Hier drinnen ist es so warm wie in der Badewanne.« Eine böse Absicht schien hinter seinem Vorschlag nicht zu stecken; er wirkte so ungezwungen, und er unternahm auch keinerlei Versuch, sie anzufassen. Also bemühte sich Crystal, sich unbefangen zu geben. Doch das Wissen, daß er nackt war, machte sie nervös.

»Nein, vielen Dank.«

»Wie du willst, meine Liebe.« Er war viel zu erfahren, um das Objekt seiner Begierde zu drängen. Mit der Zeit kamen sie alle von selbst, aus dem einen oder anderen Grund. Im nächsten Moment entstieg er dem Wasser und blieb lässig am Beckenrand stehen. Wider Willen nahm sie wahr, daß er einen auffallend wohlproportionierten Körper besaß – groß, schlank, durchtrainiert. Es war der Körper eines um vieles jüngeren Mannes. Er bot ihr noch Champagner an, was sie mit verlegen abgewandtem Kopf ablehnte. Ihre Scheu amüsierte ihn. »Soll ich das Licht dämpfen? Wäre dir das lieber? Leider habe ich eine krankhafte Abneigung gegen Badehosen. Ich hasse sie. Das mußt du mir nachsehen.«

»Aber ich bitte dich ...« Sie versuchte, auf seinen Ton einzugehen und sich zu benehmen, wie sie es sich von einem Filmstar vorstellte. Dennoch wurde sie ihrer Nervosität nicht Herr. Und ehe sie antworten konnte, hatte er die Beleuchtung bereits gedämpft. Es brannten nur noch die Lichter im Pool und einige kerzenähnliche Deckenleuchten.

»Besser?«

»Ja, viel besser.« Das war gelogen.

Nach einem Schluck Champagner tauchte er wieder ins Wasser. Diesmal steuerte er direkt auf sie zu und umfaßte ihre Mitte mit beiden Händen. Crystal erstarrte, den Blick auf sein Gesicht gerichtet.

»Was hast du vor?« rief sie entsetzt.

»Ich möchte dich zu einem Filmstar machen«, flüsterte er. Urplötzlich begriff sie, daß er es nicht umsonst tun würde. Sie schickte ein Stoßgebet zum Himmel, daß das alles nicht wahr sein sollte. Bitte, lieber Gott... diesmal nicht... »Crystal, ich werde dir nichts tun. Hab Vertrauen zu mir.« Sie nickte, unfähig, auch nur ein Wort über die Lippen zu bringen, während er sie festhielt und langsam, ganz langsam näher kam und sie küßte. »Du bist sehr schön ... möglicherweise die schönste Frau, die mir je begegnet ist.« Wieder küßte er sie.

Crystal brach in Tränen aus. »Bitte... nicht... bitte...« Sie zitterte so heftig, daß sich sein Mitleid regte.

»Tut mir leid, kleines Mädchen. Ich wollte dich nicht erschrekken. Ich möchte nur, daß du glücklich bist.« Und während sie ihn noch anstarrte, schwamm er an den Rand, stieg aus dem Wasser und hüllte sich wieder in sein Badetuch. Sie hätte nicht verdutzter sein können. Sie gefiel ihm, er bewunderte sie, und er würde sie nicht vergewaltigen. Plötzlich kam Crystal sich unbeschreiblich albern vor. Eilig stieg sie ebenfalls aus dem Wasser, um sich neben Ernie zu setzen, der an seinem Champagner schlürfte.

»Es tut mir leid.« Sie war ihm eine Erklärung schuldig. »Vor vier Jahren wurde ich vergewaltigt... da dachte ich... ich dachte...« Als sie zu weinen anfing, schloß er sie sanft in die Arme.

»Verzeih mir«, flüsterte er. »Du sollst keine Angst vor mir haben. Wenn du zu mir immer ehrlich bist, werde ich dir nie etwas tun.« Darin lag eine verhüllte Drohung, aber Crystal war zu erleichtert, als daß ihr das aufgefallen wäre. Dankbar ließ sie sich gegen ihn sinken, während er ihr das Glas an die Lippen hielt.

»Alles ist so neu für mich... und alles ging so schnell. Die halbe Zeit weiß ich gar nicht, was ich von all dem halten soll. Es tut mir leid, wenn ich mich wie eine dumme Gans benommen habe.«

»Schon gut.« Sein Lächeln verriet Wohlwollen. »Du bist eine kluge dumme Gans, und ich mag dich sehr.« Das hörte sich an, als würde Spencer es sagen. Seine verständnisvolle Haltung rührte sie. »Möchtest du jetzt nach Hause, Crystal? Du mußt früh aufstehen. Oder möchtest du noch schwimmen?«

Nach der Aufregung von vorhin brauchte sie etwas Entspannung. Als sie ihn mit ihren großen Augen ansah, traf ihn das intensive Blau wie ein Schlag. Sie war unbeschreiblich reizvoll. »Ehrlich gesagt, ich möchte noch etwas schwimmen. Ist es dir recht, oder hast du es eilig?«

Er lachte und schüttelte den Kopf. »Natürlich nicht.«

Diesmal war sie schon viel unbefangener, und es kam ihr nicht mehr bedrohlich vor, als er sich seines Badetuchs entledigte und ins Wasser glitt. Sie schwamm einige Längen, ließ sich dann auf dem Rücken treiben, und als sie sich umblickte, sah sie ihn an ihrer Seite. Sofort drehte er sich auf den Bauch, um sie nicht wieder in Verlegenheit zu bringen. Dann beugte er sich sanft vor und küßte sie erneut. Diesmal leistete sie keinen Widerstand. Sie hatte das Gefühl, es ihm schuldig zu sein, weil sie sich so dumm benommen hatte, doch während er sie küßte, strich er sachte über ihre Brüste. Sie erschrak, als sie entdeckte, daß es ein angenehmes Gefühl war. Sofort schwamm sie von ihm fort, aber er folgte ihr, nicht aufdringlich, sondern ganz zwanglos neben ihr hertreibend. Seine Hände berührten sie, um dann unter ihren Badeanzug zu gleiten, als er sie wieder küßte. Sie wünschte, er würde aufhören, und für einen Augenblick reinen Wahnsinns sehnte sie das Gegenteil herbei. Sie schwamm zu den Stufen und versuchte zu Atem zu kommen. Dann fühlte sie, wie er langsam ihren schmalen, rassigen Körper vom nassen Badeanzug befreite. Sie wollte sich umdrehen, aber er drückte sich an sie, und seine geschickten Hände schienen ihre Sinne zum Klingen zu bringen. Von aufsteigender Panik erfüllt, warf sie den Kopf zurück und stöhnte verhalten auf.

»Ernie, nicht ...« Sehr überzeugend hörte sich das nicht an, und immer wieder berührte er sie mit schmerzlich sanften Fingern. Er war ein wahrer Meister der Lust, während sie nur eine Novizin war. Ohne es zu merken, war sie ihm in die Falle gegangen. »O Gott ... nicht, bitte ...« Auf ihr Flehen hin hielt er inne, und ihr ganzer Körper bebte, als sie sich ihm voller Erwartung zuwandte. Nun gab es kein Halten mehr, und er begann sie im Wasser zu lieben. Sie riß die Augen auf, doch in Sekundenschnelle wurde sie von Wonne überwältigt. Es war wie eine Symphonie, und als sich das Crescendo steigerte, drückte sich Crystal an ihn und wünschte sich, er würde nie aufhören.

Als er ihr später zulächelte, war es ihr peinlich. Übelnehmen konnte sie ihm nicht, was er getan hatte, sie hatte es schließlich auch gewollt ... nicht, daß sie ihn geliebt hätte, aber sie hatte so etwas noch nie erlebt, auch nicht mit Spencer.

»Bist du böse?« Er schien besorgt zu sein, und sie runzelte die Stirn, nicht weil sie ihm etwas vorwarf, sondern vielmehr sich selbst zürnte.

»Nein«, stieß sie mit belegter Stimme hervor. »Ich weiß nur nicht, was mit mir los war ...«

»Ich fühle mich geschmeichelt.« Ein leichter Kuß, und wieder berührte er ihre Brustspitzen. Jäh erwachte ihr Begehren von neuem. Stundenlang hielten sie sich im Pool auf und liebten sich, und um Mitternacht trug er sie ins Schlafzimmer. Es war ein Raum ganz in Weiß – weißer Samt und weiche Felle. Die Überdecke war aus weißem Nerz, und Ernie bettete die tropfnasse Crystal darauf und trocknete sie ab. Erst mit dem Badetuch, das er um die Hüften getragen hatte, dann mit sanften Fingern und schließlich mit seinen Lippen und einer Zunge, die flammengleich in sie drang. Ein Aufschrei entrang sich ihrer Kehle, als sie ihn anflehte, sie zu nehmen. Die ganze Nacht gaben sie sich ihrer Leidenschaft hin. Ähnliches war ihr noch nie widerfahren. Mit Spencer war es ganz anders gewesen. Was sie hier erlebte, war furchteinflößend und unheimlich, denn wie oft er sie auch nahm, Crystal wollte immer noch mehr. Es ist wie eine Droge, dachte sie bei sich, und doch war es keine. Er übte eine ungeheure Macht aus, die auf seiner Erfahrung beruhte und dem Verlangen entsprang, ihr neue Dinge zu zeigen. Als sie sich schließlich voneinander lösten, war sie voller Angst.

»Was tust du mit mir?« Trotz ihrer Müdigkeit mußte sie in einer halben Stunde ins Studio fahren – für sie war das eine ganz neue Situation.

»Das, was ich am liebsten tue, mein schönes Kind.« Sein Lächeln war von einem Hauch Bosheit gefärbt. »Noch einmal?«

»Nein ... nein!« Abwehrend schüttelte sie den Kopf. Sie konnte sich selbst nicht mehr verstehen – sie wußte nur, daß sie schleunigst fort mußte, sonst stand zu befürchten, daß sie von ihm noch mehr verlangte. Sie duschte erst heiß, dann kalt, und Ernie ließ sie in Ruhe. Als sie angezogen wiederkam, standen heißer Kaffee und frische Brötchen für sie bereit. Sie starrte ihn fassungslos an. »Warum tust du das alles für mich?«

Lachend strich er ihr mit einem Finger über die Wange. »Weil du mir gehörst – solange du willst, jedenfalls. Na, wie hört sich das an?« Es hörte sich beängstigend an – beängstigend und falsch. Er hatte ihr zu der Karriere verholfen, die sie immer schon ersehnt hatte. Er hatte ihr charmante Begleiter zugeführt, er hatte ihr teure Kleider gekauft. Und jetzt hatte er ihr eine Nacht geboten, wie Crystal sie noch nie erlebt hatte. War das wirklich so falsch? Tief in ihrem Herzen wußte sie, daß es grundverkehrt war. Und sie war verzweifelt und empfand Schuldgefühle. Der Gedanke an Spencer brach ihr fast das Herz. Die Erinnerung an das, was sie geteilt hatten, erschien ihr befleckt. Mit ihm war alles Unschuld und Liebe gewesen. Dies hier war ganz anders. Crystal kam sich vor wie eine Dirne. Sie liebte diesen Mann nicht, aber er war gut zu ihr gewesen und wollte sie haben – eine Zeitlang jedenfalls ... War das wirklich so schlimm? Manch einer hätte sie vor dem Spiel mit dem Feuer gewarnt, andere wiederum hätten sie getröstet und gesagt, Ernie sei ein netter Mensch. Beides traf zu. Ernie war wirklich voller Widersprüche. Im Moment wollte er tatsächlich das Beste für sie. Er küßte sie wieder, und als sie aus dem Haus ging, schlug er ihr vor, seinen Rolls zu nehmen.

»Und wie kommst du nach Los Angeles zurück?«

»Ach, der Chauffeur fährt die Strecke noch einmal und holt mich ab. Keine Angst, das ist kein Problem.« Wieder küßte er sie hingebungsvoll. Die leiseste Berührung genügte, um ihr ins Gedächtnis zu rufen, was er in der Nacht mit ihr gemacht hatte. Es war Welten entfernt von dem, was Tom Parker mit ihr im Stall getrieben hatte, und noch weiter entfernt von dem, was zwischen ihr und Spencer geschehen war. Mit Ernie verband sie zwar keine Liebe, aber er war bei ihr und er war gut zu ihr. Was also war dagegen einzuwenden? Spencer war schließlich fort. Für immer.

27

Nach der Arbeit fuhr Crystal ins Hotel und fand ein Päckchen vor, das für sie abgegeben worden war. Als sie es auf ihrem Zimmer öffnete, traute sie ihren Augen nicht. Es war ein Diamantarmband von Ernie. Zunächst war sie ratlos, was sie damit machen sollte. Es anzulegen, wagte sie nicht. Am ganzen Leib zitternd, saß sie da und hielt es in der Hand. Noch immer hatte sie die Erlebnisse der letzten Nacht nicht verarbeitet und dachte mit einem gewissen Bangen daran zurück. Am liebsten wäre sie Ernie niemals wieder unter die Augen getreten. Als er dann später anrief, hätte er nicht netter und verständnisvoller sein können, als spüre er intuitiv, was in ihr vorging.

»Na, gefällt es dir?« fragte er wie ein kleiner Junge, der seine Mutter mit Blumen überrascht hat.

»Ich ... Ernie ... es ist phantastisch. Aber behalten kann ich es nicht.« Sie kam nicht gegen das Gefühl an, wie eine Hure bezahlt worden zu sein. Zwischen ihnen herrschte keine Liebe – es gab nur die erstaunlichen Dinge, die er mit ihrem Körper angestellt hatte.

»Wieso denn nicht? Hübsche Mädchen sollten hübsche Sachen bekommen. Darf ich kurz zu dir kommen?«

»Nein ... ich ...« Crystal fing lautlos zu weinen an, aus Angst vor ihm und ihren eigenen Reaktionen. Sie hätte nicht zu sagen gewußt, was in der Nacht in sie gefahren war. Im Studio war sie den ganzen Tag über von Gewissensbissen geplagt worden, und sie hatte verzweifelt versucht, alle Gedanken an Spencer zu verdrängen.

»Baby, ich tu dir schon nichts.« Das hörte sich irgendwie traurig an, und er tat ihr leid. Es war ja nicht seine Schuld, daß sie sich hatte gehenlassen. Schließlich hatte er keinerlei Zwang ausgeübt, sondern sie mit seinen Zärtlichkeiten und seinen kundigen Händen verführt. »Ich möchte mich ja nur ein wenig mit dir unterhalten.«

»Gut ... ich komme in die Halle.«

»Sehr schön, also dann in einer halben Stunde.« Er trug eine saloppe Sporthose, dazu ein weißes Hemd, und um die Schultern hatte er einen Kaschmirpullover geschlungen. Alle Köpfe drehten sich nach ihnen um, als er sie mit einem Kuß auf die Wange begrüßte. Ernie war in Hollywood eine bekannte Erscheinung, und Crystal war eine Schönheit.

An der Bar bestellte er Drinks für sie beide, während Crystal verlegen und unbehaglich neben ihm saß. Als er nach ihrer Hand faßte, hatte sie das Gefühl, daß er wußte, was sie bedrückte. »Mach dir keine Gedanken über das, was geschehen ist. Es war natürlich und schön. Wir könnten gute Freunde sein, du und ich.« Aber gute Freunde trieben es nicht die halbe Nacht im Swimming-Pool miteinander.

Crystal sah ihn mit tränenfeuchten Augen an. »Ich weiß gar nicht, wie das passieren konnte.« Sie wollte ihm anvertrauen, wie sehr sie Spencer liebte und wie lange sie schon auf ihn wartete. Aber sie tat es nicht ... es war nicht mehr von Bedeutung. Sie hatte jetzt ein Recht auf ein eigenes Leben ... allerdings nicht mit einem Mann wie Ernie. Er war zu reich, zu erfahren, zu einflußreich. Das alles war ihr deutlich bewußt. »Ich glaube, ich muß wohl den Verstand verloren haben.« Eine jämmerliche Erklärung, aber mehr wollte ihr nicht einfallen. Sie nippten an ihren Drinks, und er lächelte ihr zu. Ernie hatte die Kopie der ersten Szenen ihres Films gesehen. Ganz eindeutig, sie war ein Naturtalent.

»Ich selbst habe auch den Kopf verloren. Das ist nicht weiter schlimm, Crystal. Du bist so begehrenswert, daß ich mich einfach nicht mehr zurückhalten konnte. Kannst du mir verzeihen?« Er wußte genau, wie er sie zu nehmen hatte, aber sie richtete dennoch den Blick angstvoll auf ihn. »Deshalb das Armband. Als eine Art Entschuldigung für letzte Nacht.« Er ahnte, daß sie von Gewissensbissen geplagt wurde, und er wollte, daß sie den Schmuck als Entschuldigung und nicht als Bezahlung ansah. Das war für sie sehr wichtig, wie er wohl wußte. Sie war so völlig anders als die Starlets, mit denen er sonst zu tun hatte. Diese Mädchen schenkten ihm nur allzu willig ihre Körper als Entgelt für seine Gunst. Aber dieses Mädchen war aus ganz anderem Holz geschnitzt. Sie war in dieser verdorbenen Stadt irgendwie fehl am Platz. Das vor allem war es, was ihn besonders anzog. »Es tut mir leid, Crystal...« Sein Blick erschien ihr so aufrichtig, daß sie sich etwas besser fühlte. Vielleicht hatten sie beide den Kopf verloren. Sie kannte Ernie Salvatore nicht. »Eines Tages wirst du den Schmuck als Andenken an deine erste Zeit in Hollywood ansehen. Dann kannst du ihn deinen Kindern zeigen.« Sie zögerte noch immer, ihn anzunehmen, bis sie seine gekränkte Miene sah und schließlich den Schmuck doch behielt. »Können wir einen Neuanfang wagen?«

Crystal nickte langsam. Sie war sich nicht sicher, ob sie es wollte, aber als er ihr schilderte, wie großartig sie in dem Film zur Geltung kam, vergaß sie ihre Bedenken. Schließlich hatte sie dies alles ihm zu verdanken. Lange saßen sie da und sprachen über ihren Film. Er plante bereits die nächste Produktion für sie.

»So rasch?« Sie war erstaunt und dankbar zugleich. »Wann beginnen die Dreharbeiten?«

»Sobald wir den jetzigen Film abgedreht haben. So Anfang April, schätze ich.« Er sagte ihr auch, wer ihre Partner sein sollten. Sie hätte nicht überraschter sein können. Es waren bekannte Namen, einige davon sogar große Namen.

»Im Ernst?«

»Natürlich.« Was es ihn gekostet hatte, sie auf der Besetzungsliste unterzubringen, sagte er nicht. »Diesmal ist es eine Nebenrolle, aber vielleicht läßt man dich singen. Und die Besetzung ist nicht zu verachten. Allein die Tatsache, daß du mit diesen Stars spielst, wird deiner Karriere sehr förderlich sein.« Er schien genau zu wissen, wie man eine Filmkarriere startete, und er tat für sie alles, was in seinen Kräften stand. Am nächsten Morgen las Crystal ihren Namen in den Zeitungen. Es erschienen bereits die ersten Artikel über ihren neuen Film. Es stimmte also. Ernie hatte es tatsächlich für sie durchgesetzt.

An dem Abend, nach dem der Artikel erschienen war, führte er sie zum Dinner aus. Tags darauf war überall das Foto von ihnen zu sehen, und darunter stand: Manager Ernie Salvatore und seine neue Freundin Crystal Wyatt. Sie hatte das Gefühl, etwas über einen wildfremden Menschen zu lesen, als sie das Bild und die Unterschrift in stummer Verwunderung anstarrte. Eine Nummer schickte sie an Harry und Pearl. Noch immer meldete sie sich gewissenhaft alle paar Tage bei den beiden per Telefon. Sie fehlten ihr sehr, aber nicht halb soviel, wie ihr Spencer fehlte. Sie hatte die Hoffnung nicht aufgegeben, noch einmal von ihm zu hören, obschon sie wußte, daß es eine vergebliche Hoffnung war. Während sie darüber nachsann, wurde ihr deutlich, wie einsam sie ohne ihn war. Ihr einziger Freund war jetzt Ernie.

Er schickte ihr Blumen und Geschenke und brachte sie ungezählte Male in Verlegenheit, wenn er ihr seinen Rolls samt Chauffeur nach einem Drehtag zum Studio schickte. Einen weiteren Verführungsversuch unterließ er. Er wartete, daß sie zu ihm kam, und er war überzeugt, daß sie schließlich kommen würde –

so oder so. Zwei Wochen nach ihrem ersten Besuch lud er sie wieder nach Malibu ein. Zunächst zögerte sie, da sie aber inzwischen auf vertrauterem Fuß mit ihm stand, glaubte sie, daß diesmal bestimmt nichts passieren würde. Zusammen unternahmen sie einen langen Strandspaziergang. In wenigen Wochen sollten die Dreharbeiten an Crystals neuem Film beginnen, ein Thema, das ihnen viel Gesprächsstoff lieferte. Unvermittelt wandte Ernie sich ihr zu und lächelte. Er hat so etwas Väterliches, ging es ihr durch den Kopf. Er hatte sie unter seine Fittiche genommen und traf nun für sie sämtliche Entscheidungen. Nach vier Jahren, in denen sie ganz auf sich allein gestellt gewesen war, lernte sie ein völlig neues Gefühl kennen, und es behagte ihr sehr, wie sie sich eingestand.

»Crystal, ich wollte dich schon eine ganze Weile etwas fragen.« Er hielt inne, während sie den Sonnenuntergang betrachtete. Dann nahm er liebevoll ihre Hand. »Was würdest du davon halten, eine Zeitlang bei mir zu wohnen?«

»Hier?« Die Erinnerung an die Nacht, in der er sie geliebt hatte, überfiel sie unwillkürlich, und ihr stieg die Röte ins Gesicht.

Wieder lächelte er. Wie unschuldig und jung sie doch war. Einundzwanzig, und noch ein richtiges Kind, nach Hollywood-Maßstäben jedenfalls. »Nicht nur hier, du Dummerchen. Auch in Beverly Hills. Ich dachte, es wäre viel angenehmer, als im Hotel zu wohnen, und vor allem billiger.« Er legte es darauf an, praktische Erwägungen in den Vordergrund zu stellen und vergessen zu lassen, was es wirklich war, nämlich ein Antrag.

»Ich weiß nicht ... ich ...« Sie sah ihn mit ihren blauen Augen herzerweichend an. »Ernie, wie ist das gemeint? Du warst zu mir schon großzügig genug. Ich sollte nicht ... ich möchte dich nicht weiter ausnützen.«

Ernie legte den Arm um sie. »Ich meine damit, daß du zu mir kommen und mit mir zusammenleben sollst. Ich möchte dich bei mir haben.« Crystal sah ihn stumm an, dann richtete sie den Blick wehmütig auf den Sonnenuntergang. Wo mochte Spencer jetzt sein? Wohin war er verschwunden? Warum war nicht er es, der diesen Vorschlag machte? »Hollywood ist ein gefährli-

ches Pflaster. Ich möchte dir deshalb meinen Schutz anbieten.«
Was hätte sie sich Besseres wünschen können? Aber sie liebte ihn nicht.

Langsam schüttelte sie den Kopf. »Ich kann nicht.«

»Warum nicht?«

Sie sah ihn offen an. Ihre Karriere stand auf dem Spiel, aber sie konnte ihn nicht anlügen. Er hatte schon zuviel für sie getan, als daß sie unaufrichtig hätte sein können. »Ich liebe dich nicht.«

Daß er darauf keinen Wert legte, verriet er nicht. Nein, es war nicht ihre Liebe, die er wollte. Er wollte alles andere, ihren Körper, der seine Nächte wärmte, ihr Gesicht, das er an den Film verkaufte. Aus ihrer Filmarbeit zog er stattlichen Gewinn für sich und für die Drahtzieher, die hinter ihm standen. Er diente als Strohmann für eine sehr einflußreiche Interessengruppe, für die Öffentlichkeit aber war er derjenige, der die Zügel in der Hand hielt. Und eine Hoffnung wie Crystal würde seinem Renommee sehr zugute kommen. Das hatte er von dem Moment an gewußt, als er sie das erste Mal sah.

»Vielleicht stellt sich Liebe mit der Zeit ein. Wir sind doch Freunde, oder?«

Sie nickte, wobei sie noch immer den Sonnenuntergang beobachtete. Ernie war gut zu ihr gewesen, besser als je ein Mensch zuvor, doch er wollte mehr, als sie zu geben gewillt war. »Habe ich eine Weile Bedenkzeit?« Vielen hätte die Vorstellung, Ernie Salvatore warten zu lassen, Angstschauer über den Rücken gejagt. Er aber blieb geduldig und gütig, während sie zusammen zurück zum Haus gingen. Bei einem Glas Wein hörten sie Musik. Das Zusammensein mit Ernie war immer so entspannend. Nie setzte er sie unter Druck, er war einfach da, und in gewisser Hinsicht verstand er, was sie wollte. Sie wollte Filmstar werden. Aber sie war nicht bereit, dafür ihre Integrität zu opfern.

»Möchtest du nach Hause?« Er war stets bereit, auf ihre Wünsche einzugehen, und als sie ihm zulächelte, beugte er sich über sie und küßte sie. Es war das erste Mal seit jener Nacht vor vierzehn Tagen. Zwei Wochen lang hatte er Distanz gewahrt und keine Forderungen gestellt. Er forderte auch jetzt nichts. Er bot ihr sein Haus und sein Herz an. Für Crystal stellte dies enorm viel dar. Wieder küßte er sie zärtlich, und seine Hände berührten sie wie zufällig. Sie wollte sich von ihm lösen, aber er zog sie mit erstaunlicher Kraft an sich. »Geh nicht«, flüsterte er, »bitte ...« Fast tat er ihr leid. Er gab so viel und verlangte so wenig. So ließ sie es zu, daß er sie küßte, und binnen Sekunden reagierte ihr Körper auf seine Nähe. Diesmal streifte Crystal ihm die Sachen ab. Sie liebten sich auf der ausladenden Ledercouch, über sich die verspiegelte Zimmerdecke, hinter sich den großartigen Sonnenuntergang.

Diesmal spürte Crystal keine Reue. Sie wußte, was sie getan hatte und warum. Sie hatte das Gefühl, es ihm schuldig zu sein, nach allem, was er für sie getan hatte. Außerdem hatte das Leben ihr schon genug Härten zugemutet, und sie war deren überdrüssig. Mit Ernie hatte dies nun ein Ende.

Die Nacht verbrachte sie in Malibu. Und als sie nach drei Tagen ins Hotel kam, um ihre Post zu holen, fand sie Spencers Brief vor, den Pearl ihr nachgeschickt hatte. Nach so langer Zeit hatte er schließlich doch geschrieben und versucht, sein Schweigen zu erklären. Er schrieb ihr, wie sehr er den Krieg haßte und daß er vorübergehend alle Hoffnung aufgegeben hatte, sie aber dennoch liebte. Aber es war zu spät. Sie hatte bereits eingewilligt, zu Ernie zu ziehen. Und in Spencers Brief stand nichts, das darauf schließen ließ, daß ihre Liebe zu ihm eine Chance hätte. Er war noch immer in Korea, er wußte nicht, wann er nach Hause kommen würde, und er war nach wie vor verheiratet. Sie hatte recht getan, nach Hollywood zu gehen. Es stand nicht zu vermuten, daß sich bei Spencer je etwas ändern würde. Die Liebe zu ihm war ein Luxus, den sie sich nicht mehr leisten konnte. Sie hatte ihre Seele an Ernesto Salvatore verkauft. Spencers Brief blieb unbeantwortet.

Ernie half ihr, ihre Sachen in sein Haus in Beverly Hills zu schaffen. Praktisch über Nacht erfuhr ihr Leben eine große Veränderung. Ihr standen eine Köchin und zwei Hausmädchen zur Verfügung, sie hatte ein mit rosa Damast ausgeschlagenes Ankleidezimmer, das aussah wie ein Filmset für Joan Crawford. Und als sie ihre Sachen in den Schrank hängen wollte, stellte sie fest, daß dieser bereits von Kleidern überquoll, die Ernie für sie gekauft hatte. Ein weißer Nerzmantel war in seiner ganzen Pracht über einen Sessel drapiert. Wie ein kleines Mädchen kichernd probierte sie ihn über den Jeans an und vollführte vor dem Spiegel schwungvoll eine Drehung. Dann rief sie Pearl an und berichtete ihr alles, auch daß sie zu Ernie gezogen war. Pearl schien weder erstaunt noch schockiert zu sein, allenfalls ein wenig neidisch.

Von nun an zeigten sie sich überall gemeinsam, in den tollsten Restaurants, auf den größten Partys, zu Premieren und Eröffnungen und kurz vor Drehbeginn ihres zweiten Films bei der Oscar-Verleihung.

»Dort oben wirst eines Tages du stehen«, flüsterte er ihr zu, als Shirley Booth auf die Bühne stürzte, um den Oscar als beste Darstellerin in *Komm zurück, kleine Sheba* in Empfang zu nehmen. Gary Cooper wurde als bester Darsteller für die Rolle in *Zwölf Uhr mittag* ausgezeichnet. Der mit den meisten Preisen ausgezeichnete Film war *Du sollst mein Glücksstern sein* mit Gene Kelly. Für Crystal war es wie ein Traum, der Traum, den sie seit ihrer Kindheit im Alexander Valley geträumt hatte.

»Glücklich?« fragte Ernie eines Nachts, nachdem sie miteinander geschlafen hatten, und sie nickte ruhig. Sie war, merkwürdig genug, glücklich, obwohl sie ihn nicht liebte. Ernie kümmerte sich rührend um sie, verwöhnte sie, sorgte dafür, daß alle nett zu ihr waren, und als die Dreharbeiten zu ihrem neuen Film begannen, wurde sie wie eine Königin behandelt. Crystal war nun jemand. Sie war Ernie Salvatores Mädchen. Natürlich genügte ihr das auf lange Sicht nicht. Sie wollte als gute Schauspielerin anerkannt werden, und auch als gute Sängerin, wenngleich sie nur mehr selten Gelegenheit zum Singen hatte. Ihre Songs waren Teil eines anderen Lebens ... im Moment konzentrierte sie sich vor allem auf die Schauspielerei. Mit ihren Lehrern, die ins Haus kamen und ihr Sprech- und Schauspielunterricht gaben, arbeitete sie sehr intensiv. Crystal verfügte über ein gutes Gedächtnis und ein hervorragendes Gefühl für das Sprechtempo, wenn sie ihren Text zitierte. Immer war sie pünktlich, nie machte sie Ärger. Beim Filmstab war sie beliebt, weil sie fleißig war und nie unvorbereitet kam. Allmählich nahm man sie auch unter den Schauspielern zur Kenntnis und beobachtete ihre Arbeit mit Interesse. Die Sache mit Ernie war natürlich allgemein bekannt. Es war ein Leben, wie sie es nur aus Romanen kannte, und jetzt war es tatsächlich ihr eigenes Leben. Alles. Ihr Traum war Wirklichkeit geworden. Sie war das geworden, was sie sich ersehnt hatte. Was sie dafür geopfert hatte, bereitete ihr im Augenblick kein Kopfzerbrechen.

Ende Mai beendete sie ihren zweiten Film, und im Anschluß daran fuhr Ernie mit ihr für ein paar Tage nach Mexiko. Crystal genoß es von ganzem Herzen, etwas Neues zu sehen. Die barfüßigen Kinder in den Straßen waren entzückend mit ihren glücklichen Gesichtern und großen Augen, man sah farbenfrohe Trachten und eindrucksvolle Baudenkmäler. Crystal war begeistert, obwohl sie es als Nachteil empfand, daß sie Ernie im Grunde genommen gar nicht kannte. Wieder in L.A. angekommen, überreichte er ihr ein neues Drehbuch – eine Überraschung, die sie mit einem Kuß quittierte. Mittlerweile hatte sie sich an Ernie gewöhnt, sie war gern mit ihm zusammen, und es gab Augenblicke, in denen sie hätte denken können, sie wären verheiratet.

»Was ist denn das?« Sie wollten anschließend ins Coconut Grove zum Dinner und Tanzen fahren.

»Dein Oscar. Sieht aus, als hättest du es geschafft, Kleine.« Es war ein Drehbuch, jedoch für eine andere Produktionsgesellschaft. Die Rolle schien ihr auf den Leib geschrieben zu sein, und Ernie hatte rasch zugesagt. Crystals Bekanntheitsgrad wuchs ständig, die einschlägige Presse brachte laufend Berichte über sie. Es kostete Ernie ein Vermögen, das Interesse an ihr anzuheizen. Und wenn er sie ausführte, starrten die Leute sie ungläubig an. So schöne Frauen gab es einfach nicht, nicht einmal in Hollywood. Noch immer machte sie den Eindruck eines scheuen Rehs, das zaghaft aus dem Wald tritt. Und sie würde ein Star werden, ein absoluter Star der Spitzenklasse. Daran zweifelte Ernie keine Sekunde, zumal jetzt dieses einmalige Angebot gekommen war und weitere nicht ausbleiben würden. Und sie gehörte ihm. Eines schönen Tages würde er es ihr sagen, wenn es sein mußte.

Zuweilen fragte sich Ernie allen Ernstes, ob er sie nicht doch liebte, aber das war ihm eigentlich einerlei. Darüber war er längst hinaus. Mit fünfundvierzig hatte er fünf Scheidungen hinter sich.

Er hatte zwei Kinder, die in Pittsburgh lebten. Beide waren älter als Crystal. Er hatte sie seit dem Babyalter nicht mehr gesehen.

Crystal verbrachte viele Stunden damit, das neue Drehbuch durchzuarbeiten, und machte sich eifrig Notizen. Auch wenn es immer noch nur eine Nebenrolle war, war es eine gute Rolle – so gut, daß sie nicht genug staunen konnte, daß man sie ihr zutraute. Ihr Text war umfangreicher als in den vorangegangenen zwei Filmen, die Rolle als solche war auch schwieriger und erforderte viel Gefühlsausdruck. Sie wußte, daß sie mit ihren Lehrern sehr eifrig arbeiten mußte, aber sie war hellauf begeistert. »Ernie, es ist wundervoll«, sagte sie hingerissen, als sie ihn am Pool traf. Er hatte ein Telefon mit hinausgenommen, da er draußen Geschäftliches und Anrufe erledigte und Verträge unterzeichnete. Nicht einmal in der Polo Lounge ließ man ihn in Frieden. Manchmal blieb er dort auch die Nacht über mit Geschäftspartnern, bis man sich einig war.

»Es wird ein guter Film, Crystal, und er wird dir sehr nützen.«

Einen Augenblick wirkte sie besorgt, als sie sich neben ihm niederließ und zu ihm aufsah. »Glaubst du, daß ich es schaffe?«

Er lachte und küßte ihr seidenweiches Haar. Sie war seines Wissens das einzige Mädchen in Hollywood, das sich darum sorgte, ob sie einer Rolle gewachsen war. Die meisten wollten nur in Filmen spielen, die sie weiterbrachten, ohne einen Gedanken an die Qualität ihrer Arbeit zu verschwenden. Crystal war anders, und das machte ihn so sicher, daß ihr der Durchbruch gelingen würde. Diesmal war er an einen Siegertyp geraten. »Du wirst großartig sein.«

»Ich werde wie verrückt lernen müssen, bis der Text richtig sitzt.«

»Du schaffst das schon.« Zur Feier des Tages gingen sie aus, und bevor die erste Klappe für den neuen Film fiel, arbeitete Crystal Tag und Nacht an ihrer Rolle.

Am neunten Juli begannen die Dreharbeiten. Crystals Partner waren William Holden und Henry Fonda, und bei der ersten Begegnung mit den berühmten Kollegen war sie starr vor Bewunderung. Die beiden hätten gar nicht netter sein können, und auch die anderen Leute vom Set kamen ihr entgegen.

Einmal bekam sie sogar Clark Gable zu Gesicht, der im Studio einen Freund besuchte. Crystal schwärmte Ernie von ihm vor. Tatsächlich hatte sie noch nie einen so fabelhaft aussehenden Mann gesehen. Ernie lachte sie aus.

»Warte ein paar Monate, dann wird sich Clark Gable vor seinen Freunden brüsten, wenn er Crystal Wyatt gesehen hat.« Crystal lachte. Ernie gelang es immer wieder, ihr Selbstbewußtsein zu heben. In der letzten Zeit bekam sie ihn allerdings sehr selten zu Gesicht, da sie im Studio zu beschäftigt war und zum Ausgehen keine Zeit hatte. Wie eine richtige Einsiedlerin kam sie sich vor.

Sie studierte in ihrer Garderobe gerade ihren Text, als vier Tage später an ihre Tür geklopft wurde. Sie hörte aufgeregte Rufe und spähte hinaus, um festzustellen, was passiert war.

»Es ist vorbei! Endgültig aus!«

»Der Film?« Sie machte ein erschrockenes Gesicht. Womöglich war der ganze Film geplatzt. Dabei hatten die Dreharbeiten gerade erst angefangen.

»Der Krieg!« Einer der Atelierarbeiter stand vor ihr, und Freudentränen liefen ihm über die Wangen. Er hatte zwei Brüder in Korea. Nun erst ging Crystal ein Licht auf. »Der Krieg in Korea ist aus!« Überglücklich nahm er sie in die Arme, und nun bekam auch sie feuchte Augen. Seit Monaten hatte sie versucht, Spencer zu vergessen. Der Brief, den er ihr im April geschrieben hatte, war unbeantwortet geblieben. Aber jetzt würde er heimkehren wie alle anderen – Spencer, der Mann, den sie betrogen hatte, indem sie zu Ernie gezogen war. Jetzt würde Spencer zurückkommen. Aber zu wem wohl? Er war noch immer mit Elizabeth verheiratet. Und sie lebte mit Ernie zusammen. Falls Pearl es ihm nicht sagte, würde er gar nicht wissen, wo er sie finden konnte. Während die anderen um sie herum lachten, durcheinanderredeten und weinten, fragte sie sich, was sie nun tun sollte.

28

Von allen Seiten von der Menge bedrängt, die zum Empfang der Heimkehrer gekommen war, stand Elizabeth am Flugsteig, angestrengt bemüht, Spencers Gesicht auszumachen. Sie hatte ihn schon drei Wochen zuvor in Japan abholen wollen, um anschließend in Honolulu ein paar Tage auszuspannen. Aber die Bestimmungen der Army sahen vor, daß Spencer in San Francisco entlassen werden sollte. Er würde erst frei sein, wenn er auf amerikanischem Boden stand. Elizabeths Eltern waren zur Stelle, Spencers ebenfalls, und um sie herum warteten Hunderte von aufgeregt durcheinanderredenden Frauen. Diese hier durften sich zu den Glücklichen zählen; viele andere saßen zu Hause und trauerten um ihre gefallenen Männer oder Söhne. Aber Spencer hatte es geschafft. Er war nur einmal ganz leicht verwundet worden, und eine Woche nach dem Vorfall war er wieder an die Front geschickt worden. Es war ein häßlicher Krieg gewesen, der viele Opfer gefordert hatte, der zweite Krieg, den Spencer innerhalb von zwölf Jahren mitgemacht hatte.

Elizabeth hatte sich einen ganzen Monat freigenommen. Sie wollte die Zeit mit Spencer und ihren Eltern am Lake Tahoe verbringen. Spencers Eltern waren ebenfalls eingeladen, aber davon hatte Spencer noch nichts erfahren. Ebensowenig wußte er, daß im Haus der Barclays in San Francisco eine riesige Überraschungsparty geplant war.

Als Elizabeth ihn von Bord der Maschine gehen sah, rückte sie automatisch ihren Hut zurecht. Sie war ziemlich nervös. Seit dem letzten Beisammensein war viel Zeit verstrichen, und so viel konnte sich seither verändert haben. Ihre wenigen gemeinsamen Tage im Imperial Hotel waren peinlich gewesen, weil Spencer die Belastung des Krieges nie hatte abschütteln können. Jetzt aber war es das normale, das wirkliche Leben, dem sie sich stellen mußten – und das bedeutete womöglich eine noch größere Umstellung. Vor dem Krieg hatten sie nie richtig zusammengelebt, und jetzt war er drei lange Jahre fort gewesen. Mit ihren vierundzwanzig Jahren war sie an ein unabhängiges Leben gewöhnt.

Sie hatte sich voll und ganz der Politik verschrieben. In Washington hatte sie Zutritt zu allen Zirkeln und kannte inzwischen viele interessante Leute.

Doch als sie Spencer schließlich erspähte, war Politik das letzte, woran sie dachte. Groß und sehr schmal stand er da, während er den Blick über die Menge schweifen ließ und dann langsam weiterging, in ein Gespräch mit einigen Kameraden vertieft. Er hatte Elizabeth noch nicht bemerkt ... Sie sah, daß er sich mit Handschlag verabschiedete und die anderen auf ihre Frauen zueilten. Er ging inmitten der vorwärtsdrängenden Heimkehrer weiter, während Elizabeth zu ihm durchzukommen versuchte. Seine Mutter, die ihn seit drei Jahren nicht gesehen hatte, war in Tränen aufgelöst, und er hatte sie noch immer nicht entdeckt. Mit traurigem Blick suchte er die Menge ab. Sein Haar hatte graue Strähnen, die zuvor noch nicht zu sehen gewesen waren, trotzdem sah er mit vierunddreißig besser aus als an dem Tag, an dem Elizabeth ihn bei der Dinnerparty in ihrem Elternhaus kennengelernt hatte. Und dann sah er plötzlich ihr Gesicht unter dem großen Strohhut, stutzte und ließ seinen Seesack fallen, um auf sie zuzulaufen, sie in die Arme zu nehmen und im Kreis herumzuwirbeln. Seine Eltern kamen herzu, und Richter Barclay hatte Tränen in den Augen, als er Spencers Hand herzlich schüttelte. Priscilla Barclay schloß ihn unter Tränen in die Arme.

»Wie schön, daß du wieder da bist ... unversehrt.«

»Danke.« Er umarmte und küßte alle. Seine Mutter glaubte, etwas in seinen Augen zu lesen, das vor drei Jahren noch nicht vorhanden gewesen war und das ihr Sorgen machte. Es war ein Kummer, ähnlich jenem, den sie durchgemacht hatte, nachdem ihr ältester Sohn gefallen war. Spencer sah aus, als hätte er im Krieg etwas eingebüßt, einen Glauben, eine Überzeugung, eine Gewißheit, die er vorher besessen hatte. An den Krieg hatte er nie geglaubt.

Lachend, weinend und durcheinanderredend fuhren sie enggedrängt in der Limousine zum Haus am Broadway. Zwischen den zwei Müttern wurden verständnisinnige Blicke gewechselt. Elizabeth aber saß Hand in Hand mit Spencer da, und er hatte einen

Arm um ihre Schultern gelegt. Sie hatten sich wenigstens einige Male in Japan getroffen, während die beiden Elternpaare Spencer seit Kriegsausbruch nicht mehr gesehen hatten. Diese lange Zeit hatte ihre Spuren – besonders bei Spencer – hinterlassen. Mit zurückgelegtem Kopf und geschlossenen Augen sagte er, zuallen und niemandem speziell, während Elizabeth sich in ihrem Gespräch mit ihrer Mutter nicht stören ließ: »Nicht zu fassen, endlich wieder zu Hause zu sein.« Noch war er es nicht ganz, aber so gut wie. Er befand sich auf amerikanischem Boden und hatte seine Frau an seiner Seite. Elizabeth war ein Problem, das ihn seit drei Jahren beschäftigte und das er jetzt lösen mußte.

»Willkommen zu Hause, mein Sohn.« Sein Vater griff nach Spencers Arm. Er schluckte schwer, als dieser seine Hand drückte.

»Dad, ich liebe dich. Herrgott, hoffentlich hält sich dieses Land eine Zeitlang aus Kriegen heraus. Ich hab die Nase voll.«

»Hoffentlich bleibst du diesmal nicht Reservist«, schalt Elizabeth ihn, und er lachte.

»Wo denkst du hin! Nächstesmal sollen sie sich gefälligst einen anderen suchen. Ich beabsichtige, zu Hause zu bleiben, Fett anzusetzen und bequem auf meinem Hintern zu sitzen, während meine Frau Kinder in die Welt setzt.« Das sagte er halb im Spaß und um das Terrain zu sondieren. Neben so manchem, worüber er mit Elizabeth diskutieren mußte, lag ihm dieser Punkt besonders am Herzen. Elizabeth ließ es bei einem Lächeln bewenden und sparte sich die Antwort, aber ihre Einstellung hatte sich nicht geändert, wie sich zeigte, als sie, kaum zu Hause angekommen, die Tür zum Schlafzimmer hinter sich schlossen. Die Uniform, die Spencer am liebsten angezündet hätte, landete auf dem Boden, und nach der Dusche näherte er sich Elizabeth mit einigem Vorbehalt. In Korea hatte er viel Zeit zum Nachdenken gehabt. Einige seiner Probleme hatte er dadurch bewältigt, aber bei weitem nicht alle. Elizabeth stand jetzt greifbar vor ihm, während ihm Crystal, von der er eine Ewigkeit nichts mehr gehört hatte, wie ein bloßer Traum erschien. Und so sehr er sich auch nach ihr verzehrte, so hatte er immer noch keine Ahnung, wie es mit seiner Ehe und Elizabeth weitergehen sollte. In den drei Jahren war mit

Elizabeth eine große Veränderung vorgegangen, und es gab vieles, was er von ihr wissen wollte – vor allem, ob sie sich Kinder wünschte oder nicht. Schon lange stand für ihn fest, daß er ihr nichts mehr vormachen wollte. Er mußte endlich erfahren, wer sie war und was sie anstrebte, und wenn es ihm nicht zusagte, gedachte er, die Ehe zu lösen. Er mußte Elizabeth eine Chance geben, aber er hatte auch ein Recht auf die Verwirklichung seiner Wünsche, und er war nicht mehr sicher, ob Elizabeth Barclay dazugehörte. Er hatte zu viele Männer sterben gesehen und zuviel Schmerz miterlebt, um seine Tage mit der falschen Frau zu vergeuden. Das Leben war zu kurz, und mit vierunddreißig war das seine schon zur Hälfte vorüber. Spencer verlor daher keinen Moment und schnitt das Thema an, während Elizabeth sich in einem duftenden Schaumbad entspannte, bevor sie sich fürs Dinner zurechtmachte.

Verlegen ließ er sich am Wannenrand nieder – er hatte geduscht und sich ein Handtuch um die Hüften geschlungen. Er sah besser aus als je zuvor, straff und fest wie ein Jüngling. Dafür hatte das harte Leben in Korea gesorgt.

»Sag mal, was würdest du davon halten, wenn wir in nächster Zeit an Kinder denken?« Erstaunt blickte Elizabeth auf. Die Frage entlockte ihr ein Lächeln.

»Im allgemeinen oder eigene?« Ihr Bruder und Sarah hatten unverblümt verkündet, daß sie keine Kinder wollten – eine Entscheidung, die Elizabeth nicht weiter schockierend fand.

»An eigene.« Er lächelte nicht, während er auf ihre Antwort wartete. Diese Sache gehörte zu den Dingen, die er nicht mehr lange aufschieben wollte.

»Ehrlich gesagt war das in den letzten Jahren kein Thema für mich. Schließlich warst du nicht da.« Sie lächelte wieder und bewegte anmutig ihre Beine in dem schaumbedeckten Wasser. »Weshalb fragst du? Muß das Problem heute gelöst werden?« Sie schien nicht sehr erbaut zu sein, zudem bereitete es ihr Unbehagen, daß er sie so in der Wanne sah.

»Vielleicht ... die Tatsache, daß es überhaupt einer Lösung bedarf, ist an sich schon bezeichnend, finde ich.«

»Ich aber nicht. Es ist nichts, was man überstürzen sollte.«

»So wie bei deinem Bruder und Sarah?« Er suchte die Konfrontation. Er wollte zu einer Entscheidung kommen, und zwar bald. Das ständige Schwanken zwischen zwei Frauen hatte ihn in den letzten Jahren fast um den Verstand gebracht.

»Spencer, die beiden haben damit nichts zu tun. Ich meine nur uns. Mit vierundzwanzig Jahren bin ich noch lange nicht über das Alter fürs Kinderkriegen hinaus, und derzeit habe ich in Washington einen wichtigen Job. Den möchte ich für ein Kind nicht aufs Spiel setzen.« Damit hatte er seine Antwort. Was ihn besonders erbitterte, war die Art, wie sie ihre Ansicht kundtat.

»Du setzt die Prioritäten falsch.«

»Nein, du siehst die Sache nicht richtig. Für dich mag es nett sein, nach Hause zu kommen. Für mich wäre es ein großes Opfer, wenn ich zu Hause bleiben müßte. Das ist ein großer Unterschied.«

»Ja, das ist es.« Er stand auf und knüpfte das Handtuch fester um seine Hüfte. Sie lächelte ... wie komisch er in dem rosa Handtuch aussah. »Elizabeth, eigentlich sollte es kein Opfer sein. Es sollte etwas sein, das wir beide uns wünschen.«

»Nicht wir wünschen es uns. Du wünschst es dir, und eines Tages bin ich vielleicht auch soweit, aber nicht jetzt. Es ist nicht der richtige Zeitpunkt. Meine Arbeit geht vor.«

»Ist die Arbeit dir wirklich so wichtig?« Er kannte die Antwort schon. Bei ihren Treffen in Tokio war von nichts anderem die Rede gewesen.

»Ja.« Sie sah ihm offen in die Augen. Aufrichtigkeit hatte sie nie gescheut. »Die Arbeit ist für mich sehr wichtig.«

»Und warum?«

»Weil sie mir Unabhängigkeit verschafft.« Das war nicht, was er in einer Ehefrau suchte. Und dennoch ... sie hatte etwas an sich. Daß sie ihm jetzt fremd vorkam, hatte damit nichts zu tun, schließlich waren sie nur zwei Wochen verheiratet gewesen, ehe er eingezogen wurde. Sie hatte etwas Herausforderndes an sich, das in ihm das Verlangen weckte, sie zu erobern, auch wenn er im Innersten wußte, daß Elizabeth sich nie würde bezwingen lassen. »Ich habe Urlaub genommen, um dir einen gebührenden Empfang zu bereiten, aber wenn wir nach Hause kommen, möchte ich wieder arbeiten. Hoffentlich ist dir das klar.«

»Ja, sehr klar.« Er zündete sich eine Zigarette an und sah sie ernüchtert an. »Wo ist übrigens dieses Zuhause? Soweit mir bekannt ist, haben wir unsere New Yorker Wohnung aufgegeben. Wo bleibe ich dabei? Ohne Arbeit, schätze ich.«

»Du hast deinen Job in New York ohnehin nicht gemocht.« Sie ließ sich nicht aus der Ruhe bringen. Elizabeth war eine zähe Kontrahentin. »Das hast du mir in Tokio selbst gesagt.«

»Schon möglich. Trotzdem würde ich meinen Lebensunterhalt gern selbst verdienen. Ich bin nicht ganz so – sagen wir – unabhängig wie du. Ich brauche Arbeit.«

»Mein Vater wird dich liebend gern allen Leuten vorstellen, die dir weiterhelfen können. Ich hätte da schon einige Ideen ... ein Regierungsposten irgendwo in Washington. Das wäre ideal für dich.«

»Ich bin Demokrat. Die sind im Moment nicht gefragt.«

»Mein Vater und ich sind es ebenso. Aber in Washington ist für alle Platz. Genau darum geht es ja. Wir leben in einer Demokratie und gottlob nicht in einer Diktatur.« Einfach lächerlich – er war keine vier Stunden zu Hause, und sie zankten sich schon über Politik und über ihre Arbeit, obwohl er sich nichts sehnlicher wünschte, als sich mit einer Frau, die er liebte, häuslich niederzulassen und ein ruhiges Leben zu führen. Hier war nicht die Spur von Geborgenheit. Er hatte kein Zuhause, keine Arbeit und kam sich ohne die gewohnte Welt der Army heimatlos vor. Und dies verunsicherte ihn noch mehr, denn er hatte sich nichts mehr gewünscht, als nach Hause zu kommen. Jetzt war er zu Hause und war unglücklich.

Spencer zog sich an und ging hinunter. Zwei Stunden später verschlug es ihm die Sprache. Zweihundert Menschen, von denen er nicht einen kannte, waren insgeheim eingeladen worden, um mit einer Überraschungsparty seine Heimkehr zu feiern. Sein Vater war der einzige, der spürte, daß Spencer dafür noch nicht bereit war. In einem großen Sprung von Seoul nach San Francisco, das wäre für jeden Menschen zuviel gewesen. Da Spencer nach der Party Schwierigkeiten hatte, einzuschlafen, verließ er das Haus und ging lange spazieren, im Ohr den dumpfen Ton der Nebelhörner. Er lief, bis er schließlich in North Beach war. Immer, wenn er unterwegs einen Laut hörte, zuckte er zusammen. Die Angst vor Heckenschützen saß noch tief.

Vor Mrs. Castagnas Haus blieb er stehen, um mit Herzklopfen zu den Fenstern hinaufzublicken. Dies war der Augenblick, von dem er eigentlich geträumt hatte, wenn er im Krieg an die Heimkehr gedacht hatte. Die Fenster waren dunkel. Am liebsten wäre er einfach ins Haus gestürmt und hätte Crystal überrascht. Während er so dastand, quälte ihn wieder die Frage, warum sie seine Briefe nicht mehr beantwortet hatte.

Mit unsicherer Hand versuchte er, ob sich die Haustür öffnen ließ. Sie war versperrt, und er läutete. Lange Zeit rührte sich nichts. Nach einer Weile kam eine verschlafene Frau im Bademantel an die Tür.

»Was ist? Was wollen Sie?« fragte sie durch die Glasscheibe.

»Ich möchte zu Miß Wyatt.« Seine Uniform verriet, daß er Soldat war.

Die Frau überlegte. Dann schüttelte sie den Kopf. Sie hatte geglaubt, sich die Namen aller Mieter, auch der früheren, gemerkt zu haben. Da fiel ihr etwas ein. »Miß Wyatt wohnt schon lange nicht mehr hier.«

»Doch.« Er ließ nicht locker. Da kam ihm der Gedanke, daß Crystal womöglich umgezogen war. Er bekam es mit der Angst zu tun, als ihm klarwurde, daß er ihre Adresse nicht kannte. »Sie bewohnte das Eckzimmer oben.« Er deutete hinauf. Drei Jahre war es mittlerweile her. Vielleicht waren deshalb seine Briefe unbeantwortet geblieben.

»Sie ist schon ausgezogen, als meine Mutter noch lebte.« Fast hätte sein Herzschlag ausgesetzt. Also gab es auch Mrs. Castagna nicht mehr. Alles hatte sich geändert. So lange hatte er auf diesen Augenblick gewartet, und jetzt war Crystal fort, und mit ihr war alles dahin, was ihm vertraut gewesen war.

»Wissen Sie, wo sie jetzt wohnt?« Noch immer unterhielten sie sich durch die geschlossene Tür. Die Frau dachte nicht daran, ihm zu öffnen. Es war sehr spät, und sie kannte ihn nicht. Er hätte ja ein Betrunkener oder ein Verrückter sein können. Die

Tür würde verschlossen bleiben. Sie war eine von Mrs. Castagnas unverheirateten Töchtern, die das Haus jetzt mit Strenge und Umsicht führte. Die Mieten waren erhöht worden, Miß Castagna spielte sogar mit dem Gedanken, das Haus zu verkaufen ... sie und ihre Geschwister konnten Bargeld gut gebrauchen.

»Ich weiß nicht, wohin sie ist, Mister. Ich selbst kannte sie gar nicht.«

»Hat sie keine Adresse hinterlassen?« Die Frau schüttelte den Kopf und bedeutete ihm, sich endlich zu trollen, damit sie wieder in ihre Wohnung konnte.

Auf den Stufen blickte er sich noch einmal nach den dunklen Fenstern um. Crystal war fort, und er hatte keine Ahnung, wo er sie finden konnte.

Danach ging er zu *Harrys*, von der Hoffnung getrieben, sie dort anzutreffen. Als er ankam, wollte man eben schließen. Der Ober hatte sein Jackett abgelegt, zwei Männer schrubbten den Boden, sämtliche Stühle waren auf die Tische gestellt worden.

»Tut mir leid, Sir, es ist bereits geschlossen.« Der Ober reagierte auf Spencers Eintreten mit Unwillen. Jemand mußte vergessen haben, die Türen abzuschließen.

»Ich weiß, entschuldigen Sie ... ist Crystal da?« fragte er beklommen. Was, wenn sie auch hier nicht mehr war? Wenn ihr etwas zugestoßen war? Die ganze lange Zeit war er mit sich und seinen Nöten beschäftigt gewesen und hatte Crystal im Stich gelassen. Und jetzt war ihr vielleicht Gott weiß was zugestoßen.

Der Ober schüttelte unfreundlich den Kopf. »Sie ist nach L. A. Aber wir haben einen tollen Ersatz für sie. Kommen Sie morgen wieder, dann tritt die Neue auf.«

»Ich bin ein alter Freund ... eben aus Seoul zurück ... wissen Sie zufällig, wo sie in L. A. wohnt?« Gut möglich, daß sie nach Hollywood gegangen war – diese Vorstellung versetzte ihn in Erregung. Er mußte sie unbedingt finden. Es gab zwischen ihnen so vieles zu besprechen und so vieles zu fragen. Und er schuldete ihr eine Erklärung für sein langes Schweigen. Der Mann schüttelte nur gleichgültig den Kopf. Heimkehrer aus Korea gingen ihn nichts an.

»Nein, keine Ahnung. Harry hat sicher ihre Adresse, aber er

hat sich für vierzehn Tage Urlaub genommen. Rufen Sie doch an, wenn er wieder da ist.«

»Und was ist mit ...« Verzweifelt versuchte er sich an den Namen zu erinnern. Als er ihm einfiel, war er unendlich erleichtert. Der ganze Abend war eine einzige Katastrophe gewesen. »Pearl ... ist sie wenigstens da?«

»Morgen um vier können Sie Pearl erreichen. Hören Sie, Kumpel, ich muß jetzt dichtmachen. Rufen Sie doch morgen an.« Und dann setzte er unaufgefordert hinzu: »Wenn ich nicht irre, macht sie jetzt Filme. Crystal, meine ich. Zu schade, daß man sie nicht mehr singen läßt. Sie war doch die Beste.« Er ließ ein knappes Lächeln sehen, als er Spencer mit Nachdruck zur Tür bugsierte. Gleich darauf stand Spencer wieder auf der Straße und war so klug wie vorher. Sie war fort. In Hollywood. So wie sie es sich immer schon erträumt hatte. Und jetzt mußte er Elizabeth gegenübertreten und entscheiden, wie es mit ihrer Ehe weitergehen sollte. Vielleicht war es besser so ... vielleicht war es besser, wenn eine Entscheidung getroffen wurde, bevor er Crystal wiedersah, dann konnte er ihr wenigstens mit reinem Gewissen unter die Augen treten. Der Gedanke daran lastete schwer auf ihm, als er zurück nach Hause ging. Er sah, daß Elizabeth tief und fest schlief. Daß er sich davongestohlen hatte, war ihr entgangen. Wie friedvoll sie aussieht, dachte er, als er sie im gedämpften, aus der halbgeöffneten Badezimmertür dringenden Licht daliegen sah. Er fragte sich, was sie träumen mochte, falls sie jemals Träume hatte. Elizabeth war immer so nüchtern und vernunftsorientiert. Auch seine Heimkehr hatte sie wie einen ihrer gesellschaftlichen Anlässe eingestuft, als etwas, das es zu planen und zu organisieren galt. Keine Spur von Zärtlichkeit, kein sanftes Berühren, kein Streicheln der Hand. Er hatte noch nicht mit ihr geschlafen, seit er zurück war, und verspürte auch keine Lust dazu.

Im Dunkeln schlüpfte er neben sie ins Bett und lauschte ihren Atemzügen, die in ruhigem Rhythmus kamen. Er drehte sich um, sah sie in der Dunkelheit an und strich leicht über ihr Haar. Sie verdiente mehr, als er ihr zu geben hatte. Elizabeth öffnete ein Auge, da sie ihn neben sich spürte, und rührte sich im Halbschlaf.

»Bist du wach?« Sie hob den Kopf und versuchte auf die Uhr zu sehen, war aber zu verschlafen. »Wie spät ist es?« Die Frage war ein benommenes Gemurmel.

»Sehr spät ... schlaf weiter«, flüsterte er darauf, und sie drehte sich um und wandte ihm den Rücken zu.

»Gute Nacht, Elizabeth.« Er hätte ihr gern gesagt, daß er sie liebte, aber in Wirklichkeit kreisten seine Gedanken allein um Crystal, die jetzt irgendwo in Hollywood war. Morgen wollte er Pearl anrufen, und er betete darum, daß sie Crystals Adresse kannte. Aber noch immer war er fest entschlossen, mit Crystal nicht in Verbindung zu treten, ehe er nicht Ordnung in sein eigenes Leben gebracht hatte. Das war fairer, und er wollte ohnehin bald alles regeln. Das Verlangen, sie zu sehen, war übermächtig. Es war eine einsame Heimkehr gewesen, ein lange erwarteter Tag, der endlich gekommen war, aber zu Hause hatte er leider erkennen müssen, daß er sich wie ein Fremder fühlte.

Als er endlich Schlaf fand, dämmerte es bereits, und er träumte, von Ferne Geschützfeuer zu hören ... und eine Stimme, die zu ihm sprach. Jemand flüsterte ihm zu und sagte etwas, was er nicht verstehen konnte, da der Geschützlärm zu laut war ... doch während er verzweifelt die Worte zu verstehen versuchte und im Schlaf schluchzte, wuchs in ihm die Überzeugung, daß die Stimme Crystal gehörte.

29

Der nächste Tag brachte für Spencer die Entdeckung, daß er, ohne erst gefragt zu werden, völlig verplant worden war. Es waren drei Wochen am Lake Tahoe vorgesehen, von denen seine Eltern zwei Wochen mit ihm verbringen sollten, und um ihnen etwas zu bieten, hatten die Barclays schon im voraus etliche Abendeinladungen organisiert.

»Du tätest gut daran, dich ein wenig einzukleiden, bevor wir an den See fahren«, riet Elizabeth ihm. Er hatte nur seine Uniform, sein Drillichzeug, seine Armeestiefel und seine Erkennungsmarke – Dinge, die kaum zu dem Lebensstil am Lake

Tahoe paßten. Bei seinem Einkauf begleitete sie ihn, so daß er sich wie ein Kind vorkam, als sie ihm bei der Auswahl half und darauf bestand, daß er die Rechnung an ihren Vater schicken ließ. Spencer notierte sich den Betrag und versicherte Richter Barclay, er würde ihm den Scheck geben, sobald er wieder ein Konto eröffnet hatte. Elizabeth hatte mit seinem Einverständnis das Konto in New York aufgelöst, als sie seine Wohnung aufgegeben hatte und nach Georgetown gezogen war.

»Mach dir bloß deshalb keine Sorgen, mein Sohn«, erklärte der alte Barclay lachend. »Ich weiß, wo ich dich finden kann.«

Alles war vorgeplant und klappte reibungslos. Im Konvoi ging es an den Lake Tahoe – Elizabeth saß mit Spencer im Kombi, die zwei Elternpaare fuhren in der Limousine. Zu Mittag wurde in Sacramento eine Pause eingelegt, anschließend fuhr man bis zum Feriensitz durch, wo alles glänzend vorbereitet war. Es verging kaum ein Tag ohne eine kleinere Party. An den Nachmittagen wurde geschwommen. So verstrichen zehn Tage, bis sich Spencer Gelegenheit zu einer Angeltour mit seinem Vater bot. Er saß nachdenklich im Motorboot und starrte über die Wasserfläche. William Hill bemerkte seine bedrückte Miene mit Besorgnis.

»Die Umstellung macht dir wohl zu schaffen, mein Sohn?«

Spencer seufzte. Was für eine Erleichterung, endlich einmal allein zu sein. In Elizabeths Nähe herrschte ständig Hochspannung, und insgesamt hatte er die Barclays trotz der übergroßen Güte, die sie ihm bewiesen, satt. »Ja, das stimmt.« Er sah seinen Vater offen an. »Als ich zurückkam, hätte ich nicht gedacht, daß es so ausarten würde.«

»Und wie hast du es dir vorgestellt?« Sein Vater war lebensklug und gutherzig und wollte ihm helfen. Er ertrug es nicht, seinen Sohn so unglücklich zu sehen.

»Dad, ich könnte es nicht sagen ... aber ich habe jetzt kein eigenes Zuhause mehr. Drei Jahre war ich in einem Land, das mir fremd war, und jetzt bin ich daheim in der Fremde – in einem Haus, das nicht mir gehört – mit Freunden, die nicht meine Freunde sind, und ich tue, was andere wollen. Im Grunde genommen bin ich dafür schon zu alt. Ich möchte heim und habe kein Heim.«

»Doch, du hast eines, ein wunderschönes Haus. Deine Mutter und ich haben es letztes Weihnachten gesehen.«

»Wie schön für euch. Ich bewohne also ein Haus, das ich nicht kenne, eingerichtet mit Möbeln, die ich nicht ausgesucht habe, in einer Stadt, die mir so gut wie fremd ist.« Spencer entwarf ein so düsteres Bild und schwelgte so ausgiebig in Selbstmitleid, daß sein Vater sich ein gutmütiges Lachen nicht verkneifen konnte.

»Na, so schlimm ist es nun wirklich nicht. Laß dir etwas Zeit. Schließlich bist du noch keine zwei Wochen zurück.«

Spencer fuhr sich energisch mit der Hand durchs Haar, eine vertraute Geste, bei der es seinem Vater warm ums Herz wurde. Es tat wohl, Spencer wohlbehalten und heil zurückzuhaben. Die Reaktion seines Sohnes auf die Heimkehr bereitete ihm keine ernsthaften Sorgen. Seiner Meinung nach war sie ganz normal.

»Dad, ich weiß nicht recht ...« Er zog ernsthaft in Erwägung, mit seinem Vater über Crystal zu sprechen, obwohl er das Gefühl hatte, daß Crystal nur ihm allein gehörte und daß es nur ihn etwas anging, was er für sie empfand. Wenigstens wußte er jetzt, wo sie war. Pearl hatte ihm ihre Telefonnummer gegeben, und an dieses Stückchen Papier klammerte er sich wie ein Ertrinkender. Unzählige Male in den vergangenen zwei Wochen hatte er zum Hörer gegriffen und sich dann gezwungen, doch nicht anzurufen. Solange nichts entschieden war, wäre ein Anruf voreilig gewesen. Aber Elizabeth tat so, als sei zwischen ihnen alles in bester Ordnung, und das erschwerte eine Lösung ungemein.

Als spürte er, daß hinter Spencers Krise mehr steckte, als er zugeben wollte, stellte William Hill seinem Sohn eine heikle Frage: »Liebst du Elizabeth noch?« Die zwei gaben ein so prächtiges Paar ab; er hätte es sehr ungern gesehen, wenn die Beziehung zerbrochen wäre, nur weil Spencer im Moment ein wenig durcheinander war und es an Geduld fehlen ließ.

Sein Sohn ließ sich lange Zeit mit der Antwort. »Ich bin nicht sicher ... in keiner Hinsicht mehr. Ich bin nicht einmal sicher, ob ich sie kenne.«

»Mein Sohn, du warst lange fort. Drei Jahre sind eine Ewigkeit.«

»Ich möchte Kinder und sie nicht. Das ist ein gravierendes Problem, Dad.«

»Elizabeth ist noch sehr jung. Du mußt ihr eine Chance geben. Fahr nach Hause, richte dich ein. Gewöhnt euch wieder aneinander, und dann solltet ihr versuchen, auf einen gemeinsamen Nenner zu kommen. Elizabeth muß sich auch erst wieder an dich gewöhnen. In den letzten drei Jahren mußte sie alle Entscheidungen allein treffen, es ist für sie eine große Veränderung, dich wieder um sich zu haben.«

Spencers Miene verriet seinen Widerwillen. »Sie war nie auf sich allein angewiesen. Immer hatte sie ihren Vater. Wenn ich es zuließe, würde er auch meine Unterwäsche bezahlen.« Damit spielte er auf seine jüngsten Einkäufe an.

Sein Vater lachte. »Im Leben gibt es viel größere Probleme. Die Barclays sind gute Menschen. Sie möchten euch glücklich sehen.«

»Ich weiß ... im Grunde tut es mir auch sehr leid. Was ich gesagt habe, hört sich gewiß sehr undankbar an. Ich bin vielleicht nur total durcheinander.« Wieder starrte er lange auf die Wasserfläche, ehe er seinen Vater ansah. Diesmal sprach er viel leiser, und in seinem Blick lag dieses Entrückte und Traurige, das William seit Spencers Heimkehr Sorgen bereitete. »Da war etwas, bevor ich fortgegangen bin ... es gab jemanden, den ich schon seit langem kenne.«

William Hill sah seinen Sohn alles andere als glücklich an. »War es ernst?«

»Ja«, sagte Spencer ohne Zögern. »Sehr ernst. Die beiden sind grundverschieden ... so verschieden, wie zwei Frauen nur sein können ...«

»Hast du sie gesehen, seitdem du zurück bist?«

Spencer schüttelte den Kopf. Er erzählte nicht, daß er ein Wiedersehen plante und daß er nur noch dafür lebte.

»Junge, laß bloß die Finger davon. Du würdest alles nur noch komplizierter machen. Du bist mit einem reizenden Mädchen verheiratet, also mach etwas aus der Ehe. Bleib bei dem, was du angefangen hast.«

»Das also soll das Leben sein?« Das Silber in Spencers Haar schimmerte in der Sonne. William Hill registrierte mit Erstaunen, daß sein Sohn schon graumeliert war.

»Ja, manchmal schon. Mitunter läuft eine Ehe darauf hinaus, daß man sich einfach arrangiert, ob man nun will oder nicht.«

»Das klingt aber nicht sehr verlockend.«

»Ist es auch nicht immer.« Er faßte nach Spencers Hand. »Spencer, hör auf einen alten Mann. Stell nicht dein ganzes Leben auf den Kopf. Es wäre ein großer Fehler. Bleib bei Elizabeth. Sie ist ein nettes Mädchen, du hast sie geheiratet. Sie hat all die Jahre gewartet, also bist du es ihr schuldig.« Das wußte er selbst, und das war auch der Grund, weshalb er trotz allem letzten Endes zu ihr zurückgekehrt war.

William hatte einen Fisch an der Angel, und eine Weile war für Ablenkung gesorgt. Dann sah er seinen Sohn ernst an, gerührt, weil Spencer sich ihm anvertraut hatte. Er konnte nur hoffen, ihm den richtigen Weg gewiesen zu haben.

»Laß dir alles gründlich durch den Kopf gehen und übe dich eine Zeitlang in Geduld. Alles wird sich von selbst finden. Du würdest dir nie verzeihen, wenn du sie jetzt im Stich ließest. Daran mußt du immer denken. Der anderen schuldest du nichts. Du bist mit Elizabeth verheiratet. Und jetzt mußt du dazu stehen.« Das alles hörte sich sehr vernünftig an, zugleich aber auch niederschmetternd. Spencer startete den Motor und fuhr zurück an den Bootssteg.

»Danke, Vater«, sagte er mit einem Nicken und einem tiefen Blick. Zum erstenmal hatte er das Gefühl, daß sein Vater ihn um seiner selbst willen liebte und nicht nur als Ersatz für Robert.

»Na, etwas gefangen?« Elizabeth empfing sie in bester Stimmung. Sie liebte den See, sie freute sich über das Wiedersehen mit ihren alten Freunden, und vor allem freute sie sich, daß um Spencer so viel Aufhebens gemacht wurde.

»Ein Paar alte Schuhe.« Er grinste sie an. Spencer sah besser aus als seit Tagen. Das Gespräch mit seinem Vater hatte ihm Erleichterung verschafft. »Drei Fische ...« Er beugte sich zu ihr hin, und sie tat so, als hielte sie sich die Nase zu ... »und einen Kuß für meine Frau.« Wenigstens ließ sie zu, daß er ihr einen Kuß gab. Danach gingen sie ins Haus, und Elizabeth feilte sich die Nägel, während er unter der Dusche stand. Als sie ihm eröffnete, daß sie abends zu einer Party mußten, sagte er mit nachdenklichem

Blick: »Hm, ich würde es vorziehen, wenn wir zu Hause blieben.«

»Darling, das geht doch nicht. Wir werden erwartet. Es sind Freunde meines Vaters.«

»Dann sag, du hättest Kopfschmerzen ... oder meine Kriegsverletzungen machten sich bemerkbar.« Sein lausbübisches Grinsen verriet ihr, daß er den Abend mit ihr allein verbringen wollte. Seit seiner Rückkehr hatten sie keinen Augenblick für sich allein gehabt, was Elizabeth nicht besonders zu stören schien.

»Morgen sind wir nur für uns, das verspreche ich.« Doch am darauffolgenden Abend traf ihr Bruder ein, und Elizabeth behauptete, es wäre ungezogen, wenn sie nicht mit Ian ausgingen. Und am Tag danach mußten sie zu einer steifen Abendgesellschaft. Spencer hatte das Gefühl, in einen Kerker geraten zu sein, in dem es Champagner statt Wasser gab. Inmitten dieser vielen Menschen fühlte er sich einsam, auch wenn Elizabeth bei ihm war. Er versuchte ihr das klarzumachen, als sie am Seeufer lagen, sie aber nannte ihn albern. »Wie kannst du in Gesellschaft dieser vielen netten Menschen einsam sein?«

»Weil ich dafür noch nicht bereit bin. Ich möchte mit dir allein sein, damit wir uns unterhalten und einander wieder näherkommen können.« Als Elizabeth noch immer nicht verstehen wollte, ging ihm schlagartig auf, was er zu tun hatte. Er mußte übers Wochenende nach L.A. fahren, da er jetzt genau wußte, was er Crystal sagen würde. Sein Entschluß stand fest. Nach seiner Rückkehr aus L.A. wollte er Elizabeth eröffnen, daß er auf der Scheidung bestünde. Nein, er wollte es ihr nach dem Urlaub sagen. Eine große, häßliche Szene in Gegenwart beider Elternpaare war nicht in seinem Sinn.

»Aber meine Eltern laden gerade deinetwegen einige Leute ein.« Sie war richtig aufgebracht. Fast jeden Abend kamen Gäste wegen Spencer.

»Tut mir leid, es geht nicht anders. Ich muß in Los Angeles ein paar geschäftliche Dinge erledigen.« Sein Ton hatte sich merklich abgekühlt. Er wußte nun, was er zu tun hatte.

»Was ist es denn?« Argwöhnisch beäugte sie ihn. Im Moment hatte er ja nicht mal einen Job.

»Ach, es geht um ein paar Geldanlagen, die ich während des Studiums gemacht habe.«

»Hat das nicht Zeit?«

»Nein, hat es nicht. Keine Minute. Es ist sehr wichtig, Elizabeth. Ich muß hinfahren.«

Elizabeth schmollte noch, als er losfuhr. Der Flug dauerte zwei Stunden; es war ein schwüler Nachmittag im August, als er in Los Angeles ankam. Er stieg im Beverly Hills Hotel ab. Das Geld dazu hatte er sich von seinem Vater geborgt. Kaum war er auf seinem Zimmer, als er die Nummer wählte, die Pearl ihm gegeben hatte. Ein Mädchen hob ab und meldete sich mit Salvatore. Spencer lächelte unwillkürlich – daß Crystal sich auch immer bei Italienern einmieten mußte. Er verlangte Crystal Wyatt und bekam die Auskunft, daß sie im Atelier sei. Pearl hatte ihm schon gesagt, daß Crystal für einen neuen Film vor der Kamera stand, und darüber freute er sich sehr. Als er fragte, wo sie zu finden sei, fühlte er sich wie neugeboren. Plötzlich hatte er das Gefühl, daß sein ganzes Leben endlich die richtige Perspektive hatte. Tiefer Frieden und das Gefühl, sein Schicksal im Griff zu haben, erfüllten ihn. Er wußte, daß seine Entscheidung richtig war.

»Bei MGM«, teilte das Mädchen ihm mit und nannte ihm in aller Arglosigkeit die Nummer des Ateliers. Er notierte sie sich und verließ das Hotel. Dem Taxifahrer gab er die Adresse an, die er im Telefonbuch nachgesehen hatte. Es war eine lange Fahrt vom Hotel aus, und der Gedanke an das Wiedersehen ließ sein Herz höher schlagen – dieses Gefühl empfand er nur für Crystal. Er wußte, daß er ihr einiges erklären und sich entschuldigen mußte, weil er sich so sonderbar benommen hatte. Er war ihr sehr viel schuldig geblieben, hatte aber nun ein ganzes Leben lang Zeit, alles wiedergutzumachen. Der Gedanke an sie und die gemeinsame Zukunft zauberte ein Lächeln auf seine Lippen.

Der Eingang zum MGM-Gelände beeindruckte ihn ungemein. Spencer sah sich neugierig um wie ein Tourist, nachdem sie das Tor passierten, an dem ein Wachtposten sie angehalten hatte. Spencer erklärte ihm, daß er Crystal Wyatt sprechen wollte, worauf der Mann ihm sagte, daß Fremde ohne Einlaßschein nicht aufs Produktionsgelände dürften. Erst als Spencer ihm erklärte, woher er kam und wie lange er im Krieg gewesen war, ließ sich der Posten erweichen. Er hatte seinen eigenen Sohn in Korea verloren und hätte für einen ehemaligen Soldaten alles getan. »Sagen Sie aber niemandem, daß ich es war, der Sie reingelassen hat«, bat er, als er ihn nach einem verstohlenen Blick über das Gelände durchwinkte. Spencer bedankte sich, und der Taxifahrer steuerte das angegebene Atelier an, vorüber an Scharen von Schauspielern in den ausgefallensten Kostümen – Cowboys, Indianer, Gangster, schöne Mädchen in Badeanzügen oder raffinierten Roben. Das hier war eine andere Welt als Harrys Bar in San Francisco. Nachdem er den Fahrer bezahlt hatte, blieb Spencer stehen und schaute sich um, bevor er sich in das Gebäude wagte, das die Ausmaße eines Flugzeughangars hatte. Im Inneren sah er in einiger Entfernung eine Gruppe zusammengedrängt unter grellen Scheinwerferkegeln. Ein Mann gab in überlautem Ton Anweisungen, während rundherum absolute Stille herrschte. Auch Spencer verhielt sich ruhig. Erst als es nach zehn Minuten eine Drehpause gab, ging er näher. Und dann sah er sie wie im Traum. Er erkannte sofort, daß es Crystal war, obwohl sie ihm den Rücken zuwandte. Am liebsten wäre er losgerannt und hätte sie in die Arme genommen. Sein Herz raste, als er sich ganz behutsam näherte, weil er niemanden stören wollte. Sie aber drehte sich um, als spürte sie seine Gegenwart, und beide erstarrten. Crystal war noch viel schöner als vor drei Jahren. Sie hatte alles Kindliche verloren; ihm gegenüber stand eine auffallend schöne junge Frau. Ihr Haar trug sie in einem eleganten Knoten, das schulterfreie weiße Kleid und die weißen Schuhe glitzerten, als wären sie mit winzigen Diamantsplittern besetzt. Wie einem Märchen entstiegen sah sie aus, aber die Tränen verschleierten ihm die Sicht, als sie langsam auf ihn zuging. Crystal blieb wortlos vor ihm stehen und sah ihn an wie eine Träumende. Und dann lag sie in seinen Armen und küßte ihn. Er glaubte, sein Herz müsse zerbersten. Nie hatte er sie mehr geliebt als in diesem Augenblick. Er hatte den ganzen Krieg nur überstanden, um zu ihr zurückzukehren und sie wieder in die Arme zu schließen. Hier hatte er endlich gefunden, wonach er sein Leben lang gesucht hatte. Alles war genauso, wie er es erhofft hatte.

»O Gott... du ahnst nicht, wie sehr du mir gefehlt hast...« Die ausgestandenen Ängste, die Einsamkeit, das ganze Elend überfielen ihn von neuem, als er sie festhielt und beide in Tränen ausbrachen. Das Bewußtsein dessen, was sie getan hatte, brach Crystal fast das Herz. Sie war überzeugt gewesen, daß Spencer nie zu ihr zurückkommen würde, und jetzt war er hier. Spencer war wieder da. Und sie lebte mit Ernie Salvatore zusammen. Doch im Moment konnte sie nicht an Ernie denken. Alle ihre Gedanken galten Spencer, der sie an sich preßte und sie küßte, während sie sein Gesicht mit hungrigen Lippen und sanften Fingern berührte. »Ach, mein Liebling, ich liebe nur dich.« Lächelnd gab er sie frei. »Wie schön du bist.« Sein zärtliches Lächeln war das eines stolzen Vaters. »Na, bist du ein Filmstar geworden?«

Sie wurde verlegen, bevor sie seinen Kuß erwiderte. »Noch nicht, aber ich bin auf dem besten Weg dorthin. Wir drehen hier einen großartigen Film.« Sie nannte ihre Partner, und Spencer zeigte sich gebührend beeindruckt. Dann hob Crystal mahnend den Finger an ihre Lippen und flüsterte: »Gleich wird wieder gedreht. Komm mit in meine Garderobe.« Auf Zehenspitzen folgte er ihr in den Raum, in dem sie sich umzog, aß und stundenlang das Drehbuch studierte. Es war eine penibel aufgeräumte kleine Kammer. Eine Frau legte eben das Kostüm für die nächste Szene zurecht. Crystal bat sie freundlich, sie einen Moment allein zu lassen. Dann wandte sie sich wieder Spencer zu. »Ich habe eine Stunde Zeit.« Ihr Blick tastete sein Gesicht ab, als wolle sie ergründen, weshalb er gekommen war, wo er gesteckt hatte, wann er heimgekehrt war und ob er noch immer verheiratet war.

»Geschieht dies alles wirklich? Bist du es tatsächlich?« Sie sah ihn mit einer gewissen Scheu an und dachte an sein monatelanges Schweigen, das ihr wie eine Ewigkeit erschienen war. Sie saßen Hand in Hand da, und er versuchte, ihr alles zu erklären, die Einsamkeit, den Schmerz, seine widerstreitenden Gefühle und seine Verzweiflung über den Krieg, das Gefühl, daß nichts mehr zählte außer das ständige Elend und die Zerstörung, die er mit ansehen mußte.

»Mir kam es vor, als wäre nichts mehr wirklich und als würde dieser Alptraum bis in alle Ewigkeit dauern. Ich war nicht mehr imstande, mit jemandem auch nur zu sprechen. Und die Briefe, die kamen, machten alles nur schlimmer. In diesen Briefen las ich, wie normal und glücklich die Menschen hier lebten, und das vergrößerte nur den Gegensatz zwischen meinem Dasein und dem Leben in der Heimat. Vielen meiner Kameraden muß es ähnlich gegangen sein. Erst auf dem Heimflug kam es zur Sprache. Bis dahin hatten alle darüber geschwiegen. Niemand wollte sich eingestehen, wie schrecklich dieser Krieg war, sonst hätten wir wohl gar nicht durchgehalten.« Nie im Leben hatte er so viel Kälte gefühlt, so viel Hoffnungslosigkeit und Bedrängnis. »Jetzt ist alles vorüber, und doch kann man es nur so schwer vergessen.« Bei diesen Worten ruhte sein Blick traurig auf ihr.

»Und ich dachte, du hättest dich entschieden, Schluß mit mir zu machen«, sagte sie leise und betrübt. Dieser Irrtum hatte ihrem Leben eine andere Richtung gegeben. Er hatte sie nach Hollywood und in ein Leben mit Ernie geführt.

Als sie Spencer erzählte, daß sie geglaubt hatte, ihn verloren zu haben, war ihm anzusehen, wie niederschmetternd diese Eröffnung auf ihn wirkte. »Ich hätte mich nie von dir getrennt, ohne dir ein Wort zu sagen. Damals wußte ich nur nicht, was ich tun sollte ... die Briefe von Elizabeth haben die Schuldgefühle in mir geweckt. Sie erwartete, daß ich zu ihr zurückkäme und weitermachte wie bisher, und doch wußte ich, daß ich es nicht fertigbringen würde. Wir haben uns einige Male in Tokio getroffen, aber dadurch wurde nach der Rückkehr an die Front alles nur noch schlimmer. Ich hatte das Gefühl, ein Wochenende mit einer Fremden verbracht zu haben! Und so ist es noch immer. Zwei Wochen bin ich nun schon wieder zurück, und ich bin kurz davor, den Verstand zu verlieren.« Er sah sie ernst an, aber Crystal wich seinem Blick aus. Nun war sie diejenige, die sich schuldig fühlte.

»Am Abend nach meiner Heimkehr habe ich mich auf die Suche nach dir gemacht«, fuhr er fort. »Ich war bei Mrs. Castagnas Haus, und die Frau dort sagte mir, daß du schon lange fort bist. Dann war ich in Harrys Bar, dort wollte man gerade schließen ...« Als er ihr alles berichtete, wirkte er so verzweifelt wie an jenem Abend. »Schließlich habe ich von Pearl deine Nummer bekommen und heute gleich nach der Ankunft angerufen. Deine Vermieterin sagte mir, wo du bist, und ... hier bin ich.« Er lächelte wie ein kleiner Junge zu Weihnachten. Crystal klärte ihn nicht darüber auf, daß es sich nicht um ihre Vermieterin, sondern um ihr Hausmädchen, besser gesagt um Ernies Hausmädchen, gehandelt hatte.

»Und wie hast du dich entschieden ... was soll aus deiner Ehe werden?« fragte sie mit klopfendem Herzen. Teils betete sie darum, er hätte sich für seine Frau entschieden, denn dann wäre für sie selbst alles leichter gewesen – wenigstens für eine Weile. Sie konnte Ernie nicht einfach so verlassen – nicht, nachdem er sie zum Film gebracht hatte und nach allem anderen, was er für sie getan hatte. Aber ähnlich wie Spencer Elizabeth nicht liebte, so liebte sie Ernie nicht.

Spencer erzählte ihr, was er sich auf dem Flug überlegt hatte. Er wollte Elizabeth reinen Wein einschenken, sobald sie in Washington waren, und dann seine Sachen packen – besser gesagt, die Dinge, die noch übrig waren, und mit der ersten Maschine wieder nach Kalifornien fliegen. Im Moment hatte er ohnehin keine Arbeit. In Los Angeles konnte er ebenso auf Jobsuche gehen wie in New York oder Washington. Als Jurist hatte er überall gute Chancen. Sobald er eine Stellung hatte und geschieden war, wollte er Crystal heiraten ... falls sie ihn noch wollte. So einfach war das alles.

Er lächelte ihr zu, viel zu glücklich, um von Gewissensbissen geplagt zu werden. »Ich will mich scheiden lassen. Vermutlich hätte ich Elizabeth schon längst alles sagen sollen, schon vor drei Jahren, als ich nach Korea mußte, aber damals wäre mir das zu herzlos erschienen. Wir waren ja erst ganz kurz verheiratet. Tja ... ich war dumm, weil ich nicht schon damals einen Schlußstrich gezogen habe. Aber jetzt halte ich dieses Versteckspiel nicht mehr aus. Es ist zwar nicht gerade fair, wenn man bedenkt, wie lange sie auf mich gewartet hat, aber ich bin gar nicht mal sicher, ob sie sich sehr grämen würde. Sie hat ja doch nur ihre Arbeit und die verdammten Partys im Kopf.« Damit waren Elizabeths Interessen zwar nicht vollständig erfaßt, aber beinahe, wenn er daran dachte, was er seit seiner Rückkehr aus Korea miterlebt hatte. »Sie ist jetzt am Lake Tahoe. In ein paar Tagen wollen wir nach Washington abreisen.« Er sah Crystal eindringlich an. »Fast haben wir es geschafft... In ein, zwei Wochen könnte ich wieder zurück sein, und sobald ich eine Stellung gefunden habe, reiche ich die Scheidung ein, und danach können wir heiraten...« Er war sicher, daß Elizabeth vernünftig sein und einwilligen würde. Aber dann meldeten sich bei ihm plötzlich andere Bedenken. Was, wenn sich für Crystal etwas geändert hatte? Obwohl es eigentlich unvorstellbar war, wenn man bedachte, wie sie ihn eben geküßt hatte. Dennoch setzte er vorsichtshalber hinzu: »...falls du mich noch möchtest.«

Crystal betrachtete ihn lange, und ihre Augen füllten sich mit Tränen. Noch immer sagte sie nichts. Da war es nun, was sie sich seit Jahren gewünscht, wovon sie geträumt und was sie nicht mehr zu hoffen gewagt hatte. Sie war überzeugt gewesen, daß er sich für Elizabeth entschieden und es nicht der Mühe wert gefunden hatte, es ihr mitzuteilen.

»Na?« fragte er, ratlos, ob sie Tränen der Freude oder der Enttäuschung vergoß. Dann nahm er sie in die Arme und blickte lächelnd über ihre Schulter. »Weine nicht, mein Liebling. So schlimm wird es schon nicht werden, das verspreche ich dir. Du wirst es gut bei mir haben, das schwöre ich.« Ihr glühendster Traum war wahr geworden. Sacht löste er sich von ihr. Sie sah ihn an und schüttelte den Kopf. Es gab so vieles, was sie ihm erzählen mußte.

»Vielleicht wirst du mich gar nicht mehr wollen...« Sie mußte ihm die Sache mit Ernie beichten.

»Ich wüßte nicht, warum nicht, es sei denn, du hast inzwischen geheiratet«, meinte er grinsend, überzeugt, daß das nicht der Fall sein konnte. »Aber auch das wäre kein Hindernis. Wir müßten einfach durchbrennen und irgendwo in aller Stille heiraten.« Es war als Scherz gemeint, sie aber sah ihn an, als bräche ihr das Herz. Es war schlimmer, als er glaubte. Endlich war Spencer bereit, sich von Elizabeth zu trennen, und jetzt war sie an Ernie gebunden. Wenn er ihr nur geschrieben hätte... wenn er mit ihr in Verbindung geblieben wäre... wenn er ihr erklärt hätte ... Da fielen ihr die Briefe ein, auf die sie nicht geantwortet hatte, in der Meinung, es sei zu spät. Sie hatte sich nicht unnötig quälen und nicht mit ihm spielen wollen. Alles hatte sich so unendlich in die Länge gezogen, und sie war überzeugt gewesen, daß er sich für seine Ehe entschieden hatte, als er ihr von dem Treffen mit seiner Frau in Tokio geschrieben hatte.

»Spencer ...« Sie suchte verzweifelt nach den richtigen Worten, um ihm alles zu erklären. Leicht würde es nicht sein, soviel war klar. »Ich lebe mit einem Mann zusammen. Mit meinem Manager ... es ist eine lange Geschichte ... ich weiß gar nicht, wie ich es dir erklären soll.« Spencer starrte sie unglücklich und enttäuscht an. Das hatte er nicht erwartet. Er hatte ja nicht geahnt, was er vorfinden würde, aber im Grunde war er sicher gewesen, daß Crystal ihn noch liebte. Keinesfalls hatte er damit gerechnet, daß sie mit einem Mann zusammenlebte. Es war eine Eröffnung, die in ihm ohnmächtigen Zorn weckte. »Als ich in Hollywood ankam, wurde ich einem Mann vorgestellt, der einer der besten Manager in der ganzen Stadt sein sollte. Tatsächlich hat er mir in kürzester Zeit eine Rolle verschafft. Er hat alles für mich getan. Spencer, ich stehe so tief in seiner Schuld ... ich kann ihn nicht einfach verlassen ... das wäre nicht fair ...« Wie sie das Verhältnis schilderte, kam es ihm wie reinste Sklaverei vor. Er konnte zunächst gar nicht fassen, was er da hörte.

»Liebst du den Burschen?«

Sie schüttelte kläglich den Kopf. »Nein. Und ich habe ihm gleich am Anfang von dir erzählt. Aber ich hab ihm gesagt, daß es aus sei zwischen uns. Damals war ich fest davon überzeugt. Ich hatte seit Monaten nichts mehr von dir gehört und dachte, du hättest dich mit Elizabeth völlig ausgesöhnt.« Sie konnte nicht weitersprechen, weil die Tränen sie wieder überwältigten.

Spencer lief indessen aufgebracht in der Garderobe auf und ab.

»Falls es dich interessiert ... ich war damit beschäftigt, den Krieg zu überleben.« Völlig verzweifelt sah er auf sie nieder. Während er vor Kälte starr in Schützengräben gehockt hatte, hatte sie an seiner Liebe gezweifelt.

»Verzeih mir ... du warst schon so lange fort ... und hier war alles so anders, so fremd für mich. Und ich wünschte mir so sehr, in Hollywood Karriere zu machen.« Das war zwar aufrichtig, leichter aber machte es die Sache für Spencer nicht. Was er da zu hören bekam, brachte ihn in Rage.

»So sehr, daß du gleich Körper und Seele zu Markte tragen mußtest?«

»Aber begreifst du denn nicht?« schrie sie – plötzlich war sie ebenso aufgebracht wie er. »Als du nach Korea gingst, warst du verheiratet, oder ist dir diese kleine Kleinigkeit entfallen? Spencer Hill, drei volle Jahre habe ich auf dich gewartet, und die halbe Zeit war ich ohne jede Nachricht von dir. Schließlich kamen ein paar Worte auf einem Fetzen Papier – Worte, wie sie an irgend jemand Beliebigen hätten gerichtet sein können. Du hast nichts über uns geschrieben, kein Wort von einer gemeinsamen Zukunft oder von deinen Plänen. Du hast offenbar erwartet, ich würde dasitzen und warten, und das habe ich verdammt lange getan. Aber ich wollte ein eigenes Leben. Ich hatte ein Recht auf mehr, als bei Mrs. Castagna zu hocken und auf den Erlöser zu warten.« Spencer gab keine Antwort. Was sie sagte, war die Wahrheit, das konnte er nicht leugnen. »Deswegen bin ich nach Hollywood gegangen, und Ernie hat mich unter seine Fittiche genommen. Er ist ein einflußreicher Mann, der mich zu einem großen Star machen kann. Ich werde sicher nicht für immer bei ihm bleiben, aber ebensowenig werde ich ihn von einem Tag auf den anderen verlassen, nur weil du es möchtest. Ich verdanke ihm viel, und ich möchte nicht, daß aus einem Freund ein Feind wird. Er war gut zu mir, und ich stehe in seiner Schuld. Außerdem könnte er mir eines Tages sehr schaden, wenn ich so etwas täte. Er wäre imstande, meinen Vertrag glatt zu zerreißen.«

»Ach was! Er ist ja offensichtlich nicht auf den Kopf gefallen. Wenn er sich so in der Branche auskennt, wie du sagst, weiß er bestimmt, was er mit dir an der Hand hat. Was für einen Vertrag hast du eigentlich unterschrieben?« Auch dieser Punkt war sehr bedenklich, wenngleich das das kleinste ihrer Probleme war.

»Einen Standardvertrag«, sagte sie, um einen zuversichtlichen Ton bemüht. In Wahrheit wußte sie von dem Vertrag sehr wenig. Ernie hatte ihr wiederholt versichert, es sei unwichtig.

»Was heißt das?«

»Ernie agiert als Vermittler zwischen mir und den Studios. Die Produktionsgesellschaften wenden sich an Ernie, und er ebnet mir alle Wege und handelt alles für mich aus.« So hatte er es ihr erklärt, und sie plapperte es nach.

»Und wer bezahlt dich? Er oder das Studio direkt?« Spencers Argwohn war erwacht. Von Verträgen dieser Art hatte er schon gehört. Manche Manager kassierten das gesamte Vermögen großer Stars, die schließlich mit leeren Händen dastanden.

»Ernie schreibt die Schecks aus. Auf diese Weise sparen wir Steuern.«

»Hast du je die Verträge mit den Studios gesehen oder die Schecks, die die Filmgesellschaften für dich ausstellen?«

»Natürlich nicht.« Crystals Unmut wuchs. »Ernie erledigt alles für mich. Das ist sein Job.« Genau das hatte Spencer befürchtet.

»Dann kannst du getrost davon ausgehen, daß dieser Ernie ein Vermögen an dir verdient und daß du, meine Liebe, mit Brosamen abgespeist wirst, während er den Löwenanteil von den Filmgesellschaften kassiert.«

»Das ist nicht wahr!« rief sie. Zudem war ihr Vertrag mit Ernie ja gar nicht die Hauptsache. »So oder so«, sagte sie, nachdem sie sich entmutigt auf einen Stuhl hatte fallen lassen. Sie sah Spencer bekümmert an. »Ich kann ihn nicht einfach verlassen. Da muß erst eine gewisse Zeit verstreichen. Ich kann nicht mir nichts, dir nichts ausziehen. Das wäre nicht fair, ebensowenig wie es fair gewesen wäre, wenn du Elizabeth zwei Wochen nach der Hochzeit allein gelassen hättest.« Damit traf sie einen empfindlichen Nerv, wie sie genau wußte. Das Gefühl, in Ernies Schuld zu stehen, hatte sich tief in ihr festgesetzt, auch wenn Spencer nicht das geringste Verständnis dafür aufbrachte. Ernie war viel zu gut zu ihr gewesen, als daß sie ihn einfach so hätte verlassen können.

»Crystal, was willst du damit sagen? Daß es zwischen uns aus ist? Daß du bei ihm bleiben möchtest?« Seine Stimme bebte – nicht vor Zorn, sondern vor Entsetzen.

In Crystals Augen standen Tränen, als sie antwortete. Am liebsten hätte sie Spencers Hand genommen und ihn in der nächstbesten Kirche geheiratet, aber sie wußte, daß das nicht ging. Zumindest nicht im Moment. Eine ganze Weile noch nicht. In ihrer Beziehung zu Ernie war äußerste Behutsamkeit angebracht. Sie hatte mittlerweile erkannt, daß er, wenn man seinen Zorn erregte, zu einem gefährlichen Gegner werden konnte. Wenn sie sich jetzt nach all seiner Güte von ihm trennte, hätte er ihr sogar mit einer gewissen Berechtigung seinen Schutz und seine Hilfe entziehen können.

»Ich brauche Zeit, um mich mit Ernie auszusprechen und diesen Film abzudrehen. Erst dann kann ich ihm sagen, daß ich lieber allein leben möchte oder etwas Ähnliches ... Aber ich kann es unmöglich binnen einer Woche tun. Du hast drei Jahre gebraucht, um mit Elizabeth ins reine zu kommen. Gib mir einen Monat, höchstens zwei. Ich muß die Sache mit Fingerspitzengefühl angehen. Und ich stecke mitten in Dreharbeiten.«

»Und warum brauchst du so lange dazu? Aus Angst, er könnte deiner Karriere schaden, oder aus Liebe zu ihm?« Ihm war noch immer nicht klar, was sie für diesen Mann empfand und warum sie sich ihm so verpflichtet fühlte. Er konnte sich nicht vorstellen, welche Macht Ernie über sie besaß, wie er ihre Dankbarkeit, ihre Ängste und ihre Gewissensbisse ausnutzte.

»Weil ich ihm verpflichtet bin. Aus Anstand, wenn schon sonst aus keinem Grund. Man kann jemanden, der so viel für einen getan hat, nicht einfach verlassen. Und ich möchte, daß er auch mein Manager bleibt, wenn ich nicht mehr bei ihm lebe.«

»Crystal, das könnte sehr unklug sein. Herrgott, es gibt doch jede Menge Manager in Hollywood.«

»Aber nicht so gute wie Ernie.« Auch davon hatte Ernie sie zu überzeugen verstanden. Spencers Argwohn wuchs, als er das hörte. Es sah ganz danach aus, als würden sie diesen Kerl niemals loswerden.

»Du klingst schon wie Elizabeth. Mein Gott, ich komme aus einem Krieg und möchte nichts lieber als ein wenig Glück finden, aber ihr alle habt nichts anderes im Kopf als euren Beruf. Komisch, nicht?«

Spencer wußte nicht mehr aus noch ein, alle Regeln schienen außer Kraft gesetzt zu sein.

Crystal streckte zärtlich eine Hand nach ihm aus. »Du mußt Geduld haben. Glaub mir, das alles tut mir leid.« Dabei senkte sie verlegen den Blick. Spencer beugte sich über sie und küßte ihr seidenweiches Haar, ehe er ihr Kinn anhob, so daß er ihr in die Augen sehen konnte.

»Mach dir deswegen keine Sorgen. Ich habe es nicht anders verdient, und es hätte ja noch viel schlimmer kommen können ... Du hättest mir ja auch sagen können, daß ich mich zum Teufel scheren soll. Ich kann von Glück reden, daß du mich noch willst.«

»Ich liebe dich ...«, flüsterte sie in seinen Armen. In diesem Moment klopfte jemand an die Tür. In zehn Minuten mußte Crystal wieder vor der Kamera stehen. Unglücklich blickte sie zu Spencer auf. Sie wollte nicht, daß er schon ging, aber sie hatte ihre Pflicht zu erfüllen, und dann mußte sie sich einen Weg ausdenken, wie sie Ernie die Neuigkeit beibringen konnte. »Was wirst du jetzt tun?«

»Wirst du überhaupt Zeit für mich haben, oder bringt es dich in große Verlegenheit, wenn du dich mit mir triffst?« Seine eigene Situation mit seinen Schwiegereltern und Elizabeth stand ihm allzu deutlich vor Augen.

»Ich glaube nicht, daß es geht.« In ihren Augen stand Verzweiflung, als er sie wieder küßte, und sie wünschte sich verzweifelt, daß er bei ihr bleiben könnte.

»Dann fliege ich zurück nach San Francisco und melde mich in einigen Tagen telefonisch. Und beeil dich, wenn ich bitten darf«, zog er sie auf. Er war über die momentane Situation nicht erbaut, konnte sich aber eine Weile damit abfinden. Eigentlich war es ja seine Schuld, daß es so gekommen war. Es hätte wirklich noch ärger kommen können ... sie hätte sich in einen anderen verlieben und ihn heiraten können. Ach was, sie hätte inzwischen schon zwei Kinder bekommen können. Was geschehen war, stellte eine Enttäuschung für ihn dar, aber immerhin liebte sie ihn noch.

Er küßte sie innig, bevor er ging. Der Gedanke, ihn wieder zu verlieren, schmerzte Crystal, aber diesmal würde es nicht für lange sein. Und sie würde wissen, wo sie ihn finden konnte. Sie konnte ihn jederzeit anrufen, und er hatte versprochen, sich zu melden und ihr zu sagen, ob er in sein eigenes Leben Ordnung gebracht hatte. Sobald er Elizabeth alles gesagt hatte, wollte er zurück nach Kalifornien und sich nach einer Stellung umsehen. Bis dahin würde sie mit dem Film fast fertig sein und, so hoffte er jedenfalls, die Situation mit Ernie bereinigt haben. Sie würden sich eine Wohnung suchen müssen, und daneben gab es noch vieles andere zu überlegen. Dies alles gab ihnen beiden Hoffnung.

»Ich lasse dich ungern zurück«, sagte Spencer zum Abschied leise. »Aber ich komme bald wieder.« Crystal nickte. Der nächste Monat würde für beide viel Arbeit bringen. Ehe sie auf Dauer zusammenfinden konnten, mußten noch etliche Hindernisse beseitigt werden.

Nach einem letzten Kuß ging er aus ihrer Garderobe, und sie begleitete ihn. Crystal sah ihm mit einem so zärtlichen Ausdruck nach, daß ihre Augen alles verrieten. Dann ging Crystal wieder an die Dreharbeiten. Keiner von ihnen bemerkte Ernie, der sie von der Tonbühne aus gesehen hatte.

30

Spencer fuhr ins Hotel zurück und gab schon am Nachmittag sein Zimmer auf. Er hatte sich das Wochenende ganz anders vorgestellt, und der Schock, daß Crystal mit einem anderen zusammenlebte, saß tief. Andererseits war er selbst ja auch noch mit Elizabeth zusammen, und es war zumindest teilweise seine Schuld, daß Crystal jede Hoffnung aufgegeben hatte und zu Ernie gezogen war. Ihm wurde ganz elend, wenn er daran dachte. Zu allem übrigen gesellte sich seine Besorgnis, was ihren Vertrag betraf. Er argwöhnte, daß da weit mehr dahintersteckte, als Ernie verraten hatte.

Am Abend flog er nach San Francisco, nahm einen Mietwagen und fuhr Richtung Norden, ohne ein bestimmtes Ziel im Auge zu haben. Seine Gedanken kreisten ständig um Crystal ... wie sie ausgesehen hatte, als er sie in der winzigen Garderobe in den Armen gehalten hatte.

Um zehn Uhr erreichte er Napa. Er überlegte, ob er in einem Motel übernachten sollte, als er das Schild sah und plötzlich wußte, warum er unbewußt diese Route gewählt hatte. Es war, als wollte er der Vergangenheit Tribut zollen, dem Kind, das Crystal gewesen war, als er sie kennengelernt hatte. Es war elf Uhr nachts, als er durch das Städtchen fuhr. Vor der Ranch hielt er an. Das Gatter war zu, das Haus halbverborgen hinter Bäumen. Zu gern hätte er nachgesehen, ob es die Schaukel noch gab. Sechs Jahre war er nicht mehr hier gewesen, sieben Jahre waren seit der ersten Begegnung vergangen.

In einem Motel schlug er im Telefonbuch die Nummer der Websters nach. Er fand sie nicht, und an ihre Adresse konnte er sich auch nicht mehr erinnern. Außerdem war er nicht gekommen, um sie zu besuchen; er war Crystals wegen gekommen, ihretwegen und wegen des Mädchens, das sie einmal gewesen war. Vor Hollywood, vor dem Koreakrieg, vor Elizabeth und vor dem Mann, mit dem sie jetzt zusammen war, damals ... als er sie in ihrem weißen Kleid auf der Hochzeit ihrer Schwester gesehen hatte, ganz am Anfang, als keiner von ihnen geahnt hatte, wohin das Schicksal sie führen würde ...

Lange saß er da, ehe er wieder den Wagen startete. Jetzt mußte er seine eigenen Angelegenheiten regeln. Er hatte sich und ihr einen Monat Frist eingeräumt. Lang war das nicht, wie er jetzt merkte, aber noch am Nachmittag war es ihm wie eine Ewigkeit vorgekommen. Er machte noch einmal Rast und aß eine Kleinigkeit in einer Ortschaft, die er nicht kannte. Von dort benötigte er sechs Stunden bis an den Lake Tahoe. Als die Sonne aufging, fuhr er über den Donner-Paß. Und noch immer konnte er an nichts anders denken als an das Mädchen, das er auf dem MGM-Gelände zurückgelassen hatte, an die Frau, die er liebte und die er heiraten wollte. Er stieg aus, öffnete die Haustür und schlich auf Zehenspitzen ins Schlafzimmer. Elizabeth, die im gemeinsamen Bett schlief, rührte sich und blinzelte ihn verschlafen an, als er sich auszog.

»Schon zurück?« fragte sie im Halbschlaf.

Er nickte nur – er hatte Angst, mehr zu sagen. Im Augenblick war er zu müde. Und er hatte sich vorgenommen, erst nach dem

Urlaub mit ihr zu sprechen. »Schlaf weiter.« Mehr sagte er nicht, sie aber setzte sich auf und starrte ihn an.

»Ich hatte dich erst sonntags zurückerwartet.«

»Es ging alles rascher, als ich dachte.« Zu rasch, und auch wieder nicht rasch genug. Er hatte geplant, das ganze Wochenende mit Crystal zu verbringen.

»Wo warst du?« Elizabeth ließ ihn nicht aus den Augen, aber Spencer wich ihrem Blick geflissentlich aus und schlüpfte neben sie ins Bett.

»Ich sagte es schon ... in Los Angeles. Ich mußte mich um eine Investition kümmern.«

»Nun ... hat alles geklappt?« Ihr Ton war kühl.

»Mehr oder weniger. Ich habe leider nicht alle Leute angetroffen, deswegen bin ich schon zurück.«

Elizabeth nickte nicht ganz überzeugt. Seit Tagen schon spürte sie eine Veränderung an ihm, eigentlich bereits seit seiner Rückkehr, und sie fragte sich, was in ihm vorging. »Möchtest du darüber sprechen?«

»Nein, eigentlich nicht. Ich bin die Nacht durchgefahren.« Spencer schloß die Augen, in der Hoffnung, so das Gespräch beenden zu können – vergebens, wie er gleich merken sollte.

»Warum bist du nicht im Haus in San Francisco geblieben?«

»Ach, ich wollte zurück.«

»Wie nett.« Er konnte nicht unterscheiden, ob es sarkastisch gemeint war, und fragen wollte er nicht. »Na, und hast du jetzt insgesamt ein besseres Gefühl?« Sie redete dahin wie am hellichten Tag. Spencer öffnete stöhnend die Augen und sah Elizabeth an, die sich neben ihm aufgesetzt hatte.

»Elizabeth, bitte ... warum sprechen wir nicht am Morgen darüber?«

»Es ist Morgen.« Die Sonne war aufgegangen, und die Vögel waren zu hören.

»Also gut, ich habe ein besseres Gefühl, ein viel besseres sogar.« Sehr viel besser nach dem Wiedersehen mit Crystal.

»Möchtest du darüber sprechen?« Sie hatte Witterung aufgenommen, und mit genügend Hartnäckigkeit würde sie auf eine Spur stoßen.

»Nein, eigentlich nicht. Es gibt nichts zu besprechen.« Noch nicht. Nicht im Kreise der Familie, die über sämtliche Räumlichkeiten des Hauses verteilt war. In den zwei Wochen hatten sie kein Privatleben gehabt, und Spencer wollte mit ihr allein sein, wenn er ihr sagte, daß er sich scheiden lassen wollte.

»Ich glaube aber, daß es sehr viel zu besprechen gibt. Ich bin nicht dumm, das solltest du wissen.« Spencer setzte sich auf. Ob sie von Crystal wußte? Es war ausgeschlossen, es sei denn, sie war ihm gefolgt. »Ich weiß, daß dich einiges quält. Vor ein paar Tagen habe ich mit deinem Vater darüber gesprochen. Aus dem Krieg zurückzukommen, bringt gewiß einige Probleme mit sich. Das ist mir klar. Für mich war die Umstellung auch nicht leicht.«

Plötzlich hatte er Mitleid mit ihr. Wieviel sein Vater ihr wohl gesagt hatte? Es wäre ihm lieber gewesen, wenn sich der alte Herr nicht mit Elizabeth ausgetauscht hätte. »Du warst all die Jahre verdammt anständig zu mir.« Er langte nach einer Zigarette, verlegen, weil ihm nicht mehr einfallen wollte. Er wünschte, er hätte ihr sagen können, daß er sie noch liebte. Falls er sie je geliebt hatte. Auch dessen war er sich nicht mehr sicher. Seine Gefühle für Crystal überlagerten alles andere, und seine Beziehung zu Elizabeth war schon immer problematisch gewesen.

»Wir werden uns sicher wieder aneinander gewöhnen, warte nur«, sagte sie liebevoll. Plötzlich war Zärtlichkeit zwischen ihnen, und er hatte das Gefühl, als hätte er sie betrogen. Und das hatte er tatsächlich, seit langem schon. Jetzt wußte er mit Sicherheit, daß er sie nie hätte heiraten dürfen.

»Bist du sicher, daß du das möchtest?« Er steuerte geradewegs auf das zu, was er erst später zur Sprache bringen wollte. Nun aber hatte sie ihm das Heft aus der Hand genommen, und die große Eröffnung stand unmittelbar bevor.

»Ich denke schon. Was glaubst du, weshalb ich so lange auf dich gewartet habe?« Ihr Lächeln bewirkte, daß er sich noch jämmerlicher fühlte. Sein Vater hatte recht. Er war Elizabeth verpflichtet – aber nicht für den Rest seines Lebens. Das war zuviel verlangt. Ein zu hoher Preis für die Jahre, die sie gewartet hatte.

»Elizabeth, du bist eine tolle Frau.« Zu toll. Sie war viel mehr, als er eigentlich haben wollte. Sie hatte ihre eigenen Ideen, ihre eigenen Ansichten, ihr eigenes Haus und eine Familie, die sich eng um sie scharte. Inmitten all dieser Dinge war kein Platz für ihn. Mit Crystal hingegen konnte er ein neues Leben aufbauen. Er konnte alles für sie tun ... die Anfänge ihrer Karriere miterleben, selbst einen Neuanfang wagen, Kinder in die Welt setzen – lauter Dinge, die ihm viel bedeuteten. »Ich weiß nicht, was ich sagen soll.« Als er sich zu ihr umdrehte, erriet sie alles aus seiner Miene. »Ich glaube nicht, daß ich auf diese Weise weitermachen kann. Ich glaube, wir hätten gar nicht heiraten sollen.«

»Meinst du nicht, daß diese Erkenntnis ein wenig zu spät kommt? Nach all den Jahren?« Sie schien wütend und gekränkt zu sein, aber nicht überrascht. Seit Tagen war sie auf diesen Ausbruch gefaßt. Schon ehe sein Vater mit ihr geredet hatte, hatte sie geahnt, daß eine solche Aussprache bevorstand.

»Ich war drei Jahre fort, und davor waren wir zwei Wochen zusammen. Seither haben wir beide uns verändert. Ich habe jetzt andere Ziele als früher. Und du hast deine Arbeit. Als ich fortging, kannten wir uns kaum, und in den letzten drei Jahren sind wir uns völlig fremd geworden.«

»Dafür kann ich nichts. Es ist eben so gekommen. Aber nach all den langen Jahren des Wartens gebe ich jetzt nicht so einfach auf, falls du darauf abzielst.« Ihre Augen waren hart wie Stein, und sein Herz sank.

»Warum? Warum nicht? Warum müssen wir so weitermachen? Auf diese Weise können wir nicht glücklich werden.« Er versuchte, ihr mit Vernunftargumenten zu kommen, merkte aber sofort, daß sie davon nichts hören wollte.

»Vielleicht doch. Wir haben uns viel zu bieten. Davon war ich immer schon überzeugt.«

»Und ich hatte diesbezüglich immer schon meine Zweifel. Das habe ich dir schon vor der Verlobung gesagt.«

»Und ich habe gesagt, daß es mich nicht kümmert. Wir beide haben alles, was zu einer guten Ehe gehört. Einen interessanten Beruf, Intelligenz, ein abwechslungsreiches Leben – all das ist eine solide Grundlage für eine gute Ehe.«

»Aber nicht für mich. Wie steht es mit Liebe, Zärtlichkeit, Treue ... und mit Kindern?«

»Spencer, du liest offenbar zu viele Romane. Mit dem wirklichen Leben bist du lange nicht mehr in Berührung gekommen. Sicher, diese Dinge mögen wichtig sein, aber sie sind Beiwerk. Nicht das, worauf es wirklich ankommt.« Was sie sagte, zeigte ihm nur einmal mehr, wie grundverschieden sie waren. Er wollte Liebe. Sie wollte Geld, Ansehen, Einfluß.

»Was empfindest du für mich?« Er sah sie mit gequältem Ausdruck an. »Ich meine ... wirklich? Was fühlst du, wenn ich nachts neben dir im Bett liege? Leidenschaft, Liebe, Sehnsucht, Freundschaft? Oder fühlst du dich so einsam wie ich?« Seit seiner Rückkehr hatten sie sich erst einmal geliebt, und es war eine Katastrophe gewesen.

»Du tust mir leid«, erwiderte sie kühl und sah ihm dabei in die Augen.« – »Ich glaube nämlich, daß du auf der Suche nach etwas bist, das es nicht gibt. Das war immer schon so.« Was aber, wenn er ihr nun eingestand, daß er es gefunden hatte? Doch das wollte er ihr nicht sagen. Er wollte sie verlassen, das schon, aber es bestand keine Notwendigkeit, sie unnötig zu kränken. Das wollte er vermeiden. Er wollte nur sein Leben wieder zurückbekommen. Dabei sah er immer klarer, daß sie nicht die Absicht hatte, es ihm zurückzugeben. »Ich glaube, daß du ein Träumer bist und daß du dich endlich in dieser Welt, in der wir leben, einrichten mußt. In einer Welt voller wichtiger Menschen mit wichtigen Tätigkeiten. Alle tun nützliche Dinge. Sie sitzen nicht händchenhaltend mit ihren Frauen da und machen viel Aufhebens um ihre Kinder.«

»Dann tun sie mir aufrichtig leid, und du tust mir auch leid, falls du es so siehst.«

»Du mußt dich zusammenreißen, mußt dir einen Job in Washington suchen, dich mit den richtigen Leuten anfreunden, mit denen, auf die es ankommt ...«

»Mit Leuten, wie es die Bekannten deines Vaters sind?« unterbrach er sie. In seinem Blick stand flammender Zorn. Er hatte diese Menschen samt ihrer ständigen Suche nach noch mehr »Bedeutung« gründlich satt. Was für sie wichtig war, bedeutete ihm gar nichts. Schon gar nicht jetzt, nach drei Jahren Korea.

»Ja, wie sie. Was ist so schlecht an ihnen?«

»Ach, gar nichts. Nur mag ich sie nicht.«

»Du hast Glück, daß sie sich überhaupt mit dir abgeben.« Jetzt war auch Elizabeth außer sich vor Wut. Sie hatte es satt, Spencers saure Miene auf allen Partys, die sie besuchten, ertragen zu müssen. »Du kannst von Glück reden, daß ich dich geheiratet habe. Und noch mehr Glück hast du, daß ich zu klug bin, um mich scheiden zu lassen. Eines Tages wird noch etwas aus dir werden, dafür sorge ich schon. Und dann wirst du mir dankbar sein, Spencer Hill.«

Er sah sie an und fing zu lachen an. Er lachte, bis ihm die Tränen kamen. Elizabeth war die größte Egozentrikerin, die man sich vorstellen konnte, und sie war überzeugt, im Recht zu sein. Aber sie war ein Widerstand, den es zu überwinden galt.

»Und was möchtest du aus mir machen? Wie wär's mit dem Präsidentenamt? Oder soll ich etwa König werden? Das wäre mal ein Spaß ... könnte mir richtig gefallen.«

»Sei nicht albern, Spencer. Du könntest alles erreichen, was du nur willst. In Washington stehen dir alle Möglichkeiten offen, sogar der Kongreß, wenn du nur deine Karten richtig ausspielst.«

»Und wenn ich gar nicht spielen möchte?«

»Das ist deine eigene Entscheidung. Aber es ist mein Ernst: Falls du eine Scheidung möchtest, bin ich nicht bereit, einzuwilligen.« Er hatte sie noch nicht darum gebeten und schon seine Antwort bekommen.

»Weshalb möchtest du verheiratet bleiben, wenn ich es nicht will?« Es war ihm unbegreiflich, sie aber wußte, was sie wollte, und sie brachte es auf den Punkt, als sie aufstand und ihn mit eisenharter Miene ansah.

»Nach all den Jahren dulde ich nicht, daß du mich blamierst. Ich habe auf dich gewartet, und jetzt ist es an dir, deine Schuld einzulösen. Wenn du es recht bedenkst, ist der Preis nicht zu hoch. Du könntest viel schlechter dran sein.« Ganz beiläufig setzte sie hinzu: »Und außerdem liebe ich dich.« Hätte sie es in einem anderen Ton und etwas früher gesagt, es hätte ihn berühren können.

»Ich bin nicht sicher, ob du die Bedeutung dieses Wortes richtig erfaßt hast.«

»Mag ja sein.« Sie blieb ungerührt. »Aber in diesem Fall, lieber Spencer, könntest du mich ja über die richtige Bedeutung belehren.« Damit verschwand sie im Bad und schloß die Tür hinter sich. Er hörte, wie sie die Badewanne einlaufen ließ. Eine halbe Stunde später trat sie wieder in Erscheinung, taufrisch, ganz in Weiß – Hose, Seidenbluse, Schuhe, um den Hals ihre Perlenkette, dazu ein Perlen-Diamant-Ohrgehänge. Elizabeth war eine attraktive Frau, aber sie hatte nichts an sich, was ihn berührt oder erwärmt hätte. »Kommst du zum Frühstück hinunter, oder möchtest du ausschlafen?« Beide wußten, daß er keinen Schlaf mehr finden würde. Er sah verheerend aus. Die Nacht hatte ihren Tribut gefordert, und der Morgen war nicht besser gewesen. Die Tatsache, daß sie nie in eine Scheidung einwilligen würde, hatte ihm ein Messer in sein Herz gestoßen; in sein Herz, das von Crystal erfüllt war.

»Ich komme später nach.«

»In Ordnung. Zum Lunch sind wir bei den Houstons angesagt. Du freust dich sicher, das zu hören.«

»Ich bin hellauf begeistert.« Sonderbar, er empfand Erleichterung nach diesem Gespräch. Wenigstens brauchte er jetzt nicht mehr so zu tun, als könne er es kaum erwarten, endlich die Ehe weiterzuführen, die sie vor dem Krieg begonnen hatten. Sie kannte seinen Standpunkt, und leider kannte er jetzt auch den ihren. Als sie im Begriff war hinauszugehen, sah er sie wieder an. »Elizabeth, ist das alles wirklich dein Ernst?« fragte er sanft und eindringlich. Noch hatte er eine leise Hoffnung, sie zum Einlenken bringen zu können.

»Was denn? Etwa die Ehe mit dir?« Sie nickte. »Mein voller Ernst.«

»Und warum? Warum kannst du nicht zugeben, daß alles ein Irrtum war? Welchen Zweck hat es, an einer sinnlosen Sache festzuhalten?«

»Ich hab schon gesagt, daß ich mich von dir nicht demütigen lasse. Außerdem wäre es auch für meinen Vater nicht angenehm.«

»Eine dümmere Begründung fällt dir wohl nicht ein?«

»Dann denk dir meinetwegen selbst eine aus. Jedenfalls ist es mein Ernst. Und ich bin überzeugt, daß wir beide auf lange Sicht froh sein werden, an der Ehe festgehalten zu haben.« Spencer konnte es nicht fassen. Elizabeth ging ohne ein weiteres Wort hinaus, während er im Bett lag und an Crystal dachte.

Crystal sah sich am Abend mit Problemen eigener Art konfrontiert. Da ein Scheinwerfer ausgefallen war und ein wichtiges Requisit zu Bruch gegangen war, hatten sie bis zehn Uhr gedreht. Stundenlang hatten sie nur herumgestanden und gewartet. Es wurde Mitternacht, bis sie zu Hause ankam. Ernie erwartete sie bereits ungeduldig.

»Na, was hast du heute getrieben?« Ungerührt sah er ihr zu, als sie sich auszog. Crystal war todmüde. Den ganzen Abend hatte sie an Spencer gedacht und auch an das, was ihr bevorstand und was sie Ernie sagen mußte.

»Nicht viel. Es gab Probleme mit der Beleuchtung, wir mußten stundenlang warten.« Alle hatten sich über die Hitze im Studio, über das Warten und über den Kantinenfraß, den sie zum Abendessen geliefert bekamen, beklagt.

»Ist das alles?« Er kam langsam auf sie zu. Crystal war unter dem Bademantel nackt.

»Sicher. Warum?«

Ernie packte eine blonde Haarsträhne und riß ihren Kopf mit einem Ruck zurück, so fest er konnte, während sie nach Luft schnappte und sich verzweifelt loszumachen versuchte. »Laß dir ja nicht einfallen, mich zu betrügen!« stieß er hervor.

»Ernie... ich...« Die Worte erstarben auf ihren Lippen. In seinem Blick las sie, daß er von Spencers Besuch im Studio wußte. »Ein alter Freund hat mich besucht, das ist alles...« Wieder riß er an dem Haarbüschel. Sie weinte Tränen der Angst und des Schmerzes.

»Lüg mich nicht an! Es ist der Kerl aus Korea, nicht wahr?« Schließlich war er nicht auf den Kopf gefallen. Der Zeitpunkt paßte genau. Deshalb konnte er sich alles zusammenreimen. Als das Hausmädchen ihm gesagt hatte, ein Mann habe für Crystal angerufen, war ihm alles klargeworden. Er war ins Studio gefahren, nur um zu sehen, ob jemand bei ihr war, und er war gerade noch rechtzeitig gekommen, um die beiden in ihrer Garderobe verschwinden zu sehen. Dann hatte er lange warten müssen, bis sie wieder herauskamen und Blicke tauschten wie Liebende nach einer langen Trennung.

»Ja ... ja ...« Als er das Haarbüschel verdrehte, raubte der Schmerz ihr den Atem. »Ja, er war es ... es tut mir leid ... ich wußte nicht, daß es dich so aufbringen würde.«

»Dummes Luder!« Sein Schlag traf sie mitten ins Gesicht. Sie wurde durch den halben Raum geschleudert. »Solltest du ihn jemals wiedersehen oder mit ihm sonst irgendwie in Kontakt treten, dann wird ihm etwas sehr Garstiges zustoßen, verstanden, Miß Unschuld?«

»Ja ... Ernie, bitte ...« Sie war zu Tode erschrocken. Von dieser Seite hatte sie ihn noch nicht kennengelernt.

»Und jetzt zieh dich aus!« Seine Miene jagte ihr Entsetzen ein, dabei war er gar nicht betrunken. Mit einem Griff riß er ihr brutal den Bademantel vom Leib, und Crystal stand nackt und zitternd vor ihm. »Eines vergiß niemals: Du gehörst jetzt mir und keinem anderen! Nur mir – du bist mein Eigentum! Ist das klar?« Sie nickte tränenüberströmt, während er sie wieder schlug. Ohne weitere Umstände stieß er sie in einen Sessel und entledigte sich seines eigenen Morgenmantels. Die Angst, die ihr ins Gesicht geschrieben stand, entlockte ihm ein böses Lachen. »Ganz recht, ich werde mit dir tun, was ich möchte, weil du mir gehörst.« Und er nahm sie mit so viel Gewalt und Brutalität in Besitz, daß sie vor Schmerz aufschrie. Dann warf er sie mit einer einzigen Bewegung zu Boden. Sie schluchzte herzzerreißend. Tom Parker hatte ihr dasselbe angetan, aber dies hier war schlimmer, weil sie zu Ernie Vertrauen gehabt hatte. Noch am Nachmittag hätte sie die Chance gehabt, mit Spencer fortzugehen. Jetzt war es zu spät, und sie wußte vor Angst nicht ein noch aus, wenn sie sich vorstellte, was er Spencer antun konnte, falls er seine Drohung wahrmachte. Aber auch wenn Ernie sie töten würde ... sie würde nichts tun, was Spencer irgendwie gefährden konnte.

Ernie blickte auf Crystal hinunter und lachte über ihre Tränen. Sie wagte nicht, ihn anzusehen. »Aufstehen!« Brutal riß er sie an den Haaren hoch. »Und wenn du ihn jemals wiedersehen solltest, Crystal Wyatt ... dann mußt du sterben!« Er ging zu Bett, während sie sich ins Bad schleppte, um sich zu übergeben. Als sie in den Spiegel sah, blickten ihr leere Augen entgegen. Ernie glaubte, sie zu besitzen, weil er sich so großzügig gezeigt hatte. Eines war nun klar – sie wußte, was sie zu erwarten hatte, wenn sie ihn um Spencers willen verlassen würde.

31

Am sechsten September flogen Spencer, seine Frau und Elizabeths Eltern nach Washington. Die Woche zuvor war für Spencer schrecklich gewesen, denn die Spannungen zwischen ihnen waren zermürbend. Elizabeth hatte weitergemacht, als sei nichts geschehen, entschlossen, die Farce einer Ehe aufrechtzuerhalten. Wie es ihm gelingen sollte, sie umzustimmen, wußte er noch nicht, aber es war seine feste Absicht, in einem Monat wieder in Kalifornien und bei Crystal zu sein.

In Washington nahmen das neue Haus, Elizabeths ganzer Stolz, ihr Bekanntenkreis und ihre Arbeit Elizabeth so in Anspruch, daß Spencer sie kaum noch zu Gesicht bekam. Zum Kochen und Saubermachen stellte sie eine Haushälterin ein, und in der darauffolgenden Zeit hatte er den Eindruck, sie seien buchstäblich auf jeder Party in der Stadt anzutreffen. Spencer glaubte, in einem Meer von Menschen zu ertrinken, und jedesmal, wenn er versuchte, mit seiner Frau ernsthaft zu reden, wich sie ihm aus. Am zweiten Wochenende zu Hause platzte ihm schließlich beim Frühstück der Kragen. Elizabeth hatte ihm gerade eröffnet, daß sie für diesen Tag eine Einladung zum Lunch bei ihren Eltern angenommen hatte. Ob Spencer nicht mit ihrem Vater Golf spielen wolle?

»Herrgott, Elizabeth, so geht es doch mit uns nicht weiter. Du kannst nicht einfach so tun, als sei nichts passiert.«

»Spencer, ich habe dir schon einmal gesagt, was ich von allem halte. Und dabei bleibt es. Unser Leben lang. Du tust gut daran, dich damit abzufinden und das Leben endlich zu genießen.« Sie war so kühl und beherrscht wie immer, und das brachte ihn fast um den Verstand.

Er setzte sich zu Tisch und fuhr sich mit seiner gewohnten Geste durchs Haar.

»Wir müssen miteinander reden.« Sein Blick ließ sie nicht los. Spencer wußte zu schätzen, was sie für ihn getan hatte. Aber das Leben konnte so nicht mit ihr weitergehen. »Wir müssen über unsere Ehe sprechen.«

In ihre Augen trat ein eiskalter Ausdruck. Sie war das Thema leid, und sie hatte kein Interesse, es weiterzuverfolgen. Sie dachte nicht daran, in eine Scheidung einzuwilligen. Spencer mußte endlich erwachsen werden und sich dieser Tatsache stellen.

»Es gibt nichts zu besprechen«, entgegnete sie.

»Ich weiß«, sagte er bedauernd. »Genau das ist das Problem.«

»Das Problem besteht darin, daß du noch immer wild um dich schlägst und gegen dein Glück ankämpfst. Erst wenn du damit aufhörst, wird alles besser. Sieh dir meine Eltern an. Glaubst du, für die beiden war alles immer so einfach? Sicher war das nicht der Fall. Aber sie haben sich arrangiert. Und das könnten wir auch, wenn du dich endlich mit den Tatsachen abfinden könntest.«

»Die Tatsache besteht für mich darin, daß ich unsere Beziehung nicht als Ehe ansehe«, erklärte Spencer mit gespielter Ruhe.

»Ach, Unsinn.« Elizabeth war wütend. Sie hatte es satt, über dieses Problem zu sprechen.

»Wir lieben uns nicht. Wir haben uns nie geliebt. Ist das dir so egal?«

»Natürlich ist es mir nicht egal. Aber die Liebe kommt schon noch.« Ihre Gelassenheit machte ihn wahnsinnig.

»Wann denn? Wann soll sich die Liebe einstellen? Mit fünfundsechzig – wie eine Altersrente oder ein Bonus? Liebe ist entweder von Anfang an da oder niemals. Und bei mir war sie nie da. Ich habe mir zwar eingeredet, daß ich dich liebe, aber es stimmte nicht. Gleich nach der Verlobung wollte ich unsere Beziehung beenden – und ich habe es dir sogar gesagt. Leider habe ich mir von dir etwas anderes einreden lassen, ich verdammter Idiot, obwohl ich es besser wußte. Es war dir gegenüber nicht fair, auch nicht mir gegenüber, und jetzt zahlen wir beide den Preis für deine verdammte Halsstarrigkeit.«

»Welchen Preis bezahlst du, wenn ich fragen darf?« Nun war auch sie tüchtig in Rage geraten und ließ es sich anmerken. »Den Preis des Komforts, den Preis, eine Frau zu haben, auf die du stolz sein kannst, oder einen Schwiegervater, der zu den bedeutendsten Persönlichkeiten des ganzen Landes zählt?«

»Wie du weißt, lege ich auf all das keinen Wert.«

»Da bin ich nicht so sicher. Warum hast du mich geheiratet, wenn du mich nicht liebst?« Eine gute Frage.

»Weil ich mir selbst weisgemacht habe, ich wäre verliebt. Damals dachte ich, wir würden das schon irgendwie schaffen, aber wir haben gar nichts erreicht. Das müssen wir beide endlich einsehen.«

»Du mußt endlich einsehen, daß die Dinge anders liegen. Es ist deine Sache, dein verdammtes Pech. Und du tust nichts anderes, als nur zu jammern. Hör endlich mit dem Gejammer auf und unternimm etwas!«

»Genau das will ich ja, verdammt noch mal!« Er schlug auf die Tischplatte ein und hielt sich mit Mühe zurück, Elizabeth etwas an den Kopf zu werfen. »Ich möchte die Scheidung, damit wir beide aus dieser Situation herauskommen und ein Leben führen können wie normale Menschen.«

»Spencer, wir werden nichts dergleichen tun. Wir sind verheiratet, und dabei bleibt es. In guten wie in schlechten Tagen, bis daß der Tod uns scheidet. Also hör auf zu nörgeln und gewöhne dich daran. Setz deinen Allerwertesten in Bewegung und such dir Arbeit. Tu, was du willst, aber laß dir eines gesagt sein: Ich werde mich nie scheiden lassen.«

Spencer spürte, wie Verzweiflung ihn zu überwältigen drohte.

»Und wie lange, glaubst du, können wir so weitermachen?«

»Wenn es sein muß, ewig. Es hängt von dir ab, wie schwer du dir das Leben machen willst.«

»Elizabeth, möchtest du nicht mehr als das? Ich möchte mehr. Ich möchte jemanden, mit dem ich mich verstehe, jemanden, der meine Ziele und Vorstellungen teilt. ...Leben, Liebe, Glück und Kinder.« Er war den Tränen nahe. »Elizabeth, ich möchte glücklich sein.«

»Ich auch.« Sie war bar allen Mitgefühls, und plötzlich kam

ihr ein Gedanke. Sie hatte lange nicht mehr daran gedacht, aber sie wußte noch ganz genau, wie er am Abend nach der Verlobung in San Francisco dieses Mädchen im Nachtclub mit den Augen verschlungen hatte ... und zwei Tage später hatte er erklärt, er könne sie nicht heiraten. »Spencer«, fragte sie mit einem tiefen Blick, »gibt es eine andere?«

Er konnte es ihr nicht sagen, denn darum ging es gar nicht. Es ging vielmehr darum, daß sie einen Fehler gemacht hatten und sich dieser Tatsache stellen mußten. Alles andere ging Elizabeth nichts an.

»Nein, es gibt keine andere.« Von Crystal würde er ihr nichts sagen, denn er wollte nicht vom eigentlichen Problem ablenken.

»Bist du sicher?« Sie kannte ihn besser, als ihm lieb war. Er schüttelte den Kopf, entschlossen, sie anzulügen.

»Es ist unwichtig. Was ich dir jetzt sage, ist viel wichtiger. Unsere Beziehung funktioniert nicht, sie wird nie funktionieren.« Elizabeth war seinem wunden Punkt sehr nahe gekommen, und das war ihm deutlich anzumerken, und natürlich erkannte Elizabeth die Anzeichen.

»Es ist wichtig. Ich habe ein Recht, zu erfahren, ob es eine andere gibt.«

»Würde es denn etwas ändern?« Forschend sah er sie an.

»In eine Scheidung würde ich nie einwilligen, wenn es das ist, was du hören möchtest. Aber es würde mir etwas über dich verraten. Dieser ganze Humbug, über den du dich beklagst, dient doch nur dazu, etwas anderes zu überdecken, oder?«

»Ich sagte schon, das ist nicht der Punkt.«

»Ich glaube dir nicht.«

»Elizabeth, nimm bitte Vernunft an.« Was sollte er ihr denn sagen? Daß es eine andere gab? Daß sie die schönste Frau war, die er je gesehen hatte und daß er sie seit ihrem vierzehnten Lebensjahr liebte und jetzt heiraten wollte?

»Mein Vater wollte dich heute mit ein paar wichtigen Leuten bekannt machen.« Sie ging über alles hinweg, was er vorgebracht hatte. »Ich glaube, wir sollten hingehen.« Sie blickte ihn an. »Ein Freund meines Vaters will dir, glaube ich, einen Job anbieten. Ich finde, du solltest ihn kennenlernen.«

»Ich habe die Freunde deines Vaters satt. Und ihn selbst übrigens auch.«

»Es geht um einen Job in einem der Regierungsbüros.« Elizabeth sprach weiter, als hätte sie Spencer nicht gehört. Er verspürte den Drang, laut zu schreien. »Er meint, du könntest dich bei ihm sehr nützlich machen.«

»Im Moment möchte ich mich für niemanden nützlich machen, nur für mich selbst. Und für dich. Ich möchte endlich reinen Tisch machen.«

»Dazu gibt es keinen Grund. Nicht, was mich betrifft. Und ich werde dich nie freigeben, also vergiß es.« Und als er sie ansah, verriet ihm ihre Miene, daß sie es wirklich so meinte. Nie würde sie ihn freigeben. Er saß in der Falle – für immer womöglich.

»Ist das dein letztes Wort?«

»Das ist es.« Sie sah ungerührt auf die Uhr. »Wir sollen um zwölf dort sein. Ich schlage vor, du ziehst dich jetzt an.«

»Elizabeth, ich bin kein Kind. Ich mag es nicht, wenn man mir sagt, was ich tun soll, wann ich mich anziehen, wann ich essen und wann ich eine Party besuchen soll. Ich bin ein erwachsener Mann und wünsche mir eine Frau, die mich liebt.«

»Tut mir leid.« Sie stand auf, und in ihrem Blick lag Eiseskälte. Er hatte all ihre Hoffnungen zunichte gemacht, aber für sie war das kein Grund, ihn gehen zu lassen. Und jetzt war sie überzeugt, daß eine andere dahintersteckte. Wer immer das war, sie würde Spencer nicht bekommen. »Du wirst dich mit der Situation abfinden müssen.« Sie ging aus dem Zimmer, um eine Stunde später blendend gelaunt wieder zu erscheinen, in einem schicken marineblauen Kostüm. Eine blaue Krokotasche und eben solche Pumps – Geburtstagsgeschenke ihres Vaters – vervollständigten ihre Aufmachung. Auch Spencer, der wütend über seine Nachgiebigkeit war, erschien korrekt gekleidet. Zu seinem grauen Anzug trug er ein Gesicht, das auf jede Beerdigung gepaßt hätte.

Elizabeth plauderte unbefangen mit ihm, ganz so, als wäre nichts gewesen, während Spencer von dem Gefühl, daß sein ganzes Leben sinnlos geworden war, fast erdrückt wurde. Tiefste Hoffnungslosigkeit erfüllte ihn. Wie vorauszusehen, war der

Freund von Elizabeths Vater ein sehr seriöser und sehr wichtiger Mann. Er bot Spencer eine Stelle in einer Regierungsabteilung an, eine Tätigkeit, die ihn interessiert hätte, wäre es seine Absicht gewesen, für immer in Washington zu bleiben und einen Job anzunehmen, den er dem Einfluß der Barclays zu verdanken hatte. Die angebotene Stelle war tatsächlich verlockend – aber er sagte dem Mann mehr aus Höflichkeit, er wolle sich die Sache durch den Kopf gehen lassen. Er wünschte sich nichts mehr, als mit Crystal zu sprechen. Bei seinem spätabendlichen Anruf, den er erst wagte, als Elizabeth schon im Bett war, erfuhr er, daß es ihr nicht viel besser ergangen war als ihm. Ernie behielt sie ständig im Auge, und einige Male hatte sie den Eindruck gehabt, daß er sie überwachen ließ. Sie hatte sogar Angst, mit Spencer zu telefonieren. Zum Glück war Ernie nicht im Haus, als Spencers Anruf kam. Sie deutete Spencer nur an, daß Ernie sie bedroht hatte. Daß sie auch um sein, Spencers, Leben bangen mußte, verschwieg sie ihm. Aber Ernie war nicht der Mensch, der leere Drohungen ausstieß.

Neuerdings tauchte er völlig überraschend im Studio auf, setzte sich in ihre Garderobe, überwachte ihre Anrufe, obwohl sie nur wenige bekam. Sie wurde zur Arbeit gefahren und danach gleich wieder nach Hause gebracht. Er schlug sie nicht mehr und wandte auch sonst keine Gewalt an, er rührte sie nicht einmal an. Das war nicht nötig. Er brauchte ihr nur damit zu drohen, daß er Spencer töten würde. Am Tag, nachdem er sie vergewaltigt hatte, hatte er ihr ein prachtvolles Diamantkollier geschenkt. Boshaft lächelnd hatte er zugesehen, wie sie die beigelegte Karte las. Betrachte dies als deinen neuen Keuschheitsgürtel, Ernie. Sie zweifelte keine Sekunde daran, was passieren würde, wenn sie ihn verließ. Er würde sie und Spencer töten. Ganz sicher. Das hatte er klar und deutlich angekündigt.

Sie wußte, was sie zu tun hatte. Sie mußte Spencer freigeben, um seiner Sicherheit willen, und sie konnte ihm den Grund nicht sagen, aus Angst, er würde zurückkommen und versuchen, sie vor Ernie zu retten.

»Na, wie gehts im Westen?« Spencer klang ziemlich matt, als er anrief. Es war nach Mitternacht, und er fühlte sich wie ausgelaugt nach seinen vergeblichen Bemühungen, Elizabeth zur Scheidung zu bewegen.

»Es war nicht leicht«, sagte Crystal ganz leise. Es war das erste Mal seit Tagen, daß sie mit ihm sprach. Tränen stiegen ihr in die Augen bei dem Gedanken daran, was sie nun sagen mußte. Und doch mußte es sein. Um seinetwillen.

»Das ist die Untertreibung des Jahres, oder?« Er versuchte, einen lockeren Ton anzuschlagen. Beide waren ziemlich am Boden zerstört, wie ihnen deutlich anzumerken war. Er konnte sich nicht verzeihen, daß er sich wider besseres Wissen in die Ehe mit Elizabeth gestürzt hatte. Damals hatte er auf alle anderen, nur nicht auf sich selbst gehört. Und er hatte sogar aus den richtigen Motiven zu handeln geglaubt, hatte versucht, sich einzureden, daß er Elizabeth liebte und daß seine Gefühle für Crystal nur ein leerer Wahn waren.

»Hast du mit Elizabeth gesprochen?«

»Ja. Leider umsonst. Sie läßt nicht mit sich reden. Wenn ich sie nicht gerade mit einem anderen im Bett erwische, kann ich keine Scheidung einreichen, solange sie nicht einwilligt. Aber ich gebe nicht auf. Laß mir nur etwas Zeit, Crystal, dann werde ich sie schon noch herumkriegen.« Wie, das wußte er selbst noch nicht, aber es mußte ihm gelingen. Auf Crystals nächste Worte war er nicht im geringsten vorbereitet. Sie trafen ihn wie ein Keulenschlag bis ins Innerste.

»Das ist nicht nötig«, sagte sie. »Ernie und ich hatten eine Aussprache und ...« Sie erstickte fast daran und mußte sich zu einem unverdächtigen Tonfall zwingen. Es war die bisher schwierigste Rolle ihres Lebens, aber Spencers Sicherheit hing davon ab. Sie mußte ihn überzeugen, mochte er im nachhinein von ihr halten, was er wollte. Das war dann nicht mehr wichtig. Allmählich war ihr aufgegangen, welche Rolle Ernie in Hollywood spielte. Sie hatte gehört, wie die Leute im Studio von ihm sprachen, nachdem man ihn mit ihr zusammen gesehen hatte. Die Gerüchte, die sich um seine weitreichenden Verbindungen rankten, machten ihr angst. Hinter Ernie steckte sehr viel mehr, als auf den ersten Blick zu erkennen war. Hinter ihm standen angeblich sehr gefährliche Leute. Und diese Hintermänner versprachen sich viel

Geld von Crystal. »Er hat gemeint, daß es meiner Karriere schaden könnte, wenn ich ihn jetzt verlassen würde. Weißt du, die Publicity könnte sich für mich sehr ungünstig auswirken.«

Spencer glaubte, sein Herz stünde still. »Was sagst du da?«

»Ich hab gesagt...« Sie zwang eine kühle Note in ihren Ton, so schwer es ihr fiel. »Ich will damit sagen, daß ich vorerst nicht will, daß du zurückkommst. Ich bin dafür noch nicht bereit.«

»Du willst bei ihm bleiben und auf das Gerede der Leute Rücksicht nehmen? Hast du den Verstand verloren?«

»Nein.« Das hörte sich so echt an, daß es ihr fast das Herz brach. Doch es war besser, ihm weh zu tun, als Ernie und seinen Helfern Grund zum Handeln zu bieten. »Ich glaube, bei unserem Wiedersehen habe ich irgendwie den Kopf verloren. Ich konnte nicht anders... es war so viel Zeit vergangen und... ach, ich weiß nicht. Vielleicht habe ich nur eine Rolle gespielt... die Rolle des kleinen Mädchens, das seinen verlorengeglaubten Geliebten wiedersieht.« Tränen liefen ihr über die Wangen.

»Willst du damit sagen, daß du mich nicht liebst?«

Crystal schluckte schwer. Sie mußte sich zwingen, nur an ihn zu denken und nicht an das leere Leben, das sich nun vor ihr erstreckte. »Das alles liegt so lange zurück... ich glaube, wir beide haben uns mitreißen lassen, als wir uns getroffen haben.«

»Komm mir nicht mit diesem Unsinn! Ich habe drei Jahre in diesem gottverdammten häßlichen Krieg überlebt, nur um zurückzukommen und dir zu sagen, daß ich dich liebe.« Er brüllte fast und mußte sich zwingen, seinen Ton zu mäßigen. Er wollte Elizabeth nicht wecken. »Vielleicht habe ich zu lange gewartet, vielleicht war ich ein Idiot, weil ich vieles falsch gemacht habe. Es sieht weiß Gott so aus, als hätte ich das Leben von ein paar Menschen zerstört, aber eines kann ich dir sagen – ich habe mich nicht mitreißen lassen und keine Rolle gespielt, als ich dich besucht habe. Ich liebe dich, ich bin bereit, zu dir zu kommen und dich zu heiraten, sobald ich mein Problem hier gelöst habe. Ich möchte jetzt wissen, was du mir eigentlich sagen willst.«

»Ich sage... es ist aus.«

Lang anhaltendes Schweigen an beiden Enden der Leitung. Als Spencer antwortete, klang seine Stimme heiser.

»Ist das endgültig?« In seiner Kehle saß ein Schluchzen. Er unterdrückte es, während er auf ihre Antwort wartete.

»Ja, endgültig.« Sie brachte die Wörter kaum über die Lippen. »Ich muß an meine Karriere denken ... und ich bin Ernie sehr zu Dank verpflichtet.«

»Zwingt er dich, so zu sprechen?« Ein schrecklicher Verdacht regte sich bei ihm. »Ist er da?« Das hätte alles erklärt. Crystal konnte das, was sie eben gesagt hatte, nicht ernst meinen. Er hatte ihr Gesicht gesehen und wußte, daß sie ihn liebe. Zumindest hatte er es damals geglaubt.

»Natürlich nicht. Er würde mich zu nichts zwingen.« Es war die schlimmste aller Lügen, die sie ihm zu seinem Schutz auftischte. »Ich möchte nicht, daß du kommst. Ich glaube auch nicht, daß wir uns noch einmal sehen sollten, und sei es als Freunde. Es hat keinen Sinn, Spencer, es ist vorbei.«

»Ich weiß nicht, was ich sagen soll.« Er weinte und wollte nicht, daß sie es merkte. Wenn er nur im Krieg gefallen wäre.

»Spencer, gib gut acht auf dich ... und noch etwas.«

»Was denn?«

»Ruf mich nicht mehr an.«

»Verstehe. Alles Gute weiterhin.« Er war nicht verbittert. Er war gebrochen. »Aber eines sollst du wissen ... falls du mich jemals brauchen solltest, werde ich für dich dasein. Du brauchst nur anzurufen. Und wenn du deine Meinung änderst ...« Er ließ den Satz unvollendet, während beide in Gedanken beim anderen waren. Sie mußte jede eventuell noch vorhandene Hoffnung in ihm ersticken. Das war lebenswichtig.

»Das werde ich sicher nicht.« Sie war totenblaß, aber das konnte er nicht sehen. Sie hatte getan, was sie tun mußte. Jetzt war Ernie der einzige Mensch, den sie auf dieser Welt hatte. Ein schrecklicher Gedanke, den sie lieber verdrängte. In diesen letzten Augenblicken klammerte sie sich verzweifelt an Spencer, auch wenn er nichts davon merken durfte. Sie wollte noch nicht auflegen. Sie wollte seine Stimme hören und ihm noch ein paar Sekunden nahe sein. »Was ist mit Elizabeth? Was hast du weiter vor?« fragte sie, nur damit das Gespräch weiterging und weil es eine Frage war, die sie sich selbst oft gestellt hatte.

»Keine Ahnung. Sie sagt, sie wird mich nie freigeben. Kann sein, daß es stimmt. Ebensogut ist möglich, daß sie sich irgendwann mit mir langweilen wird. Eine Ehe kann man das wirklich nicht nennen, was uns verbindet.«

»Warum will sie dich unbedingt halten?« Tränen liefen Crystal über die Wangen.

»Sie will ihr Gesicht nicht verlieren. Ich glaube, sie wollte von Anfang an in erster Linie jemanden, der mit ihrem Vater Golf spielt und sie auf Partys begleitet.« Eine grobe Vereinfachung, die aber aus seiner Sicht stimmte. Ihre Beziehung reichte bei weitem nicht an das heran, was ihn und Crystal verband. Sonderbar, aber er glaubte, Crystal trotz der kurzen Zeit, die sie zusammen verbracht hatten, besser zu kennen als seine Frau, besser, als er Elizabeth je kennenlernen würde. »Ich weiß nicht, was ich jetzt tun werde.« In Washington bleiben oder zurück nach New York gehen, Elizabeth verlassen oder die Stelle annehmen, die man ihm angeboten hatte. Es war unwichtig, was er tat. Er fühlte sich wie ein Roboter. »Dieses Gespräch ist wohl eine Schicksalswende, wie man so schön sagt ... oder etwa nicht?«

»Ja, das kann man wohl sagen.« Crystal schwieg, verzehrt von dem Verlangen, ihm ihre Liebe zu gestehen. Sie durfte nicht daran denken, daß er jetzt wohl glauben mußte, er sei ihr gleichgültig. »Ja, ich glaube auch, es ist eine Wende ...«

»Crystal, laß es dir gutgehen ... gib acht auf dich ...« Und dann kamen die Worte, die ihr fast das Herz brachen. »Ich werde dich immer lieben.« Damit legte er auf.

Spencer blieb in dem kleinen Arbeitszimmer sitzen, das Elizabeth ihm eingerichtet hatte, und weinte. Er gab sich seinem Kummer hin, in Gedanken bei Crystal und der gemeinsamen Zeit. Dabei versuchte er sich einzureden, daß sie ihre Gründe für diesen Entschluß hatte, obwohl es ihm unbegreiflich war, daß sie ihn ihres Erfolgs zuliebe aufgab. Er wußte zwar, wie sehr sie von einer Filmkarriere geträumt hatte, aber irgendwie sah ihr diese herzlose Entscheidung nicht ähnlich. Natürlich würde er ihren Wunsch respektieren. Das war er ihr schuldig. Jetzt mußte er einen Weg finden, seinem Leben einen neuen Sinn zu geben und mit der Hoffnungslosigkeit fertigzuwerden.

Crystal legte mit bebenden Händen den Hörer auf die Gabel. Ihr ganzer Körper war starr und kalt wie Eis. Sie wußte, daß sie das einzig Richtige getan hatte. Und doch war das Gefühl übermächtig, alles zerstört zu haben, was ihr teuer war. Sie hatte unwissentlich ihre Seele an einen schlechten Menschen verkauft und mußte nun dafür büßen. Es war ein hoher Preis, den sie zahlte, zumal nichts von dem, was sie nun hatte, diesen Preis rechtfertigte. Lange saß sie da und starrte vor sich hin ins Leere, fassungslos, daß Spencer für sie nun endgültig verloren war. Sie fühlte sich wie damals bei Jareds Tod – dieselbe Leere, dieselben Gewissensbisse, dieselbe Einsamkeit, wie sie sie damals überwältigt hatten.

»Warum diese fröhliche Miene?« Erschrocken blickte sie auf. Sie hatte Ernie nicht gehört. Ganz plötzlich stand er vor ihr und sah sie wutentbrannt an. »Ist etwas passiert?« Sie schüttelte den Kopf. Sie wollte nicht mit ihm sprechen. »Sehr gut. Dann zieh dich an. Wir sind heute bei einer Premiere, und anschließend treffen wir uns mit ein paar Produzenten, denen ich dich vorstellen möchte.«

»Ich kann nicht.« Sie sah ihn tränenblind an. »Mir ist nicht gut.«

»Du fühlst dich prima.« Er ging an die Bar und goß ihr einen Drink ein. Nach kurzem Nippen stellte sie das Glas ab. Es ging ihr keine Spur besser. Drinks konnten ihr nicht helfen. Nichts konnte ihr helfen. Ernie lächelte ihr aufmunternd zu. »Braves Mädchen. Und jetzt ziehst du dich schön an. In einer halben Stunde müssen wir gehen.« Sie sah ihn mit ausdruckslosem Blick an. Dann stand sie auf und ging langsam zur Schlafzimmertür. Ernie beobachtete sie scharf. Crystal wußte nicht, daß er mit ihr sehr zufrieden war: Er hatte ihr Gespräch von seinem Büro aus mitgehört.

Sie gingen zusammen aus und wurden von Fotoreportern bedrängt. Daß Crystal seltsam still und blaß war, fiel niemandem auf. Zur Premiere kamen sie zu spät, was in Ernies Sinn war, weil sie so mehr Aufmerksamkeit erregten. Beim Eintreten hielt er stolz ihren Arm fest. Die Produzenten waren begeistert von Crystal, und Ernie hätte nicht zufriedener sein können. Crystal sprach weder mit ihm noch mit den anderen viel. Sie wirkte verloren und einsam.

32

Als Thanksgiving gefeiert wurde, hatte Spencer sich für den Job entschieden, der ihm von Richter Barclays Freund angeboten worden war. Er kam sich zwar wie ein Betrüger und der Betrogene zugleich vor, aber irgend etwas mußte er tun, um seinen Verstand zu beschäftigen. Er konnte nicht ständig zu Hause hocken und warten, daß sich die Dinge zum Besseren wandten. Es würde sich nichts ändern. Elizabeth wollte ihn nicht freigeben, und Crystal hatte ihm in aller Deutlichkeit zu verstehen gegeben, daß sie ihn nicht mehr sehen wollte.

Als er entdeckte, daß ihm seine Arbeit Spaß machte, war er selbst überrascht. Zu Weihnachten hatte er sich einigermaßen gefangen, auch wenn er das Gefühl nicht loswurde, daß ein Teil von ihm gestorben war, als er Crystal aufgegeben hatte. Aus diesem Grund stürzte er sich um so eifriger in seine Arbeit. Die Politik fesselte ihn viel mehr, als er erwartet hatte.

Er entdeckte sein Interesse für Washington, das ein aufregendes und amüsantes Leben bot, und er hätte sehr glücklich sein können, wäre da nicht seine Beziehung zu Elizabeth gewesen, die ihm wüst und leer erschien. Jede Hoffnung, ein innigeres Verhältnis zu ihr zu entwickeln, war zerstört worden, als er sie um die Scheidung gebeten hatte. In den darauffolgenden turbulenten Wochen und Monaten verstärkte sich seine Abneigung gegen sie, und Elizabeth wurde immer mißtrauischer. Er fühlte sich an sie gefesselt, jedoch aus den falschen Gründen.

Wenn sie wollte, konnte sie eine höchst anregende Gefährtin sein – intelligent, geistreich und amüsant. Aber jetzt war ihre einstige Leidenschaft so gut wie vergessen. Ihr Eheleben war geprägt von Zurückhaltung, Bedauern und einer gewissen Bitterkeit, die beide empfanden. Für ihre Umgebung boten sie dessenungeachtet das Idealbild eines glücklichen, zufriedenen und fabelhaft aufeinander eingestimmten Paares. Beide spielten ihre Rollen ausgezeichnet. Die Enttäuschung, die sie jeder für sich empfanden, drang über die Privatsphäre nicht hinaus. Elizabeth war äußerst angetan von Spencers Tätigkeit – für sie das wichtigste Kriterium. Crystal sah er nur auf der Leinwand in dunklen Kinosälen. Eines Abends, als Elizabeth länger arbeitete, sah er sich Crystals ersten Film an. Und nach seiner Rückkehr aus Palm Beach hatte er gelesen, sie solle eine Rolle in einem großen Film bekommen.

Noch immer kein ganz großer Star, war sie dennoch sehr gefragt. Und Spencer wußte, daß alle Studios, die sie beschäftigten, mit Ernie verhandelten. Sie verdiente für ihn ein Vermögen, für ihn und die Männer, deren Interessen er vertrat.

Presseberichten zufolge sollte sie mit den Dreharbeiten zu ihrem neuen Film im Juni beginnen. In der Zwischenzeit zeigte sie sich oft an Ernies Arm oder in Gesellschaft bekannter Stars, mit denen Ernie sie aus Gründen der Publicity ausgehen ließ. In den einschlägigen Kolumnen tauchte regelmäßig ihr Name auf, und ihr Gesicht wurde immer bekannter.

Crystal hatte einen guten Start, aber Spencer graute, wenn er daran dachte, was für ein Leben sie mit Ernie führte. Da er diesen Gedanken nicht ertrug, versuchte er ihn aus seinem Bewußtsein zu verdrängen.

Als im Juni in Palm Springs die Außenaufnahmen für ihren neuen Film begannen, war Spencer vollauf damit beschäftigt, für seinen Chef in Boston politische Kontakte zu knüpfen. Dabei hatte er hauptsächlich mit einem ehrgeizigen jungen Senator zu tun.

Im Herbst gab Elizabeth ihre Arbeit für den Untersuchungsausschuß auf, da sie sich entschlossen hatte, Jura zu studieren. Spencers momentane Aufgabe war für sie ein Schritt, der sie der Erfüllung ihrer Wünsche näher brachte. Er erwies sich als sehr tüchtig und fand auch bei ihrem Vater höchste Anerkennung. Da Spencer nun genau das machte, was sie sich immer schon gewünscht hatte, zeigte sie sich allmählich milder gestimmt. Das Thema Scheidung war zwischen ihnen nie wieder zur Sprache gekommen, so daß sie annehmen konnte, er sei endlich zur Vernunft gekommen.

Als an einem kühlen Novembernachmittag das Telefon läutete,

war Spencer eben nach Hause gekommen und Elizabeth noch auf der Uni. Er hatte die Zeitung noch nicht gelesen und war daher nicht informiert. Um so heftiger erschrak er, als er den Hörer abnahm und hemmungsloses Schluchzen hörte. Das Gespräch lief über die Vermittlung, er wußte nur, daß es ein Ferngespräch war. Es dauerte eine Weile, bis er die Stimme erkannte, und als ihm klarwurde, daß es Crystal war, erschrak er bis ins Innerste. Über ein Jahr war vergangen, seitdem er sie gesehen hatte.

»Crystal ... bist du es?«

Am anderen Ende trat Schweigen ein. Nur das Knistern in der Leitung war vernehmbar. Er glaubte schon, die Verbindung sei unterbrochen worden, als er wieder dieses verzweifelte Schluchzen vernahm. Sie stammelte etwas Unverständliches, und er fürchtete, daß ihr etwas Entsetzliches zugestoßen war. Deshalb versuchte er vor allem herauszubekommen, wo sie sich aufhielt.

»Wo bist du? Von wo rufst du an?« fragte er vergeblich, und dann hörte er sie wieder weinen. Das einzig verständliche Wort, das sie herausgebracht hatte, war sein Name. Alles andere war ein unverständliches Gestammel. Spencer sah auf die Uhr. In Kalifornien war es drei Uhr morgens. »Crystal ... hör zu ... versuch dich zu fassen und sprich ganz langsam und deutlich. Was ist passiert?« Offenbar etwas Schreckliches. Er selbst war den Tränen nahe. »Crystal, hörst du mich?«

»Ja.« Es hörte sich an wie ein gedämpftes Aufstöhnen, ehe sie wieder hemmungslos zu schluchzen anfing.

»Liebling, was ist denn? Wo bist du?« Er wünschte sich verzweifelt, zur Stelle zu sein und ihr helfen zu können. Gott sei Dank hatte sie ihn angerufen. Wenn dieser elende Halunke ihr weh getan hatte, konnte er sich auf etwas gefaßt machen ...

Das Schluchzen flaute ab, er hörte, wie sie tief durchatmete. »Spencer ... ich brauche dich ...« Mit geschlossenen Augen hörte er zu. »Ich bin verhaftet worden.«

Spencer riß die Augen auf.

»Wieso das?« fragte er atemlos.

Eine längere Pause, dann ein herzzerreißendes Schluchzen, an dem sie fast erstickte. Dann wieder Schweigen. »Unter Mordverdacht«, flüsterte sie schließlich.

Spencer hatte den Eindruck, daß sich alles um ihn herum drehte. »Im Ernst?« Ein Schauder überlief ihn, denn er wußte, daß sie keinen Scherz machte.

»Ich war es nicht ... das schwöre ich ... Ernie wurde gestern nacht getötet ... in Malibu ...« Sie versuchte, ihm alles zu erklären, war aber viel zu durcheinander, als daß er sich ein Bild hätte machen können. Aus purer Gewohnheit griff er nach einem Stift, um sich das wenige zu notieren, was er verstehen konnte. Sie befand sich in Los Angeles. In Untersuchungshaft. Ernies Leichnam war am Morgen in seinem Haus in Malibu entdeckt worden. Die Polizei war in Beverly Hills vorgefahren und hatte Crystal als Mordverdächtige festgenommen.

»Gibt es Indizien, die gegen dich sprechen?«

»Ich weiß es nicht... Wir hatten gestern am Strand einen Streit, und jemand hat uns dabei beobachtet. Ernie hat mich geschlagen.« Spencer zuckte zusammen, als spürte er den Schlag am eigenen Leib. »Und ich habe meinen Arm gehoben, aber das war alles ... daraufhin habe ich ihn draußen stehenlassen, weil er sagte, er erwarte noch Geschäftspartner, mit denen er etwas besprechen müsse. Wer das war, weiß ich nicht.« Spencer machte sich Notizen, während er ihr zuhörte.

»Kennt jemand diese Leute?«

»Ich weiß es nicht.«

»Um was ging es bei diesem Streit?« Er war ganz der versierte Anwalt, als er sie befragte.

»Wieder einmal um den Vertrag. Ich wollte ihn rückgängig machen, weil Ernie mich an die Studios ausborgte wie ein Auto. Und immer hat er das ganze Geld kassiert. Auch das hatte ich satt. Ich durfte nicht einmal entscheiden, welche Filme ich machen wollte. Er hat mich einfach benutzt ...« Wieder übermannte sie das heulende Elend. Endlich hatte sie durchschaut, mit wem sie es zu tun hatte – leider viel zu spät. Sie kam von Ernie nicht los und hatte Spencer so gut wie verloren. »Ich habe ihn gehaßt, aber ich hätte ihn nie getötet. Das schwöre ich.«

»Kannst du das beweisen? Hat dich jemand in Beverly Hills gesehen? Bist du anschließend noch ausgegangen? Hast du Bekannte angerufen?«

»Nein, niemanden. Gar nichts. Nach der Auseinandersetzung am Strand bekam ich Kopfschmerzen und ging zu Bett. Das Mädchen war nicht da, den Chauffeur habe ich nicht gesehen.« Das war auch der Grund, weshalb man sie festgenommen hatte. Sie hatte ein Motiv und kein Alibi und keine Zeugen, die ihre Aussage gestützt hätten. »Spencer«, flehte sie ihn an wie ein verängstigtes Kind, »ich weiß ja, daß ich dich nicht darum bitten sollte. Vermutlich möchtest du mich am liebsten zur Hölle schicken. Aber ich habe sonst niemanden, an den ich mich wenden könnte. Wirst du mir helfen?« Wieder trat längeres Schweigen ein. Dann hörte man, wie sie sich die Nase putzte. Spencer wußte, was er zu tun hatte. Er brauchte keine Sekunde, um einen Entschluß zu fassen – er wußte, daß er unbedingt nach Kalifornien mußte.

»Morgen bin ich bei dir und suche dir einen Verteidiger.«

»Kannst du mich nicht verteidigen? O Gott, Spencer... ich habe solche Angst. Was ist, wenn ich nicht beweisen kann, daß ich es nicht war?« Ihre ängstliche Stimme brach ihm fast das Herz. Das Gespräch nahm ihn so sehr in Anspruch, daß er Elizabeths Eintreten nicht bemerkte. Sie stand in der Diele und hörte, was er zu Crystal sagte.

»Keine Angst, wir werden den Beweis schon erbringen. Aber hör mal... ich bin kein Strafverteidiger, und du brauchst einen, und zwar den allerbesten. Mach jetzt keinen Fehler, Crystal, bitte...« Er mußte befürchten, dem Fall nicht gewachsen zu sein, und es stand dabei zuviel auf dem Spiel.

»Ich möchte nur, daß du den Fall übernimmst... falls du Zeit hast.« An diesen Punkt hatte sie bis jetzt noch gar nicht gedacht. Aber sie war ein wenig ruhiger geworden und überlegte erschrocken, daß er sich womöglich gar nicht freimachen konnte. Das war es aber nicht, was Spencer Sorge bereitete. Er hatte keine Erfahrung als Strafverteidiger, und diesen Mangel konnten weder sein Interesse für dieses Gebiet noch seine Liebe zu Crystal wettmachen.

»Das besprechen wir, wenn ich bei dir bin. Brauchst du irgend etwas?« Er mußte ganz laut sprechen, da es in der Leitung stark knisterte.

»Ja.« Sie lächelte unter Tränen. »Eine Metallsäge.« Sie lachte und weinte gleichzeitig, und Spencer mußte lächeln.

»Braves Mädchen... Wir werden dich da schon herauspauken. Also, Kopf hoch. Ich bin bei dir, ehe du weißt, wie dir geschieht. Und noch etwas, Crystal...« Bei dem Gedanken an sie lächelte er, und gleichzeitig bemerkte er, daß Elizabeth ihn beobachtete. Er wußte, daß er den Satz nicht beenden konnte. »Schön, daß du mich angerufen hast.«

Crystal fühlte sich ein wenig besser, obwohl sie Gewissensbisse plagten, seit sie ihn vor einem Jahr fortgeschickt hatte. Aber es gab sonst niemanden, an den sie sich hätte wenden können, und ihre Liebe zu ihm war unverändert. »Ich habe dich als meinen Anwalt angegeben. Geht das in Ordnung?«

»Selbstverständlich. Du kannst sagen, daß ich es bestätige. Ansonsten sag kein Wort... gar nichts. Ist das klar?«

»Ja.« Sie zögerte. Man hatte ihr bereits so viele Fragen gestellt. Den ganzen Tag war sie verhört worden, bis sie einen Zusammenbruch erlitten hatte. Dann erst hatte man ihr gestattet, ihren Anwalt anzurufen.

»Ganz im Ernst, du darfst nichts aussagen. Erst möchte ich alles mit dir besprechen. Hast du verstanden?«

»Ja.« Nun war ihr schon viel wohler zumute.

»Gut.« Er wirkte befriedigt. »Morgen besuche ich dich. Wir kriegen dich da heraus, du darfst nur die Hoffnung nicht aufgeben.« Crystal bedankte sich unter Tränen, und gleich darauf war das Gespräch beendet. Lange stand er da, den Blick auf den Apparat gerichtet. Dann wandte er sich um und sah Elizabeth an.

»Worum geht es denn?«

Ihre Blicke trafen aufeinander. Er ließ sich Zeit mit der Antwort. Daß er ihr zumindest annähernd die Wahrheit sagen mußte, war klar. Aus der Presse würde sie ohnehin die ganze Geschichte erfahren. Crystal war schon so bekannt, daß der Rummel entsprechend ausfallen würde. »Es geht um eine alte Freundin in Kalifornien, die in großen Schwierigkeiten steckt.« Er holte tief Luft. »Morgen fliege ich hin«, fügte er hinzu.

»Darf ich fragen, warum?« Elizabeth zündete sich eine Zigarette an, ohne ihren eiskalten Blick von ihm zu wenden.

»Ich möchte vor Ort feststellen, wie ich ihr am besten helfen kann.«

»Wer ist diese Freundin?«

Er zögerte. »Sie heißt Crystal Wyatt.« Der Name sagte ihr gar nichts, sein Blick jedoch alles.

»Ich kann mich nicht erinnern, daß du sie je erwähnt hast.« Wachsam ließ sie sich auf der Couch nieder, ohne den Blick von ihm zu wenden. Ganz intuitiv wußte sie, daß dies die Frau war, die zwischen ihnen gestanden hatte. »Was für eine Freundin ist das, Spencer? Etwa eine alte Flamme?«

»Ein kleines Mädchen, das ich von früher kenne. Jetzt ist sie erwachsen und steckt in großen Schwierigkeiten.« Er setzte sich nicht zu seiner Frau. Zwischen ihnen hätte ebensogut eine Eiswand stehen können.

»Ach so... Und was gedenkst du zu unternehmen, um ihr zu helfen?«

»Gut möglich, daß ich ihre Verteidigung übernehme... oder ich verschaffe ihr einen guten Anwalt.«

»Was wirft man ihr vor?«

Er sah ihr in die Augen. »Mord.«

Nun trat anhaltende Stille ein. »Ich verstehe«, sagte sie mit einem Nicken. »Das ist allerdings eine ernste Sache. Aber hast du vergessen, du edler Ritter, daß du kein Strafverteidiger bist?«

»Das habe ich ihr auch gesagt. Ich will sehen, wen ich für sie als Verteidiger gewinnen kann.«

»Das kannst du von hier aus auch in die Wege leiten«, sagte sie in gepreßtem Ton und drückte die Zigarette entschlossen aus.

Spencer schüttelte den Kopf. »Nein, das kann ich nicht.« Er mußte zu Crystal, und sei es nur, um sie zu sehen. Crystal hatte ihn verzweifelt um Hilfe gebeten. Er würde sie nicht im Stich lassen und die Chance nutzen, zu ihr zu stehen. Schließlich stand ihr Leben auf dem Spiel. Er wollte ihr um jeden Preis helfen und, wenn es sein mußte, sie sogar selbst verteidigen. »Ich fliege morgen hin.«

»An deiner Stelle würde ich das lieber unterlassen.« Eine unverhüllte Drohung sprach aus ihren Worten.

Spencer ließ sich nicht beirren. »Ich muß zu ihr.«

Elizabeth sagte ganz ruhig: »Wenn du gehst, lasse ich mich scheiden.« Worum er sie vor einem Jahr verzweifelt gebeten hatte, benutzte sie jetzt als Druckmittel. Spencer wußte, daß er zu Crystal mußte – egal, was Elizabeth sagte oder tat.

»Das tut mir leid zu hören.«

»Nicht möglich...« Ihre Kälte wuchs mit jedem Wort. »Du wolltest ohnehin immer die Scheidung. Und was ist mit Miß Wyatt?« Der Name hatte sich für immer in ihr Gedächtnis eingegraben. »Wie würde sie es aufnehmen?«

»Das einzige Gefühl, das sie jetzt kennt, ist Angst.« Seine Handflächen waren feucht. Er sah seine Frau lange an. Endlich hatten sie den Wendepunkt erreicht, der sich schon längst angekündigt hatte. »Ich weiß nicht, wie lange ich wegbleibe.«

»Was ich gesagt habe, war kein Scherz. Ich möchte nicht vor aller Öffentlichkeit bloßgestellt werden, wenn du den Narren für diese Person spielst.« Das Schweigen, das nun folgte, lastete schwer zwischen ihnen. »Endlich bist du dabei, politischen Ehrgeiz zu entwickeln... eine Scheidung könnte dir da sehr schaden.«

»Das klingt ganz nach Erpressung.«

»Nenn es, wie du willst. Meinst du nicht, daß es zumindest eine Überlegung wert ist?«

»Ich kann nicht anders, ich muß zu ihr.« Er fuhr sich mit der Hand durchs Haar, das an den Schläfen unübersehbar grau geworden war. Crystal brauchte seine Hilfe. Und er würde sie nicht im Stich lassen, egal, was Elizabeth ihm antun oder androhen würde. »Sie braucht mich.«

»Bist du in sie verliebt?« Sein Blick verriet ihr, daß es eine törichte Frage war.

»Ich bin es gewesen.« Zum erstenmal war er ganz aufrichtig – für Ausflüchte war es zu spät. Ihre Ehe war von Anfang an ein Irrtum gewesen.

»Und jetzt?«

»Ich weiß es nicht... es ist lange her, seit ich sie gesehen habe. Aber das ist nicht der Grund, warum ich zu ihr fahre. Ich helfe ihr, weil sie niemanden hat, an den sie sich wenden könnte.«

»Wie rührend.« Elizabeth stand auf und ging zur Treppe, die

zum Schlafzimmer führte. »Ehe du abreist, solltest du dir meine Worte gründlich durch den Kopf gehen lassen. Ich schlage vor, du schaltest für sie einen anderen Anwalt ein.«

Gleich nachdem sie den Raum verlassen hatte, rief Spencer die Fluglinie an und ließ sich einen Platz reservieren. Als er die Treppe hinaufging, fragte er sich, was aus ihnen werden sollte. Aber er und Elizabeth waren nicht so wichtig. Das einzige, was in diesem Moment zählte, war, Crystal aus dieser schrecklichen Situation zu befreien. Immerhin stand ihr Leben auf dem Spiel, und man durfte eine solche Anklage nicht auf die leichte Schulter nehmen. Diesen Ernesto Salvatore war sie nun los... aber um welchen Preis? Ihr drohte die Todesstrafe oder lebenslänglich Zuchthaus.

Nachdem er seine Sachen gepackt hatte, rief er seinen Chef an, um ihm mitzuteilen, daß er in einer persönlichen Angelegenheit nach Kalifornien fliegen mußte. Sein Chef zeigte sich sehr verständnisvoll, und Spencer versprach anzurufen, sobald er wisse, wie die Dinge stünden. Dann ging er ins Schlafzimmer. Elizabeth war in die Zeitung vertieft. Sie sah ihn sonderbar an, und als er einen Blick auf das Blatt warf, entdeckte er, daß sie einen Artikel über den Mord an Ernie las. Über dem Artikel prangte ein großes Studio-Foto von Crystal, auf dem sie bei weitem nicht so schön war wie in Wirklichkeit, aber immer noch umwerfend aussah mit ihrem breitkrempigen Hut und dem tiefausgeschnittenen Kleid. Das offene hellblonde Haar fiel ihr wie ein Schleier auf die Schultern. Ihr Blick war direkt auf den Betrachter gerichtet, und ihr Gesicht zeigte einen geheimnisvollen Ausdruck... Elizabeth glaubte, diese Augen schon einmal gesehen zu haben, und als sie Spencer anschaute, fiel ihr alles wieder ein.

»Sie ist das Mädchen aus dem Nachtclub, stimmts?« Jetzt wußte sie es ganz genau. Das gehörte zu Crystals besonderem Reiz... wer sie einmal gesehen hatte, konnte sie nie vergessen.

Spencer nickte. »Komisch«, sagte Elizabeth gedehnt. »Ich hatte immer schon das Gefühl, daß sie diejenige ist... wie gut ich mich noch an dein Gesicht an jenem Abend erinnere... wie vom Donner gerührt hast du ausgesehen.«

Er lächelte. Es waren genau die Worte, die er vor langer Zeit gebraucht hatte, als er ihr anvertraut hatte, was er sich von der Liebe wünschte.

»Du fliegst nach L.A.?«

»Ja.«

Sie nickte abermals und löschte das Licht. Und als er neben ihr im Bett lag, war er in Gedanken bei Crystal, die in Kalifornien im Gefängnis saß.

33

Das Tor öffnete sich mit einem gräßlichen Klirren. Spencer wurde in einen kleinen Raum geführt, dessen Einrichtung aus einem ramponierten Tisch und wackligen Stühlen bestand. Als der Gefängnisbeamte wieder hinausging, verschloß er die Tür. War es schon ein schreckliches Gefühl, hier zu sein, so traf es Spencer vollends wie ein Schock, als Crystal hereingeführt wurde, in einem blauen Kittel, die Arme auf dem Rücken mit Handschellen gefesselt. Der Blick aus ihren verängstigten Augen traf Spencer mitten ins Herz. Man befreite sie von den Handschellen und ließ sie mit ihm allein, nicht ohne die Tür wieder abzuschließen. Als ihr Anwalt wagte er nicht einmal, ihr einen Kuß zu geben. Er sah sie nur an und empfand erneut die übermächtige Liebe, die er ihr schon seit Jahren entgegenbrachte. Und als sich ihre Blicke kreuzten, zweifelte er keine Sekunde daran, daß auch sie ihn noch liebte. Das letzte Jahr schien wie weggefegt, und er hatte das Gefühl, daß ihn schon ihre Nähe mit neuer Kraft erfüllte.

Da zu vermuten stand, daß der Raum abgehört wurde, sprach Spencer nur ganz leise, den Blick unverwandt auf sie gerichtet. Er faßte nach ihrer Hand, ohne ein Wort über seine Gefühle zu verlieren. Crystal klammerte sich an ihn; in ihren Augen standen Tränen. Er hatte ihr schrecklich gefehlt, das vergangene Jahr ohne ihn war ein einziger Alptraum gewesen.

»Na, geht es einigermaßen?«

Sie nickte und setzte sich, ohne seine Hand loszulassen. Spencer gönnte ihr eine kleine Atempause, ehe er mit seinen Fragen anfing. Punkt für Punkt gingen sie den Fall durch, und sein Entsetzen wuchs, als er immer mehr von ihrer Geschichte erfuhr. Salvatore hatte sie wie eine Sklavin in einem goldenen Käfig gehalten. In den letzten Monaten war sie praktisch seine Gefangene gewesen und hatte nur tun dürfen, was er ihr gestattet hatte: Dreharbeiten, Partys, Auftritte in der Öffentlichkeit. Den Rest der Zeit hielt er sie unter strikter Bewachung im Haus. Es hatte deswegen ständig Streitigkeiten zwischen ihnen gegeben, da sein krankhafter Argwohn grundlos war. Seit Spencer hatte es keinen anderen Mann in ihrem Leben gegeben.

»Gibt es Zeugen für die Auseinandersetzungen?«

»Die Hausmädchen und den Chauffeur.«

»Und seine Freunde?«

»Ja, einige. Mit den meisten traf er sich aber in Malibu. Er war immer sehr zurückhaltend, wenn es sich um seine eigenen Angelegenheiten handelte.« Vermutlich hatte er sich auch mit anderen Frauen getroffen. Einige Male hatte er Crystal sexuell mißbraucht, und bei einer Gelegenheit hatte er ihr ein blaues Auge verpaßt, so daß sie gezwungen gewesen war, zwei Wochen mit den Dreharbeiten auszusetzen. Die Sache war bis in die Zeitungsredaktionen durchgesickert. Es hatte geheißen, sie habe einen Unfall gehabt und ihr Gesicht habe so stark gelitten, daß sie vorübergehend nicht filmen könne. Statt dessen hatte sie im Tonstudio gearbeitet, da sie neuerdings in ihren Filmen auch sang.

Spencer hörte dies alles mit wachsender Empörung. »Warum hast du mich nicht verständigt?«

»Er hat mir gedroht, dich zu töten, falls ich dich jemals wieder anrufen sollte. Damals... hat er dich gesehen, und er wußte sofort, wer du bist. Deswegen...« Sie zögerte. »Deswegen habe ich dich angefleht, dich nicht mehr zu melden. Aus Angst um dich.« Sie sah ihn bekümmert an, da sie wußte, wieviel Schmerz sie ihm bereitet hatte. Spencers Herz klopfte wild. Sie hatte ihn die ganze Zeit über geliebt! Dann erzählte Crystal weiter, daß Ernie gedroht hatte, auch sie zu töten – mehr als einmal, besonders in letzter Zeit, als es zwischen ihnen immer wieder zu Auseinandersetzungen wegen des Vertrages gekommen war. »Meine Gage wurde ihm ausbezahlt. Alles. Ich habe nur so viel bekommen, daß ich mir etwas zum Anziehen kaufen konnte.« Wie ein Zuhälter hatte er ihren Körper verkauft, dachte Spencer voll Zorn. Er hörte sich alles an und machte sich Notizen, wenn sie etwas sagte, das ihm wichtig erschien. Er fragte sie nach Daten und Vorkommnissen, nach Personen und Orten, und alles deutete darauf hin, daß es für sie eine schreckliche Zeit gewesen sein mußte – ein Leben, das auf Alpträumen aufgebaut war. »Ich habe immer gedacht, ich stünde tief in seiner Schuld. Damals war mir noch nicht klar, wie seine Machenschaften aussahen.« Sie sah Spencer in die Augen, und wieder schmolz sein Herz bei ihren Worten dahin. »Er hielt mich für seinen ganz persönlichen Besitz wie irgendein Objekt – etwas, das er günstig erworben hatte und das wie eine gute Investition viel Geld brachte. Anfangs ließ er mich in dem Glauben, er täte alles nur für mich.« In ihrem Blick lag Bitterkeit. »Und ich war ihm sogar dankbar für seine Großzügigkeit. Aber er hat mir alles genommen – auch dich.«

Spencer war dies nur allzu schmerzlich bewußt. »Und was passierte dann?« fragte er.

»Wir haben uns häufig gestritten.«

»In der Öffentlichkeit?«

»Ja, hin und wieder schon.« Sie war ganz aufrichtig. »Einmal sagte ich zu Hedda, daß ich die Absicht hätte, meinen Vertrag zu lösen und mir einen anderen Agenten zu suchen. Dafür hätte er mich fast umgebracht. Ich glaube, bei dieser Sache ging es auch um die Interessen anderer, und Ernie fürchtete vor allem die Reaktion dieser Leute. Genau weiß ich es nicht, weil ich meinen Vertrag nie wieder zu Gesicht bekommen habe. Ich war so dumm, ihn nicht vor der Unterschrift durchzulesen.« Auch mit Pearl und Harry war jeder Kontakt abgebrochen. Salvatore hatte Crystal mit der Zeit völlig von ihrer Umwelt abgeschnitten. Sie durfte nur zur Arbeit das Haus verlassen, zu der Arbeit an immer größeren und besseren Filmen. Seine Investition hatte sich gelohnt. Crystal war wie ein Rennpferd, das für seinen Besitzer Siege errang.

»Gab es an dem Mordabend Streit?«

»Ja, den Streit am Strand, von dem ich dir schon erzählt habe. Aber diesmal habe ich zurückgeschlagen, so fest ich konnte. Ich glaube, sein Ohr blutete. Ich lief zurück zum Haus, es war mir gleichgültig. Ich haßte ihn. Er war ein schlechter Mensch, und ich bin sicher, daß er mich getötet hätte.«

»Wer hat beobachtet, daß du ihn geschlagen beziehungsweise verletzt hast?«

»Ich glaube, ein Nachbar, der mit seinem Hund am Strand entlanggegangen ist. Er gab bei der Polizei an, ich hätte Ernie mit einem Stock angegriffen. Das stimmt nicht. Ich hatte zwar ein Stück Treibholz in der Hand, aber ich habe mit der anderen zugeschlagen.« Spencer nickte und notierte sich etwas, während ein Wärter am Fenster vorüberging.

»Und was war dann?«

»Ich ging ins Haus, und als er nachkam, verprügelte er mich.«

»Hat man Spuren gesehen?«

Crystal schüttelte den Kopf. »Nein, diesmal nicht. Meist gab er acht, weil er vermeiden wollte, daß ich fürs Studio ausfiel. Das hätte ihn und seine Freunde zuviel Geld gekostet.«

»Wer waren diese Leute? Weißt du das?« Sie schüttelte den Kopf. »Und was passierte dann?« Er mußte die Geschichte in allen Einzelheiten durchgehen und alles erfahren, bevor er einen Anwalt mit der Verteidigung beauftragen konnte. Er wollte mit den besten Anwälten in Kontakt treten – er selbst war noch nie vor Gericht als Verteidiger aufgetreten und hatte Skrupel, Crystals Fall zu übernehmen. Crystal brauchte einen Anwalt mit viel Erfahrung, und er war gewillt, ihr den besten zu verschaffen.

Crystal seufzte und putzte sich die Nase mit dem frischen weißen Taschentuch, das er ihr reichte. Sie sah ihn dankbar an und holte tief Atem, während sie sich mit geschlossenen Augen zu erinnern versuchte. »Ich weiß nicht mehr genau ... ich ging im Haus umher ... wir stritten sehr lange, und ich habe eine Lampe zerbrochen.«

»Erzähl mir das genauer!«

»Ich habe sie nach ihm geworfen.«

»Hast du ihn getroffen?«

»Nein.« Sie lächelte bedauernd. Das Lächeln erlosch sofort wieder. »Dann sagte Ernie, daß er noch jemanden erwarten würde. Ich solle nach Hause fahren, nach Beverly Hills.«

»Und wen er noch erwartete, sagte er nicht?«

»Über solche Dinge hat er nie gesprochen.«

»Hat dich jemand losfahren sehen? Ein Nachbar? Jemand vom Hauspersonal?«

»Es war niemand da. Wir waren allein.«

»Wie spät war es, als du losfuhrst?«

»So um acht herum. Am nächsten Morgen mußte ich wieder vor die Kamera. An dem Tag, an dem es passiert ist, hatte ich frei. Ich wollte rasch zu Bett. Ernie sagte, er würde die Nacht über in Malibu bleiben. Und dann... dann hörte ich nichts mehr von ihm und dachte, es sei alles in Ordnung. Um fünf Uhr morgens fuhr ich ins Studio. Der Chauffeur brachte mich hin.« An ihren nächsten Worten drohte sie zu ersticken. »Um neun kam die Polizei ins Studio und erzählte mir, daß Ernie tot sei. Man hatte ihn mit fünf Kopfschüssen aufgefunden. Er muß etwa um Mitternacht ermordet worden sein.«

»Wurde die Tatwaffe gefunden?«

Sie nickte verängstigt. »Ja... sie wurde an den Strand gespült. Jemand muß sie ins Meer geworfen haben, aber nicht weit genug. Am Strand wurden auch die Fußabdrücke einer Frau gefunden ... Spencer...« Sie fing zu schluchzen an. »Ich schwöre dir, daß ich ihn nicht getötet habe.«

Er drückte beruhigend ihre Hand. »Hast du die Waffe vorher schon einmal gesehen?«

»Sie gehörte Ernie. Ich habe sie einige Male in seinem Schreibtisch gesehen. Er muß befürchtet haben, daß ich sie einmal gegen ihn richten könnte. Sie war verschwunden, bis... bis die Polizei sie mir gestern zeigte.«

»Kennst du jemanden, der ihn getötet haben könnte?«

»Ich weiß nicht... wirklich...« Im Laufe dieses einen Jahres hatte Ernie sie wahrlich oft genug provoziert, aber Spencer wußte, daß sie ihn nicht getötet hatte. Bei den Verbindungen, die er Salvatore zutraute, konnte es Gott weiß wer getan haben: Jemand, dem er etwas angetan hatte, eine Frau, die er fallengelassen hatte, ein Mann, den er beim Kartenspiel betrogen hatte, ein Handlanger, der ihn haßte, oder sogar einer seiner Hintermänner. Aber Spencer war auch klar, daß der oder die Täter vermutlich alle Spuren sorgfältig verwischt hatten. Den wirklichen

Mörder würde man nie finden. Crystal mußte als Sündenbock herhalten, und die Schlinge paßte perfekt um ihren Hals.

Ihre Stimme klang wie ein Flüstern durch den häßlichen Raum. »Was wird nun passieren?«

Diese Frage beantwortete er ungern. Wenn kein anderer Verdächtiger auftauchte, konnte sie zu einer lebenslänglichen Haftstrafe verurteilt werden – es konnte aber auch noch ärger kommen. Aber daran wollte er lieber gar nicht denken. Er wußte nur, daß er es nicht zulassen durfte. »Ich will dir nichts vormachen. Es wird hart auf hart gehen. Du hattest die Gelegenheit und ein Motiv, du hast aber kein Alibi – eine verhängnisvolle Kombination. Und viele Leute wissen, daß du oft Streit mit ihm gehabt hast ... auch alle, die diesen Mann haßten, wußten davon. Ich wünschte, jemand hätte dich an jenem Abend von Malibu fortfahren oder in Beverly Hills ankommen sehen. Bist du sicher, daß es keine Zeugen gibt?«

»Ich wüßte nicht ... ich kann mir nicht denken, wer mich gesehen haben sollte.«

»Denk noch einmal gründlich nach. Wir werden in dieser Angelegenheit einen verdammt guten Privatdetektiv brauchen.« Spencer war entschlossen, für alle Unkosten aufzukommen, da er wußte, daß Crystal keinen Cent besaß. Salvatore hatte ihr von ihren Gagen nichts gelassen.

»Was wirst du nun tun?« Voller Angst sah sie ihn an. Sie fürchtete sich davor, wieder in die Zelle zu müssen. Das Wachpersonal hatte sie angestarrt, und einige weibliche Mithäftlinge hatten ein ganz spezielles Interesse für ihren »kleinen Filmstar«, wie sie Crystal nannten, gezeigt. Spencer mußte sie so schnell wie möglich herausholen, aber alle Versuche, sie schon am Nachmittag gegen Kaution freizubekommen, waren fehlgeschlagen. Daraufhin setzte er alle Hebel in Bewegung, damit die Anklage auf Totschlag beschränkt würde, es blieb jedoch bei vorsätzlichem Mord, so daß Crystal bis zum Prozeß in Untersuchungshaft bleiben mußte. Er bat sie, sich zusammenzunehmen und diese Zeit einigermaßen zu überstehen. In seinem Hotel erledigte er ein gutes Dutzend Anrufe. Als erstes rief er zwei Studienkollegen an, die ihm die besten Strafverteidiger der Stadt nannten. Die nächsten

Anrufe zeigten, daß diese Anwälte alles andere als erpicht darauf waren, diesen Fall zu übernehmen. Dazu standen die Chancen zu schlecht. Einige deuteten sogar an, daß ihnen der Fall zu anrüchig sei. Als Spencer auflegte, war er außer sich vor Zorn. Er blickte hilflos um sich. Die Entscheidung war ohne sein Zutun gefallen. Keinem dieser Anwälte hätte er Crystal anvertrauen wollen. Jetzt war er gezwungen, den Fall selbst zu übernehmen, und konnte nur inständig hoffen, daß er sie gut vertrat. Es stand so viel auf dem Spiel – Crystals Leben und ihre gemeinsame Zukunft.

An jenem Abend rief er Elizabeth an und anschließend das Regierungsbüro, in dem er beschäftigt war. Er teilte seinem Chef mit, daß er bis zum Prozeß in Los Angeles bleiben wolle. Natürlich war sein Arbeitgeber davon nicht erbaut. Elizabeth aber geriet völlig außer sich. Er wußte noch genau, welche Drohungen sie vor seiner Abreise ausgestoßen hatte, aber das berührte ihn nicht mehr. Crystals Leben hing von ihm ab, und er war entschlossen, es nach besten Kräften zu verteidigen.

»Wie lange wird es dauern?« fragte Elizabeth, als er ihr eröffnete, Crystals Verteidigung übernehmen zu wollen.

»Das weiß ich nicht. Das Gesetz sieht vor, daß ihr binnen dreißig Tagen der Prozeß gemacht werden muß. Das Verfahren kann sich wochenlang hinziehen. Ich glaube, ich werde mindestens zwei Monate, wenn nicht länger, hierbleiben.« Seufzend streckte er sich während des Gespräches auf der Couch aus. Hinter ihm lag ein langer Tag, und erreicht hatte er eigentlich gar nichts, außer daß er von Crystal die ganze Geschichte erfahren hatte.

Elizabeth war höchst ungehalten. »Über Weihnachten willst du dann wohl auch nicht nach Hause kommen?« Bis zu den Feiertagen war es nur mehr ein Monat, und wie immer war ein Weihnachtsurlaub mit ihren Eltern in Palm Beach geplant.

»Ich bezweifle, ob ich noch willkommen wäre.«

»Bist du auch nicht, aber, was zum Teufel, soll ich meinen Eltern sagen?« Das also war es! Es ging ihr vor allem darum, sich nicht zu blamieren, und nicht so sehr um die Rettung der Ehe.

»Ich glaube nicht, daß es vieler Erklärungen bedarf. Die ganze Geschichte wird wochenlang von der Presse breitgetreten werden.« Einige Reporter hatten ihn schon beim Verlassen des Untersuchungsgefängnisses fotografiert, und er erwartete, sein Bild am nächsten Morgen in der Zeitung zu sehen.

»Großartig. Und dein Job? Ich kann mir nicht vorstellen, daß du an deine Stellung gedacht hast.«

»Ich habe schon angekündigt, daß ich unbefristeten Urlaub nehmen muß. Die Regierung wird hoffentlich noch im Amt sein, wenn ich zurückkomme, und wenn man mich feuert ... tja, dann muß ich mich damit abfinden und mich nach etwas anderem umsehen.« Falls er überhaupt je zurückkam. Doch das mußte später entschieden werden.

»Aus deinem Mund hört sich das alles sehr einfach an.«

»Ist es ganz und gar nicht. Aber ich versuche, das Beste aus dieser elenden Situation zu machen. Das Leben des Mädchens steht auf dem Spiel. Ich werde sie jetzt auf keinen Fall im Stich lassen.«

»Kann ich gut verstehen.« Elizabeth zögerte, bevor sie mit einem gespielten Seufzer fortfuhr: »Sie wäre glatt imstande, dich zu töten.«

»Gute Nacht, Elizabeth. Ich rufe in ein paar Tagen wieder an.«

»Laß es bleiben. Ich bin auf der Uni, und nächste Woche fahre ich mit Freunden zum Skilaufen. Thanksgiving verbringe ich bei meinen Eltern.«

»Grüß sie von mir.« Es war nur halb sarkastisch gemeint, und sie fand es gar nicht spaßig. Er war zu weit gegangen. Fast war sie entschlossen, ihn nicht mehr aufzunehmen, selbst wenn er zurückkommen wollte.

»Fahr zur Hölle.«

»Danke.« Dort würde er vielleicht auf Crystal treffen.

Er verbrachte die nächsten Tage damit, Crystals Geschichte in allen Einzelheiten zu überprüfen, doch so sehr er sie nach allen Seiten drehte und wendete, es kam doch immer wieder dasselbe heraus. Und am dritten Tag wußte er im Innersten, daß alles, was sie sagte, der Wahrheit entsprach. Er erschien bei mehreren Verhören an ihrer Seite, und er engagierte einen Detektiv, der alles überprüfen sollte. Aber es zeigte sich, daß alles so war, wie sie es geschildert hatte. Niemand hatte sie kommen oder gehen sehen, und der einzige vorhandene Zeuge sagte aus, sie habe Salvatore am Strand mit einem Stock auf den Kopf geschlagen. Er ging sogar so weit, zu behaupten, sie hätte sich völlig ungerührt gezeigt, als er blutete. Das alles zusammen ergab kein günstiges Bild.

Mit jedem Tag wurde Crystal schmaler und blasser, und immer wenn Spencer sie sah, hatte er den Eindruck, ihre Augen seien größer geworden. Was geschehen war, hatte sie gebrochen, und es zerriß ihm fast das Herz, als er sie am Weihnachtstag in ihre Zelle zurückkehren sah, wo sie mit ihren Mithäftlingen ihre Portion Truthahn verzehren würde. Über ihre Gefühle hatten sie nicht zu sprechen gewagt. Doch ehe er ging, hielt er ihre Hand lange fest, und beider Augen sprachen Bände. Zwischen ihnen hatte es nie vieler Worte bedurft. Sie gehörten zusammen.

Der Prozeß war nach einigen Verschiebungen für den neunten Januar angesetzt. Spencer selbst war gegen die Verzögerungen gewesen. Je eher die Sache über die Bühne ging, desto besser. Gemeinsam hatten sie sich entschieden, auf Notwehr zu plädieren. Es war die einzige Hoffnung, die Crystal blieb. Spencer brauchte deshalb möglichst viele Frauen auf der Geschworenenbank.

Am Weihnachtsabend rief er Elizabeth in Palm Beach an. Sie weigerte sich rundweg, mit ihm zu sprechen, und Priscilla Barclay, die ihm dies kühl ausrichtete, konnte sich die spitze Bemerkung nicht verkneifen, die Presseberichte über ihn seien sehr aufschlußreich. Erklärungen waren sinnlos. Noch sinnloser waren sie, als er seine Eltern am nächsten Morgen anrief.

»Was, zum Donnerwetter, treibst du im Westen?« Richter Hill nahm sich kein Blatt vor den Mund. »Du bist kein Strafverteidiger, du wirst diesen Fall verlieren.« Genau das befürchtete Spencer selbst.

»Die Zeit war zu kurz... ich konnte keinen fähigen Anwalt ausfindig machen.«

»Das ist kaum ein Grund, sich auf dieses Abenteuer einzulassen.«

»Von Abenteuer kann keine Rede sein. Und ich werde mein Bestes tun.«

»Ich könnte mir denken, daß Elizabeth alles andere als erfreut ist.«

»Das kann man wohl sagen.«

»Ich begreife es einfach nicht.« William Hill schüttelte enttäuscht den Kopf, als Spencer seinen Eltern frohe Weihnachten wünschte. Mehr als einmal hatte sich William gefragt, ob es das Mädchen war, das Spencer nach seiner Heimkehr aus Korea erwähnt hatte. Eine innere Stimme sagte ihm, daß seine Vermutung zutraf. Und wenn dem so war, dann stand großer Ärger mit den Barclays ins Haus. Er fragte sich, ob Spencer wohl wußte, worauf er sich da eingelassen hatte. Ein- oder zweimal rief Spencer seinen Vater in dieser Angelegenheit an und fragte ihn um Rat. Auch Richter Hill war der Meinung, die einzige, wenn auch geringe Chance bestünde darin, daß er auf Notwehr plädierte.

Die Auswahl der Geschworenen nahm zehn Tage in Anspruch, schließlich aber hatte Spencer die Jury, die er wollte. Sieben Frauen und fünf Männer, die allesamt mit Entsetzen reagieren würden, wenn sie hörten, wie Salvatore Crystal mißbraucht hatte. Spencer unterzog sich sogar der Mühe, für Crystal die Kleidung auszusuchen, die sie während des Prozesses tragen sollte. Crystal sollte aussehen wie vor vielen Jahren – unschuldig und rein. Ihre verängstigte Miene war echt, als sie neben ihm am Tisch des Verteidigers saß. Sie litt tatsächlich Todesangst. Die Eröffnungen des Staatsanwalts waren aggressiv, direkt und brutal. Das Bild, das die Anklage entwarf, war das eines Mädchens, das in Hollywood um jeden Preis Karriere machen wollte und nicht davor zurückschreckte, mit einem doppelt so alten Mann zu schlafen, der über Verbindungen verfügte, die mehr als anrüchig waren. Was dieser Mann war, wurde nicht verschwiegen – im Gegenteil, man versuchte Ernies Zwielichtigkeit gegen Crystal zu verwenden. Der Staatsanwalt machte seine Sache sehr gut, als er mit ausgestrecktem Zeigefinger durch den Saal deutete und Crystal als Luder darstellte, das hinter teuren Kleidern her war und einen aufwendigen Lebensstil mit Pelzen und Schmuck pflegte. Daß ihr das Zusammenleben mit dem Mordopfer Vorteile gebracht hatte, wurde immer wieder hervorgehoben. Und mit ihrer Karriere war es steil bergauf gegangen. Sie hatte es allein dem Mann zu verdanken, den sie kaltblütig ermordet hatte, daß sie ein angehender Star geworden war. Alle ihre Filme wurden aufgezählt, und es hörte sich tatsächlich so an, als hätte sie die Rollen völlig unverdient bekommen. Es wurde ein Bild der Gewalt und Verkommenheit entworfen, in das sich die einige Jahre zurückliegende Familientragödie gut einfügte. Es blieb nicht unerwähnt, daß Crystals Bruder dabei sein Leben verloren und sie im Anschluß daran ihrem Elternhaus den Rücken gekehrt hatte, um jahrelang in einem zweitklassigen Nachtclub in San Francisco zu arbeiten und dann nach Los Angeles zu ziehen, mit der Absicht, jeden zu umgarnen, der gewillt war, ihre Filmkarriere zu fördern. Und als ihr Gönner ihr nicht mehr nützen konnte und sie ihn loswerden wollte, hatte sie ihn getötet.

Aber auch Spencer war gut vorbereitet und hatte keine Kosten gescheut, um Zeugen herbeizuschaffen, die zu Crystals Gunsten aussagen sollten. Pearl pries in den höchsten Tönen ihre Unschuld, ihren Fleiß, ihre moralische Integrität, und Harry beschrieb keine Nachtclubsängerin, sondern einen unschuldigen jungen Engel. Crystal vergoß bei der Aussage ihrer alten Freunde heiße Tränen und warf ihnen Blicke voller Dankbarkeit zu. Dem von Spencer engagierten Detektiv war es gelungen, jeden Ober, jedes Hausmädchen, jede Kostümbildnerin und Garderobiere in ganz Hollywood ausfindig zu machen, die mit angesehen hatten, wie Crystal von Salvatore mißhandelt worden war. Die Vergewaltigung im Haus in Malibu kam zur Sprache, ebenso wie der Vertrag, dessen Tücken Crystal nicht durchschaut hatte. Schläge, Beleidigungen und Mißhandlungen aller Art wurden aufgelistet. Spencer brachte sogar vor, daß Crystal, kaum den Kinderschuhen entwachsen, vergewaltigt worden war. Sie saß da und hielt den Blick auf ihre Hände gerichtet, während sie an die Szene mit Tom Parker dachte. Sie war ein Mädchen, dessen Stolz immer wieder gebrochen worden war, das es aber trotz allem geschafft hatte, weil es hart arbeitete, sich bewährte und niemandem etwas zuleide tat – bis Ernie sie vergewaltigt, geschlagen und bedroht hatte und sie sich zur Wehr hatte setzen müssen. Die Behauptung, daß sie Salvatore nicht getötet hatte, wäre unter den gegebenen Umständen sinnlos gewesen. Spencer wußte, daß es aussichtslos war, es auf diese

Weise zu versuchen, also entwarf er statt dessen vor der Jury das Bild eines Ungeheuers, das versucht hatte, dieses Mädchen zu zertreten, das keine Familie, keine Freunde und niemanden auf der Welt hatte, der für es eintrat. Seine Darstellung lenkte die Antipathie der Geschworenen auf Ernie. Am letzten Prozeßtag trat Crystal in eigener Sache in den Zeugenstand. Sie trug ein schlichtes graues Kleid, das sie blutjung, unschuldig und verängstigt aussehen ließ. Die Geschworenen hingen wie gebannt an ihren Lippen, und als Spencer schließlich seine Verteidigung abschloß, schickte er ein inbrünstiges Stoßgebet zum Himmel und flehte um den Sieg.

Es war ein Fall, der allen ans Herz griff. Und doch zogen sich die Beratungen der Geschworenen über zwei Tage hin, denn die Geschworenen waren untereinander uneins. Zwei Männer beharrten darauf, daß Crystal des Mordes schuldig war. Spencer, der mit Crystal die Korridore auf und ab lief, wagte es kaum, sie anzusehen. War er mit seiner Darstellung nicht durchgedrungen, dann war es um ihr Leben geschehen. Diese Situation machte das Zusammensein zu einer Qual. Crystal sprach kaum ein Wort und warf ihm nur hin und wieder einen beklommenen Blick zu. Und als sie wieder in den Saal hineingebeten wurden, zitterten ihre Knie so stark, daß sie mit Spencer kaum Schritt halten konnte. Der Richter forderte sie auf, sich zu erheben, bevor er sich an den Sprecher der Geschworenen wandte und um den Urteilsspruch bat. Crystal wartete mit geschlossenen Augen, während ihr Verstand auszusetzen drohte. Die Anklage lautete auf Mord, und es gab nur zwei mögliche Entscheidungen: Sie war schuldig oder unschuldig. Hatte sie das Verbrechen geplant? Hatte sie den Mord beabsichtigt? Hatte sie gewußt, was sie tat, als sie auf ihn schoß? Oder hatte er sie bedroht, hatte sie um ihr Leben gekämpft und sich dabei nicht mehr anders zu helfen gewußt als mit der Waffe? Wenn die Geschworenen letzterer Meinung anhingen, dann kam sie frei, wenngleich sie dann damit leben mußte, daß die Welt sie für die Täterin hielt. Diese Aussicht erschreckte Crystal zutiefst. Wochenlang hatte sie darauf beharrt, daß sie Ernie nicht getötet und sich nicht am Tatort aufgehalten hatte, als er erschossen worden war. Aber Spencer wußte, daß

Notwehr der einzige Ausweg war und er den Fall so darstellen mußte, daß sie und nicht Ernie als Opfer dastand.

»Wie haben Sie über die Angeklagte befunden? Schuldig oder unschuldig des vorsätzlichen Mordes?« So einfach war das.

Die Stille dauerte endlos lang. Dann räusperte sich der Sprecher der Geschworenen und sah sie an, während Spencer in seiner Miene zu lesen versuchte. War er zufrieden mit dem Ergebnis? Oder empfanden die Geschworenen Bedauern über das, was sie Crystal antun mußten? Es war nicht zu erkennen. »Unschuldig, Euer Ehren.« Wieder sah der Mann Crystal an, diesmal mit einem sparsamen Lächeln, während der Richter mit seinem Hämmerchen auf den Tisch klopfte und Crystal in Spencers Arme sank. Fast hätte sie die Besinnung verloren. Ein klarer Fall von Notwehr, hieß es in der Urteilsbegründung.

Spencer legte seine Arme um sie und hielt sie fest. Zwei Monate hatte er nicht gewagt, sie anzurühren, und jetzt lag sie in seinen Armen – im Gerichtssaal, der von einem Moment zum andern zum Tollhaus wurde. Die Presse bekam Zutritt, und Blitzlichter flammten auf. Das Gericht vertagte sich, und Spencer beeilte sich, mit Crystal aus dem Gebäude zu kommen. Draußen wartete ein Wagen mit Chauffeur, zu dem sie sich mühsam ihren Weg durch die Menge der Schaulustigen bahnen mußten. Es war ein Sensationsprozeß gewesen. Wer die Tat wirklich begangen hatte, das würde für immer im dunkeln bleiben. Crystal hatte die Schuld auf sich genommen, aber sie war frei.

Sie vergoß noch immer Tränen der Erleichterung, als sie im Wagen saßen. Ihre spärlichen Habseligkeiten hatte Crystal im Gefängnis gelassen; sie wollte sie niemals wiedersehen. Die Sachen, die Ernie ihr geschenkt hatte, interessierten sie keinen Deut mehr. Sie wollte nur noch fort. Spencer ließ sich zu seinem Hotel bringen und packte in aller Eile seine Sachen zusammen. Eine Stunde später saßen sie in einem Mietwagen und fuhren los.

»Ich kann es noch immer nicht fassen«, flüsterte sie. »Ich bin frei.« Noch nie war ihr die Welt so herrlich erschienen. An einem Nachmittag im Februar verließ sie mit Spencer an ihrer Seite Hollywood, zwei Jahre nachdem sie in die Filmmetropole gekommen war.

34

Nach etwa zwanzig Meilen fuhr Spencer an den Straßenrand und hielt an. Er saß einfach da, sah Crystal an ... und plötzlich lächelte sie. Alles war vorbei, der Alptraum hatte ein Ende. Spencer hatte ihr das Leben gerettet. Er zog sie so rasch in seine Arme, daß ihr momentan die Luft wegblieb.

»Herrgott, Crystal, wir haben's geschafft!«

Sie lachte und weinte zugleich, und dann rückte sie von ihm ab und sah ihn kurz an, um sich sofort wieder in seine Arme zu schmiegen. Am liebsten wäre sie ihm für immer so nah gewesen.

»Spencer, du hast es geschafft. Ich habe ja nur dagesessen und vor Angst fast den Verstand verloren.«

»Ich auch«, gestand er flüsternd und drückte sie an sich. Dann lehnte er sich zurück und betrachtete sie so, wie er es nicht gewagt hatte, seitdem er nach Kalifornien gekommen war. Endlich waren sie unbeobachtet und allein. Seit dem Verlassen des Hotels hatte er den Rückspiegel ständig im Auge behalten, um sicherzugehen, daß sie nicht von der Presse gejagt wurden. »Nie im Leben hatte ich so große Angst.« Er wollte gar nicht daran denken, was geschehen wäre, wenn man sie schuldig gesprochen hätte. Aber alles war gut ausgegangen, und es war vorbei. Beide mußten erst wieder zu Atem kommen. Jetzt wollte er einige Zeit mit ihr verbringen und ein wenig Ordnung in ihrer beider Leben bringen. Plötzlich lachte er laut auf. Sie hatten es so eilig gehabt, der Stadt den Rücken zu kehren, daß er sich gar nicht überlegt hatte, wohin sie fahren sollten. »Wohin möchtest du?« Unbewußt war er Richtung San Francisco gefahren.

»Ich weiß es nicht.« Noch immer fassungslos sah sie ihn an. Vier Stunden zuvor hatte noch ihr Leben auf dem Spiel gestanden, und jetzt lag das ganze Leben vor ihnen. »Ich möchte nur noch einen Moment hier sitzen und Atem holen. Nie hätte ich gedacht, daß ich jemals wieder die Sonne so sehen kann.«

»Hollywood?« fragte Spencer nach einer Weile.

Crystal überlegte nicht lange, ehe sie den Kopf schüttelte. »Eigentlich nicht. Die Arbeit ... meine Singerei ... die Dreharbeiten

... ja, das hat Spaß gemacht. Aber alles andere ist leer und hohl.« Und sie hatte einen sehr hohen Preis dafür bezahlt. Dank Ernie hatte sie der Ruhm beinahe das Leben gekostet. Noch nach seinem Tod wäre es ihm beinahe gelungen, sie zu vernichten. »Ich werde ohnehin nie zurückgehen können.«

»Warum nicht? Wenn du möchtest, schaffst du sicher eines Tages ein Comeback.«

»Nein, das geht nicht. Der Moralkodex Hollywoods würde nie erlauben, daß eine Mörderin eine Rolle bekommt.« Sie lachte verbittert, als er den Wagen startete und sie einen Blick aus dem Fenster warf. Nie zuvor hatte sie die Welt intensiver empfunden. Vor allem die Farben waren es, die ihr jetzt ins Auge sprangen. Alles war so grün und blau und wunderschön. »Ich verdanke dir mein Leben«, sagte sie und sah ihn an. »Aber das weißt du ohnehin.« Sie berührte seine Hand und rückte näher an ihn heran. Crystal sah wieder ganz jung aus. Die Anspannung hatte sich gelöst; das Haar fiel ihr auf die Schultern. Nur ihre Augen erzählten eine Geschichte voller Grauen. Spencer berührte sanft ihre Wange und küßte sie.

»Ich liebe dich so sehr. Es wäre mein Tod gewesen, wenn dir etwas zugestoßen wäre.« Er legte den Arm um sie und zog sie an sich, und sie klammerte sich wie ein verlorenes Kind an ihn.

»Ich weiß nicht, was ich getan hätte, wenn...« Sie brachte den Satz nicht zu Ende.

Er behielt die Straße im Auge, ohne Crystal loszulassen. »Vergiß es, Crystal. Es ist vorbei.«

Unterwegs besprachen sie endlich, wohin sie fahren wollten. Crystal war nur erpicht gewesen, möglichst rasch Los Angeles zu verlassen. Sie wollte in San Francisco Station machen und Harry und Pearl besuchen und mit Spencer zusammensein. Sie hatte so viel zu besprechen, besonders jetzt, da er wußte, daß sie damals nur aufgrund von Ernies Drohungen die Beziehung zu ihm abgebrochen hatte.

Um zehn Uhr abends kamen sie in San Francisco an und fuhren direkt zu Harry, der die Neuigkeit schon aus den Nachrichten wußte. Unter Tränen umarmten sie sich, und Harry spendierte ihnen Drinks. Anschließend fuhr Spencer mit Crystal ins

Fairmont. Dort nahm er zwei Zimmer, für den Fall, daß jemand die Presse verständigte. Die Zimmer lagen nebeneinander, wie er erfreut feststellte. Und dann stand mit einemmal Crystal in der Verbindungstür und sah Spencer ängstlich an. Sie hatte das Gefühl, daß ihre Knie jeden Moment nachgäben. Spencer nahm sie in die Arme und trug sie zum Bett. Stundenlang hielt er sie fest und entdeckte alles wieder, was beiden in Erinnerung geblieben war. Als sie endlich einschlief, löschte er das Licht, und sie erwachte erst am Morgen. Spencer erwartete sie schon mit Kaffee und Croissants, als sie wach wurde, und sah lächelnd zu, wie sie sich dehnte und streckte. Eilig schlüpfte er neben sie ins Bett.

»Guten Morgen, Dornröschen. Na, fühlst du dich besser?«

Er hatte schon in seinem Büro angerufen und ein ausführliches Gespräch mit seinem Chef geführt. Was dieser ihm sagte, kam nicht überraschend, und Spencer empfand kein Bedauern. Das Aufsehen, das er in den letzten zwei Monaten erregt hatte, sei mit der Tätigkeit in einem Regierungsbüro unvereinbar – kurzum, Spencer war für seine Abteilung zu einem Ärgernis geworden. Man hoffte auf sein Einsehen und bedaure außerordentlich, Richter Barclays Unmut zu erregen. Spencer aber war sehr erleichtert, als er es hörte. Crystal verriet er nichts von der Kündigung, weil er wußte, daß sie sich schuldig fühlen würde. Spencers Sekretärin hatte ihm nur noch ausgerichtet, daß ein junger Senator aus Kalifornien mit ihm in Verbindung treten wolle. Die Sache erschien Spencer rätselhaft, da er ihn gar nicht kannte.

Im Bett sprachen sie wieder über den Prozeß, und beim Frühstück zeigte Spencer Crystal die Zeitungen. An diesem Tag beherrschte ihr Freispruch sämtliche Schlagzeilen, und Crystal fürchtete schon, man würde sie erkennen, wenn sie ausginge. »Eine schreckliche Art, Berühmtheit zu erlangen.« Sie lächelte ihm zu, während sie sich die Croissants und den Kaffee schmecken ließ. Während sie aß, schlug Spencer ihr vor, mit ihr ins Alexander Valley zu fahren und Boyd und Hiroko zu besuchen. Aber Crystal wehrte ab. Sie wußte, daß es ein schmerzliches Wiedersehen werden würde.

»Ich möchte die Ranch nicht wiedersehen.« Es wäre für sie

unerträglich gewesen. Becky war sicher schon lange nicht mehr dort, ebenso wie Tom, aber ihre Mutter mußte noch auf der Ranch leben. Es war ein Ort, der für Crystal mit zu vielen unglücklichen Erinnerungen behaftet war. Andererseits war ein Besuch in Spencers Begleitung vielleicht noch einigermaßen erträglich, wie sie dann zugeben mußte. »Und was ist mit dir?« Sie sah ihn besorgt an. »Mußt du denn nicht zurück?« Sie wußte, daß er sich bei Elizabeth nicht gemeldet hatte, seitdem sie in San Francisco eingetroffen waren. Nun war es an ihm, Ratlosigkeit zu zeigen. Seit Wochen schon hatte er nicht mehr mit seiner Frau gesprochen. Er hatte den Ausgang des Prozesses abwarten wollen, bevor er etwas unternahm. Und jetzt wollte er Crystal nicht verlassen.

»Ich habe es nicht eilig.«

Am Nachmittag bummelten sie an den Docks entlang, und Crystal kleidete sich ein wenig ein. Von dem Geld, das sie in Hollywood verdient hatte, besaß sie nichts mehr, denn alles war in Ernies Taschen gelandet, und sie hatte ihre sämtlichen Sachen im Haus in Beverly Hills zurückgelassen. Sie wollte sie nicht mehr haben, und sie wollte sie auch nicht verkaufen. Jetzt brauchte sie ganz rasch Arbeit, denn sie konnte nicht zulassen, daß Spencer sie ewig unterstützte. Crystal befand sich wieder dort, wo sie vor Jahren begonnen hatte – ohne ein Dach über dem Kopf und ohne einen Cent in der Tasche. Immerhin, sie hatte Spencer, wenigstens vorübergehend. Für einen Augenblick oder einen Tag. Daß er wieder zurück nach Washington mußte, war klar. Aber bis dahin war sie dankbar für jeden Augenblick, den sie zusammensein konnten. Während des Prozesses hatten sie oft davon gesprochen. Unter den wachsamen Blicken der Gefängniswärter und in Anwesenheit der allgegenwärtigen Fotografen hatte er nicht gewagt, sie anzurühren. Jetzt aber lagen Tage vor ihnen, in denen sie die Zweisamkeit in vollen Zügen genießen konnten.

Später gingen sie wieder ins Hotel, und als Crystal bemerkte, daß die Menschen in der Halle sie anstarrten, erklärte sie, daß sie lieber auf dem Zimmer essen wolle. Zu viele hatten sie erkannt, die meisten aus Gründen, die sie lieber vergessen wollte.

An diesem Tag hatten sie sich ausgiebig unterhalten – auch

über Spencers Stellung und sein Leben in Washington. Crystal hatte erfahren, daß er Gefallen an der Politik und an seiner Tätigkeit für die Regierung gefunden hatte. Sie wiederum erzählte von den Menschen, denen sie in Hollywood begegnet war, und von der harten Arbeit in den Ateliers. Und sie gestand ihm, daß sie die Zeit trotz Ernie sehr genossen hatte. »Ich glaube, eines Tages wäre ich sehr gut geworden«, sagte sie leise, nachdem er für sie das Dinner bestellt hatte. Aneinandergeschmiegt saßen sie da, in den Bademänteln, die sie unterwegs gekauft hatten. Zwischen ihnen herrschte eine Innigkeit, die alles überdauert hatte, was sich zwischen sie geschoben hatte.

»Du warst schon gut, bevor du nach Hollywood gegangen bist.« Ihr Auftritt in Harrys Club stand ihm noch deutlich vor Augen. »Vielleicht glückt dir eines Tages ein Comeback, wenn erst einmal über die Sache Gras gewachsen ist.«

»Ich glaube nicht, daß ich das möchte.« Ihre Stimme war leise, ihre Augen blickten traurig. »In Hollywood kann das Leben ganz schön hart sein.« Aber wenn nicht Hollywood, was dann? Außer Singen und Spielen konnte sie nichts. Und jetzt hatte sie sogar Angst, ihr Gesicht zu zeigen. Alle würden sie erkennen. Als Harry ihr den alten Job anbot, lehnte sie ab.

»Die Leute werden sich nicht ewig an den Prozeß erinnern. Die Sache wird verblassen wie alle Nachrichten von vorgestern ...« Plötzlich fiel Spencer der Anruf des Senators ein, und wieder fragte er sich, was dieser von ihm wollte.

Als das Dinner gebracht wurde, bemerkte Spencer, daß Crystal in ihrem Essen nur herumstocherte. Er umfaßte sanft ihre Hand und fragte sie, woran sie dachte. Lächelnd und mit tränenhellen Augen sah sie ihn an, dann lachte sie laut. »Ich dachte eben, daß ich gern nach Hause möchte. Aber ich habe kein Zuhause.« Auch er mußte lachen vor ohnmächtigem Schmerz. Es war wahr: Sie hatte keine Heimat und keine Familie. Pearl hatte ihr ein Zimmer angeboten, aber Crystal wollte ihr nicht zur Last fallen und war gar nicht sicher, ob sie in San Francisco bleiben wollte. Es hing so viel davon ab, was Spencer vorhatte.

»Fahren wir doch für ein paar Tage ins Alexander Valley. Wir müssen ja nicht lange bleiben. Wir könnten kurz Station machen,

Boyd und Hiroko besuchen und dann weiterfahren. Du brauchst jetzt Zeit zum Nachdenken. Es ist ja erst zwei Tage her ... also, fahren wir morgen los.«

Unschlüssig sah sie ihn an. Dann nickte sie. »Und was ist mit dir? Du kannst doch nicht ewig hier in Kalifornien bleiben und auf mich aufpassen?«

»Du ahnst ja nicht, wie gern ich das täte«, flüsterte er.

»Aber du lebst in Washington. Zumindest hast du das getan, bevor ich dich ein Vierteljahr mit Beschlag belegt habe. Ich könnte mir denken, daß der Preis, den du bezahlen mußt, sehr hoch ist.« Sie dachte bei diesen Worten an Elizabeth. Das zwischen den beiden bestehende Arrangement durchschaute sie nicht. Sie hatte keine Ahnung, wie die Dinge standen, denn er sprach nur sehr selten von seiner Frau. Und doch wußte sie, daß er noch immer verheiratet war. Ernie war nicht mehr am Leben, sie selbst war nun frei, aber Spencer war gebunden, und seine Frau stand immer zwischen ihnen, zumindest verhielt es sich in Crystals Vorstellung so. Spencer hatte Elizabeth einmal angerufen und bei der Haushälterin eine Nachricht hinterlassen, daß er sich in San Francisco aufhielt. Daß er im Fairmont wohnte, hatte er nicht gesagt. Er war zu einem Gespräch mit Elizabeth noch nicht bereit, wollte aber verhindern, daß sie in Panik geriet, wenn sie in seinem Hotel in Los Angeles anrief und feststellte, daß er am Tag der Urteilsverkündung ausgezogen war. Er wußte genau, was sie denken würde, und hatte keine Lust, etwas zu leugnen. So wie es zwischen ihnen stand, ging es sie nichts mehr an, was er tat. Eingedenk ihrer Drohungen vor seiner Abreise fragte er sich, ob sie nun endlich zur Scheidung bereit sein würde.

Nun erst gestand er Crystal beiläufig, daß er seinen Job verloren hatte. Sie starrte ihn fassungslos an.

»Das darf doch nicht wahr sein!«

»Ist es aber!«

»Mein Gott, dann sind wir ja beide arbeitslos.« Ihr hilfloses Lachen konnte ihr Schuldgefühl nicht verdecken. Erst am Morgen hatte er ihr erzählt, wieviel ihm die Politik und seine Arbeit in einem Regierungsbüro bedeutete ... und jetzt hatte er keine

Aussicht mehr, in dieser Richtung beschäftigt zu werden. Er erwähnte den Anruf des Senators, und Crystal drängte ihn, gleich am nächsten Tag zurückzurufen. »Würdest du dich jemals selbst als Kandidat aufstellen lassen?«

»Gut möglich. Oder ich wachse in das Richteramt hinein wie mein Vater.« Er lächelte. Das alles war jetzt so unwichtig. Es zählte einzig und allein, daß Crystal in Sicherheit war und daß sie zusammensein konnten. Neun Jahre der Trennung hatten nichts zwischen ihnen zu ändern vermocht. Noch immer beherrschte sie Tag und Nacht seine Gedanken.

Bis tief in die Nacht sprachen sie von seinen noch nicht ganz ausgegorenen politischen Ambitionen, von Crystals Filmen, aber auch von Kindern, von Hunden und von Boyd und Hiroko. Crystal sah dem Besuch am nächsten Tag frohgemut entgegen, trotz ihrer Vorbehalte, das Tal wiederzusehen. Spencer hatte einen Wagen gemietet, und sie wollten zeitig losfahren, da Crystal es plötzlich kaum erwarten konnte, die kleine Jane in die Arme zu schließen. Seit sie von San Francisco fortgegangen war, hatte sie das Mädchen, das jetzt schon sieben Jahre alt war und sich an Crystal sicher gar nicht mehr erinnern konnte, nicht gesehen.

Und schließlich gingen sie zu Bett und liebten sich. Spencer hielt sie lange und zärtlich in seinen Armen. Es war, als sei die verlorene Zeit nie gewesen, als sie in enger Umarmung selig wie Kinder einschliefen.

35

Am nächsten Tag fuhren sie nach Norden. Crystal, die neben Spencer saß, summte die Melodien aus dem Radio nach, in ihre eigenen Gedanken versunken. Er lächelte vor sich hin. Wie einfach das Zusammensein mit ihr war. Crystal stellte keine Forderungen, es gab keine Enttäuschung, kein Aufeinanderprallen verschiedener Meinungen, keine Anklagen. Daß sich ihm der Vergleich mit Elizabeth aufdrängte, war unvermeidlich. Wie verschieden die beiden doch waren. Crystal war genau die Frau, die er sich immer erträumt hatte.

Sie fuhren über die Golden Gate Bridge und weiter nordwärts. Alles war grün, von den Winterregen frisch gewaschen. Unter einem Himmel, der blau war wie Crystals Augen, leuchteten die Hügel in strahlendem Smaragdgrün. Crystal wirkte friedlich und entspannt, wenn sie Spencer einen Blick zuwarf und sie sich zulächelten. Es war sehr angenehm, mit ihr zusammenzusein. Zwischen ihnen bedurfte es keiner Worte.

Sie zeigte ihm den Weg zu den Websters. Mit Herzklopfen durchquerte Crystal den winzigen Vorgarten und klingelte. Sie mußte lange warten, bis ein kleines Mädchen öffnete. Crystal spürte, wie die Tränen sie übermannten.

»Hallo.« Die Kleine blickte zu ihr auf. Daß es Jane war, verrieten der asiatische Augenschnitt und das dunkle, rötlichbraune Haar, das sie schon bei ihrer Geburt gehabt hatte. »Wer bist du?«

»Ich heiße Crystal. Ich bin eine Freundin von deiner Mami.«

In den Kinderaugen lag keine Spur von Scheu. »Sie ist drinnen und kocht.«

Spencer faßte nach Crystals Hand. »Dürfen wir hinein?« Mit einem Nicken trat Jane beiseite. Der Raum war genauso, wie Crystal ihn in Erinnerung hatte. Hier hatte sich sehr wenig verändert. Man sah sofort, daß die Websters noch immer sehr arm waren, aber sie hatten die Liebe, die sie füreinander empfanden. Fotos von Jane und japanische Drucke, die Hiroko aus ihrer Heimat mitgebracht hatte, schmückten den ordentlichen Raum, in dem die wenigen Schätze standen, die sie besaßen. Tränenblind ging Crystal die wenigen Schritte zur Küche und blieb stehen, den Blick auf ihre Freundin gerichtet. Hiroko, die vor sich hinsummte, drehte sich um, in der Erwartung, Jane zu sehen. Ihre Augen wurden groß, und mit einem einzigen Aufschrei fielen sich die beiden Frauen in die Arme.

Sie hielten sich lange umfangen, während sie das Gefühl hatten, als hätten sie sich gestern erst zum letztenmal gesehen. Sie waren sehr lange getrennt gewesen, und doch hatte sich zwischen ihnen nichts geändert.

»Crystal, die Sache hat mir ja so leid getan.« Und dann sah Hiroko, daß Spencer in der Tür stand und sie beobachtete. Hiroko lächelte, als ihr aufging, daß die beiden zusammengefunden hatten. An der Küchenwand hing noch immer ein Foto von Spencer und Boyd, das an ihrem Hochzeitstag aufgenommen worden war. »Du siehst wunderbar aus!« Wieder gab sie ihrer Freundin einen Kuß, um sich gleich darauf die Tränen zu trocknen, und plötzlich redeten alle laut durcheinander, während Jane sie erstaunt anstarrte. Hiroko erklärte ihrer Tochter, daß Crystal mitgeholfen hatte, sie auf die Welt zu bringen, und Spencer vernahm die ihm unbekannte Geschichte und warf Crystal einen bewundernden Blick zu.

»Sieh einer an«, zog er sie auf. »Du könntest glatt als Hebamme arbeiten.«

»Lieber nicht«, antwortete sie mit schalkhaftem Lächeln. Sie und Hiroko hatten sich viel zu erzählen, während Spencer mit Jane spielte. Es ging den Websters recht gut. Der alte Mr. Peterson war gestorben und hatte Boyd die Tankstelle hinterlassen. Hiroko erkundigte sich nach Crystals Filmkarriere, dann war halblaut vom Prozeß die Rede. Man hörte einen Laster vorfahren, und Boyd kam hungrig hereingestürmt und wollte wissen, wer zu Besuch gekommen sei. Er hatte das Auto gesehen. Wie angewurzelt blieb er stehen, als er Spencer und Crystal erblickte. Dann umarmte er Crystal und schüttelte Spencer kräftig die Hand.

»Wir haben alles über euch gelesen.« Die Wiedersehensfreude stand ihm deutlich ins Gesicht geschrieben. »Ich habe mich schon gefragt, ob ihr wieder einmal den Weg hierher finden würdet.« Spencer gestand nun, daß er vor zwei Jahren durch das Tal gefahren sei, das Haus aber nicht gefunden habe. Es lag an einem abgelegenen Weg, den er heute wieder verfehlt hätte, wenn Crystal nicht bei ihm gewesen wäre.

Hiroko bereitete für alle das Mittagessen zu, und Crystal half ihr dabei, während Boyd alle Neuigkeiten aus der Gegend berichtete. Becky hatte wieder geheiratet und lebte jetzt mit zwei weiteren Kindern in Wyoming. Dann zögerte er, weil er nicht wußte, wieviel Crystal hören wollte.

»Deine Mutter ist sehr krank«, sagte er schließlich gedämpft. Ihre Mutter war das einzige Familienmitglied, das Crystal geblieben war. Dennoch verspürte sie nicht das Verlangen, sie zu besuchen. Sie hatte Spencer bereits gestanden, daß sie die Ranch nicht sehen wollte. Es wäre nach all den Jahren ein zu schmerzliches Wiedersehen gewesen. Sechs Jahre waren vergangen, seitdem sie nach Jareds Tod fortgegangen war. Für sie gab es hier nichts mehr als die Gräber ihres Vaters und ihres Bruders. Sie fragte Boyd danach und wollte wissen, ob ihre Mutter fortgezogen sei. »Nein, sie ist hier. Von der Ranch ist nicht mehr viel da. Schon vor Jahren wurde das Weideland verkauft, weil kein Vieh mehr gehalten wurde. Ich glaube, bei den Weinanbauflächen sieht es ganz gut aus, zumindest habe ich das von den Leuten gehört. Ich selbst war schon lange nicht mehr drüben. Ich weiß nur, daß Dr. Goode sehr oft bei deiner Mutter ist. Seit Juli ist sie krank.« Wieder hielt er inne und sah erst Spencer, dann Crystal an. »Ich glaube nicht, daß sie noch lange lebt. Falls du sie noch einmal sehen möchtest ...«

Traurig schüttelte Crystal den Kopf.

Boyd nickte – genau das hatte er vermutet.

Crystal wollte nicht an die Kindheit erinnert werden, nicht an das, was ihre Mutter ihr angetan hatte.

»Ich glaube«, sagte sie schließlich, »es hätte nicht viel Sinn. Außerdem wird sie mich vielleicht gar nicht sehen wollen. Ich habe all die Jahre nichts von ihr gehört. Ist Becky zufällig da?« Wenn ihre Mutter im Sterben lag, war es gut möglich, daß sie von Wyoming gekommen war.

»Von deiner Schwester weiß ich, daß sie über Weihnachten ein paar Tage hier verbracht hat. Ich selbst bin ihr nicht begegnet. Jetzt ist sie nicht mehr da.« Crystal nickte erleichtert. Becky bedeutete ihr nichts, sie hatte ihr nie etwas bedeutet. Die Menschen, die sie geliebt hatte, waren tot, abgesehen von jenen, mit denen sie jetzt bei Tisch saß.

Nach dem Essen unternahmen sie einen langen Spaziergang, ehe Boyd zu seiner Arbeit zurück mußte. Sie versprachen, ihn an seiner Tankstelle zu besuchen, bevor sie weiterfuhren. Spencer und Crystal waren noch unentschlossen, wohin sie eigentlich wollten. Ihm schwebten ein paar Tage in einem kleinen gemütlichen Hotel im Weinland vor. Aber nachdem sie sich von Hiroko verabschiedet hatten, bog Spencer in die falsche Richtung ab, und Crystal erschrak. Unversehens waren sie an der Ranch vorübergefahren. Auch er hatte das Haus erkannt. Ein besorgter Blick zeigte ihm, wie blaß und bestürzt Crystal war.

»Soll ich kurz anhalten? Kein Mensch wird erfahren, daß wir hier waren. Wenn deine Mutter so krank ist, ist bestimmt nicht zu erwarten, daß wir ihr hier draußen über den Weg laufen.«

Crystal deutete mit einem fast unmerklichen Nicken auf einen überwachsenen Pfad. »Hier entlang kommt man direkt zum Fluß.« Da er Bedenken hatte, das Stück mit dem Auto zu fahren, stiegen sie aus und gingen Hand in Hand weiter. Crystal sprach kein Wort. Auf einer kleinen Lichtung blieb sie stehen. Nun sah Spencer die drei Gräber. Jared, ihr Vater und ihre Großmutter waren hier begraben, als warteten sie auf Crystal.

Still trocknete sie sich die Augen. Spencer legte den Arm um sie, und als sie durch das hohe Gras zurückschlenderten, dachte er an Beckys Hochzeitstag und an Crystal, die in ihrem weißen Kleidchen bloßfüßig dagestanden hatte. Ihr Haar hatte wie weißes Gold in der Sonne geschimmert. Und dann, im Gehen, entfernte sie sich langsam von ihm, um in einigem Abstand von ihm stehenzubleiben, den Blick auf das Ranchhaus gerichtet, das ihr Geburtshaus war. Wieder dachte sie an ihren Vater, und Spencer schmerzte es, es mit ansehen zu müssen.

»Möchtest du hinein? Ich komme mit.« Er beobachtete sie genau und spürte ihren Schmerz.

»Ich wüßte gar nicht, was ich nach so langer Zeit sagen sollte.«

»Hallo ist immer ein guter Anfang.«

»Du Neunmalkluger, du!« Sie lachten und wollten sich gerade umdrehen, als die mit Fliegengitter bespannte Tür zugeschlagen wurde. Die Pflegerin, die täglich vorbeikam, verließ das Haus. Dr. Goode stand im Eingang. Crystal warf Spencer einen kurzen Blick zu. Sie zögerte trotz seines aufmunternden Nickens noch immer. Dann ging sie langsam auf das Haus zu, in dem einst die Menschen gelebt hatten, die sie geliebt hatte, und das jetzt nur noch allmählich verblassende Erinnerungen barg.

»Los, weiter«, machte Spencer ihr Mut. Sie ergriff seine Hand, als sie die Stufen hinaufgingen. Ihre Handflächen wurden feucht vor Nervosität. Dr. Goode starrte ihr mit einem sonderbaren

Ausdruck entgegen. Er hatte sie erkannt und wunderte sich, daß sie gekommen war. Sie war lange fort gewesen – nach dem Skandal.

»Woher wissen Sie es?« fragte er.

»Was soll ich wissen?« Crystal fühlte sich in ihre Kindheit zurückversetzt.

»Daß sie jeden Moment sterben kann. Im Moment ist sie bei sich, falls Sie hereinkommen möchten.« Plötzlich fragte sich Crystal, ob der Schock für ihre Mutter nicht zu groß sein würde.

»Über sechs Jahre lang war ich nicht wieder da... ich weiß nicht, ob sie mich sehen möchte.«

»Wenn der Mensch die Nähe des Todes spürt, ändert sich alles«, erwiderte der Arzt leise. Wer wohl der Mann an ihrer Seite war? »Sind Sie verheiratet?« Crystal schüttelte den Kopf. Der Doktor hatte keine Ahnung, wo sie die ganze Zeit über gewesen war und was sie gemacht hatte. Die Sorge um seine Patienten nahm ihn ganz in Anspruch. Er hatte zwar gehört, daß Crystal nach Hollywood gegangen sei, um zum Film zu kommen, aber wie ein Filmstar sah sie eigentlich nicht aus. Sie sah aus wie immer, ein wenig älter, etwas schmaler, aber noch immer so hübsch wie seinerzeit. »Gehen Sie doch hinein, und sagen Sie ihr guten Tag. Fürchten Sie sich nicht.« Zögernd betrat Crystal das Haus, fast in Erwartung, ihre Großmutter in der Küche zu sehen. Es war kein Mensch da. Im Inneren herrschte Halbdunkel, und alles sah alt und mitgenommen aus. Seit Jahren schon fehlten Hände, die voller Sorgfalt und Liebe etwas ausgebessert hätten. Es sah aus, als hätte ihre Mutter innen und außen alles verkommen lassen. Spencer folgte ihr den Korridor entlang zum Zimmer ihrer Mutter. Er wartete draußen, nachdem Crystal angeklopft hatte und eingetreten war. Olivia, von der fast nichts mehr übrig war, lag im Bett – abgezehrt und dem Tode nahe. Nur die Augen schienen noch vorhanden zu sein, die Crystal groß ansahen.

»Guten Tag, Mutter.«

Olivia Wyatt wirkte zwar erstaunt, aber nicht so sehr, wie Crystal vermutet hatte. Es war, als hätte sie ihr Kommen geahnt, und wenn nicht – nun, Olivia kümmerte das alles nicht mehr. »Wie geht es dir, Crystal?« Keine Bemerkung über den Tag, an dem Crystal gegangen war, kein Wort von dem Schmerz, den sie ihrer Tochter zugefügt hatte, kein Wort über Jareds Tod oder Toms Untat. Sie lag nur da, sah ihr jüngstes Kind an und wartete darauf, zu sterben und zu den anderen zu kommen.

»Mir geht es gut.« Von dem Prozeß wußte ihre Mutter nichts. Sie wußte überhaupt nichts mehr, ihr Interesse an der Welt war erloschen, denn schon seit Monaten war ihre Welt auf ihr Zimmer zusammengeschrumpft.

»Du bist nach Hollywood gegangen, habe ich gehört. Stimmt das?«

Crystal nickte. »Ja, vorübergehend.«

»Und was machst du jetzt?«

»Jetzt besuche ich dich.« Crystals Lächeln fand keine Erwiderung in den Augen ihrer Mutter. Olivia war zu matt.

»Sicher hast du schon gehört, wie das mit der Ranch ist. Ich habe damit gerechnet, daß man dich suchen würde, wenn ich tot bin. Becky sagte, Boyd Webster wüßte, wo du zu finden bist.«

»Ja, er wußte es immer. Und was ist mit der Ranch? Willst du sie verkaufen?«

»Das ist jetzt deine Sache. Mir war das alles immer zuviel... dein Vater hat bestimmt, daß ich hier ein lebenslanges Wohnrecht habe. Danach soll alles dir gehören. Becky war deswegen ganz schön wütend. Aber sie hat es jetzt sehr gut getroffen... mit einem guten Mann. Weißt du, daß Tom in Korea gefallen ist?«

»Ja, ich weiß.« Doch Crystals Verstand hatte Mühe, das Gehörte zu verarbeiten. Sie setzte sich in den Schaukelstuhl neben dem Bett, dann griff sie behutsam nach der Hand ihrer Mutter. Die Kranke wehrte sich nicht. Sie überließ ihr kraftlos die Hand, die wie ein dürrer Zweig in Crystals Fingern lag. »Wie war das mit der Ranch gemeint?«

»Sie gehört dir. Ich hatte nur das lebenslange Nutzungsrecht, so nennt man das wohl. Dann soll sie dir gehören. Er sagte, daß du die einzige bist, die an der Ranch hängt.« Crystals Augen wurden feucht. Ihr Vater hatte ihr die Ranch vermacht, und kein Mensch hatte ihr ein Wort davon gesagt. Man hatte sie einfach so gehen lassen, ohne ihr zu sagen, daß die Ranch eines Tages ihr gehören würde. »Wenn du willst, könntest du jetzt das kleine Haus beziehen. Es ist seit Jahren unbewohnt. Mit mir dauert es nicht mehr lange.« Sie entzog Crystal ihre Hand. »Bald wird alles dir gehören.«

»So darfst du nicht reden. Kommt jemand, der für dich kocht?«

»Ja, ein paar Mädchen von der Kirche wechseln sich ab. Ich bin versorgt, und Dr. Goode kommt zweimal täglich, meist ist die Schwester dabei.« Erschöpft schloß sie die Augen. Sie konnte nicht mehr sprechen. Und während sie dahindämmerte, stand Crystal da und schaute die Frau an, die ihr so viel Leid zugefügt und sie nie verstanden oder gar geliebt hatte. Dann ging sie leise hinaus zu Spencer. Sie setzte sich auf die Eingangsstufen, und noch immer konnte sie nicht fassen, was ihre Mutter ihr gerade gesagt hatte.

»Spencer, es ist unglaublich, was ich eben erfahren habe.«
»Was denn?«

Crystal ließ den Blick über das Land schweifen. Eine Woge der Liebe zu diesem Fleckchen Erde erfaßte sie. Diese Liebe war es, die ihren Vater bewogen hatte, ihr die Ranch zu vererben. Sie dachte an seine letzten Worte: »Gib die Ranch niemals auf.« Als sie seinerzeit fortgegangen war, hatte sie deshalb unter starken Gewissensbissen gelitten. Sie blickte zu Spencer auf. »Mein Vater hat mir bei seinem Tod die Ranch hinterlassen, und kein Mensch hat mir ein Wort davon gesagt. Ich glaube, deswegen haben mich alle so gehaßt – weil ich alles bekommen sollte.«

Man sah ihr an, daß sie diesen Schock noch immer nicht verkraftet hatte. Erst das Wiedersehen mit ihrer Mutter nach so langer Zeit und dann dies... Kopfschüttelnd stand sie auf. »Was soll ich mit der Ranch nur anfangen?«

»Hier leben und es dir gutgehen lassen. Es ist ein herrliches Fleckchen Erde, vielmehr war es das einmal, aber das könnte es wieder werden. Ich möchte wetten, daß die Weinberge noch immer guten Gewinn abwerfen. Vielleicht auch der Getreideanbau.«

»Spencer, endlich bin ich zu Hause«, sagte Crystal mit einem Lächeln.

»Ja, das bist du ganz sicher. Und du wolltest gar nicht herkommen.« Beide lächelten, bis der Gedanke an die Sterbende im Haus sie wieder ernst werden ließ. Langsam gingen sie zum Auto, ohne zu wissen, wohin sie fahren würden.

»Sie sagte, wir könnten im kleinen Haus bleiben.«

»Wir?« fragte er erstaunt. »Wußte sie denn, daß ich da bin?«

»Nein ... ganz recht, sie sagte, ich könne dort bleiben. Sicher sieht es dort verheerend aus.« Crystal wollte nicht in der Nähe sein, wenn ihre Mutter starb. »Fahren wir einfach ins Blaue. Wir können ja später zurückkommen.« Er nickte, und sie fuhren zur Tankstelle, um sich von Boyd zu verabschieden. Abends meldete Boyd sich in dem Hotel, in dem sie ein Zimmer genommen hatten. Crystal hatte zuvor Hiroko angerufen und ihr für alle Fälle die Nummer gegeben. Ihre Mutter war verschieden, kurz nachdem sie gegangen waren. Lange saß Crystal da und versuchte sich über ihre Gefühle Klarheit zu verschaffen. Sie empfand keine Trauer oder Zorn oder das Gefühl des Verlustes. Geblieben war eine undeutliche Erinnerung an die Frau, die sie als Kind gekannt hatte – mehr nicht. Und jetzt gehörte die Ranch ihr, wie ihr Vater es gewollt hatte. Was sie damit anfangen würde, wußte sie noch nicht. Wenigstens hatte sie jetzt ein Dach über dem Kopf.

Am nächsten Tag fuhren sie zurück, und zwei Tage darauf wurde ihre Mutter neben den anderen beerdigt. Weil sie noch immer unschlüssig war, verbrachte Crystal die nächsten Tage bei Boyd und Hiroko. Erst dann entschloß sie sich, das Haupthaus auf der Ranch zu beziehen. Sie bezog sogar gemeinsam mit Spencer ihr altes Zimmer, in dem noch ihr altes Bett stand und die Fußbodenbretter wie eh und je knarrten. Auf merkwürdige Weise war alles unverändert geblieben, und doch war alles anders, als sie an jenem Abend bei Sonnenuntergang über die Felder und Wiesen zu der Stelle gingen, wo sie sich zum erstenmal begegnet waren. Spencer sah mit einem Lächeln auf sie nieder. Sonderbar, wie das Leben manchmal so spielte.

Als die Sonne ganz untergegangen war, küßten sie sich und gingen Hand in Hand zum Haus zurück. Sie waren dankbar, daß sie diese kostbaren Augenblicke erleben durften, und Crystal begann ganz leise, wie eine schwache Erinnerung, zu singen.

36

Am nächsten Tag fuhr Spencer mit Crystal den größten Teil der Ranch ab. Das meiste war verwildert, Hilfskräfte waren nicht mehr da. Nur die Rebstöcke waren einigermaßen gut erhalten. Im Vorbeifahren sahen sie dort zwei Mexikaner an der Arbeit.

Sie schwammen im Fluß, in dem sich Crystal als Kind getummelt hatte, und saßen hinterher in Decken gehüllt im Gras. Sie lachten und kuschelten sich aneinander, während Crystal die Lieder sang, die sie ihrem Vater vorgesungen hatte. Einen kurzen Augenblick empfand sie Gewissensbisse, weil sie kurz nach dem Tod ihrer Mutter so fröhlich war – aber alles war ja ganz anders. Ihre Mutter war für sie seit Jahren gestorben gewesen, und die Ranch war ein letztes Geschenk ihres Vaters.

Wieder im Haus, stellte sie den alten Kessel auf und wurde sofort an ihre Großmutter mit ihrer großen, weißen Schürze erinnert. Sie schilderte Spencer, der ihr wie gebannt lauschte, ihre frühesten Erinnerungen. Und schließlich sprachen sie von Washington und von seiner beabsichtigten Rückkehr dorthin.

»Was ist mit Elizabeth?« Beiden war klar, daß eine Entscheidung gefällt werden mußte. Wenn Spencer noch lange mit Crystal zusammenblieb, würde sich die Entscheidung vermutlich von selbst ergeben. Spencer konnte sich nicht vorstellen, Crystal wieder zu verlassen, und sie beide wußten, daß er es nicht wollte. Seit einem Vierteljahr hatte er Elizabeth nicht gesehen, und er war fast sicher, daß sie jetzt in eine Scheidung einwilligen würde. Es war zu beschämend für sie, wie er in Washington alles liegen- und stehengelassen hatte und bei Crystal in Kalifornien geblieben war. Crystal wünschte sich glühend, daß er bei ihr blieb, aber sie wollte, daß er sich allein entschied. Wenn er sein Leben in Washington wiederaufnehmen wollte, dann sollte er es tun. Sie hatte ihm – gemessen an Elizabeth und den Barclays – nichts zu bieten. Am Tag zuvor hatte sie erfahren, daß die Ranch sich selbst kaum tragen konnte. Sie konnte hier leben, besaß aber eigentlich nichts. Sie konnte Spencer nur ihre Liebe.

Am Nachmittag fiel Spencer ein, daß er den Senator anrufen mußte. Crystel spülte das Geschirr und hörte Radio, während er sich verbinden ließ. Crystal blickte erst wieder auf, als er aufhängte. Sie lächelte ihm zu, während sie sich die Hände an den neuen Jeans abwischte, die sie sich zugelegt hatte. »Na, was gibt es?«

Er starrte sie an. Was für seltsame Dinge geschehen konnten... Der junge Senator aus Kalifornien hatte den Prozeß mit großer Aufmerksamkeit verfolgt und wollte Spencer als Mitarbeiter gewinnen, sobald er wieder nach Washington kam. Spencer sollte für ihn seine Wahlkampagne organisieren. Diesmal war alles ohne Richter Barclays Fürsprache gegangen.

»Ist das ein Job, der dir gefallen könnte?« fragte Crystal, nachdem er ihr alles erklärt hatte. Es war eine sehr anspruchsvolle Aufgabe, die ihn, wie er wußte, sehr befriedigen würde, aber er hatte keine Lust, in Washington zu leben. Er wollte hier bei Crystal im Alexander Valley bleiben.

»Vor einem halben Jahr noch wäre es genau das gewesen, was ich mir vorgestellt habe. Ich hätte mit beiden Händen zugegriffen.« Er ließ sich auf einem der alten Küchenstühle nieder, und Crystal goß ihm Kaffee ein. »Aber jetzt... ich weiß nicht. Ich bleibe lieber hier.« Er zog sie auf seinen Schoß und sah sie an, noch immer erstaunt über das Angebot des Senators.

»Was hast du ihm gesagt?« Sie beobachtete seine Miene. Sie wollte herausfinden, was das Beste für ihn war und was er sich wünschte. »Ich habe ihm vorgeschlagen, daß ich mich bei ihm nächste Woche noch einmal melde. Er fliegt morgen nach Washington. Ich kann nicht glauben, daß es ihm ernst ist, aber es muß wohl so sein.« Beide hatten sie Glück im Unglück. »Aber was wird aus uns? Würdest du mit mir kommen?«

»Das ist jetzt nicht der Punkt. Wichtiger ist, was du möchtest.«

Spencer trank von dem dampfenden Kaffee, den Blick nachdenklich auf Crystal gerichtet. Ja, es war das, was er sich immer gewünscht hatte. Ganz plötzlich eröffnete sich ihm die Welt der Politik, aber leider zu spät. Er wollte Crystal nicht wieder verlieren, auch nicht für einen Traumjob. Doch es war ihm deutlich anzumerken, daß ihn die Aufgabe sehr reizte. Crystal war klar, daß er es mit einer Frau wie Elizabeth an seiner Seite weit bringen konnte, während alle seine schönen Hoffnungen zunichte werden mußten, wenn er eine Frau heiratete, die für schuldig befunden war, Ernie Salvatore getötet zu haben. Der Skandal könnte ihn vernichten, und was würde ihm bleiben? Das Leben eines Farmers, für das er nicht geschaffen war. Er war für Größeres geschaffen. Als sie sich an jenem Abend liebten, war Crystal hinterher merkwürdig still. Er wußte nicht, was sie bedrückte, und glaubte, es sei das Haus und die damit verbundenen Erinnerungen.

»Woran denkst du?« Er strich ihr übers Haar und drückte sie an sich, während sie mit bekümmertem Lächeln zu ihm aufsah.

»Für dich ist es höchste Zeit, nach Washington zurückzukehren und dich den Tatsachen zu stellen.« Es war das größte Opfer, das sie je gebracht hatte, aber sie wußte, daß es unumgänglich war.

Er schüttelte bedächtig den Kopf. »Ich möchte dich nicht schon wieder allein lassen. Wir beide haben genug mitgemacht. Wir haben uns unser trautes Glück verdient.«

Crystal stützte sich auf einen Ellbogen. »Aber du gehörst nicht hierher, mein Liebling. Auf dich wartet Größeres als die Instandhaltung einer heruntergekommenen Ranch.« Sie war ihrer Sache ganz sicher, er aber wollte nichts davon hören.

»Und du nicht? Mach dich nicht lächerlich. Vor drei Monaten warst du ein angehender Filmstar, und sieh dich jetzt an. Du bist jetzt wieder da, wo du angefangen hast.«

»Das ist etwas anderes.« Sie küßte ihn auf die Nasenspitze. »Das war doch alles nur leerer Schein. Was du machst, hat Gewicht. Du könntest eines Tages eine Persönlichkeit von großem Einfluß sein. Vielleicht wird aus dir sogar ein Präsidentschaftskandidat.« Aber nicht, wenn sie zuließ, daß er bei ihr blieb. Nicht hier. Mit einer Skandalfrau an seiner Seite hatte er keine Chance. Sie würde ihn um alles bringen, und das konnte sie nicht zulassen. Er mußte zurück zu Elizabeth, weil sie genau die Frau war, die er jetzt brauchte. »Ich möchte, daß du nach Hause gehst.«

»Warum?« Er war verblüfft. »Wie kannst du so etwas sagen?«

»Weil du nach Washington gehörst. Es liegt noch so viel vor

dir. Du hast noch Menschen kennenzulernen, neue Ideen zu verwirklichen und für Leute zu arbeiten, die deine Mithilfe brauchen. Was mich betrifft, so habe ich eine schöne Zeit hinter mir – mehr war es nicht. Ein großer Spaß zu einem viel zu hohen Preis. Ich möchte nichts mehr davon. Aber du brauchst eine Aufgabe. Das ist der Unterschied.« Sie hatte seinen Blick bemerkt, nachdem er mit dem Senator telefoniert hatte. Sie durfte ihn nicht um seine Karriere bringen. Täte sie es, würde er sie eines Tages dafür hassen, das wußte sie.

»Und was soll ich tun? Soll ich dich etwa hier zurücklassen? Warum kommst du nicht mit?« Er sah sie flehend an.

»Nach Washington?« Sie lächelte.

»Warum nicht?«

»Weil ich dein Untergang wäre, so sehr ich dich auch liebe. Vergiß nicht, welche Vergangenheit ich habe. Immerhin stand ich unter Mordanklage. Und die Geschworenen befanden, daß ich in Notwehr gehandelt habe. Sie haben nicht gesagt, daß ich es nicht getan habe. Mit deiner Karriere wäre es vorbei an dem Tag, an dem ich in Washington auftauche, das weißt du sehr gut.«

»Ich gehe nicht zurück.« Er zog sie neben sich und hielt sie fest. Plötzlich hatte er Angst, sie zu verlieren. »Ich lasse nicht zu, daß du bleibst«, sagte sie ernst, und er erschrak.

»Warum nicht?«

»Weil es dich vernichten würde.«

Er gab ihr keine Antwort. Und als sie eingeschlafen war, lag er da, hielt sie in den Armen und lauschte ihren Atemzügen. Wenn er sie verließ, bedeutete es sein Ende, zumindest für einen Teil von ihm.

Am nächsten Tag brachte Crystal das Thema erneut zur Sprache. Sie blieb eisern. Und am Ende wußte sie, was sie zu tun hatte. Sie mußte ihn um jeden Preis fortschicken, auch wenn sie ihm sagen mußte, daß sie ihn nicht mehr liebte. Zu guter Letzt aber war sie doch nicht gezwungen, so weit zu gehen. Sie brachte ihm behutsam bei, daß sie noch nicht bereit war, sich mit ihm auf Dauer einzurichten. Sie wollte allein auf der Ranch leben, auch wenn es nach allem, was er für sie getan hatte, sehr undankbar wirken mußte. Sie hatte so viel durchgemacht, daß sie noch nicht an eine Ehe denken wollte. Spencer freilich glaubte ihr nicht so recht. Ihr Verhalten erinnerte ihn zu sehr an den Anruf vor eineinhalb Jahren, als sie ihm, um ihn vor Ernie zu schützen, gesagt hatte, daß sie ihn nicht mehr liebe.

Dennoch war Spencer auf dem Weg vom Fluß nach Hause sehr deprimiert.

»Warum willst du allein sein?«

»Ich brauche Zeit, das ist alles. Ich möchte für mich sein und mit allem allein fertigwerden. Das ist mein gutes Recht, oder nicht?« Spencer war tief getroffen, und Crystal war die ganze Nacht den Tränen nahe, als er sie in den Armen hielt. Tagelang diskutierten sie, doch Crystal blieb fest. Nach einer schmerzlichen Woche hatte sie ihn überzeugt. Er würde den Job in Washington annehmen, aber er bestand darauf, oft zu kommen und sie zu besuchen. Sie wußte, was für einen Skandal das heraufbeschwören konnte, und schwor sich, daß sie es nie zulassen würde. Sie mußte für ihn stark sein. Sie wußte, daß jede Beziehung, jeder Kontakt zu ihr, daß jede Bindung an sie seine Zukunft zerstören würde. Sie war mit einem Makel behaftet. Hätte es sich um einen anderen gehandelt, dann wäre alles vielleicht anders verlaufen. Spencer aber hatte sein Leben noch vor sich, und wenn er von seiner künftigen Arbeit an der Seite des Senators sprach, konnte er seine Vorfreude nicht verhehlen. Sie wollte ihm um keinen Preis im Wege stehen. Eines Tages würde er vielleicht Großes erreichen, und sie durfte nicht diejenige sein, die ihn daran hinderte.

Er fuhr am späten Nachmittag los. Sie tauschten einen langen Abschiedskuß im Licht der tiefstehenden Sonne. Spencer wollte sie noch immer überreden, mitzukommen. Doch Crystal weigerte sich bis zum Schluß. Er ging nur unter der Bedingung, daß er bald wiederkommen durfte, sie aber wußte es besser. Groß und stolz stand sie da und winkte ihm nach, als erwartete sie, ihn bald wiederzusehen, aber sie würde nicht zulassen, daß er wiederkam. Es war für ihn zu gefährlich. Mit der Zeit würde er es ihr danken, das wußte sie genau. Als er fort war, warf sie sich aufs Bett und schluchzte, als müßte ihr Herz brechen. Wieder war er weg – diesmal für immer, und ihre übergroße Liebe konnte nichts daran ändern. Der Verzicht war ihr letztes Geschenk an ihn. Mehr hatte sie nicht zu geben. Alles andere besaß er bereits, ihr Herz, ihre Seele und ihren Körper.

37

Crystal bot das kleine Haus Boyd und Hiroko an. Sie zogen im März ein, nachdem sie es entrümpelt und frisch gestrichen hatten und das Unkraut gejätet und ein Garten angelegt worden war. Crystal hatte zwei Hilfskräfte für das Getreide eingestellt, und ein paar zusätzliche Mexikaner sollten sich um die Rebstöcke kümmern. Boyd ging noch immer täglich zu seiner Tankstelle, während Hiroko und Crystal wie Sklavinnen schufteten, um das Ranchhaus wieder bewohnbar zu machen. Die kleine Jane half ihnen mit Feuereifer.

Im April schien die Sonne schon sehr warm. Nachdem sie bis spätabends die Wände geschrubbt und gestrichen hatte, war Crystal einer Ohnmacht nahe. Hiroko, die ihr zu einem Sessel helfen mußte, musterte sie mit einem besorgten Stirnrunzeln. Irgend etwas stimmte nicht mit Crystal, so sehr sie es auch abstritt. Aber die letzten zwei Monate hatten ihren Tribut gefordert, und davor lag der Prozeß und, schlimmer noch, die Zeit mit Ernie. Aber das Allerschlimmste war die Trennung von Spencer. Er hatte einige Male angerufen, sie aber hatte Ausflüchte gebraucht, um seinen Besuch zu verhindern. Sie erklärte ihm etwas schroff, daß sie sich mit jemandem aus der Stadt angefreundet hätte und die Ranch viel Zeit in Anspruch nehmen würde. Und er war wieder mit Elizabeth zusammen, die sich trotz allem nicht scheiden lassen wollte.

Hiroko legte Crystal ein feuchtes Tuch auf die Stirn und setzte sich neben sie. Sie bestand darauf, daß Crystal zu einem Arzt ging.

»Mach dich nicht lächerlich. Mir fehlt nichts. Ich bin einfach die Schwerarbeit nicht mehr gewöhnt.« Die Ranch machte einen tadellosen Eindruck, fast besser als zuvor. Ihr Vater hätte allen Grund gehabt, stolz auf sie zu sein. Boyd konnte es nicht fassen, daß Crystal in so kurzer Zeit solche Veränderungen herbeigeführt hatte. Sie war erst seit zwei Monaten hier.

Drei Tage später wurde Crystal wieder ohnmächtig – diesmal beim Unkrautjäten. Jane fand sie und schrie nach ihrer Mutter. Der Kleinen gefiel es in dem neuen Zuhause in der Nähe ihrer neuen Freundin. Crystal hatte versprochen, ihr im Sommer das Reiten beizubringen. Diesmal fuhr Boyd Crystal in die Stadt und setzte sie vor Dr. Goodes Praxis ab.

»Crystal Wyatt, nichts wie rein mit dir. Oder muß ich dich hineinschleppen?«

Sie grinste ihn an. Es war ein warmer Tag, trotzdem hatte sie gefroren und einen dicken Pullover angezogen. Boyd befürchtete, daß sie ernsthaft krank war. Dr. Goode hingegen erklärte ihr ohne Umschweife, daß sie schwanger sei. Ungläubig starrte sie ihn an, doch als sie zurückzählte, wußte sie, daß er recht hatte. Am Abend vertraute sie sich Hiroko an.

»Was willst du jetzt machen?« fragte die Freundin leise.

In Crystals Blick lag Wehmut, aber sie schwankte keine Sekunde. »Ich will das Baby bekommen.« Es war alles, was ihr von Spencer geblieben war, und sie hatte jetzt wenigstens ein Zuhause für das Kind, das im November zur Welt kommen sollte. Sie ahnte, daß sie gleich beim erstenmal, als sie mit Spencer in San Francisco geschlafen hatte, schwanger geworden sein mußte.

Boyd war wie erschlagen, als Hiroko ihm davon erzählte. Crystal beschwor ihn, nichts weiterzusagen – sehr zu seinem Bedauern. Er war der Meinung, daß Spencer unbedingt davon erfahren sollte. Aber Crystal blieb hart. Spencer stand am Anfang einer großen Karriere, und sie würde dafür sorgen, daß er nicht von seinem Weg abwich.

»Du willst es ihm also nicht sagen?«

Sie schüttelte den Kopf. Es war das Allerletzte, was sie tun würde. Sie hatte ihn bereits um einen Job gebracht, und was er jetzt tat, war viel zu wichtig. »Außer euch beiden wird es niemand erfahren.« Nicht einmal Harry und Pearl wollte sie einweihen. Sie waren Teil eines anderen Lebens. Und sie wollte hier im Tal bleiben, bis das Kind geboren war. Und während sie im Laufe des Sommers immer umfangreicher wurde, dachte sie stän-

dig an Spencers Kind. Es war die große Freude ihres Lebens ...
ihre letzte Erinnerung an Spencer.

38

Crystal hatte sich nicht geirrt. Spencer ging in seiner neuen Tätigkeit auf. Die Arbeit für den Senator war genau das, was ihm immer schon vorgeschwebt hatte. Er arbeitete sehr ausdauernd und intensiv, und die Verantwortung, die ihm übertragen worden war, war enorm. Unversehens war er in die Welt der Politik geraten, wo ihm seine Erfahrungen als Jurist sehr zustatten kamen. Er zog sogar in Erwägung, selbst für den Kongreß zu kandidieren. Andererseits war ihm der Senator zu sympathisch, als daß er ihn im Stich gelassen hätte.

Sogar Elizabeth kam jetzt auf ihre Kosten, und das war der einzige Grund, weshalb sie auch jetzt nicht in die Scheidung einwilligte. Trotz seiner Rolle bei dem aufsehenerregenden Mordprozeß und der Liebesaffäre, die er ihrem Gefühl nach gehabt haben mußte, war sie endlich am Ziel ihrer Wünsche angelangt. Sie hatte einen »bedeutenden« Mann. Bei seiner Rückkehr hatte sie ihn zunächst ihren Groll spüren lassen, und in der ersten Woche hatte er sie kaum zu Gesicht bekommen, so daß er bereits Vorbereitungen traf, auszuziehen. Er wußte, daß er die Ehe nicht weiterführen konnte – mit oder ohne Crystal. Das Zusammensein mit ihr hatte ihm einmal mehr vor Augen geführt, was er bei Elizabeth entbehren mußte. Er war nicht mehr gewillt, darauf zu verzichten. Als es schließlich zu einer Aussprache kam, sagte er ihr, daß er es vorzöge, in Zukunft allein zu leben. Er tischte ihr keine Lügen auf, keine Ausflüchte, keine Erklärungen. »Ich glaube, es ist Zeit, daß wir Schluß machen.«

Doch Spencers momentane Tätigkeit stellte für Elizabeth eine große Herausforderung dar. Es war das erste Mal, daß er etwas tat, was ihrer Meinung wirklich von Bedeutung war. Dazu kam, daß alle Welt voll des Lobes war, weil er sich so phantastisch als Verteidiger des Filmstars bewährt hatte. Anstatt wütend zu sein, war sie stolz, und Spencer wurde klar, wie wenig er sie doch kannte. Für Ruhm und Ansehen hätte sie jeden Preis bezahlt, und sie nahm auch eine unglückliche Ehe in Kauf.

»Spencer, warum lassen wir die Sache nicht noch eine Weile auf sich beruhen? Wir haben nun so lange gewartet, daß wir jetzt nichts überstürzen müssen.« Aber für Spencer waren die Zeiten längst vorbei, als er sich noch vorgemacht hatte, Elizabeth zu lieben oder sich wenigstens mit ihr arrangieren zu können. Jetzt wollte er bei diesem Spiel nicht mehr mitmachen. Er wollte seine Freiheit, und das sagte er ihr auch.

»Warum, in Gottes Namen, willst du diesen Zustand unbedingt fortsetzen? Wir sind ja nicht einmal mehr Freunde. Ist dir das einerlei?«

Genauso war es. »Mir gefällt, was du tust, Spencer.« Frau eines Wahlkampfmanagers zu sein, kam ihren Ambitionen sehr entgegen.

»Ist das dein Ernst?« Spencer war schockiert.

»Ja, das ist es. Ich bin gewillt, die Ehe weiterzuführen. Ehrlich gesagt, denke ich nicht daran, dich freizugeben.« Wie immer nahm sie kein Blatt vor den Mund. »Das bist du mir schuldig.«

Er lief rot an. »Wofür?«

»Du hast mich mit diesem Mädchen öffentlich zum Narren gemacht, und wenn du glaubst, ich ließe mich jetzt scheiden, damit du sie heiraten kannst, hast du dich gewaltig geirrt.« Daß Crystal ihn weggeschickt und ihm geraten hatte, seiner Karriere zuliebe verheiratet zu bleiben, verschwieg er ihr.

»Ich möchte sie heiraten!« Er wollte nicht lügen. »Aber sie möchte nicht.«

»Dann ist sie entweder dumm oder sehr schlau. Das kann ich nicht beurteilen.«

»Sie sagt, daß sie allein sein möchte, und sie glaubt, daß sie meiner Karriere schaden würde.«

»Da hat sie recht. Sie ist doch klüger, als ich dachte. Wird sie wieder nach Hollywood gehen?«

Spencer schüttelte den Kopf. »Nein, sie ist jetzt wieder nach Hause zurückgegangen. Mit der Filmarbeit ist es für sie aus.«

»Und wo ist sie zu Hause?« Sie war neugierig und darauf aus, möglichst viel über ihre Rivalin in Erfahrung zu bringen.

»Das ist unwichtig.«

»Wirst du sie wiedersehen?« Sein Blick verriet, daß er es gern getan hätte, wenn Crystal einverstanden gewesen wäre. Elizabeth spürte, daß vor seiner Rückkehr etwas vorgefallen sein mußte, und sie vermutete ganz richtig, daß Crystal ihn fortgeschickt haben mußte. Andernfalls wäre er sicher nicht zurückgekommen. Aber nun, da Elizabeth ihn wieder bei sich hatte, war sie entschlossen, alles zu tun, um ihn zu halten. »Du bist ein verdammter Idiot, wenn du dich weiterhin mit ihr abgibst, und dein Senator wäre alles andere als begeistert.«

»Das ist mein Problem, nicht deines.« Er wollte mit seiner Frau nicht über Crystal debattieren. Tag und Nacht dachte er an sie. Und immer, wenn er sie anrief, blieb sie eisern und behauptete, sie wolle allein sein. Ihrer beider Leben sei zu unterschiedlich, und nichts, konnte sie von dieser Meinung abbringen.

Spencer war mit seiner Arbeit so ausgelastet, daß die Wochen nur so verflogen. Zu guter Letzt zog er doch nicht aus, und Elizabeth verlangte es auch nicht. Mit ihren Eltern traf er nun viel seltener zusammen als früher. Sein Schwiegervater hatte ihm zu seiner gegenwärtigen Tätigkeit gratuliert. Er freute sich auch für Elizabeth; jetzt konnte Spencer ihr endlich geben, was ihr gebührte.

Spencer begriff es selbst nicht, aber er wohnte weiterhin in dem Haus in Georgetown. Für einen Umzug war er zu beschäftigt, und Elizabeth störte ihn nicht. Sie besuchte Partys mit ihm und arrangierte alles, wenn er Einladungen gab, daneben führte sie ein eigenes, sehr reges gesellschaftliches Leben und widmete sich ihrem Studium. Kein einziges Mal beklagte sie sich über diesen Zustand, und nach wenigen Monaten wurde ihm klar, daß ihm die Ehe mit ihr sehr nützte. Er litt unter Gewissensbissen, weil er es so sah, aber Washington war eine merkwürdige Stadt, und die Politiker waren noch merkwürdiger. Mit Richter Barclays Tochter verheiratet zu sein, war alles andere als ein Nachteil. Außerdem hatte er so viel zu tun, daß es im Grunde keine Rolle spielte, mit wem er verheiratet war. Von gesellschaftlichen Anlässen abgesehen, wenn sie sich mit ihm zusammen in einem Raum befand, bekam er Elizabeth kaum noch zu Gesicht.

Ihm blieb jetzt auch kaum mehr Zeit, Crystal anzurufen, und wenn er mit ihr sprach, dann war sie immer sehr kühl. Es ginge ihr gut, sagte sie und berichtete ihm von der Ranch, nicht ohne ihm zu verstehen zu geben, daß sie ihn nicht zu sehen wünschte. Sie hatte ihn zu Elizabeth nach Washington zurückgeschickt, und nun saß er von neuem in der Falle. Es war genau das, was sich Crystal für ihn gewünscht hatte, und es war das, was er brauchte, wie sie instinktiv gespürt hatte.

Seine Familie sollte er erst zu Thanksgiving wiedersehen. Elizabeth gestaltete das Dinner in diesem Jahr besonders stimmungsvoll. Spencers Eltern kamen von New York und blieben bei ihnen, und wieder beglückwünschte sich sein Vater, weil er Spencer in der unruhigen Phase nach seiner Heimkehr aus Korea überredet hatte, bei Elizabeth zu bleiben. Auch die Barclays waren erleichtert, und kein Mensch stellte die Frage, wann die beiden endlich an Kinder dachten. Jeder konnte sehen, wie beschäftigt sie waren. Im Juni sollte Elizabeth ihr Studium abschließen.

»Man stelle sich vor«, scherzte Spencers Vater, »zwei Anwälte unter einem Dach. Ihr könntet eine eigene Praxis aufmachen.« Wenn überhaupt, dann würde es das einzige sein, was wir gemeinsam haben, dachte Spencer bei sich. Elizabeth, charmant und anmutig, wahrte Haltung wie immer, und alle, die Spencers Frau kennenlernten, waren von ihr begeistert. Sie hatten eine glänzende Zukunft vor sich. Von Richter Barclay war sogar der Vorschlag gekommen, daß Spencer nach einiger Zeit bei dem jungen Senator selbst in die Politik einsteigen und für ein Amt kandidieren solle. Wie Elizabeth war auch er der Meinung, daß sich Spencer als Kongreßkandidat aufstellen lassen solle. Aber dafür war es noch zu früh. Spencer war als Wahlkampfmanager sehr eingespannt und bürdete sich noch zusätzliche Arbeit auf, um der Einsamkeit seiner Ehe zu entfliehen. Mit sechsunddreißig hatte er es weit gebracht, hatte jedoch verloren, was er am heftigsten begehrte. Er hatte Crystal verloren.

39

Auch Crystal gab ein Thanksgiving-Dinner. Sie füllte einen Truthahn, dazu gab es Preiselbeeren, Süßkartoffeln und winzige Maishörnchen, alles in ihrer frischgestrichenen Küche zubereitet. Hiroko und Boyd kamen mit Jane. Boyd konnte sich ein Lächeln über Crystals Unförmigkeit nicht verkneifen, als sie sich mit ihnen zu Tisch setzte und Jane das Tischgebet sprach. Das Baby konnte jeden Augenblick kommen. Und Boyd wußte, ohne daß es einer Frage bedurft hätte, daß Spencer keine Ahnung hatte. Ihre traurige Miene war herzzerreißend, aber sie war eisern und blieb bei ihrem Entschluß, koste es, was es wolle. Boyd gewann den Eindruck, daß sie gelegentlich noch von Spencer hörte. Sie hatte ihnen gesagt, daß er in Washington als Mitarbeiter des Senators zu den aufgehenden Sternen am politischen Himmel gehörte, aber sie war meist sehr zurückhaltend, was ihn anging.

Das Ranchhaus wirkte verändert; alles war sauber und frisch gestrichen. Er erkannte den Raum kaum wieder, als er sich an den großen Eichentisch in der gemütlichen gelben Küche setzte. Crystal war immer noch sehr emsig und hatte Jareds Zimmer in ein Kinderzimmer verwandelt – mit hellblau gestrichenen Wänden und weißen Scheibengardinen.

»Und wenn es ein Mädchen wird?« zog Boyd sie auf, bevor sie sich an jenem Abend verabschiedeten.

Ihr Lächeln war Spiegel ihrer inneren Gelassenheit. »Das wird es nicht.«

Als Hiroko am nächsten Morgen kam und nach ihr sah, traf sie Crystal still in ihrem Zimmer sitzend an – mit einer Miene, die äußerste Konzentration verriet. Ein vertrauter Ton erklang in ihr, und noch während sie hinsah, sah Hiroko, wie sich Crystals Gesicht vor Schmerz verzerrte.

»Das Kleine kommt, nicht wahr?«

»Ja.« Crystal lächelte unter Schmerzen, um sich gleich darauf an die Armlehnen ihres Sessels zu klammern. Sie brachte kein Wort mehr heraus. Hiroko lief zu Boyd, der den Arzt holen sollte. Schon vor Monaten hatte sie Crystal gedrängt, ins Krankenhaus zu gehen – vergeblich. Crystal wollte das Kind zu Hause bekommen. Ihr Gesicht war noch zu bekannt, die Filme, in denen sie mitgespielt hatte, liefen noch, und mehr als einmal war sie in der Stadt erkannt und angestarrt worden. Die Leute hatten sich offensichtlich gefragt, ob es sich um die Frau aus dem Film handeln konnte. Sie wollte, daß kein Mensch von ihrem Kind erfuhr, am allerwenigsten die Presse. Sie mußte einen neuen Skandal vermeiden, sonst hätte Spencer erfahren, daß er Vater geworden war. Das vor allem wollte sie um jeden Preis verhindern. Doch dieser Preis konnte das Kind sein, wie Boyd und Hiroko befürchteten. Auf diese Weise hatten sie ihr zweites Kind verloren, und sie hätten auch Jane verloren, wenn Crystal nicht gewesen wäre. Andererseits hatte Dr. Goode gesagt, daß Crystal gesund und jung sei und daß es keinen Grund gäbe, weshalb eine Vierundzwanzigjährige nicht zu Hause entbinden könne.

Boyd rief Dr. Goode an, der eine Stunde später eintraf. Inzwischen kam Crystal zwischen den Wehen kaum mehr zu Atem, und ihr Gesicht war schweißüberströmt. Hiroko saß bei ihr und hielt ihre Hände. Boyd ließ Jane im Garten spielen, während Dr. Goode und Hiroko sich abmühten und Crystal stöhnte.

Spät am Nachmittag kam Hiroko kurz vors Haus. Sie wirkte besorgt und abgespannt und bat Boyd, mit Jane nach Hause zu gehen. Dr. Goode hatte gesagt, daß es noch Stunden dauern konnte.

»Was ... noch immer nichts?« Auch Boyd war in Sorge um die Freundin. Jetzt dauerten die Wehen schon so lange. Kaum zu glauben, daß das Kind noch nicht auf der Welt war.

»Der Doktor sagt, daß das Kind sehr groß ist.« Boyd suchte besorgt Hirokos Blick. Doch seine Frau lächelte, als sie wieder hineinging. »Vielleicht bald.« Es waren dieselben Worte, die sie gleich darauf zu Crystal sagte, als sie versuchte, das Baby herauszudrücken und Dr. Goodes alte, erfahrene Hände ihr halfen. Er hatte sich vor siebeneinhalb Jahren geweigert, zu Hiroko zu kommen und sie auch während der Schwangerschaft abgewiesen, weil sein eigener Sohn im Kampf gegen die Japaner gefallen war. Doch als er sie jetzt beobachtete, war er gerührt von ihrer Sanftheit, ihrem Mitgefühl und ihrer Klugheit. Sie schien von innen erhellt von Wärme, Güte und Frömmigkeit, und einen Sekundenbruchteil verspürte er das Verlangen, ihr zu sagen, daß es ihm leid tat. Er wußte, daß ihr zweites Kind gestorben war, und jetzt quälte ihn die Frage, ob er es hätte retten können. Hiroko schwieg, während er sie beobachtete. Als Crystal ihre Hände umklammerte und aufschrie, sprach sie ihr Mut zu. Die Wehen wurden immer länger und schmerzhafter, und doch wollte das Kind nicht kommen.

»Vielleicht müssen wir sie ins Krankenhaus schaffen.« Dr. Goode erwog die Möglichkeit eines Kaiserschnitts, aber Crystal raffte sich auf und wehrte sich dagegen so heftig, daß er erschrak.

»Nein! Ich bleibe hier!« Vor einem Jahr hatte sie unter Mordanklage gestanden. Ein uneheliches Kind fehlte gerade noch. Um Spencers Karriere wäre es geschehen, falls jemand auch nur vermutete, es könnte sein Kind sein. Die Presse würde die Sache sofort aufgreifen. »Nein! Ich komme schon selbst zurecht ... o Gott ...« Wieder drohte eine Wehe sie zu zerreißen. Da sie wußte, was der Arzt von ihr verlangte, preßte sie heftiger. Das Kind glitt diesmal weiter nach unten, und dann preßte sie erneut, und der Arzt nickte beifällig.

»Wenn Sie noch ein wenig so weitermachen, dann haben wir im Handumdrehen ein Baby.« Sie lächelte Hiroko zwischen den Wehen matt zu. Ohne etwas zu sagen, ging der Arzt, um seine Helferin anzurufen und sie darauf vorzubereiten, daß man auf der Wyatt Ranch vielleicht einen Krankenwagen brauchen würde. Es bestand immer noch die Möglichkeit, daß Crystal ins Krankenhaus nach Napa gebracht werden mußte. Wenn es noch lange so weiterging, wollte er nichts mehr riskieren. Die Schwester versprach, in der Nähe zu bleiben und den Fahrer des Krankenwagens für alle Fälle zu verständigen. Als er wieder in Crystals Zimmer kam, sah Dr. Goode, daß sie Fortschritte gemacht hatte. »Noch einmal! ... ja, genau so ... pressen, fester ... fester!« Aber Crystal sprangen bereits vor Anstrengung die Augen fast aus dem Kopf, und ihr Gesicht war hochrot angelaufen. Sie bemühte sich so sehr, daß sie das Gefühl hatte, ihr Leib müsse zerspringen, während ein gewaltiger Druck, wie von einem Expreßzug erzeugt, sie zu zerreißen drohte. Jetzt konnte sie nicht mehr aufhören, sie mußte ständig pressen, während Hiroko zusah, wie ein kleines, rotes Gesichtchen mit seidigem, schwarzem Haar zwischen Crystals Beinen hervorschnellte. Das Baby stieß einen zornigen Schrei aus, als Dr. Goode sanft seine Schultern drehte und es herauszog, um es auf den Leib seiner Mutter zu legen. Crystal war so erschöpft, daß sie kaum ein Wort herausbrachte. Sie lächelte unter Tränen, als sie den Kleinen ansah.

»Wie hübsch er ist... ach, wie hübsch...« Sogar Hiroko konnte sehen, daß er Spencers Ebenbild war. Crystal sah den Arzt mit einem triumphierenden Lächeln an, nachdem er die Nabelschnur durchschnitten und Hiroko das Kind gesäubert und es in ein sauberes weißes Tuch gehüllt hatte. »Ich habe ja gesagt, daß ich es schaffe.«

Dr. Goode lächelte. »Eine Zeitlang haben Sie mir höllische Angst eingejagt. Der kleine Bursche muß mindestens zehn Pfund wiegen.«

Als der Kleine auf der Küchenwaage gewogen wurde, zeigte sich, daß der Arzt recht hatte. Der Doktor reichte ihn wieder seiner glücklich lächelnden Mutter. Das Kind war ein Geschenk direkt aus Gottes Hand, und so nannte Crystal ihn auch: Zebediah, Gottesgeschenk. Ein Kraft verheißender Name für ein kräftiges Kind der Liebe.

Der Arzt blieb noch eine Weile, während Crystal und das Kind friedlich schliefen. Es war für alle ein Tag voll schwerer Arbeit gewesen, am schwersten für Crystal. Leise verließ er den Raum. Hiroko, die allein im Wohnzimmer saß, bot dem Arzt eine Tasse Tee an. Nach einem Augenblick des Zögerns nahm er sie an. Ihm fiel es auch jetzt noch schwer, mit ihr zu sprechen, aber sie hatte sich an diesem Tag seine Achtung erworben. Er bedauerte, daß es nicht schon eher dazu gekommen war.

»Mrs. Webster, Sie waren mir eine große Hilfe«, setzte er vorsichtig an, und sie lächelte. Sie besaß eine Weisheit, die weit über ihre Jahre hinausging. Das Leben war für sie nicht leicht gewesen, aber es hatte ihr dank Boyd und Crystal reichen Segen gebracht.

»Danke.« Scheu lächelte sie ihn an, und als er ging, verabschiedete er sich mit einem ernsten Händedruck. Eine Entschuldigung war es nicht, dafür war es zu spät. Aber es war ein erster Schritt zur Versöhnung.

Am nächsten Morgen erzählte er in der Praxis seiner Hilfe von Hiroko. Zehn Jahre hatte es gedauert, bis man ihr vergeben hatte, daß sie Japanerin war, und bis man begriffen hatte, daß Hiroko Webster eine gute Frau war. Bald sollte sie bemerken, daß die Blicke der Menschen sich geändert hatten, und eines Tages, als sie mit Jane in den Laden ging, lächelte die Kassiererin, die sie zehn Jahre lang wortlos bedient hatte, und begrüßte sie.

Zebediah gedieh prächtig, und Crystal war bemerkenswert schnell wieder auf den Beinen. Als das Baby einen Monat alt war, wurde es in der Kirche, in der Becky geheiratet hatte, auf den Namen Zebediah Tad Wyatt getauft. Die Taufpaten waren Boyd und Hiroko. Nach der Taufe erlaubte Crystal der kleinen Jane, den Täufling zu halten. Als das Mädchen mit dem Gewicht des schlafenden Baby kämpfte, mußten alle lachen. Jane blickte mit besorgtem Stirnrunzeln auf und stellte Crystal eine Frage, die dieser die Tränen in die Augen trieb.

»Und wer wird sein Daddy sein?«

Crystal schluckte die Tränen hinunter, als sie Jane und Spencers Baby betrachtete. »Es hat nur mich. Vielleicht bedeutet das, daß wir es alle um so mehr liebhaben müssen.« Dabei fragte sie sich, ob Zebediah ihr eines Tages dieselbe Frage stellen würde.

»Darf ich seine Tante sein?«

»Aber sicher.« Tränen rollten über Crystals Wangen, als sie beide küßte. »Tante Jane. Wenn es etwas größer ist, wird es dich sehr liebhaben.« Das kleine Mädchen gab das Baby seiner Mutter zurück und freute sich sichtlich.

40

Vier Tage nach Thanksgiving, am 26. November 1956, feierte Zebediah seinen ersten Geburtstag.

Crystal buk den Geburtstagskuchen selbst, und der Kleine faßte selig glucksend mit beiden Händen hinein, so daß Jane helfen mußte, ihn zu säubern. Für die Achtjährige war der Junge der liebste Spielgefährte.

Hiroko wurde nun allmählich im Ort akzeptiert – ohne Aufhebens und ohne viel Worte –, und zwar von Leuten, die sie ein Jahrzehnt geschnitten hatten. Jane hingegen mußte noch immer den Preis für den Mut ihrer Eltern bezahlen, wenn ihre Mitschüler sie hänselten und Halbblut nannten. Diese Zurückweisung hatte sie scheu und über ihr Alter hinaus reif gemacht. Unter Hirokos sanfter Anleitung erwarb sie langsam die Gabe, Vergebung und Geduld zu üben. Sie schleppte Zeb auf der Ranch ständig mit sich herum und war Crystal damit eine große Hilfe, da sie mit der Ranch sehr beschäftigt war und oft selbst auf den Feldern mitarbeitete. Alles lief ganz gut, nachdem sie ein kleines Stück Land verkauft hatte, um sich ein paar Investitionen leisten zu können. Das alles konnte jedoch nicht darüber hinwegtäuschen, daß die Ranch immer nur das Allernötigste abwerfen würde. Crystal konnte von Glück reden, wenn die Ranch sich selbst trug und sie für sich und Zeb den Unterhalt erwirtschaftete. Das alles bereitete ihr schon seit geraumer Zeit Sorgen.

Crystal konnte täglich miterleben, wie die Websters zu kämpfen hatten, und ließ sie deshalb umsonst in dem kleinen Haus wohnen, denn ähnlich wie die Ranch warf auch die Tankstelle kaum Gewinn ab. Sie mußte jetzt an Zeb denken, und das bedeutete, daß sie sich bald Arbeit suchen und seine Zukunft absichern mußte. Daß sie die Ranch niemals verkaufen würde, stand für sie fest. Die Worte ihres Vaters, der sie gebeten hatte, sich von der Ranch nie zu trennen, waren in ihr Bewußtsein eingebrannt. Um keinen Preis hätte sie sie verkauft, denn sie war ihre und Zebs Heimat, und jetzt auch die der Websters.

Als Spencer wieder einmal anrief, verriet sie ihm nichts von ihren Sorgen. Von Zeit zu Zeit meldete er sich noch, da sie aber fürchtete, er könne das Baby im Hintergrund hören, war sie immer sehr kurz angebunden. Zudem rief er immer seltener an. Es quälte ihn, ihre Stimme zu hören, nachdem sie ihm so oft unmißverständlich zu verstehen gegeben hatte, daß sie ihn nicht zu sehen wünschte. Sie litt tausend Ängste, er könne von Zebs Existenz erfahren. Ihr Kind war ein Geheimnis, das sie mit ihrem Leben geschützt hätte. Sie wußte, daß es Spencer sehr gutging und daß er sich bewährte. Einmal las sie etwas in *Time* über ihn und bei anderer Gelegenheit sogar in einer Lokalzeitung.

Im Frühjahr 1957 erfreute sich das Land einer wirtschaftlichen Blüte, von der Crystals Leben unberührt blieb. Sie wußte nun, daß sie sehr bald etwas unternehmen mußte. Der Winter war für sie besonders hart gewesen. Sie brauchte eine Arbeit, um mehr Geld zu verdienen.

Zeb war achtzehn Monate alt und lief Jane auf Schritt und Tritt nach. Er konnte es kaum erwarten, daß sie von der Schule heimkam. An einem Nachmittag im Mai folgten Crystal und Hiroko den beiden auf dem Feldweg, der sich zwischen den Weinstöcken hindurchschlängelte. In der Nacht zuvor war Crystal zu einem endgültigen Entschluß gelangt. Crystal wollte es in Hollywood noch einmal versuchen. Es war das einzige, was sie konnte, und nach zwei Jahren mußte über den Skandal endlich Gras gewachsen sein. Als sie ihrer Freundin davon erzählte, sah Hiroko sie unglücklich an. Seit langem schon hatte sie sich gefragt, ob Crystal zurückgehen würde. Und sonderbarerweise erstaunte es sie nicht. Es würde ihnen nur unendlich leid tun, sie fortgehen zu sehen. Vielleicht würde sie sogar die Ranch verkaufen, auf der sie jetzt lebten. Crystal beeilte sich, ihre Freundin zu beruhigen, und ihre nächsten Worte überwältigten Hiroko geradezu.

»Ich möchte Zeb hier bei dir lassen.« Sie sah dem Kleinen nach, der sich an Janes Fersen geheftet hatte. Das Mädchen kicherte, und Zeb lachte sein glucksendes Lachen, das seiner Mutter ans Herz griff. Jeden Augenblick, jeden Tag war er eine ständige Erinnerung an seinen Vater.

»Du willst ohne ihn nach Los Angeles?« Hiroko konnte es kaum glauben.

»Ich muß. Schau, es kann Jahre dauern, bis ich wieder beim Film unterkomme. Vielleicht glückt es mir überhaupt nicht. Aber es ist einen Versuch wert. Und es ist das einzige, was ich kann.« Sie wußte, daß sie sehr gut gewesen war. Im Jahr zuvor hatte sie sich einen ihrer Filme angesehen, und es hatte sie fasziniert, sich selbst auf der Leinwand zu beobachten. Sie war reifer geworden, und ihre Schönheit war noch ausgeprägter. In diesem Jahr würde sie sechsundzwanzig werden, und sie hatte ein Kind, an das sie denken mußte. Jetzt war der Zeitpunkt für einen neuen Anlauf günstig, ehe sie noch älter wurde und sie womöglich völlig in Vergessenheit geriet. Da sie mit Absicht all ihre Kontakte abgebrochen hatte, mußte sie noch einmal von vorn anfangen. Diesmal wollte sie es dank harter Arbeit schaffen, ohne die Hilfe eines Mannes wie Ernie in Anspruch zu nehmen. Nie wieder würde sie von jemandem Gefälligkeiten dulden. Diese Lektion hatte sie gründlich gelernt. Am Abend erzählte Hiroko ihrem Mann von Crystals Entschluß, und er war ebenso betroffen wie sie, als er hörte, daß Crystal fort wollte.

»Sie läßt Zeb bei uns?« Hiroko nickte, und Boyd war gerührt. Das war der höchste Vertrauensbeweis, denn sie wußten, wie sehr Crystal ihr Kind liebte. Eine Woche lang weinte Crystal, ehe sie im Juni die Ranch verließ. Sie hatte das Gefühl, ihr würde das Herz herausgerissen, aber sie mußte es tun, Zeb zuliebe. Besser jetzt als in zehn Jahren – dann wäre es für sie ohnehin zu spät gewesen. Die Maßstäbe der Filmstadt waren streng, und sie wurde nicht jünger.

»Und wenn er mich vergißt?« weinte sie sich bei ihrer Freundin aus. Als Hiroko sah, wie sehr Crystal unter dem Trennungsschmerz litt, fragte sie sich, ob sie selbst imstande gewesen wäre, ihr Kind zu verlassen.

An einem klaren Junitag küßte Crystal ihr Söhnchen zum letztenmal. Sie stand lange in der Morgensonne auf der Veranda und blickte hinaus, im Herzen das Gefühl, das sie immer spürte, wenn sie über das Land blickte, das sie von ihrem Vater geerbt hatte. Sie drückte Zebediah an sich, zog noch einmal seinen vertrauten

Geruch ein und reichte ihn dann mit einem erstickten Schluchzen Hiroko.

»Gib gut auf ihn acht...« Laut heulend streckte Zebediah nach ihr die Arme aus. Seit seiner Geburt war er nicht eine Stunde von ihr getrennt gewesen. Und jetzt wollte sie ihn verlassen. Sie hatte versprochen, so bald wie möglich wiederzukommen, ihre Finanzen würden ihr aber eine Fahrt nicht sehr oft erlauben.

Boyd brachte Crystal in die Stadt und sah sie in den Bus einsteigen. Sie drehte sich um und umarmte ihn noch einmal mit tränenumflortem Blick. »Gib gut acht auf mein Baby.«

»Dem passiert schon nichts. Paß du auf dich selbst auf.« Er dachte an die Katastrophe, die sie durchgestanden hatte. Ein Glück, daß sie jetzt älter und erfahrener war.

In San Francisco machte sie für einen Tag Station, um ihre Garderobe zu vervollständigen. Sie mußte mit ihrem Geld sehr haushalten und das wenige, das sie hatte, vernünftig ausgeben. Diesmal wußte sie genau, was sie brauchte. Sie wählte Kleider, die ihre Figur betonten, ohne zu aufreizend zu sein. Erst jetzt merkte sie, wie dünn sie von der Arbeit auf der Ranch geworden war. Dadurch wirkten ihre Beine länger, ihre Taille schmaler und ihre Brüste voller. Sie kaufte Hüte, die ihr Gesicht betonten, und Schuhe mit so hohen Absätzen, daß sie kaum darin gehen konnte. Nach einem Besuch bei Harry und Pearl trat sie für einen Abend im Nachtclub auf, nur um zu sehen, wie es lief und um der alten Zeiten willen. Sie war erstaunt, daß sie nichts verlernt hatte. Aber ihr Auftritt erinnerte sie an den Abend, an dem Spencer nach seiner Verlobung hier gewesen war. Alles erinnerte sie an ihn. Sie konnte nur hoffen, daß Hollywood sie nicht an Ernie erinnern würde.

Am nächsten Tag kam sie in Hollywood an und bekam sofort das Gefühl, daß man ihr Gesicht vergessen hatte. Kein Mensch schien sie wahrzunehmen, als sie sich ein Zimmer in einem billigen Hotel nahm. Sie war eines von vielen hübschen Mädchen, die in der Flimmermetropole auf Entdeckung hofften.

Einen Tag nutzte sie, um sich neu zu orientieren und zweimal zu Hause anzurufen. Zeb ging es gut, er futterte tüchtig und war zum großen Haus gelaufen, um sie zu suchen, aber Jane hatte ihn eingeholt und zurückgebracht. Hiroko versicherte ihr mehrmals, daß er zufrieden sei. Gleich am nächsten Morgen wählte Crystal mit zitternden Fingern die Nummer eines der Agenten, mit denen sie vor Jahren zu tun gehabt hatte. Fünf Jahre waren vergangen, seitdem sie mit Pearl nach Los Angeles gekommen war. Diesmal aber wußte sie genau, was sie tat. Der Agent gab ihr einen Termin, und sie suchte ihn nachmittags auf.

Er war ganz offen. »Ehrlich gesagt, ich könnte Sie niemals vermitteln.«

»Warum nicht?« Ihre Augen wirkten groß und traurig, aber sie war noch immer atemberaubend schön. Ein Jammer, doch es war die reine Wahrheit. Er konnte mit ihr nichts anfangen.

»Sie haben einen Kerl umgelegt. Wir leben hier in einer komischen Stadt. Jeder würde jedem alles Erdenkliche antun, weil alle nur so viel Moral besitzen wie eine läufige Hündin. Aber wenn es um die Moralklausel in den Filmverträgen geht, dann wollen die Studios Jungfrauen. Alle sollen sauber bleiben und sich nett benehmen. Man kann verrückt sein oder sexbesessen. Wird man aber schwanger, schläft man mit der Frau eines anderen oder bringt man jemanden um, dann ist es aus. Also, folgen Sie meinem Rat, gehen Sie dorthin zurück, wo Sie die letzten zwei Jahre waren, und vergessen Sie ein Comeback.«

So einfach war das. Crystal erwog ernsthaft, seinen Rat zu befolgen. Ihr Geld reichte aber für zwei Monate, und sie war noch nicht bereit, klein beizugeben. In der Woche darauf suchte sie drei andere Agenten auf, die ihr, wenngleich taktvoller, dasselbe sagten. Alles lief auf eines hinaus: Mit ihrer Hollywoodkarriere war es aus. Sie gestanden ihr zwar zu, daß sie in ihren letzten beiden Filmen gut und ihre Stimme hervorragend gewesen war und daß alle Regisseure, mit denen sie zusammengearbeitet hatte, sie sehr gelobt hatten. Dennoch würde keines der Studios sich mit ihr die Finger verbrennen.

Zwei Wochen vergingen. Es war ein sengend heißer Tag, und Crystal saß in einem Restaurant bei einer Limonade, als sie einen ihrer ehemaligen Filmpartner entdeckte. Er starrte von weitem zu ihr herüber, dann kam er langsam auf sie zu.

»Crystal ... bist du es?« Sie nickte und nahm lächelnd den

Hut ab. Trotz seines Starruhms war er ein sehr netter Mensch, mit dem sie sehr gut zusammengearbeitet hatte.

»Ja, zumindest glaube ich es. Wie gehts, Lou?«

»Mir geht es gut. Wo hast du die ganze Zeit über gesteckt?«

»Ich war fort.« Beide wußten, warum, aber er vermied es, den Prozeß oder den Mord an Ernie zu erwähnen.

»Und was machst du jetzt hier? Filmst du?« Er hatte von ihrer Rückkehr nichts gehört. Sehr vertraut waren sie nie gewesen, obwohl sie ihm sympathisch gewesen war. Er hatte sehr bedauert, daß alles für sie so ungünstig ausgegangen war. Sie war ein Profi, und er war überzeugt gewesen, daß sie eines Tages groß herauskommen würde. Aber dieser Meinung war Ernie auch gewesen.

Lachend schüttelte sie den Kopf. »Nein, ich arbeite nicht.« Mit einem Anflug von Resignation setzte sie hinzu: »Niemand will etwas mit mir zu tun haben.«

»Ja, hier kennt man kein Pardon.« Er hatte selbst mit Problemen zu kämpfen gehabt, da Gerüchte, er sei homosexuell, im Umlauf gewesen waren. Daraufhin hatte er die Schwester seines Partners heiraten müssen. Jetzt war alles wieder bestens. In Hollywood war man nicht gewillt, die Wahrheit zu akzeptieren. Man mußte sich an die Regeln halten oder war erledigt. »Und dein Agent?«

»Dieselbe Geschichte.«

»Mist.« Er setzte sich. Er hätte ihr gern geholfen. Plötzlich kam ihm eine Idee. »Hast du dich mal direkt an einen Regisseur gewandt? Hin und wieder kann das klappen. Wenn die einen haben wollen, setzen sie die richtigen Hebel in Bewegung, und – Simsalabim – das Telefon läutet, und man hat Arbeit.«

Wieder schüttelte Crystal den Kopf. »Ich fürchte, in meinem Fall dürfte es nicht ganz so einfach sein.«

»Hör zu ... ach, wo wohnst du übrigens?« Sie nannte ihm die Hoteladresse, die er sich auf einer Serviette notierte. »Unternimm nichts. Rühr dich nicht. Ich rufe dich an.« Sie tat ihm so verdammt leid, als er sich von ihr verabschiedete, und er wußte, daß es ein heikles Problem war. Crystal erwartete gar nicht, daß er ihr half oder sie anrief.

Zwei Wochen später, als sie fast völlig resigniert hatte und sich vor Sehnsucht nach Zeb verzehrte, läutete in ihrem stickigen Hotelzimmer das Telefon. Es war Ende Juli, und Crystal war bereit, aufzugeben und nach Hause zu fahren. Es hatte keinen Sinn, den ganzen August hierzubleiben. Als sie abhob, war es Lou ...

»Hast du etwas zum Schreiben, Crystal? Also, notier dir folgendes ...« Er nannte ihr zwei Namen, den eines Regisseurs und den eines sehr bekannten Produzenten. Die beiden drehten Filme, die oftmals Oscars einbrachten, und sie lachte ihn aus, als er ihr riet, sie anzurufen. »Crystal, ich habe mit beiden gesprochen, es sind großartige Leute. Der Regisseur war nicht sicher, wieviel er für dich tun kann, aber er will es versuchen. Brian Ford sagte mir, daß du ihn unbedingt anrufen sollst.«

»Na, ich weiß nicht recht ... Lou, eigentlich habe ich schon aufgegeben, trotzdem vielen Dank.«

»Hör mal, wenn du nicht anrufst, bringst du mich in Verlegenheit.« Er wirkte verärgert. »Ich habe mich für dich stark gemacht und gesagt, daß du unbedingt wieder arbeiten willst. Also, wie steht es damit?«

»Ich möchte schon, aber ... wissen sie von dem Prozeß?«

»Soll das ein Scherz sein?« Er lachte verbittert. Sechzehn Filmleute hatten ihm rundheraus erklärt, daß er sie zum Teufel schicken solle. Sie hatten es gewußt. Alle wußten es. »Versuch es doch einmal. Was hast du denn schon zu verlieren?« Er hatte recht.

Am nächsten Morgen rief Crystal eine der Nummern an. Frank Williams nahm kein Blatt vor den Mund. Er sagte, daß es nahezu unmöglich sein würde, ein Engagement für Crystal zu finden, aber er bot ihr Probeaufnahmen an, und falls die etwas taugten, hatte sie damit vielleicht etwas in der Hand. Sie entschied sich, dies als erstes in Angriff zu nehmen. Sobald sie die Probeaufnahmen hatte, wollte sie mit dem Produzenten Kontakt aufnehmen.

Die erste Probeaufnahme, die gemacht wurde, fiel ziemlich schwach aus. Crystal war sehr nervös und hatte das Gefühl, alles vergessen zu haben, was sie einmal beherrscht hatte. Aber Frank bestand auf einem neuerlichen Versuch, und diesmal waren die Aufnahmen besser. Während er sich den Film gemeinsam mit Crystal ansah, erklärte er ihr, was sie falsch gemacht hatte. Sie wußte, daß sie wieder einen Lehrer brauchte, aber sie konnte sich keinen leisten. Ob es sich lohnte, Brian Ford überhaupt anzurufen, war sehr fraglich. Die Probeaufnahmen waren mäßig, sie war müde und litt unter der Hitze ... und sie hatte eine häßliche Vergangenheit hinter sich. Nur Lou zuliebe rief sie an – damit seine Bemühungen nicht ganz umsonst gewesen waren. Wenigstens konnte sie ihm sagen, daß sie es versucht hatte, ehe sie sich wieder nach Hause auf ihre Ranch und zu ihrem Baby zurückzog. Fast war sie froh, daß es nicht geklappt hatte, denn sie hielt die Trennung kaum mehr aus.

Brian Fords Sekretärin, die zu wissen schien, wer sie war, gab ihr für den folgenden Nachmittag einen Termin, und am nächsten Tag nahm Crystal ein Taxi und fuhr zu Fords Büro im Norden von Hollywood. Voller Unruhe behielt sie das Taxameter im Auge. Jetzt war sie genau fünf Wochen in der Stadt, und ihre bescheidenen Mittel waren fast aufgebraucht. An manchen Tagen sparte sie sich aus Angst das Essen. Da es heiß war und ihr Zeb so fehlte, hatte sie ohnehin nie Appetit.

Die Sekretärin bat Crystal zu warten – eine Ewigkeit, wie ihr schien. Schließlich wurde sie in Fords Büro gebeten. Crystal hatte sich für ein weißes hochgeschlitztes Kleid entschieden. Ihr platinblondes Haar hatte sie gebürstet, bis es seidig glänzte. Es fiel ihr offen über den Rücken wie seinerzeit in ihrer Kindheit. Ihre hochhackigen Sandalen waren weiß wie die Handschuhe. Das Make-up war kaum sichtbar. Sie hatte es satt, sich aufzudonnern und einen Typ hervorzukehren, der ihrem Wesen widersprach. Sie wollte nach Hause und ihre Jeans anziehen. Dies hier war der letzte Versuch. Nach dem Gespräch wollte sie nichts wie nach Hause, und ihr Blick verriet es, als die Sekretärin sie in einen großen, geschmackvoll ausgestatteten Raum mit einem Schrank voller Oscars, einem Kamin und einem gläsernen Schreibtisch bat. Auf dem Boden lag ein weicher, grauer Teppich. Der Mann, auf den sie zuging, wirkte mit seinem schneeweißen Haar und den durchdringenden blauen Augen höchst eindrucksvoll, und als er aufstand, sah sie, daß er ein Hüne war. Seine Stimme war tief und sonor. Vor vielen Jahren war Brian Ford Schauspieler gewesen, hatte aber sehr bald entdeckt, daß ihn andere Dinge mehr reizten als das Auswendiglernen von Drehbuchtexten. Mit fünfundzwanzig war er bereits Regisseur gewesen, und zehn Jahre später hatte er etliche herausragende Filme produziert. Jetzt, mit fünfundfünfzig, lagen drei Jahrzehnte Filmgeschichte hinter ihm. Seit Jahren schon machte er große Filme und erfreute sich allgemeiner Wertschätzung. Crystal war sich der Ehre, von ihm empfangen zu werden, bewußt – ein Beweis, wieviel Achtung und Zuneigung er für Lou hegte.

Mit unbefangenem Lächeln forderte er sie auf, sich zu setzen, und bot ihr eine Zigarette an, die sie ablehnte. Er steckte sich selbst eine an und beobachtete Crystal aus zusammengekniffenen Augen. Seinem Aussehen nach hätte man ihn sich eher im Sattel vorgestellt, anstatt hinter einem Schreibtisch. Von der aalglatten, schillernden Art des toten Ernesto Salvatore war an ihm nichts zu entdecken. Dieser Mann war eine angesehene und bedeutende Persönlichkeit.

»Lou sagte mir, Sie hätten es ziemlich schwer, seitdem Sie wieder in Hollywood sind.« Crystal nickte ruhig. Sie spürte nicht die Spur von Nervosität. Fast kam er ihr vor wie ein Vater.

»Das war wohl zu erwarten.« Beide kannten den Grund, aber er war taktvoll genug, ihn nicht zu erwähnen.

»Hatten Sie überhaupt kein Glück?« Als sie den Kopf schüttelte, kniff er die Augen im Zigarettenrauch zusammen.

»Nein. Morgen fahre ich nach Hause.«

»Jammerschade. Ich hätte da eine Idee...« Crystal war nicht einmal mehr sicher, ob sie sich dafür interessierte. Was immer sie vorgehabt hatte, es trennte sie von Zeb, und sie war zu der Einsicht gekommen, daß sie es ohne ihn nicht aushielt. »Im Moment stellen wir die Besetzung für einen neuen Film zusammen. Ich würde gern eine kleine Rolle für sie hineinschreiben lassen, nur damit Sie wieder Boden unter die Füße kriegen. Nichts Großes. Aber damit haben wir die Möglichkeit, festzustellen, wie Publikum und Presse reagieren werden.«

»Handelt es sich um einen Studio-Film?« Inzwischen wußte sie, daß keine der großen Produktionsfirmen ihr eine Rolle, und sei es auch nur eine ganz kleine, geben würde. Er schüttelte den

Kopf. Frank Williams hatte ihm die Probeaufnahmen gezeigt, und sie hatten ihm zugesagt.

»Nein, ich drehe den Film unabhängig. Den Vertrieb übernehmen natürlich die anderen, aber bei der Besetzung können sie mir nicht dreinreden.« Er hatte sogar erwogen, Crystal unter einem anderen Namen spielen zu lassen, aber das war wohl keine Lösung. Was sie auch sonst getan haben mochte, Crystal Wyatt hatte sich schon einen guten Namen als Schauspielerin gemacht. »Möchten Sie sich die Sache nicht durch den Kopf gehen lassen? Wir fangen erst im September an.«

»Möchten Sie, daß ich mit Ihnen einen Vertrag mache?«

Er lächelte und schüttelte wieder den Kopf. »Nur für diesen einen Film. Ich bin kein Sklavenhalter.« Daran merkte sie, daß er die Geschichte von ihr und Ernie kannte und ihr trotzdem eine Rolle geben wollte. Eine Woge der Dankbarkeit erfaßte sie. Jetzt war sie eher geneigt, es zu versuchen.

»Bekomme ich einige Tage Bedenkzeit?« Beide wußten, daß es die einzige Chance war, die sie hatte. Sie wollte auch nicht die Spröde mimen; sie wollte nur überlegen, ob es die Trennung von Zeb wert war.

Er drückte ihr die Hand und begleitete sie hinaus. Eigenartig, wie wohl sie sich in seiner Nähe fühlte. Lou hatte recht behalten. Brian Ford war ein netter Mann, der ihr einen neuen Start im Filmgeschäft anbot. Die ganze Nacht lag sie da und grübelte, und am nächsten Morgen rief sie Ford an und nahm sein Angebot an. Er schien erfreut zu sein und versprach, ihr das Drehbuch und den Vertrag zuzuschicken.

»Lassen Sie den Vertrag durch einen Anwalt überprüfen.«

Was für ein Gegensatz zu Ernie! »Sie brauchen erst am fünfzehnten September im Atelier zu sein.« Das war die beste Nachricht der ganzen Woche! Sie konnte den ganzen August und den halben September zu Hause bei Zeb verbringen. Als nächstes rief sie Lou an und bedankte sich. Er nannte ihr den Namen seines Anwalts, der sich um ihren Vertrag kümmern würde. Nachdem sie in Fords Büro ihre Adresse hinterlassen hatte, flog sie nach San Francisco und saß abends im Bus, noch immer gerührt, wie gut Brian Ford zu ihr gewesen war. Und als sie abends mit ihrem Söhnchen in den Armen in der Küche saß, lächelte sie vor sich hin. Es hatte geklappt! Sie hatte es geschafft!

Sechs Wochen später flog Crystal wieder in den Süden. Die Rolle war nur klein, aber Ford hatte dafür gesorgt, daß sie gut war. Er wollte, daß Crystal beachtet wurde. Er hielt sie für talentiert und fand sie sympathisch.

Sie strahlte eine Offenheit aus, die ihn ansprach. Ihre Aufrichtigkeit und Wärme, gepaart mit stiller Tapferkeit, war eine wertvolle Ergänzung ihrer Schönheit und verlieh ihrer Darstellungskunst Substanz. Und er merkte, daß er wie immer recht behalten hatte, wenn er sich die Aufnahmen des Tages ansah. Crystal war gut. Sehr gut. Als der Film abgedreht war, bot er ihr eine neue Rolle an, und als sie zu Weihnachten nach Hause zu Zeb flog, hatte sie genug Geld, um für alle hübsche Geschenke zu kaufen. Anschließend mußte sie sofort wieder zurück und arbeitete intensiv bis März. Auch der zweite Film fiel sehr gut aus, und als er herauskam, überschlug sich die Kritik vor Begeisterung. Die Vergangenheit war plötzlich vergessen. Crystal Wyatt war wieder zum Publikumserfolg aufgerückt – und das ganz ohne falsche Protektion. Sie war eine gute Schauspielerin, die in einem guten Film mitwirkte, den einer der ambitioniertesten Produzenten Hollywoods gedreht hatte. Keine Spur von Zwielichtigkeit, kein Druck, keine heimtückischen Verträge, keine Unterwelt. Das Gespenst von Ernie Salvatore war endgültig zu Grabe getragen worden, und Crystal Wyatt hatte nicht nur überlebt, sie triumphierte sogar.

Spencer, der sich ihren zweiten Film eines Abends in Washington allein ansah, staunte nicht schlecht, sie wieder auf der Leinwand zu sehen. Seit Monaten hatte er sie nicht mehr angerufen. Von ihrer neuen Karriere hatte er keine Ahnung gehabt. Er saß da, starrte die Leinwand an und spürte einen dumpfen Schmerz in der Brust. Gleich am nächsten Morgen versuchte er, sie anzurufen. Doch das Telefon auf der Ranch wurde nicht abgehoben, und er wußte nicht, wo er sie in Hollywood erreichen konnte. Außerdem war ein Anruf sinnlos. Bei ihrem letzten Gespräch hatte sie ihm klipp und klar ihre Meinung gesagt. Sie wollte nicht, daß er sie anrief. Und sein eigenes Leben war sehr ausgefüllt. Er war zum wichtigsten Mitarbeiter des Senators aufgerückt und hatte sich entschlossen, nicht für den Kongreß zu kandidieren.

Inzwischen war es Anfang 1959, und Crystal begann mit den Dreharbeiten für einen neuen Film. Sie hatte sich eine eigene Wohnung zugelegt und spürte zum erstenmal, daß ihr die Arbeit eine gewisse Sicherheit verschaffte. Die Filmgesellschaften überschütteten sie mit Angeboten, sie aber zog es vor, unabhängig zu bleiben und für Brian Ford zu arbeiten. Damit schränkte sie ihr Betätigungsfeld zwar ein, aber die Qualität seiner Filme imponierte ihr, außerdem hatte er ihr sehr viel beigebracht. Und sie verdiente genügend Geld. Ab und zu führte Brian sie zum Essen aus. Sie waren gute Freunde, aber er verlangte nie mehr von ihr, als sie zu geben bereit war. Crystal lebte nur für ihr Kind. Jeden Abend sprach sie per Telefon mit Zeb und lebte für die Drehpausen, die sie zu Hause verbrachte.

Eines Abends war sie mit Brian beim Dinner, als er sich mit abgeklärtem Lächeln zu ihr wandte. »Jetzt möchte ich aber doch wissen, wieso es dich immer wieder nordwärts zieht?« Er nahm an, daß es sich um einen Mann handelte, weil sie sich in Hollywood mit niemandem näher einließ. Crystal lächelte. Sie zögerte mit der Antwort, obwohl sie wußte, daß sie ihm trauen konnte. Da sie aber in mitteilsamer Stimmung war, sagte sie es ihm.

»Ich habe eine Ranch und einen Sohn. Während ich arbeite, ist er dort bei Freunden gut aufgehoben.« Brian sah sie mit gerunzelter Stirn an. Die nächste Frage stellte er ihr halblaut.

»Warst du je verheiratet?« Sie schüttelte den Kopf. Genau, wie er sich gedacht hatte. »Dann paß auf, daß niemand etwas davon erfährt. Denk daran, was man mit Ingrid Bergman gemacht hat. Man würde dich aus der Stadt jagen – so rasch, daß du nicht wüßtest, wie dir geschieht.«

»Ich weiß.« Sie seufzte. »Deswegen lasse ich auch mein Kind dort oben.« Ein Tötungsdelikt wurde offenbar eher toleriert als ein uneheliches Kind.

»Wie alt ist der Kleine?« Er hätte gern gewußt, wessen Kind es war. Vielleicht hatte sie Ernie deswegen umgebracht, vielleicht hatte die Tat etwas mit dem Kind zu tun.

»Er ist zweieinhalb.« Ernie war seit dreieinhalb Jahren tot. Damit war seine Frage beantwortet.

»Dann ist er nicht von Ernie.«

»Meine Güte, nein!« Sie lachte. »Eher hätte ich mich umgebracht, als sein Kind in die Welt zu setzen.«

Auch Brian lächelte. »Da bin ich mit dir einer Meinung. Ich fand es immer bedauerlich, daß du dich mit ihm eingelassen hast. Lange vor dir hätte ihn jemand umlegen sollen.«

»Ich habe ihn nicht getötet«, sagte Crystal mit einem tiefen Blick in seine Augen. »Aber mein Verteidiger mußte auf Notwehr plädieren. Es war die einzige erfolgversprechende Strategie. Ich hatte kein Alibi. Und die Polizei hat behauptet, ich hätte ein Motiv und die Möglichkeit zur Tat gehabt. Wir mußten den einzigen gangbaren Ausweg beschreiten. Und wir hatten Erfolg damit. Ich denke, das ist das einzige, was jetzt zählt.« Bis auf den Umstand, daß alle Welt noch immer der Meinung war, sie habe einen Menschen getötet. Es schmerzte Crystal, in den Augen der Welt als Mörderin dazustehen. Wenn sie es genau bedachte, war es bemerkenswert, daß sie wieder eine Rolle bekommen hatte. Sie blickte mit sanftem Lächeln zu Brian auf. Aus ihrem Blick sprach die große Achtung, die sie ihm entgegenbrachte. »Ich danke dir für dein Vertrauen. Von dir konnte ich viel lernen.«

»Ach, das beruht immer auf Gegenseitigkeit.« Wieder ging ihm die Frage durch den Kopf, wer der Vater des Kindes sein mochte. »Lebt der Vater des Jungen mit dir auf der Ranch zusammen?« Er vermutete, daß sie deswegen immer unmittelbar nach Beendigung der Dreharbeiten aus Hollywood verschwand – nicht nur des Kindes, sondern auch des Vaters wegen. Crystal schüttelte wortlos den Kopf. Damit hatte sie längst ihren Frieden geschlossen. Es war die richtige Entscheidung gewesen, Spencer gehen zu lassen. Und es freute sie jedesmal, wenn sie hörte, daß Spencer auf der Karriereleiter immer höher kletterte. Er war jetzt endgültig aus ihrem Leben verschwunden, dafür hatte sie den Rest ihres Lebens Zeb. Das Kind war ein besonderes Geschenk ... ihr kleines Gottesgeschenk. »Sein Vater ist aus meinem Leben verschwunden, bevor das Kind geboren wurde. Er weiß nichts von seinem Sohn.«

Brian sah sie lange und eindringlich an. Seine Achtung vor ihr stieg. »Da hast du eine verdammt schwere Zeit hinter dir.« Crystal lächelte. Es gab einige Dinge in ihrem Leben, die sie bedauerte, ihr Kind gehörte nicht dazu. Dann sprachen sie von ihrem neuen Film und von Brians sonstigen Plänen. Nachdem er die Rechnung verlangt hatte, sagte er lächelnd zu ihr: »Warte nur, es wird nicht lange dauern, und wir werden dir noch einen Oscar verschaffen.« Aber darum ging es ihr gar nicht. Sie war ein Star, mittlerweile sogar ein Topstar. Überall wurde sie erkannt, die Leute bestürmten sie um Autogramme, wenn sie ausging. Sogar bis nach Alexander Valley war ihr Ruf gedrungen, aber in ihrer Heimat trat sie mit allergrößter Zurückhaltung auf. Sie wollte verhindern, daß jemand von Zebs Existenz erfuhr und die Entdeckung an die Presse weitergab.

Brian führte sie noch einige Male aus, und als der Film abgedreht war, gab er eine große Abschiedsparty. Ein paar Freunde, darunter auch Crystal, blieben bis in die Morgenstunden. Während alle gemeinsam den Sonnenaufgang bewunderten, wurde ihnen auf dem Patio ein mexikanisches Frühstück serviert. Brian erzählte Crystal gedämpft und wehmütig von seinen Söhnen. Beide waren im Krieg gefallen, und seine Ehe hatte diesen Verlust nicht verkraftet. Schließlich hatten er und seine Frau sich scheiden lassen, und sie war nach New York gegangen. Er vertraute Crystal an, daß sein Leben dadurch eine unwiderrufliche Veränderung erfahren hatte. An eine neue Ehe dachte er nicht. Sie begriff jetzt, warum er ihre Einladung, sie auf der Ranch zu besuchen, ausgeschlagen hatte. Da er von Zeb wußte, hatte sie nichts vor ihm zu verbergen. Sie hatte auch nicht die Absicht, sich mit ihm einzulassen – es hatte nur eine freundliche Geste sein sollen. Doch die Begegnung mit ihrem Sohn wäre für ihn zu schmerzlich gewesen. Er erklärte ihr offen, daß er Kinder mied, da sie ihn zu sehr an seine Söhne erinnerten. Crystal und Brian hatten für ihr gegenwärtiges Leben einen hohen Preis bezahlt, der ihren Wesen freilich auch Tiefe verliehen hatte. Das zeigte die Qualität der von ihm gedrehten Filme und die Art, wie Crystal ihre Rollen darstellte.

Sie unterhielten sich stundenlang, und nachdem alle gegangen waren, fuhr Brian sie nach Hause. Crystal wollte in wenigen Tagen zur Ranch fahren und den ganzen Sommer dort verbringen, ehe im Herbst wieder die Arbeit an einem neuen Film begann – zum erstenmal für einen anderen Regisseur. Brian hatte ihr mit der Begründung zugeredet, daß ihr eine Abwechslung guttäte. Im Anschluß daran hatte er wieder ein Projekt für sie vorgesehen. Es sah aus, als würden sie noch jahrelang gemeinsam drehen. Vor ihrer Wohnung angekommen, lud Crystal Brian zu sich ein, er aber sagte, er sei nach der langen Nacht zu müde. Am Nachmittag meldete er sich bei ihr, um sie zu fragen, ob sie mit ihm noch einmal essen gehen wolle, bevor sie der Stadt den Rücken kehre. Crystal war gerührt über seinen Anruf.

In einem Restaurant in Glendale saßen sie an einem Tisch in einer stillen Ecke. Brian sah sie wortlos an, und Crystal glaubte in seinem Blick Wehmut zu lesen. Sie fragte sich, was ihn bedrücken mochte, und war verwundert, als er nach ihrer Hand faßte.

»Ich weiß nicht recht, wie ich es dir sagen soll. Ich habe lange darüber nachgedacht, und irgendwie mag es sich jetzt ziemlich dumm anhören.« Crystal, die noch immer nicht ahnte, was ihm Sorgen bereitete, saß Hand in Hand mit ihm da und lächelte. Brian war ihr lieb und teuer. Er war siebenundvierzig, sie selbst würde im Sommer auf der Ranch ihren achtundzwanzigsten Geburtstag feiern. Sie war gerührt, daß er ihre Freundschaft so hoch schätzte. »Crystal, wenn du im Herbst zurückkommst, möchte ich ein wenig Zeit mit dir verbringen. Es wird mir eigenartig vorkommen, mitansehen zu müssen, wenn du diesmal für einen anderen arbeitest. Du wirst mehr sehr fehlen.«

Sie lachte leise. »Natürlich werde ich mit dir zusammensein. So lange wird die Trennung nicht dauern. Wir fangen ja im Januar dann schon mit deinem nächsten Film an.« Er merkte, daß sie nicht verstanden hatte, was er ihr zu verstehen geben wollte.

»Ich habe eigentlich gemeint, daß ich mit dir ein paar Tage irgendwo verbringen möchte.« Erschrocken sah sie ihn an. »Du bist die erste Frau seit langem, mit der ich mich richtig aussprechen konnte.« Er selbst wunderte sich noch immer, daß er ihr von seinen Söhnen erzählt hatte. In den vergangenen Jahren hatte er sich niemandem anvertraut. Seine freie Zeit verbrachte er meist allein mit Gartenarbeit, Lektüre, langen Spaziergängen, der Ausarbeitung neuer Ideen und dem Studium von Drehbüchern für künftige Produktionen. Inmitten der turbulenten Filmmetropole war er ein solider, unerschütterlicher Einzelgänger, der über Verstand und Würde verfügte.

»Möchtest du mit auf die Ranch kommen?« lud sie ihn wie vor langer Zeit wieder ein. Diesmal war sie neugierig, ob er annehmen würde. Doch er lächelte und schüttelte den Kopf.

»Das ist deine ganz private Sphäre. Da möchte ich nicht stören. Wir könnten irgendwohin fahren, wenn du zurückkommst.« Und was dann? Würden sie dann noch immer Freunde sein? Diese Frage bereitete ihr ein wenig Sorgen, aber auf der Rückfahrt zu ihrer Wohnung beruhigte er sie diesbezüglich. Er wollte von ihr nur wenig mehr als bisher. »Crystal, ich sage jetzt nicht, daß ich in dich verliebt bin. Ich bin es nicht. Ich glaube nicht, daß ich mich jemals wieder verlieben könnte. Das alles hatte ich bereits. Mein Leben verläuft jetzt in ruhigeren Bahnen.« Er lächelte in der Dunkelheit. »Ich möchte keine Kinder, keine Ehe, keine Verpflichtungen, keine Lügen. Ich möchte einen Menschen, mit dem ich mich aussprechen kann, jemanden, der hin und wieder da ist, aber nicht mehr. Mehr wünsche ich mir wirklich nicht, und manchmal habe ich den Eindruck, daß du trotz deiner Jugend dasselbe möchtest. Du möchtest hart arbeiten, deine Sache gut machen und anschließend zurück auf deine Ranch. Stimmts?«

Sie nickte eifrig. Wie gut er sie einschätzte. »So ist es. Ich hatte schon alles im Leben, was ich wollte. Einen Mann, den ich über alle Maßen liebte, Erfolg ... und jetzt Zeb. Das reicht mir.« Und für dies alles hatte sie mit viel Herzweh bezahlt.

»Nein, es genügt nicht. Eines Tages möchte ich dich gern mit jemandem zusammen sehen, den du liebst. Aber im Moment bin ich so selbstsüchtig, daß es mich freut«, er lächelte, »wenn du dich damit begnügst, ein wenig Zeit mit einem alten Mann zu verbringen.« Allein die Vorstellung, daß er so von sich dachte, brachte sie zum Lachen. Er sah noch so jung aus, da er auf sich achtete, Tennis spielte, viel schwamm, selten lange aufblieb und nie über die Stränge schlug. Nie hatte sie seinen Namen im Zusammenhang mit dem neuesten Starlet oder einem der bekannten Filmstars gehört. Sie vermutete, daß er genau das war, was er zu sein schien: sehr erfolgreich, sehr fleißig, ein verdammt netter Mann. »Wann kommst du zurück?«

»Kurz nach dem Labor Day.« Kurz danach sollten die Dreharbeiten beginnen. Brian schien zufrieden zu sein. Er war bereit, so lange zu warten.

Im Sommer rief er sie einige Male an, schickte ihr ein paar Bücher, von denen er annahm, sie würden ihr gefallen, und einen prächtigen neuen Cowboy-Hut zum Geburtstag. In diesem Jahr wurde sie achtundzwanzig und feierte ihren Geburtstag mit Boyd und Hiroko auf der Ranch. Ab und zu dachte sie an Brian. Er war so anders als die anderen Männer in ihrem Leben. Es gab keine Leidenschaft, kein Feuer, keine Spur von der schmerzhaften Liebe, die sie und Spencer verbunden hatte, nichts von all dem Häßlichen, das Ernie in ihr Leben gebracht hatte, keine Diamantarmbänder, keine Pelze, nur einen Cowboy-Hut, gute Bücher und gelegentlich lustige Briefe, in denen er ihr die Hollywood-Szenerie beschrieb, die sich nie wirklich änderte, während sie den Eindruck zu erwecken versuchte, als wäre sie stündlich und täglich anders. Und bei ihrer Rückkehr nach Los Angeles erwartete Brian sie, wie er es vor den Ferien versprochen hatte. Sie fuhren für einige Tage nach Puerto Vallarta. Es gab keine Geheimnisse wie damals, als Ernie mit ihr dort gewesen war, um Geschäfte mit »Freunden« zu machen, mit Freunden, die ihn wahrscheinlich ermordet hatten.

Die Dreharbeiten kamen gut voran, und kein Mensch schien etwas von ihrer Beziehung zu bemerken, die so unauffällig war wie Brian Ford selbst. Crystal entdeckte, daß Brian entfernt mit Politik befaßt war und große Summen für die Demokraten aufbrachte. Der junge John F. Kennedy, der in diesem Jahr für die Präsidentschaft kandidierte, hatte es ihm besonders angetan. Mit der Zeit merkte auch ihre Umgebung, was sie mit Brian verband. In Hollywood war Brian Ford unantastbar. Man klatschte nicht über ihn, man kümmerte sich nicht um sein Tun und Lassen, und da Crystal in seinem Schatten stand, wirkten die auf sie gerichteten Scheinwerfer nicht so hell – ein Umstand, der ihr sehr gelegen kam. Sie hatte ohnehin mehr Publicity, als ihr lieb war. Diesmal war sie eine geachtete Schauspielerin. Und im April ging Brians Wunsch in Erfüllung. Die Nominierung für den Preis der Filmakademie traf Crystal wie ein Blitz. Am Abend der Oscar-Verleihung saß sie atemlos und mit großen Augen da, als der Umschlag geöffnet und ihr Name genannt wurde. Crystal hatte den Oscar als beste Darstellerin gewonnen!

Brian drückte ihre Hand, als man ihren Namen verlas: Einen Augenblick saß sie reglos da, aus Angst, daß sie sich verhört haben könnte. Dann stand sie auf und schritt den Mittelgang entlang, während alle applaudierten und die Kameras sich auf sie konzentrierten. Sie konnte es noch immer nicht fassen, daß sie dies tatsächlich erlebte. Alles verschwamm ihr vor den Augen, als sie die Bühne betrat und die Statue mit zitternden Händen in Empfang nahm. Dann richtete sie den Blick ins Publikum.

»Ich weiß gar nicht, was ich sagen soll«, sagte sie mit einer Stimme, die heiser und melodisch war wie immer. »Nie hätte ich gedacht, einmal hier oben zu stehen ... wo soll ich beginnen? Es sind so viele, denen ich danken müßte, Menschen, die an mich geglaubt haben. An erster Stelle vor allem Brian Ford. Wäre er nicht gewesen, würde ich in einem entlegenen Tal Trauben und Mais ernten. Aber auch anderen schulde ich Dank – Menschen, die mir schon vor langer Zeit geholfen haben ... ein Mann namens Harry, der mich als Sängerin auftreten ließ, als ich siebzehn war.« Als sie dies sagte, brach Harry in seinem Restaurant in San Francisco, wo man im Fernsehen alles mitverfolgte, ungeniert in Tränen aus. »Und Pearl, die mir das Tanzen beigebracht hat und mit mir nach Hollywood kam ... und meinem Vater, der mir geraten hat, in die Welt zu ziehen und meinen Träumen zu folgen ... und allen Regisseuren, die mir das beigebracht haben, was ich kann ... meinen Partnern in diesem Film ... euch allen schulde ich Dank.« Mit Tränen in den Augen hob sie den Oscar hoch. »Euch verdanke ich dies, und auch meinen Freunden Boyd und Hiroko, die sich um mein Liebstes kümmern.«

Sie hielt mit einem Lächeln inne, während ihr die Tränen über die Wangen liefen. »Und ganz besonderer Dank gebührt dem Menschen, der mich wachsen ließ und der mir alles bedeutet ...

Zeb, dem meine ganze Liebe gilt.« Jetzt lächelte sie nur für ihn, weil sie ahnte, daß er zusah. »Euch allen vielen Dank.« Sie hob grüßend die Hand und ging unter starkem Applaus zurück zu ihrem Sitz.

Man wußte, wie weit sie es gebracht hatte und was hinter ihr lag. Man wußte von dem Prozeß, und man hatte ihr vergeben. Sie wurde wieder akzeptiert, und ihr war die höchste Auszeichnung zuteil geworden. Brian legte den Arm um sie, als sie sich wieder setzte. Noch immer hatte sie feuchte Augen, als er sie an sich drückte und sie ihn mit einem triumphierenden Lächeln anschaute. »Was für ein glücklicher kleiner Junge«, flüsterte er ihr zu, während die Kamera sie nicht losließ und sich erst nach einigen Sekunden auf das noch immer Beifall klatschende Publikum richtete. Ihre Fans freuten sich mit ihr, und die Menschen, deren Namen sie genannt hatte, feierten bei sich zu Hause. Lou Brown verfolgte mit Freunden die Verleihung am Bildschirm. Auch er freute sich außerordentlich für Crystal, und Boyd und Hiroko konnten es gar nicht fassen, als sie mit Sake auf Crystals Oscar anstießen. Pearls Tränen hatten zu strömen angefangen, als Crystals Name zum erstenmal genannt worden war, und Harry hielt das ganze Lokal mit Champagner frei. In Washington hatte sich Spencer wegen einer Erkältung bei einer Dinnerparty entschuldigt und lag im Bett. Er saß da und starrte die Mattscheibe an. Wie weit Crystal es gebracht hatte ... er wünschte sich, er hätte in diesem Moment an ihrer Seite sein können. Was für ein Idiot er doch gewesen war, sie wieder allein zu lassen und ohne sie nach Washington zu gehen. Zuweilen fragte er sich, ob sie es mit Absicht getan hatte, ob sie ihn zu Elizabeth nach Washington zurückgeschickt hatte, damit er seine Karriere weiterverfolgen konnte. Es hätte ihr ähnlich gesehen, aber jetzt war es ohnehin zu spät, um etwas zu ändern. Er steckte jetzt zu tief drin, war zu stark mit der Politik verquickt, und in Crystals Leben gab es jetzt andere. Er hatte gesehen, wie sie den neben ihr sitzenden Mann umarmt hatte. Ganz selbstverständlich nahm er an, daß er der über alles geliebte Zeb war. Ein Glückspilz, dachte Spencer. Er konnte nur hoffen, daß er gut zu ihr war. Sie hatte im Fernsehen fabelhaft ausgesehen. Er selbst kannte von ihr auch eine andere Seite, jene Seite, die es ihm ermöglicht hatte, seine Träume zu verwirklichen. Die Frau, die mit ihm alle ihre Geheimnisse geteilt hatte ... das Mädchen, dem er begegnet war, als es noch ein Kind gewesen war ... die Frau, mit der er ins Tal zurückgekehrt war und die er mehr als das Leben geliebt hatte und auch jetzt nach der langen Zeit noch liebte. Er dachte daran, ihr ein Telegramm zu schicken, kannte aber ihre Adresse nicht, und dieser Gedanke machte ihn nur noch trauriger. Er hatte Crystal verloren, sie war für immer dahin, das Beste, was ihm je in seinem Leben passiert war. Er schaltete den Apparat aus und lag da und dachte an Crystal.

Auch der kleine Zeb dachte an jenem Abend im Bett an sie. Er war erst viereinhalb und hatte mit einem fröhlichen Grinsen reagiert, als sie seinen Namen nannte. »Das ist Mom!« hatte er verkündet und Jane sein Coke überlassen, während er wie gebannt auf den Fernsehschirm starrte. Er wollte wissen, was sie dort tat, und Hiroko hatte ihn getröstet und gesagt, daß sie bald wieder daheim sein würde.

Alle waren stolz auf sie, am stolzesten aber war Brian Ford. Zwischen ihnen bestand eine ganz besondere Beziehung. Wäre er jünger gewesen und sein Leben anders verlaufen, hätte er sich vielleicht ein anderes Leben mit ihr gewünscht. Aber was sie jetzt hatten, entsprach ihnen beiden. Es war ein einfaches, ehrliches und sauberes Verhältnis. Keine Täuschung, keine Verstrickungen, keine Versprechungen. Nur Freundschaft und die Tatsache, daß er ihre Gesellschaft schätzte. An jenem Abend bestand sie darauf, ihn zum Essen auszuführen, und anschließend gingen sie tanzen. Sie gestand ihm, daß sie ihr Glück noch immer nicht fassen konnte. Brian dagegen wunderte es nicht, daß sie den Oscar bekommen hatte. Sie hatte sich die Auszeichnung voll und ganz verdient. Daß sie sie für seinen Film bekommen hatte, machte ihn um so glücklicher. Es war für beide ein einmaliger Abend, und als er sie allein ließ und nach Hause fuhr, saß sie still in ihrer Wohnung und starrte den Oscar an, der auf dem Tisch stand. Es war eine große Ehre für sie. Ein unvergeßlicher Abend, die Belohnung dafür, daß sie noch einmal nach Hollywood gegangen war und es richtig gemacht hatte. Sie dachte an ihren Vater ...

und an Spencer ... an Zeb ... an die Menschen, die sie in ihrem Leben am meisten geliebt hatte. Zwei davon waren gegangen. Aber sie hatte Zeb, und eines Tages würde sie ihn lehren, was sie von ihnen allen gelernt hatte, nämlich ehrlich und anständig zu sein, hart zu arbeiten, gut zu leben und mit ganzem Herzen zu lieben, ohne Rücksicht auf den Preis ... und sich nie zu scheuen, seinen Träumen zu folgen, wo immer sie einen auch hinführten.

41

Die Wahl verlief in diesem Jahr besonders aufregend, und auch Crystal ließ sich gemeinsam mit Brian von der allgemeinen Erregung mitreißen. Brian flog ein- oder zweimal zu Wahlpartys an die Ostküste, während Crystal an einem seiner neuen Filme arbeitete. Als er wiederkam, schilderte er ihr begeistert die erregende Atmosphäre in der Hauptstadt. Er hatte in Washington Kennedys Sieg miterlebt und damit den Beginn einer neuen Ära.

An Zebs fünftem Geburtstag war Crystal bei ihm. Als sie wieder in Hollywood war, entdeckte sie überrascht, daß sie eine Einladung zum Präsidentenball bekommen hatte. Bis dahin würde sie zwar mit den laufenden Dreharbeiten fertig sein, aber sie zögerte dennoch, die Einladung anzunehmen. Es gab alte Gespenster, denen sie in Washington tunlichst aus dem Weg gehen wollte. Sie hatte Angst, Spencer zu treffen.

»Du mußt hin«, drängte Brian. »Es ist eine Ehre, die man nicht ablehnen kann. Und es ist ein ganz besonderer Anlaß.« Er wußte, daß ein solcher Tag nie wieder kommen würde. Und er wollte, daß Crystal Kennedy und seine Frau kennenlernte. Brian setzte ihr so heftig zu, daß sie schließlich einwilligte, ihn zu begleiten. Dieser Entschluß fiel ihr nicht leicht, denn sie hatte gelesen, daß Spencer kürzlich in Kennedys engsten Mitarbeiterstab berufen worden war ... Er würde also auch anwesend sein. Sie konnte nur hoffen, daß sie sich im dichten Gedränge nicht begegnen würden. Wiedersehen wollte sie ihn auf keinen Fall. Sechs Jahre waren vergangen – eine viel zu lange Zeit. Sie wollte nicht, daß die Sehnsucht wieder erwachte und der Schmerz. Sie wünschte sich nicht mehr als das, was sie hatte – ihre Erinnerungen an ihn und Zeb, der sie erwartete, wann immer sie sich von der Arbeit freimachen und auf die Ranch kommen konnte.

Ihre Abendrobe fand sie bei Giorgio, ein Modell aus Silberlamé. Brian stieß einen Pfiff aus, als sie sich ihm darin zeigte. Dann sagte er lachend: »Du hast es geschafft, Kindchen. Du siehst wirklich wie ein Filmstar aus.« Es war ein starker Kontrast zur stillen Eleganz der neuen First Lady, aber es war eine Eleganz eigener Art, so wie Crystal Wyatt ein eigener Typ war. Das Kleid glitzerte prächtig, als Brian ihr schwungvoll die Hand küßte. Brian wußte, daß ihr Auftritt im Kreis des Präsidenten ein kleines Ereignis sein würde. Und das war es dann auch.

Der Ball am Tag der Amtseinführung war um vieles schöner, als Crystal ihn sich erträumt hatte. Es gab etliche Partys und eigentlich zwei Bälle. Die First Lady wirkte sehr mondän in ihrem Abendkleid. Vor dem Gelände drängten sich die Schaulustigen, und auch Crystal wurde immer wieder angesprochen und um Autogramme gebeten. Brian war mit Recht stolz auf sie. Er war inzwischen neunundfünfzig, aber markanter und in seinem fabelhaft geschnittenen Dinnerjackett stattlicher als je zuvor.

»Du siehst selbst wunderbar aus«, hatte Crystal ihn geneckt, als sie sich in ihrem Nobelhotel umzogen. Schon vor Monaten hatte er eine Suite bestellt. Crystal mußte zugeben, daß sie froh war, hergekommen zu sein.

Ihre Beziehung war noch genauso wie zu Beginn – eine sehr angenehme Partnerschaft und eine diskrete Affäre, von der die wenigsten wußten und über die die Eingeweihten schwiegen. Crystal mochte ihn sehr gern, zudem brauchte sie jemanden, mit dem sie sich in Hollywood aussprechen konnte, und sie holte oft seinen Rat ein, auch wenn es sich um Fragen die Ranch betreffend handelte. Und auch die Nächte mit ihm waren wundervoll – selbst wenn ihre Leidenschaft auf eher kleiner Flamme brannte. Brian gab ihr das wohlige Gefühl, mit einem Mann zusammenzusein, den sie schätzte und bewunderte und der nichts von ihr verlangte, was sie nicht wollte. An jenem Abend besuchten sie beide Bälle, und Brian fand Gelegenheit, Crystal dem jungen Präsidenten vorzustellen, der sie ebenso beeindruckte wie die aparte, vornehm aussehende Frau an seiner Seite, die einen scheuen Eindruck machte und sich mit jemandem auf französisch unterhielt. Als Mrs. Kennedy mit Crystal bekannt gemacht wurde, gestand sie ihr, wie sehr ihr ihre Filme gefallen hatten.

Brian und Crystal tanzten in bester Stimmung bis spät in die Nacht, und erst als Brian ihre Stola holen ging, entdeckte sie Spencer. Er stand mit einigen Männern an der Tür und unterhielt sich angeregt mit ihnen. Von einer Woge der Sehnsucht erfaßt, wollte sie sich rasch wieder umdrehen. Hoffentlich beeilte sich Brian, damit sie rasch verschwinden konnte, aber es schien eine Ewigkeit zu dauern, bis er zurückkam. Als sie sich umdrehte, wurde Spencers Blick vom Aufblitzen ihres Kleides gefangen, und er stockte mitten im Satz. Er entschuldigte sich rasch bei seinen Gesprächspartnern, und im nächsten Moment stand er neben ihr und sah sie an – überwältigt von ihrer Schönheit wie am ersten Tag. Als müsse er sich überzeugen, daß sie wirklich vor ihm stand, streckte er die Hand aus und berührte ihren Arm. Sie war wirklich. Fast zu wirklich.

»Crystal...« Sechs Jahre waren vergangen. Sechs lange Jahre, schwere Zeiten und gute Zeiten, die Ranch, die Filme, sein Baby...

»Hallo Spencer. Ich dachte mir schon, daß ich dich hier sehen würde. Meinen Glückwunsch.« Ihre Stimme war leise in dem von Geräuschen erfüllten Raum, und doch hörte er jedes Wort. Noch nie hatte sie reizvoller ausgesehen als in dem Silberkleid, das ihre Figur wie ein Schleier aus Eis umschmiegte, den herrlichen Körper, der ihm noch deutlich in Erinnerung war.

»Danke. Hinter dir liegt ein langer Weg.« Er lächelte. Seine Worte waren vieldeutig. Die letzten Jahre hatten sie zu dem großen Star gemacht, der sie immer hatte werden wollen. Jetzt war sie am Ziel und genoß es sehr. Aber ihre Karriere bedeutete ihr nichts im Vergleich zu dem, was sie für ihn empfand. Allein, wenn sie ihn ansah, kam alles wieder – die Freude, der Schmerz, ein ganzes Leben voller Sehnsucht, die nie vergangen war. »Bleibst du länger hier?« fragte er mit beiläufigem Interesse.

»Ein paar Tage.« Sie formulierte ihre Antwort absichtlich vage, während sie insgeheim darum betete, daß er ihr Herzklopfen nicht hören möge. »Ich muß zurück nach Kalifornien.« Er nickte, und sie fragte sich, ob er noch immer verheiratet war. Am anderen Ende des Saales sonnte sich Elizabeth in ihrem Triumph. Ihr Mann gehörte zu Kennedys engsten Mitarbeitern. Mit einunddreißig hatte sie es geschafft. Die einzige Frau, die von Elizabeth beneidet wurde, war die First Lady, aber vielleicht würde eines Tages auch dieser Traum Wirklichkeit werden. Von nun an war alles möglich. Spencer war ein bedeutender Mann – auch in den Augen der Barclays.

»Wo wohnst du?«

Nach anfänglichem Zögern schickte sie alle Bedenken zum Teufel. Er führte jetzt ein eigenes Leben, und sie hatte Brian. »Im Statler!«

Er nickte, und in diesem Moment erschien Brian mit ihrem Silberfuchs. Ihr blieb nichts übrig, als die beiden miteinander bekannt zu machen. Brian hatte schon von Spencer gehört, aber sie waren sich noch nicht begegnet. Es interessierte ihn ungemein, woher Crystal diesen jungen Mann kannte. Trotz der offenkundigen Beziehung zu Brian sprach Spencers Blick Bände. Sie verabschiedeten sich und gingen. Im Wagen stellte Brian fest, daß Crystal ungewohnt wortkarg war und aus dem Fenster in den leise fallenden Schnee starrte. Er sagte nichts, bis sie in ihrer Suite waren. Dann konnte er mit seiner Frage nicht mehr an sich halten.

»Wie kommt es, daß du Spencer Hill kennst?« Seines Wissens war sie noch nie in Washington gewesen. Er hatte diesen Hill im Jahr zuvor mit Kennedy kurz gesehen und als vielversprechende Hoffnung eingestuft. Hill hatte noch eine große Zukunft vor sich, besser gesagt, seine Zukunft hatte bereits begonnen. Er war für den jungen Präsidenten jetzt schon unentbehrlich.

Crystals Miene verriet nichts, als sie den Reißverschluß ihres Kleides öffnete und ihm zulächelte, obwohl in ihren Augen Wehmut lag. Er erkannte etwas in ihrem Blick, was er noch nie gesehen hatte: unverhüllten Schmerz, der an die Grenze des Erträglichen ging. »Ich habe ihn vor Jahren auf der Hochzeit meiner

Schwester kennengelernt. Er war mit meinem Schwager im Pazifik.« Sie wandte sich ab. »Er war auch mein Verteidiger vor Gericht.« Plötzlich ging Brian ein Licht auf. Vorher hatte er sich die Sache nie richtig zusammenreimen können. Langsam ging er auf sie zu und sah mit traurigen Augen auf sie nieder.

»Er ist der Vater des Jungen, habe ich recht?« Eine lange Pause trat ein, bevor sie langsam nickte und sich abwandte.

»Weiß er es?«

Sie schüttelte den Kopf. »Er wird es nie erfahren. Es ist eine lange Geschichte ... er führt sein eigenes Leben und kann es noch weit bringen. Wenn er bei mir geblieben wäre, hätte er sich seine ganze Karriere verbaut.« Sie hatte ihm das Geschenk der Freiheit zum richtigen Zeitpunkt gemacht. Ein gutes Gefühl, daß er es nicht verschwendet hatte. Spencer hatte guten Gebrauch davon gemacht.

»Er liebt dich noch immer.« Brian ließ sich ermattet neben ihr nieder. Er hatte gewußt, daß es eines Tages so kommen würde. Leid tat es ihm trotzdem. Ihm waren Spencers und Crystals Blicke nicht entgangen.

»Lächerlich. Ich habe ihn sechs Jahre nicht gesehen – bis zu diesem Abend.«

Doch am nächsten Morgen, als Brian an einem politischen Frühstück mit Parteifreunden teilnahm, rief Spencer an. Crystals Herz raste, als er sich meldete. Sofort mahnte sie sich zur Ruhe und schalt sich albern. Er wollte sie kurz sehen, bevor sie abflog, aber sie behauptete, daß es ihr unmöglich sei, sich freizumachen.

»Crystal, bitte ... um der alten Zeiten willen ...« Alte Zeiten, die ihr ein Kind beschert hatten.

»Ich glaube nicht, daß wir uns sehen sollten. Was ist, wenn die Presseleute Wind davon bekommen? Das ist die Sache nicht wert.«

»Das Kopfzerbrechen darüber überlaß mir. Bitte ...«

Er flehte sie an, und sie sehnte sich doch ebensosehr nach einem Wiedersehen. Aber wozu? Wenn Brian mit seiner Vermutung recht hatte, daß Spencers Gefühle für sie nicht erloschen waren, würde ihn ein Wiedersehen um so mehr schmerzen. Sie versuchte erneut abzulehnen, aber er ließ es nicht zu.

»Also gut. Wo?« Sie war nervös und wollte Brian nicht kränken – und schon gar nicht jetzt, da er Bescheid wußte. Sie hatte den Kummer in seinem Blick am Abend zuvor gesehen, und sie wollte ihn überzeugen, daß der Kummer sich nicht lohnte. Spencer Hill war nicht mehr Teil ihres Lebens, und er würde es nie wieder sein.

Spencer nannte ihr die Adresse einer kleinen Bar, die er kannte, und sie versprach, ihn dort um vier Uhr zu treffen. Brian war nicht da, und sie nahm ein Taxi anstatt die Limousine, die er für sie zurückgelassen hatte. Sie fürchtete, der Fahrer würde womöglich die Presse informieren, wenn er Spencer erkannte.

Crystal hatte sich mit einer großen Pelzmütze und einem Pelzmantel und dunkler Sonnenbrille verkleidet. Spencer wartete bereits, als sie kam. In seinem Haar, das grauer war als beim letztenmal, war Schnee. Und als sie ihn ansah, mußte sie unwillkürlich an die erste Begegnung denken, als er in weißen Flanellhosen, dunklem Blazer und rotem Schlips vor ihr gestanden hatte, mit schimmerndem schwarzen Haar und einem warmherzigen Lächeln. Viel hatte er sich nicht verändert, sie dafür um so mehr. Mit achtundzwanzig war das Mädchen, das sie mit vierzehn gewesen war, praktisch vergessen.

»Danke, daß du gekommen bist.« Spencer faßte nach ihrer Hand, als sie sich setzten. »Ich mußte dich sehen.« Sie lächelte, als sie sah, wie ähnlich sein Sohn ihm war – der Sohn, den er noch nie zu Gesicht bekommen hatte und der Sinn und Freude in ihr Leben gebracht hatte. »Du hast es so weit gebracht«, sagte er mit einem Lächeln. »Ich habe alle deine Filme gesehen.«

Als sie lachte, fühlte sie sich wieder ganz jung. »Wer hätte das gedacht, damals als ...«

»Ich weiß noch, wie du mir zum erstenmal gesagt hast, du willst Filmstar werden.« Und dann fragte er: »Hast du die Ranch noch?«

Sie nickte. »Boyd und Hiroko leben dort mit mir. Wenn es sich einrichten läßt, bin ich dort.« ...um deinen Sohn zu sehen ... unser Baby ...

»Ich würde so gern einmal zu Besuch kommen.« Der Gedanke ließ sie erbeben. Gleichzeitig wußte sie, daß er mindestens vier

Jahre viel zu sehr eingespannt sein würde, um einen Besuch auf der Ranch auch nur in Erwägung zu ziehen.

Und dann stellte sie ihm die Frage, über die sie sich am Abend zuvor schon den Kopf zerbrochen hatte. »Bist du noch immer verheiratet?« Sie hatte nichts von einer Scheidung gelesen. Da Kennedy Katholik war, stand zu vermuten, daß Spencer noch verheiratet war, andernfalls könnte er kaum in unmittelbarer Nähe des Präsidenten arbeiten.

Er nickte gedankenvoll. »So irgendwie. Viel war es nie, und als ich zurückkam... Elizabeth weiß von uns. Das Komische daran ist, daß es sie nicht stört. Sie hatte ihre ureigenen Gründe, bei mir zu bleiben. Und jetzt hat sie alles, was sie sich gewünscht hat.« Sein Lächeln ließ ihn jungenhaft aussehen. »Zumindest bildet sie es sich ein. So wie du von einer Filmkarriere geträumt hast, hat sie davon geträumt, einen Mann zu bekommen, der es zu etwas bringt. Jeder geht seine eigenen Wege... aber im Veranstalten von phantastischen Partys ist sie unübertroffen.« Das hörte sich nicht so sehr verbittert als vielmehr enttäuscht an. Er hatte die Frau, die er liebte, aufgegeben und war seit über zehn Jahren mit einer Fremden verheiratet. »Ich denke, wir alle haben erreicht, was wir wollten, oder?« Filmstar, Mitarbeiter des Präsidenten, Ehefrau eines Mannes in wichtiger Position. Es fehlte nur das Wichtigste. Die Liebe in ihrem Leben. »Wann fliegst du ab?«

»Morgen.«

»Mit Brian Ford?«

»Ja.« Sie sah ihn offen an. Sie wußte, was er wissen wollte, aber sie sprach nicht darüber, und er fragte nicht danach. Es war zu schmerzlich.

»Du hast in ein paar wunderbaren Filmen gespielt.«

»Danke.« Sie lächelte. Es gab so vieles, was sie sagen wollte und nicht konnte.

Spencer sagte wehmütig: »Als ich dich bei der Oscar-Verleihung im Fernsehen gesehen habe, hätte ich fast geweint. Du warst so wunderschön, Crystal... und das bist du immer noch... Du wirst immer schöner.«

»Und älter.« Crystal lachte ungekünstelt. »Ich weiß noch, wie mir dreißig als praktisch tot vorkam.« Jetzt lachte auch er. Neben ihr kam er sich wie ein Greis und verdammt einsam vor...

Sie plauderten eine Weile, dann sah er auf die Uhr. Er ging nur ungern, aber er mußte sie verlassen. Um sieben mußte er im Weißen Haus an einem Dinner teilnehmen, und zuvor mußte er Elizabeth abholen und sich für den Abend umziehen.

»Kann ich dich irgendwo absetzen?« fragte er.

»Ich glaube nicht, daß das angebracht wäre.« Sie hatte noch immer Bedenken. Er quittierte ihre Antwort mit einem Lächeln.

»Ich glaube, du machst dir überflüssige Gedanken. Ich bin nicht der Präsident, ich gehöre nur zu seinem Stab. Im Gegensatz zu dem, was meine Frau glaubt, bin ich nicht halb so wichtig wie er.« Sie stieg neben ihm in die Limousine ein, und sie fuhren gemeinsam zum Hotel. Er fragte sie nicht, weshalb sie nie geheiratet hatte, und sie unterließ die Frage, warum er und seine Frau keine Kinder bekommen hatten. Sie sprachen über den Ball, und dann hielt der Wagen an. Spencer sah sie traurig an und hielt ihre Hand fest. »Crystal, ich möchte dich nicht wieder verlassen. Die letzten Jahre ohne dich waren schrecklich.« Das hatte er ihr schon bei seinem Anruf sagen wollen, und es war der Grund, warum er so hartnäckig um ein Wiedersehen gebeten hatte. Sie sollte wissen, wie sehr er sie noch immer liebte.

»Spencer, nicht... es ist zu spät für uns. Du hast eine großartige Position erreicht. Verdirb dir jetzt nicht alles.«

»Sei nicht albern. Damit kann es in vier Jahren aus und vorbei sein, mit uns aber nicht. Ist dir das nicht klar? Bedeutet es dir nichts, daß wir nach fünfzehn Jahren noch immer so empfinden? Wie lange willst du warten? Bis ich neunzig bin?«

Sie sah ihn melancholisch an, und er beugte sich mit geschlossenen Augen zu ihr und küßte sie. Sein Kuß raubte ihr den Atem, und als er aufhörte, standen Tränen in ihren Augen. Es gab nichts zu sagen. Ihm zuliebe konnte sie nicht nachgeben, mochte sie es sich auch noch so verzweifelt wünschen. Und er machte ihr die Sache nicht leichter.

»Und wenn ich nach Kalifornien komme... wirst du mich dann sehen wollen?«

»Ich... nein. Brian... nicht.«

Da stellte er ihr rundheraus die Frage, vor der er zurückgeschreckt war. »Lebst du mit Ford zusammen?«

Sie schüttelte den Kopf. Das hatten sie vermieden, jeder aus seinen eigenen Gründen. »Ich lebe allein.« Er lächelte beglückt, bevor er sie erneut küßte. Der Fahrer blieb diskret draußen in der Kälte stehen und wartete, bis sie das Gespräch beendeten.

»Ich rufe dich an, sobald es sich einrichten läßt.«

»Spencer!«

Mit einem letzten Kuß brachte er sie zum Schweigen. Dann lächelte er sie an. »Ich liebe dich, ich werde dich immer lieben ... und wenn du glaubst, du könntest es ändern ... vergiß es.« Sie waren zu weit gelangt, hatten zu oft widerstanden, hatten zu heftig darum gekämpft, verloren und gewonnen und wieder verloren. Jetzt gab es keinen Ausweg mehr. Crystal wußte ebenso wie er, daß sie zusammengehörten.

Lange sah Crystal ihn an. »Ist es das, was du wirklich möchtest?«

»Ja ... mag es auch noch so wenig sein, Crystal ... es ist wenigstens etwas.«

»Ich liebe dich so sehr«, hauchte sie, von ihren Gefühlen überwältigt. Dann öffnete sie die Tür und verschwand in ihrem Hotel. Sie spürte noch seine warmen Lippen auf den ihren. Was sollte nun aus ihnen werden?

42

Am nächsten Tag flog sie mit Brian nach Kalifornien. Beide schwiegen während des Fluges. Brian las, und Crystal starrte aus dem Fenster. Er wollte noch nichts sagen, obwohl er alles wußte. Er hatte sie den ganzen Nachmittag im Hotel zu erreichen versucht, und als er sie dann am Abend getroffen hatte, stand die ganze Geschichte in ihren Augen. Er wollte nichts mehr, als ihr alles Gute wünschen und ihr raten, vorsichtig zu sein. Als an Bord der Lunch gereicht wurde, kamen sie darauf zu sprechen. Mit geheimem Bedauern sah er den Star an, den er aus ihr gemacht hatte. Andererseits verdiente Crystal all das Gute, das ihr noch widerfahren würde. In der Vergangenheit hatte sie viel Leid erlebt, und er betete darum, daß es diesmal ohne unliebsames Aufsehen abgehen würde. Denn die Sache roch sowohl für sie als auch für Spencer Hill nach Skandal.

»Du sollst wissen, daß du immer auf mich zählen kannst. Ich werde immer dein Freund bleiben«, sagte Brian. Crystal schossen bei seinen Worten die Tränen in die Augen. Als Freunde und Liebende waren sie nach Washington gegangen, und jetzt war alles vorbei.

Es war ihm immer klargewesen, daß dieser Tag kommen würde. Er hatte nur gehofft, es würde noch nicht so bald soweit sein. Zwei Jahre hatte ihre Beziehung gedauert, mehr konnte er nicht verlangen. Mehr wollte er eigentlich auch nicht. An eine Ehe hatte er ohnehin nie gedacht. Das Schlimme war nur, daß auch Spencer sie nicht heiraten würde, weil er es nicht konnte. Das deutete Brian auch an, aber das war nichts Neues für Crystal. Seufzend putzte sie sich die Nase. Trotz der feierlichen und prunkvollen Partys in Washington waren es zwei schwierige Tage gewesen.

»Brian, das alles ist mir klar. So geht es doch schon seit fünfzehn Jahren mit uns.« Er war verblüfft.

»Also schon vor dem Jungen?«

»Lange davor. Ich bin seit meinem vierzehnten Lebensjahr in ihn verliebt.«

»Warum, zum Teufel, hast du ihn dann nicht geheiratet? Oder hat er dir nie einen Antrag gemacht?«

»Doch, das hat er, aber nie zur richtigen Zeit. Es war eine einzige Komödie der Irrungen mit uns. Kurz nach seiner Verlobung fanden wir uns wieder. Und als er heiratete, entdeckte er, daß er seine Frau nicht liebte. Er ging nach Korea, ich lernte Ernie kennen, und als Spencer heimkam, glaubte ich, zu tief in Ernies Schuld zu stehen, um ihn verlassen zu können. Ist das nicht ein Witz? Ernie ließ mich nicht gehen, als ich fort wollte, und Elizabeth wollte in keine Scheidung einwilligen, und so ging es Jahr um Jahr – zwei Verrückte, die nicht voneinander lassen können. Nach dem Prozeß wollte er mich wieder heiraten, aber da stand er am Beginn einer politischen Laufbahn, und ihm wurde eine großartige Position angeboten. Eine Frau, die unter Mordverdacht steht, ist für jemanden, der Wahlen gewinnen will, keine Empfehlung. Deshalb habe ich die Beziehung ihm zuliebe abgebrochen.«

Mit neuerwachter Bewunderung sah er sie an. Den Rest konnte er sich denken. »Und dann hast du deine Schwangerschaft entdeckt und sie ihm verheimlicht.«

Sie nickte. Er hatte richtig geraten.

»Kein einfaches Leben. Was nun?«

»Ich weiß es nicht.« Sie und Brian waren übereingekommen, ihre Affäre zu beenden, aber alles war noch offen. Nun war sie zwar frei, Spencer aber nicht, denn seine Frau und seine Arbeit für Kennedy nagelten ihn fest. »Er möchte mich besuchen, wenn es sich einrichten läßt. Und was dann?«

»Laß dir eines sagen: Über kurz oder lang bist du fünfzig und noch immer in einen Mann verliebt, der mit einer anderen verheiratet ist. Du wirst warten, daß er zweimal im Jahr aufkreuzt. Und was, wenn er sich eines Tages um die Präsidentschaft bewirbt? Was dann? Dann ist es endgültig aus, und wie alt bist du dann? Komm, such dir lieber einen netten jungen Mann, den du heiraten kannst und der dir Kinder schenkt, ehe es zu spät ist.« Er selbst kam dafür freilich nicht in Frage. Beide wußten, daß er weder eine Ehe noch Kinder wollte.

Jetzt ging es darum, wie es mit Spencer weitergehen würde. Als ihr Freund billigte Brian die Affäre nicht und sagte ihr, daß sie dumm sei. Wenn Spencer sie nicht heiraten konnte, sollte sie ihn fallenlassen. Das war leichter gesagt als getan, denn als er sechs Wochen darauf in Los Angeles auftauchte, waren die gemeinsamen Stunden mit all der Liebe und Leidenschaft erfüllt, die Crystal seit Anbeginn empfunden hatte. Die ganze Zeit über blieben sie in der Wohnung und gingen kein einziges Mal aus. Zwei Tage später flog Spencer ab und hinterließ eine schmerzhafte Lücke in ihrem Leben, während sie auf seine Rückkehr wartete. Es dauerte ein ganzes Vierteljahr, bis er sich wieder freimachen konnte. Das war kein Leben, doch mehr hatten sie nicht – gestohlene Augenblicke, versteckt verbrachte Tage, eingeschlossen in Crystals Wohnung mit ihrem Geheimnis. Und ständig wurde geklatscht und gerätselt, mit wem sie ausging. Nach einem Jahr der Heimlichkeiten mit Spencer fing Crystal schließlich eine angebliche »Affäre« mit einem Star an, mit dem sie oft zusammenarbeitete. Der Mann war homosexuell und ebenso ängstlich darauf bedacht, sein Geheimnis zu bewahren wie sie. Ab und zu traf sie sich auch mit Brian, der sie immer wieder ausschalt, wenn er sie fragte, ob sie sich noch immer mit Spencer traf.

Inzwischen war Zeb sieben Jahre alt und wünschte sich sehnlichst, Crystal einmal in Hollywood besuchen zu dürfen. Schließlich ließ sie sich erweichen und erlaubte ihm, mit Hiroko und Boyd zu kommen, die ebenso überwältigt waren wie er. Der gemeinsame Besuch in Disneyland war für alle ein Heidenspaß. Crystal versprach Zeb, er könne sie bald von neuem besuchen; er aber freute sich bereits wieder darauf, mit Jane, die er stets Schwester nannte, zu Hause auf der Ranch herumzutollen. Mit vierzehn Jahren war sie von ebenso zarter Schönheit wie ihre Mutter. Crystal hatte mit ihnen allen eine Besichtigungstour durch einige der Studios unternommen und fragte sich im nachhinein, weshalb sie sie nicht schon eher nach Hollywood eingeladen hatte. Kein Mensch hegte einen Verdacht, da Zeb Crystal kaum ähnlich sah.

Im Sommer 1963 waren es zwei Jahre, daß Spencer und sie sich heimlich trafen. Crystal hatte sich mit ihrem Schicksal abgefunden. Sie unternahm keinen Versuch mehr, Spencer diese Besuche auszureden, da sie wußte, daß sie es nicht mehr ertragen hätte, ihn für immer zu verlieren. Ohne ihn konnte sie nicht leben, und es bestand auch nicht die Notwendigkeit. Kein Mensch ahnte etwas, und Elizabeth war es gleichgültig, was er trieb. Sie ging in ihrem Bekanntenkreis, in ihren verschiedenen Ausschüssen und in Partys auf und übte daneben noch ihren Anwaltsberuf aus. Für einen Ehemann war in ihrem Leben kein Platz.

Im November steckte Crystal buchstäblich Tag und Nacht in Dreharbeiten zu einem Film, den Brian inszenierte – wie immer war es ein sehr guter Film. Brian hätte seinen Kopf verwettet, daß man Crystal für ihre Rolle wieder einen Oscar verleihen würde. Als die schreckliche Nachricht kam, saß sie im Studio und plauderte mit den Kollegen. Der Präsident war in Dallas erschossen worden. Mit rasendem Herzklopfen rannte Crystal in ein Büro, in dem ein Fernsehgerät stand, um die Nachrichten zu sehen. Zunächst nahm man an, auch einige Mitarbeiter des Präsidenten seien getroffen worden. Um elf Uhr fünfunddreißig kalifornischer Zeit verkündete der Sprecher mit erstickter Stimme, daß der Präsident gestorben sei. Seine sterbliche Hülle sollte nach Washington geflogen und in einem Staatsbegräbnis beigesetzt werden. Dann zeigte man das verwüstete Gesicht seiner Frau sowie die Fassade des Hospitals, in das man Kennedy gebracht hatte. Spencer wurde nicht erwähnt. Crystal war blaß, und die Menschen um sie herum brachen in Tränen aus.

Den ganzen Tag über hörte Crystal nichts von Spencer, und sie war wie in einem Dämmerzustand. Gegen Abend war dann Lyndon B. Johnson vereidigt worden, und John F. Kennedy war, begleitet von den Tränen einer ganzen Nation, nach Washington zurückgebracht worden. Seine Frau hatte in ihrem blutbefleckten Kostüm wie gebrochen dagestanden, als man ihn in seinem Sarg davontrug.

43

Die Beerdigung war eine einzige Prozession des Schmerzes. Der Sarg auf einer von Pferden gezogenen Lafette, die beiden tränenüberströmten Kinder, der kleine Junge, der seinem Vater ein letztes Mal salutierte. Die ganze Nation hielt inne, um zu trauern. Kennedys Mörder wurde erschossen, die ganze Welt war wie im Schock. Es war eine Zeit, die niemand je vergessen würde. Für Crystal gab es keine Möglichkeit, mit Spencer in Verbindung zu treten oder in Erfahrung zu bringen, wie es ihm ging und was er machte. Sie hatte auch keine Ahnung, ob Lyndon B. Johnson ihn in sein Team berufen würde. Brian gab seinen Schauspielern zwei Wochen frei. Niemand hatte das Herz, sich sofort wieder in die Arbeit zu stürzen. Alle benötigten Zeit, um die Wunden verheilen zu lassen. Als Zeichen der Verehrung für den Präsidenten hatte Brian Ford sein Büro offiziell geschlossen.

Crystal flog nach Hause und saß mit Boyd und Hiroko auf der

Ranch praktisch Tag und Nacht vor dem Fernsehgerät ... Sogar Zeb weinte, als er das Begräbnis im Fernsehen sah. Er und Jane faßten sich an den Händen, als sie die vaterlosen Kennedy-Kinder sahen.

In Washington traf Spencer eine weitreichende Entscheidung, nachdem er einige Tage wie in tiefer Benommenheit verbracht hatte. In seinem ganzen Leben hatte er nicht so viele Tränen vergossen. Es folgten herzzerreißende Abschiede und die von Bitterkeit überschattete Ankunft der Familie Johnson. Spencer wußte, daß er niemandem so dienen konnte, wie er es für Kennedy getan hatte. In seinem Herzen war die Gewißheit, daß er ihm echte Zuneigung entgegengebracht hatte.

Am Tag nach der Beerdigung kündigte er, wünschte Lyndon B. Johnson alles Gute und räumte voller Wehmut sein Büro. Dann fuhr er davon mit seinen Kartons, seinen Büchern und seinen Erinnerungen an einen Menschen, der eine bleibende Lücke in seinem Leben hinterließ.

Elizabeth sah ihn, als er heimkam, und sie erschrak. Sie selbst hatte der Beerdigung gemeinsam mit ihrem Vater beigewohnt. Spencer war mit dem gesamten Mitarbeiterstab anwesend gewesen.

»Was hast du vor?« Elizabeth stand im Wohnzimmer und starrte ihn an. Er wirkte müde und um Jahre gealtert. Spencer fühlte sich wie ein greiser Mann ohne Hoffnung und Träume. Aus diesem Grund hatte er so gehandelt. Er hatte seine Tätigkeit im Weißen Haus aufgegeben, weil er wußte, daß für ihn der Traum aus war. Er hatte schon zu viele Träume aufgegeben, um nach dem Tod dieses einen Mannes, der ihm so viel bedeutet hatte, weiterzumachen.

»Ich habe gekündigt. Ich komme heim, Elizabeth.«

»Das ist doch Wahnsinn!« Sie starrte ihn verblüfft an. Das konnte er ihr nicht antun. Sie wußte, daß er im Moment durcheinander war, aber das Präsidentenamt würde weiterbestehen, mit oder ohne Kennedy. Er konnte nicht einfach auf und davon gehen. Das würde sie nicht zulassen. »Ich verstehe dich nicht.« Es klang verbittert und unwillig. »Du bist ganz nah dran, deinen großen Traum zu verwirklichen, und gibst ihn einfach so auf?«

»Ich gebe ihn nicht auf. Er ist gestorben. Er wurde ermordet.«

»Na schön, ich gebe zu, daß du momentan einiges durchmachst. Aber Johnson wird auch Mitarbeiter brauchen.«

Sein Kopfschütteln war von einer matten Handbewegung begleitet. »Nicht, Elizabeth. Es ist vorbei. Heute morgen habe ich meine Kündigung eingereicht. Wenn du den Posten möchtest, bitte sehr... ich rufe gern den Präsidenten an.«

»Sei kein Esel. Und was jetzt?« Er selbst konnte für ein politisches Amt nicht kandidieren, da er es versäumt hatte, die dazu nötigen Grundlagen zu schaffen. Mit eigenartigem Lächeln drehte sich Spencer zu seiner Frau um. Er wußte endlich genau, was er wollte und wohin er strebte.

»Elizabeth, das ist der endgültige Schlußpunkt. Er kommt vierzehn Jahre zu spät. Aber ich möchte nicht eines Morgens als Greis aufwachen und mich fragen, wohin, zum Teufel, mein Leben verflogen ist.«

»Was soll das heißen?« Der Präsident war tot, das bedeutete aber noch lange nicht, daß auch für sie beide alles zu Ende sein mußte. Was war denn in ihn gefahren? Spencer klammerte sich an den letzten Traum, der ihm geblieben war, und diesmal wußte er, daß er ihn nicht aufgeben würde.

»Das heißt, daß ich gehe. Ich bin viel zu lange geblieben... Und jetzt ist es aus für mich.«

»Du meinst für uns?« Sie wollte nicht verstehen, und er nickte.

»Genau. Ich bin gar nicht sicher, ob es dir aufgefallen wäre, wenn ich es dir nicht gesagt hätte.«

»Und wohin möchtest du?« Sie war bemüht, sich ihre Angst nicht anmerken zu lassen.

»Ich gehe nach Hause, wo immer das sein mag. Ich gehe fort. Nach Kalifornien. Zu Crystal.«

»Du verläßt Washington?« Sie war wie betäubt. Spencer wollte alles hinwerfen.

»Richtig. Ich hatte das Beste, was es geben kann, und jetzt gehe ich. Ich werde irgendwo eine Privatpraxis eröffnen oder vielleicht in kleinem Rahmen in die Lokalpolitik einsteigen, aber hier bleibe ich nicht, und ich bleibe auch nicht verheiratet. Elizabeth, ich möchte die Scheidung. Ob du nun einverstanden bist oder nicht ... so ist die Lage. Und dein Einverständnis brauche ich nicht mehr. Wir haben 1963 und nicht mehr 1950.«

»Du hast den Verstand verloren.« Sie sank auf die Couch und starrte ihn an. Elizabeth war vierunddreißig. Er schlug ihr ganzes Leben in Trümmer.

»Nein.« Er schüttelte bedrückt den Kopf. »Ich glaube, ich habe ihn vielmehr gefunden. Wir hätten gar nicht erst heiraten sollen, und das weißt du ganz genau.«

»Das ist absurd.« Sie wirkte elegant und beherrscht wie immer – eine perfekte Imitation der First Lady in ihrem Chanel-Kostüm und mit einem Pillbox-Hütchen. Aber auch damit war es jetzt vorbei. Alles war vorbei.

»Das einzige Absurde daran ist der Umstand, daß ich mich von dir überreden ließ, so lange zu bleiben. Du bist noch jung, du hast das ganze Leben noch vor dir. Du kannst selbst eine politische Laufbahn einschlagen, wenn dir so viel daran liegt. Aber nach allem, was passiert ist«, seine Stimme versagte beinahe, als er an den Mann dachte, den er so geschätzt hatte, »möchte ich es nicht mehr. Meinetwegen kannst du dir das alles nehmen – die Erregung, die Spannung, die Enttäuschungen, das Herzweh.«

»Du bist ein Feigling.« Sie spie ihm diese Worte entgegen, doch beide wußten, daß er das nicht war.

»Vielleicht. Vielleicht bin ich auch nur müde.« Und traurig. Und so verdammt einsam, daß er am liebsten geheult hätte. Jetzt wollte er zu Crystal – dorthin, wo er hingehörte.

»Du gehst zu ihr zurück?« Elizabeth wollte Crystals Namen nicht über die Lippen bringen.

»Vielleicht, wenn sie mich noch will.«

»Spencer, du bist ein Narr. Du warst es immer schon. Dafür bist du zu gut.« Er drehte sich um und ging hinaus, um seine Sachen zu packen, diesmal für immer. Und als er am Abend das Haus verließ, wußten beide, daß es endgültig war.

44

Spätabends rief Spencer Crystal an, um ihr die letzte Wendung der Dinge mitzuteilen. Er hatte sich nicht mehr bei ihr gemeldet, seit er in Dallas gewesen war. Doch sie war nicht zu Hause. So entschloß er sich, sie in Los Angeles zu überraschen. Auf dem Flug, der sich endlos in die Länge zog, saß er gedankenverloren da. Das einzige, was ihn aufrecht hielt, war die Aussicht, Crystal wiederzusehen. Aber in ihrer Wohnung war sie nicht. Daher fuhr er ins Studio.

Es gab so vieles zu besprechen, und er hatte selbst noch nicht alles verarbeitet... Er war soviel wie frei. Er hatte alles hinter sich gelassen und wußte, daß er richtig gehandelt hatte. Jetzt wollte er nur noch erfahren, wie sie darüber dachte. Er erlebte einen Anflug von Angst, als er vor dem Studio aus dem Taxi stieg und das Atelier betrat. Was, wenn es für sie zu spät war? Wenn es sich schon zu lange hinzog? Wenn sie ihn nicht heiraten wollte? Alles war möglich, wenn es auch unwahrscheinlich war, daß jetzt noch etwas dazwischenkam. Er wußte, wie sehr Crystal ihn liebte und wieviel sie einander bedeuteten. Es war das einzige, woran er in all den Jahren nie wirklich gezweifelt hatte.

Das Studio war leer, und er erfuhr, daß die Dreharbeiten wegen des Trauerfalls für vierzehn Tage unterbrochen waren. Lange Zeit stand er da und wußte nicht, was er als nächstes machen sollte.

Und dann wußte er es.

Kurz entschlossen mietete er einen Wagen. Er entschied, Crystal nicht anzurufen, bevor er zu dem einzigen Ort fuhr, an dem sie sich aufhalten konnte.

Die Fahrt dauerte vierzehn Stunden, aber fliegen wollte er nicht. Er wollte einfach dahinfahren, an sie denken und sich ausmalen, was sie zusammen tun würden. Als er zu müde war, um weiterzufahren, hielt er an und schlief. Zweimal legte er eine Pause ein und ging essen. Doch als die Sonne über dem Tal aufging, spürte er, wie sein Herz sang, und er spürte den Geist seines toten Freundes um sich. Es war eine merkwürdige Zeit in einer sonderbaren Welt, doch Spencer wußte, daß er richtig entschieden hatte.

Um sieben Uhr morgens traf er auf der Ranch ein. Die Sonne stand hoch am Himmel, die Luft war kühl ... Es war ein herrlicher Novembertag, und ein Junge lief über die Wiesen. Er fuhr langsamer, um ihn zu beobachten. Einen Moment hatte er geglaubt, es sei Jane, aber als er das Kind genauer ansah, wußte er, daß er sich geirrt hatte. Der Kleine hatte schimmerndes schwarzes Haar, und er rief jemandem etwas zu, als Spencer ausstieg. Er konnte noch immer nicht den Blick von ihm losreißen. Er mußte etwa acht Jahre alt sein, und als er bemerkte, daß der Fremde ihn ansah, hielt er inne und starrte ihn an. Dann kam der Junge langsam auf ihn zu.

Spencer rührte sich nicht, während er den Jungen im Auge behielt. Und als er ganz nahe war, stockte ihm der Atem. Er hatte dieses Gesicht schon gesehen, vor langer, langer Zeit, als er selbst noch ein Kind gewesen war. Es war ein Gesicht, das er gut kannte. Es war sein eigenes Gesicht. Spencer war, als blicke er zurück in seine eigene Kindheit.

Langsam ging er auf das Kind zu. Und plötzlich ging ihm auf, was geschehen war.

»Hi!« Der Junge winkte ihm zu. Mit feuchten Augen hielt Spencer inne. Da er nicht wußte, was er sagen sollte, lächelte er nur unter Tränen.

Dann sah er Crystal in einiger Entfernung. Sie war stehengeblieben, erschrocken, ihn hier zu sehen. Sie wollte Zeb zurückrufen, aber es war zu spät. Plötzlich fing sie zu laufen an, wie um ihn zum Umkehren zu bewegen. Zu spät ... sie sah nur Spencer vor sich. Er lächelte erst dem Kind zu, dann ihr. Sie fing leise zu weinen an. Er war nach Hause gekommen, auf eine Minute oder eine Stunde oder einen Tag, oder wie lange sie ihn haben wollte. Sie sah ihn auf Zeb zugehen und seine Hand ergreifen, während sie noch immer auf die beiden zulief. Es war zu spät ... Er wußte es. Ihr Geheimnis war nun auch seines ... und das von Zeb. Crystal erreichte ihn, als Spencer seinen Sohn in die Arme nahm. Sie kam auf ihn zu und umfing beide gleichzeitig. Spencer musterte Crystal, während Zeb beide fasziniert anschaute.

»Ich wußte nicht, du hast mir vieles verschwiegen, wie ich sehe.«

»Du hast mich nicht danach gefragt.« Sie lächelte mit feuchten Augen, als er sie küßte.

»Beim nächsten Mal werde ich daran denken.« Zeb entwand sich seinen Armen, weil ihm die Situation unangenehm war, und lief zwischen den Rebstöcken davon, wie Crystal es als Kind schon getan hatte. Spencer ergriff ihre Hand. Langsam gingen sie in ein Gespräch vertieft auf die Ranch zu. Die aufmerksamen Blicke des Jungen folgten ihnen. Vor den Stufen zum Haus sah Spencer Crystal wortlos an, dann blickte er zum Himmel. Es war ein sonniger Wintertag... aber er hätte schwören mögen, von weitem Blitze zucken zu sehen und Donner zu hören, als er sie küßte. Zu dritt gingen sie ins Haus. Endlich daheim. Endlich vereint.

Inhalt

Unter dem Regenbogen 5

Sternenfeuer 399

BLANVALET

DANIELLE STEEL BEI BLANVALET

*»Frauenschicksale – kaum eine andere Autorin weiß sie so einfühlsam,
lebensnah und packend zu schildern wie Danielle Steel.«*
Zeitung am Sonntag

Nichts ist stärker als die Liebe
35023

Gesegnete Umstände
35079

Juwelen
35160

Auf den Flügeln der Freiheit
35219

**Jenseits des Horizonts
Der Preis des Glücks**
35112

**Vertrauter Fremder
Die Liebe eines Sommers**
35055

**Das Haus hinter dem Wind
Es zählt nur die Liebe**
35202